I0740344

Hölderlins Werke

in vier Teilen

Herausgegeben

mit Einleitungen und Anmerkungen verſehen

von

Marie Joachimi-Dege

WILDSIDE PRESS

Hölderlins Werke

Erster Teil

Gedichte

Herausgegeben

und mit einem Lebensbild versehen

von

Marie Joachimi-Dege

WILDSIDE PRESS

Spamersche Buchdruckerei in Leipzig

Inhalt des 1. Teiles.

Lebensbild.

***

Die Kindheit.

Johann Christian Friedrich Hölderlin ist am 20. März 1770 in Lauffen am Neckar geboren. Sein Vater war dort Klosterhofmeister und bewohnte ein breites, zweistöckiges Haus, etwas abseits vom Städtchen an einer rebenbewachsenen Talwand gelegen. Das Haus steht heute noch. Es wendet seine Front nach der Zaber, einem Nebenflüßchen des Neckars, das dort in ihn einmündet. In seiner nächsten Nähe befinden sich die Ruinen des alten Klosters, und von fern schaut, auf einer Insel im Neckar zwischen hohen alten Bäumen, der ernste graue Turm der ehemaligen Burg Lauffen herüber, ein Stück dunkler Vorzeit in der heiteren Gegenwärtigkeit des lieblichen, von hellen Wasseradern durchflossenen, bergigen Neckarlandes.

Hier in Lauffen lebte Hölderlin bis zu seinem vierten Jahre. Mit zwei Jahren hatte er den Vater verloren. Sechs Wochen danach war seine Schwester geboren. Die junge, kaum 24 Jahre alte Mutter und Witwe, eine Pfarrerstochter aus Altenburg in Sachsen, fand eine Stütze an der Schwester ihres verstorbenen Mannes, einer Frau von Lohenschiold, die auch Witwe war. Aber schon 1774 vermählte sich Hölderlins Mutter zum zweitenmal mit dem Freunde ihres Mannes, dem Kammerrat Gock, Bürgermeister von Nürtingen.

Nürtingen hat nicht die abwechslungsreiche und pittoreske Umgebung Lauffens. Das Tal ist breiter, und die Kette der Gebirge — es ist die Alb — erscheint in der größeren Ferne weniger reich gegliedert. Ruhig zieht der Neckar durch fruchtbare Wiesen, die von kleinen Bächen, Pappelstraßen und Obstgärten unterbrochen sind. Prächtiger Laubwald reicht vom Gebirge herab bis an die saftigen Weideplätze des Tals, und sein dunkles Grün begrenzt schön die hellen Fluren und läßt sie

doppelt licht und freudig erglänzen. In dieser Umgebung ver=
brachte Hölderlin seine Kindheit.

Im Jahre 1779 wurde Hölderlins Mutter zum zweitenmal
Witwe, verlor Hölderlin zum zweitenmal einen fürsorglichen
Vater. Das einzige Kind, das von vier Kindern aus dieser
zweiten Ehe erhalten blieb, war Karl, der von Hölderlin so
innig geliebte jüngere Bruder. Die Schwägerin Lohenschiold
war auch gestorben, und so zog jetzt die Großmutter in das Haus
der Tochter, um mit dieser die Erziehung der drei Kinder zu
leiten.

Freundlich, zufrieden und fromm, von sanfter Seele und
stillen, demütigen Sitten, liebend und segnend im Kreise ihrer
Enkel waltend, so zeichnet uns Hölderlin ihr Bild. Hölderlins
Mutter aber erscheint als ihre echte Tochter: bescheiden, kirch=
lich, liebevoll, von jener grenzenlosen Hingebungsfähigkeit und
Aufopferungswilligkeit, die der deutschen Frau höchste Tugend
und tiefste Eigenart war zu einer Zeit, in der das deutsche
Leben ohne sie unerträglich gewesen wäre.

Denn unaussprechlich eng, kleinlich und widersinnig war das
öffentliche Leben, gehemmt und abgedämmt in seinem freien
natürlichen Fluß. Nur in der deutschen Familie liegt ein Er=
satz. Hier winkt die warme Häuslichkeit, rettet die einfache,
tapfere Weiblichkeit dem Dasein seine bescheidene Lebensfreudig=
keit. Hier findet auch der sich im öffentlichen Leben matt
ringende geniale Einzelne die Zufluchtsstätte, wo er neuen Mut
schöpfen, wo er die entwürdigende Zwingherrschaft vergessen kann.

Dies gilt von keinem der deutschen Länder der damaligen
Zeit so sehr als von Hölderlins Heimat, Schwaben. Der des=
potische Zwang eines sich rücksichtslos auf sein Gottesgnadentum
stützenden Machthabers liegt über einem Lande, das damals mehr
geniale Köpfe produzierte, als das übrige Deutschland zusammen.
— Die Lieblichkeit und Traulichkeit des Ländchens helfen der
Masse des Volkes wohl den geistigen Zwang und die politische
Enge ertragen; aber die reicheren Geister, die großen Talente,
die genialen Söhne des Volkes können dadurch auf die Dauer
nicht über das Schreckliche, das in der geistigen Gebundenheit,
in der Hemmung kräftiger geistiger Entwicklungstriebe, in dem
ungestillten Heißhunger nach tatfreudigem Leben liegt, getröstet
werden.

Und das schafft einen neuen Zwiespalt. Die zufriedene oder
sich zufriedengebende Masse schließt sich zu einem Philisterium
zusammen, das gegen alles, was den dürftigen Frieden zu
stören imstande ist, abwehrend Front macht. Es bildet sich die

stärkste und dickköpfigste Opposition gegen die Unfrohen und Unzufriedenen, gegen die, die der Geist treibt, Fesseln zu sprengen. — Genie und Philisterium sind nirgends und nie gute Freunde, aber nirgends stehen sie sich so schroff entgegen, nirgends fehlen die vermittelnden Elemente zwischen beiden — besonders die geistreichen oder anmutigen Frauen — so gänzlich, wie damals in Schwaben. Die schwäbische Kultur „war ausschließlich Männersache", so erzählt Isolde Kurz: „die Schwäbinnen, wenigstens die des Mittelstandes, taten nicht mit; sie beharrten mit Überzeugung in der Unkultur." —

Hölderlins Mutter, obgleich nicht Schwäbin, wird sich in dieser Beziehung nicht von ihren Standesgenossinnen in Nürtingen haben unterscheiden wollen und können. So wuchs Hölderlin auf: fern von der Kultur und der Berührung mit dem Streben der Männer, geleitet von der Liebe und Fürsorge einer Mutter, die ihm alles gibt, was sie mit ihren Kräften zu geben vermag, die seine Erziehung auf das richtet, was ihr das Beste und Höchste im Leben erscheint. Selbst reinen Herzens, ist sie imstande, ihm einen unschätzbaren Schutz gegen die schwersten Schädigungen mit ins Leben zu geben, indem sie ihm eine unbesiegbare Scheu vor allem Gemeinen und eine unausrottbare Empfindlichkeit gegen alle Trivialität einpflanzt. Aber das eine, was diesem hochbegabten Kinde, diesem jungen Genius vor allem andern so bitter not tat, konnte sie ihm nicht geben: kräftige, gesunde und reichliche — sehr reichliche Nahrung — für den nach äußerer Betätigung ringenden, sich zur Entfaltung drängenden jungen Geist, ein sicheres, seinen Fähigkeiten entsprechendes Ziel und einen klaren Blick für die Realitäten, die Werte und Unwerte, die Höhen und Tiefen des öffentlichen Lebens. Weder klare Urteile, noch bewährte Vorurteile nimmt Hölderlin als Schutz und als Mittel der Selbstverteidigung aus seinem Vaterhause mit ins Leben. Was er mitbringt, sind hohe Ideale für sich und andere und für das Leben der Menschheit im allgemeinen. — Demut, Sanftmut, Freundlichkeit, Pflichttreue bis ins kleinste, Selbstverleugnung hat Hölderlin im Hause der Mutter als Charakterzierden erworben; — alles Tugenden, die den Menschen angenehm unter Menschen machen, die das junge Genie aber in schroffsten Widerspruch bringen mußten mit seiner innersten Wesenheit, dem angeborenen Selbstgefühl und Selbstvertrauen, dem großen Schaffensdrang, der sich als Sehnsucht nach Größe in seinem Gefühle darstellt, und der im Lichte der bescheidenen Tugend so oft als sträflicher Ehrgeiz erscheint. Sie mußten ihn auch in Widerspruch bringen mit der beglückenden Lebhaftigkeit seiner Phantasie und mit all den andern genialen künstlerischen Trieben und Bedürfnissen, die wohl zu richten gewesen wären, aber nie durch die stille christliche Tugend= lehre allein. Bringt die geniale Veranlagung den Einzelnen stets in Opposition zu der bestehenden Durchschnittswelt, so brachte sie Hölderlin gleichzeitig in Opposition zu sich selbst und zu dem, was ihm das Teuerste auf Erden war: der Erinnerung an seine Kindheit, der Treue gegen die Lehren seiner geliebten Mutter. Ein junger Adler, von einer Taube genährt, nach den Idealen einer stillen, sanften, feinen Taube erzogen!

Doch nur zum Verständnis seines Lebens und nicht, um etwas zu tadeln und anders zu wünschen, soll dies gesprochen sein. Wären die Melodien so süß, wenn der Sänger weniger tief ge= litten? Könnte er so, wie er es tut, die Seelen erquicken, die zwischen Geistestrieben und Tagespflichten, zwischen Wünschen und Resignieren, zwischen Ahnen und Wissen sich schmerzhaft geteilt fühlen, wenn ihm selbst der innere Kampf leichter geworden wäre? — Was aus seinen geweihten Schmerzen geboren, ist eine große und einzige Gabe für die deutsche Dichtung; sie ist so groß, daß selbst die Trauer um den früh zerstörten Genius nicht dazu berechtigt, an den ersten Bedingungen seines Lebens zu mäkeln.

Lag auch der Keim zu viel Leid und Seelenqual schon in den Verhältnissen seiner Kindheit, so war diese selbst doch für Hölderlin eine überaus glückliche und harmonische; und die Bilder dieser sorglos heiteren Kindheitstage haben ihn wie ein unverlierbares Glück auf seinem dornenvollen Lebenswege be= gleitet. „Wie der Arbeiter in den erquickenden Schlaf, sinkt oft mein angefochtenes Wesen in die Arme der unschuldigen Vergan= genheit. — Ruhe der Kindheit! himmlische Ruhe! wie oft stehe ich vor dir in liebender Betrachtung." Es war ein inniges Leben mit der freundlich heiteren Natur, die ihn umgab. Der Knabe war innerlich so reich, daß ihm „die Blumen des Hains" und die „Lüftchen des Himmels" liebe Spielgefährten wurden, daß er in der Stille des Waldes Unterhaltung fand, und in der Einsam= keit ihm herrliche Traumbilder emporstiegen:

> „Mich erzog der Wohllaut
> Des säuselnden Haines
> Und lieben lernt' ich
> Unter den Blumen.
> Im Arm der Götter wuchs ich groß."

Aber auch in diesen glücklichen Tagen lebt schon eine gewisse

sehnsuchtsvolle Unruhe in ihm, das frühe Zeichen des Genius.
Wenn er am Waldesrande voll süßer kindlicher Phantasien liegt
und sieht, wie die Landstraße in der Ferne verschwindet, oder
wenn die Vögel über seinem Haupte dahinfliegen in die Weite,
dann kehrt er seufzend nach seinem Hause zurück: „Wenn nur die
Schülertage erst vorüber wären, dacht' ich." — Die vielen, kleinen
Idyllen, die Hölderlin aus der Erinnerung an seine Jugendzeit
gezeichnet hat, lassen uns den Dichter als Kind in großer Deut=
lichkeit sehen. Bei aller zarten Kindlichkeit lebt in dem feinen
schlanken Knaben ein frühreifes religiöses Bedürfnis, ein gei=
stiger Drang nach einem Höchsten, dem er sich hingeben will, das
er in der Schöpfung erkennen will. Und mit Inbrunst spricht sich
dieses in gelernten und eignen Gebeten und kindlichem Tugend=
eifer aus. (Siehe Die Meinigen, S. 243). — Unbewußt aber
dichtet schon jetzt sein Auge, wo immer ihm Licht und Schönheit
und Leben entgegenströmt. Ist ihm auch die Lippe noch nicht
geöffnet, so hat ihn doch die Göttin der Poesie schon mit warmem
Kusse zu ihrem Dienste geweiht; und „selig und groß" blickt
ihr der Knabe ins Angesicht.

> „Bebend dir am Göttermunde
> Trank ich früh der Weihestunde
> Süßen, mütterlichen Kuß.
> Fremde meinem Kindersinne
> Folgte mir zu Wies' und Wald
> Die arkadische Gestalt —"

Mit 14 Jahren, zu Ostern 1784, tat Hölderlin seinen ersten
Schritt in die Ferne. Wie die meisten begabten Jünglinge
Schwabens zwangen ihn die bescheidenen Vermögensverhältnisse
zum Studium der Theologie, das in den Seminaren und dem
Tübinger Stift auf Staatskosten betrieben werden konnte. So
führte Hölderlins Weg durch „die Pforte des Landexamens" in
die klösterliche Zucht der Seminare, zuerst des „niederen"
nach Denkendorf und dann des „höheren" nach Maulbronn und
schließlich in das berühmte Tübinger Stift. Er verließ dieses
1793. Acht und ein halbes Jahr hat dieser feinorganisierte junge
Dichter hinter Klostermauern sich einer Anstaltserziehung unter=
werfen müssen. Was ihn ausharren ließ, war die Liebe zu
seiner Mutter, der er nicht durch Auflehnung und eigenmächtiges
Handeln Schmerz zu bereiten vermochte.

Wir lesen heute mit Erstaunen und Entsetzen die Vorschriften,
die für die Seminarerziehung maßgebend waren. Die große
Menge der biblischen Lektionen und daneben noch Morgen=, Mit=

tag- und Abendandachten; die unausgesetzte Bewachung, die genau vorgeschriebene Einteilung der Tagesstunden, die strenge Kontrolle selbst der sogenannten Rekreationsstunden. Alles dies mußte auf den sensitiven, liebebedürftigen und liebegewohnten Knaben, der frei wie ein Wild des Waldes in Sonne und Luft groß geworden war und in „lieben Phantasien" seine Befriedigung gefunden hatte, einen starken, beängstigenden Zwang ausüben. Und doch! Wer selbst einmal ein Anstaltsleben gelebt hat, der weiß, wieviel Zwang und wieviel langweilige, geisttötende Einschränkungen und Lektionen junge Menschen über sich ergehen lassen können, ohne innerlich wund und abgemattet zu werden. In der Gemeinsamkeit ihres Lebens und Leidens liegt auch das starke Gegengewicht dagegen; liegt der Ersatz und der Trost, der schließlich über alles hinweghilft. — Selbst aus Hölderlins Briefen, noch mehr aus denen anderer Klosterschüler, z. B. Hermann Kurtz', geht hervor, wie in den Seminaren, die sogar damals schon im Rufe kleinlicher Pedanterie standen, manches freundlicher und anregender war, als man aus dem „Reglement" und aus dem „Lehrplan" allein vermuten sollte. Dazu kam, daß die Lehrstunden, wenn sie auch zum Teil sicher unerträglich mechanisch gehandhabt wurden, doch endlich die Anforderungen und Herausforderungen an den regen Geist Hölderlins brachten, deren er bringend benötigte, und nach denen er sicher ebensosehr verlangte. Schon hier in Denkendorf hat Hölderlin die Grundlage für sein tiefes Verständnis des Griechentums gelegt, wenn es sich dabei natürlich auch vorläufig nur um die Aneignung der notwendigen positiven Kenntnisse handeln konnte.

Also nicht allein der äußere Zwang war es wohl, der Hölderlin hier so unaussprechlich unglücklich machte. Was in einem derartigen engen Zusammenleben und -streben mit Altersgenossen schlimmer ist als aller äußere Zwang, das ist: seiner Natur nach anders zu sein als die andern. Nicht aufgehen können in gemeinsamer Lust, nicht am gemeinsamen Leiden den bestimmten Anteil zu haben. Hölderlin war anders als seine Gefährten, und das stürzte ihn, der in der Stille des Äthers sein Glück und seinen Reichtum fühlte, unter 28 Knaben in den unsagbaren Kinderjammer, sich arm und ausgestoßen, von trostloser Einsamkeit umgeben zu fühlen. Kinder sind grausam, wo sie nicht verstehen, und kalt, wo sie nicht verstanden werden. — Hölderlin war innerlich und äußerlich isoliert, in einem Alter, wo alles in ihm voll brennender Sehnsucht nach Halt und Liebe rief.

> „Jetzt wandl' ich einsam an dem Gestade hin:
> Ach keine Seele, keine für dieses Herz,

Ihr frohen Reigen? Aber weh dir
Sehnender Jüngling, sie gehn vorüber!

Zurück denn in die Zelle, Verachteter,
Zurück zur Kummerstätte, wo schlaflos du
So manche Mitternächte weintest,
Weintest im Durst nach Lieb' und Lorbeer!

Weint um den Jüngling, er ist verachtet!"

Der jungen, sonnigen Dichterseele, die sich in kindlicher, stolzer Seligkeit der Schönheit geweiht hat, schlägt in dieser kalten, nüchternen Umgebung, bei dieser schematischen Lebensweise die Melancholie früh ihren schwarzen Schleier um die Stirne. — „Es waren Zeiten," schreibt er mit 17 Jahren, „ich hätte um einen Freund wie Du einen Finger hingegeben, und wenn mein Erinnern an ihn sich bis aufs Kap hätte erstrecken müssen . . . daß mir meine alten trüben Stündchen so oft in den Kopf kommen."

Er flüchtet in die Stille und ruft seine Phantasien zu Hilfe. Aber seine Einsamkeit ist nicht mehr die mondhelle Wiese am dunkeln Waldesrand, wo in der nahen Ferne das Lichtlein des mütterlichen Hauses blinkt, sondern ein kleines nüchternes Klosterzimmer, und da sind die Phantasien trüb und schwer: „Wieder eine Stunde wegphantasiert! . . . ich kann das nie besser, als in meinen müßigen Abendstunden — wenn ich allein im Dunkeln bin — . . . und das Ende von allem war — daß ich mich und andere bedaure . . . Wann ich nur auch einmal etwas recht Lustiges schreiben könnte. Nur Geduld! 's wird kommen — hoff ich — oder — oder — hab' ich dann nicht genug getragen? Erfuhr ich nicht schon als Bube, was den Mann seufzen machen würde? und als Jüngling geht's da besser? Und dies sei die Zeit, sagen sie, wo wir's am besten haben! Du lieber Gott! bin ich's dann allein? jeder andere glücklicher als ich? Und was hab' ich getan?" Nur wer die hoffnungslose Qual und Anspannung eines von andern sich zurückgestoßen fühlenden weichen Knabenherzens kennt, wird ermessen, was jene Jahre in der unharmonischen Unruhe hinter Klostermauern für Hölderlins junge Lebenskraft bedeuteten. Diese unglückliche Einkerkerung ist wohl verderblicher für den zarten, schönheitsliebenden Knaben gewesen, als die allzu weiche Erziehung der Mutter, die man so oft getadelt hat.

Nachdem Hölderlin zwei Jahre in Denkendorf gewesen war, kam er mit den andern Knaben seines Jahrganges in das

„höhere Seminar" nach Maulbronn und entfernte sich so um einige Stunden weiter von den Seinigen in Nürtingen. Hier gelingt es ihm, sich an einen „Freund" anzuschließen. Bezeichnenderweise gehört dieser nicht zu den Zöglingen des Klosters. Es ist Nast, „Skribent in der Stadtschreiberei zu Leonberg", der gelegentlich eines Besuches bei seinen Verwandten in Maulbronn Hölderlin kennen lernte. Ein Briefwechsel muß an die Stelle des gegenseitigen Aussprechens treten, und diesem verdanken wir die unmittelbarsten und tiefsten Einblicke in das Jugenddasein Hölderlins. Rückhaltlos gibt sich der so verschlossene Junge jetzt dem Freunde hin. „Offen bis zur Ängstlichkeit," sagte Goethe später einmal von dem Dichter. Aus diesen Briefen an Nast sehen wir, wie tief der junge Mensch schon über sich nachgedacht hat, wie er gerungen hat, die Wurzeln seines Unglücklichseins vor sich selbst bloßzulegen, sich gedanklich darüber hinwegzusetzen, sich selbst zu heilen. — Man hat diese frühen Grübeleien gewöhnlich einer krankhaften Disposition zur Last gelegt; ich möchte darin lieber den Überschuß geistiger Kraft, die, ungenützt, auf sich selber rotiert, sehen.

„Du darfst Dich auch nicht wundern," schreibt er an Nast, — „wann bei mir alles so verstümmelt — so widersprechend aussieht. — Ich will Dir sagen, ich habe einen Ansatz von meinen Knabenjahren — von meinem damaligen Herzen — und der ist mir noch der liebste — das war so eine wächserne Weichheit, und darin ist der Grund, daß ich in gewissen Launen ob allem weinen kann — aber eben dieser Teil meines Herzens wurde am ärgsten mißhandelt, solang ich im Kloster bin."

Doch schon ist es nicht mehr das Kloster allein, was ihn quält und bedrückt; unbemerkt ist der sich schnell Entfaltende auch schon aus den Formen, die das Glück seiner Kindheit ausmachten, hinausgewachsen, und er findet nun auch in den Ferien den Trost nicht, den er sucht.

„O ich hab' Dir auch viel, viel zu sagen, Bruder! aber mein Kopf ist so verwirrt wieder, so verschiedene Empfindungen sind mir wieder in der Brust. Wo ich eben war — in meiner Vakanz, da waren unerfüllte Wünsche — unvollkommene Seligkeiten — ich weiß nicht, ist's Einbildung oder Wirklichkeit — was ich sehe, gefällt mir nur halb — überall ist's mir so leer — und oft mach' ich mir Vorwürfe, daß ich nicht ganz mit dem warmen Herzen mehr an der Brüder Schicksal teil nehme, wie sonst! Ach Bruder, lieber Bruder, bin ich dann nur allein so? der ewige, ewige Grillenfänger!"

Der Heißhunger des Genies nach dem Leben ist in ihm erwacht, noch als ein ihm selbst unbegreiflicher, namenloser Drang. Leise hat er angefangen, Kritik an die geheiligten Traditionen, für die er erzogen wird, auf die er schwören und für die er leben soll, zu legen; und die kindliche warme Seele empfindet dieses wie ein begangenes Unrecht, wie ein Schlechterwerden, wie einen Abfall von der eigenen Jugend und ihren weihevollen Gebeten. Schon hat der große Konflikt seines Lebens begonnen!

Bei aller Versenktheit und Sensitivität ist Hölderlin eine durchaus kräftige, leidenschaftliche Natur. Jäh brechen wie Gewitter Wünsche und Schmerzen, Zorn, Empörung, Liebe und Begeisterung über ihn herein und reißen den ganzen Menschen mit der Gewalt eines wild daherbrausenden Stromes mit sich fort. Trotzdem macht er überall den Eindruck eines sanften Jünglings, denn mit eiserner Entschlossenheit bannt er diese Katastrophen seines Lebens in sein Innerstes, wo sie um so erschütternder sich allmählich austoben und ihn erschöpfen.

Daß aber auch in ihm die frische Jugendlichkeit wohl schlummerte, daß nicht etwa die Grillen und Launen eines verwöhnten Kindes ihn unglücklich machten, sondern es wirklich nur die Fülle der Jugend- und Dichterkraft war, die in des „Lebens Leere“ im Kloster unruhig erschauerte und sich ängstlich verzehrend auf sich selbst wandte, das sehen wir aus dem munteren, glücklichen und überaus anschaulichen Reisebericht, den er von einem selbständigen Ausflug nach Speier in Tagebuchform der Mutter sendet. „Noch nie war mir so wohl,“ fängt das Tagebuch an. „Es war mir noch nie so eng,“ so lautet der Beschluß im Kloster.

Das zweite bedeutendste Ereignis der Maulbronner Zeit ist neben der Freundschaft mit Nast die Liebe zu einer Verwandten des Freundes, einem munteren, schwärmerischen, offenen, treuen, liebevollen Mädchen, Luise Nast. Sie wäre eine Schwiegertochter nach dem Herzen der Mutter gewesen. Die Liebe zu ihr stürzt den jungen Dichter natürlich zuerst in ein Meer von Qual, Zweifel und Verzweiflung, um ihn dann mit ebensovielen großen und kleinen Freuden und Seligkeiten zu beglücken; oder gelegentlich eine Mischung von beiden, Glück und Schmerz, in seiner Brust zu entzünden. Hier war wenigstens ein greifbarer Lebensinhalt gegeben. Die Schülerliebe endet mit einem Verlöbnis. Die schweren Seelenqualen lösen sich, und Hölderlin singt die ersten seiner Lieder, die anmutig und in gewissem Sinne schon eigenartig das Leben der jungen Dichterseele in Worten verkünden. „Auf meinen Spaziergängen reim' ich allemal in meine Schreibtafel — und was meinst Du? — an Dich! an Dich! und dann lösch ich's wieder aus.“ Manchmal löschte er es aber auch nicht

wieder aus. Seine Gedichte „An die Nachtigall“, „An meinen
Bilfinger“, „An Luise Nast“ entstammen dieser glücklichen Zeit.

Aber auch die Liebe vermag den Konflikt nicht zu lösen, ja
sie hilft ihn verstärken. Unerträglich bleibt der Zwang, sich für
einen Beruf vorbereiten zu müssen, dem die innere Neigung schon
nicht mehr zustimmt. Das frühe Bewußtsein, einen heiligen,
eigenen Beruf zu haben und zwar den höchsten, den es gibt, den
des gottbegnadeten Dichters, die innere Abneigung gegen den un=
schönen Gewissenszwang, den man im Kloster übt, läßt ihn un=
geduldig sich gegen das ihm auferlegte Los auflehnen. Er will
fort aus dem Kloster und Jura studieren. Ein guter Plan,
scheint uns dies heute! Das juristische Studium hätte ihm sicher
besser als das theologische die Berührung mit den Wirklich=
keiten des Lebens und die nötige geistige Abhärtung gebracht.
Was Hölderlin an diesem Studium lockte, war aber wohl die freie
Lebensführung, die es verhieß. Denn sein höchstes Streben galt
überhaupt keinem bürgerlichen Beruf, sondern dem Lorbeer des
Dichters, nach dem er schon jetzt mit leidenschaftlichen Händen
greift.

> „Ach Freunde! Welcher Winkel der Erde kann
> Mich decken, daß ich ewig in Nacht gehüllt
> Dort weine? — Ich erreich’ ihn nie den
> Weltumeilenden Flug der Großen! —
> Doch nein! hinan den herrlichen Ehrenpfad
> Hinan! Hinan! im glühenden, kühnen Traum
> Sie zu erreichen! —

Aber auch das Bild der Mutter in seiner heiligen Fried=
lichkeit taucht vor ihm auf und spricht mit der teuren Stimme
von dem, was sie von ihrem Sohn ersehnt und erwartet. Da
läßt Hölderlin seinen Plan fallen und folgt weiter mit Fleiß und
Pflichteifer den vorgeschriebenen Studien. — In ein Gedicht
voll Sehnsucht klingt diese Maulbronner Zeit aus: „An die Un=
erkannte“, die Göttin der Poesie, die „tröstend dem Lebensliede
seine Weise“ singt, und die „wenn uns des Lebens Leere tötet —
magisch uns die welken Schläfen rötet!“

Der „Schüler Hölderlin“ aber verließ das Kloster mit dem
wohlverdienten Zeugnis der Reife und der Anerkennung seines
treuen Fleißes und seiner guten Sitten. Darüber hinaus spen=
deten ihm die Zeugnisse „das nicht gemeine Lob eines planen
Lateins und fügten hinzu, daß er auch schöne deutsche Verse
mache, unter seinen Mitschülern hatte er den Ruhm eines aus=
gezeichneten Hellenisten“, so erzählt Schwab.

Die Studentenzeit.

„Engelfreuden ahnend, wallen
Wir hinaus auf Gottes Flur,
Wo die Jubel widerhallen
In dem Tempel der Natur.
Heute soll kein Auge trübe,
Klage nicht hienieden sein.
Jedes Wesen soll der Liebe
Wonniglich, wie wir, sich freun."

Waren die letzten Verse aus Maulbronn schwer und traurig, so sind die ersten Verse aus Tübingen desto heiterer. — Kein Zweifel, der Übergang aus dem Seminar ins Stift bedeutete für Hölderlin einen bedeutsamen Wechsel zum Besseren. Schon daß er nicht mehr ausschließlich auf die Gefährten seines Jahrgangs, seiner „Promotion", wie der Tübinger Ausdruck dafür ist, angewiesen war, daß er, der Frühreife, mit älteren und daher reiferen Jünglingen in Beziehung treten konnte und hier sicher mehr Entgegenkommen für seine Gedanken und Ziele fand als bei den Gleichalterigen, mußte ihm wohltun. — Selbstverständlich hielten die älteren Jahrgänge, die Studenten, über die neueintretende Promotion strenge Kritik, und dabei fand es sich, daß seine eigentümliche, verfeinerte, durchgeistigte Art, sich zu geben, seine auffallende Jünglingsschönheit, seine hervorragende musikalische Begabung Hölderlin von den übrigen Neuankömmlingen absonderten und ihn die Herzen, — jedenfalls das Interesse — der älteren Kameraden schnell gewinnen ließen. — Einen Bericht über Hölderlins Erscheinung aus jenen Tagen hat der spätere Kurator der Bonner Universität, Rehfuß, uns hinterlassen. Dieser, damals neun Jahre alt, sah Hölderlin bei einer musikalischen Aufführung im Stift: „Merkwürdigerweise ist mir von diesen Musikaufführungen niemand im Gedächtnis geblieben als der unglückliche Hölderlin. Er spielte die erste Violine, und ich hatte als erster Sopran meine Stelle neben ihm. Seine regelmäßige Gesichtsbildung, der sanfte Ausdruck seines Gesichts, sein schöner Wuchs, sein sorgfältiger reinlicher Anzug und jener unverkennbare Ausdruck des Höheren in seinem ganzen Wesen sind mir immer gegenwärtig geblieben. In meinem Gedächtnis steht er, mit der Violine in der Hand und dem Ausdrucke der nickenden Hinwendung zu mir, wenn ich mit meiner Stimme einhalten sollte."

Gleich zu Anfang seines Aufenthalts im Stift schließen sich Neuffer und Magenau, zwei poetisch begabte, um ein und drei

Jahre ältere Stiftler an Hölderlin an. Bald verbindet die drei
eine herzliche Freundschaft; und so wird Hölderlin geboten, was
er in seinem Anstaltsleben so nötig brauchte: geliebte Menschen,
die zwischen ihm und den ungeliebten sanft vermitteln. Denn
keineswegs ist Hölderlin nichts weiter als ein weltfremder, ver-
träumter Lyriker. Im Gegenteil! Mit scharfem Kritikerauge
sieht er die Menschen seiner Umgebung und beurteilt sie nach dem
großen Maßstab, den er in sich trägt. Er muß sie auch nach
seiner eigenen Herzensreinheit und Herzensschönheit beurteilen,
und so leidet er unsagbar unter seinem Bessersein, so trägt er
die Gefühllosigkeiten und gelegentliche Roheit der andern als
persönlichen Schmerz und schweres Lebensleid am eigenen Herzen.
In einem seiner Hyperionfragmente heißt es bitter: „Ich sage
wenig genug, wenn ich sage: ich war besser wie sie!" — Dazu hat
sich in den qualvollen vier Seminarjahren seine natürliche Anlage zur Empfindlichkeit bei ihm sehr verstärkt, so daß er sich gewöhnt hat, mit Mißtrauen das Verhalten der Kameraden ihm
gegenüber zu beobachten und immer in der Furcht, verspottet
oder verlacht zu werden, zu leben.

Neuffer, trotz viel schwächerer Begabung Hölderlin wesens-
verwandt durch seine Ernsthaftigkeit und seinen poetischen Ehrgeiz, Magenau, ein humorvoller, frischer Bursche voll neidloser
Bewunderung für jene tiefen Eigenschaften der Freunde, die ihm
selbst fehlten, waren wie geschaffen, Hölderlin über das, was ihm
unerträglich vorgekommen war, zu trösten und seiner glücksdur-
stenden Seele lichte, heitere Stunden zu bescheren.

Es ist selbstverständlich für die damalige Zeit, daß diese
Freundschaft durch einen weihevollen Bund „fürs Leben" beschlossen und gelobt wurde. Ein gemeinsames „Bundesbuch"
und einen „Albermannstag" — d. i. einen feststehenden Tag
für Zusammenkünfte — hatte man natürlich auch. In das
Buch wurden neben der Chronik des Bundes vor allem poetische
Ergüsse der Mitglieder eingetragen. Hölderlin hat dazu sein
„Lied der Freundschaft", das „Lied der Liebe" und sein Gedicht
„An die Stille" beigesteuert. Auch während der Ferien bleiben
die drei in inniger Beziehung zueinander und tauschen Besuche
und „poetische Episteln". Hölderlins „Einladung an Neuffer" ist
eine von diesen.

Und wie er anfing, „die Welt in seinen Freunden" zu sehen,
so erweiterte und bereicherte sich diese für ihn immer mehr durch
dieselben. Schon bei seinem ersten Besuche bei Neuffer in Stuttgart lernt Hölderlin Schubart kennen, den unglücklichen Dichter,
den der Herzog Karl Eugen auf den Asperg gefangensetzen ließ,

bis die trotzige Kraft, die den Tyrannen zu tadeln wagte, ge=
brochen war. Schubart hatte noch nicht lange den Asperg ver=
lassen, als Hölderlin nach Stuttgart kam. Einen ganzen Vor=
mittag muß der junge, sich zum Leben rüstende Dichter bei dem
alten, gebrochenen, besiegten bleiben; und wir wissen, wie Schu=
bart ihn mit väterlicher Zärtlichkeit umgab und dabei immer
wieder die ängstliche Frage an ihn richtete, ob Hölderlin
auch würde unabhängig, pekuniär selbständig, zu leben ver=
mögen; eine Frage, die bei aller Trivialität die Kernfrage für
Hölderlins weiteres Schicksal werden sollte, deren Lösung seine
beste Kraft verbrauchen sollte, wie sie Schubarts beste Kraft ver=
braucht hatte. Nicht umsonst heißt es in der letzten stammelnden
Arbeit des gebrochenen Hölderlin: „Es wird gut sein, um den
Dichtern, auch bei uns, eine bürgerliche Existenz zu sichern, wenn
man die Poesie, auch bei uns, zur μηχανη der Alten erhebt."

Wichtiger für sein ferneres Leben als die vorübergehende
Bekanntschaft mit Schubart wurde die Freundschaft mit Stäudlin,
zu der gleichzeitig der Grund gelegt wurde. Stäudlin war um
zwölf Jahre älter als Hölderlin und damals schon in Amt und
Würden als Kanzleiadvokat, widmete sich aber nebenbei mit
großer Hingabe der Dichtung. Er war selbst Verfasser eines
kleinen lyrischen Gedichtbuches, vor allem aber war er ein Freund
junger Dichter und Herausgeber einer „poetischen Blumenlese",
die von 1782—1787 erschien, und die er vom Jahre 1792
wieder erscheinen ließ. In dieser hat Hölderlin mit seinen
Gedichten debütiert. Stäudlin blieb von nun ab der vierte im
Freundesbunde, und die Verlobung seiner Schwester Rosine mit
Neuffer verstärkte das Gefühl der engen Zusammengehörigkeit
des kleinen Kreises.

Die ersten zwei Jahre im Stift waren nach Vorschrift der
Philosophie gewidmet. Daneben hörte Hölderlin aus freiem
Antriebe die Vorlesung des für das Hellenentum begeisterten
Dichters Conz über die Tragödien des Euripides.

So ist Hölderlin mit einem Male auf zwei unermeßliche Ge=
biete gestellt, wo sich seine stolze Dichtersehnsucht nach Schön=
heit und Großheit des Lebens und sein quälender Erkenntnis=
drang nach Höhe, Weite und Tiefe des Weltbegreifens befriedigen
konnten. Hölderlin hat diese Gebiete nie wieder verlassen. In=
dem er sie betrat, schloß er seinen Geist an die großen Bewe=
gungen des Zeitalters an. Denn Philosophie und griechische
Dichtung, das waren damals die beiden großen Faktoren alles
geistigen Lebens. Conz predigte eine Antike, so wie sie Winckel=
mann zuerst und Goethe nach ihm verkündet hatten. „Edle

Einfalt und stille Größe", dieses Idealbild einer zukünftigen Herrlichkeit, das die genialen Augen in den vollendeten Linien der griechischen Kunst als Vergangenheit zu erblicken meinten, wurde auch für die reine klare Seele Hölderlins der führende Stern in die Zukunft. — Mit Anstrengung aber macht er sich gleichzeitig daran, auch auf dem dornenvolleren Pfade der Philosophie sich seinen Weg zu den lichten Höhen des Geistes zu bahnen. Seit Kants Kritizismus, der damals die letzte, neueste Philosophie war, führt aber dieser Weg — fast möchte man für Hölderlin sagen: leider! — nicht so sehr in die Höhe und Weite als in die dunklen Tiefen der eigenen Brust, in das Labyrinth des menschlichen Bewußtseins. Nur in qualvollem Ringen vermochte der naturfreudige Hölderlin dem eisernen Meister auf dieser Bahn nachzufolgen, und nur vermöge seiner großen Dichterphantasie war es ihm möglich, auch in den dunkelsten Tiefen des Kritizismus nach Perlen zu tauchen und reiche Schätze daraus ans Licht zu bringen.

Heller aber und begeisternder als Kant sprechen die großen Dichter der Vergangenheit und Gegenwart zu ihm. Klopstock hatte Hölderlin schon im Hause der Mutter viel gelesen und sehr verehrt, Ossian hatte ihn in Maulbronn hingerissen; jetzt treten die Griechen, Euripides und vor allem Homer, immer mehr in den Vordergrund: eine neue freundliche und glückliche Welt, ein stolzes, freies Heldentum der Tat, vor dem das klopstockisch-christliche des Leidens und des Gedankens anfängt, immer weiter zurückzuweichen. — Vor allem aber ist es Schillers kraftvolle Persönlichkeit, die ihn magnetisch auf ihre Bahn zieht, der er sich zu folgen getrieben fühlt wie einer höheren Macht. Von dieser fremden Gewalt hat sich Hölderlins Genius erst spät, der Mensch Hölderlin niemals befreit; und wohltuend oder gleichgültig, blieb Schiller, wie eine Verkörperung des Schicksals, ein Teil von Hölderlins Leben.

So wächst der Geist des Dichters und entfaltet sich nach allen Richtungen, und über dem Wachsen verliert sich sein Unmut und seine Zerrissenheit.

Unter Schillers Einfluß beginnt jetzt die erste große Epoche seiner Dichtung: die Zeit der „Hymnen" an die Ideale der Menschheit. Und neben diesen, die damals sein Hauptwerk bedeuten, entstehen eine Fülle anderer Lieder, voll heißer Liebe zum Großen, Guten, Schönen; tiefe Heldenverehrung, bald stolze, bald zaghafte Zukunftsträume von Männertaten und Lorbeerkränzen klingen aus ihnen. — Nichts Theologisches mehr! — Mehr als je erscheint die Zukunft, die man für ihn ausgesucht hat, eine

Unmöglichkeit; so sehr, daß das Verlöbnis mit Luise, das ihm die Sorge für dieselbe zur Pflicht macht, eine Qual wird. Er reißt sich los. Selbst zerrissen bei dem Gedanken, der Geliebten so bitter wehe tun zu müssen, folgt er doch seinem „Dämon“, den er „Ehrgeiz“ nennt: „Sieh! Louise! ich will Dir meine Schwachheit gestehen. Der unüberwindliche Trübsinn in mir — aber lache mich nicht aus — ist wohl nicht ganz, doch meist — unbefriedigter Ehrgeiz. Hat dieser einmal, was er will, dann und bälder nicht, werd' ich ganz heiter, ganz froh und gesund sein. Du siehst jetzt den eigentlichen Grund, warum ich den freilich zu raschen Vorsatz faßte, unser Verhältnis äußerlich anders stimmen zu wollen. Ich wollte Dich nicht binden, weil es ungewiß ist, ob jener mein ewiger Wunsch jemals erfüllt, ob jemals dieser — eben menschliche — Ehrgeiz befriedigt wird, ob ich also jemals ganz heiter, ganz froh und gesund werden kann. Und ohne dies würdest Du nie ganz glücklich mit mir sein.“ Wir haben uns gewöhnt, den mächtigen Drang, den Hölderlin ohne Selbstbeschönigung „menschlichen Ehrgeiz“ nennt, als etwas Selbstsüchtiges, Tadelnswertes zu bezeichnen. Und doch ist er im letzten Grunde oft gerade das Gegenteil von Selbstsucht und persönlichem Glücksbedürfnis. Es ist der Sporn, den die Natur dem Einzelnen in die Seite preßt, um ihn im Dienst des Ganzen zu gebrauchen — oft aufzubrauchen.

Nachdem die Verlobung gelöst war, — Luise ließ trotz der bitteren Enttäuschung die letzten Abschiedsworte so sanft und harmonisch als möglich dem Freunde in die Seele klingen — war Hölderlin zum erstenmal ganz zu dem erhebenden Gefühl kraftvoller Jugendlichkeit erwacht:

> „Sterblich bin ich zwar geboren,
> Dennoch hat Unsterblichkeit
> Meine Seele sich geschworen,
> Und sie hält, was sie gebeut!“

Aber kaum sind diese Bande gelöst, so verstrickt sich der Liebebedürftige aufs neue. Elise Lebret, die hübsche, etwas kokette und, wie es scheint, ziemlich berechnende Tochter eines Tübinger Professors, begünstigt ihn, und Hölderlin läßt es gern geschehen, daß sein Herz wieder „in Ebbe und Flut“ zu rauschen beginnt, daß wieder ein paar liebe Mädchenaugen wohlwollend und teilnehmend auf ihm ruhen. Aber er denkt nicht daran, dieses Wohlgefallen zur Grundlage seines späteren Lebens machen zu wollen. Doch Elise weiß ihn zu halten — später sogar gegen seinen Willen. Und so wird aus der Tändelei abermals eine

Fessel. Vielleicht war es die größere Gleichgültigkeit gegen Elise, die Hölderlin diesmal daran hinderte, einen offenen Bruch herbeizuführen. Er überließ es der Zeit, diese Verbindung zu lösen, und ohne Gewissensskrupel geht er den Weg, der seinen Wünschen entspricht, selbst als die Mutter, die in Elise die Bundesgenossin sieht für ihre Bemühungen, den Unruhigen an eine feste Scholle zu binden, sich zur Vermittlerin macht: „Sie sagen mir," schreibt Hölderlin, „daß Sie die L. bedauern. Ich denke aber, wenn sie mir im Ernste gut ist, so kann sie nichts wünschen, was gegen meinen Charakter ist." Mit einem „Wohl mir!" begrüßt er später die ersten Anzeichen ihrer Gleichgültigkeit und ihre gleich darauffolgende Verlobung mit einem anderen.

Gleichzeitig mit Hölderlin war Hegel in das Stift eingetreten. Aber erst nach zwei Jahren, nachdem sie ein gemeinsames Zimmer beziehen mußten, treten sich die beiden näher. Teilte Hölderlin mit Neuffer, Magenau und Stäudlin sein Höchstes, seine Poesie, so wird ihm Hegel der gute Kamerad, mit dem er die steilen Pfade philosophischer Erkenntnis emporklimmt zu jenen Höhen, wo die klare, dünne Luft des reinen Geistes weht, von denen aus die Welt bald sich in wundervollem Fernblick zum Ganzen rundet, bald sich in unabsehbaren Fernen unfaßbar der Unendlichkeit vermählt. Mit Platos, Spinozas, Leibniz' Geist haben die beiden frohe Unterredung gepflogen; und es waren „Götterstunden", sagt Hölderlin, „wo ich unter Schülern Platos hingelagert, dem Fluge des Herrlichen nachsah." In jenen Stunden, vor jenen Ausblicken läuterten sich die jungen Seelen von dem Zufälligen, aber auch von dem Traditionellen, das man ihnen anzuerziehen bemüht war; ihre Geister wuchsen sich aus zu eigener bestimmter Form, wurden fähig und mutig, die eigene Offenbarung, die Wahrheit ihrer eigenen Seele zu verkünden. Und so setzten sie als Wanderer den Fuß auf den dornenvollen Pfad, der zur Unsterblichkeit führt.

In diese Tage des geistigen Aufschwungs und des menschlichen Erblühens gelangten die ersten Nachrichten von der französischen Revolution in die Stiftseinsamkeit. Sie scheinen einen ungeheuren Umschwung aller Verhältnisse zu prophezeien. Ein neuer Völkerfrühling scheint sich mit blutigrotem Morgengrauen anzukünden. „Wie hätten nicht", ruft Dilthey aus, „von den großen abstrakten Ideen dieser Bewegung die Jünglinge im Stift fortgerissen werden sollen, die unter dem Druck des großen Thrannen in Stuttgart und der kleinen in Tübingen standen! Die Schöpfungsstunde der Freiheit schien ihnen gekommen und das griechische Heldentum wiedergekehrt!" Im Stift schließen

sich die Parteigänger der Franzosen, unter ihnen Hegel, Hölderlin und der junge Schelling, der erst kaum in das Stift
eingetreten war, zu einem Bunde zusammen. Das Bundes-
lied ist die Marseillaise; auf dem Marktplatz wird ein Frei-
heitsbaum gepflanzt und in jubelnder Begeisterung umtanzt; —
darob der Herzog sich veranlaßt fühlt, in höchsteigener Person
dem Stift einen Besuch zu machen, um die jungen Theologen
zu rüffeln. Was diese erträumten und erhofften, war aber
nicht so sehr die Befreiung und Hebung des dritten Standes,
als vielmehr: Läuterung und Erhöhung der ganzen Menschheit,
Rückkehr zur Natur, wie Rousseau gepredigt hatte, eine neue
Möglichkeit zur Steigerung, Durchgeistigung und Entfaltung
jeder Einzelpersönlichkeit in einem Staat, der nur in dieser
Erziehung zur reinen Menschlichkeit seine Aufgabe sähe. Hölderlins „Hymne an die Freiheit" und „Hymne an die Menschheit" verdanken der Begeisterung für diese Zukunftsvision ihre
Entstehung.

> „Majestätisch wie die Wandelsterne,
> Neu erwacht am offenen Ozean,
> Strahlst du uns in königlicher Ferne
> Freies, kommendes Jahrhundert an."

> „Nimmer beugt, vom Übermut belogen,
> Sich die freie Seele grauem Wahn;
> Von der Muse zarter Hand erzogen
> Schmiegt sie kühn an Göttlichkeit sich an."

Im Herbst 1790 promovierte Hölderlin gemeinsam mit
Hegel zum Magister. Er mußte zu diesem Zwecke zwei Ab-
handlungen schreiben, deren Themen er selbst wählen durfte.
Sie lauteten: „Geschichte der schönen Künste unter den Griechen"
und „Parallele zwischen den Sprichwörtern Salomonis und
Werken des Hesiod". Mit dieser Promotion waren die philosophischen Studien offiziell zu Ende und die theologischen mußten
beginnen. In Wirklichkeit aber hat Hölderlin seine philosophischen Studien nie abgeschlossen. Und wenn er auch im späteren Leben oft bedauerte, allzu viel Zeit und Kraft auf sie
verwandt zu haben, so sind doch sein Hyperion und vor allem
sein Empedokles in seiner tiefgründigen Herrlichkeit ohne dieselben überhaupt nicht denkbar, wie die ganze große Epoche der
deutschen Dichtung, der Hölderlin angehört, ohne den philo-
sophisch-idealistischen Einschlag nicht denkbar ist.

Einen Abschluß finden diese ersten zwei glücklichen Jahre

durch eine Schweizerreise mit Hiller und Memminger, zwei
Studiengenossen. Zwei Gedichte hat Hölderlin in der Erinnerung an jene Reise geschrieben: „Kanton Schwyz" und „An
meinen lieben Hiller". Sie zeigen deutlich, wie sehr Hölderlin
damals die überwältigenden Eindrücke des Hochgebirges mit
den idealen Vorstellungen seiner nach Freiheit dürstenden Seele
verschmolz; wie die gewaltigen Landschaften sofort von dem
unruhig nach Großheit verlangenden Geiste — man möchte fast
sagen: — verschlungen wurden. Sie versinken tief in der Innerlichkeit seines Gefühlslebens, und wenn sie aus ihm wieder als
Dichtung emporquellen, so sind die Bilder der Alpenwelt so
innig mit tobenden Empfindungen verschmolzen und in erhabene
Stimmung getaucht, daß Berge, Wolken, Wasser ein geisterhaft-
menschliches Wesen auszuströmen scheinen.

Hölderlin fand bei seiner Rückkehr die Freunde nicht mehr
im Stift vor. Beide hatten ihr theologisches Examen bestanden.
Mit ihnen hatte Hölderlin den Widerhall für sein poetisches
Schaffen verloren. Sehr schmerzlich macht sich diese Lücke fühlbar.
Die theologischen Studien bieten keinen Ersatz; sie irritieren ihn.
Er fühlt sich wieder unglücklich. Der Gegensatz zwischen dem
dogmatischen „Du sollst glauben" und seiner Begeisterung für
freies Erkennen und inniges Fühlen der Göttlichkeit in der Natur
quält ihn aufs neue, doppelt jetzt, nachdem er in der Philosophie so
vieles gefunden, was ihm beste Nahrung für den Geist gewesen
war. Traurig genug war es ja damals um die protestantische
Theologie bestellt. Die Aufklärung und der Rationalismus
hatten tabula rasa gemacht mit allem tief Mystischen, unergründlich Bedeutsamen in der christlichen Lehre; sie hatten den Kirchen-
glauben von allem Poetischen, aller Bildlichkeit und aller Innerlichkeit gereinigt und hatten dafür eine Geburt des „gesunden",
d. i. des engsten Menschenverstandes an die Spitze der Theologie
gestellt, ein System von Dogmen, die an platter Deutlichkeit
nichts zu wünschen übrig ließen, aber in jeder andern Hinsicht
vollständig versagten. Für Hölderlin war diese bürgerliche Enge
einer sogenannten „Religion", in die sein mit Unendlichkeiten
und göttlichen Schönheiten so innig vertrauter Geist sich jetzt
sperren sollte, unerträglich: „Wär' ich doch bei Dir, Bruder
meiner Seele," schreibt er an Neuffer. „Aber so sitz' ich zwischen
meinen dunklen Wänden und berechne, wie bettelarm ich bin an
Herzensfreude und bewundre meine Resignation." — Alle Zweifel des Himmels und der Hölle fassen ihn an. Das, was ihm
das Heiligste gewesen ist, scheint jetzt das Unerträglichste im
Leben. Und mit dem Unerträglichsten ist die innig geliebte

Mutter im Bunde. Mit diesen Leiden und Zweifeln in der Brust wird er wieder einsam unter den Genossen, erwacht seine alte Empfindsamkeit wieder und läßt ihn in den Briefen an Neuffer über Zurücksetzung klagen. — Er ist älter geworden und kräftiger, die leidenschaftliche Innigkeit seines Fühlens, die Reizbarkeit seines Empfindens, die ungeduldige Wachheit und Fülle seines Geisteslebens verlangen heißer denn je nach einem tieferen Lebensinhalt, nach dem Rhythmus eines großen Erlebnisses.

> „Ich duld' es nimmer, ewig und ewig so
> Die Knabenschritte, wie ein Gekerkerter
>   Die kurzen, vorgemeßnen Schritte
>   Täglich zu wandern, ich duld' es nimmer!"

Hölderlin rafft sich auf! Er ist jetzt fest entschlossen, der Theologie und dem Kloster den Rücken zu kehren; allen Gewissens- und andern Zwang hinter sich zu werfen. Er will jetzt allen Ernstes mit dem juristischen Studium beginnen. Die Freunde billigen seinen Entschluß, und er teilt ihn der Mutter mit. — Wie ihre Antwort war, wissen wir nicht; aber Hölderlin bleibt, wo er ist: „Daß ich noch im Kloster bin, ist Ursache die Bitte meiner Mutter. Ihr zulieb' kann man wohl ein paar Jahre versauern." Es war ein verhängnisvoller, vielleicht der verhängnisvollste Irrtum seines Lebens.

Jetzt hatte er nur noch die Wahl, entweder sein Leben auf einen Kompromiß aufzubauen, einen Mittelweg zu finden zwischen dem, was er als Lebensberuf trieb, und dem, was er als höchsten Lebensbegriff in sich trug, oder, wenn dies nicht gelang, wie eine verhaßte Lüge und Unwahrheit den Beruf zu fliehen, für dessen Vorbereitung er jetzt die besten Jahre seiner Jugendkraft verbrauchte. Mit diesem Nachgeben hat sich der Einzig-Wahrhaftige einer unbesiegbaren Lüge verpflichtet. Der Konflikt seines Lebens konnte nun nur durch Aufopferung seines wahrsten und tiefsten Charakters gelöst werden, oder er war unlöslich und mußte ihn zerreißen. — In jugendlicher Hoffnungsfreudigkeit scheint die Frage nicht so schneidend: „Auf ein paar Jahre!" das Land unbegrenzter Möglichkeiten kam nach diesen! Und so schmiedete Hölderlin weiter in Geduld die Rüstung, die, anstatt ihn zu wappnen, ihn erdrücken sollte.

Im Laufe der Jahre hatte sich die feurige Hymnenstimmung des Dichters erschöpft. Die unruhig lodernde Flamme der Begeisterung hatte alles, was im Grunde fremder, unassimilierbarer Stoff für die feine Dichternatur war, verzehrt und sank

nun auf sich selbst zurück. Nur von des Dichters eigenstem
Lebensöle genährt, wurde sie jetzt zu jenem warm und still
leuchtenden, silberhellen Licht, das, in die zartesten Farben
gebrochen, Hölderlins Dichtungen so geheimnisvoll belebt. Ein
Zwischenglied in der Entwicklung von der ersten, unruhigen zur
zweiten, verklärten Periode von Hölderlins Dichtung ist, neben
den „Elegien“ und einigen andern Gedichten, der „Hyperion“.
Hölderlin begann ihn, nachdem er seine Hymnendichtung aus=
drücklich als beendet erklärt hatte. Er soll etwas ganz Eigenes
werden auf dem Gebiete des Romans, wo es „Vorgänger genug“,
aber nur „wenige, die auf neues schönes Land gerieten, und noch
eine Unermeßlichkeit zur Entdeckung und Bearbeitung“ gibt.
„Ob mein Hyperion nicht vielleicht einmal ein Plätzchen aus=
füllen dürfte unter den Helden, die uns doch ein wenig besser
unterhalten, als die wort= und abenteuerreichen Ritter?“ —
Der unter Qualen und Seligkeit zum Lichte strebende Hyperion
hat Hölderlins Entwicklungsgang von nun an begleitet; als er
vollendet war, hatte auch Hölderlin seine volle Reife erreicht.
Die jungen „Sorgen aus dem Geiste“, das Gefühl der äußeren
Leere und der inneren qualvollen Überfülle hatte er sich wäh=
rend des letzten Studienjahres am Hyperion von der Seele ge=
schrieben, so daß die letzten Monate im Stift heiter und an=
geregt verlaufen. Hölderlin wird wieder empfänglicher für die
Freundschaft derer, die, wennschon sie nicht mit ihm in die
Tiefen der Dinge, wo seine Heimat war, zu versinken vermochten,
doch, von der Schönheit und Liebenswürdigkeit seiner Persön=
lichkeit bezwungen, ihm in herzlicher Liebe nahen. Zu diesen
gehört jetzt vor allem Eduard von Sinclair, dem es später
vergönnt sein sollte, das schwere, dunkle Dichterlos tragen zu
helfen, dessen Großheit und Bescheidenheit und liebende sor=
gende Hingebung wie eine versöhnende Ergänzung, wie eine
stille Erlösung noch heute in dem grausamen Schauspiel der
Vernichtung des zarten Genius Hölderlins erscheint.

Das Schlußexamen im Kloster rückte heran. Hölderlin stand
zögernd auf der Grenze zwischen zwei Epochen seines Lebens.
Dahinten die Reihe der wohlgeordneten Tage und Pflichten,
vor ihm das Leben, dem er als „ein Fertiger“ entgegentreten
soll. Der stets Nachdenkliche erscheint noch nachdenklicher in diesen
Tagen. Er ist „bitter unzufrieden“ mit sich selbst: „O, was ich
mir vor sechs Jahren für Vorstellungen machte von dem, was ich
in meinen jetzigen Jahren sein werde. Ist es Glück oder Unglück,
daß mir die Natur diesen unüberwindlichen Trieb gab, die Kräfte
immer mehr auszubilden?“ Und dann ein Blick in die eigene

Brust, in die Welt, in die Zukunft und ein tiefer Wunsch für das Wirken im Leben: „Meine Liebe ist das Menschengeschlecht, freilich nicht das verdorbene, knechtische, träge, wie wir es nur zu oft finden auch in der eingeschränktesten Erfahrung. Aber ich liebe die große, schöne Anlage auch in verdorbenen Menschen. Ich liebe das Geschlecht der kommenden Jahrhunderte. Denn dies ist meine seligste Hoffnung, der Glaube, der mich stark erhält und tätig, unsere Enkel werden besser sein als wir, die Freiheit muß einmal kommen, und die Tugend wird besser gedeihen in der Freiheit heiligem, erwärmendem Lichte, als unter der eiskalten Zone des Despotismus. Wir leben in einer Zeitperiode, wo alles hinarbeitet auf bessere Tage. Diese Keime von Aufklärung, diese stillen Wünsche und Bestrebungen einzelner zur Bildung des Menschengeschlechts werden sich ausbreiten und sich verstärken und herrliche Früchte tragen . . . Dies ist's, woran mein Herz hängt, dies ist das heilige Ziel meiner Wünsche und meiner Tätigkeit — dies, daß ich in unserem Zeitalter die Keime wecke, die in einem künftigen reifen werden. Und so, glaub' ich, geschieht es, daß ich mit etwas weniger Wärme an einzelne Menschen mich anschließe. Ich möchte ins Allgemeine wirken . . . O! und wenn ich einmal eine Seele finde, die wie ich, nach jenem Ziele hinstrebt, die ist mir teuer, über alles teuer. Jenes Ziel, Bildung, Besserung des Menschengeschlechts, jenes Ziel, das wir in unserem Erdenleben vielleicht nur unvollkommen erreichen, das aber um so leichter erreicht werden wird von der bessern Nachwelt, je mehr auch wir in unserem Wirkungskreise vorbereitet haben!"

Kein Zweifel! Hier rufen ewige Geistestriebe einen Einzelnen zum Dienst im Ganzen, sondern ihn aus von der Menge und liefern ihn ihr aus zum Helden oder — zum Opfer.

1793 kehrt Hölderlin zu den Seinigen nach Nürtingen zurück. Selbstverständlich will er nicht bleiben. Alles treibt ihn aus der Enge des kleinlichen Lebens in Nürtingen mit seinen bescheidenen (Hölderlin sagt „dürftigen") Freuden in die beseligende, erhebende, erwärmende, allen Geisteshunger stillende Nähe der Großen, die sein Lied und seine Sehnsucht schon so lange suchen. Jena und Weimar sind das Ziel, dem er zustrebt. Dort möchte er ein neues Leben beginnen: allerdings nicht als freier Dichter, sondern als Hofmeister, um seiner Mutter pekuniäre Lasten zu ersparen. „Kann ich eine gute Hofmeisterstelle bekommen," schreibt er an die Mutter, „so bescheid' ich mich gerne so lange mit meinem jenaischen Projekt, bis ich vielleicht selbst (wenigstens) die Hälfte des Erforderlichen zusammengehofmeistert — und zusammengeschrieben habe." Die Tage im Hause der Mutter werden dem unruhig nach dem Leben Dürstenden unendlich lang. Vor allem „muß ich fürchten, wenn ich zu lange keinen Platz bekomme, das Konsistorium möchte mich beim Kopfe kriegen und mich auf irgendeine Vikariatstelle zu einem Pfarrer hinzwingen". — Es ist wie eine wunderbare Fügung, daß gerade jetzt im Hause der Frau von Kalb ein Hofmeister verlangt wird, daß gerade Schiller, der nach Schwaben abreist, es übernommen hat, den rechten Mann zu finden, und daß Stäudlin von ihm in dieser Angelegenheit zu Rate gezogen wird. Stäudlin empfiehlt Hölderlin auf dessen eigenen Wunsch. Hegel war vorher die Stelle angeboten worden; dieser aber hatte sich schon einer Schweizer Familie in Bern verpflichtet. Hölderlin muß sich Schiller vorstellen. Unter solchen Umständen erlebt er die erste Begegnung mit dem Manne, dessen Geist ihm in den glühenden Jugendtagen Leben und Licht gegeben, Führer, Sporn und Trost gewesen war.

Wie diese bedeutsame Begegnung auf Hölderlin wirkte, wissen wir nicht. Er hat zwar Magenau ausführlich davon erzählt, aber dieser berichtet darüber nur ganz kurz an Neuffer: „Er wiederkäute mir Schillers Regeln an ihn." Schillers Referat über Hölderlin an Frau von Kalb ist uns dagegen erhalten. Es lautet:

„Einen jungen Mann habe ich ausgefunden, der eben jetzt seine theologischen Studien in Tübingen vollendet hat und dessen Kenntnissen in Sprachen und den zum Hofmeister erforderlichen Fächern alle, die ich darüber befragt habe, ein gutes Zeugnis erteilen. Er versteht und spricht auch das Französische und ist (ich weiß nicht, ob ich dies zu seiner Empfehlung oder zu seinem Nachteile erwähne) ein poetisches Talent, wovon Sie in dem Schwäbischen Musenalmanach vom Jahre 1793 Proben finden werden. Er heißt Hölderlin und ist Magister der Philosophie. Ich habe ihn persönlich kennen lernen und glaube, daß Ihnen sein Äußeres sehr wohl gefallen wird. Auch zeigt er vielen Anstand und Artigkeit. Seinen Sitten gibt man ein gutes Zeugnis; doch völlig gesetzt scheint er noch nicht und viele Gründlichkeit erwarte ich weder von seinem Wissen, noch von seinem Betragen. Ich könnte ihm vielleicht hierin unrecht tun, weil ich dies Urteil bloß auf die Bekanntschaft einer halben Stunde und eigentlich bloß auf seinen Anblick und Vortrag gründe; ich will ihn aber lieber härter als nachsichtiger beurteilen, daß, wenn Ihre Erwartungen ja getäuscht werden sollten, dies zu seinem Vorteil geschehe." —

Es ist begreiflich, daß Frau von Kalb zögerte, diesen jungen Mann, dessen wohlgefälliges Aussehen und Sprechweise Schiller als unvereinbar mit der strengen Wissenschaftlichkeit und Gründlichkeit eines Gelehrten erschienen waren, zum Erzieher ihres Sohnes zu machen. Sie zögerte zu Hölderlins größter Qual. Als endlich der zustimmende Bescheid eintrifft, geht Hölderlin sofort frohen Mutes an die Reisevorbereitungen. — In der Tat, ihm scheint ein Glücksstern aufgegangen, der einen herrlichen Weg beleuchtet! Was er selbst als unabhängiger Student in Jena kaum hätte erreichen können, die engere Berührung mit Schiller, scheint jetzt in der Hofmeisterstelle bei der Freundin Schillers eine leichte Möglichkeit. Und zu dieser Möglichkeit kommt die Freude, pekuniär unabhängig, auf eigenen Füßen ohne der Mutter Unterstützung stehen zu können.

Waltershausen und Jena.

Frau von Kalb bewohnte damals mit ihrer Familie das Gut Waltershausen bei Jena. Am 20. Dezember 1793 reist Hölderlin dorthin ab. Ein unaussprechliches Hochgefühl seliger Befreiung und Erwartung durchströmt seine Brust und klingt aus seinen Reiseberichten wieder. Was scheint nicht alles möglich und wahrscheinlich, wenn ein so junges, so weltfremdes, so weltreines und an Gefühlen und Stimmungen so überreiches junges Dichterherz einem „neuen Leben" entgegenschlägt! Für Hölderlin war diese Reise eine Reise nach der Menschheit, nach dem Glück, nach dem Lande der Poesie und dem geheimnisvollen, verheißungsvollen Leben. „Es ist entzückend, den ersten Schritt aus der Schranke der Jugend zu tun; es ist, als dächt' ich meines Geburtstags, wenn ich meiner Abreise von Tina gedenke", heißt es im Hyperion. „Es war eine neue Sonne über mir und Land und See und Luft genoß ich, wie zum ersten Male."

Die Reise ging von Stuttgart über Nürnberg, Erlangen und Koburg. In Stuttgart wird den Freunden Neuffer, Magenau und Stäudlin Lebewohl gesagt und der alte Freundesbund von neuem beschworen; in Nürnberg wird mit Ludwig Schubart, dem Sohn des inzwischen verstorbenen Dichters, „ein rechtes gespaßt und getummuliert". Weihnachten feiert er in Erlangen und erbaut sich an der ketzerischen, aber „herrlich schönen und hell gedachten Predigt" des Propstes Ammon in der Universitätskirche. Von Erlangen bis Bamberg geht es durch einen kalten, schauerlichen, nicht ganz sicheren Wald; kein kleines Vergnügen für den jungen Reisenden! Das Tal der Jtz, durch das er bis

Koburg fährt, findet er „himmlisch“. Und in Waltershausen, das er schließlich „per Extrapost“ erreicht, erscheint der Major von Kalb sogleich als der „humanste und gebildetste“ Mann, die Gesellschafterin als eine Frau von einnehmendem Äußern und „von seltenem Geist und Herzen“, der Zögling als ein „schöner, guter Bube“, — kurz, es ist alles herrlich! Und selbst das Peinliche, daß niemand im Hause ein Wort von seiner Ankunft weiß und der Hofmeister, den er zu ersetzen bestimmt ist, noch im Hause weilt, können die begeisterte Zufriedenheit nicht dämp=sen. Frau von Kalb ist nicht anwesend. Sie war in Jena, wo sie bis zum Frühling blieb und dann mit ihrem dort geborenen kleinen Knaben zurückkehrte.

Hölderlins freudiger Lebensmut dauerte an. Ja, er wurde erst recht belebt, nachdem Frau von Kalb zurückgekehrt war und sich sogleich mit weiblicher Feinfühligkeit in die still=tiefe Persön=lichkeit des jungen Hölderlins hineinzufinden vermochte. Das den meisten so kompliziert erscheinende und dabei in Wirklichkeit doch so klare, einfache Wesen Hölderlins findet in der „Tita=nidin“ ein auf Geistesverwandtschaft beruhendes, tiefes Ver=ständnis, und in herzlicher Freundschaft wendet sie dem jungen Dichter ihre Teilnahme zu. Zum ersten Male tritt Hölderlin eine Frau der großen Welt entgegen; und ihr Geist — ungleich dem aller andern Frauen, mit denen Hölderlin bis jetzt in Berührung gekommen war — ist fähig, den seinen ganz zu be=greifen und emporzuheben. Für Hölderlin ist dies ein neues, überraschendes, tiefes Erlebnis. Er huldigt ihr mit jener stillen Ergebenheit, deren nur eine ganz aufs Große und Wahre ge=richtete Männerseele fähig ist. Er bewundert sie: „ihren Ver=stand“, „ihre Herzensgüte“, „die seltene Energie ihres Geistes“. An Hegel schreibt er:

„Deine Seen und Alpen möchte ich wohl zuweilen um mich haben. Die große Natur veredelt und stärkt uns doch unwider=stehlich. Dagegen leb’ ich im Kreise eines seltenen, nach Um=fang und Tiefe und Klarheit und Gewandtheit ungewöhnlichen Geistes. Eine Frau von Kalb wirst Du schwerlich finden in Deinem Bern. Es müßte Dir sehr wohl sein, an diesem Strahle Dich zu sonnen.“

In der Tat bedeutete das Leben in der Familie von Kalb für Hölderlin eine ungeheure Bereicherung und Erweiterung. — Die Familien des deutschen Adels waren damals fast ausschließ=lich die Hüter und Träger der gesellschaftlichen, wie der ästheti=schen und literarischen Kultur. Der Durchschnitt des deutschen Mittelstandes ehrte und liebte Iffland und Kotzebue; der deut=

sche Adel, unter der Führung des Weimarischen Hofes, rechnete es sich mit Recht zur Ehre, Schillers und vor allem Goethes Muse huldigen zu dürfen und diese Dichter zu den Ihrigen zu zählen.

Schon die freiere, größere Lebensform im Hause der Frau von Kalb entzückt den nach Freiheit der Persönlichkeit so heiß verlangenden, nach schöner Ungebundenheit sich so sehr sehnenden jungen Griechen. Man reibt sich nicht so leicht aneinander, wenn ein großes Schloß die äußeren Grenzen weit um das Familienleben zieht und Raum zum bequemen Zusammensein wie zum gelegentlich ebenso bequemen Ausweichen gegeben ist, als wenn ein bescheidenes Häuschen die Familie fest zusammenhält und so jeden Einzelnen auffordert, einen Teil seiner Bewegungsfreiheit für die andern zu opfern. — Hölderlin paßte entschieden besser aufs Schloß als in die Hütte. Er war und blieb der geborene Aristokrat, so sehr er auch die Ideale der Hütte zu den seinigen gemacht hatte, so innig er auch die Idylle der Hütte liebte, und so sehr er sich auch bemühte, den Tugenden der Hütte treu zu bleiben. — Welche Befreiung für ihn, von der bunt und unharmonisch zusammengewürfelten Gesellschaft der Stiftler, aus der er so oft in sein enges Zimmerchen, das er noch dazu mit anderen teilen mußte, geflüchtet war, in diese neue harmonische Weite und Stille versetzt zu sein! „Die Gegend ist sehr schön. Das Schloß liegt über dem Dorfe auf dem Berge, und ich habe eines der angenehmsten Zimmer . . . Morgens zwischen sieben und acht Uhr wird mir mein Kaffee aufs Zimmer gebracht, wo ich dann mir selbst leben kann bis neun Uhr . . . Nach dem Essen kann ich, wie auch nachts bei dem Major bleiben oder nicht, mit dem Kleinen ausgehen oder nicht, arbeiten oder nicht, wie ich will! Von drei bis fünf Uhr geb' ich wieder Unterricht. Die übrige Zeit ist mein!" Klingt es nicht wie unterdrücktes Frohlocken?

Und dann im crescendo weiter: „Ich bin jetzt hier zu Hause, liebste Mutter!" „Ich dachte mir nie die Seligkeit, die im Geschäfte eines Erziehers liegt!" „Wenn wir in Gesellschaft zusammen sind, wird meist vorgelesen, abwechslungsweise bald von Herrn, bald von der Frau Kalb, bald von mir; und über Tische oder auf Spaziergängen oft in Ernst und Scherze, wenn es jedem gelegen ist, davon gesprochen. Wenn ich aber über einer eignen Arbeit etwas zerstreut bin und Gesichter schneide, so weiß man's schon, wie's gemeint ist, und ich brauche nicht unterhaltend zu sein, wenn ich nicht in der Laune bin. Daß dies ganz nach meinem Sinn ist, können Sie sich denken!"

Und wie die größere Bewegungsfreiheit, so entzückt der

gewandtere Ton des Umgangs, der in diesem Familienkreise herrscht, und den er als einen gänzlichen Mangel an „Etiquette und Stolz" empfindet, seine für ruhigen Rhythmus so empfängliche Seele. In diesen Ton fand er sich augenscheinlich leichter, als in den „guten Ton" der Nürtinger Gesellschaft, der so oft den jungen Studenten zum Gesellschaftskritiker hatte werden lassen. Damals schrieb er seiner Schwester: „Hätt' ich ein Reich zu errichten, . . . so wäre das eins meiner ersten Gesetze: ‚Jeder sei, wie er wirklich ist. Keiner rede, handle anders, als er denkt, und ihm's um's Herz ist. Da würdest Du keinen Komplimentenschnak mehr sehen, die Leute würden nimmer halbe Tage zusammensitzen, ohne ein herzliches Wort zu reden'." Jetzt heißt es in einem Briefe an die Mutter: „Ich muß oft lachen, wenn ich daran denke, wie ich sonst so scheu und bescheiden war, und jetzt notgedrungen, um nicht für einen Pinsel zu gelten, mir eine Grace geben muß, sollt' es auch nur sein, um dem Hause keine Schande zu machen!"

Doch Hölderlin kennt auch seine gute Mutter, der ein junger Mann ohne jede Schüchternheit und Bescheidenheit sicher kein Zutrauen einflößt, und deshalb setzt er schnell hinzu: „Machen Sie sich immer lustig über diese Bekehrung, liebe Mutter! Mein schwäbisch Herz soll hoffentlich auch unter solchen Umständen bleiben, wie es war."

Und der Gesichtskreis des Stiftlers weitet sich immer mehr. Die Fülle der neuen Eindrücke, die es aufzunehmen und zu verarbeiten gilt, fordern eine andauernde seelische Bewegung, die ihm äußerst heilsam ist. Sie befreien ihn von der melancholischen Selbstverzehrung seiner früheren Jahre. Sie spannen seine Kräfte und beschäftigen seine Phantasie. Eine seit der Kindheit nicht mehr gekannte Behaglichkeit und Zufriedenheit und Schaffensfreudigkeit kommt über ihn. „Nirgends sah ich einen schönern Frühling als hier", ruft er aus, als die ersten schönen Tage die liebliche Gegend um Waltershausen verklären. Wieder kann er jetzt frei durch die Wälder streifen, kann inniger noch als früher der „jugendlichen, freundlichen Natur" in die Arme sinken, kann „vom Morgenhauch umweht" brüderlich die Sonne grüßen, „wenn ihr Strahl ins Herz der Erde und der Erdenkinder dringt", oder kann „umdämmert von der Weide, wo der Bach vorüberrinnt, tief bewegt von Leid und Freude" träumen. Hatte er noch im Winter das Gedicht „das Schicksal" beendet und darin die eherne Notwendigkeit, die Not des Lebens, als Lehrmeisterin der Heroen gepriesen, so verbannt er jetzt die finsteren Töne des Kampfes zwischen Mensch und Natur

von seiner Leier. Leichte anmutige Lieder voll froher Musik
und Lebensfreude widmet er grüßend den fernen Freunden:
„Lebensgenuß" mit dem freundlichen Anfang: „Noch kehrt in
mich der schöne Frühling wieder"; dann „Freundeswunsch" an
Neuffers Braut:

> „Der Gesang der Haine schalle,
> Froh wie du, um deinen Pfad."

oder das graziöse:

> „Ewig trägt im Mutterschoße,
> Süße Königin der Flur,
> Dich und mich die stille, große
> Allbelebende Natur."

Und ein helles Jubellied, wie wir es kaum von Hölderlin je zu
vernehmen geahnt hätten, tönt aus der befreiten Brust „dem
Gotte der Jugend".

> „So schön ist's doch hienieden,
> Auch unser Herz erfuhr
> Das Leben und den Frieden
> Der freundlichen Natur.
>
> Drum such' im stillsten Tale
> Den düftereichsten Hain,
> Und gieß aus goldner Schale
> Den frohen Opferwein!"

Seine Hauptarbeit ist in dieser Zeit die Umarbeitung des
„Hyperion". Aus dem verlorenen Ur-Hyperion wird das sogenannte Thalia-Fragment gestaltet. —

So zufrieden Hölderlin mit seiner Umgebung ist, so zufrieden
ist diese, besonders Frau von Kalb selbst, mit ihm. „Ich kann
Schiller nicht genug für die Empfehlung des guten Hölderlin
danken. Wenn je Fritz ein hoffnungsvoller Knabe wird, so ist
es einzig durch ihn", schreibt sie an Schillers Frau. Und an
Hölderlins Mutter: „Sie besitzen aber durch das Bewußtsein
der guten vorzüglichen Charaktere und Ausbildung Ihrer Kinder
ein sehr sicheres Glück — ich beurteile die andern nach unserm
teuren Freunde Hölderlin — der durch seine außerordentlichen
Bemühungen um meinen Sohn mir auch das Glück bereitet,
mich wohl einst eine glückliche Mutter nennen zu können. Mein
Mann und alle, die ihn kennen, schätzen ihn sehr. Möchten wir
ihn überzeugen können, wie dankbar wir sind, und daß wir alles
gerne tun, was seine Zufriedenheit befördern kann."

Frau von Kalb macht Hölderlins Interessen zu den ihrigen. Und das entspricht ganz dem Charakter dieser außerordentlichen, groß angelegten Frau, der Goethe einmal schrieb: „Sie sind für Herder und überhaupt der Freundschaft fähig, weil Sie persönliche Beziehungen, die andere nur suchen, zu meiden verstehen" und von der die scharfsichtige Caroline Schlegel sagt: „Ihr mögt sagen, was Ihr wollt, sie kann am jüngsten Gericht als eine echte Adlige bestehen und wird so erfunden werden." Verständnis und liebevolle Anteilnahme an der inneren Gestalt und dem geistigen Sein und Werden einer anderen Persönlichkeit und die seltene Fähigkeit, helfend und tröstend in die geheimen und unzugänglichen Gebiete eines fremden Seelenlebens vordringen zu können, ohne dort etwas verletzend zu berühren, geben Frau von Kalb einen Wert, der so oft verkannt ist, wie die seltene Fähigkeit selbst, der sie ihn verdankt. —

Frau von Kalb stellte, wahrscheinlich nicht ohne Absicht, Hölderlin dem Herzog von Meiningen vor, als dieser bei der Familie zu Gast war. Hölderlin hatte die „Paradestunden", wie er es nennt, mit durchzumachen. Es ist bezeichnend für den feinen Takt der Frau von Kalb, daß den sensitiven Hölderlin dabei auch nicht für einen Augenblick das Gefühl seiner gesellschaftlichen Ungleichheit beschlich, daß er sogar noch an demselben Abend fast bedrückt von der Aufmerksamkeit, die ihm zuteil geworden ist, seiner Mutter schreibt: „Ich finde überall, daß ein Prophet in seinem Vaterlande wenig gilt und in der Ferne zu viel!"

Vor allem aber sucht Frau von Kalb Hölderlin zu den geistigen Größen von Weimar und Jena in Beziehung zu bringen. Die nähere Bekanntschaft mit Schiller ergab sich von selbst aus der innigen Freundschaft zwischen beiden Häusern.

Wie vor einem höchsten Gewissen legt Hölderlin vor Schiller in einem Briefe Rechenschaft über seine Tätigkeit als Hofmeister ab. Gleichzeitig sendet er ihm das Gedicht „Das Schicksal" mit der Bitte um Aufnahme desselben in die Thalia. Schiller bittet um einige weitere Proben von Hölderlins dichterischen Versuchen und veröffentlicht dann „Das Schicksal", „Griechenland" und die „Hymne an den Genius der Kühnheit" im vierten Bande seiner neuen Thalia im Jahre 1794.

Auch mit Goethe, Herder, Wieland verspricht Frau von Kalb den jungen Dichter bekannt zu machen, so daß dieser frohlockend und voll begeisterter Erwartung seiner Mutter berichtet: „Ich werde wahrscheinlich nächsten Winter in Weimar im Zirkel der großen Männer" zubringen. Mit was für Gefühlen mag

das sanfte, stolze Mutterherz solche Nachrichten von ihrem hoff=
nungsvollen Ältesten im stillen Witwenstübchen in sich aufge=
nommen haben; wie rührend und beglückend mag der Gedanken=
austausch darüber zwischen Mutter und Großmutter gewesen
sein! Wie manches Zagen aber mag wohl auch die ernsten Chri=
stinnen, deren höchstes Tugendideal die Demut war, angekom=
men sein bei dem Gedanken, daß der Sohn in der Welt des
Bösen draußen den Fallstricken der Weltlust und des Hochmuts
preisgegeben war, und wie heiß wurde der Augenblick herbei=
gesehnt, der diesen Sohn als Pfarrer — sicher vor allem Bösen
— an die heilige Stätte einer Dorfkanzel zurückbringen sollte.

Trotz der zärtlichsten gegenseitigen Liebe lebt Hölderlins
strebender Geist in einer andern Welt als der seiner Mutter,
unüberbrückbar von ihm getrennt durch das, was sein Eigen=
stes ist, — und doch möchte er gerade ihr zur Lebensfreude und
Genugtuung sein höchstes Leben leben. Nur ein großer, allge=
meiner Erfolg hätte ihm im Auge der sorgenden Mutterliebe
recht geben können, — der blieb aus. Und so setzt sich der
stille, aber sicher nicht leichte Kampf mit den Waffen der Liebe
auf beiden Seiten fort: der Kampf um Hölderlins Glück, so
wie er es ersehnte, und so wie es seine Mutter für ihn wünschte!—

Frau von Kalb aber wird nicht müde, den Boden zu bereiten,
auf dem Hölderlins Eigenart ungehemmt sich entfalten könnte.
„Ersuchen Sie Schiller," so schreibt sie an Schillers Frau, als
Hölderlin diesem sein Hyperion=Fragment gesandt hat, „daß er
diesem jungen Manne bald auf seinen Brief antwortet und mit
einiger Vorliebe das Bruchstück in die Hand nehme, welches er
ihm zuwendet. Sein Urteil über diesen Versuch seines bilden=
den Geistes sei gerecht, aber auch gütig, er zürne nicht, nicht
Zweifel, sondern Anteil an H. —. Besorgnisse verleiten mich zu
dieser Äußerung."

Diese „Besorgnisse" der Frau von Kalb im Spätsommer
des Jahres sind für uns das erste Zeichen eines einsetzenden
Stimmungswechsels bei Hölderlin. Er selbst berichtet erst im
Oktober an Neuffer, daß ihm sein Beruf „oft sehr schwer" wird.
Er sucht den Grund für die wiederbeginnende Unrast in der
Hoffnungslosigkeit seiner erzieherischen Tätigkeit:

„Es muß mir also wehe tun, wenn dieser Erfolg beinahe
gänzlich mangelt, durch die sehr mittelmäßigen Talente meines
Zöglings und durch eine äußerst fehlerhafte Behandlung in
seiner frühern Jugend und andere Dinge, womit ich Dich ver=
schonen will."

Im gleichen Briefe berichtet er, daß er einen Aufsatz „über

die ästhetischen Ideen" schreibe, der „als ein Kommentar über den Phädrus des Plato gelten kann ... Im Grunde soll er eine Analyse des Schönen und Erhabnen enthalten, nach welcher die Kantische vereinfacht und von der andern Seite vielseitiger wird, wie es schon Schiller zum Teil in seiner Schrift über Anmut und Würde getan hat, der aber doch auch einen Schritt weniger über die Kantische Grenzlinie gewagt hat, als er nach meiner Meinung hätte wagen sollen."

Diese Auseinandersetzung des jungen Hölderlin mit Kant und Schiller ist leider verloren gegangen. Wie sie ausgefallen wäre, was ihre Grundanschauung ausgemacht hätte, das können wir bei genügender Aufmerksamkeit aber aus dem „Hyperion" und vor allem aus dem „Grund zum Empedokles" ersehen.

Wie weit Hölderlins wieder ausbrechende Unruhe und Un= zufriedenheit wirklich die Folge der mangelnden Erziehungs= resultate war, wie vielen Anteil daran die drängende Lebens= kraft seines Genius hatte, braucht nicht abgewogen zu werden. — Was der Kreis und das Leben in Waltershausen ihm zu geben hatten, hatte er assimiliert. Nun drängte es ihn wieder darüber hinaus nach neuer Nahrung, neuem Wissen und Schauen, nach neuen Lebenserfahrungen, neuen Geistesmelodien. Die Gebundenheit des Erziehers wird dem, der so brennend nach Ausbildung aller seiner Fähigkeiten verlangt, unleidig.

Frau von Kalb versteht ihn vielleicht besser als er selbst und ordnet seine Übersiedlung mit Fritz nach Jena an.

Und nun steht Hölderlin am Ziel seiner Jugendwünsche: im Mittelpunkt der großen, geistigen Strömung des neuerwachten deutschen Idealismus und der deutschen klassischen Kunst, der Strömung, für die er geboren war. Er steht auch gleich in Be= ziehung zu den älteren großen Trägern und Verkündigern der= selben: „Die Nähe der wahrhaft großen Geister und auch die Nähe wahrhaft großer, selbsttätiger, mutiger Herzen schlägt und erhebt mich wechselweise; ich muß mir heraushelfen aus Dämme= rung und Schlummer, halbentwickelte, halberstorbene Kräfte sanft und mit Gewalt wecken und bilden." (An Neuffer Nov. 1794.)

Hier war ein Kreis, der nicht so leicht zu durchmessen war, wie die stille Häuslichkeit der Familie v. Kalb. Einem Fichte gegenüber, im Verkehr mit Schiller, Herder, Goethe, da über= mannt ihn das Gefühl seiner Schülerhaftigkeit. Und um so un= geduldiger verlangt er jetzt nach Freiheit, zu lernen und sich zu bilden; er will wieder Student werden und nicht länger Lehrer sein. Nur seine Freundschaft zu der Familie von Kalb und Schillers Zureden halten ihn in seiner Hofmeisterstelle.

In Jena hört er Kolleg bei Fichte und schreibt mit Begeisterung an Neuffer: „Fichte ist jetzt die Seele von Weimar und gottlob, daß er's ist. Einen Mann von solcher Tiefe und Energie des Geistes kenn' ich sonst nicht." — Er besucht Schiller sehr häufig; und gleich bei seinem ersten Besuche dort trifft er Goethe. Und da spielt sich eine allerliebste kleine Szene ab, die für Hölderlin allerdings die Quelle größter Betrübnis wurde:

Hölderlin sieht Goethen, ohne zu ahnen, wer der Fremdling sei, dessen Namen er nicht verstanden hat, „bei dem keine Miene und nachher lange kein Laut etwas besonderes ahnden läßt". Seine Augen und seine ganze Seele sind bei Schiller, der ihm soeben die Thalia mit seinem Hyperion-Fragment überreicht hat. Nach einer Weile läßt Schiller Hölderlin und Goethe allein, und Goethe nimmt die Thalia und blättert unter bedrückendem Schweigen im Hyperion-Fragment, was dem jungen Dichter als vernichtende Kritik erscheint und ihm die Zornesröte ins Gesicht treibt. „Ich fühlte es, daß ich über und über rot wurde. Hätt' ich gewußt, was ich jetzt weiß, ich wäre leichenblaß geworden. Er wandte sich darauf zu mir, erkundigte sich nach der Frau von Kalb, nach der Gegend und den Nachbarn unseres Dorfs; und ich beantwortete das alles so einsilbig, als ich vielleicht selten gewohnt bin. Aber ich hatte einmal meine Unglücksstunde. Schiller kam wieder, wir sprachen über das Theater in Weimar, der Fremde ließ ein paar Worte fallen, die gewichtig genug waren, um mich etwas ahnden zu lassen. Aber ich ahndete nichts. Der Maler Meyer aus Weimar kam auch noch. Der Fremde unterhielt sich über manches mit ihm. Aber ich ahndete nichts. Ich ging und erfuhr an demselben Tage im Klub der Professoren, was meinst du? daß Goethe diesen Mittag bei Schiller gewesen sei. Der Himmel helfe mir mein Unglück und meine dummen Streiche wieder gut zu machen, wenn ich nach Weimar komme (an Neuffer Nov. 1794)." — Goethe hatte wohl die Einsilbigkeit des jungen Mannes weniger unpassend gefunden als dieser selbst. Jedenfalls ist er ihm in Zukunft mit viel Freundlichkeit begegnet, besonders nachdem Hölderlin mit seinem Zögling und Frau v. Kalb nach Weimar übergesiedelt war.

„Goethen hab' ich gesprochen, Bruder! Es ist der schönste Genuß unseres Lebens, so viel Menschlichkeit zu finden, bei so viel Größe. Er unterhielt mich so sanft und freundlich, daß mir recht eigentlich das Herz lachte und noch lacht, wenn ich daran denke", schreibt er an Hegel (26. Januar 1795); und an Neuffer mit mehr Ausführlichkeit:

„Mit Herzpochen ging ich über seine Schwelle. Das kannst Du Dir denken. Ich traf ihn zwar nicht zu Hause; aber nachher bei der Majorin. Ruhig, viel Majestät im Blicke, und auch Liebe, äußerst einfach im Gespräche, das aber doch hie und da mit einem bittern Hiebe auf die Torheit um ihn, und ebenso bittern Zuge im Gesichte — und dann wieder mit einem Funken seines noch lange nicht erloschnen Genies gewürzt wird — so fand ich ihn. Man sagte sonst, er sei stolz; wenn man aber darunter das Niederdrückende und Zurückstoßende im Benehmen gegen Unsereinen verstand, so log man. Man glaubt oft einen recht herzguten Vater vor sich zu haben. Noch gestern sprach ich ihn hier im Klub.“ —

Auch mit Herder wird Hölderlin bekannt. „Herder war auch herzlich, ergriff die Hand, zeigte aber schon mehr den Weltmann, sprach oft ganz so allegorisch, wie auch Du ihn kennst; ich werde wohl noch manchmal zu ihm kommen.“

Doch Hölderlin litt es nicht mehr in Weimar. Sein Bildungshunger ist jetzt so stark, daß alle andern Gefühle und Bedenken davon übertäubt werden. So ungern ihn Frau von Kalb verliert, so entläßt sie ihn doch schließlich aus einer Tätigkeit, in der er sich aufzureiben beginnt. Sie versteht ihn auch jetzt ganz; sie weiß, daß dieser rastlose Geist frei sein muß, sich frei suchend betätigen muß, um zu seiner eigentlichen Form zu gelangen; daß er sich ohne Zwang muß auswachsen können, um schließlich seinen Schwerpunkt und seine Ruhe in sich selbst wiederfinden zu können. Denn sie sieht — und nur sie sieht es — daß in Hölderlins Genius etwas überaus Zartes, aber auch ebenso Zerbrechliches nach der Sonne sich hebt; etwas, das in den Niederungen des Lebens unfehlbar zugrunde gehen muß, weil dem Dichter die Organe fehlen, um auch aus der Misere und der Trivialität des Lebens bildsamen Stoff zu schöpfen, weil er nur in der klaren Luft des Reingeistigen zu atmen vermag. — Sie kennt auch seine äußere Lebenslage ganz genau; sei es, daß Hölderlin ihr selbst über seine Verhältnisse Auskunft gab, sei es, daß ihr weiblicher Instinkt das Wesentliche erriet. Nur sie allein sieht den Kampf in ihm zwischen dem Genius und der Sohnesliebe. Sie weiß, was ihn trotz aller Sehnsucht nach Freiheit der Entschluß kostet, seine Mutter zu betrüben und zu pekuniären Opfern zu veranlassen. Ihr Brief an die Mutter zeigt dies alles — und mehr!

„Ihr Herr Sohn hat sein Geschäft als Erzieher bei meinem Sohne aufgegeben. Diese Nachricht wird Sie gewiß nur auf einen Augenblick vielleicht beunruhigen; was ich Ihnen ferner

sagen werde hingegen, Sie erheitern — und die Teilnahme
des mütterlichen Herzens Sie beglücken. — Mein Fritz hat
nicht die seltenen Geistes- und Gemütsanlagen, daß er es
verdient hätte, wenn ein junger Mann, so ausgezeichnet durch
Kenntnisse und Geisteskräfte, ihm die schönste Zeit seines Lebens
und die besten Stunden jedes Tags, — wodurch seine Freiheit
beschränkt und die Kultur seines Geistes verzögert worden
wäre, — gewidmet hätte. — Hölderlin muß sich so bilden,
daß er einst zum Vorteil des allgemeinen Guten und Schönen
mitwirken kann! — Es wäre der ärgste Raub gewesen,
wenn ich ihn in dieser Lage — das Kind an ihn und ihn
ans Kind hätte länger fesseln wollen. — Ich möchte auch
nicht, daß Hölderlin je durch Umstände in den Fall versetzt
würde, wieder eine Erziehung zu übernehmen. Sein Geist kann
sich zu dieser kleinlichen Mühe nicht herablassen. — Oder vielmehr sein Gemüt wird zu sehr davon affiziert. — Es gibt
sonderbare Erscheinungen an der menschlichen Natur, warum nicht
auch an der Natur der Kinder! — Ich möchte selbst kein fremdes
Kind erziehen. Meine nehme ich, wie sie sind, und hoffe von
der Liebe, der Zeit und Mühe das Beste!! — Nun zum
eigentlichen Zweck dieses Briefes. — Ihr Sohn hat in dieser
Gegend, Jena und Weimar, unter den wichtigsten Männern
Gönner und Freunde gefunden. — Er ist jetzo in Jena, auf
der Universität in Deutschland, die sowohl durch Aufklärung,
als durch die Energie der Ideen, die dort vorzüglich im Schwunge
sind, sich auszeichnet. — Es ist vielleicht kein Ort in der Welt,
wo er jetzo so alle Resultate der Wissenschaften vereiniget
findet und auf die eigene Kultur seines Geistes fruchtbar
kann wirken lassen. Freuen Sie sich, einen Sohn zu haben,
der diese Vorzüge zu würdigen — und zu benutzen imstande ist!
— Er kann auch wohl dort Gelegenheiten finden, um sich als
aktiver Bürger vorzubereiten und nach seiner Neigung einen
Stand zu wählen. Jena und eine Stelle bei der Universität
wäre das Ziel seiner jetzigen Wünsche; und ich glaube, es
wird nicht so schwer für ihn sein. — Erleichtern Sie ihm also,
soviel in Ihren Kräften steht, seinen jetzigen Aufenthalt und
diese wichtige Epoche seines Lebens. — Er hat wenig Bedürfnisse, er wird selbst durch literarische Arbeiten dafür einiges
tun können; — aber entfernen Sie alle kleinlichen Sorgen von
ihm — daß keine unnütze Bekümmernis seine Zeit trübe und
seine Bildung verzögere! — Das Pfund, welches Sie ihm jetzo
von seinem Eigentume geben, wird tausendfältig wuchern. —
Und ich weiß gewiß, das mütterliche Herz wird es ohne Zagen

tun." — Wie unsagbar vielen Kummer hätte sich die liebende Mutter in Nürtingen wohl erspart, wenn sie diesem weisen Rate ganz gefolgt wäre, wenn sie mit allen Kräften geholfen hätte, Hölderlin in freier, sorgenloser Existenz eine längere Zeit in Jena zu halten!

Denn hier wurde es ihm wirklich gut. Er steht bei einem auf das allerbescheidenste eingerichteten Leben zu allem in Beziehung, was in Jena Bedeutung und Wert hat. Im Klub der Professoren verkehrt er, wie es ihm beliebt. Zu Niethammer, dem Herausgeber des „Philosophischen Journals", ist er in enger Beziehung, wie auch zu Woltmann, dem Professor der Geschichte, und dem Konsistorialrat Paulus; Schiller aber nennt ihn seinen „liebsten Schwaben" und sucht ihn auf alle erdenkliche Weise zu fördern. Selbst Bekannte aus der Heimat fehlen nicht. Zwei Stiftler seines Jahrganges, Hesler und Camerer, studieren in Jena und sind gern bereit, bei einem Abendschoppen ein Stündchen mit ihm zu verplaudern. Auch der ihm so von Herzen ergebene Sinclair ist in Jena und ist sein Studiengenosse bei Fichtes Vorlesungen. Die beiden Freunde planen eine Gartenwohnung gemeinsam zu beziehen. Sinclair freut sich sehr darauf. Er berichtet: „Für diese Legion von Bekannten, die ich verlor, habe ich aber die Zeit einen Herzensfreund instar omnium erhalten, den Magister Hölder= lin. . . . Seine Bildung beschämt mich und gibt mir zur Nach= ahmung einen mächtigen Reiz; mit diesem strahlenden, liebens= würdigen Vorbild werde ich künftigen Sommer auf einem einsamen Gartenhaus zubringen. Von meiner Einsamkeit und diesem Freunde verspreche ich mir sehr viel. Ich habe seinetwegen an die Hofmeisterstelle bei den Prinzen gedacht; ich möchte um alles ihn wenigstens in unserer Nähe einst haben."

Auch einen bescheidenen kleinen Ruhm als Dichter hatten Hölderlin die Gedichte und das Hyperion=Fragment schon ein= getragen; und über nichts freute er sich so sehr, als wenn man ihn in Jena um dieser Verdienste willen — wie das der da= maligen Sitte entsprach — zum Kaffee einlud.

In dieser so verheißungsvollen und für seine Entwicklung so wichtigen Epoche machte Hölderlin einen Fehler, wozu ihn sein übermäßiges Pflichtgefühl öfters verleitete: Er wählte einen härteren und mühevolleren Weg, als unbedingt nötig und für seine Zukunft gut war. Er ist das extreme Gegenteil zu jenem Dichter Günther, von dem Goethe sagte, daß ihm sein Leben und Dichten gerann, weil er sich nicht zu zähmen wußte. Hölderlin zähmte sich nur zu sehr und zu leicht. Seine Natur hätte aber alles Zwanges entbehren können, und so führt ihn seine straffe Selbsterziehung gelegentlich dazu, sein Leben und sein Dichten zusammenzupressen und einzuzwängen. Hier in Jena spart er am nötigsten, um seinen Lebensunterhalt nach Möglichkeit selbst bestreiten zu können. „Ich will alles tun, um meiner Mutter nicht lästig zu werden, und lebe deswegen auch sehr sparsam, esse des Tags nur einmal ziemlich mittelmäßig." Später, als es kalt wird, packt er sich wohl ein, „um das teure Holz zu sparen". — Sehr bald aber gibt seine überdies nicht allzu kräftige Gesundheit bei dieser Lebensweise nach.

Hölderlins Aufenthalt in Jena dauert vom November 1794 bis zum Ende Mai 1795. Seine Briefe aus dieser Zeit sind ruhiger und sachlicher als die früheren; sie handeln weniger von Gefühlen und Stimmungen und vielmehr von Erlebnissen und Menschen. Sie atmen Befreiung, Befriedigung, Arbeitsfreudigkeit. Litt er im Kloster unter dem Bessersein als die andern, so gibt ihm hier das Bewußtsein, weniger zu sein als die andern, seine Weltfreudigkeit und Strebenskraft zurück. „Der Umgang mit solchen Männern setzt alle Kräfte in Tätigkeit." Festere Zukunftspläne beschäftigen seinen Geist. Nicht nur von der allgemeinen Besserung der Welt und der Menschheit träumt er jetzt, sondern er beabsichtigt allen Ernstes, im kommenden Herbst sein Dozentenexamen zu machen und sich der Professorenlaufbahn zu widmen. Nur sehr vorsichtig wird dieser Plan der Schwester mitgeteilt.

Die Pfarre in Neckarshausen aber, für die er vorgeschlagen ist, und die seine Mutter ihn bittet, anzunehmen, lehnt er rund ab: „Ich gestehe, daß es mir sehr schwer werden würde, jetzt schon von meiner Wanderschaft und meinen Beschäftigungen und kleinen Planen zurückzukehren und mich in ein Verhältnis zu begeben, das doch — soviel Ehrwürdiges und Angenehmes es hat — mit meinen jetzigen Beschäftigungen und mit dem Fortgang meiner Bildung zu unvereinbar ist, als daß es nicht eine mißliche Revolution in meinem Charakter bewirken müßte."

Außer der Umarbeitung seines Hyperion stockt Hölderlins dichterische Produktion begreiflicherweise während dieser Zeit des erneuten Studiums. Aber er trägt sich mit einer Fülle von Plänen. Niethammer hat ihn um Beiträge für das philosophische Journal gebeten, und Hölderlin war fest zur Mitarbeiterschaft entschlossen. Schiller hatte ihm versprochen, ihn unter die Mitarbeiter der Horen aufzunehmen, und Hölderlin ist bereit, sein möglichstes zu leisten, um etwas Würdiges zu schaffen. Für die Herausgabe seines Hyperions hat Schiller Cotta gewonnen;

und wieder in Schillers Auftrage macht er sich an eine Überſetzung des Phaeton des Ovid, die für den Muſenalmanach beſtimmt iſt. — So lebt er „ſehr ſtille“, „ganz nach meinem Wunſch“, „ſehr zufrieden“ und findet, „daß man ſehr glücklich ſein kann bei eingeſchränkten Verhältniſſen“. „Eine vergnügliche“ Erholungswanderung unterbricht ſeine „glückliche Einförmigkeit“. Und zuweilen iſt er ſogar „fröhlich“, was er früher ſo ſelten war, „nämlich wenn ich glaube, es ſei mir etwas gelungen an meiner Arbeit. Aber man findet doch immer bald wieder, wie ſchülerhaft man in manchem iſt“.

Die Seinigen in Nürtingen aber wundern ſich und werden, wie es ſcheint, ein wenig an ihm irre, da ihr Fritz ſolange ohne Heimweh in der Fremde aushält. Die Mutter fragt an, ob er ſie auch noch lieb habe. „O, meine Mutter!“ antwortet Hölderlin, „könnten Sie in mein Herz ſehen!“, und verſichert immer wieder, daß der Herd der Mutter ihm ſtets das Liebſte und Höchſte bleibe, und daß auch keine junge Schöne in Weimar oder Jena, ſondern wirklich nur die alte, ernſte Wiſſenſchaft und die Nähe der großen Männer ihn an Jena feſſelt. Sein Plan, die Profeſſorenlaufbahn zu ergreifen, ſcheint wenig Freude bei den Seinen hervorgerufen zu haben. „Wir leben nicht um zu glänzen, wir leben um wohlzutun,“ ſchreibt ihm der Bruder; und die Schweſter rät: „ans liebe Vaterland ſich zu halten“. „Ich werd’ auch wohl nicht ewig ausbleiben,“ antwortet Hölderlin ein wenig gereizt.

Wenn je, ſo wünſcht man in dieſer Zeit für Hölderlin einen Schutz gegen ſein weiches Herz und gegen ſeine ihn zärtlich zwingende Familie. Jetzt fehlt ihm wirklich der Vater, der als lebenserfahrener Mann die große Bedeutung dieſer Lebensepoche und dieſer für Hölderlin ſo überaus günſtigen Beziehungen und Verhältniſſe eingeſehen hätte; der die hervorragenden Geiſtesgaben ſeines Sohnes und die Anforderungen, die dieſer infolgedeſſen an eine tiefere Ausbildung zu ſtellen berechtigt war, erkannt und anerkannt hätte, und der deshalb dem Sohn ein energiſches: Bleibe! zugerufen hätte, ſelbſt wenn dieſer, von momentanen Heimwehgefühlen ergriffen, an eine Rückkehr ins Vaterhaus hätte denken ſollen.

Es ſcheint, als ob Hölderlin auch ohne eine Unterſtützung ſeiner Pläne von ſeiten ſeiner Familie diesmal entſchloſſen iſt, ſeinen eigenen Weg zu gehen. Er tröſtet die Mutter, die ſich allmählich auch um ſeine religiöſen Anſchauungen zu ſorgen beginnt, ſo gut er kann, mit ſeinen geiſtigen Fortſchritten und ſucht ſeine philoſophiſche Weltanſchauung ihrer rein chriſtlichen anzunähern, indem er möglichst in ihrer eigenen Sprache ihr sein Innerstes erschließt. „Ich habe es mir heilig geschworen, von nun an nicht müde zu werden im Fortschritt zu reinem Guten und Wahren, und in diesem Fortschritt bin ich einer Hilfe gewiß. Sie kennen diese. Es ist mein fester, ernster Glaube, wie der Ihrige, der Vater der Geister und der Natur versagt keiner redlichen Bemühung seinen Beistand. Wenn wir dahin trachten und ringen, wohin ein göttlicher Trieb in der Tiefe der Brust uns treibt, dann ist alles unser. Selbst der Widerstand ist ein Werkzeug der ewigen Weisheit, uns fest und stark zu bilden im Guten."

Augenscheinlich hat Hölderlin keine Lust, Jena je wieder ganz zu verlassen, denn während er die Seinigen beruhigt, schreibt er an Neuffer: „Nächsten Herbst komme ich sicher, wär' es auch nur auf einige Tage."

Da trifft plötzlich am 8. Mai die Nachricht, daß Neuffer seine Braut, Rosine Stäudlin, durch den Tod verloren hat, in seine stille Zufriedenheit. Sie überwältigt ihn. Der Tod in seiner ganzen Schrecklichkeit steht vor ihm, und seine Dichterseele muß plötzlich alle Schrecken der Vernichtung in der Phantasie durchkosten. Er rafft sich auf zu einem Briefe an den Freund, dessen Qual er an der seinigen mißt. Hölderlins Brief ist der Schmerzensschrei eines gequälten Geistes: „Ich begreife den Tod nicht in der Welt! Ich tappe herum wie ein Blinder! . . . O, wenn wir nur darum da wären, um eine Weile zu träumen und dann zum Traum eines andern zu werden — hasse mich nicht um der armseligen Worte willen." Sein Mitgefühl wird zur Leidenschaft. Seine Freundschaft wächst zur Selbstaufopferung. Er fühlt den glühenden Wunsch, dem Freunde in dieser schwersten Zeit nahe zu sein. Jetzt gehört er zu ihm; jetzt muß alles andere der höchsten Pflicht, der Pflicht, dem Freunde Freund zu sein, weichen. Und mit diesem Gedanken reist der Entschluß schnell, und bald wird er dem hochgestimmten Herzen zum heiligen Gebot. „Die Entfernung von Dir ist mir jetzt dreifach schmerzlich. Ich habe Dir neulich geschrieben, daß ich auf den Herbst kommen wollte. Ist's möglich, so komm' ich bälder. Wärest Du hier, so möcht' ich wohl bleiben." Und dann nach einer Weile: „Wir sollten nur so halb füreinander leben? Ich komme bald, Du sollst mich an ihr Grab führen. Guter Gott! ein solches Wiedersehn hoffte ich nicht!" Noch einmal wird er schwankend, kommt die Größe seines Opfers ihm zum Bewußtsein: er bittet Neuffer, ihn zu besuchen. „Es wäre Dir gewiß gut, Du würdest überall Freunde finden. Tu es doch, wenn es irgend tunlich ist." Neuffer konnte der Aufforderung wohl nicht folgen; denn schon am Ende des Monats hat Hölderlin Jena verlassen und ist zu ihm nach Stuttgart und dann nach Nürtingen zurückgekehrt, ein Schritt, den er einige Wochen später gegen denselben Neuffer so beurteilt: „Wäre ich doch geblieben, wo ich war. Es war mein dummster Streich, daß ich ins Land zurückging. Jetzt find' ich hundert Schwierigkeiten, nach Jena zurückzugehn; man konnte mir keine Gewalt antun, wenn ich blieb, jetzt müßt' ich Wunderdinge hören, wenn ich wieder hin wollte." —

> „Hochauf strebte mein Geist
> Aber die Liebe zog bald ihn nieder" —

Hölderlin hat den Freund weniger verzweifelt und trostbedürftig gefunden, als er zu ermessen wähnte. Schon nach einigen Monaten durfte er ihm bei einer neuen geplanten Verlobung mit seinem Rat zur Seite stehen. Zu Hause lebten die Seinen friedlich, freundlich und heiter, vollauf zufrieden mit ihrem Los; — ganz so wie er sie verlassen, in einem Kreise, der all ihren Ansprüchen genügte, und in dem Hölderlin — seit er erwachsen war — sich stets fremd, jetzt aber fremder als je fühlte. Eine Lücke, die schmerzhaft empfunden wäre, und die er — und nur er — auszufüllen berufen gewesen wäre (wie er wohl in Jena mit reuigem Herzen wegen seines Wegbleibens gemeint hatte), war tatsächlich nicht vorhanden. — Und da erst fühlt er ganz, welch große Sache er verlassen, welchen Reichtum er über Bord geworfen, wie er von seiner eigentlichen und eigensten Lebensbahn abgebogen ist, und wie er nun erst im wahrsten Sinne in die Fremde gehen muß. Was in Jena ein hochherziges schönes Freundesopfer schien, scheint in Nürtingen eine unüberlegte Sentimentalität. Die Abreise aus Jena war eine überflüssige Selbstverschwendung. Und jeder Selbstverschwendung folgt eine unaussprechlich tiefe Enttäuschung, ein unerträglich bitterer Schmerz der Ernüchterung und das Gefühl der Verarmung. Die verzweifelte Sehnsucht nach dem, was unwiederbringlich dahin ist, erwacht. Es ist, als habe man einer falschen Gottheit sein Liebstes geopfert. In dem Konflikt zwischen seinem Eigensein und -streben und dem Wunsche, es den andern recht zu machen, ist Hölderlin unterlegen. Wie ein Symbol berührt diese Flucht aus Jena. Es ist ein Zurücksinken in die Dürftigkeit des Lebens und die Gemeinschaft der Vielen, nachdem sein Geist schon zum hohen Flug in die Ätherhöhen der Idee die Schwingen gebreitet und am Tische der

Reichen und Großen sich gespeist und erlabt hatte. — Auch im „Hyperion" ist es die Liebe zu dem Freunde, die den Helden auf die Bahn seines Unterganges führt.

Unendlich lang werden Hölderlin die Tage in Nürtingen. Die Untätigkeit zermartert ihn, wo jeder seiner Beschäftigung obliegt. Die Spannkraft zur Arbeit versagt, die Stimmung zum Dichten stellt sich nicht ein. Er flüchtet zu Kant: „wie immer, wenn ich mich nicht leiden kann." Furchtbar erscheint ihm jetzt das kirchlich orthodoxe und staatliche Leben Schwabens. „Wenn wir einmal auf dem Sprunge sind, Holz zu spalten oder mit Stiefelwachs und Pomade zu handeln, dann laß uns fragen, ob es nicht etwa noch besser wäre, Repetent in Tübingen zu werden. Das Stipendium riecht durch ganz Württemberg und die Pfalz herunter mich an, wie eine Bahre, worin schon allerlei Gewürm sich regt," so bitter konnte dieser sanfte Hölderlin über die Lebensbahn urteilen, für die er nach menschlicher Berechnung bestimmt war.

Auch der Verkehr mit Schelling, der sich eine Zeitlang in Nürtingen aufhält, bringt nur vorübergehend eine kleine Erleichterung. „Ich glaube," schreibt Hölderlin im September an Schiller, „daß dies das Eigentum der seltenen Menschen ist, daß sie geben können, ohne zu empfangen, daß sie sich auch ,am Eise wärmen' können . . . Ich friere und starre in dem Winter, der mich umgibt."

Eine Bitterkeit und Irritiertheit hat sich seiner bemächtigt, die sehr gegen die gegenstandslose Sehnsucht seiner früheren Jahre absticht und zeigt, wie sehr sich Hölderlin schon auf seiner ersten Wanderung gefestigt und gekräftigt hatte. —

Den ganzen Sommer über ist er bemüht, eine neue Hofmeisterstelle zu finden, aber alle Unterhandlungen verlaufen resultatlos. Immer ungeduldiger wird er, aus der Enge und Abgeschiedenheit herauszukommen und der Notwendigkeit, eine Pfarre nach der andern zum Kummer der Mutter ausschlagen zu müssen, zu entfliehen. Am liebsten eilte er nach Jena zurück, nur erscheint das seiner Familie gegenüber als Egoismus. Aber: „wenn ich nicht bald eine gelegene Hofmeisterstelle finde, mache ich den Egoisten, such' für jetzt keine öffentliche Beschäftigung und lege mich aufs Hungerleiden".

Endlich führen die Unterhandlungen, die Hölderlin mit der Frankfurter Familie Gontard gepflogen hat, zum Ziel. „Ich werde nächste Woche nach Frankfurt abreisen," meldet er Neuffer, nachdem er ihm kurz vorher geschrieben hat: „Ich weiß mir nicht zu helfen, wenn ich bis Sonntag keinen Brief von Frank=

furt erhalte." Es ist Weihnachten geworden über dem Warten. „Ich hätte die Trennung selbst so nahe nicht geglaubt," heißt es in dem gleichen Briefe an Neuffer. „Laß uns schweigen davon! Ich bin jetzt so überflüssig zerstreut, wie Du, von andern Beschäftigungen!" Welch ein Unterschied zwischen dem Abschied einst und jetzt! Und auch in der Zukunft finden wir die überschwengliche Zärtlichkeit in Hölderlins Briefen an Neuffer nicht mehr. — Ein herzliches Lebewohl aber klingt nach Jena hin zu Niethammer: „Ich beneid' ihn" [einen Vetter, der nach Jena abreist] „um Deine Gegenwart, ich habe oft das Heimweh nach Jena."

Nur wer Hölderlins tiefe Geistigkeit besäße, nur wer wie er hungerte und dürstete nach innerer und äußerer Vollendung, nur wessen ewig fragende, suchende und immer wache Seele so wie die seine vermöge der eigenen Schwerkraft in die dunkelsten Tiefen des Lebens und Seins hinabgerissen würde, könnte beurteilen, wie groß die Qualen waren, die er in diesen Monaten erduldete: Tobende Frühlingsstürme und quellende Lebenskräfte im Herzen — orthodoxes Kleinbürgertum, weiblich-sinnige Lebensanschauungen autoritativ über seinem äußern Leben! Peinigende Selbstbeschauung und niederdrückende Kritik der andern, Vorwürfe gegen sich selbst und Bitterkeit gegen die, die ihm die Liebsten sind! Hölderlin ist irre an sich: an seinem Charakter, denn er fühlt, daß die überströmende Liebe und Zärtlichkeit aus seinem Herzen gewichen ist; an seinem Dichterberuf, denn keine Stimme spricht mehr in ihm. — Er ist auch irre an der Menschheit und der Freundschaft und der Liebe! Es war keine Phrase, wenn er in der Erinnerung an diese Zeit zu Hegel von den „Höllenqualen in Franken" sprach. Was Hölderlin im Hyperion von dem ewigen „Nichts", das den Menschen zu Boden schmettert, zu sagen weiß, das hat er in diesen Tagen erfahren.

Es ist bezeichnend für die Schönheit und Feinheit von Hölderlins Charakter, daß er von nun an sich mit zärtlich mitleidvoller Seele um den Bruder Karl zu sorgen beginnt; der — vielleicht unter dem Einfluß des älteren Bruders — jetzt auch mit Ungeduld ins Weite strebte. Hölderlin glaubt, daß sein eigenes Leiden jetzt im Bruder sich wiederholen wird, und so verschreibt er ihm das Heilmittel, nach dem er sich sehnte. „Daß Dir Dein Schicksal oft schwer aufliegt, das glaub' ich Dir gerne, liebes Herz! Sei ein Mann und siege . . . Eine andere Stelle kann und mag ich Dir nicht verschaffen. Du brauchst jetzt schlechterdings Muße; Du mußt Dir selbst leben

können, ehe Du für andere lebst. Aus dieser Rücksicht schlag' ich
Dir ... nach reiflicher überlegung vor, daß Du eine Universität
besuchst. Wenn mich mein wankelmütiges Schicksal in meiner
gegenwärtigen Lage erhält, kann ich zu Ende des nächsten Winters ganz gut 200 fl. entbehren; die schicke ich Dir und Du
gehst nach Jena und kannst, wie ich glaube, jedes Jahr auf
dieselbe Summe, wohl auch auf etwas mehr bei mir rechnen,
und den kleinen Zuschuß, dessen Du noch benötigt sein dürftest,
wird Dir unsere liebe Mutter nicht versagen," so schreibt Hölderlin von Frankfurt, wie er wohl wünschte, daß man ihm geschrieben hätte. Daß aber die Mutter nach den Erfahrungen,
die sie mit ihrem Ältesten gemacht hatte, weniger denn je
geneigt war, die Vorzüge der weiten Welt einzusehen, ist begreiflich. Aber für den Bruder unternimmt es Hölderlin ernstlich, ihren Widerstand zu besiegen. „Ich möchte es Dir denn
doch gönnen, lieber Junge, daß Du weniger leiden müßtest" —
das Zartgefühl läßt ihn ein „als ich" unterdrücken — „um
Dein edelstes Bedürfnis zu befriedigen," schreibt er an den
Bruder. — Aber Karl Gock und Fritz Hölderlin sind nicht
aus demselben Stoff geschaffen. Die Antwort des Bruders auf
Hölderlins Anstrengungen für sein geistiges Wohl ist schließlich die „richtige und schöne Lebensweisheit", „daß wir uns
nicht zu sehr ausdehnen und nicht zu sehr konzentrieren", und daß
ein Mensch, der „seinen eignen Boden pflanzt und seine Kinder
erzieht, der glücklichste ist". Mit einem Seufzer der Wehmut
sieht Hölderlin seinen geliebten Bruder mit den goldenen Mittel-
mäßigkeiten des Lebens seinen Frieden machen, während es ihm
„gegeben, auf keiner Stätte zu ruhn".

Lebenswende.

Mit viel weniger Hoffnungs- und Erwartungsfreudigkeit
war Hölderlin um die Weihnachtszeit 1795 nach Frankfurt ab-
gereist: „Ich brauche guten Mut und such' ihn mir zu geben.
Aber ich fühl' es wohl, ich bin so stark nicht mehr als vor
zwei Jahren. Damals hofft' ich noch Ersatz von der Welt."
Hölderlin blieb noch einige Tage bei Sinclair in Homburg,
ehe er in das Gontardsche Haus eintrat. —

Die Familie Gontard war eine der bekanntesten Patrizier-
familien Frankfurts. „Francfort est une très jolie ville; on
y dine parfaitement bien; tout le monde parle français et
s'appelle Gontard", so buchte Frau von Staël nach einem Diner
im Hause Gontard ihre Reiseeindrücke von Frankfurt.

Frau Susette Gontard — ihr Mädchenname war Susanne

Borkenstein — hatte schon mit 17 Jahren den jungen Kauf=
herrn Gontard geheiratet. Ihre Mutter, eine verwitwete Frau
Kommerzienrat Borkenstein, zog bald nach der Hochzeit zu ihr
in das neue Frankfurter Heim und erleichterte so der Tochter
den Abschied aus dem Vaterhause in Ottensen bei Hamburg und
den Übergang in ein neues Leben. — Als Hölderlin in das
Gontardsche Haus eintrat, war die Mutter schon seit zwei Jahren
tot. Frau Gontard aber hatte den Verlust noch nicht verschmerzt.
Ihr Mann konnte ihr das, was ihr die Mutter gewesen war,
nicht ersetzen. Er war ein ausgezeichneter Geschäftsmann; aber
für alle Dinge, die jenseits seiner Geschäfte lagen, hatte er kein
Interesse und Verständnis. Verwöhnt durch frühe Herrscher=
gewalt und Selbständigkeit hielt er es sogar für unter seiner
Würde, seinen Gesichtskreis willkürlich zu erweitern, da er damit
ja einen inneren Mangel eingestanden hätte. Er nahm die
Vorurteile seines Standes unbesehen für ebensoviele Privile=
gien und hielt an ihnen fest, wie an seinem Gelde. „Den
Börsenkurs verstehe ich aufs Haar, aber wie die Kinder ge=
leitet werden sollen, was sie lernen müssen, das ist nicht meine
Sache, dafür muß die Mutter sorgen“, soll er erklärt haben.
Und um diese Sorgen der Mutter zu erleichtern, nahm er, wohl
auf ihren Rat, einen Hofmeister, Hölderlin, ins Haus.

Frau Gontard war nach dem Urteil aller, die sie kannten,
eine Frau von wunderbarer Schönheit, Anmut, Hoheit und
Sanftheit. Einen feinen, klaren, regelmäßigen Griechinnenkopf,
der eine auffallende Ähnlichkeit mit Hölderlins Gesichtsschnitt und
Zügen hat, sehen wir auf ihrem von Ohnmacht gefertigten Relief.
— Auch sie hat, wie Hölderlin, frühzeitig den Vater verloren
und ist hauptsächlich unter dem weichen Einfluß der Mutter auf=
gewachsen und gebildet worden. — Fern von den Trivialitäten
und Dissonanzen des Lebens hat sie eine ganz auf das Schöne
und Harmonische gerichtete Erziehung erhalten. Ihr mädchen=
haftes Zartgefühl hat man wie eine kostbare Blume gepflegt:
Musik, Literatur, Kunst, Sprachen und feine Handarbeiten sind
bis zu ihrer Verheiratung ihre Beschäftigung gewesen. In
stiller Beschaulichkeit ist sie herangereift; und jetzt findet sie
sich plötzlich allein mit einem ganz den Geschäften des Marktes
ergebenen Gatten, inmitten der reichen und materiell veran=
lagten „Frankfurter Gesellschaftsmenschen in ihrer Steifigkeit
und Geist= und Herzensarmut“. Hölderlin tritt ihr entgegen;
und gleich auf den ersten Blick fühlt sie, die sonst so Zurückhal=
tende, eine gewisse Verwandtschaft mit ihm. Er erinnert sie
an ihren Bruder. Hölderlin aber kommt müde und unruhig.

Er mag dem wohltuenden ersten Eindruck und der freundlichen Behaglichkeit der ersten Zeit nicht recht trauen; denn er weiß sehr wohl, wie empfänglich er für das Neue ist, und wie oft er die schnelle Freude und Zufriedenheit mit einer um so bittereren Enttäuschung hat bezahlen müssen: „Ich weiß wohl, daß ich die Menschen nie verstehen lerne, ohne einige kindische, goldene Ahnungen aufzuopfern . . . Glaube übrigens deswegen nicht, als wäre meine neue Lage nicht so, daß man gewissermaßen damit zufrieden sein könnte," schreibt er an Neuffer; und ein anderes Mal an den Bruder: „Ich bin ohnedies wie ein alter Blumenstock, der schon einmal mit Grund und Scherben auf die Straße gestürzt ist und seine Sprossen verloren und seine Wurzel verletzt hat, und nun mit Mühe wieder in frischen Boden gesetzt und kaum durch ausgesuchte Pflege vom Verdorren gerettet, aber doch hie und da noch immer welk und krüpplig ist und bleibt."

Aber dieser Skeptizismus ist ihm doch zu unnatürlich und „die ausgesuchteste Pflege" etwas zu Neues und Wohltuendes, als daß er nicht seine alte Hoffnungsfreudigkeit hätte wieder=erlangen sollen. Schon aus dem nächsten Briefe an den Bruder klingt eine stille Freudigkeit: „Du hast mich in bösen Tagen ge=sehen und Geduld mit mir gehabt, ich wollte nun auch, Du könn=test die fröhlichere Periode mit mir teilen." „Mein Wesen hat nun wenigstens ein paar überflüssige Pfunde an Schwere ver=loren und regt sich freier und schneller." „Aber Glück wirst Du meine Lage auch nennen, wenn Du selbst siehst und hörst!" „Sei so gut, mir meine Flöte, sicher gepackt, zu schicken."

In hellem Jubel aber schreibt er ein paar Monate später: „In jedem Falle kannst Du Hofmeister werden so gut wie ich, und glücklich sein, und all die Lumpereien des politischen und geistlichen Württembergs und Deutschlands und Europas aus=lachen, so gut wie ich."

Die Liebe zu Frau von Gontard, seiner Diotima, ist in ihm erwacht. „Ich hatte ihr nichts zu geben, als ein Gemüt voll wilder Widersprüche, voll blutender Erinnerungen, nichts hatt' ich ihr zu geben, als meine grenzenlose Liebe mit ihren tausend Sorgen, ihren tausend tobenden Hoffnungen; sie aber stand vor mir in wandelloser Schönheit, mühelos, in lächelnder Vollendung da, und alles Sehnen, alles Träumen der Sterb=lichkeit, ach! alles, was in goldenen Morgenstunden von höhern Regionen der Genius weissagt, es war alles in dieser einen stillen Seele erfüllt", sagt Hyperion.

Hölderlins Sehnsucht hat ihr Ziel gefunden. Der Zweifel

an sich selbst, die Unzufriedenheit mit der Menschheit, den eigenen Verhältnissen und dem Leben überhaupt, haben ihre Macht über ihn verloren. Sein Verlangen nach Schönheit, Klarheit, reiner Menschlichkeit, sein tiefes Liebebedürfnis, all die Forderungen seines nach Lebensinhalt, Harmonie, Großheit und Wahrheit dürstenden Wesens sind gestillt. In Diotima ist ihm die ersehnte Vollendung, ist ihm „seines Herzens Bild" erschienen. Was er als „Wahrheit" erträumte, steht jetzt als Schönheit und vollendete Weiblichkeit vor ihm. Und mit der reinen Leidenschaftlichkeit seines jungen, unberührten Herzens, mit dem ganzen Jubel seiner Schönheit-trunkenen Dichterseele, mit der ganzen Kraft seines kampfgewohnten Geistes liebt er diese Frau; legt er — mit der vollkommenen Opferfreudig- keit des Anbetenden — seine Gegenwart, Vergangenheit und Zukunft, seine Welt und sein Leben zu den Füßen seiner ge- liebten Heiligen nieder. Diotima aber ist eine Frau, die die Größe und Schönheit und Reinheit dieses Opfers erkennt, die segnend und dankend dafür Frieden und Liebe und Ver- ständnis der jungen, lebenswunden Brust zu spenden vermag. Hölderlin erwacht, von ihrem Blick geweckt, zu seinem eigent- lichen Dasein. Er ist wie eine Pflanze, deren Zwiebel man verkehrt, mit dem Keim nach unten ins Erdreich gesteckt hat, die nun endlich den beschwerlichen, umständlichen Weg der Ent- wicklung im weitläufigen Bogen um die eigene Wurzel vollendet hat und nun plötzlich das dunkle Erdreich durchbricht zum Atmen im Sonnenlicht.

> „Lange tot und tief verschlossen,
> Grüßt mein Herz die schöne Welt,
> Seine Zweige blühn und sprossen
> Neu von Lebenskraft geschwellt.
> O ich kehre noch ins Leben,
> Wie heraus in Luft und Licht
> Meiner Blumen selig Streben
> Aus der dürren Hülse bricht."

„Unergründlich sich verwandt" sind diese beiden Einsamen. Und im Gefühl dieser tiefen innern Verwandtschaft liegt ihre Seligkeit und ihr volles Genügen. Kein Zweifel an dem Recht ihrer Zusammengehörigkeit, kein Wunsch, das leichte, zarte und doch unzerreißbare Band, das ihre Seelen zusammenbindet, straffer anzuziehen! Sich sehen, die Nähe des andern fühlen, sich sprechen — mehr fordern sie nicht; selbst das fordern sie nicht! Sie nehmen es dankbar aus der Hand der höheren, göttlichen Gewalt, die sie zusammengeführt hat.

Im Juni 1796 schreibt Hölderlin an Neuffer: „Ich bin in einer neuen Welt. Ich konnte wohl sonst glauben, ich wisse, was schön und gut sei, aber seit ich's sehe, möcht' ich lachen über all mein Wissen. Lieber Freund! es gibt ein Wesen auf der Welt, woran mein Geist Jahrtausende verweilen kann und wird, und dann noch sehn, wie schülerhaft all unser Denken und Verstehn vor der Natur sich gegenüber findet. Lieblichkeit und Hoheit, und Ruh und Leben, und Geist und Gemüt und Gestalt ist ein seliges Eins in diesem Wesen. Du kannst mir glauben, auf mein Wort, daß selten so etwas geahndet und schwerlich wieder gefunden wird in dieser Welt, Du weißt ja, wie ich war, wie mir Gewöhnliches entleidet war, weißt ja, wie ich ohne Glau= ben lebte, wie ich so karg geworden war mit meinem Herzen, und darum so elend; konnt' ich werden, wie ich jetzt bin, froh, wie ein Adler, wenn mir nicht dies, dies Eine erschienen wäre und mir das Leben, das mir nichts mehr wert war, verjüngt, gestärkt, erheitert, verherrlicht hätte, mit seinem Frühlings= lichte? Ich habe Augenblicke, wo all meine alten Sorgen mir so durchaus töricht scheinen, so unbegreiflich, wie den Kindern. Es ist auch wirklich oft unmöglich, vor ihr an etwas Sterb= liches zu denken, und eben deswegen läßt so wenig sich von ihr sagen. Vielleicht gelingt mir's hie und da, einen Teil ihres Wesens in einem glücklichen Zuge zu bezeichnen, und da soll Dir keiner unbekannt bleiben. Aber es muß eine festliche, durch= aus ungestörte Stunde sein, wenn ich von ihr schreiben soll. Daß ich jetzt lieber dichte als je, kannst Du Dir denken. Du sollst auch bald wieder etwas von mir sehen. Was Du mir mitteiltest, hat Dir herrlichen Lohn gewonnen. Sie hat es gelesen, hat sich gefreut, hat geweint über Deinen Klagen. O sei glücklich, lieber Bruder! Ohne Freude kann die ewige Schön= heit nicht recht in uns gedeihen. Großer Schmerz und große Lust bildet den Menschen am besten. Aber das Schustersleben, wo man Tag für Tag auf seinem Stuhle sitzt und treibt, was sich im Schlafe treiben läßt, das bringt den Geist vor der Zeit ins Grab. Ich kann jetzt nicht schreiben! Ich muß warten, bis ich weniger mich glücklich und jugendlich fühle."

Während Hölderlin in der Fülle seines ungeahnten Glückes seine innere Herzensstille gefunden hat, sind im politischen Leben die Völker in lebhafter Bewegung. Die kaiserliche Armee, die es unternommen hatte, dem Heer der französischen Revo= lution einen Schutzwall entgegenzustellen, ist im Rückzug von

Wetzlar auf Frankfurt. Die Franzosen unter Jourdan drängen nach, und die Frankfurter fürchten, daß ihre Stadt und Umgebung bald mit Krieg überzogen sein wird. In dieser Besorgnis hat Herr Gontard beschlossen, seine Frau und Kinder nebst Hofmeister auf Reisen nach Hamburg zu den Verwandten seiner Frau zu senden. „Herr Gontard bleibt allein hier", berichtet Hölderlin nach Hause. — Man möchte fast lächeln über die hochmütige Blindheit und den gänzlichen Mangel an psychologischem Blick, mit dem dieser Mann die tiefe Geistesverwandtschaft und Charakterähnlichkeit zwischen Hölderlin und seiner Frau übersieht. Für ihn war die Kluft zwischen dem bezahlten Hofmeister seiner Kinder und der Frau, die seinen Namen trug, so unermeßlich, daß selbst der Gedanke nicht von einem zum andern hinüberfand.

Es war beschlossen, daß die Reise von Frankfurt über Kassel nach Hamburg führen sollte. Aber sie endete eigentlich schon in Kassel. Augenscheinlich sehnte sich Frau von Gontard nicht in das Treiben der großen Stadt; vielleicht hatte sie auch Scheu, den leichtverwundbaren Hölderlin den Anfechtungen der Hamburger Gesellschaft auszusetzen. So richtet man sich für einen längeren Aufenthalt in Kassel ein. Die Stille der Natur, die innigen Freuden ungestörten Beisammenseins mit den Kindern und mit Hölderlin entsprachen ihren Wünschen auf das vollkommenste. Eine wertvolle Reisebekanntschaft wird gemacht: Heinse, der Verfasser des Ardinghello, des berühmten Künstlerromans, schließt sich den Frankfurter Reisenden aufs herzlichste an und bleibt bei ihnen, auch nachdem sie Kassel verlassen haben. „Er ist ein herrlicher alter Mann." „Ich habe noch nie so eine grenzenlose Geistesbildung bei so viel Kindereinfalt gefunden", schreibt Hölderlin. — Auch sonst kommt Hölderlin in Kassel „mit braven Künstlern" zusammen, und in der Gemäldegalerie und dem Museum verlebt er „wahrhaft glückliche Tage". — Von Kassel begaben sich die Reisenden nach Bad Driburg und lebten hier, wie Hölderlin mitteilt, „sehr still, machten weiter keine Bekanntschaften, brauchten auch keine, denn wir wohnten unter herrlichen Bergen und Wäldern und machten unter uns selbst den besten Zirkel aus. Heinse reiste und blieb mit uns." — „Erinnerst Du Dich unserer ungestörten Stunden, wo wir und wir nur umeinander waren?" — fragt er Diotima in einem späteren Brief, als er Frankfurt längst verlassen.

Nur zwei Briefe haben wir von Hölderlin aus jenen vier Monaten der Reisezeit, die den Höhepunkt des Glückes in seinem Leben bedeutet. Der eine Brief ist ein Bericht an den Bruder, der andere, an Schiller, ist ein Begleitschreiben zu der Übersendung zweier Gedichte („Diotima" und „An die klugen Ratgeber"), die Hölderlin gern in Schillers Musenalmanach ge= druckt gesehen hätte.

Im Oktober ist die Gontardsche Familie wieder in ihrem Heim in Frankfurt beisammen.

Der folgende Winter war ein ruhiger, zufriedener, arbeit= samer. — Als Hölderlin nach Frankfurt gekommen war, hatte er seine Mußestunden ganz der Philosophie gewidmet und an den „Briefen", die er Niethammer für sein „philosophisches Journal" versprochen hatte, gearbeitet. Als ihm aber mit dem neuen Frühling so viel Liebe, Gegenwart und Leben ins Herz geströmt war, da hatte er die Schwere des reinen Gedankens von sich geworfen und hatte sein inneres Leben und Lieben in Gedichten ausströmen lassen. Dann auf der Reise hatte er über= haupt fast ganz gefeiert, da war die Gegenwart mächtiger ge= wesen als selbst seine Dichterfreude. — Nun aber, da er mit neuen Kräften wieder in die Regelmäßigkeit des Familienlebens zurückgekehrt ist, kommt die wahre, freie Schaffensfreudigkeit über ihn. —

Zunächst wird der Hyperion zum letzten Male vorgenom= men, und endlich gelingt es Hölderlin, sich damit genug zu tun. Auch neue Gedichte bescheert ihm seine Muse. Daß die mei= sten von „Diotima" handeln und zu ihr sprechen, ist selbstver= ständlich. Vor allem aber beginnt sein Geist sich mit dem „Empedokles"=Stoff zu beschäftigen; und schon steht das Ganze als detaillierter Plan (siehe III S. 96) vor seinen Augen. Bei all diesem ist Diotima ihm nahe, fühlt er ihr feines Verstehen, ihre innige Teilnahme und ihre stolz bescheidene, aber doch frei gebende Liebe; und er ist so glücklich „wie im ersten Mo= ment", so glücklich wie nur ein Dichter von Hölderlins Leidens= fähigkeit und Empfindungstiefe sein konnte: „Ich habe eine Welt von Freude umschifft, seit wir uns nicht mehr schrieben", heißt es in einem Briefe (Februar) an Neuffer, „Ich hätte Dir gerne indes von mir erzählt, wenn ich jemals stillegestanden wäre und zurückgesehen hätte. Die Woge trug mich fort; mein ganzes Wesen war immer zu sehr im Leben, um über sich nachzudenken. Und noch ist es so! noch bin ich immer glücklich, wie im ersten Moment. Es ist eine ewige fröhliche heilige Freund= schaft mit einem Wesen, das sich recht in dies arme geist= und ordnungslose Jahrhundert verirrt hat! Mein Schönheitssinn ist nun vor Störung sicher. Er orientiert sich ewig an diesem

Madonnenkopfe. Mein Verstand geht in die Schule bei ihr, und mein uneinig Gemüt besänftiget, erheitert sich täglich in ihrem genügsamen Frieden. Ich sage Dir, lieber Neuffer! ich bin auf dem Wege, ein recht guter Knabe zu werden. Und was mich sonst betrifft, so bin ich auch ein wenig mit mir zufrieden. Ich dichte wenig und philosophiere beinahe gar nicht mehr. Aber was ich dichte, hat mehr Leben und Form; meine Phantasie ist williger, die Gestalten der Welt in sich aufzunehmen, mein Herz ist voll von Lust; und wenn das heilige Schicksal mir mein glücklich Leben erhält, so hoff' ich künftig mehr zu tun, als bisher. Ich denke mir wohl, lieber Bruder! daß Du begierig sein wirst, umständlicher von meinem Glücke mich sprechen zu hören. Aber ich darf nicht! Ich habe schon oft genug geweint und gezürnt über unsere Welt, wo das Beste nicht einmal in einem Papiere, das man einem Freunde schickt, sich nennen darf. Ich lege Dir ein Gedicht an Sie bei, das ich zu Ende des vorigen Winters machte. . . . Ich wollte Dir so viel schreiben, bester Neuffer! aber die armen Momente, die ich habe dazu, sind so sehr wenig, um das Dir mitzuteilen, was in mir waltet und lebt! Es ist auch immer ein Tod für unsre stille Seligkeit, wenn sie zur Sprache werden muß. Ich gehe lieber so hin in fröhlichem, schönem Frieden, wie ein Kind, ohne zu überrechnen, was ich habe und bin, denn was ich habe, faßt ja doch kein Gedanke nicht ganz. Nur ihr Bild möcht' ich Dir zeigen und so brauchte es keiner Worte mehr! Sie ist schön, wie Engel. Ein zartes, geistiges, himmlisch reizendes Gesicht! Ach! ich könnte ein Jahrtausend lang in seliger Betrachtung mich und alles vergessen, bei ihr, so unerschöpflich reich ist diese anspruchslose stille Seele in diesem Bilde! Majestät und Zärtlichkeit, und Fröhlichkeit und Ernst, und süßes Spiel und hohe Trauer und Leben und Geist, alles ist in und an ihr zu einem göttlichen Ganzen vereint. Gute Nacht, mein Teurer! ‚Wen die Götter lieben, dem wird große Freude, großes Leid zu Teil.‘ Auf dem Bache zu schiffen ist keine Kunst. Aber wenn unser Herz und unser Schicksal in den Meersgrund hinab und an den Himmel hinauf uns wirft, das bildet den Steuermann.“

Es sollte bald keine Fahrt mehr sein, die den Steuermann bildet, sondern eine Fahrt, bei der das beste, tiefgehendste Schiff bald nutzlos und der beste Steuermann machtlos ist: eine Fahrt an flacher sandiger Küste bei vollständiger Windstille, wo alle Segel schlaff herabsinken, wo es nichts mehr zu steuern und zu lenken gibt, wo die Kräfte des Steuermannes sich in ohn-

mächtiger Verzweiflung erschöpfen, weil er sie nicht zum Han=
deln brauchen kann, sondern nur zur Geduld, Geduld, Geduld.

Aber noch ruhte das Verhängnis; und dieser Winter von
1796/1797 war eine Fortsetzung des glücklichen Sommers.

Hat Hölderlin so oft unter der „Dürftigkeit“ seines Lebens
gelitten, so kann er jetzt einmal etwas wie die „Fülle des
Lebens“ genießen: Freundschaft und Liebe, wie sie nur selten
Menschen beschieden werden; Freude an und in seinem Beruf als
Erzieher der liebevollen, gutgearteten Kinder der geliebten Frau;
Lust und Mut zum Schaffen; eine Fülle neuer Pläne und ein
schönes, befriedigendes Erreichen in seinem Dichten und Sin=
gen. Auf seine Vermittlung ist Hegel in eine Hofmeisterstelle
nach Frankfurt gekommen; und Hölderlin empfindet den Umgang
mit diesem ihm so treu ergebenen Freunde auf das wohltuendste.
Sinclair ist als Regierungsrat in Homburg und weilt stets
mit seiner Liebe bei dem Freunde, oft auch in Person und noch
öfter zieht er den Freund zum Besuch nach Homburg hinüber.
Auch Hölderlins Bruder und Neuffer kommen nach Frankfurt,
um ihn zu besuchen. Kein Wunder, daß Hölderlin jetzt es
der sorgenden Mutter weniger Dank weiß, als je, wenn sie
bemüht bleibt, ihn in eine Pfarrstelle oder überhaupt nur zurück
nach Nürtingen zu ziehen. Gleich nach seiner Rückkehr von
Driburg bietet sie ihm im Namen der Mitbürger Nürtingens
eine Lehrerstelle — wahrscheinlich an der dortigen Lateinschule
— an. Hölderlin lehnt es sanft und entschieden ab, „40 Kna=
ben zu schulmeistern“. Die Antwort auf seine Absage ist von
seiten der Mutter das Anerbieten einer Pfarrstelle, womit ihm
zugleich die Aussicht auf eine nette, kleine Hausfrau eröffnet
wird. „Ich bin glücklich und unglücklich durch Ihre Güte“,
antwortet Hölderlin ... „Liebe Mutter! man begehrt einen
tauglichen Menschen. Bin ich denn das, wenn ich ehrlich sein
will?“

Mit Schiller wechselt Hölderlin in dieser Zeit einige Briefe,
in denen das Verhältnis des Meisters zum Schüler das Bestim=
mende bleibt. Hölderlin bittet mit rührender Demut; Schil=
ler gewährt, wie ein mit Arbeiten und menschlichen Beziehungen
überbürdeter großer Mann Aufmerksamkeiten gegen junge An=
fänger gewährt. „Haben Sie Ihre Meinung von mir geändert?
Haben Sie mich aufgegeben? ... Ich weiß, daß ich nicht
ruhen werde, bis ich durch irgend etwas Errungenes und Ge=
lungenes wieder einmal ein Zeichen Ihrer Zufriedenheit er=
beute ... Sagen Sie mir ein freundlich Wort und Sie sollen
sehen, wie ich verwandelt bin.“ Schiller antwortet: „Ich habe

Sie keineswegs vergessen, lieber Freund, bloß Zerstreuungen und Geschäfte . . ." usw., und dann warnt er ihn vor den Klippen, die er in seiner Dichtung zu sehen meint, vor philosophischen Stoffen, zu viel Begeisterung, vor ungewöhnlichen Ausdrücken, vor Weitschweifigkeit; — „doch wie kann ich das alles spezifizieren, was ich wünschte!" —

Schiller ist Hölderlin nie gerecht geworden. Der geborene Dramatiker taugt nicht zum Lehrer und Kritiker für den geborenen reinen Lyriker. Wie ein Rätsel erscheint es uns heute, wenn wir die Gedichte Hölderlins, die Schiller in seinen Almanach aufnahm, und die, welche er als unbrauchbar zurückwies, miteinander vergleichen: „Als ich noch um deine Schleier spielte" (An die Natur), „Trunken dämmert die Seele mir" (Sonnenuntergang), das erste „Diotima"-Gedicht weist Schiller zurück. Es sind die Gedichte, in denen Hölderlin zum erstenmal ganz eigene, neue Klänge aus tieffühlendem Herzen anschlägt. — Solange in Hölderlins Gedichten die Abhängigkeit von Schillers rhetorischer Jugendlyrik klar zutage tritt, so lange betrachtet sie Schiller zwar als einen für ihn persönlich überwundenen Standpunkt, — aber immerhin als brauchbar. Als Hölderlin sich selbst und sein Innerstes in neuen, noch nicht gehörten Formen zum Ausdruck bringt, steht er ratlos vor der neuen Erscheinung.

Hölderlin hatte ihm die Gedichte „An den Äther" und „Der Wanderer" zugeschickt. Beide bedeuten gewissermaßen einen Kompromiß zwischen der alten und der neuen Weise. Ja, es scheint fast, als habe Hölderlin mit Absicht sie für den Almanach Schillers geschrieben; denn seit seiner Erfahrung mit der Elegie „An die Natur" und dem Diotimagedicht hält er alles allzutief Empfundene von Schillers Blicken fern. Doch auch mit diesen Gedichten weiß Schiller nicht recht, was anfangen. Er schickt sie zur Prüfung an Goethe: „Ich lege hier zwei Gedichte bei, die gestern für den Almanach eingeschickt worden sind. Sehen Sie sie doch an und sagen mir in ein paar Worten, wie Ihnen die Arbeit vorkommt, und was Sie sich von dem Verfasser versprechen. Über Produkte in dieser Manier habe ich kein reines Urteil, und ich wünschte gerade in diesem Fall recht klar zu sehen, weil mein Rat und Wink auf den Verfasser Einfluß haben wird."

Goethe antwortet: „Denen beiden mir überschickten Gedichten, die hier zurückkommen, bin ich nicht ganz ungünstig, und sie werden im Publico gewiß Freunde finden." Er tadelt es, daß den Bildern der Wüste und des Nordpols die Anschaulichkeit fehle, und fährt dann fort: „Beide Gedichte drücken ein

sanftes, in Genügsamkeit sich auflösendes Streben aus. Der
Dichter hat einen heitern Blick über die Natur, mit der er doch
nur durch Überlieferung bekannt zu sein scheint. Einige lebhafte Bilder überraschen, ob ich gleich den quellenden Wald
als negierendes Beispiel gegen die Wüste nicht gern stehen sehe.
. . . Ehe man mehreres von dem Verfasser gesehen hätte, daß
man wüßte, ob er noch andere Moyens und Talent in andern
Versarten hat, wüßte ich nicht, was ihm zu raten wäre. Ich
möchte sagen, in beiden Gedichten sind gute Ingredienzien zu
einem Dichter, die aber allein keinen Dichter machen. Vielleicht täte er am besten, wenn er einmal ein ganz einfaches idyllisches Faktum wählte und es darstellte, so könnte man eher
sehen, wie es mit der Menschenmalerei gelänge, worauf doch
am Ende alles ankommt. Ich sollte denken, Der Äther würde
nicht übel im Almanach und Der Wanderer gelegentlich ganz
gut in den Horen stehen.“ — Sicher ein Urteil, das Goetheschen
Blick verrät und das, da ja nur die zwei Gedichte vorlagen,
außerordentlich treffend und günstig war. Schiller freut sich,
daß Goethe mit den Gedichten einverstanden ist, und nennt den
Dichter: „Aufrichtig, ich fand in diesen Gedichten viel von meiner eigenen sonstigen Gestalt, und es ist nicht das erste Mal,
daß mich der Verfasser an mich mahnte. Er hat eine heftige
Subjektivität und verbindet damit einen gewissen philosophischen
Geist und Tiefsinn. Sein Zustand ist gefährlich, da solchen
Naturen so gar schwer beizukommen ist. Ich würde ihn nicht
aufgeben, wenn ich nur eine Möglichkeit wüßte, ihn aus seiner
eignen Gesellschaft zu bringen und einem wohltätigen und
fortdauernden Einfluß zu eröffnen.“ Und darauf wieder Goethe:
„Ich will Ihnen nur auch gestehen, daß mir etwas von Ihrer
Art und Weise aus den Gedichten entgegensprach . . .; allein
sie haben weder die Fülle, noch die Stärke, noch die Tiefe Ihrer
Arbeiten. Indessen rekommandiert diese Gedichte, wie ich schon
gesagt habe, eine gewisse Lieblichkeit, Innigkeit und Mäßigkeit,
und der Verfasser verdient wohl, daß Sie das Mögliche tun, um
ihn zu lenken und zu leiten.“

So stehen Schiller und Goethe voll herzlicher Anteilnahme,
aber doch zweifelnd vor dieser neuen Erscheinung der deutschen
Lyrik. Beide fühlen verwandte Seiten von ihm berührt: Seine
Innigkeit, Lieblichkeit, Mäßigkeit erfreut Goethe; sein Tiefsinn
und seine heftige Subjektivität mahnt Schiller an sich selbst. Jeder
aber vermißt an Hölderlin das, worin er selbst groß ist. Goethe
will Menschendarstellung. Schiller will Konzentration, Prä-
zision und dramatische Bewegung. Gern würde jeder von ihnen

dem jungen Dichter die Hand reichen, um ihn emporzuheben, aber — Was ist es, das Hölderlins Schicksal immer wieder in die Einsamkeit führt? Ist es eine höhere Macht, die seinen zarten Genius so zum stillen, sichern Ausreifen führen will, — und die ihn dann in törichter Laune, ehe die Frucht vollendet ist, zerbräche? Hölderlins Geschick steht wie ein Lebensrätsel — oder wie ein Beispiel der ungeheuren Lebensverschwendung — vor unsern Augen. Heute, wo wir seine Dichtung ganz und seine Ziele klar vor uns sehen, wo wir durch mancherlei Schicksale ihm näher gekommen sind und seinem Leiden verständnisvoller gegenüberstehen, als Goethe und Schiller es nach der Lesung der wenigen Gedichte damals konnten, heute scheint es uns, als sei in Hölderlin eine der schönsten Stimmen in dem wundervollen Chor der klassisch-romantischen deutschen Kunst am Ende des 18. Jahrhunderts verloren gegangen, eine unendlich vielversprechende lyrische Synthese aus deutscher Innigkeit und klassischer Klarheit, leuchtender Phantasie und keuscher Kunst, nordischem Tiefsinn und südlicher Schönheitsfreudigkeit.

Goethe scheint für das Eigentümliche und Schöne des Hölderlinschen Genius empfänglicher gewesen zu sein als Schiller, der Hölderlin schließlich zusammenwirft mit Schmidt, einem Gedichte machenden Frankfurter Kaufmannssohn, und Jean Paul Richter, dem der Künstler Hölderlin geradezu diametral entgegengesetzt ist, und sich dann über alle drei gemeinsam abfällig kritisierend äußert. Schiller schreibt: „Ich bin einmal in dem verzweifelten Fall, daß mir daran liegen muß, ob andere Leute etwas taugen, und ob etwas aus ihnen werden kann; daher werde ich diese Hölderlin und Schmidt so spät als möglich aufgeben." Und: „Ich möchte wissen, ob diese Schmidt, diese Richter, diese Hölderlins absolut und unter allen Umständen so subjektivistisch, so überspannt, so einseitig geblieben wären, ob es an etwas Primitiven liegt, oder ob nur der Mangel einer ästhetischen Nahrung und Einwirkung von außen und die Opposition der empirischen Welt, in der sie leben, gegen ihren idealischen Hang diese unglückliche Wirkung hervorgebracht hat." Goethe aber trennt scharf zwischen Schmidt und Hölderlin: in Schmidt findet er „keine Spur von Streben, Liberalität, Liebe, Zutraun", sondern die Verkörperung „des philisterhaften Egoismus eines Exstudenten". Hölderlin aber, der ihn in Frankfurt besucht hatte, fand er „etwas gedrückt und kränklich, aber wirklich liebenswürdig und mit Bescheidenheit, ja mit Ängstlichkeit offen", und sehr fähig, auf seine Hauptideen einzugehen.

Hölderlins Leben im Hause Gontard fing an, problematisch

zu werden. Herr Gontard war nicht der Mann, die innige Freundschaft zwischen Diotima und Hölderlin im festen Glauben an die Vornehmheit und Herzensreinheit seiner Frau stumm zu ertragen. Die Tiefe der Beziehungen zwischen den beiden zu ermessen, war er unfähig. Von seiner überlegenheit über Hölderlin war er fest überzeugt. Es ist klar, daß er im Augenblick, wo er nicht mehr ganz blind den beiden gegenüberstand, diese überlegenheit auf alle Fälle und überall, wo es anging, zur Geltung bringen würde; und es ist ebenso klar, daß er sie Hölderlin darin fühlen ließ, wo sie allein zu finden war: in seiner besseren sozialen Stellung. Wir wissen von Hölderlin selbst, wie er den Hofmeister in das Nichtigkeitsgefühl seiner untergeordneten Stellung im Hause zurückzuschleudern sich mühte: „Der unhöfliche Stolz, die geflissentliche Herabwürdigung aller Wissenschaft und aller Bildung, die Äußerungen, daß die Hofmeister auch Bediente wären, daß sie nichts besonders für sich fordern könnten, weil man sie für das bezahlte, was sie täten, usw. und manches andere, was man mir, weil's eben Ton in Frankfurt ist, so hinwarf — das kränkte mich, so sehr ich suchte, mich darüber wegzusetzen, doch immer mehr."

Arme Diotima! Wie mag sie gelitten haben an der Scham für ihren Mann, an dem Mitleid für ihren Freund. Wie mußte sie in ihrer feinfühligen Seele sich gedemütigt fühlen, einem Mann von dieser Herzensroheit zuzugehören, und wie mußte sie fürchten, den einzigen Menschen, der sie ganz begriff und ihr ganz gehörte, dem sie ihre Kinder mit Ruhe anvertrauen konnte, zu verlieren! Wie mag sie versucht haben, die Ungeschliffenheit ihres Mannes durch doppelte Aufmerksamkeit und Zartheit wieder gut zu machen! — Gab es überhaupt ein stärkeres Mittel als diese brutalen Angriffe auf den wehrlosen Hölderlin, um diese beiden Stillen zu immer tieferer Aussprache zu bringen? um sie immer mehr und immer tiefer miteinander eins werden zu lassen?

So lebt Hölderlin, von den härtesten Trivialitäten des Daseins verfolgt und verwundet, und dann wieder von den zartesten, traumhaftesten Schönheiten und Glückseligkeiten gelabt und getröstet, in einem Zustand, der stärkere Nerven als die seinen hätte aufreiben müssen! Und kein Ausweg und kein Ende dieser unmöglichen Existenz! Treibt ihn sein Stolz, sein hohes Selbstgefühl, die Leidenschaftlichkeit seines nach den höchsten Lorbeern dürstenden Dichterherzens fort aus der unerträglichen Enge und Brutalität des Geldstolzes, — Diotima hält ihn fest. Ihre Gegenwart macht selbst die Hölle lieb. Hölderlin bleibt und bleibt. Und selbst als es gar nicht mehr geht, als er fort muß, da hätte er „sehr gewünscht, zu bleiben". Das war im Herbst 1798. Und doch hatte er schon im Sommer 1797 dem Bruder geklagt: „Wer vermag sein Herz in einer schönen Grenze zu halten, wenn die Welt auf ihn mit Fäusten ein= schlägt"; und deutlicher gegen Neuffer sein Herz ausgeschüttet: „O Freund! ich schweige und schweige, und so häuft sich eine Last auf mir, die mich am Ende fast erdrücken, die wenigstens den Sinn unwiderstehlich mir verfinstern muß. Und das eben ist mein Unheil, daß mein Auge nimmer klar ist wie sonst. . . . O, gib mir meine Jugend wieder, ich bin zerrissen von Liebe und Haß." Auch der Mutter hatte er schon damals in einem langen, schmerzvoll dunkeln Briefe mitgeteilt, daß er gewillt sei „eine Lage zu verlassen, wo sich immer zwei Parteien für und gegen mich bilden, wovon die eine fast mich übermütig, und die andere sehr oft niedergeschlagen, trüb und manchmal etwas bitter macht", um ihr gleich darauf durch den Bruder sagen zu lassen, daß er seine „Lage wieder ganz zurecht ge= bracht".

„Trennen wollten wir uns? wähnten es gut und klug?
Da wir's taten, warum schreckte wie Mord die Tat?
Ach! wir kennen uns wenig!" —

Noch ein und ein halbes Jahr ertrug der Sensitive dieses Mar= tyrium. Immer müder aber werden seine Briefe, und die Keime der Nervenkrankheit künden sich in einer vollkommenen seelischen Erschöpfung: „Lieber Karl, ich spreche wie einer, der Schiff= bruch gelitten hat." „Ich suche Ruhe, mein Bruder! Bester Karl, ich suche nur Ruhe!" Und dann wieder ein paar Monate später an Neuffer: „Meine Leiden haben mich auch indolent gemacht." Bitter aber wird er jetzt gegen die Mutter, die sich wegen Abnahme der Zärtlichkeit in seinen Briefen beklagt hatte. Er erklärt, daß es ein sehr „ungerechter Vorwurf" sei, wenn man ihn „nachlässig und lieblos" nenne: „Und glauben Sie, ich bin oft froh daran, wenn mir's gelingt, verschlossen zu sein und trockner, denn so taugt man besser für die Welt."

„Ich verhülle mein Leiden mir selbst, und ich hätte manch= mal mir die Seele ausweinen müssen, wenn ich es aussprechen wollte."

Aber auch der zähe Widerstand des Liebenden zerbricht an der Notwendigkeit. Im Oktober 1798 hat Hölderlin Frankfurt verlassen und ist bei Sinclair in Homburg. Mit einem wilden,

erlösenden Aufschrei nimmt er Abschied von Diotima und der
Qual der verflossenen Jahre:

> „Wenn ich sterbe mit Schmach, wenn an den Frechen nicht
> Meine Seele sich rächt, ...

> . . . . Wehe von dir, von dir,
> Schutzgeist! ferne von dir spielen zerreißend bald
> Alle Geister des Todes
> Auf den Saiten des Herzens mir.

> . . . . . . hier, wo am einsamen
> Scheidewege der Schmerz mich,
> Mich der tötende niederwirft.“

Homburg.

Es galt, wenn möglich, zu überwinden, sich zu sammeln;
mit dem, was an innerer Kraft aus dem Schiffbruch blieb, noch
einmal ein Leben zu gestalten. Und was blieb? Einzig seine
hohe Dichterkraft, die in ihm lebendige Poesie, jetzt gereift und
geläutert in unsagbarem Schmerze und gestimmt, in einem hohen
Trauerliede die wunde Seele zum Olymp emporzutragen:

> „Ihr wandelt droben im Licht
> Auf weichem Boden, selige Genien!
> Glänzende Götterlüfte
> Rühren euch leicht —“

„Ich brauche Ruhe!“ Keiner wußte besser als Sinclair, wie
nötig er sie brauchte, und wie sie ihm am besten zu verschaffen
war. Seine Fürsorge für Hölderlin geht bis ins kleinste. Gern
nähme er den verwundeten Freund ganz in sein Haus, in dem
seine Mutter liebend waltet. Aber Hölderlins Wunsch, nicht
durch zuviel Dankesschuld das freie Freundschaftsgefühl zu be=
drücken, läßt Sinclair für „Logis und Kost außer seinem Hause“
sorgen, wo Hölderlin „äußerst angenehm und ungestört und
gesund“ wohnt. „Für mich hab' ich, was die Wirtschaft be=
trifft, genug“, schreibt Hölderlin der Schwester. „Ein paar
hübsche kleine Zimmer, wovon ich mir das eine, wo ich wohne,
mit den Karten der vier Weltteile dekoriert habe.“ „Ich wohne
gegen das Feld hinaus, habe Gärten vor dem Fenster und einen
Hügel mit Eichbäumen und kaum ein paar Schritte in ein
schönes Wiestal. Da geh ich dann hinaus, wenn ich von meiner
Arbeit müde bin, steige auf den Hügel und setze mich in die

Sonne und sehe über Frankfurt in die weiten Fernen hinaus, und diese unschuldigen Augenblicke geben mir wieder Mut und Kraft zu leben und zu schaffen." So wurde im Abendschein auf dem Hügel, während die Blicke und das übervolle Herz sich nach Frankfurt wandten, aus der namenlosen Qual der Dichterseele die schwermütig süße „Elegie" und „Menons Klage um Diotima" geboren.

„Täglich geh' ich heraus und such' ein anderes immer, ...

Ach wo bist du Liebende nun? Sie haben mein Auge
Mir genommen, mein Herz hab' ich verloren mit ihr.
Drum irr' ich umher, und wohl wie die Schatten, so muß ich
Leben, und sinnlos dünkt lange das übrige mir.

. . . Noch schwebet vom Haupte zur Sohle
Still hinwandelnd, wie sonst, mir die Athenerin vor.
Selig, selig ist sie . . . .
Darum möcht', ihr Himmlischen, euch ich danken und endlich
Tönet aus leichter Brust wieder des Sängers Gebet."

„Ihn hielt der Wille aufrecht, noch auszusprechen, was in ihm lebte", sagt Dilthey. Und wie vieles lebte noch in ihm, was nach Ausdruck rang! Welche Fülle an Schönheit, Poesie und Geist quoll da in der Tiefe einer lebenswunden Brust; und wie schwer war es, das unaussprechlich Innigste eines unergründlichen Herzens in die Worte des Alltags zu gießen, so daß diese — vom Geiste bezwungen und erneut — sich rhythmisch regten und Leid und Leben in ihnen zu einer neuen, nie geahnten Harmonie voll und weich und allversöhnend zusammenschmolz.

Hölderlins Aufenthalt in Homburg dauerte vom Oktober 1798 bis zum Juni 1800. Die Trennung von Frankfurt bedeutete zunächst keineswegs einen Bruch mit der Geliebten. Briefe zwischen Diotima und Hölderlin gehen hin und her, und es ist möglich, daß selbst ein Wiedersehn gelegentlich stattfand. Wenigstens spricht Hölderlin in einem Briefe an die Schwester von Besorgungen in Frankfurt. Aber die Hoffnungslosigkeit dieses Liebens und die innere Verlassenheit blieb für beide und mußte immer stärker werden.

In den ersten Monaten in Homburg hatte Hölderlin den „Hyperion" vollendet. Er sendet ihn Diotima mit der Widmung: „Wem sonst als Dir." Ob der Brief, der ihn begleiten sollte, so abgeschickt wurde, wie das Konzept lautet, ist ungewiß:

„Hier unſern Hyperion, Liebe! Ein wenig Freude wird diese Frucht unſerer seelenvollen Tage Dir doch geben. Verzeih mir's, daß Diotima stirbt. Du erinnerſt Dich, wir haben uns ehmals nicht ganz darüber vereinigen können. Ich glaubte, es wäre, der ganzen Anlage nach, notwendig. Liebſte! alles, was von ihr und uns, vom Leben unſeres Lebens hier und da gesagt iſt, nimm es wie einen Dank, der öfters um so wahrer iſt, je ungeſchickter er sich ausdrückt. Hätte ich mich zu Deinen Füßen nach und nach zum Künſtler bilden können, in Ruhe und Freiheit, ja ich glaube, ich wär' es schnell geworden, wonach in allem Leide mein Herz ſich in Tränen und am hellen Tage und oft mit schweigender Verzweiflung sehnt. — Es iſt wohl der Tränen alle wert, die wir seit Jahren geweint, daß wir die Freude nicht haben sollten, die wir uns geben können, aber es iſt himmelſchreiend, wenn wir denken müſſen, daß wir beide mit unſern besten Kräften vielleicht vergehen müſſen, weil wir uns fehlen. Und sieh! das macht mich eben so stille manchmal, weil ich mich hüten muß vor solchen Gedanken. Deine Krankheit, Dein Brief — es trat mir wieder, so sehr ich sonſt verblinden möchte, so klar vor die Augen, daß Du immer, immer leideſt, — und ich Knabe kann nur weinen drüber! — Was iſt besser, sage mir's, daß wir's verschweigen, was in unſerm Herzen iſt, oder daß wir uns es sagen! — Immer hab' ich die Memme gespielt, um Dich zu schonen, — habe immer getan, als könnt' ich mich in alles schicken, als wär' ich so recht zum Spielball der Menschen und der Umſtände gemacht und hätte kein festes Herz in mir, das treu und frei in seinem Rechte für sein Beſtes schlüge, teuerſtes Leben! habe oft meine liebſte Liebe, selbſt die Gedanken an Dich mir manchmal versagt und verleugnet; nur um so sanft, wie möglich, um Deinetwillen dies Schickſal durchzuleben, — Du auch, Du haſt immer gerungen, Friedliche! um Ruhe zu haben, haſt mit Heldenkraft geduldet und verſchwiegen, was nicht zu ändern iſt, haſt Deines Herzens ewige Wahl in Dir verborgen und begraben, und darum dämmert's oft vor uns, und wir wissen nicht mehr, was wir sind und haben, kennen uns kaum noch selbſt; dieser ewige Kampf und Widerſpruch im Innern, der muß Dich freilich langsam töten, und wenn kein Gott ihn da besänftigen kann, so hab' ich keine Wahl, als zu verkümmern über Dir und mir, oder nichts mehr zu achten als Dich und einen Weg mit Dir zu suchen, der den Kampf uns endet.

Ich habe schon gedacht, als könnten wir auch von Ver-

leugnung leben, als machte vielleicht auch dies uns stark, daß
wir entschieden der Hoffnung das Lebewohl sagten", ...
     Hier bricht das Schreiben mitten auf dem Bogen ab.
Auf der Rückseite, später geschrieben, steht:
     „Reines Herzens zu sein, das ist das Höchste, was Weise
                    ersannen, Weisere taten."
     Diotimas Antwortschreiben an Hölderlin, die jetzt vernich=
tet sind, waren zu Lebzeiten von Hölderlins erstem Heraus=
geber, Schwab, noch vorhanden. Schwab durfte sie flüchtig
durchlesen und fand sie „voll Zartheit und Tiefe, jeden Ge=
danken an eine unreine Flamme bannend". Ein einziger dieser
Briefe scheint wenigstens in einer Abschrift erhalten zu sein.
Dr. Wilhelm Böhm hat sich für seine Echtheit verbürgt und ihn
einem beschränkten Kreise von Literarhistorikern vorgelegt. Sein
Inhalt, von dem ich dank der Liebenswürdigkeit Dr. Böhms
Kenntnis nehmen durfte, bestätigt das Urteil Schwabs; und
mehr: er zeigt uns unmittelbar, was man sonst nur indirekt
aus Hölderlins Worten schloß: nämlich, daß Diotima eine geistig
sehr bedeutende, philosophisch veranlagte und bei aller kind=
lichen Innigkeit welterfahrene Frau war.
     Hölderlins feste Absicht war es, Homburg nicht eher zu
verlassen, bis er seine Dichterkraft und sein Schauen in einem
reifen Werke verkörpert, sein Dichtersehnen gestillt und denen,
die an ihn glaubten oder nicht an ihn glaubten, durch die
Vollendung seines „Empedokles" bewiesen hätte, daß er ein
göttliches Recht auf den Namen eines Dichters habe. — Es
sind die Tage früher Herbstesreise. Hölderlins Lebensbaum
steht früchteschwer. Der Dichter hat seine eigenste Mission be=
griffen und geht jetzt auf eigenem Wege in tiefer Nachdenklichkeit
und mit Anspannung aller Kräfte, aber sicheren Fußes seinem
hohen Ziele zu. Es gilt die neue Verkündigung einer Religion
der Poesie: die Offenbarung der schönheit=durchleuchteten All=
Einheit der Welt, deren Leben Gottes Geist ist überall. Es galt,
in friedeatmende Lieder aufzulösen, was zerrissen und unvoll=
kommen die Seele quält; das unbefriedigte Verstehen und angst=
volle Genießen der Menschen durch die alles umschließende
Einheit und Schönheit und Göttlichkeit des Ganzen zu be=
ruhigen, zu verklären. In Hölderlin verkörpert sich jetzt ganz
die schlichte Hoheit des wahren, berufenen Künstlertums, das
zugleich das höchste Priestertum ist; und seine Dichtungen spie=
geln jene anspruchslose freie Schönheit, die nicht von dieser
Welt zu sein scheint, und die doch gerade das Tiefste und
Wahrste dieser Welt ist.

Wäre er nur dies eine Mal selbstsüchtig genug gewesen, nicht eher aus Homburg zu weichen, bis sein Hauptwerk, der „Empedokles", vollendet gewesen wäre!

Denn hier in Homburg, in der Nähe des verstehenden Freundes, wurde ihm wirklich allmählich die Last, die er zu tragen hatte, leichter. „Wesentlich aber ist der geistreiche, verständige, herzliche Umgang meines Sinclair," schreibt er; „bei einem solchen Manne ist jede Stunde für den andern Gewinn an Seele und Freude." Auch am Hofe des Landgrafen von Hessen wird der Verfasser des Hyperion und Freund Sinclairs mit großer Freundlichkeit aufgenommen, und die „echtedeln, ausgezeichneten" Menschen, die er in der Familie des Landgrafen kennen lernt, tun ihm nach seinen Erfahrungen mit den Frankfurter Kaufmannsfamilien doppelt wohl. Und auch in anderer Weise sorgt Sinclair, daß Hölderlin nicht so bald wieder in das Gefühl „der Dürftigkeit des Lebens" zurücksinke. Er bestimmt ihn im November 1798 mit zum Kongreß nach Rastatt zu kommen. Hier tritt Hölderlin — seit Jena zum erstenmal wieder — in einen größeren Kreis geistig hochstehender und am wirklichen Leben regen Anteil nehmender Männer: Professor Muhrbeck, der Schwede von Pommereschen, Schenk, Horn, Böhlendorf gehören zu den „interessanten Bekanntschaften", von denen Hölderlin aus Rastatt berichtet. Muhrbeck und Pommereschen kommen dann auch für einige Zeit nach Homburg, wo die Bekanntschaft zu herzlicher Freundschaft vertieft wird.

Eine solche Geselligkeit war es, die Hölderlin brauchte, und die er immer ersehnte. Fern von dem hastigen Berufsleben der robusteren Menschen mit ihrem dilettantischen Egoismus, wo jeder den andern in trüben und harten Farben sieht, wollte er seine klare, große Seele in andern klaren großen Seelen spiegeln. Das war das neue Gesellschaftsideal, das Hölderlin predigte: Die Menschen im gegenseitigen Austausch ihrer besten Kräfte und tiefsten Anschauungen; in beglückender Mitteilung ihres eigentümlichen Selbst; keine kleinliche Vorsicht, keine Bedenken, keine engherzige Kritik, keine Eitelkeit und kein Eigennutz zwischen ihnen; innigst sich bewußt ihrer tiefen Zusammengehörigkeit und ihre Einheit und Einigkeit als Teile im Allgeist, in der Seligkeit der Freundschaft und Liebe froh erkennend. Dieses hohe Menschheits- und Freundschaftsgefühl war es, das ihn so leicht — schmerzlich verletzt und von den Menschen enttäuscht — in die Einsamkeit trieb. Und weder seine von früher Jugend an so lebendige scharfe Menschenkritik, noch seine fast schärfere Selbstkritik vermochten den Dichter, der eben immer

e*

und ganz Dichter war, gegen diese Verwundbarkeit allmählich abzuhärten. „Ich glaube fast, ich bin aus lauter Liebe pedantisch," schreibt er an Neuffer; „ich bin nicht scheu, weil ich mich fürchte, von der Wirklichkeit in meiner Eigensucht gestört zu werden, aber ich bin es, weil ich mich fürchte, von der Wirklichkeit an der innigen Teilnahme gestört zu werden, mit der ich mich gern an etwas anderes schließe; ich fürchte, das warme Leben in mir zu erkälten in der eiskalten Geschichte des Tags, und diese Furcht kommt daher, weil ich alles, was von Jugend auf Zerstörendes mich traf, empfindlicher als andere aufnahm, und diese Empfindlichkeit scheint darin ihren Grund zu haben, daß ich im Verhältnis mit den Erfahrungen, die ich machen mußte, nicht fest und unzerstörbar genug organisiert war. Das sehe ich. Kann es mir helfen, daß ich es sehe?"

Es war Hölderlins Verhängnis, daß er niemals die volle Muße und Ruhe finden sollte, die er brauchte, um ganz das zu sein, was er im Grunde war. Der erste Winter in Homburg, so hoffnungsvoll er auch begonnen, wird durch Krankheit getrübt und durch die Sorgen der Mutter, die den Stellenlosen so gern in sicherem, wenn auch noch so bescheidenem Brote wüßte. Rührend ist es, immer und immer wieder Hölderlins flehende Bitte um Ruhe und Gewährenlassen, um Glauben an ihn und seine Bestimmung zu hören und zu sehen, wie die Mutter gegen ihre bessere Überzeugung dann auch wieder diese Bitte erfüllt, bis sich wieder ein Amt zeigt, für das nach ihrer Meinung ihr Fritz durchaus taugte, und so ihr Flehen wieder zu dem ruhelos Umhergetriebenen geht, daß er doch endlich vor des Lebens Notdurft sich in einen festen bürgerlichen Beruf flüchten möge. Hölderlins Briefe spiegeln weiter diesen zärtlichen Kampf, der ihm sicher um so schwerer wurde, als er nach seiner Krankheit gezwungen war, Geldunterstützungen von der Mutter zu erbitten. So schreibt er am 11. Dezember 1798: „Ich mußte, um ruhige Überlegung zu gewinnen, meinen Entschluß über die angebotene Hofmeisterstelle auf den anderen Tag verschieben"; und es folgt eine seitenlange Auseinandersetzung über die Schwierigkeiten dieses Berufs, die darin gipfelt: „Deswegen glaube ich mir schuldig zu sein, solang ich, ohne andern wehe zu tun, von dieser Seite mich schonen kann, mich zu schonen, um mit lebendiger Kraft ein Jahr lang in den höheren und reineren Beschäftigungen zu leben, zu denen mich Gott vorzüglich bestimmt hat. . . . O meine Mutter! Es ist etwas zwischen Ihnen und mir, das unsre Seelen trennt! . . ." — Im Januar klingt es dann bitterer: „Ich stimme ganz mit Ihnen darin überein, daß es gut für

mich sein wird, wenn ich künftig das anspruchsloseste Amt,
das es für mich geben kann, mir zu eigen zu machen suche, vor=
züglich auch darum, weil nun einmal die vielleicht unglückliche
Neigung zur Poesie, der ich von Jugend auf mit redlichem
Bemühn durch sogenannt gründlichere Beschäftigungen immer
entgegen strebte, noch immer in mir ist und nach allen Erfah=
rungen, die ich an mir selber gemacht habe, in mir bleiben
wird, solange ich lebe. . . . Warum bin ich denn friedlich
und gut, wie ein Kind, wenn ich ungestört mit süßer Muße
dies unschuldigste Geschäft treibe, das man freilich, und dies
mit Recht, nur dann ehrt, wenn es meisterhaft ist, was das
meine vielleicht auch aus dem Grunde noch lange nicht ist,
weil ich's vom Knabenalter an niemals in eben dem Grade zu
treiben wagte, wie manches andre, was ich vielleicht zu gutmütig
gewissenhaft meinen Verhältnissen und der Meinung der Men=
schen zulieb' trieb." Auch den wiederholten Bitten und Auf=
forderungen der Seinen, wenigstens zum Besuch nach Nürtingen
zurückzukehren, setzt er dieses Mal einen ungewöhnlich hart=
näckigen Widerstand entgegen.

So ringt der Dichter mit seinen Liebsten und sich selbst
bis zur Ermattung um sein Lebenswerk: „Ich werde sagen,
daß ich mich nicht recht verstanden habe, wenn hienieden mir
nichts Treffliches gelingt."

Erst der Frühling, der jedem seiner Jahre mit neuer Wonne
und Verheißung wiederkehrt, bringt ihm auch dieses Jahr neue
Lebensfreude, Widerstandsfähigkeit und Gesundheit. Er brachte
ihm auch die erste öffentliche Anerkennung. A. W. Schlegel,
damals der erste Kritiker Deutschlands, schrieb in der allge=
meinen Jenaer Literaturzeitung über Neuffers Taschenbuch und
Hölderlins Beiträge: „Den Inhalt des Almanachs möchten wir
fast nur auf die Beiträge von Hölderlin einschränken. . . . Höl=
derlins wenige Beiträge aber sind voll Geist und Seele, und
wir setzen gern zum Belege ein paar davon hierher: [An die
Parzen und an die Deutschen]. Diese Zeilen lassen schließen,
daß Hölderlin ein Gedicht von größerem Umfange mit sich
herumträgt, wozu wir ihm von Herzen alle äußere Begünsti=
gung wünschen, da die bisherigen Proben seiner Dichteranlagen
und selbst das in dem angeführten Gedicht ausgesprochene er=
hebende Gefühl ein schönes Gelingen hoffen lassen." Solche
Worte bedeuteten für Hölderlin wahre Erquickungen und Er=
lösungen von Zweifeln, die mehr durch das Mißverstandenwerden
von andern als durch eigenes Ohnmachtsgefühl erweckt wor=
den waren. Jetzt schreibt er zuversichtlicher von der bestimmten

Hoffnung, „daß also in keinem Falle mein Dasein ohne eine Spur auf Erden bleiben wird". Welch ein Jammer, daß es den Romantikern, als deren Sprecher die Schlegels in den kritischen Zeitschriften erschienen, nicht vergönnt war, ihre erträumte neue Religion und ihre ersehnte Unendlichkeitsdichtung in Hölderlins „Empedokles" aufgehen zu sehen! Und welch größerer Jammer, daß Hölderlin nie in diesem Kreise, der Novalis zu würdigen wußte, einen Halt und einen wenn auch bescheidenen Vorgeschmack seiner dichterischen Ewigkeit erhalten konnte.

In seiner hoffnungsfrohen Frühlingsstimmung faßt Hölderlin den Plan, sich den lieben Aufenthalt in Homburg und die schöne Unabhängigkeit als freier Dichter und Schriftsteller durch die Herausgabe eines Journals für längere Zeiten zu sichern. Es soll unter seiner Leitung ein „sowohl ausübendes als belehrendes humanistisches Journal" entstehen, das der „Vereinigung und Versöhnung der Wissenschaft mit dem Leben, der Kunst mit dem Idealischen, des Gebildeten mit der Natur" dienen soll. Schwab erzählt weiter: „Er schwankte in der Wahl eines schicklichen Titels für diese Zeitschrift, der Name „Hebe" war schon vergeben, er dachte daran, sie „Symposium" zu nennen; wie beim Plato die Liebe ein Kind des πόρος und der πενία heißt, so sollte Kunst und Poesie als ein Kind des Reichtums und der Armut, als hervorgegangen aus der Fülle der Idee und aus der Dürftigkeit des wirklichen Lebens gefaßt und dadurch der originelle Titel gerechtfertigt werden. Hölderlin verließ jedoch diesen Gedanken wieder und entschied sich für den Namen „Iduna". Ein Verleger für die Zeitschrift schien in dem Buchhändler Steinkopf in Stuttgart gefunden, bei dem auch das „Taschenbuch für Frauenzimmer" erschien. Für dieses schrieb Hölderlin, gewissermaßen im Auftrage seines Verlegers, die poetische Erzählung: „Emilie vor ihrem Brauttage", um sich dadurch einem weiteren Leserkreis bekannt zu machen. Als Mitarbeiter für sein Journal zählte er auf Heinse, Heidenreich, Bouterweck, Matthison, Conz und Siegfried Schmidt. Auch Schiller und Schelling bat er um Beiträge. Schiller antwortet mit einem sehr herzlichen Brief ablehnend und warnt ihn, sich in Herausgebergeschäfte zu verwickeln. „Die Erfahrungen, die ich als Herausgeber periodischer Schriften seit 16 Jahren gemacht, da ich nicht weniger als fünf verschiedene Fahrzeuge auf die klippenvollen Meere der Literatur geführt habe, sind so wenig günstig, tröstlich, daß ich Ihnen als aufrichtiger Freund nicht raten kann, ein Ähnliches zu tun. . . . Wenn Sie mich mit Ihrer jetzigen Lage bekannter machen wollen, so bin ich vielleicht eher imstande, etwas vorzuschlagen, was Ihrem Wunsche gemäß ist." — Ohne die Mitarbeiterschaft der „großen Männer" wollte der Verlag nicht auf Hölderlins Pläne weiter eingehen, und so scheitert das Unternehmen. Wie schwer es Hölderlin traf, wissen wir aus seinem Briefe an Diotima:

[Homburg, August od. Sept. 1799.]

Teuerste!

Nur die Ungewißheit meiner Lage war die Ursache, warum ich bisher nicht schrieb. Das Projekt mit dem Journale, wovon ich Dir schon, nicht ohne Grund, mit so viel Zuverlässigkeit schrieb, scheint mir scheitern zu wollen. Ich hatte für meine Wirksamkeit und mein Auskommen und meinen dortigen Aufenthalt in Deiner Nähe mit so viel Hoffnung darauf gerechnet; jetzt hab' ich noch manche schlimme Erfahrungen machen müssen zu den vergebenen Bemühungen und Hoffnungen. Ich hatte einen sichern anspruchslosen Plan entworfen; mein Verleger wollte es glänzender haben; ich sollte eine Menge berühmter Schriftsteller, die er für meine Freunde hielt, zu Mitarbeitern engagieren, und wenn mir gleich nichts Gutes bei diesem Versuche ahndete, so ließ ich Tor mich doch bereden, um nicht eigensinnig zu scheinen, und das liebe allgefällige Herz hat mich in einen Verdruß gebracht, den ich Dir leider schreiben muß, weil wahrscheinlich meine zukünftige Lage, also gewissermaßen das Leben, das ich für Dich lebe, davon abhängt. Nicht nur Männer, deren Verehrer mehr als Freund ich mich nennen konnte, auch Freunde, Teure! auch solche, die nicht ohne wahrhaften Undank mir eine Teilnahme versagen konnten — ließen mich bis jetzt — ohne Antwort, und ich lebe nun volle acht Wochen in diesem Harren und Hoffen, wovon gewissermaßen meine Existenz abhängt. Was die Ursache dieser Begegnung sein mag, mag Gott wissen. Schämen sich denn die Menschen meiner so ganz? . . . Ich habe fast zwei Monate unter Zubereitungen zu dem Journale verloren.

Und so hab' ich denn im Sinne, alle Zeit, die mir noch bleibt, auf mein Trauerspiel zu wenden, was ungefähr noch ein Vierteljahr dauern kann, und dann muß ich nach Hause oder an einen Ort, wo ich mich durch Privatvorlesungen, was hier nicht tunlich ist, oder andere Nebengeschäfte erhalten kann.

[Der Schluß fehlt.]

Ohne die Aussicht auf eine sichere Einnahme, einzig auf die Güte der Mutter und die Freundschaft Sinclairs angewiesen, wird der Aufenthalt in Homburg für den Dichter unmöglich. Hölderlin denkt jetzt wieder daran, sich in Jena, wo er einst so leicht hätte festen Fuß fassen können, niederzulassen. Schillers aufmunternde Worte haben in ihm Hoffnungen erweckt und geben ihm Mut, Schiller zu bitten, daß er ihm „irgend einen kleinen Posten" verschaffen möchte, „der ihm ein kleines Einkommen zu seinen schriftstellerischen Erwerbnissen" zugäbe. Voll ängstlicher Ungeduld sieht er dem Bescheid entgegen: „Ich erwarte alle Tage die Antwort!" Aber diese blieb aus. Familiensorgen und die Unbequemlichkeiten des Umzuges von Jena nach Weimar hinderten Schiller wohl, für Hölderlin die Schritte zu tun, die die letzte Möglichkeit bedeuteten, diesen zarten Genius vor dem Verderben zu bewahren. —

So mußte Hölderlin allen Ernstes daran denken, den andern Plan durchzuführen, nämlich als Privatlehrer mit Stundengeben in Stuttgart sein Dasein zu fristen. — Wie gern wäre er in Homburg geblieben! Von November bis zum späten Mai verschiebt er die traurige Notwendigkeit, eine Lebensart zu ändern, mit der er „auf immer zufrieden" gewesen wäre.

Abermals wird ihm eine Pfarrstelle angeboten und abermals schlägt er die behagliche Zufluchtsstätte aus. Wir verstehen Hölderlin nur halb, wenn wir uns darüber verwundern. Es war das Unmöglichste für ihn, was es gab, denn es bedeutete die Selbstvernichtung des Dichters in ihm; Verleugnung der Ideen, für die er allein noch lebte, und deren künstlerische Gestaltung allein seinem Leben Inhalt gab. Es bedeutete Sanktion der Traditionen, zu deren Bekämpfung er sich berufen, beseligt fühlte. Nicht gegen den Geist des Christentums oder die Gestalt Christi war dieses Streben seines glutvollen Dichterherzens gerichtet, sondern gegen die engherzige Form, in die dieser Geist gepreßt erschien. Denn der Enge der kirchlichen Lehre glaubte Hölderlin es schuld geben zu müssen, daß so viel Kleinlichkeit und Lüge den wahrhaft religiösen christlichen Geist im Menschen töte. Von dem schematischen Gottesdienst meinte er, daß er die Augen der Menschen so blende und verdunkle, daß sie den Geist der Welt nur noch zwischen den mit menschlichem Geschmack oder Ungeschmack verzierten Kirchenmauern ahnen könnten, während sie ihn in der Licht-durchfluteten, Schönheit-atmenden, Geist-verkündenden Natur nicht mehr zu finden vermöchten. Hölderlins ganzer Seele in ihrer herrlichen, freien Zartheit widerstrebte es, in den ausgeklügelten Menschenworten dogmatischer Gesetze etwas Göttliches sehen zu sollen: So sagt Empedokles dem Priester:

„Denn wohl hab' ich's gefühlt in meiner Furcht,
Daß ihr des Herzens freie Götterliebe
Bereden möchtet zu gemeinem Dienst . . .
Hinweg! ich kann vor mir den Mann nicht sehen,
Der Göttliches wie ein Gewerbe treibt."

„Falsch, kalt und tot" nennt er das Bild, das der Prie=
ster von den Göttern macht. Er selbst aber hat ein ganz anderes
wahres Bild der Göttlichkeit geschaut und sehnt sich, es zu
verkünden:

„Eisen träget der Schacht,
Und glühende Harze der Ätna;
So hätt' ich auch Reichtum
Ein Bild zu bilden und ähnlich
Den Christ zu schauen, wie er gewesen."

Dieses ähnlichere Bild war der „Empedokles". In voller
Absichtlichkeit wird sein Leiden und Leben in Parallele zu der
christlichen Passion gesetzt. Fast wörtlich klingen die Sätze des
Neuen Testamentes daraus, und sicher sollte der herrliche Tod
des Empedokles aus eigenem freien Entschluß in Gegensatz
zu den qualvollen Martern des Heilands treten. Auch bei der
Anweisung zu seinem letzten Abendmahl gebraucht Empedokles
Christi Worte:

„Gehe nun hinein,
Bereit' ein Mahl, daß ich des Halmes Frucht
Noch einmal koste und die Kraft der Rebe."

Die Symbole der Qual am Kreuze und der Armut, die Ver=
herrlichung des innerlich und äußerlich Gebrochenseins wider=
strebten Hölderlins ästhetischem Empfinden, aber die Idee der
Liebe und Heiligkeit und die Lehre, daß das höchste Menschen=
leben ein bewußtes Sich=opfern ist, hat er unauslöschlich in sich
getragen. Als die Herrlichkeit des klassischen Altertums ihn
hinriß, da gewannen diese Ideen nur neuen Glanz und neue
Lebendigkeit, und auch in seiner Philosophie blieben sie die
tiefsten und menschlichsten Töne. Trotzdem war er nicht Christ,
sondern Pantheist. Nicht in der hohen Gestalt Christi, sondern
in der Schönheit, der Harmonie und dem Rhythmus des Welt=
alls spricht der Gott zu ihm. Und alles Menschentum, und
sei es das höchste, versinkt und verklingt für ihn wie ein Ton,
ein Hauch, in dem Wohlklange des Ewigen, All=Einen. Überall
in der Natur ist Gott ihm innig nah und verwandt. Er versteht

sein Wehen im Sturm und schaut seine Herrlichkeit in der Klar=
heit des Äthers. In diesem Schauen liegt seine Seligkeit,
in seiner Verkündigung sein dichterischer Beruf. — Und so
gestimmt, sollte Hölderlin in einer Kirche auf die Lehren des
Kuratoriums in Württemberg einen Eid ablegen? — Er hat es
nicht vermocht, und er ist auch nie zu der Lehre der Kirche zurück=
gekehrt, wie so oft behauptet wird.

Man lese doch das Gedicht „Der Einzige“ genau durch, so
wird man das Gegenteil darin finden von dem, was man,
weil man es suchte, zu finden meinte. Nicht eine Rückkehr zum
Christentum der Kirche bedeutet es für Hölderlin, sondern das
Bekenntnis, daß er das Christentum trotz aller Anstrengung
nie ganz hat mit seinen hohen klassischen Schönheitsidealen und
seinen pantheistischen Offenbarungen verschmelzen können.

> „Ich weiß es aber, eigene Schuld
> Ist's. Denn zu sehr,
> O Christus, häng' ich an dir,
> Wiewohl Herakles' Bruder.

(d. i. wiewohl ich im Grunde ein naturfreudiger Grieche bin.)

> Und kühn bekenn' ich, du
> Bist Bruder auch des Eriers. . . .
> Es hindert aber eine Scham
> Mich, dir zu vergleichen
> Die weltlichen Männer. Und freilich weiß
> Ich: der dich zeugte, dein Vater, ist
> Derselbe. . . . .
> . . . . . Dieses Mal
> Ist mir vom eigenen Herzen
> Zu sehr gegangen der Gesang.“

Der Tod seines Schwagers im März 1800 ruft Hölderlin
mit ernster Mahnung zurück zu seiner Familie. Doch noch
immer verschiebt er die Abreise bis zum Ende Mai, wohl in
der Hoffnung, seinen „Empedokles“ fertig mit nach Hause zu
bringen. Es ist unmöglich; und so kehrt er zurück mit leeren
Händen:

> „Froh kehrt der Schiffer heim an den stillen Strom,
> Von Inseln fernher, wenn er geerntet hat;
> So käm' auch ich zur Heimat, hätt' ich
> Güter so viele wie Leid geerntet.“

Nürtingen und Stuttgart.

Nur wenige Tage weilt er bei den Seinen in Nürtingen. Diesmal machen keine überschäumenden Sehnsuchtsträume seinen Aufenthalt zur „Höllenqual". Still und leise fügt sich die enttäuschte Seele in den ruhigen Gleichklang des Witwenstübchens, in dem jetzt auch die Schwester mit ihren Kindern weilt. Weiche Resignation senkt sich auf den noch so Jugendlichen herab. Immer inniger und sanfter werden seine Gesänge.

Mit dieser Müdigkeit im Herzen geht er nach Stuttgart, um durch Stundengeben sein Brot zu verdienen. Im Hause seines Freundes Landauer nimmt er Wohnung. Er ist dankbar für alles, wie einer der nichts mehr vom Leben oder den Menschen fordert oder erwartet: „Mein Logis und die Aufnahme in meines Freundes Hause fand ich ganz nach Wunsch . . . Ich halte es für ein Glück, daß mir schon das anständige und erwünschte Anerbieten von einem jungen Manne, der in der Kanzlei arbeitet, gemacht worden ist, daß ich ihm Stunden in der Philosophie geben möchte, wofür mir monatlich ein Karolin bezahlt wird." Es fanden sich noch einige solche Schüler der Philosophie, für die Hölderlin „dankbar" war, ohne daß es ihm gelungen wäre, sich wirklich pekuniär von der Mutter unabhängig zu machen. — Landauer und seine andern Stuttgarter Freunde versuchen, ihm das Leben angenehm und heiter zu gestalten. Hölderlin vergilt ihre Bemühungen mit herzlichen Freundschafts= und Dankesgefühlen und mit unvergänglichen Liedern; aber wie wenig ihm trotz alledem Stuttgart Homburg ersetzen kann und die vielen guten Schwaben den stillen, feinsinnigen Sinclair und Diotimas Nähe, das spricht aus jeder Zeile, die er in Stuttgart geschrieben hat. Und welche Anforderungen mögen diese Philosophiestunden für Anfänger an seinen innern Menschen gestellt haben! Wie muß schon das unruhige Kommen und Gehen der Fremden den Ruhebedürftigen ermattet haben!

Unter diesen Umständen scheint abermals eine Hofmeisterstelle das Wünschenswertere. Hölderlin entschließt sich, das Angebot einer solchen in Hauptwyl in der Schweiz anzunehmen. Sehr gegen den Wunsch seiner Familie und Freunde, denen die große Veränderung, die mit ihm vorgegangen war, tiefe Besorgnis einflößt, und die ihr Möglichstes versuchen möchten, um ihm zu einem freudigeren Dasein zu verhelfen. Aber es ist das Verhängnis des innerlich Gebrochenen, daß ihm solche Versuche das Leben nur um so härter erscheinen lassen. Hölder=

lins höchstes Lebensglück war zugleich sein tiefstes Lebensleid;
sein höchster Stolz war mit seiner tiefsten Erniedrigung in eins
verwebt, und seine hohe Dichterkraft zerbrach an der Notwen=
digkeit und Dürftigkeit einer Existenz, in der die andern in
idyllischer Ruhe und Behaglichkeit so friedlich ihr Leben lebten.
Es treibt ihn hinaus! Nicht mit jugendlicher Entdeckerfreude,
sondern in dem verzweifelten Gefühl, daß er daheim nicht mehr
daheim ist, daß er da nicht weiter zu existieren vermag, daß auch
die liebenden Freunde ihm nicht helfen, sondern nur seine Qual
vermehren können:

> „Wohin denn ich? Es leben die Sterblichen
> Von Lohn und Arbeit; wechselnd in Müh' und Ruh'
> Ist alles freudig; warum schläft denn
> Nimmer nur mir in der Brust der Stachel?“

In welcher Stimmung er sich für diesen Aufenthalt im
Ausland entschloß, sehen wir aus seinen Briefen: „Der Him=
mel weiß! daß ich nur frage, was notwendig sei? und daß
ich mich in alles Notwendige zu schicken bereit bin.“ — „Ich
wurde von meinen Freunden fast unbarmherzig bestürmt, um
zu bleiben ... Ich gestehe Dir, Teure, daß ich meinen Ent=
schluß, so sehr er meinem Herzen widersprach, doch immer mehr
mit meinem Herzen zu reimen weiß. Ich habe in mir ein so
tiefes, dringendes Bedürfnis nach Ruhe und Stille — mehr
als Du mir ansehn kannst und ansehn sollst. Und wenn ich
dies in meiner künftigen Lage finde, so erhalte ich mein Herz
meinen unvergeßlichen Verwandten und Freunden nur um so
wärmer und treuer ... Und in der Tat, ich fühle mich
oft wie Eis und fühle es notwendig, solange ich keine stillere
Ruhestätte habe, wo alles, was mich angeht, mich weniger
nah und eben deswegen weniger erschütternd bewegt.“

Hauptwyl.

Die Aussicht auf ein neues Leben bringt so etwas wie
neuen Lebensmut. „Die offne Straße und die offne Welt“,
sie werden dem aus dem Reisewagen in die Ferne und in die
Zukunft Schauenden zu Symbolen eines erneuten, offenen, freien
Vorwärtsdringens zum neuen, gelobten Land — zum Ziel!
„Ich fühle den ewigen Lebensmut, der uns, voll liebenden
Vertrauens, durch alle Perioden des Daseins oft still mahnend,
oft in seiner vollen, frohen Kraft hindurchführt, diesen Geist
der Jugend und der Weisheit fühl' ich einmal wieder“, schreibt

Hölderlin von der Reise an seinen Bruder. Und: „Nimm zum Abschied die stille, aber unaussprechliche Freude meines Herzens in Dein Herz.“ — Diese stille unaussprechliche Freude war wohl auch die Vorfreude auf die wundervolle Alpenwelt, die ihm in der Jugend das Herz mit wonnevollem Schaudern erfüllt hatte; die frohe Aussicht, in einem Lande leben zu sollen, in dessen großartiger und großzügiger Natur auch kein Schimmer von Beschränktheit und Dürftigkeit lebt: wo die Berge hoch genug sind, um der ins Ungemessene schauenden Dichter=phantasie einen würdigen Fußstuhl zu bieten; und wo die Täler tief und geheimnisvoll genug sind, um den in sich Ver=sinkenden heimlich am Busen der Mutter Erde festzuhalten.

Wie ein ruhevoller, glücklicher Traum vergehen die Reise=tage: „Könnt' ich doch so die Tage meines Lebens immer wan=deln zwischen Himmel und Erde, mit Demut und Glauben geteilt, und so den süßen Schlaf und die Ruhe, die wir hoffen, ver=dienen.“

Wieder war es Januar, als Hölderlin an seinem neuen Be=stimmungsort ankam. Er ist zufrieden mit dem, was er findet. Die zahlreiche Familie und der ehrwürdige Hausvater „inter=essieren ihn aufs äußerste“. Besonders wohl tut es ihm, daß man ihn frei sich selbst überläßt ohne allzu augenscheinliches Interesse an seiner Person zu nehmen, ohne aber auch je nachlässig gegen ihn zu erscheinen. — Im Februar erhält er die Nachricht von dem Frieden von Luneville. Und der Ge=danke, daß nach so vielen trostlosen Kriegsjahren wieder Ruhe und Frieden einkehren sollen, lassen den Sänger der schönen Menschlichkeit freudigen Herzens seltne Tage der Zukunft ahnen, „Tage sicherer, furchtloser Güte und Gesinnungen, die ebenso heiter als heilig und ebenso erhaben als einfach sind“. „Mit freier Seele und frischen Sinnen“ genießt er dieses Jahr den früh einziehenden Frühling zu Füßen jener Alpen, die „wie eine Sage aus der Heldenjugend unserer Mutter Erde“ nieder=sehen. „Ich kann nur dastehn wie ein Kind und staunen und stille mich freuen“. Und da kommt ihm plötzlich eine Erleuch=tung über sein vergangenes unruhiges und innerlich zerrisse=nes Leben. Er sieht ein, daß vielleicht einer der größten Fehler seiner Lebensführung in der großen Bereitwilligkeit zur Selbstverleugnung, ja zur Selbstkasteiung gelegen hat. Er schämt sich jetzt dieses ihm fast unmännlich erscheinenden Sinnes der Demut. „Ich habe mich lange mit Täuschungen getragen, die andern und mir zur Last und vor dem Herrn meines Lebens und vor meinem Schutzgeist eine Schande gewesen sind. Ich

meinte immer, um in Frieden mit der Welt zu leben, um die
Menschen zu lieben und die heilige Natur mit wahren Augen
anzusehen, müßte ich mich beugen und, um andern etwas zu
sein, die eigne Freiheit verlieren. Ich fühle es endlich, nur
in ganzer Kraft ist ganze Liebe; es hat mich überrascht in
Augenblicken, wo ich völlig rein und frei mich wieder umsah.
Je sicherer der Mensch in sich und je gesammelter in seinem
besten Leben er ist, und je leichter er sich aus untergeordneten
Stimmungen in die eigentliche wieder zurückschwingt, um so heller
und umfassender muß auch sein Auge sein; und Herz haben
wird er für alles, was ihm leicht und schwer und groß ist
in der Welt." Wie eine Illustration zu Hölderlins Schilde=
rung des Mannes, der ganz sich selbst besitzt, tritt unwillkürlich
Goethes kraftvolle, selbstsichere, beglückende Gestalt neben den
zarten, durchgeistigten Sänger Hölderlin. Und sehen wir da
nicht auch plötzlich die kleine, resolute, lachende Frau Rätin in
der freien Reichsstadt im alten Patrizierhaus, und neben ihr
die stille, gebeugte, fromme Mutter in Nürtingen? Aber die=
selbe Frau Rätin und dasselbe Haus, das einen Goethe der
Welt gab, erzog eine Tochter, die sich selbst und ihr Leben
als Last empfand und mit allen Lebensverhältnissen in Streit
blieb; dieselbe fromme Mutter in Nürtingen erzog einen andern
Sohn, der, das Muster eines tüchtigen, lebensfesten Menschen,
den Erfolg in seine Dienste zwang.

Ob Hölderlin auf die Dauer in der herrlichen Natur Er=
satz gefunden hätte für die dem Fremden gegenüber immer ab=
lehnende Haltung der Schweizer, ist die Frage. Nach einem
Briefe an Landauer zu urteilen, scheint es fast, als sei ihm
allmählich das Gefühl der Vereinsamung wiedergekehrt: „Sage
mir, ist's Segen oder Fluch dies Einsamsein, zu dem ich durch
meine Natur bestimmt und, je zweckmäßiger ich in jener Rück=
sicht, um mich selbst herauszufinden, die Lage zu wählen glaube,
nur immer unwiderstehlicher zurückgedrängt bin! Könnt' ich
einen Tag bei euch sein! — euch die Hände bieten! — Bester,
wenn Du nach Frankfurt kommst, so denk' an mich! Willst Du?"
Der Aufenthalt in Hauptwyl fand einen von Hölderlins
Seite nicht gewünschten schnellen Abschluß. Herr Gonzenbach
kündigte ihm die Stelle in höflicher Form, aber in rücksichtsloser
Weise. Schon Ende Mai ist Hölderlin wieder in Nürtingen:
wieder dem Nichts oder einem Vikariat gegenüber.

Noch einmal versucht er, nach Jena zu gelangen. Fast
flehend wendet er sich an Schiller mit der Bitte, daß dieser ihm
die Rückkehr nach Jena ermögliche. Seit Waltershausen schon

hatte Hölderlin sich eingehend mit ästhetischen Fragen und Problemen beschäftigt, immer tiefer war er in den Geist der Antike eingedrungen, und so war es sicher kein eitles Selbstlob, wenn er an Schiller schrieb: „Ich glaube imstande zu sein, Jüngeren, die sich dafür interessieren, besonders damit nützlich zu werden, daß ich sie vom Dienst des griechischen Buchstabens befreie und ihnen die große Bestimmtheit dieser Schriftsteller als eine Folge ihrer Geistesfülle zu verstehen gebe." „Sie werden nicht verschmähn, durch Ihre Teilnahme meinem Lebensgang ein Licht zu leihen." — Schiller hat diesen Brief nie beantwortet, und Hölderlin mußte auch diese bittere Enttäuschung durchkosten, auch diese letzte Hoffnung auf ein einigermaßen lebenswürdiges Dasein verlieren und die ihm so teure Verbindung mit Schiller innerlich resignieren.

Bordeaux.

Im Hause eines Hamburger Konsuls in Bordeaux nahm Hölderlin zum letztenmal eine Stellung als Hofmeister an, nachdem ihm der Sommer und Herbst unter qualvollem Warten auf Schillers Antwort verstrichen war. Sechs Wochen fast war er unterwegs dorthin, wieder in der Weihnachtszeit. Es war eine furchtbare Reise über die „gefürchteten überschneiten Höhen der Auvergne, in Sturm und Wildnis, in eiskalter Nacht". „Die geladene Pistole neben mir im rauhen Bette — da hab' ich auch ein Gebet gebetet, das bis jetzt das beste war in meinem Leben, und das ich nie vergessen werde."

„Nichts fürchten und sich viel gefallen lassen", das ist das Motto, das er sich über diesen neuen Lebensabschnitt schreibt. Nur wenige Briefe sendet er an die Seinen. Der letzte am Karfreitag, der die Antwort auf die Nachricht von dem Tode der Großmutter enthält, meldet noch, daß es ihm „so wohl" gehe, als er nur wünschen dürfe, daß er aber seinem geprüften Gemüt nicht zumuten dürfe, das auszusprechen, was er im Herzen fühle, und daß er in Zukunft weniger Briefe schreiben werde. Damit hört er ganz auf, Nachricht von sich zu geben.

Das Ende.

Im Juni erscheint er plötzlich in furchtbarem Erregungszustand bei seiner Mutter. Was ihn von Bordeaux weggetrieben — wir wissen es nicht! Sicher ist, daß es eine Kränkung war, die ihn bis ins Innerste traf! Die Vermutung, daß man ihn habe zwingen wollen, den Gottesdienst in der deutschen Kirche in Bordeaux zu übernehmen, da dieses Amt bisher von dem

Hofmeister der Konsulsfamilie versehen war, ist nicht ohne Grund; denn auf Hölderlins Anfrage vor Annahme der Stelle, ob er zu predigen haben werde, hatte die Antwort gelautet, daß er „vor der Hand davon dispensiert" sei.

Innerlich wie äußerlich zerstört kam der Dichter in der Heimat an. Um dieselbe Zeit erkrankte Diotima und starb nach zehntägigem Krankenlager. Wie Hölderlin diese Nachricht aufnahm, wissen wir nicht. Außer zu Sinclair, hat er sich nie darüber ausgesprochen. Auch seine Erlebnisse in Bordeaux scheint er nur diesem mitgeteilt zu haben.

Und so ist Sinclair der einzige, der nicht an Hölderlins Wahnsinn zu glauben vermag, sondern den furchtbaren, zerrütteten Zustand seines Gemüts sich restlos aus der Schwere der erduldeten Schicksalsschläge erklärt. Hölderlins Zustand hatte sich allerdings schon sehr gebessert, als Sinclair im August nach Nürtingen kam, um ihn zu einer kleinen Erholungsreise nach Ulm und Regensburg abzuholen. Daß Sinclairs fester Glaube an seine geistige Gesundheit auf Hölderlin wohltuend wirken mußte, ist begreiflich; denn Hölderlins Krankheit war ja nicht eine Geisteskrankheit mit Wahnvorstellungen und fixen Ideen, sondern bestand vielmehr in dem gänzlichen Versagen der logischen Konzentrationskraft, in einer gänzlichen Abspannung seiner Denkfähigkeit als Folge übermäßiger Anspannung und Konzentration. Deshalb war er sich auch über seinen Zustand im wesentlichen klar:

> „Das Herz ist wieder wach, doch herzlos
> Zieht die gewaltige Nacht mich immer."

Seine wilden Ausbrüche der Verzweiflung gewinnen so viel Begreifliches, wenn man bedenkt, wie unsagbar es ihn durchrütteln mußte, wenn er die Fülle seines Genius' und seine grauenhafte Ohnmacht zugleich verspürte, wenn „die gewaltige Nacht" ihn übermannte in Augenblicken, wo er eben mit Dichteraugen alles Licht des Lebens erschaut hatte, wenn die Sprache versagte, und die Gedanken schwanden in Momenten, wo er das Geheimnis des Alls vernommen zu haben glaubte, die volle Schönheit sich ihm entschleiert gezeigt hatte.

Immer hatte Hölderlin ein überfeines Gefühl für die ungesprochenen Urteile seiner Umgebung über ihn. Und so ist der warnende Brief Sinclairs an die Mutter nur zu berechtigt; er gibt auch zugleich das beste Bild von Hölderlins damaligem Zustand: „Ihr geehrtes Schreiben vom 6. d., welches ich gestern erhielt, hat mich sehr betrübt. Doch kann ich es nicht denken,

daß eine eigentliche Gemütsverwirrung und Abnahme der Geistes=
kräfte bei meinem teuren und lieben Freunde statthabe. Es sind,
hoffe ich, nur Symptome, die niemand beurteilen kann, als
wer die vielen und großen Ursachen kennt, die ihn auf den
Punkt, wo er ist, gebracht haben. Zu Regensburg war ich auch
beinahe der einzigste, der ihn nicht für das hielt, wofür ihn
die dasigen Ärzte ausgaben: und ich kann mit Wahrheit be=
haupten, daß ich nie größere Geistes= und Seelenkraft als damals
bei ihm gesehen. Ich glaube aber in der Tat, daß es ihm
äußerst schmerzlich sein muß, so beurteilt und dafür gehalten
zu werden; denn wiewohl ich überzeugt bin, daß seine ver=
ehrungswürdigen Angehörigen alle Schonung und Delikatesse,
die nur denkbar ist, in den Beweisen ihrer Liebe gegen ihn
zeigen werden, so ist er doch ein viel zu fein fühlendes Wesen,
als daß er nicht auch das geheimste Urteil, das man über ihn
fällt, im Innersten des Herzens lesen sollte: und um wie be=
kümmerter muß dieses ihn nicht machen.“

Mehr denn je fürchtet Hölderlin in diesem Zustand die Be=
rührung mit der Außenwelt. Den ganzen Winter über bleibt
er ängstlich zurückgezogen im Hause der Mutter. Er beschäf=
tigt seinen matten Geist, der vielleicht durch gänzliche Ruhe in
Gebirgs= oder Waldluft noch immer zu retten gewesen wäre,
mit der Übersetzung der Sophokleischen Tragödien. Daneben
aber dichtet er jene wundersamen Gesänge, die er selbst als
„Nachtgesänge“ bezeichnet hat. Sie spiegeln in unsagbar er=
greifender Weise jenen lautlosen furchtbaren Kampf des Genius
mit der Nacht. Oft ist es, als habe in ihnen sich der hohe
Geist schon frei gerungen von allen Schranken der Persön=
lichkeit, als fliehe er schon hinaus und hinauf in den unendlich
ersehnten Einklang aller Sphärenharmonien, als habe er den
sterblichen, gequälten Menschen nur zerbrochen, um stolzer und
freier auffliegen zu können, und gehorche nur noch aus Mitleid
dem engen Gesetz menschlicher Sprache und menschlicher Vers=
kunst. Aber während noch eine wunderbar neue Musik uns
gefangen hält, scheint plötzlich eine harte Hand über das tönende
Instrument zu fahren, und die Saiten klingen wirr und wehe
durcheinander, nicht mehr göttlich=menschlich, nicht mehr in
reinen Naturlauten, sondern beides verletzend durcheinander,
wie im Streit miteinander. Es ist der qualvolle Kampf des
Dichtergeistes mit den feindlichen Mächten des Lebens, die ihn
bezwungen haben.

Es ist eine grausame Ironie, daß Schelling und Hegel jetzt
daran denken, Hölderlin nach Jena zu bringen, um ihn „von

Grund aus wieder aufzubauen". Hölderlin strebte nicht mehr dahin. Er hatte Sinclair versprechen müssen, nach Homburg zu kommen, aber selbst diese Reise verschiebt er von Monat zu Monat. Erst im Sommer des Jahres 1804 mag er an einen Wechsel seines Wohnorts denken. „Ich glaube," schrieb Sinclair der Mutter, „daß nichts für ihn Besseres sein könnte, als bei jemand zu sein, der ihn und sein Schicksal ganz kennt, und vor dem er nichts Verborgenes hat. Gäbe es einen andern solchen Freund als mich, so wollte ich es nicht sein, der ihn aufnähme, weil es eine große Verantwortlichkeit ist, die Gefahr eines solchen Kleinods, als ihr Sohn ist, auf sich genommen zu haben. Er hat aber keinen. . . ." Sinclair holt ihn ab. Man hat Hölderlin zum Scheine die Stelle eines Bibliothekars des Land= grafen von Hessen angeboten, die von Sinclair aus eigener Tasche bezahlt wurde. Diese Stelle war für Hölderlin die letzte große Lebensfreude.

In Homburg tritt zunächst unter der Fürsorge der Freunde eine große Besserung des Befindens ein, so daß Sinclair sogar geneigt war, die zeitweise Verwirrung als bequeme und ge= wollte Maske zu deuten. Die Ode an die Erbprinzessin Amalie trägt ganz den Stempel der besten Gedichte aus der früheren Homburger Zeit: gehalten und maßvoll im Ton, eine zarte Fülle des Geistes und Tiefe des Gedankens in die keusche, selbstbeherrschte Form des alcäischen Verses gebannt, so geht sie nach den „Nachtgesängen", wie ein lichter Stern nach einer wild=herrlichen Gewitternacht, einen neuen Morgen ver= heißend, auf. Es war ein trügerisches Zeichen!

Selbst Sinclair mußte, nachdem abermals eine Verschlechte= rung in Hölderlins Zustand eingetreten war, und die Anfälle von sinnloser Verzweiflung sich häuften, den Freund aufgeben. Man brachte Hölderlin unter ärztliche Aufsicht in eine Anstalt nach Stuttgart. Die strenge und nicht rücksichtsvolle Über= wachung dort war für Hölderlin eine neue Qual. Ein Jahr lang ließ man ihn dort. Dann war der Kranke so still ge= worden, daß man ihn ohne Gefahr zu dem freundlichen Tischler= meister Zimmer in Pension geben konnte. Dieser wurde, unter= stützt von seiner braven, liebevollen Frau, Hölderlins treuer Beschützer. Und in seinem Häuschen fand Hölderlin auch all= mählich den Frieden, in dem er sein zerstörtes Leben zu Ende leben konnte. Dichtend und musizierend mit unsicherer, aber immer weicher und kundiger Hand brachte er seine Tage hin. Seine innige Freude an und Einigkeit mit der Natur war ihm geblieben. Freunde, die Pflegeeltern und die Studenten Tü=

bingens brachten ihm Aufmerksamkeiten und Liebe entgegen, für die Hölderlin stets empfänglich blieb. So „freute er sich rasend“, wie Schwab erzählt, als Professor Uhland, der damals seine Vorlesungen über deutsche Mythen und Poesie hielt, dem Dichter zur Huldigung an seinem Geburtstag einen großen Blumenstrauß sandte.

Auf diese Weise hat Hölderlin noch 40 Jahre gelebt; — es war, als habe der Körper jetzt, wo er nicht mehr in den harten Dienst eines ins Unendliche strebenden Geistes gespannt war, plötzlich Gesundheit und Kraft genug zu seinem Aufbau und seiner Selbsterhaltung.

Heiter und friedlich wie der Anfang seines Lebens war auch das Ende. In einer hellen Mondnacht, wie er sie so innig liebte, ging er still aus dieser Welt.

Ein feiner stolzer Knabe hatte einst träumend und sinnend vom mondbeschienenen Waldesrand ins große verheißungsvolle Dunkel des Menschenlebens hineingeblickt, — ein müder, kranker Dichter, den das Leben zerbrechen, aber nicht hatte beflecken können, saß jetzt still an seinem Fensterchen und trank zum letzten Male mit sterbenden Augen den milden Glanz des Mondesfriedens in seine verlassene, schlummermüde Seele. Dann legte er sich nieder und starb: einsam, wie er gelebt.

———

Gedichte

Einleitung des Herausgebers.

Hölderlins Gedichte sind sein Leben. Er lebte, um zu dichten, und erst im Gedicht wurde sein Leben ihm lebendig: erst wenn ein äußeres Erlebnis mit der tiefinnersten Harmonie seiner Dichterseele verschmolzen war, wenn es sich in der Grundstimmung und Grund= melodie seiner Seele wohllautend gelöst hatte und nun als „Gedicht" in ihm und aus ihm sprach, war es „sein Eigentum" geworden. Was sich nicht so löste und so verschmelzen ließ, blieb ein Fremdes, Stören= des, Quälendes.

Deshalb spricht auch Hölderlin sich am freisten und klarsten in seinen eigentlichen „Gedichten" aus. Hyperion und Empedokles — so sehr sie auch Bekenntnisschriften aus der tiefsten Innerlichkeit seiner Seele sind — tragen ihr unmittelbares Empfinden, Sehnen, Denken doch unter dem leichten Schleier eines erfundenen oder gefundenen Stoffes. Jeder Stoff aber fordert neben dem sub= jektiven Empfinden ein objektives Erfinden; und so war jeder Stoff für Hölderlins Genius eine Fessel — mußte es sein! Denn Hölderlin war selbst ganz Poesie, und sein Selbst war seine ganze Poesie. Er ist der reinste Lyriker, den die deutsche Literatur kennt. Die Prosa scheint für ihn ein fremderes, störenderes, spröderes Medium. Sie wird ihm unter den Händen zur Poesie, wenn er sich ganz klar und offen, von innen heraus aussprechen will. Das sehen wir in seinen Briefen; das sehen wir vor allem im Hyperion.

So ist für uns die Offenbarung seiner wundervollen Persönlich= keit zur Offenbarung einer neuen Eigenart der Poesie, einer ganz neuen Erscheinung der deutschen Dichtung geworden. „Eine neue Melodie entfaltete sich in diesem musikalischen Genie", sagt Dilthey in seiner unübertrefflichen Würdigung des Dichters. „Es war eine prophetische Schöpfung. In ihr bereitete sich der rhythmische Stil

1*

eines Nietzsche vor, die Lyrik eines Verlaine, Beaudelaire, Swin=
burne und was unsere neuste Dichtung sucht. Träumend an stillen
Bächen, die leise plätschernd den Gesang seiner Seele begleiten,
nachzeichnend die ruhigen, sanften Linien der süddeutschen Berge
und Flüsse in seinen Rhythmen, hat er langsam diese neue Form
gefunden.“

Ich habe in dieser Ausgabe eine Neuordnung der „Gedichte“
gewagt, indem ich sie zu bestimmten Gruppen zusammengestellt
habe. Während für die letzten Herausgeber von Hölderlins Ge=
dichten die streng chronologische Folge der einzelnen Gedichte nach
ihrer Entstehungszeit maßgebend war, habe ich in Verwendung ihrer
Resultate den chronologischen Gesichtspunkt nur für die Haupt=
gruppen festgehalten, innerhalb derselben diesen aber nur so weit
berücksichtigt, als er mit der Anordnung der Gedichte zu Unter=
gruppen nach innerlichen und stofflichen Gründen vereinbar war.
Mit dieser Anordnung wünschte ich das Gesamtbild des Dichters
anschaulicher und ein Vertrautwerden mit den einzelnen Gedichten
leichter zu machen. Es erschien mir vor allem angebracht, die Ge=
dichte aus der Kindheit und Jugendzeit, die in unverhältnismäßig
großer Menge am Anfange der Sammlung den Gesamteindruck
der reiferen Gedichte und der eigentlichen Persönlichkeit des Dichters
schwächen, nur teilweise in den Text aufzunehmen und den größeren
Teil als „Nachlese“ in den Anhang zu verweisen. Für den Text
wählte ich die Gedichte, welche eine eigene, persönliche Note tragen,
und so viele als mir notwendig schienen, um das Werden des Dichters
zu veranschaulichen. Für den Anhang bestimmte ich die übrigen,
die mehr Übungen im Dichten als Gedichte, mehr interessant durch
ihre Abhängigkeit von großen Mustern als durch die eigene Emp=
findung des Dichters sind. Die Gedichte aus der Knabenzeit sind
sämtlich in die „Nachlese“ aufgenommen, da sie dichterisch ohne Wert
sind. Des Dichters Kindheit und sein Erleben in jenen Tagen habe
ich lieber in reiferen Gedichten, die aus der Erinnerung schöpften,
darzustellen versucht.

Wir haben von Hölderlin eine Anzahl Gedichte in doppelter
Ausführung. Ich unterscheide da zwischen doppelten Fassungen
und Variationen. — Die zweiten Fassungen sind einfache Um=
arbeitungen und Bearbeitungen eines früheren Gedichtes. Sie
bedeuten Verbesserung der Form, eine stärkere Verdeutlichung der
Gedanken oder dergleichen. Dabei kann es allerdings gelegentlich
vorkommen, daß ein Gedicht durch die Umarbeitung seine ursprüng=
liche Frische verloren hat. Ich wählte daher im Falle zweier Fas=
sungen diejenige, die mir die beste schien, für den Text und die andere
für die Nachlese. — Bei den Variationen handelt es sich nicht um

eine einfache Umarbeitung eines vorhandenen Gedichtes, sondern um ein Wiederaufgreifen des Themas und der dichterischen Melodie, sei es in einem neuen Rhythmus, sei es in ausführender Weise. In diesen Fällen sind beide Ausführungen ein Zusammengehörendes. Ich gliederte deshalb die längere Ausführung der kürzeren an, was bis auf einen einzigen Fall (Sonnenuntergang — Sonnengott) die spätere Ausführung der früheren nachstellt. Die Variationen zu den Gedichten der Frankfurter Zeit: „die Heimat" und „an unsere großen Dichter", stammen aus der Homburger und späten Nürtinger Zeit, sind aber hier den Grundgedichten angegliedert.

Als Leitmotiv stelle ich der Sammlung das Gedicht: „An die Parzen" voran. Es stammt aus der Zeit der Höhe von Hölderlins Leben und Dichten. Warum es diesen Platz erhalten hat, bedarf keiner Erklärung.

Schon in dem jungen Knaben ist die Dichterseele lebendig. Die stillen, kleinen Erlebnisse seiner Knabenzeit werden ihm — fast unbewußt — Offenbarungen der tiefen Bedeutsamkeit des Lebens, und die religiösen Lehren der Mutter lassen ihn in die dunkeln Tiefen des Geisteslebens mit andächtigen Schauern hinabtauchen. Die stille Schönheit der heimatlichen Natur entzückt ihn. Die Einsamkeit löst Stimmungen und Begeisterung in ihm aus; und es treibt ihn, das namenlose Fühlen in Melodie und Dichtung auszusprechen. Aber noch ist ihm die Sprache ein zu sprödes Material, der Rhythmus ein zu fremdes Instrument, um seiner kindlich-religiösen Sehnsucht zum Höchsten die Flügel zu leihen, um den klingenden Wohllaut seiner Seele in Stimmen und Tönen auszusprechen. Was er dichtet, klingt konventionell verständig, kindlich-sentimental. Nur die stolze Ernsthaftigkeit des kleinen Sängers verrät in diesen ersten Gedichten den geborenen und berufenen Dichter. — Der Rückblick auf jene Tage des ersten Erwachens ist für Hölderlin immer die Quelle stiller Wehmut und innigen Heimwehs gewesen. — Ich stelle vier Gedichte, welche das Erinnern an jene Zeit geboren hat, voran. „Jugend" ist ein Rückblick aus der Zeit der reifen Mannesjahre. „Die Stille" schrieb Hölderlin als Schüler in Maulbronn, „Einst und jetzt" in Tübingen als Student. „Hyperions Jugend", das als ein Bruchstück einer metrischen Fassung des „Hyperion" anzusehen ist, stammt aus den letzten Monaten der Studentenzeit.

Durch die Gedichte der Jugendzeit (1784—1795) klingt eine starke Unruhe: es ist die Unruhe des sich entfaltenden Lebens, das mit heißem Drange zur Sonne strebt, es ist aber zugleich auch die Unrast, die einen inneren Zwiespalt verrät. Die plötzliche Einkerkerung seiner an Freiheit gewöhnten Person in die Enge und

den Schematismus einer Anstaltserziehung und gleichzeitig die un=
geheure Erweiterung und Bereicherung seines bisher in der stillen
Tradition eines beschaulichen dogmatischen Christentums gebunden
gewesenen Geistes bedeutete einen zu schroffen Umschwung aller
inneren und äußeren Gewohnheiten, als daß diese weiche Seele
nicht davon hätte durch und durch erschüttert werden sollen. Mit
glühendem Herzen und sich steigernder Leidenschaftlichkeit ergreift sie
alles, was den Dissonanzen des Alltags Harmonien der Ewigkeit
entgegenstellt. Wie ein junger Adler hebt sich die junge Dichterseele,
ohne recht zu wissen, wohin des Wegs. Den Größten unter den
Lebenden und Toten nach möchte sie steigen und doch fühlt sie mit
bebendem Herzen die Ungeschicklichkeit und fehlende Kraft der eigenen
Schwingen. Klopstock ist in dieser ersten Zeit des Dichtens Hölderlins
größtes Vorbild, später wird er mehr und mehr durch Schiller ver=
drängt. — Neben jenen Jugendgedichten im großen Stil sagen
hübsche kleinere Gedichte von persönlichen kleinen Leiden und
Freuden, von stillem innern Leben und Lieben, von einer nach
Freundschaft dürstenden Kinderseele, von großer, inniger Liebe zur
schönen Natur und von frühreifem Ernst dem großen Geheimnis des
Lebens gegenüber.

Mit der Studentenzeit kommen größere Weiten vor seinen
Blick. Die starken Bewegungen der Zeit ergreifen ihn. Die deutsche
Renaissance, die französische Revolution, der philosophische Idealis=
mus seines Zeitalters geben seiner Seele einen hohen Schwung
und klingen in seinen Gedichten wieder. In „Hymnen“ singt er,
was ihn zur Begeisterung entflammt. Es sind die „Hymnen an die
Ideale der Menschheit“. Heute wirken sie fast pathetisch auf uns
durch ihren Gegensatz zwischen der äußeren Abhängigkeit von Schiller
und ihrer ureigensten verzweifelten Sehnsucht nach Großheit und
Würdigkeit des Lebensinhalts, die ihr innerstes Wesen ausmacht.
Damals aber gab es ein Publikum, das für diese Form und dieses
unendliche Streben ganz anders empfänglich war, als wir es heute
sind. Die Hymnen waren vielleicht als ein Ganzes gedacht. Sie
sollten die neue Zeit und ihre neuen Ideale spiegeln. Leider konnte
sie Hölderlin nie als ein Ganzes erscheinen lassen. Sie erschienen ver=
streut hier und da, früher und später, und so konnte sich „der groß
gedachte Zusammenhang“ nicht geltend machen. „Welche Wirkung“,
sagt Dilthey, „hätte er damals auf die Jugend haben können! Es war
sein erstes Mißlingen.“ — Die Hymnen sind sämtlich in den Jahren
von 1790—1793 entstanden. Nur die Hymne „An die Vollendung“
entstammt noch der Zeit in Maulbronn.

Wie ein leichtes Ermatten klingt es dann aus den „Elegien“. Das
überschäumende jugendliche Streben ins Unendliche klingt aus in

sinnende, gedankenvolle Sehnsucht. Der junge Aar senkt sich mit weitgespannten Flügeln langsam aus der dünnen Luft der Begeisterungshöhen zur licht= und schattenreichen Erde nieder. In Griechenlands leuchtender Natur und im Schatten seiner Denkmale vergangener Größe und Schönheit möchte er seine Heimat finden, wenn ihm nicht die innere Stimme zuriefe, sich im Kampfe mit der ehernen Notwendigkeit des Schicksals zu bilden und so zur Schöpfung eines neuen geistigen Griechenlands das seine beizutragen. In der jetzt erwachten Sehnsucht nach diesen unirdischen Gefilden erklingen in den Elegien zum ersten Male jene Töne keuscher Traurigkeit, die wir als die eigenste Melodie von Hölderlins Dichtung kennen.

Lebenswende. Wie eine Erfüllung aller Sehnsucht, wie eine Bejahung und Verklärung seines tiefsten Strebens, seiner eigensten Wesenheit, und wie eine Verwirklichung seines leuchtendsten Schönheitstraumes tritt „Diotima", Frau Gontard, in Hölderlins Leben. In natürlicher Anmut und attischer Schönheit und Sinnigkeit wandelt sie. In ihr erkennt Hölderlin sich selbst, durch sie wird er sich selbst gegeben, und in immer tiefer werdender Freundschaft und Liebe bringt er ihr die befreite Seele in Liedern dar; — die stille, reizbare Dichterseele, die vor dem Genius eines Schiller und Goethe scheu in sich selbst zurückgeschreckt war, wird jetzt von selbst Musik und Gesang und ergießt sich in Liebeslieder von so wunderbarer Zartheit, Innigkeit, Großheit und Eigenart, daß sie einzig in ihrer Art in der deutschen Literatur dastehen.

Auch die andern „Gedichte der Frankfurter Zeit" offenbaren den neuen, in sich selbst ruhenden, offenen Geist voll stiller Musik und lebendiger Schönheit.

Gedichte der „Zeit der Reife" sind jene vollendeten Gedichte, die Hölderlin nach seinem Weggange von Frankfurt bis zum Beginn seiner Krankheit gedichtet hat. Über ihnen liegt die stille, sanfte Schwermut, der etwas müde Glanz und weiche Hauch goldener Herbsttage. Das ungelöste Trennungsweh liegt auf ihnen.

Die Gruppe „Götter und Menschen" behandelt in direkter Weise das Verhältnis zwischen Gottheit und Mensch, der harmonischen Alleinheit und der menschlichen Isoliertheit, der Selbstgenugsamkeit des Allgeistes und der Zerissenheit und Bedürftigkeit des menschlichen Lebens. Das Thema wird aber innerhalb dieser Gruppe keineswegs erschöpft. Das Pathos der Distanz zwischen Gott und Mensch, Allsein und Einzelsein, ist ein Grundton in allen Gedichten und Werken Hölderlins und findet seinen Ausdruck oft selbst da, wo die Worte von etwas ganz anderm zu reden scheinen.

Das Gleiche gilt von der Gruppe „stille Gesänge". Stille Gesänge könnte man alle Gedichte aus Hölderlins späteren Jahren nennen. Ich wählte diesen Titel in Ermangelung eines besseren, um eine größere Anzahl Gedichte von besonderer Subjektivität und Innerlichkeit gegen die mehr objektiven, stofflich bestimmbaren Gedichte der Gruppen „Volk und Vaterland", „Persönliches", „Idyllisches und Elegisches" abzugrenzen. Das letzte Gedicht, das Hölderlin bei voller Klarheit zum Abschluß brachte, war „Brod und Wein". Das Gedicht „An die Erbprinzessin Amalie von Anhalt-Dessau" stammt aus der Zeit der Krankheit. Da es vollkommen klar ist, ist es immer unter die Gedichte der Reifezeit aufgenommen worden.

„Nachtgesänge" nannte Hölderlin selbst die Gedichte aus der Zeit der beginnenden Umnachtung. Unzweifelhaft hatte Hölderlin um diese Zeit eine neue höhere Stufe der Entwicklung erreicht. Sein Geschick übermannte ihn in dem Augenblick, wo eine neue Offenbarung seiner eigensten Kunst ihm geworden war. Der sanft elegische Ton ist in diesen „Nachtgesängen" einer kraftvolleren Melodie gewichen. Eine neue plastischere Anschaulichkeit in den Bildern hält sich mit der Zartheit der Stimmungen in schönem Gleichgewicht. Es ist als habe Hölderlin mit einem Male die Gegenwart entdeckt, die er bis dahin nur verschwommen durch die Träume seiner Griechensehnsucht geschaut. Die Reise durch den Süden Frankreichs, wo er in den Bewohnern die Züge der alten Griechen zu entdecken meinte, hat wohl zum großen Teil diese Wandlung hervorgebracht. Er erzählt auch von einem Aufenthalt in Paris und von dem Eindruck, den er dort durch die Antiken erhalten hat. Waren ihm die Griechen bisher hauptsächlich Symbol und Ideal für die innige Gemeinschaft und Wesenseinheit von Natur und Mensch, Gott und Welt gewesen, so nähert er sich jetzt Goethe in seiner Auffassung der Antike. „Sichere Gegenwart" hat auch Hölderlin als das höchste Kunstprinzip des Griechentums erkannt, seit er südliche Menschen und antike Kunst von Angesicht zu Angesicht geschaut hat. „Das Athletische der südlichen Menschen", schreibt er an Böhlendorf, „in den Ruinen des antiken Geistes machte mich mit dem eigentlichen Wesen der Griechen bekannter." „Reflexionskraft" und „Zärtlichkeit" als Ausdruck eines „heroischen Körpers", so charakterisiert er dieses Wesentliche der antiken Menschen. Noch stärker aber wirkte der Anblick der Kunstwerke aus der griechischen Zeit auf ihn. Sie machen ihm nicht nur die Griechen verständlicher, „sondern überhaupt das Höchste der Kunst, die auch in der höchsten Bewegung und Phänomenalisierung der Begriffe ... alles stehend und für sich selbst erhält, so daß die Sicherheit in diesem Sinne die höchste Art des Zeichens ist."

Von dieser Erkenntnis erhellt, wendet sich sein Auge mit größerem

Scharfblick der eigenen Gegenwart und Wirklichkeit zu. Hölderlin will jetzt schaffen, „wie ein Grieche", nicht als Nachahmer, sondern wie es Goethe vorschrieb, „auf seine Weise". Er „studiert" seine Umgebung, und „die heimatliche Natur ergreift" ihn „um so mächtiger, je mehr" er „sie studiert." „Das Gewitter" interessiert ihn nicht mehr bloß „in seiner höchsten Erscheinung" (also in seiner ästhetisch erhebenden Wirkung auf den Menschen), sondern wie er schreibt, „als Macht und Gestalt in [unter] den übrigen Formen des Himmels." Das Licht ist ihm nicht nur die goldne ätherische Botschaft, der Gruß aus der Unendlichkeit, sondern er betrachtet es als solches: „nationell und als Prinzip", d. h. in seiner Verschiedenheit unter den verschiedenen Himmelstrichen und in seiner Wirkung auf den Charakter der Völker. („Schicksalsweise bildend", sagt Hölderlin.) „Mein Lieber!" heißt es zum Schluß des Briefes, „ich denke, daß wir die Dichter bis auf unsere Zeit nicht kommentieren werden, sondern die Sangart überhaupt wird einen anderen Charakter nehmen, und daß wir darum nicht aufkommen, weil wir, seit den Griechen, wieder anfangen vaterländisch und natürlich, eigentlich originell zu singen." — Dieser neuen Wendung in Hölderlins Kunstanschauungen verdanken wir Verse, die in ihrer farbensatten, sicheren Bildlichkeit und dabei intensiven Stimmungsgewalt an Böcklin gemahnen, die vor hundert Jahren leisten, was wir heute noch tastend suchen. — Aber es war zu spät! Die Kraft des Sängers reichte nicht mehr aus, den neuen hohen Gipfel in Sicht zu erklimmen. Keines der Gedichte, die so fremdartig vollkommen beginnen, endet mit reinem Akkord und klarem Gedanken. Die Erschöpfung ist sichtbar. Die neue eigene Form, der neue Rhythmus tönt wohl von der Leier, aber die Vision läßt sich nicht halten, sie verblaßt, und die Sätze und Worte verwirren sich.

Die Gedichte „aus der Zeit der Umnachtung" mögen für sich selber sprechen in ihrer wehmütigen Sprache des auch in seiner Zerstörung noch so reichen Genies.

Das Verständnis für die Formen der Hölderlinschen Dichtung hat uns vor einiger Zeit Dilthey („das Erlebnis und die Dichtung") erschlossen. In aufrichtiger Dankbarkeit referiere ich hier kurz aus seinen Ausführungen. Von Klopstock, der ihm die ersten großen dichterischen Eindrücke vermittelt, erhält Hölderlin auch seine erste Form. Er folgt ihm in der Anwendung der antiken Maße, was für seine ganze Entwicklung von Bedeutung wird. Schillers Lyrik ist etwas Neues. Ihre Eigenart beruht hauptsächlich auf der rhythmischen Anordnung ganzer Sätze zu gewaltig rollenden Perioden. Es ist die Form für die reißende Wucht gewaltiger, begeisternder Gedankenerlebnisse, es ist die Form für die von großen Objekten

und Ideen getragene Dichterseele. Sie hat Auf= und Abstieg. Ent=
sprechend dem Anschwellen des Enthusiasmus und der drängenden
Fülle der ideellen Anschauungen, reihen sich beim Aufstieg die Sätze
in parallelen Gliedern aneinander zu breit ausladenden Perioden,
bis dann in der Mitte des Gedichtes die seelische Bewegung sinkt
und damit der Parallelismus sich auflöst. Diese Form ergreift
Hölderlin nicht als Nachahmer, sondern als Nachschöpfer, um seine
„Hymnen an die Ideale der Menschheit" zu singen. Er fügt dem
Rhythmus die Melodie hinzu und mäßigt Schillers energisch dahin=
stürmenden Wogenschwall der Gedanken zu einer sehnsuchtsvoll
drängenden, langwelligen Strömung, die schließlich langsam zur
Ebbe abflutet.

Diese schwere Hymnenform der objektiven Gedankendichtung
behält Hölderlin zuerst auch für seine Liebesgesänge bei. Sie erscheint
als Ausdruck dieser subjektivsten Huldigungen von ungeahnter Zart=
heit und Schmiegsamkeit. Doch je mehr sich Hölderlins Dichtung
verinnerlicht, je selbständiger sie wird, desto weiter entfernt er sich
von dieser Form. Mehr als je findet er in den griechischen
Formen den entsprechendsten Ausdruck für die stille Reinheit und
einfache Größe seiner Empfindungen. Je länger, desto mehr wird
er der Dichter des innersten Lebens der Menschenbrust. Der Zu=
sammenhang des Innen und Außen, der Fluß eines innern
Erlebens, die Gefühle, die wie ein zarter Widerhall im Menschen die
Sphärenharmonien des Weltalls begleiten, das ist die Grundlage
für die Form seiner Reifezeit. Um diesen Zusammenhang zwischen
dem All und der Menschenbrust, um den ununterbrochenen Fluß
eines innern Erlebnisses auszudrücken, läßt Hölderlin in gereimten
Strophen den Satzbau der einen Strophe in die andere übergreifen,
um so den Zusammenhang trotz der trennenden Versabschnitte zu
veranschaulichen. Oder er befreit sich überhaupt von der Strophe
und bildet im Hexameter und im elegischen Versmaße, die er seinem
Zweck durch besondere Behandlung dienstbar macht, den Fluß des
Gefühlsverlaufs nach. Seine Lieblingsform ist die alcäische Strophe
in ihrer reinen griechischen Form, daneben gebraucht er am häufigsten
die dritte asklepiadeische in besonderer Anpassung an unsere Sprache.
Einmal, in seinem Lied „Unter den Alpen gesungen", hat er sich
der sapphischen Strophe bedient. — Eine ganz neue, eigene Form
hat Hölderlin, seiner neuen Entwicklung entsprechend, beim Herein=
brechen der Krankheit gefunden. Er wendet sie an, „wo er für die
starken, fortschreitenden Bewegungen der Seele, wie sie durch große
Stimmungen und Stoffe hervorgerufen werden, einen metrischen
Ausdruck sucht. Hier knüpft er an die Dithyramben Goethes an.
Jamben und Anapäste, Trochäen und Daktylen, also aufsteigende

unb finkende Takte find in beständigem Wechsel unb in ganz freier
Weise so gemischt, daß sie der Bewegung der Seele sich anschmiegen.
Regelmäßige Strophenbildung besteht hier nicht mehr, nur eine
Gliederung in fast immer ungleichen Abschnitten. Vielfach klingen
die lyrischen Maße des Horaz hindurch, an die der Dichter gewöhnt
war."

Durch Hölderlins Krankheit wurde diese neue Entwicklung der
deutschen Lyrik jäh abgebrochen.

An die Parzen.

Nur einen Sommer gönnt, ihr Gewaltigen!
Und einen Herbst zu reifem Gesange mir,
   Daß williger mein Herz, vom süßen
     Spiele gesättiget, dann mir sterbe!

Die Seele, der im Leben ihr göttlich Recht
Nicht ward, sie ruht auch drunten im Orkus nicht;
   Doch ist mir einst das Heil'ge, das am
     Herzen mir liegt, das Gedicht, gelungen:

Willkommen dann, o Stille der Schattenwelt!
Zufrieden bin ich, wenn auch mein Saitenspiel
   Mich nicht hinabgeleitet; einmal
     Lebt' ich wie Götter, und mehr bedarf's nicht.

———

Des Dichters Kindheit

in

Rückblicken aus späterer Zeit

———

Jugend.

Da ich ein Knabe war,
Rettet' ein Gott mich oft
Vom Geschrei und der Rute der Menschen,
Da spielt' ich sicher und gut
Mit den Blumen des Hains,
Und die Lüftchen des Himmels
Spielten mit mir.

Und wie du das Herz
Der Pflanzen erfreuest,
Wenn sie entgegen dir
Die zarten Arme strecken,
So hast du mein Herz erfreut,
Vater Helios! und wie Endymion
War ich dein Liebling,
Heilige Luna.

O all ihr treuen
Freundlichen Götter!
Daß ihr wüßtet,
Wie euch meine Seele geliebt!

Zwar damals rief ich noch nicht
Euch mit Namen, auch ihr
Nanntet mich nie, wie Menschen sich nennen,
Als kennten sie sich.

Doch kannt' ich euch besser
Als ich je die Menschen gekannt,
Ich verstand die Stille des Äthers,
Des Menschen Wort verstand ich nie.

Mich erzog der Wohllaut
Des säuselnden Hains,
Und lieben lernt' ich
Unter den Blumen.
Im Arme der Götter wuchs ich groß.

<hr>

Die Stille.

Die du schon mein Knabenherz entzücktest,
Welcher schon die Knabenträne floß,
Die du früh dem Lärm der Toren mich entrücktest,
Besser mich zu bilden, nahmst in Mutterschoß,

5   Dein, du Sanfte! Freundin aller Lieben!
Dein, du Immertreue! sei mein Lied!
Treu bist du in Sturm und Sonnenschein geblieben,
Bleibst mir treu, wenn einst mich alles, alles flieht.

Jene Ruhe — jene Himmelswonne —
10   O ich wußte nicht, wie mir geschah,
Wann so oft in stiller Pracht die Abendsonne
Durch den dunklen Wald zu mir heruntersah —

Du, o du nur hattest ausgegossen
Jene Ruhe in des Knaben Sinn,
15   Jene Himmelswonne ist aus dir geflossen,
Hehre Stille! holde Freudengeberin!

Dein war sie, die Träne, die im Haine
Auf den abgepflückten Erdbeerstrauß
Mir entfiel — mit dir ging ich im Mondenscheine
20   Dann zurück ins liebe elterliche Haus.

Fernher sah ich schon die Kerzen schimmern,
Schon war's Suppenzeit — ich eilte nicht!
Spähte stillen Lächelns nach des Kirchhofs Wimmern,
Nach dem dreigefüßten Roß am Hochgericht.

25   War ich endlich staubig angekommen,
Teilt' ich erst den welken Erdbeerstrauß,
Rühmend, mit wie saurer Müh' ich ihn bekommen,
Unter meine dankenden Geschwister aus;

Nahm dann eilig, was vom Abendessen
30   An Kartoffeln mir noch übrig war,
Schlich mich in der Stille, wenn ich satt gegessen,
Weg von meinem lustigen Geschwisterpaar.

O! in meines kleinen Stübchens Stille
War mir dann so über alles wohl,
35   Wie im Tempel, war mir's in der Nächte Hülle,
Wann so einsam von dem Turm die Glocke scholl.

Alles schwieg und schlief, ich wacht' alleine;
Endlich wiegte mich die Stille ein,
Und von meinem dunklen Erdbeerhaine
Träumt' ich und vom Gang im stillen Mondenschein.

Als ich weggerissen von den Meinen
Aus dem lieben elterlichen Haus
Unter Fremden irrte, wo ich nimmer weinen
Durfte: in das bunte Weltgewirr hinaus;

O wie pflegtest du den armen Jungen,
Teure, so mit Mutterzärtlichkeit,
Wann er sich im Weltgewirre müd gerungen,
In der lieben, wehmutsvollen Einsamkeit.

Als mir nach dem wärmern, vollern Herzen
Feuriger itzt stürzte Jünglingsblut;
O! wie schweigtest du oft ungestüme Schmerzen,
Stärktest du den Schwachen oft mit neuem Mut.

Jetzt belausch' ich oft in deiner Hütte
Meinen Schlachtenstürmer Ossian,
Schwebe oft in schimmernder Seraphen Mitte
Mit dem Sänger Gottes, Klopstock, himmelan.

Gott! und wann durch stille Schattenhecken
Mir mein Mädchen in die Arme fliegt,
Und die Hasel, ihre Liebenden zu decken,
Sorglich ihre grünen Zweige um uns schmiegt —

Wann im ganzen segensvollen Tale
Alles dann so stille, stille ist,
Und die Freudenträne, hell im Abendstrahle,
Schweigend mir mein Mädchen von der Wange wischt —

Oder wann in friedlichen Gefilden
Mir mein Herzensfreund zur Seite geht,
Und, mich ganz dem edlen Jüngling nachzubilden,
Einzig vor der Seele der Gedanke steht —

Und wir bei den kleinen Kümmernissen
Uns so sorglich in die Augen sehn,
Wann so sparsam öfters, und so abgerissen
Uns die Worte von der ernsten Lippe gehn, —

Schön, o schön sind sie! die stillen Freuden,
Die der Toren wilder Lärm nicht kennt;
Schöner noch die stillen, gottergebnen Leiden,
Wann die fromme Träne von dem Auge rinnt!

Drum, wenn Stürme einst den Mann umgeben,
Nimmer ihn der Jugendsinn belebt,
Schwarze Unglückswolken drohend ihn umschweben,
Ihm die Sorge Furchen in die Stirne gräbt:

O so reiße ihn aus dem Getümmel,
Hülle ihn in deine Schatten ein!
O! in deinen Schatten, Teure! wohnt der Himmel,
Ruhig wird's bei ihnen unter Stürmen sein.

Und wann einst nach tausend trüben Stunden
Sich mein graues Haupt zur Erde neigt,
Und das Herz sich mattgekämpft an tausend Wunden
Und des Lebens Last den schwachen Nacken beugt:

O so leite mich mit deinem Stabe —
Harren will ich auf ihn hingebeugt,
Bis in dem willkommnen, ruhevollen Grabe
Aller Sturm und aller Lärm der Toren schweigt.

Einst und jetzt.

Einst, tränend Auge, sahest du hell empor,
Einst schlugst du mir so ruhig, empörtes Herz!
   So wie die Wallungen des Bächleins,
     Wo die Forell' am Gestade hinschlüpft,

Einst in des Vaters Schoße, des liebenden,
Geliebten Vaters —; aber der Würger kam,
   Wir weinten, flehten, doch der Würger
     Schnellte den Pfeil und es sank die Stütze.

Ha, du gerechte Vorsicht! so bald begann
Der Sturm, so bald? Doch nein! straft mich des Undanks,
   Ihr Stunden meiner Knabenfreude,
     Stunden des Spiels und des Ruhelächelns!

Ich seh' euch wieder! — Herrliche Augenblicke!
Da fütter' ich mein Hühnchen, da pflanz' ich Kohl
   Und Nelken — freue so des Frühlings
      Mich und der Ernt' und des Herbstgewimmels.

Da such' ich Maienblümchen im Walde mir,
Da wälz' ich mich im duftenden Heu umher,
   Da brockt' ich Milch mit Schnittern ein, da
      Schleudert' ich Schwärmer am Rebenberge.

Und o! wie warm, wie hing ich so warm an euch,
Gespielen meiner Einfalt! wie stürmten wir
   In offner Feldschlacht, lehrten uns den
      Strudel durchschwimmen, die Eich' ersteigen!

Jetzt wandl' ich einsam an dem Gestade hin:
Ach, keine Seele, keine für dieses Herz,
   Ihr frohen Reigen? Aber weh dir
      Sehnender Jüngling, sie gehn vorüber!

Zurück denn in die Zelle, Verachteter,
Zurück zur Kummerstätte, wo schlaflos du
   So manche Mitternächte weintest,
      Weintest im Durste nach Lieb' und Lorbeer!

Lebt wohl, ihr güldnen Stunden vergangner Zeit,
Ihr lieben Kinderträume von Größ' und Ruhm,
   Lebt wohl, lebt wohl, ihr Spielgenossen!
      Weint um den Jüngling, er ist verachtet!

Aus Hyperions Jugendgeschichte.

Oft sah und hört' ich freilich nur zur Hälfte,
Und sollt' ich rechtwärts gehn, so ging ich links,
Und sollt' ich eilig einen Becher bringen,
So bracht' ich einen Korb, und hatt' ich auch
Das Richtige gehört, so waren, ehe noch
Getan war, was ich sollte, meine Völker
Vor mich getreten, mich zum Rat und Feinde,
Zu wiederholter Schlacht mich aufzufordern.

Und über dieser größern Sorg' entfiel mir dann
10 Die kleinre, die mir anbefohlen war.
Oft sollt' ich stracks in meine Schule wandern,
Doch ehe sich der Träumer es versah,
So hatt' er in den Garten sich verirrt
Und saß behaglich unter den Oliven
15 Und baute Flotten, schifft' ins hohe Meer.

Dies kostete mich tausend kleine Leiden.
Verzeihlich war es immer, wenn mich oft
Die Klügeren mit herzlichem Gelächter
Aus meiner seligen Ekstase schreckten;
20 Doch unaussprechlich wehe tat es mir,
Mir schien, als wäre nun mein Heldentum
Zum Spotte vor der bösen Welt geworden,
Und was mit Recht dem Träumer galt, das nahm
Der Fürst der Heere für Entwürdigung.

25 Und lange drauf, als schon der Knabe sich
Für mündig hielt, ertappt' ich mich noch wohl einmal
Auf einer kindischen Erinnerung.
Als einst ich las, wie der Pelide, tief
Gekränkt an seiner Ehre, weinend sich
30 Ans Meeresufer setzt und seiner Mutter,
Der Herrliche, den bittern Kummer klagte.

Das beste Wort verwirrt den Menschen oft,
Wenn er den treuen Tadel nicht versteht.
Er soll sich reinigen von einer Schlacke,
35 Er möcht' es wohl und weiß nicht wie und wo?
Und fühlt sein Gutes un= und mißverstanden.
Besiegt er es, so fühlt er wohl, er tue
Nicht recht daran; und siegt die Meinung nicht,
Behält ihr Recht die bessere Natur,
40 So straft er sich doch auch; und zwiefach quält
Im Kampfe mit sich selbst der Arme sich.

Von lieben Phantasien sollte sich
Zu rechter Zeit der Knaben Sinn enthalten.
In seiner Folgsamkeit verwundete
45 Der Törige die Wurzel seines Wesens,
Den jungen Trieb zu wirken und zu siegen,
Und grämte sich in seiner schmerzlichen
Erniedrigung und wähnte doch sie nötig.

So ging ich einst vorüber an der Kirche,
Das Tor war offen und ich trat hinein.
Ich sahe keinen Menschen, und es war
So stille, daß mein Fußtritt widerhallte.
Von dem Altare, wo ich weilte, sah
Panagia mit Wehmut und mit Liebe
Zu mir herab, ich beugte stumm vor ihr
Das Knie, und weint' und blickte lächelnd wieder
Hinauf zu ihr und konnte lange nicht
Das Auge von ihr wenden, bis ein Wagen,
Der rasselnd noch vorüberfuhr, mich schreckte.
Jetzt trat ich leise wieder an die Türe
Und sahe durch den Spalt und wartete
Des Augenblicks, wo leer die Straße war.
Da schlürft' ich schnell hinaus und flog davon
Und schloß mich sorgsam ein in meine Kammer.

Die Jugendzeit

Gedichte verschiedenen Inhalts.

Mein Vorsatz.

O Freunde! Freunde! die ihr so treu mich liebt,
Was trübet meine einsamen Blicke so?
   Was zwingt mein armes Herz in diese
      Wolkenumnachtete Totenstille?

Ich fliehe euren zärtlichen Händedruck,
Den seelenvollen seligen Bruderkuß.
   O zürnt mir nicht, daß ich ihn fliehe!
      Schaut mir ins Innerste! prüft und richtet! —

Ist's heißer Durst nach Männervollkommenheit?
Ist's leises Geizen um Hekatombenlohn?
   Ist's schwacher Schwung nach Pindars Flug? Ist's
      Kämpfendes Streben nach Klopstocksgröße?

Ach Freunde! Welcher Winkel der Erde kann
Mich decken, daß ich ewig in Nacht gehüllt
   Dort weine? — Ich erreich' ihn nie den
      Weltenumeilenden Flug der Großen.

Doch nein! hinan den herrlichen Ehrenpfad!
Hinan! hinan! im glühenden kühnen Traum,
   Sie zu erreichen! Muß ich einst auch
      Sterbend noch stammeln — vergeßt mich, Kinder!

An meinen Bilfinger.

Freund! wo über das Tal schauerlich Wald und Fels
Herhängt, wo das Gefild' leise die Erms durchschleicht,
   Und das Reh des Gebirges
     Stolz an ihrem Gestade geht,

5   Wo im Knabengelock heiter und unschuldsvoll
Wen'ge Stunden mir einst lächelnd vorüberflohn —
   Dort sind Hütten des Segens,
     Freund! — du kennest die Hütten auch.

Dort am schattichten Hain wandelt Amalia.
10 Segne, segne mein Lied, kränze die Harfe mir,
   Denn sie nannte den Namen,
     Den, du weißt's, des Getümmels Ohr

Nicht zu kennen verdient. Stille, der Jugend nur
Und der Freundschaft bekannt, wandelt die Gute dort.
15   Liebes Mädchen, es trübe
     Nie dein himmlisches Auge sich!

An die Nachtigall.

Dir flüstert's leise, Nachtigall! dir allein,
Dir, süße Träumeweckerin! sagt es nur
   Die Saite. — Stellas wehmutsvoller
     Seufzer — er raubte mein Herz; — dein Kehlchen —

5   Es klagte — o, es klagte! — wie Stella ist's.
Starr sah ich hin beim Seufzer, wie, als dein Lied
   Am liebevollsten schlug, am schönsten
     Aus der melodischen Kehle strömte.

Dann sah ich auf, sah bebend, ob Stellas Blick
10 Mir lächle — ach! ich suche dich, Nachtigall!
   Und du verbirgst dich. — Wem, o Stella!
     Seufzest du? Sangest du mir, du Süße?

Doch nein! doch nein! ich will es ja nicht, dein Lied,
Von ferne will ich lauschen — o, singe dann!
15   Die Seele schläft — und plötzlich schlägt die
     Brust mir empor zum erhabnen Lorbeer.

O Stella! sag' es, sag' es! — ich bebe nicht! —
Es tötete die Wonne, geliebt zu sein,
    Den Schwärmer. — Aber trauernd will ich
20   Deinen beglückten Geliebten segnen.

An Luise Nast.

Laß sie drohen die Stürme, die Leiden
Laß trennen — der Trennung Jahre
Sie trennen uns nicht!
Sie trennen uns nicht!
5 Denn mein bist du! Und über das Grab hinaus
Soll sie dauern die unzertrennbare Liebe.

O! wenn's einst da ist,
Das große selige Jenseits,
Wo die Krone dem leidenden Pilger,
10 Die Palme dem Sieger blinkt,
Dann Freundin — lohnet auch Freundschaft —
Auch Freundschaft — der Ewige.

Auf einer Heide geschrieben.

Wohl mir! daß ich den Schwarm der Toren nimmer erblicke,
Daß jetzt unumwölkter der Blick zu den Lüften emporschaut,
Freier atmet die Brust denn in den Mauern des Elends
Und den Winkeln des Trugs. O! schöne selige Stunde!
5 Wie getrennte Geliebte nach lang entbehrter Umarmung
In die Arme sich stürzen, so eilt' ich herauf auf die Heide.
Mir ein Fest zu bereiten auf meiner einsamen Heide.
Und ich habe sie wiedergefunden, die stillen Freuden
Alle wiedergefunden, und meine schattigten Eichen
10 Stehn noch ebenso königlich da, umdämmern die Heide
Noch in alten stattlichen Reihn, die schattigten Eichen.
Jedesmal wandelt an meinen tausendjährigen Eichen
Mit entblößtem Haupt der Jäger vorüber, denn also
Heischet die ländliche Sage; denn unter den stattlichen Reihen
15 Schlummern schon lange gefallene Helden der eisernen Vorzeit.

Aber horch! was rauschet herauf im schwarzen Gebüsche?
Bleibe ferne! Störer des Sängers! aber siehe,
Siehe! — wie herrlich! wie groß! ein hochgeweihetes Hirschheer
Wandelt langsam vorüber — hinab nach der Quelle des Tales.
20 O! jetzt kenn' ich mich wieder; der menschenhassende Trübsinn
Ist so ganz, so ganz aus meinem Herzen verschwunden.
Wär' ich doch ewig ferne von diesen Mauern des Elends,
Diesen Mauern des Trugs! — Es blinken der Riesenpaläste
Schimmernde Dächer herauf und die Spitzen der alternden Türme,
25 Wo so einzeln stehn die Buchen und Eichen. Es tönet
Dumpf vom Tale herauf das höfische Wagengerassel
Und der Huf der prangenden Rosse — — Höflinge! bleibet,
Bleibet immerhin in eurem Wagengerassel,
Bückt euch tief auf den Narrenbühnen der Riesenpaläste,
30 Bleibet immerhin! — Und ihr, ihr Edlere, kommet!
Edle Greise und Männer, und edle Jünglinge, kommet!
Laßt uns Hütten baun — des echten germanischen Mannsinns
Und der Freundschaft Hütten, auf meiner einsamen Heide.

Die Teck.

Ach! so hab' ich noch die Traubenhügel erstiegen,
Ehe der leuchtende Strahl an der güldenen Ferne hinabsinkt.
Und wie wohl ist mir! Ich streck' im stolzen Gefühle —
Als umschlänge mein Arm das Unendliche — auf zu den Wolken
5 Meine gefaltete Hände, zu danken im edlen Gefühle —
Daß er ein Herz mir gab, dem Schaffer der edlen Gefühle,
Mich mit den Frohen zu freuen, zu schauen den herbstlichen Jubel.
Wie sie die köstliche Traube mit heiter staunendem Blicke
Über sich halten, und lange noch zaudern, die glänzende Beere
10 In des Kelterers Hände zu geben! — wie der gerührte
Silberlockigte Greis an der abgeernteten Rebe
Königlich froh zum herbstlichen Mahle sich setzt mit den Kleinen,
O! und zu ihnen spricht aus der Fülle des dankenden Herzens:
Kinder! am Segen des Herrn ist alles, alles gelegen. — —
15 Mich mit den Frohen zu freuen, zu schauen den herbstlichen Jubel,
War ich herauf von den Hütten der gastlichen Freundschaft gegangen.
Aber siehe! allmächtig reißen mich hin in ernste Bewundrung
Gegenüber die waldigte Riesengebirge. — Laß mich vergessen,
Laß mich deine Lust, du faltigte Rebe, vergessen,
20 Daß ich mit voller Seele sie schaue die Riesengebirge!
Ha! wie jenes so königlich über die Brüder emporragt!

Teck ist sein Name.   Da klangen einst Harnische, Schwerter ertönten,
Eisern waren und groß und bieder seine Bewohner.
Mit dem kommenden Tag stand über den moosigten Mauern,
25 In der ehernen Rüstung, der Fürst, sein Gebirge zu schauen.
„Mein dies Riesengebirge — so stolz — so königlich herrlich — ?“
Sprach er mit ernsterer Stirne, mit hohem, denkendem Auge —
„Mein die trotzende Felsen? Die tausendjährige Eichen?
Ha! und ich? — und ich? — Bald wäre mein Harnisch gerostet.
30 O! der Schande! mein Harnisch gerostet in diesem Gebirge.
Aber ich schwör' — ich schwör', ich meide mein Riesengebirge,
Fliehe mein Weib, verlasse das blaue redliche Auge,
Bis ich dreimal gesiegt im Kampfe des Bluts und der Ehre.
Trage mich mein Roß zu deutscher stattlicher Fehde
35 Oder wider der Christenfeinde wütende Säbel —
Bis ich dreimal gesiegt, verlaß' ich das stolze Gebirge.
Unerträglich! stärker als ich, die trotzende Felsen,
Ewiger, als mein Name, die tausendjährige Eichen!
Bis ich dreimal gesiegt, verlaß' ich das stolze Gebirge.“
40 Und er ging und schlug, der feurige Fürst des Gebirges.
Ja! so erheben die Seele, so reißen sie sie in Bewundrung
Diese felsigte Mitternachtswälder, so allerschütternd
Ist sie, die Stunde, da ganz es fühlen dem Herzen vergönnt ist. —
Bringet ihn her, den frechen Spötter der heilsamen Wahrheit,
45 O! und kommet die Stunde, wie wird er staunen und sprechen:
Wahrlich! ein Gott, ein Gott hat dieses Gebirge geschaffen.
Bringet sie her, des Auslands häßlich gekünstelte Affen,
Bringet sie her, die hirnlos hüpfenden Puppen, zu schauen
Dieses Riesengebirge so einfach schön, so erhaben;
50 O, und kommet die Stunde, wie werden die Knaben erröten,
Daß sie Gottes herrlichstes Werk so elend verzerren.   —
Bringet sie her der deutschen Biedersitte Verächter,
Übernachtet mit ihnen, wo Moder und Disteln die grauen
Trümmer der fürstlichen Mauern, der stolzen Pforten bedecken.
55 Wo der Eule Geheul und des Uhus Totengewimmer
Ihnen entgegenruft aus schwarzen, sumpfigten Höhlen.
Wehe! wehe! so flüstern im Sturme die Geister der Vorzeit,
Ausgetilget aus Suevia redliche biedere Sitte!
Ritterwort und Rittergruß und traulicher Handschlag! —
60 Laßt euch mahnen, Suevias Söhne! die Trümmer der Vorzeit!
Laßt sie euch mahnen! Einst standen sie hoch, die gefallenen Trümmer,
Aber ausgetilget ward der trauliche Handschlag,
Ausgetilget das eiserne Wort, da sanken sie gerne,
Gerne hin in den Staub, zu beweinen Suevias Söhne.

65 Laßt sie euch mahnen, Suevias Söhne! die Trümmer der Vorzeit!
  Beben werden sie dann, der Biedersitte Verächter,
  Und noch lange sie seufzen — die fallverkündenden Worte —:
  Ausgetilget aus Suevia redliche biedere Sitte!
  Aber nein! nicht ausgetilget ist biedere Sitte,
70 Nicht ganz ausgetilget aus Suevias frieblichen Landen — —
  O mein Tal! mein Teck benachbartes Tal! — ich verlasse
  Mein Gebirge, zu schauen im Tale die Hütten der Freundschaft,
  Wie sie von Linden umkränzt bescheiden die rauchenden Dächer
  Aus den Fluren erheben, die Hütten der biederen Freundschaft.
75 O ihr, die ihr fern und nahe mich liebet, Geliebte!
  Wärt ihr um mich, ich drückte so warm euch die Hände, Geliebte!
  Jetzt, o! jetzt über all den Lieblichkeiten des Abends.
  Schellend kehren zurück von schattigten Triften die Herden,
  Und fürs dritte Gras der Wiesen, im Herbste noch fruchtbar
80 Schneidend, geklopfet ertönt des Mähers blinkende Sense.
  Traulich summen benachbarte Abendglocken zusammen,
  Und es spielet der fröhliche Junge dem lauschenden Mädchen
  Zwischen den Lippen mit Birnbaumblättern ein scherzendes Liedchen.
  Hütten der Freundschaft, der Segen des Herrn sei über euch allen!
85 Aber indessen hat mein hehres Riesengebirge
  Sein gepriesenes Haupt in nächtliche Nebel verhüllet,
  Und ich kehre zurück in die Hütten der biederen Freundschaft.

Kanton Schwyz.

An meinen lieben Hiller.

  Hier, in ermüdender Ruh', im bittersüßen Verlangen,
  Da zu sein, wo mein Herz und jeder beßre Gedank' ist,
  Reichet doch Erinnerung mir den zaubrischen Becher
  Schäumend und voll, und hoher Genuß der kehrenden Bilder
5 Weckt die schlummernden Fittiche mir zu trautem Gesange.

  Bruder! Dir gab ein Gott der Liebe göttlichen Funken,
  Zarten, geläuterten Sinn, zu erspähn, was herrlich und schön ist;
  Stolzer Freiheit glühet dein Herz und kindlicher Einfalt —
  Bruder! komm und koste mit mir des zaubrischen Bechers.

10 Dort, wo der Abendstrahl die Westgewölke vergüldet,
  Dorthin wende den Blick und weine die Träne der Sehnsucht!

Ach! dort wandelten wir! dort flog und schwelgte das Auge
Unter den Herrlichkeiten umher! — Wie dehnte der Busen,
Diesen Himmel zu fassen, sich aus! — Wie brannte die Wange,
15 Süß von Morgenlüften gekühlt, als unter Gesängen
Zürch den Scheidenden schwand im sanft hingleitenden Boote!
Lieber, wie drücktest du mir die heiße, zitternde Rechte,
Sahst so glühend und ernst mich an am donnernden Rheinsturz!
Aber selig, wie du, o Tag am Quelle der Freiheit!
20 Festlich, wie du, sank keiner auf uns vom rosigen Himmel.

Ahndung schwellte das Herz. Schon war des feiernden Klosters
Ernste Glocke verhallt. Schon schwanden die friedlichen Hütten
Rund an Blumenhügeln umher, am rollenden Gießbach,
Unter Triften im Tal, wo dem Ahn in heiliger Urzeit
25 Füglich deuchte der Grund zum Erbe genügsamer Enkel.
Schaurig und kühl empfing uns die Nacht in ewigen Wäldern,
Und wir klommen hinauf am furchtbar herrlichen Hacken.
Nächtlicher immer ward’s und enger im Riesengebirge,
Jäher herunter hing der Pfad zu den einsamen Wallern,
30 Dicht zur Rechten donnert’ hinab der zürnende Waldstrom,
Nur sein Donner berauscht den Sinn. Die schäumenden Wogen
Birgt uns Felsengesträuch und modernde Tannen am Abhang,
Vom Orkane gestürzt. — Nun tagte die Nacht am Gebirge
Schaurig und wundersam, und, Heldengeister am Lego,
35 Wälzten sich kämpfende Wolken heran auf schneeiger Heide.
Sturm und Frost entschwebte der Kluft. Vom Sturme getragen
Schrie und stürzte der Aar, die Beut’ im Tale zu haschen.
Und der Wolken Hülle zerriß, und im ehernen Panzer
Kam die Riesin heran, die majestätische Mythen.
40 Staunend wandelten wir vorüber. — Ihr Väter der Freien!
Heilige Schar! Nun schaun wir hinab, hinab, und erfüllt ist,
Was der Ahndungen kühnste versprach, was süße Begeistrung
Einst mich lehrt’ im Knabengewande, gedacht’ ich des hohen
Hirten in Mamres Hain und der schönen Tochter von Laban.
45 Ach! es kehrt so warm in die Brust. — Arkadiens Friede,
Köstlicher, unerkannter, und du, allheilige Einfalt,
Wie so anders doch blüht in eurem Strahle die Freude! —

Vor entweihendem Prunk, vor Stolz und knechtischer Stätte
Von den ewigen Wächtern geschirmt, den Riesengebirgen,
50 Lachte das heilige Tal uns an, die Quelle der Freiheit.
Freundlich winkte der See vom fernen Lager; die Schrecken
Seiner Arme verbarg die schwarze Kluft im Gebirge.

Freundlicher fahn aus der Tiefe herauf, in blühende Zweige
Reizend verhüllt und kindlich froh der jauchzenden Herde
55 Und des tiefen Grases umher, die friedsamen Hütten.
Und wir eilten hinab in Liebe; kosteten lächelnd
Auf dem Pfade des Sauerklees und erfrischenden Ampfer,
Bis der begeisternde Sohn der schwarzen italischen Traube,
Uns mit Lächeln gereicht in der herzerfreuenden Hütte,
60 Neues Leben in uns gebar, und die schäumenden Gläser
Unter Jubelgesang erklangen zur Ehre der Freiheit.
Lieber, wie war uns da! — Bei solchem Mahle begehret
Nichts auf Erden die Brust, und alle Kräfte gedeihen.

Lieber! er schwand so schnell, der köstliche Tag; in der kühlen
65 Dämmerung schieden wir; an den Heiligtümern der Freiheit
Wallten wir dann vorbei in frommer, seliger Stille,
Faßten sie tief ins Herz und segneten sie und schieden.

Lebt dann wohl, ihr Glücklichen dort! Im friedsamen Tale
Lebe wohl, du Stätte des Schwurs! Dir jauchzten die Sterne,
70 Als in heiliger Nacht der ernste Bund dich besuchte.
Herrlich Gebirg'! wo der bleiche Tyrann den Knechten vergebens
Zahm und schmeichlerisch Mut gebot, — zu gewaltig erhub sich
Wider den Trotz die gerechte, die unerbittliche Rache. —
Lebe wohl, du herrlich Gebirg'! Dich schmückte der Freien
75 Opferblut, — es wehrte der Träne der einsame Vater.
Schlummre sanft, du Heldengebein! O, schliefen auch wir dort
Deinen eisernen Schlaf, dem Vaterlande geopfert,
Walters Gesellen und Tells im schönen Kampfe der Freiheit!

Könnt' ich dein vergessen, o Land der göttlichen Freiheit!
80 Froher wär' ich; zu oft befällt die glühende Scham mich
Und der Kummer, gedenk' ich dein und der heiligen Kämpfer.
Ach! da lächelt Himmel und Erd' in fröhlicher Liebe
Mir umsonst, umsonst der Brüder forschendes Auge!
Doch ich vergesse dich nicht! Ich hoff' und harre des Tages,
85 Wo in erfreuende Tat sich Scham und Kummer verwandelt.

Kepler.

Unter den Sternen ergehet sich
Mein Geist, die Gefilde des Uranus
   Überhin schwebt er und sinnt; einsam ist
     Und gewagt, ehernen Tritt heischet die Bahn.

Wandle mit Kraft, wie der Held, einher!
Erhebe die Miene, doch nicht zu stolz,
   Denn es naht, siehe, es naht, hoch herab
     Von dem Gefild', wo der Triumph jubelt, der Mann,

Welcher den Denker in Albion,
Den Späher des Himmels um Mitternacht,
   Ins Gefild' tiefern Anschauns leitete
     Und voranleuchtend sich wagt' ins Labyrinth,

Daß der erhabenen Themse Stolz
Im Geist sich beugend vor seinem Grab
   Ins Gefild' würdigern Lohns nach ihm rief:
     „Du begannst, Suevias Sohn, wo es dem Blick

Aller Jahrtausende schwindelte;
Und ja! ich vollende, was du begannst,
   Denn voran leuchtest du, Herrlicher!
     Im Labyrinth; Strahlen beschwurst du in die Nacht.

Möge vergehen des Lebens Mark,
Die Flamm' in der Brust — ich ereile dich,
   Ich vollend's! denn sie ist groß, ernst und groß
     Deine Bahn, höhnet des Golds, lohnet sich selbst."

Wonne Walhallas! und ihn gebar
Mein Vaterland? ihn, den die Themse pries?
   Der zuerst ins Labyrinth Strahlen schuf,
     Und den Pfad, hin an den Pol, wies dem Gestirn.

Heklas Gedonner vergäß' ich so,
Und ging' ich auf Ottern, ich bebte nicht,
   In dem Stolz, daß er aus dir, Suevia,
     Sich erhub, unser der Dank Albions ist.

Mutter der Redlichen! Suevia!
Du stille! dir jauchzen Äonen zu,
   Du erzogst Männer des Lichts ohne Zahl,
     Des Geschlechts Mund, das da kommt, huldiget dir!

An Gustav Adolf.

O Gustav, Gustav! haſt du dein Ohr geneigt
Den Zeugen deiner Größe — du Herrlicher!
Und zürnſt du nicht und lächelſt du im
    Arme der Helden zu uns herunter?
5 Verzeih, du Liebling Gottes, ich liebe dich!
Wenn Donner rollen über mein trautes Tal,
    So denk' ich dein, und wenn der Obſtbaum
      Freundlich den Apfel herunterreichet,
So nenn' ich deinen Namen, denn ringsum ſieht
10 Ein Denkmal deiner Taten mein ſtaunend Aug'.
    Und ha! wie wird dies Auge ſtaunen,
      Führet mich fürder hinauf zum Tempel,
Zum höchſten Tempel ſeiner Erhabenheit
Mit wolkenloſem Mut die Begeiſterung —
15   Hinauf, wo es dem Tändler ſchwindelt,
      Wo der Gebrechliche nie hinanklimmt.
Umdonnert, Meereswogen, die einſame,
Gewagte Bahn: euch bebet die Saite nicht!
    Ertürmt euch, Felſen: ihr ermüdet
20   Nicht den geflügelten Fuß des Sängers!
Nur, daß ich nie der ernſten Bewundrung Lied
Mit Tand entweihe — ferne von Gleisnerslob!
    Und ſeiner gottgeſandten Taten
      Keine vergeſſe — denn dies iſt Läſtrung!

An Herkules.

In der Kindheit Schlaf begraben,
Lag ich, wie das Erz im Schacht;
Dank, mein Herkules! den Knaben
Haſt zum Manne du gemacht.
5 Reif bin ich zum Königsſitze
Und mir brechen ſtark und groß
Taten, wie Kronions Blitze,
Aus der Jugend Wolke los.

Wie der Adler ſeine Jungen,
10 Wenn der Funk' im Auge glimmt,
Auf die kühnen Wanderungen
In den frohen Äther nimmt,

Nimmst du aus der Kinderwiege,
Von der Mutter Tisch und Haus
In die Flamme deiner Kriege,
Hoher Halbgott, mich hinaus.

Wähntest du, dein Kämpferwagen
Rolle mir umsonst ins Ohr?
Jede Last, die du getragen,
Hub die Seele mir empor.
Zwar der Schüler mußte zahlen!
Schmerzlich brannten, stolzes Licht,
Mir im Busen deine Strahlen,
Aber sie verzehrten nicht.

Was du, Glücklicher, geschaffen,
Als der Göttersohn vollbracht,
Führ' ich aus mit eignen Waffen,
Mit des Herzens Lust und Macht.

Wenn für deines Schicksals Wogen
Hohe Götterkräfte dich,
Kühner Schwimmer! auferzogen,
Was erzog dem Siege mich?
Was berief den Vaterlosen,
Der in dunkler Halle saß,
Zu dem Göttlichen und Großen,
Daß er kühn an dir sich maß?

Was ergriff und zog vom Schwarme
Der Gespielen mich hervor?
Was bewog des Bäumchens Arme
Nach des Äthers Tag empor?
Freundlich nahm des jungen Lebens
Keines Gottes Hand sich an,
Aber kraft des eignen Strebens
Blickt' und wuchs ich himmelan.

Sohn Kronions! an die Seite
Tret' ich nun errötend dir!
Der Olymp ist deine Beute:
Komm und teile sie mit mir!
Sterblich bin ich zwar geboren,
Dennoch hat Unsterblichkeit
Meine Seele sich geschworen,
Und sie hält, was sie gebeut!

An die Unerkannte.

Kennst du sie, die selig, wie die Sterne
Um des Lebens dunkle Woge, ferne,
Wandellos in stiller Schöne lebt,
Die des Herzens löwenkühne Siege,
5 Des Gedankens fesselfreie Flüge,
Wie der Tag den Adler, überschwebt?

Die uns trifft mit ihren Mittagsstrahlen,
Uns entflammt mit ihren Idealen,
Wie vom Himmel uns Gebote schickt?
10 Die die Weisen nach dem Wege fragen,
Stumm und ernst, wie, von dem Sturm verschlagen,
Nach dem Orient der Schiffer blickt.

Die das Beste gibt aus schöner Fülle,
Wenn aus ihr die Riesenkraft der Wille
15 Und der Geist sein stilles Urteil nimmt?
Die dem Lebensliede seine Weise,
Die das Maß der Ruhe, wie dem Fleiße
Durch den Mittler Geist bestimmt?

Die, wenn uns des Lebens Leere tötet,
20 Magisch uns die welken Schläfe rötet
Und mit Hoffnungen das Herz verjüngt?
Die den Dulder, den der Sturm zertrümmert,
Den sein fernes Ithaka bekümmert,
In Alkinous' Gefilde bringt?

25 Kennst du sie, die uns mit Lorbeerkronen,
Mit der Freude besten Regionen,
Ehe wir zu Grabe gehn, vergilt?
Die der Liebe göttlichstes Verlangen,
Die das Schönste, was wir angefangen,
30 Mühelos im Augenblick erfüllt?

Die der Kindheit Wiederkehr beschleunigt,
Die den Halbgott, unsern Geist, vereinigt
Mit den Göttern, die er kühn verstößt?
Die des Schicksals eh'rne Schlüsse mildert,
35 Und im Kampfe, wenn das Herz verwildert,
Uns besänftigend den Harnisch löst?

Die das Eine, das im Raum der Sterne
Das du suchst in aller Zeiten Ferne
Unter Stürmen auf verwegner Fahrt,
Das kein sterblicher Verstand ersonnen,
Keine, keine Tugend noch gewonnen,
Die des Friedens goldne Frucht bewahrt?

———

Lied der Liebe.

Engelfreuden ahnend wallen
Wir hinaus auf Gottes Flur,
Wo die Jubel widerhallen
In dem Tempel der Natur.
Heute soll kein Auge trübe,
Klage nicht hienieden sein,
Jedes Wesen soll der Liebe
Wonniglich, wie wir, sich freun.

Singt den Jubel, Schwestern, Brüder!
Festgeschlungen Hand in Hand!
Singt das heiligste der Lieder,
Von dem hohen Wesenband!
Steigt hinauf am Rebenhügel,
Blickt hinab ins Schattental!
Überall der Liebe Flügel,
Wonnerauschend überall!

Liebe lehrt das Lüftchen kosen
Mit den Blumen auf der Au,
Lockt zu jungen Frühlingsrosen
Aus der Wolke Morgentau;
Liebe ziehet Well' an Welle
Freundlich murmelnd näher hin,
Leitet aus der Kluft die Quelle
Sanft hinab ins Wiesengrün.

Berge knüpft mit ehrner Kette
Liebe an das Firmament,
Donner ruft sie an die Stätte,
Wo der Sand die Pflanze brennt;
Um die hohe Sonne leitet
Sie die treuen Sterne her,
Folgsam ihrem Winke gleitet
Jeder Strom ins weite Meer.

Liebe wallt in Wüsteneien,
Höhnt des Dursts im dürren Sand,
Sieget, wo Tyrannen dräuen,
Steigt hinab ins Totenland;
Liebe trümmert Felsen nieder,
Zaubert Paradiese hin,
Schaffet Erd' und Himmel wieder
Göttlich, wie im Anbeginn.

Liebe schwingt den Seraphsflügel,
Wo der Gott der Götter wohnt,
Lohnt den Schweiß am Felsenhügel,
Wenn der Richter einst belohnt,
Wenn die Königsstühle trümmern,
Hin ist jede Scheidewand,
Edeltaten heller schimmern,
Reiner, denn der Kronen Tand.

Mag uns jetzt die Stunde schlagen,
Jetzt der letzte Odem wehn,
Brüder, drüben wird es tagen!
Schwestern, dort ist Wiedersehn!
Jauchzt dem heiligsten der Triebe,
Die der Gott der Götter gab,
Brüder, Schwestern, jauchzt der Liebe,
Sie besieget Zeit und Grab.

Lied der Freundschaft.

Frei, wie Götter an dem Mahle,
Sitzen wir um die Pokale,
Wo der edle Trank erglüht,
In der Abenddämmrung Hülle,
Und im Herzen, ernst und stille,
Singen wir der Freundschaft Lied.

Schwebt herab aus kühlen Lüften,
Schwebet aus den Schlummergrüften,
Helden der Vergangenheit!
Kommt in unsern Kreis hernieder,
Staunt und sprecht: da ist sie wieder,
Unsre deutsche Herzlichkeit!

Ha, der hohen Götterstunden,
Wenn der Edle sich gefunden,
Der für unser Herz gehört!
Fest in Freud' und Leid zu stehen,
Wie im Sturm die Felsenhöhen,
Ist des deutschen Jünglings wert.

Froher schlägt das Herz und freier,
Reichet zu des Bundes Feier
Uns der Freund den Becher dar;
Ohne Freuden, ohne Leben
Erntet' er Lyäus' Reben,
Als er ohne Freunde war.

Männerstolz, wenn Lästrer schreien,
Wahrheit, wenn Despoten dräuen,
Seelenkraft im Mißgeschick,
Duldung, wenn die Schwachen sinken,
Liebe, Duldung, Wärme trinken
Freunde von des Freundes Blick.

Sanfter atmen Frühlingslüfte,
Süßer sind der Linde Düfte,
Freundlicher der Eichenhain,
Wenn mit offnem Sinn und Herzen
Unter Ernst und muntern Scherzen
Freunde sich des Abends freun.

Brüder, laßt die Toren sinnen,
Wie sie Gunst und Dunst gewinnen,
Wie sie sammeln Gut und Geld;
Lächelnd kann's der Edle missen.
Sich geliebt, geliebt zu wissen,
Ist sein schönstes Glück der Welt.

Führt auch aus der trauten Halle
Einst die Auserwählten alle
In die Ferne das Geschick,
Wandelt er mit Gram beladen
Oft auf freudelosen Pfaden,
Missend das verlorne Glück;

Wankt er, wenn sich Wolken türmen
Einsam in Gewitterstürmen,
Ohne Leiter, ohne Stab;
Lauscht er schmerzerfüllt und düster
Bangem Mitternachtsgeflüster
Sehnsuchtsvoll am frischen Grab;

Dann erquicken ihn die Stunden,
In der Freundschaft Arm verschwunden,
Tröstend durch Erinnerung;
Das Gedächtnis vor'ger Freuden
Labt das Herz in bangen Leiden,
Gibt der Seele neuen Schwung.

Dann gedenkt er ruhig wieder
Mancher froh gesungnen Lieder,
Und der Schwüre, treu und warm;
Und geweckt von stillem Sehnen
Quellen schwerverhaltne Tränen,
Und beschwichtigt ist der Harm.

Rauscht ihm dann des Todes Flügel,
Schläft er ruhig unterm Hügel,
Wo der Freund den Kranz ihm flicht,
In das Herz der Bundesbrüder
Säuselt noch sein Geist hernieder:
Lebet wohl! Vergeßt mein nicht!

An Hiller.

Du lebtest, Freund! — Wer nicht die köstliche
Reliquie des Paradieses, nicht
Der Liebe goldne königliche Frucht,
Wie du, auf seinem Lebenswege brach,
Wem nie im Kreise freier Jünglinge
In süßem Ernst der Freundschaft trunkne Zähre
Hinab ins Blut der heil'gen Rebe rann,
Wer nicht, wie du, aus dem begeisternden,
Dem ewig vollen Becher der Natur
Sich Mut und Kraft und Lieb' und Freude trank,
Der lebte nie, und wenn sich ein Jahrhundert,
Wie eine Last, auf seiner Schulter häuft. —

Du lebteſt, Freund! es blüht nur wenigen
Des Lebens Morgen, wie er dir geblüht;
15 Du fandeſt Herzen, dir an Einfalt, dir
An edelm Stolze gleich; es ſproßten dir
Viel ſchöne Blüten der Geſelligkeit;
Auch adelte die innigere Luſt,
Die Tochter weiſer Einſamkeit, dein Herz:
20 Für jeden Reiz der Hügel und der Tale,
Für jede Grazien des Frühlings ward
Ein offnes unumwölktes Auge dir.

Dich, Glücklicher, umfing die Rieſentochter
Der ſchaffenden Natur, Helvetia;
25 Wo frei und ſtark der alte, ſtolze Rhein
Vom Fels hinunter donnert, ſtandeſt du
Und jubelteſt ins herrliche Getümmel.
Wo Fels und Wald ein holdes zauberiſches
Arkadien umſchließt, wo himmelhoch Gebirg',
30 Deſſ' tauſendjähr'gen Scheitel ew'ger Schnee,
Wie Silberhaar des Greiſen Stirne, kränzt,
Umſchwebt von Wetterwolken und von Adlern,
Sich unabſehbar in die Ferne dehnt,
Wo Tells und Walters heiliges Gebein
35 Der unentweihten freundlichen Natur
Im Schoße ſchläft, und manches Helden Staub,
Vom leiſen Abendwind emporgeweht,
Des Sennen ſorgenfreies Dach umwallt:
Dort fühlteſt du, was groß und göttlich iſt,
40 Von ſeligen Entwürfen glühte dir,
Von tauſend goldnen Träumen deine Bruſt;
Und als du nun vom lieben heil'gen Lande
Der Einfalt und der freien Künſte ſchiedſt,
Da wölkte freilich ſich die Stirne dir,
45 Doch ſchuf dir bald mit deinem Zauberſtabe
Manch ſelig Stündchen die Erinnerung.

Wohl ernſter ſchlägt ſie nun, die Scheideſtunde;
Denn ach! ſie mahnt, die unerbittliche,
Daß unſer Liebſtes welkt, daß ew'ge Jugend
50 Nur drüben im Elyſium gedeiht;
Sie wirft uns auseinander, Herzensfreund!
Wie Maſt und Segel vom zerriſſnen Schiffe
Im wilden Ozean der Sturm zerſtreut.

Vielleicht, indes uns andre nah und ferne,
Der unerforschten Pepromene Wink
Durch Steppen oder Paradiese führt,
Fliegst du der jungen seligeren Welt
Auf deiner Philadelphier Gestaden
Voll frohen Muts im fernen Meere zu;
Vielleicht, daß auch ein süßes Zauberband
Ans abgelebte feste Land dich fesselt!
Denn traun! ein Rätsel ist des Menschen Herz!
Oft flammt der Wunsch, unendlich fortzuwandern,
Unwiderstehlich herrlich in uns auf;
Oft deucht uns auch im engbeschränkten Kreise
Ein Freund, ein Hüttchen und ein liebes Weib
Zu aller Wünsche Sättigung genug. —
Doch werfe, wie sie will, die Scheidestunde
Die Herzen, die sich lieben, auseinander!
Es scheuet ja der Freundschaft heil'ger Fels
Die träge Zeit und auch die Ferne nicht.
Wir kennen uns, du Teurer! — Lebe wohl!

Selbstquälerei.

Fragment.

Ich hasse mich! es ist ein ekles Ding
Das Menschenherz so kindisch schwach, so stolz,
So freundlich wie Tobias' Hündlein ist's,
Und doch so hämisch wieder! weg! ich hasse mich!
So schwärmerisch, wenn es des Dichters Flamme wärmt,
Und ha, wenn sich ein freundeloser Junge
An unsre Seite schmiegt, so stolz, so kalt!
So fromm, wenn uns des Lebens Sturm
Den Nacken biegt....

An Speidel.

Es kommen Stunden, wo das erschütterte
Gepreßte Herz umsonst in der Hoffnung Land
Sich flüchtet, wo umsonst die erzenen
Waffen die Weisheit entgegenstemmt.

Der Lorbeer.

Ich duld' es nimmer, ewig und ewig so
Die Knabenschritte, wie ein Gekerkerter,
  Die kurzen, vorgemessnen Schritte
    Täglich zu wandeln, ich duld' es nimmer!
Ist's Menschenlos, ist's meines? ich trag' es nicht,
Mich reizt der Lorbeer! Ruhe beglückt mich nicht,
  Gefahren zeugen Männern Kräfte,
    Leiden erheben die Brust des Jünglings.
Was bin ich dir, was bin ich, mein Vaterland?
Ein siecher Schwächling, welchen mit trauerndem,
  Mit hoffnungslosem Blick die Mutter
    In den geduldigen Armen schaukelt.
Mich tröstete das blinkende Kelchglas nie,
Mich nie der Blick der lächelnden Tänblerin;
  Soll ewiges Trauern mich umwittern,
    Ewig mich töten die bange Sehnsucht?
Was soll des Freundes traulicher Handschlag mir,
Was mir des Frühlings freundlicher Morgengruß,
  Was mir der Eiche Schatten, was die
    Blühende Rebe, der Linde Düfte?
Beim grauen Mana! nimmer genieß' ich dein,
Du Kelch der Freuden, blinktest du noch so schön,
  Bis mir ein Männerwerk gelinget,
    Bis ich ihn hasche, den ersten Lorbeer.
Der Schwur ist groß. Er zeuget im Auge mir
Die Trän'; wohl mir, wenn ihn Vollendung krönt,
  Dann jauchz' auch ich, du Kreis der Frohen,
    Dann, o Natur, ist dein Lächeln Wonne!

An Leo von Seckendorf.

Es wölbt zu reinerem Genusse
Dem Dichter sich der Schönheit Heiligtum,
Er kostet oft, von ihrem Mutterkusse
Geläutert und gestärkt, Elysium;
Des Schaffens süße Lust, wie sie, zu fühlen,
Belauscht sie kühn der zartgewebte Sinn,
Und magisch tönt vor unsern Saitenspielen
Die Melodie der ernsten Meisterin.

Lebensgenuß.

An Neuffer.

Noch kehrt in mich der süße Frühling wieder,
Noch altert nicht mein kindisch fröhlich Herz,
Noch rinnt vom Auge mir der Tau der Liebe nieder,
Noch lebt in mir der Hoffnung Lust und Schmerz.

Noch tröstet mich mit süßer Augenweide
Der blaue Himmel und die grüne Flur,
Noch reicht die Göttliche den Taumelkelch der Freude,
Die jugendliche, freundliche Natur.

Getrost! Es ist der Schmerzen wert dies Leben,
So lang uns Armen Gottes Sonne scheint,
Und Bilder beßrer Zeit um unsre Seele schweben,
Und ach! mit uns ein treues Auge weint.

Freundeswunsch.

An Rosine Stäublin.

Wenn vom Frühling rund umschlungen,
Von des Morgens Hauch umweht,
Trunken nach Erinnerungen
Meine wache Seele späht;
Wenn, wie einst am fernen Herde,
Mir so süß die Sonne blinkt,
Und ihr Strahl ins Herz der Erde
Und der Erdenkinder bringt;

Wenn, umdämmert von der Weide,
Wo der Bach vorüberrinnt,
Tief bewegt von Leid und Freude,
Meine Seele träumt und sinnt;
Wenn im Haine Geister säuseln,
Wenn im Mondenschimmer sich
Kaum die stillen Teiche kräuseln:
Schau' ich oft und grüße dich.

Edles Herz, du bist der Sterne
Und der schönen Erde wert,
Bist des wert, so viel die ferne
Nahe Mutter dir beschert.
Sieh, mit deiner Liebe lieben
Schönes die Erwählten nur;
Denn du bist ihr treu geblieben,
Deiner Mutter, der Natur.

Der Gesang der Haine schalle
Froh, wie du, um deinen Pfad;
Sanft bewegt vom Weste walle,
Wie dein friedlich Herz, die Saat!
Deine liebste Blüte regne,
Wo du wandelst, auf die Flur,
Wo dein Auge weilt, begegne
Dir das Lächeln der Natur!

Oft im stillen Tannenhaine
Webe dir ums Angesicht
Seine zauberische, reine
Glorie das Abendlicht!
Deines Herzens Sorgen wiege
Drauf die Nacht in süße Ruh',
Und die freie Seele fliege
Liebend den Gestirnen zu!

An eine Rose.

Ewig trägt im Mutterschoße,
Süße Königin der Flur,
Dich und mich die stille, große,
Allbelebende Natur.

Röschen! unser Schmuck veraltet,
Sturm entblättert dich und mich,
Doch der ew'ge Keim entfaltet
Bald zu neuer Blüte sich!

Der Gott der Jugend.

Sehn dir im Dämmerlichte,
Wenn in der Sommernacht
Für selige Gesichte
Dein liebend Auge wacht,
Noch oft der Freunde Manen
Und, wie der Sterne Chor,
Die Geister der Titanen
Des Altertums empor;

Wird da, wo sich im Schönen
Das Göttliche verhüllt,
Noch oft das tiefe Sehnen
Der Liebe dir gestillt;
Belohnt des Herzens Mühen
Der Ruhe Vorgefühl,
Und tönt von Melodien
Der Seele Saitenspiel:

So such' im stillsten Tale
Den blütenreichsten Hain,
Und gieß aus goldner Schale
Den frohen Opferwein!
Noch lächelt unveraltet
Des Herzens Frühling dir,
Der Gott der Jugend waltet
Noch über dir und mir.

Wie unter Tiburs Bäumen,
Wenn da der Dichter saß,
Und unter Götterträumen
Der Jahre Flucht vergaß,
Wenn ihn die Ulme kühlte,
Und wenn sie stolz und froh
Um Silberblüten spielte,
Die Flut des Anio;

Und wie um Platons Hallen,
Wenn durch der Haine Grün,
Begrüßt von Nachtigallen,
Der Stern der Liebe schien,
Wenn alle Lüfte schliefen,
Und, sanft bewegt vom Schwan,
Cephisus durch Oliven
Und Myrtensträuche rann:

So schön ist's noch hienieden!
Auch unser Herz erfuhr
Das Leben und den Frieden
Der freundlichen Natur;
45 Noch blüht des Himmels Schöne,
Noch mischen brüderlich
In unsers Herzens Töne
Des Frühlings Laute sich.

Drum such' im stillsten Tale
50 Den düftereichsten Hain,
Und gieß aus goldner Schale
Den frohen Opferwein!
Noch lächelt unveraltet
Das Bild der Erde dir,
55 Der Gott der Jugend waltet
Noch über dir und mir.

An Neuffer.
Nach dem Tode seiner Braut.

Dein Morgen, Bruder, ging so schön hervor,
Ein heitres Frührot glänzte dir entgegen,
Den wonnevollsten Lebenstag verheißend.
Die Musen weihten dich zu ihrem Priester,
5 Die Liebe kränzte dir das Haupt mit Rosen
Und goß die reinsten Freuden in dein Herz,
Wer war wie du beglückt? Dein Schicksal hat
Es anders nun gemacht. Ein schwarzer Sturm
Verschlang des Tages Licht, der Donner rollte
10 Und traf dein sichres Haupt; im Grabe liegt,
Was du geliebt, dein Eden ist vernichtet.

O Bruder, Bruder, daß dein Schicksal mir
So schrecklich wahr des Lebens Wechsel deutet!
Daß Disteln hinter Blumengängen lauern,
15 Daß gift'ger Tod in Jugendadern schleicht,
Daß bittre Trennung selbst den Freunden oft
Den armen Trost versagt, den Schmerz zu teilen!
Da baun wir Plane, träumen so entzückt
Vom nahen Ziel, und plötzlich, plötzlich zuckt
20 Ein Blitz herab und öffnet uns das Grab.

Ich sah im Geist dein Leiden all. Da ging
Ich trüben Sinns hinab zu meinem Neckar,
Sah in die Wogen, bis mir schwindelte,
Und kehrte still und voll der dunklen Zukunft
25 Und voll des Schicksals, welches unser wartet,
Beim Untergang der Sonn' in meine Klause.

O Bruder, komm nach jahrelanger Trennung
An meine Brust! Vielleicht gelingt es uns,
Noch einen jener schönen Abende
30 Die wir so oft am Herzen der Natur
Mit reinem Sinn und mit Gesang gefeiert,
Zurückzuzaubern und noch einmal froh
Hineinzuschauen in das Leben! Komm,
Es wartet dein ein eigen Deckelglas,
35 Stiefmütterlich soll nicht mein Fäßchen fließen;
Es wartet dein ein freundliches Gemach,
Wo unsre Herzen liebend sich ergießen!
Komm, eh' der Herbst der Gärten Schmuck verderbt,
Bevor die schönen Tage von uns eilen,
40 Und laß durch Freundschaft uns des Herzens Wunden heilen.

Die Hymnen an die Ideale der Menschheit.

————

An die Vollendung.

Vollendung! Vollendung!
O du, der Geister heiliges Ziel!
Wann werd' ich siegestrunken
Dich umfahn und ewig ruhn?

Und frei und groß
Entgegenlaufen der Heerschar,
Die zahllos aus den Welten
In den Schoß dir strömt?

Ach ferne, ferne von dir!
Mein göttlich schönster Gedanke
War, wie der Welten
Fernstes Ende, ferne von dir!

Und fliegt auf des Sturmes Flügeln
Äonen lang die Liebe zu dir,
Noch schmachtet sie ferne von dir,
Ach ferne, ferne von dir!

Voll hoher Einfalt,
Einfältig still und groß,
Rangen des Sieges gewiß,
Rangen dir zu die Väter.

Ihre Hülle verschlang die Zeit,
Verwest, zerstreut ist der Staub,
Doch rang des Sieges gewiß,
Der Funke Gottes, ihr Geist dir zu.

4*

25 Sind sie emporgegangen zu dir,
Die da lebten von Anbeginn?
Ruhen, ruhen sie nun,
Die frommen Väter?

Vollendung! o Vollendung!
30 Der Geister heiliges Ziel!
Wann werd' ich siegestrunken
Dich umfahn und ewig ruhn?

Hymne an den Genius Griechenlands.

Fragment.

Jubel! Jubel!
Du auf der Wolke
Erstgeborner der hohen Natur,
Aus Kronos' Halle
5 Schwebst du herab
Zu neuen geheiligten Schöpfungen,
Hold und majestätisch herab.
Ha! bei der Unsterblichen,
Die dich gebar,
10 Dir gleichet keiner
Unter den Brüdern,
Den Völkerbeherrschern,
Den Angebeteten allen.
Dir sang in der Wiege den Weihgesang
15 Im blutenden Panzer die ernste Gefahr,
Zu gerechtem Siege reichte den Stahl
Die heilige Freiheit dir.
Von Freude glühten,
Von zaubrischer Liebe deine Schläfen,
20 Die goldgelockten Schläfen.

Lange säumtest du unter den Göttern
Und dachtest der kommenden Wunder.
Vorüber schwebten, wie silbern Gewölk,
Am liebenden Auge dir
25 Die Geschlechter alle,
Die seligen Geschlechter.

Im Angesichte der Götter
Beschloß dein Mund,
Auf Liebe ein Reich zu gründen.
Da staunten die Himmlischen alle.
Zu brüderlicher Umarmung
Neigte sein königlich Haupt
Der Donnerer nieder zu dir,
Du gründest auf Liebe dein Reich.

Du kommst, und Orpheus' Liebe
Wallet nieder zum Acheron,
Schwebet zum Auge der Welt;
Du schwingest den Zauberstab,
Und Aphrodites Gürtel ersieht
Der trunkene Mäonide.
Ha! Mäonide! wie du
So liebte keiner, wie du;
Die Erd' und Ozean
Und die Riesengeister,
Die Helden der Erde
Umfaßte dein Herz,
Und die Himmel und alle die Himmlischen
Umfaßte dein Herz.
Auch die Blumen, die Bien' auf der Blume
Umfaßte liebend dein Herz. —

Ach Ilion! Ilion!
Wie jammertest, hohe Gefallene, du,
Im Blute der Kinder!
Nun bist du getröstet. Dir scholl
Groß und warm wie sein Herz
Des Mäoniden Lied.

Ha, bei der Unsterblichen,
Die dich gebar,
Dich, der du Orpheus' Liebe,
Der du schufest Homeros' Gesang.

Hymne an die Muse.

Schwach zu königlichem Feierliede,
Schloß ich lang genug geheim und stumm
Deine Freuden, hohe Pieride!
In des Herzens stilles Heiligtum;
Endlich, endlich soll die Saite künden,
Wie von Liebe mir die Seele glüht,
Unzertrennbarer den Bund zu binden,
Soll dir huldigen dies Feierlied!

Auf den Höhn, am ernsten Felsenhange,
Wo so gerne mir die Träne rann,
Säuselte die frohe Knabenwange
Schon dein zauberischer Odem an; —
Bin ich, Himmlische, der Göttergnaden,
Königin der Geister, bin ich wert,
Daß mich oft, des Erdentands entladen,
Dein allmächtiges Umarmen ehrt?

Ha, vermöcht ich's nur, dir nachzuringen,
Königin! in deiner Götterkraft
Deines Reiches Grenze zu erschwingen,
Auszusprechen, was dein Zauber schafft!
Siehe! die geflügelten Äonen
Hält gebieterisch dein Odem an,
Deinem Zauber huldigen Dämonen,
Staub und Äther ist dir untertan.

Wo der Forscher Adlerblicke beben,
Wo der Hoffnung kühner Flügel sinkt,
Keimet aus der Tiefe Lust und Leben,
Wenn die Schöpferin vom Throne winkt;
Seiner Früchte Süßestes bereitet
Ihr der Wahrheit grenzenloses Land,
Und der Liebe schöne Quelle leitet
In der Weisheit Hain der Göttin Hand.

Was vergessen wallt an Lethes Strande,
Was der Enkel eitle Ware deckt,
Strahlt heran im blendenden Gewande,
Freundlich von der Göttin auferweckt;

Was in Hütten und in Heldenstaaten
In der göttergleichen Väterzeit
Große Seelen duldeten und taten,
Lohnt die Muse mit Unsterblichkeit.

Sieh! am Dornenstrauche keimt die Rose,
So des Lenzes holder Strahl erglüht.
In der Pieride Mutterschoße
Ist der Menschheit Adel aufgeblüht;
Auf des Wilden krausgelockte Wange
Drückt sie zauberisch den Götterkuß,
Und im ersten glühenden Gesange
Fühlt er staunend geistigen Genuß.

Liebend lächelt nun der Himmel nieder,
Leben atmen alle Schöpfungen,
Und im morgenrötlichen Gefieder
Nahen freundlich die Unsterblichen.
Heilige Begeisterung erbauet
In dem Haine nun ein Heiligtum,
Und im todesvollen Kampfe schauet
Der Heroe nach Elysium.

Öde stehn und dürre die Gefilde,
Wo die Blüten das Gesetz erzwingt;
Aber wo in königlicher Milde
Ihren Zauberstab die Muse schwingt,
Blühen schwelgerisch und kühn die Saaten,
Reifen, wie der Wandelsterne Lauf,
Schnell und herrlich Hoffnungen und Taten
Der Geschlechter zur Vollendung auf.

Laß der Wonne Zähre dir gefallen!
Laß die Seele des Begeisterten
In der Liebe Taumel überwallen!
Laß, o Göttin, laß mich huldigen! —
Siehe! die geflügelten Äonen
Hält gebieterisch dein Odem an,
Deinem Zauber huldigen Dämonen —
Ewig bin auch ich dir untertan.

Mag der Pöbel seinen Götzen zollen,
Mag, aus deinem Heiligtum verbannt,

75 Deinen Lieblingen das Laster grollen,
Mag, in ihrer Schwäche Schmerz entbrannt,
Stolze Lüge deine Würde schänden
Und dein Edelstes dem Staube weihn,
Mag sie Blüte mir und Kraft verschwenden,
80 Meine Liebe, dieses Herz ist dein!

In der Liebe volle Lust zerflossen,
Höhnt das Herz der Zeiten trägen Lauf,
Stark und rein im Innersten genossen,
Wiegt der Augenblick Äonen auf. —
85 Wehe! wem des Lebens schöner Morgen
Freude nicht und trunkne Liebe schafft,
Wem am Sklavenbande bleicher Sorgen
Zum Genusse Kraft und Mut erschlafft.

Deine Priester, hohe Pieride!
90 Schwingen frei und froh den Pilgerstab!
Mit der allgewaltigen Ägide
Lenkst du mütterlich die Sorgen ab;
Schäumend beut die zauberische Schale
Die Natur den Auserkornen dar,
95 Trunken von der Schönheit Göttermahle
Höhnet Glück und Zeit die frohe Schar.

Frei und mutig wie im Siegesliede,
Wallen sie der edlen Geister Bahn.
Dein Umarmen, hohe Pieride!
100 Flammt zu königlichen Taten an; —
Laßt die Mietlinge den Preis erspähen!
Laßt sie seufzend für die Tugenden,
Für den Schweiß am Joche Lohn erflehen!
Mut und Tat ist Lohn des Edleren!

105 Ha! von ihr, von ihr emporgehoben,
Blickt dem Ziele zu der trunkne Sinn —
Hör' es, Erd' und Himmel! wir geloben
Ewig Priestertum der Königin!
Kommt zu süßem, brüderlichem Bunde,
110 Denen sie den Adel anerschuf,
Millionen auf dem Erdenrunde,
Kommt zu neuem, seligem Beruf!

Ewig sei ergrauter Wahn vergessen!
Was der reinen Geister Aug' ermißt,
115 Hoffe nie die Spanne zu ermessen! —
Betet an, was schön und herrlich ist!
Kostet frei, was die Natur bereitet,
Folgt der Pieride treuer Hand,
Geht, wohin die reine Liebe leitet,
120 Liebt und sterbt für Freund und Vaterland!

Hymne an die Freiheit.

Wie den Aar im grauen Felsenhange
Wildes Sehnen zu der Sterne Bahn,
Flammt zu majestätischem Gesange
Meiner Freuden Ungestüm mich an.
5 Ha! das neue, nie genoßne Leben
Schaffet neuen, glühenden Entschluß!
Über Wahn und Stolz emporzuschweben,
Süßer, unaussprechlicher Genuß!

Seit dem Staube mich ihr Arm entrissen,
10 Schlägt das Herz so kühn und selig ihr;
Angeflammt von ihren Götterküssen,
Glühet noch die heiße Wange mir.
Jeder Laut von ihrem Zaubermunde
Adelt noch den neugeschaffnen Sinn.
15 Hört, o Geister! meiner Göttin Kunde,
Hört und huldiget der Herrscherin:

„Als die Liebe noch im Schäferkleide
Mit der Unschuld unter Blumen ging,
Und der Erdensohn in Ruh' und Freude
20 Der Natur am Mutterbusen hing,
Nicht der Übermut auf Richterstühlen
Blind und fürchterlich das Band zerriß,
Tauscht' ich gerne mit der Götter Spielen
Meiner Kinder stilles Paradies.

25 Liebe rief die jugendlichen Triebe
Schöpferisch zu hoher, stiller Tat,
Jeden Keim entfaltete der Liebe
Wärm' und Licht zu schwelgerischer Saat;

Deine Flügel, hohe Liebe! trugen
Lächelnd nieder die Olympier;
Jubeltöne klangen — Herzen schlugen
An der Götter Busen göttlicher.

Freundlich bot der Freuden süße Fülle
Meinen Lieblingen die Unschuld dar;
Unverkennbar in der schönen Hülle
Wußte Tugend nicht, wie schön sie war.
Friedlich hausten in der Blumenhügel
Kühlem Schatten die Genügsamen —
Ach! des Haders und der Sorge Flügel
Rauschte ferne von den Glücklichen.

Wehe nun! — mein Paradies erbebte!
Fluch verhieß der Elemente Wut!
Und der Nächte schwarzem Schoß entschwebte
Mit des Geiers Blick der Übermut;
Wehe! weinend floh ich mit der Liebe,
Mit der Unschuld in die Himmel hin —
Welke, Blume! rief ich ernst und trübe,
Welke, nimmer, nimmer aufzublühn!

Keck erhub sich des Gesetzes Rute,
Nachzubilden, was die Liebe schuf;
Ach! gegeißelt von dem Übermute,
Fühlte keiner göttlichen Beruf;
Vor dem Geist in schwarzen Ungewittern,
Vor dem Racheschwerte des Gerichts
Lernte so der blinde Sklave zittern,
Frönt' und starb im Schrecken seines Nichts.

Kehret nun zu Lieb' und Treue wieder —
Ach! es zieht zu lang entbehrter Lust
Unbezwinglich mich die Liebe nieder —
Kinder! kehret an die Mutterbrust!
Ewig sei vergessen und vernichtet,
Was ich zürnend vor den Göttern schwur;
Liebe hat den langen Zwist geschlichtet,
Herrschet wieder, Herrscher der Natur!"

Froh und göttlich groß ist deine Kunde,
Königin! dich preise Kraft und Tat!

Schon beginnt die neue Schöpfungsstunde,
Schon entkeimt die segenschwangre Saat;
Majestätisch, wie die Wandelsterne,
70 Neu erwacht am offnen Ozean,
Strahlst du uns in königlicher Ferne,
Freies, kommendes Jahrhundert! an.

Staunend kennt der große Stamm sich wieder,
Millionen knüpft der Liebe Band;
75 Glühend stehn und stolz die neuen Brüder,
Stehn und dulden für das Vaterland;
Wie der Efeu, treu und sanft umwunden,
Zu der Eiche stolzen Höhn hinauf,
Schwingen, ewig brüderlich verbunden,
80 Nun am Helden Tausende sich auf.

Nimmer beugt, vom Übermut belogen,
Sich die freie Seele grauem Wahn;
Von der Muse zarter Hand erzogen
Schmiegt sie kühn an Göttlichkeit sich an;
85 Götter führt in brüderlicher Hülle
Ihr die zauberische Muse zu,
Und, gestärkt in reiner Freuden Fülle,
Kostet sie der Götter stolze Ruh'!

Froh verhöhnt das königliche Leben
90 Deine Taumel, niedre, feige Lust!
Der Vollendung Ahndungen erheben
Über Glück und Zeit die stolze Brust. —
Ha! getilget ist die alte Schande!
Neu erkauft das angestammte Gut!
95 In dem Staube modern alle Bande,
Und zur Hölle flieht der Übermut!

Dann am süßen, heißerrungnen Ziele,
Wenn der Ernte großer Tag beginnt,
Wenn verödet die Thrannenstühle,
100 Die Thrannenknechte Moder sind,
Wenn im Heldenbunde meiner Brüder
Deutsches Blut und deutsche Liebe glüht,
Dann, o Himmelstochter! sing' ich wieder,
Singe sterbend dir das letzte Lied.

Hymne an die Göttin der Harmonie.

Urania, die glänzende Jungfrau, hält mit ihrem Zauber-
gürtel das Weltall in tobendem Entzücken zusammen.
Ardinghello.

Froh, als könnt' ich Schöpfungen beglücken,
Kühn, als huldigten die Geister mir,
Nahet, in dein Heiligtum zu blicken,
Hocherhabne! meine Liebe dir;
Schon erglüht der wonnetrunkne Seher
Von den Ahndungen der Herrlichkeit,
Ha! und deinem Götterschoße näher,
Höhnt des Siegers Fahne Grab und Zeit.

Tausendfältig, wie der Götter Wille,
Weht Begeisterung den Sänger an.
Unerschöpflich ist der Schönheit Fülle,
Grenzenlos der Hoheit Ozean.
Doch vor allem hab' ich dich erkoren,
Bebend, als ich ferne dich ersah,
Bebend hab' ich Liebe dir geschworen,
Königin der Welt, Urania!

Was der Geister stolzestes Verlangen
In den Tiefen und den Höhn erzielt,
Hab' ich allzumal in dir empfangen,
Seit dich ahndend meine Seele fühlt.
Dir entsprossen Myriaden Leben,
Als die Strahlen deines Angesichts;
Wendest du dein Angesicht, so beben
Und vergehn sie, und die Welt ist Nichts.

Thronend auf des alten Chaos Wogen,
Majestätisch lächelnd winktest du,
Und die wilden Elemente flogen
Liebend sich auf deine Winke zu.
Froh der seligen Vermählungsstunde
Schlangen Wesen nun um Wesen sich.
In den Himmeln, auf dem Erdenrunde
Sahst du, Meisterin! im Bilde dich. —

Ausgegossen ist des Lebens Schale,
Bächlein, Sonnen treten in die Bahn,

35 Liebetrunken schmiegen junge Tale
Sich den liebetrunknen Hügeln an;
Schön und stolz wie Göttersöhne hangen
Felsen an der mütterlichen Brust,
Von der Meere wildem Arm umfangen,
40 Bebt das Land in nie gefühlter Lust.

Warm und leise wehen nun die Lüfte,
Liebend sinkt der holde Lenz ins Tal,
Haine sprossen an dem Felsgeklüfte,
Gras und Blumen zeugt der junge Strahl.
45 Siehe, siehe vom empörten Meere,
Von den Hügeln, von der Tale Schoß
Winden sich die ungezählten Heere
Freudetaumelnder Geschöpfe los.

Aus den Hainen wallt ins Lenzgefilde
50 Himmlischschön der Göttin Sohn hervor,
Den zum königlichen Ebenbilde
Sie im Anbeginne sich erkor.
Sanft begrüßt von Paradiesesdüften
Steht er wonniglichen Staunens da,
55 Und der Liebe großen Bund zu stiften,
Singt entgegen ihm Urania:

„Komm, o Sohn! der süßen Schöpfungsstunde
Auserwählter, komm und liebe mich!
Meine Küsse weihten dich zum Bunde,
60 Hauchten Geist von meinem Geist in dich.
Meine Welt ist deiner Seele Spiegel,
Meine Welt, o Sohn! ist Harmonie;
Freue dich! zum offenbaren Siegel
Meiner Liebe schuf ich dich und sie.

65 Trümmer ist der Wesen schöne Hülle,
Knüpft sie meiner Rechte Kraft nicht an.
Mir entströmt der Schönheit ew'ge Fülle,
Mir der Hoheit weiter Ozean.
Danke mir der zauberischen Liebe,
70 Mir der Freude stärkenden Genuß!
Deine Tränen, deine schönsten Triebe
Schuf, o Sohn! der schöpferische Kuß.

Herrlicher mein Bild in dir zu finden,
Haucht ich Kräfte dir und Kühnheit ein,
75 Meines Reichs Gesetze zu ergründen,
Schöpfer meiner Schöpfungen zu sein.
Nur im Schatten wirst du mich erspähen,
Aber, liebe, liebe mich, o Sohn!
Drüben wirst du meine Klarheit sehen,
80 Drüben kosten deiner Liebe Lohn.“

Nun, o Geister! in der Göttin Namen,
Die uns schuf im Anbeginn der Zeit,
Uns, die Sprößlinge von ihrem Samen,
Uns, die Erben ihrer Herrlichkeit,
85 Kommt zu feierlichen Huldigungen
Mit der Seele ganzer Götterkraft,
Mit der höchsten der Begeisterungen
Schwört vor ihr, die schuf und ewig schafft.

Frei und mächtig wie des Meeres Welle,
90 Rein wie Bächlein in Elysium
Sei der Dienst an ihres Tempels Schwelle,
Sei der Wahrheit hohes Priestertum.
Nieder, nieder mit verjährtem Wahne!
Stolzer Lüge Fluch und Untergang!
Ruhm der Weisheit unbefleckter Fahne!
95 Den Gerechten Ruhm und Siegsgesang!

Ha, der Lüge Quell — wie tot und trübe!
Kräftig ist der Weisheit Quell und süß!
Geister! Brüder! dieser Quell ist Liebe,
Ihn umgrünt der Freuden Paradies.
100 Von des Erblebens Tand geläutert,
Ahndet Götterlust der zarte Sinn;
Von der Liebe Labetrunk erheitert,
Naht die Seele sich der Schöpferin.

Geister! Brüder! unser Bund erglühe
105 Von der Liebe göttlicher Magie,
Unbegrenzte, reine Liebe ziehe
Freundlich uns zur hohen Harmonie.
Sichtbar adle sie die treuen Söhne,
Schaff’ in ihnen Ruhe, Mut und Tat,
110 Und der heiligen Entzündung Träne,
Wenn Urania der Seele naht.

Siehe, Stolz und Hader ist vernichtet,
Trug ist nun und blinde Lüge stumm,
Streng ist Licht und Finsternis gesichtet,
115 Rein der Wahrheit stilles Heiligtum.
Unsrer Wünsche Kampf ist ausgerungen,
Himmelsruh' errang der heiße Streit,
Und die priesterlichen Huldigungen
Lohnet göttliche Genügsamkeit.

120 Stark und selig in der Liebe Leben,
Staunen wir des Herzens Himmel an.
Schnell wie Seraphim im Fluge schweben
Wir zur hohen Harmonie hinan.
Das vermag die Saite nicht zu künden,
125 Was Urania den Sehern ist,
Wenn von hinnen Nacht und Wolken schwinden,
Und in ihr die Seele sich vergißt.

Kommt, den Jubelsang mit uns zu singen,
Denen Liebe gab die Schöpferin!
130 Millionen, kommt, emporzuringen
Im Triumphe zu der Königin!
Erdengötter, werft die Kronen nieder!
Jubelt, Millionen, fern und nah!
Und ihr, Orione, hallt es wieder:
135 Heilig, heilig ist Urania!

Hymne an die Menschheit.

„Les bornes du possible dans les choses morales sont moins
étroites que nous ne pensons. — — — Les âmes basses ne
croient point aux grands hommes; de vils esclaves sourient d'un
air moqueur à ce mot de liberté.“

J. J. Rousseau.

Die ernste Stunde hat geschlagen;
Mein Herz gebeut; erkoren ist die Bahn!
Die Wolke fleucht, und neue Sterne tagen,
Und Hesperidenwonne lacht mich an!
5 Vertrocknet ist der Liebe stille Zähre,
Für dich geweint, mein brüderlich Geschlecht!
Ich opfre dir; bei deiner Väter Ehre!
Beim nahen Heil! das Opfer ist gerecht.

Schon wölbt zu reinerem Genusse
Dem Auge sich der Schönheit Heiligtum;
Wir kosten oft, von ihrem Mutterkusse
Geläutert und gestärkt, Elysium;
Des Schaffens süße Lust, wie sie, zu fühlen,
Belauscht sie kühn der zart gewebte Sinn,
Und magisch tönt von unsern Saitenspielen
Die Melodie der ernsten Meisterin.

Schon lernen wir das Band der Sterne,
Der Liebe Stimme männlicher verstehn,
Wir reichen uns die Bruderrechte gerne,
Mit Heereskraft der Geister Bahn zu gehn;
Schon höhnen wir des Stolzes Ungebärde,
Die Scheidewand, von Flittern aufgebaut,
Und an des Pflügers unentweihtem Herde
Wird sich die Menschheit wieder angetraut.

Schon fühlen an der Freiheit Fahnen
Sich Jünglinge wie Götter gut und groß,
Und, ha! die stolzen Wüstlinge zu mahnen,
Bricht jede Kraft von Bann und Kette los;
Schon schwingt er kühn und zürnend das Gefieder,
Der Wahrheit unbesiegter Genius,
Schon trägt der Aar des Rächers Blitze nieder
Und donnert laut und kündet Siegsgenuß.

So wahr, von Giften unbetastet,
Elysens Blüte zur Vollendung eilt,
Der Heldinnen, der Sonnen, keine rastet,
Und Orellana nicht im Sturze weilt:
Was unsre Lieb' und Siegeskraft begonnen,
Gedeiht zu üppiger Vollkommenheit;
Der Enkel Heer geneußt der Ernte Wonnen;
Uns lohnt die Palme der Unsterblichkeit.

Hinunter dann mit deinen Taten,
Mit deinen Hoffnungen, o Gegenwart!
Von Schweiß betaut entkeimten unsre Saaten!
Hinunter dann, wo Ruh' der Kämpfer harrt!
Schon geht verherrlichter aus unsern Grüften
Die Glorie der Endlichkeit hervor;
Auf Gräbern hier Elysium zu stiften,
Ringt neue Kraft zu Göttlichem empor.

In Melodie den Geist zu wiegen,
Ertönet nun der Saite Zauber nur;
Der Tugend winkt zu gleichen Meisterzügen
Die Grazie der göttlichen Natur;
In Fülle schweben lesbische Gebilde,
Begeisterung, vom Segensborne dir!
Und in der Schönheit weitem Lustgefilde
Verhöhnt das Leben knechtische Begier!

Gestärkt von hoher Lieb', ermüden
Im Fluge nun die jungen Aare nie;
Zum Himmel führt die neuen Thyndariden
Der Freundschaft allgewaltige Magie;
Veredelt schmiegt an tatenvoller Greise
Begeisterung des Jünglings Flamme sich;
Sein Herz bewahrt der lieben Väter Weise,
Wird kühn wie sie und froh und brüderlich.

Er hat sein Element gefunden,
Das Götterglück, sich eigner Kraft zu freun;
Den Räubern ist das Vaterland entwunden,
Ist ewig nun wie seine Seele sein.
Kein eitel Ziel entstellt die Göttertriebe,
Ihm winkt umsonst der Wollust Zauberhand;
Sein höchster Stolz und seine wärmste Liebe,
Sein Tod, sein Himmel ist das Vaterland.

Zum Bruder hat er dich erkoren,
Geheiliget von deiner Lippe Kuß,
Unwandelbare Liebe dir geschworen,
Der Wahrheit unbesiegter Genius!
Emporgereift in deinem Himmelslichte,
Strahlt furchtbar herrliche Gerechtigkeit,
Und hohe Ruh' vom Heldenangesichte, —
Zum Herrscher ist der Gott in uns geweiht.

So jubelt, Siegsbegeisterungen,
Die keine Lipp' in keiner Wonne sang!
Wir ahndeten — und endlich ist gelungen,
Was in Äonen keiner Kraft gelang —
Vom Grab erstehn der alten Väter Heere,
Der königlichen Enkel sich zu freun;
Die Himmel kündigen des Staubes Ehre,
Und zur Vollendung geht die Menschheit ein.

Hymne an die Schönheit.

„Die Natur in ihren schönen Formen spricht figürlich
zu uns, und die Auslegungsgabe ihrer Ziffernschrift ist
uns im moralischen Gefühl verliehen.“

Kant.

Hat vor aller Götter Ohren
Zauberische Muse! dir
Treue bis zu Orkus Toren
Meine Seele nicht geschworen?
Lachte nicht dein Auge mir?
Ha! so wall’ ich ohne Beben,
Durch die Liebe froh und kühn,
Zu den ernsten Höhen hin,
Wo in ewig jungem Leben
Kränze für den Sänger blühn.

Waltend über Orionen,
Wo der Pole Klang verhallt,
Lacht, vollendeter Dämonen
Priesterlichen Dienst zu lohnen,
Schönheit in der Urgestalt;
Dort im Glanze mich zu sonnen,
Dort der Schöpferin zu nahn,
Flammet stolzer Wunsch mich an,
Denn mit hohen Siegeswonnen
Lohnet sie die kühne Bahn.

Reinere Begeisterungen
Trinkt die freie Seele schon;
Meines Lebens Peinigungen
Hat die neue Lust verschlungen,
Nacht und Wolke sind entflohn;
Wenn im schreckenden Gerichte
Schnell der Welten Achse bricht —
Hier erbleicht die Freude nicht,
Wo von ihrem Angesichte
Lieb’ und stille Größe spricht.

Stiegst du so zur Erde nieder,
Königin im Lichtgewand!
Ha! der Staub erwachte wieder,
Und des Kummers morsch Gefieder
Schwänge sich ins Jubelland!

Durch der Liebe Blick genesen,
Freut' und küßte brüderlich
Groll und wilder Hader sich,
Jubelnd fühlten alle Wesen
40 Auf erhöhter Stufe dich.

Schon im grünen Erdenrunde
Schmeckt' ich hohen Vorgenuß;
Bebend dir am Göttermunde
Trank ich früh der Weihestunde
45 Süßen, mütterlichen Kuß.
Fremde meinem Kindersinne
Folgte mir zu Wies' und Wald
Die arkadische Gestalt —
Ha! und staunend ward ich inne
50 Ihres Zaubers Allgewalt.

In den Tiefen und den Höhen
Ihrer Tochter, der Natur,
Fand ich, Wonne zu erspähen,
Von der Holdin ausersehen,
55 Rein und trunken ihre Spur;
Wo das Tal der Tannenhügel
Freundlich in die Arme schloß,
Wo die Quelle niederfloß
In den blauen Wasserspiegel,
60 Fühlt' ich selig mich und groß. —

Lächle, Grazie der Wange,
Götterauge, rein und mild!
Leihe, daß er leb' und prange,
Deinen Adel dem Gesange,
65 Meiner Antiphile Bild! —
Mutter! dich erspäht der Söhne
Kühne Liebe fern und nah;
Schon im holden Schleier sah,
Schon in Antiphilens Schöne,
70 Kannt' ich dich, Urania!

Siehe! mild wie du, erlaben
Sinn und Herz dem Endlichen,
Über Preis und Lohn erhaben,
Deiner Priester Wundergaben,
75 Deiner Söhne Schöpfungen;

Ha! mit tausend Huldigungen,
Glühend, wie sich Bacchus freut,
Kost' ich eurer Göttlichkeit,
Söhne der Begeisterungen!
Kost' und jauchze Trunkenheit.

Schar, zu kühnem Ziel erkoren!
Still und mächtig Priestertum!
Lieblinge! von euch beschworen,
Blüht im Kreise güldner Horen,
Wo ihr wallt, Elysium; —
O! so lindert, ihr Geweihten!
Der gedrückten Brüder Last!
Seid der Thrannei verhaßt!
Kostet eurer Seligkeiten!
Darbet, wo der Schmeichler praßt!

Ha! die schönsten Keim' entfalten
In der Priester Dienste sich; —
Freuden, welche nie veralten,
Lächeln, wo die Götter walten —
Diese Freuden ahndet' ich!
Hier im Glanze mich zu sonnen,
Hier der Schöpferin zu nahn,
Flammte stolzer Wunsch mich an,
Und mit hohen Siegeswonnen
Lohnet sie die kühne Bahn.

Feiert, wie an Hochaltären,
Dieser Geister lichte Schar!
Brüder! bringt der Liebe Zähren,
Bringt, die Göttliche zu ehren,
Mut und Tat zum Opfer dar!
Huldiget! von diesem Throne
Donnert ewig kein Gericht,
Ihres Reiches süße Pflicht
Kündet sie im Muttertone. —
Hört! die Götterstimme spricht:

„Mahnt im seligen Genieße,
Mahnet nicht im Innern sie
Nachzubilden, jede süße
Stelle meiner Paradiese,

115 Jede Weltenharmonie?
Mein ist, wem des Bildes Adel
Zauberisch das Herz verschönt,
Daß er niedre Gier verhöhnt,
Und im Leben ohne Tadel
120 Reine Götterlust ersehnt.

Was im eisernen Gebiete
Mühsam das Gesetz erzwingt,
Reift wie Hesperidenblüte
Schnell zu wandelloser Güte
125 Wenn mein Strahl ins Innre dringt.
Knechte, vom Gesetz gedungen,
Heischen ihrer Mühe Lohn; —
Meiner Gottheit großen Sohn
Lohnt der treuen Huldigungen,
130 Lohnt der Liebe Wonne schon.

Rein, wie diese Sterne klingen,
Wie melodisch himmelwärts
Auf der kühnen Freude Schwingen
Süße Preisgesänge dringen,
135 Naht sich mir des Sohnes Herz.
Schöner blüht der Liebe Rose!
Ewig ist die Klage stumm!
Aus des Geistes Heiligtum,
Und, Natur! in deinem Schoße
140 Lächelt ihm Elysium.“

———

Hymne an die Freundschaft.

An Neuffer und Magenau.

Rings in schwesterlicher Stille
Lauscht die blühende Natur;
Aus des kühnen Herzens Fülle
Tönt des Bundes Stimme nur.
5 Leise rauscht's im Eichenhaine,
Nie gefühlte Lüfte wehn,
Wo in hehrem Sternenscheine
Wir das ernste Fest begehn.

        Ha! in süßem Wohlgefallen
10   Säuselt hier der Väter Schar,
        Abgeschiedne Freunde wallen
        Lächelnd um den Moosaltar;
        Und der hellen Tyndariden
        Brüderliches Auge lacht,
15   Froh wie wir in deinem Frieden,
        Schöne feierliche Nacht!

        Heiliger und reiner tönte
        Dieser Herzen Jubel nie,
        Unter Schwur und Kuß verschönte,
20   Freundschaft! deine Milde sie;
        Zürne nicht der Wonne Zähren,
        Laß, o laß uns huldigen,
        Schönste von Olympos' Heeren,
        Krone der Unsterblichen!

25   Als der Geister Wunsch gelungen
        Und gereift die Stunde war,
        Da, von Ares' Arm umschlungen,
        Cytherea dich gebar;
        Als die Heldin ohne Tadel,
30   Nun der Erde Sohn so nah',
        Staunend, in des Vaters Adel,
        In der Mutter Gürtel sah:

        Da begann zu Sonnenhöhen
        Nie versuchten Adlerflug,
35   Was, von Göttern ausersehen,
        Kraft und Lieb im Busen trug;
        Stolzer hub des Sieges Flügel,
        Rosiger der Friede sich,
        Jauchzend um die Blumenhügel
40   Grüßten Gram und Sorge dich.

        Blutend trug die Siegesfahne,
        In der Stürme Donner schwamm
        Durch die wilden Ozeane,
        Wer aus deinem Schoße kam;
45   Deiner Riesen Wehre klangen
        Bis hinab zur alten Nacht —
        Ha! des Orkus Tore sprangen
        Zitternd deiner Zaubermacht!

Trunken wie von Hebes Schale,
Kosten sie in süßer Rast
Am ersehnten Opfermahle
Nach der schwülen Tagelast;
Göttern glich der Freunde Rächer,
Wenn die stolze Zähre sank
In den vollen Labebecher,
Den er seinem Siege trank.

Liebend stieg die Muse nieder,
Als sie in Arkadia
Dich im göttlichen Gefieder
Schwebend um die Schäfer sah;
Mutterherz und Lippe brannten,
Feierten im Liede dich.
Und am süßen Laute kannten
Jubelnd deine Söhne sich. —

Ha! in deinem Schoße schwindet
Jede Sorg' und fremde Lust;
Nur in deinem Himmel findet
Sättigung die wilde Brust;
Frommen Kindersinnes wiegen
Sich im Schoße der Natur,
Über Stolz und Liebe siegen
Deine Auserwählten nur.

Dank, o milde Segensrechte,
Für die Wonn' und Heiligkeit,
Für der hohen Bundesnächte
Süße, kühne Trunkenheit;
Für des Trostes Melodien,
Für der Hoffnung Labetrank,
Für die tausend Liebesmühen
Weinenden, entflammten Dank!

Siehe, Frücht' und Äste fallen,
Felsen stürzt der Zeitenfluß!
Freundlich winkt zu Minos' Hallen
Bald der stille Genius.
Doch es lebe, was hienieden
Schönes, Göttliches verblüht,
Hier, o Brüder! Tyndariden!
Wo die reine Flamme glüht! —

Ha! die frohen Geister ringen
90 Zur Unendlichkeit hinan,
Tiefer, ahndungsvoller dringen
Wir in diesen Ozean!
Hin zu deiner Wonne schweben
Wir aus Sturm und Dämmerung,
95 Du, der Myriaden Leben
Heilig Ziel, Vereinigung!

Wo in seiner Siegesfeier
Götterlust der Geist genießt,
Süßer, heiliger und freier
100 Seel' in Seele sich ergießt,
Wo ins Meer die Ströme rinnen,
Singen bei der Pole Klang
Wir der Geisterköniginnen
Schönster einst Triumphgesang.

Hymne an den Genius der Jugend.

Heil! das schlummernde Gefieder
Ist zu neuem Flug erwacht,
Triumphierend fühl' ich wieder
Lieb' und stolze Geistesmacht;
5 Siehe! deiner Himmelsflamme,
Deiner Freud' und Stärke voll,
Herrscher in der Götter Stamme!
Sei der kühnen Liebe Zoll.

Ha! der brüderlichen Milde,
10 So von deiner Stirne spricht!
Solch harmonisches Gebilde
Weidete kein Auge nicht;
Wie um ihn die Aare schweben,
Wie die Lock' im Fluge weht! —
15 Wo im ungemessnen Leben
Lebt so süße Majestät?

Lächelnd sah der Holde nieder
Auf die winterliche Flur,
Und sie lebt und liebet wieder
20 Die entschlummerte Natur;

Um die Hügel und die Tale
Jauchz' ich nun im Vollgenuß,
Über deinem Freudenmahle,
Königlicher Genius!

25 Ha! wie diese Götteraue
Wieder lächelt und gedeiht!
Alles, was ich fühl' und schaue,
Eine Lieb' und Seligkeit!
Felsen hat der Falk erschwungen,
30 Sich, wie dieses Herz, zu freun,
Und von gleicher Kraft durchdrungen
Strebt und rauscht der Eichenhain.

Unter liebendem Gekose
Schmieget Well' an Welle sich;
35 Liebend fühlt die süße Rose,
Fühlt die heil'ge Myrte dich;
Tausend frohe Leben winden
Schüchtern sich um Tellus' Brust,
Und dem blauen Äther künden
40 Tausend Jubel deine Lust.

Doch des Herzens schöne Flamme,
Die mir deine Huld verlieh,
Herrscher in der Götter Stamme!
Süßer, stolzer fühl' ich sie;
45 Deine Frühlinge verblühten,
Manch Geliebtes welkte dir; —
Wie vor Jahren sie erglühten,
Glühen Herz und Stirne mir.

O, du lohnst die stille Bitte
50 Noch mit innigem Genuß,
Leitest noch des Pilgers Tritte
Zu der Freunde Götterkuß;
Mit den Balsamtropfen kühlen
Hoffnungen die Wunde doch,
55 Süße Täuschungen umspielen
Doch die dürren Pfade noch.

Jedem Adel hingegeben
Jeder lesbischen Gestalt,
Huldiget das trunkne Leben
60 Noch der Schönheit Allgewalt.

Töricht hab' ich oft gerungen,
Dennoch herrscht zu höchster Lust,
Herrscht zu süßen Peinigungen
Liebe noch in dieser Brust.

65 An der alten Taten Heere
Weidet noch das Auge sich,
Ha! der großen Väter Ehre
Spornet noch zum Ziele mich;
Rastlos, bis in Plutons Hallen
70 Meiner Sorgen schönste ruht,
Die erkorne Bahn zu wallen,
Fühl' ich Stärke noch und Mut.

Wo die Nektarkelche glühen,
Seiner Siege Zeus genießt,
75 Und sein Aar von Melodien
Süß berauscht das Auge schließt,
Wo, mit heil'gem Laub umwunden,
Der Heroen Schar sich freut,
Fühlt noch oft, von dir entbunden,
80 Meine Seele Göttlichkeit.

Preis, o Schönster der Dämonen!
Preis dir, Herrscher der Natur!
Auch der Götter Regionen
Blühn durch deine Milde nur;
85 Trübte sich in heil'gem Zorne
Je dein strahlend Angesicht —
Ha! sie tränken aus dem Borne
Ew'ger Lust und Schöne nicht!

Eos, glühend vom Genusse,
90 Durch die Liebe schön und groß,
Wände sich von Tithons Kusse
Alternd und verkümmert los;
Der in königlicher Eile
Lächelnd durch den Äther wallt,
95 Phöbus trauert' um die Pfeile,
Um die Kühnheit und Gestalt.

Träg zu lieben und zu hassen,
Ganz von ihrer Siegeslust,
Ihrer wilden Kraft verlassen,
100 Schlummert' Ares' stolze Brust;

Ha! den Todesbecher tränke
Selbst des Donnergottes Macht! —
Erd' und Firmament versänke
Wimmernd in des Chaos Nacht.

105 Doch in namenlosen Wonnen
Feiern ewig Welten dich,
In der Jugend Strahlen sonnen
Ewig alle Geister sich. —
Mag des Herzens Glut erkalten,
110 Mag im langen Kampfe mir
Jede süße Kraft veralten, —
Neu verschönt erwacht sie dir!

Hymne an die Freiheit.

Wonne sang ich an des Orkus Toren,
Und die Schatten lehrt' ich Trunkenheit,
Denn ich sah, vor Tausenden erkoren,
Meiner Göttin ganze Göttlichkeit;
5 Wie nach dumpfer Nacht im Purpurscheine
Der Pilote seinen Ozean,
Wie die Seligen Elysens Haine,
Staun' ich dich, geliebtes Wunder! an.

Ehrerbietig senkten ihre Flügel,
10 Ihres Staubs vergessen, Falk und Aar,
Und getreu dem diamantnen Zügel
Schritt vor ihr ein trotzig Löwenpaar;
Jugendliche, wilde Ströme standen,
Wie mein Herz, vor banger Wonne stumm;
15 Selbst die kühnen Boreasse schwanden,
Und die Erde ward zum Heiligtum.

Ha! zum Lohne treuer Huldigungen
Bot die Königin die Rechte mir,
Und von zauberischer Kraft durchdrungen
20 Jauchzte Sinn und Herz verschönert ihr;
Was sie sprach, die Richterin der Kronen,
Ewig tönt's in dieser Seele nach,
Ewig in der Schöpfung Regionen. —
Hört, o Geister, was die Mutter sprach:

25   „Taumelnd in des alten Chaos Wogen,
Froh und wild, wie Ewans Priesterin,
Von der Jugend kühner Lust betrogen,
Nannt' ich mich der Freiheit Königin;
Doch es winkte der Vernichtungsstunde
30   Zügelloser Elemente Streit;
Da berief zu brüderlichem Bunde
Mein Gesetz die Unermeßlichkeit.

Mein Gesetz, es tötet zartes Leben,
Kühnen Mut und bunte Freude nicht,
35   Jedem ward der Liebe Recht gegeben,
Jedes übt der Liebe süße Pflicht;
Froh und stolz im ungestörten Gange
Wandelt Riesenkraft die weite Bahn,
Sicher schmiegt in süßem Liebesdrange
40   Schwächeres der großen Welt sich an.

Kann ein Riese meinen Aar entmannen?
Hält ein Gott die stolzen Donner auf?
Kann Thrannenspruch die Meere bannen?
Hemmt Thrannenspruch der Sterne Lauf? —
45   Unentweiht von selbsterwählten Götzen,
Unzerbrechlich ihrem Bunde treu,
Treu der Liebe seligen Gesetzen,
Lebt die Welt ihr heilig Leben frei.

Mit gerechter Herrlichkeit zufrieden,
50   Flammt Orions helle Rüstung nie
Auf die brüderlichen Thndariden,
Selbst der Löwe grüßt in Liebe sie;
Froh des Götterloses, zu erfreuen,
Lächelt Helios in süßer Ruh'
55   Junges Leben, üppiges Gedeihen
Dem geliebten Erdenrunde zu.

Unentweiht von selbsterwählten Götzen,
Unverbrüchlich ihrem Bunde treu,
Treu der Liebe seligen Gesetzen,
60   Lebt die Welt ihr heilig Leben frei:
Einer, einer nur ist abgefallen,
Ist gezeichnet mit der Hölle Schmach;
Stark genug, die schönste Bahn zu wallen,
Kriecht der Mensch am trägen Joche nach.

65 Ach! er war das göttlichste der Wesen,
Zürn' ihm nicht, getreuere Natur!
Wunderbar und herrlich zu genesen,
Trägt er noch der Heldenstärke Spur; —
Eil', o eile, neue Schöpfungsstunde,
70 Lächle nieder, süße güldne Zeit!
Und im schönern, unverletzten Bunde
Feire dich die Unermeßlichkeit."

Nun, o Brüder! wird die Stunde säumen?
Brüder! um der tausend Jammernden,
75 Um der Enkel, die der Schande keimen,
Um der königlichen Hoffnungen,
Um der Güter, so die Seele füllen,
Um der angestammten Göttermacht,
Brüder, ach! um unsrer Liebe willen,
80 Könige der Endlichkeit, erwacht! —

Gott der Zeiten! in der Schwüle fächeln
Kühlend deine Tröstungen uns an;
Süße, rosige Gesichte lächeln
Uns so gern auf öder Dornenbahn;
85 Wenn der Schatten väterlicher Ehre,
Wenn der Freiheit letzter Rest zerfällt,
Weint mein Herz der Trennung bittre Zähre
Und entflieht in seine schönre Welt.

Was zum Raube sich die Zeit erkoren,
90 Morgen steht's in neuer Blüte da;
Aus Zerstörung wird der Lenz geboren,
Aus den Fluten stieg Urania;
Wenn ihr Haupt die bleichen Sterne neigen,
Strahlt Hyperion im Heldenlauf. —
95 Modert, Knechte! Freie Tage steigen
Lächelnd über euren Gräbern auf.

Lange war zu Minos' ernsten Hallen
Weinend die Gerechtigkeit entflohn —
Sieh! in mütterlichem Wohlgefallen
100 Küßt sie nun den treuen Erdensohn;
Ha! der göttlichen Katone Manen
Triumphieren in Elysium;
Zahllos wehn der Jugend stolze Fahnen,
Heere lohnt des Ruhmes Heiligtum.

105 Aus der guten Götter Schoße regnet
Trägem Stolze nimmermehr Gewinn,
Ceres' heilige Gefilde segnet
Freundlicher die braune Schnitterin,
Lauter tönt am heißen Rebenhügel,
110 Mutiger des Winzers Jubelruf,
Unentheiligt von der Sorge Flügel,
Blüht und lächelt, was die Freude schuf.

Aus den Himmeln steigt die Liebe nieder,
Männermut und hoher Sinn gedeiht,
115 Und du bringst die Göttertage wieder,
Kind der Einfalt! süße Traulichkeit!
Treue gilt! und Freundesretter fallen
Majestätisch, wie die Zeder fällt,
Und des Vaterlandes Rächer wallen
120 Im Triumphe nach der bessern Welt.

Lange schon vom engen Haus umschlossen,
Schlummre dann in Frieden mein Gebein! —
Hab' ich doch der Hoffnung Kelch genossen,
Mich gelabt am holden Dämmerschein!
125 Ha! und dort in wolkenloser Ferne
Winkt auch mir der Freiheit heilig Ziel!
Dort, mit euch, ihr königlichen Sterne,
Klinge festlicher mein Saitenspiel!

Dem Genius der Kühnheit.

Wer bist du? wie zur Beute breitet
Das Unermeßliche vor dir sich aus,
Du Herrlicher! Mein Saitenspiel geleitet
Dich auch hinab in Plutons dunkles Haus;
5 So flogen auf Ortygias Gestaden,
Indes der Lieder Sturm die Wolken brach,
Dem Rebengott die taumelnden Mänaden
In wilder Lust durch Hain und Klüfte nach.

Einst war, wie mir, der stille Funken
10 Zu freier heitrer Flamme dir erwacht,
Du braustest so, von junger Freude trunken,
Voll Übermuts durch deiner Wälder Nacht,

Als von der Meisterin, der Not, geleitet,
Dein ungewohnter Arm die Keule schwang,
Und drohend sich, vom ersten Feind erbeutet,
Die Löwenhaut um deine Schulter schlang. —

Wie nun in jugendlichem Kriege
Heroenkraft mit der Natur sich maß!
Ach! wie der Geist, vom wunderbaren Siege
Berauscht, der armen Sterblichkeit vergaß!
Die stolzen Jünglinge! die hohen, kühnen!
Sie legten froh dem Tiger Fesseln an,
Sie bändigten, von staunenden Delphinen
Umtanzt, den königlichen Ozean.

Oft hör' ich deine Wehre rauschen,
Du Genius der Kühnen! und die Lust,
Den Wundern deines Heldenvolks zu lauschen,
Sie stärkt mir oft die lebensmüde Brust;
Doch weilst du freundlicher um stille Laren,
Wo eine Welt der Künstler kühn belebt,
Wo um die Majestät des Unsichtbaren
Ein edler Geist der Dichtung Schleier webt.

Den Geist des Alls und seine Fülle
Begrüßte Mäons Sohn auf heil'ger Spur,
Sie stand vor ihm, mit abgelegter Hülle,
Voll Ernstes da, die ewige Natur;
Er rief sie kühn vom dunklen Geisterlande,
Und lächelnd trat, in aller Freuden Chor,
Entzückender im menschlichen Gewande
Die namenlose Königin hervor.

Er sah die dämmernden Gebiete,
Wohin das Herz in banger Lust begehrt,
Er streuete der Hoffnung süße Blüte
Ins Labyrinth, wo keiner wiederkehrt;
Dort glänzte nun in mildem Rosenlichte
Der Lieb' und Ruh' ein lächelnd Heiligtum,
Er pflanzte dort der Hesperiden Früchte,
Dort stillt die Sorgen nun Elysium.

Doch schrecklich war, du Gott der Kühnen!
Dein heilig Wort, wenn unter Nacht und Schlaf
Verkündiger des ew'gen Lichts erschienen,
Und den Betrug der Wahrheit Flamme traf;

Wie seinen Blitz aus hohen Wetternächten
Der Donnerer auf bange Tale streut,
55   So zeigtest du entarteten Geschlechten
Der Riesen Sturz, der Völker Sterblichkeit.

Du wogst mit streng gerechter Schale,
Wenn mit der Toge du das Schwert vertauscht;
Du sprachst, sie wankten, die Sardanapale,
60   Vom Taumelkelche deines Zorns berauscht;
Es schreckt' umsonst mit ihrem Tigergrimme
Dein Tribunal die alte Finsternis,
Du hörtest ernst der Unschuld leise Stimme,
Und opfertest der heil'gen Nemesis.

65   Verlaß mit deinem Götterschilde,
Verlaß, o du der Kühnen Genius!
Die Unschuld nie. Gewinne dir und bilde
Das Herz der Jünglinge mit Siegsgenuß!
O säume nicht! ermahne, strafe, siege!
70   Und sichre stets der Wahrheit Majestät,
Bis aus der Zeit geheimnisvoller Wiege
Des Himmels Kind, der ew'ge Friede, geht!

Elegien.

<hr>

Griechenland.

An Gotthold Stäudlin.

Hätt' ich dich im Schatten der Platanen,
Wo durch Blumen der Ilissus rann,
Wo die Jünglinge sich Ruhm ersannen,
Wo die Herzen Sokrates gewann,
Wo Aspasia durch Myrten wallte,
Wo der brüderlichen Freude Ruf
Aus der lärmenden Agora schallte,
Wo mein Plato Paradiese schuf;

Wo den Frühling Festgesänge würzten,
Wo die Fluten der Begeisterung
Von Minervens heil'gem Berge stürzten —
Der Beschützerin zur Huldigung —
Wo in tausend süßen Dichterstunden,
Wie ein Göttertraum, das Alter schwand;
Hätt' ich da, Geliebter! dich gefunden,
Wie vor Jahren dieses Herz dich fand;

Ach! wie anders hätt' ich dich umschlungen! —
Marathons Heroen sängst du mir,
Und die schönste der Begeisterungen
Lächelte vom trunknen Auge dir,
Deine Brust verjüngten Siegsgefühle,
Und dein Haupt, vom Lorbeerzweig umspielt,
Fühlte nicht des Lebens dumpfe Schwüle,
Die so karg der Hauch der Freude kühlt.

"

25 Ist der Stern der Liebe dir verschwunden?
Und der Jugend holdes Rosenlicht?
Ach! umtanzt von Hellas' goldnen Stunden
Fühltest du die Flucht der Jahre nicht!
Ewig, wie der Vesta Flamme, glühte
30 Mut und Liebe dort in jeder Brust,
Wie die Frucht der Hesperiden, blühte
Ewig dort der Jugend süße Lust.

Hätte doch von diesen goldnen Jahren
Einen Teil das Schicksal dir beschert;
35 Diese reizenden Athener waren
Deines glühenden Gesangs so wert;
Hingelehnt am frohen Saitenspiele
Bei der süßen Chiertraube Blut,
Hättest du, vom stürmischen Gewühle
40 Der Agora glühend, ausgeruht.

Ach! es hätt' in jenen bessern Tagen
Nicht umsonst so brüderlich und groß
Für ein Volk dein liebend Herz geschlagen,
Dem so gern des Dankes Zähre floß; —
45 Harre nun! sie kommt gewiß, die Stunde,
Die das Göttliche vom Staube trennt!
Stirb! du suchst auf diesem Erdenrunde,
Edler Geist! umsonst dein Element.

Attika, die Riesin, ist gefallen;
50 Wo die alten Göttersöhne ruhn,
Im Ruin gestürzter Marmorhallen
Brütet ew'ge Todesstille nun;
Lächelnd steigt der süße Frühling nieder,
Doch er findet seine Brüder nie
55 In Ilissus' heil'gem Tale wieder —
Ewig deckt die bange Wüste sie.

Mich verlangt ins beßre Land hinüber,
Nach Alcäus und Anakreon,
Und ich schlief' im engen Hause lieber
60 Bei den Heiligen in Marathon;
Ach! es sei die letzte meiner Tränen,
Die dem heil'gen Griechenlande rann,
Laßt, o Parzen, laßt die Schere tönen,
Denn mein Herz gehört den Toten an!

———

Das Schicksal.

Προσκυνουντες την ειμαρμενην, σοφοι.

Äschylus.

Als von des Friedens heil'gen Talen,
Wo sich die Liebe Kränze wand,
Hinüber zu den Göttermahlen
Des goldnen Alters Zauber schwand,
Als nun des Schicksals ehrne Rechte,
Die große Meisterin, die Not,
Dem übermächtigen Geschlechte
Den langen, bittern Kampf gebot:

Da sprang er aus der Mutter Wiege,
Da fand er sie, die schöne Spur
Zu seiner Tugend schwerem Siege,
Der Sohn der heiligen Natur;
Der hohen Geister höchste Gabe,
Der Tugend Löwenkraft, begann
Im Siege, den ein Götterknabe,
Den Ungeheuern abgewann.

Es kann die Lust der goldnen Ernte
Im Sonnenbrande nur gedeihn;
Und nur in seinem Blute lernte
Der Kämpfer, frei und stolz zu sein;
Triumph! die Paradiese schwanden;
Wie Flammen aus der Wolke Schoß,
Wie Sonnen aus dem Chaos, wanden
Aus Stürmen sich Heroen los.

Der Not ist jede Lust entsprossen,
Und unter Schmerzen nur gedeiht
Das Liebste, was mein Herz genossen,
Der holde Reiz der Menschlichkeit;
So stieg, in tiefer Flut erzogen,
Wohin kein sterblich Auge sah,
Still lächelnd aus den schwarzen Wogen
In stolzer Blüte Cypria.

Durch Not vereiniget, beschwuren,
Vom Jugendtraume süß berauscht,

6*

35 Den Todesbund die Dioskuren,
Und Schwert und Lanze ward getauscht;
In ihres Herzens Jubel eilten
Sie, wie ein Adlerpaar, zum Streit;
Wie Löwen ihre Beute, teilten
40 Die Liebenden Unsterblichkeit. —

Die Klagen lehrt die Not verachten,
Beschämt und ruhmlos läßt sie nicht
Die Kraft der Jünglinge verschmachten,
Gibt Mut der Brust, dem Geiste Licht;
45 Der Greise Faust verjüngt sie wieder;
Sie kommt wie Gottes Blitz heran,
Und trümmert Felsenberge nieder
Und wallt auf Riesen ihre Bahn.

Mit ihrem heil'gen Wetterschlage,
50 Mit Unerbittlichkeit vollbringt
Die Not an einem großen Tage,
Was kaum Jahrhunderten gelingt;
Und wenn in ihren Ungewittern
Selbst ein Elysium vergeht,
55 Und Welten ihrem Donner zittern —
Was groß und göttlich ist, besteht. —

O du, Gespielin der Kolossen,
O weise, zürnende Natur,
Was je ein Riesenherz beschlossen,
60 Es keimt' in deiner Schule nur.
Wohl ist Arkadien entflohen;
Des Lebens beßre Frucht gedeiht
Durch sie, die Mutter der Heroen,
Die eherne Notwendigkeit. —

65 Für meines Lebens goldnen Morgen
Sei Dank, o Pepromene, dir!
Ein Saitenspiel und süße Sorgen
Und Träum' und Tränen gabst du mir;
Die Flammen und die Stürme schonten
70 Mein jugendlich Elysium,
Und Ruh' und stille Liebe thronten
In meines Herzens Heiligtum.

Es reife von des Mittags Flamme,
Es reife nun vom Kampf und Schmerz
75 Die Blüt' am grenzenlosen Stamme,
Wie Sprosse Gottes, dieses Herz!
Beflügelt von dem Sturm, erschwinge
Mein Geist des Lebens höchste Lust,
Der Tugend Siegeslust verjünge
80 Bei kargem Glücke mir die Brust!

Im heiligsten der Stürme falle
Zusammen meine Kerkerwand,
Und herrlicher und freier walle
Mein Geist ins unbekannte Land!
85 Hier blutet oft der Adler Schwinge;
Auch drüben warte Kampf und Schmerz!
Bis an der Sonnen letzte ringe,
Genährt vom Siege, dieses Herz!

An die Natur.

Da ich noch um deinen Schleier spielte,
Noch an dir wie eine Blüte hing,
Noch dein Herz in jedem Laute fühlte,
Der mein zärtlich bebend Herz umfing,
5 Da ich noch mit Glauben und mit Sehnen
Reich, wie du, vor deinem Bilde stand,
Eine Stelle noch für meine Tränen,
Eine Welt für meine Liebe fand;

Da zur Sonne noch mein Herz sich wandte,
10 Als vernähme seine Töne sie,
Und die Sterne seine Brüder nannte,
Und den Frühling Gottes Melodie,
Da im Hauche, der den Hain bewegte,
Noch dein Geist, dein Geist der Freude sich
15 In des Herzens stiller Welle regte:
Da umfingen goldne Tage mich.

Wenn im Tale, wo der Quell mich kühlte,
Wo der jugendlichen Sträuche Grün
Um die stillen Felsenwände spielte
20 Und der Äther durch die Zweige schien,

Wenn ich da, von Blüten übergossen,
Still und trunken ihren Odem trank,
Und zu mir, von Licht und Glanz umflossen,
Aus den Höhn die goldne Wolke sank;

25 Wenn ich fern auf nackter Heide wallte,
Wo aus dämmernder Geklüfte Schoß
Der Titanensang der Ströme schallte
Und die Nacht der Wolken mich umschloß,
Wenn der Sturm mit seinen Wetterwogen
30 Mir vorüber durch die Berge fuhr
Und des Himmels Flammen mich umflogen:
Da erschienst du, Seele der Natur!

Oft verlor ich da mit trunknen Tränen
Liebend, wie nach langer Irre sich
35 In den Ozean die Ströme sehnen,
Schöne Welt! in deiner Fülle mich;
Ach! da stürzt' ich mit den Wesen allen
Freudig aus der Einsamkeit der Zeit,
Wie ein Pilger in des Vaters Hallen,
40 In die Arme der Unendlichkeit. —

Seid gesegnet, goldne Kinderträume,
Ihr verbargt des Lebens Armut mir,
Ihr erzogt des Herzens gute Keime,
Was ich nie erringe, schenktet ihr!
45 O Natur! an deiner Schönheit Lichte,
Ohne Müh' und Zwang, entfalteten
Sich der Liebe königliche Früchte,
Wie die Ernten in Arkadien.

Tot ist nun, die mich erzog und stillte,
50 Tot ist nun die jugendliche Welt,
Diese Brust, die einst ein Himmel füllte,
Tot und dürftig wie ein Stoppelfeld;
Ach! es singt der Frühling meinen Sorgen
Noch, wie einst, ein freundlich tröstend Lied,
55 Aber hin ist meines Lebens Morgen,
Meines Herzens Frühling ist verblüht.

Ewig muß die liebste Liebe darben,
Was wir lieben, ist ein Schatten nur,
Da der Jugend goldne Träume starben,
Starb für mich die freundliche Natur;
Das erfuhrst du nicht in frohen Tagen,
Daß so ferne dir die Heimat liegt,
Armes Herz, du wirst sie nie erfragen,
Wenn dir nicht ein Traum von ihr genügt.

Lebenswende

———

Diotima.

Diotima.

Leuchtest du wie vormals nieder,
Goldner Tag! und sprossen mir
Des Gesanges Blumen wieder
Lebenatmend auf zu dir?
Wie so anders ist's geworden!
Manches, was ich trauernd mied,
Stimmt in freundlichen Akkorden
Nun in meiner Freude Lied,
Und mit jedem Stundenschlage
Werd' ich wunderbar gemahnt
An der Kindheit stille Tage,
Seit ich sie, die eine fand.

Diotima! edles Leben!
Schwester, heilig mir verwandt!
Eh' ich dir die Hand gegeben,
Hab' ich ferne dich gekannt.
Damals schon, da ich in Träumen,
Mir entlockt vom heitern Tag,
Unter meines Gartens Bäumen,
Ein zufriedner Knabe lag,
Da in leiser Lust und Schöne
Meiner Seele Mai begann:
Säuselte, wie Zephirstöne,
Göttliche! dein Geist mich an.

25 Ach! und da, wie eine Sage,
Jeder frohe Gott mir schwand,
Da ich vor des Himmels Tage
Darbend, wie ein Blinder, stand,
Da die Last der Zeit mich beugte,
30 Und mein Leben, kalt und bleich,
Sehnend schon hinab sich neigte
In der Toten stummes Reich:
Wünscht' ich öfters noch, dem blinden
Wanderer, dies Eine, mir,
35 Meines Herzens Bild zu finden
Bei den Schatten oder hier.

Nun! ich habe dich gefunden!
Schöner, als ich ahnend sah,
Hoffend in den Feierstunden,
40 Holde Muse! bist du da;
Von den Himmlischen dort oben,
Wo hinauf die Freude flieht,
Wo, des Alterns überhoben,
Immerheitre Schöne blüht,
45 Scheinst du mir herabgestiegen,
Götterbotin! Weiltest du
Nun in gütigem Genügen
Bei dem Sänger immerzu!

Sommerglut und Frühlingsmilde,
50 Streit und Friede wechselt hier
Vor dem stillen Götterbilde
Wunderbar im Busen mir;
Zürnend unter Huldigungen,
Hab' ich oft, beschämt, besiegt,
55 Sie zu fassen schon gerungen,
Die mein Kühnstes überfliegt;
Unzufrieden im Gewinne,
Hab' ich stolz darob geweint,
Daß zu herrlich meinem Sinne
60 Und zu mächtig sie erscheint.

Ach! an deine stille Schöne,
Seligholdes Angesicht!
Herz! an deine Himmelstöne
Ist gewöhnt das meine nicht;

65 Aber deine Melodieen
    Heitern mählich mir den Sinn,
    Daß die trüben Träume fliehen
    Und ich selbst ein andrer bin.
    Bin ich dazu denn erkoren?
70 Ich, zu deiner hohen Ruh',
    So zu Licht und Lust geboren,
    Göttlich Glückliche! wie du? —

    Wie dein Vater und der meine,
    Der in heitrer Majestät
75 Über seinem Eichenhaine
    Dort in lichter Höhe geht,
    Wie er in die Meereswogen,
    Wo die kühle Tiefe blaut,
    Steigend an des Himmels Bogen,
80 Klar und still herunterschaut:
    So will ich aus Götterhöhen,
    Neu geweiht in schönrem Glück,
    Froh zu singen und zu sehen
    Nun zu Sterblichen zurück.

An Diotima.

Fragment.

    Komm und siehe die Freude um uns; in kühlenden Lüften
        Fliegen die Zweige des Hains,
    Wie die Locken im Tanz; und wie auf tönender Leier
        Ein erfreulicher Geist,
5   Spielt mit Regen und Sonnenschein auf der Erde der Himmel:
        Wie in liebendem Streit
    Über dem Saitenspiel ein tausendfältig Gewimmel
        Flüchtiger Töne sich regt,
    Wandelt Schatten und Licht in süß melodischem Wechsel
10   Über die Berge dahin.

    Leise berührte der Himmel zuvor mit den silbernen Tropfen
        Seinen Bruder den Strom;
    Nah' ist er nun, nun schüttet er ganz die köstliche Fülle,
        Die er am Herzen trug
15 Über den Hain und den Strom und . . . . .
    — — — — — — — — — — — —

Und das Grünen des Hains und des Himmels Bild in dem Strome
    Dämmert und schwindet vor uns,
Und des einsamen Berges Haupt mit den Hütten und Felsen,
20   Die er im Schoße verbirgt,
Und die Hügel, die um ihn her, wie Lämmer gelagert
    Und in blühend Gesträuch,
Wie in zarte Wolle gehüllt, sich nähren von kleinen
    Kühlenden Quellen des Bergs,
25 Und das dampfende Tal mit seinen Saaten und Blumen,
    Und der Garten vor uns,
Nah' und Fernes entweicht, verliert sich in froher Verwirrung,
    Und die Sonne verlischt.
Aber vorübergerauscht sind nun die Fluten des Himmels,
30   Und geläutert, verjüngt,
Geht mit den seligen Kindern hervor die Erd' aus dem Bade;
    Froher, lebendiger
Glänzt im Haine das Grün, und goldner funkeln die Blumen,

— — — — — — — — — — — — — —

35 Weiß wie die Herde, die in den Strom der Schäfer gerufen

— — — — — — — — — — — — — —

———

Der gute Glaube.

Schönes Leben! du liegst krank und das Herz ist mir
Müd' vom Weinen, und schon dämmert die Furcht in mir;
    Doch, doch kann ich nicht glauben,
        Daß du sterbest, solang du liebst.

———

Ihre Genesung.

Deine Freundin, Natur! leidet und schläft, und du
Allebelebende säumst? ach, und ihr heilt sie nicht,
    Mächt'ge Lüfte des Äthers,
        Nicht, ihr Quellen des Sonnenlichts?

5   Alle Blumen der Erd', alle die fröhlichen
Schönen Früchte des Hains, heitern sie alle nicht
    Dieses Leben, ihr Götter,
        Das ihr selber in Lieb' erzogt?

Ach! schon atmet und tönt heilige Lebenslust
10 Ihr im reizenden Wort wieder, wie sonst, und schon
  Glänzt das Auge des Lieblings
   Freundlichoffen, Natur! dich an.

Abbitte.

Heilig Wesen! gestört hab' ich die goldene
Götterruhe dir oft, und der geheimeren,
 Tiefern Schmerzen des Lebens
  Hast du manche gelernt von mir.

5 O vergiß es, vergib! gleich dem Gewölke dort
Vor dem friedlichen Mond, geh' ich dahin, und du
 Ruhst und glänzest in deiner
  Schöne wieder, du süßes Licht!

Das Unverzeihliche.

Wenn ihr Freunde vergeßt, wenn ihr den Künstler höhnt,
Und den tieferen Fleiß klein und gemein versteht,
 Gott vergibt es, doch stört nur
  Nie den Frieden der Liebenden.

Variation:

Die Liebe.

Wenn ihr Freunde vergeßt, wenn ihr die Euern all,
O ihr Dankbaren, sie, euere Dichter schmäht,
 Gott vergeb' es, doch ehret
  Nur die Seele der Liebenden.

5 Denn, o saget, wo lebt menschliches Leben sonst,
Da die knechtische jetzt alles, die Sorge, zwingt?
 Darum wandelt der Gott auch
  Sorglos über dem Haupt uns längst.

Doch, wie immer das Jahr kalt und gesanglos ist,
10 Zur beschiedenen Zeit aber aus weißem Feld
 Grüne Halme doch sprossen,
  Oft ein einsamer Vogel singt,

Wenn sich mählich der Wald dehnet, der Strom sich regt,
Schon die mildere Luft leise von Mittag weht
      Zur erlesenen Stunde:
            So, ein Zeichen der schönern Zeit,

Die wir glauben, erwächst einzig genügsam nah,
Einzig edel und fromm über dem ehernen,
      Wilden Boden die Liebe,
            Gottes Tochter, von ihm allein.

Sei gesegnet, o sei, himmlische Pflanze, mir
Mit Gesange gepflegt, wenn des ätherischen
      Nektars Kräfte dich nähren,
            Und der schöpfrische Strahl dich reift.

Wachs' und werde zum Wald! eine beseeltere,
Voll entblühende Welt! Sprache der Liebenden
      Sei die Sprache des Landes,
            Ihre Seele der Laut des Volks!

Lebenslauf.

Hochauf strebte mein Geist, aber die Liebe zog
Bald ihn nieder; das Leid beugt ihn gewaltiger;
      So durchlauf' ich des Lebens
            Bogen und kehre, woher ich kam.

Variation:

Lebenslauf.

Größres wolltest auch du, aber die Liebe zwingt
All uns nieder, das Leid beuget gewaltiger,
      Und es kehret umsonst nicht
            Unser Bogen, woher er kommt.

Aufwärts oder hinab! wehet in heil'ger Nacht,
Wo die stumme Natur werdende Tage sinnt,
      Weht im nüchternen Orkus
            Nicht ein liebender Atem auch?

Dies erfuhr ich. Denn nie, sterblichen Meistern gleich,
Habt ihr Himmlischen, ihr Alleserhaltenden,
      Daß ich wüßte, mit Vorsicht
            Mich des ebenen Pfads geführt.

Alles prüfe der Mensch, sagen die Himmlischen,
Daß er, kräftig genährt, danken für alles lern',
   Und verstehe die Freiheit,
     Aufzubrechen, wohin er will.

* * *

Der Abschied.

Trennen wollten wir uns? wähnten es gut und klug?
Da wir's taten, warum schreckte, wie Mord, die Tat?
   Ach! wir kennen uns wenig,
     Denn es waltet ein Gott in uns.

Den verraten? ach ihn, welcher uns alles erst,
Sinn und Leben erschuf, ihn, den beseelenden
   Schutzgott unserer Liebe,
     Dies, dies Eine vermag ich nicht.

Aber anderen Fehl denket der Menschen Sinn,
Andern ehernen Dienst übt er und anders Recht,
   Und es fodert die Seele
     Tag für Tag der Gebrauch uns ab.

Wohl! ich wußt' es zuvor. Seit der gewurzelte
Allentzweiende Haß Götter und Menschen trennt,
   Muß, mit Blut sie zu sühnen,
     Muß der Liebenden Herz vergehn.

Laß mich schweigen! o laß nimmer von nun an mich
Dieses Tödliche sehn, daß ich im Frieden doch
   Hin ins Einsame ziehe,
     Und noch unser der Abschied sei!

Reich' die Schale mir selbst, daß ich des rettenden
Heil'gen Giftes genug, daß ich des Lethetranks
   Mit dir trinke, daß alles,
     Haß und Liebe, vergessen sei!

Hingehn will ich. Vielleicht seh' ich in langer Zeit
Diotima! dich hier. Aber verblutet ist
   Dann das Wünschen und friedlich
     Gleich den Seligen, fremd sind wir,

Und ein ruhig Gespräch führet uns auf und ab,
30 Sinnend, zögernd, doch jetzt faßt die Vergessenen
  Hier die Stelle des Abschieds,
   Es erwarmet ein Herz in uns,

Staunend seh' ich dich an, Stimmen und süßen Sang,
Wie aus voriger Zeit, hör' ich und Saitenspiel,
35 Und befreiet in Flammen
   Fliegt in Lüfte der Geist uns auf.

Diotima.

Du schweigst und duldest, und sie verstehn dich nicht,
Du heilig Leben! welkest hinweg und schweigst,
 Denn ach! vergebens bei Barbaren
  Suchst du die Deinen im Sonnenlichte,

5 Die zärtlichgroßen Seelen, die nimmer sind!
Doch eilt die Zeit. Noch siehet mein sterblich Lied
 Den Tag, der, Diotima! nächst den
  Göttern mit Helden dich nennt und dir gleicht.

Variation.

Diotima.

Du schweigst und duldest, denn sie verstehn dich nicht.
Du edles Leben! siehest zur Erd' und schweigst
 Am schönen Tag, denn ach! umsonst nur
  Suchst du die Deinen im Sonnenlichte,

5 Die Königlichen, welche wie Brüder doch,
Wie eines Hains gesellige Gipfel, sonst
 Der Lieb' und Heimat sich und ihres
  Immer umfangenden Himmels freuten,

Des Ursprungs noch in tönender Brust gedenk;
10 Die Dankbarn, sie, sie mein' ich, die einzig treu
 Bis in den Tartarus hinab die Freude
  Brachten, die Freien, die Göttermenschen,

Die zärtlich großen Seelen, die nimmer sind;
Denn sie beweint, solange das Trauerjahr
15 Schon dauert, von den vor'gen Sternen
  Täglich gemahnet, das Herz noch immer,

Und diese Totenklage, sie ruht nicht aus!
Die Zeit doch heilt. Die Himmlischen sind jetzt stark,
    Sind schnell. Nimmt denn nicht schon ihr altes
20   Freudiges Recht die Natur sich wieder?

Sieh! eh' noch unser Hügel, o Liebe, sinkt,
Geschieht's und ja! noch siehet mein sterblich Lied
    Den Tag, der, Diotima! nächst den
        Göttern mit Helden dich nennt, und dir gleicht.

An Diotima.

1.

Schönes Leben! du lebst, wie die zarten Blüten im Winter,
    In der gealterten Welt lebst du verschlossen allein.
Liebend strebst du hinaus, dich zu sonnen, am Lichte des Frühlings
    Zu erwarmen, an ihm suchst du die Jugend der Welt.
5 Deine Sonne, die schönere Zeit ist untergegangen,
    Und in frostiger Nacht zanken Orkane sich nur.

2.

Komm und besänftige mir, die du einst Elemente versöhntest,
    Wonne der himmlischen Muse, das Chaos der Zeit!
Ordne den tobenden Kampf mit Friedenstönen des Himmels,
10   Bis in der sterblichen Brust sich das Entzweite vereint.
Bis der Menschen alte Natur, die ruhige, große,
    Aus der gärenden Zeit mächtig und heiter sich hebt!
Kehr' in die dürftigen Herzen des Volks, lebendige Schönheit,
    Kehr' an den gastlichen Tisch, kehr' in die Tempel zurück!
15 Denn Diotima lebt, wie die zarten Blüten im Winter,
    Reich an eigenem Geist, sucht sie die Sonne doch auch.
Aber die Sonne des Geists, die schönere Welt, ist hinunter,
    Und in frostiger Nacht zanken Orkane sich nur.

An ihren Genius.

Send' ihr Blumen und Frücht' aus nie versiegender Fülle,
    Send' ihr, freundlicher Geist, ewige Jugend herab!
Hüll' in deine Wonnen sie ein, und laß sie die Zeit nicht
    Sehn, wo einsam und fremd sie, die Athenerin, lebt,
5 Bis sie im Lande der Seligen einst die fröhlichen Schwestern,
    Die zu Phidias' Zeit herrschten und liebten, umfängt.

7*

Abschied.

Wenn ich sterbe mit Schmach, wenn an den Frechen nicht
Meine Seele sich rächt, wenn ich hinunter bin,
    Von des Genius Feinden
      Überwunden, ins feige Grab,

5   Dann vergiß mich, o dann rette vom Untergang,
Meinen Namen auch du, gütiges Herz! nicht mehr,
    Dann erröte, die du mir
      Hold gewesen, doch eher nicht.

Aber ahnd' ich es nicht? Wehe von dir, von dir,
10   Schutzgeist! ferne von dir spielen zerreißend bald
    Alle Geister des Todes
      Auf den Saiten des Herzens mir.

O so bleiche dich denn, Locke der mutigen
Jugend! heute noch du lieber, als morgen mir.
15   . . . . . hier, wo am einsamen
      Scheidewege der Schmerz mich,
      Mich der tötende niederwirft.

Am Abend.

Geh unter, schöne Sonne, sie achteten
Nur wenig dein, sie kannten dich, heil'ge, nicht,
    Denn mühelos und stille bist du
      Über den Mühsamen aufgegangen.

5   Mir gehst du freundlich unter und auf, o Licht,
Und wohl erkennt mein Auge dich, herrliches!
    Denn göttlich stille ehren lernt' ich,
      Da Diotima den Sinn mir heilte.

O du, des Himmels Botin, wie lauscht' ich dir,
10   Dir, Diotima! Liebe, wie sah von dir
    Zum goldnen Tage dieses Auge
      Staunend und dankend empor. Da rauschten

Lebendiger die Quellen, es atmeten
Der dunkeln Erde Blüten mich liebend an,
15   Und lächelnd über Silberwolken
      Neigte sich segnend herab der Äther.

Nachruf.

Wohl geh' ich täglich andere Pfade, bald
Ins Grün im Walde, bald zu der Quelle Bad,
   Zum Felsen, wo die Rosen blühen,
     Blicke vom Hügel ins Land; doch nirgend,

5   Du Holde, nirgend find' ich im Lichte dich,
Und in die Lüfte schwinden die Worte mir,
   Die frommen, die bei dir ich ehmals

    · · · · · · · · · · ·

Ja, ferne bist du, seliges Angesicht!
10 Und deines Lebens Wohllaut verhallt von mir
   Nicht mehr belauscht, und ach! wo seid ihr
     Zaubergesänge, die einst das Herz mir

Besänftiget mit Ruhe der Himmlischen?
Wie lang ist's! o wie lange! der Jüngling ist
15   Gealtert, selbst die Erde, die mir
     Damals gelächelt, ist anders worden.

O lebe wohl! es scheidet und kehrt zu dir
Die Seele jeden Tag, und es weint um dich
   Das Auge, daß es heller wieder
20   Dort, wo du säumest, hinüberblicke.

Achill.

Herrlicher Göttersohn! da du die Geliebte verloren,
   Gingst du ans Meergestad', weintest hinaus in die Flut;
Wehklagend hinab verlangt' in den heiligen Abgrund,
   In die Stille dein Herz, wo, von der Schiffe Gelärm
5 Fern, tief unter den Wogen, in friedlicher Grotte die schöne
   Thetis wohnt', die dich schützte, die Göttin des Meers.
Mutter war dem Jünglinge sie, die mächtige Göttin,
   Hatte den Knaben einst liebend am Felsengestad'
Seiner Insel gesäugt, mit dem kräftigen Liede der Welle
10   Und im stärkenden Bad ihn zum Heroen gemacht.
Und die Mutter vernahm die Wehklage des Jünglings,
   Stieg vom Grunde der See trauernd, wie Wölkchen, herauf,
Stillte mit zärtlichem Umfangen die Schmerzen des Lieblings,
   Und er hörte, wie sie schmeichelnd zu helfen versprach.

15 Göttersohn! o wär’ ich, wie du, so könnt’ ich vertraulich
   Einem der Himmlischen klagen mein heimliches Leid.
   Sehen soll ich es nicht, soll tragen die Schmach, als gehört’ ich
   Nimmer zu ihr, die doch meiner mit Tränen gedenkt.
   Gute Götter! doch hört ihr jegliches Flehen der Menschen,
20   Ach! und innig und fromm liebt’ ich dich, heiliges Licht,
   Seit ich lebe, dich Erd’ und deine Quellen und Wälder,
     Vater Äther und dich fühlte zu sehnend und rein
   Dieses Herz — o sänftiget mir, ihr Guten, mein Leiden,
     Daß die Seele mir nicht früh, ach! zu frühe verstummt,
25 Daß ich lebe und euch, ihr hohen himmlischen Mächte,
     Noch am fliehenden Tag danke mit frommem Gesang,
   Danke für voriges Gut, für Freuden vergangener Jugend,
     Und dann nehmet zu euch gütig den Einsamen auf.

Menschenbeifall.

Ist nicht heilig mein Herz, schöneren Lebens voll,
Seit ich liebe? Warum achtetet ihr mich mehr,
   Da ich stolzer und wilder,
     Wortereicher und leerer war?

5 Ach! der Menge gefällt, was auf den Marktplatz taugt,
Und es ehret der Knecht nur den Gewaltsamen;
   An das Göttliche glauben
     Die allein, die es selber sind.

Menons Klage um Diotima.

1.

Täglich geh’ ich heraus und such’ ein anderes immer,
  Habe längst sie befragt, alle die Pfade des Lands;
Droben die kühlenden Höhn, die Schatten alle besuch’ ich,
  Und die Quellen; hinauf irret der Geist und hinab,
Ruh’ erbittend; so flieht das getroffene Wild in die Wälder,
  Wo es um Mittag sonst sicher im Dunkel geruht;
Aber nimmer erquickt sein grünes Lager das Herz ihm,
  Jammernd und schlummerlos treibt es der Stachel umher.
Nicht die Wärme des Lichts, und nicht die Kühle der Nacht hilft,
10   Und in Wogen des Stroms taucht es die Wunden umsonst.

Und wie ihm vergebens die Erd' ihr fröhliches Heilkraut
   Reicht, und das gärende Blut keiner der Zephire stillt,
So, ihr Lieben! auch mir, so will es scheinen, und niemand
   Kann von der Stirne mir nehmen den traurigen Traum?

2.

15 Ja! es frommet auch nicht, ihr Todesgötter! wenn einmal
   Ihr ihn haltet und fest habt, den bezwungenen Mann,
Wenn ihr Bösen hinab in die schaurige Nacht ihn genommen,
   Dann zu suchen, zu flehn, oder zu zürnen mit euch,
Oder geduldig auch wohl im furchtsamen Banne zu wohnen,
20   Und mit Lächeln von euch hören das nüchterne Lied:
Soll es sein, so vergiß dein Heil, und schlummere klanglos!
   Aber doch quillt ein Laut hoffend im Busen dir auf,
Immer kannst du noch nicht, o meine Seele! noch kannst du's
   Nicht gewohnen, und träumst mitten im eisernen Schlaf!
25 Festzeit hab' ich nicht, doch möcht' ich die Locke bekränzen;
   Bin ich allein denn nicht? aber ein Freundliches muß
Fernher nahe mir sein, und lächeln muß ich und staunen,
   Wie so selig doch auch mitten im Leide mir ist.

3.

Licht der Liebe! scheinest du denn auch Toten, du goldnes!
30   Bilder aus hellerer Zeit, leuchtet ihr mir in die Nacht?
Liebliche Gärten, seid, ihr abendrötlichen Berge,
   Seid willkommen, und ihr, schweigende Pfade des Hains!
Zeugen himmlischen Glücks, und ihr, hochschauende Sterne,
   Die mir damals oft segnende Blicke gegönnt!
35 Euch, ihr Liebenden auch, ihr schönen Kinder des Maitags,
   Stille Rosen, und euch, Lilien, nenn' ich noch oft,
Ihr Vertrauten! ihr Lebenden all, einst nahe dem Herzen,
   Einst wahrhaftiger, einst heller und schöner gesehn!
Wohl gehn Frühlinge fort, ein Jahr verdränget das andre,
40   Wechselnd und streitend, so tost droben vorüber die Zeit
Über sterblichem Haupt, doch nicht vor seligen Augen,
   Und den Liebenden ist anderes Leben geschenkt.
Denn sie alle, die Tag und Jahre der Sterne, sie waren,
   Diotima! um uns innig und ewig vereint.

4.

45 Aber wir, zufrieden gesellt, wie die liebenden Schwäne,
   Wenn sie ruhen am See, oder, auf Wellen gewiegt,

Niederſehn in die Waſſer, wo ſilberne Wolken ſich ſpiegeln,
    Und ätheriſches Blau unter den Schiffenden wallt,
So auf Erden wandelten wir. Und drohte der Nord auch,
50   Er, der Liebenden Feind, klagenbereitend, und fiel
Von den Äſten das Laub, und flog im Winde der Regen,
    Ruhig lächelten wir, fühlten den eigenen Gott
Unter trautem Geſpräch, in einem Seelengeſange,
    Ganz in Frieden mit uns kindlich und freudig allein.
55 Aber das Haus iſt öde mir nun, und ſie haben mein Auge
    Mir genommen, auch mich hab' ich verloren mit ihr.
Darum irr' ich umher und wohl, wie die Schatten, ſo muß ich
    Leben, und ſinnlos dünkt lange das übrige mir.

5.

Feiern möcht' ich, aber wofür? und ſingen mit andern,
60   Aber ſo einſam fehlt jegliches Göttliche mir.
Dies iſt's, dies mein Gebrechen, ich weiß, es lähmet ein Fluch mir
    Darum die Sehnen, und wirft, wo ich beginne, mich hin,
Daß ich fühllos ſitze den Tag und ſtumm, wie die Kinder;
    Nur vom Auge mir kalt öfters die Träne noch ſchleicht,
65 Und die Pflanze des Felds, und der Vögel Singen mich trüb macht,
    Weil mit Freuden auch ſie Boten des Himmliſchen ſind,
Aber mir in ſchaudernder Bruſt die beſeelende Sonne,
    Kühl und fruchtlos mir dämmert, wie Strahlen der Nacht,
Ach! und nichtig und leer, wie Gefängniswände, der Himmel,
70   Eine beugende Laſt, über dem Haupte mir hängt!

6.

Sonſt mir anders bekannt! o Jugend! und bringen Gebete
    Dich nicht wieder, dich nie? führet kein Pfad mich zurück?
Soll es werden auch mir, wie den Götterloſen, die vormals
    Glänzenden Auges doch auch ſaßen an ſeligem Tiſch,
75 Aber überſättiget bald, die ſchwärmenden Gäſte,
    Nun verſtummet, und nun unter der Lüfte Geſang,
Unter blühender Erd' entſchlafen ſind, bis dereinſt ſie
    Eines Wunders Gewalt, ſie, die Verſunkenen, zwingt
Wiederzukehren und neu auf grünendem Boden zu wandeln. —
80   Heiliger Odem durchſtrömt göttlich die lichte Geſtalt,
Wenn das Feſt ſich beſeelt und Fluten der Liebe ſich regen,
    Und vom Himmel getränkt, rauſcht der lebendige Strom,
Wenn es drunten ertönt, und ihre Schätze die Nacht zollt,
    Und aus Bächen herauf glänzt das begrabene Gold. —

7.

85 Aber o du, die schon am Scheidewege mir damals,
    Da ich versank vor dir, tröstend ein Schöneres wies,
   Du, die, Großes zu sehn und froher die Götter zu singen,
    Schweigend, wie sie, mich einst stille begeisternd, gelehrt,
   Götterkind! erscheinest du mir, und grüßest, wie einst, mich,
90   Redest wieder, wie einst, höhere Dinge mir zu?
   Siehe! weinen vor dir und klagen muß ich, wenn schon noch,
    Denkend edlerer Zeit, dessen die Seele sich schämt.
   Denn solange, solang' auf matten Pfaden der Erde
    Hab' ich, deiner gewohnt, dich in der Irre gesucht,
95 Freudiger Schutzgeist! aber umsonst, und Jahre zerrannen,
    Seit wir ahnend um uns glänzen die Abende sahn.

8.

   Dich nur, dich erhält dein Licht, o Heldin! im Lichte,
    Und dein Dulden erhält liebend, o Gütige! dich;
   Und nicht einmal bist du allein, Gespielen genug sind,
100   Wo du blühest und ruhst unter den Rosen des Jahrs;
   Und der Vater, er selbst, durch sanftmutatmende Musen
    Sendet die zärtlichen Wiegengesänge dir zu.
   Ja! noch ist sie es ganz! noch schwebt vom Haupte zur Sohle,
    Still herwandelnd, wie sonst, mir die Athenerin vor.
105 Und wie, freundlicher Geist! von heitersinnender Stirne
    Segnend und sicher dein Strahl unter die Sterblichen fällt,
   So bezeugest du mir's, und sagst mir's, daß ich es andern
    Wiedersage, denn auch andere glauben es nicht,
   Daß unsterblicher doch, denn Sorg' und Zürnen, die Freude
110   Und ein goldner Tag täglich am Ende noch ist.

9.

   So will ich, ihr Himmlischen! denn auch danken; und endlich
    Atmet aus leichter Brust wieder des Sängers Gebet.
   Und wie, wenn ich mit ihr, auf sonniger Höhe, mit ihr, stand,
    Spricht belebend ein Gott innen vom Tempel mich an.
115 Leben will ich denn auch! schon grünt's! wie von heiliger Leier,
    Ruft es von silbernen Bergen Apollons: voran!
   Komm! es war wie ein Traum! Die blutenden Fittiche sind ja
    Schon genesen, verjüngt leben die Hoffnungen all!
   Großes zu finden, ist viel, ist viel noch übrig, und wer so
120   Liebte, gehet, er muß, gehet zu Göttern die Bahn.

Und geleitet ihr uns, ihr Weihestunden! ihr ernsten,
   Jugendlichen! o bleibt, heilige Ahnungen, ihr,
Fromme Bitten, und ihr, Begeisterungen, und all ihr
   Guten Genien, die gerne bei Liebenden sind,
125 Bleibt so lange mit uns, bis wir auf gemeinsamem Boden,
   Dort, wo die Seligen all niederzukehren bereit,
Dort, wo die Adler sind, die Gestirne, die Boten des Vaters,
   Dort, wo die Musen, woher Helden und Liebende sind,
Dort uns, oder auch hier, auf tauender Insel, begegnen,
130   Wo die Unsrigen erst, blühend in Gärten gesellt,
Wo die Gesänge wahr, und länger die Frühlinge schön sind,
   Und von neuem ein Jahr unserer Seele beginnt!

An Diotima.

Aus der Zeit der Krankheit.

Wenn aus der Ferne, da wir geschieden sind,
Ich dir noch kennbar bin, dir Vergangenheit,
   O du Teilhaber meiner Schmerzen!
   Einiges Gute bezeichnen dir kann . . .

Vermiſchte Gedichte der Frankfurter Zeit.

An den Frühling.

Wangen ſeh' ich verblühn und die Kraft der Arme verwelken;
Du mein Herz! noch alterſt du nicht; wie Luna den Liebling,
Weckte des Himmels Kind, die Freude, vom Schlafe dich wieder.
Denn ſie erwacht mit mir zu neuer glühender Jugend.
5 Meine Schweſter, die ſüße Natur, und meine geliebten
Tale lächeln mich an, und meine geliebteren Haine,
Voll erfreulichen Vogelgeſangs und ſcherzender Lüfte,
Jauchzen in wilder Luſt den freundlichen Gruß mir entgegen.
Der du Herzen verjüngſt und Fluren, heiliger Frühling,
10 Erſtgeborner im Schoße der Zeit! Gewaltiger! Heil dir!
Heil! Die Feſſel zerriß und tönt die Feiergeſänge,
Daß die Geſtad' erbeben, der Strom; wir Jünglinge taumeln,
Jauchzen hinaus, wo der Strom dich preiſt, und ſtürzen hinunter
In den Strom und jauchzen mit ihm, und nennen dich Bruder.
15 Bruder! wie tanzt ſo ſchön mit tauſendfältiger Freude,
Ach! und tauſendfältiger Lieb', im lächelnden Äther
Deine Erde dahin, ſeit aus Elyſiums Talen
Du mit dem Zauberſtab ihr nahteſt, himmliſcher Jüngling:
Sahn wir nicht, wie ſie freundlicher nun den ſtolzen Geliebten
20 Grüßt', den heiligen Tag, wenn er vom Siege der Schatten
Über die Berge flammt, wie ſie ſanft errötend im Schleier
Silberner Lüfte verhüllt, in ſüßen Erwartungen aufblickt,
Bis ſie glühet von ihm und ihre friedlichen Kinder
Alle, Blumen und Hain und Saaten und ſproſſende Reben.
25 — — — — — — — — — — — — — —
  — — — — — — — — — — — — —

Schlummre, ſchlummre nun mit deinen friedlichen Kindern,
Mutter Erde! denn Helios hat die glühenden Roſſe
Längſt zur Ruhe gebettet, und die freundlichen Helden des Himmels,

30 Perseus dort und Herkules dort, sie wallen in stiller
Liebe vorbei, und leise durchstreift der flüsternde Nachthauch
Deine fröhliche Saat, und die fernher tönenden Bäche
Lispeln Schlummergesänge darein . . . . . .

Der Wanderer.

Einsam stand ich und sah in die afrikanischen dürren
Ebnen hinaus; vom Olymp regnete Feuer herab.
Fernhin schlich das hagre Gebirg', wie ein wandelnd Gerippe,
Hohl und einsam und kahl blickt' aus der Höhe sein Haupt.
5 Ach! nicht sprang, mit erfrischendem Grün, der quellende Wald hier
In die säuselnde Luft üppig und herrlich empor,
Bäche stürzten hier nicht in melodischem Fall vom Gebirge,
Durch das blühende Tal schlingend den silbernen Strom,
Keiner Herde verging am plätschernden Brunnen der Mittag,
10 Freundlich aus Bäumen hervor blickte kein wirtliches Dach.
Unter dem Strauche saß ein ernster Vogel gesanglos,
Ängstig und eilend flohn wandernde Störche vorbei.
Nicht um Wasser rief ich dich an, Natur, in der Wüste,
Wasser bewahrte mir treulich das fromme Kamel;
15 Um der Haine Gesang, um Gestalten und Farben des Lebens
Bat ich, vom lieblichen Glanz heimischer Fluren verwöhnt.
Aber ich bat umsonst; du erschienst mir feurig und herrlich,
Aber ich hatte dich einst göttlicher, schöner gesehn. —
Auch den Eispol hab' ich besucht; wie ein starrendes Chaos
20 Türmte das Meer sich da schrecklich zum Himmel empor.
Tot in der Hülse von Schnee schlief hier das gefesselte Leben,
Und der eiserne Schlaf harrte des Tages umsonst.
Ach! nicht schlang um die Erde den wärmenden Arm der Olymp hier,
Wie Pygmalions Arm um die Geliebte sich schlang.
25 Hier bewegt' er ihr nicht mit dem Sonnenblicke den Busen,
Und in Regen und Tau sprach er nicht freundlich zu ihr.
Mutter Erde! rief ich, du bist zur Witwe geworden,
Dürftig und kinderlos lebst du in langsamer Zeit.
Nichts zu erzeugen und nichts zu pflegen in sorgender Liebe,
30 Alternd im Kinde sich nicht wiederzusehn, ist der Tod.
Aber vielleicht erwarmst du dereinst am Strahle des Himmels,
Aus dem dürftigen Schlaf schmeichelt sein Odem dich auf;
Und, wie ein Samenkorn, durchbrichst du die eherne Hülse,
Und die knospende Welt windet sich schüchtern heraus.
35 Deine gesparte Kraft flammt auf in üppigem Frühling,
Rosen glühen und Wein sprudelt im kärglichen Nord.

Aber jetzt kehr' ich zurück an den Rhein, in die glückliche Heimat,
   Und es wehen, wie einst, zärtliche Lüfte mich an.
Und das strebende Herz besänftigen mir die vertrauten
40   Friedlichen Bäume, die einst mich in den Armen gewiegt,
Und das heilige Grün, der Zeuge des ewigen, schönen
   Lebens der Welt, es erfrischt, wandelt zum Jüngling mich um.
Alt bin ich geworden indes, mich bleichte der Eispol,
   Und im Feuer des Süds fielen die Locken mir aus.
45 Doch wie Aurora den Tithon, umfängst du in lächelnder Blüte
   Warm und fröhlich, wie einst, Vaterlandserde, den Sohn.
Seliges Land! kein Hügel in dir wächst ohne den Weinstock,
   Nieder ins schwellende Gras regnet im Herbste das Obst.
Fröhlich baden im Strome den Fuß die glühenden Berge,
50   Kränze von Zweigen und Moos kühlen ihr sonniges Haupt.
Und, wie die Kinder hinauf zur Schulter des herrlichen Ahnherrn,
   Steigen am dunkeln Gebirg' Festen und Hütten hinauf.
Friedsam geht aus dem Walde der Hirsch ans freundliche Tagslicht;
   Hoch in heiterer Luft siehet der Falke sich um.
55 Aber unten im Tal, wo die Blume sich nährt von der Quelle,
   Streckt das Dörfchen vergnügt über die Wiese sich aus.
Still ist's hier: kaum rauschet von fern die geschäftige Mühle,
   Und vom Berge herab knarrt das gefesselte Rad.
Lieblich tönt die gehämmerte Sens' und die Stimme des Landmanns,
60   Der am Pfluge dem Stier, lenkend, die Schritte gebeut,
Lieblich der Mutter Gesang, die im Grase sitzt mit dem Söhnlein,
   Das die Sonne des Mais schmeichelt in lächelnden Schlaf.
Aber drüben am See, wo die Ulme das alternde Hoftor
   Übergrünt, und den Zaun wilder Holunder umblüht,
65 Da empfängt mich das Haus und des Gartens heimliches Dunkel,
   Wo mit den Pflanzen mich einst liebend mein Vater erzog,
Wo ich froh, wie das Eichhorn, spielt' auf den lockenden Ästen,
   Oder ins duftende Heu träumend die Stirne begrub.
Heimatliche Natur! wie bist du treu mir geblieben!
70   Zärtlichpflegend, wie einst, nimmst du den Flüchtling noch auf.
Noch gedeihn die Pfirsiche mir, noch wachsen gefällig
   Mir ans Fenster, wie sonst, köstliche Trauben herauf.
Lockend röten sich noch die süßen Früchte des Kirschbaums,
   Und der pflückenden Hand reichen die Zweige sich selbst.
75 Schmeichelnd zieht mich, wie sonst, in des Walds unendliche Laube
   Aus dem Garten der Pfad, oder hinab an den Bach,
Und die Pfade rötest du mir, es wärmt mich und spielt mir
   Um das Auge, wie sonst, Vaterlandssonne! dein Licht;

Feuer trink' ich und Geist aus deinem freudigen Kelche,
80   Schläfrig lässest du nicht werden mein alterndes Haupt.
O die einst mir die Brust erweckte vom Schlafe der Kindheit,
   Und mit sanfter Gewalt höher und weiter mich trieb,
Mildere Sonne! zu dir kehr' ich getreuer und weiser,
   Friedlich zu werden, und froh unter den Blumen zu ruhn.

Die Eichbäume.

Aus den Gärten komm' ich zu euch, ihr Söhne des Berges!
Aus den Gärten, da lebt die Natur, geduldig und häuslich,
Pflegend und wieder gepflegt, mit den fleißigen Menschen zusammen.
Aber ihr, ihr Herrlichen! steht wie ein Volk von Titanen
5 In der zahmeren Welt und gehört nur euch und dem Himmel,
Der euch nährt' und erzog, und der Erde, die euch geboren.
Keiner von euch ist noch in die Schule der Menschen gegangen,
Und ihr drängt euch, fröhlich und frei, aus der kräftigen Wurzel
Unter einander herauf und ergreift, wie der Adler die Beute,
10 Mit gewaltigem Arme den Raum, und gegen die Wolken
Ist euch heiter und groß die sonnige Krone gerichtet.
Eine Welt ist jeder von euch, wie die Sterne des Himmels
Lebt ihr, jeder ein Gott, in freiem Bunde zusammen.
Könnt' ich die Knechtschaft nur erdulden, ich neidete nimmer
15 Diesen Wald und schmiegte mich gern ans gesellige Leben.
Fesselte nur nicht mehr ans gesellige Leben das Herz mich,
Das von Liebe nicht läßt, wie gern würd' ich unter euch wohnen!

An den Äther.

Treu und freundlich wie du, erzog der Götter und Menschen
Keiner, o Vater Äther! mich auf; noch ehe die Mutter
In die Arme mich nahm und ihre Brüste mich tränkten,
Faßtest du zärtlich mich an, und gossest himmlischen Trank mir,
5 Mir den heiligen Odem zuerst in den keimenden Busen.
Nicht von irdischer Kost gedeihen einzig die Wesen,
Aber du nährest sie all mit deinem Nektar, o Vater!
Und es drängt sich und rinnt aus deiner ewigen Fülle
Die beseelende Luft durch alle Röhren des Lebens.
10 Darum lieben die Wesen dich auch und ringen und streben
Unaufhörlich hinauf nach dir in freudigem Wachstum.
Himmlischer! sucht nicht dich mit ihren Augen die Pflanze,
Streckt nach dir die schüchternen Arme der niedrige Strauch nicht?

Daß er dich finde, zerbricht der gefangene Same die Hülse;
15 Daß er belebt von dir in deiner Welle sich bade,
   Schüttelt der Wald den Schnee wie ein überlästig Gewand ab.
   Auch die Fische kommen herauf und hüpfen verlangend
   Über die glänzende Fläche des Stroms, als begehrten auch diese
   Aus der Wiege zu dir; auch den edeln Tieren der Erde
20 Wird zum Fluge der Schritt, wenn oft das gewaltige Sehnen,
   Die geheime Liebe zu dir sie ergreift, sie hinaufzieht.
   Stolz verachtet den Boden das Roß, wie gebogener Stahl strebt
   In die Höhe sein Hals, mit der Hufe berührt es den Sand kaum.
   Wie zum Scherze berührt der Fuß der Hirsche den Grashalm,
25 Hüpft, wie ein Zephir, über den Bach, der reißend hinabschäumt,
   Hin und wieder und schweift kaum sichtbar durch die Gebüsche.
   Aber des Äthers Lieblinge, sie, die glücklichen Vögel,
   Wohnen und spielen vergnügt in der ewigen Halle des Vaters!
   Raums genug ist für alle. Der Pfad ist keinem bezeichnet,
30 Und es regen sich frei im Hause die Großen und Kleinen.
   Über dem Haupte frohlocken sie mir, und es sehnt sich auch mein Herz
   Wunderbar zu ihnen hinauf; wie die freundliche Heimat
   Winkt es von oben herab, und auf die Gipfel der Alpen
   Möcht' ich wandern und rufen von da dem eilenden Adler,
35 Daß er, wie einst in die Arme des Zeus den seligen Knaben,
   Aus der Gefangenschaft in des Äthers Halle mich trage.
   Töricht treiben wir uns umher; wie die irrende Rebe,
   Wenn ihr der Stab zerbricht, woran zum Himmel sie aufwächst,
   Breiten wir über dem Boden uns aus und suchen und wandern
40 Durch die Zonen der Erd', o Vater Äther! vergebens,
   Denn es treibt uns die Lust, in deinen Gärten zu wohnen.
   In die Meersflut werfen wir uns, in den freieren Ebnen
   Uns zu sättigen, und es umspielt die unendliche Woge
   Unsern Kiel, und es freut sich das Herz an den Kräften des Meergotts.
45 Dennoch genügt uns nie, denn der tiefere Ozean reizt uns,
   Wo die leichtere Welle sich regt — o wer an die goldenen
   Küsten dort oben das wandernde Schiff zu treiben vermöchte!

   Aber indes ich hinauf in die dämmernde Ferne mich sehne,
   Wo du die fremden Ufer umfängst mit der bläulichen Woge,
50 Kömmst du säuselnd herab von des Fruchtbaums blühenden Wipfeln,
   Vater Äther! und sänftigest selbst das strebende Herz mir,
   Und ich lebe nun gern, wie zuvor, mit den Blumen der Erde.

Der Jüngling an die klugen Ratgeber.

Ich sollte ruhn? Ich soll die Liebe zwingen,
Die feurigfroh nach hoher Schöne strebt?
Ich soll mein Schwanenlied am Grabe singen,
Wo ihr so gern lebendig uns begräbt?
5 O schonet mein! Allmächtig fortgezogen,
Muß immerhin des Lebens frische Flut
Mit Ungeduld im engen Bette wogen,
Bis sie im heimatlichen Meere ruht.

Des Weins Gewächs verschmäht die kühlen Tale,
10 Hesperiens beglückter Garten bringt
Die goldnen Früchte nur im heißen Strahle,
Der, wie ein Pfeil, ins Herz der Erde dringt.
Was sänftiget ihr dann, wenn in den Ketten
Der ehrnen Zeit die Seele mir entbrennt,
15 Was nimmt ihr mir, den nur die Kämpfe retten,
Ihr Weichlinge! mein glühend Element?

Das Leben ist zum Tode nicht erkoren,
Zum Schlafe nicht der Gott, der uns entflammt,
Zum Joch ist nicht der Herrliche geboren,
20 Der Genius, der aus dem Äther stammt;
Er kommt herab; er taucht sich, wie zum Bade,
In des Jahrhunderts Strom, und glücklich raubt
Auf eine Zeit den Schwimmer die Najade,
Doch hebt er heitrer bald sein leuchtend Haupt.

25 Drum laßt die Lust, das Große zu verderben,
Und geht und sprecht von eurem Glücke nicht!
Pflanzt keinen Zedernbaum in eure Scherben!
Nimmt keinen Geist in eure Söldnerspflicht!
Versucht es nicht, das Sonnenroß zu lähmen,
30 Laßt immerhin den Sternen ihre Bahn!
Und mir, mir ratet nicht, mich zu bequemen,
Und macht mich nicht den Knechten untertan.

Und könnt ihr ja das Schöne nicht ertragen,
So führt den Krieg mit offner Kraft und Tat!
35 Sonst ward der Schwärmer doch ans Kreuz geschlagen,
Jetzt mordet ihn der sanfte kluge Rat;

Wie manchen habt ihr herrlich zubereitet
Fürs Reich der Not! wie oft auf euern Sand
Den hoffnungsfrohen Steuermann verleitet
40   Auf kühner Fahrt ins warme Morgenland!

Umsonst! mich hält die dürre Zeit vergebens,
Und mein Jahrhundert ist mir Züchtigung;
Ich sehne mich ins grüne Feld des Lebens
Und in den Himmel der Begeisterung;
45   Begrabt sie nur, ihr Toten! eure Toten!
Und preist das Menschenwerk, und scheltet nur!
Doch reift in mir, so wie mein Herz geboten,
Die schöne, die lebendige Natur.

Sonnenuntergang.

Wo bist du? trunken dämmert die Seele mir
Von aller deiner Wonne; denn eben ist's,
    Daß ich gelauscht, wie, goldner Töne
        Voll, der entzückende Sonnenjüngling

5   Sein Abendlied auf himmlischer Leier spielt;
Es tönten rings die Wälder und Hügel nach,
    Doch fern ist er zu frommen Völkern,
        Die ihn noch ehren, hinweggegangen.

Variation:

Dem Sonnengott.

Wo bist du? trunken dämmert die Seele mir
Von aller deiner Wonne; denn eben ist's,
    Daß ich gesehn, wie, müde seiner
        Fahrt, der entzückende Götterjüngling

5   Die jungen Locken badet' im Goldgewölk;
Und jetzt noch blickt mein Auge von selbst nach ihm;
    Doch fern ist er zu frommen Völkern,
        Die ihn noch ehren, hinweggegangen.

Dich lieb' ich, Erde! trauerst du doch mit mir!
10   Und unsre Trauer wandelt, wie Kinderschmerz,
    In Schlummer sich, und, wie die Winde
        Flattern und flüstern im Saitenspiele,

Bis ihm des Meisters Finger den schönen Ton
Entlockt, so spielen die Nebel und Träum' mit uns,
   Bis der Geliebte wiederkömmt und
     Leben und Geist sich in uns entzündet.

Ehmals und jetzt.

In jüngern Tagen war ich des Morgens froh,
Des Abends weint' ich; jetzt, da ich älter bin,
   Beginn' ich zweifelnd meinen Tag, doch
     Heilig und heiter ist mir sein Ende.

An unsre großen Dichter.

Des Ganges Ufer hörten des Freudengotts
Triumph, als allerobernd vom Indus her
   Der junge Bacchus kam, mit heil'gem
     Weine vom Schlafe die Völker weckend.

O weckt, ihr Dichter! weckt sie vom Schlummer auch,
Die jetzt noch schlafen, gebt die Gesetze, gebt
   Uns Leben, siegt, Heroen! ihr nur
     Habt der Eroberung Recht, wie Bacchus.

Variation:

Dichterberuf.
Aus späterer Zeit.

Des Ganges Ufer hörten des Freudengotts
Triumph, als allerobernd vom Indus her
   Der junge Bacchus kam, mit heil'gem
     Weine vom Schlafe die Völker weckend.

Und du, des Tages Engel! erweckst sie nicht,
Die jetzt noch schlafen? gib die Gesetze, gib
   Uns Leben, siege, Meister, du nur
     Hast der Eroberung Recht, wie Bacchus.

Nicht was wohl sonst des Menschen Geschick und Sorg'
Im Haus und unter offenem Himmel ist,
   Wenn edler, denn das Wild, der Mann sich
     Wehret und nährt! denn es gilt ein andres,

Zu Sorg' und Dienst den Dichtenden anvertraut!
Der Höchste, der ist's, dem wir geeignet sind,
   Daß näher, immer neu besungen
      Ihn die befreundete Brust vernehme.

Und dennoch, o ihr Himmlischen all und all,
Ihr Quellen und ihr Ufer und Hain' und Höhn,
   Wo wunderbar zuerst, als du die
      Locken ergriffen, und unvergeßlich

Der unerhoffte Genius über uns
Der schöpfrische, göttliche kam, daß stumm
   Der Sinn uns ward und, wie vom
      Strahle gerührt das Gebein erbebte,

Ihr ruhelosen Taten in weiter Welt!
Ihr Schicksalstag', ihr reißenden, wenn der Gott
   Stillsinnend lenkt, wohin zorntrunken
      Ihn die gigantischen Rosse bringen,

Euch sollten wir verschweigen? und wenn in uns
Vom stetigstillen Jahre der Wohllaut tönt,
   So sollt' es klingen, gleich als hätte
      Mutig und müßig ein Kind des Meisters

Geweihte, reine Saiten im Scherz gerührt?
Und darum hast du, Dichter! des Orients
   Propheten und den Griechensang und
      Neulich die Donner gehört, damit du

Den Geist zu Diensten brauchst und die Gegenwart
Des Guten übereilest in Spott und den Albernen
   Verleugnest, herzlos und zum Spiele
      Feil, wie gefangenes Wild, ihn treibest?

Bis aufgereizt vom Stachel, im Grimme der
Des Ursprungs sich erinnert und ruft, daß selbst
   Der Meister kommt, dann unter heißen
      Todesgeschossen entseelt dich lässet.

Zu lang ist alles Göttliche dienstbar schon
Und alle Himmelskräfte verscherzt, verbraucht
   Die Gütigen zur Lust, danklos, ein
      Schlaues Geschlecht, und zu kennen wähnt es,

Wenn ihnen der Erhabne den Acker baut,
Des Tagslicht und den Donnerer, und es späht
　　Das Sehrohr wohl sie all und zählt und
　　　Nennet mit Namen des Himmels Sterne.

Der Vater aber decket mit heil'ger Nacht,
Damit wir bleiben mögen, die Augen zu,
　　Nicht liebt er Wildes! Doch es zwinget
　　　Nimmer die weite Gewalt den Himmel.

Noch ist's auch gut, zu weise zu sein. Ihr kennt
Den Dank. Doch nicht behält er es leicht allein,
　　Und gern gesellt, damit verstehen sie,
　　　Helfen, zu anderen sich ein Dichter.

Furchtlos bleibt aber, so er es muß, der Mann,
Einsam vor Gott, es schützet die Einfalt ihn,
　　Und keiner Waffen braucht's und keiner
　　　Listen, solange, bis Gottes Fehl hilft.

An die jungen Dichter.

Lieben Brüder, es reift unsere Kunst vielleicht,
Da, dem Jünglinge gleich, lange sie schon gegärt,
　　Bald zur Stille der Schönheit;
　　　Seid nur fromm, wie der Grieche war!

Liebt die Götter und denkt freundlich der Sterblichen!
Haßt den Rausch wie den Frost! lehrt und beschreibet nicht!
　　Wenn der Meister euch ängstigt,
　　　Fragt die große Natur um Rat!

Sokrates und Alkibiades.

„Warum huldigest du, heiliger Sokrates,
Diesem Jünglinge stets? kennest du Größeres nicht?
　　Warum siehet mit Liebe,
　　　Wie auf Götter, dein Aug' auf ihn?"

Wer das Tiefste gedacht, liebt das Lebendigste,
Hohe Tugend versteht, wer in die Welt geblickt,
　　Und es neigen die Weisen
　　　Oft am Ende zu Schönem sich.

Vanini.

Den Gottverächter, schalten sie dich? mit Fluch
Beschwerten sie dein Herz dir und banden dich
    Und übergaben dich den Flammen,
        Heiliger Mann! o warum nicht kamst du

5 Vom Himmel her in Flammen zurück, das Haupt
Der Lästerer zu treffen und riefst den Sturm,
    Daß er die Asche der Barbaren
        Fort aus der Erd', aus der Heimat werfe!

Doch die du lebend liebtest, die dich empfing,
10 Den Sterbenden, die heil'ge Natur vergißt
    Der Menschen Tun; und deine Feinde
        Kehrten, wie du, in den alten Frieden.

Xenien.

Sophokles.

Viele versuchten umsonst, das Freudigste freudig zu sagen,
  Hier spricht endlich es mir, hier in der Trauer, sich aus.

Der zürnende Dichter.

Fürchtet den Dichter nicht, wenn er edel zürnet; sein Buchstab'
  Tötet, aber es macht Geister lebendig der Geist.

Die Scherzhaften.

5 Immer spielet und scherzt! ihr müßt, o Freunde! mir geht dies
  In die Seele, denn dies müssen Verzweifelte nur.

Guter Rat.

Hast du Verstand und ein Herz, so zeige nur eines von beiden;
  Beides verdammen sie dir, zeigest du beides zugleich.

Advocatus Diaboli.

Tief im Herzen veracht' ich die Rotte der Herren und Pfaffen,
10 Aber noch mehr das Genie, macht es gemein sich damit.

Die beschreibende Poesie.

Wißt, Apoll ist der Gott der Zeitungsschreiber geworden,
Und sein Mann ist, wer ihm treulich das Faktum erzählt.

Falsche Popularität.

O den Menschenkenner! Er stellt sich kindisch mit Kindern,
Aber der Baum und das Kind suchet, was über ihm ist.

Wurzel alles Übels.

15 Einig zu sein ist göttlich und gut. Warum ist die Sucht denn,
Daß nur Einer und Eines nur sei?

Sömmerings Seelenorgan und das Publikum.

Gerne durchschaun sie mit ihm das herrliche Körpergebäude,
Doch zur Zinne hinauf werden die Treppen zu steil.

Sömmerings Seelenorgan und die Deutschen.

Viele gesellten sich ihm, da der Priester wandelt' im Vorhof,
20 Aber ins Heiligtum wagten sich wenige nach.

Der Mensch.

Kaum sproßten aus den Wassern, o Erde, dir
Der jungen Berge Gipfel; und dufteten,
    Luftatmend, immergrüner Haine
       Voll, in des Ozeans grauer Wildnis

5 Die ersten holden Inseln; und freudig sah
Des Sonnengottes Auge die Neulinge,
    Die Pflanzen, seiner ew'gen Jugend
       Lächelnde Kinder, aus dir geboren:

Da auf der Inseln schönster, wo immerhin
10 Den Hain in zarter Ruhe die Luft umfloß,
    Lag unter Trauben einst, nach lauer
       Nacht, in der dämmernden Morgenstunde

Geboren, Mutter Erde, dein schönstes Kind; —
Und auf zum Vater Helios sieht bekannt
　　Der Knab' und wacht und wählt, die süße
　　　Beere versuchend, die heil'ge Rebe

Zur Amme sich. Und bald ist er groß; ihn scheun
Die Tiere, denn ein anderer ist, wie sie,
　　Der Mensch; nicht dir und nicht dem Vater
　　　Gleicht er, denn kühn ist in ihm und einzig

Des Vaters hohe Seele mit deiner Lust,
O Erd'! und deiner Trauer von je vereint;
　　Der Göttermutter, der Natur, der
　　　Allesumfassenden möcht' er gleichen!

Ach! darum treibt ihn, Erde! vom Herzen dir
Sein Übermut, und deine Geschenke sind
　　Umsonst, und deine zarten Bande;
　　　Sucht er ein Besseres doch, der Wilde!

Von seines Ufers duftender Wiese muß
Ins blütenlose Wasser hinaus der Mensch,
　　Und glänzt auch, wie die Sternennacht, von
　　　Goldenen Früchten sein Hain, doch gräbt er

Sich Höhlen in den Bergen und späht im Schacht,
Von seines Vaters heiterem Lichte fern,
　　Dem Sonnengott auch ungetreu, der
　　　Knechte nicht liebt und der Sorge spottet.

Denn freier atmen Vögel des Walds, wenn schon
Des Menschen Brust sich herrlicher hebt, und der
　　Die dunkle Zukunft sieht, er muß auch
　　　Sehen den Tod und allein ihn fürchten.

Und Waffen wider alle, die atmen, trägt
In ewigbangem Stolze der Mensch; im Zwist
　　Verzehrt er sich, und seines Friedens
　　　Blume, die zärtliche, blüht nicht lange.

Ist er von allen Lebensgenossen nicht
Der seligste? Doch tiefer und reißender
　　Ergreift das Schicksal, allausgleichend,
　　　Auch die entzündbare Brust dem Starken.

Die Kürze.

„Warum bist du so kurz? liebst du, wie vormals, denn
Nun nicht mehr den Gesang? fandst du als Jüngling doch
　　In den Tagen der Hoffnung,
　　　　Wenn du sangest, das Ende nie?"

Wie mein Glück ist mein Lied. — Willst du im Abendrot
Froh dich baden? Hinweg ist's, und die Erd' ist kalt,
　　Und der Vogel der Nacht schwirrt
　　　　Unbequem vor das Auge dir.

Die Heimat.

Froh kehrt der Schiffer heim an den stillen Strom
Von fernen Inseln, wo er geerntet hat;
　　Wohl möcht' auch ich zur Heimat wieder;
　　　　Aber was hab' ich, wie Leid, geerntet?

Ihr holden Ufer, die ihr mich auferzogt,
Stillt ihr der Liebe Leiden? ach gebt ihr mir,
　　Ihr Wälder meiner Kindheit! wann ich
　　　　Komme, die Ruhe noch einmal wieder?

Variation:

Die Heimat.
Aus späterer Zeit.

Froh kehrt der Schiffer heim an den stillen Strom,
Von Inseln fernher, wenn er geerntet hat;
　　So käm' auch ich zur Heimat, hätt' ich
　　　　Güter so viele, wie Leid geerntet.

Ihr teuern Ufer, die mich erzogen einst,
Stillt ihr der Liebe Leiden, versprecht ihr mir,
　　Ihr Wälder meiner Jugend, wenn ich
　　　　Komme, die Ruhe noch einmal wieder?

Am kühlen Bache, wo ich der Wellen Spiel,
Am Strome, wo ich gleiten die Schiffe sah,
　　Dort bin ich bald; euch, traute Berge,
　　　　Die mich behüteten einst, der Heimat

Verehrte sichre Grenzen, der Mutter Haus,
Und liebender Geschwister Umarmungen
    Begrüß' ich bald, und ihr umschließt mich,
        Daß, wie in Banden, das Herz mir heile,

Ihr treu gebliebnen! aber ich weiß, ich weiß,
Der Liebe Leid, dies heilet so bald mir nicht,
    Dies singt kein Wiegensang, den tröstend
        Sterbliche singen, mir aus dem Busen.

Denn sie, die uns das himmlische Feuer leihn,
Die Götter schenken heiliges Leid uns auch.
    Drum bleibe dies. Ein Sohn der Erde
        Bin ich, zu lieben gemacht, zu leiden.

Zeit der Reife

Götter und Menschen.

Hyperions Schicksalslied.

Ihr wandelt droben im Licht
Auf weichem Boden, selige Genien!
Glänzende Götterlüfte
Rühren euch leicht,
Wie die Finger der Künstlerin
Heilige Saiten.

Schicksallos, wie der schlafende
Säugling, atmen die Himmlischen;
Keusch bewahrt
In bescheidener Knospe.
Blühet ewig
Ihnen der Geist,
Und die seligen Augen
Blicken in stiller
Ewiger Klarheit.

Doch uns ist gegeben,
Auf keiner Stätte zu ruhn,
Es schwinden, es fallen
Die leidenden Menschen
Blindlings von einer
Stunde zur andern,
Wie Wasser von Klippe
Zu Klippe geworfen,
Jahrlang ins Ungewisse hinab.

Der Zeitgeist.

Zu lang schon waltest über dem Haupte mir
Du in der dunkeln Wolke, du Gott der Zeit!
　　Zu wild, zu bang ist's ringsum, und es
　　　　Trümmert und wankt ja, wohin ich blicke.

5　　Ach! wie ein Knabe seh' ich zu Boden oft,
Such' in der Höhle Rettung vor dir, und möcht',
　　Ich Blöder, eine Stelle finden,
　　　　Alleserschüttrer! wo du nicht wärest.

Laß endlich, Vater! offenen Aug's mich dir
10　　Begegnen! hast denn du nicht zuerst den Geist
　　Mit deinem Strahl aus mir geweckt? mich
　　　　Herrlich ans Leben gebracht, o Vater!

Wohl keimt aus jungen Reben uns heil'ge Kraft;
In milder Luft begegnet den Sterblichen,
15　　Und wenn sie still im Haine wandeln,
　　　　Heiternd ein Gott; doch allmächt'ger weckst du

Die reine Seele Jünglingen auf und lehrst
Die Alten weise Künste; der Schlimme nur
　　Wird schlimmer, daß er bälder ende,
20　　　　Wenn du, Erschütterer! ihn ergreifest.

Natur und Kunst — Saturn und Jupiter.

Du waltest hoch am Tag und es blühet dein
Gesetz, du hältst die Wage, Saturnus' Sohn!
　　Und teilst die Los' und ruhest froh im
　　　　Ruhm der unsterblichen Herrscherkünste.

5　　Doch in den Abgrund, sagen die Sänger sich,
Habst du den heil'gen Vater, den eignen, einst
　　Verwiesen, und es jammre drunten,
　　　　Da, wo die Wilden vor dir mit Recht sind,

Schuldlos der Gott der goldenen Zeit schon längst;
10　　Einst mühelos und größer, wie du, wenn schon
　　Er kein Gebot aussprach und ihn der
　　　　Sterblichen keiner mit Namen nannte.

Herab denn! oder schäme des Danks dich nicht!
Und willst du bleiben, diene dem älteren
   Und gönn' es ihm, daß ihn vor allen,
     Göttern und Menschen, der Sänger nenne!

Denn, wie aus dem Gewölke dein Blitz, so kommt
Von ihm, was dein ist, siehe! so zeugt von ihm,
   Was du gebeutst, und aus Saturnus'
     Frieden ist jegliche Macht erwachsen.

Und hab' ich erst am Herzen Lebendiges
Gefühlt, und dämmert, was du gestaltetest,
   Und war in ihrer Wiege mir in
     Wonne die wechselnde Zeit entschlummert:

Dann kenn' ich dich, Kronion, dann hör' ich dich,
Den weisen Meister, welcher, wie wir, ein Sohn
   Der Zeit, Gesetze gibt und, was die
     Heilige Dämmerung birgt, verkündet.

Die scheinheiligen Dichter.

Ihr kalten Heuchler, sprecht von den Göttern nicht!
Ihr habt Verstand! ihr glaubt nicht an Helios,
   Noch an den Donnerer und Meergott;
     Tot ist die Erde, wer mag ihr danken? —

Getrost, ihr Götter! zieret ihr doch das Lied,
Wenn schon aus euren Namen die Seele schwand,
   Und ist ein großes Wort vonnöten,
     Mutter Natur! so gedenkt man deiner.

Die Götter.

Du stiller Äther! immer bewahrst du schön
Die Seele mir im Schmerz, und es adelt sich
   Zur Tapferkeit vor deinen Strahlen,
     Helios! oft die empörte Brust mir.

Ihr guten Götter! arm ist, wer euch nicht kennt,
Im rohen Busen ruhet der Zwist ihm nie,
Und Nacht ist ihm die Welt, und keine
Freude gedeihet und kein Gesang ihm.

Nur ihr, mit eurer ewigen Jugend, nährt
In Herzen, die euch lieben, den Kindersinn,
Und laßt in Sorgen und in Irren
Nimmer den Genius sich vertrauern.

Empedokles.

Das Leben suchst du, suchst, und es quillt und glänzt
Ein göttlich Feuer tief aus der Erde dir,
Und du in schauberndem Verlangen
Wirfst dich hinab in des Ätna Flammen.

So schmelzt' im Weine Perlen der Übermut
Der Königin; und mochte sie! Hättest du
Nur deinen Reichtum nicht, o Dichter,
Hin in den gärenden Kelch geopfert!

Doch heilig bist du mir, wie der Erde Macht,
Die dich hinwegnahm, kühner Getöteter!
Und folgen möcht' ich in die Tiefe,
Hielte die Liebe mich nicht, dem Helden.

Volk und Vaterland.

An die Deutschen.

Spottet ja nicht des Kinds, wenn es mit Peitsch' und Sporn
Auf dem Rosse von Holz mutig und groß sich dünkt.
    Denn, ihr Deutschen, auch ihr seid
      Tatenarm und gedankenvoll.

5 Oder kömmt, wie der Strahl aus dem Gewölke kommt,
Aus Gedanken die Tat? Leben die Bücher bald?
    O ihr Lieben! so nehmt mich,
      Daß ich büße die Lästerung!

Variation:

An die Deutschen.

Spottet nimmer des Kinds, wenn es, das alberne,
Auf dem Rosse von Holz mutig und groß sich dünkt,
    O ihr Guten! auch wir sind
      Tatenarm und gedankenvoll.

5 Aber kömmt, wie der Strahl aus dem Gewölke kömmt,
Aus Gedanken vielleicht geistig und reif die Tat?
    Folgt der Schrift, wie des Haines
      Dunklem Blatte, die goldne Frucht?

Und das Schweigen im Volk, ist es die Feier schon
10 Vor dem Fest? die Furcht, welche den Gott ansagt?
    O, dann nehmt mich, ihr Lieben!
      Daß ich büße die Lästerung.

Schon zu lange, zu lang irr' ich dem Laien gleich
In des bildenden Geists werdender Werkstatt hier,
   Nur was blühet, erkenn' ich,
     Was er sinnet, erkenn' ich nicht.

Und zu ahnden ist süß, aber ein Leiden auch,
Und schon Jahre genug leb' ich in sterblicher,
   Unverständiger Liebe,
     Zweifelnd, immer bewegt um ihn,

Der das stetige Werk liebend aus dämmernder,
Voller Seele und mir näher, dem Sterblichen,
   Wo ich zage, des Lebens
     Reine Tiefe zur Reife bringt.

Schöpferischer, o wann, Genius unsres Volks,
Wann erscheinest du ganz, Seele des Vaterlands,
   Daß ich tiefer mich beuge,
     Daß die leiseste Saite selbst

Mir verstumme vor dir, daß ich beschämt und still,
Eine Blume der Nacht, himmlischer Tag, vor dir
   Enden möge mit Freuden,
     Wenn sie alle, mit denen ich

Vormals trauerte, wenn unsere Städte nun
Hell und offen und wach, reineren Feuers voll,
   Und die Berge des deutschen
     Landes Berge der Musen sind,

Wie die herrlichsten einst, Pindos und Helikon
Und Parnassos, und rings unter des Vaterlands
   Goldnem Himmel die freie,
     Klare, geistige Freude glänzt.

Wohl ist enge begrenzt unsere Lebenszeit,
Unserer Jahre Zahl sehen und zählen wir,
   Doch die Jahre der Völker,
     Sah ein sterbliches Auge sie?

Wenn die Seele dir auch über die eigne Zeit
Sich, die sehnende schwingt, trauernd verweilest du
   Doch am kalten Gestade
     Bei den Deinen und kennst sie nicht.

Gesang des Deutschen.

O heilig Herz der Völker, o Vaterland!
Allduldend gleich der schweigenden Mutter Erd'
   Und allverkannt, wenn schon aus deiner
      Tiefe die Fremden ihr Bestes haben.

5 Sie ernten den Gedanken, den Geist von dir,
Sie pflücken gern die Traube, doch höhnen sie
   Dich, ungestalte Rebe, daß du
      Schwankend den Boden und wild umirrest.

Du Land des hohen, ernsteren Genius!
10 Du Land der Liebe! Bin ich der deine schon,
   Oft zürnt' ich weinend, daß du immer
      Blöde die eigene Seele leugnest.

Doch magst du manche Schöne nicht bergen mir;
Oft stand ich, überschauend das sanfte Grün
15   Im weiten Garten, hoch in deinen
      Lüften auf hohem Gebirg' und sah dich.

An deinen Strömen ging ich und dachte dich,
Indes die Töne schüchtern die Nachtigall
   Im Dunkel sang; und still und klar auf
20   Dämmerndem Grunde die Sonne weilte.

Und an den Ufern sah ich die Städte blühn,
Die edeln, wo der Fleiß in der Werkstatt schweigt,
   Die Wissenschaft, wo deine Sonne
      Milde dem Künstler zum Ernste leuchtet.

25 Kennst du Minervens Volk? es erwählete
Den Ölbaum sich zum Lieblinge, kennst du dies?
   Noch lebt's! noch waltet der Athener
      Seele, die göttliche, still bei Menschen,

Wenn Platons frommer Garten auch schon nicht mehr
30 Am stillen Strome grünt, und ein dürft'ger Mann
   Die Heldenasche pflügt, und scheu der
      Vogel der Nacht auf der Säule trauert.

9*

O heil'ger Wald! o Attika! traf der Gott
Mit furchtbar sichrem Strahle so bald auch dich,
35   Und eilten sie, die dich belebt, die
            Flammen, entbunden zum Äther über?

Doch wie der Frühling wandelt der Genius
Von Land zu Land. Und wie? ist denn einer noch
        Von unsern Jünglingen, der nicht ein
40   Ahnden, ein Rätsel der Brust verschwiege?

Den deutschen Frauen danket! sie haben euch
Der Götterbilder freundlichen Geist bewahrt,
        Und sühnet täglich nicht der holde
            Friede das böse Gewirre wieder?

45 Und wo sind Dichter, denen der Gott es gab,
Wie unsern Alten, freundlich und fromm zu sein,
        Wo Weise, wie die unsern sind, die
            Kalten und kühnen, die unbestechbarn?

Gegrüßt in deinem Adel, mein Vaterland,
50 Mit neuem Namen, reifeste Frucht der Zeit,
        Du letzte und du erste aller
            Musen, Urania, sei gegrüßt mir!

Noch säumst und schweigst du, sinnest ein freudig Werk,
Das von dir zeuge, sinnest ein neu Gebild,
55   Das einzig, wie du selber, das aus
            Liebe geboren und gut, wie du, sei.

Wo ist dein Delos, wo dein Olympia,
Daß wir uns alle finden am höchsten Fest?
        Doch wie errät dein Sohn, was du den
60   Deinen, Unsterbliche, längst bereitest?

Stimme des Volks.

Du seiest Gottes Stimme, so ahndet' ich
In heil'ger Jugend; ja, und ich sag' es noch. —
        Um meine Weisheit unbekümmert
            Rauschen die Wasser doch auch, und dennoch

Hör’ ich sie gern, und öfters bewegen sie
Und stärken mir das Herz, die gewaltigen;
   Und meine Bahn nicht, aber richtig
     Wandeln ins Meer sie die Bahn hinunter.

Variation:

Stimme des Volks.

Du seiest Gottes Stimme, so glaubt’ ich sonst
In heil’ger Jugend, ja, und ich sag’ es noch!
   Um unsre Weisheit unbekümmert
     Rauschen die Ströme doch auch und dennoch

Wer liebt sie nicht? und immer bewegen sie
Das Herz mir, hör’ ich ferne die Schwindenden,
   Die Ahnungsvollen meine Bahn nicht,
     Aber gewisser ins Meer hin eilen.

Denn selbstvergessen, allzubereit, den Wunsch
Der Götter zu erfüllen, ergreift zu gern,
   Was sterblich ist, wenn offnen Aug’s auf
     Eigenen Pfaden es einmal wandelt,

Ins All zurück die kürzeste Bahn: so stürzt
Der Strom hinab, er suchet die Ruh’, es reißt,
   Es ziehet wider Willen ihn von
     Klippe zu Klippe, den Steuerlosen,

Das wunderbare Sehnen dem Abgrund zu,
Das Ungebundene reizet, und Völker auch
   Ergreift die Todeslust und kühne
     Städte, nachdem sie versucht das Beste,

Von Jahr zu Jahr forttreibend das Werk, sie hat
Ein heilig Ende troffen; die Erde grünt
   Und stille vor den Sternen liegt, den
     Betenden gleich in den Sand geworfen,

Freiwillig überwunden die lange Kunst
Von jenen Unnachahmbaren da; er selbst,
   Der Mensch, mit eigner Hand zerbrach, die
     Hohen zu ehren, sein Werk, der Künstler.

Doch minder nicht sind jene den Menschen hold,
30 Sie lieben wieder so, wie geliebt sie sind,
  Und hemmen öfters, daß er lang im
   Lichte sich freue, die Bahn des Menschen.

Und nicht des Adlers Jungen allein, sie wirft
Der Vater aus dem Neste, damit sie nicht
35 Zu lang ihm bleiben, uns auch treibt mit
   Richtigem Stachel hinaus der Herrscher.

Wohl jenen, die zur Ruhe gegangen sind
Und vor der Zeit gefallen, auch die, auch die
  Geopfert gleich den Erstlingen der
40   Ernte, sie haben ihr Teil gefunden.

Am Xanthos lag in griechischer Zeit die Stadt,
Jetzt aber, gleich den größeren, die dort ruhen,
  Ist durch ein Schicksal sie dem heil'gen
   Lichte des Tages hinweg gekommen.

45 Sie kamen aber nicht in der offnen Schlacht,
Durch eigne Hand um. Fürchterlich ist davon,
  Was dort geschehn, die wunderbare
   Sage von Osten zu uns gelanget.

Es reizte sie die Güte von Brutus. Denn
50 Als Feuer ausgegangen, so bot er sich
  Zu helfen ihnen, ob er gleich als Feldherr
   Stand in Belagerung vor den Toren.

Doch von den Mauern warfen die Diener sie,
Die er gesandt. Lebendiger ward darauf
55 Das Feuer, und sie freuten sich, und ihnen
   Strecket' entgegen die Hände Brutus,

Und alle waren außer sich selbst. Geschrei
Entstand und Jauchzen. Drauf in die Flammen warf
  Sich Mann und Weib; von Knaben stürzt' auch
60   Der in die Schlacht, in der Väter Schwert Der.

Nicht rätlich ist es, Helden zu trotzen. Längst
War's aber vorbereitet. Die Väter auch,
  Da sie ergriffen waren, einst, und
   Heftig die persischen Feinde drängten,

65 Entzündeten, ergreifend des Stromes Rohr,
Daß sie das Freie fänden, die Stadt. Und Haus
   Und Tempel nahm, zum heil'gen Äther
     Fliegend, und Menschen hinweg die Flamme.

So hatten es die Kinder gehört; und wohl
70 Sind gut die Sagen, denn ein Gedächtnis sind
   Dem Höchsten sie, doch auch bedarf es
     Eines, die Heiligen auszulegen.

Der Tod fürs Vaterland.

Du kömmst, o Schlacht! schon wogen die Jünglinge
Hinab von ihren Hügeln, hinab ins Tal,
   Wo keck herauf die Würger dringen,
     Sicher der Kunst und des Arms, doch sichrer

5 Kömmt über sie die Seele der Jünglinge,
Denn die Gerechten schlagen, wie Zauberer,
   Und ihre Vaterlandsgesänge
     Lähmen die Kniee den Ehrelosen.

O nehmt mich, nehmt mich mit in die Reihen auf,
10 Damit ich einst nicht sterbe gemeinen Tods!
   Umsonst zu sterben, leb' ich nicht; doch
     Leb' ich, zu fallen am Opferhügel

Fürs Vaterland, zu bluten des Herzens Blut,
Fürs Vaterland — und bald ist's geschehn! Zu euch
15   Ihr Teuern! komm' ich, die mich leben
     Lehrten und sterben, zu euch hinunter!

Wie oft im Lichte dürstet' ich euch zu sehn,
Ihr Helden und ihr Dichter aus alter Zeit!
   Nun grüßt ihr freundlich den geringen
20   Fremdling, und brüderlich ist's hier unten;

Und Siegesboten kommen herab: die Schlacht
Ist unser. Lebe droben, o Vaterland,
   Und zähle nicht die Toten! Dir ist,
     Liebes! nicht einer zu viel gefallen.

Der Frieden.

Fragment.

. . . .

Wie wenn die alten Waſſer in andrem Zorn,
In ſchrecklichem, verwandelt wieder
    Kämen, zu reinigen, da es not war.

So gärt' und wuchs und wogte von Jahr zu Jahr
Raſtlos und überſchwemmte das bange Land
    Die unerhörte Schlacht, es hüllte
        Dunkel und Bläſſe das Haupt der Menſchen.

Die Heldenkräfte flogen, wie Wellen, auf
Und nieder, denn du kürzteſt der Rächerin,
    Der ſie gedient, die Arbeit ſchnell und
        Lenkteſt zur Ruhe ſie um, die Streiter.

O du, die, unerbittlich und unbeſiegt,
Zu ſeiner Zeit den Übergewalt'gen trifft,
    Daß bis ins letzte Glied hinab vom
        Schlage ſein armes Geſchlecht erzittert,

Die du geheim den Stachel und Zügel hältſt,
Zu hemmen und zu fördern, o Nemeſis,
    Strafſt du die Toten noch, die ſchliefen
        Unter Italiens Lorbeergärten,

Sonſt ungeſtört, die alten Eroberer?
Und ſchonteſt du der müßigen Hirten nicht?
    Und haben endlich wohl genug den
        Üppigen Schlummer gebüßt die Völker?

Wer hub es an? wer brachte den Fluch? von heut
Iſt's nicht und nicht von geſtern, und die zuerſt
    Das Maß verloren, unſre Väter
        Wußten es nicht, und es trieb ihr Geiſt ſie.

Zu lang, zu lang ſchon treten die Sterblichen
Sich gern aufs Haupt und zanken um Herrſchaft ſich,
    Den Nachbar fürchtend, und es hat auf
        Eigenem Boden der Mann nicht Segen.

Und unstet wehn und irren, dem Chaos gleich,
Dem gärenden Geschlechte die Wünsche nach,
Und wild ist und verzagt und kalt von
    Sorgen das Leben der Armen immer.

Du aber wandelst ruhig die sichre Bahn,
O Mutter Erd' im Lichte! Dein Frühling blüht,
Melodischwechselnd gehen dir die
    Wachsenden Zeiten, du Lebensreiche!

Mit deinem stillen Ruhme, Genügsame!
Mit deinen ungeschriebnen Gesetzen auch,
Mit deiner Liebe komm und gib ein
    Bleiben im Leben, ein Herz uns wieder.

Unschuldige! sind klüger die Kinder doch
Beinahe, denn wir Alten; es irrt der Zwist
    Den Guten nicht den Sinn, und klar und
    Freudig ist ihnen ihr Auge blieben.

Und wie mit andern Schauenden lächelnd ernst
Der Richter auf der Jünglinge Rennbahn sieht,
    Wo glühend sich die Kämpfer und die
    Wagen in stäubenden Wolken treiben,

So steht und lächelt Helios über uns
Und einsam ist der Göttliche, Frohe, nie,
    Denn ewig wohnen sie, des Äthers
    Blühende Sterne, die heiligfreien

Persönliches.

Meiner verehrungswürdigen Großmutter

zu ihrem zweiundsiebzigsten Geburtstag.

Vieles hast du erlebt, du teure Mutter! und ruhst nun
    Glücklich, von Fernen und Nahn liebend beim Namen genannt,
Mir auch herzlich geehrt in des Alters silberner Krone,
    Unter den Kindern, die dir reifen und wachsen und blühn.
5 Langes Leben hat dir die sanfte Seele gewonnen
    Und die Hoffnung, die dich freundlich in Leiden geführt.
Denn zufrieden bist du und fromm, wie die Mutter, die einst den
    Besten der Menschen, den Freund unserer Erde, gebar. —
Ach! sie wissen es nicht, wie der Hohe wandelt' im Volke,
10 Und vergessen ist fast, was der Lebendige war.
Wenige kennen ihn doch, und oft erscheinet erheiternd
    Mitten in stürmischer Zeit ihnen das himmlische Bild.
Allversöhnend und still, mit den armen Sterblichen ging er,
    Dieser einzige Mann, göttlich im Geiste, dahin.
15 Keines der Lebenden·war aus seiner Seele geschlossen,
    Und die Leiden der Welt trug er an leidender Brust.
Mit dem Tode befreundet' er sich, im Namen der andern
    Ging er aus Schmerzen und Müh', siegend, zum Vater zurück.
Und du kennest ihn auch, du teure Mutter! und wandelst
20 Glaubend und duldend und still ihm, dem Erhabenen, nach.
Sieh! es haben mich selbst verjüngt die kindlichen Worte,
    Und es rinnen, wie einst, Tränen vom Auge mir noch;
Und ich denke zurück an längst vergangene Tage,
    Und die Heimat erfreut wieder mein einsam Gemüt,
25 Und das Haus, wo ich einst bei deinen Segnungen aufwuchs,
    Wo, von Liebe genährt, schneller der Knabe gedieh.
Ach! wie dacht' ich dann oft, du solltest meiner dich freuen,
    Wann ich ferne mich sah wirkend in offener Welt.

Manches hab' ich versucht und geträumt und habe die Brust mir
30   Wund gerungen indeß, aber ihr heilet sie mir,
O ihr Lieben! und lange, wie du, o Mutter! zu leben,
   Will ich lernen; es ist ruhig das Alter und fromm.
Kommen will ich zu dir, dann segne den Enkel noch einmal,
   Daß dir halte der Mann, was er als Knabe gelobt.

An eine Verlobte.

Des Wiedersehens Tränen, des Wiedersehns
Umfangen, und dein Auge bei seinem Gruß, —
   Weissagend, möcht' ich dies und all der
     Zaubrischen Liebe Geschick dir singen.

5 Zwar jetzt auch, junger Genius! bist du schön,
Auch einsam, und es freuet sich in sich selbst,
   Es blüht von eignem Geist und liebem
     Herzensgesange die Musentochter.

Doch anders ist's in seliger Gegenwart,
10 Wenn an des Jünglings Blicke dein Geist sich kennt,
   Wenn friedlich du vor seinem Anschaun
     Wieder in goldener Wolke wandelst.

Indessen denk': ihm leuchte das Sonnenlicht,
Ihn tröst' und mahne, wenn er im Felde schläft,
15   Der Liebe Stern, und heitre Tage
     Spare zum Ende das Herz sich immer!

Und wenn er da ist und die geflügelten
Die Liebesstunden schneller und schneller sind,
   Dann sich dein Brauttag neigt, und trunkner
20   Schon die beglückenden Sterne leuchten:

Nein! ihr Geliebten! nein, ich beneid' euch nicht!
Unschädlich, wie vom Lichte die Blume lebt,
   So leben, gern vom schönen Bilde,
     Träumend und selig und arm, die Dichter.

An die Prinzessin Auguste von Hessen-Homburg.

Geringe dünkt der träumende Sänger sich
Und Kindern gleich am müßigen Saitenspiel,
　　Wenn ihn der Edeln Glück, wenn ihn die
　　　　Tat und der Ernst der Gewalt'gen aufweckt.

Doch herrlicht mir dein Name das Lied; dein Fest,
Augusta! durft' ich feiern; Beruf ist mir's,
　　Zu rühmen Höhers, darum gab die
　　　　Sprache der Gott und den Dank ins Herz mir.

O daß von diesem heiligen Tage mir
Auch meine Zeit beginne, daß endlich auch
　　Mir ein Gesang in deinen Hainen,
　　　　Edle! gedeihe, der deiner wert sei.

An dieselbe.

Sieh! freundlich zögernd scheidet vom Auge dir
Das Jahr, und in hesperischer Milde glänzt
　　Der Winterhimmel über deinen
　　　　Gärten, den dichtrischen, immer grünen.

Noch da ich deines Festes gedacht' und sann,
Was ich ihm dankend reichte, da winkten noch
　　Am Pfade Blumen, daß sie dir zur
　　　　Blühenden Krone, du Edle, würden.

Doch andres beut dir, Größeres, hohen Geist,
Die festlichere Zeit, denn es hallt hinab
　　Am Berge das Gewitter, sieh! und
　　　　Klar, wie die ruhigen Sterne, gehen

Aus langem Zweifel reine Gestalten auf,
So dünkt es mir; und einsam, o Fürstin, ist
　　Das Herz der Freigebornen wohl nicht
　　　　Länger im eigenen Glück, denn würdig

Gesellt im Lorbeer ihm der Heroe sich,
Der schöngereifte, ganze, die Weisen auch,
　　Die heil'gen sind es wert, sie blicken
　　　　Still aus der Höhe des Lebens alle.

An Eduard.

Euch alten Freunde droben, unsterbliches
Gestirn! euch frag’ ich, Helden! woher es ist,
   Daß ich so untertan ihm bin, und
     So der Gewaltige sein mich nennet?

Denn wenig kann ich bieten, nur weniges
Kann ich verlieren, aber ein liebes Glück,
   Ein einziges, zum Angedenken
     Reicherer Tage zurückgeblieben;

Und so er mir’s geböte, dies Eine noch,
Mein Saitenspiel, ich wagt’ es, wohin er wollt’,
   Und mit Gesange folgt’ ich, selbst ins
     Ende der Tapferen ihm hinunter.

„Die Wolke“ — säng’ ich — „tränket mit Regen dich,
Du Mutterboden! aber mit Blut der Mensch;
   So ruht, so kühlt die Liebe sich, die
     Droben und drunten nicht Gleiches findet.

„Wo ist am Tag ihr Zeichen? wo spricht das Herz
Sich aus? o wann im Leben, wann ist es frei,
   Was unser Wort nicht nennt, wann wird, was
     Trauert — gebannt in die Nacht — sein Wunsch ihm? —

„Jetzt, wann die Opfer fallen, ihr Freunde! jetzt!
Schon tritt hinzu der festliche Zug, schon blinkt
   Der Stahl, die Wolke dampft, sie fallen, und es
     Hallt in der Luft, und die Erde rühmt es!“

Wenn ich so singend fiele, dann rächtest du
Mich, mein Achill! und sprächest: „Er lebte doch
   Treu bis zuletzt!“ das ernste Wort, das
     Spräche mein Freund und der Totenrichter!

Doch weilen wir in Ruhe, du Lieber, noch;
Uns birgt der Wald, es hält das Gebirge dort,
   Das mütterliche, noch die beiden
     Brüder in sicherem Arm gefangen.

Uns ist die Weisheit Wiegengesang; sie webt
Ums Aug' ihr heilig Dunkel; doch öfters kömmt
    Aus ferne tönendem Gewölk die
      Mahnende Flamme des Zeitengottes.

Es regt sein Sturm die Schwingen dir auf; dich ruft,
Dich nimmt der mächt'ge Vater hinauf; o nimm
    Mich du, und trage deine leichte
      Beute dem lächelnden Gott entgegen!

An Landauer.

Sei froh! Du hast das gute Los erkoren,
Denn tief und treu ward eine Seele dir;
Der Freunde Freund zu sein, bist du geboren,
Dies zeugen dir am Feste wir.

Und selig, wer im eignen Hause Frieden
Wie du, und Lieb' und Fülle sieht und Ruh';
Manch Leben ist, wie Licht und Nacht, verschieden,
In goldner Mitte wohnest du.

Dir glänzt die Sonn' in wohlgebauter Halle,
Am Berge reift die Sonne dir den Wein,
Und immer glücklich führt die Güter alle
Der kluge Gott dir aus und ein.

Und Kind gedeiht und Mutter um den Gatten,
Und wie den Wald die goldne Wolke krönt,
So seid auch ihr um ihn, geliebte Schatten!
Ihr Seligen, an ihn gewöhnt!

O seid mit ihm! Denn Wolk' und Winde ziehen
Unruhig öfters über Land und Haus,
Doch ruht das Herz von allen Lebensmühen
Im heil'gen Angedenken aus.

Und sieh! aus Freude sagen wir von Sorgen;
Wie dunkler Wein, erfreut auch ernster Sang;
Das Fest verhallt, und jedes gehet morgen
Auf schmaler Erde seinen Gang.

An die Erbprinzessin Amalie von Anhalt-Dessau.

Aus stillem Hause senden die Götter oft
Auf kurze Zeit zu Fremden die Lieblinge,
    Damit, erinnert, sich am edlen
        Bilde der Sterblichen Herz erfreue.

So kommst du aus Luisiums Hainen auch,
Aus heil'ger Schwelle dort, wo geräuschlos rings
    Die Lüfte sind und friedlich um dein
        Dach die geselligen Bäume spielen,

Aus deines Tempels Freuden, o Priesterin!
Zu uns, wenn schon die Wolke das Haupt uns beugt
    Und kalt und wild . . . . .

        . . . .

O teuer längst . . . . . ., da du
Im Dunkeln göttlich Feuer behütetest;
    Doch stiller, teurer heute, da du
        Unter den Zeitlichen segnend feierst.

Denn wo die Reinen wandeln, vernehmlicher
Ist da der Geist, und offen und heiter blühn
    Des Lebens dämmernde Gestalten
        Da, wo ein sicheres Licht erscheinet.

Und wie auf dunkler Wolke besänftigend
Der schöne Bogen blühet, ein Zeichen ist
    Er künft'ger Zeit, ein Angedenken
        Seliger Tage, die einst gewesen,

So ist dein Leben, heilige Fremdlingin!
Wenn du Vergangnes über Italiens
    Zerbrochnen Säulen siehest, wenn du
        Neues in stürmischer Zeit betrachtest.

———————

Stille Gesänge.

Die Launischen.

Hör' ich ferne nur her, wenn ich für mich geklagt,
Saitenspiel und Gesang, schweigt mir das Herz doch gleich;
    Bald auch bin ich verwandelt,
      Blinkst du, purpurner Wein! mich an

5   Unter Schatten des Waldes, wo die gewaltige
Mittagssonne mir sanft über dem Laube glänzt;
    Ruhig sitz' ich daselbst, wenn,
      Zürnend schwerer Beleidigung,

Ich im Felde geirrt — zürnen zu gerne doch
10   Deine Dichter, Natur! trauern und weinen leicht,
    Die Beglückten; wie Kinder,
      Die zu zärtlich die Mutter hält,

Sind sie mürrisch und voll herrischen Eigensinns.
Wandeln still sie des Wegs, irret Geringes doch
15   Bald sie wieder; sie reißen
      Aus dem Gleise sich sträubend dir.

Doch du rührest sie kaum, Liebende! freundlich an,
Sind sie friedlich und fromm; fröhlich gehorchen sie!
    Du lenkst, Meisterin! sie mit
20   Weichem Zügel, wohin du willst.

Des Morgens.

Vom Taue glänzt der Rasen; beweglicher
Eilt schon die wache Quelle; die Birke neigt
   Ihr schwankes Haupt, und im Geblätter
     Rauscht es und schimmert; und um die grauen

5 Gewölke streifen rötliche Flammen dort,
Verkündende, sie wallen geräuschlos auf;
   Wie Fluten am Gestade wogen
     Höher und höher die wandelbaren.

Komm nun, o komm, und eile mir nicht zu schnell,
10 Du goldner Tag, zum Gipfel des Himmels fort!
   Denn offner fliegt, vertrauter dir mein
     Auge, du Freudiger! zu, solang du

In deiner Schöne jugendlich blickst und noch
Zu herrlich nicht, zu stolz mir geworden bist;
15   Du möchtest immer eilen, könnt' ich,
     Göttlicher Wandrer, mit dir! — doch lächelst

Des frohen Übermütigen du, daß er
Dir gleichen möchte; segne mir lieber denn
   Mein sterblich Tun und heitre wieder,
20   Gütiger! heute den stillen Pfad mir!

Abendphantasie.

Vor seiner Hütte ruhig im Schatten sitzt
Der Pflüger; dem Genügsamen raucht sein Herd.
   Gastfreundlich tönt dem Wanderer im
     Friedlichen Dorfe die Abendglocke.

5 Wohl kehren jetzt die Schiffer zum Hafen auch,
In fernen Städten fröhlich verrauscht des Markts
   Geschäft'ger Lärm; in stiller Laube
     Glänzt das gesellige Mahl den Freunden.

Wohin denn ich? Es leben die Sterblichen
10 Von Lohn und Arbeit; wechselnd in Müh' und Ruh'
   Ist alles freudig; warum schläft denn
     Nimmer nur mir in der Brust der Stachel?

Am Abendhimmel blühet ein Frühling auf;
Unzählig blühen die Rosen, und ruhig scheint
   Die goldne Welt; o dorthin nehmt mich,
      Purpurne Wolken! und möge droben

In Licht und Luft zerrinnen mir Lieb und Leid! —
Doch, wie verscheucht von törichter Bitte, flieht
   Der Zauber; dunkel wird's, und einsam
      Unter dem Himmel, wie immer, bin ich. —

Komm du nun, sanfter Schlummer! zu viel begehrt
Das Herz; doch endlich, Jugend, verglühst du ja,
   Du ruhelose, träumerische!
      Friedlich und heiter ist dann das Alter.

Der Main.

Wohl manches Land der lebenden Erde möcht'
Ich sehn, und öfters über die Berg' enteilt
   Das Herz mir, und die Wünsche wandern
      Über das Meer, zu den Ufern, die mir

Vor andern, so ich kenne, gepriesen sind;
Doch lieb ist in der Ferne nicht eines mir,
   Wie jenes, wo die Göttersöhne
      Schlafen, das trauernde Land der Griechen.

Ach! einmal dort an Suniums Küste möcht'
Ich landen, deine Säulen, Olympion!
   Erfragen, dort, noch eh der Nordsturm
      Hin in den Schutt der Athenertempel

Und ihrer Götterbilder auch dich begräbt;
Denn lang schon einsam stehst du, o Stolz der Welt,
   Die nicht mehr ist! — und o ihr schönen
      Inseln Ioniens, wo die Lüfte

Vom Meere kühl an warme Gestade wehn,
Wenn unter kräft'ger Sonne die Traube reift,
   Ach! wo ein goldner Herbst dem armen
      Volk in Gesänge die Seufzer wandelt,

Wenn die Betrübten jetzt ihr Limonenwald,
Und ihr Granatbaum, purpurner Äpfel voll,
  Und süßer Wein und Pauk' und Zithar
    Zum labyrinthischen Tanze ladet —

25 Zu euch vielleicht, ihr Inseln! gerät noch einst
Ein heimatloser Sänger; denn wandern muß
  Von Fremden er zu Fremden, und die
    Erde, die freie, sie muß ja, leider!

Statt Vaterlands ihm dienen, solang er lebt,
30 Und wenn er stirbt —. Doch nimmer vergeß' ich dich,
  So fern ich wandre, schöner Main! und
    Deine Gestade, die vielbeglückten.

Gastfreundlich nahmst du, Stolzer! bei dir mich auf
Und heitertest das Auge dem Fremdlinge,
35   Und still hingleitende Gesänge
    Lehrtest du mich und geräuschlos Leben.

O ruhig mit den Sternen, du Glücklicher!
Wallst du von deinem Morgen zum Abend fort,
  Dem Bruder zu, dem Rhein; und dann mit
40   Ihm in den Ozean freudig nieder!

Der Neckar.

In deinen Tälern wachte mein Herz mir auf
Zum Leben, deine Wellen umspielten mich,
  Und all der holden Hügel, die dich,
    Wanderer! kennen, ist keiner fremd mir.

5 Auf ihren Gipfeln löste des Himmels Luft
Mir oft der Knechtschaft Schmerzen; und aus dem Tal,
  Wie Leben aus dem Freudebecher,
    Glänzte die bläuliche Silberwelle.

Der Berge Quellen eilten hinab zu dir,
10 Mit ihnen auch mein Herz, und du nahmst uns mit
  Zum still erhabnen Rhein, zu seinen
    Städten hinunter und lust'gen Inseln. —

Noch dünkt die Welt mir schön, und das Aug' entflieht,
Verlangend nach den Reizen der Erde, mir
15　　　Zum goldenen Paktol, zu Smyrnas
　　　　Ufer, zu Ilions Wald. Auch möcht' ich

Bei Sunium oft landen, den stummen Pfad
Nach deinen Säulen fragen, Olympion!
　　　Noch eh der Sturmwind und das Alter
20　　　Hin in den Schutt der Athenertempel

Und ihrer Gottesbilder auch dich begräbt;
Denn lang schon einsam stehst du, o Stolz der Welt,
　　　Die nicht mehr ist. Und o ihr schönen
　　　Inseln Joniens! wo die Meerluft

25　Die heißen Ufer kühlt und den Lorbeerwald
Durchsäuselt, wenn die Sonne den Weinstock wärmt;
　　　Ach! wo ein goldner Herbst dem armen
　　　Volk in Gesänge die Seufzer wandelt,

Wenn sein Granatbaum reift, wenn aus grüner Nacht
30　Die Pomeranze blinkt, und der Mastixbaum
　　　Von Harze träuft, und Pauk' und Zimbel
　　　Zum labyrinthischen Tanze klingen —

Zu euch, ihr Inseln! bringt mich vielleicht, zu euch,
Mein Schutzgott einst; doch weicht mir aus treuem Sinn
35　　　Auch da mein Neckar nicht mit seinen
　　　Lieblichen Wiesen und Uferweiden.

***

Heidelberg.

Lange lieb' ich dich schon, möchte dich, mir zur Lust
Mutter nennen und dir schenken ein kunstlos Lied,
　　　Du, der Vaterlandsstädte
　　　Ländlich schönste, so viel ich sah.

5　Wie der Vogel des Walds über die Gipfel fliegt,
Schwingt sich über den Strom, wo er vorbei dir glänzt,
　　　Leicht und kräftig die Brücke,
　　　Die von Wagen und Menschen tönt.

Wie von Göttern gesandt, fesselt' ein Zauber einst
Auf die Brücke mich an, da ich vorüber ging,
    Und herein in die Berge
        Mir die reizende Ferne schien,

Und der Jüngling, der Strom, fort in die Ebne zog,
Traurig froh, wie das Herz, wenn es, sich selbst zu schön,
    Liebend unterzugehen,
        In die Fluten der Zeit sich wirft.

Quellen hattest du ihm, hattest dem Flüchtigen
Kühle Schatten geschenkt, und die Gestade sahn
    All ihm nach, und es bebte
        Aus den Wellen ihr lieblich Bild.

Aber schwer in das Tal hing die gigantische,
Schicksalskundige Burg, nieder bis auf den Grund
    Von den Wettern zerrissen;
        Doch die ewige Sonne goß

Ihr verjüngendes Licht über das alternde
Riesenbild, und umher grünte lebendiger
    Efeu; freundliche Wälder
        Rauschten über die Burg herab.

Sträuche blühten herab, bis wo im heitern Tal,
An den Hügel gelehnt, oder dem Ufer hold
    Deine fröhlichen Gassen
        Unter duftenden Gärten ruhn.

Rückkehr in die Heimat.

Ihr milden Lüfte, Boten Italiens,
Und du mit deinen Pappeln, geliebter Strom!
    Ihr wogenden Gebirg'! o all ihr
        Sonnigen Gipfel! so seid ihr's wieder?

Du stiller Ort! in Träumen erschienst du fern
Nach hoffnungslosem Tage dem Sehnenden,
    Und du, mein Haus, und ihr Gespielen,
        Bäume des Hügels, ihr wohlbekannten!

Wie lang ist's, o wie lange! des Kindes Ruh'
Ist hin, und hin ist Jugend und Lieb' und Glück,
  Doch du, mein Vaterland, du Heilig=
    Duldendes, siehe, du bist geblieben!

Und darum, daß sie dulden mit dir, mit dir
Sich freun, erziehst du, teures! die Deinen auch,
  Und mahnst in Träumen, wenn sie ferne
    Schweifen und irren, die Ungetreuen.

Und wenn im heißen Busen dem Jünglinge
Die eigenmächt'gen Wünsche besänftiget
  Und stille vor dem Schicksal sind, dann
    Gibt der Geläuterte dir sich lieber.

Lebt wohl denn, Jugendtage, du Rosenpfad
Der Lieb', und all ihr Pfade des Wanderers,
  Lebt wohl! und nimm und segne du mein
    Leben, o Himmel der Heimat, wieder!

Mein Eigentum.

In seiner Fülle ruhet der Herbsttag nun,
Geläutert ist die Traub', und der Hain ist rot
  Von Obst, wenn schon der holden Blüten
    Manche der Erde zum Danke fielen.

Und rings im Felde, wo ich den Pfad hinaus,
Den stillen, wandle, ist den Zufriedenen
  Ihr Gut gereift, und viel der frohen
    Mühe gewähret der Reichtum ihnen.

Vom Himmel lächelt zu den Geschäftigen
Durch ihre Bäume milde das Licht herab,
  Die Freude teilend, denn es wuchs durch
    Hände der Menschen allein die Frucht nicht.

Und leuchtest du, o goldnes, auch mir, und wehst
Auch du mir wieder, Lüftchen, als segnetest
  Du eine Freude mir, wie einst, und
    Irrst, wie um Glückliche, mir am Busen?

Einst war ich's; doch, wie Rosen, vergänglich war
Das fromme Leben, ach! und es mahnen noch,
 Die blühend mir geblieben sind, die
20 Holden Gestirne zu oft mich dessen.

Beglückt, wem ruhig liebend ein frommes Weib
Am eignen Herd in friedlicher Heimat lebt,
 Es leuchtet über festem Boden
  Schöner sein Himmel dem sichern Manne.

25 Denn, wie die Pflanze, wurzelt auf eignem Grund
Sie nicht, verglüht die Seele des Sterblichen,
 Der mit dem Tageslichte nur ein
  Armer auf heiliger Erde wandelt.

Zu mächtig, ach! ihr himmlischen Höhen, zieht
30 Ihr mich empor; bei Stürmen, am heitern Tag
 Fühl' ich verzehrend euch am Busen
  Wechseln, ihr wandelnden Götterkräfte.

Doch heute laßt mich stille den trauten Pfad
Zum Haine gehn, dem golden sein sterbend Laub
35 Die Wipfel schmückt, und kränzt auch mir die
  Stirne, ihr holden Erinnerungen!

Und daß doch mir, zu retten mein sterblich Herz,
Wie andern eine bleibende Stätte sei
 Und heimatlos die Seele mir nicht
40 Über das Leben hinweg sich sehne,

Sei du, Gesang! mein freundlich Asyl! sei du,
Beglückender, mit sorgender Liebe mir
 Gepflegt, du Garten, wo ich wandelnd
  Unter den Blüten, den immer jungen,

45 In sichrer Einfalt wohne, wenn draußen mir
Mit ihren Wellen allen die mächt'ge Zeit,
 Die wandelbare, fern rauscht, und die
  Stillere Sonne mein Wirken fördert.

Ihr segnet gütig jedem der Sterblichen,
50 Ihr reinen Himmelskräfte, sein Eigentum,
 O segnet meines auch, und daß zu
  Frühe die Parze den Traum nicht ende.

Ermunterung.

Echo des Himmels, heiliges Herz! warum,
Warum verstummst du unter den Lebenden,
   Schläfst, freies! von den Götterlosen
      Ewig hinab in die Nacht verwiesen?

5   Wacht denn, wie vormals, nimmer des Äthers Licht?
Und blüht die alte Mutter, die Erde, nicht?
   Und übt der Geist nicht da und dort, nicht
      Lächelnd die Liebe das Recht noch immer?

Nur du nicht mehr! doch mahnen die Himmlischen,
10   Und stillebildend weht, wie ein kahl Gefild,
   Der Atem der Natur dich an, der
      Alleserheiternde, seelenvolle.

O Hoffnung! bald, bald singen die Haine nicht
Des Lebens Lob allein, denn es ist die Zeit,
15   Daß aus der Menschen Munde sie, die
      Schönere Seele, sich neu verkündet,

Dann liebender im Bunde mit Sterblichen
Das Element sich bildet, und dann erst reich,
   Bei frommer Kinder Dank, der Erde
20   Brust, die unendliche, sich entfaltet,

Und unsre Tage wieder, wie Blumen, sind,
Wo sie, des Himmels Sonne, sich ausgeteilt
   Im stillen Wechsel sieht und wieder
      Froh in den Frohen das Licht sich findet,

25   Und er, der sprachlos waltet und unbekannt
Zukünftiges bereitet, der Gott, der Geist,
   Im Menschenwort, am schönen Tage
      Kommenden Jahren, wie einst, sich ausspricht.

Dichtermut.

Sind denn dir nicht verwandt alle Lebendigen?
Nährt zum Dienste denn nicht selber die Parze dich?
   Drum! so wandle nur wehrlos
      Fort durchs Leben und sorge nicht!

Was geschiehet, es sei alles gesegnet dir,
Sei zur Freude gewandt! oder was könnte denn
    Dich beleidigen, Herz! was
        Da begegnen, wohin du sollst?

Denn, wie still am Gestad', oder in silberner
Fernhintönender Flut, oder auf schweigenden
    Wassertiefen der leichte
        Schwimmer wandelt, so sind auch wir,

Wir, die Dichter des Volks, gerne, wo Lebendes
Um uns atmet und wallt, freudig und jedem hold,
    Jedem trauend, wie sängen
        Sonst wir jedem den eignen Gott?

Wenn die Woge denn auch einen der Mutigen,
Wo er treulich getraut, schmeichelnd hinunterzieht,
    Und die Stimme des Sängers
        Nun in blauender Halle schweigt:

Freudig starb er, und noch klagen die Einsamen,
Seine Haine, den Fall ihres Geliebtesten;
    Öfters tönet der Jungfrau
        Vom Gezweige sein freundlich Lied.

Wenn des Abends vorbei einer der Unsern kömmt,
Wo der Bruder ihm sank, denket er manches wohl
    An der warnenden Stelle,
        Schweigt und gehet getrösteter.

Palinodie.

Was dämmert um mich, Erde, dein freundlich Grün?
Was wehst du wieder, Lüftchen, wie einst, mich an?
    In allen Wipfeln rauscht's . . .
        . . . .

Was weckt ihr mir die Seele? was regt ihr mir
Vergangnes auf, ihr Guten? o schonet mein
    Und laßt sie ruhn, die Asche meiner
        Freuden, ihr spottet nur; o wandelt,

Ihr schicksallosen Götter, vorbei und blüht
In eurer Jugend über dem Alternden,
　Und wollt ihr zu den Sterblichen euch
　　Gerne gesellen, so blühn der Jungfraun

Euch viel, der jungen Helden, und schöner spielt
Der Morgen um die Wangen der Glücklichen,
　Und lieblich tönen . . .
　　Euch die Gesänge der Mühelosen.

Ach! vormals rauschte leicht des Gesanges Well'
Auch mir vom Busen, da noch die Freude mir,
　Die himmlische, vom Auge glänzte . . .
　　. . . . .

Der Winter.

Jetzt komm und hülle, zaubrischer Phantasus,
Den zarten Sinn der Frauen in Wolken ein,
　In goldne Träum', und schütze sie, die
　　Blühende Ruhe der Immerguten.

Dem Manne laß sein Sinnen und sein Geschäft
Und seiner Kerze Schein und den künft'gen Tag
　Gefallen, laß des Unmuts ihm, der
　　Häßlichen Sorge zu viel nicht werden,

Wenn jetzt der immerzürnende Boreas,
Mein Erbfeind, über Nacht mit dem Frost das Land
　Befällt, und spät, zur Schlummerstunde,
　　Spottend der Menschen, sein schrecklich Lied singt,

Und unsrer Städte Mauern und unsern Zaun,
Den fleißig wir gesetzt, und den stillen Hain
　Zerreißt, und selber im Gesang die
　　Seele mir störet, der Allverderber,

Und rastlos tobend über den sanften Strom
Sein schwarz Gewölk ausschüttet, daß weit umher
　Das Tal gärt, und, wie fallend Laub, vom
　　Berstenden Hügel herab der Fels fällt.

Wohl frommer ist, denn andre Lebendige,
Der Mensch; doch zürnt es draußen, gehöret er
   Auch eigner sich an und sinnt und ruht in
      Sicherer Hütte, der Freigeborne.

25   Und immer wohnt der freundlichen Genien
Noch einer gerne segnend mit ihm, und wenn
   Sie zürnten all, die ungelehr'gen
      Geniuskräfte, doch liebt die Liebe.

Der gefesselte Strom.

Was schläfst und träumst du, Jüngling! gehüllt in dich,
Und säumst am kalten Ufer, Geduldiger!
   Und achtest nicht des Ursprungs, du, des
      Ozeans Sohn, des Titanenfreundes?

5   Die Liebesboten, welche der Vater schickt,
Kennst du die lebenatmenden Lüfte nicht?
   Und trifft das Wort dich nicht, das hell von
      Oben der wachende Gott dir sendet?

Schon tönt, schon tönt es ihm in der Brust! es quillt,
10 Wie da er noch im Schoße der Felsen schlief,
   Ihm auf, und nun gedenkt er seiner
      Kraft, der Gewaltige, nun, nun eilt er,

Der Zauberer, er spottet der Fesseln nun,
Und nimmt und bricht und wirft die zerbrochenen
15   Zum Zorne, spielend, da und dort zum
      Schallenden Ufer; und von der Stimme

Des Göttersohns erwachen die Berge rings,
Es regen sich die Wälder, es hört die Kluft
   Den Herold fern, und schaudernd regt im
20   Busen der Erde sich Freude wieder.

Der Frühling kommt, er dämmert das neue Grün;
Er aber wandelt hin zu Unsterblichen;
   Denn nirgend darf er bleiben, als wo
      Ihn in die Arme der Vater aufnimmt.

Unter den Alpen gesungen.

Heilige Unschuld, du der Menschen und der
Götter liebste Vertrauteste! Du magst im
Hause oder draußen ihnen zu Füßen
    Sitzen, den Alten,

5 Immerzufriedner Weisheit voll, denn manches
Gute kennet der Mann, doch staunet er, dem
Wild gleich, oft zum Himmel, aber wie rein ist,
    Reine, dir alles!

Siehe! das rauhe Tier des Feldes, gerne
10 Dient und trauet es dir, der stumme Wald spricht,
Wie vor alters, seine Sprüche zu dir, es
    Lehren die Berge

Heil'ge Gesetze dich, und was noch jetzt uns
Vielerfahrenen offenbar der große
15 Vater werden heißt, du darfst es allein uns,
    Helle, verkünden.

So mit den Himmlischen allein zu sein, und,
Geht vorüber das Licht und Strom und Wind und
Zeit, eilt sie zum Ort, vor ihnen ein stetes
20   Auge zu haben:

Seliger weiß und wünsch' ich nichts, so lange
Nicht auch mich, wie die Weide, fort die Flut nimmt,
Daß wohl aufgehoben, schlafend, dahin ich
    Muß in den Wogen;

25 Aber es bleibt daheim gern, wer in treuem
Busen Göttliches hält, und frei will ich, so
Lang ich darf, euch all, ihr Sprachen des Himmels!
    Deuten und singen.

Der blinde Sänger.

Ἔλυσεν αἰνὸν ἄχος ἀπ' ὀμμάτων Ἄρης.
Sophokles.

Wo bist du, Jugendliches! das immer mich
Zur Stunde weckt des Morgens, wo bist du, Licht?
Das Herz ist wach, doch hält und hemmt in
Heiligem Zauber die Nacht mich immer.

Sonst lauscht' ich um die Dämmrung gern, sonst harrt'
Ich gerne dein am Hügel, und nie umsonst!
     Nie täuschten mich, du Holdes! deine
          Boten, die Lüfte, denn immer kamst du,

Kamst allbeseligend den gewohnten Pfad
Herein in deiner Schöne. Wo bist du, Licht?
     Das Herz ist wieder wach, doch bannt und
          Hemmt die unendliche Nacht mich immer.

Mir grünten sonst die Lauben, es leuchteten
Die Blumen, wie die eigenen Augen, mir,
     Nicht ferne war das Angesicht der
          Lieben und leuchtete mir, und droben

Und um die Wälder sah ich Fittiche
Des Himmels fliegen, da ich ein Jüngling war;
     Nun sitz' ich still allein, von einer
          Stunde zur anderen, und Gestalten

Aus Lieb' und Leid der helleren Tage schafft,
Zur eignen Freude, nun mein Gedanke sich
     Und ferne lausch' ich hin, ob nicht ein
          Freundlicher Retter vielleicht mir komme.

Dann hör' ich oft den Wagen des Donnerers
Am Mittag, wenn der eherne nahe kommt
     Und ihm das Haus bebt, und der Boden
          Unter ihm dröhnt, und der Berg es nachhallt.

Den Retter hör' ich dann in der Nacht, ich hör'
Ihn tötend, den Befreier, belebend ihn,
     Den Donnerer, vom Untergang zum
          Orient eilen, und ihm nach tönt ihr,

Ihr, meiner Seele Saiten! es lebt mit ihm
Mein Geist, und wie die Quelle dem Strome folgt,
     Wohin er trachtet, so geleit' ich
          Gerne den Sicheren auf der Irrbahn.

Wohin? wohin? ich höre dich da und dort,
Du Herrlicher! und rings um die Erde tönt's!
     Wo endest du? und was, was ist es
          Über den Wolken? und o wie wird mir!

Tag! Tag! Du über stürzenden Wolken! sei
Willkommen mir! es blühet mein Auge dir.
　　O Jugendlicht! o Glück! das alte
　　　　Wieder! doch geistiger rinnst du nieder,

45 Du goldner Quell aus heiligem Kelch! und du,
Du grüner Boden! friedliche Wieg'! und du,
　　Haus meiner Väter! und ihr Lieben,
　　　　Die mir begegneten einst, o nahet,

O kommt, daß euer, euer die Freude sei,
50 Ihr alle! daß euch segne der Sehende!
　　O nehmt, daß ich's ertrage, mir das
　　　　Leben, das göttliche, mir vom Herzen!

An die Hoffnung.

O Hoffnung! holde! gütig geschäftige!
Die du das Haus der Trauernden nicht verschmähst,
　　Und gerne dienend, Edle! zwischen
　　　　Sterblichen waltest und Himmelsmächten;

5 Wo bist du? wenig lebt' ich, doch atmet kalt
Mein Abend schon. Und stille, den Schatten gleich,
　　Bin ich schon hier; und schon gesanglos
　　　　Schlummert das schau'rnde Herz im Busen.

Im grünen Tale, dort, wo der frische Quell
10 Vom Berge täglich rauscht, und die liebliche
　　Zeitlose mir am Herbsttag aufblüht,
　　　　Dort in der Stille, du Holde, will ich

Dich suchen, oder wenn in der Mitternacht
Das unsichtbare Leben im Haine wallt,
15 　　Und über mir die immer frohen
　　　　Blumen, die blühenden Sterne, glänzen.

O du, des Äthers Tochter! erscheine dann
Aus deines Vaters Gärten, und darfst du nicht
　　Mir sterblich Glück verkünden, schrecke
20 　　　　Nur mit unsterblichem das Herz mir.

Die Entschlafenen.

Einen vergänglichen Tag lebt' ich und wuchs mit den Meinen,
  Eins ums andere schon schläft mir und fliehet dahin.
Doch, ihr Schlafenden, wacht am Herzen mir, in verwandter
  Seele ruhet von euch mir das entfliehende Bild.
5 Und lebendiger lebt ihr dort, wo des göttlichen Geistes
  Freude die Alternden all, alle die Toten verjüngt.

Idyllisches und Elegisches.

————

Emilie vor ihrem Brauttag.

1.

Emilie an Klara.

Ich bin im Walde mit dem Vater drauß
Gewesen, diesen Abend, auf dem Pfade,
Du kennest ihn, vom vor'gen Frühlinge.
Es blühten wilde Rosen nebenan,
5   Und von der Felswand überschattet' uns
Der Eichenbüsche sonnenhelles Grün;
Und oben durch der Buchen Dunkel quillt
Das klare flüchtige Gewässer nieder.
Wie oft, du Liebe! stand ich dort und sah
10   Ihm nach aus seiner Bäume Dämmerung
Hinunter in die Ferne, wo zum Bach
Es wird, zum Strome, sehnte mich mit ihm
Hinaus — wer weiß wohin?

                    Das hast du oft
Mir vorgeworfen, daß ich immerhin
15   Abwesend bin mit meinem Sinne, hast
Mir's oft gesagt, ich habe bei den Menschen
Kein friedlich Bleiben nicht, verschwende
Die Seele an die Lüfte, lieblos sei
Ich öfters bei den Meinen.   Gott! ich lieblos?

20   Wohl mag es freudig sein und schön, zu bleiben,
Zu ruhn in einer lieben Gegenwart,
Wenn eine große Seele, die wir kennen,
Vertraulich nahe waltet über uns,

Sich um uns schließt, daß wir, die Heimatlosen,
25 Doch wissen, wo wir wohnen.

                                    Gute! Treue!
Doch hast du recht. Bist du denn nicht mir eigen?
Und hab' ich ihn, den teuern Vater, nicht,
Den Heiligjugendlichen, Vielerfahrnen,
Der, wie ein stiller Gott auf dunkler Wolke,
30 Verborgen wirkend über seiner Welt
Mit freiem Auge ruht? und wenn er schon
Ein Höhers weiß, und ich des Mannes Geist
Nur ahnen kann, doch ehrt er liebend mich
Und nennt mich seine Freude, ja! und oft
35 Gibt eine neue Seele mir sein Wort.

    Dann möcht' ich wohl den Segen, den er gab,
Mit Einem, das ich liebte, gerne teilen.
Und bin allein — ach! ehmals war ich's nicht!

    Mein Eduard! mein Bruder! denkst du sein —
40 Und denkst du noch der frommen Abende,
Wenn wir im Garten oft zusammensaßen
Nach schönem Sommertage, wenn die Luft
Um unsre Stille freundlich atmete,
Und über uns des Äthers Blumen glänzten;
45 Wenn von den Alten er, den Hohen, uns
Erzählte, wie in Freude sie und Freiheit
Aufstrebten, seine Meister? Tönender
Hub dann aus seiner Brust die Stimme sich,
Und zürnend war und liebend oft voll Tränen
50 Das Auge meinem Stolzen; ach! den letzten
Der Abende, wie nun, da Großes ihm
Bevorstand, ruhiger der Jüngling war,
Noch mit Gesängen, die wir gerne hörten,
Und mit der Zither uns, die Trauernden,
55 Vergnügt'!

                    Ich seh' ihn immer, wie er ging.
Nie war er schöner, kühn die Seele glänzt'
Ihm auf der Stirne, dann voll Andacht trat
Er vor den alten Vater. „Kann ich Glück
Von dir empfangen", sprach er, „heil'ger Mann!
60 So wünsche lieber mir das größte, denn
Ein andres!" und betroffen schien der Vater.

„Wenn's sein soll, wünsch' ich dir's", antwortet' er.
Ich stand beiseit', und wehemütig sah
Der Scheidende mich an und rief mich laut,
Mir bebt' es durch die Glieder, und er hielt
Mich zärtlich fest, in seinen Armen stärkte
Der Starke mir das Herz, und da ich aufsah
Nach meinem Lieben, war er fortgeeilt.

„Ein edel Volk ist hier auf Korsika;"
Schrieb freudig er im letzten Briefe mir,
„Wie wenn ein zahmer Hirsch zum Walde kehrt
Und seine Brüder trifft, so bin ich hier,
Und mir bewegt im Männerkriege sich
Die Brust, daß ich von allem Weh genese.

Wie lebst du, teure Seele! und der Vater?
Hier unter frohem Himmel, wo zu schnell
Die Frühlinge nicht altern, und der Herbst
Aus lauer Luft dir goldne Früchte streut,
Auf dieser guten Insel werden wir
Uns wiedersehen; dies ist meine Hoffnung.

Ich lobe mir den Feldherrn. Oft im Traum
Hab' ich ihn fast gesehen, wie er ist,
Mein Paoli, noch eh' er freundlich mich
Empfing und zärtlich vorzog, wie der Vater
Den Jüngstgebornen, der es mehr bedarf.

Und schämen muß ich vor den andern mich,
Den furchtbarstillen, ernsten Jünglingen.
Sie dünken traurig dir bei Ruh' und Spiel;
Unscheinbar sind sie, wie die Nachtigall,
Wenn vom Gesang sie ruht; am Ehrentag
Erkennst du sie. Ein eigen Leben ist's! —
Wenn mit der Sonne wir, mit heil'gem Lied
Heraufgehn übern Hügel, und die Fahnen
Ins Tal hinab im Morgenwinde wehn,
Und drunten auf der Ebne ferner sich,
Ein gärend Element, entgegen uns
Die Menge regt und treibt, da fühlen wir
Frohlockender, wie wir uns herrlich lieben;
Denn unter unsern Zelten und auf Wogen
Der Schlacht begegnet uns der Gott, der uns
Zusammenhält.

Wir tun, was sich gebührt,
Und führen wohl das edle Werk hinaus.
Dann küßt ihr noch den heimatlichen Boden,
Den trauernden, und kommt und lebt mit uns,
105 Emilie! — Wie wird's dem alten Vater
Gefallen, bei den Lebenden noch einmal
Zum Jüngling aufzuleben und zu ruhn
In unentweihter Erde, wenn er stirbt.

Denkst du des tröstenden Gesanges noch,
110 Emilie, den seiner teuern Stadt
In ihrem Fall der stille Römer sang?*)
Noch hab' ich einiges davon im Sinne.

,Klagt nicht mehr! kommt in neues Land!' so sagt' er.
,Der Ozean, der die Gefild' umschweift,
115 Erwartet uns. Wir suchen selige
Gefilde, reiche Inseln, wo der Boden
Noch ungepflügt die Früchte jährlich gibt,
Und unbeschnitten noch der Weinstock blüht,
Wo der Olivenzweig nach Wunsche wächst,
120 Und ihren Baum die Feige keimend schmückt,
Wo Honig rinnt aus hohler Eich' und leicht
Gewässer rauscht von Bergeshöhn. Noch manches
Bewundern werden wir, die Glücklichen.
Es sparte für ein frommes Volk Saturnus' Sohn
125 Dies Ufer auf, da er die goldne Zeit
Mit Erze mischte.' — Lebe wohl, du Liebe!"

Der Edle fiel des Tags darauf im Treffen
Mit seiner Liebsten einem, ruht mit ihm
In einem Grab!

In deinem Schoße ruht
130 Er, schönes Korsika! und deine Wälder
Umschatten ihn, und deine Lüfte wehn
Am milden Herbsttag freundlich über ihm,
Dein Abendlicht vergoldet seinen Hügel.

Ach! dorthin möcht' ich wohl, doch hälf' es nicht.
135 Ich sucht' ihn, so wie hier. Ich würde fast
Dort weniger, wie hier, mich sein entwöhnen.

---

*) Horat. Epod. 16 v. 39 ff.

So wuchs ich auf mit ihm, und weinen muß ich
Und lächeln, denk' ich, wie mir's ehmals oft
Beschwerlich ward, dem Wilden nachzukommen,
140 Wenn nirgend er beim Spiele bleiben wollte.
Nun bist du dennoch fort und lässest mich
Allein, du Lieber! und ich habe nun
Kein Bleiben auch, und meine Augen sehn
Das Gegenwärtige nicht mehr, o Gott!
145 Und mit Phantomen peiniget und tröstet
Nun meine Seele sich, die einsame.
Das weißt du, gutes Mädchen! nicht, wie sehr
Ich unvernünftig bin. Ich will dir's all
Erzählen. Morgen! Mich besucht doch immer
150 Der süße Schlaf, und wie die Kinder bin ich,
Die besser schlummern, wenn sie ausgeweint.

2.

Emilie an Klara.

Der Vater schwieg im Leide tagelang,
Da er's erfuhr; und scheuen mußt' ich mich,
Mein Weh ihn sehn zu lassen; lieber ging
155 Ich dann hinaus zum Hügel, und das Herz
Gewöhnte mir zum freien Himmel sich.
Ich tadelt' oft ein wenig mich darüber,
Daß nirgend mehr im Hause mir's gefiel.
Vergnügt mit allem war ich ehmals da,
160 Und leicht war alles mir. Nun ängstigt' es
Mich oft; noch trieb ich mein Geschäft, doch leblos,
Bis in die Seele stumm in meiner Trauer.

Es war, wie in der Schattenwelt, im Hause.
Der stille Vater und das stumme Kind!

165 Wir wollen fort auf eine Reise, Tochter!
Sagt' eines Tags mein Vater, und wir gingen
Und kamen dann zu dir.. In diesem Land,
An beines Neckars frieblichschönen Ufern,
Da dämmert' eine stille Freude mir
170 Zum erstenmale wieder auf. Wie oft
Im Abendlichte stand ich auf dem Hügel
Mit dir, und sah das grüne Tal hinauf,

Wo zwischen Bergen, da die Rebe wächst,
An manchem Dorf vorüber, durch die Wiesen
175 Zu uns herab, von luft'ger Weid' umkränzt,
Das goldne, ruhige Gewässer wallte!
Mir bleibt die Stelle lieb, wo ich gelebt.

Ihr heiterfreien Ebenen des Mains,
Ihr reichen, blühenden! wo nahe bald
180 Der frohe Strom, des stolzen Vaters Liebling,
Mit offnem Arm' ihn grüßt, den alten Rhein!
Auch ihr! Sie sind wie Freunde mir geworden,
Und aus der Seele mir vergehen soll
Kein frommer Dank, und trag' ich Leid im Busen,
185 So soll mir auch die Freude lebend bleiben.

Erzählen wollt' ich dir, doch hell ist nie
Das Auge mir, wenn dessen ich gedenke.
Vor seinen kindischen, geliebten Träumen
Bebt immer mir das Herz.

Wir reisten dann
190 Hinein in andre Gegenden, ins Land
Des Varustals, dort bei den dunkeln Schatten
Der wilden, heil'gen Berge lebten wir
Die Sommertage durch, und sprachen gern
Von Helden, die daselbst gewohnt, und Göttern.

195 Noch gingen wir des Tages, ehe wir
Vom Orte schieden, in den Eichenwald
Des herrlichen Gebirgs hinaus, und standen
In kühler Luft auf hoher Heide nun.

„Hier unten in dem Tale schlafen sie
200 Zusammen," sprach mein Vater, „lange schon,
Die Römer mit den Deutschen, und es haben
Die Freigebornen sich, die stolzen, stillen,
Im Tode mit den Welteroberern
Versöhnt, und Großes ist und Größeres
205 Zusammen in der Erde Schoß gefallen.
Wo seid ihr, meine Toten all? Es lebt
Der Menschengenius, der Sprache Gott,

Der alte Braga noch, und Hertha grünt
Noch immer ihren Kindern, und Walhalla
210   Blaut über uns, der heimatliche Himmel;
Doch euch, ihr Heldenbilder, find' ich nicht."

    Ich sah hinab und leise schauerte
Mein Herz, und bei den Starken war mein Sinn,
Den Guten, die hier unten vormals lebten.

215   Jetzt stand ein Jüngling, der, uns ungesehn,
Am einsamen Gebüsch beiseit' gesessen,
Nicht ferne von mir auf. O Vater! mußt'
Ich rufen, das ist Eduard! — Du bist
Nicht klug, mein Kind! erwidert' er und sah
220   Den Jüngling an; es mocht' ihn wohl auch treffen,
Er faßte schnell mich bei der Hand und zog
Mich weiter. Einmal mußt' ich noch mich umsehn.
Derselbe war's und nicht derselbe! Stolz und groß,
Voll Macht war die Gestalt, wie des Verlornen,
225   Und Aug' und Stirn' und Locke; schärfer blickt'
Er nur, und um die seelenvolle Miene
War, wie ein Schleier, ihm ein stiller Ernst
Gebreitet. Und er sah mich an. Es war,
Als sagt' er, gehe nur auch du, so geht
230   Mir alles hin, doch duld' ich aus und bleibe.

    Wir reisten noch desselben Abends ab,
Und langsamtraurig fuhr der Wagen weiter
Und weiter durchs unwegsame Gebirg'.
Es wechselten in Nebel und in Regen
235   Der Bäum' und des Gebüsches dunkle Bilder
Im Walde nebenan. Der Vater schlief,
In dumpfem Schmerze träumt' ich hin, und kaum,
Nur eben noch die lange Zeit zu zählen,
War mir die Seele wach.

                          Ein schöner Strom
240   Erweckt' ein wenig mir das Aug'; es standen
Im breiten Boot die Schiffer am Gestad',
Die Pferde traten folgsam in die Fähre,
Und ruhig schifften wir. Erheitert war
Die Nacht, und auf die Wellen leuchtet'
245   Und Hütten, wo der fromme Landmann schlief,

Aus blauer Luft das stille Mondlicht nieder;
Und alles dünkte friedlich mir und sorglos,
In Schlaf gesungen von des Himmels Sternen.

Und ich sollt' ohne Ruhe sein von nun an,
250 Verloren ohne Hoffnung mir an Fremdes
Die Seele meiner Jugend! Ach! ich fühlt'
Es jetzt, wie es geworden war mit mir.
Dem Adler gleich, der in der Wolke fliegt,
Erschien und schwand mir aus dem Auge wieder
255 Und wieder mir des hohen Fremdlings Bild,
Daß mir das Herz erbebt' und ich umsonst
Mich fassen wollte. „Schliefst du gut, mein Kind!"
Begrüßte nun der gute Vater mich,
Und gerne wollt' ich auch ein Wort ihm sagen.
260 Die Tränen doch erstickten mir die Stimme,
Und in den Strom hinunter mußt' ich sehn,
Und wußte nicht, wo ich mein Angesicht
Verbergen sollte.

                    Glückliche! die du
Dies nie erfahren, überhebe mein
265 Dich nicht. Auch du, und wer von allen mag
Sein eigen bleiben unter dieser Sonne?
Oft meint' ich schon, wir leben nur, zu sterben,
Uns opfernd hinzugeben für ein Andres.
O schön zu sterben, edel sich zu opfern,
270 Und nicht so fruchtlos, so vergebens, Liebe!
Das mag die Ruhe der Unsterblichen
Dem Menschen sein.

                    Bedaure du mich nur!
Doch tadeln, Gute, sollst du mir es nicht!
Nennst du sie Schatten, jene, die ich liebe?
275 Da ich kein Kind mehr war, da ich ins Leben
Erwachte, da aufs neu mein Auge sich
Dem Himmel öffnet' und dem Licht, da schlug
Mein Herz dem Schönen; und ich fand es nah;
Wie soll ich's nennen, nun es nicht mehr ist
280 Für mich? O laßt! Ich kann die Toten lieben,
Die Fernen; und die Zeit bezwingt mich nicht.
Mein oder nicht! du bist doch schön, ich diene
Nicht Eitlem, was der Stunde nur gefällt,

Dem Täglichen gehör' ich nicht; es ist
285 Ein anders, was ich lieb'; unsterblich
Ist, was du bist, und du bedarfst nicht meiner,
Damit du groß und gut und liebenswürdig
Und herrlich seist, du edler Genius!

Laßt nur mich stolz in meinem Leide sein,
290 Und zürnen, wenn ich ihn verleugnen soll;
Bin ich doch sonst geduldig, und nicht oft
Aus meinem Munde kömmt ein Männerwort.
Demütigt mich's doch schon genug, daß ich,
Was ich dir lang verborgen, nun gesagt.

3.

Emilie an Klara.

295 Wie dank' ich dir, du Liebe, daß du mir
Vertrauen abgewonnen, daß ich dir
Mein still Geheimnis endlich ausgesprochen.

Ich bin nun ruhiger — wie nenn' ich's dir?
Und an die schönen Tage denk' ich, wenn ich oft
300 Hinausging mit dem Bruder, und wir oben
Auf unserm Hügel beieinander saßen,
Und ich den Lieben bei den Händen hielt,
Und mir's gefallen ließ am offnen Feld'
Und an der Straß', und ins Gewölb' hinauf
305 Des grünen Ahorns staunt', an dem wir lagen.
Ein Sehnen war in mir, doch war ich still.
Es blühten uns der ersten Hoffnung Tage,
Die Tage des Erwachens.

          Holde Dämmrung!
So schön ist's, wenn die gütige Natur
310 Ins Leben lockt ihr Kind. Es singen nur
Den Schlummersang am Abend unsre Mütter,
Sie brauchen nie das Morgenlied zu singen.
Dies singt die andre Mutter uns, die gute,
Die wunderbare, die uns Lebenslust
315 In unsern Busen atmet, uns mit süßen
Verheißungen erweckt.

          Wie ist mir, Liebe!
Ich kann an Jugend heute nur, und nur
An Jugend denken.

Sieh! ein heitrer Tag
Ist's eben auch. Seit frühem Morgen sitz' ich
Am lieben Fenster, und es wehn die Lüfte,
Die zärtlichen, herein, mir blickt das Licht
Durch meine Bäume, die zu nahe mir
Gewachsen sind, und mählich mit den Blüten
Das ferne Land verhüllen, daß ich mich
Bescheiden muß, und hie und da noch kaum
Hinaus mich find' aus diesem freundlichen
Gefängnis! und es fliegen über ihnen
Die Schwalben und die Lerchen, und es singen
Die Stunde durch genug die Nachtigallen,
Und wie sie heißen all die Lieblinge
Der schönen Jahrszeit; eigne Namen möcht'
Ich ihnen geben, und den Blumen auch,
Den stillen, die aus dunklem Beete duften,
Zu mir herauf wie junge Sterne glänzend.

Und wie es lebt und glücklich ist im Wachstum,
Und seiner Reife sich entgegen freut!

Es findet jedes seine Stelle doch,
Sein Haus, die Speise, die das Herz ihm sättigt,
Und jedes segnest du mit eignem Segen,
Natur! und gibst dich ihnen zum Geschäft,
Und trägst und nährst zu ihrer Blütenfreud'
Und ihrer Frucht sie fort, du Gütige!

Und klagtest du doch öfters, trauernd Herz!
Vergaßest mir den Glauben, danktest nicht,
Und dachtest nicht, wenn dir dein Tun zu wenig
Bedeuten wollt', es sei ein frommes Opfer,
Das du, wie andre, für das Leben bringest,
Wohlmeinend, wie der Lerche Lied, das sie
Den Lüften singt, den freudegebenden. —

Nun geh' ich noch hinaus und hole Blumen
Dem Vater aus dem Feld, und bind' ihm sie
In einen Strauß, die drunten in dem Garten,
Und die der Bach erzog; ich will's schon richten,
Daß ihm's gefallen soll. Und dir? Dir bring' ich
Genug des Neuen. Da ist's immer anders.

Jetzt blühn die Weiden; jetzt vergolden sich
Die Wiesen; jetzt beginnt der Buche Grün,
Und jetzt der Eiche — nun! leb' wohl indessen!

4.

Emilie an Klara.

Ihr Himmlischen! das war er. Kannst du mir
360 Es glauben? — Beste! — wärst du bei mir! — Er!
Der Hohe, der Gefürchtete, Geliebte! —
Mein bebend Herz, hast du so viel gewollt?

Da ging ich so zurück mit meinen Blumen,
Sah auf den Pfad, den abendrötlichen,
365 In meiner Stille nieder, und es schlief
Mir sanft im Busen das Vergangene,
Ein kindlich Hoffen atmete mir auf;
Wie wenn uns zwischen süßem Schlaf und Wachen
Die Augen halb geöffnet sind, so war
370 Ich Blinde. Sieh! da stand er vor mir, mein
Heroe, und ich Arme war wie tot,
Und ihm, dem Brüderlichen, überglänzte
Das Angesicht, wie einem Gott die Freude.

„Emilie!" — das war sein frommer Gruß,
375 Ach! alles Sehnen weckte mir und all
Das liebe Leiden, so ich eingewiegt,
Der goldne Ton des Jünglings wieder auf!
Nicht aufsehn durft' ich! keine Silbe durft'
Ich sagen! O, was hätt' ich ihm gesagt!

380 Was wein' ich denn, du Gute? — laß mich nur!
Nun darf ich ja, nun ist's so töricht nimmer,
Und schön ist's, wenn der Schmerz mit seiner Schwester,
Der Wonne, sich versöhnt, noch eh' er weggeht.

O Wiedersehn! das ist noch mehr, du Liebe!
385 Als wenn die Bäume wieder blühn, und Quellen
Von neuem fröhlich rauschen —

        Ja! ich hab'
Ihn oft gesucht und ernstlich oft es mir
Versagt, doch wollt' ich sein Gedächtnis ehren.

Die Bilder der Gespielen, die mit mir
390 Auf grüner Erd' in stummer Kindheit saßen,
Sie dämmern ja um meine Seele mir,
Und dieser edle Schatte, sollt' er nicht?
Das Herz im Busen, das unsterbliche,
Kann nicht vergessen, sieh! und öfters bringt
395 Ein guter Genius die Liebenden
Zusammen, daß ein neuer Tag beginnt,
Und ihren Mai die Seele wieder feiert.

O wunderbar ist mir! auch er! — daß du
Hinunter mußtest, Lieber! ehe dir
400 Das Deine ward, und dich die frohe Braut
Zum Männerruhme segnete! Doch starbst
Du schön, und oft hab' ich gehört, es fallen
Die Lieblinge des Himmels früh, damit
Sie sterblich Glück und Leid und Alter nicht
405 Erfahren. Nimmermehr vergeß' ich dich.
Und ehren soll er dich. Dein Bild will ich
Ihm zeigen, wenn er kömmt; und wenn der Stolze
Sich dann verwundert, daß er sich bei mir
Gefunden, sag' ich ihm, es sei ein andrer,
410 Und den er lieben müsse. O, er wird's!

5.

Emilie an Klara.

Da schrieb er mir. Ja, teures Herz! er ist's,
Den ich gesucht. Wie dieser Jüngling mich
Demütiget und hebt! Nun! lies es nur!
„So bist du's wieder und ich habe dich
415 Gegrüßt, gefunden, habe dich noch einmal
In deiner frommen Ruh' gestört, du Kind
Des Himmels! — Nein, Emilie! du kanntest
Mich ja. Ich kann nicht fragen. Wir sind es,
Die Längstverwandten, die der Gott getraut,
420 Und bleiben wird es, wie die Sonne droben.
Ich bin voll Freude, schöne Seele! bin
Der neuen Melodien ungewohnt.
Es ist ein andres Lied als jenes, so
Dem Jünglinge die Parze lehrend singt,
425 Bis ihm, wie Wohllaut, ihre Weise tönt;

Dann gönnt sie ihm, du Friedliche! von dir
Den süßern Ton, den liebsten, einzigen,
Zu hören. Mein? o sieh! du wirst in Lust
Die Mühe mir, und was mein Herz gebeut,
430 Du wirst es all in heil'ge Liebe wandeln.
Und hab' ich mit Unmöglichem gerungen,
Und mir die Brust zu Treu und Ruh' gehärtet,
Du wärmest sie mit frommer Hoffnung mir,
Daß sie vertrauter mit dem Siege schlägt.
435 Und wenn das Urbild, das, wie Morgenlicht,
Mir aus des Lebens dunkler Wolke stieg,
Das himmlische, mir schwindet, seh' ich dich,
Und, eine schöne Götterbotin, mahnst
Du lächelnd mich an meinen Phöbus wieder;
440 Und wenn ich zürne, sänftigest du mich.
Dein Schüler bin ich dann und lausch' und lerne.
Von deinem Munde nehm' ich, Zauberin,
Des Überredens süße Gabe mir,
Daß sie die Geister freundlich mir bezwingt;
445 Und wenn ich ferne war von dir, und wund
Und müd' dir wiederkehre, heilst du mich,
Und singst in Ruhe mich, du holde Muse!

„Emilie! daß wir uns wiedersahn!
Daß wir uns einst gefunden, und du nun
450 Mich nimmer fliehst, und nahe bist! Zu gern,
Zu gern entwich dein stolzes Bild dem Wandrer,
Das zarte, reine, da du ferne warst,
Du Heiligschönes! doch ich sah dich oft,
Wenn ich des Tags allein die Pfade ging,
455 Und abends in der fremden Hütte schwieg.

„O heute! grüße, wenn du willst, den Vater!
Ich kenn' ihn wohl; auch meinen Namen kennt er;
Und seiner Freunde Freund bin ich. Ich wußte nicht,
Daß er es war, da wir zuerst einander
460 Begegneten, und lang erfuhr ich's nicht.
Bald grüß' ich schöner dich. — Armenion.“

6.

Emilie an Klara.

Er woll' ihn morgen sprechen, sagte mir
Mein Vater, morgen! und er schien nicht freundlich.

Nun sitz' ich hier und meine Augen ruhn
465 Und schlummern nicht; — ach! schämen muß ich mich,
Es dir zu klagen, — will ich stille werden,
So regt ein Laut mich auf; ich sinn' und bitte,
Und weiß nicht, was? und sagen möcht' ich viel,
Doch ist die Seele stumm; — o fragen möcht' ich
470 Die sorgenfreien Bäume hier, die Strahlen
Der Nacht und ihre Schatten, wie es nun
Mir endlich werden wird.

       Zu still ist's mir
In dieser schönen Nacht, und ihre Lüfte
Sind mir nicht hold, wie sonst. Die Törin!
475 Solang er ferne war, so liebt' ich ihn;
Nun bin ich kalt und zag' und zürne mir
Und andern. — Auch die Worte, so ich dir
In dieser bösen Stunde schreibe, lieb'
Ich nicht, und was ich sonst von ihm geschrieben,
480 Unleidlich ist es mir. Was ist es denn?
Ich wünsche fast, ich hätt' ihn nie gesehen.
Mein Friede war doch schöner. Teures Herz!
Ich bin betrübt, und anders, denn ich's war,
Da ich um den Verlornen trauerte.
485 Ich bin es nimmer, nein! ich bin es nicht,
Ich bin nicht gut, und seellos bin ich auch.
Mich läßt die Furcht, die häßliche, nicht ruhn.

  O daß der goldne Tag die Ruhe mir,
Mein eigen Leben wiederbrächt'! —

         Ich will
490 Geduldig sein, und wenn der Vater ihn
Nicht ehrt, mir ihn versagt, den Teuren,
So schweig' ich lieber, und es soll mir nicht
Zu sehr die Seele kränken; kann ich still
Ihn ehren doch, und bleiben, wie ich bin.

7.

Emilie an Klara.

495 Nun muß ich lächeln über alles Schlimme,
Was ich die vor'ge Nacht geträumt; und hab'
Ich dir es gar geschrieben? Anders bin
Ich jetzt gesinnt.

Er kam, und mir frohlockte
Das Herz, wie er herab die Straße ging,
500 Und mir das Volk den fremden Herrlichen
Bestaunt'! und lobend über ihn geheim
Die Nachbarn sich besprachen, und er jetzt
Den Knaben, der an ihm vorüberging,
Nach meinem Hause fragt'! ich sahe nicht
505 Hinaus, ich konnt', an meinem Tische sitzend,
Ihn ohne Scheue sehn — wie red' ich viel?
Und da er nun herauf die Treppe kam,
Und ich die Tritte hört' und seine Türe
Mein Vater öffnete, die draußen sich
510 Stillschweigend grüßten, daß ich nicht
Ein Wort vernehmen konnt', ich Unvernünft'ge,
Wie ward mir bange wieder? Und sie blieben
Nicht kurze Zeit allein im andern Zimmer,
Daß ich es länger nicht erdulden konnt',
515 Und dacht': ich könnte wohl den Vater fragen
Um dies und jenes, was ich wissen mußte.
Dann hätt' ich's wohl gesehn in ihren Augen,
Wie mir es werden sollte. Doch ich kam
Bis an die Schwelle nur, ging lieber doch
520 In meinen Garten, wo die Pflanzen sonst,
In andrer Zeit, die Stunde mir gekürzt.

Und fröhlich glänzten, von des Morgens Tau
Gesättiget, im frischen Lichte sie
Ins Auge mir, wie liebend sich das Kind
525 An die betrübte Mutter drängt, so waren
Die Blumen und die Blüten um mich rings,
Und schöne Pforten wölbten über mir
Die Bäume.

Doch ich konnt' es jetzt nicht achten,
Nur ernster ward und schwerer nur, und bänger
530 Das Herz mir Armen immer, und ich sollte
Wie eine Dienerin von ferne lauschen,
Ob sie vielleicht mich riefen, diese Männer!
Ich wollte nun auch nimmer um mich sehn,
Und barg in meiner Laube mich und weinte
535 Und hielt die Hände vor das Auge mir.

Da hört' ich sanft des Vaters Stimme nah,
Und lächelnd traten, da ich noch die Tränen
Mir trocknete, die beiden in die Laube:
„Hast du dich so geängstiget, mein Kind!
540 Und zürnst du," sprach der Vater, „daß ich erst
Für mich den edlen Gast behalten wollt'?
Ihn hast du nun. Er mag die Zürnende
Mit mir versöhnen, wenn ich unrecht tat."

So sprach er; und wir reichten alle drei
545 Die Händ' einander, und der Vater sah
Mit stiller Freud' uns an. —

                              „Ein Trefflicher
Ist dein geworden, Tochter!" sprach er jetzt,
„Und dein, o Sohn! dies heiligliebend Weib.
Ein freudig Wunder, daß die alten Augen
550 Mir übergehen, seid ihr mir, und blüht,
Wie eine seltne Blume mir, ihr beiden!

Denn nicht gelingt es immerhin den Menschen,
Das Ihrige zu finden. Großes Glück
Zu tragen und zu opfern gibt der Gott
555 Den einen, weniger gegeben ist
Den andern; aber hoffend leben sie.

Zwei Genien geleiten auf und ab
Uns Lebende, die Hoffnung und der Dank.
Mit Einsamen und Armen wandelt jene,
560 Die Immerwache; dieser führt aus Wonne
Die Glücklichen des Weges freundlich weiter,
Vor bösem Schicksal sie bewahrend. Oft,
Wenn er entfloh, erhuben sich zu sehr
Die Freudigen, und rächend traf sie bald
565 Das ungebetne Weh.

                              Doch gerne teilt
Das freie Herz von seinen Freuden aus,
Der Sonne gleich, die liebend ihre Strahlen
An ihrem Tag aus goldner Fülle gibt;
Und um die Guten dämmert oft und glänzt
570 Ein Kreis von Licht und Lust, solang sie leben.

O Frühling meiner Kinder, blühe nun
Und altre nicht zu bald, und reife schön!"

So sprach der gute Vater. Vieles wollt'
Er wohl noch sagen, denn die Seele war
Ihm aufgegangen; aber Worte fehlten ihm.

Er gab ihn mir und segnet' uns und ging
Hinweg.

Ihr Himmelslüfte, die ihr oft
Mich tröstend angeweht, nun atmetet
Ihr heiligend um unser goldnes Glück!

Wie anders war's, wie anders, da mit ihm,
Dem Liebenden, dem Freudigen, ich jetzt,
Ich Freudige, zu unsrer Mutter auf,
Zur schönen Sonne, sah! nun dämmert es
Im Auge nicht, wie sonst im sehnenden,
Nun grüßt' ich helle dich, du stolzes Licht!
Und lächelnd weiltest du, und kamst und schmücktest
Den Lieben mir, und kränztest ihm mit Rosen
Die Schläfe, Freundliches!

Und meine Bäume,
Sie streuten auch ein hold Geschenk herab,
Zu meinem Fest, vom Überfluß der Blüten!

Da ging ich sonst; ach! zu den Pflanzen flüchtet'
Ich oft mein Herz, bei ihnen weilt' ich oft,
Und hing an ihnen; dennoch ruht' ich nie,
Und meine Seele war nicht gegenwärtig.

Wie eine Quelle, wenn die jugendliche
Dem heimatlichen Berge nun entwich,
Die Pfade bebend sucht und flieht und zögert
Und durch die Wiesen irrt und bleiben möcht',
Und sehnend, hoffend immer doch enteilt:
So war ich; aber liebend hat der stolze,
Der schöne Strom die Flüchtige genommen,
Und ruhig wall' ich nun, wohin der sichre
Mich bringen will, hinab am heitern Ufer.

———

Das Ahnenbild.

Ne virtus ulla pereat!

Alter Vater! Du blickst immer wie ehmals noch,
Da du gerne gelebt unter den Sterblichen,
   Aber ruhiger nur und
     Wie die Seligen heiterer,

5 In die Wohnung, wo dich „Vater!" das Söhnlein nennt,
Wo es lächelnd vor dir spielt und den Mutwill übt,
   Wie die Lämmer im Feld', auf
     Grünem Teppiche, den zur Lust

Ihm die Mutter gegönnt. Ferne sich haltend, sieht
10 Ihm die Liebende zu, wundert der Sprache schon
   Und des jungen Verstandes
     Und des blühenden Auges sich.

Und an andere Zeit mahnt sie der Mann, dein Sohn,
An die Lüfte des Mais, da er geseufzt um sie,
15   An die Bräutigamstage,
     Wo der Stolze die Demut lernt;

Doch es wandte sich bald; sicherer, denn er war,
Ist er, herrlicher ist unter den Seinigen
   Nun der Zweifachgeliebte,
20   Und ihm gehet sein Tagewerk.

Stiller Vater! auch du lebtest und liebtest so;
Darum wohnest du nun, als ein Unsterblicher,
   Bei den Kindern, und Segen,
     Wie aus Wolken des Himmels, kömmt

25 Ofters über das Haus, ruhiger Mann, von dir,
Und es mehrt sich, es reift, edler von Jahr zu Jahr,
   In bescheidenem Glücke,
     Was mit Hoffnungen du gepflanzt.

Die du liebend erzogst, siehe! sie grünen dir,
30 Deine Bäume, wie sonst, breiten ums Haus den Arm,
   Voll von dankenden Gaben;
     Sicher stehen die Stämme schon.

Und am Hügel hinab, wo du den sonnigen
Boden ihnen gebaut, neigen und schwingen sich
    Deine freudigen Reben,
       Trunken, purpurner Trauben voll.

Aber unten im Haus ruhet, besorgt von dir,
Der gekelterte Wein; teuer ist der dem Sohn,
    Und er sparet zum Fest das
       Alte, lautere Feuer sich.

Dann beim nächtlichen Mahl, wenn er, in Lust und Ernst,
Von Vergangenem viel, vieles von Künftigem
    Mit den Freunden gesprochen,
       Und der letzte Gesang noch hallt,

Hält er höher den Kelch, siehet dein Bild und spricht:
„Deiner denken wir nun, dein, und so werd' und bleib'
    Ihre Ehre des Hauses
       Guten Genien, hier und sonst!"

Und es tönen zum Dank hell die Kristalle dir,
Und die Mutter, sie reicht heute zum erstenmal,
    Daß es wisse vom Feste,
       Auch dem Kinde von deinem Trank.

Die Herbstfeier.

An Siegfried Schmid.

1.

Wieder ein Glück erlebt! Die gefährliche Dürre geneset,
    Und die Schärfe des Lichts senget die Blüte nicht mehr,
Offen steht jetzt wieder ein Saal und gesund ist der Garten,
    Und von Regen erfrischt rauschet das glänzende Tal
Hoch von Gewächsen, es schwellen die Bäch', und alle gebundnen
    Fittiche wagen sich wieder ins Reich des Gesangs.
Voll ist die Luft von Fröhlichen jetzt, und die Stadt und der Hain ist
    Rings von zufriedenen Kindern des Himmels erfüllt.
Gerne begegnen sie sich und irren untereinander
    Sorgenlos, und es scheint keines zu wenig, zu viel.
Denn so ordnet das Herz es an in lieblicher Anmut,
    Sie, die geschickliche, schenkt ihnen ein göttlicher Geist.

Aber die Wanderer auch sind wohl geleitet und haben
   Kränze genug und Gesang, haben den heiligen Stab,
15 Vollgeschmückt mit Trauben und Laub bei sich und der Fichte
   Schatten; von Dorfe zu Dorf jauchzt es, von Tage zu Tag,
Und wie Wagen, bespannt mit Hirschen und Rehen, so ziehn die
   Berge voran, und so träget und eilet der Pfad.

2.

Aber meinest du nun, es haben die Tore vergebens
20   Aufgetan und den Weg freudig die Geister gemacht?
Und es schenken umsonst zu des Gastmahls Fülle die Guten
   Neben dem Wein uns noch Beeren und Honig und Obst?
Schenken das purpurne Licht zu Festgesängen, und kühl und
   Ruhig zu tieferem Freundesgespräche die Nacht?
25 Hält ein Ernsteres dich, so spar's dem Winter, und willst du
   Freien, habe Geduld, Freier beglücket der Mai.
Jetzt ist anderes not, jetzt komm und feire des Herbstes
   Alte Sitte, noch jetzt blühet die edle mit uns.
Eins nur gilt für den Tag: das Vaterland! und des Opfers
30   Festlicher Flamme wirft jeder das Eigene zu.
Darum kränzt der gemeinsame Gott umsäuselnd das Haar uns,
   Und den eigenen Sinn schmelzet, wie Perlen, der Wein.
Dies bedeutet der Tisch, der geehrte, wenn, wie die Bienen,
   Rund um den Eichbaum, wir sitzen und singen um ihn.
35 Dies der Pokale Klang, und darum zwinget die wilden
   Seelen der streitenden Männer zusammen der Chor.

3.

Aber damit uns nicht, gleich Allzuklugen, entfliehe
   Diese neigende Zeit, komm' ich entgegen sogleich
Bis an die Grenze des Lands, wo mir den lieben Geburtsort
40   Und die Insel des Stroms blaues Gewässer umfließt.
Heilig ist mir der Ort an beiden Ufern, der Fels auch,
   Der mit Garten und Haus grün aus den Wellen sich hebt.
Dort begegnen wir uns, o gütiges Licht! wo zuerst einst
   Deiner gefühlteren Strahlen mich einer betraf.
45 Dort begann und beginnt das liebe Leben von neuem
   Aber des Vaters Grab seh' ich und weine dir schon?
Wein' und halt' und habe den Freund und höre das Wort, das,
   Einst mir in himmlischer Kunst Leiden der Liebe geheilt.

12*

Andres erwacht! Ich muß die Landesheroen ihm nennen!
50   Barbarossa! Dich auch, gütiger Christoph, und dich,
Konradin! wie du fielst, so fallen Starke. Der Efeu
     Grünt am Fels, und die Burg deckt das bacchantische Laub.
Und Vergangenes ist wie Künftiges heilig den Sängern,
     Und in Tagen des Herbsts sühnen die Schatten wir aus.

4.

55 So der Gewalt'gen gedenk, und des herzerhebenden Schicksals,
     Tatlos selber und leicht, aber vom Äther doch auch
Angeschauet und fromm wie die Alten, die göttlicherzognen
     Freudigen Dichter, ziehn freudig das Land wir hinauf.
Groß ist das Werden umher. Dort von den äußersten Bergen
60   Stammen der Jünglinge viel, steigen die Hügel herab.
Quellen rauschen von dort, und hundert geschäftige Bäche
     Kommen bei Tag und bei Nacht nieder und bauen das Land.
Aber der Meister pflügt die Mitte des Landes, die Furchen
     Ziehet der Neckarstrom, ziehet den Segen herab.
65 Und es kommen mit ihm Italiens Lüfte, die See schickt
     Ihre Wolken, sie schickt prächtige Sonnen mit ihm;
Darum wächset uns auch fast über das Haupt die gewalt'ge
     Fülle, denn hierher ward, hier in die Ebne das Gut
Reicher den Lieben gebracht, den Landesleuten, doch neidet
70   Keiner an Bergen dort ihnen die Gärten, den Wein,
Oder das üppige Gras und das Korn und die glühenden Bäume,
     Die am Wege gereiht über den Wanderern stehn.

5.

Aber indes wir schaun und die mächtige Freude durchwandeln,
     Fliehet der Weg und der Tag uns, wie den Trunkenen, hin.
75 Denn, mit heiligem Laub umkränzt, erhebet die Stadt schon,
     Sie, die gepriesene, dort, leuchtend ihr priesterlich Haupt.
Herrlich steht sie, und hält den Rebenstab und die Tanne
     Hoch in den seligen Duft purpurner Wolken empor.
Sei uns hold, dem Gast und dem Sohn, o Fürstin der Heimat,
80   Glückliches Stuttgart! nimm freundlich den Fremdling mir auf!
Immer hast du Gesang mit Flöten und Saiten gebilligt,
     Wie ich glaub', und des Lieds kindlich Geschwätz, und der Mühn
Süße Vergessenheit bei gegenwärtigem Geiste,
     Drum erfreuest du auch gerne den Sängern das Herz.

85 Aber ihr, ihr Größeren auch, ihr Frohen, die allzeit
     Leben und walten, erkannt, oder gewaltiger auch
   Wenn ihr wirket und schafft in heiliger Nacht und alleinherrscht,
     Und allmählig emporziehet ein ahnendes Volk,
   Bis die Jünglinge sich der Väter droben erinnern;
90   Mündig und hell vor euch steht der besonnene Mensch.
   Engel des Vaterlands! o ihr, vor denen das Auge,
     Sei's auch stark, und das Knie bricht dem vereinzelten Mann,
   Daß er halten sich muß an die Freund' und bitten die Teuern,
     Daß sie tragen mit ihm all die beglückende Last,
95 Habt, o Gütige, Dank für den und alle die andern,
     Die mein Leben, mein Gut unter den Sterblichen sind.

                          6.

   Aber die Nacht kommt! Laß uns eilen, zu feiern das Herbstfest
     Heut noch! voll ist das Herz, aber das Leben ist kurz,
   Und was uns der himmlische Tag zu sagen geboten,
100   Das zu nennen, mein Schmid, reichen wir beide nicht aus.
   Treffliche bring' ich dir und das Freudenfeuer wird hoch auf=
     Schlagen, und heiliger soll sprechen das kühnere Wort.
   Siehe! da ist es rein! Und des Gottes freundliche Gaben,
     Die wir teilen, sie sind zwischen den Liebenden nur, —
105 Anderes nicht. — O kommt, o macht es wahr! denn allein ja
     Bin ich, und niemand nimmt mir von der Stirne den Traum?
   Kommt und reicht, ihr Lieben, die Hand! das möge genug sein,
     Aber die größere Lust sparen dem Enkel wir auf.

                    ─────────

                      Heimkunft.

                   An die Verwandten.

                          1.

   Drin in den Alpen ist's noch helle Nacht, und die Wolke,
     Freudiges dichtend, sie deckt drinnen das gähnende Tal.
   Dahin, dorthin toset und stürzt die scherzende Bergluft,
     Schroff durch Tannen herab glänzet und schwindet ein Strahl;
5 Langsam eilt es und kämpft, das freudigschauernde Chaos;
     Jung an Gestalt, doch stark, feiert es liebenden Streit
   Unter den Felsen, es gärt und wankt in den ewigen Schranken,
     Denn bacchantischer zieht drinnen der Morgen herauf.

Denn es wächst unendlicher dort das Jahr, und die heil'gen
10   Stunden, die Tage, sie sind kühner geordnet, gemischt.
Dennoch merket die Zeit der Gewittervogel, und zwischen
     Bergen hoch in der Luft weilt er, und rufet den Tag.
Jetzt auch wachet und schaut in der Tiefe drinnen das Dörflein,
     Furchtlos, Hohem vertraut, unter den Gipfeln hinauf,
15 Wachstum ahnend; denn schon, wie Blitze, fallen die alten
     Wasserquellen, der Grund unter den stürzenden dampft,
Echo tönet umher, und die unermeßliche Werkstatt
     Reget bei Tag und bei Nacht, Gaben versendend, den Arm.

2.

Ruhig glänzen indes die silbernen Höhen darüber,
20   Voll mit Rosen ist schon droben der leuchtende Schnee.
Und noch höher hinauf wohnt über dem Lichte der reine
     Selige Gott vom Spiel heiliger Strahlen erfreut.
Stille wohnt er allein, und hell erscheinet sein Antlitz;
     Der Ätherische scheint Leben zu geben geneigt,
25 Freude zu schaffen mit uns, wie oft, wenn kundig des Maßes,
     Kundig der Atmenden, auch zögernd und schonend, der Gott
Wohlgediegenes Glück den Städten und Häusern und milde
     Regen, zu öffnen das Land, brütende Wolken und euch,
Trauteste Lüfte dann, euch, sanfte Frühlinge, sendet,
30   Und mit langsamer Hand Traurige wieder erfreut,
Wenn er die Zeiten erneut, der Schöpferische, die stillen
     Herzen der alternden Menschheit erfrischt und ergreift,
Und hinab in die Tiefe winkt und öffnet und aufhellt,
     Wie er's liebet, und jetzt wieder ein Leben beginnt,
35 Anmut blühet, wie einst, und gegenwärtiger Geist kommt,
     Und ein freudiger Mut wieder die Fittiche schwellt.

3.

Vieles sprach ich zu ihm, denn was auch Dichtende sinnen
     Oder singen, es gilt meistens den Göttern und ihm;
Vieles bat ich zulieb dem Vaterlande, damit nicht
40   Ungebeten uns einst plötzlich befiele der Geist.
Vieles für euch auch, die im Vaterlande besorgt sind,
     Denen der heilige Dank lächelnd die Flüchtlinge bringt,
Teure Verwandte! für euch; indessen wiegte der See mich,
     Und der Ruderer saß ruhig und lobte die Fahrt.

45 Weit in der Ebene war's ein leuchtend freudiges Wallen
     Unter den Segeln, und jetzt blühet und hellet die Stadt
   Dort in der Frühe sich auf; wohl her von schattigen Alpen
     Kommt geleitet und ruht nun in dem Hafen das Schiff.
   Warm ist das Ufer hier, und freundlich offene Tale
50   Schön von Pfaden erhellt grünen und schimmern mich an.
   Gärten stehen gesellt, und die glänzende Knospe beginnt schon,
     Und des Vogels Gesang ladet den Wanderer ein.
   Alles scheinet vertraut, der vorübereilende Gruß auch
     Scheint von Freunden, es scheint jegliche Miene verwandt.

                                   4.

55 Freilich wohl! das Geburtsland ist's, der Boden der Heimat!
     Was du suchest, es ist nahe, begegnet dir schon.
   Und umsonst nicht steht, wie ein Sohn, am wellenumrauschten
     Tor und siehet und sucht liebende Namen für dich
   Mit Gesang ein wandernder Mann, glückseliges Lindau!
60   Eine der gastlichen Pforten des Landes ist dies,
   Reizend hinauszugehn in die vielversprechende Ferne,
     Dort, wo die Wunder sind, dort, wo das göttliche Wild
   Hoch in die Ebne herab, der Rhein, die verwegene Bahn bricht,
     Und aus den Felsen hervor ziehet das jauchzende Tal,
65 Dort hinein, durchs helle Gebirg', nach Komo zu wandern,
     Oder hinab, wie der Tag wandelt, den offenen See.
   Aber reizender mir bist du, geweihete Pforte,
     Heimzugehn, wo bekannt blühende Wege mir sind,
   Dort zu besuchen das Land und die schönen Tale des Neckars,
70   Und die Wälder, das Grün heiliger Bäume, wo gern
   Sich die Eiche gesellt mit stillen Birken und Buchen,
     Und in Hügeln ein Ort freundlich gefangen mich nimmt.

                                   5.

   Dort empfangen sie mich — o süße Stimme der Meinen!
     O du triffest, du regst Langevergangenes auf!
75 Und doch sind sie es noch! noch blühet die Sonn' und die Freud' euch.
     O ihr Liebsten! und fast heller im Auge, wie sonst.
   Ja! das Alte noch ist's; es gedeiht und reifet; doch keines,
     Wer da lebet und liebt, lässet die Treue zurück.
   Aber das Beste, der Fund, der unter des heiligen Friedens
80   Bogen lieget, er ist Jungen und Alten gespart.

Töricht red' ich. Es ist die Freude. Doch morgen und künftig,
　　Wenn wir gehen und schaun draußen das lebende Feld
Unter den Blüten des Baums in den Feiertagen des Frühlings,
　　Red' und hoff' ich mit euch vieles, ihr Lieben, davon.
85 Vieles hab' ich gehört vom großen Vater und habe
　　Lange geschwiegen von ihm, welcher die wandernde Zeit
Droben in Höhen erfrischt und waltet über Gebirgen;
　　Der gewähret uns bald himmlische Gaben und ruft
Hellern Gesang und schickt viel gute Geister — o säumt nicht,
90　　Kommt, Erhaltenden ihr! Engel des Jahres! und ihr,

6.

Engel des Hauses, kommt! in die Adern alle des Lebens,
　　Alle freuend zugleich, teile das Himmlische sich,
Able, verjünge, damit nichts Menschlichgutes, damit nicht
　　Eine Stunde des Tags ohne die Frohen, und auch
95 Solche Freude, wie jetzt, wenn Liebende wieder sich finden,
　　Wie es gehört für sie, schicklich geheiliget sei.
Wenn wir segnen das Mahl, wen darf ich nennen? und wenn wir
　　Ruhn vom Leben des Tags, saget, wie bring' ich den Dank?
Nenn' ich den Hohen dabei? Unschickliches liebet ein Gott nicht,
100　　Ihn zu fassen, ist fast unsere Freude zu klein.
Schweigen müssen wir oft; es fehlen heilige Namen,
　　Herzen schlagen, und doch bleibet die Rede zurück!
Aber ein Saitenspiel leiht jeder Stunde die Töne,
　　Und erfreuet vielleicht Himmlische, welche sich nahn.
105 Das bereitet, und so ist auch beinahe die Sorge
　　Schon befriediget, die unter das Freudige kam.
Sorgen, wie diese, muß, gern oder nicht, in der Seele
　　Tragen ein Sänger und oft, aber die anderen nicht.

An Landauer.

Komm! ins Offene, Freund! zwar glänzt ein weniges heute
Nur herunter, und eng schließet der Himmel uns ein.
Weder die Berge sind, noch aufgegangen des Waldes
Gipfel nach Wunsch, und leer ruht von Gesange die Luft.
5 Trüb' ist's heut, es schlummern die Gäng' und die Gassen und fast will
Mir es scheinen, es sei als in der bleiernen Zeit.
Dennoch gelinget der Wunsch. Rechtgläubige zweifeln an einer
Stunde nicht, und der Lust bleibe geweihet der Tag.

Denn nicht wenig erfreut, was wir vom Himmel gewonnen,
10 Wenn er's weigert und doch gönnet den Kindern zuletzt.
Nur daß solcher Reden und auch der Schritt' und der Mühe
Wert der Gewinn, und ganz wahr das Ergötzliche sei.
Darum hoff' ich sogar, es werde, wenn das Gewünschte
Wir beginnen, und erst unsere Zunge gelöst
15 Und gefunden das Wort und aufgegangen das Herz ist,
Und von trunkener Stirn höher Besinnen entspringt,
Mit der unsern zugleich des Himmels Blüte beginnen,
Und dem offenen Blick offen der Leuchtende sein.
Denn nicht Mächtiges ist's, zum Leben aber gehört es,
20 Was wir wollen, und scheint schicklich und freudig zugleich.
Aber kommen doch auch der segenbringenden Schwalben
Immer einige noch ehe der Sommer ins Land.

. . . . zu weihn bei guter Rede den Boden
. . . . Gästen das Haus baut der verständige Wirt;
25 Daß sie kosten und schaun das Schönste, die Fülle des Landes,
Daß, wie das Herz es wünscht, offen, dem Geiste gemäß,
Mahl und Tanz und Gesang und Stuttgarts Freude gekrönt sei.
Deshalb wollen wir heut wünschend den Hügel hinauf.
Mög' ein Besseres noch das menschenfreundliche Mailicht
30 Droben sprechen, von selbst bildsamen Gästen erklärt.
Oder, wie sonst, wenn's andern gefällt — denn alt ist die Sitte,
Und es schauen so oft lächelnd die Götter auf uns —
Möge der Zimmermann vom Gipfel des Daches den Spruch tun,
Wir, so gut es gelang, haben das Unsre getan.
35 — — — — — — — — — — — — — —
— — — — — — — — — — — — — —

———————

Der Archipelagus.

Kehren die Kraniche wieder zu dir? und suchen zu deinen
Ufern wieder die Schiffe den Lauf? umatmen erwünschte
Lüfte dir die beruhigte Flut? und sonnet der Delphin,
Aus der Tiefe gelockt, am neuen Lichte den Rücken?
5 Blüht Jonien, ist es die Zeit? denn immer im Frühling,
Wenn den Lebenden sich das Herz erneut und die erste
Liebe den Menschen erwacht, und goldner Zeiten Erinnrung,
Komm' ich zu dir und grüß' in deiner Stille dich, Alter!

Immer, Gewaltiger! lebst du noch und ruhest im Schatten
10 Deiner Berge, wie sonst; mit Jünglingsarmen umfängst du
Noch dein liebliches Land, und deiner Töchter, o Vater!
Deiner Inseln ist noch, der blühenden, keine verloren.
Kreta steht, und Salamis grünt, umdämmert von Lorbeern,
Rings von Strahlen umblüht, erhebt zur Stunde des Aufgangs
15 Delos ihr begeistertes Haupt, und Tenos und Chios
Haben der purpurnen Früchte genug, von trunkenen Hügeln
Quillt der Cypriertrank, und von Kalauria fallen
Silberne Bäche, wie einst, in die alten Wasser des Vaters.
Alle leben sie noch, die Heroenmütter, die Inseln,
20 Blühend von Jahr zu Jahr, und wenn zu Zeiten, vom Abgrund
Losgelassen, die Flamme der Nacht, das untre Gewitter,
Eine der Holden ergriff und die Sterbende dir in den Schoß sank,
Göttlicher! du, du dauertest aus, denn über den dunkeln
Tiefen ist manches schon dir auf= und untergegangen.

25 Auch die Himmlischen, sie, die Kräfte der Höhe, die stillen,
Die den heiteren Tag und süßen Schlummer und Ahndung
Fernher bringen über das Haupt der fühlenden Menschen
Aus der Fülle der Macht, auch sie, die alten Gespielen,
Wohnen, wie einst, mit dir, und oft am dämmernden Abend,
30 Wenn von Asiens Bergen herein das heilige Mondlicht
Kömmt, und die Sterne sich in deiner Woge begegnen,
Leuchtest du von himmlischem Glanz, und so, wie sie wandeln,
Wechseln die Wasser dir, es tönt die Weise der Brüder
Droben, ihr Nachtgesang im liebenden Busen dir wieder.
35 Wenn die Allverklärende dann, die Sonne des Tages,
Sie, des Orients Kind, die Wundertätige, da ist,
Dann die Lebenden all im goldenen Traume beginnen,
Den die Dichtende stets des Morgens ihnen bereitet,
Dir, dem trauernden Gott, dir sendet sie froherer Zauber,
40 Und ihr eigen freundliches Licht ist selber so schön nicht,
Denn das Liebeszeichen, der Kranz, den immer, wie vormals,
Deiner gedenk, noch sie um die graue Locke dir windet.
Und umfängt der Äther dich nicht? und kehren die Wolken,
Deine Boten, von ihm mit dem Göttergeschenke, dem Strahle
45 Aus der Höhe dir nicht? Dann sendest du über das Land sie,
Daß am heißen Gestad' die gewittertrunkenen Wälder
Rauschen und wogen mit dir, daß bald, dem wandernden Sohn gleich,
Wenn der Vater ihn ruft, mit den tausend Bächen Mäander
Seinen Irren enteilt, und aus der Ebne Kayster
50 Dir entgegen frohlockt, und der Erstgeborne, der Alte,

Der zu lange sich barg, dein majestätischer Nil jetzt
Hochherschreitend von fernem Gebirg', wie im Klange der Waffen,
Siegreich kömmt, und die offenen Arme der Sehnende reichet.

Dennoch einsam dünkest du dir, in schweigender Nacht hört
55 Deine Weheklage der Fels, und öfters entflieht dir
Zürnend von Sterblichen weg die geflügelte Woge zum Himmel.
Denn es leben mit dir die edlen Lieblinge nimmer,
Die dich geehrt, die einst mit den schönen Tempeln und Städten
Deine Gestade bekränzt, und immer suchen und missen,
60 Immer bedürfen ja, wie Heroen den Kranz, die geweihten
Elemente zum Ruhme das Herz der fühlenden Menschen.

Sage, wo ist Athen? ist über den Urnen der Meister
Deine Stadt, die geliebteste dir, an den heiligen Ufern
Trauernder Gott! dir ganz in Asche zusammengesunken,
65 Oder ist noch ein Zeichen von ihr, daß etwa der Schiffer,
Wenn er vorüberkömmt, sie nenn' und ihrer gedenke?
Stiegen dort die Säulen empor und leuchteten dort nicht
Sonst vom Dache der Burg herab die Göttergestalten?
Rauschte dort die Stimme des Volks, die stürmischbewegte,
70 Aus der Agora nicht her, und eilten aus freudigen Pforten
Dort die Gassen dir nicht zu gesegnetem Hafen herunter?
Siehe! da löste sein Schiff der fernhinsinnende Kaufmann,
Froh, denn es wehet' auch ihm die beflügelnde Luft, und die Götter
Liebten so, wie den Dichter, auch ihn, dieweil er die guten
75 Gaben der Erd' ausglich und Fernes Nahem vereinte.
Fern nach Chpros ziehet er hin und ferne nach Thyros,
Strebt nach Kolchis hinauf und hinab zum alten Aghptos,
Daß er Purpur und Wein und Korn und Vließe gewinne
Für die eigene Stadt, und öfters über des kühnen
80 Herkules Säulen hinaus, zu neuen seligen Inseln
Tragen die Hoffnungen ihn und des Schiffes Flügel, indessen,
Anders bewegt, am Gestade der Stadt ein einsamer Jüngling
Weilt, und die Woge belauscht, und Großes ahndet der Ernste,
Wenn er zu Füßen so des erderschütternden Meisters
85 Lauschet und sitzt, und nicht umsonst erzog ihn der Meergott.

Denn des Genius Feind, der vielgebietende Perse,
Jahrelang zählt' er sie schon, der Waffen Menge, der Knechte,
Spottend des griechischen Lands und seiner wenigen Inseln,
Und sie deuchten dem Herrscher ein Spiel, und noch, wie ein
                                          Traum, war
90 Ihm das innige Volk, vom Göttergeiste gerüstet.

Leicht aus spricht er das Wort, und schnell, wie der flammende
                                   Bergquell,
Wenn er, furchtbar umher vom gärenden Ätna gegossen,
Städte begräbt in der purpurnen Flut und blühende Gärten,
Bis der brennende Strom im heiligen Meere sich kühlet:
95 So mit dem Könige nun, versengend, städteverwüstend,
Stürzt von Ekbatana daher sein prächtig Getümmel;
Weh! und Athene, die Herrliche, fällt; wohl schauen und ringen
Vom Gebirg', wo das Wild ihr Geschrei hört, fliehende Greise
Nach den Wohnungen dort zurück und den rauchenden Tempeln;
100 Aber es weckt der Söhne Gebet die heilige Asche
Nun nicht mehr, im Tal ist der Tod, und die Wolke des Brandes
Schwindet am Himmel dahin, und weiter im Lande zu ernten,
Zieht, vom Frevel erhitzt, mit der Beute der Perse vorüber.

Aber an Salamis' Ufern, o Tag! an Salamis' Ufern,
105 Harrend des Endes stehn die Athenerinnen, die Jungfraun,
Stehn die Mütter, wiegend im Arm das gerettete Söhnlein.
Aber den Horchenden schallt aus Tiefen die Stimme des Meergotts
Heilweissagend herauf, es schaun die Götter des Himmels
Wägend und richtend herab, denn dort an den bebenden Ufern
110 Wankt seit Tagesbeginn, wie langsam wandelnd Gewitter,
Dort auf schäumenden Wassern die Schlacht, und es glühet der Mittag,
Unbemerket im Zorn, schon über dem Haupte den Kämpfern.
Aber die Männer des Volks, die Heroenenkel, sie walten
Helleren Auges jetzt, die Götterlieblinge denken
115 Des beschiedenen Glücks, es zähmen die Kinder Athenes
Ihren Genius, ihn, den todverachtenden, jetzt nicht.
Denn wie aus rauchendem Blut das Wild der Wüste noch einmal
Sich zuletzt, verwandelt, erhebt, der edleren Kraft gleich,
Und den Jäger erschreckt, kehrt jetzt im Glanze der Waffen,
120 Bei der Herrscher Gebot furchtbargesammelt den Wilden,
Mitten im Untergang, die ermattete Seele noch einmal.
Und entbrannter beginnt's: wie Paare ringender Männer,
Fassen die Schiffe sich an, in die Woge taumelt das Steuer,
Unter den Streitern bricht der Boden und Schiffer und Schiff sinkt.

125 Aber in schwindelnden Traum vom Liede des Tages gesungen,
Rollt der König den Blick; irrlächelnd über den Ausgang,
Droht er und fleht und frohlockt, und sendet, wie Blitze, die Boten;
Doch er sendet umsonst, es kehret keiner ihm wieder.
Blutige Boten, Erschlagne des Heers, und berstende Schiffe
130 Wirft die Rächerin ihm zahllos, die donnernde Woge,

Vor den Thron, wo er sitzt am bebenden Ufer, der Arme,
Schauend die Flucht, und fort in die fliehende Menge gerissen,
Eilt er, ihn treibt der Gott, es treibt sein irrend Geschwader
Über die Fluten der Gott, der spottend sein eitel Geschmeid' ihm
135 Endlich zerschlug und den Schwachen erreicht' in der drohenden
					Rüstung.

Aber liebend zurück zum einsam harrenden Strome
Kommt der Athener Volk, und von den Bergen der Heimat
Wogen, freudig gemischt, die glänzenden Scharen herunter
Ins verlassene Tal, ach! gleich der gealterten Mutter,
140 Wenn nach Jahren das Kind, das verloren geachtete, wieder
Lebend ihr an den Busen kehrt, ein erwachsener Jüngling,
Aber im Gram ist ihr die Seele gewelkt, und die Freude
Kömmt der Hoffnungsmüden zu spät, und mühsam vernimmt sie,
Was der liebende Sohn in seinem Danke geredet;
145 So erscheint den Kommenden dort der Boden der Heimat.
Denn es fragen umsonst nach ihren Hainen die Frommen,
Und die Sieger empfängt die freundliche Pforte nicht wieder,
Wie den Wanderer sonst sie empfing, wenn er froh von den Inseln
Wiederkehrt', und die selige Burg der Mutter Athene
150 Über sehnendem Haupt ihm fernherglänzend heraufging.
Aber wohl sind ihnen bekannt die verödeten Gassen
Und die trauernden Gärten umher und auf der Agora,
Wo des Portikus' Säulen gestürzt, und die göttlichen Bilder
Liegen, da reicht, in der Seele bewegt, und der Treue sich freuend,
155 Jetzt das liebende Volk zum Bunde die Hände sich wieder.
Bald auch suchet und sieht den Ort des eigenen Hauses
Unter dem Schutte der Mann; ihm weint am Halse, der trauten
Schlummerstätte gedenk, sein Weib, es fragen die Kindlein
Nach dem Tische, wo sonst in lieblicher Reihe sie saßen,
160 Von den Vätern gesehn, den lächelnden Göttern des Hauses.
Aber Gezelte bauet das Volk, es schließen die alten
Nachbarn wieder sich an, und nach des Herzens Gewohnheit
Ordnen die luftigen Wohnungen sich umher an den Hügeln.
So indessen wohnen sie nun, wie die Freien, die Alten,
165 Die, der Stärke gewiß und dem kommenden Tage vertrauend,
Wandernden Vögeln gleich, mit Gesange von Berge zu Berg einst
Zogen, die Fürsten des Forsts und des weitumirrenden Stromes.
Doch umfängt noch, wie sonst, die Muttererde, die treue,
Wieder ihr edel Volk, und unter heiligem Himmel
170 Ruhen sie sanft, wenn milde, wie sonst, die Lüfte der Jugend
Um die Schlafenden wehn, und aus Platanen Jlissus

Ihnen herüberrauscht und, neue Tage verkündend,
Lockend zu neuen Taten, bei Nacht die Woge des Meergotts
Fernher tönt und fröhliche Träume den Lieblingen sendet.
175 Schon auch sprossen und blühn die Blumen mählich, die goldnen;
Auf zertretenem Feld, von frommen Händen gewartet,
Grünet der Ölbaum auf, und auf Kolonos' Gefilden
Nähren friedlich, wie sonst, die athenischen Rosse sich wieder.

Aber der Muttererd' und dem Gott der Woge zu Ehren
180 Blühet die Stadt jetzt auf, ein herrlich Gebild, dem Gestirn gleich
Sicher gegründet, des Genius Werk, denn Fesseln der Liebe
Schafft er gerne sich so, so hält in großen Gestalten,
Die er selbst sich erbaut, der Immerrege sich bleibend.
Sieh! und dem Schaffenden dient der Wald, ihm reicht mit den
                                                    andern
185 Bergen nahe zur Hand der Pentele Marmor und Erze,
Aber lebend, wie er, und froh und herrlich entquillt es
Seinen Händen, und leicht, wie der Sonne, gedeiht das Geschäft ihm.
Brunnen steigen empor, und über die Hügel in reinen
Bahnen gelenkt, ereilt der Quell das glänzende Becken;
190 Und umher an ihnen erglänzt, gleich festlichen Helden
Am gemeinsamen Kelch, die Reihe der Wohnungen, hoch ragt
Der Prytanen Gemach, es stehn Gymnasien offen,
Göttertempel entstehn, ein heiligkühner Gedanke,
Steigt, Unsterblichen nah, das Olympion auf in den Äther
195 Aus dem seligen Hain; noch manche der himmlischen Hallen!
Mutter Athene, dir auch, dir wuchs dein herrlicher Hügel
Stolzer aus der Trauer empor und blühte noch lang dem
Gott der Wogen und dir, und deine Lieblinge sangen
Frohversammelt noch oft am Vorgebirge den Dank dir.

200 O die Kinder des Glücks, die frommen! wandeln sie fern nun
Bei den Vätern daheim, und der Schicksalstage vergessen,
Drüben am Lethestrom, und bringt kein Sehnen sie wieder?
Sieht mein Auge sie nie? ach! findet über den tausend
Pfaden der grünenden Erd', ihr göttergleichen Gestalten!
205 Euch das suchende nie, und vernahm ich darum die Sprache,
Darum die Sage von euch, daß immertrauernd die Seele
Vor der Zeit mir hinab zu euern Schatten entfliehe?
Aber näher zu euch, wo eure Haine noch wachsen,
Wo sein einsames Haupt in Wolken der heilige Berg hüllt,
210 Zum Parnassos will ich, und wenn im Dunkel der Eiche
Schimmernd, mir Irrendem dort Kastalias Quelle begegnet,

Will ich, mit Tränen gemischt, aus blütenumdufteter Schale
Dort auf keimendes Grün das Wasser gießen, damit doch,
O ihr Schlafenden all! ein Totenopfer euch werde.
215 Dort im schweigenden Tal, an Tempes hängenden Felsen,
Will ich wohnen mit euch, dort oft, ihr herrlichen Namen!
Her euch rufen bei Nacht, und wenn ihr zürnend erscheinet,
Weil der Pflug die Gräber entweiht, mit der Stimme des Herzens
Will ich, mit frommem Gesang, euch sühnen, heilige Schatten!
220 Bis, zu leben mit euch, sich ganz die Seele gewöhnet.
Fragen wird der Geweihtere dann euch manches, ihr Toten!
Euch, ihr Lebenden, auch, ihr hohen Kräfte des Himmels,
Wenn ihr über dem Schutt mit euren Jahren vorbeigeht,
Ihr in der sicheren Bahn! denn oft ergreifet das Irrsal
225 Unter den Sternen mir, wie schaurige Lüfte, den Busen,
Daß ich spähe nach Rat, und lang schon reden sie nimmer
Trost dem Bedürftigen zu, die prophetischen Haine Dodonas,
Stumm ist der delphische Gott, und einsam liegen und öde
Längst die Pfade, wo einst, von Hoffnungen leise geleitet,
230 Fragend der Mann zur Stadt des redlichen Sehers herauftstieg.
Aber droben das Licht, es spricht noch heute zu Menschen,
Schöner Deutungen voll, und des großen Donnerers Stimme
Ruft es: Denket ihr mein? und die trauernde Woge des Meergotts
Hallt es wider: Gedenkt ihr nimmer meiner, wie vormals?
235 Denn es ruhn die Himmlischen gern am fühlenden Herzen,
Immer, wie sonst, geleiten sie noch, die begeisternden Kräfte,
Gerne den strebenden Mann, und über den Bergen der Heimat
Ruht und waltet und lebt allgegenwärtig der Äther,
Daß ein liebendes Volk, in des Vaters Armen gesammelt,
240 Menschlich freudig, wie sonst, und ein Geist allen gemein sei.
Aber weh! es wandelt in Nacht, es wohnt, wie im Orkus,
Ohne Göttliches unser Geschlecht. Ans eigene Treiben
Sind sie geschmiedet, allein, und sich in der tosenden Werkstatt
Höret jeglicher nur, und viel arbeiten die Wilden
245 Mit gewaltigem Arm, rastlos, doch immer und immer
Unfruchtbar, wie die Furien, bleibt die Mühe der Armen.
Bis, erwacht vom ängstigen Traum, die Seele den Menschen
Aufgeht, jugendlich froh, und der Liebe segnender Odem
Wieder, wie vormals oft, bei Hellas’ blühenden Kindern
250 Wehet in neuer Zeit, und über freierer Stirne
Uns der Geist der Natur, der fernherwandelnde, wieder
Stilleweilend, der Gott, in goldenen Wolken erscheinet.
Ach! und säumest du noch? und jene, die göttlich Gebornen,
Wohnen immer, o Tag! noch als in den Tiefen der Erde

255 Einsam unten, indes ein immerlebender Frühling
Unbesungen über dem Haupt den Schlafenden dämmert?
Aber länger nicht mehr! schon hör' ich ferne des Festtags
Chorgesang auf grünem Gebirg', und das Echo der Haine,
Wo der Jünglinge Brust sich hebt, wo die Seele des Volks sich
260 Still vereint im freieren Lied, zur Ehre des Gottes,
Dem die Höhe gebührt, doch auch die Tale sind heilig;
Denn, wo fröhlich der Strom in wachsender Jugend hinauseilt,
Unter Blumen des Lands, und wo auf sonnigen Ebnen
Edles Korn und der Obstwald reift, da kränzen am Feste
265 Gerne die Frommen sich auch, und auf dem Hügel der Stadt glänzt,
Menschlicher Wohnung gleich, die himmlische Halle der Freude.
Denn voll göttlichen Sinns ist alles Leben geworden,
Und vollendend, wie sonst, erscheinst du wieder den Kindern
Überall, o Natur! und, wie vom Quellengebirg', rinnt
270 Segen von da und dort in die keimende Seele dem Volke.
Dann, dann, o ihr Freuden Athens! ihr Taten in Sparta!
Köstliche Frühlingszeit im Griechenlande! wenn unser
Herbst kömmt, wenn ihr, gereift, ihr Geister alle der Vorwelt!
Wiederkehret und siehe! des Jahrs Vollendung ist nahe!
275 Dann erhalte das Fest auch euch, vergangene Tage!
Hin nach Hellas schaue das Volk, und weinend und dankend
Sänftige sich in Erinnerungen der stolze Triumphtag!

Aber blühet indes, bis unsre Früchte beginnen,
Blüht, ihr Gärten Joniens! nur, und die an Athens Schutt
280 Grünen, ihr Holden! verbergt dem schauenden Tage die Trauer!
Kränzt mit ewigem Laub, ihr Lorbeerwälder! die Hügel
Eurer Toten umher, bei Marathon dort, wo die Knaben
Siegend starben, ach! dort auf Chäroneas Gefilden,
Wo mit Waffen hinaus die letzten Athener enteilten,
285 Fliehend vor dem Tage der Schmach, dort, dort von den Bergen
Klagt ins Schlachttal täglich herab, dort singet von Oetas
Gipfeln das Schicksalslied, ihr wandelnde Wasser, herunter!
Aber du — unsterblich, wenn auch der Griechengesang schon
Dich nicht feiert, wie sonst — aus deinen Wogen, o Meergott!
290 Töne mir in die Seele noch oft, daß über den Wassern
Furchtlosrege der Geist, dem Schwimmer gleich, in der Starken
Frischem Glück sich üb', und die Göttersprache, das Wechseln
Und das Werden, versteh'; und wenn die reißende Zeit mir
Zu gewaltig das Haupt ergreift, und die Not und das Irrsal
295 Unter Sterblichen mir mein sterblich Leben erschüttert,
Laß der Stille mich dann in deiner Tiefe gedenken!

———

Brot und Wein.

An Heinse.

1.

Ringsum ruhet die Stadt; still wird die erleuchtete Gasse,
    Und mit Fackeln geschmückt rauschen die Wagen hinweg.
Satt gehn heim von Freuden des Tags zu ruhen die Menschen,
    Und Gewinn und Verlust wäget ein sinniges Haupt
5 Wohl zufrieden zu Haus; leer steht von Trauben und Blumen,
    Und von Werken der Hand ruht der geschäftige Markt.
Aber das Saitenspiel tönt fern aus Gärten — vielleicht daß
    Dort ein Liebendes spielt oder ein einsamer Mann
Ferner Freunde gedenkt und der Jugendzeit — und die Brunnen
10   Immerquillend und frisch rauschen an duftendem Beet.
Still in dämmriger Luft ertönen geläutete Glocken,
    Und der Stunden gedenk rufet ein Wächter die Zahl.
Jetzt auch kommet ein Wehn und regt die Gipfel des Hains auf,
    Sieh! und das Schattenbild unserer Erde, der Mond
15 Kommet geheim nun auch, die Schwärmerische, die Nacht, kommt
    Voll mit Sternen, und wohl wenig bekümmert um uns
Glänzt die Erstaunende dort, die Fremdlingin unter den Menschen
    Über Gebirgeshöhn traurig und prächtig herauf.

2.

Wunderbar ist die Gunst der Hocherhabnen und niemand
20   Weiß, von wannen und was einem geschiehet von ihr.
So bewegt sie die Welt und die hoffende Seele der Menschen,
    Selbst kein Weiser versteht, was sie bereitet, denn so
Will es der oberste Gott, der so dich liebet, und darum
    Ist noch lieber, wie sie, dir der besonnene Tag.
25 Aber zuweilen liebt auch klares Auge den Schatten
    Und versuchet zu Lust, eh es die Not ist, den Schlaf.
Oder es blickt auch gern ein treuer Mann in die Nacht hin,
    Ja, es ziemet sich ihr Kränze zu weihn und Gesang,
Weil den Irrenden sie geheiliget ist und den Toten,
30   Selber aber besteht, ewig, in freiestem Geist.
Aber sie muß uns auch, daß in der zaudernden Weile,
    Daß im Finstern für uns einiges Haltbare sei,
Uns die Vergessenheit und das Heiligtrunkene gönnen,
    Gönnen das strömende Wort, das, wie die Liebenden, sei
35 Schlummerlos, und vollern Pokal und kühneres Leben,
    Heilig Gedächtnis auch, wachend zu bleiben bei Nacht.

Hölderlin I.   13

3.

Auch verbergen umsonst das Herz im Busen, umsonst nur
　Halten den Mut noch wir, Meister und Knaben, denn wer
Möcht' es hindern, und wer möcht' uns die Freude verbieten?
40　Göttliches Feuer auch treibe, bei Tag und bei Nacht,
Aufzubrechen.　So komm! daß wir das Offene schauen,
　Daß ein Eigenes wir suchen, so weit es auch ist.
Fest bleibt eins; es sei um Mittag, oder es gehe
　Bis in die Mitternacht, immer bestehet ein Maß,
45 Allen gemein, doch jeglichem auch ist eignes beschieden,
　Dahin gehet und kommt jeder, wohin er es kann.
Drum! und spotten des Spotts mag gern frohlockender Wahnsinn,
　Wenn er in heiliger Nacht plötzlich die Sänger ergreift.
Drum an den Isthmos komm! dorthin, wo das offene Meer rauscht
50　Am Parnaß, und der Schnee delphische Felsen umglänzt,
Dort ins Land des Olymps, dort auf die Höhe Cithärons,
　Unter die Fichten dort, unter die Trauben, von wo
Thebe drunten und Ismenos rauscht und die Quelle der Dirce,
　Dorther kommt und zurück deutet der kommende Gott.

4.

55 Seliges Griechenland! du Haus der Himmlischen alle,
　Also ist nahe, was einst wir in der Jugend gehört?
Festlicher Saal! der Boden ist Meer! und die Tische die Berge,
　Wahrlich zu einzigem Brauche vor alters gebaut!
Aber die Thronen, wo? die Tempel, und wo die Gefäße,
60　Wo mit Nektar gefüllt, Göttern zu Lust der Gesang?
Wo, wo leuchten sie denn, die fernhintreffenden Sprüche?
　Delphi schlummert, und wo tönet das große Geschick?
Wo ist das schnelle, wo bricht's allgegenwärtigen Glücks voll
　Donnernd aus heiterer Luft über die Augen herein?
65 Vater Äther! so rief's und flog von Zunge zu Zunge,
　Tausendfach, es ertrug keiner das Leben allein,
Ausgeteilet erfreut solch Gut, und getauschet mit Fremden
　Wird's ein Jubel, es wächst schlafend des Wortes Gewalt,
Vater! heiter uns hallt, so weit es gehet, das uralt'
70　Zeichen, von Eltern geerbt, treffend und schaffend hinab.
Denn so kehren die Himmlischen ein, tiefschattend gelangt so
　Aus den Schatten herab unter die Menschen ihr Tag.

5.

Unempfunden kommen sie erst, es streben entgegen
　Ihnen die Kinder, zu hell kommet, zu blendend das Glück,

75 Und es scheut sie der Mensch, kaum weiß zu sagen ein Halbgott,
   Wer mit Namen sie sind, die mit den Gaben ihm nahn.
Aber der Mut von ihnen ist groß, es füllen das Herz ihm
   Ihre Freuden, und kaum weiß er zu brauchen das Gut,
Schafft, verschwendet und fast ward ihm Unheiliges heilig,
80   Das er mit segnender Hand törig und gütig berührt.
Möglichst dulden die Himmlischen dies; dann aber in Wahrheit
   Kommen sie selbst, und gewohnt werden die Menschen des Glücks
Und des Tags, und zu schaun die Offenbaren, das Antlitz
   Derer, welche schon längst eines und alles genannt,
85 Tief die verschwiegene Brust mit freier Genüge gefüllet,
   Und zuerst und allein alles Verlangen beglückt. —
So ist der Mensch; wenn da ist das Gut, und es sorget mit Gaben
   Selber ein Gott für ihn, kennet und sieht er es nicht.
Tragen muß er zuvor; nun aber nennt er sein Liebstes,
90   Nun, nun müssen dafür Worte, wie Blumen, entstehn.

6.

Und nun denkt er zu ehren in Ernst die seligen Götter,
   Wirklich und wahrhaft muß alles verkünden ihr Lob.
Nichts darf schauen das Licht, was nicht den Hohen gefället,
   Vor den Äther gebührt Müßigversuchendes nicht.
95 Drum in der Gegenwart der Himmlischen würdig zu stehen,
   Richten in herrlichen Ordnungen Völker sich auf
Untereinander, und baun die schönen Tempel und Städte
   Fest und edel, sie gehn über Gestaden empor —
Aber wo sind sie? wo blühn die Bekannten, die Kronen des Festes?
100   Thebe welkt und Athen; rauschen die Waffen nicht mehr
In Olympia, nicht die goldnen Wagen des Kampfspiels,
   Und bekränzen sich denn nimmer die Schiffe Korinths?
Warum schweigen auch sie, die alten heil'gen Theater?
   Warum freuet sich denn nicht der geweihete Tanz?
105 Warum zeichnet, wie sonst, die Stirne des Mannes ein Gott nicht,
   Drückt den Stempel, wie sonst, nicht dem Getroffenen auf?
Oder er kam auch selbst und nahm des Menschen Gestalt an,
   Und vollendet' und schloß tröstend das himmlische Fest?

7.

Aber Freund! wir kommen zu spät; zwar leben die Götter,
110   Aber über dem Haupt droben in anderer Welt.
Endlos wirken sie da und scheinen's wenig zu achten,
   Ob wir leben, so sehr schonen die Himmlischen uns.

13*

Denn nicht immer vermag ein schwaches Gefäß sie zu fassen,
  Nur zuzeiten erträgt göttliche Fülle der Mensch.
115 Traum von ihnen ist drauf das Leben, aber das Irrsal
  Hilft, wie Schlummer, und stark machet die Not und die Nacht,
Bis daß Helden genug in der ehernen Wiege gewachsen,
  Herzen an Kraft, wie sonst, ähnlich den Himmlischen sind.
Donnernd kommen sie drauf. Indessen dünket mir öfters
120 Besser zu schlafen, wie so ohne Genossen zu sein,
So zu harren, und was zu tun indes und zu sagen
  Weiß ich nicht, und wozu Dichter in dürftiger Zeit?
Aber sie sind, sagst du, wie des Weingotts heilige Priester,
  Welche von Lande zu Land zogen in heiliger Nacht.

8.

125 Nämlich, als vor einiger Zeit, uns dünket sie lange,
  Aufwärts stiegen sie all, welche das Leben beglückt,
Als der Vater gewandt sein Angesicht von den Menschen,
  Und das Trauern mit Recht über der Erde begann,
Als erschienen zuletzt ein stiller Genius, himmlisch
130 Tröstend, welcher des Tags Ende verkündet' und schwand,
Ließ zum Zeichen, daß einst er da gewesen und wieder
  Käme, der himmlische Chor einige Gaben zurück,
Derer menschlich, wie sonst, wir uns zu freuen vermöchten,
  Denn zur Freude mit Geist, wurde das Größre zu groß
135 Unter den Menschen, und noch, noch fehlen die Starken zu höchsten
  Freuden, aber es lebt stille noch einiger Dank.
Brot ist der Erde Frucht, doch ist's vom Lichte gesegnet,
  Und vom donnernden Gott kommet die Freude des Weins.
Darum denken wir auch dabei der Himmlischen, die sonst
140 Da gewesen, und die kehren in richtiger Zeit,
Darum singen sie auch mit Ernst, die Sänger, den Weingott,
  Und nicht eitel erdacht tönet dem Alten das Lob.

9.

Ja! sie sagen mit Recht, er söhne den Tag mit der Nacht aus,
  Führe des Himmels Gestirn ewig hinunter, hinauf,
145 Allzeit froh, wie das Laub der immergrünenden Fichte,
  Das er liebt, und der Kranz, den er von Efeu gewählt,
Weil er bleibet und selbst die Spur der entflohenen Götter
  Götterlosen hinab unter das Finstere bringt.

Was der Alten Gesang von Kindern Gottes geweissagt,
150   Siehe! wir sind es, wir; Frucht von Hesperien ist's.
Wunderbar und genau ist's, als an Menschen, erfüllet,
   Glaube, wer es geprüft! aber so vieles geschieht,
Keines wirket, denn wir sind herzlos, Schatten, bis unser
   Vater Äther, erkannt, jedem und allen gehört.
155 Aber indessen kommt als Fackelschwinger des Höchsten
   Sohn der Syrier unter die Schatten herab.
Selige Weise sehn's; ein Lächeln aus der gefangnen
   Seele leuchtet, dem Licht tauet ihr Auge noch auf.
Sanfter träumet und schläft in Armen der Erde der Titan,
160   Selbst der neidische, selbst Cerberus trinket und schläft.

Aus der Zeit der beginnenden Umnachtung

Nachtgesänge.

Andenken.

Der Nordost weht,
Der liebste unter den Winden
Mir, weil er feurigen Geist
Und gute Fahrt verheißet den Schiffern.
Geh aber nun und grüße
Die schöne Garonne
Und die Gärten von Bourdeaux,
Dort, wo am schroffen Ufer
Hingehet der Steg, und in den Strom
Tief fällt der Bach, darüber aber
Hinschauet ein edel Paar
Von Eichen und Silberpappeln!

Noch denket das mir wohl, und wie
Die breiten Gipfel neiget
Der Ulmwald über die Mühl',
Im Hofe aber wächst ein Feigenbaum
An Feiertagen gehn
Die braunen Frauen daselbst
Auf seidnen Boden,
Zur Märzenzeit,
Wenn gleich ist Nacht und Tag,
Und über langsamen Stegen,
Von goldenen Träumen schwer,
Einwiegende Lüfte ziehen.

Es reiche aber,
Des dunkeln Lichtes voll,
Mir einer den duftenden Becher,
Damit ich ruhen möge; denn süß
Wär' unter Schatten der Schlummer.
Nicht ist es gut

Seellos vor sterblichen
Gedanken zu sein, doch gut
Ist ein Gespräch und zu sagen
Des Herzens Meinung, zu hören viel
35 Von Tagen der Lieb',
Und Taten, welche geschahen.

Wo aber sind die Freunde? Bellarmin
Mit dem Gefährten? Mancher
Trägt Scheue, an die Quelle zu gehn;
40 Es beginnet nämlich der Reichtum
Im Meere. Sie,
Wie Maler, bringen zusammen
Das Schöne der Erd' und verschmähn
Den geflügelten Krieg nicht, und
45 Zu wohnen einsam, jahrlang, unter
Dem entlaubten Mast, wo nicht die Nacht durchglänzen
Die Feiertage der Stadt
Und Saitenspiel und eingeborner Tanz nicht.

Nun aber sind zu Indiern
50 Die Männer gegangen,
Dort an der luftigen Spitz'
An Traubenbergen, wo herab
Die Dordogne kommt
Und zusammen mit der prächt'gen
55 Garonne meerbreit
Ausgehet der Strom. Es nehmet aber
Und gibt Gedächtnis die See,
Und die Lieb' auch heftet fleißig die Augen.
Was bleibet, aber stiften die Dichter.

Die Wanderung.

Glückselig Suevien, meine Mutter!
Auch du, der glänzenderen, der Schwester
Lombarda drüben gleich,
Von hundert Bächen durchflossen!
5 Und Bäume genug, weißblühend und rötlich,
Und dunklere, wild, tief grünenden Laubs voll —

Und Alpengebirg' der Schweiz auch überschattet,
Uraltes, benachbartes, dich; denn nah dem Herde des Hauses
Wohnst du, und hörst, wie drinnen
10   Aus silbernen Opferschalen
Der Quell rauscht, ausgeschüttet
Von reinen Händen, wenn berührt
Von warmen Strahlen
Kristallenes Eis, und umgestürzt
15   Vom leichtanregenden Lichte,
Der schneeige Gipfel übergießt die Erde
Mit reinestem Wasser. Darum ist
Dir angeboren die Treue. Schwer verläßt,
Was nahe dem Ursprung wohnet, den Ort.
20   Und deine Kinder, die Städte
Am weithindämmernden See,
An Neckars Weiden, am Rheine,
Sie alle meinen, es wäre
Sonst nirgend besser zu wohnen.
25   Ich aber will dem Kaukasos zu!
Denn sagen hört' ich
Noch heut in den Lüften:
Frei sein, wie Schwalben, die Dichter.
Auch hat mir ohnedies
30   In jüngern Tagen eines vertraut:
Es seien vor alter Zeit
Die Eltern einst, das deutsche Geschlecht,
Still fortgezogen von Wellen der Donau,
Am Sommertage, da diese
35   Sich Schatten suchten, zusammen
Mit Kindern der Sonn'
Am Schwarzen Meere gekommen,
Und nicht umsonst sei dies
Das gastfreundliche genennet.
40   Denn als sie erst sich angesehen,
Da nahten die andern erst; dann setzten auch
Die Unseren sich neugierig unter den Ölbaum,
Doch, als sich ihre Gewande berührt,
Und keiner vernehmen konnte
45   Die eigene Rede des andern, wäre wohl
Entstanden ein Zwist, wenn nicht aus Zweigen herunter
Gekommen wäre die Kühlung,
Die Lächeln über das Angesicht
Der Streitenden öfters breitet; und eine Weile

50　Sahn still sie auf. Dann reichten sie sich
　　Die Hände liebend einander. Und bald
　　Vertauschten sie Waffen und all
　　Die lieben Güter des Hauses,
　　Vertauschten das Wort auch, und es wünschten
55　Die freundlichen Väter umsonst nichts
　　Beim Hochzeitjubel den Kindern.
　　Denn aus den Heiligvermählten
　　Wuchs schöner, denn alles,
　　Was vor und nach
60　Von Menschen sich nannt', ein Geschlecht auf. Wo,
　　Wo aber wohnt ihr, liebe Verwandten,
　　Daß wir das Bündnis wiederbegehn,
　　Und der teuren Ahnen gedenken?
　　Dort an den Ufern, unter den Bäumen
65　Jonias, in Ebenen des Kahstros,
　　Wo Kraniche, des Athers froh,
　　Umschlossen sind von fernhindämmernden Bergen,
　　Dort wart auch ihr, ihr Schönsten! oder pflegtet
　　Der Inseln, die, mit Wein bekränzt,
70　Voll tönten von Gesang; noch andere wohnten
　　Am Tahget, am vielgeprießnen Hymettos,
　　Und diese blühten zuletzt. Doch von
　　Parnassos' Quell bis zu des Tmolos
　　Goldglänzenden Bächen erklang
75　Ein ewig Lied. So rauschten damals
　　Die heiligen Wälder und all
　　Die Saitenspiele zusamt,
　　Von himmlischer Milde gerühret,
　　O Land des Homer!
80　Am purpurnen Kirschbaum, oder wenn,
　　Von dir gesandt, im Weinberg mir
　　Die jungen Pfirsiche grünen,
　　Und die Schwalbe fernher kommt und, vieles erzählend
　　An meinen Wänden ihr Haus baut, in
85　Den Tagen des Mais, auch unter den Sternen
　　Gedenk' ich, o Jonia! dein. Doch Menschen
　　Ist Gegenwärtiges lieb. Drum bin ich
　　Gekommen, euch, ihr Inseln, zu sehn und euch,
　　Ihr Mündungen der Ströme, o ihr Hallen der Thetis,
90　Ihr Wälder, euch, und euch, ihr Wolken des Ida!
　　Doch nicht zu bleiben gedenk' ich,
　　Unfreundlich ist und schwer zu gewinnen

Die Verschlossene, der ich entkommen, die Mutter.
Von ihren Söhnen einer, der Rhein,
95 Mit Gewalt wollt' er ans Herz ihr stürzen und schwand,
Der Zurückgestoßene, niemand weiß wohin, in die Ferne.
Doch so nicht wünscht' ich gegangen zu sein
Von ihr, und nur euch einzuladen
Bin ich zu euch, ihr Grazien Griechenlands,
100 Ihr Himmelstöchter, gegangen.
Daß, wenn die Reise zu weit nicht ist,
Zu uns ihr kommet, ihr Holden!
Wenn milder atmen die Lüfte,
Und liebende Pfeile der Morgen
105 Uns Allzugeduldigen schickt,
Und leichte Gewölke blühn
Uns über den schüchternen Augen,
Dann werden wir sagen, wie kommt,
Ihr Charitinnen, zu Wilden?
110 Die Dienerinnen des Himmels
Sind aber wunderbar,
Wie alles Göttlichgeborne.
Zum Traume wird's ihm, will es einer
Beschleichen, und straft den, der
115 Ihm gleichen will mit Gewalt.
Oft überrascht es den,
Der eben kaum es gedacht hat.

Der Rhein.

An Sinclair.

Im dunkeln Efeu saß ich an der Pforte
Des Waldes, eben da der goldene Mittag,
Den Quell besuchend, herunterkam
Von Treppen des Alpengebirgs,
5 Das mir die göttlichgebaute,
Die Burg der Himmlischen heißt.
Nach alter Meinung, wo aber,
Geheim noch, manches entschieden
Zu Menschen gelanget, von da
10 Vernahm ich ohne Vermuten
Ein Schicksal, denn noch kaum

War mir im warmen Schatten,
Sich manches beredend, die Seele
Italia zugeschweift
15 Und fernhin an die Küsten Moreas.

Jetzt aber, drin im Gebirg',
Tief unter den silbernen Gipfeln,
Und unter fröhlichem Grün,
Wo die Wälder schauernd zu ihm
20 Und der Felsen Häupter übereinander
Hinabschaun, taglang, dort
Im kältesten Abgrund hört'
Ich um Erlösung jammern
Den Jüngling, es hörten ihn, wie er tobt',
25 Und die Mutter Erd' anklagt',
Und den Donnerer, der ihn gezeuget,
Erbarmend die Eltern; doch
Die Sterblichen flohn von dem Ort,
Denn furchtbar war, da lichtlos er
30 In den Fesseln sich wälzte,
Das Rasen des Halbgotts.

Die Stimme war's des edelsten der Ströme,
Des freigeborenen Rheins,
Und anderes hoffte der, als droben von den Brüdern,
35 Dem Tessin und dem Rhodanus,
Er schied und wandern wollt', und ungeduldig ihn
Nach Asia trieb die königliche Seele.
Doch unverständig ist
Das Wünschen vor dem Schicksal.
40 Die Blindesten aber
Sind Göttersöhne, denn es kennet der Mensch
Sein Haus, und dem Tier ward, wo
Es bauen solle, doch jenen ist
Der Fehl, daß sie nicht wissen wohin,
45 In die unerfahrne Seele gegeben.

Ein Rätsel ist Reinentsprungenes. Auch
Der Gesang kaum darf es enthüllen. Denn
Wie du anfingst, wirst du bleiben,
So viel auch wirket die Not
50 Und die Zucht, das meiste nämlich
Vermag die Geburt

Und der Lichtstrahl, der
Dem Neugebornen begegnet.
Wo aber ist einer,
55 Um frei zu bleiben
Sein Leben lang und des Herzens Wunsch
Allein zu erfüllen, so
Aus günstigen Höhn, wie der Rhein,
Und so aus heiligem Schoße
60 Glücklich geboren, wie jener?

Drum ist ein Jauchzen sein Wort.
Nicht liebt er, wie andere Kinder
In Wickelbanden zu weinen;
Denn wenn, wo die Ufer zuerst
65 An die Seite ihm schleichen, die krummen,
Und, durstig umwindend ihn,
Den Unbedachten, zu ziehn
Und wohl zu behüten begehren
Im eigenen Zahne, lachend
70 Zerreißt er die Schlangen und stürzt
Mit der Beut', und, wenn in der Eil'
Ein Größerer ihn nicht zähmt,
Ihn wachsen läßt, — wie der Blitz muß er
Die Erde spalten, und wie Bezauberte fliehn
75 Die Wälder ihm nach und zusammensinkend die Berge.

Ein Gott will aber sparen den Söhnen
Das eilende Leben und lächelt,
Wenn unenthaltsam, aber gehemmt
Von heiligen Alpen, ihm
80 In der Tiefe, wie jener, zürnen die Ströme.
In solcher Esse wird dann
Auch alles Lautre geschmiedet
Und schön ist's, wie er drauf,
Nachdem er die Berge verlassen,
85 Stillwandelnd sich im deutschen Lande
Begnüget und das Sehnen stillt
Im guten Geschäfte, wenn er das Land baut,
Der Vater Rhein, und liebe Kinder nährt
In Städten, die er gegründet.

90 Doch nimmer, nimmer vergißt er's.
Denn eher muß die Wohnung vergehn

Und die Satzung und zum Unbild werden
Der Tag der Menschen, ehe vergessen
Ein solcher dürfte den Ursprung
95   Und die reine Stimme der Jugend.
Wer war es, der zuerst
Die Liebesbande verderbt
Und Stricke von ihnen gemacht hat?
Dann haben des eigenen Rechts
100   Und gewiß des himmlischen Feuers
Gespottet die Trotzigen, dann erst,
Die sterblichen Pfade verachtend,
Verwegnes erwählt
Und den Göttern gleich zu werden getrachtet.

105   Es haben aber an eigner
Unsterblichkeit die Götter genug, und bedürfen
Die Himmlischen eines Dings,
So sind's Heroen und Menschen,
Und Sterbliche sonst. Denn weil
110   Die Seligsten nichts fühlen von selbst,
Muß wohl, wenn solches zu sagen
Erlaubt ist, in der Götter Namen
Teilnehmend fühlen ein andrer —
Den brauchen sie; jedoch ihr Gericht
115   Ist, daß sein eigenes Haus
Zerbreche der, und das Liebste
Wie den Feind schelt' und sich Vater und Kind
Begrabe unter den Trümmern,
Wenn einer, wie sie, sein will, und nicht
120   Ungleiches dulden, der Schwärmer.

      Drum wohl ihm, welcher fand
Ein wohlbeschiedenes Schicksal.
Wo noch der Wanderungen
Und süß der Leiden Erinnerung
125   Aufrauscht am sichern Gestade,
Daß da- und dorthin gern
Er sehn mag bis an die Grenzen,
Die bei der Geburt ihm Gott
Zum Aufenthalte gezeichnet.
130   Dann ruht er, selig bescheiden,
Denn alles, was er gewollt,
Das Himmlische, von selber umfängt

Es unbezwungen, lächelnd
Jetzt, da er ruhet, den Kühnen.

135 Halbgötter denk' ich jetzt,
Und kennen muß ich die Teuern,
Weil oft ihr Leben so
Die sehnende Brust mir beweget.
Wem aber, wie, Rousseau, dir,
140 Unüberwindlich die Seele,
Die stark ausdauernde, ward,
Und sicherer Sinn
Und süße Gabe zu hören,
Zu reden so, daß er aus heiliger Fülle
145 Wie der Weingott törig, göttlich
Und gesetzlos sie, die Sprache der Reinesten gibt,
Verständlich den Guten, aber mit Recht
Die Achtungslosen mit Blindheit schlägt,
Die entweichenden Knechte, — wie nenn' ich den Fremden?

150 Die Söhne der Erde sind, wie die Mutter,
Alliebend, so empfangen sie auch
Mühlos, die Glücklichen, alles.
Drum überraschet es auch,
Und schreckt den sterblichen Mann,
155 Wenn er den Himmel, den
Er mit den liebenden Armen
Sich auf die Schultern gehäuft,
Und die Last der Freude bedenket,
Dann scheint ihm oft das beste,
160 Fast ganz vergessen da,
Wo der Strahl nicht brennt,
Am Bielersee, im Schatten des Walds,
In frischer Grüne zu sein,
Und sorglos arm an Tönen,
165 Anfängern gleich, bei Nachtigallen zu lernen.

Und herrlich ist's, aus heiligem Schlafe dann
Erstehen und aus Waldes Kühle
Erwachend, abends nun
Dem milderen Licht entgegenzugehn,
170 Wenn, der die Berge gebaut
Und den Pfad der Ströme gezeichnet,
Nachdem er lächelnd auch

Hölderlin I. 14

Des Menschen geschäftiges Leben,
Das odemarme, wie Segel,
175 Mit seinen Lüften gelenkt hat,
Auch ruht und zu der Schülerin jetzt,
Der Bildner, Gutes mehr,
Denn Böses findend,
Zur heutigen Erde, der Tag sich neiget.

180   Da feiern ein Brautfest Menschen und Götter,
Es feiern die Lebenden all,
Und ausgeglichen
Ist eine Weile das Schicksal.
Und die Flüchtlinge suchen die Herberg'
185 Und süßen Schlummer die Tapfern.
Die Liebenden aber
Sind, was sie waren, sie sind
Zu Hause, wo die Blume sich freuet
Unschädlicher Glut, und die finsteren Bäume
190 Der Geist umsäuselt, aber die Unversöhnten
Sind umgewandelt und eilen,
Die Hände sich ehe zu reichen,
Bevor das freundliche Licht
Hinuntergeht, und die Nacht kommt.

195   Doch einigen eilt
Dies schnell vorüber, andere
Behalten es länger.
Die ewigen Götter sind
Voll Lebens allzeit; bis in den Tod
200 Kann aber ein Mensch auch
Im Gedächtnis doch das Beste behalten:
Und dann erlebt er das Höchste.
Nur hat ein jeder sein Maß;
Denn schwer ist zu tragen
205 Das Unglück, aber schwerer das Glück.
Ein Weiser aber vermocht' es
Vom Mittag bis in die Mitternacht
Und bis der Morgen erglänzte,
Beim Gastmahl helle zu bleiben.

210 Dir mag auf heißem Pfade, unter Tannen oder
Im Dunkel des Eichwalds, gehüllt
In Stahl, mein Sinclair! Gott erscheinen oder

In Wolken, du kennst ihn, da du kennest jugendlich
Des Guten Kraft, und nimmer ist dir
215 Verborgen das Lächeln des Herrschers:
Bei Tage, wenn
Er fieberhaft und angekettet das
Lebendige scheinet oder auch
Bei Nacht, wenn alles gemischt
220 Ist ordnungslos und wiederkehrt
Uralte Verwirrung.

Der Einzige.

Was ist es, das
An die alten seligen Küsten
Mich fesselt, daß ich mehr noch
Sie liebe als mein Vaterland?
5 Denn wie in himmlische
Gefangenschaft verkauft
Dort bin ich, wo Apollo ging
In Königsgestalt,
Und zu unschuldigen Jünglingen sich
10 Herabließ Zeus und Söhne in heiliger Art
Und Töchter zeugte,
Der Hohe unter den Menschen.

Der hohen Gedanken
Sind nämlich viel
15 Entsprungen des Vaters Haupt
Und große Seelen
Von ihm zu Menschen gekommen.
Gehöret hab' ich
Von Elis und Olympia, bin
20 Gestanden oben auf dem Parnaß
Und über Bergen des Isthmus.
Und drüben auch
Bei Smyrna und hinab
Bei Ephesos bin ich gegangen.

25 Viel hab' ich Schönes gesehn,
Und gesungen Gottes Bild
Hab' ich, das lebet unter

Den Menschen. Aber dennoch
Ihr alten Götter und all
Ihr tapfern Söhne der Götter,
Noch einen such' ich, den
Ich liebe, unter euch,
Wo ihr den letzten eures Geschlechts,
Des Hauses Kleinod, mir,
Dem fremden Gaste, verberget.

Mein Meister und Herr!
O du, mein Lehrer!
Was bist du ferne
Geblieben? und da
Ich fragte unter den Alten
Die Helden und
Die Götter, warum bliebest
Du aus? Und jetzt ist voll
Von Trauern meine Seele,
Als eifertet ihr Himmlischen selbst,
Daß, dien' ich einem, mir
Das andere fehlet.
Ich weiß es aber, eigene Schuld
Ist's. Denn zu sehr,
O Christus, häng' ich an dir,
Wiewohl Herakles' Bruder,
Und kühn bekenn' ich, du
Bist Bruder auch des Eriers, der
An den Wagen spannte
Die Tiger und hinab
Bis an den Indus,
Gebietend freudigen Dienst,
Den Weinberg stiftet' und
Den Grimm bezähmte der Völker.
Es hindert aber eine Scham
Mich, dir zu vergleichen
Die weltlichen Männer. Und freilich weiß
Ich, der dich zeugte, dein Vater, ist
Derselbe . . . .

. . . .
Denn immer herrscht er allein.

. . . .
Es hänget aber an einem
Die Liebe. Dieses Mal

70 Ist mir vom eigenen Herzen
Zu sehr gegangen der Gesang,
Gut will ich aber machen
Den Fehl mit nächstem,
Wenn ich noch andere singe.
75 Nie treff' ich, wie ich wünsche,
Das Maß. Ein Gott weiß aber
Wann kommet, was ich wünsche, das Beste.
Denn wie der Meister
Gewandelt auf Erden,
80 Ein gefangener Aar,
Und viele, die
Ihn sahen, fürchteten sich,
Dieweil sein Äußerstes tat
Der Vater, und sein Bestes unter
85 Den Menschen wirkete wirklich,
Und sehr betrübt war auch
Der Sohn, so lange, bis er auf
Gen Himmel fuhr in den Lüften,
Dem gleich ist gefangen die Seele der Helden.
90 Die Dichter müssen, auch
Die geistigen, weltlich sein.

Germanien.

1.

Nicht sie, die Seligen, die erschienen sind,
Die Götterbilder in dem alten Lande,
Sie darf ich ja nicht rufen mehr, wenn aber,
Ihr, heimatlichen Wasser! jetzt mit euch
5 Des Herzens Liebe klagt, was will es anders,
Das Heiligtrauernde? Denn voll Erwartung liegt
Das Land, und, als in heißen Tagen
Herabgesenkt, umschattet heut
Ihr Sehnenden! uns ahnungsvoll ein Himmel.
10 Voll ist er von Verheißungen und scheint
Mir drohend auch, doch will ich bei ihm bleiben
Und rückwärts soll die Seele mir nicht fliehn
Zu euch, Vergangene! die zu lieb mir sind.
Und euer schönes Angesicht zu sehn,
15 Als wär's, wie sonst, ich fürcht' es: tödlich ist's
Und kaum erlaubt, Gestorbene zu wecken.

2.

Entflohene Götter! auch ihr, ihr Gegenwärtige damals
Wahrhaftige, ihr hattet eure Zeiten!
Nichts leugnen will ich hier und nichts erbitten.
20 Denn wenn es aus ist, und der Tag erloschen
Wohl trifft's den Priester erst, doch liebend folgt
Der Tempel und das Bild ihm auch und seine Sitte
Zum dunkeln Land, und keines mag noch scheinen.
Nur als von Grabesflammen ziehet dann,
25 Ein goldner Rauch, die Sage drob hinüber,
Und dämmert jetzt uns Zweifelnden um das Haupt,
Und keiner weiß, wie ihm geschieht. Er fühlt
Die Schatten derer, so gewesen sind,
Die Alten, so die Erde neu besuchen.
30 Denn die da kommen sollen, drängen uns,
Und länger säumt von Göttermenschen,
Die heilige Schar, nicht mehr im blauen Himmel.

3.

Schon grünet ja im Vorspiel rauherer Zeit
Für sie erzogen das Feld, bereitet ist die Gabe
35 Zum Opfermahl, und Tal und Ströme sind
Weit offen um prophetische Berge,
Das schauen mag bis in den Orient
Der Mann und ihn der Wandlungen viele bewegen.
Vom Äther aber fällt
40 Das treue Bild, und Göttersprüche regnen
Unzählbare von ihm, und es tönt im innersten Haine.
Und der Adler, der vom Indus kömmt
Und über des Parnassos
Beschneite Gipfel fliegt, hoch über den Opferhügeln
45 Italiens und frohe Beute sucht
Dem Vater, nicht wie sonst, geübter im Fluge
Der Alte, jauchzend überschwingt er
Zuletzt die Alpen und sieht die vielgearteten Länder.

4.

Die Priesterin, die stillste Tochter Gottes,
50 Sie, die zu gern in tiefer Einfalt schweigt,
Sie suchet er, die offnen Auges schaute,

Als wüßte sie es nicht, jüngst da ein Sturm
Toddrohend über ihrem Haupt ertönte;
Es ahnete das Kind ein Besseres,
55 Und endlich ward ein Staunen weit im Himmel
Weil eines groß an Glauben, wie sie selbst,
Die segnende, die Macht der Höhe sei;
Drum sandten sie den Boten, der, sie schnell erkennend,
Denkt lächelnd so: Dich, Unzerbrechliche, muß
60 Ein ander Wort ergreifen und ruft es laut,
Der Jugendliche, nach Germania schauend:
„Du bist es, auserwählt,
Allliebend, und ein schweres Glück
Bist du zu tragen stark geworden.

5.

65 Seit damals, da im Walde versteckt und blühendem Mohn
Voll süßen Schlummers, Trunkene, meiner du
Nicht achtetest, lang, ehe noch auch Geringere fühlten
Der Jungfrau Stolz und staunten wes du wärst und woher,
Doch du es selbst nicht wußtest. — Ich mißkannte dich nicht;
70 Und heimlich, da du träumtest, ließ ich
Am Mittag scheidend dir ein Freundeszeichen,
Die Blume des Mundes, zurück und du redetest einsam.
Doch Fülle der goldenen Worte sandtest du auch,
Glückselige! mit den Strömen, und sie quillen unerschöpflich
75 In die Gegenden all. Denn fast wie der Heiligen,
Die Mutter ist von allem,
Die Verborgene sonst genannt von Menschen,
So ist von Lieben und Leiden
Und voll von Ahnungen dir
80 Und voll von Frieden der Busen.

6.

O trinke Morgenlüfte,
Bis daß du offen bist
Und nenne, was vor Augen dir ist.
Nicht länger darf Geheimnis mehr
85 Das Ungesprochene bleiben,
Nachdem es lange verhüllt ist;
Dem Sterblichen geziemet die Scham,
Und so zu reden die meiste Zeit,
Ist weise auch von Göttern.

90 Wo aber überflüssiger, denn lautere Quellen
Das Gold, und ernst geworden ist der Zorn an dem Himmel,
Muß zwischen Tag und Nacht
Einstmals ein Wahres erscheinen.
Dreifach umschreibe du es,
95 Doch ungesprochen auch, wie es da ist,
Unschuldige, muß es bleiben.

7.

O neue Tochter du der heiligen Erd',
Einmal die Mutter. Es rauschen die Wasser am Fels
Und Wetter in Wald, und bei den Namen derselben
100 Tönt auf uns alter Zeit Vergangengöttliches wieder.
Wie anders ist's! Und rechthin glänzt und spielt
Zukünftiges auch erfreulich aus der Ferne.
Doch in der Mitte der Zeit
Lebt ruhig mit geweihter
105 Jungfräulicher Erde der Äther.
Und gerne, zur Erinnerung, sind
Die Unbedürftigen, sie,
Gastfreundlich bei den Unbedürftigen,
Bei deinen Feiertagen,
110 Germania, wo du Priesterin bist
Und wehrlos Rat gibst rings
Den Königen und den Völkern.

Patmos.

Dem Landgrafen von Homburg.

Voll Güt' ist,
Keiner aber fasset
Allein Gott.
Wo aber Gefahr ist, wächst
5 Das Rettende auch.
Im Finstern wohnen
Die Adler, und furchtlos gehn
Die Söhne der Alpen über den Abgrund weg
Auf leicht gebaueten Brücken.
10 Drum, da gehäuft sind rings
Die Gipfel der Zeit

Und die Liebsten nahe wohnen, ermattend auf
Getrenntesten Bergen,
So gib unschuldig Wasser,
15   O, Fittige gib uns, treuesten Sinns
Hinüber zu gehn und wieder zu kehren!

So sprach ich, da entführte
Mich unermeßlicher, denn ich vermutet,
Und weit, wohin ich nimmer
20   Zu kommen gedacht, ein Genius mich
Vom eigenen Haus! Es kleideten sich
Im Zwielicht, menschenähnlich, da ich ging,
Der schattige Wald
Und die sehnsüchtigen Bäche
25   Der Heimat; nimmer kannt' ich die Länder.
Doch bald in frischem Glanze,
Geheimnisvoll
Im goldenen Rauche blühte,
Schnell aufgewachsen
30   Mit Schritten der Sonne,
Von tausend Tischen duftend,
Mir Asia auf, und geblendet ganz
Sucht' ich eins, das ich kannte, denn ungewohnt
War ich der breiten Gassen, wo herab
35   Vom Tmolus fährt
Der goldgeschmückte Paktol,
Und Taurus stehet in Messogis,
Und schläfrig fast von Blumen der Garten,
Ein stilles Feuer. Aber im Lichte
40   Blüht doch der silberne Schnee;
Und Zeug' unsterblichen Lebens
An unzugangbaren Wänden,
Uralt der Efeu wächst, und getragen sind
Von lebenden Säulen, Zedern und Lorbeern,
45   Die felsenharten,
Die göttlich gebauten Paläste.

Es rauschen aber um Asias Tore,
Hinziehend da und dort
In ungewisser Meeresebene
50   Der schattenlosen Straßen genug,
Doch kennt die Inseln der Schiffer.
Und da ich hörte,

Der nahegelegenen eine
Sei Patmos,
55 Verlangte mich sehr,
Dort einzukehren und dort
Der dunkeln Grotte zu nahen.
Denn nicht, wie Chpros,
Die quellenreiche, oder
60 Der anderen eine.
Wohnt herrlich Patmos.

        Gastfreundlich aber ist
Im menschenlosen Hause
Sie dennoch.
65 Und wenn vom Schiffbruch oder klagend
Um die Heimat oder
Den abgeschiedenen Freund,
Ihr nahet einer
Der Fremden, hört sie es gern das Wort und ihre Kinder,
70 Die Stimmen des heißen Hains,
Und, wo der Sand fällt und sich spaltet
Des Feldes Fläche, die Laute,
Sie hören ihn, und lieblich widertönt
Es von den Klagen des Manns. So pflegte
75 Sie einst des Gottgeliebten,
Des Sehers, der in seliger Jugend war
Gegangen mit
Dem Sohne des Höchsten, unzertrennlich; denn
Es liebte der Gewittertragende die Einfalt
80 Des Jüngers, und es sahe der achtsame Mann
Das Angesicht des Gottes genau,
Da beim Geheimnisse des Weinstocks sie
Zusammensaßen zu der Stunde des Gastmahls,
Und in der großen Seele ruhig ahnend den Tod
85 Aussprach der Herr und die letzte Liebe; denn nie genug
Hatt' er, von Güte, zu sagen,
Der Worte damals, und zu erheitern, da
Er's sahe, das Zürnen der Welt.
Denn alles ist gut. Drauf starb er. Vieles wäre Liebes
90 Zu sagen. Und es sahn ihn, wie er siegend blickte,
Den Freudigsten, die Freunde noch zuletzt.

        Doch trauerten sie, dieweil
Es Abend worden, erstaunt,

Denn Großentschiedenes hatten in der Seele
95   Die Männer, aber sie liebten unter der Sonne
Das Leben, und lassen wollten sie nicht
Vom Angesichte des Herrn
Und der Heimat. Eingeboren war,
Wie Feuer im Eisen, das, und ihnen ging
100   Zur Seite der Schatte des Lieben.
Darum auch sandt' er ihnen
Den Geist, und freilich bebte
Das Haus und die Wetter Gottes rollten
Ferndonnernd über
105   Die ahnenden Häupter, da schwersinnend
Versammelt waren die Todeshelden,

Jetzt, da er, scheidend,
Noch einmal ihnen erschien,
Da, heißet es, erlosch der Sonne Tag,
110   Der königliche, und zerbrach
Den geradestrahlenden,
Den Zepter, göttlich leidend, von selbst,
Denn wiederkommen sollt' es
Zu rechter Zeit. Nicht wär' es gut
115   Gewesen später und, schroff abbrechend, untreu
Der Menschen Werk, und Freude war es
Von nun an,
Zu wohnen in liebender Nacht und bewahren
In einfältigen Augen, unverwandt
120   Abgründe der Weisheit. Und manchem ward
Sein Vaterland ein kleiner Raum.

Doch furchtbar wahrhaft ist's, wie da und dort
Unendlich hin zerstreut das Lebende Gott.
Denn schon das Angesicht
125   Der teuern Freunde zu lassen,
Und fernhin über die Berge zu gehn
Allein, wo zwiefach
Erkannt, einstimmig
War himmlischer Geist, und nicht geweissagt war es, sondern
130   Die Locken ergriff es gegenwärtig,
Wenn ihnen plötzlich
Ferneilend zurückblickte
Der Gott, und schwörend,

Damit er halte, wie an Seilen golden
135 Gebunden hinfort
Das Böse nennend, sie die Hände sich reichten. —

     Wenn aber stirbt alsdann,
An dem am meisten
Die Schönheit hing, daß an der Gestalt
140 Ein Wunder war, und die Himmlischen gedeutet
Auf ihn, und wenn, ein Rätsel ewig füreinander,
Sie sich nicht fassen können
Einander, die zusammen lebten
Im Gedächtnis, und nicht den Sand nur oder
145 Die Weiden es hinwegnimmt und die Tempel
Ergreift, wenn aber die Ehre
Des Halbgotts und der Seinen
Verweht und selber sein Angesicht
Der Höchste wendet
150 Darob, daß nirgend ein
Unsterbliches mehr ist am Himmel zu sehen oder
Auf grüner Erde, was ist dies?

     Es ist der Wurf des Säemanns, wenn er faßt
Mit der Schaufel den Weizen,
155 Und wirft den Klaren zu, ihn schwingend über die Tenne;
Ihm fällt die Schale vor den Füßen, aber
Ans Ende kommet das Korn.
Nicht ihm ein Übel ist's, wenn einiges
Verloren gehet, und von der Rede
160 Verhallet der lebendige Laut:
Denn göttliches Werk auch gleichet dem unsern,
Nicht alles will der Höchste zumal,
Zwar Eisen träget der Schacht,
Und glühende Harze der Ätna.
165 So hätt' ich auch Reichtum,
Ein Bild zu bilden und ähnlich
Den Christ zu schaun, wie er gewesen.

     Wenn aber einer spornte sich selbst,
Und traurig redend, unterweges, da ich wehrlos wäre,
170 Mich überfiele, daß ich staunt', und von dem Gotte
Das Bild nachahmen möcht', ein Knecht —
Im Zorne sichtbar sah ich einmal

Des Himmels Herrn, nicht, daß ich sein sollt' etwas, sondern
Zu lernen. Gütig sind sie, ihr Verhaßtestes aber ist,
175 Solange sie herrschen, das Falsche, und es gilt
Dann Menschliches unter Menschen nicht mehr.
Denn sie nicht walten, es waltet aber
Unsterblicher Schicksal, und es wandelt ihr Werk
Von selbst, und eilend geht es zu Ende.
180 Wenn nämlich höher gehet himmlischer
Triumphgang, wird genennet der Sonne gleich
Von Starken, der frohlockende Sohn des Höchsten,

Ein Losungszeichen, und hier ist der Stab
Des Gesanges, niederwinkend,
185 Denn nichts ist gemein. Die Toten wecket
Er auf, die noch gefangen, nicht
Vom Rohen sind. Es warten aber
Der scheuen Augen viele
Zu schauen das Licht! Nicht gerne wollen
190 Am scharfen Strahle sie blühn,
Wiewohl den Mut der goldene Zaum hält. —
Wenn aber, als
Von schwellenden Augenbrauen
Der Welt vergessen,
195 Stilleuchtende Kraft aus heiliger Schrift fällt, mögen
Der Gnade sich freuend sie
Am stillen Blicke sich üben.

Und wenn die Himmlischen jetzt,
So, wie ich glaube, mich lieben,
200 Wie viel mehr dich,
Denn eines weiß ich,
Daß nämlich der Wille
Des ewigen Vaters viel
Dir gilt. Still ist sein Zeichen
205 Am donnernden Himmel. Und einer stehet darunter
Sein Leben lang. Denn noch lebt Christus.
Es sind aber die Helden, seine Söhne,
Gekommen all, und heilige Schriften
Von ihm, und den Blitz erklären
210 Die Taten der Erde bis jetzt,
Ein Weltlauf unaufhaltsam. Er ist aber dabei, denn seine Werke
sind
Ihm alle bewußt von jeher.

Zu lang, zu lang schon ist
Die Ehre der Himmlischen unsichtbar,
215 Denn fast die Finger müssen sie
Uns führen, und schmählich
Entreißt das Herz uns eine Gewalt,
Denn Opfer will der Himmlischen jedes.
Wenn aber eines versäumt ward,
220 Nie hat es Gutes gebracht.
Nie hat es gedienet der Mutter Erd'
Und haben jüngst dem Sonnenlichte gedient,
Unwissend. Der Vater aber liebt,
Der über allen waltet,
225 Am meisten, daß gepfleget werde
Der feste Buchstab', und Bestehendes gut
Gedeutet. Dem folgt deutscher Gesang.

Aus der Zeit der Umnachtung

Hälfte des Lebens.

Mit gelben Blumen hänget
Und voll mit wilden Rosen
Das Land in den See,
Ihr holden Schwäne,
Und trunken von Küssen
Tunkt ihr das Haupt
Ins heilig nüchterne Wasser.

Weh mir, wo nehm' ich, wenn
Es Winter ist, die Blumen, und wo
Den Sonnenschein
Und Schatten der Erde?
Die Mauern stehen
Sprachlos und kalt, im Winde
Klirren die Fahnen.

Sapphos Schwanengesang.

Himmlische Liebe! zärtliche! wenn ich dein
Vergäße, wenn ich, o ihr geschicklichen,
    Ihr feur'gen, die voll Asche sind und
        Wüst und vereinsamt ohnedies schon,

Ihr lieben Inseln, Augen der Wunderwelt!
Ihr nämlich geht nun einzig allein mich an,
    Ihr Ufer, wo die Abgöttische
        Büßet, doch Himmlischen nur, die Liebe.

Denn allzudankbar haben die Heiligen
Gedienet dort in Tagen der Schönheit und
    Die zorn'gen Helden; und viel Bäume
        Sind um die Städte daselbst gestanden,

Sichtbar, gleich einem sinnigen Mann; jetzt sind
Die Helden tot, die Inseln der Liebe sind
   Entstellt fast. So muß übervorteilt,
    Albern, doch überall sein die Liebe.

In weichen Träumen löschet das Augenlicht
Mir, aber nicht ganz, aus; ein Gedächtnis doch,
   Damit ich edel sterbe, laßt, ihr
    Trügerischen, Diebischen! mir nachleben.

Lebensalter.

Ihr Städte des Euphrats!
Ihr Gassen am Palmyra!
Ihr Säulenwälder in der Ebne der Wüste,
Was seid ihr?
Euch hat die Kronen,
Dieweil ihr über die Grenze
Der Odmenden seid gegangen,
Von Himmlischen der Rauchdampf und
Hinweg das Feuer genommen;
Jetzt aber sitz' ich unter Wolken (deren
Ein jedes eine Ruh' hat eigen), unter
Wohl eingerichteten Eichen, auf
Der Heide des Rehs, und fremd
Erscheinen und gestorben mir
Der Seligen Geister.

Des Geistes Werden.

Des Geistes Werden ist dem Menschen nicht verborgen,
Und wie das Leben ist, daß Menschen sich gefunden,
Es ist des Lebens Tag, es ist des Lebens Morgen,
Wie Reichtum sind des Geistes hohe Stunden.

Wie die Natur sich dazu herrlich findet,
Ist, daß der Mensch nach solcher Freude schauet,
Wie er dem Tage sich, dem Leben sich vertrauet,
Wie er mit sich den Bund des Geistes bindet.

Der Winkel von Hart.

Hinunter sinket der Wald,
Und Knospen ähnlich hängen
Einwärts die Blätter, denen
Blüht unten auf ein Grund,
Nicht gar unmündig,
Da nämlich ist Ulrich
Gegangen; oft sinnt, über den Fußtritt
Ein groß Schicksal
Bereit an übrigem Ort.

Fragment.

Die Schönheit ist den Kindern eigen,
Ist Gottes Ebenbild vielleicht,
Ihr Eigentum ist Ruh' und Schweigen,
Den Engeln auch zum Lob gereicht.

Fragment.

Die Linien des Lebens sind verschieden,
Wie Wege sind und wie der Berge Grenzen,
Was hier wir sind, kann dort ein Gott ergänzen
Mit Harmonien und ewigem Lohn und Frieden.

Der Ruhm.

Fragment.

Es knüpft an Gott der Wohllaut, der geleitet
Ein sehr berühmtes Ohr, denn wunderbar
Ist ein berühmtes Leben groß und klar,
Es geht der Mensch zu Fuße oder reitet.

Der Erde Freuden, Freundlichkeit und Güter,
Der Garten, Baum, der Weinberg mit dem Hüter,
Sie scheinen mir ein Widerglanz des Himmels,
Gewähret von dem Geist den Söhnen des Gewimmels.

Wenn einer ist mit Gütern reich beglücket,
Wenn Obst den Garten ihm, und Gold ausschmücket
Die Wohnung und das Haus, was mag er haben
Noch mehr in dieser Welt, sein Herz zu laben?

Auf die Geburt eines Kindes.

Fragment.

Wie wird des Himmels Vater schauen
Mit Freude das erwachsne Kind,
Gehend auf blumenreichen Auen,
Mit andern, welche lieb ihm sind.

5 Indessen freue dich des Lebens,
Aus einer guten Seele kommt
Die Schönheit herrlichen Bestrebens,
Göttlicher Grund dir mehr noch frommt.

Der Frühling.

Wenn auf Gefilden neues Entzücken keimt
Und sich die Ansicht wieder verschönt und sich
An Bergen, wo die Bäume grünen,
Hellere Lüfte, Gewölke zeigen,

5 O! welche Freude haben die Menschen! froh
Gehn an Gestaden Einsame. Ruh' und Lust
Und Wonne der Gesundheit blühet,
Freundliches Lachen ist auch nicht ferne.

Der Kirchhof.

Du stiller Ort, der grünt mit jungem Grase,
Da liegen Mann und Frau, und Kreuze stehn,
Wohin, hinaus geleitet, Freunde gehn,
Wo Fenster sind glänzend mit hellem Glase.

5 Wenn glänzt an dir des Himmels hohe Leuchte
Des Mittags, wann der Frühling dort oft weilt,
Wenn geistige Wolke dort, die graue, feuchte,
Wenn sanft der Tag vorbei mit Schönheit eilt!

Wie still ist's nicht an jener grauen Mauer,
10 Wo drüberher ein Baum mit Früchten hängt;
Mit schwarzen, tauigen, und Laub voll Trauer,
Die Früchte aber sind sehr schön gedrängt.

Dort in der Kirch' ist eine dunkle Stille
Und der Altar ist auch in dieser Nacht geringe,
15 Noch sind darin einige schöne Dinge,
Im Sommer aber singt auf Feldern manche Grille.

Wenn einer dort Reden des Pfarrherrn hört,
Indes die Schar der Freunde steht daneben,
Die mit dem Toten sind, welch eignes Leben
20 Und welcher Geist, und fromm sein ungestört.

Der Spaziergang.

Ihr Wälder schön an der Seite
Am grünen Abhang gemalt,
Wo ich umher mich leite,
Durch süße Ruhe bezahlt
5 Für jeden Stachel im Herzen,
Wenn dunkel mir ist der Sinn,
Denn Kunst und Sinnen hat Schmerzen
Gekostet von Anbeginn.
Ihr lieblichen Bilder im Tale,
10 Zum Beispiel Gärten und Baum,
Und dann der Steg, der schmale,
Der Bach zu sehen kaum,
Wie schön aus heiterer Ferne
Glänzt einem das herrliche Bild
15 Der Landschaft, die ich gerne
Besuch' in Witterung mild.
Die Gottheit uns freundlich geleitet
Uns erstlich mit Blau,
Hernach mit Wolken bereitet,
20 Gebildet wölbig und grau,
Mit sengenden Blitzen und Rollen
Des Donners, mit Reiz des Gefilds,
Mit Schönheit, die gequollen
Vom Quell ursprünglichen Bilds.

Das fröhliche Leben.

Wenn ich auf die Wiese komme,
Wenn ich auf dem Felde jetzt,
Bin ich noch der Zahme, Fromme,
Wie von Dornen unverletzt.

5 Mein Gewand in Winden wehet,
Wie der Geift mich luftig fragt,
Worin Inneres beftehet,
Bis Auflöfung diefem tagt.

O, vor diefem fanften Bilde,
10 Wo die grünen Bäume ftehn,
Wie vor einer Schenke Schilde
Kann ich kaum vorübergehn.
Denn die Ruh' an ftillen Tagen
Dünkt entfchieden trefflich mir,
15 Diefes mußt du gar nicht fragen,
Wenn ich foll antworten dir.

Aber zu dem fchönen Bache
Such' ich einen Luftweg wohl,
Der, als wir in dem Gemache,
20 Schleicht durch's Ufer wild und hohl,
Wo der Steg darüber gehet,
Geht's den fchönen Wald hinauf,
Wo der Wind den Steg umwehet,
Sieht das Auge fröhlich auf.

25 Droben auf des Hügels Gipfel
Sitz' ich manchen Nachmittag,
Wenn der Wind umfauft die Wipfel,
Bei des Turmes Glockenfchlag,
Und Betrachtung gibt dem Herzen
30 Frieden, wie das Bild auch ift,
Und Beruhigung den Schmerzen,
Welche reimt Verftand und Lift.

Holde Landfchaft! wo die Straße
Mitten durch fehr eben geht,
35 Wo der Mond auffteigt, der blaffe,
Wenn der Abendwind entfteht,
Wo die Natur fehr einfältig,
Wo die Berg' erhaben ftehn,
Geh' ich heim zuletzt, haushältig,
40 Dort nach goldnem Wein zu fehn.

An Zimmern.

Von einem Menschen sag' ich, wenn der ist gut
Und weise, was bedarf er? Ist irgend eins
Das einer Seele genüget? ist sein Haben,
Eine gereifteste Reb' auf Erden,
5 Gewachsen, die ihn nähre? Der Sinn ist des
Also. Ein Freund ist oft die Geliebte, viel
Die Kunst. O Teurer, dir sag' ich die Wahrheit:
Dädalus' Geist und des Walds ist deiner.

Eine Landschaft.

Wenn aus dem Himmel hellere Wonne sich
Herabgießt, eine Freude der Menschen kommt,
Daß sie sich wundern über manches
Sichtbares, Höheres, Angenehmes:

5 Wie tönet lieblich heil'ger Gesang dazu!
Wie lacht das Herz in Liedern die Wahrheit an,
Daß Freudigkeit an einem Bildnis —:
Über dem Stege beginnen Schafe

Den Zug, der fast in dämmernde Wälder geht.
10 Die Wiesen aber, welche mit lautrem Grün
Bedeckt sind, sind wie jene Heide,
Welche gewöhnlicherweise nah ist

Dem dunkeln Walde. Da, auf den Wiesen auch
Verweilen diese Schafe. Die Gipfel, die
15 Umher sind, nackte Höhen sind mit
Eichen bedecket und seltnen Tannen.

Da, wo des Stromes regsame Wellen sind,
Daß einer, der vorüber des Weges kommt,
Froh hinschaut, da erhebt der Berge
20 Sanfte Gestalt und der Weinberg hoch sich.

Zwar gehn die Treppen unter den Reben hoch
Herunter, wo der Obstbaum blühend darübersteht
Und Duft an wilden Hecken weilet,
Wo die verborgenen Veilchen sprossen;

25 Gewässer aber rieseln herab, und sanft
Ist hörbar dort ein Rauschen den ganzen Tag;
  Die Orte aber in der Gegend
    Ruhen und schweigen den Nachmittag durch.

Der Herbst.

Die Sagen, die der Erde sich entfernen,
Vom Geiste, der gewesen ist und wiederkehret,
Sie kehren zu der Menschheit sich, und vieles lernen
Wir aus der Zeit, die eilends sich verzehret.

5 Die Bilder der Vergangenheit sind nicht verlassen
Von der Natur, als wie die Tag' verblassen
Im hohen Sommer, kehrt der Herbst zur Erde nieder,
Der Geist der Schauer findet sich am Himmel wieder.

In kurzer Zeit hat vieles sich geendet,
10 Der Landmann, der am Pfluge sich gezeiget,
Er siehet, wie das Jahr sich frohem Ende neiget,
In solchen Bildern ist des Menschen Tag vollendet.

Der Erde Rund mit Felsen ausgezieret
Ist wie die Wolke nicht, die abends sich verlieret,
15 Es zeiget sich mit einem goldnen Tage,
Und die Vollkommenheit ist ohne Klage.

Der Sonntag.
Fragment.

Freundschaft, Liebe, Kirch' und Heil'ge, Kreuze, Bilder,
Altar und Kanzel und Musik. Es tönet ihm die Predigt.
Die Kinderlehre scheint nach Tisch ein schlummernd müßig
Gespräch für Mann und Kind und Jungfraun, fromme Frauen.
5 Hernach geht er, der Herr, der Bürgersmann und Künstler
Auf Feldern froh umher und heimatlichen Auen;
Die Jugend geht betrachtend auch.

Der Winter.

Wenn bleicher Schnee verschönert die Gefilde
Und hoher Glanz auf weiter Ebne blinkt,
So reizt der Sommer fern und milde,
Naht sich der Frühling oft, indes die Stunde sinkt.

Die prächtige Erscheinung ist: die Luft ist feiner,
Der Wald ist hell, es geht der Menschen keiner
Auf Straßen, die zu sehr entlegen sind, die Stille machet
Erhabenheit; wie dennoch alles lachet!

Der Frühling scheinet nicht mit Blütenschimmer
Den Menschen so gefallend, aber Sterne
Sind an dem Himmel hell, man siehet gerne
Den Himmel fern, das ändert sich fast nimmer.

Die Ströme sind wie Ebnen, die Gebilde
Sind auch zerstreut erscheinender, die Milde
Des Lebens dauert fort, der Städte Breite
Erscheint besonders gut auf ungemeßner Weite.

———

Der Frühling.

Der Mensch vergißt die Sorgen aus dem Geiste,
Der Frühling aber blüht, und prächtig ist das meiste,
Das grüne Feld ist herrlich ausgebreitet,
Da glänzend schon der Bach hinuntergleitet.
Die Berge stehn bedecket mit den Bäumen,
Und herrlich ist die Luft in offnen Räumen,
Das weite Tal ist in die Welt gedehnet
Und Turm und Haus an Hügeln angelehnet.

———

Der Sommer.

Wenn dann vorbei des Frühlings Blüte schwindet,
So ist der Sommer da, der um das Jahr sich windet,
Und wie der Bach das Tal hinuntergleitet,
So ist der Berge Pracht darum verbreitet.

5 Daß sich das Feld mit Pracht am meisten zeiget,
Ist, wie der Tag, der sich zum Abend neiget;
Wie so das Jahr enteilt, so sind des Sommers Stunden
Und Bilder der Natur dem Menschen oft verschwunden.

Höhere Menschheit.

Den Menschen ist der Sinn ins Innere gegeben,
Daß sie als anerkannt das Beßre wählen,
Er gilt als Ziel, er ist das wahre Leben,
Von dem Sichgeistigen des Lebens Jahre zählen.

Überzeugung.

Als wie der Tag die Menschen hell umscheinet,
Und mit dem Lichte, das den Höhn entspringet,
Die dämmernden Erscheinungen vereinet,
Ist Wissen, welches tief der Geistigkeit gelinget.

Dem Allgenannten.

Fragen möcht ich, woher er ist
Lodi, Arcole.
Ha, umsonst mir hatt' er geweissagt,
Da er über den Alpen stand,
5 Hinschauend über Italien und Griechenland,
Mit dem Heer um ihn,
Wie die Gewitterwolke,
Wenn sie fernher
Dem Orient entgegenzieht
10 Und von den Strahlen des
Morgenlichts die Wolke schaut und
Todesverkündende Blitze schon glüht . . .

Buonoparte.

Heilige Gefäße und die Dichter,
Worin der Wein des Lebens, der Geist
Der Helden sich aufbewahrt.

Aber, der Geist dieses Jünglings,
   Müßte der nicht zerstampfen das Gefäß,
   Der Schnelle, wo es ihn fassen wollte?
   Der Dichter lass' ihn unberührt
   Wie der Geist der Natur.

An solchem Stoffe wird zum Knaben der Meister.
   Er soll im Gericht leben und bleiben?
   Er lebt und bleibt in der Welt.

Fragment.

Das Angenehme dieser Welt hab' ich genossen,
Die Jugendstunden sind wie lang! wie lang! verflossen.
April und Mai und Junius sind ferne,
Ich bin nichts mehr; ich lebe nicht mehr gerne.

Nachlese

Nachlese zu den Jugendgedichten.

Dankgedicht an die Lehrer.
Fragment.

Und würdigte einst eurer Weisheit Wille,
Der Kirche Dienst auch uns zu weihn,
Wer, Brüder, säumt, daß er die Schuld des Danks erfülle,
Da wir uns. solcher Gnade freun?

Froh eilt der Wanderer durch dunkle Wälder,
Durch Wüsten, die von Hitze glühn,
Erblickt er nur von fern des Lands beglückte Felder,
Wo Ruh' und Friede blühn.

So können wir die frohe Bahn durcheilen,
Weil schon das hohe Ziel uns lacht,
Und der Bestimmung Sporn, ein Feind von trägem Weilen,
Uns froh und emsig macht.

Ja dieses Glück, das, große Mäzenaten,
Ihr schenkt, soll nie ein träger Sinn
Bei uns verdunkeln, nein! verehren Fleiß und Taten
Und Tugend immerhin.

Euch aber kröne Ruhm und hohe Ehre,
Die dem Verdienste stets gebührt,
Und jeder künft'ge Tag erhöhe und vermehre
Den Glanz, der euch schon ziert.

Und was ist wohl für euch die schönste Krone?
Der Kirche und des Staates Wohl,
Stets eurer Sorgen Ziel. Wohlan, der Himmel lohne
Euch stets mit ihrem Wohl.

M. B.

Herr! was bist du, was Menschenkinder?
Jehovah du, wir schwache Sünder,
Und Engel sind's, die, Herr, dir dienen,
Wo ew'ger Lohn, wo Seligkeiten krönen.

5 Wir aber sind es, die gefallen,
Die sträflich deiner Güte Strahlen
In Grimm verwandelt, Heil verscherzet,
Durch das der Hölle Tod nicht schmerzet.

Und doch, o Herr! erlaubst du Sündern
10 Dein Heil zu sehn, wie Väter Kindern
Erteilst du deine Himmelsgaben,
Die uns, nach Gnade dürstend, laben.

Ruft dein Kind Abba, ruft es Vater,
So bist du Helfer, du Berater.
15 Wenn Tod und Hölle tobend krachen,
So eilst als Vater du zu wachen.

Die Nacht.

Seid gegrüßt, ihr zufluchtsvolle Schatten,
Ihr Fluren, die ihr einsam um mich ruht;
Du stiller Mond, du hörst nicht, wie Verleumder lauern,
Mein Herz entzückt von deinem Perlenglanz.

5 Aus der Welt, wo tolle Toren spotten,
Um leere Schattenbilder sich bemühn,
Flieht der zu euch, der nicht das schimmernde Getümmel
Der eitlen Welt, nein! nur die Tugend liebt.

Nur bei dir empfindt auch hier die Seele,
10 Wie göttlich sie dereinst wird sein,
Die Freude, derem falschen Schein so viel Altäre,
So viele Opfer hier gewidmet sind.

Weit hinauf, weit über euch, ihr Sterne,
Geht sie entzückt mit heil'gem Seraphsflug,
15 Sieht über euch herab mit göttlich heil'gem Blicke,
Auf ihre Erd', da wo sie schlummernd ruht. ...

Goldner Schlaf, nur deſſen Herz zufrieden
Wohltät'ger Tugend wahre Freude kennt,
Nur der fühlt dich. — Hier ſtellſt du dürftig ſchwache Arme,
20 Die ſeine Hilfe ſuchen, vor ihn hin,

Schnell fühlt er des armen Bruders Leiden;
Der Arme weint, er weinet auch mit ihm;
Schon Troſt genug! Doch ſpricht er: „Gab Gott ſeine Gaben
Nur mir? Nein, auch für andre lebe ich." —

25 Nicht von Stolz noch Eitelkeit getrieben,
Kleidt er den Nackten dann, und ſättigt den,
Dem blaſſe Hungersnot ſein ſchwach Gerippe zählet,
Und himmliſch wird ſein fühlend Herz entzückt.

So ruht er. Allein des Laſters Sklaven
30 Quält des Gewiſſens bange Donnerſtimm',
Und Todesangſt wälzt ſie auf ihren weichen Lagern,
Wo Wolluſt ſelber ſich die Rute hält.

An M. B.

O lächle fröhlich unſchuldsvolle Freuden!
Ja, muntrer Knabe, freue dich!
Und unbekümmert, gleich dem Lamm auf Frühlingsheiden,
Entwickeln deine Keime ſich.

5 Nicht Sorgen und kein Heer von Leidenſchaften
Strömt über deine Seele hin:
Du ſahſt noch nicht, wie tolle Toren neidiſch gafften,
Wenn ſie die Tugend ſahen blühn.

Dich ſucht noch nicht des kühnen Läſtrers Zunge:
10 Erſt lobt ſie, doch ihr Schlangengift
Verwandelt bald das Lob, das ſie ſo glänzend ſunge,
In Tadel, welcher töblich trifft.

Du glaubſt mir nicht, daß dieſe ſchöne Erde
So viele Unzufriedne trägt,
15 Daß nicht der Welt, der dich der Schöpfer gab, Beſchwerde,
Nur eigner Kummer Seufzer regt.

So folge ihr, du edle, gute Seele!
Wohin dich nun die Tugend treibt,
Sprich: „Welt, kein leerer Schatten ist's, das ich mir wähle,
Nur Weisheit, die mir ewig bleibt!"

Das menschliche Leben.

Menschen, Menschen! was ist euer Leben,
Eure Welt, die tränenvolle Welt!
Dieser Schauplatz, kann er Freuden geben,
Wo sich Trauern nicht dazu gesellt?
O! die Schatten, welche euch umschweben,
Die sind euer Freudenleben.

Tränen, fließt! o fließet, Mitleidstränen!
Taumel, Reue, Tugend, Spott der Welt,
Wiederkehr zu ihr, ein neues Sehnen,
Banges Seufzen, das die Leiden zählt,
Sind der armen Sterblichen Begleiter,
O, nur allzu wenig heiter!

Banger Schauer faßt die trübe Seele,
Wenn sie jene Torenfreuden sieht;
Welt, Verführung, manches Guten Hölle,
Flieht von mir, auf ewig immer flieht;
Ja gewiß, schon manche gute Seele hat, betrogen,
Euer tötend Gift gesogen.

Wann der Sünde dann ihr Urteil tönet,
Des Gewissens Schreckensreu sie lehrt,
Wie die Lasterbahn ihr Ende krönet,
Schmerz, der ihr Gebein versehrt: —
Dann sieht das verirrte Herz zurücke,
Reue schluchzen seine Blicke.

Und die Tugend bietet ihre Freuden
Gerne, Mitleid lächelnd, an,
Doch die Welt — bald streut sie ihre Leiden
Auch auf die zufrieden heitre Bahn:
Weil sie dem, der Tugendfreuden kennet,
Sein zufrieden Herz nicht gönnet.

Tausend mißgunstvolle Lästerungen
Sucht sie dann, daß ihr die Tugend gleicht;
Beißend spotten dann des Neides Zungen,
Bis die arme Unschuld ihnen weicht;
35 Kaum verflossen etlich’ Freudentage,
Sieh, so sinkt der Tugend Wage.

Etlich’ Kämpfe — Tugend und Gewissen —
Nur noch schwach bewegen sie das Herz,
Wieder umgefallen! — und es fließen
40 Neue Tränen, neuer Schmerz!
O du Sünde, Dolch der edlen Seelen,
Muß denn jede dich erwählen?

Schwachheit, nur noch etlich’ Augenblicke,
So entfliehst du, und dann göttlich schön
45 Wird der Geist verklärt, ein beßres Glücke
Wird dann glänzender mein Auge sehn;
Bald umgibt dich, unvollkommne Hülle,
Dunkle Nacht, des Grabes Stille.

Die Meinigen.

Herr der Welten! der du deinen Menschen
Leuchten läßt so liebevoll dein Angesicht,
Lächle, Herr der Welten! auch des Beters Erdenwünschen,
O du weißt es! sündlich sind sie nicht.
5 Ich will beten für die lieben Meinen,
Wie dein großer Sohn für seine Jünger bat —
O auch er, er konnte Menschentränen weinen,
Wann er betend für die Menschen vor dich trat. —

Ja! in seinem Namen will ich beten,
10 Und du zürnst des Beters Erdenwünschen nicht,
Ja! mit freiem, offnem Herzen will ich vor dich treten,
Sprechen will ich, wie dein Luther spricht. —
Bin ich gleich vor dir ein Wurm, ein Sünder —
Floß ja auch für mich das Blut von Golgatha —
15 O! ich glaube! Guter! Vater deiner Kinder!
Glaubend, glaubend tret’ ich deinem Throne nah.

Meine Mutter! — o mit Freudentränen
Dank ich, großer Geber, lieber Vater! dir,
Mir, o mir, dem glücklichsten von tausend andern Söhnen,
20 Ach, die beste Mutter gabst du mir.
Gott! ich falle nieder mit Entzücken,
Welches ewig keine Menschenlippe spricht,
Tränend kann ich aus dem Staube zu dir blicken —
Nimm es an das Opfer! mehr vermag ich nicht!

25 Ach, als einst in unsre stille Hütte,
Furchtbarer! herab dein Todesengel kam,
Und den Jammernden, den Flehenden aus ihrer Mitte
Ewig teurer Vater! dich uns nahm;
Als am schrecklich stillen Sterbebette
30 Meine Mutter sinnlos in dem Staube lag —
Wehe! noch erblick' ich sie, die Jammerstätte,
Ewig schwebt vor mir der schwarze Sterbetag —

Ach! da warf ich mich zur Mutter nieder,
Heiser schluchzend blickte ich an ihr hinauf,
35 Plötzlich bebt' ein heil'ger Schauer durch des Knaben Glieder,
Kindlich sprach ich — Lasten legt er auf
.Aber o! er hilft ja auch, der gute —
Hilft ja auch der gute, liebevolle Gott — —
Amen! Amen! noch erkenn' ich's! deine Rute
40 Schläget väterlich! Du hilfst in aller Not!

Nun! so hilf, so hilf in trüben Tagen,
Guter, wie du bisher noch geholfen hast,
Vater! liebevoller Vater! hilf, o hilf ihr tragen,
Meiner Mutter — jede Lebenslast.
45 Daß allein sie sorgt die Elternsorgen!
Einsam jede Schritte ihres Sohnes wägt!
Für die Kinder jeden Abend, jeden Morgen —
Ach! und oft ein Tränenopfer vor dich legt!

Daß sie in so manchen trüben Stunden
50 Über Witwenquäler in der Stille weint!
Und dann wieder aufgerissen bluten alle Wunden,
Jede Traurerinnrung sich vereint!
Daß sie aus den schwarzen Leichenzügen
Oft, so schmerzlich, sie, nach seinem Grabe sieht!
Da zu sein wünscht, wo die Tränen all versiegen,
55 Wo uns jede Sorge, jede Klage flieht.

O so hilf, so hilf in trüben Tagen,
Guter! wie du bisher noch geholfen hast!
Vater! liebevoller Vater! hilf, o hilf ihr tragen,
60 Sieh! sie weinet! — jede Lebenslast.
Lohn' ihr einst am großen Weltenmorgen
All die Sanftmut, all die treue Sorglichkeit,
All die Kümmernisse, all die Muttersorgen,
All die Tränenopfer ihrer Einsamkeit.

65 Lohn' ihr noch in diesem Erdenleben
Alles, alles, was die Teure für uns tat.
O! ich weiß es froh, du kannst, du wirst es geben,
Wirst dereinst erfüllen, was ich bat.
Laß sie einst mit himmlisch hellem Blicke
70 Wann um sie die Tochter — Söhne — Enkel stehn —
Himmelauf die Hände faltend, groß zurücke
Auf der Jahre schöne Strahlenreise sehn.

Wann sie dann entflammt im Dankgebete
Mit uns in den Silberlocken vor dir kniet,
75 Und ein Engelschor herunter auf die heil'ge Stätte
Mit Entzücken in dem Auge sieht;
Gott! wie soll dich dann mein Lied erheben!
„Halleluja! Halleluja!" jauchz' ich dann;
Stürm' aus meiner Harfe jubelnd Leben;
80 „Heil dem großen Geber!" ruf' ich himmelan.

Auch für meine Schwester laß mich flehen!
Gott! du weißt es, wie sie meine Seele liebt,
Gott! du weißt es, kennest ja die Herzen, hast gesehen,
Wie bei ihren Leiden sich mein Blick getrübt. —
85 Unter Rosen, wie in Dornengängen,
Leite jeden ihrer Tritte himmelan.
Laß die Leiden sie zur frommen Ruhe bringen,
Laß sie weise gehn auf heitrer Lebensbahn.

Laß sie früh das beste Teil erwählen,
90 Schreib ihr's tief in ihren unbefangnen Sinn,
Tief, wie schön — die Himmelsblume blüht in jungen Seelen
Christuslieb' und Gottesfurcht wie schön!
Zeig' ihr deiner Weisheit reinre Wonne,
Wie sie hehrer deiner Wetter Schauernacht,
95 Heller deinen Himmel, schöner deine Sonne,
Näher deinem Throne die Gestirne macht.

Wie sie in das Herz des Kämpfers Frieden,
Tränen in des bangen Dulders Auge gibt —
Wie dann keine Stürme mehr das stille Herz ermüden,
100　Keine Klage mehr die Seele trübt.
Wie sie frei einhergeht im Getümmel,
Ihr vor keinem Spötter, keinem Hasser graut,
Wie ihr Auge, helle schimmernd, wie dein Himmel,
Schreckend dem Verführer in das Auge schaut.

105　Aber Gott! Daß unter Frühlingskränzen
Oft das feine Laster seinen Stachel birgt —
Daß so oft die Schlange untern heitern Jugendtänzen
Wirbelt, und so schnell die Unschuld würgt —!
Schwester! Schwester! reine gute Seele!
110　Gottes Engel walte immer über dir!
Häng' dich nicht an diese Schlangenhöhle,
Unsers Bleibens ist — Gott sei's gedankt! — nicht hier.

Und mein Karl — — o! Himmelsaugenblicke! —
O du Stunde stiller, frommer Seligkeit! —
115　Wohl ist mir! ich denke mich in jene Zeit zurücke —
Gott! es war doch meine schönste Zeit.
(O daß wiederkehrten diese Tage!
O daß noch so unbewölkt des Jünglings Herz,
Noch so harmlos wäre, noch so frei von Klage,
120　Noch so ungetrübt von ungestümem Schmerz!)

Guter Karl! — in jenen schönen Tagen
Saß ich einst mit dir am Neckarstrand,
Fröhlich sahen wir die Welle an das Ufer schlagen,
Leiteten uns Bächlein durch den Sand.
125　Endlich sah ich auf. Im Abendschimmer
Stand der Strom. Ein heiliges Gedicht
Bebte mir durchs Herz; und plötzlich scherzt' ich nimmer,
Plötzlich stand ich ernster auf vom Knabenspiel.

Bebend lispelt' ich: „wir wollen beten!"
130　Schüchtern knieten wir in dem Gebüsche hin.
Einfalt, Unschuld war's, was unsre Knabenherzen redten —
Lieber Gott! die Stunde war so schön.
Wie der leise Laut dich Abba! nannte!
Wie die Knaben sich umarmten! himmelwärts
135　Ihre Hände streckten! wie es brandte —
Im Gelübte, oft zu beten — beider Herz!

Nun, mein Vater! höre, was ich bitte;
Ruf ihm oft ins Herz, vor deinen Thron zu gehn:
Wann der Sturm einst droht, die Woge rauscht um seine Tritte,
140 O so mahne ihn, zu dir zu flehn.
Wann im Kampf ihm einst die Arme sinken,
Bang nach Rettung seine Blicke um sich sehn,
Die Vernunft verirrte Wünsche lenken;
O so mahne ihn dein Geist zu dir zu flehn.

145 Wenn er einst mit unverdorbner Seele
Unter Menschen irret, wo Verderber spähn,
Und ihm süßlich scheint der Pesthauch dieser Schlangenhöhle,
O! so mahne ihn, zu dir zu flehn.
Gott! wir gehn auf schwerem, steilem Pfade,
150 Tausend fallen, wo noch zehen aufrecht stehn, —
Gott! so leite ihn mit deiner Gnade,
Mahn' ihn oft durch deinen Geist, zu dir zu flehn.

O! und sie im frommen Silberhaare,
Der so heiß der Kinder Freudenträne rinnt,
155 Die so groß zurückblickt auf so viele schöne Jahre,
Die so gut, so liebevoll mich Enkel nennt,
Die, o lieber Vater! deine Gnade
Führte durch so manches rauhe Distelnfeld,
Durch so manche dunkle Dornenpfade —
160 Die jetzt froh die Palme hofft, die sie erhält —

Laß, o laß sie lange noch genießen
Ihrer Jahre lohnende Erinnerung,
Laß uns alle jeden Augenblick ihr süßen,
Streben, so wie sie, nach Heiligung.
165 Ohne diese wird dich niemand sehen,
Ohne diese trifft uns kein Gericht;
Heil'ge mich! sonst muß ich draußen stehen,
Wann die Meinen schaun dein heilig Angesicht,

Ja! uns alle laß einander finden,
170 Wo mit Freuden ernten, die mit Tränen säen,
Wo wir mit Eloah unser Jubellied verbinden,
Ewig, ewig selig vor dir stehn.
O! so ende bald, du Bahn der Leiden!
Rinne eilig, rinne eilig, Pilgerzeit!
175 Himmel! Schon empfind' ich sie, die Freuden —
Deine — Wiedersehen froher Ewigkeit!

An meine Freundinnen.

Mädchen! die ihr mein Herz, die ihr mein Schicksal kennt,
Und das Auge, das oft Tränen im Tale weint,
　　In den Stunden des Elends —
　　　　Dies mein traurendes Auge saht!

5　In der Stille der Nacht denket an euch mein Lied,
Wo mein ewiger Gram jeglichen Stundenschlag,
　　Welcher näher mich bringt dem
　　　　Trauten Grabe, mit Dank begrüßt.

Aber daß ich mein Herz redlich und treu, und rein
10　Im Gewirre der Welt, unter den Lästerern
　　Treu und rein es behielt, ist
　　　　Himmelswonne dem Leidenden.

Mädchen! bleibet auch ihr redlich und rein und treu!
Gute Seelen! Vielleicht wartet auf euch ein Los,
15　　Das dem meinigen gleicht. Dann
　　　　Stärkt im Leiden auch euch mein Trost.

———

Die Unsterblichkeit der Seele.

Da steh' ich auf dem Hügel und schau' umher,
Wie alles auflebt, alles empor sich dehnt,
　　Und Hain und Flur und Tal und Hügel
　　　　Jauchzet im herrlichen Morgenstrahle.

5　O diese Nacht — da bebtet ihr, Schöpfungen!
Da weckten nahe Donner die Schlummernde,
　　Da schreckten im Gefilde grause
　　　　Zackigte Blitze die stille Schatten.

Jetzt jauchzt die Erde, feiert im Perlenschmuck
10　Den Sieg des Tages über das Graun der Nacht,
　　Doch freut sich meine Seele schöner,
　　　　Denn sie besiegt der Vernichtung Grauen.

Denn — o ihr Himmel! Adams Geschlechte sind's,
Die diese Erd' im niedrigen Schoße trägt —
15　　O betet an, Geschlechte Adams!
　　　　Jauchzt mit Engeln, Geschlechte Adams!

O, ihr seid schön, ihr herrliche Schöpfungen!
Geschmückt mit Perlen blitzet das Blumenfeld;
   Doch schöner ist des Menschen Seele,
20   Wenn sie von euch sich zu Gott erhebet.

O, dich zu denken, die du aus Gottes Hand
Erhaben über tausend Geschöpfe gingst,
   In deiner Klarheit dich zu denken,
    Wenn du zu Gott dich erhebst, o Seele!

25 Ha! diese Eiche — strecket die stolze nicht
Ihr Haupt empor, als stünde sie ewig so?
   Und drohte nicht Jehovas Donner,
    Niederzuschmettern die stolze Eiche?

Ha! diese Felsen — blicken die stolzen nicht
30 Hinab ins Tal, als blieben sie ewig so?
   Jahrhunderte — und an der Stelle
    Malmet der Wandrer zu Staub das Sandkorn.

Und meine Seele — wo ist dein Stachel, Tod?
O beugt euch, Felsen! neiget euch ehrfurchtsvoll,
35   Ihr stolze Eichen! — hört's und beugt euch!
    Ewig ist, ewig des Menschen Seele.

Mit grausem Zischen brauset der Sturm daher;
„Ich komme," spricht er, „und das Gehölze kracht,
   Und Türme wanken, Städte sinken,
40   Länder zerschmettern sich, wenn ich ergrimme."

Doch wandelt nicht in Schweigen der Winde Dräun?
Macht nicht ein Tag die brausende atemlos?
   Ein Tag, ein Tag an dem ein andrer
    Sturm der Verwesten Gebeine sammelt.

45 Zum Himmel schäumt und woget der Ozean
In seinem Grimm, der Sonnen und Monde Heer
   Herab aus ihren Höhn, die Stolzen,
    Niederzureißen in seine Tiefen.

„Was bist du, Erde?" hadert der Ozean,
50 „Was bist du? streck' ich nicht, wie die Fittige
   Aufs Reh der Adler, meine Arme
    Über die Schwächliche aus? — Was bist du,

Wenn nicht zur Sonne segnend mein Hauch sich hebt,
Zu tränken dich mit Regen und Morgentau?
   Und wann er sich erhebt, zu nahn in
     Mitternachtswolken, zu nahn mit Donnern.

Ha! bebst du nicht, Gebrechliche? bebst du nicht?" —
Und doch vor jenem Tage verkriechet sich
   Das Meer, und seiner Wogen keine
     Tönt in die Jubel der Auferstehung.

Wie herrlich, Sonne, wandelst du nicht daher!
Dein Kommen und dein Scheiden ist Widerschein
   Vom Thron des Ewigen; wie göttlich
     Blickst du herab auf die Menschenkinder!

Der Wilde gafft mit zitternden Wimpern dich,
O Heldin, an; von heiligen Ahndungen
   Durchbebt, verhüllt er schnell sein Haupt und
     Nennet dich Gott und erbaut dir Tempel.

Und doch, o Sonne! endet dereinst dein Lauf,
Verlischt an jenem Tage dein hehres Licht.
   Doch wirbelst du an jenem Tage
     Rauchend die Himmel hindurch und schmetterst.

O du, Entzücken meiner Unsterblichkeit!
O kehre, du Entzücken! du stärkest mich,
   Daß ich nicht sinke, in dem Graun der
     Großen Vernichtungen nicht versinke.

Wenn all dies anhebt — fühle dich ganz, o Mensch!
Da wirst du jauchzen: wo ist dein Stachel, Tod?
   Denn ewig ist sie — tönt es nach, ihr
     Harfen des Himmels! — des Menschen Seele.

O Seele! jetzt schon bist du so wundervoll.
Wer denkt dich aus? daß, wann du zu Gott dich nahst,
   Erhabne, mir im Auge blinket,
     Deine Erhabenheit — daß du, Seele,

Wann auf die Flur das irdische Auge blickt,
So süß, so himmlisch dann dich in mir erhebst —
   Wer sah, was Geist an Körper bindt, wer
     Lauschte der Sprache der Seele mit den

Verwesungen? — O Seele, schon jetzt bist du
So groß, so himmlisch, wann du, von Erdentand
    Und Menschendruck entlediget, in
        Großen Momenten zu deinem Urstoff

Empor dich schwingst. Wie Schimmer Eloahs Haupt
Umschwebt der Umkreis deiner Gedanken dich;
    Wie Edens goldne Ströme reihen
        Deine Betrachtungen sich zusammen.

Und o! wie wird's einst werden, wann Erdentand
Und Menschendruck auf ewig verschwunden ist,
    Wann ich an Gottes, Gottes Throne
        Bin und die Klarheit des Höchsten schaue!

Und weg, ihr Zweifel, quälendes Seelengift!
Hinweg! der Seele Jubel ist Seligkeit! —
    Und ist er's nicht, so mag noch heute
        Tod und Verderben des Lebens große

Gesetze niedertrümmern; so mag der Sohn
In seinem Elend Vater- und Mutterherz
    Durchbohren, mag ums Brot die Armut
        Morden und Tempel bestehlen; so mag das Mitleid

Zu Tigern fliehn, zu Schlangen Gerechtigkeit,
Und Kannibalenrache des Kindes Brust
    Entflammen und Banditentrug im
        Himmelsgewande der Unschuld wohnen.

Doch nein! der Seele Jubel ist Ewigkeit!
Jehovah sprach's! ihr Jubel ist Ewigkeit!
    Sein Wort ist ewig, wie sein Name,
        Ewig ist, ewig des Menschen Seele.

So singt ihn nach, ihr Menschengeschlechte! nach,
Myriaden Seelen, singet den Jubel nach! —
    Ich glaube meinem Gott und schau' in
        Himmelsentzückungen meine Größe.

———————

Die Ehrsucht.

Großer Name! Millionen Herzen
Lockt ins Elend der Sirenenton,
Tausend Schwächen wimmern, tausend Schmerzen
Um der Ehrsucht eitlen Flitterthron.

Seine schwarzen, blutbefleckten Hände
Dünken dem Erobrer göttlich schön —
Schwache morden scheint ihm keine Sünde,
Und er jauchzt auf seine Trümmer hin.

Um wie Könige zu prahlen, schänden
Kleinre Wütriche ihr armes Land;
Und um feile Ordensbänder wenden
Räte sich das Ruder aus der Hand.

Graue Sünder donnern, ihre Blöße
Wegzudonnern, rauh die Unschuld an;
Gott zu leugnen hält so oft für Größe,
Hält für Größe noch so oft — ein Mann.

Göttin in des Buben Mund zu heißen
Gibt das Mädchen ihren Reiz zum Sold,
Mitzurasen in Verführerkreisen
Wird der Bube früh zum Trunkenbold.

Doch es sträubet sich des Jünglings Rechte,
Länger sing' ich von den Toren nicht.
Wisse! schwaches, niedriges Geschlechte!
Nahe steht der Narr am Bösewicht.

Der Kampf der Leidenschaft.

Ras' ich ewig? noch nicht ausgestritten
Ist der heiße Streit der Leidenschaft?
Hab' ich Armer nicht genug gelitten?
Sie ist hin — ist hin — des Kämpfers Kraft.

Männerjubel.

Erhabne Tochter Gottes, Gerechtigkeit!
Die du den Dreimalheil'gen von Anbeginn
   Umstrahltest und umstrahlen wirst am
      Tage der ernsten Gerichtsposaune.

Und du, o Freiheit! heiliger Überrest
Aus Edens Tagen! Perle der Redlichen!
   In deren Halle sich der Völker
      Kronen begrüßen und Taten schwören.

Und du, der Geisterkräfte gewaltigste!
Du löwenstolze Liebe des Vaterlands!
   Die du auf Mordgerüsten lächelst,
      Und, in dem Blute gewälzt, noch siegest:

Wer wagt's, zu türmen Riesengebirge sich,
Zu schaun den Anfang eurer Erhabenheit?
   Wer gründt der Tiefen tiefste aus nach
      Euch, sich zu beugen, vor euch, Erhabne?

Und wir — o tönet, tönet den Jubel nach,
Ihr ferne Glanzgefilde des Uranus!
   O beugt euch nieder, Orione!
      Beugt euch! wir sind der Erhabnen Söhne.

Es glimmt in uns ein Funke der Göttlichen!
Und diesen Funken soll aus der Männerbrust
   Der Hölle Macht uns nicht entreißen!
      Hört es, Despotengerichte, hört es!

Ihn senkte, seine Welt zu verherrlichen,
Der Gott der Götter Adams Geschlecht ins Herz,
   Daß preisen wir den Gott der Götter!
      Hört es, ihr Knechte des Lügners, hört es!

Was überwiegt die Wonne, der Herrlichen,
Der Töchter Gottes würdiger Sohn zu sein!
   Den Stolz, in ihrem Heiligtum zu
      Wandeln, zu dulden um ihretwillen!

Und lärmten, gleich dem habernden Ozean,
Despotenflüche geifernd auf uns herab,
35 Vergiftete das Schnauben ihrer
Rache, wie Syrias Abendlüfte —

Und dräute tausendarmiger Pöbel, uns
Zu würgen, tausendzüngige Pfaffenwut
Mit Bann des Neuerern: es lachen
40 Ihrer die Söhne der Töchter Gottes.

Die Demut.

Hört, größre, edlere der Schwabensöhne!
Die ihr vor keinem Dominiksgesicht
Euch krümmet, welchen keine Dirnenträne
Das winzige, geschwächte Herzchen bricht.

5 Hört, größre, edlere der Schwabensöhne!
In welchen noch das Kleinod Freiheit pocht,
Die ihr euch keines reichen Ahnherrn Miene
Und keiner Fürstenlaune unterjocht.

Geschlecht von oben! Vaterlandeskronen!
10 Nur euch bewahre Gott vor Übermut!
O! Brüder! der Gedanke soll uns lohnen,
In Hermann brauste kein Despotenblut.

Beweinenswürdig ist des Stolzen Ende —
Wann er die Grube seiner Größe gräbt,
15 Doch fürchterlich sind seine Henkershände,
Wann er sich glücklich über andre hebt.

Drum größre, edlere der Schwabensöhne,
Laßt Demut, Demut euer erstes sein,
Wie sehr das Herz nach Außenglanz sich sehne,
20 Laßt Demut, Demut euer erstes sein.

Viel sind und schön des stillen Mannes Freuden,
Und stürmten auch auf ihn der Leiden viel,
Er blickt gen Himmel unter seinen Leiden,
Beneidet nie des Lachens Possenspiel.

25 Sein feurigster, sein erster Wunsch auf Erden
    Ist allen, allen Menschen nützlich sein,
    Und wann sie froh durch seine Taten werden,
    Dann will der edle ihres Danks sich freun.

    O! Demut, Demut! Laß uns all dich lieben,
30 Du bist's, die uns zu einem Bund vereint,
    In welchem gute Herzen nie sich trüben,
    In welchem nie bedrängte Unschuld weint.

    Vor allen, welchen Gott ein Herz gegeben,
    Das groß und königlich und feurig ist,
35 Die in Gefahren nur vor Freude beben,
    Für Tugend selbst auf einem Blutgerüst,

    Vor allen, allen, solche Schwabensöhne,
    O solche, Demut, solche führe du
    Aus jeder bäurisch stolzen Narrenbühne
40 Den stillen Reihen jenes Bundes zu.

Schwärmerei.

    Freunde! Freunde! wenn er heute käme,
    Heute mich aus unserm Bunde nähme
    Jener letzte große Augenblick —
    Wann der frohe Puls so plötzlich stünde
5   Und verworren Freundesstimme tönte,
    Und, ein Nebel, mich umschwebte, Erdenglück.

    Ha! so plötzlich Lebewohl zu sagen
    All den lieben schön durchlebten Tagen —
    Doch — ich glaube — nein! ich bebte nicht!
10 „Freunde!" spräch' ich, „dort auf jenen Höhen
    Werden wir uns alle wiedersehen,
    Freunde! wo ein schönrer Tag die Wolken bricht."

    Aber Stella! fern ist deine Hütte,
    Nahe rauschen schon des Würgers Tritte —
15 Stella! meine Stella! weine nicht!
    Nur noch einmal möcht' ich sie umarmen,
    Sterben dann in meiner Stella Armen,
    Eile, Stella! eile, eh' das Auge bricht.

Aber ferne, ferne deine Hütte!
Nahe rauschen schon des Würgers Tritte —
Freunde! bringet meine Lieder ihr.
Lieber Gott! ein großer Mann zu werden,
War so oft mein Wunsch, mein Traum auf Erden,
Aber — Brüder — größre Rollen winken mir.

Traurt ihr, Brüder! daß so weggeschwunden
All der Zukunft schöngeträumte Stunden,
Alle, alle meine Hoffnungen!
Daß die Erde meinen Leichnam decket,
Eh' ich mir ein Denkmal aufgestecket,
Und der Enkel nimmer denkt des Schlummernden.

Daß er kalt an meinem Leichensteine
Stehet, und des Modernden Gebeine
Keines Jünglings stiller Segen grüßt,
Daß auf meines Grabes Rosenhecken
Auf den Lilien, die den Moder decken,
Keines Mädchens herzergoßne Träne fließt.

Daß von Männern, die vorüberwallen,
Nicht die Worte in die Gruft erschallen,
Jüngling! du entschlummertest zu früh!
Daß den Kleinen keine Silbergreise
Sagen an dem Ziel der Lebensreise,
Kinder! mein und jenes Grab vergesset nie!

Daß sie mir so grausam weggeschwunden,
All der Zukunft lang ersehnte Stunden,
All der frohen Hoffnung Seligkeit,
Daß die schönsten Träume dieser Erden
Hin sind, ewig, niemals wahr zu werden,
Hin die Träume von Unsterblichkeit.

Aber weg! in diesem toten Herzen
Bluten meiner armen Stella Schmerzen,
Folge! folge mir, Verlassene!
Wie du starr an meinem Grabe stehest
Und um Tod, um Tod zum Himmel flehest!
Stella! komm! es harret dein der Schlummernde.

55   O an deiner Seite! o so ende,
Jammerstand! vielleicht, daß unsre Hände
Die Verwesung ineinander legt!
Da wo keine schwarzen Neider spähen,
Da wo keine Splitterrichter schmähen,
60   Träumen wir vielleicht, bis die Posaun' uns weckt.

Sprechen wird an unserm Leichensteine
Dann der Jüngling: — schlummernde Gebeine!
Liebe Tote! schön war euer Los!
Hand in Hand entfloht ihr eurem Kummer,
65   Heilig ist der Langverfolgten Schlummer
In der kühlen Erde mütterlichem Schoß.

Und mit Lilien und mit Rosenhecken
Wird das Mädchen unsern Hügel decken,
Ahndungsvoll an unsern Gräbern stehn,
70   Zu den Schlummernden hinab sich denken,
Mit gefaltnen Händen niedersinken,
Und um dieser Toten Los zum Himmel flehn.

Und von Vätern, die vorüber wallen
Wird der Segen über uns erschallen —
75   Ruhet wohl! ihr seid der Ruhe wert!
Gott! wie mag's im Tod den Vätern bangen,
Die ein Kind in Quälerhände zwangen,
Ruhet wohl! ihr habt uns Zärtlichkeit gelehrt.

Hero.

Lange schlummern ruhig all die Meinen,
Stille atmet durch die Mitternacht;
Auf denn, Hero! auf und laß das Weinen!
Dank euch, Götter! Heros Mut erwacht.
5   Fort ans Meer! ans Meer! es schäume die Welle,
Brause der Sturm mir immer ins Angesicht!
Fort ans Meer! ohn' ihn ist alles Hölle —
Liebe ängstigt mich Arme — Sturm und Welle nicht.

Ruhig will ich da hinüberlauschen,
10   Wo sein Hüttchen über Felsen hängt.

Rufen will ich's in der Woge Rauschen,
Wie sein Zaudern seine Hero kränkt.
Ha! da wird er sich mutig von seinem Gestade
Stürzen, Poseidons Kraft ihm Liebe verleihn,
15   Lieb' ihn leiten des Meeres furchtbare Pfade.
Götter! wie wird — wie wird uns wieder sein?

(Sie kommt ans Meer.)

Aber Himmel! — wie hoch die Wogen schäumen!
So hätt' ich den Sturm mir nicht gedacht.
Weh! wie sie dräuend gegen mein Ufer sich bäumen!
20   Stärkt mich, Götter, in dieser ernsten Nacht! —
Nein! mir banget nicht um Tod und Leben —
Tod und Leben, wie das Schicksal will!
Liebe besieget die Schrecken, die um mich schweben,
Schlangengezisch und Skorpionen und Löwengebrüll.

25   Jüngling! sieben solche Schreckensnächte
Harr' ich deiner, zager Jüngling, schon,
Wenn mein Jüngling meiner Angst gedächte,
O! er spräch' Orkanen und Wogen Hohn.
Oder hätt' er den furchtbaren Eid gebrochen,
30   Spottet er meiner im Arm der Buhlerin —
Ha! so bin ich so leicht, so schön gerochen,
Leicht und schön gerochen — ich sterbe um ihn.

Aber weg von mir! du Donnergedanke!
Weg, das flüsterte mir die Hölle zu,
35   Daß mein Jüngling, mein Leander wanke,
Nein! Geliebter! Bleibe, bleibe du!
Wann ich dich in diesen Wogen dächte,
Deinen Pfad so schrecklich ungewiß,
Nein! ich will einsam durchirren die Schreckennächte,
40   Dein zu harren, Geliebter, ist ja schon so süß.

Aber horch! — o Himmel! — diese Töne —
Wahrlich! es waren des Sturmes Töne nicht —
Bist du's? — oder spielt die Narrenszene
Täuschend mit mir ein grausames Traumgesicht?
45   Götter! Da ruft es ja wieder, Hero! herüber,
Flüstert ja wieder die Stimme der Liebe mir her —
Auf! zu ihm, zu ihm in die Wogen hinüber,
Wenn er ermattete — auf, dem Geliebten entgegen ins Meer.

Sieh! wie im Tanze stürz' ich zu dir vom Gestade,
50 Liebe soll mir Poseidons Kraft verleihn,
Liebe mich leiten des Meeres furchtbaren Pfade —
Götter! Götter! wie wird uns wieder sein!
Kämpfend über den Wogen will ich ihn drücken,
Drücken an Brust und Lippe mit Todesgefahr,
55 Ha! und sink' ich, so träumet mein Entzücken
Noch im Abgrund fort, wie schön die Stunde war.

Aber, Götter! was seh' ich? meinem Gestade
Schon so nahe? — Gesiegt! mein Held hat gesiegt!
Siehe! er schwebet, verachtend die furchtbaren Pfade,
60 Mutig einher, vom Meere gefällig gewiegt.
(Freudig.) Ha! er soll mich suchen — da will ich lauschen
Hinter diesem Felsen — (Leise.) Götter! wie schön!
Wie die weißen Arme durch die Welle rauschen,
Ach, so sehnend, so strebend nach Heros Ufer hin.

65 Aber Grauen des Orkus! Sterbegewimmer!
Grauen des Orkus! Dort dem Felsen zu!
Wie? — so kenn' ich diese Totentrümmer!
Wehe! wehe also siegest du? —
Aber weg! ihr höllische Schreckengesichte!
70 Täuschende Furien! weg! er ist es nicht!
So zerschmettern nicht die Götter Gerichte —
              (Sie hält ihre Leuchte über den Toten hin.)
Aber dieses Lächeln auf dem Totengesicht —

Kennst du's? Hero! kennst du's? — Nimmer, nimmer
Spricht das tote Lächeln Liebe dir — (Sie weint heftig.)
75 Engelsauge! so ist erloschen dein Schimmer —
Blicktest einst so heiße Liebe mir.
Jüngling! erwecken dich nicht der Geliebten Tränen?
Nicht die blutigen Umarmungen?
Jüngling! Jüngling! diese Todesmienen —
80 Wehe! sie töten mich! wehe! diese Zuckungen.

Und er dacht' in seiner Todesstunde,
In der Kämpfe furchtbarstem noch dein —
Hero! stammelt' er noch mit sterbendem Munde —
Und so schrecklich muß sein Ende sein?

85   Ha! und diese Liebe überleben —
Ohne diesen Toten in der Welt —
Weg! vor dem wird Hero nicht erbeben,
Der zu diesem Toten die Einsame gesellt.

Wenig kurze schreckende Sekunden —
90   Und du sinkst an deines Jünglings Brust,
Und du hast ihn auf ewig wiedergefunden
Ewig umlächelt von hoher Elysiumslust — —
(Pause.)
Ha! ich habe gesiegt! an des Orkus Pforte
Anzuklopfen — nein! ich bin nicht so schwach!
95   Hero! Hero! rief er, Götterworte!
Stärkt mich! Stärkt durchs Dunkel mich! ich folge nach.

Am Tage der Freundschaftsfeier.

Ihr Freunde! mein Wunsch ist, Helden zu singen,
Meiner Harfe erster Laut —
Glaubt es, ihr Freunde!
Durchschleich' ich schon so stille mein Tal,
5   Flammt schon mein Auge nicht feuriger, —
Meiner Harfe erster Laut
War Kriegergeschrei und Schlachtengetümmel.

Ich sah, Brüder! ich sah
Im Schlachtengetümmel das Roß
10   Auf röchelnden Leichnamen stolpern,
Und zucken am sprudelnden Rumpf
Den grausen gespaltenen Schädel,
Und blitzen und treffen das rauchende Schwert,
Und dampfen und schmettern die Donnergeschütze,
15   Und Reuter hin auf Lanzen gebeugt
Mit grimmiger Miene, Reuter, sich stürzen;
Und unbeweglich, wie eherne Mauern,
Mit furchtbarer Stille
Und todverhöhnender Ruhe
20   Den Reutern entgegen sich strecken die Lanzen.

Ich sah, Brüder! ich sah
Des kriegrischen Suezias eiserne Söhne
Geschlagen von Pultawas wütender Schlacht.

Kein Wehe! sprachen die Krieger,
Von den blutig gebißnen Lippen
Ertönte kein Lebewohl —
Verstummet standen sie da,
In wilder Verzweiflung da,
Und blickten es an, das rauchende Schwert,
Und schwangen es höher, das rauchende Schwert,
Und zielten — und zielten —
Und stießen es sich bitterlächelnd
In die wilde brausende Brust.

Noch vieles will ich sehen,
Ha! vieles noch! vieles noch!
Noch sehen Gustavs Schwertschlag,
Noch sehen Eugenius' Siegerfaust.

Doch möcht' ich, Brüder! zuvor
In euren Armen ausruhn,
Dann schweb' ich wieder mutiger auf,
Zu sehen Gustavs Schwertschlag,
Zu sehen Eugenius' Siegerfaust.

Willkommen du! —
Und du! — Willkommen!
Wir drei sind's:
Nun! so schließet die Halle.
Ihr staunt, mit Rosen bestreut
Die Tische zu sehen, und Weihrauch
Am Fenster dampfend,
Und meine Laren —:
Den Schatten meiner Stella,
Und Klopstocks Bild und Wielands —
Mit Blumen umhängt zu sehen.

Ich wollt' in meiner Halle Chöre versammeln
Von singenden rosigen Mädchen
Und Kränze tragenden blühenden Knaben,
Und euch empfangen mit Saitenspiel
Und Flötenklang und Hörnern und Hoboen.

Doch — schwur ich nicht, ihr Freunde,
Am Mahle bei unsers Fürsten Fest,

Nur einen Tag mit Saitenspiel
Und Flötenklang und Hörnern und Hoboen,
Mit Chören von singenden rosigen Mädchen
Und kränzetragenden blühenden Knaben
65   Nur einen Tag zu feiern?

Den Tag, an dem ein Weiser
Und biedere Jünglinge
Und deutsche Mädchen
Zu meiner Harfe sprächen,
70   Du tönst uns, Harfe, lieblich ins Ohr,
Und hauchst uns Edelmut
Und hauchst uns Sanftmut in die Seele.

Aber heute, Brüder!
O, kommt in meine Arme!
75   Wir feiern das Fest
Der Freundschaft heute.

Als jüngst zum erstenmal wieder
Der Mäher des Morgens die Wiese
Entkleidete, und der Heugeruch
80   Jetzt wieder zum erstenmal
Durchduftete mein Tal:

Da war es, Brüder!
O da war es!
Da schlossen wir unsern Bund,
85   Den schönen, seligen, ewigen Bund.

Ihr hörtet so oft mich sprechen,
Wie lang es mir werde,
Bei diesem Geschlechte zu wohnen,
Ihr sahet den Lebensmüden
90   In den Stunden seiner Klagen so oft.
Da stürmt' ich hinaus in den Sturm,
Da sah ich aus der vorüberjagenden Wolke
Die Helden der eisernen Tage herunterschaun.
Da rief ich den Namen der Helden
95   In des hohlen Felsen finstres Geklüft,
Und siehe! Der Helden Namen
Rief ernster mir zurück
Des hohlen Felsen finstres Geklüft.

Da stolpert' ich hin auf dornigen Trümmern
100 Und drang durchs Schlehengebüsch in den alternden Turm
Und lehnte mich hin an die schwärzlichen Wände
Und sprach mit schwärmendem Auge an ihm hinauf:
Ihr Reste der Vorzeit,
Euch hat ein nerviger Arm gebaut,
105 Sonst hätte der Sturm die Wände gespalten,
Der Winter den moosigen Wipfel gebeugt;
Da sollten Greise um sich
Die Knaben und Mädchen versammlen
Und küssen die moosige Schwelle
110 Und sprechen: — seid wie eure Väter!
Aber an euren steinernen Wänden
Rauschet dorrendes Gras herab,
In euren Wölbungen hangt
Zerrißnes Spinnengewebe —
115 Warum, ihr Reste der Vorzeit,
Den Fäusten des Sturmes trotzen, den Zähnen des Winters?

O Brüder! Brüder!
Da weinte der Schwärmer blutige Tränen,
Auf die Disteln des Turmes,
120 Daß er vielleicht noch lange
Verweilen müsse unter diesem Geschlechte,
Da sah er all die Schande
Der weichlichen Teutonssöhne
Und fluchte dem verderblichen Ausland
125 Und fluchte den verdorbnen Affen des Auslands,
Und weinte blutige Tränen,
Daß er vielleicht noch lange
Verweilen müsse unter diesem Geschlechte.

Doch siehe, es kam
130 Der selige Tag —
O Brüder! in meine Arme! —
O Brüder, da schlossen wir unsern Bund,
Den schönen, seligen, ewigen Bund!

Da fand ich Herzen, —
135 Brüder, in meine Arme! —
Da fand ich eure Herzen.

Jetzt wohn' ich gerne
Unter diesem Geschlechte,
Jetzt werde der Toren
Immer mehr! immer mehr!
Ich habe eure Herzen.

Und nun — ich dachte bei mir
An jenem Tage:
Wann zum erstenmal wieder
Des Schnitters Sichel
Durch die goldenen Ähren rauscht;
So feir' ich ihn, den seligen Tag.
Und nun — er rauschet zum erstenmal wieder
Des Schnitters Sichel durch die goldne Saat,
Jetzt laßt uns feiren,
Laßt uns feiren
In meiner Halle den seligen Tag!

Es warten jetzt in euren Armen
Der Freuden so viel auf mich,
O Brüder! Brüder!
Der edlen Freuden so viele.

Und hab' ich dann ausgeruht
In euren Armen,
So schweb' ich mutiger auf,
Zu schauen Gustavs Schwertschlag,
Zu schauen Eugenius' Siegesfaust.

Die Bücher der Zeiten.

Herr! Herr!
Unterwunden hab' ich mich,
Zu singen dir
Bebenden Lobgesang,
Dort oben
In all der Himmel höchstem Himmel,
Hoch über dem Siriusstern,
Hoch über Uranus' Scheitel,

Wo von Anbeginn
Wandelte der heilige Seraph

Mit feiernder erbebender Anbetung
Ums Heiligtum des Unnennbaren,

Da steht im Heiligtum ein Buch,
Und im Buche geschrieben
15 All die Millionenreihen
Menschentage —
Da steht geschrieben —
Länderverwüstung und Völkerverheerung
Und feindliches Kriegesgemetzel
20 Und würgende Könige
Mit Roß und Wagen,
Und Reuter und Waffen,
Und Szepter um sich her;
Und gift'ge Tyrannen,
25 Mit grimmigem Stachel,
Tief in der Unschuld Herz.
Und schreckliche Fluten,
Verschlingend die Frommen,
Verschlingend die Sünder,
30 Zerreißend die Häuser
Der Frommen, der Sünder,
Und fressende Feuer —
Paläste und Türme
Mit ehernen Toren,
35 Gigantischen Mauern
Zernichtend im Augenblick.
Geöffnete Erden
Mit schwefelndem Rachen,
Ins rauchende Dunkel
40 Den Vater, die Kinder,
Die Mutter, den Säugling
Ins Wehegeröchel
Und Sterbegewinsel
Hinuntergurgelnd. —

45 Da steht geschrieben:
Vatermord! Brudermord!
Säuglinge blaugewürgt.
Greulich! Greulich!
Um ein Linsengericht
50 Därmzerfressendes Gift
Dem guten, sicheren Freund gemischt. —

Hohlaugigte Krüppel,
Ihrer Onansschande
Teuflische Opfer. —
55 Kannibalen,
Von Menschenbraten gemästet,
Nagend an Menschengebein,
Aus Menschenschädel saufend
Rauchendes Menschenblut.
60 Wütendes Schmerzgeschrei
Der Geschlachteten über dem
Bauchzerschlitzenden Messer.
Des Feindes Jauchzen
Über dem Wohlgeruch,
65 Welcher warm dampft
Aus dem Eingeweid'. —

Da steht geschrieben —
Die Verzweiflung, schwarz
Am Strick um Mitternacht
70 Noch im quälenden Lebenskampf
Die Seel' — am höllenahenden Augenblick.

Da steht geschrieben —
Der Vater verlassend
Weib und Kinder in Hunger;
75 Zustürzend im Taumel
Dem lockenden, süßlichen Lasterarm. —
Im Staub das Verdienst,
Zurück von der Ehre
Ins Elend gestoßen
80 Vom Betrüger —
Im Lumpengewand
Einher der Wanderer,
Bettelnahrung zu suchen
Dem zerstümmelten Gliederbau.

85 Da steht geschrieben —
Des heitern, rosigen Mädchens
Grubenaher Fieberkampf;
Der Mutter Händeringen,
Des donnergerührten Jünglings
90 Wilde stumme Betäubung.
(Eine Pause im Gefühl.)

Furchtbarer, Furchtbarer!
Das all, all im Buche geschrieben
Furchtbarer, Furchtbarer!
Aber sieh! ich schweige —
95 Das sei dir Lobgesang!
Dir, der du lenkst
Mit weiser, weiser Allmachtshand
Das bunte Zeitengewimmel.
(Wieder eine Pause.)

Ha die Greuel des Erdgeschlechts!
100 Richter! Richter!
Warum vertilgt mit dem Flammenschwert
All die Greuel von der Erde
Der Todesengel nicht?

Gerechter, sieh! die Gerichte
105 Treffen den Frommen, den Sünder
Die Blüten, die
Die Erdgerichte all.

Hallelujah! Hallelujah!
Der da denkt
110 Das bunte Zeitengewimmel,
Ist Liebe!!!
Hör's Himmel und Erde!
Unbegreiflich Liebe!

Es steht im Heiligtum ein Buch,
115 Und im Buche geschrieben
All die Millionenreihen
Menschentage —

Da steht geschrieben —
Jesus Christus' Kreuzestod!
120 Des Sohnes Gottes Kreuzestod!
Des Lamms auf dem Throne Kreuzestod!
Selig zu machen alle Welt,
Engelswonne zu geben
Seinen Gläubigen. —
125 Der Seraphim, Cherubim
Staunende Still'
Weit in den Himmelsgefilden umher —

Des Harfenklangs Verstummen
Kaum atmend der Strom ums Heiligtum.
130 Anbetung — Anbetung —
Über des Sohnes Werk,
Welcher erlöst
Ein gefallen Greuelgeschlecht.

Da steht geschrieben —
135 Der gestorben ist,
Jesus Christus,
Abschüttelnd im Felsen den Tod,
Heraus in der Gotteskraft Allgewalt!
Und lebend — lebend —
140 Zu rufen dereinst dem Staub:
„Kommet wieder, Menschenkinder!"
Jetzt tönt die Posaun'
Ins unabsehliche Menschengewimmel
Zum Richtstuhl hinan! — Zum Richtstuhl!
145 Zum Sohn, der aufstellt
Der Gerechtigkeit Gleichgewicht!

Jammerst du jetzt noch, Frommer,
Unter Menschheit Druck?
Und, Spötter, spottest du
150 In tanzenden Freuden
Noch des furchtbarn Richtstuhls?

Da steht geschrieben —
Menschliches Riesenwerk
Stattlich einherzugehn
155 Auf Meerestiefen!
Ozeanswanderer! Stürmebezwinger!
Schnell mit der Winde Frohn
Nie gesehene Meere,
Ferne von Menschen und Land,
160 Mit stolzen, brausenden Segeln
Und schaurlichen Masten durchkreuzend.
Leviathanserleger
Lachend des Eisgebirgs,
Weltentdecker,
165 Nie gedacht von Anbeginn.

Da steht geschrieben —
Völkersegen,
Brots die Fülle,
Lustgefilde
170 Überall —
Allweit Freude,
Niederströmend
Von der guten
Fürstenhand.

Gustav Adolf.

Wir wollten segnen
In deinem Tale, du Herrlicher,
Und schänden die heilige Stätte mit Fluch?
O Gustav, Gustav! vergib,
5 Vergib dem Eifer der Deinen,
Und neige dich freundlich herab vom Gefilde des Lohns,
Zu den Stimmen des dankenden Lobgesangs.

Dank dem Retter der Freiheit!
Dem Richter der Witwenmörder!
10 Dank dem Sieger bei Lipsia!
Dank dem Sieger am Lechus;
Dank dem Sieger im Todestal!

Dank und Ruhm dem Bruder des Schwachen,
Dem gnadelächelnden Sieger!
15 Dank und Ruhm dem Erwäger des Rechts,
Dem Feind des Erobrers, dem Hasser des Stolzen,
Dem weichen Weiner an Tillys Grab!
Dank und Ruhm und Heil dem Schützer des Frommen,
Dem Trockner der Märtyrerstränen,
20 Dem Steurer der Pfaffenwut — —

O Gustav, Gustav!
Es verstummt der Segen der Deinen,
Der Segen des Ewigen lohnt dich nur,
Der donnernde Jubel des Weltgerichts.

Der Lorbeer.

Dank dir! aus dem schaudernden Gedränge
Nahmst du mich, Vertraute! Einsamkeit!
Daß ich glühend von dem Lorbeer singe,
Dem so einzig sich mein Herz geweiht.
Euch zu folgen, Große! — Werd' ich's können?
Wird's einst stärker, eures Jünglings Lied?
Soll ich in die Bahn, zum Ziel zu rennen,
Dem dies Auge so entgegenglüht?
Wann ein Klopstock in des Tempels Halle
Seinem Gott das Flammenopfer bringt,
Und in seiner Psalmen Jubelschalle
Himmelan sich seine Seele schwingt —
Wann ein Young, in dunkeln Einsamkeiten
Rings versammelnd seine Tote, wacht,
Himmlischer zu stimmen seine Saiten
Für Begeistrungen der Mitternacht — —
Ha! der Wonne! ferne nur zu stehen,
Lauschend ihres Liedes Flammenguß,
Ihres Geistes Schöpfungen zu sehen,
Wahrlich! es ist Himmelsvorgenuß.

An Thills Grab.

Der Leichenreihen wandelte still hinan,
Und Fackelschimmer schien auf des Teuren Sarg,
Und du, geliebte gute Mutter!
Schautest entseelt aus der Jammerhütte,

Als ich, ein schwacher stammelnder Knabe noch,
O Vater! lieber Seliger! dich verlor,
Da fühlt' ich's nicht, was du mir warst, doch
Mißte dich bald die verlaßne Waise.

So weint' ich leisen Knabengefühles schon,
Der Wemut Träne über dein traurig Los,
Doch jetzt, o Thill! jetzt fühl' ich's ernster,
Schmerzender jetzt über deinem Hügel,

Was hier im Grab den Redlichen Suevias
Verwest, den himmelnahenden Einsamen.
Und, o mein Thill, du ließßt sie Waisen?
Eiltest so frühe dahin, du Guter?

Ihr stille Schatten seines Holunderbaums!
Verbergt mich, daß kein Spötter die Tränen sieht
    Und lacht, wenn ich geschmiegt an seinem
20   Hügel die bebenden Wangen trockne.

O wohl dir! wohl dir, Guter! du schläfst so sanft
Im stillen Schatten deines Holunderbaums.
    Dein Monument ist er, und deine
        Lieder bewahren des Dorfes Greise.

25 O daß auch mich dein Hügel umschattete,
Und Hand in Hand wir schliefen, bis Ernte wird!
    Da schielten keine Vorurteile,
        Lachte kein Affe des stillen Pilgers.

O Thill! ich zage, denn er ist dornenvoll
30 Und noch so fern der Pfad zur Vollkommenheit;
    Die Starken beugen ja ihr Haupt, wie
        Mag ihn erkämpfen der schwache Jüngling?

Doch nein! ich wag's! es streitet zur Seite ja
Ein felsentreuer, mutiger Bruder mir.
35   O freut euch, selige Gebeine!
        Über den Namen! Es ist — mein Neuffer.

An die Ruhe.

Vom Gruß des Hahns, vom Sichelgetön' erweckt,
Gelobt' ich dir, Beglückerin! Lobgesang,
    Und siehe da, am heitern Mittag
        Schläget sie mir, der Begeistrung Stunde.

5 Erquicklich, wie die heimische Ruhebank
Im fernen Schlachtgetümmel dem Krieger deucht,
    Wenn die zerfleischten Arme sinken,
        Und der geschmetterte Stahl im Blute liegt —

So bist du, Ruhe! freundliche Trösterin!
10 Du schenkest Riesenkraft dem Verachteten;
    Er höhnet Dominiksgesichtern,
        Höhnet der zischenden Natterzunge.

Im Veilchental, vom dämmernden Hain umbrauſt,
Entſchlummert er, von ſüßen Begeiſtrungen
    Der Zukunft trunken, von der Unſchuld
        Spielen im flatternden Flügelkleide.

Da weiht der Ruhe Zauber den Schlummernden,
Mit Mut zu ſchwingen im Labyrinth ſein Licht,
    Die Fahne raſch voranzutragen,
        Wo ſich der Dünkel entgegenſtemmet.

Auf ſpringt er, wandelt ernſter den Bach hinab
Nach ſeiner Hütte. Siehe! das Götterwerk,
    Es keimet in der großen Seele.
        Wieder ein Lenz, — und es iſt vollendet.

An jener Stätte bauet der Herrliche
Dir, gottgeſandte Ruhe! den Dankaltar.
    Dort harrt er, wonnelächelnd, wie die
        Scheidende Sonne, des längern Schlummers.

Denn ſieh, es wallt der Enkel zu ſeinem Grab,
Voll hohen Schauers, wie zu des Weiſen Grab,
    Des Herrlichen, der, von der Pappel
        Säuſeln umweht, auf der Inſel ſchlummert.

Melodie an Lyda.

Lyda, ſiehe! zauberiſch umwunden
Hält das All der Liebe Schöpferhand,
Erd' und Himmel wandeln treu verbunden,
Laut und Seele knüpft der Liebe Band.
Lüftchen ſäuſeln, Donner rollen nieder —
Staune, Liebe! ſtaun' und freue dich!
Seelen finden ſich im Donner wieder,
Seelen kennen in dem Lüftchen ſich.

Am Geſträuche lullt in Liebesträume
Süße Trunkenheit das Mädchen ein,
Haucht der Frühling durch die Blütenbäume,
Summen Abendſang die Käferlein;

Helden springen von der Schlummerstätte,
Grüßt sie brüderlich der Nachtorkan;
Hinzuschmettern die Tyrannenkette,
Wallen sie die traute Schreckenbahn.

Wo der Totenkranz am Grabe flüstert,
Wo der Wurm in schwarzen Wunden nagt,
Wo, vom grauen Felsenstrauch umdüstert,
Durch die Heide hin der Rabe klagt,
Wo die Lerch' im Tale frohe Lieder,
Plätschernd die Forell' im Bache tanzt,
Tönt die Seele Sympathien wieder,
Von der Liebe Zauber eingepflanzt.

Wo des Geiers Schrei des Raubs sich freuet,
Wo der Aar dem Felsennest entbraust,
Wo Gemäuer ächzend niederdräuet,
Wo der Wintersturm in Trümmern saust,
Wo die Woge, vom Orkan bezwungen,
Wieder auf zum schwarzen Himmel tost,
Trinkt das Riesenherz Begeisterungen,
Von den Schmeicheltönen liebgekost.

Felsen zwingt zu trauten Mitgefühlen
Tausendstimmiger Naturgesang,
Aber süßer tönt von Saitenspielen
Allgewaltiger ihr Zauberklang;
Rascher pocht im angestammten Triebe,
Bang und süße, wie der jungen Braut,
Jeder Aderschlag, in trunkner Liebe,
Findt das Herz den brüderlichen Laut.

Aus des Jammerers erstarrtem Blicke
Locket Labetränen Flötenton,
Im Gedränge schwarzer Mißgeschicke
Schafft die Schlachtdrommete Siegeslohn;
Wie der Stürme Macht im Rosenstrauche,
Reißt dahin der Saiten Ungestüm,
Kosend huldiget dem Liebeshauche,
Sanfter Melodie der Rache Grimm.

Reizender erglüht der Wangen Rose,
Flammenatem haucht der Purpurmund,

Hingebannt bei lispelndem Gekose
Schwört die Liebe den Vermählungsbund;
Nie gesungene königliche Lieder
Sprossen in des Sängers Brust empor,
55　Stolzer schwebt des Hochgesangs Gefieder,
Rührt der Töne Reigentanz das Ohr;

Wie sie langsam erst am Hügel wallen,
Majestätisch dann wie Siegersgang,
Hochgehoben zu der Freude Hallen,
60　Liebe singen und Triumphgesang,
Dann durch Labyrinthe hingetragen
Fürder schleichen in dem Todestal,
Bis die Nachtgefilde schöner tagen,
Bis Entzückung jauchzt am Göttermahl.

65　Ha! und wann mir in des Sanges Tönen
Näher meiner Liebe Seele schwebt,
Hingegossen in Entzückungstränen
Näher ihr des Sängers Seele bebt,
Wähn' ich nicht vom Körper losgebunden
70　Hinzujauchzen in der Geister Land? —
Lyda! Lyda! zauberisch umwunden
Hält das All der Liebe Schöpferhand.

Hymne auf Christoph Herzog zu Württemberg.

Auf, Fürstensohn! Erflehter, Verherrlichter, auf!
Zu beglücken dein Volk, die Söhne von Teck!

5　Doch, wie die Königin des Tages, ruhig schnell,
Wenn die dräuende Wolke vor ihren Pfeilen verschwand,
So flog er vorüber dem schimmernden Prunk
In die einsame Halle, zu beginnen da,
Was er schwur im goldenen Knabengelock.
10　Noch schütterten des Fürsten Diadem
Die Donnerworte des hadernden Drängers,
Noch rissen ungereift die Hoffnung des Pflanzers
Die Mietlinge des Tyrannen vom Apfelbaum.
Doch Christoph sann die Mitternächt' in der einsamen Halle;

15 Wie nickte so linde das Szepter des Drängers!
   Wie eilten die Mietlinge so leise davon!

   Mit Lykurgus' Griffel zeichnet' er jetzt
   Dem schlichten Volk die lichtere Bahn.
   Das Gesetz bot lächelnd die Hand der grauen Sitte,
20 Der Saaten Fülle teilte sein Vatersinn
   Mit den Kindern darbender Folgezeit:
   Jahrhunderten baut' er Vorratskammern.
   Aus den Vätern des Volks berief er sie,
   Die gerecht, wie Tell, ergrimmten über den Feind
25 Des Vaterlands —: Auf euch gestützt sei Suevias Recht!
   Und eisern Gebiß, so sprach er, sei dies Band
   Dem Enkel Christophs, welcher Menschenrecht entweiht,
   Und wehe, wehe! wenn sein Zahn es malmt!

   Mit Bruderarmen umschlang er der Jugend Gespiel,
30 Denn Christophs Herz verwelkt' auf Thronen nicht!
   Im Labyrinth der Entwürfe leuchtete Lieb' ihm vor.
   Und auf des Kaiserthrones Stufe
   Stand Maximilian.
   Auf scharfer Wage wog er deutsche Freiheit.
35 An Manas Thronen war entscheidend Schwert
   Des Weisen Rede, Friede gebot sein Mund,
   Wo des Haders Gift Diademe schwärzte.

   Stürmet empor, höher empor! ihr gewalt'gen
   Geister des Sangs, überholet die Gestirne
40   In dem Jubel von ihm, dem letzten
           Heißesten Jubel von ihm!

An die Ehre.

   Einst war ich ruhig, schlummerte sorgenfrei
   Am stillen Moosquell, träumte von Stellas Kuß,
       Da riefst du, daß der Waldstrom stille
       Stand und erbebte, vom Eichenwipfel.
5 Auf sprang ich, fühlte taumelnd die Zauberkraft,
   Hin flog mein Atem, wo sie den Lieblingen
       Die schweißbeträufte Stirn im Haine
       Kühlend, die Eich' und die Palme spendet.

Umdonnert, Meereswogen, die einsame
10   Gewagte Bahn! Euch höhnet mein kühnes Herz!
     Ertürmt euch, Felsen! ihr ermüdet
     Nicht den geflügelten Fuß des Sängers!
So rief ich — stürzt' im Zauber des Aufrufs hin,
Doch, ha der Täuschung! wenige Schritte sind's,
15   Bemerkbar kaum, und Hohn der Spötter,
     Freude der Feigen umzischt den Armen.
Ach! schlummert' ich am murmelnden Moosquell noch,
Ach! träumt' ich noch von Stellas Umarmungen!
     Doch nein, bei Mana nein! auch Streben
20   Ziert, auch der Schwächeren Schweiß ist edel!

Fragment eines Gedichtes auf Gustav Adolf.

Erscholl von jeder Heide, jedem Hügel
Das Schreckengelärm gewappneter Wütriche her.
Doch wenig Stunden sann um Mitternacht der Held,
5   Vollbracht mit stürmender Hand, was er sann,
Am geflügelten Tag. Und ha! wo war er nun,
Wo war er nun, der Fremdlinge Grimm?
Die Racheblicke, wie so bange rollten sie?
Der Rosse Schnauben hatt' in Röcheln sich gewandelt.
10   Zerrissen moderten im Blut des Flüchtlings
Die güldenen Paniere, Raben krächzten
Im leichenvollen Hinterhalt, und Angstgeheul
Erscholl von jeder Heide, jedem Hügel,
Verschlungen hatte sie der größre Strom.

15   Der Tag des Weltgerichts — auch er! auch er!
Wird zeugen einst im Angesicht der Völker.
So spricht Jehovah: „Herrlich sei dein Lohn!
Sie schändeten zum blutbefleckten Greul
Die Fahne meines Reichs, die Lehre meines Mundes,
20   Zur Menschenwürgerin, zur Brudermörderin.
Mit Henkersfäusten trieben sie vom Vaterland
Die Kinder meines Luthers, die das Joch des Wahns
Vom Nacken schüttelten, in Todeswüsten hin.
Da trocknet' ihre Tränen Gustav ab,
25   Der Fromme baute Häuser meinen Irrenden.
Dein Lohn sei herrlich! du Gesegneter!"

So spricht Jehovah, und die Myriaden
Versammelter erheben ihre Häupter
Und breiten ihre Arme gegen Gustav aus,
30 Und jubeln: „Amen, herrlich ist sein Lohn."

Weisheit des Trauers.

Hinweg, ihr Wünsche, Quäler des Unverstands!
Hinweg von dieser Städte, Vergänglichkeit!
Ernst, wie das Grab, sei meine Seele!
Heilig mein Sang, wie die Totenglocke!

5 Du stille Weisheit, öffne dein Heiligtum,
Laß, wie der Greis am Grabe Ersilias,
Mich lauschen deinen Göttersprüchen,
Ehe der Toten Gericht sie donnert.

Da, unbestochne Richterin, richtest du
10 Thrannenfeste, wo sich der Höflinge
Entmanntes Heer zu Trug begeistert,
Wo des geschändeten Römers Kehle

Die schweißerrungene Habe des Pflügers stiehlt,
Wo tolle Luft in güldnen Pokalen schäumt,
15 Und ha, des Greuels! an getürmten
Silbergefäßen des Landes Mark klebt.

Halt ein, Thrann! es fähret des Würgers Pfeil
Daher. Halt ein! es nahet der Rache Tag,
Daß er, wie Blitz, die gift'ge Staude,
20 Nieder den taumelnden Schädel schmettre.

An Lyda.

Trunken, wie im hellen Morgenstrahle
Der Pilote seinen Ozean,
Wie die Seligen Elysens Tale,
Staunt' ich meiner Liebe Freuden an:
5 Tal und Haine lachten neugeboren,
Wo ich wallte, trank ich Göttlichkeit,
Ha! von ihr zum Liebling auserkoren
Höhnt' ich stolzen Muts Geschick und Zeit.

10 Stolzer ward und edler das Verlangen,
Als mein Geist der Liebe Kraft erschwang,
Myriaden wähnt' ich zu umfangen,
Wenn ich Liebe, trunkne Liebe sang.
Wie der Frühlingshimmel weit und helle,
15 Wie die Seele schön und ungetrübt,
Rein und stille, wie der Weisheit Quelle,
War das Herz, von ihr, von ihr, geliebt.

Sieh, im Stolze hatt' ich oft geschworen,
Unvergänglich dieser Herzverein,
Lyda mir, zum Heile mir geboren,
20 Lyda mein, wie meine Seele mein!
Aber neidisch trat die Scheidestunde,
Teures Mädchen, zwischen mich und dich,
Nimmer, nimmer auf dem Erdenrunde,
Lyda, nahn die trauten Arme sich!

25 Stille wallst du nun am Rebenhügel,
Wo ich dich und deinen Himmel fand,
Wo dein Auge, deiner Worte Spiegel,
Mich allmächtig, ewig an dich band;
Schnell ist unser Frühling hingeflogen,
30 O du Einzige! vergib, vergib!
Deinen Frieden hat sie dir entzogen,
Meine Liebe trauervoll und trüb.

Als ich deinem Zauber hingegeben
Erd' und Himmel über dir vergaß,
35 Ach, so selig in der Liebe Leben!
Lyda meine Lyda, dacht' ich das?

————— — — — — — — — — — — — —

———————

An die Stille.

Dort im waldumgrenzten Schattentale
Schlürft' ich, schlummernd unterm Rosenstrauch,
Trunkenheit aus deiner Götterschale,
Angeweht von deinem Liebeshauch!
5 Sieh, es brennt an deines Jünglings Wange
Heiß und glühend nach Begeisterung;
Voll ist mir das Herz vom Lobgesange,
Und der Fittich heischet Adlerschwung.

Stieg' ich kühnen Sinns zum Hades nieder,
Wo kein Sterblicher dich noch ersah;
Schwänge sich das mutige Gefieder
Zum Orion auf, so wärst du da.
Wie ins weite Meer die Ströme gleiten,
Stürzen dir die Zeiten alle zu,
In dem Schoß der alten Ewigkeiten,
In des Chaos Tiefen wohnest du.

In der Wüste dürrem Schreckgefilde,
Wo der Hungertod des Wallers harrt,
In der Stürme Land, wo schwarz und wilde
Das Gebirg' im kalten Panzer starrt,
In der Sommernacht, in Morgenlüften,
In den Hainen weht dein Schwestergruß,
Über schauerlichen Schlummergrüften
Stärkt die Lieblinge dein Götterkuß.

Ruhe fächelst du der Heldenseele
In der Halle, wann die Schlacht beginnt,
Hauchst Begeistrung in der Felsenhöhle,
Wo um Mitternacht der Denker sinnt;
Schlummer träufst du auf die düstre Zelle,
Daß der Dulder seinen Gram vergißt,
Lächelst traulich aus der Schattenquelle,
Wo den ersten Kuß das Mädchen küßt.

Ha, dir träuft die wonnetrunkne Zähre,
Und Entzückung strömt in mein Gebein!
Millionen bauen dir Altäre,
Zürne nicht, auch dieses Herz ist dein!
Dort im Tale will ich Wonne trinken,
Wiederkehren in die Schattenkluft,
Bis der Göttin Arme trauter winken,
Bis die Braut zum stillen Bunde ruft.

Keine Lauscher nahn der Schlummerstätte,
Kühl und schattig ist's im Leichentuch,
Abgeschüttelt ist die Sklavenkette,
Maigesäusel wird Gewitterfluch;
Schöner rauscht die träge Flut der Zeiten,
Nicht umdüstert von der Sorge Schwarm;
Wie ein Traum entfliehen Ewigkeiten,
Schläft der Jüngling seiner Braut im Arm.

———

Meine Genesung.

An Lyda.

Jede Blüte war gefallen
Von dem Stamme; Mut und Kraft,
Fürder meine Bahn zu wallen,
War im Kampfe mir erschlafft;
Weggeschwunden Lust und Leben,
Früher Jahre stolze Ruh';
Meinem Grame hingegeben,
Wankt' ich still dem Grabe zu.

Himmel, wie das Herz vergebens
Oft nach edler Liebe rang,
Oft getäuscht des Erdenlebens
Träum' und Hoffnungen verschlang!
Ach, den Kummer abzuwenden,
Bat ich, freundliche Natur,
Oft von deinen Mutterhänden
Einen Tropfen Freude nur!

Ha, an deinem Göttermahle
Trink' ich nun Vergessenheit!
In der vollen Zauberschale
Reichst du Kraft und Süßigkeit.
In Entzückungen verloren,
Staun' ich die Umwandlung an.
Flur und Hain ist neugeboren,
Göttlich strahlt der Lenz heran.

Daß ich wieder Kraft gewinne,
Frei wie einst und selig bin,
Dank' ich deinem Himmelssinne,
Lyda, süße Retterin;
Labung lächelte dem Müden,
Hohen Mut dein Auge zu,
Hohen Mut, wie du zufrieden,
Gut zu sein und groß wie du.

Stark in meiner Freuden Fülle
Wall' ich fürder nun die Bahn,
Reizend in der Wolkenhülle
Flammt das ferne Ziel mich an.

Mag's den Peinigern gelingen,
Mag die bleiche Sorge sich
Um die stille Klause schwingen,
40   Lyda, Lyda, tröstet mich.

Burg Tübingen.

Still und öde steht der Väter Feste,
Schwarz und moosbewachsen Pfort' und Turm,
Durch der Felsenwände trübe Reste
Sauft um Mitternacht der Wintersturm.
5   Dieser schaurigen Gemache Trümmer
Heischen sich umsonst ein Siegesmal,
Und des Schlachtgerätes Heiligtümer
Schlummern Todesschlaf im Waffensaal.

Hier ertönen keine Festgesänge,
10   Lobzupreisen Mannes Heldenland,
Keine Fahne weht im Siegsgepränge
Hochgehoben in des Kriegers Hand,
Keine Rosse wiehern in den Toren,
Bis die Edlen zum Turniere nahn,
15   Keine Doggen, treu und auserkoren,
Schmiegen sich den blanken Panzern an.

Bei des Hüfthorns schallendem Getöne
Zieht kein Fräulein in der Hirsche Tal,
Siegesdürstend gürten keine Söhne
20   Um die Lenden ihrer Väter Stahl.
Keine Mütter jauchzen von der Zinne
Ob der Knaben stolzer Wiederkehr,
Und den ersten Kuß verschämter Minne
Weihn der Narbe keine Bräute mehr.

25   Aber schaurige Begeisterungen
Weckt die Riesin in des Enkels Brust,
Sänge, die der Väter Mund gesungen,
Zeugt der Wehmut zauberische Lust;
Ferne von dem törichten Gewühle,
30   Von dem Stolze der Gefallenen
Dämmern nie geahndete Gefühle
In der Seele des Begeisterten.

Hier im Schatten grauer Felsenwände,
Von des Städters Blicken unentweiht,
35   Knüpfe Freundschaft deutsche Biederhände,
Schwöre Liebe für die Ewigkeit;
Hier, wo Heldenschatten niederrauschen,
Träufe Vatersegen auf den Sohn,
Wo den Lieblingen die Geister lauschen,
40   Spreche Freiheit den Tyrannen Hohn.

Hier verweine die verschloßne Zähre,
Der umsonst nach Menschenfreude ringt,
Wen die Krone nicht der Bardenehre,
Nicht des Liebchens Schwanenarm umschlingt.
45   Wer, von Zweifeln ohne Rast gequälet,
Von des Irrtums peinigendem Los,
Schlummerlose Mitternächte zählet,
Komme zu genießen in der Ruhe Schoß.

Aber wer des Bruders Fehle rüget
50   Mit der Schlangenzunge losem Spott,
Wem für Adeltaten Gold genüget,
Sei er Sklave oder Erdengott,
Er entweihe nicht die heil'gen Reste,
Die der Väter stolzer Fuß betrat,
55   Oder walle zitternd zu der Feste,
Abzuschwören da der Schande Pfad.

Denn der Heldenkinder Herz zu stählen,
Atmet Freiheit nur und Männermut
In der Halle, weilen Väterseelen
60   Sich zu freuen ob Thuiskons Blut;
Aber ha! den Spöttern und Tyrannen
Weht Entsetzen ihr Verdammerspruch,
Rache dräuend jagt er sie von dannen,
Des Gewissens fürchterlicher Fluch.

65   Wohl mir! daß ich süßen Ernstes scheide,
Daß die Harfe schreckenlos ertönt,
Daß ein Herz mir schlägt für Menschenfreude,
Daß die Lippe nicht der Einfalt höhnt.
Süßen Ernstes will ich wiederkehren,
70   Ernst da trinken, freien Männermut,
Bis umschimmert von den Geisterheeren
In Walhallas Schoß die Seele ruht.

Abweichende Fassungen.

———

Hymne an die Liebe.

Umarbeitung vom „Lied der Liebe" (S. 39).

Froh der süßen Augenweide,
Wallen wir auf grüner Flur;
Unser Priestertum ist Freude,
Unser Tempel die Natur; —
Heute soll kein Auge trübe,
Sorge nicht hienieden sein!
Jedes Wesen soll der Liebe
Frei und froh, wie wir, sich freun!

Höhnt im Stolze, Schwestern, Brüder!
Höhnt der scheuen Knechte Tand!
Jubelt kühn das Lied der Lieder,
Festgeschlungen Hand in Hand!
Steigt hinauf am Rebenhügel,
Blickt hinab ins weite Tal!
Überall der Liebe Flügel,
Hold und herrlich überall!

Liebe bringt zu jungen Rosen
Morgentau von hoher Luft,
Lehrt die warmen Lüfte kosen
In der Maienblume Duft;
Um die Orione leitet
Sie die treuen Erden her,
Folgsam ihrem Winke gleitet
Jeder Strom ins weite Meer.

25 An die wilden Berge reihet
   Sie die sanften Täler an,
   Die entbrannte Sonn' erfreuet
   Sie im stillen Ozean;
   Siehe! mit der Erde gattet
30 Sich des Himmels heil'ge Lust,
   Von den Wettern überschattet,
   Bebt entzückt der Mutter Brust.

   Liebe wallt durch Ozeane,
   Höhnt der dürren Wüste Sand,
35 Blutet an der Siegesfahne
   Jauchzend für das Vaterland;
   Liebe trümmert Felsen nieder,
   Zaubert Paradiese hin —
   Lächelnd kehrt die Unschuld wieder,
40 Göttlichere Lenze blühn.

   Mächtig durch die Liebe winden
   Von der Fessel wir uns los,
   Und die trunknen Geister schwinden
   Zu den Sternen frei und groß!
45 Unter Schwur und Kuß vergessen
   Wir die träge Flut der Zeit,
   Und die Seele naht vermessen
   Deiner Lust, Unendlichkeit!

Einladung an Neuffer.

Erste Fassung von „An Neuffer" (S. 49).

Dein Morgen, Bruder, ging so schön hervor,
So herrlich schimmerte dein Morgenrot
Und doch — und doch besiegt ein schwarzer Sturm
Das Licht und wälzet schreckenvoll
5 Den grimmen Donner auf dein sicheres Haupt.
O Bruder! Bruder! Daß dein Bild so wahr,
So schrecklich wahr des Lebens Wechsel deutet!
Daß Disteln unter Blumengängen lauern —
Und Jammer auf die Rosenwange fällt!
10 Und Tod in Jünglingsadern schleicht,
Und bange Trennung treuer Freunde Los,
Und edler Herzen Schicksal Druck und Kummer ist!

Da baun wir Plane, träumen so entzückt
Vom nahen Ziel — und plötzlich, plötzlich zuckt
15   Ein Blitz herab und öffnet uns die Augen!
Du frägst, warum dies all? — aus heller Laune.
Ich sah im Geist sich deine Stirne wölken
In deiner Eingezogenheit — da ging
Ich trüben Blicks hinab zu meinem Neckar
20   Und sah in seine Wogen bis mir schwindelte
Und kehrte still und voll der dunklen Zukunft
Und voll des Schicksals, welches unsrer wartet,
Zurück und schrieb's, und also ward
Die — freilich nicht erbauliche — Tirade
25   Vom ungewissen Wechsel unsers Lebens.
Doch — komme du und scherze mir Tiraden
Und Ahndungen der Zukunft von der Stirne weg.
O komm — es harret dein ein eigen Deckelglas,
Stiefmütterlich soll wahrlich nicht mein Fäßchen sein,
30   Und findst du schon kein Städtermahl, so würzet es
Doch meine Freundschaft und der Meinen guter Wille.

Diotima.

Erste Fassung des gleichnamigen Gedichtes (S. 91).

Lange tot und tief verschlossen,
Grüßt mein Herz die schöne Welt,
Seine Zweige blühn und sprossen,
Neu von Lebenskraft geschwellt.
5   O, ich kehre noch ins Leben,
Wie heraus in Luft und Licht,
Meiner Blumen selig Streben
Aus der dürren Hülse bricht.

Wie so anders ist's geworden!
10   Alles, was ich haßt' und mied,
Stimmt in freundlichen Akkorden
Nun in meines Lebens Lied;
Und mit jedem Stundenschlage
Werd' ich wunderbar gemahnt
15   An der Kindheit goldne Tage,
Seit ich dieses Eine fand.

Diotima, selig Wesen!
Herrliche! durch die mein Geist,

Von des Lebens Angst genesen,
Götterjugend sich verheißt!
Unser Himmel wird bestehen!
Unergründlich sich verwandt,
Hat sich, eh' wir uns gesehen,
Unser Innerstes gekannt.

Da ich noch in Kinderträumen,
Friedlich wie der blaue Tag,
Unter meines Gartens Bäumen
Auf der warmen Erde lag,
Und in leiser Lust und Schöne
Meines Herzens Mai begann,
Säuselte wie Zephirstöne
Diotimas Geist mich an.

Ach! und da, wie eine Sage,
Mir des Lebens Schöne schwand,
Da ich, vor des Himmels Tage
Darbend, wie ein Blinder, stand,
Da die Last der Zeit mich beugte,
Und mein Leben, kalt und bleich,
Sehnend schon hinab sich neigte
In der Schatten stummes Reich:

Da, da kam vom Ideale,
Wie vom Himmel, Mut und Macht,
Du erschienst mit deinem Strahle,
Götterbild, in meiner Nacht!
Dich zu finden, warf ich wieder,
Warf ich den entschlafnen Kahn
Von dem stummen Porte nieder
In den blauen Ozean. —

Nun, ich habe dich gefunden,
Schöner, als ich ahnend sah,
In der Liebe Feierstunden —
Hohe, Gute! bist du da.
O, der armen Phantasien!
Dieses Eine bildest nur
Du in ew'gen Harmonien,
Froh vollendete Natur!

Wie die Seligen dort oben,
Wo hinauf die Freude flieht,
Wo, des Daseins überhoben,
Wandellose Schöne blüht,
Wie melodisch bei des alten
Chaos Zwist Urania,
Steht sie, göttlich rein erhalten,
Im Ruin der Zeiten da.

Unter tausend Huldigungen
Hat mein Geist, beschämt, besiegt,
Sie zu fassen schon gerungen,
Die sein Kühnstes überfliegt.
Sonnenglut und Frühlingsmilde,
Streit und Frieden wechselt hier
Vor dem schönen Engelsbilde
In des Busens Tiefe mir.

Viel der heil'gen Herzenstränen
Hab' ich schon vor ihr geweint,
Hab' in allen Lebenstönen
Mit der Holden mich vereint,
Hab', ins tiefste Herz getroffen,
Oft um Schonung sie gefleht,
Wenn so klar und heilig offen
Mir ihr eigner Himmel steht;

Habe, wenn in reicher Stille,
Wenn in einem Blick und Laut
Seine Ruhe, seine Fülle
Mir ihr Genius vertraut,
Wenn der Gott, der mich begeistert,
Mir an ihrer Stirne tagt,
Von Bewundrung übermeistert,
Zürnend ihr mein Nichts geklagt;

Dann umfängt ihr himmlisch Wesen
Süß im Kinderspiele mich,
Und in ihrem Zauber lösen
Freudig meine Bande sich;
Hin ist dann mein dürftig Streben,
Hin des Kampfes letzte Spur,
Und ins volle Götterleben
Tritt die sterbliche Natur.

Da, wo keine Macht auf Erden,
Keines Gottes Wink uns trennt,
Wo wir eins und alles werden,
100 Da ist nun mein Element;
Wo wir Not und Zeit vergessen
Und den kärglichen Gewinn
Nimmer mit der Spanne messen,
Da, da weiß ich, daß ich bin.

105 Wie der Stern der Tyndariden,
Der in lichter Majestät
Seine Bahn, wie wir, zufrieden
Dort in dunkler Höhe geht,
Wie er in die Meereswogen,
110 Wo die schöne Ruhe winkt,
Von des Himmels steilem Bogen
Klar und groß herniedersinkt:

O Begeisterung, so finden
Wir in dir ein selig Grab;
115 Tief in deine Wogen schwinden,
Still frohlockend, wir hinab,
Bis der Hore Ruf wir hören
Und, mit neuem Stolz erwacht,
Wie die Sterne wiederkehren
120 In des Lebens kurze Nacht.

Der Wanderer.

Zweite Fassung des gleichnamigen Gedichtes (S. 108).

Einsam stand ich und sah in die afrikanischen dürren
   Ebnen hinaus; vom Olymp regnete Feuer herab,
Reißender, wilder kaum, wie damals, da, das Gebirg hier
   Spaltend mit Strahlen, der Gott Höhen und Tiefen gebaut.
5 Aber auf denen springt kein frisch aufgrünender Wald nicht
   In die tönende Luft üppig und herrlich empor.
Unbekränzt ist die Stirne des Bergs und beredtsame Bäche
   Kennet er kaum, es erreicht selten die Quelle das Tal.
Keiner Herde vergeht am plätschernden Brunnen der Mittag,
10 Freundlich aus Bäumen hervor blickte kein gastliches Dach.
Unter dem Strauche saß ein ernster Vogel gesanglos,
   Aber die Wanderer flohn eilend, die Störche, vorbei.

Da bat ich um Wasser dich nicht, Natur, in der Wüste
   Wasser bewahrte mir treulich das fromme Kamel.
15 Um des Haines Gesang, ach! um die Gärten des Vaters
   Bat ich, vom wandernden Vogel der Heimat gemahnt.
Aber du sprachst mir: auch hier sind Götter und walten,
   Groß ist ihr Maß, doch es mißt gern mit der Spanne der Mensch.
Und es trieb die Rede mich an, noch andres zu suchen,
20   Fern zum nördlichen Pol kam ich in Schiffen herauf.
Still in der Hütte von Schnee schlief da das gefesselte Leben,
   Und der eiserne Schlaf harrte seit Jahren des Tags.
Denn zu lang nicht schlang um die Erde den Arm der Olymp hier,
   Wie Pygmalions Arm um die Geliebte sich schlang.
25 Hier bewegt' er ihr nicht mit dem Sonnenblicke den Busen,
   Und in Regen und Tau sprach er nicht freundlich zu ihr.
Und mich wunderte des und töricht sprach ich: O Mutter
   Erde, verlierst du denn immer als Witwe die Zeit?
Nichts zu erzeugen ist ja und nichts zu pflegen in Liebe,
30   Alternd im Kinde sich nicht wieder zu sehn, wie der Tod.
Aber vielleicht erwarmst du dereinst am Strahle des Himmels,
   Aus dem dürftigen Schlaf schmeichelt sein Odem dich auf,
Daß wie ein Samkorn du die eherne Schale zersprengest,
   Los sich reißt und das Licht grüßt die entbundene Welt,
35 All die gesammelte Kraft aufflammt in üppigem Frühling,
   Rosen glühen, und Wein sprudelt im kärglichen Nord.
Also sagt' ich; und jetzt kehr' ich an den Rhein, in die Heimat,
   Zärtlich, wie vormals wehn Lüfte der Jugend mich an.
Und das strebende Herz besänftigen mir die vertrauten
40   Offnen Bäume, die einst mich in den Armen gewiegt.
Und das heilige Grün, der Zeuge des seligen, tiefen
   Lebens der Welt, es erfrischt, wandelt zum Jüngling mich um.
Alt bin ich geworden indes, mich bleichte der Eispol,
   Und im Feuer des Süds fielen die Locken mir aus.
45 Aber wenn einer auch am letzten der sterblichen Tage,
   Fernher kommend, und müd bis in die Seele, noch jetzt
Wiedersähe dies Land, noch einmal müßte die Wang' ihm
   Blühn und, erloschen fast, glänzte sein Auge noch auf.
Seliges Tal des Rheins! kein Hügel ist ohne den Weinstock,
50   Und mit der Traube Laub Mauer und Garten bekränzt;
Und des heiligen Tranks sind voll im Strome die Schiffe,
   Städt' und Inseln sie sind trunken von Weinen und Obst.
Aber lächelnd und ernst ruht droben der Alte, der Taunus,
   Und mit Eichen bekränzt neiget der Freie das Haupt.

55 Und jetzt kommt vom Walde der Hirsch, aus Wolken das Tagslicht,
   Hoch in heiterer Luft siehet der Falke sich um.
Aber unten im Tal, wo die Blume sich nähret von Quellen,
   Streckt das Dörfchen bequem über die Wiese sich aus.
Still ist's hier; fern rauscht die immer geschäftige Mühle,
60   Aber das Neigen des Tags künden die Glocken mir an.
Lieblich tönt die gehämmerte Sens' und die Stimme des Landmanns,
   Der heimkehrend dem Stier gerne die Schritte gebeut,
Lieblich der Mutter Gesang, die im Grase sitzt mit dem Söhnlein,
   Satt vom Sehen entschlief's; aber die Wolken sind rot;
65 Und am glänzenden See, wo der Hain das offene Hoftor
   Übergrünt, und das Licht golden die Fenster umspielt,
Dort empfängt mich das Haus und des Gartens heimliches Dunkel,
   Wo mit den Pflanzen mich einst liebend der Vater erzog,
Wo ich frei, wie Geflügelte, spielt' auf luftigen Ästen,
70   Oder ins treue Blau blickte vom Gipfel des Hains.
Treu auch bist du von je, treu auch dem Flüchtlinge blieben,
   Freundlich nimmst du, wie einst, Himmel der Heimat mich auf.
Noch gedeihn die Pfirsiche mir, mich wundern die Blüten,
   Fast, wie die Bäume, steht herrlich mit Rosen der Strauch.
75 Schwer ist worden indes von Früchten dunkel mein Kirschbaum,
   Und der pflückenden Hand reichen die Zweige sich selbst.
Auch zum Walde zieht mich, wie sonst, in die freiere Laube,
   Aus dem Garten der Pfad oder hinab an den Bach,
Wo ich lag und den Mut erfreut' am Ruhme der Männer,
80   Ahnender Schiffer; und das konnten die Sagen von euch,
Daß in die Meer' ich fort, in die Wüsten mußt', ihr Gewalt'gen,
   Ach! indes mich umsonst Vater und Mutter gesucht.
Aber wo sind sie? du schweigst? du zögerst, Hüter des Hauses!
   Hab' ich gezögert doch auch! habe die Schritte gezählt,
85 Da ich nahet', und bin, gleich Pilgern, stille gestanden.
   Aber gehe hinein, melde den Fremden, den Sohn,
Daß sich öffnen die Arm' und mir ihr Segen begegne,
   Daß ich geweiht, und gegönnt wieder die Schwelle mir sei!
Aber ich ahn' es schon, in heilige Fremde dahin sind
90   Nun auch sie mir, und nie kehret ihr Lieben zurück.
Vater und Mutter? und wenn noch Freunde leben, sie haben
   Andres gewonnen, sie sind nimmer die meinigen mehr.
Kommen werd' ich, wie sonst, und die alten, die Namen der Liebe
   Nennen, beschwören das Herz, ob es noch schlage wie sonst,
95 Aber stille werden sie sein. So bindet und scheidet
   Manches die Zeit. Ich dünk' ihnen gestorben, sie mir.

Und so bin ich allein. Du aber, über den Wolken,
    Vater des Vaterlands! mächtiger Äther! und du,
Erd' und Licht, ihr einigen drei, die walten und lieben,
100   Ewige Götter! mit euch brechen die Bande mir nie.
  Ausgegangen von euch, mit euch auch bin ich gewandert,
    Euch, ihr Freudigen, euch bring' ich erfahren zurück.
Darum reiche mir nun, bis oben an von des Rheines
    Warmen Bergen mit Wein, reiche den Becher, gefüllt!
105 Daß ich den Göttern zuerst und das Angedenken der Helden
    Trinke, der Schiffer, und dann eures, ihr Trautesten! auch
Eltern und Freund'! und der Mühe und aller Leiden vergesse
    Heut und morgen und schnell unter den Heimischen sei.

Elegie.

Erste Fassung von „Menons Klage um Diotima" (S. 102).

Täglich geh' ich heraus und such' ein anderes immer,
    Habe längst sie befragt, alle die Pfade des Lands;
Droben die kühlenden Höhn, die Schatten alle besuch' ich
    Und die Quellen; hinauf irret der Geist und hinab,
5 Ruh' erbittend; so flieht das getroffene Wild in die Wälder,
    Wo es um Mittag sonst sicher im Dunkel geruht;
Aber nimmer erquickt sein grünes Lager das Herz ihm
    Wieder, und schlummerlos treibt es der Stachel umher.
Nicht die Wärme des Lichts und nicht die Kühle der Nacht hilft,
10 Und in Wogen des Stroms taucht es die Wunden umsonst.
Ihm bereitet umsonst die Erd' ihr stärkendes Heilkraut
    Und sein schäumendes Blut stillen die Lüftchen umsonst.
Wehe! so ist's auch so, ihr Todesgötter! vergebens,
    Wenn ihr haltet und fest habt den bezwungenen Mann,
15 Wenn ihr einmal hinab in eure Nacht ihn gerissen,
    Dann zu suchen, zu flehn, oder zu zürnen mit euch,
Oder geduldig auch wohl in euren Banden zu wohnen
    Und mit Lächeln von euch hören das furchtbare Lied;
Denn bestehn wie anderes muß in seinem Gesetze,
20 Immer altern und nie enden das schaurige Reich.
Aber noch immer nicht, o meine Seele! noch kannst du's
    Nicht gewohnen und träumst mitten im eisernen Schlaf.
Tag der Liebe! scheinest du auch den Toten, du goldner!
    Bilder aus hellerer Zeit, leuchtet ihr mir in die Nacht?
25 Liebliche Gärten, seid, ihr abendrötlichen Berge,
    Seid willkommen, und ihr, schweigende Pfade des Hains.

Zeugen himmlischen Glücks! und ihr, allschauende Sterne,
Die mir damals oft segnende Blicke gegönnt!
Euch, ihr Liebenden auch, ihr schönen Kinder des Frühlings,
30 Stille Rosen und euch Lilien! nenn' ich noch oft, —
Ihr Vertrauten! ihr Lebenden all, einst nahe dem Herzen,
Einst wahrhaftiger, einst heller und schöner gesehn!
Tage kommen und gehn, ein Jahr verdränget das andre,
Wechselnd und streitend; so tost furchtbar vorüber die Zeit
35 Über sterblichem Haupt, doch nicht vor seligen Augen,
Und den Liebenden ist anderes Leben gewährt.
Denn sie alle, die Tag' und Stunden und Jahre der Sterne
Und der Menschen, zur Lust anders und anders bekränzt,
Fröhlicher, ernster sie all, als echte Kinder des Äthers
40 Lebten, in Wonne vereint, innig und ewig um uns.
Aber wir, unschädlich gesellt, wie die friedlichen Schwäne,
Wenn sie ruhen am See, oder, auf Wellen gewiegt,
Niedersehn in die Wasser, wo silberne Wolken sich spiegeln,
Und das himmlische Blau unter den Schiffenden wallt,
45 So auf Erden wandelten wir. Und drohte der Nord auch,
Er, der Liebenden Feind, sorgenbereitend, und fiel
Von den Ästen das Laub, und flog im Winde der Regen,
Lächelten ruhig wir, fühlten den Gott und das Herz
Unter trautem Gespräch, im hellen Seelengesange,
50 So im Frieden mit uns kindlich und selig allein.
Ach! wo bist du, Liebende, nun? Sie haben mein Auge
Mir genommen, mein Herz hab' ich verloren mit ihr.
Darum irr' ich umher, und wohl, wie die Schatten, so muß ich
Leben, und sinnlos dünkt lange das übrige mir.
55 Danken möcht' ich, aber wofür? Verzehret das letzte
Selbst die Erinnerung nicht? Nimmt von der Lippe denn nicht
Bessere Rede mir der Schmerz, und lähmet ein Fluch nicht
Mir die Sehnen und wirft, wo ich beginne, mich weg?
Daß ich fühllos sitze den Tag und stumm wie die Kinder,
60 Nur vom Auge mir kalt öfters die Tropfe noch schleicht,
Und in schaudernder Brust die allerwärmende Sonne
Kühl und fruchtlos mir dämmert, wie Strahlen der Nacht.
Sonst mir anders bekannt! O Jugend! und bringen Gebete
Dich nicht wieder, dich nie? Führet kein Pfad mich zurück?
65 Soll es werden auch mir, wie den Tausenden, die in den Tagen
Ihres Frühlings doch auch ahnend und liebend gelebt,
Aber am trunkenen Tag von den rächenden Parzen ergriffen,
Ohne Klag' und Gesang heimlich hinuntergeführt,
Dort im allzu nüchternen Reich, dort büßen im Dunkeln,

70 Wo bei trügrischem Schein irres Gewimmel sich treibt,
Wo die langsame Zeit bei Frost und Dürre sie zählen,
Nur in Seufzern der Mensch noch die Unsterblichen preist?
Aber o du, die noch am Scheidewege mir damals,
Da ich versank vor dir, tröstend ein Schöneres wies,
75 Du, die Großes zu sehn und die schweigenden Götter zu singen,
Selber schweigend, mich einst stille begeisternd gelehrt,
Götterkind! erscheinest du mir und grüßest wie einst mich,
Redest wieder, wie einst, Leben und Frieden mir zu?
Siehe! weinen vor dir und klagen muß ich, wenn schon noch
80 Denkend der edleren Zeit, dessen die Seele sich schämt.
Denn zu lange, zu lang auf matten Pfaden der Erde
Bin ich, deiner gewohnt, einsam gegangen indes,
O mein Schutzgeist! denn wie der Nord die Wolke des Herbsttags
Scheuchten von Ort zu Ort feindliche Geister mich fort.
85 So zerrann mein Leben, ach! so ist's anders geworden,
Seit, o Liebe, wir einst gingen am ruhigen Strom.
Aber dich, dich erhielt dein Licht, o Heldin! im Lichte,
Und dein Dulden erhielt liebend, o Himmlische! dich.
Und sie selbst, die Natur, und ihre melodischen Musen
90 Sangen aus heimischen Höhn Wiegengesänge dir zu.
Noch, noch ist sie ganz, noch schwebt vom Haupte zur Sohle
Still hinwandelnd, wie sonst, mir die Athenerin vor.
Selig, selig ist sie! denn es scheut die Kinder des Himmels
Selbst der Orkus; es rinnt, gleich den Unsterblichen selbst
95 Ihnen der milde Geist von heiter sinnender Stirne,
Wo sie auch wandeln und sind, segnend und sicher herab.
Darum möcht', ihr Himmlischen, euch ich danken; und endlich
Tönet aus leichter Brust wieder des Sängers Gebet.
Und wie wenn ich mit ihr, auf Bergeshöhen, mit ihr, stand,
100 Wehet, belebend auch mich, göttlicher Odem mich an.
Leben will ich denn auch, schon grünen die Pfade der Erde,
Schöner und schöner schließt wieder die Sonne sich auf.
Komm! es war wie ein Traum! die blutigen Fittiche sind ja
Schon genesen, verjüngt wachen die Hoffnungen all.
105 Dien' im Orkus, wem es gefällt! wir, welche die stille
Liebe bildete, wir suchen zu Göttern die Bahn.
Und geleitet ihr uns, ihr Weihestunden! ihr ernsten,
Jugendlichen! o bleibt, heilige Ahndungen, ihr
Fromme Bitten, und ihr Begeisterungen, und all ihr
110 Schönen Genien, die gerne bei Liebenden sind,
Bleibet, bleibet mit uns, bis wir auf seligen Inseln,
Wo die Unsern vielleicht, Dichter der Liebe, mit uns,

Oder auch, wo die Adler sind, in Lüften des Vaters
Dort, wo die Musen, woher all die Unsterblichen sind,
115 Dort uns staunend und fremd und bekannt uns wieder begegnen,
Und von neuem ein Jahr unserer Liebe beginnt.

Dichtermut.

Erste Fassung des gleichnamigen Gedichtes (S. 152).

Sind denn dir nicht verwandt alle Lebendigen?
Nährt zum Dienste denn nicht selber die Parze dich?
  Drum! so wandle nur wehrlos
  Fort durchs Leben und sorge nicht!

5 Was geschiehet, es sei alles gesegnet dir,
Sei zur Freude gewandt! oder was könnte denn
  Dich beleidigen, Herz? was
  Da begegnen, wohin du sollst?

Denn seitdem der Gesang sterblichen Lippen sich
10 Friedenatmend entwand, frommend in Leid und Glück
  Unsre Weise der Menschen
  Herz erfreute, so waren auch

Wir, die Sänger des Volks, gerne bei Lebenden,
Wo sich vieles gesellt, freudig und jedem hold,
15   Jedem offen; so ist ja
  Unser Ahne der Sonnengott,

Der den fröhlichen Tag Armen und Reichen gönnt,
Der in flüchtiger Zeit uns, die Vergänglichen,
  Aufgerichtet an goldnen
20   Gängelbanden, wie Kinder, hält.

Ihn erwartet, auch ihn nimmt, wo die Stunde kömmt,
Seine purpurne Flut; sieh! und das edle Licht
  Gehet kundig des Wandels,
  Gleichgesinnet hinab den Pfad.

25 So vergehe denn auch, wenn es die Zeit einst ist,
Und dem Geiste sein Recht nirgend gebricht, so sterb'
  Einst im Ernste des Lebens
  Unsre Freude doch schönen Tod.

Blödigkeit.

Dritte Fassung des Gedichtes „Dichtermut" (S. 152)
(aus der Zeit der Umnachtung).

Sind denn dir nicht bekannt viele Lebendigen?
Geht auf Wahrem dein Fuß nicht, wie auf Teppichen?
    Drum, mein Genius, tritt nur
        Bar ins Leben und sorge nicht!

5   Was geschiehet, es sei alles gelegen dir!
Sei zur Freude gereimt, oder was könnte denn
    Dich beleidigen, Herz, was
        Da begegnen, wohin du sollst?

Denn, seit Himmlischen gleich Menschen, ein einsam Wild,
10 Und die Himmlischen selbst führet, der Einkehr zu
    Der Gesang und der Fürsten
        Chor nach Arten, so waren auch

Wir, die Zungen des Volks, gerne bei Lebenden,
Wo sich vieles gesellt, freudig und jedem gleich,
15   Jedem offen, so ist ja
        Unser Vater, des Himmels Gott,

Der den denkenden Tag Armen und Reichen gönnt,
Der, zur Wende der Zeit, uns die Entschlafenden
    Aufgerichtet an goldnen
20   Gängelbanden, wie Kinder, hält.

Gut auch sind und geschickt einem zu etwas wir,
Wenn wir kommen, mit Kunst, und von den Himmlischen
    Einen bringen. Doch selber
        Bringen schickliche Hände wir.

Chiron.

Zweite Fassung des Gedichtes „Der blinde Sänger" (S. 156)
(aus der Zeit der Umnachtung).

Wo bist du, Nachdenkliches! das immer muß
Zur Seite gehn zu Zeiten, wo bist du, Licht?
    Wohl ist das Herz wach, doch mir zürnt, mich
    Hemmt die erstaunende Nacht nun immer.

⁵ Sonst nämlich folgt' ich Kräutern des Walds und lauscht'
Ein weiches Wild am Hügel, und nie umsonst,
   Nie täuschten, auch nicht einmal, deine
    Vögel, denn allzu bereit fast kamst du,

So Füllen oder Garten dir labend ward,
¹⁰ Ratschlagend, Herzens wegen; wo bist du, Licht?
   Das Herz ist wieder wach, doch herzlos
    Zieht die gewaltige Nacht mich immer.

Ich war's wohl. Und von Krokus und Thymian
Und Korn gab mir die Erde den ersten Strauß.
¹⁵   Und bei der Sterne Kühle lernt' ich,
    Aber das Nennbare nur. Und bei mir

Das wilde Feld entzaubernd, das traur'ge, zog
Der Halbgott, Zeus' Knecht, ein, der gerade Mann;
   Nun sitz' ich still allein, von einer
²⁰   Stunde zur andern, und Gestalten

Aus frischer Erd' und Wolken der Liebe schafft,
Weil Gift ist zwischen uns, mein Gedanke nun;
   Und ferne lausch' ich hin, ob nicht ein
    Freundlicher Retter vielleicht mir komme.

²⁵ Dann hör' ich oft den Wagen des Donnerers
Am Mittag, wenn er naht, der bekannteste,
   Wenn ihm das Haupt bebt und der Boden
    Reiniget sich und die Qual Echo wird.

Den Retter hör' ich dann in der Nacht, ich hör'
³⁰ Ihn tötend, den Befreier, und drunten voll
   Von üpp'gem Kraut, als in Gesichten,
    Schau' ich die Erd', ein gewaltig Feuer;

Die Tage aber wechseln, wenn einer dann
Zusiehet, lieblich und bös, ein Schmerz,
³⁵   Wenn einer zweigestalt ist, und es
    Kennet kein Einziger, nicht der Beste.

Das aber ist der Stachel des Gottes; nie
Kann einer lieben göttliches Unrecht sonst.
   Einheimisch aber ist der Gott dann
⁴⁰   Angesichts da und die Erd' ist anders.

Tag! Tag! Nun wieder atmet ihr recht; nun trinkt
Ihr, meiner Bäche Weiden! Ein Augenlicht,
   Und rechte Stapfen gehn und als ein
     Herrscher, mit Sporen, und bei dir selber

45 Örtlich, Irrstern des Tages, erscheinest du,
Du auch, o Erde, friedliche Wieg', und du,
   Haus meiner Väter, die unstädtisch
     Sind in den Wolken des Wilds gegangen.

Nimm nun ein Roß, und harnische dich und nimm
50 Den leichten Speer, o Knabe! Die Wahrsagung
   Zerreißt nicht, und umsonst nicht wartet,
     Bis sie erscheine, Herakles' Rückkehr.

Ganymed.

Zweite Fassung des Gedichtes „Der gefesselte Strom" (S. 155)
(aus der Zeit der Umnachtung).

Was schläfst du, Bergsohn, liegest in Unmut, schief,
Und frierst am kalten Ufer, Geduldiger!
   Denkst nicht der Gnade, du, wenn's an den
     Tischen der Himmlischen sonst gedürstet?

5 Kennst drunten du vom Vater die Boten nicht,
Nicht in der Kluft der Lüfte geschärftes Ziel?
   Trifft nicht das Wort dich, das voll alten
     Geists ein gewanderter Mann dir sendet?

Schon tönet's aber ihm in der Brust. Tief quillt's,
10 Wie damals, als hoch oben im Fels er schlief,
   Ihm auf. Im Zorne reinigt aber
     Sich der Gefesselte nun, nun eilt er,

Der Linkische, der spottet der Schlacken nun
Und nimmt und bricht und wirft die zerbrochenen
15   Zorntrunken, spielend dort und da zum
     Schauenden Ufer, und bei des Fremdlings

Besondrer Stimme stehen die Herden auf,
Es regen sich die Wälder, es hört tief Land
   Den Stromgeist fern, und schaudernd regt im
    Nabel der Erde der Geist sich wieder.

Der Frühling kommt. Und jedes in seiner Art
Blüht, der ist aber ferne; nicht mehr dabei.
   Irr ging er nun; denn allzu gut sind
    Genien; himmlisch Gespräch ist sein nun.

Chronologisches Verzeichnis
der Gedichte.

Die andern Gedichte aus der Zeit der Umnachtung konnten nicht datiert werden. Diese Angaben stützen sich auf B. Litzmann, C. Litzmann und Schwab. Nach eigenem Ermessen, für das allerdings nur innere Gründe maßgebend waren, setzte ich ein:

„Jugend" in die Zeit der Rückkehr von Homburg nach Nürtingen.

„An eine Verlobte" in die Stuttgarter Zeit.

Das Fragment: „An Diotima": Komm und siehe — in die Frankfurter Reisezeit (des landschaftlichen Bildes wegen).

Verzeichnis der ersten Drucke

der Gedichte.

Alphabetisches Verzeichnis
der Gedichte nach Anfängen und Überschriften.

Hölderlins Werke

in vier Teilen

Herausgegeben

mit Einleitungen und Anmerkungen versehen

von

Marie Joachimi=Dege

—————

Berlin — Leipzig — Wien — Stuttgart
Deutsches Verlagshaus Bong & Co.

Hölderlins Werke

Zweiter Teil

Hyperion

Herausgegeben

von

Marie Joachimi-Dege

———

Berlin — Leipzig — Wien — Stuttgart
Deutsches Verlagshaus Bong & Co.

Spamersche Buchdruckerei in Leipzig

Inhalt des 2. Teiles.

Einleitung des Herausgebers.

Einzigartig wie Hölderlin selbst steht sein „Hyperion" in unserer Literatur. Er ist eine Autobiographie in symbolischem Gewande; eine Autobiographie, für die das tatsächliche, äußere Geschehen von Hölderlins Leben wenig, das innere Erleben, welches dieses Geschehen begleitete, alles bedeutet. Wir blicken in diesen Roman wie in einen jener magischen Kristalle, die — wie man sagte — die Seelen der Menschen sichtbar machten. In leichten klaren Umrissen erscheint die Seele eines Dichters; in buntglänzenden, schimmernden Bildern gleitet ihr Leben und Werden, Lieben und Leiden, ihr Zusammenbrechen und ihr Jauchzen an uns vorüber; die geheimnisvolle Wellenbewegung von Wollen und Unterliegen, Emporstreben und Auf-sich-zurücke-Sinken dieses Innersten und Geheimnisvollsten zittert darin, und dazwischen blicken uns fremdartig-leuchtende Gestalten von wunderbarer Schönheit an. Alles in diesem Roman ist sonntäglich-feierlich, fremd, ungewöhnlich und doch bekannt. Er erweckt ein leises Erinnern an halbempfundene Träume, begrabene Schmerzen, erdrückte Sehnsucht. Dieser Hyperion, dieser Hölderlin, ist ein Wesen anderer Art! — oder nein! ein Wesen, in dem das, was nur in der tiefsten Tiefe unsere Art ist, zu individueller Eigenart sich verkörpert hat; ein Wesen, dem das Ideal Leben, die Sehnsucht Lebenstrieb bedeutet; ein Parzival auf der Suche nach dem Gral, der auf der Höhe der Erkenntnis ein reiner Tor geblieben ist, ein Faust, über den kein Mephistopheles etwas vermag, weil die Sinnenwelt von Anfang an für ihn nur den Wert eines vergänglichen Gleichnisses hat.

In der Tat hat Hölderlin wie ein vergängliches, unschönes und mangelhaftes Gleichnis die äußeren, zufälligen Schicksale seines wirklichen Lebens betrachtet, und hat sie in seinem Roman durch bessere, treffendere und farbensattere Gleichnisse und Symbole ersetzt. Nur in dem Teile, der von Diotima handelt, war es umgekehrt.

Die Diotima der Träume, die in den ersten Fassungen dargestellt ist, blieb weit hinter dem Bild zurück, das Hölderlins liebende Seele in Wirklichkeit geschaut und in der endgültigen Fassung des Hyperion wiedergegeben hat. Hier schuf die Liebe dem Künstler vor. — Wenn Hölderlin sonst die äußeren Geschehnisse seines Lebens außer acht läßt, so geschieht dies, um desto sicherer das Wesentliche und Bedeutsame, was in ihnen verborgen lag, das Geistige, was sein inneres Schicksal ausmachte, herauszugreifen, um es mit Künstlerhand klar und lebendig schön zu gestalten.

Einen „lyrischen Monolog" hat man mit Recht den „Hyperion" genannt. Wo innerlichst Empfundenes sich ohne Zwang darstellt, wo Gefühle ihre eigene Sprache sprechen, da werden die Worte melodisch und rhythmisch, da wird wie von selbst aus Prosa lyrische Poesie. Der „Hyperion" hat aber eine ganz eigene Melodie, seinem eigenartigen Charakter entsprechend: Es ist eine Lyrik, in der ein episches Versmaß aufgelöst zu sein scheint. Selbst aus den melodisch steigenden freien Rhythmen der hohen Leidenschaft, aus den schmelzenden Kadenzen der tiefen Sehnsucht klingt dem feiner Hörenden der gemessene Erzählertakt, die selbstbeherrschte Ruhe des Hexameters entgegen: „Geschieht doch alles mit Lust und endet doch alles mit Frieden." Vor allem aber tritt das Hexametrische beruhigend und die Rede schön gliedernd in den beschreibenden Stellen hervor und hat sicher viel dazu beigetragen, das neue Griechenland, das Hölderlin malt, so ganz vom Nachglanz des alten verklärt erscheinen zu lassen.

Wie die Form eine Verschmelzung und Durchdringung von Lyrik und Epik und Prosa zu einer neuen eigenartigen Bildung ist, so ist es auch mit dem Inhalt. Es wäre ein Versehen, im „Hyperion" nichts anderes sehen zu wollen als einen subjektiven Gefühlserguß. Wohl sind es hauptsächlich Gefühle und Stimmungen subjektivster Art, die im Roman zur Darstellung gebracht sind, aber diese wurzeln und erhalten Inhalt und Bedeutung einzig von den großen Objekten der Allgemeinheit und der Natur. Nicht kleinliches Sich-selbst-genießen, sondern ein großzügiges, tiefes, reizbares Weltempfinden spricht sich hier in subjektiver Innigkeit und Leidensfähigkeit aus. Auf dieser hoch- und feingestimmten Seele vibrieren die Töne der Außenwelt stärker und nachhaltiger; in ihr klingen die großen Harmonien einer heroischen Vergangenheit und die zarte träumerische Melodie der Ahnung einer vollkommenen Zukunft. Was wunder, daß sie auch schmerzhafter als andere zusammenzuckt, wenn eine unharmonische, alltägliche Gegenwart mit harter, ungeübter Hand ihr in die Saiten greift, so daß Vergangenheits- und Zukunftsmusik vor schreienden Dissonanzen verstummen muß.

Hölderlin hatte ein überaus feines Gefühl für die Stimmungen und Tendenzen seiner Zeit. Sein wacher Geist, der von den großen Bewegungen des Zeitalters mit Begeisterung erfüllt und fortgerissen wurde, litt aufs schmerzlichste, wenn er sich von den kleinlichen Zügen und den Gebrechen des Zeitgeistes abgestoßen fühlen mußte.

Von diesem Standpunkt aus ist der „Hyperion" ein Zeitroman. Aber wieder sind es nicht die äußeren Geschehnisse der Zeit, sondern die großen Zeitstimmungen, von denen das äußere Geschehen begleitet wird, und die großen geistigen Bewegungen, die dem Tatsächlichen als Wesentliches zugrunde liegen, die im „Hyperion" in symbolischer Gewandung dargestellt werden.

So spricht zunächst aus jeder Zeile die deutsche Renaissance. Mit dem Genius von Hellas' vergangener Größe hatte jahrhundertelang der deutsche Geist gerungen um einen Segen. Jetzt war die Zeit erfüllet. Die griechische Antike war vom deutschen Geiste bezwungen, und ihre Kraft wurde in den Siegern lebendig. Der deutsche Klassizismus eines Goethe und Schiller erfüllte, was deutsche Literatur und Kunst so lange vergebens erstrebt hatten. Was Hölderlin zu diesem Klassizismus hinzugibt, ist die Gestaltung des Grundgedankens des klassischen Altertums: Einheit von Mensch und Natur; Einheit des heroischen Menschen mit sich und der Allgemeinheit. Die lebendig gefühlte Schönheit, die sich der Phantasie des Dichters in jenem Grundgedanken erschließt, sie wird in Hölderlins Lebenswerk zu einem hohen Liede voll deutscher Sehnsucht nach griechischer Harmonie, edler Lebensform und wahrem Lebensinhalt, nach neuer Kunstform und höherem Kunstinhalt gestaltet.

Neben der großen Geistesrenaissance verharrte aber das deutsche Staatsleben in innerer Zerrissenheit und Starrheit, das Bürgertum in satter Beschränktheit und altklugem Rationalismus oder preziöser Sentimentalität. Unduldsam gegen alles, was die Konvention und Tradition verletzt, setzt die deutsche Nation als solche dem neuen Geiste und seinen genialen Vertretern einen dumpfen Widerstand entgegen. — Diese Seite der Zeit gibt die dunkeln Schatten zu dem hellen Glanze griechischer Schönheit in Hölderlins Roman. Unter ihr hatte der zu inniger Menschenliebe erzogene Theologe und mehr noch der von dem Bedürfnis nach schrankenloser Mitteilung seines Innersten getriebene Dichter am härtesten und am persönlichsten zu leiden.

Fast ebenso persönlich, wenn auch in anderer Weise, traf ihn eine andere Erfahrung der Zeit. Die französische Revolution, der der junge Stiftler zugejubelt hatte, hatte sich in Roheit erschöpft. Ernüchtert und mit zweifelndem Herzen sah Hölderlin jetzt den Fortgang eines unsympathischen Krieges als Resultat der Bewegung, von der er und seine Genossen die Erfüllung des hohen Menschheits-

und Freiheitsgedankens erwartet hatten; und schon fühlte er mit
Grauen das Einsetzen der Reaktion. Die Hoffnung auf einen Völkerfrühling war dahin. Der Geist der Völker hatte sich in seiner ganzen
Unfähigkeit zur Selbstherrschaft und zur Freiheit gezeigt. Der
„Hyperion" zeigt, wie schmerzlich diese neue Erkenntnis für Hölderlin
gewesen war; wieviel von seinem besten Glauben er dabei verloren
hatte.

Nicht auf die äußere Befreiung der Völker, sondern auf die Erziehung des Menschengeschlechtes setzt er jetzt seine Hoffnung: „Es
werde von Grund aus anders! Aus der Wurzel der Menschheit
sprosse die neue Welt." So weiht auch Hölderlin sich der Aufgabe,
in deren Dienst sich seit Lessing die Größten der Deutschen bewußter-
maßen gestellt haben.

„Hyperion" ist ein Bildungs- und Erziehungsroman in
doppeltem Sinne. Im engeren Sinne tritt er in eine Reihe mit dem
„Wilhelm Meister", dem „Hesperus", dem „Ofterdingen" und den
meisten anderen bedeutenderen Romanen der Zeit, indem er ein
Einzelleben herausgreift, das Werden eines Jünglings von der
Wiege bis zur Reife darstellt. Der Unterschied aber liegt darin, daß
sich im „Hyperion" der Held nicht, wie in den andern Romanen, in
seine Zeit und Gegenwart allmählich hineinentwickelt, sondern je
länger desto mehr über sie hinaus; und daß er nicht zur inneren
Ruhe und Lebensfreudigkeit gelangt, sondern sein Lebensglück verliert und zu einem geistigen Eremiten wird. Es ist ein neuer tiefer
Zug voll bitterer — uns heute sehr modern erscheinender — Wahrheit, der aus den herbsten Lebenserfahrungen dem Dichter aufgegangen war, den er hier zu den Bildungsromanen der Zeit bei-
trägt: Der feiner Organisierte unterliegt im Kampfe mit den brutalen
Kräften des Alltags; der Einzelne zerbricht an der Masse; das rein
Geistige leidet am Materiellen.

Die Begründung für diesen Pessimismus, der ganz vereinzelt
steht in der geistesfrohen Zeit um die Wende des vorigen Jahrhunderts,
ruht auf einer Kritik der Masse und der Gegenwart; und dadurch
wird der „Hyperion" zu einem Bildungsroman im weiteren Sinne.
„Ich verspräche diesem Buche so gern die Liebe der Deutschen": Im
Spiegel dieses neu-griechischen Volkes soll das deutsche Volk seine
innere Schwäche erkennen. Mit dieser Kritik will Hölderlin zur
„Erziehung" des Volkes das Seine beitragen.

Der Pessimismus ist aber keineswegs das letzte Wort dieser
Kritik des Einzel- und Gesamtlebens. Versöhnend erhebt sich darüber
in dichterisch-philosophischer Vision die Erkenntnis eines höheren,
einigen und seligen Gesamtlebens. Die Dissonanzen und Unvollkommenheiten der Einzelexistenzen und des Einzelstrebens lösen sich

in der Harmonie und Schönheit der größeren Zwecke und Ziele des einheitlichen All=Lebens. Und dieses philosophische Glaubensbekenntnis ist der Grundton, auf den der „Hyperion" gestimmt ist.

Denn der „Hyperion" ist im letzten Grunde und im besten Sinne ein philosophischer Roman; vielleicht der einzige in unserer Literatur, bei dem dieser Titel Verdienst und nicht Mangel bedeutet. In ihm ist die Philosophie restlos in künstlerischer Anschauung und Gestaltung aufgegangen, ohne daß die Tiefe ihres Inhalts verflacht, die Höhe ihres Standpunktes aufgegeben oder trivialisiert wäre. Und auch als philosophischer Roman ist er eine Wiedergabe nicht des trockenen Systems, sondern auch zugleich der Geistesstimmung und des Weltgefühls, die der Philosophie der Zeit eigentümlich waren. Eine Wiedergabe des allgemeinen Fühlens, das die neue Weltanschauung des Idealismus begleitete. Er spielt die persönlichen intellektuellen Schmerzen einerseits und die höchsten Erhebungen über dieselben andrerseits, die das aufs Ganze gerichtete Denken in einer geschlossenen Persönlichkeit hervorruft. Hölderlin lebte und fühlte die Philosophie, die er dachte. Subjektives und Objektives wurden in ihm eins, und so empfand er auch seine persönliche Einheit nur in der Hingabe an die All=Einheit des Allgeistes. Nur wenn sich in seiner Dichterseele die Alleinigkeit und Schönheit des Allgeists spiegelte, wenn er in dichterischer Begeisterung sich dem Ganzen der schönen Natur verbunden fühlte, war er ganz er selbst. Zu dem philosophischen Stimmungsbild tritt aber auch hier ergänzend und belebend das Zeitbild und über dieses wieder das Zukunftsbild. — Kants Philosophie hatte die Spekulation in das Innenleben des Menschen gewiesen, hatte dem denkenden Geist das Problem der kritischen Selbsterkenntnis gestellt und war dabei in Selbstverneinung gelandet, aus der Selbstverneinung wurde mit Notwendigkeit die Weltverneinung geboren. Ein Riß ging durch das Wesen des Menschen: Verstand und Vernunft, Erkennen und Handeln, Wollen und Sollen standen einander entgegen wie Diesseits und Jenseits. Eine Kluft gähnte zwischen Mensch und Wahrheit; und ewige Feindschaft war gesetzt zwischen dem Menschen und der Natur, eine Feindschaft, die im Innern des Menschen in ununterbrochenem Kampfe zwischen den Forderungen seiner Sinne und dem hohen Streben seines Geistes zum Austrag kommen mußte! Nirgends war Einheit und Ruhe! Überall Zweiheit und Widerstreit. Göttliches sollte dem Menschen nur im fordernden Gewissen erscheinen. Jede befriedigende Verbindung mit dem Höchsten bestand nur auf Augenblicke und hieß: erfüllte Pflicht. An dieser Philosophie hatte Hölderlin seine Jugendkraft versucht, mit ihr hatte er immer wieder seine wunde Dichterseele heilen zu können gehofft. Vergebens! — nur zu begreiflicherweise vergebens! Für seine „schöne Seele", die nach dem höchsten Erkennen strebte, war die Ethik etwas so Selbstverständliches, trivial Alltägliches, daß von ihr keine innere Befriedigung zu erwarten war. Der Gegensatz aber zwischen Natur und Mensch, Mensch und Mensch, und jeder Zwiespalt im eigenen Innern war ein Unglück für ihn und bedeutete ein Veto gegen sein tiefstes Sehnen und Streben, gegen seine Eigenart, seine Eigenform, seine Eigenkraft. Denn Hölderlin war Dichter, und seine Kraft war die Gestaltungskraft des Künstlers, die das Zerrissene einen, das Kämpfende versöhnen, das Natürliche verklären will, die Selbstoffenbarung und nicht Selbstüberwindung fordert. — Der deutsche Idealismus der nachkantschen Zeit ist das mutvolle Beginnen, die Zwiespältigkeit der Kantschen Philosophie zu überwinden: Fichte versucht es, indem er das ethische Gewissen zur Weltenergie erhebt; die Tübinger Stiftler aber, Hölderlin, Schelling, Hegel und mit ihnen die deutschen Romantiker, indem sie in der Schönheit der Welt den Ausdruck und Widerschein einer höchsten harmonischen, geistigen AllEinheit sehen und verkünden. Dem Kritizismus setzen sie die Intuition entgegen, dem endlichen Verstand die unendliche Phantasie, dem intoleranten, beschränkenden Müssen und Gewissen ein unendliches, höchstes geistiges Wollen; der rigoristischen Sittenlehre, die Natürlichkeit und Geistigkeit trennt, die freie, schöne Kunst, die beide in innigster Weltenliebe vermählt; der Isoliertheit und Dissonanz des Menschenlebens die Seligkeit und Schönheit des Teilhabens am AllLeben. Sie verkünden das Evangelium von der Ewigkeit und Unbedingtheit des geistigen Prinzips: im Menschen, in der Natur, im All oder Gott. Sie verkünden die höhere Wirklichkeit von allem, was ist und sprechen von der alles Einzelne in sich zusammenschließenden Geisteseinheit, die vom Menschen als Liebe gefühlt, als Wahrheit gedacht und als Kunst geschaut wird. Auf dieser Bahn ging der „Hyperion" allen voran. Schon in der ersten Fassung des Romans (1792) tritt der naturfreudige Hölderlin mit stolzbescheidenem Dichtermut der großen Autorität Kants entgegen: „Begegnet nicht in allem, was da ist, unserem Geist ein freundlich verwandter Geist . . . Nenn ihn wie du willst! Er ist derselbe! Verborgenen Sinn enthält das Schöne. In ihm erscheint vor uns der Geist, der unseren Geist nicht einsam läßt." — Trotzdem kommt er damals noch nicht über den Dualismus hinaus. — Erst in der endgültigen Fassung des Romans ist dieser überwunden, sind die Ahnungen der früheren Fassungen zum philosophischen Bekenntnis und zur alles durchwebenden Grundanschauung geworden: „Das AllEine, das sich in sich selbst unterscheidet", von dem sich der Mensch oft in schmerzvollem Irrtum ungläubig isoliert, in welchem er aber allein seine Erlösung von der Qual seiner Sonderexistenz findet, — das ist das große Thema dieses in reinen Formen sprechenden Romans. Da im „Hyperion" diese Höhe des philosophischen Gesichtspunktes nie verlassen und nie verleugnet werden soll, so kleidet Hölderlin seinen Entwicklungsroman in die Form eines Rückblickes in Briefen, die der gereifte Hyperion an einen Freund in Deutschland schreibt. Die zwei ersten Briefe geben eine stimmungsvolle Ouvertüre:

„Eines zu sein mit allem, das ist Leben der Gottheit, das ist der Himmel des Menschen.

Eines zu sein mit allem, was lebt, in seliger Selbstvergessenheit wiederzukehren ins All der Natur, das ist der Gipfel der Gedanken und Freuden, das ist die heilige Bergeshöhe, der Ort der ewigen Ruhe, wo der Mittag seine Schwüle und der Donner seine Stimme verliert, und das kochende Meer der Woge des Kornfelds gleicht.

Eines zu sein mit allem, was lebt! Mit diesem Worte legt die Tugend den zürnenden Harnisch, der Geist des Menschen den Zepter weg, und alle Gedanken schwinden vor dem Bilde der ewig einen Welt."

*   *   *

Der Schauplatz für den Roman ist das moderne Griechenland um das Jahr 1770. Hölderlin hat ihn für den dem „Hyperion" „einzig angemessenen" erklärt. Das Deutschland des Geistes — ungleich großartiger und größer als die deutsche Nation — war damals zur Weltmacht Europas geworden und das neuerworbene Griechenland war seine liebste Provinz. Hölderlins Geist war dort zu Hause. Was so in geistiger Deutung Wahrheit ist, erhält im Kunstwerk einen figürlich-symbolischen Ausdruck. Hölderlin hat, indem er das wirkliche moderne Griechenland zur Geburtsstätte des Hyperion und diesen damit zugleich zu einem Nachkömmling der alten Griechen machte, die äußere Form, das Symbol, gefunden, in der sich der innere Konflikt seines Geistes, der von einer großen Vergangenheit gespornt, von einer kleinlichen Gegenwart gefesselt wurde, am anschaulichsten darstellen ließ. In der Gestalt eines jungen Neugriechen, der im Geiste ein Altgrieche ist, konnte er sagen, was er gelitten, und im Bilde darstellen, was sich kaum in Worten sagen ließ. „Da saß ich traurig spielend neben ihm und pflückte Moos von eines Halbgotts Piedestal, grub eine marmorne Heldenschulter aus dem Schutt und schnitt den Dornbusch und das Heidekraut von den halb begrabenen Architraven, indes mein Adamas die Landschaft zeichnete, wie sie freundlich tröstend den Ruin umgab."

Wie alle Bildungsromane, so gliedert sich auch der „Hyperion“ in Kindheit, Jugend, Lehr- und Wanderjahre und Reife. Während aber die anderen dieser Romane einen mehr oder weniger gewöhnlichen Sterblichen oder eine in bestimmter Richtung begabte Künstlernatur von Jugend an durch die Welt seiner Umgebung bis zur Reife begleiten, vor unsern Augen sich das allmähliche Emporwachsen und Entfalten einer vorherbestimmten innern Menschenform abspielen lassen, ist Hyperion, der Held des Romans, auf jeder Stufe seiner Entwicklung eine in sich geschlossene Heilandsnatur, die die Schmerzen der Menschheit am eigenen Herzen trägt, die schuldlos an der Welt Sünde leidet, und die reif ist, als sie auf jedes persönliche Glück durchaus verzichtet hat. Sind so die anderen Bildungsromane einer bewegten Sonate in Dur vergleichbar, so gleicht der „Hyperion“ einer Symphonie in Moll, die in eine zarte Elegie ausklingt

Eine dreifache Bedeutung hat dieses Lebensbild: eine persönliche, eine allgemein-menschliche und eine symbolische. Diese Dreiheit ist zu vollkommener Einheitlichkeit und künstlerischer Anschaulichkeit und Gegenwärtigkeit verschmolzen. Nirgends drängt sich die eine Seite auf Kosten der anderen hervor; und nur in ihrer Verschmelzung modifizieren sie sich gegenseitig. Das Autobiographische ist zugleich das Typische, Allgemeinmenschliche; und das künstlerische Symbol trägt bei aller Tiefe der Bedeutsamkeit durchaus das Gepräge des persönlichen Erlebnisses. Drei Seiten der Menschennatur, die sich nur allzuoft gegenseitig unterdrücken und ausschließen, in ihrem Zusammenwirken aber den großen Künstler machen, sind hier miteinander verwoben: Die starke Innerlichkeit und gefühlszarte Subjektivität äußert sich als starke Empfänglichkeit für das Unpersönlichste, Allgemeinste, Objektivste und wird beseelt von dem Drange und der Fähigkeit, das innerliche Erlebnis in dichterischer Anschaulichkeit und künstlerischen Symbolen zu ewiger Bedeutung zu gestalten. — Bedenken wir, daß der „Hyperion“ Hölderlins erster Versuch auf dieser Bahn war, daß gleich auf „Hyperion“ der „Empedokles“ in seiner überragenden Größe folgte, um die weiten Entwicklungsmöglichkeiten von Hölderlins Dichterindividualität zu ermessen.

Die selige Kindheit „Hyperions“ spiegelt Hölderlins frühe Jugend. Sie wird in ihrer frohen Einheitlichkeit und ihrer naiven Vertrautheit mit der Natur ein Symbol der Jugend der Menschheit und im spezielleren, höheren Sinne ein Bild des alten Griechenvolkes, wie es das Zeitalter Winckelmanns und Goethes sich dachte.

Was für Hölderlin aus seinen Lehrjahren zum bleibenden Gewinn fürs Leben wurde, ist unter der Gestalt des Adamas und seiner Lehre zusammengefaßt. Über der Unschuld der Kindheit tut

sich die Vorbildlichkeit großer Lehrer und — in ungeahnter Schön=
heit — die Mustergültigkeit einer großen Vergangenheit auf. Aus
der Vergangenheit gebiert sich die Zukunft. An die Stelle der kind=
lichen Genügsamkeit tritt die „Allmacht der ungeteilten Begeisterung"
und damit das Streben nach den höchsten Zielen der Menschheit.
Diese Begeisterung und das „aus den Tiefen seines Wesens" „herauf=
zürnende", „ungeheure Streben" scheinen eine unermeßliche Lebens=
seligkeit zu verheißen. Sie läutern die jugendliche Seele zum Dienst
der Schönheit, der Wahrheit und zur Hingabe an die Menschheit.
Resultat der Lehrjahre ist: die Erkenntnis der großen Wichtigkeit
und Bedeutung des Lebens, die Sehnsucht, dieses kostbare Gut nicht
ungenützt zu lassen, es der Menschheit und Gottheit in tätiger Arbeit
und liebender Hingabe zu weihen. Es sind die Resultate einer Er=
ziehung, die in das bildsamste, weichste, zarteste Material mit Leichtig=
keit Zeichen und Symbole der Ewigkeit eingräbt. Es war die Er=
ziehung einer reinen, hochbegabten und hochgestimmten Seele zur
Größe — oder zum Untergang. Es war vor allem eine Erziehung
zur Einsamkeit unter den Menschen.

Die Wanderjahre beginnen das eigentliche Thema des
Romans: der Kampf eines heroischen Menschen mit dem Alltäg=
lichen. Der zur Größe geborene und erzogene Mensch, der Mensch,
in dem das Ganze lebendig lebt, und der deshalb mit allen Fasern
danach strebt, sein Teil=Ich in dem Gesamtleben aufgehen zu
lassen, findet keinen Raum unter den Vielen, von denen jeder nur
das Seine sucht und nur sich selbst genießen kann; die überschweng=
liche Liebe zur Menschheit muß darben und betteln gehn unter den
Menschen, weil sie geben möchte, was keiner vermißt; der Reichtum
des Geistes, der sich vor der Menge ausschüttet, wird verlacht, weil
— nach einem ewigen Gesetz — keiner empfangen und verwerten
kann, was über seinen eigenen Geisteshorizont hinausreicht. In
einfachen, großen Zweiklängen variiert der „Hyperion" dieses Thema,
das den Grundton in so vieler Tragik des Lebens und der Kunst
ausmacht. Es liegt etwas kindlich Reines und kindlich Rührendes
in dieser schlichten, erzählenden Darstellung eines großzügigen
seelischen Leidens am Leben, in diesem gänzlichen Umgerissenwerden
des Hyperion von dem tiefinnersten Geschick jedes aufs Große und
Ganze gerichteten Daseins. „Wie gerne hätt' ich einen Augenblick
aus eines großen Mannes Leben mit Blut erkauft. Aber was half
mir das! Es wollte mich ja niemand!"

Drei Momente gibt es, die diesen tragischen Grundton des
Einzellebens zu lösen vermögen — wenn auch nur vorübergehend.
Die Natur — ein Wesen andrer Art als wir und uns doch bekannt
und vertraut wie eine Mutter — kann in ihrer eigenen Form und

stummen Sprache zu uns reden, und wir fliegen ihr aus unserer
Isoliertheit ans Herz zu höchster Gemeinschaft und antworten ihr
in der stummen Sprache unseres Gefühls, wenn uns ihre Schönheit
entzückt, ihr Frieden tröstet und beruhigt. — Inniger und wärmer
aber fühlen wir das Beglückende der Zusammengehörigkeit mit
allem was lebt, wenn wir die Dissonanz und Fremdheit zwischen
Mensch und Mensch in Freundschaft oder in Liebe harmonisch lösen.
Jede jugendliche reine Seele, die nicht durch frühe Erziehung zur
Weltklugheit von vornherein verdorben wurde, fühlt in sich neben
der Schwere und Isoliertheit ihrer Einzelexistenz zugleich das Ver=
sprechen auf Freundschaft und Liebe in der verheißungsvollen
Fähigkeit zur Freundschaft und Liebe, in der Sehnsucht nach
Hingebung und Selbstmitteilung. Im „Hyperion" sind diese drei
Momente der Versöhnung und Beglückung voll ausgeschöpft. Die
Einheit mit der Natur ist — wie schon betont — immer gegen=
wärtig. Sie dämpft und verklärt alles was hart und herbe und
bitter ist. — Entscheidend für die äußere Handlung des Romans
wird das Freundschaftsmotiv: Alabanda, der Freund, wird für
Hyperion die Brücke zur Menschheit: nicht zur Versöhnung mit
ihr, sondern zum Handeln in ihr und führt schließlich die Tragik
und deren Lösung herbei. Alabanda ist zugleich eine andere Dar=
stellung des menschlichen Heroismus, er ist der Held, der sich nicht
durch Vorbilder und durch Gedanken, sondern unter praktischen
Stürmen und Kämpfen zur großen Aufgabe vorbereitet hat.
Geistige Größe und praktische Tatkraft verbinden sich in Hyperion
und Alabanda um in seliger Verbrüderung, ihr Volk und die
Welt zu erlösen. Wie weit eine erträumte Freundschaft mit einem
Manne der Tat, wie Hölderlin ihn in Schiller oder Fichte kennen
lernte, diesem Freundschaftsbild zugrunde liegt, braucht nicht ent=
schieden zu werden. — In diesem Freundschaftsbunde kommt eine
tiefere Tragik als die des Leidens unter der verständnislosen Menge
zur Darstellung: Die Kluft zwischen Mensch und Mensch ist auf die
Dauer auch in der Freundschaft der Besten und Edelsten nicht ganz
zu überbrücken. Vollständige Hingabe, vollständiges Ineinander=
aufgehen ist ein Traum. Es gilt, auch dem heißgeliebten Freunde
ein Eigenes, ein Unbegreifliches zuzugestehen. Da Hyperion dem
Freunde nicht vertrauen kann, wo er ihn nicht mehr versteht, verliert
er ihn, und mit dem Freunde verliert er den Glauben an das tiefste
Streben seiner Seele, an das Streben nach Hingebung und Freund=
schaft; und damit verliert er den Glauben an sich selbst und an jede
höhere Bedeutung des menschlichen Sehnens und Lebens: Dieses
Irrewerden an den besten Gefühlen und Bestrebungen des eigenen
Herzens ist vielleicht eine notwendige Katastrophe in jedem Menschen=

leben, das eine eigentliche Geistesentwicklung hat. Sie ist deshalb nicht weniger erschütternd und furchtbar. Die Spuren dieser tief= innersten, stillsten und größten Katastrophe der Menschenexistenz finden wir seit Jahrhunderten in der Literatur und Kunst. Aber nur die größten Dichter haben sie in ihrer ganzen verzweifelten Schreck= lichkeit und zugleich furchtbaren Schönheit und Poesie darzustellen vermocht! Nur die große Kunst eines Shakespeare, Goethe, Dante konnte in voller Kraft veranschaulichen, wie die Seele, die vom eigenen „Geist in die Wüste geführt" wurde, in der lähmenden Totenstille der geistigen Einöde, von allen Gefahren des Todes und Teufels um= geben, mit den Schatten und Gespenstern ihres eigenen Wesens ringt, bis ihre letzte Kraft in einem Fluche erstirbt oder zu ersterben scheint:

> „So fluch' ich allem, was die Seele
> Mit Lock= und Gaukelwerk umspannt,
> Und sie in diese Trauerhöhle
> Mit Blend= und Schmeichelkräften bannt!
> Verflucht voraus die hohe Meinung,
> Womit der Geist sich selbst umfängt!
> Verflucht das Blenden der Erscheinung,
> Die sich an unsre Sinne drängt!
> Verflucht, was uns in Träumen heuchelt . . .
> . . . .
> Fluch jener höchsten Liebeshuld!
> Fluch sei der Hoffnung! Fluch dem Glauben,
> Und Fluch vor allem der Geduld."

Hölderlin konnte diesen Teil des „Faust" nicht kennen, als er auf seine Weise und nach seiner Erfahrung in jugendlicher Sprache diesen Kampf des Menschen mit dem „ewigen Nein" (wie Carlyle ihn genannt hat) darstellt: „O ihr Armen, die ihr das fühlt, die ihr auch nicht sprechen mögt von menschlicher Bestimmung, die ihr auch so durch und durch ergriffen seid vom Nichts, das über uns waltet, so gründlich einseht, daß wir geboren werden für nichts, daß wir lieben ein Nichts, glauben ans Nichts, uns abarbeiten für nichts, um allmählich überzugehen ins Nichts — was kann ich dafür, daß euch die Knie brechen, wenn ihr's ernstlich bedenkt? Bin ich doch auch schon manchmal hingesunken in diesen Gedanken und habe ge= rufen, was legst du die Axt mir an die Wurzel, grausamer Geist? und bin noch da! . . . O auf die Knie kann ich mich werfen und meine Hände ringen und flehen, ich weiß nicht wen? um andre Gedanken. Aber ich überwältige sie nicht, die schreiende Wahrheit . . . Wenn ich hinsehe ins Leben, was ist das Letzte von allem? Nichts. Wenn ich aufsteige im Geiste, was ist das Höchste von allem? Nichts." —

Aus der gänzlichen Weltentfremdung und Menschenverachtung erlöst die Liebe: Sie vermag es, mit der unwiderstehlichen Kraft einer Naturgewalt die Isoliertheit des Menschen ganz zu durch= brechen, ihn in den Strom des All=Lebens hineinzureißen. So folgt auch bei Hyperion auf den Kampf und die Niederlage im Geiste das plötzliche Ergriffenwerden von einer alle Zweifel und alle Weltverneinung machtvoll auslöschenden Leidenschaft. Es ist den verschiedenen Erfahrungen Hölderlins in seinen früheren und späteren Lebensjahren entsprechend, wenn er in den ersten Fassungen seines Romans auch dieses neue Moment der Ver= einigung zwischen Mensch und Mensch in einer innern Unvoll= kommenheit zeichnet, während in der endgültigen Fassung die Liebe zwischen Hyperion und Diotima als die Vollendung selbst dargestellt ist. Das zweite Buch des Romans, das der Diotima ge= weiht ist, ist ein einziger, klarer Gesang von der Seligkeit der Er= füllung nach den Tagen der Schmerzen. — Die große, wunderbare Tatsache, daß in der Liebe zweier Menschen der Ersatz für all ihre Leiden und der Ausgangspunkt für all ihre wahre Anteilnahme am Leben gegeben wird, ist uns so sehr als Romanthema geläufig, daß dieses Thema uns beinahe wie die unvermeidliche Platitüde aller Romane vorkommt; ja, der Ton der Unwahrheit und Überschweng= lichkeit, der den meisten dieser Romanlieben anhaftet, hat uns beinahe der Tatsache selbst gegenüber skeptisch gemacht. Hölderlin war es gegeben, in der ganzen Reinheit und Wahrheit des Selbsterlebten dem alten Liede jeden Hauch von Trivialität zu nehmen. — So emp= finden wir es auch nicht als einen falschen Ton unkünstlerischer Ab= sichtlichkeit in der Erzählung, wenn Hyperion seine ganze Lebens= philosophie und seine Kunstanschauung gegen Diotima ausspricht. Sind doch diese Theorien, über das Allgemeine, über das Letzte und über das Höchste, die Hyperion=Hölderlin der Geliebten mitteilt, nur der Ausdruck seines innersten Lebens, in das Diotima hinab= taucht, um alle beängstigenden Rätsel darin zu entschleiern und zu lösen. Da sie ihn ganz versteht, weiht sie ihn zu dem Beruf, zu dem er geboren: zum „Erzieher des Volkes".

Damit ist die Lebenslinie seiner naturgemäßen Entwicklung dem Hyperion vorgeschrieben. Er soll sich im Dienst dieser Entwicklung auf Reisen begeben. Diese Fortsetzung der Wanderjahre wäre denen des „Wilhelm Meisters" und der meisten Bildungsromane nicht unähnlich gewesen. Aber wie Hölderlin, so wird auch sein Hyperion aus dieser Bahn herausgeschleudert. Die Reizbarkeit gegen äußere Eindrücke und die Leidenschaftlichkeit seines Empfindungslebens lassen ihn die

Stimme des inneren Berufs überhören und treiben ihn auf die für
seine Natur unangemessene Bahn. Alabanda, der Kriegsmann, ruft,
und Hyperion, der Dichter und Lehrer, verläßt seine eigene Lebenslinie, um sich der des Freundes anzupassen. Damit verliert die ver-
stehende Liebe die Macht über sein Schicksal; und jetzt setzt das Grund-
thema des Romans, das in dem großen Liebeshymnus nur ganz von
ferne angeklungen war, in rascherem Tempo von neuem ein. Der
heroische Einzelne tritt wieder in den Kampf mit des Lebens und des
Alltags feindlichen Gewalten. Hier sprechen die Erfahrungen der französischen Revolution am lautesten. Hyperion opfert sein Lebensglück für die Befreiung des Volkes; aber das Volk will nicht abstrakte
Freiheit, sondern konkrete Beute; es verspottet seine Helden und
zerbricht sie. Es ist das ewige Heilandsschicksal, das Hyperion erleidet
in heroischer Form. Sein Seitenstück hat es im Schicksal der großen,
duldenden Frau, die lautlos an ihrem Mit-Leiden zugrunde geht.
Nur Alabanda, dem Mann der Tat, gelingt es, ein stolzes Leben
mit einem gleich stolzen Tode zu beschließen. Hyperion, der die Geliebte verließ, um dem Ganzen zu dienen, steht einsam. Sein Leben
ist ihm zu unbedeutend geworden, um es durch freiwilligen Tod bedeutend zu machen. In stiller, wehmütiger Resignation kehrt er
zurück zur Freude seiner Kindheit, zur Zwiesprache mit der Natur.
In ihrer All-Einheit fühlt er sich geborgen. Er ist und weiß sich
reif zum Dichter, denn des Lebens höchste Seligkeit und größte
Schmerzen hat er empfunden, und sie haben sich in ihm zum
Einklang mit dem Ganzen gelöst.

Als Nachlese zum „Hyperion" gebe ich die Fragmente
der früheren Fassungen des Romans, soweit sie im Druck erschienen
sind.

Hölderlin machte vielleicht den Fehler, sein Werden zu gering
zu bewerten. In jeder neuen Entwicklungsstufe blickte er mit ver-
nichtender Selbstkritik auf die vorhergehende. Schiller und Goethe
haben jeder Phase ihres Lebens bedeutsamen Ausdruck in bedeutsamen Werken verliehen; Hölderlin verwarf, was er geschrieben,
sobald er innerlich darüber hinausgewachsen war, um es seinem
neuen, höheren Gesichtspunkt entsprechend neu zu gestalten. So
gibt uns auch die letzte Fassung des „Hyperion" die vollendete Darstellung des ihm vorschwebenden Idealbildes des Romans; aber das
unmittelbare Werden des Dichters steckt in den früheren Fassungen.
Jugendwerke großer Künstler haben immer eine hinreißende Gewalt
auf das Publikum gehabt. Vielleicht weil sie in ihrer kühnen Unruhe

und suchenden Unabgeklärtheit dem Verständnis des Publikums näher stehen, vielleicht auch, weil das Stoffliche und Persönliche, das ihm immer das Interessante am Kunstwerk bleibt, nicht durchaus eins geworden ist mit der Form, die sich an ein höheres Verständnis wendet. Wie ganz anders wirkten der „Götz" und „Die Räuber" als später die „Iphigenie" und der „Don Karlos". Vielleicht wäre auch dem „Hyperion" in der ersten Fassung mehr die Liebe des Publikums geworden, als in der letzten vollendeteren Fassung, die wie eine schwere, runde, süße Frucht erst nach und nach reif wurde. Jedenfalls lohnt es sich, die ersten Fassungen des Romans, wenn auch nur als Torso, zu kennen. Sie sind bedeutungsvoll nicht nur für den Literarhistoriker, sondern auch um ihrer selbst willen, um ihrer jugendlich-tiefsinnigen, schwermütigen Schönheit willen, weil sie ein anderes Lebensalter des Dichters als die endgültige Fassung spiegeln, und weil in dieser Spiegelung sich der Werdegang seiner Weltanschauung und die damit verbundenen rein spekulativen Kämpfe offenbaren.

Seit Zinkernagels eingehender kritischer Untersuchung des „Hyperion" in seinen verschiedenen Fassungen steht wohl fest, daß der Ur-Hyperion, so wie ihn Hölderlin als Student in Tübingen niederschrieb, und wie er ihn damals den Freunden vorlegte, verloren gegangen ist.

Zwei Fassungen aus späterer Zeit liegen uns als Fragmente vor. Daneben haben wir eine Anzahl kleinerer Bruchstücke, die wohl als Vorarbeiten zu den verschiedenen Fassungen zu betrachten sind.

Die erste Fassung des „Hyperion", die auf uns gekommen ist, ist das im Herbst 1794 in Schillers „Thalia" gedruckte „Fragment von Hyperion"; die zweite ist der in Kapitel eingeteilte Ich-Roman: „Hyperions Jugend", dessen erste Kapitel zuerst von A. Sauer („Archiv für Literaturgeschichte" XIII, 380 ff.) aus dem Nachlaß Hölderlins veröffentlicht sind, und dessen größere zweite Hälfte zuerst von B. Litzmann in Hölderlins sämtlichen Werken gedruckt wurde. Von diesem Fragment sind uns im ganzen erhalten: zunächst das I. Kapitel und der Anfang des II. Sauer und Litzmann glaubten hierin den Ur-Hyperion aus der Tübinger Zeit vor sich zu haben; ferner sind erhalten der Schluß des III. Kapitels, das IV., V. und der Anfang des VI. Kapitels. Diesen Teil des Fragments hielten C. Th. Litzmann und B. Litzmann für einen Teil einer späteren Fassung des Romans, die sie in die erste Frankfurter Zeit ansetzten. Unabhängig von Zinkernagel bin auch ich zu der Überzeugung gelangt, daß beide Teile (Kapitel I—II und Kapitel III—VI) ursprünglich ein Ganzes ausmachten. Dagegen ist es mir unmöglich,

wie Zinkernagel in dem Fragment eine sogenannte Rahmen-
erzählung zu sehen, so daß der weise Mann der „Hyperion" und
somit der Held des Romans wäre, der dem Dichter, der ihn in den
ersten Kapiteln besucht, seine Lebensgeschichte in den folgenden
Kapiteln vorträgt, so daß wir uns unter der „Ich" sprechenden Persönlichkeit im ersten Kapitel den Dichter als nebensächliche Person, in
den folgenden Kapiteln aber den weisen Mann als Hauptperson
zu denken hätten. Abgesehen von andern Bedenken widerspricht
die Tatsache, daß der erzählende Held der letzten Kapitel immer
wieder ausdrücklich auf den weisen Mann zu sprechen kommt und
sich dessen Lehren\aus dem I. Kapitel fast wörtlich wiederholt, dieser
Annahme. Wäre der weise Mann der erzählende Held des Romans,
so müßte er also unbedingt von einem andern weisen Mann, der ihm
(in den verlorenen Kapiteln) genau dieselben Lehren gegeben hätte,
die er im ersten Kapitel seinem jungen Besucher gibt, erzählt haben.
Also hätte Hölderlin zweimal kurz hintereinander genau dasselbe zu be-
richten gehabt. Daß er so bei seinem Roman zu Werke gegangen sei,
ist wohl nicht anzunehmen. Der weise Mann aus „Hyperions Jugend"
entspricht vielmehr dem Adamas der endgültigen Fassung. Er ist der
Lehrer oder — abstrakter ausgedrückt — er verkörpert das zu er-
strebende Ziel des Lebens des Romans, das durch die Lehre der Lehrjahre dem Helden vor die Augen gestellt werden soll. — Der Grund
für die Annahme, daß beide Teile des Fragmentes ein Ganzes ausmachen, liegt meines Erachtens in ihrer inneren Zusammengehörigkeit nach Stil, Motiven, Lokalität, äußeren Umständen und Form, vor
allem aber nach der Durchführung des Grundgedankens von der
Dürftigkeit i. e. Bedürftigkeit der menschlichen Natur im Gegensatz zu dem Reichtum und der Freiheit des menschlichen Geistes:
Das Gefühlsleben des Menschen — vor allem sein Bedürfnis nach
Freundschaft und Liebe und Mitteilung unter den andern — zieht
ihn zur Mutter Erde hinab. Der Reichtum seines Geistes trägt ihn
im Streben nach höchstem Erkennen, Schauen, Handeln zur Gottheit; die harmonische Verbindung beider Seiten zu friedvoller Einheit und Schönheit ist das Ziel. — Es liegt hier ein enger Anschluß
an den Namen „Hyperion" vor. Hyperion, der Titan, ist das Kind
der Gäa und des Uranus. Ausdrücklich spricht Hyperion von dem
„ungeheuren Streben, alles zu sein, das wie der Titan des Ätna,
heraufzürnt aus den Tiefen" seines Wesens. Es ist deshalb wohl ein
Irrtum anzunehmen, wie es Zinkernagel tut, daß „Hyperion"
schlechtweg der homerische Beiname für Helios ist und in diesem
Sinne ein „Programm" bedeutet, indem Hölderlin schon durch den
Namen seines Helden habe andeuten wollen, daß „die Sehnsucht
des menschlichen Herzens den Weg sich bahnen muß durch Nebel

und ‚Dämmerung‘, um endlich geläutert und in sich gefestigt auf=
zusteigen als bedeutendes Gestirn der Welt.“ Im jugendlichen Ich=
Roman liegt der Nachdruck auf dem ungeheuren titanischen Kampf des
Helden mit Gott und Welt, der aus der doppelten Natur seiner Wesen=
heit sich ergibt. Und auch wenn Hölderlin in direkter Weise von Hype=
rion, dem Sonnengott spricht, denkt er — dem späteren Mythos fol=
gend — immer zugleich an den Titan Hyperion, den Sohn der Gäa
und des Uranus: „Jetzt kam er herauf in seiner ewigen Jugend, der
alte Sonnengott, . . . wie immer flog der unsterbliche Titan herauf.“

Klarer als in der endgültigen Fassung tritt in den ersten
Fassungen dieses Grundmotiv des inneren Geteiltseins zwischen dem
Irdisch=Menschlichen und dem Geistig=Göttlichen, zwischen der
Dürftigkeit der Mutter Gäa und der Herrlichkeit und Freiheit des
Vaters Uranus, hervor und wird in den Lehren des weisen Mannes,
wie in den Erfahrungen des Helden Hyperion in der mannig=
faltigsten Weise variiert und versinnbildlicht. — Diese feindliche
Gegenüberstellung der zwei Seiten der Menschennatur entkeimte
wohl ursprünglich den tiefsten und schwersten und schmerzhaftesten
Erfahrungen des jugendlichen, unverstandenen Dichters, der, vom
heiligen Streben nach rein=geistigen Gütern und den höchsten Lebens=
zielen und Lebenswerten erfüllt, sich unbewußt dem Gedanken=
kreis und den Lebensinteressen seiner Genossen entfremdet hatte,
und der doch, von dem maßlosesten, unüberwindlichen Liebes= und
Hingebungsbedürfnis getrieben, mit seinem vollen, überströmenden
Herzen nach Freundschaft und Mitteilung suchend, zu ihnen
kommen mußte, — um ihnen dann oft als ein „sonderbarer
Schwärmer“ lächerlich und unbequem zu werden. Gleichzeitig
aber ist ja dieser Gegensatz zwischen der Armut des irdischen
und dem Reichtum des geistigen Lebens die altbekannte christliche
Anschauungsweise, kraft welcher sich von alters her die tiefen und
weniger tiefen Konflikte des Menschenlebens am leichtesten verstehen
ließen. Darüber hinaus ging aber auch die große, neue Philosophie
Kants für Hölderlin in diesen Gegensatz ein und vertiefte ihn zum
schwersten spekulativen Leiden des zarten Dichtergemüts, aus dem
es sich nur durch die eigene dichterische Produktion retten konnte.
Wir vermuten wohl nicht mit Unrecht, daß schon im Ur=Hyperion der
quälende Dualismus durch den christlich=platonischen Gedanken der
alles versöhnenden Liebe gelöst wurde, um später in den vorliegenden
Fassungen immer tiefer greifenden, pantheistischen Lösungsversuchen
Platz zu machen. Besonders die Bekanntschaft mit Schillers ästhetischer
und Fichtes ethischer Überwindung des Kantschen Dualismus vertieften
wohl die ursprüngliche Konzeption des Grundproblems des Romans,
machten aber auch wohl die konsequente Durchführung desselben

für den Dichter solange zur Unmöglichkeit, bis er sich zu dem ihm eigen=
tümlichen idealistisch=pantheistischen Monismus durchgerungen hatte.
Wie weit er hierin von Schelling und Hegel beeinflußt war, wie
weit er diese Jugendfreunde seinerseits beeinflußte, ist schwer fest=
zustellen. So wie uns Hölderlins Weltanschauung in seinen reifen
Werken entgegentritt, ist sie der Ausdruck einer ureigenen Persönlich=
keit, die sich in selbstloser, gewissenhafter Denkarbeit mit der ganzen
Philosophie seiner Zeit auseinandergesetzt hat und nun mit sinnender
Denkerstirn und hellschauendem Dichterauge ein eigenes, befreiendes
Geisteswort spricht: zugleich eine Antwort auf die Frage der Zeit
und ein neues Evangelium der Erkenntnis, der Kunst und des Lebens.

Daß der Ur=Hyperion in dem Thaliafragment und dem Ich=
Roman aufgegangen ist, ist ebenso sicher, wie es töricht wäre, ihn
aus den Fassungen nach philologisch=theoretischen Gründen wieder
herauszuschälen.

Das Thaliafragment reicht in der Erzählung des Tatsäch=
lichen etwas weiter als der Roman „Hyperions Jugend"; aber
es setzt später ein. Augenscheinlich kam es Hölderlin damals darauf
an, die für eine fragmentarische Veröffentlichung am besten ge=
eignete Liebesgeschichte des Romans für den Druck in möglichst
selbständiger Form herauszuarbeiten und durchzufeilen. Nur kurz
referierend erzählt er deshalb in einem einzigen Brief, was den
Inhalt von Hyperions Leben bis zum Beginn seiner Bekanntschaft
mit Diotima ausmacht. Da in diesem Referat mit der Darstellung
der ersten Jugend die klare Darstellung der Grundgedanken des
Romans fortfiel und auch naturgemäß nicht entsprechend durch
die kurze Einleitung ersetzt werden konnte, so ist aus dem Thalia=
fragment allein nicht ohne weiteres die klare Einsicht in den ur=
sprünglichen Plan zu erschließen. Dagegen erklären sich die beiden
Fragmente miteinander und durcheinander.

Der Ich=Roman beginnt, wie schon gesagt, im eigentlichen Sinne
als ein poetischer Anti=Kant.

Kants Lehre, der reine, sittliche Geist im Menschen könne und
dürfe sich nie mit der Welt der Sinne versöhnen, hat den Jüngling
Hyperion hart und streng gegen sich und andere und gegen die Natur
gemacht, zugleich aber hat sie ihn auch unruhig gemacht und auf
Reisen getrieben. Ein weiser, fremder Mann belehrt ihn, daß er
im Irrtum ist, daß „das hohe Urbild aller Einigkeit" so gut im kleinsten
Natürlichen, wie im größten Geistigen ist, daß das Göttliche sich nicht
in der Strenge und Härte und im Kampf mit uns selbst und der Natur
offenbart, sondern vielmehr in den „friedlichen Bewegungen des
Herzens", im „Angesicht des Kindes" und in der „Schöne" der
Natur. Nicht wenn wir uns gegen unsere Sinnenwelt und die Natur

wappnen, sondern wenn wir den Trieb unseres unendlichen Geistes
mit den natürlichen Trieben unserer endlichen Natur harmonisch
vermählen, sind wir ganz, was wir sein sollen, sind wir, was wir
auch unbewußt erstreben zu sein. Wir erreichen dieses Ziel innerer
Einheit und Harmonie durch „die Liebe", die schon an sich eine Verschmelzung zwischen Endlichkeit und Unendlichkeit im Menschen darstellt. In ihr verbindet sich der unendliche Geistesreichtum, der
schenken will, mit der Bedürftigkeit unserer menschlich-natürlichen
Endlichkeit, die überall empfangen will und muß, um leben zu können.
Nicht im Kampf gegen unsere Sinne, sondern im Ausgleich dieser
unserer doppelten Wesenheit liegt unsere Lebensaufgabe. Wir
müssen „das Gefühl des Mangels", das aus der begrenzten Endlichkeit unserer Natur entsteht, mit dem an sich unendlich reichen, zum
Höchsten strebenden und das Höchste in sich darstellenden Geist in
uns versöhnen.

Auf Grund dieser allgemeinen Betrachtungen gibt der Fremde
Hyperion bedeutsame Lebensregeln, die zugleich die Grundgedanken
des Romans, wie er damals geplant war, aussprechen: Verachte
nie die Natur und die Sinnenwelt, denn du bedarfst ihrer. Beuge
dich aber auch nicht unter sie, denn dein Geist ist größer, reicher und
freier als sie. Verliere auch dieses Bewußtsein des innern Reichtums und der innern Selbständigkeit nicht in dem Gefühle des
Liebebedürfnisses, denn die „Verirrungen der Liebe" sind „unendlich".
„Freue dich und liebe, aber vergiß dich nie!" Vor allem „verstehe
das Gefühl der Dürftigkeit": in ihm offenbart sich die Größe
des Menschen, denn das ist seine „Herrlichkeit", „daß ihm ewig nichts
genügt! In deiner Unmacht tut sie dir sich kund." Das Idealbild
eines Lebens ist: „In seinen Höhen den Geist emporzuhalten, im
stillen Reiche der Unvergänglichkeit und heiter doch hinab ins wechselnde Leben der Menschen, auch ins eigene Herz zu blicken und
liebend aufzunehmen, was von ferne dem reinen Geist gleicht und
menschlich auch dem Kleinsten die fröhliche Verwandtschaft mit
dem, was göttlich ist, zu gönnen." Dieses Beste ist aber „auch das
Schwerste". Wie der Weise zu diesem Besten durch Irren und Leiden
gelangt ist, will er Hyperion am andern Tage erzählen. Der Entwicklungsroman sollte damals Hyperion augenscheinlich auch durch
Irren und Leiden zu diesem Ziele führen.

Die Erzählung des weisen Fremden von den Schicksalen seines
Lebens umfaßte wohl das zweite Kapitel, das bis jetzt noch als verloren zu betrachten ist. Im dritten Kapitel haben wir anscheinend
eine Fortsetzung der Lehrtätigkeit des Fremden, ähnlich der des
Adamas in der endgültigen Fassung des Romans. Der weise Mann
öffnet Hyperion die Augen für die große Bedeutung und Schönheit

des griechischen Altertums und belehrt ihn gleichzeitig über die Arm=
seligkeit und Kleinheit der Gegenwart. Der Konflikt zwischen dem
Reichtum und der Armut im Menschen selbst wird jetzt also dadurch
verstärkt, daß dem innern Reichtum eines einzelnen und dem ideellen
Wert einer großen Vergangenheit eine unbedeutende, dürftige
Gegenwart entgegengestellt ist. In bestimmteren Worten und mit
klarerem Hinweis auf die Wirklichkeit sagt jetzt der Fremde dem
Hyperion seine Lehre: Die Zeit und die Menschheit, in der du
augenblicklich lebst, sind zu armselig, um deinem unendlichen Geist
und seinen Bedürfnissen zu genügen, deshalb gib dich vorläufig nicht
mit ihnen ab, sondern nähre und bilde und befriedige deinen Geist
an dem geistigen Gehalt und der großen Vergangenheit: „Du
siehst vor dir, wie es ist! Aber laß dich das nicht irren! Siehe das
Licht des Himmels an! So sei auch du! Gib dich nie auf halbem
Wege zufrieden! Verweile nicht an Armseligkeiten! Nähre dein
Herz mit der Geschichte besserer Tage, suche nichts unter den jetzigen …
Was sie dir geben, ist, wenigstens jetzt, nicht für dich! Bewahre dich,
junge Seele!" Damit verläßt der Fremde Hyperion und die Gegend.
Die Lehrzeit des Helden ist beendet und er muß jetzt seinerseits den
Kampf mit dem Leben bestehen, den Ausgleich zwischen Armut und
Reichtum in sich herstellen.

Das folgende vierte Kapitel verhält sich zum ersten, wie die
Praxis zur Theorie. Hyperion begeht, trotzdem er zuerst bestrebt ist,
den Lehren des Fremden zu folgen, die Irrtümer und Fehler, vor
denen der Weise gewarnt hat, und erfährt durch eigenes Leiden, wie
wahr die Worte des Lehrers sind.

Zuerst richtet er sich „fast zu treu" nach der Vorschrift des Ent=
schwundenen, indem er sich ganz von den Menschen zurückzieht und
nur in geistiger Gemeinschaft mit den großen Ideen und Helden
des griechischen Altertums lebt. Nach Jahr und Tag aber ergreift
ihn plötzlich vor ihrer Größe mit erschütternder Gewalt das Gefühl
der eigenen Unbedeutendheit. Es ist das „Gefühl des Mangels",
das ihm der Fremde als den Anfang der Herrlichkeit gedeutet hat.
Hyperion vergißt diese Deutung, und so schmettert ihn das Bewußt=
sein der eigenen Kleinheit ganz zu Boden. Damit beginnt sein Irren
und sein Leiden. Er sucht außerhalb seines Selbst Trost und Frieden
gegen die innere Unruhe. Er flieht trotz der Warnung des Lehrers
im heiß erwachten Bedürfnis nach Liebe zu den Menschen. — Hat
er vorher mehr, als der Lehrer wollte, über der Ideenwelt die
Sinnen= und Außenwelt und die Natur vergessen, so macht er jetzt
den Fehler, vor dem der Fremde am meisten gewarnt hat: Er ver=
liert über dem Gefühl der Liebebedürftigkeit und der eigenen Armut
das Bewußtsein seines geistigen Reichtums und seiner geistigen

Freiheit. Er wirft sich in schrankenloser Hingebung den Menschen in die Arme; er bettelt um Liebe und Freundschaft. Und er muß nun die ganze Tiefe der wahrsten Dürftigkeit und Armseligkeit der Menschennatur auskosten: Wo er sich hingibt, wird er zurückgestoßen und verlacht. — Nach dieser Erfahrung will er bitter und enttäuscht zu seinen Heroen und in seine Einsamkeit zurück, aber jetzt erfüllt sich, was der Fremde sagte, von denen, die — das Gefühl der Armut falsch verstehend — sich „ohne Wahl an dies und das" hängen, „immer hoffend und immer enttäuscht." Der Parallelismus zwischen der Lehre im ersten Kapitel und Hyperions schmerzvoller Erfahrung, die diese Lehre bestätigt, ist bis ins einzelne durchgeführt. „Oft", so hatte der Weise von der zurückgestoßenen, enttäuschten Liebe gesagt, „kehrt sie auch in ihre Ideenwelt zurück"; aber der Reichtum, mit dem „sie sonst die Welt verherrlichte", findet sie dort nicht mehr. Hyperion bekennt: „Ich hatte Mühe, die Trümmer ehemals ge= dachter Gedanken zusammenzulesen, der rege Geist war entschlummert." Der Lehrer hatte gesagt: „Denn wer nur seiner Unmacht denkt, muß immer mit Angst nach fremder Stütze sich umsehen." Und Hyperion klagt: „Ich hatte mich gewöhnt, Ruh' und Freude aus fremder Hand zu erwarten und war nun dürftiger als zuvor ge= worden." — „Du hattest recht, guter Mann!" ruft er aus, „o du hattest recht! Ich sollte mich nicht zu viel befassen mit dieser Welt, sagtest du. Ach! daß ich dir nicht folgte, mein Schutzgeist! Nun bist du gerächt!" „Oft", sagte der Lehrer, „tötet der Schmerz der ersten Täuschung die Liebe ganz, dann irrt der Mensch ohne Heimat umher, müd und hoffnungslos, und scheint ruhig, denn er lebt nicht mehr." „Eine unbeschreibliche Mutlosigkeit drückte mich ... Dabei war ich sehr still und geduldig", erzählt Hyperion. Manchmal raffte ich mich auf mit der „Allmacht eines Verzweifelten", „aber je heftiger die schlummernden Kräfte sich aufgerafft hatten, um so müder sanken sie hin; versuche nur nichts mehr, sagt' ich mir dann, es ist doch aus mit dir!" —

Und dann folgen auf diesen Ausbruch der gänzlichen Mutlosigkeit und der Lebensmüdigkeit — wie von einem unsichtbaren Chor vor= getragen — die Worte des Grundmotivs, die im ersten Kapitel dem weisen Mann in den Mund gelegt sind, und die jetzt, nachdem sich ihre Wahrheit in der Wirklichkeit dargetan hat, mit großer Ein= bringlichkeit das Vorhergehende abschließen und dabei sehr geschickt zu dem neuen Moment und dem Fortgange des Romans über= leiten: „Wohl dem, der das Gefühl des Mangels versteht! wer in ihm den Beruf zu unendlichem Fortschritt erkennt, zu unsterblicher Wirksamkeit, wer im Schmerze der Erniedrigung den kleinen Trost verachten kann, unter den Kleinen groß zu sein, ohne an sich zu ver=

zweifeln und den Glauben an die Götterkraft des Geistes aufzu=
geben, wer sie überstanden hat, diese Feuerprobe des Herzens.‘‘ —
Aus dem Zustand der Verzweiflung wird Hyperion erlöst durch
den Frühling und durch die Liebe zu Diotima, die von ihrem Vater,
dem weisen Lehrer, Hyperion zum Trost gesandt ist. Es ist die
zweite Feuerprobe des Herzens. Auch sie hat ihren Vorklang in
der Lehre des Fremden: ,,Im Gefühl ihrer Dürftigkeit‘‘, sprach dieser,
,,trauert die Liebe, daß sie noch da ist, um ihr Nichts zu fühlen ...
Wunderbar! vor ihrer eigenen Herrlichkeit erschrickt sie. Laß ihr
das Unsichtbare sichtbar werden! Es erschein’ ihr im Gewande des
Frühlings! es lächl’ ihr vom Menschenangesichte zu! Wie ist sie nun
so selig!‘‘ Aber auch dieser Seligkeit hatte er warnend ihr Ende ge=
wiesen. Wenn der Mensch in seiner Liebe sich das Vollkommene,
das Unsichtbare, das ihm in sichtbarer Gestalt erschienen ist, nur ,,als
seines Eigentums‘‘ bewußt werden und freuen will, so ver=
schwindet es vor ihm ,,im Augenblicke, da er es umfaßt.‘‘ — In
Diotima ist Hyperion die Vollendung erschienen. Sie ist, was
Hyperion werden soll: der vollendete Ausgleich zwischen Geistes=
reichtum, =sicherheit und =freiheit und der Armut und Demut
liebender Hingabe. Aber auch dieses Mal gelingt es Hyperion nicht,
die Warnung des Lehrers zu seinem Glücke zu beachten. Die Liebe
zu Diotima läßt ihn seine höheren Geistesaufgaben ganz vergessen.
Das Gefühl seiner Armut und Ohnmacht siegt wieder über seinen
freien, reichen, unendlichen Geist. ,,Wenn Diotima nicht wäre, dacht
ich, und es war mir, als fühlt’ ich Zernichtung.‘‘ Über dem Wunsche,
sich ihrer als ,,seines Eigentums‘‘ zu bemächtigen, verliert er die
Freude an ihrer Vollendung. Nur als ,,sein Eigentum‘‘ will er sie
sich denken und sich ihrer freuen. ,,Mit Todesangst konnt’ ich jetzt
jede Miene und jeden Laut von ihr befragen, ob sie mich verlassen
würde; ihr Auge mochte gen Himmel sich wenden oder zur Erde,
ich folgt’ ihm, als wollte mir mein Leben entfliehen. Ich ... war
oft ärgerlich über alles Gute und Wahre, wovon sie sprach, weil sie
mich darüber zu vergessen schien. O, es ist mir sehr begreiflich ge=
worden, wie der Mensch dahin geraten kann, daß er das Beste, was
wir haben, das edle, freie Leben des Geistes, zu morden strebt in
dem Wesen, woran sein Herz hängt.‘‘ Aus diesen innern Kämpfen
zwischen dem Gefühl der Angst um den Besitz und seiner geistigen
Selbständigkeit rettet sich Hyperion schließlich mit dem Vorsatz, der
— wie wir gleich zum voraus hören — vergeblich sein sollte, sich
aus seiner Nichtigkeit herauszuarbeiten und dann als Sieger erst
Diotima zu sagen, ,,wie arm‘‘ er war.

Damit bricht das Fragment des Ich=Romans ab.

Es ist ein eigenartig klares Bekenntnis eines jungen, werdenden

Menschen, den sein starkes Gefühlsleben mit seiner geistigen Ent=
wicklung in Konflikt bringt, und der sich selbst und sein Werden unter
höheren Gesichtspunkten, oder besser: unter dem Ewigkeitsgesichts=
punkt, begreifen möchte.

In der Fortsetzung der Erzählung, wie sie das Thaliafragment
bringt, wird Hyperion von der Geliebten, die hier Melite heißt,
auf Reisen geschickt. Als er soweit gestärkt zurückkehrt, daß sich
„etwas mehr in ihm regt als nur sein dürftiges Herz“ und er nun „mit
tausend güldenen Hoffnungen zu ihr eilt“, ist die Geliebte ver=
schwunden „auf Befehl ihres Vaters“. Somit scheint es, daß in
der ursprünglichen Anlage des Romans der Lehrer auch nach seinem
Scheiden noch Hyperions Entwicklung überwachen und in sie ein=
greifen sollte. Diese heimliche Überwachung des Helden war ein
Zug, den der Hyperion mit den meisten Entwicklungsromanen der
Zeit geteilt hätte. — Es erfüllt sich auch in dieser Erfahrung, was
der Fremde vorausgesagt hat. Das Vollendete verschwindet in
dem Augenblick, da Hyperion es umarmen will, weil er über dem
Wunsch des Besitzes alles höhere Streben und Anschauen vergessen
hat.

Nach dem Verlust sehen wir Hyperion in der Einsamkeit. Er
„brütet über den ehrwürdigen Produkten des griechischen Tief=
sinns“, bis er an einem schönen Herbsttag eine neue Offenbarung
erfährt: „Aus dem Innern des Hains schien es mich zu mahnen,
aus den Tiefen der Erde und des Meers mir zuzurufen,
warum liebst du nicht mich?“ An die Stelle erst der Liebe zu
den vielen und dann der Liebe zu der einen tritt jetzt die Liebe
zur Welt, zur Natur: zur Wahrheit. Hyperion verläßt sein Vater=
land, um jenseits des Meeres Wahrheit zu finden. „Wie schlug
mein Herz von großen jugendlichen Hoffnungen!“ Mit dem Be=
kenntnis, daß er die Wahrheit noch nicht gefunden und noch nicht
aufhört sie zu suchen, schließt das Fragment: „Es muß heraus das
große Geheimnis, das mir das Leben gibt oder den Tod.“

In der endgültigen Fassung des eigentlichen Romans gilt das
Geheimnis als gelöst: „Eines zu sein mit allem, das ist das Leben der
Gottheit, das ist der Himmel des Menschen.“ Der Dualismus und
Widerstreit von Armut und Reichtum, Materie und Geist, Sinnlichkeit
und höheres Streben, Liebe und Freiheit im Helden selbst, ist dort
verschwunden. An seine Stelle ist ein monistisch=idealistisches Be=
kenntnis getreten, das der Philosophie Hegels näher steht als irgend
einer anderen Philosophie. Der Konflikt der endgültigen Fassung ist
nicht mehr der rein innerliche eines werdenden Menschen, sondern
hauptsächlich der eines fertigen Menschen von bestimmter Eigenart,
mit den ihn von außen bedingenden, feindlichen Gewalten.

So möchte ich denn zum Schluß bemerken, daß auch ich zweifle (wie Zinkernagel), daß das Romanfragment „Hyperions Jugend" noch weitere, wesentliche Kapitel enthielt. Es bricht genau da ab, wo Hölderlins Lebenserfahrung damals aufhörte: Konflikte der Freundschaft und Liebe, Frühlingsfreude und seelisches Leiden im jung gärenden Geiste. Wie ein Bekenntnis dieser innern Unfertig= keit und deshalb Unfähigkeit, einen so durchaus auf persönliches Er= lebnis gestellten Roman logisch zu entwickeln und zu Ende zu führen, klingt der letzte Brief des Thaliafragments: „Noch ahnd ich, ohne zu finden." Die beiden ersten Fragmente erschöpfen durchaus den Inhalt von dem, was Hölderlin bis dahin erlebt hatte.

Außer den beiden größeren Fragmenten haben wir noch eine Anzahl kleinerer Bruchstücke, von denen die wichtigsten neuerdings von Zinkernagel („Quellen und Forschungen zur Sprach= und Kultur= geschichte 1907") veröffentlicht sind. Interessant sind von diesen be= sonders die beiden Bruchstücke, die ich als Vorstufen zum Roman: „Hyperions Jugend" bezeichnet habe. Sie sind im Manuskript beide auf gemeinsamen Seiten, die in der Mitte gebrochen sind, geschrieben; links steht der prosaische Text, rechts die metrische Wiedergabe desselben. Diese Fragmente sind ein Beweis, daß Hölderlin einmal (wahrscheinlich in der frühereren Jenaer Zeit) die Absicht hatte, den Roman in Versen umzuschreiben. Er gab den Plan aber wohl bald wieder auf. Der Schluß des metrischen Textes ist schon vor Jahren von Litzmann als erste Fassung des Romans unter dem Titel „Aus Hyperions Jugendgeschichte" veröffentlicht. Einen Teil davon habe ich auch unter die Gedichte aufgenommen, um das Bild der Knabenzeit des Dichters zu vervollständigen.

Ferner sind von Zinkernagel fünf kleinere Bruchstücke ver= öffentlicht, die man als Glieder zwischen der endgültigen Fassung und den früheren Fassungen zu betrachten hat. Zinkernagel hat aus ihnen eine ganz neue Fassung, die zwischen die Fassung des Ich= Romans und die endgültige Fassung anzusetzen wäre, konstruiert. Das Charakteristische an dieser Fassung sei die neue Formulierung des Freundschaftsmotives, bei der aber Hölderlin durchaus von Tiecks neu erschienenem Roman „Lovell" abhängig sei. Daß diese neue vertiefte Auffassung und Darstellung einer Männerfreundschaft erst späteren Datums ist, daß sich in allen früheren Fassungen die Freund= schaft nur in ihrer unbefriedigenden Wesenheit in den Beziehungen zu Notara usw. erschöpfte, ist ohne weiteres zuzugeben. Ob nicht die tiefere Ausgestaltung des Problems ebensogut oder besser auf eine er= träumte Freundschaft mit einem Mann wie Schiller oder Fichte und auf die erlebte, gegen seine Jugendfreundschaften so vertiefte Männer= freundschaft, die Hölderlin später mit Hegel und Sinclair verband,

später zunächst zurückzuführen ist, und die Abhängigkeit von Tieck da=
gegen eine bloße Möglichkeit bedeutet, möchte ich in Erwägung ziehen.
Auch die innere Notwendigkeit von Zinkernagels Anordnung der Frag=
mente nach ihrer mutmaßlichen Folge habe ich trotz seines geistvollen
Hypothesenbaues nicht anerkennen können, da sie dem logischen Fort=
gange der Handlung nach dem Grundgedanken nicht zu entsprechen
schien. Ich gebe die Fragmente deshalb in einer Anordnung, die mir
wahrscheinlicher vorkam, ohne die Berechtigung einer Anordnung
nach anderem Gesichtspunkte verkennen zu wollen oder aber über=
haupt „eine Anordnung" für durchaus notwendig zu halten. Eine
längere Auseinandersetzung über dieses Thema ist leider hier nicht
anzubahnen.

Hyperion

oder

der Eremit in Griechenland

———

Non coerceri maximo,
contineri minimo, divinum est.

Vorrede.

Ich verspräche gern diesem Buche die Liebe der Deutschen.
Aber ich fürchte, die einen werden es lesen wie ein Kompendium
und um das fabula docet sich zu sehr bekümmern, indes die anderen
gar zu leicht es nehmen, und beide Teile verstehen es nicht.

5 Wer bloß an einer Pflanze riecht, der kennt sie nicht, und wer
sie pflückt, bloß um daran zu lernen, kennt sie auch nicht.

Die Auflösung der Dissonanzen in einem gewissen Charakter
ist weder für das bloße Nachdenken, noch für die leere Lust.

Der Schauplatz, wo sich das Folgende zutrug, ist nicht neu, und
10 ich gestehe, daß ich einmal kindisch genug war, in dieser Rücksicht eine
Veränderung mit dem Buche zu versuchen, aber ich überzeugte mich,
daß er der einzig angemessene für Hyperions elegischen Charakter
wäre, und schämte mich, daß mich das wahrscheinliche Urteil des
Publikums so übertrieben geschmeidig gemacht.

15 Ich bedaure, daß für jetzt die Beurteilung des Plans noch nicht
jedem möglich ist. Aber der zweite Band soll so schnell wie möglich
folgen.

Erstes Buch.

Hyperion an Bellarmin.

Der liebe Vaterlandsboden gibt mir wieder Freude und Leid.

Ich bin jetzt alle Morgen auf den Höhn des korinthischen Isthmus, und wie die Biene unter Blumen fliegt meine Seele oft hin und her zwischen den Meeren, die zur Rechten und zur Linken meinen glühenden Bergen die Füße kühlen.

Besonders der eine der beiden Meerbusen hätte mich freuen sollen, wär' ich ein Jahrtausend früher hier gestanden.

Wie ein siegender Halbgott wallte da zwischen der herrlichen Wildnis des Helikon und Parnaß, wo das Morgenrot um hundert überschneite Gipfel spielt, und zwischen der paradiesischen Ebene von Sikyon der glänzende Meerbusen herein, gegen die Stadt der Freude, das jugendliche Korinth, und schüttete den erbeuteten Reichtum aller Zonen vor seiner Lieblingin aus.

Aber was soll mir das? Das Geschrei des Schakals, der unter den Steinhaufen des Altertums sein wildes Grablied singt, schreckt ja aus meinen Träumen mich auf.

Wohl dem Manne, dem ein blühend Vaterland das Herz erfreut und stärkt! Mir ist, als würd' ich in den Sumpf geworfen, als schlüge man den Sargdeckel über mir zu, wenn einer an das meinige mich mahnt, und wenn mich einer einen Griechen nennt, so wird mir immer, als schnürt' er mit dem Halsband eines Hundes mir die Kehle zu.

Und siehe, mein Bellarmin! wenn manchmal mir so ein Wort entfuhr, wohl auch im Zorne mir eine Träne ins Auge trat, so kamen dann die weisen Herren, die unter euch Deutschen so gerne spuken, die Elenden, denen ein leidend Gemüt so gerade recht ist, ihre Sprüche anzubringen, die taten dann sich gütlich, ließen sich beigehn mir zu sagen: Klage nicht, handle!

O, hätt' ich doch nie gehandelt! um wie manche Hoffnung wär' ich reicher! —

3*

Ja, vergiß nur, daß es Menschen gibt, darbendes, angefochtenes, tausendfach geärgertes Herz! und kehre wieder dahin, wo du ausgingst, in die Arme der Natur, der wandellosen, stillen und schönen.

Hyperion an Bellarmin.

Ich habe nichts, wovon ich sagen möchte, es sei mein eigen.

Fern und tot sind meine Geliebten, und ich vernehme durch keine Stimme von ihnen nichts mehr.

Mein Geschäft auf Erden ist aus. Ich bin voll Willens an die Arbeit gegangen, habe geblutet darüber, und die Welt um keinen Pfennig reicher gemacht.

Ruhmlos und einsam kehr' ich zurück und wandre durch mein Vaterland, das, wie ein Totengarten, weit umher liegt, und mich erwartet vielleicht das Messer des Jägers, der uns Griechen wie das Wild des Waldes sich zur Lust hält.

Aber du scheinst noch, Sonne des Himmels! Du grünst noch, heilige Erde! Noch rauschen die Ströme ins Meer, und schattige Bäume säuseln im Mittag. Der Wonnegesang des Frühlings singt meine sterblichen Gedanken in Schlaf. Die Fülle der allebendigen Welt ernährt und sättiget mit Trunkenheit mein darbend Wesen.

O selige Natur! Ich weiß es nicht, wie mir geschiehet, wenn ich mein Auge erhebe vor deiner Schöne, aber alle Lust des Himmels ist in den Tränen, die ich weine vor dir, der Geliebte vor der Geliebten.

Mein ganzes Wesen verstummt und lauscht, wenn die zarte Welle der Luft mir um die Brust spielt. Verloren ins weite Blau, blick' ich oft hinauf an den Äther und hinein ins heilige Meer, und mir ist, als öffnet' ein verwandter Geist mir die Arme, als löste der Schmerz der Einsamkeit sich auf ins Leben der Gottheit.

Eines zu sein mit allem, das ist Leben der Gottheit, das ist der Himmel des Menschen.

Eines zu sein mit allem, was lebt, in seliger Selbstvergessenheit wiederzukehren ins All der Natur, das ist der Gipfel der Gedanken und Freuden, das ist die heilige Bergeshöhe, der Ort der ewigen Ruhe, wo der Mittag seine Schwüle und der Donner seine Stimme verliert, und das kochende Meer der Woge des Kornfelds gleicht.

Eines zu sein mit allem, was lebt! Mit diesem Worte legt die Tugend den zürnenden Harnisch, der Geist des Menschen den Zepter weg, und alle Gedanken schwinden vor dem Bilde der ewig-einigen Welt, wie die Regeln des ringenden Künstlers vor seiner Urania, und das eherne Schicksal entsagt der Herrschaft, und aus dem Bunde der Wesen schwindet der Tod, und Unzertrennlichkeit und ewige Jugend beseliget, verschönert die Welt.

Auf dieser Höhe steh' ich oft, mein Bellarmin! Aber ein Moment des Besinnens wirft mich herab. Ich denke nach und finde mich, wie ich zuvor war, allein, mit allen Schmerzen der Sterblichkeit, und meines Herzens Asyl, die ewigeinige Welt, ist hin; die Natur verschließt die Arme, und ich stehe wie ein Fremdling vor ihr, und verstehe sie nicht.

Ach! wär' ich nie in eure Schulen gegangen. Die Wissenschaft, der ich in den Schacht hinunter folgte, von der ich, jugendlich töricht, die Bestätigung meiner reinen Freude erwartete, die hat mir alles verdorben.

Ich bin bei euch so recht vernünftig geworden, habe gründlich mich unterscheiden gelernt von dem, was mich umgibt, bin nun vereinzelt in der schönen Welt, bin so ausgeworfen aus dem Garten der Natur, wo ich wuchs und blühte, und vertrockne an der Mittags=sonne.

O, ein Gott ist der Mensch, wenn er träumt, ein Bettler, wenn er nachdenkt, und wenn die Begeisterung hin ist, steht er da, wie ein mißratener Sohn, den der Vater aus dem Hause stieß, und betrachtet die ärmlichen Pfennige, die ihm das Mitleid auf den Weg gab.

Hyperion an Bellarmin.

Ich danke dir, daß du mich bittest, dir von mir zu erzählen, daß du die vorigen Zeiten mir ins Gedächtnis bringst.

Das trieb mich auch nach Griechenland zurück, daß ich den Spielen meiner Jugend näher leben wollte.

Wie der Arbeiter in den erquickenden Schlaf, sinkt oft mein an=gefochtenes Wesen in die Arme der unschuldigen Vergangenheit.

Ruhe der Kindheit! himmlische Ruhe! wie oft steh' ich stille vor dir in liebender Betrachtung, und möchte dich denken! Aber wir haben ja nur Begriffe von dem, was einmal schlecht gewesen und wieder gut gemacht ist; von Kindheit, Unschuld haben wir keine Be=griffe.

Da ich noch ein stilles Kind war und von dem allen, was uns umgibt, nichts wußte, war ich da nicht mehr als jetzt, nach all den Mühen des Herzens und all dem Sinnen und Ringen?

Ja! ein glücklich Wesen ist das Kind, solang es nicht in die Chamäleonsfarbe der Menschen getaucht ist.

Es ist ganz, was es ist, und darum ist es so schön.

Der Zwang des Gesetzes und des Schicksals betastet es nicht; im Kind ist Freiheit allein.

In ihm ist Frieden; es ist noch mit sich selber nicht zerfallen. Reichtum ist in ihm; es kennt sein Herz, die Dürftigkeit des Lebens nicht. Es ist unsterblich, denn es weiß vom Tode nichts.

Aber das können die Menschen nicht leiden. Das Göttliche muß
werden, wie ihrer einer, muß erfahren, daß sie auch da sind, und eh'
es die Natur aus seinem Paradiese treibt, so schmeicheln und schleppen
die Menschen es heraus, auf das Feld des Fluchs, daß es wie sie
im Schweiße des Angesichts sich abarbeite.

Aber schön ist auch die Zeit des Erwachens, wenn man nur zur
Unzeit uns nicht weckt.

O es sind heilige Tage, wo unser Herz zum erstenmal die
Schwingen übt, wo wir, voll schnellen feurigen Wachstums, dastehn
in der herrlichen Welt wie die junge Pflanze, wenn sie der Morgen-
sonne sich aufschließt und die kleinen Arme dem unendlichen Himmel
entgegenstreckt.

Wie es mich umhertrieb an den Bergen und am Meeresufer!
ach wie ich oft da saß mit klopfendem Herzen, auf den Höhen von
Tina, und den Falken und Kranichen nachsah, und den kühnen
fröhlichen Schiffen, wenn sie hinunter schwanden am Horizont!
Dort hinunter! dacht' ich, dort wanderst du auch einmal hinunter,
und mir war wie einem Schmachtenden, der ins kühlende Bad sich
stürzt und die schäumenden Wasser über die Stirne sich schüttet.

Seufzend kehrt' ich dann nach meinem Hause wieder um. Wenn
nur die Schülerjahre erst vorüber wären, dacht' ich oft.

Guter Junge! sie sind noch lange nicht vorüber.

Daß der Mensch in seiner Jugend das Ziel so nahe glaubt!
Es ist die schönste aller Täuschungen, womit die Natur der Schwachheit unsers Wesens aufhilft.

Und wenn ich oft dalag unter den Blumen und am zärtlichen
Frühlingslichte mich sonnte, und hinaufsah ins heitre Blau, das
die warme Erde umfing, wenn ich unter den Ulmen und Weiden, im
Schoße des Berges saß, nach einem erquickenden Regen, wenn die
Zweige noch bebten von den Berührungen des Himmels, und über
dem tröpfelnden Walde sich goldne Wolken bewegten, oder wenn
der Abendstern voll friedlichen Geistes heraufkam mit den alten
Jünglingen, den übrigen Helden des Himmels, und ich so sah, wie
das Leben in ihnen in ewiger müheloser Ordnung durch den Äther
sich fortbewegte, und die Ruhe der Welt mich umgab und erfreute,
daß ich aufmerkte und lauschte, ohne zu wissen, wie mir geschah —
hast du mich lieb, guter Vater im Himmel! fragt' ich dann leise,
und fühlte seine Antwort so sicher und selig am Herzen.

O du, zu dem ich rief, als wärst du über den Sternen, den
ich Schöpfer des Himmels nannte und der Erde, freundlich Idol
meiner Kindheit, du wirst nicht zürnen, daß ich deiner vergaß! —
Warum ist die Welt nicht dürftig genug, um außer ihr noch Einen
zu suchen?

O wenn sie eines Vaters Tochter ist, die herrliche Natur, ist das
Herz der Tochter nicht sein Herz? Ihr Innerstes, ist's nicht Er?
Aber hab' ich's denn? kenn' ich es denn?

Es ist, als säh' ich's, aber dann erschreck' ich wieder, als wär'
es meine eigne Gestalt, was ich gesehn, es ist, als fühlt' ich ihn, den
Geist der Welt, aber ich erwache und meine, ich habe meine eignen
Finger gehalten.

Hyperion an Bellarmin.

Weißt du, wie Plato und sein Stella sich liebten?

So lieb' ich, so war ich geliebt. O ich war ein glücklicher Knabe!

Es ist erfreulich, wenn Gleiches sich zu Gleichem gesellt, aber es
ist göttlich, wenn ein großer Mensch die kleineren zu sich aufzieht.

Ein freundlich Wort aus eines tapfern Mannes Herzen, ein
Lächeln, worin die verzehrende Herrlichkeit des Geistes sich verbirgt, ist
wenig und viel, wie ein zauberisch Losungswort, das Tod und Leben
in seiner einfältigen Silbe verbirgt, ist wie ein geistig Wasser, das
aus der Tiefe der Berge quillt, und die geheime Kraft der Erde uns
mitteilt in seinem kristallenen Tropfen.

Wie haff' ich dagegen alle die Barbaren, die sich einbilden, sie
seien weise, weil sie kein Herz mehr haben, alle die rohen Unholde,
die tausendfältig die jugendliche Schönheit töten und zerstören, mit
ihrer kleinen unvernünftigen Mannszucht!

Guter Gott! Da will die Eule die jungen Adler aus dem Neste
jagen, will ihnen den Weg zur Sonne weisen!

Verzeih mir, Geist meines Adamas! daß ich dieser ge=
denke vor dir. Das ist der Gewinn, den uns Erfahrung gibt, daß
wir nichts Treffliches uns denken, ohne sein ungestaltes Gegenteil.

O daß nur du mir ewig gegenwärtig wärest, mit allem, was
dir verwandt ist, trauernder Halbgott, den ich meine! Wen du um=
gibst mit deiner Ruhe und Stärke, Ringer und Kämpfer, wem du
begegnest mit deiner Liebe und Weisheit, der fliehe oder werde
wie du! Unedles und Schwaches besteht nicht neben dir.

Wie oft warst du mir nahe, da du längst mir ferne warst, ver=
klärtest mich mit deinem Lichte, und wärmtest mich, daß mein er=
starrtes Herz sich wieder bewegte, wie der verhärtete Quell, wenn
der Strahl des Himmels ihn berührt! Zu den Sternen hätt' ich
dann fliehn mögen mit meiner Seligkeit, damit sie mir nicht ent=
würdigt würde von dem, was mich umgab.

Ich war aufgewachsen, wie eine Rebe ohne Stab, und die
wilden Ranken breiteten richtungslos über dem Boden sich aus. Du
weißt ja, wie so manche edle Kraft bei uns zugrunde geht, weil sie
nicht genützt wird. Ich schweifte herum wie ein Irrlicht, griff alles

an, wurde von allem ergriffen, aber auch nur für den Moment, und
die unbehilflichen Kräfte matteten vergebens sich ab. Ich fühlte,
daß mir's überall fehlte, und konnte doch mein Ziel nicht finden.
So fand er mich.

Er hatt' an seinem Stoffe, der sogenannten kultivierten Welt,
lange genug Geduld und Kunst geübt, aber sein Stoff war Stein
und Holz gewesen und geblieben, nahm wohl zur Not die edle Men=
schenform von außen an, aber um dies war's meinem Adamas nicht
zu tun; er wollte Menschen, und, um diese zu schaffen, hatt' er seine
Kunst zu arm gefunden. Sie waren einmal da gewesen, die er suchte,
die zu schaffen seine Kunst zu arm war, das erkannt' er deutlich. Wo
sie da gewesen, wußt' er auch. Da wollt' er hin und unter dem
Schutt nach ihrem Genius fragen, mit diesem sich die einsamen Tage
zu verkürzen. Er kam nach Griechenland. So fand ich ihn.

Noch seh' ich ihn vor mich treten in lächelnder Betrachtung, noch
hör' ich seinen Gruß und seine Fragen.

Wie vor einer Pflanze, wenn ihr Friede den strebenden Geist
besänftigt, und die einfältige Genügsamkeit wiederkehrt in die Seele
— so stand er vor mir.

Und ich, war ich nicht der Nachhall seiner stillen Begeisterung?
wiederholten sich nicht die Melodien seines Wesens? Was ich sah,
ward ich, und es war Göttliches, was ich sah.

Wie unvermögend ist doch der gutwilligste Fleiß der Menschen
gegen die Allmacht der ungeteilten Begeisterung.

Sie weilt nicht auf der Oberfläche, faßt nicht da und dort uns an,
braucht keiner Zeit und keines Mittels; Gebot und Zwang und
Überredung braucht sie nicht; in allen Seiten, auf allen Tiefen und
Höhen ergreift sie im Augenblick uns, und wandelt, ehe sie da ist für
uns, ehe wir fragen, wie uns geschiehet, durch und durch in ihre
Schönheit, Seligkeit uns um.

Wohl dem, wem auf diesem Wege ein edler Geist in früher
Jugend begegnete!

O es sind goldne unvergeßliche Tage, voll von den Freuden der
Liebe und süßer Beschäftigung!

Bald führte mein Adamas in die Heroenwelt des Plutarch, bald
in das Zauberland der griechischen Götter mich ein, bald ordnet' und
beruhigt' er mit Zahl und Maß das jugendliche Treiben, bald stieg er
auf die Berge mit mir; des Tags, um die Blumen der Heide und des
Walds und die wilden Moose des Felsen, des Nachts, um über uns
die heiligen Sterne zu schauen, und nach menschlicher Weise zu verstehen.

Es ist ein köstlich Wohlgefühl in uns, wenn so das Innere an
seinem Stoffe sich stärkt, sich unterscheidet und getreuer an=
knüpft, und unser Geist allmählich waffenfähig wird.

Aber dreifach fühlt' ich ihn und mich, wenn wir, wie Manen aus vergangener Zeit, mit Stolz und Freude, mit Zürnen und Trauern an den Athos hinauf und von da hinüber schifften in den Hellespont und dann hinab an die Ufer von Rhodus und die Berg= schlünde von Tänarum, durch die stillen Inseln alle, wenn da die Sehnsucht über die Küsten hinein uns trieb, ins düstre Herz des alten Peloponnes, an die einsamen Gestade des Eurotas; ach! die ausgestorbenen Tale von Elis und Nemea und Olympia — wenn wir da, an eine Tempelsäule des vergeßnen Jupiters gelehnt, umfangen von Lorbeer, Rosen und Immergrün, ins wilde Flußbett sahn, und das Leben des Frühlings und die ewig jugend= liche Sonne uns mahnte, daß auch der Mensch einst da war, und nun dahin ist, daß des Menschen herrliche Natur jetzt kaum noch da ist, wie das Bruchstück eines Tempels, oder im Gedächtnis, wie ein Totenbild: — da saß ich traurig spielend neben ihm, und pflückte das Moos von eines Halbgotts Piedestal, grub eine marmorne Helden= schulter aus dem Schutt und schnitt den Dornbusch und das Heide= kraut von den halb begrabenen Architraven, indes mein Adamas die Landschaft zeichnete, wie sie freundlich tröstend den Ruin umgab: den Weizenhügel, die Oliven, die Ziegenherde, die am Felsen des Gebirges hing; den Ulmenwald, der von den Gipfeln in das Tal sich stürzte; und die Lazerte spielte zu unsern Füßen, und die Fliegen umsummten uns in der Stille des Mittags — Lieber Bellarmin! ich hätte Lust, so pünktlich dir, wie Nestor, zu erzählen; ich ziehe durch die Vergangenheit, wie ein Ährenleser über die Stoppeläcker, wenn der Herr des Landes geerntet hat; da liest man jeden Strohhalm auf. Und wie ich neben ihm stand auf den Höhen von Delos, wie das ein Tag war, der mir graute, da ich mit ihm an der Granitwand des Cynthus die alten Marmortreppen hinaufstieg. Hier wohnte der Sonnengott einst, unter den himmlischen Festen, wo ihn, wie goldnes Gewölk, das versammelte Griechenland umglänzte. In Fluten der Freude und Begeisterung warfen hier, wie Achill in den Styx, die griechischen Jünglinge sich, und gingen unüberwindlich, wie der Halbgott, hervor. In den Hainen, in den Tempeln erwachten und tönten ineinander ihre Seelen, und treu bewahrte jeder die ent= zückenden Akkorde.

Aber was sprech' ich davon? Als hätten wir noch eine Ahnung jener Tage! Ach es kann ja nicht einmal ein schöner Traum gedeihen unter dem Fluche, der über uns lastet. Wie ein heulender Nordwind fährt die Gegenwart über die Blüten unsers Geistes und versengt sie im Entstehen. Und doch war es ein goldner Tag, der auf dem Cynthus mich umfing! Es dämmerte noch, da wir schon oben waren. Jetzt kam er herauf in seiner ewigen Jugend, der alte Sonnengott,

zufrieden und mühelos, wie immer, flog der unsterbliche Titan mit
seinen tausend eignen Freuden herauf, und lächelt' herab auf sein
veröbet Land; auf seine Tempel, seine Säulen, die das Schicksal vor
ihm hingeworfen hatte, wie die dürren Rosenblätter, die im Vorüber=
gehen ein Kind gedankenlos vom Strauche riß und auf die Erde säete.

„Sei, wie dieser!" rief mir Adamas zu, ergriff mich bei der
Hand und hielt sie dem Gott entgegen, und mir war, als trügen uns
die Morgenwinde mit sich fort, und brächten uns ins Geleite des
heiligen Wesens, das nun hinaufstieg auf den Gipfel des Himmels,
freundlich und groß, und wunderbar mit seiner Kraft und seinem
Geist die Welt und uns erfüllte.

Noch trauert und frohlockt mein Innerstes über jedes Wort, das
mir damals Adamas sagte, und ich begreife meine Bedürftigkeit nicht,
wenn oft mir wird, wie damals ihm sein mußte. Was ist Verlust,
wenn so der Mensch in seiner eignen Welt sich findet? In uns ist
alles. Was kümmert's dann den Menschen, wenn ein Haar von
seinem Haupte fällt? Was ringt er so nach Knechtschaft, da er ein
Gott sein könnte! „Du wirst einsam sein, mein Liebling!" sagte mir
damals Adamas auch, „du wirst sein wie der Kranich, den seine
Brüder zurückließen in rauher Jahrzeit, indes sie den Frühling suchen
im fernen Lande."

Und das ist's, Lieber! Das macht uns arm bei allem Reichtum,
daß wir nicht allein sein können, daß die Liebe in uns, solange wir
leben, nicht erstirbt. Gib mir meinen Adamas wieder, und komm mit
allen, die mir angehören, daß die alte schöne Welt sich unter uns
erneure, daß wir uns versammeln und vereinen in den Armen unserer
Gottheit, der Natur, und siehe! so weiß ich nichts von Notdurft.

Aber sage nur niemand, daß uns das Schicksal trenne! Wir
sind's, wir! wir haben unsere Lust daran, uns in die Nacht des Un=
bekannten, in die kalte Fremde irgendeiner andern Welt zu stürzen,
und, wär' es möglich, wir verließen der Sonne Gebiet und stürmten
über des Irrsterns Grenzen hinaus. Ach! für des Menschen wilde
Brust ist keine Heimat möglich; und wie der Sonne Strahl die
Pflanzen der Erde, die er entfaltete, wieder versengt, so tötet der
Mensch die süßen Blumen, die an seiner Brust gediehen, die Freuden
der Verwandtschaft und der Liebe.

Es ist, als zürnt' ich meinem Adamas, daß er mich verließ, aber
ich zürn' ihm nicht. O er wollte ja wiederkommen.

In der Tiefe von Asien soll ein Volk von seltner Trefflichkeit
verborgen sein; dahin trieb ihn seine Hoffnung weiter.

Bis Nios begleitet' ich ihn. Es waren bittre Tage. Ich habe
den Schmerz ertragen gelernt, aber für solch ein Scheiden hab' ich
keine Kraft in mir.

Mit jedem Augenblicke, der uns der letzten Stunde näher brachte, wurd' es sichtbarer, wie dieser Mensch verwebt war in mein Wesen. Wie ein Sterbender den fliehenden Atem, hielt ihn meine Seele.

Am Grabe Homers brachten wir noch einige Tage zu, und Nios wurde mir die heiligste unter den Inseln.

Endlich rissen wir uns los. Mein Herz hatte sich müde gerungen. Ich war ruhiger im letzten Augenblicke. Auf den Knien lag ich vor ihm, umschloß ihn zum letztenmal mit diesen Armen. „Gib mir einen Segen, mein Vater!" rief ich leise zu ihm hinauf, und er lächelte groß, und seine Stirne breitete vor den Sternen des Morgens sich aus, und sein Auge durchdrang die Räume des Himmels. — „Bewahrt ihn mir," rief er, „ihr Geister besserer Zeit! und zieht zu eurer Unsterblichkeit ihn auf, und all ihr freundlichen Kräfte des Himmels und der Erde, seid mit ihm!"

„Es ist ein Gott in uns," setzt' er ruhiger hinzu, „der lenkt wie Wasserbäche das Schicksal, und alle Dinge sind sein Element. Der sei vor allem mit dir!"

So schieden wir. Leb' wohl, mein Bellarmin!

Hyperion an Bellarmin.

Wohin könnt' ich mir entfliehen, hätt' ich nicht die lieben Tage meiner Jugend?

Wie ein Geist, der keine Ruhe am Acheron findet, kehr' ich zurück in die verlaßnen Gegenden meines Lebens. Alles altert und verjüngt sich wieder. Warum sind wir ausgenommen vom schönen Kreislauf der Natur? Oder gilt er auch für uns?

Ich wollt' es glauben, wenn eines nicht in uns wäre, das ungeheure Streben, alles zu sein, das, wie der Titan des Ätna, herauf zürnt aus den Tiefen unsers Wesens.

Und doch, wer wollt' es nicht lieber in sich fühlen, wie ein siedend Öl, als sich gestehn, er sei für die Geißel und fürs Joch geboren? Ein tobend Schlachtroß oder eine Mähre, die das Ohr hängt, was ist edler?

Lieber! es war eine Zeit, da auch meine Brust an großen Hoffnungen sich sonnte, da auch mir die Freude der Unsterblichkeit in allen Pulsen schlug, da ich wandelt' unter herrlichen Entwürfen, wie in weiter Wäldernacht, da ich glücklich wie die Fische des Ozeans in meiner uferlosen Zukunft weiter, ewig weiter drang.

Wie mutig, selige Natur! entsprang der Jüngling deiner Wiege! wie freut' er sich in seiner unversuchten Rüstung! Sein Bogen war gespannt und seine Pfeile rauschten im Köcher, und die Unsterblichen, die hohen Geister des Altertums führten ihn an, und sein Adamas war mitten unter ihnen.

Wo ich ging und stand, geleiteten mich die herrlichen Gestalten; wie Flammen verloren sich in meinem Sinne die Taten aller Zeiten ineinander, und wie in ein frohlockend Gewitter die Riesenbilder, die Wolken des Himmels, sich vereinen, so vereinten sich, so wurden ein unendlicher Sieg in mir die hundertfältigen Siege der Olympiaden.

Wer hält das aus, wen reißt die schreckende Herrlichkeit des Altertums nicht um, wie ein Orkan die jungen Wälder umreißt, wenn sie ihn ergreift wie mich, und wenn, wie mir, das Element ihm fehlt, worin er sich ein stärkend Selbstgefühl erbeuten könnte?

O mir, mir beugte die Größe der Alten, wie ein Sturm, das Haupt, mir raffte sie die Blüte vom Gesichte, und oftmals lag ich, wo kein Auge mich bemerkte, unter tausend Tränen da, wie eine gestürzte Tanne, die am Bache liegt und ihre welke Krone in die Flut verbirgt. Wie gerne hätt' ich einen Augenblick aus eines großen Mannes Leben mit Blut erkauft!

Aber was half mir das? Es wollte ja mich niemand.

O es ist jämmerlich, so sich vernichtet zu sehn; und wem dies unverständlich ist, der frage nicht danach, und danke der Natur, die ihn zur Freude, wie die Schmetterlinge, schuf, und geh' und sprech' in seinem Leben nimmermehr von Schmerz und Unglück.

Ich liebte meine Heroen, wie eine Fliege das Licht; ich suchte ihre gefährliche Nähe und floh und suchte sie wieder.

Wie ein blutender Hirsch in den Strom, stürzt' ich oft mitten hinein in den Wirbel der Freude, die brennende Brust zu kühlen und die tobenden herrlichen Träume von Ruhm und Größe weg zu baden, aber was half das?

Und wenn mich oft um Mitternacht das heiße Herz in den Garten hinunter trieb unter die tauigen Bäume, und der Wiegengesang des Quells und die liebliche Luft und das Mondlicht meinen Sinn besänftigte, und so frei und friedlich über mir die silbernen Gewölke sich regten, und aus der Ferne mir die verhallende Stimme der Meeresflut tönte, wie freundlich spielten da mit meinem Herzen all die großen Phantome seiner Liebe!

„Lebt wohl, ihr Himmlischen!" sprach ich oft im Geiste, wenn über mir die Melodie des Morgenlichts mit leisem Laute begann, „ihr herrlichen Toten lebt wohl! ich möcht' euch folgen, möchte von mir schütteln, was mein Jahrhundert mir gab, und aufbrechen ins freiere Schattenreich!"

Aber ich schmachte an der Kette, und hasche mit bitterer Freude die kümmerliche Schale, die meinem Durste gereicht wird.

Hyperion an Bellarmin.

Meine Insel war mir zu enge geworden, seit Adamas fort war. Ich hatte Jahre schon in Tina Langeweile. Ich wollt' in die Welt.

„Geh vorerst nach Smyrna," sagte mein Vater, „lerne da die Künste der See und des Kriegs, lerne die Sprache gebildeter Völker und ihre Verfassungen und Meinungen und Sitten und Gebräuche, prüfe alles und wähle das Beste! — Dann kann es meinetwegen weiter gehn."

„Lern' auch ein wenig Geduld!" setzte die Mutter hinzu, und ich nahm's mit Dank an.

Es ist entzückend, den ersten Schritt aus der Schranke der Jugend zu tun, es ist, als dächt' ich meines Geburtstags, wenn ich meiner Abreise von Tina gedenke. Es war eine neue Sonne über mir, und Land und See und Luft genoß ich wie zum ersten Male.

Die lebendige Tätigkeit, womit ich nun in Smyrna meine Bildung besorgte, und der eilende Fortschritt besänftigten mein Herz nicht wenig. Auch manches seligen Feierabends erinnere ich mich aus dieser Zeit. Wie oft ging ich unter den immer grünen Bäumen am Gestade des Meles, an der Geburtsstätte meines Homer, und sammelt' Opferblumen und warf sie in den heiligen Strom! Zur nahen Grotte trat ich dann in meinen friedlichen Träumen, da hätte der Alte, sagen sie, seine Iliade gesungen. Ich fand ihn. Jeder Laut in mir verstummte vor seiner Gegenwart. Ich schlug sein göttlich Gedicht mir auf, und es war, als hätt' ich es nie gekannt, so ganz anders wurd' es jetzt lebendig in mir.

Auch denk' ich gerne meiner Wanderung durch die Gegenden von Smyrna. Es ist ein herrlich Land, und ich habe tausendmal mir Flügel gewünscht, um des Jahres einmal nach Kleinasien zu fliegen.

Aus der Ebene von Sardes kam ich durch die Felsenwände des Tmolus herauf.

Ich hatt' am Fuße des Berges übernachtet in einer freundlichen Hütte, unter Myrten, unter den Düften des Ladanstrauchs, wo in der goldnen Flut des Paktolus die Schwäne mir zur Seite spielten, wo ein alter Tempel der Cybele aus den Ulmen hervor, wie ein schüchterner Geist, ins helle Mondlicht blickte. Fünf liebliche Säulen trauerten über dem Schutt, und ein königlich Portal lag niedergestürzt zu ihren Füßen.

Durch tausend blühende Gebüsche wuchs mein Pfad nun aufwärts. Vom schroffen Abhang neigten lispelnde Bäume sich und übergossen mit ihren zarten Flocken mein Haupt. Ich war des Morgens ausgegangen. Um Mittag war ich auf der Höhe des

Gebirgs. Ich stand, sah fröhlich vor mich hin, genoß der reineren
Lüfte des Himmels. Es waren selige Stunden.

Wie ein Meer lag das Land, wovon ich heraufkam, vor mir da,
jugendlich, voll lebendiger Freude; es war ein himmlisch unendlich
Farbenspiel, womit der Frühling mein Herz begrüßte, und wie die
Sonne des Himmels sich wiederfand im tausendfachen Wechsel des
Lichts, das ihr die Erde zurückgab, so erkannte mein Geist sich in der
Fülle des Lebens, die ihn umfing, von allen Seiten ihn
überfiel.

Zur Linken stürzt' und jauchzte, wie ein Riese, der Strom in
die Wälder hinab, vom Marmorfelsen, der über mir hing, wo der
Adler spielte mit seinen Jungen, wo die Schneegipfel hinauf in den
blauen Äther glänzten; rechts wälzten Wetterwolken sich her über
den Wäldern des Sipylus; ich fühlte nicht den Sturm, der sie trug,
ich fühlte nur ein Lüftchen in den Locken; aber ihren Donner hört'
ich, wie man die Stimme der Zukunft hört, und ihre Flammen sah
ich, wie das ferne Licht der geahneten Gottheit. Ich wandte mich
südwärts und ging weiter. Da lag es offen vor mir, das ganze
paradiesische Land, das der Kayster durchströmt, durch so manchen
reizenden Umweg, als könnt' er nicht lange genug verweilen in all
dem Reichtum und der Lieblichkeit, die ihn umgibt. Wie die Zephire, irrte mein Geist von Schönheit zu Schönheit selig umher, vom
fremden friedlichen Dörfchen, das tief unten am Berge lag, bis hinein,
wo die Gebirgskette des Messogis dämmert.

Ich kam nach Smyrna zurück wie ein Trunkener vom Gastmahl.
Mein Herz war des Wohlgefälligen zu voll, um nicht von seinem
Überflusse der Sterblichkeit zu leihen. Ich hatte zu glücklich in mich
die Schönheit der Natur erbeutet, um nicht die Lücken des Menschenlebens damit auszufüllen. Mein dürftig Smyrna kleidete
sich in die Farben meiner Begeisterung und stand wie eine Braut
da. Die geselligen Städter zogen mich an. Der Widersinn in ihren
Sitten vergnügte mich wie eine Kinderposse, und weil ich von
Natur hinaus war über all die eingeführten Formen und Bräuche,
spielt' ich mit allen, und legte sie an und zog sie aus wie Fastnachts-
kleider.

Was aber eigentlich mir die schmale Kost des gewöhnlichen
Umgangs würzte, das waren die guten Gesichter und Gestalten, die
noch hie und da die mitleidige Natur, wie Sterne, in unsere Ver-
finsterung sendet.

Wie hatt' ich meine herzliche Freude daran! wie gläubig deutet'
ich diese freundlichen Hieroglyphen! Aber es ging mir fast damit,
wie ehemals mit den Birken im Frühlinge. Ich hatte von dem Safte
dieser Bäume gehört und dachte Wunder, was ein köstlich Getränk

die lieblichen Stämme geben müßten. Aber es war nicht Kraft und Geist genug darinnen.

Ach! und wie heillos war das übrige alles, was ich hört' und sah.

Es war mir hie und da, als hätte sich die Menschennatur in die Mannigfaltigkeiten des Tierreichs aufgelöst, wenn ich umherging unter diesen Gebildeten. Wie überall, so waren auch hier die Männer besonders verwahrlost und verwest.

Gewisse Tiere heulen, wenn sie Musik anhören. Meine besser gezogenen Leute hingegen lachten, wenn von Geistesschönheit die Rede war und von Tugend des Herzens. Die Wölfe gehen davon, wenn einer Feuer schlägt. Sahn jene Menschen einen Funken Vernunft, so kehrten sie wie Diebe den Rücken.

Sprach ich einmal auch vom alten Griechenland ein warmes Wort, so gähnten sie, und meinten, man hätte doch auch zu leben in der jetzigen Zeit; und es wäre der gute Geschmack noch immer nicht verloren gegangen, fiel ein anderer bedeutend ein.

Dies zeigte sich dann auch. Der eine witzelte wie ein Bootsknecht, der andere blies die Backen auf und predigte Sentenzen.

Es gebärdet' auch wohl einer sich aufgeklärt, machte dem Himmel ein Schnippchen und rief: um die Vögel auf dem Dache hab' er nie sich bekümmert, die Vögel in der Hand, die seien ihm lieber! Doch wenn man ihm vom Tode sprach, so legt' er stracks die Hände zusammen, und kam so nach und nach im Gespräche darauf, wie es gefährlich sei, daß unsere Priester nichts mehr gälten.

Die einzigen, deren zuweilen ich mich bediente, waren die Erzähler, die lebendigen Namenregister von fremden Städten und Ländern, die redenden Bilderkasten, wo man Potentaten auf Rossen und Kirchtürme und Märkte sehen kann.

Ich war es endlich müde, mich wegzuwerfen, Trauben zu suchen in der Wüste und Blumen über dem Eisfeld.

Ich lebte nun entschiedner allein, und der sanfte Geist meiner Jugend war fast ganz aus meiner Seele verschwunden. Die Unheilbarkeit des Jahrhunderts war mir aus so manchem, was ich erzähle und nicht erzähle, sichtbar geworden, und der schöne Trost, in einer Seele meine Welt zu finden, mein Geschlecht in einem freundlichen Bilde zu umarmen, auch der gebrach mir.

Lieber! was wäre das Leben ohne Hoffnung? Ein Funke, der aus der Kohle springt und verlischt, und wie man bei trüber Jahrszeit einen Windstoß hört, der einen Augenblick saust und dann verhallt, so wär' es mit uns!

Auch die Schwalbe sucht ein freundlicher Land im Winter, es läuft das Wild umher in der Hitze des Tags und seine Augen suchen den Quell. Wer sagt dem Kinde, daß die Mutter ihre Brust ihm nicht versage? Und siehe! es sucht' sie doch.

Es lebte nichts, wenn es nicht hoffte. Mein Herz verschloß jetzt seine Schätze, aber nur, um sie für eine bessere Zeit zu sparen, für das Einzige, Heilige, Treue, das gewiß, in irgendeiner Periode des Daseins, meiner dürstenden Seele begegnen sollte.

Wie selig hing ich oft an ihm, wenn es, in Stunden des Ahnens, leise, wie das Mondlicht, um die besänftigte Stirne mir spielte? Schon damals kannt' ich dich, schon damals blicktest du wie ein Genius aus Wolken mich an, du, die mir einst im Frieden der Schönheit aus der trüben Woge der Welt stieg! Da kämpfte, da glüht' es nimmer, dies Herz.

Wie in schweigender Luft sich eine Lilie wiegt, so regte sich in seinem Elemente, in den entzückenden Träumen von ihr, mein Wesen.

Hyperion an Bellarmin.

Smyrna war mir nun verleidet. Überhaupt war mein Herz allmählich müder geworden. Zuweilen konnte wohl der Wunsch in mir auffahren, um die Welt zu wandern, oder in den ersten besten Krieg zu gehn, oder meinen Adamas aufzusuchen und in seinem Feuer meinen Mißmut auszubrennen; aber dabei blieb es, und mein unbedeutend welkes Leben wollte nimmer sich erfrischen.

Der Sommer war nun bald zu Ende; ich fühlte schon die düstern Regentage und das Pfeifen der Winde und Tosen der Wetterbäche zum voraus, und die Natur, die wie ein schäumender Springquell emporgedrungen war in allen Pflanzen und Bäumen, stand jetzt schon da vor meinem verdüsterten Sinne, schwindend und verschlossen und in sich gekehrt, wie ich selber.

Ich wollte noch mit mir nehmen, was ich konnte, von all dem fliehenden Leben, alles, was ich draußen lieb gewonnen hatte, wollt' ich noch hineinretten in mich, denn ich wußte wohl, daß mich das wiederkehrende Jahr nicht wiederfinden würde unter diesen Bäumen und Bergen, und so ging und ritt ich jetzt mehr als gewöhnlich herum im ganzen Bezirke.

Was aber mich besonders hinaustrieb, war das geheime Verlangen, einen Menschen zu sehn, der mir seit einiger Zeit vor dem Tore unter den Bäumen, wo ich vorbeikam, alle Tage begegnet war.

Wie ein junger Titan schritt der herrliche Fremdling unter dem Zwergengeschlechte daher, das mit freudiger Scheue an seiner Schöne sich weidete, seine Höhe maß und seine Stärke, und an dem glühenden verbrannten Römerkopfe wie an verbotener Frucht mit verstohlnem Blicke sich labte, und es war jedesmal ein herrlicher Moment, wann das Auge dieses Menschen, für dessen Blick der freie Äther zu enge schien, so mit abgelegtem Stolze sucht' und strebte, bis es sich in meinem Auge fühlte, und wir errötend uns einander nachsahn und vorübergingen.

Einst war ich tief in die Wälder des Mimas hineingeritten und kehrt' erst spät abends zurück. Ich war abgestiegen und führte mein Pferd einen steilen wüsten Pfad über Baumwurzeln und Steine hinunter, und, wie ich so durch die Sträuche mich wand, in die Höhle hinunter, die nun vor mir sich öffnete, fielen plötzlich ein paar Karabornische Räuber über mich her, und ich hatte Mühe, für den ersten Moment die zwei gezückten Säbel abzuhalten; aber sie waren schon von anderer Arbeit müde, und so half ich doch mir durch. Ich setzte mich ruhig wieder aufs Pferd und ritt hinab.

Am Fuße des Berges tat mitten unter den Wäldern und auf= gehäuften Felsen sich eine kleine Wiese vor mir auf. Es wurde hell. Der Mond war eben aufgegangen über den finstern Bäumen. In einiger Entfernung sah ich Rosse auf dem Boden ausgestreckt und Männer neben ihnen im Grase.

„Wer seid ihr?" rief ich.

„Das ist Hyperion!" rief eine Heldenstimme freudig überrascht. „Du kennst mich," fuhr die Stimme fort; „ich begegne dir alle Tage unter den Bäumen am Tore."

Mein Roß flog wie ein Pfeil ihm zu. Das Mondlicht schien ihm hell ins Gesicht. Ich kannt' ihn; ich sprang herab.

„Guten Abend!" rief der liebe Rüstige, sah mit zärtlich wildem Blicke mich an und drückte mit seiner nervigen Faust die meine, daß mein Innerstes den Sinn davon empfand.

O, nun war mein unbedeutend Leben am Ende!

Alabanda, so hieß der Fremde, sagte mir nun, daß er mit seinem Diener von Räubern wäre überfallen worden, daß die beiden, auf die ich stieß, wären fortgeschickt worden von ihm, daß er den Weg aus dem Walde verloren gehabt und darum wäre genötigt gewesen, auf der Stelle zu bleiben, bis ich gekommen. Ich habe einen Freund dabei verloren, setzt er hinzu, und wies sein totes Roß mir.

Ich gab das meine seinem Diener, und wir gingen zu Fuße weiter.

„Es geschah uns recht," begann ich, indes wir Arm in Arm zu= sammen aus dem Walde gingen; „warum zögerten wir auch so lange und gingen uns vorüber, bis der Unfall uns zusammenbrachte!"

„Ich muß denn doch dir sagen," erwidert' Alabanda, „daß du der Schuldigere, der Kältere bist. Ich bin dir heute nachgeritten."

„Herrlicher!" rief ich, „siehe nur zu! an Liebe sollst du doch mich nimmer übertreffen."

Wir wurden immer inniger und freudiger zusammen.

Wir kamen nahe an der Stadt an einem wohlgebauten Khan

vorbei, das unter plätschernden Brunnen ruhte und unter Frucht-
bäumen und duftenden Wiesen.

Wir beschlossen, da zu übernachten. Wir saßen noch lange zusammen bei offnen Fenstern. Hohe geistige Stille umfing uns. Erd'
und Meer war selig verstummt wie die Sterne, die über uns hingen.
Kaum, daß ein Lüftchen von der See her uns ins Zimmer flog und
zart mit unserm Lichte spielte, oder daß von ferner Musik die ge-
waltigern Töne zu uns drangen, indes die Donnerwolke sich wiegt'
im Bette des Äthers und hin und wieder durch die Stille fernher
tönte, wie ein schlafender Riese, wenn er stärker atmet in seinen
furchtbaren Träumen.

Unsre Seelen mußten um so stärker sich nähern, weil sie wider
Willen waren verschlossen gewesen. Wir begegneten einander, wie
zwei Bäche, die vom Berge rollen, und die Last von Erde und Stein
und faulem Holz und das ganze träge Chaos, das sie aufhält, von sich
schleudern, um den Weg sich zueinander zu bahnen, und durchzu-
brechen bis dahin, wo sie nun ergreifend und ergriffen mit gleicher
Kraft, vereint in einen majestätischen Strom, die Wanderung ins
weite Meer beginnen.

Er, vom Schicksal und der Barbarei der Menschen heraus, vom
eignen Hause unter Fremden hin und her gejagt, von früher Jugend
an erbittert und verwildert, und doch auch das innere Herz voll
Liebe, voll Verlangens, aus der inneren rauhen Hülse durchzu-
dringen in ein freundlich Element; ich, von allem schon so innigst
abgeschieden, so mit ganzer Seele fremd und einsam unter den
Menschen, so lächerlich begleitet von dem Schellenklange der Welt
in meines Herzens liebsten Melodien; ich, die Antipathie aller Blinden
und Lahmen, und doch mir selbst zu blind und lahm, doch mir selbst
so herzlich überlästig in allem, was von ferne verwandt war mit den
Klugen und Vernünftlern, den Barbaren und den Witzlingen — und
so voll Hoffnung, so voll einziger Erwartung eines schönern Lebens —

Mußten so in freudig stürmischer Eile nicht die beiden Jünglinge sich umfassen?

O du, mein Freund und Kampfgenosse, mein Alabanda! wo
bist du? Ich glaube fast, du bist ins unbekannte Land hinüberge-
gangen zur Ruhe, bist wieder geworden wie einst, da wir noch
Kinder waren.

Zuweilen, wenn ein Gewitter über mir hinzieht und seine göttlichen Kräfte unter die Wälder austeilt und die Saaten, oder wenn
die Wogen der Meersflut unter sich spielen, oder ein Chor von
Adlern um die Berggipfel, wo ich wandre, sich schwingt, kann mein
Herz sich regen, als wäre mein Alabanda nicht fern: aber sichtbarer,
gegenwärtiger, unverkennbarer lebt er in mir, ganz, wie er einst da-

ſtand, ein feurig ſtrenger, furchtbarer Kläger, wenn er die Sünden des Jahrhunderts nannte. Wie erwachte da in ſeinen Tiefen mein Geiſt, wie rollten mir die Donnerworte der unerbittlichen Gerech- tigkeit über die Zunge! Wie Boten der Nemeſis durchwanderten unſre Gedanken die Erde und reinigten ſie, bis keine Spur von allem Fluche da war.

Auch die Vergangenheit riefen wir vor unſern Richterſtuhl, das ſtolze Rom erſchreckte uns nicht mit ſeiner jugendlichen Blüte.

Wie Stürme, wenn ſie frohlockend, unaufhörlich fort durch Wälder über Berge fahren, ſo drangen unſre Seelen in koloſſaliſchen Entwürfen hinaus; nicht, als hätten wir, unmännlich, unſre Welt wie durch ein Zauberwort geſchaffen, und kindiſch unerfahren keinen Widerſtand berechnet; dazu war Alabanda zu verſtändig und zu tapfer. Aber oft iſt auch die müheloſe Begeiſterung kriegeriſch und klug.

Ein Tag iſt mir beſonders gegenwärtig.

Wir waren zuſammen aufs Feld gegangen, ſaßen vertraulich umſchlungen im Dunkel des immergrünen Lorbeers, und ſahn zu- ſammen in unſern Plato, wo er ſo wunderbar erhaben vom Altern und Verjüngen ſpricht, und ruhten hin und wieder aus auf der ſtummen entblätterten Landſchaft, wo der Himmel ſchöner, als je, mit Wolken und Sonnenſchein um die herbſtlich ſchlafenden Bäume ſpielte.

Wir ſprachen darauf manches vom jetzigen Griechenland, beide mit blutendem Herzen, denn der entwürdigte Boden war auch Ala- bandas Vaterland.

Alabanda war wirklich ungewöhnlich bewegt.

„Wenn ich ein Kind anſehe“, rief dieſer Menſch, „und denke, wie ſchmählich und verderbend das Joch iſt, das es tragen wird, und daß es darben wird, wie wir, daß es Menſchen ſuchen wird, wie wir, fragen wird, wie wir, nach Schönem und Wahrem, daß es unfrucht- bar vergehen wird, weil es allein ſein wird, wie wir, daß es — o nehmt doch eure Söhne aus der Wiege und werft ſie in den Strom, um wenigſtens vor eurer Schande ſie zu retten!“

„Gewiß, Alabanda!“ ſagt’ ich, „gewiß, es wird anders.“

„Wodurch?“ erwidert’ er; „die Helden haben ihren Ruhm, die Weiſen ihre Lehrlinge verloren. Große Taten, wenn ſie nicht ein edel Volk vernimmt, ſind mehr nicht als ein gewaltiger Schlag vor eine dumpfe Stirne, und hohe Worte, wenn ſie nicht in hohen Herzen wiedertönen, ſind wie ein ſterbend Blatt, das in den Kot herunter rauſcht. Was willſt du nun?“

„Ich will“, ſagt’ ich, „die Schaufel nehmen und den Kot in eine Grube werfen. Ein Volk, wo Geiſt und Größe keinen Geiſt und keine Größe mehr erzeugt, hat nichts mehr gemein mit andern, die noch

Menschen sind, hat keine Rechte mehr, und es ist ein leeres Possen=
spiel, ein Aberglauben, wenn man solche willenlose Leichname noch
ehren will, als wär' ein Römerherz in ihnen. Weg mit ihnen! Er
darf nicht stehen, wo er steht, der dürre faule Baum, er stiehlt ja
Licht und Luft dem jungen Leben, das für eine neue Welt heranreift."

Alabanda flog auf mich zu, umschlang mich, und seine Küsse
gingen mir in die Seele. „Waffenbruder!" rief er, „lieber Waffen=
bruder! o nun hab' ich hundert Arme!"

„Das ist endlich einmal meine Melodie," fuhr er fort, mit einer
Stimme die wie ein Schlachtruf mir das Herz bewegte, „mehr
braucht's nicht! Du hast ein herrlich Wort gesprochen, Hyperion!
Was? vom Wurme soll der Gott abhängen? Der Gott in uns, dem
die Unendlichkeit zur Bahn sich öffnet, soll stehn und harren, bis der
Wurm ihm aus dem Wege geht? Nein! nein! Man frägt nicht, ob
ihr wollt! Ihr wollt ja nie, ihr Knechte und Barbaren! Euch will
man auch nicht bessern, denn es ist umsonst! man will nur dafür
sorgen, daß ihr dem Siegeslauf der Menschheit aus dem Wege geht.
O! zünde mir einer die Fackel an, daß ich das Unkraut von der Heide
brenne, die Mine bereite mir einer, daß ich die trägen Klötze aus der
Erde sprenge!"

„Wo möglich, lehnt man sanft sie auf die Seite", fiel ich ein.
Alabanda schwieg eine Weile.

„Ich habe meine Lust an der Zukunft", begann er endlich wieder,
und faßte feurig meine beiden Hände. „Gott sei Dank! ich werde
kein gemeines Ende nehmen. Glücklich sein, heißt schläfrig sein im
Munde der Knechte. Glücklich sein! mir ist, als hätt' ich Brei und
laues Wasser auf der Zunge, wenn ihr mir sprecht von Glücklichsein.
So albern und so heillos ist das alles, wofür ihr hingebt eure Lorbeer=
kronen, eure Unsterblichkeit.

„O heiliges Licht, das ruhelos, in seinem ungeheuren Reiche
wirksam, dort oben über uns wandelt, und seine Seele auch mir mit=
teilt, in den Strahlen, die ich trinke, dein Glück sei meines!

„Von ihren Taten nähren die Söhne der Sonne sich; sie leben
vom Sieg; mit eignem Geist ermuntern sie sich, und ihre Kraft ist
ihre Freude." —

Der Geist dieses Menschen faßte einen oft an, daß man sich hätte
schämen mögen, so federleicht hinweggerissen fühlte man sich.

„O Himmel und Erde!" rief ich, „das ist Freude! — Das sind
andre Zeiten, das ist kein Ton aus meinem kindischen Jahrhundert,
das ist nicht der Boden, wo das Herz des Menschen unter seines
Treibers Peitsche keucht. — Ja! ja! bei deiner herrlichen Seele,
Mensch! Du wirst mit mir das Vaterland erretten."

„Das will ich," rief er, „oder untergehn."

Von diesem Tag an wurden wir uns immer heiliger und lieber. Tiefer unbeschreiblicher Ernst war unter uns gekommen. Aber wir waren nur um so seliger zusammen. Nur in den ewigen Grundtönen seines Wesens lebte jeder, und schmucklos schritten wir fort von einer großen Harmonie zur andern. Voll herrlicher Strenge und Kühnheit war unser gemeinsames Leben.

„Wie bist du denn so wortarm geworden?" fragte mich einmal Alabanda mit Lächeln. „In den heißen Zonen," sagt' ich, „näher der Sonne, singen ja auch die Vögel nicht."

Aber es geht alles auf und unter in der Welt, und es hält der Mensch mit aller seiner Riesenkraft nichts fest. Ich sah einmal ein Kind die Hand ausstrecken, um das Mondlicht zu haschen; aber das Licht ging ruhig weiter seine Bahn. So stehn wir da, und ringen, das wandelnde Schicksal anzuhalten.

O wer ihm nur so still und sinnend, wie dem Gange der Sterne, zusehn könnte!

Je glücklicher du bist, um so weniger kostet es, dich zugrunde zu richten, und die seligen Tage, wie Alabanda und ich sie lebten, sind wie eine jähe Felsenspitze, wo dein Reisegefährte nur dich an= zurühren braucht, um unabsehlich, über die schneidenden Zacken hinab, dich in die dämmernde Tiefe zu stürzen.

Wir hatten eine herrliche Fahrt nach Chios gemacht, hatten tausend Freude an uns gehabt. Wie Lüftchen über die Meeres= fläche, walteten über uns die freundlichen Zauber der Natur. Mit freudigem Staunen sah einer den andern, ohne ein Wort zu sprechen, aber das Auge sagte, so hab' ich dich nie gesehen! So verherrlicht waren wir von den Kräften der Erde und des Himmels.

Wir hatten dann auch mit heitrem Feuer uns über manches ge= stritten während der Fahrt; ich hatte, wie sonst, auch diesmal wieder meines Herzens Freude daran gehabt, diesem Geist auf seiner kühnen Irrbahn zuzusehn, wo er so regellos, so in ungebundner Fröhlichkeit, und doch meist so sicher seinen Weg verfolgte.

Wir eilten, wie wir ausgestiegen waren, allein zu sein.

„Du kannst niemand überzeugen," sagt' ich jetzt mit inniger Liebe, „du überredest, du bestichst die Menschen, ehe du anfängst; man kann nicht zweifeln, wenn du sprichst, und wer nicht zweifelt, wird nicht überzeugt."

„Stolzer Schmeichler," rief er dafür, „du lügst! aber gerade recht, daß du mich mahnst! nur zu oft hast du schon mich unvernünftig gemacht! Um alle Kronen möcht' ich von dir mich nicht befreien, aber es ängstiget denn doch mich oft, daß du mir so unentbehrlich sein sollst, daß ich so gefesselt bin an dich; und sieh," fuhr er fort, „daß du ganz mich hast, sollst du auch alles von mir wissen! wir dachten bisher unter all der Herrlichkeit und Freude nicht daran, uns nach Vergangenem umzusehn."

Er erzählte mir nun sein Schicksal; mir war dabei, als säh' ich einen jungen Herkules mit der Megära im Kampfe.

„Wirst du mir jetzt verzeihen," schloß er die Erzählung seines Ungemachs, „wirst du jetzt ruhiger sein, wenn ich oft rauh bin und anstößig und unverträglich?"

„O stille, stille!" rief ich innigst bewegt; „aber daß du noch da bist, daß du dich erhieltest für mich!"

„Jawohl! für dich!" rief er, „und es freut mich herzlich, daß ich dir denn doch genießbare Kost bin. Und schmeck' ich auch wie ein Holzapfel dir zuweilen, so keltre mich so lange, bis ich trinkbar bin."

„Laß mich! laß mich!" rief ich; ich sträubte mich umsonst, der Mensch machte mich zum Kinde; ich verbarg's ihm auch nicht; er sah meine Tränen, und weh ihm, wenn er sie nicht sehen durfte!

„Wir schwelgen," begann nun Alabanda wieder, „wir töten im Rausche die Zeit."

„Wir haben unsre Bräutigamstage zusammen," rief ich erheitert, „da darf es wohl noch lauten, als wäre man in Arkadien. — Aber auf unser vorig Gespräch zu kommen!

„Du räumst dem Staate denn doch zuviel Gewalt ein. Er darf nicht fordern, was er nicht erzwingen kann. Was aber die Liebe gibt und der Geist, das läßt sich nicht erzwingen. Das laß' er unangetastet, oder man nehme sein Gesetz und schlag' es an den Pranger! Beim Himmel! der weiß nicht, was er sündigt, der den Staat zur Sittenschule machen will. Immerhin hat das den Staat zur Hölle gemacht, daß ihn der Mensch zu seinem Himmel machen wollte.

„Die rauhe Hülse um den Kern des Lebens und nichts weiter ist der Staat. Er ist die Mauer um den Garten menschlicher Früchte und Blumen.

„Aber hilft die Mauer um den Garten, wo der Boden dürre liegt? Da hilft der Regen vom Himmel allein.

„O Regen vom Himmel! o Begeisterung! Du wirst den Frühling der Völker uns wieder bringen. Dich kann der Staat nicht hergebieten. Aber er störe dich nicht, so wirst du kommen, kommen wirst du, mit deinen allmächtigen Wonnen, in goldne Wolken wirst du uns hüllen und empor uns tragen über die Sterblichkeit, und wir werden staunen und fragen, ob wir es noch seien, wir, die Dürftigen, die wir die Sterne fragten, ob dort uns ein Frühling blühe — frägst du mich, wann dies sein wird? Dann, wann die Lieblingin der Zeit, die jüngste, schönste Tochter der Zeit, die neue Kirche, hervorgehn wird aus diesen befleckten veralteten Formen, wann das erwachte Gefühl des Göttlichen dem Menschen seine Gottheit und seiner Brust

die schöne Jugend wieder bringen wird, wann — ich kann sie nicht
verkünden, denn ich ahne sie kaum, aber sie kömmt gewiß, gewiß.
Der Tod ist ein Bote des Lebens, und daß wir jetzt schlafen in unsern
Krankenhäusern, dies zeugt vom nahen gesunden Erwachen. Dann,
dann erst sind wir, dann, dann ist das Element der Geister gefunden!"

Alabanda schwieg und sah eine Weile erstaunt mich an. Ich
war hingerissen von unendlichen Hoffnungen; Götterkräfte trugen,
wie ein Wölkchen, mich fort. —

„Komm!" rief ich, und faßt' Alabanda beim Gewande, „komm,
wer hält es länger aus im Kerker, der uns umnachtet?"

„Wohin, mein Schwärmer?" erwidert' Alabanda trocken, und
ein Schatte von Spott schien über sein Gesicht zu gleiten.

Ich war wie aus den Wolken gefallen. „Geh!" sagt' ich, „du
bist ein kleiner Mensch!"

In demselben Augenblicke traten etliche Fremden ins Zimmer,
auffallende Gestalten, meist hager und blaß, soviel ich im Mondlicht
sehen konnte, ruhig, aber in ihren Mienen war etwas, das in die
Seele ging, wie ein Schwert, und es war, als stünde man vor der
Allwissenheit; man hätte gezweifelt, ob dies die Außenseite wäre
von bedürftigen Naturen, hätte nicht hie und da der getötete Affekt
seine Spuren zurückgelassen.

Besonders einer fiel mir auf. Die Stille seiner Züge war die
Stille eines Schlachtfelds. Grimm und Liebe hatt' in diesem Menschen gerast, und der Verstand leuchtete über den Trümmern des
Gemüts, wie das Auge eines Habichts, der auf zerstörten Palästen
sitzt. Tiefe Verachtung war auf seinen Lippen. Man ahnte, daß
dieser Mensch mit keiner unbedeutenden Absicht sich befasse.

Ein andrer mochte seine Ruhe mehr einer natürlichen Herzens-
härte danken. Man fand an ihm fast keine Spur einer Gewaltsamkeit,
von Selbstmacht oder Schicksal verübt.

Ein dritter mochte seine Kälte mehr mit der Kraft der Überzeugung dem Leben abgerungen haben, und wohl noch oft im Kampfe
mit sich stehen; denn es war ein geheimer Widerspruch in seinem
Wesen, und es schien mir, als müßt' er sich bewachen. Er sprach am
wenigsten.

Alabanda sprang auf wie gebogner Stahl, bei ihrem Eintritt.

„Wir suchten dich", rief einer von ihnen.

„Ihr würdet mich finden," sagt' er lachend, „wenn ich in den
Mittelpunkt der Erde mich verbärge. Sie sind meine Freunde",
setzt' er hinzu, indes er zu mir sich wandte.

Sie schienen mich ziemlich scharf ins Auge zu fassen.

„Das ist auch einer von denen, die es gerne besser haben möchten
in der Welt", rief Alabanda nach einer Weile, und wies auf mich.

„Das ist dein Ernst?" fragt' einer mich von den dreien.

„Es ist kein Scherz, die Welt zu bessern", sagt' ich.

„Du hast viel mit einem Worte gesagt!" rief wieder einer von ihnen. „Du bist unser Mann!" ein andrer.

„Ihr denkt auch so?" fragt' ich.

„Frage, was wir tun!" war die Antwort.

„Und wenn ich fragte?"

„So würden wir dir sagen, daß wir da sind, aufzuräumen auf Erden, daß wir die Steine vom Acker lesen, und die harten Erdenklöße mit dem Karst zerschlagen, und Furchen graben mit dem Pflug, und das Unkraut an der Wurzel fassen, an der Wurzel es durchschneiden, samt der Wurzel es ausreißen, daß es verdorre im Sonnenbrande."

„Nicht, daß wir ernten möchten," fiel ein andrer ein; „uns kömmt der Lohn zu spät; uns reift die Ernte nicht mehr."

„Wir sind am Abend unsrer Tage. Wir irrten oft, wir hofften viel und taten wenig. Wir wagten lieber, als wir uns besannen. Wir waren bald am Ende und trauten auf das Glück. Wir sprachen viel von Freude und Schmerz, und liebten, haßten beide. Wir spielten mit dem Schicksal und es tat mit uns ein Gleiches. Vom Bettelstabe bis zur Krone warf es uns auf und ab. Es schwang uns, wie man ein glühend Rauchfaß schwingt, und wir glühten, bis die Kohle zu Asche ward. Wir haben aufgehört, von Glück und Mißgeschick zu sprechen. Wir sind emporgewachsen über die Mitte des Lebens, wo es grünt und warm ist. Aber es ist nicht das Schlimmste, was die Jugend überlebt. Aus heißem Metalle wird das kalte Schwert geschmiedet. Auch sagt man, auf verbrannten, abgestorbenen Vulkanen gedeihe kein schlechter Most."

„Wir sagen das nicht um unsertwillen," rief ein anderer jetzt etwas rascher, „wir sagen es um euertwillen! Wir betteln um das Herz des Menschen nicht. Denn wir bedürfen seines Herzens, seines Willens nicht. Denn er ist in keinem Falle wider uns, denn es ist alles für uns, und die Toren und die Klugen und die Einfältigen und die Weisen und alle Laster und alle Tugenden der Roheit und der Bildung stehen, ohne gedungen zu sein, in unsrem Dienst und helfen blindlings mit zu unsrem Ziel — nur wünschten wir, es hätte jemand den Genuß davon, drum suchen wir unter den tausend blinden Gehilfen die besten uns aus, um sie zu sehenden Gehilfen zu machen — will aber niemand wohnen, wo wir bauten, unsre Schuld und unser Schaden ist es nicht. Wir taten, was das Unsre war. Will niemand sammeln, wo wir pflügten, wer verargt es uns? Wer flucht dem Baume, wenn sein Apfel in den Sumpf fällt? Ich

hab's mir oft gesagt, du opferst der Verwesung, und ich endete mein
Tagwerk doch."

„Das sind Betrüger!" riefen alle Wände meinem empfindlichen
Sinne zu. Mir war, wie einem, der im Rauch ersticken will, und
Türen und Fenster einstößt, um sich hinauszuhelfen, so dürstet' ich
nach Luft und Freiheit.

Sie sahn auch bald, wie unheimlich mir zumute war, und
brachen ab. Der Tag graute schon, da ich aus dem Khan trat, wo
wir beisammen gewesen. Ich fühlte das Wehen der Morgenluft,
wie Balsam an einer brennenden Wunde.

Ich war durch Alabandas Spott schon zu sehr gereizt, um
nicht durch seine rätselhafte Bekanntschaft vollends irre zu werden
an ihm.

„Er ist schlecht," rief ich, „ja, er ist schlecht. Er heuchelt grenzenlos
Vertrauen und lebt mit solchen — und verbirgt es dir."

Mir war, wie einer Braut, wenn sie erfährt, daß ihr Geliebter
insgeheim mit einer Dirne lebe.

O es war der Schmerz nicht, den man hegen mag, den man am
Herzen trägt, wie ein Kind, und in Schlummer singt mit Tönen
der Nachtigall!

Wie eine ergrimmte Schlange, wenn sie unerbittlich herauffährt
an den Knien und Lenden, und alle Glieder umklammert, und nun
in die Brust die giftigen Zähne schlägt, und nun in den Nacken, so
war mein Schmerz, so faßt' er mich in seine fürchterliche Umarmung.

Ich nahm mein höchstes Herz zu Hilfe und rang nach großen Gedanken, um noch stille zu halten; es gelang mir auch auf wenige
Augenblicke, aber nun war ich auch zum Zorne gestärkt, nun tötet'
ich auch, wie eingelegtes Feuer, jeden Funken der Liebe in mir.

Er muß ja, dacht' ich, das sind ja seine Menschen, er muß ver=
schworen sein mit diesen, gegen dich! Was wollt' er auch von dir?
Was konnt' er suchen bei dir, dem Schwärmer? O wär' er seiner
Wege gegangen! Aber sie haben ihren eigenen Gelust, sich an ihr
Gegenteil zu machen! so ein fremdes Tier im Stalle zu haben, läßt
ihnen gar gut! —

Und doch war ich unaussprechlich glücklich gewesen mit ihm, war
so oft untergegangen in seinen Umarmungen, um aus ihnen zu er=
wachen mit Unüberwindlichkeit in der Brust, wurde so oft gehärtet
und geläutert in seinem Feuer, wie Stahl!

Da ich einst in heitrer Mitternacht die Dioskuren ihm wies, und
Alabanda die Hand aufs Herz mir legt' und sagte: „Das sind nur
Sterne, Hyperion, nur Buchstaben, womit der Name der Helden=
brüder am Himmel geschrieben ist; in uns sind sie! lebendig und wahr,
mit ihrem Mut und ihrer göttlichen Liebe, und du, du bist der Götter=

fohn und teilst mit deinem sterblichen Kastor deine Unsterblich=
keit!" —

Da ich die Wälder des Ida mit ihm durchstreifte, und wir
herunterkamen ins Tal, um da die schweigenden Grabhügel nach
ihren Toten zu fragen, und ich zu Alabanda sagte, daß unter den
Grabhügeln einer vielleicht dem Geist Achills und seines Geliebten
angehöre, und Alabanda mir vertraute, wie er oft ein Kind sei, und
sich denke, daß wir einst in einem Schlachttal fallen und zusammen
ruhen werden unter einem Baum — wer hätte damals das gedacht?

Ich sann mit aller Kraft des Geistes, die mir übrig war, ich
klagt' ihn an, verteidigt' ihn, und klagt' ihn wieder um so bittrer an;
ich widerstrebte meinem Sinne, wollte mich erheitern, und ver=
finsterte mich nur ganz dadurch.

Ach! mein Auge war ja von so manchem Faustschlag wund ge=
wesen, fing ja kaum zu heilen an, wie sollt' es jetzt gesundere Blicke
tun?

Alabanda besuchte mich den andern Tag. Mein Herz kochte,
wie er hereintrat, aber ich hielt mich, so sehr sein Stolz und seine
Ruhe mich aufregt' und erhitzte.

„Die Luft ist herrlich," sagt' er endlich, „und der Abend wird
sehr schön sein; laß uns zusammen auf die Akropolis gehn!"

Ich nahm es an. Wir sprachen lange kein Wort. „Was willst
du?" fragt' ich endlich.

„Das kannst du fragen?" erwiderte der wilde Mensch mit einer
Wehmut, die mir durch die Seele ging. Ich war betroffen, verwirrt.

„Was soll ich von dir denken?" fing ich endlich wieder an.

„Das, was ich bin!" erwidert' er gelassen.

„Du brauchst Entschuldigung," sagt' ich mit veränderter Stimme,
und sah mit Stolz ihn an, „entschuldige dich! reinige dich!"

Das war zuviel für ihn.

„Wie kommt es denn," rief er entrüstet, „daß dieser Mensch mich
beugen soll, wie's ihm gefällt? — Es ist auch wahr, ich war zu früh
entlassen aus der Schule, ich hatte alle Ketten geschleift und alle
zerrissen, nur eine fehlte noch, nur eine war noch zu zerbrechen, ich
war noch nicht gezüchtiget von einem Grillenfänger — murre nur!
ich habe lange genug geschwiegen!"

„O Alabanda! Alabanda!" rief ich.

„Schweig," erwidert' er, „und brauche meinen Namen nicht
zum Dolche gegen mich!"

Nun brach auch mir der Unmut vollends los. Wir ruhten nicht,
bis eine Rückkehr fast unmöglich war. Wir zerstörten mit Gewalt
den Garten unsrer Liebe. Wir standen oft und schwiegen, und wären
uns so gerne, so mit tausend Freuden um den Hals gefallen, aber

der unselige Stolz erstickte jeden Laut der Liebe, der vom Herzen
aufstieg.

„Leb' wohl!“ rief ich endlich, und stürzte fort. Unwillkürlich
mußt' ich mich umsehn, unwillkürlich war mir Alabanda gefolgt.

„Nicht wahr, Alabanda,“ rief ich ihm zu, „das ist ein sonderbarer
Bettler? seinen letzten Pfennig wirft er in den Sumpf!“

„Wenn's das ist, mag er auch verhungern“, rief er, und ging.

Ich wankte sinnlos weiter, stand nun am Meer und sahe die
Wellen an — ach! da hinunter strebte mein Herz, da hinunter, und
meine Arme flogen der freien Flut entgegen; aber bald kam, wie
vom Himmel, ein sanfterer Geist über mich, und ordnete mein un=
bändig leidend Gemüt mit seinem ruhigen Stabe; ich überdachte
stiller mein Schicksal, meinen Glauben an die Welt, meine trostlosen
Erfahrungen, ich betrachtete den Menschen, wie ich ihn empfunden
und erkannt von früher Jugend an, in mannigfaltigen Erziehungen,
fand überall dumpfen oder schreienden Mißlaut, nur in kindlicher,
einfältiger Beschränkung fand ich noch die reinen Melodien — es
ist besser, sagt' ich mir, zur Biene zu werden, und sein Haus zu
bauen in Unschuld, als zu herrschen mit den Herren der Welt, und wie
mit Wölfen zu heulen mit ihnen, als Völker zu meistern und an dem
unreinen Stoffe sich die Hände zu beflecken; ich wollte nach Tina
zurück, um meinen Gärten und Feldern zu leben.

Lächle nur! Mir war es sehr ernst. Bestehet ja das Leben der
Welt im Wechsel des Entfaltens und Verschließens, in Ausflug und
in Rückkehr zu sich selbst, warum nicht auch das Herz des Menschen?

Freilich ging die neue Lehre mir hart ein, freilich schied ich un=
gern von dem stolzen Irrtum meiner Jugend — wer reißt auch gerne
die Flügel sich aus? — aber es mußte ja so sein!

Ich setzt' es durch. Ich war nun wirklich eingeschifft. Ein frischer
Bergwind trieb mich aus dem Hafen von Smyrna. Mit einer wunder=
baren Ruhe, recht wie ein Kind, das nichts vom nächsten Augenblicke
weiß, lag ich so da auf meinem Schiffe, und sah die Bäume und
Moscheen dieser Stadt an, meine grünen Gänge an dem Ufer, meinen
Fußsteig zur Akropolis hinauf, das sah ich an, und ließ es weiter gehn
und immer weiter; wie ich aber nun aufs hohe Meer hinauskam,
und alles nach und nach hinabsank, wie ein Sarg ins Grab, da mit
einmal war es auch, als wäre mein Herz gebrochen. — „O Himmel!“
schrie ich, und alles Leben in mir erwacht' und rang, die fliehende
Gegenwart zu halten, aber sie war dahin, dahin!

Wie ein Nebel lag das himmlische Land vor mir, wo ich, wie
ein Reh auf freier Weide, weit und breit die Täler und die Höhen
hatte durchstreift, und das Echo meines Herzens zu den Quellen und
Strömen, in die Fernen und die Tiefen der Erde gebracht.

Dort hinein auf den Tmolus war ich gegangen in einsamer Un=
schuld; dort hinab, wo Ephesus einst stand in seiner glücklichen Jugend
und Teos und Milet, dort hinauf ins heilige, trauernde Troas war
ich mit Alabanda gewandert, mit Alabanda, und, wie ein Gott,
hatt' ich geherrscht über ihn, und wie ein Kind, zärtlich und gläubig,
hatt' ich seinem Auge gedient, mit Seelenfreude, mit innigem, froh=
lockendem Genusse seines Wesens, immer glücklich, wenn ich seinem
Rosse den Zaum hielt, oder wenn ich, über mich selbst erhoben, in
herrlichen Entschlüssen, in kühnen Gedanken, im Feuer der Rede
seiner Seele begegnete!

Und nun war es dahingekommen, nun war ich nichts mehr, war
so heillos um alles gebracht, war zum ärmsten unter den Men=
schen geworden, und wußte selbst nicht, wie?

O ewiges Irrsal! dacht' ich bei mir, wann reißt der Mensch aus
deinen Ketten sich los?

Wir sprechen von unserm Herzen, unsern Planen, als wären sie
unser, und es ist doch eine fremde Gewalt, die uns herumwirft und
ins Grab legt, wie es ihr gefällt, und von der wir nicht wissen, von
wannen sie kommt, noch wohin sie geht.

Wir wollen wachsen da hinauf, und dort hinaus die Äste und die
Zweige breiten, und Boden und Wetter bringt uns doch, wohin es
geht, und wenn der Blitz auf deine Krone fällt und bis zur Wurzel
dich hinunterspaltet, armer Baum! was geht es dich an?

So dacht' ich. Ärgerst du dich daran, mein Bellarmin? Du
wirst noch andere Dinge hören.

Das eben, Liebster! ist das Traurige, daß unser Geist so gerne
die Gestalt des irren Herzens annimmt, so gerne die vorüberfliehende
Trauer festhält, daß der Gedanke, der die Schmerzen heilen sollte,
selber krank wird, daß der Gärtner an den Rosensträuchen, die er
pflanzen sollte, sich die Hand so oft zerreißt, o! das hat manchen zum
Toren gemacht vor andern, die er sonst, wie ein Orpheus, hätte be=
herrscht, das hat so oft die edelste Natur zum Spott gemacht vor
Menschen, wie man sie auf jeder Straße findet, das ist die Klippe
für die Lieblinge des Himmels, daß ihre Liebe mächtig ist und zart
wie ihr Geist, daß ihres Herzens Wogen stärker oft und schneller sich
regen wie der Trident, womit der Meergott sie beherrscht, und
darum, mein Lieber! überhebe ja sich keiner.

Hyperion an Bellarmin.

Kannst du es hören, wirst du es begreifen, wenn ich dir von
meiner langen kranken Trauer sage?

Nimm mich, wie ich mich gebe, und denke, daß es besser ist zu
sterben, weil man lebte, als zu leben, weil man nie gelebt! Neide

die Leidensfreien nicht, die Götzen von Holz, denen nichts mangelt, weil ihre Seele so arm ist, die nichts fragen nach Regen und Sonnenschein, weil sie nichts haben, was der Pflege bedürfte.

Ja! ja! es ist recht sehr leicht, glücklich, ruhig zu sein mit seichtem Herzen und eingeschränktem Geiste. Gönnen kann man's euch; wer ereifert sich denn, daß die bretterne Scheibe nicht wehklagt, wenn der Pfeil sie trifft, und daß der hohle Topf so dumpf klingt, wenn ihn einer an die Wand wirft?

Nur müßt ihr euch bescheiden, lieben Leute, müßt ja in aller Stille euch wundern, wenn ihr nicht begreift, daß andre nicht auch so glücklich, auch so selbstgenügsam sind, müßt ja euch hüten, eure Weisheit zum Gesetz zu machen, denn das wäre der Welt Ende, wenn man euch gehorchte.

Ich lebte nun sehr still, sehr anspruchslos in Tina. Ich ließ auch wirklich die Erscheinungen der Welt vorüberziehn, wie Nebel im Herbste, lachte manchmal auch mit nassen Augen über mein Herz, wenn es hinzuflog, um zu naschen, wie der Vogel nach der gemalten Traube, und blieb still und freundlich dabei.

Ich ließ nun jedem gerne seine Meinung, seine Unart. Ich war bekehrt, ich wollte niemand mehr bekehren, nur war mir traurig, wenn ich sah, daß die Menschen glaubten, ich lasse darum ihr Possen= spiel unangetastet, weil ich es so hoch und teuer achte, wie sie. Ich mochte nicht gerade ihrer Albernheit mich unterwerfen, doch sucht' ich sie zu schonen, wo ich konnte. Das ist ja ihre Freude, dacht' ich, davon leben sie ja!

Oft ließ ich sogar mir gefallen, mitzumachen, und wenn ich noch so seelenlos, so ohne eignen Trieb dabei war, das merkte keiner, da vermißte keiner nichts, und hätt' ich gesagt, sie möchten mir's verzeihen, so wären sie dagestanden und hätten sich verwundert und gefragt: Was hast du denn uns getan? Die Nachsichtigen!

Oft, wenn ich des Morgens dastand unter meinem Fenster, und der geschäftige Tag mir entgegenkam, konnt' auch ich mich augen= blicklich vergessen, konnte mich umsehn, als möcht' ich etwas vornehmen, woran mein Wesen seine Lust noch hätte wie ehmals, aber da schalt ich mich, da besann ich mich wie einer, dem ein Laut aus seiner Muttersprache entfährt in einem Lande, wo sie nicht ver= standen wird — wohin, mein Herz? sagt' ich verständig zu mir selber und gehorchte mir.

Was ist's denn, daß der Mensch soviel will? fragt' ich oft; was soll denn die Unendlichkeit in seiner Brust? Unendlichkeit? wo ist sie denn? wer hat sie denn vernommen? Mehr will er, als er kann! das möchte wahr sein! O! das hast du oft genug erfahren. Das ist auch nötig, wie es ist. Das gibt das süße, schwärmerische Gefühl der

Kraft, daß sie nicht ausströmt, wie sie will, das eben macht die schönen Träume von Unsterblichkeit und all die holden und die kolossalischen Phantome, die den Menschen tausendfach entzücken, das schafft dem Menschen sein Elysium und seine Götter, daß seines Lebens Linie nicht gerad' ausgeht, daß er nicht hinfährt wie ein Pfeil, und eine fremde Macht dem Fliehenden in den Weg sich wirft.

Des Herzens Woge schäumte nicht so schön empor und würde Geist, wenn nicht der alte stumme Fels, das Schicksal, ihr entgegenstände.

Aber dennoch stirbt der Trieb in unsrer Brust, und mit ihm unsre Götter und ihr Himmel.

Das Feuer geht empor in freudigen Gestalten aus der dunkeln Wiege, wo es schlief, und seine Flamme steigt und fällt und bricht sich und umschlingt sich freudig wieder, bis ihr Stoff verzehrt ist, nun raucht und ringt sie und erlischt; was übrig ist, ist Asche.

So geht's mit uns. Das ist der Inbegriff von allem, was in schreckend reizenden Mysterien die Weisen uns erzählen.

Und du? was frägst du dich? Daß so zuweilen etwas in dir auffährt, und, wie der Mund des Sterbenden, dein Herz in einem Augenblicke so gewaltsam dir sich öffnet und verschließt, das gerade ist das böse Zeichen.

Sei nur still, und laß es seinen Gang gehn! künstle nicht! versuche kindisch nicht, um eine Elle länger dich zu machen! — Es ist, als wolltest du noch eine Sonne schaffen, und neue Zöglinge für sie, ein Erdenrund und einen Mond erzeugen.

So träumt' ich hin. Geduldig nahm ich nach und nach von allem Abschied. — O ihr Genossen meiner Zeit; fragt eure Ärzte nicht und nicht die Priester, wenn ihr innerlich vergeht!

Ihr habt den Glauben an alles Große verloren: so müßt, so müßt ihr hin, wenn dieser Glaube nicht wiederkehrt, wie ein Komet aus fremden Himmeln.

Hyperion an Bellarmin.

Es gibt ein Vergessen alles Daseins, ein Verstummen unsers Wesens, wo uns ist, als hätten wir alles gefunden.

Es gibt ein Verstummen, ein Vergessen alles Daseins, wo uns ist, als hätten wir alles verloren, eine Nacht unsrer Seele, wo kein Schimmer eines Sterns, wo nicht einmal ein faules Holz uns leuchtet.

Ich war nun ruhig geworden. Nun trieb mich nichts mehr auf um Mitternacht. Nun sengt' ich mich in meiner eigenen Flamme nicht mehr.

Ich saß nun still und einsam vor mich hin, und schweift' in die Vergangenheit und in die Zukunft mit dem Auge nicht. Nun drängte

Fernes und Nahes sich in meinem Sinne nicht mehr; die Menschen, wenn sie mich nicht zwangen, sie zu sehen, sah ich nicht.

Sonst lag oft, wie das ewig leere Faß der Danaiden, vor meinem Sinne dies Jahrhundert, und mit verschwenderischer Liebe goß meine Seele sich aus, die Lücken auszufüllen; nun sah ich keine Lücke mehr, nun drückte mich des Lebens Langeweile nicht mehr.

Nun sprach ich nimmer zu der Blume, du bist meine Schwester! und zu den Quellen, wir sind eines Geschlechts! ich gab nun treulich, wie ein Echo, jedem Dinge seinen Namen.

Wie ein Strom an dürren Ufern, wo kein Weidenblatt im Wasser sich spiegelt, lief unverschönert vorüber an mir die Welt.

Hyperion an Bellarmin.

Es kann nichts wachsen und nichts so tief vergehen, wie der Mensch. Mit der Nacht des Abgrunds vergleicht er oft sein Leiden und mit dem Äther seine Seligkeit, und wie wenig ist dadurch gesagt?

Aber schöner ist nichts, als wenn es so nach langem Tode wieder in ihm dämmert, und der Schmerz, wie ein Bruder, der fernher dämmernden Freude entgegengeht.

O es war ein himmlisch Ahnen, womit ich jetzt den kommenden Frühling wieder begrüßte! Wie fernher in schweigender Luft, wenn alles schläft, das Saitenspiel der Geliebten, so umtönten seine leisen Melodien mir die Brust; wie von Elysium herüber, vernahm ich seine Zukunft, wenn die toten Zweige sich regten und ein lindes Wehen meine Wange berührte.

Holder Himmel Ioniens! so hatt' ich nie an dir gehangen, aber so ähnlich war dir auch nie mein Herz gewesen, wie damals in seinen heiteren zärtlichen Spielen. —

Wer sehnt sich nicht nach Freuden der Liebe und großen Taten, wenn im Auge des Himmels und im Busen der Erde der Frühling wiederkehrt?

Ich erhob mich, wie vom Krankenbette, leise und langsam, aber von geheimen Hoffnungen zitterte mir die Brust so selig, daß ich drüber vergaß, zu fragen, was dies zu bedeuten habe.

Schönere Träume umfingen mich jetzt im Schlafe, und wenn ich erwachte, waren sie mir im Herzen, wie die Spur eines Kusses auf der Wange des Geliebten. O das Morgenlicht und ich, wir gingen nun uns entgegen, wie versöhnte Freunde, wenn sie noch etwas fremde tun, und doch den nahen unendlichen Augenblick des Um=armens schon in der Seele tragen.

Es tat nun wirklich einmal wieder mein Auge sich auf, freilich, nicht mehr wie sonst, gerüstet und erfüllt mit eigner Kraft, es war bittender geworden, es fleht' um Leben, aber es war mir im

Innersten doch, als könnt' es wieder werden mit mir wie sonst, und besser.

Ich sahe die Menschen wieder an, als sollt' auch ich wirken und mich freuen unter ihnen. Ich schloß mich wirklich herzlich überall an.

Himmel! wie war das eine Schadenfreude, daß der stolze Sonderling nun einmal war wie ihrer einer geworden! wie hatten sie ihren Scherz daran, daß den Hirsch des Waldes der Hunger trieb, in ihren Hühnerhof zu laufen! —

Ach! meinen Adamas sucht' ich, meinen Alabanda, aber es erschien mir keiner.

Endlich schrieb ich auch nach Smyrna, und es war, als sammelt' alle Zärtlichkeit und alle Macht des Menschen in einem Moment sich, da ich schrieb; so schrieb ich dreimal, aber keine Antwort, ich flehte, drohte, mahnt' an alle Stunden der Liebe und der Kühnheit, aber keine Antwort von dem Unvergeßlichen, bis in den Tod Geliebten. — „Alabanda!" rief ich, „o mein Alabanda! du hast den Stab gebrochen über mich. Du hieltest mich noch aufrecht, warst die letzte Hoffnung meiner Jugend! Nun will ich nichts mehr! nun ist's heilig und gewiß!"

Wir bedauern die Toten, als fühlten sie den Tod, und die Toten haben doch Frieden. Aber das, das ist der Schmerz, dem keiner gleichkömmt, das ist unaufhörliches Gefühl der gänzlichen Zernichtung, wenn unser Leben seine Bedeutung so verliert, wenn so das Herz sich sagt, du mußt hinunter und nichts bleibt übrig von dir; keine Blume hast du gepflanzt, keine Hütte gebaut, nur daß du sagen könntest: Ich lasse eine Spur zurück auf Erden. Ach! und die Seele kann immer so voll Sehnens sein, bei dem, daß sie so mutlos ist!

Ich suchte immer etwas, aber ich wagte das Auge nicht aufzuschlagen vor den Menschen. Ich hatte Stunden, wo ich das Lachen eines Kindes fürchtete.

Dabei war ich meist sehr still und geduldig, hatte oft auch einen wunderbaren Aberglauben an die Heilkraft mancher Dinge: von einer Taube, die ich kaufte, von einer Kahnfahrt, von einem Tale, das die Berge mir verbargen, konnt' ich Trost erwarten.

Genug! genug! wär' ich mit Themistokles aufgewachsen, hätt' ich unter den Scipionen gelebt, meine Seele hätte sich wahrlich nie von dieser Seite kennen gelernt.

Hyperion an Bellarmin.

Zuweilen regte noch sich eine Geisteskraft in mir. Aber freilich nur zerstörend!

Was ist der Mensch? konnt' ich beginnen; wie kommt es, daß so

etwas in der Welt iſt, das wie ein Chaos gärt, oder modert wie
ein fauler Baum, und nie zu einer Reife gedeiht? Wie duldet dieſen
Herling die Natur bei ihren ſüßen Trauben?

Zu den Pflanzen ſpricht er: Ich war auch einmal wie ihr! und
zu den reinen Sternen: Ich will werden wie ihr in einer andern
Welt! inzwiſchen bricht er auseinander und treibt hin und wieder
ſeine Künſte mit ſich ſelbſt, als könnt' er, wenn es einmal ſich auf=
gelöſt, Lebendiges zuſammenſetzen wie ein Mauerwerk; aber es
macht ihn auch nicht irre, wenn nichts gebeſſert wird durch all ſein
Tun; es bleibt doch immerhin ein Kunſtſtück, was er treibt.

O ihr Armen, die ihr das fühlt, die ihr auch nicht ſprechen mögt
von menſchlicher Beſtimmung, die ihr auch ſo durch und durch er=
griffen ſeid vom Nichts, das über uns waltet, ſo gründlich einſeht,
daß wir geboren werden für nichts, daß wir lieben ein Nichts, glauben
ans Nichts, uns abarbeiten für nichts, um mählich überzugehen ins
Nichts — was kann ich dafür, daß euch die Knie brechen, wenn ihr's
ernſtlich bedenkt? Bin ich doch auch ſchon manchmal hingeſunken in
dieſen Gedanken, und habe gerufen, was legſt du die Axt mir an die
Wurzel, grauſamer Geiſt? und bin noch da.

O einſt, ihr finſtern Brüder! war es anders. Da war es über
uns ſo ſchön, ſo ſchön und froh vor uns; auch dieſe Herzen wallten
über vor den fernen ſeligen Phantomen, und kühn frohlockend
drangen auch unſre Geiſter aufwärts und durchbrachen die Schranke,
und wie ſie ſich umſahn, wehe, da war es eine unendliche Leere.

O! auf die Knie kann ich mich werfen und meine Hände ringen
und flehen, ich weiß nicht wen? um andre Gedanken. Aber ich über=
wältige ſie nicht, die ſchreiende Wahrheit. Hab' ich mich nicht zwie=
fach überzeugt? Wenn ich hinſehe ins Leben, was iſt das Letzte von
allem? Nichts. Wenn ich aufſteige im Geiſte, was iſt das Höchſte
von allem? Nichts.

Aber ſtille, mein Herz! Es iſt ja deine letzte Kraft, die du ver=
ſchwendeſt! deine letzte Kraft? und du, du willſt den Himmel ſtürmen?
wo ſind denn deine hundert Arme, Titan, wo dein Pelion und Oſſa,
deine Treppe zu des Göttervaters Burg hinauf, damit du hinauf=
ſteigſt und den Gott und ſeinen Göttertiſch und all die unſterblichen
Gipfel des Olymps herabwirfſt und den Sterblichen predigeſt: Bleibt
unten, Kinder des Augenblicks! ſtrebt nicht in dieſe Höhen herauf,
denn es iſt nichts hier oben.

Das kannſt du laſſen, zu ſehn, was über andre waltet. Dir gilt
deine neue Lehre. Über dir und vor dir iſt es freilich leer und öde,
weil es in dir leer und öd' iſt.

Freilich, wenn ihr reicher ſeid, als ich, ihr andern, könntet ihr
doch wohl auch ein wenig helfen.

Wenn euer Garten so voll Blumen ist, warum erfreut ihr Odem mich nicht auch? — Wenn ihr so voll der Gottheit seid, so reicht sie mir zu trinken. An Festen darbt ja niemand, auch der Ärmste nicht. Aber einer nur hat seine Feste unter euch: das ist der Tod.

Not und Angst und Nacht sind eure Herren. Die sondern euch, die treiben euch mit Schlägen aneinander. Den Hunger nennt ihr Liebe, und wo ihr nichts mehr seht, da wohnen eure Götter. Götter und Liebe?

O die Poeten haben recht, es ist nichts so klein und wenig, woran man sich nicht begeistern könnte.

So dacht' ich. Wie das alles in mich kam, begreif' ich noch nicht.

Zweites Buch.

Hyperion an Bellarmin.

Ich lebe jetzt auf der Insel des Ajax, der teuern Salamis.

Ich liebe dies Griechenland überall. Es trägt die Farbe meines Herzens. Wohin man siehet, liegt eine Freude begraben.

Und doch ist soviel Liebliches und Großes auch um einen.

Auf dem Vorgebirge hab' ich mir eine Hütte gebaut von Mastix=zweigen, und Moos und Bäume herumgepflanzt und Thymian und allerlei Sträuche.

Da hab' ich meine liebsten Stunden, da sitz' ich Abende lang und sehe nach Attika hinüber, bis endlich mein Herz zu hoch mir klopft; dann nehm' ich mein Werkzeug, gehe hinab an die Bucht und fange mir Fische.

Oder les' ich auch auf meiner Höhe droben vom alten herrlichen Seekrieg, der an Salamis einst im wilden, klug beherrschten Ge=tümmel vertobte, und freue des Geistes mich, der das wütende Chaos von Freunden und Feinden lenken konnte und zähmen, wie ein Reiter das Roß, und schäme mich innigst meiner eigenen Kriegsgeschichte.

Oder schau' ich aufs Meer hinaus und überdenke mein Leben, sein Steigen und Sinken; seine Seligkeit und seine Trauer, und meine Vergangenheit lautet mir oft, wie ein Saitenspiel, wo der Meister alle Töne durchläuft, und Streit und Einklang mit ver=borgener Ordnung untereinander wirft.

Heut ist's dreifach schön hier oben. Zwei freundliche Regentage haben die Luft und die lebensmüde Erde gekühlt.

Der Boden ist grüner geworden, offner das Feld. Unendlich steht, mit der freudigen Kornblume gemischt, der goldene Weizen da, und licht und heiter steigen tausend hoffnungsvolle Gipfel aus der Tiefe des Hains. Zart und groß durchirret den Raum jede Linie der Fernen; wie Stufen gehn die Berge bis zur Sonne unaufhörlich hintereinander hinauf. Der ganze Himmel ist rein. Das weiße Licht

ift nur über den Äther gehaucht, und wie ein filbern Wölkchen, wallt
der fchüchterne Mond am hellen Tage vorüber.

Hyperion an Bellarmin.

Mir ift lange nicht gewefen wie jetzt.

Wie Jupiters Adler dem Gefange der Mufen, laufch' ich dem
wunderbaren, unendlichen Wohllaut in mir. Unangefochten an Sinn
und Seele, ftark und fröhlich, mit lächelndem Ernfte, fpiel' ich im
Geifte mit dem Schickfal und den drei Schweftern, den heiligen Parzen.
Voll göttlicher Jugend frohlockt mein ganzes Wefen über fich felbft,
über alles. Wie der Sternenhimmel bin ich ftill und bewegt.

Ich habe lange gewartet auf folche Feftzeit, um dir einmal
wieder zu fchreiben. Nun bin ich ftark genug; nun laß mich dir er=
zählen.

Mitten in meinen finftern Tagen lud ein Bekannter von Ka=
laurea herüber mich ein. Ich follt' in feine Gebirge kommen, fchrieb
er mir: man lebe hier freier als fonftwo, und auch da blüheten,
mitten unter den Fichtenwäldern und reißenden Waffern, Limonien=
haine und Palmen und liebliche Kräuter und Myrten und die heilige
Rebe. Einen Garten hab' er hoch am Gebirge gebaut und ein Haus;
dem befchatteten dichte Bäume den Rücken, und kühlende Lüfte um=
fpielten es leife in den brennenden Sommertagen; wie ein Vogel
vom Gipfel der Zeder, blickte man in die Tiefen hinab, zu den Dörfern
und grünen Hügeln und zufriedenen Herden der Infeln, die alle wie
Kinder umherlägen um den herrlichen Berg und fich nährten von
feinen fchäumenden Bächen.

Das weckte mich denn doch ein wenig. Es war ein heiterer,
blauer Apriltag, an dem ich hinüberfchifffte. Das Meer war ungewöhn=
lich fchön und rein, und leicht die Luft wie in höheren Regionen.
Man ließ im fchwebenden Schiffe die Erde hinter fich liegen, wie eine
köftliche Speife, wenn der heilige Wein gereicht wird.

Dem Einfluffe des Meers und der Luft widerftrebt' der finftere
Sinn umfonft. Ich gab mich hin, fragte nichts nach mir und andern,
fuchte nichts, fann auf nichts, ließ vom Boote mich halb in Schlummer
wiegen, und bildete mir ein, ich liege in Charons Nachen. O es ift
füß, fo aus der Schale der Vergeffenheit zu trinken.

Mein fröhlicher Schiffer hätte gern mit mir gefprochen, aber
ich war fehr einfilbig.

Er deutete mit dem Finger und wies mir rechts und links das
blaue Eiland, aber ich fah nicht lange hin, und war im nächften Augen=
blicke wieder in meinen eignen lieben Träumen.

Endlich, da er mir die ftillen Gipfel in der Ferne wies und fagte,
daß wir bald in Kalaurea wären, merkt' ich mehr auf, und mein ganzes

Wesen öffnete sich der wunderbaren Gewalt, die auf einmal süß und still und unerklärlich mit mir spielte. Mit großem Auge, staunend und freudig sah ich hinaus in die Geheimnisse der Ferne, leicht zitterte mein Herz, und die Hand entwischte mir und faßte freundlich hastig meinen Schiffer an — „So?" rief ich, „das ist Kalaurea?" Und wie er mich drum ansah, wußt' ich selbst nicht, was ich aus mir machen sollte.

Ich grüßte meinen Freund mit wunderbarer Zärtlichkeit. Voll süßer Unruhe war all mein Wesen.

Den Nachmittag wollt' ich gleich einen Teil der Insel durch= streifen. Die Wälder und geheimen Tale reizten mich unbeschreiblich, und der freundliche Tag lockte alles hinaus.

Es war so sichtbar, wie alles Lebendige mehr, denn tägliche Speise begehrt, wie auch der Vogel sein Fest hat und das Tier.

Es war entzückend anzusehn! Wie, wenn die Mutter schmeichelnd frägt, wo um sie her ihr Liebstes sei, und alle Kinder in den Schoß ihr stürzen, und das Kleinste noch die Arme aus der Wiege streckt, so flog und sprang und strebte jedes Leben in die göttliche Luft hinaus, und Käfer und Schwalben und Tauben und Störche tum= melten sich in frohlockender Verwirrung untereinander in den Tiefen und Höhn, und was die Erde festhielt, dem ward zum Fluge der Schritt, über die Gräben brauste das Roß und über die Zäune das Reh, und aus dem Meergrund kamen die Fische herauf und hüpften über die Fläche. Allen drang die mütterliche Luft ans Herz, und hob sie und zog sie zu sich.

Und die Menschen gingen aus ihren Türen heraus, und fühlten wunderbar das geistige Wehen, wie es leise die zarten Haare über die Stirne bewegte, wie es den Lichtstrahl kühlte, und lösten freundlich ihre Gewänder, um es aufzunehmen an ihre Brust, atmeten süßer, berührten zärtlicher das leichte, klare, schmeichelnde Meer, in dem sie lebten und webten.

O Schwester des Geistes, der feurig mächtig in uns waltet und lebt, heilige Luft! wie schön ist's, daß du, wohin ich wandre, mich geleitest, Allgegenwärtige, Unsterbliche!

Mit den Kindern spielte das hohe Element am schönsten.

Das summte friedlich vor sich hin, dem schlüpft' ein taktlos Liedchen aus den Lippen, dem ein Frohlocken aus offner Kehle; das streckte sich, das sprang in die Höhe; ein andres schlenderte ver= tieft umher.

Und all dies war die Sprache eines Wohlseins, alles eine Antwort auf die Liebkosungen der entzückenden Lüfte.

Ich war voll unbeschreiblichen Sehnens und Friedens. Eine

fremde Macht beherrschte mich. Freundlicher Geist, sagt' ich bei mir selber, wohin rufest du mich? nach Elysium oder wohin?

Ich ging in einem Walde, am rieselnden Wasser hinauf, wo es über Felsen heruntertröpfelte, wo es harmlos über die Kieseln glitt; und mählich verengte sich und ward zum Bogengange das Tal, und einsam spielte das Mittagslicht im schweigenden Dunkel.

Hier — ich möchte sprechen können, mein Bellarmin! möchte gerne mit Ruhe dir schreiben!

Sprechen? o ich bin ein Laie in der Freude, ich will sprechen!

Wohnt doch die Stille im Lande der Seligen, und über den Sternen vergißt das Herz seine Not und seine Sprache.

Ich hab' es heilig bewahrt! wie ein Palladium, hab' ich es in mir getragen, das Göttliche, das mir erschien! und wenn hinfort mich das Schicksal ergreift und von einem Abgrund in den andern mich wirft, und alle Kräfte ertränkt in mir und alle Gedanken: so soll dies Einzige doch mich selber überleben in mir, und leuchten in mir und herrschen, in ewiger, unzerstörbarer Klarheit!

So lagst du hingegossen, süßes Leben, so blicktest du auf, er= hubst dich, standst nun da, in schlanker Fülle, göttlich ruhig, und das himmlische Gesicht noch voll des heitern Entzückens, worin ich dich störte!

O wer in die Stille dieses Auges gesehn, wem diese süßen Lippen sich aufgeschlossen, wovon mag der noch sprechen?

Friede der Schönheit! göttlicher Friede! wer einmal an dir das tobende Leben und den zweifelnden Geist besänftigt, wie kann dem anderes helfen?

Ich kann nicht sprechen von ihr, aber es gibt ja Stunden, wo das Beste und Schönste wie in Wolken erscheint, und der Himmel der Vollendung vor der ahnenden Liebe sich öffnet; da, Bellarmin! da denke ihres Wesens, da beuge die Knie mit mir, und denke meiner Seligkeit! aber vergiß nicht, daß ich hatte, was du ahnest, daß ich mit diesen Augen sah, was nur wie in Wolken dir erscheint.

Daß die Menschen manchmal sagen möchten, sie freueten sich! O glaubt, ihr habt von Freude noch nichts geahnet! Euch ist der Schatten ihres Schattens noch nicht erschienen! O geht und sprecht vom blauen Äther nicht, ihr Blinden!

Daß man werden kann, wie die Kinder, daß noch die goldne Zeit der Unschuld wiederkehrt, die Zeit des Friedens und der Freiheit, daß doch eine Freude ist, eine Ruhestätte auf Erden!

Ist der Mensch nicht veraltet, verwelkt, ist er nicht wie ein ab= gefallen Blatt, das seinen Stamm nicht wiederfindet und nun umher= gescheucht wird von den Winden, bis es der Sand begräbt?

Und dennoch kehrt sein Frühling wieder!

Weint nicht, wenn das Trefflichste verblüht! bald wird es sich verjüngen! Trauert nicht, wenn eures Herzens Melodie verstummt! bald findet eine Hand sich wieder, es zu stimmen!

Wie war denn ich? war ich nicht wie ein zerrissen Saitenspiel? Ein wenig tönt' ich noch, aber es waren Todestöne. Ich hatte mir ein düster Schwanenlied gesungen! Einen Sterbekranz hätt' ich gern mir gewunden, aber ich hatte nur Winterblumen.

Und wo war sie denn nun, die Totenstille, die Nacht und Öde meines Lebens? die ganze dürftige Sterblichkeit?

Freilich ist das Leben arm und einsam. Wir wohnen hier unten wie der Diamant im Schacht. Wir fragen umsonst wie wir herab= gekommen, um wieder den Weg hinauf zu finden.

Wir sind wie Feuer, das im dürren Aste oder im Kiesel schläft; und ringen und suchen in jedem Moment das Ende der engen Ge= fangenschaft. Aber sie kommen, sie wägen Äonen des Kampfes auf, die Augenblicke der Befreiung, wo das Göttliche den Kerker sprengt, wo die Flamme vom Holze sich löst und siegend emporwallt über der Asche, ha! wo uns ist, als kehrte der entfesselte Geist, vergessen der Leiden, der Knechtsgestalt, im Triumphe zurück in die Hallen der Sonne.

Hyperion an Bellarmin.

Ich war einst glücklich, Bellarmin! Bin ich es nicht noch? Wär' ich es nicht, wenn auch der heilige Moment, wo ich zum erstenmal sie sah, der letzte wäre gewesen?

Ich hab' es einmal gesehn, das Einzige, das meine Seele suchte, und die Vollendung, die wir über die Sterne hinauf ent= fernen, die wir hinausschieben bis ans Ende der Zeit, die hab' ich gegenwärtig gefühlt. Es war da, das Höchste, in diesem Kreise der Menschennatur und der Dinge war es da!

Ich frage nicht mehr, wo es sei; es war in der Welt, es kann wiederkehren in ihr, es ist jetzt nur verborgner in ihr. Ich frage nicht mehr, was es sei; ich hab' es gesehn, ich hab' es kennen ge= lernt.

O ihr, die ihr das Höchste und Beste sucht, in der Tiefe des Wissens, im Getümmel des Handelns, im Dunkel der Vergangenheit, im La= byrinthe der Zukunft, in den Gräbern oder über den Sternen! wißt ihr seinen Namen? den Namen des, das Eins ist und Alles?

Sein Name ist Schönheit.

Wußtet ihr, was ihr wolltet? Noch weiß ich es nicht, doch ahn' ich es, der neuen Gottheit neues Reich, und eil' ihm zu und ergreife die andern und führe sie mit mir wie der Strom die Ströme in den Ozean.

Und du, du hast mir den Weg gewiesen! Mit dir begann ich.
Sie sind der Worte nicht wert, die Tage, da ich noch dich nicht kannte —
O Diotima; Diotima, himmlisches Wesen!

Hyperion an Bellarmin.

Laß uns vergessen, daß es eine Zeit gibt, und zähle die Lebens=
tage nicht!

Was sind Jahrhunderte gegen den Augenblick, wo zwei Wesen
so sich ahnen und nahn?

Noch seh' ich den Abend, an dem Notara zum erstenmal zu ihr
ins Haus mich brachte.

Sie wohnte nur einige hundert Schritte von uns am Fuße des
Bergs.

Ihre Mutter war ein denkend zärtlich Wesen, ein schlichter, fröh=
licher Junge der Bruder, und beide gestanden herzlich in allem Tun
und Lassen, daß Diotima die Königin des Hauses war.

Ach! es war alles geheiliget und verschönert durch ihre Gegen=
wart. Wohin ich sah, was ich berührte, ihr Fußteppich, ihr Polster,
ihr Tischchen, alles war in geheimem Bunde mit ihr. Und da sie zum
erstenmal mit Namen mich rief, da sie selbst so nahe mir kam, daß
ihr unschuldiger Atem mein lauschend Wesen berührte! —

Wir sprachen sehr wenig zusammen. Man schämt sich seiner
Sprache. Zum Tone möchte man werden und sich vereinen in
einen Himmelsgesang.

Wovon auch sollten wir sprechen? Wir sahn nur uns. Von uns
zu sprechen, scheuten wir uns.

Vom Leben der Erde sprachen wir endlich.

So feurig und kindlich ist ihr noch keine Hymne gesungen worden.

Es tat uns wohl, den Überfluß unsers Herzens der guten Mutter
in den Schoß zu streuen. Wir fühlten uns dadurch erleichtert, wie
die Bäume, wenn ihnen der Sommerwind die fruchtbaren Äste
schüttelt und ihre süßen Äpfel in das Gras gießt.

Wir nannten die Erde eine der Blumen des Himmels, und den
Himmel nannten wir den unendlichen Garten des Lebens. Wie die
Rosen sich mit goldnen Stäubchen erfreuen, sagten wir, so erfreue
das heldenmütige Sonnenlicht mit seinen Strahlen die Erde; sie sei
ein herrlich lebend Wesen, sagten wir, gleich göttlich, wenn ihr
zürnend Feuer oder mildes klares Wasser aus dem Herzen quille,
immer glücklich, wenn sie von Tautropfen sich nähre, oder von Ge=
witterwolken, die sie sich zum Genusse bereite mit Hilfe des Himmels,
die immer treuer liebende Hälfte des Sonnengotts, ursprünglich
vielleicht inniger mit ihm vereint, dann aber durch ein allwaltend

Schickfal geschieden von ihm, damit sie ihn suche, sich nähere, sich entferne und unter Luft und Trauer zur höchsten Schönheit reife.

So sprachen wir. Ich gebe dir den Inhalt, den Geist davon. Aber was ist er ohne das Leben?

Es dämmerte, und wir mußten gehen. Gute Nacht, ihr Engelsaugen! dacht' ich im Herzen, und erscheine du bald mir wieder, schöner, göttlicher Geist, mit deiner Ruhe und Fülle!

Hyperion an Bellarmin.

Ein paar Tage drauf kamen sie herauf zu uns. Wir gingen zusammen im Garten herum. Diotima und ich gerieten voraus, vertieft; mir traten oft Tränen der Wonne ins Auge, über das Heilige, das so anspruchslos zur Seite mir ging.

Vorn am Rande des Berggipfels standen wir nun und sahn hinaus in den unendlichen Osten.

Diotimas Auge öffnete sich weit, und leise, wie eine Knospe sich aufschließt, schloß das liebe Gesichtchen vor den Lüften des Himmels sich auf, ward lauter Sprache und Seele, und, als begänne sie den Flug in die Wolken, stand sanft emporgestreckt die ganze Gestalt, in leichter Majestät, und berührte kaum mit den Füßen die Erde.

O unter den Armen hätt' ich sie fassen mögen, wie der Adler seinen Ganymed, und hinfliegen mit ihr über das Meer und seine Inseln.

Nun trat sie weiter vor, und sah die schroffe Felsenwand hinab. Sie hatte ihre Luft daran, die schreckende Tiefe zu messen, und sich hinab zu verlieren in die Nacht der Wälder, die unten aus Felsenstücken und schäumenden Wetterbächen herauf die lichten Gipfel streckten.

Das Geländer, worauf sie sich stützte, war etwas niedrig. So durft' ich es ein wenig halten, das Reizende, indes es so sich vorwärts beugte. Ach! heiße, zitternde Wonne durchlief mein Wesen, und Taumel und Toben war in allen Sinnen, und die Hände brannten mir wie Kohlen, da ich sie berührte.

Und dann die Herzensluft, so traulich neben ihr zu stehn, und die zärtlich kindische Sorge, daß sie fallen möchte, und die Freude an der Begeisterung des herrlichen Mädchens!

Was ist alles, was in Jahrtausenden die Menschen taten und dachten, gegen einen Augenblick der Liebe? Es ist aber auch das Gelungenste, Göttlichschönste in der Natur! dahin führen alle Stufen auf der Schwelle des Lebens. Daher kommen wir, dahin gehn wir.

Hyperion an Bellarmin.

Nur ihren Gesang sollt' ich vergessen, nur diese Seelentöne sollten nimmer wiederkehren in meinen unaufhörlichen Träumen.

Man kennt den stolz hinschiffenden Schwan nicht, wenn er schlummernd am Ufer sitzt.

Nur wenn sie sang, erkannte man die liebende Schweigende, die so ungern sich zur Sprache verstand.

Da, da ging erst die himmlische Ungefällige in ihrer Majestät und Lieblichkeit hervor; da weht' es oft so bittend und so schmeichelnd, oft wie ein Göttergebot von den zarten blühenden Lippen. Und wie das Herz sich regt' in dieser göttlichen Stimme, wie alle Größe und Demut, alle Lust und alle Trauer des Lebens verschönert im Adel dieser Töne erschien!

Wie im Fluge die Schwalbe die Bienen hascht, ergriff sie immer uns alle.

Es kam nicht Lust und nicht Bewunderung, es kam der Friede des Himmels unter uns.

Tausendmal hab' ich es ihr und mir gesagt: das Schönste ist auch das Heiligste. Und so war alles an ihr. Wie ihr Gesang, so auch ihr Leben.

Hyperion an Bellarmin.

Unter den Blumen war ihr Herz zu Hause, als wär' es eine von ihnen.

Sie nannte sie alle mit Namen, schuf ihnen aus Liebe neue, schönere, und wußte genau die fröhlichste Lebenszeit von jeder.

Wie eine Schwester, wenn aus jeder Ecke ein Geliebtes ihr entgegenkommt, und jedes gerne zuerst gegrüßt sein möchte, so war das stille Wesen mit Aug' und Hand beschäftigt, selig zerstreut, wenn auf der Wiese wir gingen, oder im Walde.

Und das war so ganz nicht angenommen, angebildet, das war so mit ihr aufgewachsen.

Es ist doch ewig gewiß und zeigt sich überall; je unschuldiger, schöner eine Seele, desto vertrauter wird sie mit den andern Glücklichen leben, die man seelenlos nennt.

Hyperion an Bellarmin.

Tausendmal hab' ich in meiner Herzensfreude gelacht über die Menschen, die sich einbilden, ein erhabner Geist könne unmöglich wissen, wie man ein Gemüse bereitet. Diotima konnte wohl zur rechten Zeit recht herzlich von dem Feuerherde sprechen, und es ist gewiß nichts edler, als ein edles Mädchen, das die allwohltätige

Flamme beforgt, und, ähnlich der Natur, die herzerfreuende Speise
bereitet.

Hyperion an Bellarmin.

Was ist alles künstliche Wissen in der Welt, was ist die ganze
stolze Mündigkeit der menschlichen Gedanken gegen die ungesuchten
Töne dieses Geistes, der nicht wußte, was er wußte, was er war?

Wer will die Traube nicht lieber voll und frisch, so wie sie aus
der Wurzel quoll, als die getrockneten, gepflückten Beeren, die der
Kaufmann in die Kiste preßt und in die Welt schickt? Was ist die
Weisheit eines Buchs gegen die Weisheit eines Engels?

Sie schien immer so wenig zu sagen, und sagte so viel.

Ich geleitete sie einst in später Dämmerung nach Hause; wie
Träume beschlichen tauende Wölkchen die Wiese, wie lauschende
Genien sahn die seligen Sterne durch die Zweige.

Man hörte selten ein „Wie schön!" aus ihrem Munde, wenn
schon das fromme Herz kein lispelnd Blatt, kein Rieseln einer Quelle
unbehorcht ließ.

Diesmal sprach sie es denn doch mir aus — wie schön!

„Es ist wohl uns zuliebe so!" sagt' ich, ungefähr wie Kinder
etwas sagen, weder im Scherze, noch im Ernste.

„Ich kann mir denken, was du sagst," erwiderte sie; „ich denke
mir die Welt am liebsten wie ein häuslich Leben, wo jedes, ohne
gerade dran zu denken, sich ins andre schickt, und wo man sich einander
zum Gefallen und zur Freude lebt, weil es eben so vom Herzen
kömmt."

„Froher erhabner Glaube!" rief ich.

Sie schwieg eine Weile.

„Auch wir sind also Kinder des Hauses," begann ich endlich
wieder, „sind es und werden es sein."

„Werden ewig es sein", erwiderte sie.

„Werden wir das?" fragt' ich.

„Ich vertraue", fuhr sie fort, „hierinnen der Natur, so wie ich
täglich ihr vertraue."

O ich hätte mögen Diotima sein, da sie dies sagte! Aber du
weißt nicht, was sie sagte, mein Bellarmin! Du hast es nicht gesehn
und nicht gehört.

„Du hast recht," rief ich ihr zu; „die ewige, ewige Schönheit,
die Natur leidet keinen Verlust in sich, so wie sie keinen Zusatz leidet.
Ihr Schmuck ist morgen anders, als er heute war; aber unser Bestes,
uns, uns kann sie nicht entbehren und dich am wenigsten. Wir glauben,
daß wir ewig sind, denn unsre Seele fühlt die Schönheit der Natur.
Sie ist ein Stückwerk, ist die Göttliche, die Vollendete nicht, wenn

jemals du in ihr vermißt wirst. Sie verdient dein Herz nicht, wenn
sie erröten muß vor deinen Hoffnungen.“

Hyperion an Bellarmin.

So bedürfnislos, so göttlichgenügsam hab’ ich nichts gekannt.

Wie die Woge des Ozeans das Gestade seliger Inseln, so um=
flutete mein ruheloses Herz den Frieden des himmlischen Mädchens. 5

Ich hatt’ ihr nichts zu geben, als ein Gemüt voll wilder Wider=
sprüche, voll blutender Erinnerungen, nichts hatt’ ich ihr zu geben,
als meine grenzenlose Liebe mit ihren tausend Sorgen, ihren tausend
tobenden Hoffnungen; sie aber stand vor mir in wandelloser Schön=
heit, mühelos, in lächelnder Vollendung da, und alles Sehnen, alles 10
Träumen der Sterblichkeit, ach! alles, was in goldnen Morgenstunden
von höhern Regionen der Genius weissagt, es war alles in dieser
einen stillen Seele erfüllt.

Man sagt sonst, über den Sternen verhalle der Kampf, und
künftig erst, verspricht man uns, wenn unsre Hefe gesunken sei, ver= 15
wandle sich in edeln Freudenwein das gärende Leben; die Herzens=
ruhe der Seligen sucht man sonst auf dieser Erde nirgends mehr.
Ich weiß es anders. Ich bin den nähern Weg gekommen. Ich stand
vor ihr und hört’ und sah den Frieden des Himmels, und mitten im
seufzenden Chaos erschien mir Urania. 20

Wie oft hab’ ich meine Klagen vor diesem Bilde gestillt! wie oft
hat sich das übermütige Leben und der strebende Geist besänftigt,
wenn ich, in selige Betrachtungen versunken, ihr ins Herz sah, wie
man in die Quelle siehet, wenn sie still erbebt von den Berührungen
des Himmels, der in Silbertropfen auf sie niederträufelt! 25

Sie war mein Lethe, diese Seele, mein heiliger Lethe, woraus
ich die Vergessenheit des Daseins trank, daß ich vor ihr stand wie
ein Unsterblicher, und freudig mich schalt, und wie nach schweren
Träumen lächeln mußte über alle Ketten, die mich gedrückt.

O ich wär’ ein glücklicher, ein trefflicher Mensch geworden mit ihr! 30

Mit ihr! aber das ist mißlungen, und nun irr’ ich herum in dem,
was vor und in mir ist, und drüber hinaus, und weiß nicht, was ich
machen soll aus mir und andern Dingen.

Meine Seele ist wie ein Fisch aus ihrem Elemente auf den
Uferstrand geworfen, und windet sich und wirft sich umher, bis sie 35
vertrocknet in der Hitze des Tags.

Ach! gäb’ es nur noch etwas in der Welt für mich zu tun! gäb’
es eine Arbeit, einen Krieg für mich, das sollte mich erquicken!

Knäblein, die man von der Mutterbrust gerissen und in die
Wüste geworfen, hat einst, so sagt man, eine Wölfin gesäugt. 40

Mein Herz ist nicht so glücklich.

Hyperion an Bellarmin.

Ich kann nur hie und da ein Wörtchen von ihr sprechen. Ich muß vergessen, was sie ganz ist, wenn ich von ihr sprechen soll. Ich muß mich täuschen, als hätte sie vor alten Zeiten gelebt, als wüßt' ich durch Erzählung einiges von ihr, wenn ihr lebendig Bild mich nicht ergreifen soll, daß ich vergehe im Entzücken und im Schmerz, wenn ich den Tod der Freude über sie und den Tod der Trauer um sie nicht sterben soll.

Hyperion an Bellarmin.

Es ist umsonst; ich kann's mir nicht verbergen. Wohin ich auch entfliehe mit meinen Gedanken, in die Himmel hinauf und in den Abgrund, zum Anfang und ans Ende der Zeiten, selbst wenn ich ihm, der meine letzte Zuflucht war, der sonst noch jede Sorge in mir ver= zehrte, der alle Lust und allen Schmerz des Lebens sonst mit der Feuerflamme, worin er sich offenbarte, in mir versengte, selbst wenn ich ihm mich in die Arme werfe, dem herrlichen geheimen Geiste der Welt, in seine Tiefe mich tauche, wie in den bodenlosen Ozean hinab, auch da, auch da finden die süßen Schrecken mich auf, die süßen verwirrenden tötenden Schrecken, daß Diotimas Grab mir nah ist.

Hörst du? hörst du? Diotimas Grab!

Mein Herz war doch so stille geworden, und meine Liebe war begraben mit der Toten, die ich liebte.

Du weißt, mein Bellarmin! ich schrieb dir lange nicht von ihr, und da ich schrieb, so schrieb ich dir gelassen, wie ich meine.

Was ist's denn nun?

Ich gehe ans Ufer hinaus und sehe nach Kalaurea, wo sie ruhet, hinüber, das ist's.

O daß ja keiner den Kahn mir leihe, daß ja sich keiner erbarme und mir sein Ruder biete und mir hinüberhelfe zu ihr!

Daß ja das gute Meer nicht ruhig bleibe, damit ich nicht ein Holz mir zimmre und hinüberschwimme zu ihr.

Aber in die tobende See will ich mich werfen, und ihre Woge bitten, daß sie an Diotimas Gestade mich wirft!

Lieber Bruder! ich tröste mein Herz mit allerlei Phantasien, ich reiche mir manchen Schlaftrank; und es wäre wohl größer, sich zu befreien auf immer, als sich zu behelfen mit Palliativen; aber wem geht's nicht so? Ich bin denn doch damit zufrieden.

Zufrieden? ach das wäre gut! da wäre ja geholfen, wo kein Gott nicht helfen kann.

Nun! nun! ich habe, was ich konnte, getan! Ich fordre von dem Schicksal meine Seele.

Hyperion an Bellarmin.

War sie nicht mein, ihr Schwestern des Schickfals, war sie nicht mein? Die reinen Quellen fordr' ich auf zu Zeugen, und die unschuldigen Bäume, die uns belauschten, und das Tagslicht und den Äther! war sie nicht mein? vereint mit mir in allen Tönen des Lebens?

Wo ist das Wesen, das wie meines sie erkannte? in welchem Spiegel sammelten sich, so wie in mir, die Strahlen dieses Lichts? erschrak sie freudig nicht vor ihrer eignen Herrlichkeit, da sie zuerst in meiner Freude sich gewahr ward? Ach! wo ist das Herz, das so wie meines sie erfüllte und von ihr erfüllt war, das so einzig da war, ihres zu umfangen, wie die Wimper für das Auge da ist.

Wir waren eine Blume nur, und unsre Seelen lebten ineinander wie die Blume, wenn sie liebt, und ihre zarten Freuden im verschloßnen Kelche verbirgt.

Und doch, doch wurde sie, wie eine angemaßte Krone, von mir gerissen und in den Staub gelegt?

Hyperion an Bellarmin.

Eh' es eines von uns beiden wußte, gehörten wir uns an.

Wenn ich so, mit allen Huldigungen des Herzens, selig überwunden, vor ihr stand, und schwieg, und all mein Leben sich hingab in den Strahlen des Auges, das sie nur sah, nur sie umfaßte, und sie dann wieder zärtlich zweifelnd mich betrachtete, und nicht wußte, wo ich war mit meinen Gedanken, wenn ich oft, begraben in Lust und Schönheit, bei einem reizenden Geschäfte sie belauschte, und um die leiseste Bewegung, wie die Biene um die schwanken Zweige, meine Seele schweift' und flog, und wenn sie dann in friedlichen Gedanken gegen mich sich wandt' und, überrascht von meiner Freude, meine Freude sich verbergen mußte, und bei der lieben Arbeit ihre Ruhe wieder sucht' und fand —

Wenn sie, wunderbar allwissend, jeden Wohlklang, jeden Mißlaut in der Tiefe meines Wesens, im Momente, da er begann, noch eh' ich selbst ihn wahrnahm, mir enthüllte, wenn sie jeden Schatten eines Wölkchens auf der Stirne, jeden Schatten einer Wehmut, eines Stolzes auf der Lippe, jeden Funken mir im Auge sah, wenn sie die Ebb' und Flut des Herzens mir behorcht' und sorgsam trübe Stunden ahnete, indes mein Geist zu unenthaltsam, zu verschwenderisch im üppigen Gespräche sich verzehrte, wenn das liebe Wesen, treuer wie ein Spiegel, jeden Wechsel meiner Wange mir verriet, und oft in freundlichen Bekümmernissen über mein unstet Wesen mich ermahnt und strafte wie ein teures Kind —

Ach! da du einst, Unschuldige, an den Fingern die Treppen
zähltest, von unsrem Berge herab zu deinem Hause, da du deine
Spaziergänge mir wiesest, die Plätze, wo du sonst gesessen, und mir
erzähltest, wie die Zeit dir da vergangen, und mir am Ende sagtest,
es sei dir jetzt, als wär' ich auch von jeher dagewesen —

Gehörten wir da nicht längst uns an?

Hyperion an Bellarmin.

Ich baue meinem Herzen ein Grab, damit es ruhen möge; ich
spinne mich ein, weil überall es Winter ist; in seligen Erinnerungen
hüll' ich vor dem Sturme mich ein.

Wir saßen einst mit Notara — so hieß der Freund, bei dem ich
lebte — und einigen andern, die auch wie wir zu den Sonderlingen
in Kalaurea gehörten, in Diotimas Garten, unter blühenden Mandel=
bäumen, und sprachen unter andrem über die Freundschaft.

Ich hatte wenig mitgesprochen, ich hütete mich seit einiger
Zeit, viel Worte zu machen von Dingen, die das Herz zunächst
angehn, meine Diotima hatte mich so einsilbig gemacht. —

„Da Harmodius und Aristogiton lebten," rief endlich einer, „da
war noch Freundschaft in der Welt." Das freute mich zu sehr, als
daß ich hätte schweigen mögen.

„Man sollte dir eine Krone flechten um dieses Wortes willen!"
rief ich ihm zu; „hast du denn wirklich eine Ahnung davon, hast du
ein Gleichnis für die Freundschaft des Aristogiton und Harmodius?
Verzeih mir! Aber beim Äther! man muß Aristogiton sein, um
nachzufühlen, wie Aristogiton liebte, und die Blitze durfte wohl der
Mann nicht fürchten, der geliebt sein wollte mit Harmodius' Liebe,
denn es täuscht mich alles, wenn der furchtbare Jüngling nicht mit
Minos' Strenge liebte. Wenige sind in solcher Probe bestanden, und
es ist nicht leichter, eines Halbgotts Freund zu sein, als an der Götter
Tische, wie Tantalus, zu sitzen. Aber es ist auch nichts Herrlicheres
auf Erden, als wenn ein stolzes Paar wie diese, so sich untertan ist.

Das ist auch meine Hoffnung, meine Lust in einsamen Stunden,
daß solche große Töne und größere einst wiederkehren müssen in der
Symphonie des Weltlaufs. Die Liebe gebar Jahrtausende voll le=
bendiger Menschen; die Freundschaft wird sie wiedergebären. Von
Kinderharmonie sind einst die Völker ausgegangen, die Harmonie
der Geister wird der Anfang einer neuen Weltgeschichte sein. Von
Pflanzenglück begannen die Menschen und wuchsen auf, und wuchsen
bis sie reiften, von nun an gärten sie unaufhörlich fort, von innen und
außen, bis jetzt das Menschengeschlecht, unendlich aufgelöst, wie ein
Chaos daliegt, daß alle, die noch fühlen und sehen, Schwindel er=
greift; aber die Schönheit flüchtet aus dem Leben der Menschen sich

herauf in den Geist; Ideal wird, was Natur war, und wenn von unten
gleich der Baum verdorrt ist und verwittert, ein frischer Gipfel ist
noch hervorgegangen aus ihm, und grünt im Sonnenglanze wie einst
der Stamm in den Tagen der Jugend; Ideal ist, was Natur war.
Daran, an diesem Ideale, dieser verjüngten Gottheit, erkennen die
wenigen sich, und eins sind sie, denn es ist eines in ihnen; und von
diesen, diesen beginnt das zweite Lebensalter der Welt — ich habe
genug gesagt, um klar zu machen, was ich denke."

Da hättest du Diotima sehen sollen, wie sie aufsprang und die
beiden Hände mir reichte und rief: „Ich hab' es verstanden, Lieber,
ganz verstanden, soviel es sagt.

Die Liebe gebar die Welt, die Freundschaft wird sie wieder=
gebären.

O dann, ihr künftigen, ihr neuen Dioskuren, dann weilt ein
wenig, wenn ihr vorüberkommt, da, wo Hyperion schläft, weilt
ahnend über des vergeßnen Mannes Asche, und sprecht: Er wäre,
wie unsereiner, wär' er jetzt da."

Das hab' ich gehört, mein Bellarmin! das hab' ich erfahren und
gehe nicht willig in den Tod!

Ja! ja! ich bin vorausbezahlt, ich habe gelebt. Mehr Freude
konnt' ein Gott ertragen, aber ich nicht.

Hyperion an Bellarmin.

Frägst du, wie mir gewesen sei um diese Zeit? Wie einem, der
alles verloren hat, um alles zu gewinnen.

Oft kam ich freilich von Diotimas Bäumen wie ein Sieges=
trunkener, oft mußt' ich eilend weg von ihr, um keinen meiner Ge=
danken zu verraten; so tobte die Freude in mir, und der Stolz, der
allbegeisternde Glaube, von Diotima geliebt zu sein.

Dann suchte ich die höchsten Berge mir auf und ihre Lüfte, und
wie ein Adler, dem der blutende Fittich geheilt ist, regte mein Geist
sich im Freien, und dehnt', als wäre sie sein, über die sichtbare Welt
sich aus; wunderbar! es war mir oft, als läuterten sich und schmelzten
die Dinge der Erde wie Gold in meinem Feuer zusammen, und ein
Göttliches würde aus ihnen und mir, so tobte in mir die Freude;
und wie ich die Kinder aufhub und an mein schlagendes Herz sie
drückte, wie ich die Pflanzen grüßte und die Bäume! Einen Zauber
hätt' ich mir wünschen mögen, die scheuen Hirsche und all die wilden
Vögel des Walds, wie ein häuslich Völkchen, um meine freigebigen
Hände zu versammeln, so selig töricht liebt' ich alles.

Aber nicht lange, so war das alles wie ein Licht in mir er=
loschen, und stumm und traurig wie ein Schatte saß ich da und suchte
das entschwundne Leben. Klagen mocht' ich nicht und trösten mocht'

ich mich auch nicht. Die Hoffnung warf ich weg wie ein Lahmer, dem die Krücke verleidet ist; des Weinens schämt' ich mich; ich schämte mich des Daseins überhaupt. Aber endlich brach denn doch der Stolz in Tränen aus, und das Leiden, das ich gerne verleugnet hätte, wurde mir lieb, und ich legt' es wie ein Kind mir an die Brust.

Nein, rief mein Herz, nein, meine Diotima! es schmerzt nicht. Bewahre du dir deinen Frieden und laß mich meinen Gang gehn. Laß dich in deiner Ruhe nicht stören, holder Stern! wenn unter dir es gärt und trüb' ist.

O laß dir deine Rose nicht bleichen, selige Götterjugend! Laß in den Kümmernissen der Erde deine Schöne nicht altern. Das ist ja meine Freude, süßes Leben! daß du in dir den sorgenfreien Himmel trägst. Du sollst nicht dürftig werden, nein, nein! du sollst in dir die Armut der Liebe nicht sehn.

Und wenn ich dann wieder zu ihr hinabging — ich hätte das Lüftchen fragen mögen und dem Zuge der Wolken es ansehn, wie es mit mir sein werde in einer Stunde! und wie es mich freute, wenn irgend ein freundlich Gesicht mir auf dem Wege begegnete, und nur nicht gar zu trocken sein „Schönen Tag!" mir zurief!

Wenn ein kleines Mädchen aus dem Walde kam und einen Erdbeerstrauß mir zum Verkaufe reichte, mit einer Miene, als wollte sie ihn schenken, oder wenn ein Bauer, wo ich vorüberging, auf seinem Kirschbaum saß und pflückte, und aus den Zweigen herab mir rief, ob ich nicht eine Handvoll kosten möchte; das waren gute Zeichen für das abergläubische Herz!

Stand vollends gegen den Weg her, wo ich herabkam, von Diotimas Fenstern eines offen, wie konnte das so wohltun!

Sie hatte vielleicht nicht lange zuvor herausgesehn.

Und nun stand ich vor ihr, atemlos und wankend, und drückte die verschlungnen Arme gegen mein Herz, sein Zittern nicht zu fühlen, und wie der Schwimmer aus reißenden Wassern hervor, rang und strebte mein Geist, nicht unterzugehn in der unendlichen Liebe.

„Wovon sprechen wir doch geschwind?" konnt' ich rufen, „man hat oft seine Mühe, man kann den Stoff nicht finden, die Gedanken, daran festzuhalten."

„Reißen sie wieder aus in die Luft?" erwiderte meine Diotima. „Du mußt ihnen Blei an die Flügel binden, oder ich will sie an einen Faden knüpfen, wie der Knabe den fliegenden Drachen, daß sie uns nicht entgehn."

Das liebe Mädchen suchte sich und mir durch einen Scherz zu helfen, aber es war wenig damit getan.

„Ja! ja!" rief ich, „wie du willst, wie du es für gut hältst — soll

ich vorlesen? Deine Laute ist wohl noch nicht gestimmt von gestern —
vorzulesen hab’ ich auch gerade nichts —“

„Du hast schon mehr als einmal“, sagte sie, „versprochen, mir
zu erzählen, wie du gelebt hast, ehe wir uns kannten, möchtest du
jetzt nicht?“

„Das ist wahr,“ erwidert’ ich; mein Herz warf sich gerne auf das,
und ich erzählt’ ihr nun wie dir, von Adamas und meinen einsamen
Tagen in Smyrna, von Alabanda und wie ich getrennt wurde von
ihm, und von der unbegreiflichen Krankheit meines Wesens, eh’ ich
nach Kalaurea herüberkam — „nun weißt du alles,“ sagt’ ich zu ihr
gelassen, da ich zu Ende war, „nun wirst du weniger dich an mir
stoßen; nun wirst du sagen,“ setzt’ ich lächelnd hinzu: „spottet dieses
Vulkans nicht, wenn er hinkt, denn ihn haben zweimal die Götter
vom Himmel auf die Erde geworfen.“

„Stille,“ rief sie mit erstickter Stimme und verbarg ihre Tränen
ins Tuch, „o stille, und scherze über dein Schicksal, über dein Herz
nicht! denn ich versteh’ es und besser als du.

„Lieber — lieber Hyperion! Dir ist wohl schwer zu helfen.

„Weißt du denn,“ fuhr sie mit erhöhter Stimme fort, „weißt
du denn, woran du darbest, was dir einzig fehlt, was du, wie Alpheus
seine Arethusa, suchst, um was du trauertest in all deiner Trauer?
Es ist nicht erst seit Jahren hingeschieden, man kann so genau nicht
sagen, wann es da war, wann es wegging, aber es war, es ist, in
dir ist’s! Es ist eine bessere Zeit, die suchst du, eine schönere Welt.
Nur diese Welt umarmtest du in deinen Freunden, du warst mit
ihnen diese Welt.

„In Adamas war sie dir aufgegangen; sie war auch hinge=
gangen mit ihm. In Alabanda erschien dir ihr Licht zum zweiten
Male, aber brennender und heißer, und darum war es auch wie
Mitternacht vor deiner Seele, da er für dich dahin war.

„Siehest du nun auch, warum der kleinste Zweifel über Ala=
banda zur Verzweiflung werden mußt’ in dir? warum du ihn ver=
stießest, weil er nur nicht gar ein Gott war?

„Du wolltest keine Menschen, glaube mir, du wolltest eine Welt.
Den Verlust von allen goldenen Jahrhunderten, so wie du sie, zu=
sammengedrängt in einen glücklichen Moment, empfandest, den Geist
von allen Geistern beßrer Zeit, die Kraft von allen Kräften der
Heroen, die sollte dir ein Einzelner, ein Mensch ersetzen! — Siehest
du nun, wie arm, wie reich du bist? warum du so stolz sein mußt und
auch so niedergeschlagen? warum so schrecklich Freude und Leid dir
wechselt?

„Darum, weil du alles hast und nichts, weil das Phantom der
goldenen Tage, die da kommen sollen, dein gehört, und doch nicht

da ist, weil du ein Bürger bist in den Regionen der Gerechtigkeit
und Schönheit, ein Gott bist unter Göttern in den schönen Träumen,
die am Tage dich beschleichen, und wenn du aufwachst, auf neu=
griechischem Boden stehst.

„Zweimal, sagtest du? o du wirst in einem Tage siebzigmal
vom Himmel auf die Erde geworfen. Soll ich dir es sagen? Ich
fürchte für dich, du hältst das Schicksal dieser Zeiten schwerlich aus.
Du wirst noch mancherlei versuchen, wirst —

„O Gott! und deine letzte Zufluchtsstätte wird ein Grab sein.“

„Nein, Diotima,“ rief ich, „nein, beim Himmel, nein! So=
lange noch eine Melodie mir tönt, so scheu’ ich nicht die Totenstille
der Wildnis unter den Sternen; solange die Sonne nur scheint und
Diotima, so gibt es keine Nacht für mich.

„Laß allen Tugenden die Sterbeglocke läuten! ich höre ja dich,
dich, deines Herzens Lied, du Liebe! und finde unsterblich Leben, in=
dessen alles verlischt und welkt.“

„O Hyperion,“ rief sie, „wie sprichst du?“

„Ich spreche, wie ich muß. Ich kann nicht, kann nicht länger all
die Seligkeit und Furcht und Sorge bergen — Diotima! — Ja du
weißt es, mußt es wissen, hast längst es gesehen, daß ich untergehe,
wenn du nicht die Hand mir reichst.“

Sie war betroffen, verwirrt.

„Und an mir,“ rief sie, „an mir will sich Hyperion halten? ja,
ich wünsch’ es, jetzt zum erstenmal wünsch’ ich, mehr zu sein, denn
nur ein sterblich Mädchen. Aber ich bin dir, was ich sein kann.“

„O so bist du ja mir alles!“ rief ich.

„Alles? böser Heuchler! und die Menschheit, die du doch am
Ende einzig liebst?“

„Die Menschheit?“ sagt’ ich; „ich wollte, die Menschheit machte
Diotima zum Losungswort und malt’ in ihre Paniere dein Bild
und spräche: heute soll das Göttliche siegen! Engel des Himmels!
das müßt’ ein Tag sein!“

„Geh,“ rief sie, „geh, und zeige dem Himmel deine Verklärung!
mir darf sie nicht so nahe sein.

„Nicht wahr? du gehest, lieber Hyperion?“

Ich gehorchte. Wer hätte da nicht gehorcht? Ich ging. So
war ich noch niemals von ihr gegangen. O Bellarmin! das war
Freude, Stille des Lebens, Götterruhe, himmlische, wunderbare,
unverkennbare Freude.

Worte sind hier umsonst, und wer nach einem Gleichnis von ihr
fragt, der hat sie nie erfahren. Das einzige, was eine solche Freude
auszudrücken vermochte, war Diotimas Gesang, wenn er, in goldner
Mitte, zwischen Höhe und Tiefe schwebte.

O ihr Uferweiden der Lethe! ihr abendrötlichen Pfade in
Elyfiums Wäldern! ihr Lilien an den Bächen des Tals! ihr Rosen=
kränze des Hügels! Ich glaub' an euch in dieser freundlichen Stunde
und spreche zu meinem Herzen: Dort findest du sie wieder, und alle
Freude, die du verlorst.

Hyperion an Bellarmin.

Ich will dir immer mehr von meiner Seligkeit erzählen.

Ich will die Brust an den Freuden der Vergangenheit versuchen,
bis sie wie Stahl wird, ich will mich üben an ihnen, bis ich unüber=
windlich bin.

Ha! fallen sie doch wie ein Schwertschlag oft mir auf die Seele,
aber ich spiele mit dem Schwerte, bis ich es gewohnt bin, ich halte
die Hand ins Feuer, bis ich es vertrage wie Wasser.

Ich will nicht zagen; ja! ich will stark sein! ich will mir nichts
verhehlen, will von allen Seligkeiten mir die seligste aus dem Grabe
beschwören.

Es ist unglaublich, daß der Mensch sich vor dem Schönsten
fürchten soll; aber es ist so.

O bin ich doch hundertmal vor diesen Augenblicken, dieser töten=
den Wonne meiner Erinnerungen geflohen und habe mein Auge hin=
weggewandt, wie ein Kind vor Blitzen! und dennoch wächst im
üppigen Garten der Welt nichts Lieblicheres wie meine Freuden,
dennoch gedeiht im Himmel und auf Erden nichts Edleres wie
meine Freuden.

Aber nur dir, mein Bellarmin, nur einer reinen freien Seele,
wie die deine ist, erzähl' ich's. So freigebig wie die Sonne mit
ihren Strahlen will ich nicht sein; meine Perlen will ich vor die
alberne Menge nicht werfen.

Ich kannte seit dem letzten Seelengespräche mit jedem Tage
mich weniger. Ich fühlt', es war ein heilig Geheimnis zwischen mir
und Diotima.

Ich staunte, träumte. Als wär' um Mitternacht ein seliger Geist
mir erschienen und hätte mich erkoren, mit ihm umzugehn, so war
es mir in der Seele.

O es ist ein seltsames Gemische von Seligkeit und Schwermut,
wenn es so sich offenbart, daß wir auf immer heraus sind aus dem
gewöhnlichen Dasein.

Es war mir seitdem nimmer gelungen, Diotima allein zu sehn.
Immer mußt' ein dritter uns stören, trennen, und die Welt lag
zwischen ihr und mir, wie eine unendliche Leere. Sechs todesbange
Tage gingen so vorüber, ohne daß ich etwas wußte von Diotima.
Es war, als lähmten die andern, die um uns waren, mir die Sinne,

als töteten sie mein ganzes äußeres Leben, damit auf keinem Wege
die verschlossene Seele sich hinüberhelfen möchte zu ihr.

Wollt' ich mit dem Auge sie suchen, so wurd' es Nacht vor mir,
wollt' ich mich mit einem Wörtchen an sie wenden, so erstickt' es in
der Kehle.

Ach! mir wollte das heilige namenlose Verlangen oft die Brust
zerreißen, und die mächtige Liebe zürnt' oft wie ein gefangener
Titan in mir. So tief, so innigst unversöhnlich hatte mein Geist
noch nie sich gegen die Ketten gesträubt, die das Schicksal ihm schmiedet,
gegen das eiserne unerbittliche Gesetz, geschieden zu sein, nicht eine
Seele zu sein mit seiner liebenswürdigen Hälfte.

Die sternenhelle Nacht war nun mein Element geworden. Dann,
wann es stille war, wie in den Tiefen der Erde, wo geheimnisvoll das
Gold wächst, dann hob das schönere Leben meiner Liebe sich an.

Da übte das Herz sein Recht, zu dichten, aus. Da sagt' es mir,
wie Hyperions Geist im Vorelysium mit seiner holden Diotima ge=
spielt, eh' er herabgekommen zur Erde, in göttlicher Kindheit bei dem
Wohlgetöne des Quells, und unter Zweigen, wie wir die Zweige der
Erde sehn, wenn sie verschönert aus dem güldenen Strome blinken.

Und, wie die Vergangenheit, öffnete sich die Pforte der Zukunft
in mir.

Da flogen wir, Diotima und ich, da wanderten wir wie Schwal=
ben von einem Frühling der Welt zum andern, durch der Sonne
weites Gebiet und drüber hinaus, zu den andern Inseln des Himmels,
an des Sirius goldne Küsten, in die Geistertale des Arkturs.

O es ist doch wohl wünschenswert, so aus einem Kelche mit
der Geliebten die Wonne der Welt zu trinken!

Berauscht vom seligen Wiegenliede, das ich mir sang, schlief ich
ein, mitten unter den herrlichen Phantomen.

Wie aber am Strahle des Morgenlichts das Leben der Erde sich
wieder entzündete, sah ich empor und suchte die Träume der Nacht.
Sie waren, wie die schönen Sterne, verschwunden, und nur die
Wonne der Wehmut zeugt' in meiner Seele von ihnen.

Ich trauerte; aber ich glaube, daß man unter den Seligen auch
so trauert. Sie war die Botin der Freude, diese Trauer, sie war die
grauende Dämmerung, woran die unzähligen Rosen des Morgen=
rots sprossen.

Der glühende Sommertag hatte jetzt alles in die dunkeln Schatten
gescheucht. Auch um Diotimas Haus war alles still und leer, und die
neidischen Vorhänge standen mir an allen Fenstern im Wege.

Ich lebt' in Gedanken an sie. Wo bist du, dacht' ich, wo findet
mein einsamer Geist dich, süßes Mädchen? Siehest du vor dich hin
und sinnest? Hast du die Arbeit auf die Seite gelegt und stützest den

Arm aufs Knie und auf das Händchen das Haupt und gibst den lieblichen Gedanken dich hin?

Daß ja nichts meine Friedliche störe, wenn sie mit süßen Phantasien ihr Herz erfrischt, daß ja nichts diese Traube betaste und den
erquickenden Tau von den zarten Beeren ihr streife!

So träumt' ich. Aber indes die Gedanken zwischen den Wänden
des Hauses nach ihr spähten, suchten die Füße sie anderswo, und eh'
ich es gewahr ward, ging ich unter den Bogengängen des heiligen
Walds, hinter Diotimas Garten, wo ich sie zum ersten Male hatte
gesehn. Was war das? Ich war ja indessen so oft mit diesen Bäumen
umgegangen, war vertrauter mit ihnen geworden; jetzt ergriff mich
eine Gewalt, als trät' ich in Dianens Schatten, um zu sterben vor
der gegenwärtigen Gottheit.

Indessen ging ich weiter. Mit jedem Schritte wurd' es wunderbarer in mir. Ich hätte fliegen mögen, so trieb mein Herz mich vorwärts; aber es war, als hätt' ich Blei an den Sohlen. Die Seele war
vorausgeeilt und hatte die irdischen Glieder verlassen. Ich hörte
nicht mehr, und vor dem Auge dämmerten und schwankten alle Gestalten. Der Geist war schon bei Diotima; im Morgenlichte spielte
der Gipfel des Baums, indes die untern Zweige noch die kalte
Dämmerung fühlten.

„Ach! mein Hyperion!" rief jetzt mir eine Stimme entgegen;
ich stürzt' hinzu: „Meine Diotima! o meine Diotima!" weiter hatt'
ich kein Wort und keinen Atem, kein Bewußtsein.

Schwinde, schwinde, sterbliches Leben, dürftig Geschäft, wo der
einsame Geist die Pfennige, die er gesammelt, hin und her betrachtet
und zählt! wir sind zur Freude der Gottheit alle berufen!

Es ist hier eine Lücke in meinem Dasein. Ich starb, und wie ich
erwachte, lag ich am Herzen des himmlischen Mädchens.

O Leben der Liebe! wie warst du an ihr aufgegangen in voller
holdseliger Blüte! wie in leichten Schlummer gesungen von seligen
Genien, lag das reizende Köpfchen mir auf der Schulter, lächelte
süßen Frieden und schlug sein ätherisch Auge nach mir auf in fröhlichem unerfahrenen Staunen, als blickt' es eben jetzt zum erstenmal
in die Welt.

Lange standen wir so in holder selbstvergessener Betrachtung,
und keines wußte, wie ihm geschah, bis endlich der Freude zuviel in
mir sich häufte und in Tränen und Lauten des Entzückens auch meine
verlorne Sprache wieder begann und meine stille Begeisterte vollends
wieder ins Dasein weckte.

Endlich sahn wir uns auch wieder um.

„O meine alten freundlichen Bäume!" rief Diotima, als hätte
sie sie in langer Zeit nicht gesehn, und das Andenken an ihre vorigen

einsamen Tage spielt' um ihre Freuden, lieblich, wie die Schatten
um den jungfräulichen Schnee, wenn er errötet und glüht in freudigem Abendglanze.

„Engel des Himmels," rief ich, „wer kann dich fassen? und wer
kann sagen, er habe ganz dich begriffen?"

„Wunderst du dich," erwiderte sie, „daß ich so sehr dir gut bin?
Lieber! stolzer Bescheidner! Bin ich denn auch von denen, die nicht
glauben können an dich, hab' ich denn nicht dich ergründet, hab' ich
den Genius nicht in seinen Wolken erkannt? Verhülle dich nur und
sieh dich selbst nicht; ich will dich hervorbeschwören, ich will —

„Aber er ist ja da, er ist hervorgegangen wie ein Stern; er hat
die Hülse durchbrochen und steht wie ein Frühling da; wie ein Kristall-
quell aus der düstern Grotte ist er hervorgegangen; das ist der
finstre Hyperion nicht, das ist die wilde Trauer nicht mehr — o mein,
mein herrlicher Junge!"

Das alles war mir wie ein Traum. Konnt' ich glauben an
dies Wunder der Liebe? konnt' ich? mich hätte die Freude getötet.

„Göttliche!" rief ich, „sprichst du mit mir? kannst du so dich verleugnen, selige Selbstgenügsame! kannst du so dich freuen an mir?
O ich seh' es nun, ich weiß nun, was ich oft geahnet, der Mensch ist
ein Gewand, das oft ein Gott sich umwirft, ein Kelch, in den der
Himmel seinen Nektar gießt, um seinen Kindern vom Besten zu
kosten zu geben."

„Ja, ja!" fiel sie schwärmerisch lächelnd mir ein, „dein Namens-
bruder, der herrliche Hyperion des Himmels ist in dir."

„Laß mich," rief ich, „laß mich dein sein, laß mich mein vergessen, laß alles Leben in mir und allen Geist nur dir zufliegen;
nur dir, in seliger endeloser Betrachtung! O Diotima! so stand ich
sonst auch vor dem dämmernden Götterbilde, das meine Liebe sich
schuf, vor dem Idole meiner einsamen Träume; ich nährt' es traulich;
mit meinem Leben belebt' ich es, mit den Hoffnungen meines
Herzens erfrischt', erwärmt' ich es, aber es gab mir nichts, als was
ich gegeben, und wenn ich verarmt war, ließ es mich arm; und nun!
nun hab' ich im Arme dich und fühle den Atem deiner Brust, und
fühle dein Aug' in meinem Auge, die schöne Gegenwart rinnt mir
in alle Sinnen herein, und ich halt' es aus, ich habe das Herrlichste
so und bebe nicht mehr — ja! ich bin wirklich nicht, der ich sonst war,
Diotima! ich bin deinesgleichen geworden, und Göttliches spielt mit
Göttlichem jetzt, wie Kinder unter sich spielen."

„Aber etwas stiller mußt du mir werden", sagte sie.

„Du hast auch recht, du Liebenswürdige!" rief ich freudig, „sonst
erscheinen mir ja die Grazien nicht; sonst seh' ich ja im Meere der

Schönheit seine leisen lieblichen Bewegungen nicht. O ich will es noch lernen, nichts an dir zu übersehen. Gib mir nur Zeit!"

„Schmeichler!" rief sie, „aber für heute sind wir zu Ende, lieber Schmeichler! die goldne Abendwolke hat mich gemahnt. O traure nicht! Erhalte dir und mir die reine Freude! Laß sie nachtönen in dir, bis morgen, und töte sie nicht durch Mißmut! — die Blumen des Herzens wollen freundliche Pflege. Ihre Wurzel ist überall, aber sie selbst gedeihn in heitrer Witterung nur. Leb' wohl, Hyperion!"

Sie machte sich los. Mein ganzes Wesen flammt' in mir auf, wie sie so vor mir hinwegschwand in ihrer glühenden Schönheit.

„O du!" — rief ich und stürzt' ihr nach, und gab meine Seele in ihre Hand in unendlichen Küssen.

„Gott!" rief sie, „wie wird das künftig werden!"

Das traf mich. „Verzeih, Himmlische!" sagt' ich, „ich gehe. Gute Nacht, Diotima! denke noch mein ein wenig!"

„Das will ich," rief sie, „gute Nacht!"

Und nun kein Wort mehr, Bellarmin! Es wäre zuviel für mein geduldiges Herz. Ich bin erschüttert, wie ich fühle. Aber ich will hinausgehn unter die Pflanzen und Bäume und unter sie hin mich legen und beten, daß die Natur zu solcher Ruhe mich bringe.

Hyperion an Bellarmin.

Unsere Seelen lebten nun immer freier und schöner zusammen, und alles in und um uns vereinigte sich zu goldenem Frieden. Es schien, als wäre die alte Welt gestorben und eine neue begönne mit uns, so geistig und kräftig und liebend und leicht war alles geworden, und wir und alle Wesen schwebten, selig vereint, wie ein Chor von tausend unzertrennlichen Tönen durch den unendlichen Äther.

Unsre Gespräche gleiteten weg wie ein himmelblau Gewässer, woraus der Goldsand hin und wieder blinkt, und unsre Stille war wie die Stille der Berggipfel, wo in herrlich einsamer Höhe, hoch über dem Raume der Gewitter, nur die göttliche Luft noch in den Locken des kühnen Wanderers rauscht.

Und die wunderbar heilige Trauer, wann die Stunde der Trennung in unsre Begeisterung tönte, wenn ich oft rief: „Nun sind wir wieder sterblich, Diotima!" und sie mir sagte: „Sterblichkeit ist Schein, ist wie die Farben, die vor unserm Auge zittern, wenn es lange in die Sonne sieht!"

Ach! und alle die holdseligen Spiele der Liebe! die Schmeichelreden, die Besorgnisse, die Empfindlichkeiten, die Strenge und Nachsicht.

Und die Allwissenheit, womit wir uns durchschauten, und der unendliche Glaube, womit wir uns verherrlichten!

Ja! eine Sonne ist der Mensch, allsehend, allverklärend, wenn er liebt, und liebt er nicht, so ist er eine dunkle Wohnung, wo ein rauchend Lämpchen brennt.

Ich sollte schweigen, sollte vergessen und schweigen.

Aber die reizende Flamme versucht mich, bis ich mich ganz in sie stürze, und wie die Fliege vergehe.

Mitten in all dem seligen unverhaltnen Geben und Nehmen fühlt ich einmal, daß Diotima stiller wurde und immer stiller.

Ich fragt' und flehte; aber das schien nur mehr sie zu entfernen, endlich flehte sie, ich möchte nicht mehr fragen, möchte gehn, und wenn ich wiederkäme, von etwas anderm sprechen. Das gab auch mir ein schmerzliches Verstummen, worein ich selbst mich nicht zu finden wußte.

Mir war, als hätt' ein unbegreiflich plötzlich Schicksal unsrer Liebe den Tod geschworen, und alles Leben war hin, außer mir und allem.

Ich schämte mich freilich des; ich wußte gewiß, das Ungefähr beherrsche Diotimas Herz nicht. Aber wunderbar blieb sie mir immer, und mein verwöhnter, untröstlicher Sinn wollt' immer offenbare gegenwärtige Liebe; verschloßne Schätze waren verlorne Schätze für ihn. Ach! ich hatt' im Glücke die Hoffnung verlernt, ich war noch damals wie die ungeduldigen Kinder, die um den Apfel am Baume weinen, als wär' er gar nicht da, wenn er ihnen den Mund nicht küßt. Ich hatte keine Ruhe, ich flehte wieder mit Ungestüm und Demut, zärtlich und zürnend, mit ihrer ganzen allmächtigen, bescheidnen Beredsamkeit rüstete die Liebe mich aus und nun — o meine Diotima! nun hatt' ich es, das reizende Bekenntnis, nun hab' ich und halt' es, bis auch mich, mit allem was an mir ist, in die alte Heimat, in den Schoß der Natur, die Woge der Liebe zurückbringt.

Die Unschuldige! noch kannte sie die mächtige Fülle ihres Herzens nicht, und lieblich erschrocken vor dem Reichtum in ihr, begrub sie ihn in die Tiefe der Brust — und wie sie nun bekannte, heilige Einfalt, wie sie mit Tränen bekannte, sie liebe zu sehr, und wie sie Abschied nahm von allem, was sie sonst am Herzen gewiegt, o wie sie rief: „Abtrünnig bin ich geworden von Mai und Sommer und Herbst, und achte des Tages und der Nacht nicht wie sonst, gehöre dem Himmel und der Erde nicht mehr, gehöre nur Einem, Einem, aber die Blüte des Mais und die Flamme des Sommers und die Reife des Herbsts, die Klarheit des Tags und der Ernst der Nacht, und Erd' und Himmel ist mir in diesem Einen vereint! so lieb' ich!" — und wie sie nun in voller Herzenslust mich betrachtete, wie sie in kühner, heiliger Freude, in

ihre schönen Arme mich nahm und die Stirne mir küßte und den
Mund, ha! wie das göttliche Haupt, sterbend in Wonne, mir am
offnen Halse herabsank, und die süßen Lippen an der schlagenden
Brust mir ruhten, und der liebliche Atem an die Seele mir ging —
o Bellarmin! die Sinne vergehn mir und der Geist entflieht.

Ich seh', ich sehe, wie das enden muß. Das Steuer ist in die
Woge gefallen und das Schiff wird, wie an den Füßen ein Kind,
ergriffen und an die Felsen geschleudert.

Hyperion an Bellarmin.

Es gibt große Stunden im Leben. Wir schauen an ihnen hinauf
wie an den kolossalischen Gestalten der Zukunft und des Altertums,
wir kämpfen einen herrlichen Kampf mit ihnen, und bestehn wir
vor ihnen, so werden sie wie Schwestern, und verlassen uns nicht.

Wir saßen einst zusammen auf unserm Berge, auf einem Steine
der alten Stadt dieser Insel, und sprachen davon, wie hier der Löwe
Demosthenes sein Ende gefunden, wie er hier mit heiligem selbst=
erwählten Tode aus den mazedonischen Ketten und Dolchen sich zur
Freiheit geholfen. — „Der herrliche Geist ging scherzend aus der
Welt", rief einer. „Warum nicht?" sagt' ich; „er hatte nichts mehr
hier zu suchen; Athen war Alexanders Dirne geworden, und die
Welt wie ein Hirsch, von dem großen Jäger zu Tode gehetzt."

„O Athen!" rief Diotima; „ich habe manchmal getrauert, wenn
ich da hinaussah, und aus der blauen Dämmerung mir das Phantom
des Olympion aufstieg!"

„Wie weit ist's hinüber?" fragt' ich.

„Eine Tagereise vielleicht", erwiderte Diotima.

„Eine Tagereise," rief ich, „und ich war noch nicht drüben?
Wir müssen gleich hinüber zusammen."

„Recht so!" rief Diotima; „wir haben morgen heitere See, und
alles steht jetzt noch in seiner Grüne und Reife."

Man braucht die ewige Sonne und das Leben der unsterblichen
Erde zu solcher Wallfahrt.

„Also morgen!" sagt' ich, und unsre Freunde stimmten mit ein.

Wir fuhren früh, unter dem Gesange des Hahns, aus der Reede.
In frischer Klarheit glänzten wir und die Welt. Goldne stille Jugend
war in unsern Herzen. Das Leben in uns war wie das Leben einer
neugebornen Insel des Ozeans, worauf der erste Frühling beginnt.

Schon lange war unter Diotimas Einfluß mehr Gleichgewicht
in meine Seele gekommen; heute fühlt' ich es dreifach rein, und die
zerstreuten, schwärmenden Kräfte waren all in eine goldne Mitte
versammelt.

Wir sprachen untereinander von der Trefflichkeit des alten
Athenervolks, woher sie komme, worin sie bestehe.

Einer sagte, das Klima hat es gemacht; der andre: die Kunst
und Philosophie; der dritte: Religion und Staatsform.

5 „Athenische Kunst und Religion, und Philosophie und Staats=
form,“ sagt' ich, „sind Blüten und Früchte des Baums, nicht Boden
und Wurzel. Ihr nehmt die Wirkungen für die Ursache.

„Wer aber mir sagt, das Klima habe dies alles gebildet, der
denke, daß auch wir darin noch leben.

10 „Ungestörter in jedem Betracht, von gewaltsamem Einfluß freier,
als irgendein Volk der Erde, erwuchs das Volk der Athener. Kein
Eroberer schwächt sie, kein Kriegsglück berauscht sie, kein fremder
Götterdienst betäubt sie, keine eilfertige Weisheit treibt sie zu un=
zeitiger Reife. Sich selber überlassen wie der werdende Diamant ist
15 ihre Kindheit. Man hört beinahe nichts von ihnen, bis in die Zeiten
des Pisistratus und Hipparch. Nur wenig Anteil nahmen sie am troja=
nischen Kriege, der, wie im Treibhaus, die meisten griechischen Völker
zu früh erhitzt' und belebte. — Kein außerordentlich Schicksal erzeugt
den Menschen. Groß und kolossalisch sind die Söhne einer solchen
20 Mutter, aber schöne Wesen, oder, was dasselbe ist, Menschen werden
sie nie, oder spät erst, wenn die Kontraste sich zu hart bekämpfen, um
nicht endlich Frieden zu machen.

„In üppiger Kraft eilt Lazedämon den Atheniensern voraus,
und hätte sich ebendeswegen auch früher zerstreut und aufgelöst,
25 wär' Lykurg nicht gekommen, und hätte mit seiner Zucht die über=
mütige Natur zusammengehalten. Von nun an war denn auch an
dem Spartaner alles erbildet, alle Vortrefflichkeit errungen und er=
kauft durch Fleiß und selbstbewußtes Streben, und soviel man in
gewissem Sinne von der Einfalt der Spartaner sprechen kann, so
30 war doch, wie natürlich, eigentliche Kindereinfalt ganz nicht unter
ihnen. Die Lazedämonier durchbrachen zu frühe die Ordnung des
Instinkts, sie schlugen zu früh aus der Art, und so mußte denn auch
die Zucht zu früh mit ihnen beginnen; denn jede Zucht und Kunst
beginnt zu früh, wo die Natur des Menschen noch nicht reif geworden
35 ist. Vollendete Natur muß in dem Menschenkinde leben, eh' es in
die Schule geht, damit das Bild der Kindheit ihm die Rückkehr zeige
aus der Schule zu vollendeter Natur.

„Die Spartaner blieben ewig ein Fragment; denn wer nicht
einmal ein vollkommenes Kind war, der wird schwerlich ein voll=
40 kommener Mann.

„Freilich hat auch Himmel und Erde für die Athener wie für
alle Griechen das Ihre getan, hat ihnen nicht Armut und nicht Über=
fluß gereicht. Die Strahlen des Himmels sind nicht wie ein Feuer=

regen auf sie gefallen. Die Erde verzärtelte, berauschte sie nicht mit Liebkosungen und übergütigen Gaben, wie sonst wohl hie und da die törige Mutter tut.

„Hiezu kam die wundergroße Tat des Theseus, die freiwillige Beschränkung seiner eignen königlichen Gewalt.

„O! solch ein Samenkorn in die Herzen des Volks geworfen, muß einen Ozean von goldnen Ähren erzeugen, und sichtbar wirkt und wuchert es spät noch unter den Athenern.

„Also noch einmal! daß die Athener so frei von gewaltsamem Einfluß aller Art, so recht bei mittelmäßiger Kost aufwuchsen, das hat sie so vortrefflich gemacht, und dies nur konnt' es!

„Laßt von der Wiege an den Menschen ungestört! treibt aus der engvereinten Knospe seines Wesens, treibt aus dem Hüttchen seiner Kindheit ihn nicht heraus! tut nicht zu wenig, daß er euch nicht ent= behre, und so von ihm euch unterscheide, tut nicht zuviel, daß er eure oder seine Gewalt nicht fühle, und so von ihm euch unterscheide, kurz, laßt den Menschen spät erst wissen, daß es Menschen, daß es irgend etwas außer ihm gibt; denn so nur wird der Mensch. Der Mensch ist aber ein Gott, sobald er Mensch ist. Und ist er ein Gott, so ist er schön."

„Sonderbar!" rief einer von den Freunden.

„Du-hast noch nie so tief aus meiner Seele gesprochen", rief Diotima.

„Ich hab' es von dir", erwidert' ich.

„So war der Athener ein Mensch," fuhr ich fort, „so mußt' er es werden. Schön kam er aus den Händen der Natur, schön an Leib und Seele, wie man zu sagen pflegt.

„Das erste Kind der menschlichen, der göttlichen Schönheit ist die Kunst. In ihr verjüngt und wiederholt der göttliche Mensch sich selbst. Er will sich selber fühlen, darum stellt er seine Schönheit gegenüber sich. So gab der Mensch sich seine Götter. Denn im Anfang war der Mensch und seine Götter Eins, da, sich selber unbekannt, die ewige Schönheit war. — Ich spreche Mysterien, aber sie sind —

„Das erste Kind der göttlichen Schönheit ist die Kunst. So war es bei den Athenern.

„Der Schönheit zweite Tochter ist Religion. Religion ist Liebe der Schönheit. Der Weise liebt sie selbst, die Unendliche, die All= umfassende; das Volk liebt ihre Kinder, die Götter, die in mannig= faltigen Gestalten ihm erscheinen. Auch so war's bei den Athenern. Und ohne solche Liebe der Schönheit, ohne solche Religion ist jeder Staat ein dürr' Gerippe ohne Leben und Geist, und alles Denken und Tun ein Baum ohne Gipfel, eine Säule, wovon die Krone herabgeschlagen ist.

„Daß aber wirklich dies der Fall war bei den Griechen und be=
sonders den Athenern, daß ihre Kunst und ihre Religion die echten
Kinder ewiger Schönheit — vollendeter Menschennatur — sind, und
nur hervorgehn konnten aus vollendeter Menschennatur, das zeigt
sich deutlich, wenn man nur die Gegenstände ihrer heiligen Kunst,
und die Religion mit unbefangenem Auge sehn will, womit sie jene
Gegenstände liebten und ehrten.

„Mängel und Mißtritte gibt es überall und so auch hier. Aber
das ist sicher, daß man in den Gegenständen ihrer Kunst doch meist
den reifen Menschen findet. Das ist nicht das Kleinliche, nicht das
Ungeheure der Ägyptier und Goten, das ist Menschensinn und Men=
schengestalt. Sie schweifen weniger als andre zu den Extremen des
Übersinnlichen und des Sinnlichen aus. In der schönen Mitte der
Menschheit bleiben ihre Götter mehr, denn andre.

„Und wie der Gegenstand, so auch die Liebe. Nicht zu knechtisch
und nicht gar zu sehr vertraulich! —

„Aus der Geistesschönheit der Athener folgte denn auch der
nötige Sinn für Freiheit.

„Der Ägyptier trägt ohne Schmerz die Despotie der Willkür,
der Sohn des Nordens ohne Widerwillen die Gesetzesdespotie, die
Ungerechtigkeit in Rechtsform; denn der Ägyptier hat von Mutter=
leib an einen Huldigungs= und Vergötterungstrieb; im Norden
glaubt man an das reine, freie Leben der Natur zu wenig, um nicht
mit Aberglauben am Gesetzlichen zu hängen.

„Der Athener kann die Willkür nicht ertragen, weil seine gött=
liche Natur nicht will gestört sein, er kann Gesetzlichkeit nicht überall
ertragen, weil er ihrer nicht überall bedarf. Drako taugt für ihn
nicht. Er will zart behandelt sein und tut auch recht daran."

„Gut!" unterbrach mich einer, „das begreif' ich, aber wie dies
dichterische religiöse Volk nun auch ein philosophisch Volk sein soll,
das seh' ich nicht."

„Sie wären sogar", sagt' ich, „ohne Dichtung nie ein philo=
sophisch Volk gewesen!"

„Was hat die Philosophie," erwidert' er, „was hat die kalte Er=
habenheit dieser Wissenschaft mit Dichtung zu tun?"

„Die Dichtung", sagt' ich, meiner Sache gewiß, „ist der Anfang
und das Ende dieser Wissenschaft. Wie Minerva aus Jupiters Haupt,
entspringt sie aus der Dichtung eines unendlichen, göttlichen Seins.
Und so läuft am End' auch wieder in ihr das Unvereinbare in der
geheimnisvollen Quelle der Dichtung zusammen."

„Das ist ein paradoxer Mensch," rief Diotima, „jedoch ich ahn'
ihn. Aber ihr schweift mir aus. Von Athen ist die Rede."

„Der Mensch," begann ich wieder, „der nicht wenigstens im

Leben einmal volle lautre Schönheit in sich fühlte, wenn in ihm die Kräfte seines Wesens wie die Farben am Irisbogen ineinanderspielten, der nie erfuhr, wie nur in Stunden der Begeisterung alles innigst übereinstimmt, der Mensch wird nicht einmal ein philosophischer Zweifler werden, sein Geist ist nicht einmal zum Niederreißen gemacht, geschweige zum Aufbaun. Denn glaubt es mir, der Zweifler findet darum nur in allem, was gedacht wird, Widerspruch und Mangel, weil er die Harmonie der mangellosen Schönheit kennt, die nie gedacht wird. Das trockne Brot, das menschliche Vernunft wohlmeinend ihm reicht, verschmähet er nur darum, weil er insgeheim am Göttertische schwelgt."

„Schwärmer!" rief Diotima, „darum warst auch du ein Zweifler. Aber die Athener!"

„Ich bin ganz nach ihnen", sagt' ich. „Das große Wort, das ἕν διαφέρον ἑαυτῷ (das eine in sich selber Unterschiedne) des Heraklit, das konnte nur ein Grieche finden, denn es ist das Wesen der Schönheit, und ehe das gefunden war, gab's keine Philosophie.

„Nun konnte man bestimmen, das Ganze war da. Die Blume war gereift; man konnte nun zergliedern.

„Der Moment der Schönheit war nun kundgeworden unter den Menschen, war da im Leben und Geiste, das Unendlicheinige war.

„Man konnt' es auseinandersetzen, zerteilen im Geiste, konnte das Geteilte neu zusammendenken, konnte so das Wesen des Höchsten und Besten mehr und mehr erkennen und das Erkannte zum Gesetze geben in des Geistes mannigfaltigen Gebieten.

„Seht ihr nun, warum besonders die Athener auch ein philosophisch Volk sein mußten?

„Das konnte der Ägyptier nicht. Wer mit dem Himmel und der Erde nicht in gleicher Lieb' und Gegenliebe lebt, wer nicht in diesem Sinne einig lebt mit dem Elemente, worin er sich regt, ist von Natur auch in sich selbst so einig nicht, und erfährt die ewige Schönheit wenigstens so leicht nicht wie ein Grieche.

„Wie ein prächtiger Despot wirft seine Bewohner der orientalische Himmelsstrich mit seiner Macht und seinem Glanze zu Boden, und ehe der Mensch noch gehen gelernt hat, muß er knien, eh' er sprechen gelernt hat, muß er beten; ehe sein Herz ein Gleichgewicht hat, muß es sich neigen, und ehe der Geist noch stark genug ist, Blumen und Früchte zu tragen, ziehet Schicksal und Natur mit brennender Hitze alle Kraft aus ihm. Der Ägyptier ist hingegeben, eh' er ein Ganzes ist, und darum weiß er nichts vom Ganzen, nichts von Schönheit, und das Höchste, was er nennt, ist eine verschleierte Macht, ein schauerhaft Rätsel; die stumme finstre Isis ist sein Erstes und

Letztes, eine leere Unendlichkeit, und da heraus ist nie Vernünftiges
gekommen. Auch aus dem erhabensten Nichts wird Nichts geboren.

„Der Norden treibt hingegen seine Zöglinge zu früh in sich
hinein, und wenn der Geist des feurigen Ägyptiers zu reiseluſtig in
die Welt hinauseilt, ſchickt im Norden ſich der Geiſt zur Rückkehr in
ſich ſelbſt an, ehe er nur reiſefertig iſt.

„Man muß im Norden ſchon verſtändig ſein, noch eh' ein reif'
Gefühl in einem iſt, man mißt ſich Schuld von allem bei, noch ehe
die Unbefangenheit ihr ſchönes Ende erreicht hat; man muß ver=
nünftig, muß zum ſelbſtbewußten Geiſte werden, ehe man Menſch,
zum klugen Manne, ehe man Kind iſt; die Einigkeit des ganzen Men=
ſchen, die Schönheit läßt man nicht in ihm gedeihn und reifen, ehe
er ſich bildet und entwickelt. Der bloße Verſtand, die bloße Vernunft
ſind immer die Könige des Nordens.

„Aber aus bloßem Verſtand iſt nie Verſtändiges, aus bloßer
Vernunft iſt nie Vernünftiges gekommen.

„Verſtand iſt ohne Geiſtesſchönheit wie ein dienſtbarer Geſelle,
der den Zaun aus grobem Holze zimmert, wie ihm vorgezeichnet iſt,
und die gezimmerten Pfähle aneinandernagelt für den Garten,
den der Meiſter bauen will. Des Verſtandes ganzes Geſchäft iſt Not=
werk. Vor dem Unſinn, vor dem Unrecht ſchützt er uns, indem er
ordnet; aber ſicher zu ſein vor Unſinn und vor Unrecht iſt doch nicht
die höchſte Stufe menſchlicher Vortrefflichkeit.

„Vernunft iſt ohne Geiſtes=, ohne Herzensſchönheit wie ein
Treiber, den der Herr des Hauſes über die Knechte geſetzt hat; der
weiß ſo wenig, als die Knechte, was aus all der unendlichen Arbeit
werden ſoll, und ruft nur: ‚Tummelt euch,‘ und ſiehet es faſt ungern,
wenn es vor ſich geht, denn am Ende hätt' er ja nichts mehr zu treiben,
und ſeine Rolle wäre geſpielt.

„Aus bloßem Verſtande kömmt keine Philoſophie, denn Philo=
ſophie iſt mehr, denn nur die beſchränkte Erkenntnis des Vorhandenen.

„Aus bloßer Vernunft kömmt keine Philoſophie, denn Philo=
ſophie iſt mehr, denn blinde Forderung eines nie zu endigenden Fort=
ſchritts in Vereinigung und Unterſcheidung eines möglichen Stoffs

„Leuchtet aber das göttliche ἓν διαφέρον ἑαυτῷ, das Ideal der
Schönheit der ſtrebenden Vernunft, ſo fordert ſie nicht blind, und
weiß, warum, wozu ſie fordert.

„Scheint, wie der Maitag in des Künſtlers Werkſtatt, dem Ver=
ſtande die Sonne des Schönen zu ſeinem Geſchäfte, ſo ſchwärmt er
zwar nicht hinaus und läßt ſein Notwerk ſtehn, doch denkt er gern des
Feſttags, wo er wandeln wird im verjüngenden Frühlingslichte.“

So weit war ich, als wir landeten an der Küſte von Attika.
Das alte Athen lag jetzt zu ſehr uns im Sinne, als daß wir

hätten viel in der Ordnung sprechen mögen, und ich wunderte mich jetzt selber über die Art meiner Äußerungen. „Wie bin ich doch", rief ich, „auf die trocknen Berggipfel geraten, worauf ihr mich saht?"

„Es ist immer so," erwiderte Diotima, „wenn uns recht wohl ist. Die üppige Kraft sucht eine Arbeit. Die jungen Lämmer stoßen sich die Stirnen aneinander, wenn sie von der Mutter Milch gesättiget sind."

Wir gingen jetzt am Lykabettus hinauf, und blieben, trotz der Eile, zuweilen stehen, in Gedanken und wunderbaren Erwartungen.

Es ist schön, daß es dem Menschen so schwer wird, sich vom Tode dessen, was er liebt, zu überzeugen, und es ist wohl keiner noch zu seines Freundes Grabe gegangen, ohne die leise Hoffnung, da dem Freunde wirklich zu begegnen. Mich ergriff das schöne Phantom des alten Athens, wie einer Mutter Gestalt, die aus dem Totenreiche zurückkehrt.

„O Parthenon!" rief ich, „Stolz der Welt! zu deinen Füßen liegt das Reich des Neptun wie ein bezwungener Löwe, und wie Kinder sind die andern Tempel um dich versammelt und die beredte Agora und der Hain des Akademus —"

„Kannst du so dich in die alte Zeit versetzen", sagte Diotima.

„Mahne mich nicht an die Zeit!" erwidert' ich; „es war ein göttlich Leben, und der Mensch war da der Mittelpunkt der Natur. Der Frühling, als er um Athen her blühte, war er wie eine bescheidne Blume an der Jungfrau Busen; die Sonne ging schamrot auf über den Herrlichkeiten der Erde.

„Die Marmorfelsen des Hymettus und Pentele sprangen hervor aus ihrer schlummernden Wiege, wie Kinder aus der Mutter Schoß, und gewannen Form und Leben unter den zärtlichen Athenerhänden.

„Honig reichte die Natur und die schönsten Veilchen und Myrten und Oliven.

„Die Natur war Priesterin und der Mensch ihr Gott, und alles Leben in ihr und jede Gestalt und jeder Ton von ihr nur ein begeistertes Echo des Herrlichen, dem sie gehörte.

„Ihn feiert', ihm nur opferte sie.

„Er war es auch wert, er mochte liebend in der heiligen Werkstatt sitzen und dem Götterbilde, das er gemacht, die Knie umfassen, oder auf dem Vorgebirge, auf Suniums grüner Spitze, unter den horchenden Schülern gelagert, sich die Zeit verkürzen mit hohen Gedanken, oder er mocht' im Stadium laufen, oder vom Rednerstuhle, wie der Gewittergott, Regen und Sonnenschein und Blitze senden und goldene Wolken —"

„O siehe!" rief jetzt Diotima mir plötzlich zu.

Ich sah, und hätte vergehen mögen vor dem allmächtigen Anblick.

Wie ein unermeßlicher Schiffbruch, wenn die Orkane verstummt sind, und die Schiffer entflohn, und der Leichnam der zerschmetterten Flotte unkenntlich auf der Sandbank liegt, so lag vor uns Athen, und die verwaisten Säulen standen vor uns, wie die nackten Stämme eines Walds, der am Abend noch grünte, und des Nachts drauf in Feuer aufging.

„Hier", sagte Diotima, „lernt man stille sein über sein eigen Schicksal, es sei gut oder böse."

„Hier lernt man stille sein über alles", fuhr ich fort. „Hätten die Schnitter, die dies Kornfeld gemäht, ihre Scheunen mit seinen Halmen bereichert, so wäre nichts verloren gegangen, und ich wollte mich begnügen, hier als Ährenleser zu stehn; aber wer gewann denn?"

„Ganz Europa", erwidert' einer von den Freunden.

„O, ja!" rief ich, „sie haben die Säulen und Statuen weggeschleift und aneinander verkauft, haben die edlen Gestalten nicht wenig geschätzt, der Seltenheit wegen, wie man Papageien und Affen schätzt."

„Sage das nicht!" erwidert' derselbe; „und mangelt auch wirklich ihnen der Geist von all dem Schönen, so wär' es, weil der nicht weggetragen werden konnte und nicht gekauft."

„Jawohl!" rief ich. „Dieser Geist war auch untergegangen, noch ehe die Zerstörer über Attika kamen. Erst, wenn die Häuser und Tempel ausgestorben, wagen sich die wilden Tiere in die Tore und Gassen."

„Wer jenen Geist hat," sagte Diotima tröstend, „dem stehet Athen noch, wie ein blühender Fruchtbaum. Der Künstler ergänzt den Torso sich leicht."

Wir gingen des andern Tages früh aus, sahen die Ruinen des Parthenon, die Stelle des alten Bacchustheaters, den Theseustempel, die sechzehn Säulen, die noch übrig stehn vom göttlichen Olympion; am meisten aber ergriff mich das alte Tor, wodurch man ehmals aus der alten Stadt zur neuen herauskam, wo gewiß einst tausend schöne Menschen an einem Tage sich grüßten. Jetzt kommt man weder in die alte, noch in die neue Stadt durch dieses Tor, und stumm und öde stehet es da, wie ein vertrockneter Brunnen, aus dessen Röhren einst mit freundlichem Geplätscher das klare frische Wasser sprang.

„Ach!" sagt' ich, indes wir so herumgingen, „es ist wohl ein prächtiges Spiel des Schicksals, daß es hier die Tempel niederstürzt und ihre zertrümmerten Steine den Kindern herumzuwerfen gibt, daß es die zerstümmelten Götter zu Bänken vor der Bauernhütte und die Grabmäler hier zur Ruhestätte des weidenden Stiers macht, und eine solche Verschwendung ist königlicher, als der Mutwille der Kleopatra, da sie die geschmolzenen Perlen trank; aber es ist doch schade um all die Größe und Schönheit!"

„Guter Hyperion!" rief Diotima, „es ist Zeit, daß du weggehst; du bist blaß und dein Auge ist müde, und du suchst dir umsonst mit Einfällen zu helfen. Komm hinaus! ins Grüne! unter die Farben des Lebens! das wird dir wohl tun."

Wir gingen hinaus in die nahegelegenen Gärten.

Die andern waren auf dem Wege mit zwei britischen Gelehrten, die unter den Altertümern in Athen ihre Ernte hielten, ins Gespräch geraten und nicht von der Stelle zu bringen. Ich ließ sie gerne.

Mein ganzes Wesen richtete sich auf, da ich einmal wieder mit Diotima allein mich sah; sie hatte einen herrlichen Kampf bestanden mit dem heiligen Chaos von Athen. Wie das Saitenspiel der himm= lischen Muse über den uneinigen Elementen, herrschten Diotimas stille Gedanken über den Trümmern. Wie der Mond aus zartem Ge= wölke hob sich ihr Geist aus schönem Leiden empor; das himmlische Mädchen stand in seiner Wehmut da wie die Blume, die in der Nacht am lieblichsten duftet.

Wir gingen weiter und weiter, und waren am Ende nicht um= sonst gegangen.

O ihr Haine von Angele, wo der Ölbaum und die Zypresse, umeinander flüsternd, mit freundlichen Schatten sich kühlen, wo die goldne Frucht des Zitronenbaums aus dunklem Laube blinkt, wo die schwellende Traube mutwillig über den Zaun wächst, und die reife Pomeranze, wie ein lächelnder Findling, im Wege liegt! ihr duftenden heimlichen Pfade! ihr friedlichen Sitze, wo das Bild des Myrten= strauchs aus der Quelle lächelt! euch werd' ich nimmer vergessen.

Diotima und ich gingen eine Weile unter den herrlichen Bäumen umher, bis eine große heitere Stelle sich uns darbot.

Hier setzten wir uns. Es war eine selige Stille unter uns. Mein Geist umschwebte die göttliche Gestalt des Mädchens, wie eine Blume der Schmetterling, und all mein Wesen erleichterte, vereinte sich in der Freude der begeisternden Betrachtung.

„Bist du schon wieder getröstet, Leichtsinniger?" sagte Diotima.

„Ja! ja! ich bin's", erwidert' ich. „Was ich verloren wähnte, hab' ich, wonach ich schmachtete, als wär' es aus der Welt ver= schwunden, das ist vor mir. Nein, Diotima! noch ist die Quelle der ewigen Schönheit nicht versiegt.

„Ich habe dir's schon einmal gesagt, ich brauche die Götter und die Menschen nicht mehr. Ich weiß, der Himmel ist ausgestorben, entvölkert, und die Erde, die einst überfloß von schönem, menschlichen

Leben, ist fast wie ein Ameisenhaufe geworden. Aber noch gibt es
eine Stelle, wo der alte Himmel und die alte Erde mir lacht. Denn
alle Götter des Himmels und alle göttlichen Menschen der Erde
vergeff' ich in dir.

„Was kümmert mich der Schiffbruch der Welt, ich weiß von
nichts, als meiner seligen Insel."

„Es gibt eine Zeit der Liebe," sagte Diotima mit freundlichem
Ernste, „wie es eine Zeit gibt, in der glücklichen Wiege zu leben.
Aber das Leben selber treibt uns heraus.

„Hyperion!" — hier ergriff sie meine Hand mit Feuer, und ihre
Stimme erhub mit Größe sich — „Hyperion! mich deucht, du bist zu
höhern Dingen geboren. Verkenne dich nicht! der Mangel am Stoffe
hielt dich zurück. Es ging nicht schnell genug. Das schlug dich nieder.
Wie die jungen Fechter, fielst du zu rasch aus, ehe noch dein Ziel
gewiß und deine Faust gewandt war, und weil du, wie natürlich,
mehr getroffen wurdest, als du trafst, so wurdest du scheu und zweifeltest
an dir und allem; denn du bist so empfindlich, als du heftig bist. Aber
dadurch ist nichts verloren. Wäre dein Gemüt und deine Tätigkeit
so frühe reif geworden, so wäre dein Geist nicht, was er ist; du wärst
der denkende Mensch nicht, wärst du nicht der leidende, der gärende
Mensch gewesen. Glaube mir, du hättest nie das Gleichgewicht der
schönen Menschheit so rein erkannt, hättest du es nicht so sehr verloren
gehabt. Dein Herz hat endlich Frieden gefunden. Ich will es glauben.
Ich versteh' es. Aber denkst du wirklich, daß du nun am Ende seist?
Willst du dich verschließen in den Himmel deiner Liebe, und die Welt,
die deiner bedurfte, verdorren und erkalten lassen unter dir? Du mußt
wie der Lichtstrahl herab, wie der allerfrischende Regen mußt du
nieder ins Land der Sterblichkeit, du mußt erleuchten wie Apoll,
erschüttern, beleben wie Jupiter, sonst bist du deines Himmels nicht
wert. Ich bitte dich, geh' nach Athen hinein, noch einmal, und siehe
die Menschen auch an, die dort herumgehn unter den Trümmern,
die rohen Albaner und die andern guten, kindischen Griechen, die
mit einem lustigen Tanze und einem heiligen Märchen sich trösten
über die schmähliche Gewalt, die über ihnen lastet — kannst du sagen,
ich schäme mich dieses Stoffs? Ich meine, er wäre doch noch bildsam.
Kannst du dein Herz abwenden von dem Bedürftigen? Sie sind nicht
schlimm, sie haben dir nichts zuleide getan!"

„Was kann ich für sie tun", rief ich.

„Gib ihnen, was du in dir hast," erwiderte Diotima, „gib —"

„Kein Wort, kein Wort mehr, große Seele!" rief ich, „du beugst
mich sonst, es ist ja sonst, als hättest du mit Gewalt mich dazu gebracht—

„Sie werden nicht glücklicher sein, aber edler: nein! sie werden
auch glücklicher sein. Sie müssen heraus, sie müssen hervorgehn, wie

die jungen Berge aus der Meersflut, wenn ihr unterirdisches Feuer
sie treibt.

„Zwar steh' ich allein und trete ruhmlos unter sie. Doch einer,
der ein Mensch ist, kann er nicht mehr, denn Hunderte, die nur Teile
sind des Menschen?

„Heilige Natur! du bist dieselbe in und außer mir. Es muß so
schwer nicht sein, was außer mir ist, zu vereinen mit dem Göttlichen
in mir. Gelingt der Biene doch ihr kleines Reich, warum sollte denn
ich nicht pflanzen können und baun, was not ist?

„Was? der arabische Kaufmann säete seinen Koran aus, und
es wuchs ein Volk von Schülern, wie ein unendlicher Wald, ihm auf,
und der Acker sollte nicht auch gedeihn, wo die alte Wahrheit wieder=
kehrt in neu lebendiger Jugend?

„Es werde von Grund aus anders! Aus der Wurzel der Mensch=
heit sprosse die neue Welt! Eine neue Gottheit waltet über ihnen,
eine neue Zukunft kläre vor ihnen sich auf.

„In der Werkstatt, in den Häusern, in den Versammlungen, in
den Tempeln, überall werd' es anders!

„Aber ich muß noch ausgehn, zu lernen. Ich bin ein Künstler,
aber ich bin nicht geschickt. Ich bilde im Geiste, aber ich weiß noch die
Hand nicht zu führen —"

„Du gehest nach Italien," sagte Diotima, „nach Deutschland,
Frankreich — wieviel Jahre brauchst du? drei — vier — ich denke
drei sind genug; du bist ja keiner von den Langsamen, und suchst das
Größte und das Schönste nur —"

„Und dann?"

„Du wirst Erzieher unsers Volks, du wirst ein großer Mensch sein,
hoff' ich. Und wenn ich dann dich so umfasse, da werd' ich träumen,
als wär' ich ein Teil des herrlichen Manns, da werd' ich frohlocken,
als hättst du mir die Hälfte deiner Unsterblichkeit, wie Pollux dem
Kastor, geschenkt, o! ich werd' ein stolzes Mädchen werden, Hyperion!"

Ich schwieg eine Weile. Ich war voll unaussprechlicher Freude.

„Gibt's denn Zufriedenheit zwischen dem Entschluß und der
Tat," begann ich endlich wieder, „gibt's eine Ruhe vor dem Siege?"

„Es ist die Ruhe des Helden," sagte Diotima, „es gibt Ent=
schlüsse, die wie Götterworte, Gebot und Erfüllung zugleich sind,
und so ist der deine." —

Wir gingen zurück, wie nach der ersten Umarmung. Es war uns
alles fremd und neu geworden.

Ich stand nun über den Trümmern von Athen, wie der Acker=
mann auf dem Brachfeld. Liege nur ruhig, dacht' ich, da wir wieder
zu Schiffe gingen, liege nur ruhig, schlummerndes Land! Bald
grünt das junge Leben aus dir, und wächst den Segnungen des

Himmels entgegen. Bald regnen die Wolken nimmer umsonst, bald
findet die Sonne die alten Zöglinge wieder.

Du frägst nach Menschen, Natur? Du klagst, wie ein Saiten=
spiel, worauf des Zufalls Bruder, der Wind, nur spielt, weil der
Künstler, der es ordnete, gestorben ist? Sie werden kommen, deine
Menschen, Natur! Ein verjüngtes Volk wird dich auch wieder ver=
jüngen, und du wirst werden wie seine Braut, und der alte Bund
der Geister wird sich erneuen mit dir.

Es wird nur eine Schönheit sein: und Menschheit und Natur
wird sich vereinen in eine allumfassende Gottheit.

Drittes Buch.

μη φυναι, τον ἁπαντα νιχα λογον.   τοδ᾽ ἐπει φανη
βηναι χειϑεν, ὁϑενπερ ἡχει, πολυ δευτερου ὡς ταχιστα

Sophokles.

Hyperion an Bellarmin.

Wir lebten in den letzten schönen Momenten des Jahrs nach unsrer Rückkunft aus dem attischen Lande.

Ein Bruder des Frühlings war uns der Herbst, voll milden Feuers, eine Festzeit für die Erinnerung an Leiden und vergangne Freuden der Liebe. Die welkenden Blätter trugen die Farbe des Abendrots, nur die Fichte und der Lorbeer standen in ewigem Grün. In den heitern Lüften zögerten wandernde Vögel, andre schwärmten im Weinberg und im Garten, und ernteten fröhlich, was die Menschen übriggelassen. Und das himmlische Licht rann lauter vom offenen Himmel, durch alle Zweige lächelte die heilige Sonne, die gütige, die ich niemals nenne ohne Freude und Dank, die oft in tiefem Leide mit einem Blicke mich geheilt, und von dem Unmut und den Sorgen meine Seele gereinigt.

Wir besuchten noch all unsere liebsten Pfade, Diotima und ich; entschwundne selige Stunden begegneten uns überall.

Wir erinnerten uns des vergangenen Mais; wir hätten die Erde noch nie so gesehen wie damals, meinten wir, sie wäre verwandelt gewesen, eine silberne Wolke von Blüten, eine freudige Lebens=flamme, entledigt alles gröberen Stoffs.

„Ach! es war alles so voll Lust und Hoffnung,“ rief Diotima, „so voll unaufhörlichen Wachstums und doch auch so mühelos, so selig ruhig, wie ein Kind, das vor sich hin spielt und nicht weiter denkt.“

„Daran“, rief ich, „erkenn’ ich sie, die Seele der Natur, an diesem stillen Feuer, an diesem Zögern in ihrer mächtigen Eile.“

„Und es ist den Glücklichen so lieb, dies Zögern,“ rief Diotima; „weißt du? wir standen einmal des Abends zusammen auf der Brücke nach starkem Gewitter, und das rote Berggewässer schoß wie ein Pfeil unter uns weg, aber daneben grünt' in Ruhe der Wald, und die hellen Buchenblätter regten sich kaum. Da tat es uns so wohl, daß uns das seelenvolle Grün nicht auch so wegflog wie der Bach, und der schöne Frühling uns so stillhielt wie ein zahmer Vogel; aber nun ist er dennoch über die Berge."

Wir lächelten über dem Worte, wiewohl das Trauern uns näher war.

So sollt' auch unsre eigne Seligkeit dahingehn, und wir sahen's voraus.

O Bellarmin! wer darf denn sagen, er stehe fest, wenn auch das Schöne seinem Schicksal so entgegenreift, wenn auch das Göttliche sich demütigen muß, und die Sterblichkeit mit allem Sterblichen teilen!

Hyperion an Bellarmin.

Ich hatte mit dem holden Mädchen noch vor ihrem Hause gezögert, bis das Licht der Nacht in die ruhige Dämmerung schien, nun kam ich in Notaras Wohnung zurück, gedankenvoll, voll überwallenden heroischen Lebens, wie immer, wenn ich aus ihren Umarmungen ging. Es war ein Brief von Alabanda gekommen.

„Es regt sich, Hyperion," schrieb er mir, „Rußland hat der Pforte den Krieg erklärt; man kommt mit einer Flotte in den Archipelagus; die Griechen sollen frei sein, wenn sie mit aufstehn, den Sultan an den Euphrat zu treiben. Die Griechen werden das Ihre tun, die Griechen werden frei sein, und mir ist herzlich wohl, daß es einmal wieder etwas zu tun gibt. Ich mochte den Tag nicht sehn, solang es noch so weit nicht war.

„Bist du noch der Alte, so komm! Du findest mich in dem Dorfe vor Koron, wenn du den Weg von Misitra kömmst. Ich wohne am Hügel, in dem weißen Landhause am Walde.

„Die Menschen, die du in Smyrna bei mir kennen lerntest, hab' ich verlassen. Du hattest recht mit deinem feinern Sinne, daß du in ihre Sphäre nicht tratest.

„Mich verlangt, uns beide in dem neuen Leben wiederzusehn. Dir war bis jetzt die Welt zu schlecht, um ihr dich zu erkennen zu geben. Weil du nicht Knechtsdienste tun mochtest, tatest du nichts, und das Nichtstun machte dich grämlich und träumerisch.

„Du mochtest im Sumpfe nicht schwimmen. Komm nun, komm, und laß uns baden in offener See.

„Das soll uns wohl tun, einzig Geliebter!"

So schrieb er. Ich war betroffen im ersten Moment, mir brannte

das Gesicht vor Scham, mir kochte das Herz wie heiße Quellen, und
ich konnt’ auf keiner Stelle bleiben, so schmerzt’ es mich, überflogen
zu sein von Alabanda, überwunden auf immer. Doch nahm ich nun
auch um so begieriger die künftige Arbeit ans Herz. —

Ich bin zu müßig geworden, rief ich, zu friedenslustig, zu himm=
lisch, zu träg’! — Alabanda sieht in die Welt wie ein edler Pilot, Ala=
banda ist fleißig und sucht in der Woge nach Beute; und dir schlafen
die Hände im Schoß? und mit Worten möchtest du ausreichen, und
mit Zauberformeln beschwörst du die Welt? Aber deine Worte sind
wie Schneeflocken unnütz, und machen die Luft nur trüber, und
deine Zaubersprüche sind für die Frommen, aber die Ungläubigen
hören dich nicht — Ja! sanft zu sein, zu rechter Zeit, das ist wohl
schön; doch sanft zu sein zur Unzeit, das ist häßlich, denn es ist feig’! —
Aber Harmodius! Deiner Myrte will ich gleichen, deiner Myrte,
worin das Schwert sich verbarg. Ich will umsonst nicht müßig ge=
gangen sein, und mein Schlaf soll werden wie Öl, wenn die Flamme
dareinkömmt. Ich will nicht zusehn, wo es gilt, will nicht umhergehn
und die Neuigkeit erfragen, wann Alabanda den Lorbeer nimmt.

Hyperion an Bellarmin.

Diotimas Erblassen, da sie Alabandas Brief las, ging mir durch
die Seele. Drauf fing sie an, gelassen und ernst, den Schritt mir ab=
zuraten, und wir sprachen manches hin und wider. „O ihr Gewalt=
samen!“ rief sie endlich, „die ihr so schnell zum Äußersten seid, denkt
an die Nemesis!“

„Wer Äußerstes leidet,“ sagt’ ich, „dem ist das Äußerste recht.“

„Wenn’s auch recht ist,“ sagte sie, „du bist dazu nicht geboren.“

„So scheint es,“ sagt’ ich; „ich hab’ auch lange genug gesäumt.
O ich möchte einen Atlas auf mich laden, um die Schulden meiner
Jugend abzutragen. Hab’ ich ein Bewußtsein? hab’ ich ein Bleiben
in mir? O laß mich, Diotima! Hier gerad’ in solcher Arbeit muß ich
es erbeuten.“

„Das ist eitel Übermut!“ rief Diotima; „neulich warst du be=
scheidner, neulich, da du sagtest, ich muß noch ausgehn, zu lernen.“

„Liebe Sophistin!“ rief ich, „damals war ja auch von ganz was
anderm die Rede. In dem Olymp des Göttlichschönen, wo aus ewig=
jungen Quellen das Wahre mit allem Guten entspringt, dahin mein
Volk zu führen, bin ich noch jetzt nicht geschickt. Aber ein Schwert
zu brauchen, hab’ ich gelernt, und mehr bedarf es für jetzt nicht. Der
neue Geisterbund kann in der Luft nicht leben, die heilige Theokratie
des Schönen muß in einem Freistaat wohnen, und der will Platz
auf Erden haben und diesen Platz erobern wir gewiß.“

„Du wirst erobern“, rief Diotima, „und vergessen, wofür? wirst, wenn es hoch kommt, einen Freistaat dir erzwingen und dann sagen, wofür hab’ ich gebaut? ach! es wird verzehrt sein, all das schöne Leben, das daselbst sich regen sollte, wird verbraucht sein selbst in dir! Der wilde Kampf wird dich zerreißen, schöne Seele, du wirst altern, seliger Geist! und lebensmüd’ am Ende fragen: wo seid ihr nun, ihr Ideale der Jugend?“

„Das ist grausam, Diotima,“ rief ich, „so ins Herz zu greifen, so an meiner eignen Todesfurcht, an meiner höchsten Lebenslust mich festzuhalten, aber nein! nein! nein! Der Knechtsdienst tötet, aber gerechter Krieg macht jede Seele lebendig. Das gibt dem Golde die Farbe der Sonne, daß man ins Feuer es wirft! Das, das gibt erst dem Menschen seine ganze Jugend, daß er Fesseln zerreißt! Das rettet ihn allein, daß er sich aufmacht und die Natter zertritt, das kriechende Jahrhundert, das alle schöne Natur im Keime vergiftet! — Altern sollt’ ich, Diotima! wenn ich Griechenland befreie? altern, ärmlich werden, ein gemeiner Mensch? O so war er wohl recht schal und leer und gottverlassen, der Athenerjüngling, da er als Siegesbote von Marathon über den Gipfel des Pentele kam und hinabsah in die Täler von Attika!“

„Lieber! Lieber!“ rief Diotima, „sei doch still! ich sage dir kein Wort mehr. Du sollst gehen, sollst gehen, stolzer Mensch! Ach! wenn du so bist, hab’ ich keine Macht, kein Recht auf dich.“

Sie weinte bitter, und ich stand wie ein Verbrecher vor ihr. „Vergib mir, göttliches Mädchen!“ rief ich, vor ihr niedergesunken, „o vergib mir, wo ich muß! Ich wähle nicht, ich sinne nicht. Eine Macht ist in mir und ich weiß nicht, ob ich es selbst bin, was zu dem Schritte mich treibt.“

„Deine volle Seele gebietet dir’s“, antwortete sie. „Ihr nicht zu folgen, führt oft zum Untergange, doch ihr zu folgen, wohl auch. Das beste ist, du gehst, denn es ist größer. Handle du; ich will es tragen.“

Hyperion an Bellarmin.

Diotima war von nun an wunderbar verändert.

Mit Freude hatt’ ich gesehn, wie seit unsrer Liebe das verschwiegne Leben aufgegangen war in Blicken und lieblichen Worten und ihre genialische Ruhe war mir oft in glänzender Begeisterung entgegengekommen.

Aber wie so fremd wird uns die schöne Seele, wenn sie nach dem ersten Aufblühn, nach dem Morgen ihres Laufs hinauf zur Mittagshöhe muß! Man kannte fast das selige Kind nicht mehr, so erhaben und so leidend war sie geworden.

O wie manchmal lag ich vor dem trauernden Götterbilde, und wähnte die Seele hinwegzuweinen im Schmerz um sie, und stand bewundernd auf und selber voll von allmächtigen Kräften! Eine Flamme war ihr ins Auge gestiegen aus der gepreßten Brust. Es war ihr zu enge geworden im Busen voll Wünschen und Leiden; darum waren die Gedanken des Mädchens so herrlich und kühn. Eine neue Größe, eine sichtbare Gewalt über alles, was fühlen konnte, herrscht' in ihr. Sie war ein höheres Wesen. Sie gehörte zu den sterblichen Menschen nicht mehr.

O meine Diotima, hätte ich damals gedacht, wohin das kommen sollte?

Hyperion an Bellarmin.

Auch der kluge Notara wurde bezaubert von den neuen Entwürfen, versprach mir eine starke Partei, hoffte bald den korinthischen Isthmus zu besetzen, und Griechenland hier wie an der Handhabe zu fassen. Aber das Schicksal wollt' es anders und machte seine Arbeit unnütz, ehe sie ans Ziel kam.

Er riet mir, nicht nach Tina zu gehn, gerade den Peloponnes hinab zu reisen, und durchaus so unbemerkt als möglich. Meinem Vater sollt' ich unterwegs schreiben, meint' er; der bedächtige Alte würde leichter einen geschehenen Schritt verzeihn, als einen ungeschehenen erlauben. Das war mir nicht recht nach meinem Sinne, aber wir opfern die eignen Gefühle so gern, wenn uns ein großes Ziel vor Augen steht.

Ich zweifle, fuhr Notara fort, ob du wirst auf deines Vaters Hilfe in solchem Falle rechnen können. Darum geb' ich dir, was nebenbei doch nötig ist für dich, um einige Zeit in allen Fällen zu leben und zu wirken. Kannst du einst, so zahlst du mir es zurück, wo nicht, so war das Meine auch dein. Schäme des Geldes dich nicht, setzt' er lächelnd hinzu; auch die Rosse des Phöbus leben von der Luft nicht allein, wie uns die Dichter erzählen.

Hyperion an Bellarmin.

Nun kam der Tag des Abschieds.

Den Morgen über war ich oben in Notaras Garten geblieben, in der frischen Winterluft, unter den immergrünen Zypressen und Zedern. Ich war gefaßt. Die großen Kräfte der Jugend hielten mich aufrecht und das Leiden, das ich ahnete, trug wie eine Wolke mich höher.

Diotimas Mutter hatte Notara und die andern Freunde und mich gebeten, daß wir noch den letzten Tag bei ihr zusammen leben möchten. Die Guten hatten sich alle meiner und Diotimas gefreut,

und das Göttliche in unsrer Liebe war an ihnen nicht verloren ge=
blieben. So sollten sie nun mein Scheiden auch mir segnen.

Ich ging hinab. Ich fand das teure Mädchen am Herde. Es
schien ihr ein heilig priesterlich Geschäft, an diesem Tage das Haus
zu besorgen. Sie hatte alles zurechtgemacht, alles im Hause ver=
schönert und es durft' ihr niemand dabei helfen. Alle Blumen, die
noch übrig waren im Garten, hatte sie eingesammelt, Rosen und
frische Trauben hatte sie in der späten Jahrszeit noch zusammen=
gebracht.

Sie kannte meinen Fußtritt; da ich heraufkam, trat sie mir leis'
entgegen, die weichen Wangen glühten von der Flamme des Herds
und die ernsten groß gewordnen Augen glänzten von Tränen. Sie
sah, wie mich's überfiel. „Gehe hinein, mein Lieber," sagte sie; „die
Mutter ist drinnen, und ich folge gleich."

Ich ging hinein. Da saß die edle Frau und streckte mir die schöne
Hand entgegen — „Kommst du," rief sie, „kommst du, mein Sohn!
Ich sollte dir zürnen, du hast mein Kind mir genommen, hast alle
Vernunft mir ausgeredet und tust, was dich gelüstet und gehest da=
von; aber vergebt es ihm, ihr himmlischen Mächte! wenn er Unrecht
vorhat; und hat er recht, o so zögert nicht mit eurer Hilfe dem Lieben!"
Ich wollte reden, aber eben kam Notara mit den übrigen Freunden
herein und hinter ihnen Diotima.

Wir schwiegen eine Weile. Wir ehrten die trauernde Liebe, die
in uns allen war, wir fürchteten uns, uns ihrer zu überheben in Reden
und stolzen Gedanken. Endlich nach wenigen flüchtigen Worten bat
mich Diotima, einiges von Agis und Kleomenes zu erzählen; ich
hätte die großen Seelen oft mit feuriger Achtung genannt und gesagt,
sie wären Halbgötter, so gewiß wie Prometheus, und ihr Kampf mit
dem Schicksal von Sparta sei heroischer, als irgendeiner in den
glänzenden Mythen. Der Genius dieser Menschen sei das Abendrot
des griechischen Tages, wie Theseus und Homer die Aurore desselben.

Ich erzählte und am Ende fühlten wir uns alle stärker und
höher.

„Glücklich," rief einer von den Freunden, „wem sein Leben
wechselt zwischen Herzensfreude und frischem Kampf."

„Ja!" rief ein andrer, „das ist ewige Jugend, daß immer Kräfte
genug im Spiele sind und wir uns ganz erhalten in Lust und Arbeit."

„O ich möchte mit dir", rief Diotima mir zu.

„Es ist auch gut, daß du bleibst, Diotima!" sagt' ich. „Die
Priesterin darf aus dem Tempel nicht gehen. Du bewahrst die heilige
Flamme, du bewahrst im stillen das Schöne, daß ich es wiederfinde
bei dir."

„Du hast auch recht, mein Lieber, das ist besser," sagte sie, und ihre Stimme zitterte, und das Atherauge verbarg sich ins Tuch, um seine Tränen, seine Verwirrung nicht sehen zu lassen.

O Bellarmin! es wollte mir die Brust zerreißen, daß ich sie so schamrot gemacht. „Freunde!" rief ich, „erhaltet diesen Engel mir. Ich weiß von nichts mehr, wenn ich sie nicht weiß. O Himmel! ich darf nicht denken, wozu ich fähig wäre, wenn ich sie vermißte."

„Sei ruhig, Hyperion!" fiel Notara mir ein.

„Ruhig?" rief ich; „o ihr guten Leute! ihr könnt oft sorgen, wie der Garten blühn und wie die Ernte werden wird, ihr könnt für euren Weinstock beten, und ich soll ohne Wünsche scheiden von dem Einzigen, dem meine Seele dient?"

„Nein, o du Guter!" rief Notara bewegt, „nein! ohne Wünsche sollst du mir von ihr nicht scheiden! nein, bei der Götterunschuld eurer Liebe! meinen Segen habt ihr gewiß."

„Du mahnst mich", rief ich schnell. „Sie soll uns segnen, diese teure Mutter, soll mit euch uns zeugen — komm, Diotima! unsern Bund soll deine Mutter heiligen, bis die schöne Gemeinde, die wir hoffen, uns vermählt."

So fiel ich auf ein Knie; mit großem Blick errötend, festlich lächelnd sank auch sie an meiner Seite nieder.

„Längst," rief ich, „o Natur! ist unser Leben eines mit dir, und himmlisch jugendlich, wie du und deine Götter all, ist unsre eigne Welt durch Liebe."

„In deinen Hainen wandelten wir," fuhr Diotima fort, „und waren wie du, an deinen Quellen saßen wir und waren wie du, dort über die Berge gingen wir, mit deinen Kindern, den Sternen, wie du."

„Da wir uns ferne waren," rief ich, „da, wie Harfengelispel, unser kommend Entzücken uns erst tönte, da wir uns fanden, da kein Schlaf mehr war, und alle Töne in uns erwachten zu des Lebens vollen Akkorden, göttliche Natur! da waren wir immer wie du, und nun auch, da wir scheiden, und die Freude stirbt, sind wir wie du, voll Leidens und doch gut, drum soll ein reiner Mund uns zeugen, daß unsre Liebe heilig ist und ewig, so wie du."

„Ich zeug' es", sprach die Mutter.

„Wir zeugen es", riefen die andern.

Nun war kein Wort mehr für uns übrig. Ich fühlte mein höchstes Herz; ich fühlte mich reif zum Abschied. „Jetzt will ich fort, ihr Lieben!" sagt' ich, und das Leben schwand von allen Gesichtern. Diotima stand wie ein Marmorbild, und ihre Hand starb fühlbar in meiner. Alles hatt' ich um mich her getötet, ich war einsam und mir schwindelte vor der grenzenlosen Stille, wo mein überwallend Leben keinen Halt mehr fand.

„Ach!“ rief ich, „mir ist’s brennend heiß im Herzen, und ihr steht
alle so kalt, ihr Lieben! und nur die Götter des Hauses neigen ihr
Ohr? — Diotima! — Du bist stille, du siehst nicht! — o wohl dir,
daß du nicht siehst!“

„So geh’ nur,“ seufzte sie, „es muß ja sein; geh’ nur, du teures
Herz!“

„O süßer Ton aus diesen Wonnelippen!“ rief ich, und stand wie
ein Betender vor der holden Statue — „süßer Ton! noch einmal
wehe mich an, noch einmal tage, liebes Augenlicht!“

„Rede so nicht, Lieber!“ rief sie, „rede mir ernster, rede mit
größerem Herzen mir zu!“

Ich wollte mich halten, aber ich war wie im Traume.

„Wehe!“ rief ich, „das ist kein Abschied, wo man wiederkehrt.“

„Du wirst sie töten“, rief Notara. „Siehe, wie sanft sie ist, und
du bist so außer dir.“

Ich sah sie an, und Tränen stürzten mir aus brennendem Auge.

„So lebe denn wohl, Diotima!“ rief ich, „Himmel meiner Liebe,
lebe wohl! — Lasset uns stark sein, teure Freunde! teure Mutter!
ich gab dir Freude und Leid. Lebt wohl! lebt wohl!“

Ich wankte fort. Diotima folgte mir allein.

Es war Abend geworden und die Sterne gingen herauf am
Himmel. Wir standen still unter dem Hause. Ewiges war in uns,
über uns. Zart, wie der Äther, umwand mich Diotima. „Törichter,
was ist die Trennung?“ flüsterte sie geheimnisvoll mir zu, mit dem
Lächeln einer Unsterblichen.

„Es ist mir auch jetzt anders,“ sagt’ ich, „und ich weiß nicht, was
von beiden ein Traum ist, meine Leiden oder meine Freudigkeit.“

„Beides ist,“ erwiderte sie, „und beides ist gut.“

„Vollendete!“ rief ich, „ich spreche wie du. Am Sternenhimmel
wollen wir uns erkennen. Er sei das Zeichen zwischen mir und dir,
solange die Lippen verstummen.“

„Das sei er!“ sprach sie mit einem langsamen, nie gehörten
Tone — es war ihr letzter. Im Dämmerlichte entschwand mir ihr
Bild, und ich weiß nicht, ob sie es wirklich war, da ich zum letztenmal
mich umwandt’ und die erlöschende Gestalt noch einen Augenblick
vor meinem Auge zückte und dann in die Nacht verschied.

Hyperion an Bellarmin.

Warum erzähl’ ich dir und wiederhole mein Leiden und rege
die ruhelose Jugend wieder auf in mir? Ist’s nicht genug, einmal
das Sterbliche durchwandert zu haben? warum bleib’ ich im Frieden
meines Geistes nicht stille?

Darum, mein Bellarmin! weil jeder Atemzug des Lebens unserm Herzen wert bleibt, weil alle Verwandlungen der reinen Natur auch mit zu ihrer Schöne gehören. Unsre Seele, wenn sie die sterblichen Erfahrungen ablegt und allein nur lebt in heiliger Ruhe, ist sie nicht, wie ein unbelaubter Baum? wie ein Haupt ohne Locken? Lieber Bellarmin! ich habe eine Weile geruht; wie ein Kind hab' ich unter den stillen Hügeln von Salamis gelebt, vergessen des Schicksals und des Strebens der Menschen. Seitdem ist manches anders in meinem Auge geworden, und ich habe nun soviel Frieden in mir, um ruhig zu bleiben bei jedem Blick ins menschliche Leben. O Freund! am Ende söhnet der Geist mit allem uns aus. Du wirst's nicht glauben, wenigstens von mir nicht. Aber ich meine, du solltest sogar meinen Briefen es ansehn, wie meine Seele täglich stiller wird und stiller. Und ich will künftig noch soviel davon sagen, bis du es glaubst.

Hier sind Briefe von Diotima und mir, die wir uns nach meinem Abschied von Kalaurea geschrieben. Sie sind das Liebste, was ich dir vertraue. Sie sind das wärmste Bild aus jenen Tagen meines Lebens. Vom Kriegslärm sagen sie dir wenig. Desto mehr von meinem eigneren Leben und das ist's ja, was du willst. Ach und du mußt auch sehen, wie geliebt ich war. Das konnt' ich nie dir sagen, das sagt Diotima nur.

Hyperion an Diotima.

Ich bin erwacht aus dem Tode des Abschieds, meine Diotima! gestärkt, wie aus dem Schlafe, richtet mein Geist sich auf.

Ich schreibe dir von einer Spitze der epidaurischen Berge. Da dämmert fern in der Tiefe deine Insel, Diotima! und dort hinaus mein Stadium, wo ich siegen oder fallen muß. O Peloponnes! o ihr Quellen des Eurotas und Alpheus! Da wird es gelten! Aus den spartanischen Wäldern, da wird wie ein Adler der alte Landesgenius stürzen mit unsrem Heere, wie mit rauschenden Fittichen.

Meine Seele ist voll von Tatenlust und voll von Liebe, Diotima, und in die griechischen Täler blickt mein Auge hinaus, als sollt' es magisch gebieten: Steigt wieder empor, ihr Städte der Götter!

Ein Gott muß in mir sein, denn ich fühl' auch unsre Trennung kaum. Wie die seligen Schatten am Lethe, lebt jetzt meine Seele mit deiner in himmlischer Freiheit und das Schicksal waltet über unsrer Liebe nicht mehr.

Hyperion an Diotima.

Ich bin jetzt mitten im Peloponnes. In derselben Hütte, worin ich heute übernachte, übernachtete ich einst, da ich, beinahe noch Knabe, mit Adamas diese Gegenden durchzog. Wie saß ich da so glücklich auf der Bank vor dem Hause und lauschte dem Geläute der fernher kommenden Karawane und dem Geplätscher des nahen Brunnens, der unter blühenden Akazien sein silbern Gewässer ins Becken goß.

Jetzt bin ich wieder glücklich. Ich wandere durch dies Land, wie durch Dodonas Hain, wo die Eichen tönten von ruhmweissagenden Sprüchen. Ich sehe nur Taten, vergangene, künftige, wenn ich auch vom Morgen bis zum Abend unter freiem Himmel wandre. Glaube mir, wer dieses Land durchreist, und noch ein Joch auf seinem Halse duldet, kein Pelopidas wird, der ist herzleer, oder ihm fehlt es am Verstande.

So lange schlief's — so lange schlich die Zeit, wie der Höllenfluß, trüb und stumm, in ödem Müßiggange vorüber?

Und doch liegt alles bereit. Voll rächerischer Kräfte ist das Bergvolk hieherum, liegt da, wie eine schweigende Wetterwolke, die nur des Sturmwinds wartet, der sie treibt. Diotima! laß mich den Atem Gottes unter sie hauchen, laß mich ein Wort von Herzen an sie reden, Diotima! Fürchte nichts! Sie werden so wild nicht sein. Ich kenne die rohe Natur. Sie höhnt die Vernunft, sie stehet aber im Bunde mit der Begeisterung. Wer nur mit ganzer Seele wirkt, irrt nie. Er bedarf des Klügelns nicht, denn keine Macht ist wider ihn.

Hyperion an Diotima.

Morgen bin ich bei Alabanda. Es ist mir eine Lust, den Weg nach Koron zu erfragen, und ich frage öfter, als nötig ist. Ich möchte die Flügel der Sonne nehmen und hin zu ihm, und doch zaudr' ich auch so gern und frage: wie wird er sein?

Der königliche Jüngling! warum bin ich später geboren? warum sprang ich nicht aus einer Wiege mit ihm? Ich kann den Unterschied nicht leiden, der zwischen uns ist. O warum lebt' ich wie ein müßiger Hirtenknabe zu Tina, und träumte nur von seinesgleichen noch erst, da er schon in lebendiger Arbeit die Natur erprüfte und mit Meer und Luft und allen Elementen schon rang? trieb's denn in mir nach Tatenwonne nicht auch?

Aber ich will ihn einholen, ich will schnell sein. Beim Himmel! ich bin überreif zur Arbeit. Meine Seele tobt nur gegen sich selbst, wenn ich nicht bald durch ein lebendig Geschäft mich befreie.

Hohes Mädchen! wie konnt' ich bestehen vor dir? Wie war dir's möglich, so ein tatlos Wesen zu lieben?

Hyperion an Diotima.

Ich hab' ihn, teure Diotima!

Leicht ist mir die Brust, und schnell sind meine Sehnen, ha! und die Zukunft reizt mich, wie eine klare Wassertiefe uns reizt, hineinzuspringen und das übermütige Blut im frischen Bade zu kühlen. Aber das ist Geschwätz. Wir sind uns lieber, als je, mein Alabanda und ich. Wir sind freier umeinander und doch ist's alle die Fülle und Tiefe des Lebens wie sonst.

O wie hatten die alten Thrannen so recht, Freundschaften, wie die unsere zu verbieten! Da ist man stark wie ein Halbgott und duldet nichts Unverschämtes in seinem Bezirke! —

Es war des Abends, da ich in sein Zimmer trat. Er hatte eben die Arbeit beiseite gelegt, saß in einer mondhellen Ecke am Fenster und pflegte seiner Gedanken. Ich stand im Dunkeln, er erkannte mich nicht, sah unbekümmert gegen mich her. Der Himmel weiß, für wen er mich halten mochte. „Nun, wie geht es?" rief er. „So ziemlich!" sagt' ich. Aber das Heucheln war umsonst. Meine Stimme war voll geheimen Frohlockens. „Was ist das?" fuhr er auf; „bist du's?" — „Jawohl, du Blinder!" rief ich, und flog ihm in die Arme. „O nun!" rief Alabanda endlich, „nun soll es anders werden, Hyperion!"

„Das denk' ich", sagt' ich und schüttelte freudig seine Hand.

„Kennst du mich denn noch," fuhr Alabanda fort nach einer Weile, „hast du den alten, frommen Glauben noch an Alabanda? Großmütiger! mir ist es nimmer indes so wohl gegangen, als da ich im Lichte deiner Liebe mich fühlte."

„Wie?" rief ich, „fragt dies Alabanda? Das war nicht stolz gesprochen, Alabanda. Aber es ist das Zeichen dieser Zeit, daß die alte Heroennatur um Ehre betteln geht, und das lebendige Menschenherz wie eine Waise um einen Tropfen Liebe sich kümmert."

„Lieber Junge!" rief er; „ich bin eben alt geworden. Das schlaffe Leben überall und die Geschichte mit den Alten, zu denen ich in Smyrna dich in die Schule bringen wollte —"

„O es ist bitter," rief ich; „auch an diesen wagte sich die Todesgöttin, die Namenlose, die man Schicksal nennt."

Es wurde Licht gebracht und wir sahn von neuem mit leisem liebendem Forschen uns an. Die Gestalt des Teuren war sehr anders geworden seit den Tagen der Hoffnung. Wie die Mittagssonne vom bleichen Himmel, funkelte sein großes ewigliebendes Auge vom abgeblühten Gesichte mich an.

„Guter!" rief Alabanda mit freundlichem Unwillen, da ich ihn
so ansah, „laß die Wehmutsblicke, guter Junge! Ich weiß es wohl,
ich bin herabgekommen. O mein Hyperion! ich sehne mich sehr nach
etwas Großem und Wahrem, und ich hoff' es zu finden mit dir. Du
5 bist mir über den Kopf gewachsen, du bist freier und stärker wie
ehmals, und siehe: das freut mich herzlich. Ich bin das dürre Land
und du kommst wie ein glücklich Gewitter — o es ist herrlich, daß
du da bist!"

„Stille!" sagt' ich, „du nimmst mir die Sinnen, und wir sollten
10 gar nicht von uns sprechen, bis wir im Leben, unter den Taten sind."

„Jawohl!" rief Alabanda freudig, „erst, wenn das Jagdhorn
schallt, da fühlen sich die Jäger."

„Wird's denn bald angehn?" sagt' ich.

„Es wird," rief Alabanda, „und ich sage dir, Herz! es soll ein
15 ziemlich Feuer werden. Ha! mag's doch reichen bis an die Spitze des
Turms und seine Fahne schmelzen und um ihn wüten und wogen,
bis er berstet und stürzt! — und stoße dich nur an unsern Bundes=
genossen nicht. Ich weiß es wohl, die guten Russen möchten uns
gerne wie Schießgewehre brauchen. Aber laß das gut sein! haben
20 nur erst unsere kräftigen Spartaner bei Gelegenheit erfahren, wer sie
sind und was sie können, und haben wir so den Peloponnes erobert,
so lachen wir dem Nordpol ins Angesicht und bilden uns ein eignes
Leben."

„Ein eignes Leben," rief ich, „ein neu, ein ehrsames Leben.
25 Sind wir denn wie ein Irrlicht aus dem Sumpfe geboren, oder
stammen wir von den Siegern bei Salamis ab? Wie ist's denn nun?
wie bist du denn zur Magd geworden, griechische freie Natur? wie
bist du so herabgekommen, väterlich Geschlecht, von dem das Götter=
bild des Jupiter und des Apoll einst nur die Kopie war? — Aber
30 höre mich, Joniens Himmel! höre mich, Vaterlandserde, die du dich
halbnackt wie eine Bettlerin mit den Lappen deiner alten Herrlich=
keit umkleidest, ich will es länger nicht dulden!"

„O Sonne, die uns erzog!" rief Alabanda, „zusehn sollst du,
wenn unter der Arbeit uns der Mut wächst, wenn unter den Schlägen
35 des Schicksals unser Entwurf, wie das Eisen unter dem Hammer, sich
bildet."

Es entzündete einer den andern.

„Und daß nur kein Flecken hängen bleibe," rief ich, „keine Posse,
womit ·uns das Jahrhundert, wie der Pöbel die Wände, be=
40 malt!"

„O," rief Alabanda, „darum ist der Krieg auch so gut —"

„Recht, Alabanda," rief ich, „so wie alle große Arbeit, wo des
Menschen Kraft und Geist, und keine Krücke und kein wächserner

Flügel hilft. Da legen wir die Sklavenkleider ab, worauf das Schicksal uns sein Wappen gedrückt —"

„Da gilt nichts Eitles und Anerzwungenes mehr," rief Alabanda, „da gehn wir schmucklos, fessellos, nackt, wie im Wettlauf zu Nemea, zum Ziele."

„Zum Ziele," rief ich, „wo der junge Freistaat dämmert, und das Pantheon alles Schönen aus griechischer Erde sich hebt."

Alabanda schwieg eine Weile. Eine neue Röte stieg auf in seinem Gesichte, und seine Gestalt wuchs, wie die erfrischte Pflanze, in die Höhe.

„O Jugend! Jugend!" rief er, „dann will ich trinken aus deinem Quell, dann will ich leben und lieben. Ich bin sehr freudig, Himmel der Nacht," fuhr er wie trunken fort, indem er unter das Fenster trat, „wie eine Rebenlaube überwölbest du mich, und deine Sterne hängen wie Trauben herunter."

Hyperion an Diotima.

Es ist mein Glück, daß ich in voller Arbeit lebe. Ich müßt' in eine Torheit um die andre fallen, so voll ist meine Seele, so berauscht der Mensch mich, der wunderbare, der stolze, der nichts liebt als mich, und alle Demut, die in ihm ist, nur auf mich häuft.

O Diotima! dieser Alabanda hat geweint vor mir, hat wie ein Kind mir's abgebeten, was er mir in Smyrna getan.

Wer bin ich dann, ihr Lieben, daß ich mein euch nenne, daß ich sagen darf: sie sind mein eigen, daß ich, wie ein Eroberer, zwischen euch steh', und euch, wie meine Beute, umfasse.

O Diotima! o Alabanda! edle, ruhiggroße Wesen! wie muß ich vollenden, wenn ich nicht fliehn will vor meinem Glücke, vor euch?

Eben, während ich schrieb, erhielt ich deinen Brief, du Liebe.

Traure nicht, holdes Wesen, traure nicht! Spare dich, unversehrt von Gram, den künftigen Vaterlandsfesten! Diotima! dem glühenden Festtag der Natur, dem spare dich auf und all den heitern Ehrentagen der Götter!

Siehest du Griechenland nicht schon?

O siehest du nicht, wie, froh der neuen Nachbarschaft, die ewigen Sterne lächeln über unsern Städten und Hainen, wie das alte Meer, wenn es unser Volk lustwandelnd am Ufer sieht, der schönen Athener wieder gedenkt und wieder Glück uns bringt, wie damals seinen Lieblingen auf fröhlicher Woge?

Seelenvolles Mädchen! Du bist so schön schon jetzt! wie wirst du dann erst, wenn das echte Klima dich nährt, in entzückender Glorie blühn!

Diotima an Hyperion.

Ich hatte die meiste Zeit mich eingeschlossen, seit du fort bist, lieber Hyperion! Heute war ich wieder einmal draußen.

In holder Februarluft hab' ich Leben gesammelt und bringe das gesammelte dir. Es hat auch mir noch wohlgetan, das frische Er= 5 warmen des Himmels, noch hab' ich sie mitgefühlt die neue Wonne der Pflanzenwelt, der reinen, immergleichen, wo alles trauert und sich wieder freut zu seiner Zeit.

Hyperion! o mein Hyperion! warum gehn wir denn die stillen Lebenswege nicht auch? Es sind heilige Namen, Winter und Früh= 10 ling und Sommer und Herbst! wir aber kennen sie nicht. Ist es nicht Sünde, zu trauern im Frühling? warum tun wir es dennoch?

Vergib mir! die Kinder der Erde leben durch die Sonne allein; ich lebe durch dich; ich habe andre Freuden, ist es denn ein Wunder, wenn ich andre Trauer habe? und muß ich trauern? muß ich denn?

15 Mutiger! Lieber! sollt' ich welken, wenn du glänzest? sollte mir das Herz ermatten, wenn die Siegeslust dir in allen Sehnen erwacht? Hätt' ich ehmals gehört, ein griechischer Jüngling mache sich auf, das gute Volk aus seiner Schmach zu ziehn, es der mütterlichen Schönheit, der es entstammte, wiederzubringen, wie hätt' ich aufgestaunt aus 20 dem Traume der Kindheit und gedürstet nach dem Bilde des Teuren? und nun er da ist, nun er mein ist, kann ich noch weinen? o des albernen Mädchens! ist es denn nicht wirklich? ist er der Herrliche nicht, und ist er nicht mein! o ihr Schatten seliger Zeit; ihr meine trauten Erinnerungen!

25 Ist mir doch, als wär' er kaum von gestern, jener Zauberabend, da der heilige Fremdling mir zum erstenmal begegnete, da er wie ein trauernder Genius hereinglänzt in die Schatten des Waldes, wo im Jugendtraume das unbekümmerte Mädchen saß — in der Mailuft kam er, in Joniens zaubrischer Mailuft, und sie macht ihn blühender 30 mir, sie lockt ihm das Haar, entfaltet ihm wie Blumen die Lippen, löst in Lächeln die Wehmut auf, und, o ihr Strahlen des Himmels! wie leuchtet ihr aus diesen Augen mich an, aus diesen berauschenden Quellen, wo im Schatten umschirmender Bogen ewig Leben schimmert und wallt!

35 Gute Götter! wie er schön ward mit dem Blick auf mich! wie der ganze Jüngling, eine Spanne größer geworden, in leichter Nerve dastand, nur daß ihm die lieben Arme, die bescheidnen, niedersanken, als wären sie nichts! und wie er drauf emporsah im Entzücken, als wär' ich gen Himmel entflogen und nicht mehr da, ach! wie er nun in 40 aller Herzensanmut lächelt' und errötete, da er wieder mich gewahr

ward, und unter den dämmernden Tränen sein Phöbusauge durch=
strahlt', um zu fragen, bist du's? bist du es wirklich?

Und warum begegnet er so frommen Sinnes, so voll lieben
Aberglaubens mir? warum lockt' er erst, sein Haupt gesenkt, warum
war der Götterjüngling so voll Scheuns und Trauerns? Sein
Genius war zu selig, um allein zu bleiben, und zu arm die Welt,
um ihn zu fassen. O es war ein liebes Bild, gewebt von Größe und
Leiden! Aber nun ist's anders! mit den Leiden ist's aus! Er hat zu
tun bekommen, er ist der Kranke nicht mehr!

Ich war voll Seufzens, da ich anfing, dir zu schreiben, mein Ge=
liebter! Jetzt bin ich lauter Freude. So spricht man über dir sich
glücklich. Und siehe! so soll's auch bleiben. Lebe wohl!

Hyperion an Diotima.

Wir haben noch zu gutem Ende dein Fest gefeiert, schönes Leben!
ehe der Lärm beginnt. Es war ein himmlischer Tag Das holde
Frühjahr weht' und glänzte vom Orient her, entlockt' uns deinen
Namen wie es den Bäumen die Blüten entlockt, und alle seligen Ge=
heimnisse der Liebe entatmeten mir. Eine Liebe wie die unsre war
dem Freunde nie erschienen, und es war entzückend, wie der stolze
Mensch aufmerkte, und Auge und Geist ihm glühte, dein Bild, dein
Wesen zu fassen.

„O,“ rief er endlich, „da ist's wohl der Mühe wert, für unser
Griechenland zu streiten, wenn es solche Gewächse noch trägt!“

„Jawohl, mein Alabanda,“ sagt' ich; „da gehn wir heiter in den
Kampf, da treibt uns himmlisch Feuer zu Taten, wenn unser Geist
vom Bilde solcher Naturen verjüngt ist, und da läuft man auch nach
einem kleinen Ziele nicht, da sorgt man nicht für dies und das, und
künstelt, den Geist nicht achtend, von außen, und trinkt um des Kelchs
willen den Wein; da ruhn wir dann erst, Alabanda, wenn des Genius'
Wonne kein Geheimnis mehr ist, dann erst, wenn die Augen all in
Triumphbogen sich wandeln, wo der Menschengeist, der lang=
abwesende, hervorglänzt aus den Irren und Leiden und siegesfroh
den väterlichen Äther grüßt. — Ha! an der Fahne allein soll nie=
mand unser künftig Volk erkennen; es muß sich alles verjüngen,
es muß von Grund aus anders sein; voll Ernsts die Lust und heiter
alle Arbeit! nichts, auch das Kleinste, das Alltäglichste nicht ohne den
Geist und die Götter! Lieb' und Haß und jeder Laut von uns muß
die gemeinere Welt befremden und auch kein Augenblick darf ein=
mal noch uns mahnen an die platte Vergangenheit!“

Hyperion an Diotima.

Der Vulkan bricht los. In Koron und Modon werden die Türken belagert und wir rücken mit unserem Bergvolk gegen den Peloponnes hinauf.

Nun hat die Schwermut all ein Ende, Diotima, und mein Geist ist fester und schneller, seit ich in lebendiger Arbeit bin, und sieh! ich habe nun auch eine Tagesordnung.

Mit der Sonne beginn' ich. Da geh' ich hinaus, wo im Schatten des Walds mein Kriegsvolk liegt, und grüße die tausend hellen Augen, die jetzt vor mir mit wilder Freundlichkeit sich auftun. Ein erwachendes Heer! ich kenne nichts Gleiches und alles Leben in Städten und Dörfern ist wie ein Bienenschwarm dagegen.

Der Mensch kann's nicht verleugnen, daß er einst glücklich war wie die Hirsche des Forsts, und nach unzähligen Jahren glimmt noch in uns ein Sehnen nach den Tagen der Urwelt, wo jeder die Erde durchstreifte wie ein Gott, ehe, ich weiß nicht was? den Menschen zahm gemacht; und noch, statt Mauern und totem Holz, die Seele der Welt, die heilige Luft, allgegenwärtig ihn umfing.

Diotima! mir geschieht oft wunderbar, wenn ich mein unbekümmert Volk durchgehe, und, wie aus der Erde gewachsen, einer um den andern aufsteht und dem Morgenlicht entgegen sich dehnt, und unter den Haufen der Männer die knatternde Flamme emporsteigt, wo die Mutter sitzt mit dem frierenden Kindlein, wo die erquickende Speise kocht, indes die Rosse, den Tag witternd, schnauben und schrein, und der Wald ertönt von allerschütternder Kriegsmusik, und rings von Waffen schimmert und rauscht — aber das sind Worte, und die eigne Lust von solchem Leben erzählt sich nicht.

Dann sammelt mein Haufe sich um mich her mit Lust, und es ist wunderbar, wie auch die Ältesten und Trotzigsten in aller meiner Jugend mich ehren. Wir werden vertrauter, und mancher erzählt, wie's ihm erging im Leben, und mein Herz schwillt oft vor mancherlei Schicksal. Dann fang' ich an, von besseren Tagen zu reden, und glänzend gehn die Augen ihnen auf, wenn sie des Bundes gedenken, der uns einigen soll, und das stolze Bild des werdenden Freistaats dämmert vor ihnen.

Alle für jeden und jeder für alle! Es ist ein freudiger Geist in den Worten, und er ergreift auch immer meine Menschen wie Göttergebot. O Diotima! so zu sehn, wie von Hoffnungen da die starre Natur erweicht und all ihre Pulse mächtiger schlagen und von Entwürfen die verdüsterte Stirne sich entfaltet und glänzt, so dazustehn in einer Sphäre von Menschen, umrungen von Glauben und Lust,

das ist doch mehr, als Erd' und Himmel und Meer in aller ihrer
Glorie zu schaun.

Dann üb' ich sie in Waffen und Märschen bis um Mittag. Der
frohe Mut macht sie gelehrig, wie er zum Meister mich macht. Bald
stehn sie dichtgedrängt in mazedonischer Ruh' und regen den Arm
nur, bald fliegen sie wie Strahlen auseinander zum gewagteren
Streit in einzelnen Haufen, wo die geschmeidige Kraft in jeder Stelle
sich ändert und jeder selbst sein Feldherr ist, und sammeln sich wieder
in sicherem Punkt — und immer, wo sie gehn und stehn in solchem
Waffentanze, schwebt ihnen und mir das Bild der Thrannenknechte
und der ernstere Wahlplatz vor Augen.

Drauf, wenn die Sonne heißer scheint, wird Rat gehalten im
Innern des Walds, und es ist Freude, so mit stillen Sinnen über der
großen Zukunft zu walten. Wir nehmen dem Zufall die Kraft, wir
meistern das Schicksal. Wir lassen Widerstand nach unserm Willen
entstehn, wir reizen den Gegner zu dem, worauf wir gerüstet sind.
Oder sehen wir zu und scheinen furchtsam und lassen ihn näher
kommen, bis er das Haupt zum Schlag uns reicht; auch nehmen wir
ihm mit Schnelle die Fassung, und das ist meine Panazee. Doch
halten die erfahreneren Ärzte nichts auf solche allesheilende
Mittel.

Wie wohl ist dann des Abends mir bei meinem Alabanda, wenn
wir zur Lust auf muntern Rossen die sonnenroten Hügel umschweifen,
und auf den Gipfeln, wo wir weilen, die Luft in den Mähnen unsrer
Tiere spielt, und das freundliche Säuseln in unsre Gespräche sich
mischt, indes wir hinaussehn in die Fernen von Sparta, die unser
Kampfpreis sind! und wenn wir nun zurück sind und zusammensitzen
in lieblicher Kühle der Nacht, wo uns der Becher duftet und das
Mondlicht unser spärlich Mahl bescheint und mitten in unsrer lächeln=
den Stille die Geschichte der Alten, wie eine Wolke, aufsteigt aus
dem heiligen Boden, der uns trägt, wie selig ist's da, in solchem Mo=
mente sich die Hände zu reichen!

Dann spricht wohl Alabanda noch von manchem, den die Lange=
weile des Jahrhunderts peinigt, von so mancher wunderbaren krum=
men Bahn, die sich das Leben bricht, seitdem sein grader Gang ge=
hemmt ist, dann fällt mir auch mein Adamas ein, mit seinen Reisen,
seiner eignen Sehnsucht in das innere Asien hinein — das sind nur
Notbehelfe, guter Alter! möcht' ich dann ihm rufen, komm! und baue
deine Welt! mit uns! denn unsre Welt ist auch die deine.

Auch die deine, Diotima, denn sie ist die Kopie von dir. O du,
mit deiner Elhsiumsstille, könnten wir das schaffen, was du bist!

Hyperion an Diotima.

Wir haben jetzt dreimal in einem fort gesiegt in kleinen Gefechten, wo aber die Kämpfer sich durchkreuzten wie Blitze, und alles eine eine verzehrende Flamme war. Navarin ist unser und wir stehen jetzt vor der Feste Misitra, dem Überreste des alten Sparta. Ich hab' auch die Fahne, die ich einer albanischen Horde entriß, auf eine Ruine gepflanzt, die vor der Stadt liegt, habe vor Freude meinen türkischen Kopfbund in den Eurotas geworfen und trage seitdem den griechischen Helm.

Und nun möcht' ich dich sehen, o Mädchen! sehen möcht' ich dich und deine Hände nehmen und an mein Herz sie drücken, dem die Freude nun bald vielleicht zu groß ist! bald! in einer Woche vielleicht ist er befreit, der alte, edle, heilige Peloponnes.

O dann, du Teure! lehre mich fromm sein! dann lehre mein überwallend Herz ein Gebet! Ich sollte schweigen, denn was hab' ich getan? und hätt' ich etwas getan, wovon ich sprechen möchte, wieviel ist dennoch übrig? Aber was kann ich dafür, daß mein Gedanke schneller ist wie die Zeit? Ich wollte so gern, es wäre umgekehrt, und die Zeit und die Tat überflöge den Gedanken, und der geflügelte Sieg übereilte die Hoffnung selbst.

Mein Alabanda blüht wie ein Bräutigam. Aus jedem seiner Blicke lacht die kommende Welt mich an, und daran still' ich noch die Ungeduld so ziemlich.

Diotima! ich möchte dieses werdende Glück nicht um die schönste Lebenszeit des alten Griechenlands vertauschen, und der kleinste unsrer Siege ist mir lieber als Marathon und Thermopylä und Platea. Ist's nicht wahr! Ist nicht dem Herzen das genesende Leben mehr wert, als das reine, das die Krankheit noch nicht kennt? Erst wenn die Jugend hin ist, lieben wir sie, und dann erst, wenn die verlorne wiederkehrt, beglückt sie alle Tiefen der Seele.

Am Eurotas stehet mein Zelt, und wenn ich nach Mitternacht erwache, rauscht der alte Flußgott mahnend mir vorüber, und lächelnd nehm' ich die Blumen des Ufers, und streue sie in seine glänzende Welle und sag' ihm: Nimm es zum Zeichen, du Einsamer! Bald umblüht das alte Leben dich wieder.

Diotima an Hyperion.

Ich habe die Briefe erhalten, mein Hyperion, die du unterwegens mir schriebst. Du ergreifst mich gewaltig mit allem, was du mir sagst, und mitten in meiner Liebe schaudert mich oft, den sanften

Jüngling, der zu meinen Füßen geweint, in dieses rüstige Wesen verwandelt zu sehn.

Wirst du denn nicht die Liebe verlernen?

Aber wandle nur zu! Ich folge dir. Ich glaube, wenn du mich
hassen könntest, würd' ich auch da sogar dir nachempfinden, würde
mir Mühe geben, dich zu hassen, und so blieben unsre Seelen sich gleich,
und das ist kein eitelübertrieben Wort, Hyperion.

Ich bin auch selbst ganz anders wie sonst. Mir mangelt der
heitre Blick in die Welt und die freie Lust an allem Lebendigen.
Nur das Feld der Sterne zieht mein Auge noch an. Dagegen denk'
ich um so lieber an die großen Geister der Vorwelt, und wie sie geendet haben auf Erden, und die hohen spartanischen Frauen haben
mein Herz gewonnen. Dabei vergeß ich nicht die neuen Kämpfer,
die kräftigen, deren Stunde gekommen ist; oft hör' ich ihren Sieges-
lärm durch den Peloponnes herauf mir näher brausen und näher,
oft seh' ich sie wie eine Katarakte dort heruntergewogen durch die
epidaurischen Wälder und ihre Waffen fernher glänzen im Sonnenlichte, das wie ein Herold sie begleitet, o mein Hyperion! und du
kömmst geschwinde nach Kalaurea herüber, und grüßest die stillen
Wälder unsrer Liebe, grüßest mich, und fliegst nun wieder zu deiner
Arbeit zurück; — und denkst du, ich fürchte den Ausgang? Liebster?
manchmal will's mich überfallen, aber meine größern Gedanken
halten wie Flammen den Frost ab. —

Lebe wohl! vollende, wie es der Geist dir gebeut! und laß den
Krieg zu lange nicht dauern, um des Friedens willen, Hyperion, um
des schönen, neuen, goldenen Friedens willen, wo, wie du sagtest,
einst in unser Rechtsbuch eingeschrieben werden die Gesetze der Natur,
und wo das Leben selbst, wo sie, die göttliche Natur, die in kein Buch
geschrieben werden kann, im Herzen der Gemeinde sein wird. Lebe
wohl.

Hyperion an Diotima.

Du hättest mich besänftigen sollen, meine Diotima! hättest sagen
sollen, ich möchte mich nicht übereilen, möchte dem Schicksal nach und
nach den Sieg abnötigen, wie kargen Schuldnern die Summe. O
Mädchen! stille zu stehn, ist schlimmer wie alles. Mir trocknet das
Blut in den Adern, so dürst' ich, weiter zu kommen und muß hier
müßig stehn, muß belagern und belagern, den einen Tag wie den
andern. Unser Volk will stürmen, aber das würde die aufgeregten
Gemüter zum Rausch erhitzen, und wehe dann unsern Hoffnungen,
wenn das wilde Wesen aufgärt und die Zucht und die Liebe zerreißt.

Ich weiß nicht, es kann nur noch einige Tage dauern, so muß
Misitra sich ergeben, aber ich wollte, wir wären weiter. Im Lager

hier ist's mir, wie in gewitterhafter Luft. Ich bin ungeduldig, auch meine Leute gefallen mir nicht. Es ist ein furchtbarer Mutwill' unter ihnen.

Aber ich bin nicht klug, daß ich soviel aus meiner Laune mache. Und das alte Lazedämon ist's ja doch wohl wert, daß man ein wenig Sorge leidet, eh' man es hat.

Hyperion an Diotima.

Es ist aus, Diotima! unsre Leute haben geplündert, gemordet, ohne Unterschied, auch unsre Brüder sind erschlagen, die Griechen in Misitra, die Unschuldigen, oder sie irren hilflos herum, und ihre tote Jammermiene ruft Himmel und Erde zur Rache gegen die Barbaren, an deren Spitze ich war.

Nun kann ich hingehn und von meiner guten Sache predigen. O, nun fliegen alle Herzen mir zu!

Aber ich hab's auch klug gemacht. Ich habe meine Leute ge= kannt. In der Tat! es war ein außerordentlich Projekt, durch eine Räuberbande mein Elysium zu pflanzen.

Nein! bei der heiligen Nemesis! mir ist recht geschehen, und ich will's auch dulden, dulden will ich, bis der Schmerz mein letzt' Be= wußtsein mir zerreißt.

Denkst du, ich tobe? Ich habe eine ehrsame Wunde, die einer meiner Getreuen mir schlug, indem ich den Greuel abwehrte. Wenn ich tobte, so riss' ich die Binde von ihr, und so ränne mein Blut, wohin es gehört, in diese trauernde Erde.

Diese trauernde Erde! die nackte! so ich kleiden wollte mit heiligen Hainen, so ich schmücken wollte mit allen Blumen des griechischen Lebens!

O es wäre schön gewesen, meine Diotima!

Nennst du mich mutlos! Liebes Mädchen? es ist des Unheils zu= viel. An allen Enden brechen wütende Haufen herein; wie eine Seuche tobt die Raubgier in Morea, und wer nicht auch das Schwert ergreift, wird verjagt, geschlachtet, und dabei sagen die Rasenden, sie fechten für unsre Freiheit. Andre des rohen Volks sind von dem Sultan be= stellt und treiben's wie jene.

Eben hör' ich, unser ehrlos Heer sei nun zerstreut. Die Feigen begegneten bei Tripolissa einem albanischen Haufen, der um die Hälfte geringer an Zahl war. Weil's aber nichts zu plündern gab, so liefen die Elenden davon alle. Die Russen, die mit uns den Feldzug wagten, vierzig brave Männer, hielten allein aus, fanden auch alle den Tod.

Und so bin ich nun mit meinem Alabanda wieder einsam wie zuvor. Seitdem der Treue mich fallen und bluten sah in Misitra, hat er alles andre vergessen, seine Hoffnungen, seine Siegeslust, seine

Verzweiflung. Der Ergrimmte, der unter die Plünderer stürzte wie
ein strafender Gott, der führte nun so sanft mich aus dem Getümmel,
und seine Tränen netzten mein Kleid. Er blieb auch bei mir in der
Hütte, wo ich seitdem lag, und ich freue mich nun erst recht darüber.
Denn wär' er mit fortgezogen, so läg' er jetzt bei Tripolissa im Staub.

Wie es weiter werden soll, das weiß ich nicht. Das Schicksal
stößt mich ins Ungewisse hinaus, und ich hab' es verdient; von dir
verbannt mich meine eigne Scham, und wer weiß, wie lange?

Ach! ich habe dir ein Griechenland versprochen, und du bekommst
ein Klaglied nun dafür. Sei selbst dein Trost!

Hyperion an Diotima.

Ich bringe mich mit Mühe zu Worten.

Man spricht wohl gern, man plaudert wie die Vögel, solange
die Welt wie Mailuft, einen anweht; aber zwischen Mittag und
Abend kann es anders werden, und was ist verloren am Ende?

Glaube mir und denk', ich sag's aus tiefer Seele dir: die Sprache
ist ein großer Überfluß. Das Beste bleibt doch immer für sich und
ruht in seiner Tiefe, wie die Perle im Grunde des Meers. — Doch
was ich eigentlich dir schreiben wollte, weil doch einmal das Gemälde
seinen Rahmen und der Mann sein Tagwerk haben muß, so will ich
noch auf eine Zeitlang Dienste nehmen bei der russischen Flotte;
denn mit den Griechen hab' ich weiter nichts zu tun.

O teures Mädchen! es ist sehr finster um mich geworden!

Hyperion an Diotima.

Ich habe gezaudert, gekämpft. Doch endlich muß es sein.

Ich sehe, was notwendig ist, und weil ich es sehe, so soll es auch
werden. Mißdeute mich nicht! verdamme mich nicht! ich muß dir
raten, daß du mich verlässest, meine Diotima.

Ich bin für dich nichts mehr, du holdes Wesen! Dies Herz ist
dir versiegt, und meine Augen sehen das Lebendige nicht mehr. O
meine Lippen sind verdorrt; der Liebe süßer Hauch quillt mir im
Busen nicht mehr.

Ein Tag hat alle Jugend mir genommen; am Eurotas hat mein
Leben sich müde geweint, ach! am Eurotas, der in rettungsloser
Schmach an Lazedämons Schutt vorüberklagt, mit allen seinen Wellen.
Da, da hat mich das Schicksal abgeerntet. — Soll ich deine Liebe wie
ein Almosen besitzen? — Ich bin so gar nichts, bin so ruhmlos wie
der ärmste Knecht. Ich bin verbannt, verflucht wie ein gemeiner
Rebell, und mancher Grieche in Morea wird von unsern Helden=
taten wie von einer Diebesgeschichte seinen Kindeskindern künftighin
erzählen.

Ach! und eines hab' ich lange dir verschwiegen. Feierlich verstieß mein Vater mich, verwies mich ohne Rückkehr aus dem Hause meiner Jugend, will mich nimmer wiedersehen, nicht in diesem, noch im andern Leben, wie er sagt. So lautet die Antwort auf den Brief, worin ich mein Beginnen ihm geschrieben.

Nun laß dich nur das Mitleid nimmer irreführen. Glaube mir, es bleibt uns überall noch eine Freude. Der echte Schmerz begeistert. Wer auf sein Elend tritt, steht höher. Und das ist herrlich, daß wir erst im Leiden der Seele Freiheit fühlen. Freiheit! wer das Wort versteht — es ist ein tiefes Wort, Diotima. Ich bin so innigst angefochten, bin so unerhört gekränkt, bin ohne Hoffnung, ohne Ziel, bin gänzlich ehrlos, und doch ist eine Macht in mir, ein Unbezwingliches, das mein Gebein mit süßen Schauern durchdringt, sooft es rege wird in mir.

Auch hab' ich meinen Alabanda noch. Der hat so wenig zu gewinnen, als ich selbst. Den kann ich ohne Schaden mir behalten. Ach! der königliche Jüngling hätt' ein besser Los verdient. Er ist so sanft geworden und so still. Das will mir oft das Herz zerreißen. Aber einer erhält den andern. Wir sagen uns nichts; was sollten wir uns sagen? aber es ist denn doch ein Segen in manchem kleinen Liebesdienste, den wir uns leisten.

Da schläft er und lächelt genügsam, mitten in unserm Schicksal. Der Gute! er weiß nicht, was ich tue. Er würd' es nicht dulden. Du mußt an Diotima schreiben, gebot er mir, und mußt ihr sagen, daß sie bald mit dir sich aufmacht, in ein leidlicher Land zu fliehn. Aber er weiß nicht, daß ein Herz, das so verzweifeln lernte wie seines und wie meines, der Geliebten nichts mehr ist. Nein! nein! Du fändest ewig keinen Frieden bei Hyperion, du müßtest untreu werden, und das will ich dir ersparen.

Und so lebe denn wohl! du süßes Mädchen! lebe wohl! Ich möchte dir sagen, gehe dahin, gehe dorthin; da rauschen die Quellen des Lebens. Ich möcht' ein freier Land, ein Land voll Schönheit und voll Seele dir zeigen und sagen: dahin rette dich! Aber o Himmel! könnt' ich dies, so wär' ich auch ein andrer, und so müßt' ich auch nicht Abschied nehmen — Abschied nehmen? Ach! ich weiß nicht, was ich tue. Ich wähnte mich so gefaßt, so besonnen. Jetzt schwindelt mir, und mein Herz wirft sich umher, wie ein ungeduldiger Kranker. Weh über mich! ich richte meine letzte Freude zugrunde. Aber es muß sein, und das Ach! der Natur ist hier umsonst. Ich bin's dir schuldig, und ich bin ja ohnedies dazu geboren, heimatlos und ohne Ruhestätte zu sein. O Erde! o ihr Sterne! werde ich nirgends wohnen am Ende?

Noch einmal möcht' ich wiederkehren an deinen Busen, wo es

auch wäre! Ätheraugen! Einmal noch mir wieder begegnen in euch! an deinen Lippen hängen, du Liebliche! du Unaussprechliche! und in mich trinken dein entzückend heiligsüßes Leben — aber höre das nicht! ich bitte dich, achte das nicht! Ich würde sagen, ich sei ein Verführer, wenn du es hörtest. Du kennst mich, du verstehst mich. Du weißt, wie tief du mich achtest, wenn du mich nicht bedauerst, mich nicht hörst.

Ich kann, ich darf nicht mehr — wie mag der Priester leben, wo sein Gott nicht mehr ist? O Genius meines Volkes! o Seele Griechenlands! ich muß hinab, ich muß im Totenreiche dich suchen.

Hyperion an Diotima.

Ich habe lange gewartet, ich will es dir gestehn, ich habe sehnlich auf ein Abschiedswort aus deinem Herzen gehofft, aber du schweigst. Auch das ist eine Sprache deiner schönen Seele, Diotima.

Nicht wahr, die heiligern Akkorde hören darum denn doch nicht auf? nicht wahr, Diotima, wenn auch der Liebe sanftes Mondlicht untergeht, die höhern Sterne ihres Himmels leuchten noch immer? O das ist ja meine letzte Freude, daß wir unzertrennlich sind, wenn auch kein Laut von dir zu mir, kein Schatten unsrer holden Jugendtage mehr zurückkehrt!

Ich schaue hinaus in die abendrötliche See, ich strecke meine Arme aus nach der Gegend, wo du ferne lebst, und meine Seele erwarmt noch einmal an allen Freuden der Liebe und Jugend.

O Erde! meine Wiege! alle Wonne und aller Schmerz ist in dem Abschied, den wir von dir nehmen.

Ihr lieben Jonischen Inseln! und du, mein Kalaurea, und du, mein Tina, ihr seid mir all im Auge, so fern ihr seid, und mein Geist fliegt mit den Lüftchen über die regen Gewässer; und die ihr dort zur Seite mir dämmert, ihr Ufer von Teos und Ephesus, wo ich einst mit Alabanda ging in den Tagen der Hoffnung, ihr scheint mir wieder wie damals, und ich möcht' hinüberschiffen ans Land und den Boden küssen und den Boden erwärmen an meinem Busen, und alle süßen Abschiedsworte stammeln vor der schweigenden Erde, eh' ich auffliege ins Freie.

Schade, schade, daß es jetzt nicht besser zugeht unter den Menschen, sonst blieb' ich gern auf diesem guten Stern. Aber ich kann dies Erdenrund entbehren, das ist mehr, denn alles, was es geben kann.

Laß uns im Sonnenlicht, o Kind! die Knechtschaft dulden, sagte zu Polyxena die Mutter, und ihre Lebensliebe konnte nicht schöner sprechen. Aber das Sonnenlicht, das eben widerrät die Knechtschaft mir, das läßt mich auf der entwürdigten Erde nicht bleiben und die heiligen Strahlen ziehn wie Pfade, die zur Heimat führen, mich an.

Seit langer Zeit ist mir die Majestät der schicksallosen Seele gegenwärtiger als alles andre gewesen; in herrlicher Einsamkeit hab' ich manchmal in mir selber gelebt; ich bin's gewohnt geworden, die Außendinge abzuschütteln wie Flocken von Schnee; wie sollt' ich dann mich scheun, den sogenannten Tod zu suchen? hab' ich nicht tausendmal mich in Gedanken befreit, wie sollt' ich denn anstehn, es einmal wirklich zu tun? Sind wir denn wie leibeigne Knechte an den Boden gefesselt, den wir pflügen? sind wir wie zahmes Geflügel, das aus dem Hofe nicht laufen darf, weil's da gefüttert wird?

Wir sind wie die jungen Adler, die der Vater aus dem Neste jagt, daß sie im hohen Äther nach Beute suchen.

Morgen schlägt sich unsre Flotte und der Kampf wird heiß genug sein. Ich betrachte diese Schlacht wie ein Bad, den Staub mir abzuwaschen; und ich werde wohl finden, was ich wünsche; Wünsche, wie meiner, gewähren an Ort und Stelle sich leicht. Und so hätt' ich doch am Ende durch meinen Feldzug etwas erreicht und sehe, daß unter Menschen keine Mühe vergebens ist.

Fromme Seele! ich möchte sagen, denke meiner, wenn du an mein Grab kömmst. Aber sie werden mich wohl in die Meersflut werfen, und ich seh' es gerne, wenn der Rest von mir da untersinkt, wo die Quellen all und die Ströme, die ich liebte, sich versammeln, und wo die Wetterwolke aufsteigt, und die Berge tränkt und die Tale, die ich liebte. Und wir? o Diotima! Diotima! wann sehn wir uns wieder?

Es ist unmöglich, und mein innerstes Leben empört sich, wenn ich denken will, als verlören wir uns. Ich würde jahrtausendelang die Sterne durchwandern, in alle Formen mich kleiden, in alle Sprachen des Lebens, um dir einmal wieder zu begegnen. Aber ich denke, was sich gleich ist, findet sich bald.

Große Seele! Du wirst dich finden können in diesen Abschied und so laß mich wandern! Grüße deine Mutter! Grüße Notara und die andern Freunde!

Auch die Bäume grüße, wo ich dir zum erstenmal begegnete, und die fröhlichen Bäche, wo wir gingen, und die schönen Gärten von Angele, und laß, du Liebe! dir mein Bild dabei begegnen. Lebe wohl.

Viertes Buch.

Hyperion an Bellarmin.

Ich war in einem holden Traume, da ich die Briefe, die ich einst gewechselt, für dich abschrieb. Nun schreib' ich wieder dir, mein Bellarmin! und führe weiter dich hinab, hinab bis in die tiefste Tiefe meiner Leiden, und dann, du letzter meiner Lieben! komm mit mir heraus zur Stelle, wo ein neuer Tag uns anglänzt.

Die Schlacht, wovon ich an Diotima geschrieben, begann. Die Schiffe der Türken hatten sich in den Kanal, zwischen die Insel Chios und die asiatische Küste hinein, geflüchtet, und standen am festen Lande hinauf bei Tschesme. Mein Admiral verließ mit seinem Schiffe worauf ich war, die Reihe, und hub das Vorspiel an mit dem ersten Schiffe der Türken. Das grimmige Paar war gleich beim ersten Angriff bis zum Taumel erhitzt, es war ein rachetrunknes schreckliches Getümmel. Die Schiffe hingen bald mit ihrem Tauwerk aneinander fest; das wütende Gefecht ward immer enger und enger.

Ein tiefes Lebensgefühl durchdrang mich noch. Es war mir warm und wohl in allen Gliedern. Wie ein zärtlich Scheidender, fühlte zum letztenmal sich in allen seinen Sinnen mein Geist. Und nun, voll heißen Unmuts, daß ich Besseres nicht wußte, denn mich schlachten zu lassen in einem Gedränge von Barbaren, mit zürnenden Tränen im Auge, stürmt' ich hin, wo mir der Tod gewiß war.

Ich traf die Feinde nahe genug, und von den Russen, die an meiner Seite fochten, war in wenig Augenblicken auch nicht einer übrig. Ich stand allein da, voll Stolzes, und warf mein Leben wie einen Bettlerpfennig vor die Barbaren, aber sie wollten mich nicht. Sie sahen mich an, wie einen, an dem man sich zu versündigen fürchtet, und das Schicksal schien mich zu achten in meiner Verzweiflung.

Aus höchster Notwehr hieb denn endlich einer auf mich ein, und traf mich, daß ich stürzte. Mir wurde von da an nichts mehr bewußt, bis ich auf Paros, wohin ich übergeschifft war, wieder erwachte.

Von dem Diener, der mich aus der Schlacht trug, hört' ich nach=
her, die beiden Schiffe, die den Kampf begonnen, seien in die Luft
geflogen, den Augenblick darauf, nachdem er mit dem Wundarzt mich
in einem Boote weggebracht. Die Russen hatten Feuer in das tür=
kische Schiff geworfen, und weil ihr eignes an dem andern festhing,
brannt' es mit auf.

Wie diese fürchterliche Schlacht ein Ende nahm, ist dir bekannt.
So straft ein Gift das andre, rief ich, da ich erfuhr, die Russen hätten
die ganze türkische Flotte verbrannt — so rotten die Tyrannen sich
selbst aus.

Hyperion an Bellarmin.

Sechs Tage nach der Schlacht lag ich in einem peinlichen tod=
ähnlichen Schlaf. Mein Leben war wie eine Nacht, von Schmerzen
wie von zückenden Blitzen unterbrochen. Das erste, was ich wieder
erkannte, war Alabanda. Er war, wie ich erfuhr, nicht einen Augen=
blick von mir gewichen, hatte fast allein mich bedient, mit unbegreif=
licher Geschäftigkeit, mit tausend zärtlichen häuslichen Sorgen, woran
er sonst im Leben nie gedacht, und man hatt' ihn auf den Knien vor
meinem Bette rufen gehört: „O lebe, mein Lieber! daß ich lebe!"

Es war ein glücklich Erwachen, Bellarmin! Da mein Auge nun
wieder dem Lichte sich öffnete, und mit den Tränen des Wiedersehens
der Herrliche vor mir stand.

Ich reicht' ihm die Hand hin, und der Stolze küßte sie mit allem
Entzücken der Liebe. „Er lebt," rief er, „o Retterin! o Natur! du
gute, alles heilende! dein armes Paar, das vaterlandslose, das irre,
verlässest doch du nicht! O ich will es nie vergessen, Hyperion! wie
dein Schiff vor meinen Augen im Feuer aufging, und donnernd, in
die rasende Flamme die Schiffer mit sich hinaufriß, und unter den
wenigen Geretteten kein Hyperion war. Ich war von Sinnen und
der grimmige Schlachtlärm stillte mich nicht. Doch hört' ich bald von
dir und flog dir nach, sobald wir mit dem Feinde vollends fertig
waren."

Und wie er nun mich hütete! wie er mit liebender Vorsicht mich
gefangen hielt in dem Zauberkreise seiner Gefälligkeiten! wie er,
ohne ein Wort, mit seiner großen Ruhe mich lehrte, den freien Lauf
der Welt neidlos und männlich zu verstehen!

O ihr Söhne der Sonne! ihr freieren Seelen! es ist viel verloren
gegangen in diesem Alabanda. Ich suchte umsonst und flehte das
Leben an, seit er fort ist; solch eine Römernatur hab' ich nimmer ge=
funden. Der Sorgenfreie, der Tiefverständige, der Tapfre, der Edle!
Wo ist ein Mann, wenn er's nicht war? Und wenn er freundlich war

und fromm, da war's, wie wenn das Abendlicht im Dunkel der majestätischen Eiche spielt, und ihre Blätter träufeln vom Gewitter des
Tags.

Hyperion an Bellarmin.

Es war in den schönen Tagen des Herbsts, da ich von meiner
Wunde halb genesen zum erstenmal wieder ans Fenster trat. Ich
kam mit stilleren Sinnen wieder ins Leben, und meine Seele war
aufmerksamer geworden. Mit seinem leisesten Zauber wehte der
Himmel mich an, und mild, wie ein Blütenregen, flossen die heitern
Sonnenstrahlen herab. Es war ein großer, stiller, zärtlicher Geist in
dieser Jahrszeit, und die Vollendungsruhe, die Wonne der Zeitigung
in den säuselnden Zweigen umfing mich, wie die erneuerte Jugend,
so die Alten in ihrem Elysium hofften.

Ich hatt' es lange nicht mit reiner Seele genossen, das kindliche
Leben der Welt, nun tat mein Auge sich auf mit aller Freude des
Wiedersehens, und die selige Natur war wandellos in ihrer Schöne
geblieben. Meine Tränen flossen wie ein Sühnopfer vor ihr, und
schaudernd stieg ein frisches Herz mir aus dem alten Unmut auf. „O
heilige Pflanzenwelt!" rief ich, „wir streben und sinnen, und haben
doch dich! wir ringen mit sterblichen Kräften Schönes zu baun, und
es wächst doch sorglos neben uns auf! nicht wahr, Alabanda? für die
Not zu sorgen, sind die Menschen gemacht, das übrige gibt sich selber.
Und doch — ich kann es nicht vergessen, wieviel mehr ich gewollt."

„Laß dir genug sein, Lieber! daß du bist," rief Alabanda, „und
störe dein stilles Wirken durch die Trauer nicht mehr."

„Ich will auch ruhen", sagt' ich. „O ich will die Entwürfe, die
Forderungen alle wie Schuldbriefe zerreißen. Ich will mich rein
erhalten, wie ein Künstler sich hält, dich will ich lieben, harmlos Leben,
Leben des Hains und des Quells! dich will ich ehren, o Sonnenlicht!
an dir mich stillen, schöner Äther, der die Sterne beseelt und hier auch
diese Bäume umatmet und hier im Innern der Brust uns berührt!
o Eigensinn der Menschen! wie ein Bettler hab' ich den Nacken gesenkt, und es sahen die schweigenden Götter der Natur mit allen ihren
Gaben mich an! — Du lächelst, Alabanda? o wie oft, in unsern ersten
Zeiten, hast du so gelächelt, wann dein Knabe vor dir plauderte, im
trunknen Jugendmut, indes du da wie eine stille Tempelsäule standst,
im Schutt der Welt, und leiden mußtest, daß die wilden Ranken
meiner Liebe dich umwuchsen — sieh! wie eine Binde fällt's von
meinen Augen und die alten goldenen Tage sind lebendig wieder da."

„Ach!" rief er, „dieser Ernst, in dem wir lebten, und diese Lebenslust!"

„Wenn wir jagten im Forst," rief ich, „wenn in der Meersflut

wir uns badeten, wenn wir sangen und tranken, wo durch den Lor=
beerschatten die Sonn' und der Wein und Augen und Lippen uns
glänzten — es war ein einzig Leben, und unser Geist umleuchtete
wie ein glänzender Himmel unser jugendlich Glück." „Drum läßt
auch keiner von dem andern", sagte Alabanda.

„O ich habe dir ein schwer Bekenntnis abzulegen", sagt' ich.
„Wirst du mir es glauben, daß ich fortgewollt? von dir! daß ich ge=
waltsam meinen Tod gesucht! war das nicht herzlos? rasend? ach
und meine Diotima! sie soll mich lassen, schrieb ich ihr, und drauf noch
einen Brief, den Abend vor der Schlacht —" „Und da schriebst du,"
rief er, „daß du in der Schlacht dein Ende finden wolltest? o Hy=
perion! Doch hat sie wohl den letzten Brief noch nicht. Du mußt
nur eilen, ihr zu schreiben, daß du lebst."

„Bester Alabanda!" rief ich, „das ist Trost! Ich schreibe gleich
und schicke meinen Diener fort damit. O ich will ihm alles, was ich
habe, bieten, daß er eilt und noch zu rechter Zeit nach Kalaurea
kömmt." —

„Und den andern Brief, wo vom Entsagen die Rede war, ver=
steht, vergibt die gute Seele dir leicht", setzt' er hinzu.

„Vergibt sie?" rief ich; „o ihr Hoffnungen alle! ja! wenn ich
noch glücklich mit dem Engel würde!"

„Noch wirst du glücklich sein," rief Alabanda; „noch ist die schönste
Lebenszeit dir übrig. Ein Held ist der Jüngling, der Mann ein Gott,
wenn er's erleben kann."

Es dämmerte mir wunderbar in der Seele bei seiner Rede.

Der Bäume Gipfel schauerten leise; wie Blumen aus der dunkeln
Erde, sproßten Sterne aus dem Schoße der Nacht, und des Himmels
Frühling glänzt' in heiliger Freude mich an.

Hyperion an Bellarmin.

Einige Augenblicke darauf, da ich eben an Diotima schreiben
wollte, trat Alabanda freudig wieder ins Zimmer. „Ein Brief, Hy=
perion!" rief er; ich schrak zusammen und flog hinzu.

„Wie lange", schrieb Diotima, „mußt' ich leben ohne ein Zeichen
von dir! Du schriebst mir von dem Schicksalstage in Misitra und ich
antwortete schnell; doch allem nach erhieltest du meinen Brief nicht.
Du schriebst mir bald darauf wieder, kurz und düster, und sagtest mir,
du seiest gesonnen, auf die russische Flotte zu gehn; ich antwortete
wieder; doch auch diesen Brief erhieltst du nicht; nun harrt' auch ich
vergebens, vom Mai bis jetzt zum Ende des Sommers, bis vor einigen
Tagen der Brief kömmt, der mir sagt, ich möchte dir entsagen, Lieber!
„Du hast auf mich gerechnet, hast mir's zugetraut, daß dieser

Brief mich nicht beleidigen könne. Das freut mich herzlich, mitten in meiner Betrübnis.

„Unglücklicher, hoher Geist! ich habe nur zu sehr dich gefaßt. O es ist so ganz natürlich, daß du nimmer lieben willst, weil deine größern Wünsche verschmachten. Mußt du denn nicht die Speise verschmähn, wenn du daran bist, Durstes zu sterben?

„Ich wußte es bald; ich konnte dir nicht alles sein. Konnt' ich die Bande der Sterblichkeit dir lösen? konnt' ich die Flamme der Brust dir stillen, für die kein Quell fleußt und kein Weinstock wächst? konnt' ich die Freuden einer Welt in einer Schale dir reichen?

„Das willst du. Das bedarfst du, und du kannst nicht anders. Die grenzenlose Unmacht deiner Zeitgenossen hat dich um dein Leben gebracht.

„Wem einmal, so wie dir die ganze Seele beleidigt war, der ruht nicht mehr in einzelner Freude, wer so wie du das fade Nichts gefühlt, erheitert in höchstem Geiste sich nur, wer so den Tod erfuhr wie du, erholt allein sich unter den Göttern.

„Glücklich sind sie alle, die dich nicht verstehen! Wer dich versteht, muß deine Größe teilen und deine Verzweiflung.

„Ich fand dich, wie du bist. Des Lebens erste Neugier trieb mich an das wunderbare Wesen. Unaussprechlich zog die zarte Seele mich an und kindisch-furchtlos spielt' ich um deine gefährliche Flamme. — Die schönen Freuden unsrer Liebe sänftigten dich; böser Mann! nur, um dich wilder zu machen. Sie besänftigten, sie trösteten auch mich, sie machten mich vergessen, daß du im Grunde trostlos warst, und daß auch ich nicht fern war, es zu werden, seit ich dir in dein geliebtes Herz sah.

„In Athen, bei den Trümmern des Olympion ergriff es mich von neuem. Ich hatte sonst wohl noch in einer leichten Stunde gedacht, des Jünglings Trauer sei doch wohl so ernst und unerbittlich nicht; es ist so selten, daß ein Mensch mit dem ersten Schritt ins Leben so mit einmal, so im kleinsten Punkt, so schnell, so tief das ganze Schicksal seiner Zeit empfand, und daß es unaustilgbar in ihm haftet, dies Gefühl, weil er nicht rauh genug ist, um es auszustoßen, und nicht schwach genug, es auszuweinen; das, mein Teurer! ist so selten, daß es uns fast unnatürlich dünkt.

„Nun, im Schutt des heitern Athens, nun ging mir's selbst zu nah, wie sich das Blatt gewandt, daß jetzt die Toten oben über der Erde gehn und die Lebendigen, die Göttermenschen, drunten sind, nun sah ich's auch zu wörtlich und zu wirklich dir aufs Angesicht geschrieben, nun gab ich dir auf ewig recht. Aber zugleich erschienst du mir auch größer. Ein Wesen voll geheimer Gewalt, voll tiefer unentwickelter Bedeutung, ein einzig hoffnungsvoller Jüngling schienst du mir. Zu

wem so laut das Schicksal spricht, der darf auch lauter sprechen mit
dem Schicksal, sagt' ich mir; je unergründlicher er leidet, um so unergründlich mächtiger ist er. Von dir, von dir nur hofft' ich alle Genesung. Ich sah dich reisen. Ich sah dich wirken. O der Verwandlung!
5 Von dir gestiftet, grünte wieder des Akademus Hain über den horchenden Schülern, und heilige Gespräche hörte wie einst der Ahorn des
Ilissus wieder.

   „Den Ernst der Alten gewann in deiner Schule der Genius
unserer Jünglinge bald, und seine vergänglichen Spiele wurden un-
10 sterblicher, denn er schämte sich, hielt für Gefangenschaft den Schmet-
terlingsflug. —

   „Dem hätt', ein Roß zu lenken, genügt; nun ist er ein Feldherr.
Allzugenügsam hätte der ein eitel Lied gesungen; nun ist er ein Künstler.
Denn die Kräfte der Helden, die Kräfte der Welt hattest du aufgetan
15 vor ihnen in offenem Kampf; die Rätsel deines Herzens hattest du
ihnen zu lösen gegeben; so lernten die Jünglinge Großes vereinen;
lernten verstehn das Spiel der Natur, das seelenvolle, und vergaßen
den Scherz. — Hyperion! Hyperion! hast du nicht mich, die Un-
mündige, zur Muse gemacht? So erging's auch den andern.

20   „Ach! nun verließen so leicht sich nicht die geselligen Menschen;
wie der Sand im Sturme der Wildnis irrten sie untereinander nicht
mehr, noch höhnte sich Jugend und Alter, noch fehlt' ein Gastfreund
dem Fremden, und die Vaterlandsgenossen sonderten nimmer sich
ab, und die Liebenden entleideten alle sich nimmer; an deinen Quellen,
25 Natur, erfrischten sie sich, ach! an den heiligen Freuden, die geheimnisvoll aus deiner Tiefe quellen und den Geist erneun; und die Götter
erheiterten wieder die verwelkliche Seele der Menschen; es bewahrten
die herzerhaltenden Götter jedes freundliche Bündnis unter ihnen.
Denn du, Hyperion! hattest deinen Griechen das Auge geheilt, daß
30 sie das Lebendige sahn, und die von ihnen wie Feuer im Holze schlief,
die Begeisterung, hattest du entzündet, daß sie fühlten die stille, stete
Begeisterung der Natur und ihrer reinen Kinder. Ach! nun nahmen
die Menschen die schöne Welt nicht mehr, wie Laien des Künstlers
Gedicht, wenn sie die Worte loben und den Nutzen drin ersehn. Ein
35 zauberisch Beispiel wurdest du, lebendige Natur! den Griechen; und
entzündet von der ewig jungen Götter Glück war alles Menschen-
tun wie einst ein Fest; und zu Taten geleitete, schöner als Kriegsmusik, die jungen Helden Helios' Licht.

   „Stille! stille! Es war mein schönster Traum, mein erster und
40 mein letzter. Du bist zu stolz, dich mit dem bübischen Geschlechte
länger zu befassen. Du tust auch recht daran. Du führtest sie zur Freiheit, und sie dachten an Raub. Du führst sie siegend in ihr altes Lazedämon ein, und diese Ungeheuer plündern; und verflucht bist du von

deinem Vater, großer Sohn! und keine Wildnis, keine Höhle ist sicher
genug für dich auf dieser griechischen Erde, die du wie ein Heiligtum
geachtet, die du mehr wie mich geliebt.

„O mein Hyperion! ich bin das sanfte Mädchen nicht mehr, seit
ich das alles weiß. Die Entrüstung treibt mich aufwärts, daß ich
kaum zur Erde sehen mag und unabläſſig zittert mein beleidigtes Herz.

„Wir wollen uns trennen. Du hast recht. Ich will auch keine
Kinder; denn ich gönne sie der Sklavenwelt nicht, und die armen
Pflanzen welkten mir ja doch in dieser Dürre vor den Augen weg.

„Lebe wohl! du teurer Jüngling! geh’ du dahin, wo es dir der
Mühe wert scheint, deine Seele hinzugeben. Die Welt hat doch wohl
einen Wahlplatz, eine Opferstätte, wo du dich entledigen magst. Es
wäre schade, wenn die guten Kräfte alle wie ein Traumbild so vergingen. Doch wie du auch ein Ende nimmst, du kehrest zu den Göttern,
kehrst ins heil’ge, freie, jugendliche Leben der Natur, wovon du ausgingst, und das ist ja dein Verlangen nur und auch das meine.“

So schrieb sie mir. Ich war erschüttert bis ins Mark, voll Schrecken
und Lust, doch sucht’ ich mich zu fassen, um Worte zur Antwort zu
finden.

„Du willigest ein, Diotima?“ schrieb ich, „du billigest mein Entsagen? konntest es begreifen? — Treue Seele! darein konntest du
dich schicken? Auch in meine finstern Irren konntest du dich finden,
himmlische Geduld! und gabst dich hin, verdüstertest dich aus Liebe,
glücklich Schoßkind der Natur! und wardst mir gleich und heiligtest
durch deinen Beitritt meine Trauer? Schöne Heldin! welche Krone
verdientest du?

„Aber nun sei es auch des Trauerns genug, du Liebe! Du bist
mir nachgefolgt in meine Nacht, nun komm! und laß mich dir zu deinem
Lichte folgen, zu deiner Anmut laß uns wiederkehren, schönes Herz!
o deine Ruhe laß mich wieder sehen, selige Natur! vor deinem Frie-
densbilde meinen Übermut auf immer mir entschlummern.

„Nicht wahr, du Teure! noch ist meine Rückkehr nicht zu spät,
und du nimmst mich wieder auf und kannst mich wieder lieben, wie
sonst? nicht wahr, noch ist das Glück vergangner Tage nicht für uns
verloren?

„Ich hab’ es bis aufs Äußerste getrieben. Ich habe sehr undank-
bar an der mütterlichen Erde gehandelt, habe mein Blut und alle
Liebesgaben, die sie mir gegeben, wie einen Knechtslohn wegge-
worfen und ach! wie tausendmal undankbarer an dir, du heilig Mädchen! das mich einst in seinen Frieden aufnahm, mich, ein scheu zerrißnes Wesen, dem aus tief gepreßter Brust sich kaum ein Jugend-
schimmer stahl, wie hie und da ein Grashalm auf zertretnen Wegen.
Hattest du mich nicht ins Leben gerufen? war ich nicht dein? wie

konnt' ich denn — o du weißt es, wie ich hoffe, noch nicht, haft noch
den Unglücksbrief nicht in den Händen, den ich vor der Schlacht dir
schrieb? Da wollt' ich sterben, Diotima, und ich glaubt', ein heilig
Werk zu tun. Aber wie kann das heilig sein, was Liebende trennt?
wie kann das heilig sein, was unsers Lebens frommes Glück zerrüttet?
— Diotima! schöngebornes Leben! ich bin dir jetzt dafür in deinem
eigensten um so ähnlicher geworden, ich hab' es endlich achten gelernt,
ich hab' es bewahren gelernt, was gut und innig ist auf Erden. O
wenn ich auch dort oben landen könnte an den glänzenden Inseln
des Himmels, fänd' ich mehr, als ich bei Diotima finde?

„Höre mich nun, Geliebte!

„In Griechenland ist meines Bleibens nicht mehr. Das weißt
du. Bei seinem Abschied hat mein Vater mir soviel von seinem Über=
flusse geschickt, als hinreicht, in ein heilig Tal der Alpen oder Py=
renäen uns zu flüchten, und da ein freundlich Haus und auch von
grüner Erde soviel zu kaufen, als des Lebens goldene Mittelmäßigkeit
bedarf.

„Willst du, so komm' ich gleich und führ' an treuem Arm dich
und deine Mutter, und wir küssen Kalaureas Ufer und trocknen die
Tränen uns ab, und eilen über den Isthmus hinein ans Adriatische
Meer, von wo ein sicher Schiff uns weiter bringt.

„O komm! in den Tiefen der Gebirgswelt wird das Geheimnis
unsers Herzens ruhn, wie das Edelgestein im Schacht; im Schoße der
himmelragenden Wälder, da wird uns sein, wie unter den Säulen
des innersten Tempels, wo die Götterlosen nicht nahn, und wir werden
sitzen am Quell, in seinem Spiegel unsre Welt betrachten, Himmel
und Haus und Garten und uns. Oft werden wir in heiterer Nacht im
Schatten unsers Obstwalds wandeln und den Gott in uns, den lieben=
den, belauschen, indes die Pflanze aus dem Mittagsschlummer ihr ge=
sunken Haupt erhebt, und deiner Blumen stilles Leben sich erfrischt,
wenn sie im Tau die zarten Arme baden, und die Nachtluft kühlend
sie umatmet und durchdringt, und über uns blüht die Wiese des Him=
mels mit all ihren funkelnden Blumen und seitwärts ahmt das Mond=
licht hinter westlichem Gewölk den Niedergang des Sonnenjünglings,
wie aus Liebe, schüchtern nach — und dann des Morgens, wenn sich
wie ein Flußbett unser Tal mit warmem Lichte füllt, und still die
goldne Flut durch unsre Bäume rinnt, und unser Haus umwallt und
die lieblichen Zimmer, deine Schöpfung, dir verschönt, und du in
ihrem Sonnenglanze gehst und mir den Tag in deiner Grazie segnest,
Liebe! wenn sich dann, indes wir so die Morgenwonne feiern, der
Erde geschäftig Leben, wie ein Opferbrand, vor unsern Augen ent=
zündet, und wir nun hingehen, um auch unser Tagwerk, um von uns
auch einen Teil in die steigende Flamme zu werfen, wirst du da nicht

sagen: wir sind glücklich, wir sind wieder wie die alten Priester der Natur, die heiligen und frohen, die schon fromm gewesen, eh' ein Tempel stand?

„Hab' ich genug gesagt? entscheide nun mein Schicksal, teures Mädchen, und bald! — Es ist ein Glück, daß ich noch halb ein Kranker bin, von der letzten Schlacht her; und daß ich noch aus meinem Dienste nicht entlassen bin; ich könnte sonst nicht bleiben, ich müßte selbst fort, müßte fragen, und das wäre nicht gut, das hieße dich bestürmen. —

„Ach Diotima! bange, törichte Gedanken fallen mir aufs Herz und doch — ich kann es nicht denken, daß auch diese Hoffnung scheitern soll.

„Bist du denn nicht zu groß geworden, um noch wiederzukehren zu dem Glück der Erde? verzehrt die heftige Geistesflamme, die an deinem Leiden sich entzündete, verzehrt sie nicht alles Sterbliche dir?

„Ich weiß es wohl, wer leicht sich mit der Welt entzweit, versöhnt auch leichter sich mit ihr. Aber du, mit deiner Kinderstille, du, so glücklich einst in deiner hohen Demut, Diotima! wer will dich versöhnen, wenn das Schicksal dich empört?

„Liebes Leben! ist denn keine Heilkraft mehr für dich in mir? von allen Herzenslauten ruft dich keiner mehr zurück ins menschliche Leben, wo du einst so lieblich mit gesenktem Fluge dich verweilt? o komm, o bleib in dieser Dämmerung! Dies Schattenland ist ja das Element der Liebe, und hier nur rinnt der Wehmut stiller Tau vom Himmel deiner Augen.

„Und denkst du unsrer goldenen Tage nicht mehr? der holdseligen, göttlichmelodischen? säuseln sie nicht aus allen Hainen von Kalaurea dich an?

„Und sieh! es ist so manches in mir untergegangen, und ich habe der Hoffnungen nicht viele mehr. Dein Bild mit seinem Himmelssinne hab' ich noch wie einen Hausgott aus dem Brande gerettet. Unser Leben, unsers, ist noch unverletzt in mir. Sollt' ich nun hingehn und auch dies begraben? Soll ich ruhelos und ohne Ziel hinaus, von einer Fremde in die andre? Hab' ich darum lieben gelernt?

„O nein! du Erste und du Letzte! Mein warst du, du wirst die Meine bleiben."

Hyperion an Bellarmin.

Ich saß mit Alabanda auf einem Hügel der Gegend, in lieblich wärmender Sonn', und um uns spielte der Wind mit abgefallenem Laube. Das Land war stumm; nur hie und da ertönt' im Wald ein stürzender Baum, vom Landmann gefällt, und neben uns murmelte der vergängliche Regenbach hinab ins ruhige Meer.

Ich war so ziemlich sorglos; ich hoffte, nun meine Diotima bald
zu sehn, nun bald mit ihr in stillem Glücke zu leben. Alabanda hatte
die Zweifel alle mir ausgeredet! so sicher war er selbst hierüber. Auch
er war heiter; nur in anderm Sinne. Die Zukunft hatte keine Macht
mehr über ihn. O ich wußt 'es nicht; er war am Ende seiner Freuden,
sah mit allen seinen Rechten an die Welt, mit seiner ganzen siegrischen
Natur sich unnütz, wirkungslos und einsam, und das ließ er so ge=
schehn, als wär' ein zeitverkürzend Spiel verloren.

Jetzt kam ein Bote auf uns zu. Er bracht' uns die Entlassung
aus dem Kriegsdienst, um die wir beide bei der russischen Flotte ge=
beten, weil für uns nichts mehr zu tun war, was der Mühe wert
schien. Ich konnte nun Paros verlassen, wenn ich wollte. Auch war
ich nun zur Reise gesund genug. Ich wollte nicht auf Diotimas Ant=
wort warten, wollte fort zu ihr, es war, als wenn ein Gott nach Ka=
laurea mich triebe. Wie das Alabanda von mir hörte, veränderte sich
seine Farbe, und er sah wehmütig mich an. „So leicht wird's meinem
Hyperion," rief er, „seinen Alabanda zu verlassen?"

„Verlassen?" sagt' ich, „wie denn das?"

„O über euch Träumer!" rief er, „siehest du denn nicht, daß wir
uns trennen müssen?"

„Wie sollt' ich's sehen?" erwidert' ich; „du sagst ja nichts davon;
und was mir hie und da erschien an dir, das wie auf einen Abschied
deutete, das nahm ich gern für Laune, für Herzensüberfluß —"

„O ich kenn' es," rief er, „dieses Götterspiel der reichen Liebe,
die selber Not schafft, um sich ihrer Fülle zu entladen, und ich wollt',
es wäre so mit mir, du Guter! aber hier ist's Ernst!"

„Ernst?" rief ich, „und warum denn?"

„Darum, mein Hyperion," sagt' er sanft, „weil ich dein künftig
Glück nicht gern stören möchte, weil ich Diotimas Nähe fürchten muß.
Glaube mir, es ist gewagt, um Liebende zu leben, und ein tatlos Herz,
wie meines nun ist, hält es schwerlich aus."

„Ach, guter Alabanda!" sagt' ich lächelnd, „wie mißkennest du
dich! Du bist so wächsern nicht, und deine feste Seele springt so leicht
nicht über ihre Grenzen. Zum erstenmal in deinem Leben bist du
grillenhaft. Du machtest hier bei mir den Krankenwärter, und man
sieht, wie wenig du dazu geboren bist. Das Stillsitzen hat dich scheu
gemacht —"

„Siehst du?" rief er, „das ist's eben. Werd' ich tätiger leben
mit euch? und wenn es eine andre wäre! aber diese Diotima! kann
ich anders? kann ich sie mit halber Seele fühlen? sie, die um und um
so innig eines ist, ein göttlich ungeteiltes Leben? Glaube mir, es ist
ein kindischer Versuch, dies Wesen sehn zu wollen ohne Liebe. Du
blickst mich an, als kenntest du mich nicht? Bin ich doch selbst mir

fremd geworden, diese letzten Tage, seit ihr Wesen so lebendig ist in mir.“

„O warum kann ich sie dir nicht schenken?“ rief ich.

„Laß das!“ sagt' er. „Tröste mich nicht, denn hier ist nichts zu trösten. Ich bin einsam, einsam, und mein Leben geht, wie eine Sanduhr, aus.“

„Große Seele!“ rief ich, „muß es dahin mit dir kommen?“

„Sei zufrieden“, sagt' er. „Ich fing schon an zu welken, da wir in Smyrna uns fanden. Ja! da ich noch ein Schiffsjung' war, und stark und schnell der Geist und alle Glieder mir wurden bei rauher Kost, in mutiger Arbeit! Wenn ich da in heiterer Luft nach einer Sturmnacht oben am Gipfel des Masts hing unter der wehenden Flagge, und dem Seegevögel nach hinaussah über die glänzende Tiefe, wenn in der Schlacht oft unsre zornigen Schiffe die See durch= wühlten, wie der Zahn des Ebers die Erd', und ich an meines Haupt= manns Seite stand mit hellem Blick — da lebt' ich, o da lebt' ich! Und lange nachher, da der junge Tiniote mir nun am Smyrner Strande begegnete, mit seinem Ernste, seiner Liebe, und meine ver= härtete Seele wieder aufgetaut war von den Blicken des Jünglings und lieben lernt' und heilig halten alles, was zu gut ist, um beherrscht zu werden, da ich mit ihm ein neues Leben begann, und neue seelen= vollere Kräfte mir keimten zum Genusse der Welt und zum Kampfe mit ihr, da hofft' ich wieder — ach! und alles, was ich hofft' und hatte, war an dich gekettet; ich riß dich an mich, wollte mit Gewalt dich in mein Schicksal ziehn, verlor dich, fand dich wieder, unsre Freundschaft nur war meine Welt, mein Wert, mein Ruhm; nun ist's auch damit aus, auf immer, und all mein Dasein ist ver= gebens.“

„Ist denn das wahr?“ erwidert' ich mit Seufzen.

„Wahr wie die Sonne,“ rief er, „aber laß das gut sein! es ist für alles gesorgt.“

„Wieso, mein Alabanda?“ sagt' ich.

„Laß mir dir erzählen“, sagt' er. „Ich habe noch nie dir ganz von einer gewissen Sache gesprochen. Und dann — so stillt es auch dich und mich ein wenig, wenn wir sprechen von Vergangenem.

„Ich ging einst hilflos an dem Hafen von Triest. — Das Kaper= schiff, worauf ich diente, war einige Jahre zuvor gescheitert, und ich hatte kaum mit wenigen ans Ufer von Sevilla mich gerettet. Mein Hauptmann war ertrunken und mein Leben und mein triefend Kleid war alles, was mir blieb. Ich zog mich aus und ruht' im Sonnen= schein und trocknete die Kleider an den Sträuchen. Drauf ging ich weiter auf der Straße nach der Stadt. Noch vor den Toren sah ich heitere Gesellschaft in den Gärten, ging hinein, und sang ein griechisch

lustig Lied. Ein trauriges kannt' ich nicht. Ich glühte dabei vor
Scham und Schmerz, mein Unglück so zur Schau zu tragen. Ich war
ein achtzehnjähriger Knabe, wild und stolz, und haßt' es wie den Tod,
zum Gegenstande der Menschen zu werden. ‚Vergebt mir,‘ sagt' ich,
da ich fertig war mit meinem Liede; ‚ich komme soeben aus dem
Schiffbruch und weiß der Welt für heute keinen bessern Dienst zu
tun, als ihr zu singen.‘ Ich hatte das, so gut es ging, in spanischer
Sprache gesagt. Ein Mann mit ausgezeichnetem Gesichte trat mir
näher, gab mir Geld und sagt' in unsrer Sprache mit Lächeln: ‚Da!
kauf' einen Schleifstein dir dafür und lerne Messer schärfen, und
wandre so durchs feste Land.‘ Der Rat gefiel mir. ‚Herr! das will
ich in der Tat‘, erwidert' ich. Noch wurd' ich reichlich von den übrigen
beschenkt und ging und tat, wie mir der Mann geraten hatte, und
trieb mich so in Spanien und Frankreich einige Zeit herum.

„Was ich in dieser Zeit erfuhr, wie an der Knechtschaft tausend=
fältigen Gestalten meine Freiheitsliebe sich schärft', und wie aus
mancher harten Not mir Lebensmut und kluger Sinn erwuchs, das
hab' ich oft mit Freude dir gesagt.

„Ich trieb mein wandernd schuldlos Tagewerk mit Lust, doch
wurd' es endlich mir verbittert.

„Man nahm es für Maske, weil ich nicht gemein genug daneben
aussehn mochte, man bildete sich ein, ich treib' im stillen ein gefähr=
liches Geschäft, und wirklich wurd' ich zweimal in Verhaft genommen.
Das bewog mich dann, es aufzugeben, und ich trat mit wenig Gelde,
das ich mir gewonnen, meine Rückkehr an zur Heimat, der ich einst
entlaufen war. Schon war ich in Triest und wollte durch Dalmatien
hinunter. Da befiel mich von der harten Reise eine Krankheit und
mein kleiner Reichtum ging darüber auf. So ging ich halbgenesen
traurig an dem Hafen von Triest. Mit einmal stand der Mann vor
mir, der an dem Ufer von Sevilla meiner sich angenommen hatte.
Er freute sich sonderbar, mich wiederzusehen, sagte mir, daß er sich
meiner oft erinnert, und fragte mich, wie mir's indes ergangen sei.
Ich sagt' ihm alles. ‚Ich sehe,‘ rief er, ‚daß es nicht umsonst war, dich
ein wenig in die Schule des Schicksals zu schicken. Du hast dulden
gelernt, du sollst nun wirken, wenn du willst.‘

„Die Rede, sein Ton, sein Händedruck, seine Miene, sein Blick,
das alles traf wie eines Gottes Macht mein Wesen das von manchem
Leiden jetzt gerad' entzündbarer als je war, und ich gab mich
hin.

„Der Mann, Hyperion, von dem ich spreche, war von jenen
einer, die du in Smyrna bei mir sahst. Er führte gleich die Nacht
darauf in eine feierliche Gesellschaft mich ein. Ein Schauer überlief
mich, da ich in den Saal trat und beim Eintritt mein Begleiter mir

die ernsten Männer wies und sagte: ‚Dies ist der Bund der Nemesis.‘
Berauscht vom großen Wirkungskreise, der vor mir sich auftat, über=
macht' ich feierlich mein Blut und meine Seele diesen Männern.
Bald nachher wurde die Versammlung aufgehoben, um in Jahren
anderswo sich zu erneuern, und ein jeder trat den angewiesenen Weg
an, den er durch die Welt zu machen hatte. Ich wurde denen bei=
gesellt, die du in Smyrna einige Jahre nachher bei mir fandst.

„Der Zwang, worin ich lebte, folterte mich oft, auch sah ich wenig
von den großen Wirkungen des Bundes, und meine Tatenlust fand
kahle Nahrung. Doch all dies reichte nicht hin, um mich zu einem
Abfall zu vermögen. Die Leidenschaft zu dir verleitete mich endlich.
Ich hab's dir oft gesagt, ich war wie ohne Luft und Sonne, da du
fort warst; und anders hatt' ich keine Wahl; ich mußte dich aufgeben
oder meinen Bund. Was ich erwählte, siehst du.

„Aber alles Tun des Menschen hat am Ende seine Strafe, und
nur die Götter und die Kinder trifft die Nemesis nicht.

„Ich zog das Götterrecht des Herzens vor. Um meines Lieb=
lings willen brach ich meinen Eid. War das nicht billig? muß das
edelste Sehnen nicht das freieste sein? — Mein Herz hat mich beim
Worte genommen; ich gab ihm Freiheit, und du siehst, es braucht sie.

„Huldige dem Genius ein mal, und er achtet dir kein sterblich
Hindernis mehr und reißt dir alle Bande des Lebens entzwei.

„Verpflichtung brach ich um des Freundes willen, Freundschaft
würd' ich brechen um der Liebe willen. Um Diotimas willen würd'
ich dich betrügen und am Ende mich und Diotima morden, weil wir
doch nicht eines wären. Aber es soll nicht seinen Gang gehn; soll ich
büßen, was ich tat, so will ich es mit Freiheit; meine eignen Richter
wähl' ich mir; an denen ich gefehlt, die sollen mich haben."

„Sprichst du von deinen Bundesbrüdern?" rief ich; „o mein
Alabanda! tue das nicht!"

„Was können sie mir nehmen, als mein Blut?" erwidert' er.
Dann faßt' er sanft mich bei der Hand. „Hyperion!" rief er, „meine
Zeit ist aus, und was mir übrig bleibt, ist nur ein edles Ende. Laß
mich! mache mich nicht klein, und fasse Glauben an mein Wort! Ich
weiß so gut, wie du, ich könnte mir ein Dasein noch erkünsteln, könnte,
weil des Lebens Mahl verzehrt ist, mit den Brosamen noch spielen,
aber das ist meine Sache nicht; auch nicht die deine. Brauch' ich
mehr zu sagen? Sprech' ich nicht aus deiner Seele dir? Ich dürste
nach Luft, nach Kühlung, Hyperion! Meine Seele wallt mir über
von selbst und hält im alten Kreise nicht mehr. Bald kommen ja die
schönen Wintertage, wo die dunkle Erde nichts mehr ist, als die Folie
des leuchtenden Himmels, da wär' es gute Zeit, da blinken ohnedies
gastfreundlicher die Inseln des Lichts!"— Dich wundert die Rede?

Liebfter! alle Scheidenden sprechen wie Trunkne und nehmen gerne
sich festlich. Wenn der Baum zu welken anfängt, tragen nicht alle
seine Blätter die Farbe des Morgenrots?"

„Große Seele," rief ich, „muß ich Mitleid für dich tragen?"
Ich fühlt' an seiner Höhe, wie tief er litt. Ich hatte solches Weh
im Leben nie erfahren. Und doch, o Bellarmin! doch fühlt' ich auch
die größte aller Freuden, solch ein Götterbild in Augen und Armen
zu haben. „Ja! stirb nur," rief ich, „stirb! dein Herz ist herrlich genug,
dein Leben ist reif wie die Trauben am Herbsttag. Geh, Vollendeter!
ich ginge mit dir, wenn es keine Diotima gäbe."

„Hab' ich dich nun?" erwidert' Alabanda, „sprichst du so? wie
tief, wie seelenvoll wird alles, wenn mein Hyperion es einmal faßt!"

„Er schmeichelt," rief ich, „um das unbesonnene Wort zum
zweitenmal mir abzulocken! gute Götter! um von mir Erlaubnis zu
gewinnen zu der Reise nach dem Blutgericht!"

„Ich schmeichle nicht," erwidert' er mit Ernst, „ich hab' ein Recht,
zu tun, was du verhindern willst und kein gemeines! ehre das!"

Es war ein Feuer in seinen Augen, das wie ein Göttergebot
mich niederschlug, und ich schämte mich, nur ein Wort noch gegen ihn
zu sagen.

Sie werden es nicht, dacht' ich mitunter, sie können es nicht.
Es ist zu sinnlos, solch ein herrlich Leben hinzuschlachten wie ein
Opfertier, und dieser Glaube machte mich ruhig.

Es war ein eigner Gewinn, ihn noch zu hören, in der Nacht dar=
auf, nachdem ein jeder für seine eigne Reise gesorgt, und wir vor
Tagesanbruch wieder hinausgegangen waren, um noch einmal allein
zusammenzusein.

„Weißt du," sagt' er unter anderm, „warum ich nie den Tod
geachtet? Ich fühl' in mir ein Leben, das kein Gott geschaffen, und
kein Sterblicher gezeugt. Ich glaube, daß wir durch uns selber sind,
und nur aus freier Lust so innig mit dem All verbunden."

„So etwas hab' ich nie von dir gehört", erwidert' ich.

„Was wär' auch," fuhr er fort, „was wär' auch diese Welt, wenn
sie nicht wär' ein Einklang freier Wesen? wenn nicht aus eignem
frohem Triebe die Lebendigen von Anbeginn in ihr zusammenwirkten
in ein vollstimmig Leben, wie hölzern wäre sie, wie kalt? welch herzlos
Machwerk wäre sie?"

„So wär' es hier im höchsten Sinne wahr," erwidert' ich, „daß
ohne Freiheit alles tot ist."

„Jawohl," rief er, „wächst doch kein Grashalm auf, wenn nicht
ein eigner Lebenskeim in ihm ist! wie viel mehr in mir! und darum,
Lieber! weil ich frei im höchsten Sinne, weil ich anfangslos mich fühle,
darum glaub' ich, daß ich endlos, daß ich unzerstörbar bin. Hat mich

eines Töpfers Hand gemacht, so mag er sein Gefäß zerschlagen, wie es ihm gefällt. Doch was da lebt, muß unerzeugt, muß göttlicher Natur in seinem Keime sein, erhaben über alle Macht und alle Kunst, und darum unverletzlich, ewig.

„Jeder hat seine Mysterien, lieber Hyperion! seine geheimern Gedanken; dies waren die meinen, seit ich denke.

„Was lebt, ist unvertilgbar, bleibt in seiner tiefsten Knechtsform frei, bleibt eins und wenn du es scheidest bis auf den Grund, bleibt unverwundet und wenn du bis ins Mark es zerschlägst, und sein Wesen entfliegt dir siegend unter den Händen. — Aber der Morgen= wind regt sich; unsre Schiffe sind wach. O mein Hyperion! ich hab' es überwunden; ich hab' es über mich vermocht, das Todesurteil über mein Herz zu sprechen und dich und mich zu trennen, Liebling meines Lebens! schone mich nun! erspare mir den Abschied! laß uns schnell sein! komm!" —

Mir flog es kalt durch alle Gebeine, da er so begann.

„O, um deiner Treue willen, Alabanda!" rief ich, vor ihm nieder= geworfen, „muß es, muß es denn sein? du übertäubtest mich unred= licherweise, du rissest in einen Taumel mich hin. Bruder! nicht soviel Besinnung ließest du mir, um eigentlich zu fragen, wohin gehst du?"

„Ich darf den Ort nicht nennen, liebes Herz!" erwidert' er; „wir sehn vielleicht uns dennoch einmal wieder."

„Wiedersehn?" erwidert' ich; „so bin ich ja um einen Glauben reicher! und so werd' ich reicher werden und reicher an Glauben, und am Ende wird mir alles Glaube sein."

„Lieber!" rief er, „laß uns still sein, wo die Worte nichts helfen! laß uns männlich enden! du verderbst die letzten Augenblicke dir."

Wir waren so dem Hafen näher gekommen.

„Noch eines!" sagt' er, da wir nun bei seinem Schiffe waren. „Grüße deine Diotima! Liebt euch! werdet glücklich, schöne Seelen!"

„O mein Alabanda!" rief ich, „warum kann ich nicht an deiner Stelle gehn?"

„Dein Beruf ist schöner," erwidert' er; „behalt ihn! ihr gehört du, jenes holde Wesen ist von nun an deine Welt — ach! weil kein Glück ist ohne Opfer, nimm als Opfer mich, o Schicksal, an, und laß die Liebenden in ihrer Freude!"

Sein Herz fing an, ihn zu überwältigen, und er riß sich von mir und sprang ins Schiff, um sich und mir den Abschied abzukürzen. Ich fühlte diesen Augenblick, wie einen Wetterschlag, dem Nacht und Totenstille folgte, aber mitten in dieser Vernichtung raffte meine Seele sich auf, ihn zu halten, den teuren Scheidenden, und meine Arme zückten von selbst nach ihm. „Weh! Alabanda! Alabanda!" rief ich, und ein dumpfes „Lebewohl!" hört' ich vom Schiffe herüber.

Hyperion an Bellarmin.

Zufällig hielt das Fahrzeug, das nach Kalaurea mich bringen
sollte, noch bis zum Abend sich auf, nachdem Alabanda schon den
Morgen seinen Weg gegangen war.

Ich blieb am Ufer, blickte still, von den Schmerzen des Abschieds
5 müd', in die See, von einer Stunde zur andern. Die Leidenstage
der langsam sterbenden Jugend überzählte mein Geist, und irre wie
die schöne Taube schwebt' er über dem Künftigen. Ich wollte mich
stärken, ich nahm mein längst vergessenes Lautenspiel hervor, um
mir ein Schicksalslied zu singen, das ich einst in glücklicher unverstän=
10 diger Jugend meinem Adamas nachgesprochen.

„Ihr wandelt droben im Licht
  Auf weichem Boden, selige Genien!
    Glänzende Götterlüfte
      Rühren euch leicht,
15   Wie die Finger der Künstlerin
          Heilige Saiten.

Schicksallos, wie der schlafende
  Säugling atmen die Himmlischen;
    Keusch bewahrt
20   In bescheidener Knospe,
        Blühet ewig
          Ihnen der Geist,
            Und die seligen Augen
          Blicken in stiller
25   Ewiger Klarheit.

Doch uns ist gegeben,
  Auf keiner Stätte zu ruhn,
    Es schwinden, es fallen
      Die leidenden Menschen
30   Blindlings von einer
         Stunde zur andern,
          Wie Wasser von Klippe
         Zu Klippe geworfen,
          Jahrlang ins Ungewisse hinab.“

35 So sang ich in die Saiten. Ich hatte kaum geendet, als ein Boot
einlief, wo ich meinen Diener gleich erkannte, der mir einen Brief von
Diotima überbrachte.

„So biſt du noch auf Erden?“ ſchrieb ſie, „und ſieheſt das Tages=
licht noch? Ich dachte dich anderswo zu finden, mein Lieber! Ich
habe früher, als du nachher wünſcheſt, den Brief erhalten, den du
vor der Schlacht bei Tſchesme ſchriebſt, und ſo lebt’ ich eine Woche
lang in der Meinung, du habſt dem Tode dich in die Arme geworfen,
ehe dein Diener ankam mit der frohen Botſchaft, daß du noch lebeſt.
Ich hatt’ auch ohnedies noch einige Tage nach der Schlacht gehört,
das Schiff, worauf ich dich wußte, ſei mit aller Mannſchaft in die Luft
geflogen.

„Aber, o ſüße Stimme! noch hört’ ich dich wieder, noch einmal
rührte wie Mailuft mich die Sprache des Lieben, und deine ſchöne
Hoffnungsfreude, das holde Phantom unſers künftigen Glücks, hat
einen Augenblick auch mich getäuſcht.

„Lieber Träumer, warum muß ich dich wecken? warum kann ich
nicht ſagen, komm, und mache wahr die ſchönen Tage, die du mir ver=
heißen! Aber es iſt zu ſpät, Hyperion, es iſt zu ſpät. Dein Mädchen
iſt verwelkt, ſeitdem du fort biſt, ein Feuer in mir hat mählich mich
verzehrt, und nur ein kleiner Reſt iſt übrig. Entſetze dich nicht! Es
läutert ſich alles Natürliche, und überall windet die Blüte des Lebens
freier und freier vom gröbern Stoffe ſich los.

„Liebſter Hyperion! Du dachteſt wohl nicht, mein Schwanen=
lied in dieſem Jahre zu hören.“

Fortſetzung.

„Bald, da du fortwarſt, und noch in den Tagen des Abſchieds
fing es an. Eine Kraft im Geiſte, vor der ich erſchrack, ein innres
Leben, vor dem das Leben der Erd’ erblaßt’ und ſchwand, wie Nacht=
lampen im Morgenrot — ſoll ich’s ſagen? ich hätte mögen nach Delphi
gehn und dem Gott der Begeiſterung einen Tempel bauen unter den
Felſen des alten Parnaß, und, eine neue Pythia, die ſchlaffen Völker
mit Götterſprüchen entzünden, und meine Seele weiß, den Gott=
verlaßnen allen hätte der jungfräuliche Mund die Augen geöffnet und
die dumpfen Stirnen entfaltet, ſo mächtig war der Geiſt des Lebens
in mir! Doch müder und müder wurden die ſterblichen Glieder und
die ängſtigende Schwere zog mich unerbittlich hinab. Ach! oft in
meiner ſtillen Laube hab’ ich um der Jugend Roſen geweint! ſie
welkten und welkten, und nur von Tränen färbte deines Mädchens
Wange ſich rot. Es waren die vorigen Bäume noch, es war die vorige
Laube — da ſtand einſt deine Diotima, dein Kind, Hyperion, vor
deinen glücklichen Augen, eine Blume unter den Blumen, und die
Kräfte der Erde und des Himmels trafen ſich friedlich zuſammen in
ihr; nun ging ſie, eine Fremblingin unter den Knoſpen des Mais, und

ihre Vertrauten, die lieblichen Pflanzen, nickten ihr freundlich, sie
aber konnte nur trauern; doch ging ich keine vorüber, doch nahm ich
einen Abschied um den andern von all den Jugendgespielen, den
Hainen und Quellen und säuselnden Hügeln.

5 „Ach! oft mit schwerer süßer Mühe bin ich noch, solang ich's
konnte, auf die Höhe gegangen, wo du bei Notara gewohnt, und habe
von dir mit dem Freunde gesprochen, so leichten Sinns, als möglich
war, damit er nichts von mir dir schreiben sollte; bald aber, wenn das
Herz zu laut ward, schlich die Heuchlerin sich hinaus in den Garten,
10 und da war ich nun am Geländer, über dem Felsen, wo ich einst mit
dir hinab sah, und hinaus in die offne Natur, ach! wo ich stand, von
deinen Händen gehalten, von deinen Augen umlauscht, im ersten,
schaudernden Erwarmen der Liebe, und die überwallende Seele aus=
zugießen wünschte wie einen Opferwein, in den Abgrund des Lebens,
15 da wankt' ich nun umher und klagte dem Winde mein Leid, und, wie
ein scheuer Vogel irrte mein Blick und wagt' es kaum, die schöne Erde
anzusehn, von der ich scheiden sollte."

Fortsetzung.

„So ist's mit deinem Mädchen geworden, Hyperion. Frage nicht
wie? erkläre diesen Tod dir nicht! Wer solch ein Schicksal zu ergründen
20 denkt, der flucht am Ende sich und allem, und doch hat keine Seele
schuld daran.

„Soll ich sagen, mich habe der Gram um dich getötet? o nein!
o nein! er war mir ja willkommen, dieser Gram, er gab dem Tode,
den ich in mir trug, Gestalt und Anmut; deinem Lieblinge zur Ehre
25 stirbst du, konnt' ich nun mir sagen. —

„Oder ist mir meine Seele zu reif geworden in all den Be=
geisterungen unsrer Liebe, und hält sie darum mir nun, wie ein über=
mütiger Jüngling, in der bescheidenen Heimat nicht mehr? sprich!
war es meines Herzens Üppigkeit, die mich entzweite mit dem sterb=
30 lichen Leben? ist die Natur in mir durch dich, du Herrlicher! zu stolz
geworden, um sich's länger gefallen zu lassen auf diesem mittel=
mäßigen Sterne? Aber hast du sie fliegen gelehrt, warum lehrst du
meine Seele nicht auch, dir wiederzukehren? Hast du das ätherliebende
Feuer angezündet, warum hütetest du mir es nicht? — Höre mich,
35 Lieber! um deiner schönen Seele willen! klage du dich über meinem
Tode nicht an!

„Konntest du denn mich halten, als dein Schicksal dir denselben
Weg wies? und, hättst du im Heldenkampfe deines Herzens mir ge=
prediget: ‚Laß dir genügen, Kind! und schick' in die Zeit dich!' wärst
40 du nicht der eitelste von allen Eiteln gewesen?"

Fortsetzung.

„Ich will es dir gerade sagen, was ich glaube. Dein Feuer lebt in mir, dein Geist war in mich übergegangen; aber das hätte schwerlich geschadet, und nur dein Schicksal hat mein neues Leben mir töblich gemacht. Zu mächtig war mir meine Seele durch dich, sie wäre durch dich auch wieder stille geworden. Du entzogst mein Leben der Erde, bu hättest auch Macht gehabt, mich an die Erde zu fesseln, du hättest meine Seele, wie in einen Zauberkreis, in deine umfangenden Arme gebannt; ach! einer deiner Herzensblicke hätte mich festgehalten, eine deiner Liebesreden hätte mich wieder zum frohen, gesunden Kinde gemacht, doch da dein eigen Schicksal dich in Geisteseinsamkeit, wie Wasserflut auf Bergesgipfel trieb, o da erst, als ich vollends meinte, bir habe das Wetter der Schlacht den Kerker gesprengt und mein Hyperion sei aufgeflogen in die alte Freiheit, da entschied sich es mit mir und wird nun bald sich enden.

„Ich habe viele Worte gemacht, und stillschweigend starb die große Römerin doch, da im Todeskampf ihr Brutus um das Vaterland rang. Was konnt' ich aber Bessers in den besten meiner letzten Lebenstage tun? — Auch treibt mich's immer, mancherlei zu sagen. Stille war mein Leben; mein Tod ist beredt. Genug!"

Fortsetzung.

„Nur eines muß ich dir noch sagen.

„Du müßtest untergehn, verzweifeln müßtest du, doch wird der Geist dich retten. Dich wird kein Lorbeer trösten und kein Myrtenkranz; der Olymp wird's, der lebendige, gegenwärtige, der ewig jugendlich um alle Sinne dir blüht. Die schöne Welt ist dein Olymp; in diesem wirst du leben, und mit den heiligen Wesen der Welt, mit den Göttern der Natur, mit diesen wirst du freudig sein.

„O seid willkommen, ihr Guten, ihr Treuen! ihr Tiefvermißten, Verkannten! Kinder und Älteste! Sonn' und Erd' und Äther mit allen lebenden Seelen, die um euch spielen, die ihr umspielt in ewiger Liebe! o nehmt die allesversuchenden Menschen, nehmt die Flüchtlinge wieder in die Götterfamilie, nehmt in die Heimat der Natur sie auf, aus der sie entwichen! —

„Du kennst dies Wort, Hyperion! Du hast es angefangen in mir. Du wirst's vollenden in dir, und dann erst ruhn.

„Ich habe genug daran, um freudig, als ein griechisch Mädchen, zu sterben.

„Die Armen, die nichts kennen, als ihr dürftig Machwerk, die der Not nur bienen und den Genius verschmähn, und dich nicht ehren,

kindlich Leben der Natur! die mögen vor dem Tode sich fürchten. Ihr
Joch ist ihre Welt geworden; Besseres als ihren Knechtsdienst kennen
sie nicht; scheun die Götterfreiheit, die der Tod uns gibt!

„Ich aber nicht! ich habe mich des Stückwerks überhoben, das die
Menschenhände gemacht, ich hab' es gefühlt, das Leben der Natur,
das höher ist, denn alle Gedanken — wenn ich auch zur Pflanze
würde, wäre denn der Schade so groß? — Ich werde sein. Wie sollt'
ich mich verlieren aus der Sphäre des Lebens, worin die ewige Liebe,
die allen gemein ist, die Naturen alle zusammenhält? wie sollt' ich
scheiden aus dem Bunde, der die Wesen alle verknüpft? Der bricht so
leicht nicht, wie die losen Bande dieser Zeit. Der ist nicht, wie ein
Markttag, wo das Volk zusammenläuft und lärmt und auseinander-
geht. Nein! bei dem Geiste, der uns einiget, bei dem Gottesgeiste,
der jedem eigen ist und allen gemein! nein! nein! im Bunde der Natur
ist Treue kein Traum. Wir trennen uns nur, um inniger einig zu sein,
göttlicher-friedlich mit allem, mit uns. Wir sterben, um zu leben.

„Ich werde sein; ich frage nicht, was ich werde. Zu sein, zu leben,
das ist genug, das ist die Ehre der Götter; und darum ist sich alles
gleich, was nur ein Leben ist, in der göttlichen Welt, und es gibt in ihr
nicht Herren und Knechte. Es leben umeinander die Naturen, wie
Liebende; sie haben alles gemein, Geist, Freude und ewige Jugend.

„Beständigkeit haben die Sterne gewählt, in stiller Lebensfülle
wallen sie stets und kennen das Alter nicht. Wir stellen im Wechsel
das Vollendete dar; in wandelnde Melodien teilen wir die großen
Akkorde der Freude. Wie Harfenspieler um die Thronen der Ältesten
leben wir, selbst göttlich, um die stillen Götter der Welt, mit dem
flüchtigen Lebensliede mildern wir den seligen Ernst des Sonnengotts
und der andern.

„Sieh auf in die Welt! Ist sie nicht wie ein wandelnder Triumph-
zug, wo die Natur den ewigen Sieg über alle Verderbnis feiert? und
führt nicht zur Verherrlichung das Leben den Tod mit sich, in goldenen
Ketten, wie der Feldherr einst die gefangenen Könige mit sich geführt?
und wir, wir sind wie die Jungfrauen und die Jünglinge, die mit Tanz
und Gesang, in wechselnden Gestalten und Tönen, den majestätischen
Zug geleiten.

„Nun laß mich schweigen. Mehr zu sagen, wäre zuviel. Wir
werden wohl uns wieder begegnen. —

„Trauernder Jüngling! bald, bald wirst du glücklicher sein. Dir
ist dein Lorbeer nicht gereift, und deine Myrten verblühten, denn
Priester sollst du sein der göttlichen Natur, und die dichterischen Tage
keimen dir schon.

„O könnt' ich dich sehn in deiner künftigen Schöne! Lebe wohl.“
Zugleich erhielt ich einen Brief von Notara, worin er mir schrieb:

„Den Tag, nachdem sie dir zum letztenmal geschrieben, wurde sie ganz ruhig, sprach noch wenig Worte, sagte dann auch, daß sie lieber möcht' im Feuer von der Erde scheiden, als begraben zu sein, und ihre Asche sollten wir in eine Urne sammeln, und in den Wald sie stellen, an den Ort, wo du, mein Teurer! ihr zuerst begegnet wärst. Bald darauf, da es anfing, dunkel zu werden, sagte sie zu uns gute Nacht, als wenn sie schlafen möcht', und schlug die Arme um ihr schönes Haupt; bis gegen Morgen hörten wir sie atmen. Da es dann ganz still wurde und ich nichts mehr hörte, ging ich hin zu ihr und lauschte.

„O Hyperion! was soll ich weiter sagen? Es war aus, und unsre Klagen weckten sie nicht mehr.

„Es ist ein furchtbares Geheimnis, daß ein solches Leben sterben soll, und ich will es dir gestehn, ich selber habe weder Sinn noch Glauben, seit ich das mit ansah.

„Doch immer besser ist ein schöner Tod, Hyperion! denn solch ein schläfrig Leben, wie das unsre nun ist.

„Die Fliegen abzuwehren, das ist künftig unsre Arbeit, und zu nagen an den Dingen der Welt, wie Kinder an der dürren Feigenwurzel, das ist endlich unsre Freude. Alt zu werden unter jugendlichen Völkern, scheint mir eine Lust, doch alt zu werden **da**, wo alles alt ist, scheint mir schlimmer, denn alles. —

„Ich möchte fast dir raten, mein Hyperion! daß du nicht hierher kömmst. Ich kenne dich. Es würde dir die Sinne nehmen. Überdies bist du nicht sicher hier. Mein Teurer! denk' an Diotimas Mutter, denk' an mich, und schone dich!

„Ich will es dir gestehn, mir schaudert, wenn ich dein Schicksal überdenke. Aber ich meine doch auch, der brennende Sommer trockne nicht die tiefern Quellen, nur den seichten Regenbach aus. Ich habe dich in Augenblicken gesehn, Hyperion! wo du mir ein höher Wesen schienst. Du bist nun auf der Probe, und es muß sich zeigen, wer du bist. Leb' wohl."

So schrieb Notara; und du fragst, mein Bellarmin! wie jetzt mir ist, indem ich dies erzähle?

Bester, ich bin ruhig, denn ich will nichts Bessers haben, als die Götter. Muß nicht alles leiden? Und je trefflicher es ist, je tiefer! Leidet nicht die heilige Natur? O meine Gottheit! daß du trauern könntest, wie du selig bist, das konnt' ich lange nicht fassen. Aber die Wonne, die nicht leidet, ist Schlaf, und ohne Tod ist kein Leben. Solltest du ewig sein, wie ein Kind und schlummern, dem Nichts gleich? den Sieg entbehren? nicht die Vollendungen alle durchlaufen? Ja! ja! wert ist der Schmerz, am Herzen der Menschen zu liegen und dein Vertrauter zu sein, o Natur! Denn er nur führt von einer Wonne zur andern, und es ist kein andrer Gefährte, denn er. —

Damals schrieb ich an Notara, als ich wieder anfing aufzuleben,
von Sizilien aus, wohin ein Schiff von Paros mich zuerst gebracht:

„Ich habe dir gehorcht, mein Teurer! ich bin schon weit von euch
und will dir nun auch Nachricht geben; aber schwer wird mir das
Wort; das darf ich wohl gestehen. Die Seligen, wo Diotima nun ist,
sprechen nicht viel; in meiner Nacht, in der Tiefe der Trauernden, ist
auch die Rede am Ende.

„Einen schönen Tod ist meine Diotima gestorben; da hast du recht;
das ist's auch, was mich aufweckt und meine Seele mir wiedergibt.

„Aber es ist die vorige Welt nicht mehr, zu der ich wiederkehre.
Ein Fremdling bin ich, wie die Unbegrabenen, wenn sie herauf vom
Acheron kommen, und wär' ich auch auf meiner heimatlichen Insel, in
den Gärten meiner Jugend, die mein Vater mir verschließt, ach!
dennoch, dennoch wär' ich auf der Erd' ein Fremdling, und kein
Gott knüpft ans Vergangene mich mehr.

„Ja! es ist alles vorbei. Das muß ich nur recht oft mir sagen,
muß damit die Seele mir binden, daß sie ruhig bleibt, sich nicht erhitzt
in ungereimten, kindischen Versuchen.

„Es ist alles vorbei; und wenn ich gleich auch weinen könnte,
schöne Gottheit, wie du um Adonis einst geweint, doch kehrt mir meine
Diotima nicht wieder, und meines Herzens Wort hat seine Kraft verloren, denn es hören mich die Lüfte nur.

„O Gott! und daß ich selbst nichts bin, und der gemeinste Hand-
arbeiter sagen kann, er habe mehr getan, denn ich! daß sie sich trösten
dürfen, die Geistesarmen, und lächeln und Träumer mich schelten,
weil meine Taten mir nicht reiften, weil meine Arme nicht frei sind,
weil meine Zeit dem wütenden Prokrustes gleicht, der Männer, die
er fing, in eine Kinderwiege warf, und, daß sie paßten in das kleine
Bett, die Glieder ihnen abhieb.

„Wär' es nur nicht gar zu trostlos, allein sich unter die närrische
Menge zu werfen und zerrissen zu werden von ihr! oder müßt' ein
edel Blut sich nur nicht schämen, mit dem Knechtsblut sich zu mischen!
o gäb' es eine Fahne, Götter! wo mein Alabanda dienen möcht', ein
Thermopylä, wo ich mit Ehren sie verbluten könnte, all die einsame
Liebe, die mir nimmer brauchbar ist! Noch besser wär' es freilich,
wenn ich leben könnte, leben, in den neuen Tempeln, in der neu ver-
sammelten Agora unsers Volks mit großer Lust den großen Kummer
stillen; aber davon schweig' ich, denn ich weine nur die Kraft mir
vollends aus, wenn ich an alles denke.

„Ach Notara; auch mit mir ist's aus; verleidet ist mir meine
eigene Seele, weil ich ihr's vorwerfen muß, daß Diotima tot ist, und
die Gedanken meiner Jugend, die ich groß geachtet, gelten mir nichts
mehr. Haben sie doch meine Diotima mir vergiftet!

„Und nun sage mir, wo ist noch eine Zuflucht? — Gestern war ich auf dem Ätna droben. Da fiel der große Sizilianer mir ein, der einst des Stundenzählens satt, vertraut mit der Seele der Welt, in seiner kühnen Lebenslust sich da hinabwarf in die herrlichen Flammen, denn der kalte Dichter hätte müssen am Feuer sich wärmen, sagt' ein Spötter ihm nach.

„O wie gern hätt' ich solchen Spott auf mich geladen! aber man muß sich höher achten, denn ich mich achte, um so ungerufen der Natur ans Herz zu fliegen, oder wie du es sonst noch heißen magst, denn wirklich! wie ich jetzt bin, hab' ich keinen Namen für die Dinge und es ist mir alles ungewiß.

„Notara! und nun sage mir, wo ist noch Zuflucht?

„In Kalaureas Wäldern? — Ja! im grünen Dunkel, dort, wo unsre Bäume, die Vertrauten unsrer Liebe, stehn, wo wie ein Abend=rot ihr sterbend Laub auf Diotimas Urne fällt und ihre schönen Häupter sich auf Diotimas Urne neigen, mählich alternd, bis auch sie zusammensinken über der geliebten Asche, — da, da könnt' ich wohl nach meinem Sinne wohnen!

„Aber du rätst mir wegzubleiben, meinst, ich sei nicht sicher in Kalaurea und das mag so sein.

„Ich weiß es wohl, du wirst an Alabanda mich verweisen. Aber höre nur! zertrümmert ist er! verwittert ist der feste, schlanke Stamm, auch er, und die Buben werden die Späne auflesen und damit ein lustig Feuer sich machen. Er ist fort; er hat gewisse gute Freunde, die ihn erleichtern werden, die ganz eigentlich geschickt sind, jedem ab=zuhelfen, dem das Leben etwas schwer aufliegt; zu diesen ist er auf Besuch gegangen, und warum? weil sonst nichts für ihn zu tun ist, oder, wenn du alles wissen willst, weil eine Leidenschaft am Herzen ihm nagt, und weißt du auch für wen? für Diotima, die er noch im Leben glaubt, vermählt mit mir und glücklich — armer Alabanda! nun gehört sie dir und mir!

„Er fuhr nach Osten hinaus, und ich, ich schiffe nach Nordwest, weil es die Gelegenheit so haben will. —

„Und nun lebt wohl, ihr alle! all ihr Teuern, die ihr mir am Herzen gelegen, Freunde meiner Jugend und ihr Eltern und ihr lieben Griechen all, ihr Leidenden!

„Ihr Lüfte, die ihr mich genährt, in zarter Kindheit, und ihr dunkeln Lorbeerwälder und ihr Uferfelsen und ihr majestätischen Ge=wässer, die ihr Großes ahnen meinen Geist gelehrt — und ach! ihr Trauerbilder, ihr, wo meine Schwermut anhub, heilige Mauern, wo=mit die Heldenstädte sich umgürtet, und ihr alten Tore, die manch schöner Wanderer durchzog, ihr Tempelsäulen und du Schutt der Götter! und du, o Diotima! und ihr Täler meiner Liebe, und ihr

Bäche, die ihr sonst die selige Gestalt gesehn, ihr Bäume, wo sie sich erheitert, ihr Frühlinge, wo sie gelebt, die Holde mit den Blumen, scheidet, scheidet nicht aus mir! doch, soll es sein, ihr süßen Angedenken! so erlöscht auch ihr und laßt mich, denn es kann der Mensch nichts 5 ändern, und das Licht des Lebens kömmt und scheidet wie es will."

Hyperion an Bellarmin.

So kam ich unter die Deutschen. Ich forderte nicht viel und war gefaßt, noch weniger zu finden. Demütig kam ich, wie der heimatlose blinde Ödipus zum Tore von Athen, wo ihn der Götterhain empfing, und schöne Seelen ihm begegneten —

10 Wie anders ging es mir!

Barbaren von alters her, durch Fleiß und Wissenschaft und selbst durch Religion barbarischer geworden, tiefunfähig jedes göttlichen Gefühls, verdorben bis ins Mark zum Glück der heiligen Grazien, in jedem Grad der Übertreibung und der Ärmlichkeit beleidigend für 15 jede gutgeartete Seele, dumpf und harmonienlos, wie die Scherben eines weggeworfenen Gefäßes — das, mein Bellarmin! waren meine Tröster.

Es ist ein hartes Wort, und dennoch sag' ich's, weil es Wahrheit ist: ich kann kein Volk mir denken, das zerrißner wäre, wie die 20 Deutschen. Handwerker siehst du, aber keine Menschen, Denker, aber keine Menschen, Priester, aber keine Menschen, Herrn und Knechte, Jungen und gesetzte Leute, aber keine Menschen — ist das nicht, wie ein Schlachtfeld, wo Hände und Arme und alle Glieder zerstückelt untereinander liegen, indessen das vergoßne Lebensblut im Sande 25 zerrinnt?

Ein jeder treibt das Seine, wirst du sagen, und ich sag' es auch. Nur muß er es mit ganzer Seele treiben, muß nicht jede Kraft in sich ersticken, wenn sie nicht gerade sich zu seinem Titel paßt, muß nicht mit dieser kargen Angst buchstäblich heuchlerisch das, was er heißt, 30 nur sein, mit Ernst, mit Liebe muß er das sein, was er ist, so lebte ein Geist in seinem Tun, und ist er in ein Fach gedrückt, wo gar der Geist nicht leben darf, so stoß' er's mit Verachtung weg und lerne pflügen! Deine Deutschen aber bleiben gerne beim Notwendigsten, und darum ist bei ihnen auch so viele Stümperarbeit und so wenig Freies, Echt-35 erfreuliches. Doch das wäre zu verschmerzen, müßten solche Menschen nur nicht fühllos sein für alles schöne Leben, ruhte nur nicht überall der Fluch der gottverlaßnen Unnatur auf solchem Volke. —

Die Tugenden der Alten seien nur glänzende Fehler, sagt' einmal, ich weiß nicht, welche böse Zunge; und es sind doch selber ihre 40 Fehler Tugenden, denn da lebt noch ein kindlicher, ein schöner Geist,

und ohne Seele war von allem, was sie taten, nichts getan. Die
Tugenden der Deutschen aber sind ein glänzend Übel und nichts
weiter; denn Notwerk sind sie nur, aus feiger Angst, mit Sklaven=
mühe dem wüsten Herzen abgedrungen, und lassen trostlos jede reine
Seele, die von Schönem gern sich nährt, ach! die verwöhnt vom hei=
ligen Zusammenklang in edleren Naturen, den Mißlaut nicht erträgt,
der schreiend ist in all der toten Ordnung dieser Menschen.

Ich sage dir: es ist nichts Heiliges, was nicht entheiligt, nicht
zum ärmlichen Behelf herabgewürdigt ist, bei diesem Volk, und was
selbst unter Wilden göttlich rein sich meist erhält, das treiben diese all=
berechnenden Barbaren, wie man so ein Handwerk treibt, und können
es nicht anders: denn wo einmal ein menschlich Wesen ab=
gerichtet ist, da dient es seinem Zweck, da sucht es seinen
Nutzen, es schwärmt nicht mehr, bewahre Gott! es bleibt
gesetzt, und wenn es feiert, und wenn es liebt, und wenn
es betet, und selber wenn des Frühlings holdes Fest, wenn die Ver=
söhnungszeit der Welt die Sorgen alle löst und Unschuld zaubert in
ein schuldig Herz, wenn von der Sonne warmem Strahle berauscht,
der Sklave seine Ketten froh vergißt, und von der gottbeseelten Luft
besänftiget, die Menschenfeinde friedlich wie die Kinder sind, —
wenn selbst die Raupe sich beflügelt und die Biene schwärmt, so bleibt
der Deutsche doch in seinem Fach und kümmert sich nicht viel ums
Wetter.

Aber du wirst richten, heilige Natur! Denn, wenn sie nur be=
scheiden wären, diese Menschen, zum Gesetze nicht sich machten für die
Bessern unter ihnen! wenn sie nur nicht lästerten, was sie nicht sind,
und möchten sie doch lästern, wenn sie nur das Göttliche nicht
höhnten! —

Oder ist nicht göttlich, was ihr höhnt und seellos nennt? Ist
besser, denn euer Geschwätz, die Luft nicht, die ihr trinkt? der Sonne
Strahlen, sind sie edler nicht, denn all ihr Klugen? der Erde Quellen
und der Morgentau erfrischen euern Hain; könnt ihr auch das? ach!
töten könnt ihr, aber nicht lebendig machen, wenn es die Liebe nicht
tut, die nicht von euch ist, die ihr nicht erfunden. Ihr sorgt und sinnt,
dem Schicksal zu entlaufen, und begreift es nicht, wenn eure Kinder=
kunst nichts hilft; indessen wandelt harmlos droben das Gestirn. Ihr
entwürdiget, ihr zerreißt, wo sie euch duldet, die geduldige Natur,
doch lebt sie fort, in unendlicher Jugend, und ihren Herbst und ihren
Frühling könnt ihr nicht vertreiben, ihren Äther, den verderbt ihr
nicht.

O göttlich muß sie sein, weil ihr zerstören dürft, und dennoch sie
nicht altert und trotz euch schön das Schöne bleibt! —

Es ist auch herzzerreißend, wenn man eure Dichter, eure Künstler

siet, und alle, die den Genius noch achten, die das Schöne lieben und
es pflegen. Die Guten, sie leben in der Welt, wie Fremdlinge im
eigenen Hause, sie sind so recht, wie der Dulder Ulyß, da er in Bettlers=
gestalt an seiner Türe saß, indes die unverschämten Freier im Saale
lärmten und fragten, wer hat uns den Landläufer gebracht?

Voll Lieb' und Geist und Hoffnung wachsen seine Musenjüng=
linge dem deutschen Volk heran; du siehst sie sieben Jahre später,
und sie wandeln, wie die Schatten, still und kalt, sind wie ein Boden,
den der Feind mit Salz besäete, daß er nimmer einen Grashalm
treibt, und wenn sie sprechen, wehe dem! der sie versteht, der in der
stürmenden Titanenkraft, wie in ihren Proteuskünsten den Ver=
zweiflungskampf nur sieht, den ihr gestörter, schöner Geist mit den
Barbaren kämpft, mit denen er es zu tun hat.

Es ist auf Erden alles unvollkommen, ist das alte Lied der
Deutschen. Wenn doch einmal diesen Gottverlaßnen einer sagte, daß
bei ihnen nur so unvollkommen alles ist, weil sie nichts Reines un=
verdorben, nichts Heiliges unbetastet lassen mit den plumpen Händen,
daß bei ihnen nichts gedeiht, weil sie die Wurzel des Gedeihens, die
göttliche Natur nicht achten, daß bei ihnen eigentlich das Leben schal
und sorgenschwer und übervoll von kalter, stummer Zwietracht ist,
weil sie den Genius verschmähn, der Kraft und Adel in ein menschlich
Tun und Heiterkeit ins Leiden und Lieb' und Brüderschaft den
Städten und den Häusern bringt.

Und darum fürchten sie auch den Tod so sehr und leiden, um
des Austernlebens willen, alle Schmach, weil Höheres sie nicht kennen,
als ihr Machwerk, das sie sich gestoppelt.

O Bellarmin! wo ein Volk das Schöne liebt, wo es den Genius
in seinen Künstlern ehrt, da weht wie Lebensluft ein allgemeiner
Geist, da öffnet sich der scheue Sinn, der Eigendünkel schmilzt, und
fromm und groß sind alle Herzen, und Helden gebiert die Begeisterung.
Die Heimat aller Menschen ist bei solchem Volk, und gerne mag der
Fremde sich verweilen. Wo aber so beleidigt wird die göttliche Natur
und ihre Künstler, ach! da ist des Lebens beste Lust hinweg, und jeder
andre Stern ist besser, denn die Erde. Wüster immer, öder werden
da die Menschen, die doch alle schön geboren sind; der Knechtsinn
wächst, mit ihm der grobe Mut, der Rausch wächst mit den Sorgen,
und mit der Üppigkeit der Hunger und die Nahrungsangst; zum
Fluche wird der Segen jedes Jahrs und alle Götter fliehn.

Und wehe dem Frembling, der aus Liebe wandert und zu
solchem Volke kömmt, und dreifach wehe dem, der, so wie ich, von
großem Schmerz getrieben, ein Bettler meiner Art, zu solchem Volke
kömmt!

Genug! du kennst mich, wirst es gut aufnehmen, Bellarmin!

Ich sprach in deinem Namen auch, ich sprach für alle, die in diesem
Lande sind und leiden, wie ich dort gelitten.

Hyperion an Bellarmin.

Ich wollte nun aus Deutschland wieder fort. Ich suchte unter
diesem Volke nichts mehr, ich war genug gekränkt, von unerbittlichen
Beleidigungen, wollte nicht, daß meine Seele vollends unter solchen
Menschen sich verblute.

Aber der himmlische Frühling hielt mich auf; er war die einzige
Freude, die mir übrig war, er war ja meine letzte Liebe, wie konnt'
ich noch an andre Dinge denken und das Land verlassen, wo auch er
war?

Bellarmin! ich hatt' es nie so ganz erfahren jenes alte, feste
Schicksalswort, daß eine neue Seligkeit dem Herzen aufgeht, wenn
es aushält und die Mitternacht des Grams durchduldet, und daß,
wie Nachtigallgesang im Dunkeln, göttlich erst in tiefem Leid das
Lebenslied der Welt uns tönt. Denn wie mit Genien lebt' ich jetzt
mit den blühenden Bäumen, und die klaren Bäche, die darunter
flossen, säuselten wie Götterstimmen mir den Kummer aus dem
Busen. Und so geschah mir überall, du Lieber! — wenn ich im Grase
ruht', und zartes Leben mich umgrünte, wenn ich hinauf, wo wild
die Rose um den Steinpfad wuchs, den warmen Hügel ging, auch
wenn ich des Stroms Gestade, die luftigen, umschifft' und alle die
Inseln, die er zärtlich hegt.

Und wenn ich oft des Morgens, wie die Kranken zum Heilquell,
auf den Gipfel des Gebirgs stieg, durch die schlafenden Blumen, aber,
vom süßen Schlummer gesättiget, neben mir die lieben Vögel aus
dem Busche flogen, im Zwielicht taumelnd und begierig nach dem
Tag, und die regere Luft nun schon die Gebete der Täler, die Stimmen
der Herde und die Töne der Morgenglocken herauftrug, und jetzt das
hohe Licht, das göttlichheitre, den gewohnten Pfad daherkam, die
Erde bezaubernd mit unsterblichem Leben, daß ihr Herz erwarmt' und
all ihre Kinder wieder sich fühlten — o wie der Mond, der noch am
Himmel blieb, die Lust des Tags zu teilen, so stand ich Einsamer dann
auch über den Ebnen und weinte Liebestränen zu den Ufern hinab
und den glänzenden Gewässern und konnte lange das Auge nicht
wenden.

Oder des Abends, wenn ich fern ins Tal hineingeriet, zur Wiege
des Quells, wo rings die dunkeln Eichhöhn mich umrauschten, mich
wie einen Heiligsterbenden in ihren Frieden die Natur begrub, wenn
nun die Erd' ein Schatte war, und unsichtbares Leben durch die Zweige
säuselte, durch die Gipfel, und über den Gipfeln still die Abendwolke
stand, ein glänzend Gebirg', wovon herab zu mir des Himmels

Strahlen wie die Wasserbäche flossen, um den durstigen Wanderer
zu tränken —

„O Sonne, o ihr Lüfte,“ rief ich dann, „bei euch allein noch lebt
mein Herz wie unter Brüdern!“

So gab ich mehr und mehr der seligen Natur mich hin und fast
zu endlos. Wär’ ich so gerne doch zum Kinde geworden, um ihr näher
zu sein, hätt’ ich so gern doch weniger gewußt und wäre geworden
wie der reine Lichtstrahl, um ihr näher zu sein! o einen Augenblick in
ihrem Frieden, ihrer Schöne mich zu fühlen, wieviel mehr galt es
vor mir, als Jahre voll Gedanken, als alle Versuche der allesver=
suchenden Menschen! Wie Eis zerschmolz, was ich gelernt, was ich
getan im Leben, und alle Entwürfe der Jugend verhallten in mir;
o ihr Lieben, die ihr ferne seid, ihr Toten und ihr Lebenden, wie innig
eines waren wir!

Einst saß ich fern im Feld, an einem Brunnen, im Schatten efeu=
grüner Felsen und überhängender Blütenbüsche. Es war der schönste
Mittag, den ich kenne. Süße Lüfte wehten und in morgendlicher
Frische glänzte noch das Land und still in seinem heimatlichen Äther
lächelte das Licht. Die Menschen waren weggegangen, am häus=
lichen Tische von der Arbeit zu ruhn; allein war meine Liebe mit dem
Frühling, und ein unbegreiflich Sehnen war in mir. „Diotima,“
rief ich, „wo bist du, o wo bist du?“ Und mir war, als hört’ ich Dio=
timas Stimme, die Stimme, die mich einst erheitert’ in den Tagen
der Freude —

„Bei den Meinen“, rief sie, „bin ich, bei den Deinen, die der
irre Menschengeist mißkennt!“

Ein sanfter Schrecken ergriff mich, und mein Denken entschlum=
merte in mir.

„O liebes Wort aus heiligem Munde,“ rief ich, da ich wieder er=
wacht war, „liebes Rätsel, faß’ ich dich?“

Und einmal sah ich noch in die kalte Nacht der Menschen zurück
und schauert’ und weinte vor Freuden, daß ich so selig war, und Worte
sprach ich, wie mir dünkt, aber sie waren, wie des Feuers Rauschen,
wenn es auffliegt und die Asche hinter sich läßt —

„O du“, so dacht’ ich, „mit deinen Göttern, Natur! ich hab’ ihn
ausgeträumt, von Menschendingen den Traum und sage, nur du
lebst, und was die Friedenslosen erzwungen, erdacht, es schmilzt,
wie Perlen von Wachs, hinweg von deinen Flammen!

„Wie lang ist’s, daß sie dich entbehren? o wie lang ist’s, daß ihre
Menge dich schilt, gemein nennt dich und deine Götter, die Leben=
bigen, die Seligstillen!

„Es fallen die Menschen wie faule Früchte von dir, o laß sie
untergehn, so kehren sie zu deiner Wurzel wieder; und ich, o Baum

des Lebens, daß ich wieder grüne mit dir und deine Gipfel umatme mit all deinen knospenden Zweigen! friedlich und innig, denn alle wuchsen wir aus dem goldnen Samenkorn herauf!

„Ihr Quellen der Erd'! ihr Blumen! und ihr Wälder und ihr Adler und du brüderliches Licht! wie alt und neu ist unsre Liebe! — Frei sind wir, gleichen uns nicht ängstig von außen; wie sollte nicht wechseln die Weise des Lebens? wir lieben den Äther doch all und innigst im Innersten gleichen wir uns.

„Auch wir, auch wir sind nicht geschieden, Diotima, und die Tränen um dich verstehen es nicht. Lebendige Töne sind wir, stimmen zusammen in deinen Wohllaut, Natur! wer reißt den? wer mag die Liebenden scheiden?

„O Seele! Seele! Schönheit der Welt! du unzerstörbare! du entzückende! mit deiner ewigen Jugend! du bist; was ist denn der Tod und alles Wehe der Menschen? — Ach! viel der leeren Worte haben die Wunderlichen gemacht. Geschiehet doch alles aus Lust, und endet doch alles mit Frieden.

„Wie der Zwist der Liebenden, sind die Dissonanzen der Welt. Versöhnung ist mitten im Streit und alles Getrennte findet sich wieder.

„Es scheiden und kehren im Herzen die Adern und einiges, ewiges, glühendes Leben ist alles."

So dacht' ich. Nächstens mehr.

Nachlese zum Hyperion

Fragmente

———

I.

Das Thalia-Fragment

(erschien 1894 in Schillers: „Neuer Thalia".
Bd. 4, S. 181—221.)

Fragment von Hyperion.

Es gibt zwei Ideale unsres Daseins: einen Zustand der höchsten
Einfalt, wo unsre Bedürfnisse mit sich selbst und mit unsern Kräften
und mit allem, womit wir in Verbindung stehen, durch die bloße
Organisation der Natur, ohne unser Zutun, gegenseitig zusam=
menstimmen, und einen Zustand der höchsten Bildung, wo dasselbe
stattfinden würde bei unendlich vervielfältigten und verstärkten Be=
dürfnissen und Kräften, durch die Organisation, die wir uns
selbst zu geben imstande sind. Die exzentrische Bahn, die der
Mensch, im allgemeinen und einzelnen, von einem Punkte (der mehr
oder weniger reinen Einfalt) zum andern (der mehr oder weniger
vollendeten Bildung) durchläuft, scheint sich, nach ihren wesent=
lichen Richtungen, immer gleich zu sein.

Einige von diesen sollten, nebst ihrer Zurechtweisung, in den
Briefen, wovon die folgenden ein Bruchstück sind, dargestellt werden.

Der Mensch möchte gerne in allem und über allem sein, und
die Sentenz in der Grabschrift des Lojola:

„non coerceri maximo, contineri tamen a minimo"

kann ebenso die alles begehrende, alles unterjochende gefährliche
Seite des Menschen, als den höchsten und schönsten ihm erreichbaren
Zustand bezeichnen. In welchem Sinne sie für jeden gelten soll, muß
sein freier Wille entscheiden.

Zante.

Ich will nun wieder in mein Jonien zurück: umsonst hab’ ich mein Vaterland verlassen, und Wahrheit gesucht.

Wie konnten auch Worte meiner durstenden Seele genügen? Worte fand ich überall; Wolken, und keine Juno.

Ich hasse sie wie den Tod, alle die armseligen Mittelbinge von Etwas und Nichts. Meine ganze Seele sträubt sich gegen das Wesenlose.

Was mir nicht alles und ewig alles ist, ist mir nichts.

Mein Bellarmin! wo finden wir das Eine, das uns Ruhe gibt, Ruhe? Wo tönt sie uns einmal wieder, die Melodie unsers Herzens in den seligen Tagen der Kindheit?

Ach! einst sucht’ ich sie in Verbrüderung mit Menschen. Es war mir, als sollte die Armut unsers Wesens Reichtum werden, wenn nur ein paar solcher Armen ein Herz, ein unzertrennbares Leben würden, als bestände der ganze Schmerz unsers Daseins nur in der Trennung von dem, was zusammengehörte.

Mit Freud’ und Wehmut denk’ ich daran, wie mein ganzes Wesen dahin trachtete, nur dahin, ein herzlich Lächeln zu erbeuten, wie ich mich hingab für einen Schatten von Liebe, wie ich mich wegwarf. Ach! wie oft glaubt’ ich das Unnennbare zu finden, das mein, mein werden sollte, dafür, daß ich es wagte, mich selbst an das Geliebte zu verlieren! Wie oft glaubt’ ich den heiligen Tausch getroffen zu haben, und forderte nun, forderte, und da stand das arme Wesen, verlegen und betroffen, oft auch hämisch — es wollte ja nur Kurzweil, nichts so Ernstes!

Ich war ein blinder Knabe, lieber Bellarmin! Perlen wollt’ ich kaufen von Bettlern, die ärmer waren als ich, so arm, so begraben in ihr Elend, daß sie nicht wußten, wie arm sie waren, und sich recht wohl gefielen in den Lumpen, womit sie sich behangen hatten.

Aber die mannigfaltige Täuschung drückte mich unaussprechlich nieder.

Ich glaubte wirklich unterzugehen. Es ist ein Schmerz ohnegleichen, ein fortdauerndes Gefühl der Vernichtung, wenn das Dasein so ganz seine Bedeutung verloren hat. Eine unbegreifliche Mutlosigkeit drückte mich. Ich wagte das Auge nicht aufzuschlagen vor den Menschen. Ich fürchtete das Lachen eines Kindes. Dabei war ich oft sehr still und geduldig; hatte oft auch einen recht wunderbaren Aberglauben an die Heilkraft mancher Dinge. Oft konnte ich ingeheim von einem kleinen erkauften Besitztum, von einer Kahnfahrt, von einem Tale, das mir ein Berg verbarg, erwarten, was ich suchte.

Mit dem Mute schwanden auch sichtbar meine Kräfte.

Ich hatte Mühe, die Trümmer ehemals gedachter Gedanken zusammenzulesen; der rege Geist war veraltet; ich fühlte, wie sein himmlisches Licht, das mir kaum erst aufgegangen war, sich allmählich verdunkelte.

Freilich, wenn es einmal, wie mir deuchte, den letzten Rest meiner verlornen Existenz galt, wenn mein Stolz sich regte, dann war ich lauter Wirksamkeit, und die Allmacht eines Verzweifelten war in mir; oder wenn sie einen Tropfen Freuden eingesogen hatte, die welke dürftige Natur, dann drang ich mit Gewalt unter die Menschen, sprach wie ein Begeisterter, und fühlte wohl manchmal auch die Träne der Seligen im Auge; oder wenn einmal wieder ein Gedanke oder das Bild eines Helden in die Nacht meiner Seele strahlte, dann staunt' ich und freute mich, als kehrte ein Gott ein in dem verarmten Gebiete, dann war mir, als sollte sich eine Welt bilden in mir; aber je heftiger sich die schlummernden Kräfte aufgerafft hatten, desto müder sanken sie hin, und die unbefriedigte Natur kehrte zu verdoppeltem Schmerze zurück.

Wohl dem, Bellarmin! wohl dem, der sie überstanden hat, diese Feuerprobe des Herzens, der es verstehen gelernt hat, das Seufzen der Kreatur, das Gefühl des verlornen Paradieses. Je höher sich die Natur erhebt über das Tierische, desto größer die Gefahr, zu verschmachten im Lande der Vergänglichkeit!

Aber eines hab' ich dir noch mitzuteilen, brüderliches Herz!

Ich fürchtete mich noch vor gewissen Erinnerungen, als wir uns fanden über den Trümmern des alten Roms. Unser Geist gleitet so leicht aus seiner Bahn; müssen wir doch oft dem Säuseln eines Blatts entgehen, um ihn nicht zu stören in seinem stillen Geschäfte!

Jetzt kann ich wohl manchmal spielen mit den Geistern vergangner Stunden.

Mein alter Freund, der Frühling, hatte mich überrascht in meiner Finsternis. Sonst hätt' ich ihn noch von ferne gefühlt, wenn die erstarrten Zweige sich regten, und ein lindes Wehen meine Wange berührte. Sonst hätt' ich für jedes Weh Linderung von ihm gehofft. Aber das Hoffen und Ahnden war allmählich aus meiner Seele verschwunden.

Jetzt war er da, in aller Glorie der Jugend.

Mir war, als sollt' ich doch auch wieder fröhlich werden. Ich öffnete meine Fenster und kleidete mich wie zu einem Feste. Er sollte auch mich besuchen, der himmlische Fremdling.

Ich sah, wie alles hinausströmte ins Freie, aufs freundliche Meer von Smyrna und sein Gestade. Sonderbare Erwartungen regten sich in mir. Ich ging auch hinaus.

Da zeigte sich recht die Allmacht der Natur. Fast jedes Gesicht war herzlicher; überall wurde offner gescherzt, und wo man sich sonst recht feierlich begrüßt hatte, bot man sich jetzt die Hände. Alles verjüngte und begeisterte der herrliche süße Frühling.

Der Hafen wimmelte von jauchzenden Schiffen, wo Blumenkränze wehten und Chierwein blinkte, die Myrtenlauben tönten von fröhlichen Melodien, und Tanz und Spiel durchrauschte die Ulmen und Platanen.

Ach! ich suchte mehr als das. Das konnte nicht vom Tode retten. Unwillkürlich verloren in meinem Gram, kam ich in den Garten des Gorgonda Notara, meines Bekannten. —

Ein Rauschen aus einem Seitengange störte mich auf. —

Ach! mir — in diesem schmerzlichen Gefühl meiner Einsamkeit, mit diesem freudeleeren blutenden Herzen — erschien mir Sie; hold und heilig, wie eine Priesterin der Liebe stand sie da vor mir; wie aus Licht und Duft gewebt, so geistig und zart; über dem Lächeln voll Ruh' und himmlischer Güte thronte mit eines Gottes Majestät ihr großes begeistertes Auge, und wie Wölkchen ums Morgenlicht wallten im Frühlingswinde die goldnen Locken um ihre Stirne.

Mein Bellarmin! könnt' ich dir's mitteilen, ganz und lebendig, das Unaussprechliche, das damals vorging in mir! — Wo waren nun die Leiden meines Lebens, seine Nacht und Armut? Die ganze dürftige Sterblichkeit!

Gewiß, er ist das Höchste und Seligste, was die unerschöpfliche Natur in sich faßt, ein solcher Augenblick der Befreiung! Er wiegt Äonen unsers Pflanzenlebens auf! Tot war mein irdisches Leben, die Zeit war nicht mehr, und entfesselt und auferstanden fühlte mein Geist seine Verwandtschaft und seinen Ursprung.

Jahre sind vorüber; Frühlinge kamen und gingen; manch herrlich Bild der Natur, manche Reliquie deines Italiens, aus himmlischer Phantasie hervorgegangen, erfreute mein Auge; aber das meiste verwischte die Zeit: nur ihr Bild ist mir geblieben, mit allem, was mit ihm verwandt ist. Noch steht sie da vor mir, wie in dem heiligen trunknen Momente, da ich sie fand; ich preß' es an mein glühendes Herz, das süße Phantom; ich höre ihre Stimme, das Lispeln ihrer Harfe; wie ein friedlich Arkadien, wo Blüte und Saat in ewig stiller Luft sich wiegt, wo ohne des Mittags Schwüle die Ernte reift und die süße Traube gedeiht, wo keine Furcht das sichere Land umzäunt, wo man von nichts weiß, als von dem ewigen Frühling der Erde und dem wolkenlosen Himmel und seiner Sonne und seinen freundlichen Gestirnen, so stehet es offen da vor mir, das Heiligtum ihres Herzens und Geistes.

Melite! o Melite! himmlisches Wesen!

Ich möchte wohl wissen, ob sie meiner noch zuweilen gedächte.

Sie bedauert mich vielleicht. Ich werde sie wiederfinden, in irgendeiner Periode des ewigen Daseins. Gewiß! was sich verwandt ist,
kann sich nicht ewig fliehen.

Ach! der Gott in uns ist immer einsam und arm. Wo findet
er alle seine Verwandten? Die einst da waren, und da sein werden?
Wann kömmt das große Wiedersehen der Geister? Denn einmal
waren wir doch, wie ich glaube, alle beisammen.

Gute Nacht, Bellarmin, gute Nacht!

Morgen werd' ich ruhiger erzählen.

Zante.

Der Abend jenes Tages meiner Tage ist mir mit allem, was
ich noch gewahr ward in meiner Trunkenheit, unvergeßlich. Mir
war er das Schönste, was der Frühling der Erde geben kann, und
der Himmel und sein Licht. Wie eine Glorie der Heiligen umfloß
sie das Abendrot, und die zarten goldnen Wölkchen im Äther lächelten
herunter wie himmlische Genien, die sich freuten über ihre Schwester
auf Erden, wie sie unter uns einherging in aller Herrlichkeit der
Geister, und doch so gut und freundlich war gegen alles, was um
sie war.

Alles drängte sich an sie. Allen schien sich ein Teil ihres Wesens
mitzuteilen. Ein neuer zarter Sinn, eine süße Traulichkeit war unter
alle gekommen, und sie wußten nicht, wie ihnen geschah.

Ohne zu fragen, erfuhr ich, sie komme von den Ufern des Pactols, aus einem einsamen Tale des Tmolus, wohin ihr Vater, ein
sonderbarer Mann, aus Verdruß über die jetzige Lage der Griechen
sich schon gar lange von Smyrna wegbegeben hatte, um dort seines
finstern Grams zu pflegen, und ihre Mutter, ehemals die Krone von
Jonien, sei eine Verwandte des Gorgonda Notara.

Notara bat uns, den Abend mit ihm unter seinen Bäumen zu-
zubringen, und so, wie wir jetzt gestimmt waren, dachte keines gerne
an ein Auseinandergehen.

Allmählich kam immer mehr Leben und Geist unter uns. Wir
sprachen viel von den herrlichen Kindern des alten Joniens, von
Sappho und Alcäus, und Anakreon, sonderlich von Homer, seinem
Grabe zu Nio, von einer nahen Felsengrotte am Ufer des Meles, wo
der Herrliche manche Stunde der Begeisterung gefeiert haben soll,
und manchem andern; wie neben uns die freundlichen Bäume des
Gartens, wo vom Hauche des Frühlings gelöst, die Blüten auf die
Erde regneten, so teilten unsre Gemüter sich mit; jedes nach seiner
Art, und auch die Ärmsten gaben etwas. Melite sprach manch himm-
lisches Wort, kunstlos, ohne alle Absicht, in lauter heiliger Einfalt.
Oft, wenn ich sie sprechen hörte, fielen mir die Bilder des Dädalus

ein, von denen Pausanias sagt: ihr Anblick habe bei all ihrer Einfach=
heit etwas Göttliches gehabt.

Lange saß ich stumm und verschlang die himmlische Schönheit,
die, wie Strahlen des Morgenlichts, in mein Inneres drang und die
erstorbenen Keime meines Wesens ins Leben rief.

Man sprach endlich auch von so manchen Wundern griechischer
Freundschaft, von den Dioskuren, von Achill und Patroklus, von der
Phalanx der Sparter, von all den Liebenden und Geliebten, die auf=
und untergingen über der Welt, unzertrennlich, wie die ewigen Lichter
des Himmels.

Da wacht' ich auf. „Wir sollten davon nicht sprechen", rief ich.

„Solche Herrlichkeit zernichtet uns Arme. Freilich waren es
goldne Tage, wo man die Waffen tauschte und sich liebte bis zum
Tode, wo man unsterbliche Kinder zeugte in der Begeisterung der
Liebe und Schönheit, Taten fürs Vaterland, und himmlische Ge=
sänge, und ewige Worte der Weisheit, ach! wo der ägyptische Priester
dem Solon noch vorwarf: ‚Ihr Griechen seid allezeit Jünglinge!‘
Wir sind nun Greise geworden, klüger als alle die Herrlichen, die
dahin sind; nur schade, daß so manche Kraft verschmachtet in diesem
fremden Elemente!"

„Vergiß das zum wenigsten für heute, Hyperion!" rief Notara;
und ich gab ihm recht.

Melites Auge ruhte so ernst und groß auf mir. Wer hätte nicht
alles vergessen?

Auf dem Wege nach der Stadt kam ich an ihre Seite. Ich drückte
die Arme mit Macht gegen mein schauderndes Herz. Ich zwang den
verwirrenden Tumult in mir, daß ich sprechen konnte.

O mein Bellarmin! Wie ich sie verstand, und wie sie das freute!
Wie ein zufällig Wörtchen von ihr eine Welt von Gedanken in mir
hervorrief! Sie war ein wahrer Triumph der Geister über alles Kleine
und Schwache, diese stille Vereinigung unsers Denkens und Dichtens.

An Notaras Hause schieden wir. Ich taumelte fort in rasender
Freude, schalt und lachte über den Kleinmut meines Herzens in den
vergangenen Tagen, und sah mit namenlosem Stolze auf meine alten
Leiden zurück.

Wie ich aber nun nach Hause kam, und vor die offnen Fenster
trat und meine verwilderten und halb verdorrten Blumen und hin=
aufsah zu der verfallnen Burg von Smyrna, die vor mir lag im
dämmernden Lichte, wie sonderbar überfiel mich das alles!

Ach! da war ich ehemals so oft gestanden um Mitternacht, wenn
ich den Schlaf nicht finden konnte auf meinem einsamen Lager, und
hatte den Trümmern aus beßrer Zeit und ihren Geistern meinen
Jammer geklagt!

Jetzt war er wiedergekehrt, der Frühling meines Herzens. Jetzt
hatt' ich, was ich suchte. Ich hatt' es wiedergefunden in der himmlischen Grazie Melites. Es tagte wieder in mir. Das hohe Wesen
hatte meinen Geist aus seinem Grabe gerufen.

Aber was ich war, war ich durch sie. Die Gute freute sich über
dem Lichte, das in mir leuchtete, und dachte nicht, daß es nur der
Widerschein des ihrigen war. Ich fühlte nur zu bald, daß ich ärmer
wurde als ein Schatten, wenn sie nicht in mir und um mich und für
mich lebte, wenn sie nicht mein ward; daß ich zu nichts ward, wenn
sie sich mir entzog. Es konnte nicht anders kommen, ich mußte mit
dieser Todesangst jede Miene und jeden Laut von ihr befragen, ihrem
Auge folgen, als wollte mir mein Leben entfliehen, es mochte gen
Himmel sich wenden oder zur Erde; o Gott! es mußte ja ein Todes-
bote für mich sein, jedes Lächeln ihres heiligen Friedens, jedes ihrer
Himmelsworte, das mir sagte, wie ihr an ihrem, ihrem Herzen genüge: Sie mußte ja über mich kommen, diese Verzweiflung, daß das
Herrliche, was ich liebte, so herrlich war, daß es mein nicht bedurfte.
Verzeih' es mir die Heilige! oft flucht' ich der Stunde, wo ich sie fand,
und raste im Geiste gegen das himmlische Geschöpf, daß es mich nur
darum ins Leben geweckt hätte, um mich wieder niederzudrücken mit
seiner Hoheit. Kann so viel Unmenschliches in eines Menschen Seele
kommen?

Pyrgo in Morea.

Schlummer und Unruhe und manche andre seltsame Erscheinung,
die halb sich bildete in mir und verschwand, ließen indes nichts, was
ich dir mitteilen wollte, zur Sprache kommen. Oft hab' ich schöne
Tage. Dann laß ich mein Innres walten, wie es will, träumen und
sinnen, lebe meist unter freiem Himmel, und die heiligen Höhn und
Tale von Morea stimmen oft recht freundlich in die reineren Töne
meiner Seele.

Alles muß kommen, wie es kömmt. Alles ist gut. Ich sollte das
Vergangne schlummern lassen. Wir sind nicht fürs Einzelne, Be-
schränkte geschaffen. Nicht wahr, mein Bellarmin Mir wuchs ja
nur darum kein Arkadien auf, daß das Dürftige, das in mir denkt und
lebt, sich ausbreiten sollte, und das Unendliche umfassen. —

Das möcht' ich auch, o das möcht' ich! Zernichten möcht' ich die
Vergänglichkeit, die über uns lastet, und unsrer heiligen Liebe spottet,
und wie ein Lebendigbegrabener sträubt sich mein Geist gegen die
Finsternis, worin er gefesselt ist.

Ich wollte erzählen. Ich will es tun. Von außen stört mich
nichts in meinen Erinnerungen. Meer und Erde schläft in der Schwüle

11*

des Mittags, und selbst die Quelle, die sonst hier unter mir rieselte, ist vertrocknet. Kein Lüftchen säuselt durch die Zweige. Ein leises Ächzen der Erde, wenn der brennende Strahl den Boden spaltet, hör' ich zuweilen. Aber das stört wohl nicht. Auch gibt die Zypresse, die über mir trauert, Schatten genug.

Der Abend, da ich von ihr ging, hatte mit der Nacht gewechselt, und die Nacht mit dem Tage; aber für mich nicht. In meinem Leben war kein Schlaf und kein Erwachen mehr. Es war nur ein Traum von ihr, ein seliger schmerzlicher Traum; ein Ringen zwischen Angst und Hoffnung. Endlich ging ich hin zu ihr.

Ich erschrak, wie sie nun vor mir stand, so ganz anders, als in mir es aussah, so ruhig und selig, in der Allgenügsamkeit einer Himmlischen. Ich war verwirrt und sprachlos. Mein Geist war mir entflohen.

Ich glaube nicht, daß sie es ganz bemerkte, wie sie überhaupt bei all ihrer himmlischen Güte nicht sehr genau darauf zu achten schien, was um sie vorging.

Sie hatte Mühe, mich dahin zurückzubringen, wo wir den Abend zuvor geendet hatten. Endlich regte sich doch hie und da ein Gedanke in mir, und schloß sich fröhlich an die ihrigen an.

Sie wußte nicht, wie unendlich viel sie sagte, und wie ihr Bild zum Überschwenglichen sich verherrlichte, wenn das Hohe ihrer Gedanken an ihrer Stirne sich offenbarte, und der königliche Geist sich vereinigte mit der Huld des arglosen alliebenden Herzens. Es war, als träte die Sonne hervor im freundlichen Äther, oder als stiege ein Gott hernieder zu einem unschuldigen Volke, wenn das Selbständige, das Heilige neben ihrer Grazie sichtbar ward.

Solang ich bei ihr war, und ihr begeisterndes Wesen mich emporhub über alle Armut der Menschen, vergaß ich oft auch die Sorgen und Wünsche meines dürftigen Herzens. Aber wenn ich weg war, dann verbarg ich's mir umsonst, dann klagt' es laut auf in mir, sie liebt dich nicht! Ich zürnte und kämpfte. Aber mein Gram ließ nicht ab von mir. Meine Unruhe stieg von Tag zu Tage. Je höher und mächtiger ihr Wesen über mir leuchtete, desto düstrer und verwilderter ward meine Seele.

Sie schien mir endlich auszuweichen. Auch ich beschloß, sie nimmer zu sehen, und hatt' es auch wirklich unter namenloser Peinigung meinem Herzen abgetrotzt, daß ich einige Tage wegblieb.

Um diese Zeit begegnete mir, da ich eben von der Einöde des Korax zurückkehrte, wohin ich vor Tagesanbruch hinausgegangen war, Notara mit seinem Weibe. Er sagte mir, daß sie zu einem benachbarten Verwandten geladen wären, und auf den Abend wieder da zu sein gedenken. Melite, setzte er hinzu, sei zu Hause geblieben;

die fromme Tochter müsse Briefe schreiben an Vater und Mutter.

Alle meine niedergedrückten Wünsche erwachten wieder. Einen Augenblick darauf ermannt' ich mich zwar und sagte dem Sturm in mir, daß ich heute gerade sie schlechterdings nicht sehen wolle, ging aber doch an ihrem Hause vorüber, gedankenlos und zitternd, als hätt' ich einen Mord im Sinne. Darauf zwang ich mich nach Hause, schloß die Türe ab, warf die Kleider von mir, schlug mir, nachdem meine Wahl ziemlich lange gezögert hatte, den Ajax Mastigophorus auf und sah hinein. Aber nicht eine Silbe nahm mein Geist in sich auf. Wo ich hinsah, war ihr Bild. Jeder Fußtritt störte mich auf. Unwillkürlich, ohne Sinn sagt' ich abgerissene Reden vor mich hin, die ich aus ihrem Munde gehört hatte. Oft streckt' ich die Arme nach ihr aus, oft floh ich, wenn sie mir erschien.

Endlich ergrimmt' ich über meinen Wahnsinn, und sann mit Ernst darauf, es von Grund aus zu vertilgen, dieses tötende Sehnen. Aber mein Geist versagte mir den Dienst. Dafür schien es, als drängen sich falsche Dämonen mir auf, und böten mir Zaubertränke dar, mich vollends zu verderben mit ihren höllischen Arzneien.

Ermattet von dem wütenden Kampfe sank ich endlich nieder. Mein Auge schloß sich, meine Brust schlug sanfter, und, wie der Bogen des Friedens nach dem Sturme, ging ihr ganzes himmlisches Wesen wieder auf in mir.

Der heilige Frieden ihres Herzens, den sie mir oft auf Augen= blicke mitgeteilt hatte durch Red' und Miene, daß mir's ward, als wandelte ich wieder im verlassenen Paradiese der Kindheit, ihre fromme Scheue, nichts zu entweihen durch übermütigen Scherz oder Ernst, wenn es nur ferne verwandt war mit Schönem und Gutem, ihre anspruchslose Gefälligkeit, ihr Geist mit seinen königlichen Idealen, woran ihre stille Liebe so einzig hing, daß sie nichts suchte und nichts fürchtete in der Welt — alle die lieben, seelenvollen Abende, die ich zugebracht hatte mit ihr, ihre Stimme und ihr Saitenspiel, jeder Reiz ihrer Bewegung, die, wo sie stand und ging, nur sie — ihre Güte und ihre Größe bezeichnete; ach! das alles und mehr ward so lebendig in mir.

Und diesem himmlischen Geschöpfe zürnt' ich? Und warum zürnt' ich ihr? Weil sie nicht verarmt war, wie ich, weil sie den Himmel noch im Herzen trug, und nicht sich selbst verloren hatte, wie ich, nicht eines andern Wesens, nicht fremden Reichtums bedurfte, um die ver= ödete Stelle auszufüllen, weil sie nicht unterzugehen fürchten konnte, wie ich, und sich mit dieser Todesangst an ein anderes zu hängen, wie ich; ach! gerade, was das Göttlichste an ihr war, diese Ruhe, diese himmlische Genügsamkeit hatt' ich gelästert mit meinem Unmut, mit uneblem Groll sie um ihr Paradies beneidet. Durfte sie sich befassen mit solch einem zerrütteten Geschöpfe? Mußte sie mich nicht fliehen? Gewiß! ihr Genius hatte sie gewarnt vor mir.

Das alles ging mir wie ein Schwert durch die Seele.

Ich wollte anders werden. O! ich wollte werden wie sie. Ich hörte schon aus ihrem Munde das Himmelswort der Vergebung, und fühlte mit tausend Wonnen, wie es mich umschuf.

So eilt' ich zu ihr. Aber mit jedem Schritte ward ich unruhiger. Melite erblaßte, wie ich hereintrat. Dies brachte mich vollends aus der Fassung. Doch war mir das gänzliche Verstummen von beiden Seiten, so kurz es dauerte, zu schmerzhaft, als daß ich es nicht mit aller Macht zu brechen versucht hätte.

„Ich mußte kommen," sagt' ich. „Ich war es dir schuldig, Melite!" Das Gemäßigte meines Tons schien sie zu beruhigen, doch fragte sie etwas verwundert, warum ich dann kommen müßte?"

„Ich habe so viel dir abzubitten, Melite," rief ich.

„Du hast mich ja nicht beleidigt."

„O Melite! wie straft mich diese himmlische Güte! Mein Unmut ist dir sicher aufgefallen." —

„Aber beleidigt hat er mich nicht, du wolltest ja das nicht, Hyperion! Warum sollt' ich's dir nicht sagen? Getrauert hab' ich über dich. Ich hätte dir so gerne Frieden gegönnt. Ich wollte dich oft auch bitten, ruhiger zu sein. Du bist so ganz ein andrer in deinen guten Stunden. Ich gestehe dir, ich fürchte für dich, wenn ich dich so düster und heftig sehe. Nicht wahr, guter Hyperion! du legst das ab?"

Ich konnte kein Wort vorbringen. Du fühlst es wohl auch, Bruder meiner Seele! wie mir sein mußte. Ach! so himmlisch der Zauber war, womit sie dies sprach, so unaussprechlich war mein Schmerz.

„Ich habe manchmal gedacht," fuhr sie fort, „woher es wohl kommen möchte, daß du so sonderbar bist. Es ist so ein schmerzlich Rätsel, daß ein Geist, wie der deinige, von solchen Leiden gedrückt werden soll. Es war gewiß eine Zeit, wo er frei war von dieser Unruhe. Ist sie dir nicht mehr gegenwärtig? Könnt' ich sie dir zurückbringen, diese stille Feier, diese heilige Ruhe im Innern, wo auch der leiseste Laut vernehmbar ist, der aus der Tiefe des Geistes kömmt, und die leiseste Berührung von außen, vom Himmel her, und aus den Zweigen und Blumen — ich kann es nicht aussprechen, wie mir oft ward, wenn ich so dastand vor der göttlichen Natur und alles Irdische in mir verstummte — da ist er uns so nahe, der Unsichtbare!"

Sie schwieg, und schien betroffen, als hätte sie Geheimnisse verraten.

„Hyperion!" begann sie wieder, „du hast Gewalt über dich; ich weiß es. Sage deinem Herzen, daß man vergebens den Frieden außer sich suche, wenn man ihn nicht sich selbst gibt. Ich habe diese Worte immer so hoch geachtet. Es sind Worte meines Vaters, eine Frucht seiner Leiden, wie er sagt. Gib ihn dir, diesen Frieden, und sei fröhlich! Du wirst es tun. Es ist meine erste Bitte. Du wirst sie mir nicht versagen."

„Was du willst, wie du willst, Engel des Himmels!" rief ich, indem ich, ohne zu wissen, wie mir geschah, ihre Hand ergriff, und sie mit Macht gegen mein jammerndes Herz hinzog.

Sie war wie aus einem Traume geschreckt, und wand sich los mit möglichster Schonung, aber die Majestät in ihrem Auge drückte mich zu Boden.

„Du mußt anders werden," rief sie etwas heftiger, als gewöhnlich. Ich war in Verzweiflung. Ich fühlte, wie klein ich war, und rang vergebens empor. Ach! daß es dahin kommen konnte mit mir! Wie die gemeinen Seelen, sucht' ich darin Trost für mein Nichts, daß ich das Große verkleinerte, daß ich das Himmlische — Bellarmin! es ist ein Schmerz ohnegleichen, so einen schändlichen Fleck an sich zu zeigen. Sie will deiner los sein, dacht' ich, das ist's all! — „Nun ja, ich will anders werden!" Das stieß ich Elender unter erzwungenem Lächeln heraus, und eilte, um fortzukommen.

Wie von bösen Geistern getrieben, lief ich hinaus in den Wald und irrte herum, bis ich hinsank ins dürre Gras.

Wie eine lange entsetzliche Wüste lag die Vergangenheit da vor mir, und mit höllischem Grimme vertilgt' ich jeden Rest von dem, was einst mein Herz gelabt hatte und erhoben.

Dann fuhr ich wieder auf mit wütendem Hohngelächter über mich und alles, lauschte mit Lust dem gräßlichen Widerhall, und das Geheul der Schakale, das durch die Nacht her von allen Seiten gegen mich drang, tat meiner zerrütteten Seele wirklich wohl.

Eine dumpfe, fürchterliche Stille folgte diesen zernichtenden Stunden, eine eigentliche Totenstille! Ich suchte nun keine Rettung mehr. Ich achtete nichts. Ich war wie ein Tier unter der Hand des Schlächters.

„Auch sie! auch sie!" Das war der erste Laut, der nach langer Zeit mir über die Lippen kam, und Tränen traten mir ins Auge.

„Sie kann ja nicht anders; sie kann sich ja nicht geben, was sie nicht haben kann, deine Armut und deine Liebe!" Das sagt' ich mir endlich auch. Ich ward nach und nach ruhig und fromm wie ein Kind. Ich wollte nun gewiß nichts mehr suchen, wollte mir forthelfen von einem Tage zum andern, so gut ich konnte, ich war mir selbst nichts mehr, forderte auch nicht, daß ich andern etwas sein sollte, und es gab Augenblicke, wo es mir möglich schien, die Einzige zu sehn und nichts zu wünschen.

So hatt' ich einige Zeit gelebt, als eines Tages Notara zu mir
kam mit einem jungen Tinioten, sich über meine sonderbare Eingezogenheit beschwerte, und mich bat, mich den andern Tag abends bei
Homers Grotte einzufinden, er habe etwas eignes vor, dem Tinioten
zulieb, der so recht mit ganzer Seele am alten Griechenlande hänge, 5
und jetzt auf dem Wege sei, die äolische Küste und das alte Troas zu
besuchen; es wäre mir heilsam, setzte er hinzu, wenn ich seinen Freund
dahin geleitete, er erinnere sich ohnedies, daß ich einmal den Wunsch
geäußert hätte, diesen Teil von Kleinasien zu sehn. Der Tiniote bat
auch, und ich nahm es an, so wie ich alles angenommen hätte, beinahe 10
mit willenloser Lenksamkeit.

Der andre Tag verging unter Anstalten zur Abreise, und abends
holte Adamas, so hieß der Tiniote, mich ab, zur Grotte hinaus.

„Es ist kein Wunder" (begann ich, um andern Erscheinungen in
mir nicht Raum zu geben, nachdem wir eine Weile am Meles auf 15
und nieder unter den Myrten und Platanen gegangen waren), „daß
die Städte sich zankten um die Abkunft Homers. Der Gedanke ist so
erheiternd, daß der holde Knabe da im Sande gespielt habe, und die
ersten Eindrücke empfangen, aus denen so ein schöner gewaltiger
Geist sich allmählich entwickelte." 20

„Du hast recht," erwiderte er, „und ihr Smyrner müßt euch
den erfreulichen Glauben nicht nehmen lassen. Mir ist es heilig, dieses
Wasser und dies Gestade! Wer weiß, wie viel das Land hier, nebst
Meer und Himmel, teil hat an der Unsterblichkeit des Mäoniden!
Das unbefangene Auge des Kindes sammelt sich Ahndungen und 25
Regungen aus der Beschauung der Welt, die manches beschämen,
was später unser Geist auf mühsamem Wege erringt."

In diesem Tone fuhr er fort, bis Notara mit Melite und einigen
andern herankam.

Ich war gefaßt. Ich konnte mich ihr nähern, ohne merkliche 30
Änderung im Innern. Es war gut, daß ich unmittelbar zuvor nicht
mir selbst überlassen war.

Sie litt auch. Man sah es. Aber o Gott! wie unendlich größer!

In den Regionen des Guten und Wahren hatte sich ihr Herz
geflüchtet. Ein stiller Schmerz, wie ich ihn nie bemerkt hatte an ihr, 35
hielt die frohen Bewegungen ihres Angesichts gefangen; aber ihren
Geist nicht. In unwandelbarer Ruhe leuchtete dieser aus dem himmlischen Auge, und ihre Wehmut schloß sich an ihn, wie an einen göttlichen Tröster.

Adamas fuhr fort, wo er unterbrochen worden war; Melite 40
nahm teil; ich sprach auch zuweilen ein Wörtchen.

So kamen wir an die Grotte Homers.

Stille traurende Akkorde empfingen uns vom Felsen herab,

unter den wir traten; die Saitenspiele ergossen sich über mein Innres, wie über die tote Erde ein warmer Regen im Frühlinge. Innen, im magischen Dämmerlichte der Grotte, das durch die verschiedenen Öffnungen des Felsens, durch Blätter und Zweige hereinbricht, stand eine Marmorbüste des göttlichen Sängers, und lächelte gegen die frommen Enkel.

Wir saßen um sie herum, wie die Unmündigen um ihren Vater, und lasen uns einzelne Rhapsodien der Ilias, wie sie jedes nach seinem Sinne sich auswählte; denn alle waren wir vertraut mit ihr.

Eine Nänie, die mein Innerstes erschütterte, sangen wir drauf dem Schatten des lieben blinden Mannes und seinen Zeiten. Alle waren tiefbewegt. Melite sah fast unverwandt auf seinen Marmor, und ihr Auge glänzte von Tränen der Wehmut und der Begeisterung.

Alles war nun stille. Wir sprachen kein Wort, wir berührten uns nicht, wir sahen uns nicht an, so gewiß von ihrem Einklang schienen alle Gemüter in diesem Augenblicke, so über Sprache und Äußerung schien das zu gehen, was jetzt in ihnen lebte.

Es war Gefühl der Vergangenheit, die Totenfeier von allem, was einst da war.

Errötend beugte sich endlich Melite gegen Notara hin und flüsterte ihm etwas zu.

Notara lächelte, voll Freude über das süße Geschöpf, nahm die Schere, die sie ihm bot, und schnitt sich eine Locke ab.

Ich verstand, was das sollte, und tat stillschweigend dasselbe. „Wem sonst als dir", rief der Tiniote, indem er seine Locke gegen den Marmor hielt.

Auch die andern gaben, ergriffen von unserm Ernste, ihr Totenopfer.

Melite sammelte das andre zu dem ihrigen, band es zusammen und legte es an der Büste nieder, indes wir andern wieder die Nänie sangen.

Das alles diente nur, um mein Wesen aus der Ruhe zu locken, in die es gesunken war. Mein Auge verweilte wieder auf ihr, und meine Liebe und mein Schmerz ergriffen mich gewaltiger als je.

Ich strengte mich umsonst an, auszuhalten. Ich mußte weggehn. Meine Trauer war wirklich grenzenlos. Ich ging hinab an den Meles, warf mich nieder aufs Gestade und weinte laut. Oft sprach ich mir leise ihren Namen vor, und mein Schmerz schien davon besänftigt zu werden. Aber er war es nur, um desto unaufhaltsamer zurückzukehren. Ach! für mich war keine Ruhe zu finden, auf keiner Stelle der Welt! Ihr nahe zu sein, und ferne von ihr, die ich so namenlos liebte, und so namenlos, so unaussprechlich schändlich gequält hatte, das war gleich! Beides war Hölle für mich geworden! ich konnte nicht lassen von ihr und konnte nicht um sie bleiben!

Mitten in diesem Tumulte hört' ich etwas durch die Myrten rauschen. Ich raffte mich auf — und o Himmel! es war Melite!

Sie mußte wohl erschrecken, so ein zerstörtes Geschöpf vor sich zu sehen. Ich stürzte hin zu ihr in meiner Verzweiflung und rang die Hände und flehte nur um ein, ein Wort ihrer Güte. Sie erblaßte und konnte kaum sprechen. Mit himmlischen Tränen bat sie mich endlich, den edlern, stärkern Teil meines Wesens kennen zu lernen, wie sie ihn kenne, auf das Selbständige, Unbezwingliche, Göttliche, das wie in allen, auch in mir sei, mein Auge zu richten — was nicht aus dieser Quelle entspringe, führe zum Tode — was von ihr komme und in sie zurückgehe, sei ewig — was Mangel und Not vereinige, höre auf, eines zu sein, sowie die Not aufhöre; was sich vereinige in dem und für das, was allein groß, allein heilig, allein unerschütterlich sei, dessen Vereinigung müsse ewig bestehen, wie das Ewige, wodurch und wofür sie bestehe und so — Hier mußte sie enden. Die andern kamen ihr nach. Ich hätte in diesem Augenblicke tausend Leben daran gewagt, sie auszuhören! Ich habe sie nie ausgehört. Über den Sternen hör' ich vielleicht das übrige.

Nahe bei der Grotte, zu der wir wieder zurückkehrten, fing sie noch von meiner Reise an, und bat mich, die Ufer des Skamanders, und den Ida und das ganze alte Trojerland von ihr zu grüßen. Ich beschwur sie, kein Wort mehr zu sprechen von dieser verhaßten Reise und wollte geradezu den Adamas bitten, mich loszusprechen von meinem gegebenen Worte. Aber mit all ihrer Grazie flehte Melite, das nicht zu tun; sie sei so gewiß, nichts sei vermögend, Frieden und Freude zwischen ihr und mir zu stiften, wie diese Reise, ihr wäre, als hänge Leben und Tod daran, daß wir uns auf eine kleine Weile trennten, sie gestände mir, es sei ihr selbst nicht so deutlich, warum sie mich so sehr bitten müßte, aber sie müßte, und wenn es ihr das Leben kostete, sie müßte.

Ich sah sie staunend an und schwieg. Mir war, als hätt' ich die Priesterin zu Dodona gehört. Ich war entschlossen zu gehn, und wenn es mir das Leben kostete. Es war schon dunkel geworden, und die Sterne gingen herauf am Himmel.

Die Grotte war erleuchtet. Wolken von Weihrauch stiegen aus dem Innern des Felsen, und mit majestätischem Jubel brach die Musik nach kurzen Dissonanzen hervor.

Wir sangen heilige Gesänge von dem, was besteht, was fortlebt unter tausend veränderten Gestalten, was war und ist und sein wird, von der Unzertrennlichkeit der Geister, und wie sie eines seien von Anbeginn und immerdar, so sehr auch Nacht und Wolke sie scheide,

und aller Augen gingen über vom Gefühle dieser Verwandtschaft
und Unsterblichkeit.

Ich war ganz ein andrer geworden. „Laßt vergehen, was ver=
geht,“ rief ich unter die Begeisterten, „es vergeht, um wiederzu=
kehren, es altert, um sich zu verjüngen, es trennt sich, um sich inniger
zu vereinigen, es stirbt, um lebendiger zu leben.“

„So müssen“, fuhr nach einer kleinen Weile der Tiniote fort,
„die Ahndungen der Kindheit dahin, um als Wahrheit wieder auf=
zustehen im Geiste des Mannes. So verblühen die schönen jugend=
lichen Myrten der Vorwelt, die Dichtungen Homers und seiner Zeiten,
die Prophezeiungen und Offenbarungen, aber der Keim, der in
ihnen lag, gehet als reife Frucht hervor im Herbste. Die Einfalt und
Unschuld der ersten Zeit erstirbt, daß sie wiederkehre in der vollen=
deten Bildung, und der heilige Friede des Paradieses gehet unter,
daß, was nur Gabe der Natur war, wiederaufblühe als errungenes
Eigentum der Menschheit.“

„Herrlich! herrlich!“ rief Notara.

„Doch wird das Vollkommene erst im fernen Lande kommen,“
sagte Melite, „im Lande des Wiedersehens und der ewigen Jugend.
Hier bleibt es doch nur Dämmerung. Aber anderswo wird er gewiß
uns aufgehen, der heilige Morgen; ich denke mit Lust daran; da
werden auch wir uns alle wiederfinden, bei der großen Vereinigung
alles Getrennten.“

Melite war ungewöhnlich bewegt. Wir sprachen sehr wenig
auf unserem Rückwege. An Notaras Hause bot sie mir noch die Hand;
„lebe wohl, guter Hyperion!“ das waren ihre letzten Worte, und so
entschwand sie.

Lebe wohl, Melite, lebe wohl! Ich darf deiner nicht oft gedenken.
Ich muß mich hüten vor den Schmerzen und Freuden der Erinnerung.
Ich bin, wie eine kranke Pflanze, die die Sonne nicht ertragen kann.
Leb' auch du wohl, mein Bellarmin! Bist du indes dem Heiligtum
der Wahrheit näher gekommen? Könnt' ich ruhig suchen, wie du! —

Ach! bin ich nur dort einmal angekommen, dann soll es anders
werden mit mir. Tief unter uns rauscht dann der Strom der Ver=
gänglichkeit mit den Trümmern, die er wälzt, und wir seufzen nicht
mehr, als wenn das Jammern derer, die er hinunterschlingt, in die
stillen Höhen des Wahren und Ewigen heraufdringt.

Kastri am Parnaß.

Vom Gegenwärtigen ein andermal! Auch von meiner Reise
mit Adamas vielleicht ein andermal! Unvergeßlich ist mir besonders
die Nacht vor unserem Abschiede, wo wir an den Ufern des alten Ilion
unter Grabhügeln, die vielleicht dem Achill und Patroklus, und

Antilochus, und Ajax Telamon errichtet wurden, vom vergangenen
und künftigen Griechenlande sprachen, und manchem andern, das
aus den Tiefen und in die Tiefen unsers Wesens kam und ging.

Der herzliche Abschied Melites, Adamas' Geist, die heroischen
Phantasien und Gedanken, die, wie Sterne aus der Nacht, uns auf=
gingen aus den Gräbern und Trümmern der alten Welt, die ge=
heime Kraft der Natur, die überall sich an uns äußert, wo das Licht
und die Erde, und der Himmel und das Meer uns umgibt, all das
hatte mich gestärkt, daß jetzt etwas mehr sich in mir regte, als nur
mein dürftiges Herz; Melite wird sich freuen über dich! sagt' ich mir
oft ingeheim mit inniger Lust, und tausend güldne Hoffnungen
schlossen sich an an diesen Gedanken. Dann konnte mich wieder
eine sonderbare Angst überfallen, ob ich sie wohl auch noch treffen
werde, aber ich hielt es für ein Überbleibsel meines finstern Lebens
und schlug es mir aus dem Sinne.

Ich hatte am sigäischen Vorgebirge ein Schiff getroffen, das
geradezu nach Smyrna segelte, und es war mir ganz lieb, den Rück=
weg auf dem Meere an Tenedos und Lesbos hin zu machen.

Ruhig schifften wir dem Hafen von Smyrna zu. Im süßen
Frieden der Nacht wandelten über uns die Helden des Sternen=
himmels. Kaum kräuselten sich die Meereswellen im Mondenlichte.
In meiner Seele war's nicht ganz so stille. Doch fiel ich gegen Morgen
in einen leichten Schlaf. Mich weckte das Frohlocken der Schwalben
und der erwachende Lärm im Schiffe. Mit allen seinen Hoffnungen
jauchzte mein Herz dem freundlichen Gestade meiner Heimat zu, und
dem Morgenlichte, das über dem Gipfel des dämmernden Pagus
und seiner alternden Burg, und über den Spitzen der Moscheen und
dunkeln Zypressenhaine hereinbrach, und ich lächelte treuherzig gegen
die Häuserchen am Ufer, die mit ihren glühenden Fenstern wie Zau=
berschlösser hervorleuchteten hinter den Oliven und Palmen.

Freudig säuselte mir der Inbat in den Locken. Freudig hüpften
die kleinen Wellen vor dem Schiffe voran ans Ufer.

Ich sah und fühlte das, und lächelte.

Es ist schön, daß der Knabe nichts ahndet, wenn der Tod ihm
schon ans Herz gedrungen ist.

Ich eilte vom Hafen zu Notaras Hause. Melite war fort. Sie
sei schnell abgeholt worden auf Befehl ihres Vaters, sagte mir No=
tara, wohin wisse man nicht. Ihr Vater habe die Gegend des Tmolus
verlassen, und er habe weder seinen jetzigen Aufenthalt, noch die Ur=
sache seiner Entfernung erfahren können. Melite hab' es wahrschein=
lich selbst nicht gewußt. Sie habe übrigens am Tage des Abschieds
überhaupt beinahe nicht mehr gesprochen. Sie hab' ihm aufgetragen,
mich noch zu grüßen.

Mir war, als würde mir mein Todesurteil gesprochen. Aber ich war ganz stille dazu. Ich ging nach Hause, berichtigte notwendige Kleinigkeiten, und war sonst im Äußern ganz wie die andern. Ich vermied alles, was mich an das Vergangne erinnern konnte; ich hielt
5 mich ferne von Notaras Garten und dem Ufer des Meles. Alles, was irgend mein Gemüt bewegen konnte, floh ich, und das Gleichgültige war mir noch gleichgültiger geworden. Abgezogenheit von allem Lebendigen, das war es, was ich suchte. Über den ehrwürdigen Produkten des altgriechischen Tiefsinns brütet' ich Tage
10 und Nächte. Ich flüchtete mich in ihre Abgezogenheit von allem Lebendigen. Allmählich war mir das, was man vor Augen hat, so fremde geworden, daß ich es oft beinahe mit Staunen ansah. Oft, wenn ich Menschenstimmen hörte, war mir's, als mahnten sie mich, aus einem Lande zu flüchten, worein ich nicht gehörte, und ich kam
15 mir vor wie ein Geist, der sich über die Mitternachtsstunde verweilt hat, und den Hahnenschrei hört.

Während dieser ganzen Zeit war ich nie hinausgekommen. Aber mein Herz schlug noch zu jugendlich: sie war noch nicht in mir gestorben, die Mutter alles Lebens, die unbegreifliche Liebe.
20 Ein rätselhaft Verlangen zog mich fort. Ich ging hinaus.

Es war ein stiller Herbsttag. Wunderbar erfreute mich die sanfte Luft, wie sie die welken Blätter schonte, daß sie noch eine Weile am mütterlichen Stamme blieben.

Ein Kreis von Platanen, wo man über das felsige Gestade weg
25 ins Meer hinaussah, war mir immer heilig gewesen.

Dort saß ich und ging umher.

Es war schon Abend geworden, und kein Laut regte sich ringsumher.

Da ward ich, was ich jetzt bin. Aus dem Innern des
30 Hains schien es mich zu mahnen, aus den Tiefen der Erde und des Meers mir zuzurufen, warum liebst du nicht mich?

Von nun an konnt' ich nichts mehr denken, was ich zuvor dachte, die Welt war mir heiliger geworden, aber geheimnisvoller. Neue Gedanken, die mein Innerstes erschütterten, flammten mir durch die
35 Seele. Es war mir unmöglich, sie festzuhalten, ruhig fortzusinnen.

Ich verließ mein Vaterland, um jenseits des Meeres Wahrheit zu finden.

Wie schlug mein Herz von großen jugendlichen Hoffnungen!

Ich fand nichts, als dich. Ich sage das dir, mein Bellarmin!
40 Du fandest ja auch nichts, als mich.

Wir sind nichts; was wir suchen, ist alles.

Auf dem Cithäron.

Noch ahnd' ich, ohne zu finden.

Ich frage die Sterne, und sie verstummen, ich frage den Tag und die Nacht; aber sie antworten nicht. Aus mir selbst, wenn ich mich frage, tönen mystische Sprüche, Träume ohne Deutung.

Meinem Herzen ist oft wohl in dieser Dämmerung. Ich weiß nicht, wie mir geschieht, wenn ich sie ansehe, diese unergründliche Natur; aber es sind heilige, selige Tränen, die ich weine vor der verschleierten Geliebten. Mein ganzes Wesen verstummt und lauscht, wenn der leise geheimnisvolle Hauch des Abends mich anweht. Verloren ins weite Blau, blick' ich oft hinauf an den Äther und hinein ins heilige Meer, und mir wird, als schlösse sich die Pforte des Unsichtbaren mir auf, und ich verginge mit allem, was um mich ist, bis ein Rauschen im Gesträuche mich aufweckt aus dem seligen Tode und mich wider Willen zurückruft auf die Stelle, wovon ich ausging.

Meinem Herzen ist wohl in dieser Dämmerung. Ist sie unser Element, diese Dämmerung? Warum kann ich nicht ruhen darinnen?

Da sah ich neulich einen Knaben am Wege liegen. Sorgsam hatte die Mutter, die ihn bewachte, eine Decke über ihn gebreitet, daß er sanft schlummre im Schatten und ihn die Sonne nicht blende. Aber der Knabe wollte nicht bleiben und riß die Decke weg, und ich sah, wie er's versuchte, das freundliche Licht anzusehn, und immer wieder versuchte, bis ihn das Auge schmerzte und er weinend sein Gesicht zur Erde kehrte.

Armer Knabe! dacht' ich, andern ergeht's nicht besser, und hatte mir beinahe vorgenommen, abzulassen von dieser verwegnen Neu= gier. Aber ich kann nicht! ich soll nicht!

Es muß heraus, das große Geheimnis, das mir das Leben gibt oder den Tod.

————

II.

Der Ich=Roman.

Hyperions Jugend.

Erster Teil.

Herausgegeben von

Friedrich Hölderlin.

Erstes Kapitel.

In den Jahren der Mündigkeit, wenn der Mensch vom glück=
lichen Instinkte sich losgerissen hat, und der Geist seine Herrschaft
beginnt, ist er gewöhnlich nicht sehr geneigt, den Grazien zu opfern.

Ich war ernster und freier geworden in der Schule des Schick=
5 sals und der Weisen, aber streng ohne Maß, in vollem Sinne tyran=
nisch gegen die Natur, wiewohl ohne die Schuld meiner Schule.
Der gänzliche Unglaube, womit ich alles aufnahm, ließ keine Liebe
in mir gedeihen. Der reine freie Geist, glaubt' ich, könne sich nie
mit den Sinnen und ihrer Welt versöhnen. Ich kämpfte überall
10 mit dem Vernunftlosen, mehr um mir das Gefühl der Überlegenheit
zu erbeuten, als um den regellosen Kräften, die des Menschen Brust
bewegen, die schöne Einigkeit mitzuteilen, deren sie fähig sind. Stolz
schlug ich die Hilfe aus, womit uns die Natur in jedem Geschäfte des
Bildens entgegenkömmt, die Bereitwilligkeit, womit der Stoff dem
15 Geiste sich hingibt; ich wollte zähmen und zwingen. Ich richtete mit
Argwohn und Härte mich und andre. Für die stillen Melodien des
Lebens, für das Häusliche und Kindliche hatt' ich den Sinn beinahe
ganz verloren.

Einst hatte Homer mein junges Herz so ganz gewonnen; auch
20 von ihm und seinen Göttern war ich abgefallen.

Ich reiste und wünscht' oft ewig fort zu reisen.

Da hört' ich einst von einem guten Manne, der seit kurzem ein nahes Landhaus bewohne und ohne sein Bemühn recht wunderbar sich aller Herzen bemeistert habe, der kleineren wie der größern, der meisten freilich, weil er fremd und freundlich wäre, doch wären auch einige, die seinen Geist verständen, ahndeten.

Ich ging hinaus, den Mann zu sprechen. Ich traf ihn in seinem Pappelwalde. Er saß an einer Statue, und ein lieblicher Knabe stand vor ihm. Lächelnd streichelt' er diesem die Locken aus der Stirne und schien mit Schmerz und Wohlgefallen das holde Wesen zu betrachten, das so ganz frei und traulich dem königlichen Mann ins Auge sah.

Ich stand von fern und ruhte auf meinem Stabe; doch da er sich umwandte und sich erhub und mir entgegentrat, da widerstand ich dem neuen Zauber, der mich umfing, mit Mühe, daß ich mir den Geist frei erhielt, doch stärkte mich auch wieder die Ruhe und Freundlichkeit des Mannes. — Und wie ich wohl die Menschen fände auf meinen Wandrungen, fragt' er mich nach einer Weile. „Mehr tierisch als göttlich," versetzt' ich hart und strenge, wie ich war! „O wenn sie nur erst menschlich wären", erwidert' er mit Ernst und Liebe. Ich bat ihn, sich darüber zu erklären.

„Es ist wahr," begann er nun, „das Maß ist grenzenlos, woran der Geist des Menschen die Dinge mißt, und so soll es sein! wir sollen es rein und heilig bewahren, das Ideal von allem, was erscheint, der Trieb in uns, das Ungebildete nach dem Göttlichen in uns zu bilden und die widerstrebende Natur dem Geiste, der in uns herrscht, zu unterwerfen, er soll nie auf halbem Wege sich begnügen; doch um so ermüdender ist auch der Kampf, um so mehr ist zu fürchten, daß nicht der blutige Streiter die Götterwaffen im Unmut von sich werfe, dem Schicksal sich gefangen gebe, die Vernunft verleugne und zum Tiere werde, oder auch, erbittert vom Widerstande, verheere, wo er schonen sollte, das Friedliche mit dem Feindlichen vertilge, die Natur aus roher Kampflust bekämpfe, nicht um des Friedens willen; seine Menschlichkeit verleugne, jedes schuldlose Bedürfnis zerstöre, das mit andern Geistern ihn vereinigte, ach! daß die Welt um ihn zu einer Wüste werde, und er zugrunde gehe in seiner finstern Einsamkeit."

Ich war betroffen; auch er schien bewegt.

„Wir können es nicht verleugnen," fuhr er wieder erheitert fort, „wir rechnen selbst im Kampfe mit der Natur auf ihre Willigkeit. Wie sollten wir nicht? Begegnet nicht in allem, was da ist, unserm Geiste ein freundlicher verwandter Geist? Und birgt sich nicht, indes er die Waffen gegen uns kehrt, ein guter Meister hinter dem Schilde? — Nenn ihn, wie du willst! Er ist derselbe. — Verborgnen Sinn

enthält das Schöne. Deute sein Lächeln dir! Denn so erscheint vor
uns der Geist, der unsern Geist nicht einsam läßt. Im Kleinsten
offenbart das Größte sich. Das hohe Urbild aller Einigkeit, es begegnet uns in den friedlichen Bewegungen des Herzens, es stellt
sich hier im Angesichte dieses Kindes dar. — Hörtest du nie die Melodien des Schicksals rauschen? — Seine Dissonanzen bedeuten dasselbe.

„Du denkst wohl, ich spreche jugendlich. Ich weiß, es ist Bedürfnis, was uns drängt, der ewig wechselnden Natur Verwandtschaft mit dem Unsterblichen in uns zu geben. Doch dies Bedürfnis
gibt uns auch das Recht. Es ist die Schranke der Endlichkeit, worauf
der Glaube sich gründet; deswegen ist er allgemein in allem, was
sich endlich fühlt.“ Ich sagt’ ihm, daß es mir sonderbar ginge mit
dem, was er gesagt; es sei so fremdartig mit meiner bisherigen Denkart, und doch scheine mir es so natürlich, als wär’ es bis jetzt mein
einziger Gedanke gewesen. „So kann ich ja wohl noch mehr wagen,“
rief er traut und heiter, „doch erinnre mich zu rechter Zeit! — Als
unser Geist“, fuhr er lächelnd fort, „sich aus dem freien Fluge der
Himmlischen verlor und sich erdwärts neigte vom Äther, als der
Überfluß mit der Armut sich gattete, da ward die Liebe. Das geschah
am Tage, da Aphrodite geboren ward. Am Tage, da die schöne
Welt für uns begann, begann für uns die Dürftigkeit des Lebens.
Wären wir einst mangellos und frei von aller Schranke gewesen,
umsonst hätten wir doch nicht die Allgenügsamkeit verloren, das Vorrecht reiner Geister. Wir tauschten das Gefühl des Lebens, das
liebste Bewußtsein für die leidensfreie Ruhe der Götter ein. Denke,
wenn es möglich ist, den reinen Geist! Er befaßt sich mit dem Stoffe
nicht; darum lebt auch keine Welt für ihn; für ihn geht keine Sonne
auf und unter; er ist alles, und darum ist er nichts für sich. Er ent-
behrt nicht, weil er nicht wünschen kann; er leidet nicht, denn er lebt
nicht. — Verzeih’ mir den Gedanken! er ist auch nur Gedanke und
nichts mehr. — Nun fühlen wir die Schranken unsers Wesens, und
die gehemmte Kraft sträubt sich ungeduldig gegen die Fesseln und
der Geist sehnt sich zum ungetrübten Äther zurück. Doch ist in uns
auch wieder etwas, das die Fesseln gerne trägt; denn würde der
Geist von keinem Widerstande beschränkt, wir fühlten uns und andre
nicht. Sich aber nicht zu fühlen, ist der Tod. Die Armut der Endlichkeit ist unzertrennlich in uns vereiniget mit dem Überflusse der Göttlichkeit. Wir können den Trieb uns auszubreiten, zu befreien, nie
verleugnen; das wäre tierisch. Doch können wir auch des Triebs
beschränkt zu werden, zu empfangen, nicht stolz uns überheben. Denn
es wäre nicht menschlich, und wir töteten uns selbst. Den Widerstreit
der Triebe, deren keiner entbehrlich ist, vereiniget die Liebe, die
Tochter des Überflusses und der Armut. Dem Höchsten und Besten

ringt unendlich die Liebe nach, ihr Blick geht aufwärts und das Vollendete ist ihr Ziel, denn ihr Vater, der Überfluß, ist göttlichen Geschlechts. Doch pflückt sie auch die Beere von den Dornen und sammelt
Ähren auf dem Stoppelfelde des Lebens, und wenn ihr ein freundlich Wesen einen Trank am schwülen Tage reicht, verschmähet sie
nicht den irdenen Krug, denn ihre Mutter ist die Dürftigkeit. —
Groß und rein und unbezwinglich sei der Geist des Menschen in
seinen Forderungen, er beuge nie sich der Naturgewalt! Doch acht'
er auch der Hilfe, wenn sie schon vom Sinnenlande kömmt, verkenne
nie, was edel ist im sterblichen Gewande, stimmt hie und da nach
ihrer eignen Weise die Natur in seine Töne, so schäm' er sich nicht
der freundlichen Gespielin! Wenn deine Pflicht ein feurig Herz begleitet, verschmähe den rüstigen Gefährten nicht! Wenn dem Geistigen
in dir die Phantasie ein Zeichen erschafft und goldne Wolken den
Äther des Gedankenreichs umziehn, bestürme nicht die freudigen
Gestalten! Wenn dir als Schönheit entgegenkömmt, was du als
Wahrheit in dir trägst, so nehm' es dankbar auf, denn du bedarfst der
Hilfe der Natur.

„Doch erhalte den Geist dir frei! Verliere nie dich selbst! Für
diesen Verlust entschädigt kein Himmel dich! Vergiß dich nicht im
Gefühle der Dürftigkeit! Die Liebe, die den Adel ihres Vaters verleugnet und immer außer sich ist, wie mannigfaltig irrt sie nicht, und
doch wie leicht!

„Wie kann sie den Reichtum, den sie tief im Innersten bewahrt,
in sich erkennen? So reich sie ist, so dürftig dünkt sie sich. Sie trägt
der Armut schmerzliches Gefühl und füllt den Himmel mit ihrem
Überfluß an. Mit ihrer eignen Herrlichkeit veredelt sie die Vergangenheit; wie ein Gestirn durchwandelt sie die Nacht der Zukunft mit ihren
Strahlen und ahndet nicht, daß nur von ihr die heilige Dämmerung
ausgeht, die ihr entgegenkömmt. In ihr ist nichts und außer ihr ist
alles. Ihre Männlichkeit ist hin. Sie hofft und glaubt nur; und trauert
nur, daß sie noch da ist, um ihr Nichts zu fühlen, und möchte lieber
in das Heilige verwandelt sein, das ihr vorschwebt. Aber sie fühlt
sich so ferne von ihm; die Fülle des Göttlichen ist zu grenzenlos, um
von ihrer Dürftigkeit umfaßt zu werden. Wunderbar! vor ihrer
eignen Herrlichkeit erschrickt sie. Laß ihr das Unsichtbare sichtbar
werden! es erschein' ihr im Gewande des Frühlings! es lächl' ihr
vom Menschenangesichte zu! Wie ist sie nun so selig! Was so fern
ihr war, ist nahe nun und ihresgleichen, und die Vollendung, die sie
an der Zeiten Ende nur dunkel ahndete, ist da. Ihr ganzes Wesen
trachtet das Göttliche, das ihr so nah ist, sich nun recht innig zu vergegenwärtigen und seiner, als ihres Eigentums, bewußt zu werden.
Sie ahndet nicht, daß es verschwinden wird im Augenblicke, da sie

es umfaßt, daß der unendliche Reichtum zu nichts wird, sowie sie
ihn sich zu eigen machen will. In ihrem Schmerze verläßt sie das
Geliebte, hängt sich dann oft ohne Wahl an dies und das im Leben,
immer hoffend und immer getäuscht; oft kehrt sie auch in ihre Ideenwelt zurück; mit bittrer Reue nimmt sie oft den Reichtum zurück,
womit sie sonst die Welt verherrlichte, wird stolz, haßt und verachtet
nun; oft tötet sie der Schmerz der ersten Täuschung ganz, dann irrt
der Mensch ohne Heimat umher, müd' und hoffnungslos, und scheint
ruhig, denn er lebt nicht mehr. Sie sind unendlich, die Verirrungen
der Liebe. Doch überall möcht' ich ihr sagen; verstehe das Gefühl der
Dürftigkeit und denke, daß der Adel deines Wesens im Schmerze nur
sich offenbaren kann! Kein Handeln, kein Gedanke reicht soweit
du willst. Das ist die Herrlichkeit des Menschen, daß ihm ewig nichts
genügt. In deiner Unmacht tut sie dir sich kund. Denke dieser Herrlichkeit! Denn wer nur seiner Unmacht denkt, muß immer mit Angst
nach fremder Stütze sich umsehn, und wer sich beredet, er habe nichts
zu geben, will immer nur aus fremder Hand empfangen und wird
nie genug haben. Denn würd' ihm auch alles gegeben, es müßte
doch mangelhaft vor ihm erscheinen. Auf dem schmalen Wege des
Empfangens wird auch der Reichtum für uns zur Dürftigkeit. Wer
umspannt den Olymp mit seinen Armen? Wer faßt den Ozean in
eine Schale? Und welchem Auge stellte sich ein Gott in unverhüllter
Glorie dar? Es ist so unmöglich für uns, das Mangellose ins Bewußtsein aufzunehmen, als es unmöglich ist, daß wir es hervorbringen.
Was blieb uns auch zum Tagewerk noch übrig, wenn die Natur sich
überwunden gäbe, und der Geist den letzten Sieg feierte?

„Doch soll es werden, das Vollkommene! Es soll! So kündet
die geheime Kraft in dir sich an, woraus, vom heißen Strahle genährt, dein ewig Wachstum sich entwickelt. Laß deine Blüte fallen,
wenn sie fällt, und deine Zweige dürre werden! Du trägst den Keim
zur Unendlichkeit in dir! Erhalt' ihn in der Dürftigkeit des Lebens!
Dein freier Geist verübe sein Recht unüberwindlich am Widerstande
der Natur! Wenn sie uns zum Kampfe fordert, will sie nicht, daß
wir um Gnade rufen, sie schützt die Feigen nicht, sie straft den Schmeichler, wenn er im Hochgefühle seines Adels und seiner Macht der alten
Kämpferin begegnen sollte, und wimmernd zu ihr spricht: Du meinst
es gut, meine Freundin! Ich gebe mich und meine Waffen dir. Den
stößt des Schicksals eherner Wagen um, der seinen Rossen nicht mit
Mut in die Zügel fällt. — Auch will die Natur nicht, daß man vor
ihren Stürmen sich ins Gedankenreich flüchte, zufrieden, daß man
der Wirklichkeit vergessen könne im stillen Reiche des Möglichen.
Ergründe sie die Tiefen deines Wesens, doch nur, um unüberwind-
licher aus ihnen in den Kampf hervorzutreten, wie Achill, da er im

Styx sich gebadet. Vollbringe, was du denkst! — Wenn aber die
Natur dir freundlich entgegenkömmt im Gewande des Friedens und
lächelnd dir zu deinem Tagewerke die Hände reicht, wenn, freudig
überrascht, im Sinnenlande dein Geist, wie in einem Spiegel, sein
Ebenbild beschaut, die Formen der Natur zu einsamen Gedanken
sich schwesterlich gesellen, so freue dich und liebe, doch vergiß dich nie!
Verlaß dein Steuer nicht, wenn eine fröhliche Luft in deine Segel
weht! Entehre nicht des Schicksals fromme Göttin! du machst sie
zur Sirene, wenn sie dich mit ihren Melodien in den Schlummer
wiegt.

„Es ist das beste, frei und froh zu sein; doch ist es auch das
schwerste, lieber Fremdling! — In seinen Höhn den Geist emporzuhalten, im stillen Reiche der Unvergänglichkeit, und heiter doch
hinab ins wechselnde Leben der Menschen, auch ins eigne Herz zu
blicken und liebend aufzunehmen, was von ferne dem reinen Geiste
gleicht, und menschlich auch dem Kleinsten die fröhliche Verwandtschaft mit dem, was göttlich ist, zu gönnen! Gewaffnet zu stehn vor
den feindlichen Bewegungen der Natur, daß ihre Pfeile stumpf vom
unverwundbaren Geschmeide fallen, doch ihre friedlichen Erscheinungen mit friedlichem Gemüte zu empfangen, den düstern Helm vor
ihnen abzunehmen, wie Hektor, als er sein Knäblein herzte! Des
Lebens Nächte mit dem Rosenlichte der Hoffnung und des Glaubens
zu beleuchten, doch die Hände nicht müßig fromm zu falten, was
wahr und edel ist, aus fesselfreier Seele den Dürftigen mitzuteilen,
doch nie der eignen Dürftigkeit vergessen, dankbar aufzunehmen,
was ein reines Wesen gibt und der brüderlichen Gabe sich zu freuen!
Dies ist das beste! So lehrte mich — ich ehre sie — die Schule
meines Lebens.“

Der seltne Mann erschien vor meinem Innern so sanft und groß.
Froh bot ich ihm die Hand und dankte und sagt’ ihm meinen Irrtum.
„Nur zu lange“, rief er, „irrt’ auch ich, und die Geschichte meiner
Jugend ist ein Wechsel widerstrebender Extreme; ich kenne das, wo
wir trauernd und verarmt des hohen Eigentums nicht gedenken und
alles ferne wähnen, was wir doch in uns finden sollten, und das Verlorne in der Zukunft suchen und in der Gegenwart, im ganzen
Labyrinthe der Welt, in allen Zeiten und ihrem Ende; ich kenn’ auch
das, wo das feindliche verhärtete Gemüt jede Hilfe verschmäht,
jedes Glaubens lacht in seiner Bitterkeit, auch die Empfänglichkeit
für unsre Wünsche der guten Natur mißgönnt und lieber seine Kraft
an ihrem Widerstande mißt. Doch auch diesen Verirrungen gönn’
ich jetzt oft einen freundlichen Blick, wenn sie mir erscheinen. Wie
sollt’ ich sie noch mit Strenge bekämpfen? Sie schlummern friedlich
in ihrem Grabe Wie sollt’ ich sie aus meinem Sinne bannen? Sie

sind doch alle Kinder der Natur, und wenn sie oft der Mutter Art
verleugnen, so ist es, weil ihr Vater, der Geist, vom Geschlecht der
Götter ist. Genügsam hält sich ewig in ihrer sichern Grenze die Natur;
die Pflanze bleibt der Mutter Erde treu, der Vogel baut im dunkeln
Strauche sein Haus und nimmt die Beere, die er gibt; genügsam ist
die Natur, und ihres Lebens Einfalt verliert sich nie, denn sie erhebt
sich nie in ihren Forderungen über ihre Armut. Genügsam ist der
mangellose Geist, in seiner ewigen Fülle, und in dem Vollkommenen
ist kein Wechsel. Der Mensch ist nie genügsam. Denn er begehrt den
Reichtum einer Gottheit, und seine Kost ist die Armut der Natur. —
Verdamme nicht, wenn in dem Sinnenlande das unbefriedigte Ge=
müt von einem zum andern eilt, es hofft Unendliches zu finden:
durch die Dornen irrt der Bach; er sucht den Vater Ozean. Wenn
sein vergessen, des Menschen Geist über seine Grenze sich verliert,
ins Labyrinth des Unerkennbaren, und vermessen seiner Endlichkeit
sich überhebt, verdamme nicht! Er dürstet nach Vollendung. Es
rollten nicht über ihr Gestade die regellosen Ströme, würden sie
nicht von den Fluten des Himmels geschwellt."

Der schöne Knabe, der indes im Garten sich beschäftigt hatte,
kam und bracht' uns Blumen, erzählt' uns auch manches, und wies
uns das goldne Feuer über den Gebirgen. Es war schon Abend ge=
worden. Ich nahm die freundliche Herberge mit Dank an. Das
Leben ist nicht so reich, daß wir ein reines Wesen, wie der Mann war,
den ich gefunden hatte, so schnell verlassen könnten.

———

Zweites Kapitel.

Noch denk' ich gerne des Morgens, der uns jetzt umfing und wie
sein Zauber uns verjüngte. Doch fand ich nie ein treues Bild für
meine goldnen Stunden, um andern zu verkünden, was ich genoß.
Die Natur gab ihren Mutterpfennigen ein ungangbares Gepräge,
damit wir sie nicht, wie Scheidemünze, verschleudern sollten. Auch
mir war sie lange fremd gewesen, diese Ruhe und Regsamkeit, wo
alle Kräfte ineinander spielen, wie die stillen Farben am Bogen des
Friedens.

Es war ein heiterer blauer Apriltag. Wir setzten uns in den
Sonnenschein, auf den Balkon; es säuselten um uns die Zweige, und
durch die sonntägliche Stille tönte ferner Türme Geläut und gegen=
über das Spiel der Orgel vom Hügel der Kapelle.

„Du machtest mich begierig", fing ich endlich an, „auf die Ge=
schichte deines jugendlichen Lebens." — „Ich bin auch jetzt gerade

gestimmt," unterbrach er mich freundlich, „die wunderbaren un=
schuldigen Gestalten erscheinen zu lassen, auch die wildern. Du bleibst
so lange bei mir, bis ich zu Ende bin. Ich gestehe dir, ich mußte mich
lange von ihnen fernehalten um beswillen, was ich verlor, ich mußte
mich hüten vor den Freuden und Schmerzen der Erinnerung, ich
war wie eine kranke Pflanze, die Sonne nicht ertragen kann."

„tum der Heroen, unter den Augen der Miltiade und Aristide, beim
Wettgesange der edeln Dichter und im Kampfspiel, wo der Lorbeer
winkte! und deine Gespielen — du hättest sie gewiß recht lieb ge=
wonnen, die starken bildsamen Jünglinge! ihr hättet euch in eures
Herzens Fröhlichkeit eure Geheimnisse vertraut, wie es euch schmerze,
noch nichts getan zu haben, wie ihr oft in der Stille über euch trauertet
vor dem Bilde eines Helden, wie ihr nicht lassen könntet von der
Liebe zum Lorbeer, und euch oft berauschtet im Gedanken der Un=
sterblichkeit, ihr hättet euch gefreut, daß es einem ergehe wie dem
andern und kühn geschworen, des Herzens Triebe Genüge zu tun. —
Nun ist es freilich anders, gutes Herz! du siehest vor dir, wie es ist.
Aber laß dich das nicht irren! — Siehe das Licht des Himmels an!
Bedarf es fremden Feuers, um zu leuchten und zu wärmen? Bedarf
es eines Dankes, um wohlzutun? und wenn sich die Erde mit
Dünsten umwölkt und seine reinen Strahlen nicht aufnimmt in ihr
Inneres, leuchtet es minder, wie sonst? So sei auch du! Denk' und
tue, wie du sollst, und siehe nicht um dich! und wenn der kleinen
Menschen kleiner Tadel in deinem sichern Gange dir nachtönt, so
denke dir recht lebendig, wie der arme Perser den ungehorsamen
Ozean peitschte! — Es ist dein liebster Gedanke zu werden, wie die
Herrlichen, die einst waren. Erhalt' ihn! werde nicht mutlos!

„Gib dich nie auf halbem Wege zufrieden! Verweile nicht an
Armseligkeiten! Sei still und harre, bis deine Zeit kömmt! Lebe
in Gemeinschaft mit deinen Heroen! Du findest ihresgleichen schwer=
lich sobald unter den Lebendigen. Bewahre dich, junge Seele! Du
gehörst einer andern Welt. Befasse dich nicht zuviel mit dieser, bis
deine Zeit kommt und du unter ihr wirkst. Nähre dein Herz mit der
Geschichte besserer Tage, suche nichts unter den jetzigen! das erwäge,
was sie dir geben, ist, wenigstens jetzt, nicht für dich. — Denke meiner
Worte, Lieber! wenn ich ferne bin. Ich muß dich bald verlassen.
Wer weiß? es könnten die letzten Worte sein, die ich dir sagte! Wenn
ich sterbe, so sterb' ich mit der Hoffnung, daß mein bestes Leben fort=

daure in dir und denen, die du einst bildest. Daß sie wieder in anderen
pflanzen, was in ihnen reifte durch dich. Und was sprech' ich von
mir? Stehet ihr wieder auf im Geiste meines Lieblings, ihr Herrlichen, die ihr schlaft unter den Trümmern des gefallenen Griechenlands! verjüngt euch wieder in ihm, ihr alten Tugenden, vor Athen
und Sparta! o kehret wieder, goldne Tage, Tage der Wahrheit und
der Schönheit, kehret wieder in ihm!" — Er sah, daß ich zu tief erschüttert war, um noch zu hören, auch ihm mochte zuviel sich auf-
drängen, um es der jungen Seele deutlicher mitzuteilen. Er umschlang mich schweigend, innigst bewegt, ich barg in seinen Armen
meine Seufzer und meine heftigen Tränen. Wir fuhren zurück nach
Tina, und wie ich ihn des andern Tags besuchen wollte, war er fort.

Viertes Kapitel.

Ich trauerte lang um meinen Freund. Im Innersten betrübt,
dacht' ich oft, wenn ich an seinem Hause vorüberging, wie er vormals
dagestanden wäre am Fenster und mir entgegengewinkt hätte, wenn
ich die Straße heraufgekommen wäre, und wenn die Türe offen stand,
sah ich wehmütig hinein in den dunkeln Vorsaal und hörte seine
Stimme wieder, wie er mir die Treppe herunter nachrief: „Schlaf'
wohl, lieber Junge!" Wenn das Volk versammelt war und von ungefähr die Farbe seines Mantels mir erschien, erschrak ich, als wär'
er da, und wenn ich einen Schiffer hörte, wie er von seiner Fahrt
sprach und von fremden Menschen, die er gesehn, glaubt' ich immer,
es müßt' ihm auch der Herrliche, den ich liebte, bekannt sein; oft wenn
ich draußen herumging, weilte mein Blick am Horizont: dort wär' er
wohl hinausgefahren, dacht' ich, und meine Tränen rannen ins Meer.
Der kleinste Laut, den ich von ihm im Herzen bewahrte, war mir
heilig, wie der letzte Wille eines Verstorbenen. Ich folgte ihm fast
zu treu. Ich verschloß mich so sehr ich nur konnte vor den Menschen.
Neben den Geistern des Altertums fand nur er in meiner Seele Platz.
Mein Herz gehörte denen, die ferne waren. Wo ich ging und stand,
geleiteten mich die ehrwürdigen Gestalten. Wie Flammen verloren
sich in meinem Sinn die Taten aller Zeiten, die ich kannte, ineinander. Nur ein großer Sieg waren für mich die hundertfältigen
Siege der Olympiaden. Was durch Jahrhunderte getrennt war,
versammelte sich vor meinem jugendlichen Geiste. Ich vergaß mich
so ganz über all der Größe, die mich umgab.

So war ich allmählich herangewachsen. Ich fing jetzt an, mich
über mich selbst zu befragen. Ich kehrt' jetzt oft von den Halbgöttern,

benen mein Herz gehörte, auf mich zurück, ich maß und erſchrak über
mein Nichts. Mein ganzes Weſen raffte ſich auf, dem töblichen
Schmerze zu entgehen, der im Gefühle meines Mangels lag. Ich
wollt' im härteſten Kampfe mir einen Wert erringen. Aber wo ſollt'
ich? — Ach! ich hätte gerne eine Stunde aus eines großen Mannes
Leben mit Blut erkauft. Traurend ſah ich jetzt oft in meinen Plut=
arch, und bittre Tränen rannen mir aufs Blatt. Oft wenn über mir
die Geſtirne aufgingen, nannt' ich ihre Namen, die Namen der
Heroen, die einſt auf Erden lebten — erbarmt euch meiner, ihr Gött=
lichen, rief ich, laßt mich vergeſſen, was ihr wart, oder tötet mich mit
eurer Herrlichkeit, ihr ſeligen Jünglinge! — Ich ſuchte endlich Troſt
unter den Menſchen. Was ich mir ſelbſt nicht geben konnte, dacht'
ich unter andern zu finden. Man hatte mir ſchon oft geſagt, es würde
mir gut ſein, wenn ich nicht ſo ſehr einſam lebte. Man würde ſo
leicht exzentriſch in ſeinen Meinungen bei gänzlicher Zurückgezogen=
heit. In der Geſellſchaft lerne man die Fülle des Guten friedlich
unter ſich teilen, man lerne, aus ſich nicht alles zu machen, aus andern
auch nicht, und ſich zu begnügen mit dem, was jedem beſchieden ſei,
man lerne Geduld, und das wäre Gewinns genug. Aber ich war
damals ſo gar nicht geſtimmt, etwas Verſtändiges der Art auf mich
wirken zu laſſen. Ich trat mit ganz andrem Sinn unter die Menſchen.

Es iſt ſonderbar, wie ein jugendlich Gemüt oft in die Kinder=
ſpiele des Lebens ſoviel Gehalt legt. Es war mir unbegreiflich, wie
die Menſchen ſo befriedigt zurückkommen könnten von ihren kleinen
Feſten, wenn nicht ſeltne Dinge dabei zu finden wären. Wenn ich
mir dächte, daß ich dort wohl auch ſo fröhlich werden könnte, wie ſie,
wie unendlich viel mußt' ich erwarten!

Auch verſprach mir jedes ehrliche Geſicht ſoviel. Ich habe
manchen vergöttert, im erſten Augenblicke, der ſich recht ſehr begnügte
mit ſeiner Menſchlichkeit. Mit Bedauern denk' ich daran, wie ich jetzt
oft mit all meiner Liebe trachtete, ein herzlich Lächeln zu erbeuten,
wie ich oft in einem Worte meine ganze Seele gab, und einen witzigen
Spruch dafür zurückbekam, wie bei einem andern ein wenig Gut=
mütigkeit mich ſo innig freute, und wie ich mich verſtanden glaubte
von ihm, bis auch er mitteilte, was ihm am Herzen lag, und ich dann
Dinge hörte, woran ich ſo gar keinen Wert finden konnte, wie ich da=
ſtand und huldigte vor prächtigen Sentenzen — ach! wie ich oft
glaubte, das Unnennbare zu finden, das mein werden ſollte, dafür,
daß ich mich ſelbſt an das Geliebte verlor! — Das arme Weſen dachte,
zwei Menſchen könnten ſich alles ſein; dacht' oft wirklich, den heiligen
Tauſch getroffen zu haben, wo einer des andern Gott ſein ſollte und
machte nun freilich Forderungen, worüber der andre ſich wunderte.
Er wollte ja nur Kurzweil, nichts ſo Ernſtes!

Einem jungen Manne, Gorgonda Notara nannt' er sich, war
ich immer gut geblieben. Ich hatte so oft umsonst gehofft, ein Wesen
zu finden, wo ich sagen könnte, nun bin ich zufrieden auf ewig! hatte
so oft mit Schmerzen mich losgerissen, wo mein Herz so schnell und
innig sich angehängt hatte, ich hatte mich durch Dornen gewunden,
und sie hatten mit jedem Schritte mich festgehalten, um mich ihren
Stachel fühlen zu lassen, ich hatte so oft mich hingedrängt, wo es
besser gewesen wäre, auszuweichen, ich war nun froh, doch etwas an
ihm zu haben, und wenn ich mich entfernen wollte in meiner Un=
genügsamkeit, zog er mich immer wieder an sich. Er war etwas viel=
seitig, und das kam mir zustatten, gab mir freilich auch oft ein Miß=
trauen gegen ihn. Er wußte jedem Dinge einen Wert zu geben; er
war äußerst duldsam gegen mich, das tat mir wohl, aber er war es
auch gegen andre, die meine Gegenteile waren, und das war mir
unbegreiflich. Er bestritt mich oft gerade in meinen liebsten Über=
zeugungen, aber mit Freundlichkeit und Bedacht; — ich verglich uns,
wenn wir so zusammen stritten, oft mit den jungen Lämmern, die sich
einander scherzend an die Stirn stießen, als wollten sie sich so das
Gefühl ihres Daseins in sich wecken — und, wie es schien, mehr um
das Gespräch zu beleben, mehr zum Versuche, was wohl aus dem
Für und Wider sich ergeben möchte, als in strengem Ernste, und
indessen er wider mich sprach, schien er doch auch seine Freude zu
haben an dem sonderbaren Geschöpfe, das so ungelenksam und un=
ersättlich wäre in seinen Forderungen, und doch so leicht und oft
gerade dem Kleinsten sich hingäbe; ich hätte in meinem Leben noch
keinen Menschen gesehen, meinte er, ich wandelte von jeher unter
Geistererscheinungen, und es wäre nur schade, daß diese verschwän=
den, sobald ich näher käme, aber man müsse ihm doch gut sein, dem
wunderlichen Phantasten! —

Einst saßen wir mit andern zusammen; es war ein alter Be=
kannter von einer Fahrt zurückgekommen, und wir feierten das fröh=
liche Wiedersehen. Alle waren inniger wie sonst; ich glühte und sprach
ungewöhnlich viel. Ich fühlte wirklich zum erstenmal die Freude
jugendlicher Verbrüderung ganz. „O, man lebt doch nicht umsonst,
ihr Lieben!" rief ich in meines Herzens Trunkenheit und streckte die
Hand aus über dem Tische, und jeder bot die seinige dar. „Öffne
geschwinde die Fenster", rief ich einem, der gegen mir über saß, nach
einer Weile zu. „Was hast du, Hyperion?" fragt' ein andrer. „Dort
gehn die Dioskuren am Meer herauf", rief ich freudig. Zufällig sah
ich einen Augenblick darauf in den Spiegel und glaubte drin ein
zweideutig Lächeln an Notara zu bemerken. Betroffen blickt' ich um
mich, und es war mir, als fänden sich auch auf andern Gesichtern
solche Spuren. Das war mir ein Dolch ins Herz! Ich glaubte mein

Innerstes verunehrt, meine beste Freude verlacht, von meinem letzten
Freunde mein Herz verspottet. Ich sprang auf und eilte fort. Alle
die traurigen Täuschungen, die ich von jeher erfahren, jede Miene,
jeder Laut, der mein Herz zurückgestoßen hatte, seit ich unter die
Menschen gekommen war mit meinen Hoffnungen, jeder unfreund=
liche Scherz, womit man sich an meinen kleinen Unaufmerksamkeiten
gerächt, jede Mißdeutung, womit man meine unbefangenen innigen
Äußerungen lächerlich gemacht, jede Falschheit, womit man, wie mir
jetzt schien, meine Liebe und meinen Glauben nachgeäfft hatte, alles,
was ich längst verziehen hatte und vergessen, gesellte sich nun zu den
unverhofften Entdeckungen, die ich eben gemacht, — ich dachte mir
einen um den andern aus dem Zirkel, den ich verlassen hatte, wie er
mir wohl seine bitteren Bemerkungen nachschicken werde; der rauhe
Seemann stand lebendig vor mir mit seinem Ärger; und gegenüber
Notara mit seinen hämischen Entschuldigungen. Jetzt kam ich an
dem Hause vorüber, wo der edle Fremdling gewohnt hatte. Du
hattest recht, guter Mann! dacht' ich, o du hattest recht! Ich sollte
mich nicht zuviel befassen mit dieser Welt, sagtest du. Ach! daß ich
dir nicht folgte, mein Schutzgeist! Nun bist du gerächt.

Man belächelt oft den Menschen und findet es ungereimt, wenn
oft von einer kleinen Wunde sein Innerstes erkrankt und nur sehr
schwer genest. Man würde besser tun, wenn man teilnehmend das
Übel zu ergründen suchte. Man würde dann finden, daß auch dem
schwächsten Kinde der Sieg sehr leicht wird, wenn ihm insgeheim ein
Stärkerer vorarbeitete, und unsre stärksten Feinde sind wir selbst.

Das arme Wesen wollte sich nun zurückflüchten in sich selbst und
hatte doch längst sein Selbst verloren. Ich hatte mich gewöhnt, Ruh'
und Freude aus fremder Hand zu erwarten und war nun dürftiger
geworden als zuvor. Ich war wie ein Bettler, den der Reiche von
seiner Türe stieß, und der nun heimkehrt in seine Hütte, sich da zu
trösten, und nun um so bitterer sein Elend fühlt zwischen den ärm=
lichen Wänden. Je mehr ich über mir brütete in meiner Einsamkeit,
um so öder ward es in mir. Es ist wirklich ein Schmerz ohnegleichen,
ein fortdauerndes Gefühl der Zernichtung, wenn das Dasein so ganz
seine Bedeutung verloren hat. Eine unbeschreibliche Mutlosigkeit
drückte mich. Ich wagt' oft das Auge nicht aufzuschlagen vor den
Menschen. Ich hatte Stunden, wo ich das Lachen eines Kindes fürch=
tete. Dabei war ich sehr still und geduldig; hatt' oft einen wunder=
baren Aberglauben an die Heilkraft mancher Dinge; oft konnt' ich
insgeheim von einem kleinen, erkauften Besitztum, von einer Kahn=
fahrt, von einem Tale, das mir ein Berg verbarg, Trost erwarten.
Mit dem Mute schwanden auch sichtbar meine Kräfte. Ich glaubte
wirklich unterzugehn!

Ich hatte Mühe, die Trümmer ehemals gedachter Gedanken zusammenzulesen, der rege Geist war entschlummert; ich fühlte, wie
sein himmlisch Licht, das mir kaum erst aufgegangen war, sich allmählich verdunkelte. — Freilich, wenn es einmal, wie mir deuchte,
den letzten Rest meiner verlornen Existenz galt, wenn mein Stolz
sich regte, dann war ich lauter Wirksamkeit und die Allmacht eines
Verzweifelten war in mir, oder wenn sie von einem Tropfen der
Freude getränkt war, die welke, dürftige Natur, dann drang ich mit
Gewalt unter die Menschen, sprach wie ein Begeisterter und fühlte
wohl manchmal auch die Träne der Seligen im Auge, oder wenn einmal wieder ein Gedanke oder das Bild eines Helden in die Nacht
meiner Seele strahlte, dann staunt' ich und freute mich, als kehrte
ein Gott ein in dem verarmten Gebiete, dann war mir, als sollte sich
eine Welt bilden in mir; aber je heftiger die schlummernden Kräfte
sich aufgerafft hatten, um so müder sanken sie hin; versuche nur nichts
mehr, sagt' ich mir dann, es ist doch aus mit dir!

Wohl dem, der das Gefühl seines Mangels versteht! wer in ihm
den Beruf zu unendlichem Fortschritt erkennt, zu unsterblicher Wirksamkeit, wer im Schmerze der Erniedrigung den kleinen Trost verachten kann, unter den Kleinen groß zu sein, ohne an sich zu verzweifeln und den Glauben an die Götterkraft des Geistes aufzugeben,
wer sie überstanden hat, diese Feuerprobe des Herzens, wenn es überall eine Leere findet, und das wenige, was es geben kann, verschmäht
fühlt! — Wohl manches jugendliche Gemüt trauert, wie ich einst
trauerte, im Gefühle menschlicher Armut, und je trefflicher die Natur, desto größer die Gefahr, daß es verschmachte im Lande der Dürftigkeit. Mir ist er heilig, dieser Schmerz, so wahr mich's freuet, wenn
mir ein freundlich Auge begegnet! Aber sagen möcht' ich der Seele,
die mir ihn klagte, daß sie nur darum ihr Paradies verloren hätte,
damit sie ein Paradies erschaffe, doch werde dies mit nichten am
siebenten Tage vollendet sein, denn der Ruhetag der Geister würd'
ihr Tod sein, sagen würd' ich ihr, daß sie, um ihres Adels willen, nicht
einzig fremder Hilfe vertrauen soll, die treuste Pflege müsse den zugrunde richten, der müßig von ihr allein sein Heil erwarte, in brüderlichem Zusammenwirken bestehe das Beste, doch sei es auch herrlich,
allein zu stehn und sich hindurchzuarbeiten durch die Nacht, wenn
es an Kampfgenossen gebreche.

Mich hatte nun der Frühling überrascht in meiner Finsternis.
Ich hatt' ihn wohl zuweilen von ferne gefühlt, wenn die toten
Zweige sich regten und ein lindes Wehen meine Wange berührte.
Das junge Grün hatte mich oft wunderbar belebt auf Augenblicke,
und manchmal, wann das freundliche Morgenlicht mich weckte, hatte
die Ahnung, daß es wohl noch besser werden könnte, mein hilflos

Herz erfreut. Aber das war vorüber gegangen, wie Schatten einer Geliebten.

Ich hatte mich häuslicher Geschäfte wegen einige Wochen in einem andern Teile der Insel aufgehalten und kehrte nun zurück nach San Nicolo.

Er war jetzt da in meinen Hainen, der holde Frühling, in aller Fülle der Jugend.

Mir war, als sollt' ich doch auch wieder fröhlich werden. Ich öffnete meine Fenster und kleidete mich wie zu einem Feste. Auch für mich sollt' er wiederkehren, der himmlische Fremdling? Was hofft denn der Arme? möchten die Toten auferstehen? dacht ich bei mir selbst. Aber mein Herz ließ sich nicht abweisen. Es ging mir wie den Kindern, die so gerne Zutrauen fassen zu einem heiter farbigen Kleide. Mit jedem Blicke wuchs in mir der Glaube an bessere Tage vor dem fröhlichen Bilde der Natur.

Ich sah, wie alles hinausströmte aufs freundliche Meer von Tina und sein Gestade. Ich ging auch hinaus. Alles verjüngte und begeisterte der süße zauberische Frühling. Fast jedes Gesicht war herzlicher, lebendiger. Überall wurde gutmütiger gescherzt, und die sonst mit fremdem Gruße vorübergegangen waren, boten sich jetzt die Hände.

Das fröhliche Volk bestieg die Boote, steuerte hinaus ins Meer und jauchzte von ferne der holden Insel zu, kehrte dann zurück in die Platanenwälder, zu seinen zephirlichen Tänzen, lagerte sich unter Zelten zum lieblichen Mahle, und pries und freute sich hoch, daß keine sich verirrt hätten in den Labyrinthen des Ronnecatanzes.

Aber mein Herz suchte mehr als das. Das konnte nicht vom Tode retten.

Ich ging fort und streifte herum auf einsamen Hügeln, sah oft hinunter nach der fröhlichen Welt und dachte, warum ich denn darben müßte, wo alles so selig wäre. Doch wollt' ich keinem seine Freude mißgönnen, und hoffte, auch meiner warte vielleicht noch eine gute Stunde. So kehrt' ich zurück.

An Notaras Hause, wo ich vorüberkam, saß seine Mutter, deren Liebling ich war, und um sie ein Zirkel edler Mädchen, die Seide spannen und kindliche Liedchen sangen. „Da kömmt der Menschen=feind!" rief die Mutter mir zu. Ich trat näher, und dankt' ihr für den freundlichen Gruß. „Du bist gestraft, daß du so lange weg=bliebst," fuhr sie lächelnd fort, „etwas Lieberes hat indes in meinem Hause Platz genommen. Man kann dich nun entbehren, du Stolzer!" Ich sah mich um. Da stand sie vor mir, die Herrliche, wie eine Prie=sterin der Liebe, heilig und hold! — ach! über dem Lächeln voll Ruh' und himmlischer Duldsamkeit thronte mit eines Gottes Majestät ihr

großes begeistertes Auge, und wie Wölkchen ums Morgenlicht wallt'
im Frühlingswinde der dunkle Schleier um ihre Stirne.

Ich kann es nicht anders nennen, es war Gefühl der Vollendung,
was sie mir gab in diesem Augenblicke; war doch die Nacht und Armut
meines Lebens, die ganze dürftige Sterblichkeit mit allem, was sie
gibt und nimmt, so dahin, als wäre sie nie gewesen! Oft trauert' ich,
daß wir nur dann erst wissen von diesen Momenten der Befreiung,
wann sie vorüber sind. Sie wägen Aonen unsers Pflanzenlebens
auf, sprach ich oft bei mir selbst, wenn ich ihr Andenken feierte, diese
namenlosen Begeisterungen, wo das irdische Leben tot und die Zeit
nicht mehr ist, und der entfesselte Geist zum Gotte wird.

Jahre gingen vorüber, Meere trennten mich von ihr, tausendfältig verwandelte sich vor mir die Gestalt der Welt, aber ihr Bild
verließ mich nie. Oft wenn ich am heißen Mittag, ermattet von
meinen Wanderungen, unter fremdem Himmel ruhte, erschien sie
mir, wie in dem trunknen Momente, da ich sie fand, ich preßt' es an
mein glühendes Herz, das süße Pantom, ich hörte ihre Stimme, das
Lispeln ihrer Harfe; wie ein friedlich Arkadien, wo in ewig stiller
Luft die Blüte sich wiegt, wo ohne Zwang die Frucht der Ernte und
die süße Traube gedeiht, wo keine Furcht das sichre Land umzäunt,
wo man von nichts weiß, als von dem ewigen Frühling der Erde,
und dem wolkenlosen Himmel und seiner Sonne und seinen heiligen
Gestirnen, so stand es offen vor mir, das Heiligtum ihres Herzens
und Geistes.

Und später, unter den Bitterkeiten und Mühen des Lebens, bei
stürmischer Fahrt, am Schlachttag, unter namenlosem Unmut, wo
er mir auf ewig verschwunden schien, der gute Geist, den ich sonst so
gern ahndete, in allem, was lebt, wo ich kalt und stolz mir sagte: Hilf
dir selber, es ist kein Gott! ach! da trat oft ihr Schatten vor mich wie
ein Engel des Friedens, und besänftigte mein verwildertes Herz mit
seiner himmlischen Weisheit.

Jetzt ehr' ich als Wahrheit, was mir einst dunkel in ihrem Bilde
sich offenbarte. Das Ideal meines ewigen Daseins, ich hab' es damals geahndet, als sie vor mir stand in ihrer Grazie und Hoheit, und
darum kehr' ich auch so gerne zurück zu dieser seligen Stunde, zu dir,
Diotima, himmlisches Wesen!

Fünftes Kapitel.

Der Abend jenes Tages meiner Tage ist mir mit allem, was ich
noch gewahr ward in meiner Trunkenheit, unvergeßlich. Mir war er

das Schönste, was der Frühling der Erde geben kann, und der Himmel
und sein Licht. Wie eine Glorie der Heiligen umfloß sie das Abendrot,
und die zarten goldnen Wölkchen im Äther lächelten herunter wie
himmlische Genien, die sich freuten über ihre Schwester auf Erden,
wie sie unter uns wandelte in aller Herrlichkeit der Geister, und doch 5
so gut und freundlich war gegen alles, was um sie war.

Alles drängte an sie. Allen schien sich ein Teil ihres Wesens
mitzuteilen. Ein freundlicher Ernst, ein zärteres Aufmerken, eine
innigere Traulichkeit war unter alle gekommen, und sie wußten
nicht, wie ihnen geschah. 10

Mit Begeisterung erzählte mir die Mutter, indes die andern
um Diotima beschäftigt waren, wie ihr das liebe Mädchen Freude
mache mit ihrem stillen nachdenklichen Wesen und ihrer steten Zu=
friedenheit, wie sie sich scheue vor allem, was einem menschlichen
Herzen wehe tun könne, vor allem, was nicht schön und schicklich wäre; 15
auch sehe man es sogleich, wenn etwas durch ihre Hände gegangen
wäre, man könne gewiß nicht sagen, ihr Herz hänge an kleinen Dingen,
und doch wär' es immer, als wäre sie mit ihrer ganzen Seele an der
Sache gewesen; ein Gartenbeet gewinne ein ganz andres Ansehn,
wenn sie es ordne; es wär' ihr auch so leicht nicht abzulernen, das 20
Eigentliche, was einem an den Gewändern gefiele, die sie geschnitten,
und den Kränzen, die sie gewunden hätte; — ihr Element seien aber
die alten Dichter und Weisen, hierin sei sie ein eignes Wesen, sie sei
zwar sehr geheim damit, aber man hätte doch schon bemerkt, daß sie
im Herzen das Andenken großer Menschen im alten Griechenlande 25
ungefähr ebenso feire, wie die andern frommen Gemüter das Fest
der Panagia und andrer Seligen; auch sonst sei etwas — sie müsse
nur sagen — Übermenschliches an ihr. „Hättest du sie gestern ge=
sehn," setzte sie hinzu, „es wäre dir wohl so sonderbar zumut gewesen
wie mir. Es hatte kaum getagt, als ich hinunterging in den Garten. 30
Da sah ich, ohne daß sie mich bemerken konnte, das liebe Mädchen
an dem heimlichen Plätzchen unter den Platanen, wie sie dastand
mit ausgebreiteten Armen, und emporrief: ‚Dir opfr' ich mein Herz,
ewige Schönheit!' Ich werde den Anblick im Leben nicht vergessen."
Sie komme von den Ufern des Pactols, fuhr die Mutter nach einer 35
Weile fort, aus einem einsamen Tale des Tmolus, wohin ihr Vater,
ein Verwandter der Notara, aus Verdruß über sein Volk sich von
Smyrna zurückgezogen hätte und ihre Mutter, ehmals die Krone
von Jonien, sei seit einem Jahre tot.

Der junge Notara trat jetzt auch noch zu uns, grüßte mich freund= 40
lich und fragte, ob ich immer noch zürne, er wisse nicht einmal seine
Schuld genau, die Mutter ließ ihn aber nicht weiterreden, zog ihn
auf die Seite und flüsterte ihm, herzlich zu mir herüberlächelnd, einige

Worte zu, daß ich faſt etwas Freudiges vermuten mußte. — Ich bat
Notara, mir zu verzeihen.

— — — — — — — — — — — — — — — —
— — — — — — — — — — — — — — — —

Staunen. Mein Geiſt verzehrte ſich über der frohen Mühe, den
ganzen Reichtum zu faſſen, der vor ihm ſich auftat. — Es fiel mir
lange nicht ein, ein Wort zu ſprechen, und da es mir einfiel, ließ es
meine Verwirrung nicht zu.

Man ſprach endlich auch von ſo manchen Wundern griechiſcher
Freundſchaft, von Achill und Patroklus, von der Kohorte der The=
baner, von der Phalanx der Sparter, von Dion und Plato, von all
den Liebenden und Geliebten, die auf= und untergingen in der Welt
unzertrennlich, wie die brüderlichen Geſtirne.

Da wacht' ich auf. „Solche Herrlichkeit zernichtet uns Arme!“
rief ich; „freilich waren es goldne Tage, wo man die Waffen tauſchte
und ſich liebte bis zum Tode, wo man unſterbliche Kinder zeugte in
der Begeiſterung der Liebe, Taten und Geſänge und ewige Ge=
danken, ach! wo der ägyptiſche Prieſter dem Solon noch vorwarf,
ihr Griechen ſeid allzeit Jünglinge! — Wir ſind ſo anders geworden.
Man lebt bequem und hat daran genug. Der Menſch bedarf des
Menſchen nicht mehr; er braucht nur Hände und Arme, zu ſeinem
Dienſte.“

„So ſpricht mein Vater auch“, verſetzte Diotima, und ihr Auge
verweilte ernſter an mir.

„Nun kann ich's ihm nicht länger vorenthalten!“ rief die Mutter,
„ſpricht dein Vater auch ſo, Diotima? Ich glaub' es wohl. Wißt ihr
auch, ihr guten Kinder, daß ihr aus einer Quelle geſchöpft habt? Der
fremde Mann, Hyperion, mit dem ich ſo oft dich luſtwandeln ſah,
und dich an manches Steinchen ſtoßen, weil du kein Auge von ihm
wandteſt, dem du ſo oft nachweinteſt am Meere draußen, als er fort
war, wie du mir ſelbſt geſtandſt, der iſt Diotimas Vater.“

„Tauſend Herzensgrüße von ihm!“ rief Diotima freudig, — „ich
hab' auch etwas mitgebracht; die böſe Mutter hätt' es wohl eher
ſagen können“, ſetzte ſie lächelnd hinzu, und eilte hinein ins Haus.

„O ihr Lieben!“ rief ich außer mir vor Freude, und faßte die
Hände Notaras und ſeiner Mutter. „Nun ſeh' ich erſt, wie herzlich
gut du dem Manne biſt“, verſetzte die Mutter. „Jawohl bin ich ihm
herzlich gut“, erwidert' ich etwas betroffen, denn ich fühlte wohl, daß
meine Freude nicht ihm allein galt.

Jetzt kam Diotima zurück, und brachte mir zwei goldne Münzen.
Auf einer ſtand Minerva mit der Ägide und warf die Lanze, und

eine Palme sproßte zu ihren Füßen; die andre mit dem Apollons=
kopfe gab mir Diotima mit dem Zusatze, ich möchte dabei an Delos
und an den Cynthus denken.

Sie erzählte mir noch viel von ihrem Vater, und wie er oft von
mir gesprochen habe; wir sprachen auch noch manches im allgemeinen.

Wie ich sie da verstand! und wie sie das freute! wie ein zufällig
Wörtchen von ihr eine Welt von Gedanken in mir hervorrief! sie
war wirklich ein Triumph des jugendlichen Geistes, die stille Vereini=
gung unsers Denkens und Dichtens, und ich erfuhr zum ersten Male
ganz, wie die Freude begeistern kann.

„Kinder! es wird spät!" fiel endlich die Mutter ein, „und Hy=
perion kann uns immer Dank sagen für diesen Abend. Leer ist er
nicht ausgegangen.

Wir gingen hinein. Ich stürzte fort in rasender Freude, schalt
und lachte über den Kleinmut meines Herzens in den vergangnen
Tagen, und der stolze Knabe konnte gar nicht begreifen, wie es mög=
lich gewesen wäre, so ein ärmlich Wesen zu sein.

Wunderbar war mirs zumut, als ich in mein Zimmer trat. Es
war mir alles so fremd geworden. Jedes Geräte schien mir etwas
Trauriges an sich zu haben und ich war doch so selig. „Auch ihr
mußtet es entgelten, ihr Armen!" sagt' ich vor mich hin in meines
Herzens Trunkenheit, als ich vor die offnen Fenster trat, und meine
verwilderten und halbverwelkten Blumen sah, nahm ich das Wasser=
gefäß und begoß sie lächelnd. Ich brachte die Nacht unter dem Fenster
zu. Es waren zauberische Stunden. Aus goldnen Träumen, wo an
ein Wörtchen von ihr meine ganze Seele sich hing, um es hundertfach
zu deuten, und über ihrem Bilde mir jedes Dasein schwand, weckte
mich das Wehen der Nachtluft um meine glühende Wange; die stille
Natur schien mir das Fest meines Herzens mitzufeiern; die Sterne
blickten freundlicher durch die Zweige; lieblicher duftete der Odem
der Blüten. Ich schlummerte endlich stehend ein, süß berauscht wie
von holden Melodien eingewiegt. — Bald spielte, wie eines Freundes
warme Hand, das kommende Tageslicht um meine Stirne, und ich
lächelt' empor.

Es war ein seliger Morgengruß, den jetzt mein Herz dem Himmel
und der schönen Erde brachte. Himmel und Erde schienen mir neu=
geboren, wie ich es war.

Ich ging hinaus zu meinen alten Lieblingsplätzen. Die längst
vergangnen Stunden, die Stunden des Erwachens, wo der Knabe
dasaß in dunklem Sehnen, und nicht wußte, was es war, als die
Fittiche der jungen Seele sich regten, wo zum ersten Male tiefer atmend
die Brust sich hob, und das Auge nun nicht mehr so gerne verweilte
an dem, was nahe war, und lieber nach der blauen geheimnisvollen

Ferne sich richtete, die ahndungsvollen Stunden des Erwachens dämmerten wieder auf in mir. Damals, dacht' ich, weissagtest du dir
diesen Frühling! O damals sahst du hinaus in die beßre Welt, die
dich jetzt umgibt.

5   Ich dünkte mir nun so reich und stark. Mein Innerstes war so
befriedigt. Es gab für mich in der Welt nichts Feindliches mehr.
Meine Insel hatt' ich nun auch recht lieb gewonnen. Mit innigem
Wohlgefallen sah ich hinab auf ihre grünen Ufer, wie die Wellchen
unschädlich um die Myrtengebüsche spielten, und wie das friedliche
10 San Nicolo mit seinen Blütenwäldern aus dem Morgendufte sein
rötlich Haupt erhub, und die Fenster an Notaras Hause glühten, und
der Rauch aufstieg von seinem Herde; bald sah ich, wie die Türe sich
öffnete, die in den Garten führte, und Diotima die Marmortreppen
hinunterging; ich erkannte sie an der hohen schlanken Gestalt und
15 dem purpurnen Oberkleide, das um den weißen Leibrock flog. Wie
mein Auge an diesen Farben sich weidete! Es ist nichts, was sich nicht
in der Nähe eines solchen Geschöpfs beseelte für einen Sinn, wie der
meinige war. Nach einer Weile — — — — — — — —
— — — — — — — — — —

20 — — — — — — — — — —

— — — — — — — — — —
— — — — — — — — — —

Notara begleitete sie, und die Mutter war im Hause beschäftiget.
Diotima ging allein umher unter den Blumen. Es schien ihr etwas
25 widerfahren zu sein. Der Schmerz auf ihren Lippen ging mir durch
die Seele, so mild er schien. Wir gingen eine Weile schweigend auf
und nieder; meine Besorgnis, meine Bestürzung wuchs mit jedem
Blicke nach ihr; und ich konnte doch nicht fragen, nicht trösten und
helfen.

30 „Mich verfolgt ein bittrer Gedanke," rief sie endlich, „ich wag'
es kaum, ihn zu sagen, und kann doch von ihm nicht ablassen. Schon
manchmal hat er sich mir aufgedrungen, auch heute wieder. Ist es
denn wahr — je mehr Menschen, je weniger Freude?" — „O wie oft
ich das fühlen mußte," rief ich, „wie oft — es ist unbegreiflich, wie
35 man des Zusammenlaufens nicht müde wird!" — „Als wüßtest du
nicht," erwiderte Diotima, „daß der bunteste Wechsel diesen Menschen
das Beste dünkt, und diesen finden sie doch untereinander." — „Ihr
bunter uneiniger Wechsel," fuhr ich fort, „der ist gerade die wahre
Gestalt des Übels; ich mag es nicht nachempfinden, wie er mich oft
40 verwirrte und verzerrte, wie in dem Kriege, den man unter der
Larve des Friedens führt, wo man immer das, woran das eigne

Herz hängt, vor fremden Pfeilen sichern, wo man so ängstlich jede
unschuldige Blöße verhüllen muß, wo der andre bei aller Ruh' und
Freundlichkeit, die er zeigt, doch mißtrauisch jede Bewegung belauert,
ob sie nicht für Feindesanfall gelte, wie in diesem kleinen schlechten
Kriege die Kräfte so heillos zugrunde gehn; nein! es ist eine unerhörte Ungereimtheit! sie bieten alles auf, um zusammen zu sein, und
dann, wann sie zusammen sind, strengen sie mit aller erdenklichen
Mühe sich an, um einsam zu sein im eigentlichen Sinn, sie öffnen
die Türe und verschließen ihr Herz — dem Himmel sei Dank, daß ich
los bin!"

„Das betrübt mich eben, daß es rätlicher scheint, für sich zu
leben," fuhr Diotima fort; „ich trage ein Bild der Geselligkeit in der
Seele: guter Gott! wie viel schöner ist's nach diesem Bild, zusammenzusein, als einsam! Wenn man nur solcher Dinge sich freute, denk'
ich oft, nur solcher, die jedem Menschenherzen lieb und teuer sind,
wenn das Heilige, das in allen ist, sich mitteilte durch Rede und Bild
und Gesang, wenn in einer Wahrheit sich alle Gemüter vereinigten,
in einer Schönheit sich alle wieder erkennten, ach! wenn man so
Hand in Hand hinaneilte in die Arme des Unendlichen —"

„O Diotima!" rief ich, „wenn ich wüßte, wo sie wäre, diese
göttliche Gemeinde, noch heute wollt' ich den Wanderstab ergreifen,
mit Adlerseile wollt' ich mich flüchten in die Heimat unsers Herzens!"

„Oft leb' ich unter ihr im Geiste," fuhr Diotima fort, „und mir
ist, als wär' ich ferne in einer andern Welt, und ich entbehre der
gegenwärtigen so leicht; — wir singen andre Lieder, wir feiern neue
Feste, die Feste der Heiligen in allen Zeiten und Orten, der Heroen
des Morgen- und Abendlands; da wählt jedes einen aus, der seinem
Herzen, seinem Leben am nächsten ist, und nennt ihn, und der herrliche Tote tritt mitten unter uns in der Glorie seiner Taten, auch wer,
geschäftig am stillen Herde, mit reinem Sinne das Seine tat, wird
nie von uns vergessen, und Kronen blühn für jede Tugend; und wenn
auf unsern Wiesen die goldne Blume glänzt, in seiner bläulichen
Blüte das Ährenfeld uns umrauscht, und am heißen Berge die Traube
schwillt, dann freun wir uns der lieben Erde, daß sie noch immer ihr
friedlich schönes Leben lebt, und die sie bauen, singen von ihr, wie
von einer freundlichen Gespielin; auch sie lieben wir alle, die Ewigjugendliche, die Mutter des Frühlings, willkommen herrliche Schwester! rufen wir aus der Fülle unsers Herzens, wenn sie heraufkömmt
zu unsern Freuden, die Geliebte, die Sonne des Himmels; doch ist's
nicht möglich ihrer allein zu denken! Der Äther, der uns umfängt,
ist er nicht das Ebenbild unsers Geistes, der reine, unsterbliche? und
der Geist des Wassers, wenn er unsern Jünglingen in der heiligen
Woge begegnet, spielt er nicht die Melodie ihres Herzens? Er ist ja

wohl eines Festes wert, der selige Friede, mit allem, was da ist! —
Den einen, dem wir huldigen, nennen wir nicht; ob er gleich uns nah
ist, wie wir uns selbst sind, wir sprechen ihn nicht aus. Ihn feiert kein
Tag; kein Tempel ist ihm angemessen; der Einklang unserer Geister,
5 und ihr unendlich Wachstum feiert ihn allein."

Es ist unmöglich, die Begeisterung des heiligen Mädchens nach-
zusprechen. „O schone dich, Diotima, schone dich und mich," rief ich
endlich, da sie mit so grenzenloser Liebe sich in ihre bessere Welt verlor, „wer will es aushalten, nach solchen Stunden, in der Armselig-
10 keit, in die man zurück muß? Aber du bist glücklich, du fühlst die
Gegenwart nur selten, hast sie nie gefühlt, wie ich es mußte."—„Ach!
sie sind doch Menschen," fuhr Diotima fort, „die Armen, die sich vor
uns müde ringen und abkümmern, ohne daß sie wissen worüber?
weil ihnen das Eine, was not ist, nicht erscheint, da möchte man so
15 gerne helfen." — „Wie gerne", rief ich, „möcht' ich es ihnen gönnen,
daß sie lebten wie du!" —

„Guter Hyperion!" unterbrach sie mich mit ihrer stillen Herzlichkeit, und ihr großes Auge glänzte von freundlichen Tränen. Mir
ging ein Himmel auf in diesen Worten. Es war mir ohnedies schon
20 lange eine Qual gewesen, so ruhig vor ihr zu bleiben. „O Schwester
meines Herzens!" rief ich, „mir hast du den Frieden gegeben! erhalt'
ihn mir um dieser Stunde willen! ich lebe dein Leben durch dich —
o deinen Himmel, Diotima," fuhr ich fort, da sie mich unterbrechen
wollte, „ich hab' ihn umsonst gesucht auf dem dürren Felde des Le-
25 bens, ich war so lange ohne Heimat; ach! es war die Nacht vor dem
erfreulichen Tage; ich seh' es nun, wir sterben nur, um neu zu leben,
ich war hingewelkt vor der Zeit, nun kömmt mir ein ewiger Frühling,
ich fühl' es, hier ist unsterbliche Jugend, hier wo du bist!" — „Stille,
stille, jugendlicher Geist", rief Diotima.

30 Ich war, indes sie es sprach, selbst über mich erschrocken. Es
schwebte mir noch manches warme Wort auf der Zunge; ich ver-
schwieg es, aber bei jedem ward ich bestürzter. Ich war stille, aber
ich fühlte nur um so brennender, wie ich an ihr hing. Sonst war ich
ruhiger von ihr gegangen als heute. Ich wollte noch an demselben
35 Abend zurück, aus mancherlei Gründen, die ich mir einredete, aber
ich hatte kaum drei Schritte gewagt, so verwies ich es mir. Mit
quälender Ungeduld erwartet' ich den andern Tag. Tausend Dinge
wollt' ich ihr sagen. Ich stand im Geiste vor ihr, faßte ihre Hände
zum ersten Male und drückte sie so mit Zittern an meine Stirne. Wenn
40 Diotima nicht wäre, dacht' ich, und es war mir, als fühlt' ich Zernichtung.

Ich erschrak über diese Heftigkeit; ich hielt mir die schönen Tage
vor, wo ich freier und stiller um Diotima lebte, ich suchte ihre zarten

Melodien in mein Herz zurückzurufen, aber die Unruhe blieb, ich ward nur um so verwirrter, je mehr ich mein unbändiges Herz mit Vorstellungen plagte. — Es war mir unerklärlich, daß ich gerade heute so sein sollte.

Ich wußte mir nicht zu helfen, wie ich des andern Tages vor sie trat. Sie schien mir so fremd, so unbekümmert um mich. Sie war auch meist abwesend mit der Mutter, bei häuslichen Geschäften. Sie wollten mit Diotima die Insel ein wenig durchwandern, sagte mir die Mutter, es würde dem lieben Mädchen doch Freude machen, das schöne Land zu sehn, und so hätte sie jetzt noch manches zu besorgen, weil sie einige Tage ausbleiben würden.

Es war gut, daß sie meine Antwort nicht abwartete und wieder hinauseilte. So schnell hätt' ich ihr nichts darauf zu sagen gewußt.

„Und morgen schon wird die Reise vor sich gehn?" fragt' ich die Mutter, als sie wieder hereintrat, „wohl auch frühe?"

„Vor Tagesanbruch!" versetzte sie; „wir wollen möglichst in der Kühle reisen." — „Die Seeluft mildert zwar die Hitze ziemlich," erwidert' ich, „doch ist der Morgen freilich lieblicher. Und wann werdet ihr zurückkommen?"

In sechs Tagen würden die Ältesten gewählt, versetzte sie, da möchte sie doch wieder in San Nicolo sein. Es wäre schön, wenn ich entgegenkäme.

Wie doch das unerfahrne Herz so klug ist, wenn es liebt! Beredsamkeit war sicher meine Tugend nie gewesen, und heut' am wenigsten. Jetzt da Diotima wieder gegenwärtig war, konnt' ich gar kein Ende finden in meinen Schilderungen von dem Wege, den sie zu machen gedachte. In meinem Leben malt' ich nie lebendiger. Nicht eine der lieblichen und großen Stellen ließ ich unbemerkt, die sie unterwegs finden würde. Alles Erfreuliche, was ihr begegnen konnte, sucht' ich an mich anzuknüpfen. Bei jedem Reize der herrlichen Insel sollte Diotima mein gedenken. — Ich hatte keine Ruhe die Nacht über. Die Sterne leuchteten noch am Himmel, als ich hinausging. Ich lagerte mich unter dunkeln Platanen an einem Hügel, der nicht sehr ferne von der Straße lag. Mancherlei bewegte sich mir in der Seele. Auch meine trüben Tage, ehe ich Diotima gefunden hatte, erschienen mir wieder. Der Mensch kann manches tragen, dacht' ich. Die Freude gehet über ihm auf und unter. Aber er wandert doch auch in der Nacht seinen Weg so hin. Ist er nun einmal vertraut damit geworden, so wird ihm auch das Unerträgliche leidlich. Nur muß er nicht zurücksehn auf das, was er verlor. Ein Tropfen aus der Schale der Vergessenheit, das ist alles, was er bedarf! Ich hatte einige Tage zuvor einen alten Schiffer gesprochen, der im Gefechte mit den Korsaren den rechten Arm verloren hatte, auch sonst zur Fahrt zu

schwach geworden war. Der hatte mir erzählt, wie er anfangs jedesmal
hinausgegangen sei an den Hafen, wenn ein Schiff ausgelaufen sei
oder wiedergekommen, wie er sich immer da der alten Zeiten erinnert habe, wo ihm der Vater noch seinen Segen mitgegeben hätte
auf die Fahrt, und wie er dann mit klopfendem Herzen hinausge-
wandert wäre aufs herrliche Meer, wie ihm ein frischer Trunk am
Brunnen das Herz erfreuet hätte bei einer Landung, oder der blaue
Himmel nach einer stürmischen Nacht, und dann bei glücklicher Rückkunft die Freude seines Alten — das wär' ihm immer eingefallen,
wenn er draußen am Hafen hätte Schiffe gehn und kommen gesehn,
und ihm hätte oft vor Sehnsucht das Herz geblutet, und er hätte oft
geweint in seinen alten Tagen wie ein Kind, wenn er wieder in seine
Hütte geschlichen wäre mit seinem einen Arme, aber seitdem ihn
seine Füße nicht mehr tragen wollten, und er nicht mehr ans Meer
hinauskäme, und nicht mehr so oft seiner Jugend gedächte, trag' er
sein Schicksal geduldiger. So ist der Mensch, dacht' ich, ist nur erst die
Freude recht ferne, so hält er dem Kummer stiller und hilft sich, so
gut er kann.

Der erwachende Morgen weckte mich aus meinen Gedanken.
Es schien mir sonderbar, daß ich darauf gekommen war.

Jetzt sah ich unten auf der Straße die lieben Reisenden heran-
kommen. Ich raffte schnell mich auf und wollte hinab. Aber ich
dachte, es möchte doch wohl auffallen, und so blieb ich. Ich hörte,
wie sie sangen. Siehst du, wie entbehrlich du bei ihrer Freude bist,
sagt' ich mir, und mir war es doch, als könnt' ich eher die Luft, die
ich atmete, vermissen, als Diotima. Nun war mir der Gesang allmählich verhallt, auch die dunkeln Gestalten, die mein Auge, solang
es konnte, verschlang, waren verschwunden. Ich lauschte noch eine
Weile und blickte dann hinaus, wo ich sie verloren hatte, aber ich hörte
nur das tropfende Wasser in den Ritzen des Hügels; kein menschliches
Geschöpf zeigte sich in der ganzen Strecke, wohin ich sah. „Lebe wohl,
Diotima! Herrliche! Gute!" rief ich endlich und kehrte nach Hause.

Ich geleitete sie im Geiste; ich belauschte ihr Auge, wie es hinaussah in die schöne Welt; jetzt ist sie wohl in dem Tale, dacht' ich, wo
die lieblichen Gruppen von Ulmen und Pappeln stehn, wovon du
ihr sagtest; da denkt sie vielleicht, du hättest nicht uneben geweissagt,
und sagt den andern, sie möchte dir wohl gönnen, daß du auch da-
wärst und deine Freude hättest. — Aber entbehren kann sie dich doch
gar leicht! Du siehst es ja! Das dacht' ich auch, doch zürnt' ich mir
dabei und schlug mir's aus dem Sinn, weil es klein und eigennützig
wäre, daß ich wünschen könnte, sie sollte nicht fröhlich sein, wann ich
gerade mich nicht freuen könnte.

Mit meiner ganzen Liebe hing ich an der Stunde, wo ich sie

wiederfehen follte. Es war ein fröhliches Gewebe von Hoffnungen, womit ich das Herz mir fchweigte, und war ich damit zu Ende, fo löft' ich's wieder auf, es lieblicher zu erneuern.

Mit füßem Zauber wehten mir wie Boten der Holden die Lüfte des Himmels vom Tal entgegen, wo ich ihrer wartete. Blütenflocken umtanzten mich, und Nachtigallen fchlugen unter den Rofen am Wege. Sonft war es ftille ringsumher; ich konnte jeden Laut ver= nehmen, der von ferne kam. Jetzt wanderte mir ein freundlicher Pilger vorüber. Ob er nicht auf feinem Wege Reifenden begegnet wäre, fragt' ich ihn. Er hätte Reifende gefehn in einem Haine, er= 10 widerte der Pilger, fie hätten dort fich vor dem Mittagsftrahle unter bie Ulmen geflüchtet; ein holdes Mädchen hätte Namen in die Bäume gefchnitten. Ich wünfcht' ihm herzlich für feine frohen Worte frohe Wandertage und eilte fort. Jetzt, wo das Tal fich öffnete, fah ich hinaus; da kamen fie! 15

Diotima warf den Schleier zurück und eilt' und lächelte mir ent= gegen, und ich flog hinan. Da bot fie traulich mir die Hand; ich mußt' ihr gefchwind erzählen, wie ich jeden Tag indes gelebt; ich fagt' ihr, daß ich früh am Tage, wo fie abgereift, den Hügel bei San Nicolo befucht und fie von da gefehen hätt' und gehört, daß ich indes ihre 20 Harfe geftimmt und den Gefang gelernt, den fie am Abend, da ich fie zum erftenmal begrüßte, gefungen hätte, daß ich oft nach ihren liebften Blumen in Notaras Garten gefehn und ihrer gepflegt; auch hätt' ich aus dem feltnen Buche, das ein Fremder mir geliehn, die Blätter für fie abgefchrieben, die am meiften fie vergnügten — „fo 25 warft du ja recht fleißig," fagte Diotima, fuhr dann fort, wie fie meinen Sinn geahndet hätte in jeder Stelle der Infel, die ich ihr befchrieben, wie man fo ganz zufammentreffen könne in einem Urteil, einer Freude, grade da, wo die andern fo felten einig wären; man hätt' auch einmal von Delos gefprochen, da hätte fie den Knaben Hyperion 30 vor fich gefehn, wie er mit ihrem Vater fo fromm umhergegangen wäre unter den heiligen Ruinen, wie er ftaunend oben auf dem Cynthus geftanden, und fchweigend mit dem Auge nur gefragt; fie hätte dann fo herzlich gewünfcht, daß fie damals auch mit uns umher= gewandert wäre; fie wäre zwar ein unverftändig Kind gewefen, doch 35 hätte fie gewiß auch etwas geahndet, weil der Vater fo ernft gewefen wäre, und der kleine Gefpiele — fo und anders dacht' ich mir Dio= timas Empfang, und war felig in meinen kindifchen Träumen.

Sechstes Kapitel.

Es wäre gut, wenn die Hoffnung etwas seltner wäre im Gemüte des Menschen. Er waffnete sich dann zu rechter Zeit gegen die
Zukunft.

Der Abend war nun wirklich da, wo ich sie wiedersehen sollte.
Ich war auch kaum hinausgegangen, so ward ich die Reisenden in
einiger Entfernung gewahr. Diotima grüßte mich auch freundlich,
aber die Diotima, von der ich geträumt hatte, war sie doch nicht. Ihr
reiner, immertätiger Geist äußerte sich gegen mich wie zuvor; aber
es ward mir schwerer als sonst, auf sie zu merken; ich war zerstreut
und hörte oft Augenblicke lang kein Wort von allem, was sie sprach,
und wenn ich lauschte, so war es, weil das arme Wesen trachtete, für
seine sterblichen Wünsche ein erfreulich Wörtchen zu erhaschen. Oft,
wenn sie während ihrer Rede meinen Namen nannte, war ich plötzlich mit meiner ganzen Seele gegenwärtig; aber mit Schmerzen fühlt'
ich bald, daß ihr Geist nur einen Augenblick mir nahe gewesen
war.

Ich ahndete nun allmählich trübe Tage. Es war jetzt oft, als
warnte mich etwas, als ging ich nicht auf rechtem Wege. Sie war das
einzige, woran mein Leben sich erhielt, mein Herz hatte sich nach und
nach so gewöhnt, daß auch nicht der Schatten in mir war von einer
Hoffnung, die ohne sie bestanden wäre, und sie schien sich doch mit
jedem Tage mehr von mir zu entfernen. Ich fühlte den sterbenden
Frühling meines Herzens. Der milde Himmel, der es umfangen
hatte und genährt, die stille Seligkeit, die ich gefunden hatte im sorg-
losen Anschauen der Grazie und Hoheit dieses seltnen Wesens, verschwand mit jedem Tage merklicher. Mit Todesangst konnt' ich jetzt
jede Miene und jeden Laut von ihr befragen, ob sie mich verlassen
würde; ihr Auge mochte gen Himmel sich wenden oder zur Erde, ich
folgt' ihm, als wollte mir mein Leben entfliehn. Ich muß es nur
geradezu sagen, ich war oft ärgerlich über alles Gute und Wahre,
wovon sie sprach, weil sie mich drüber zu vergessen schien. O es ist
mir sehr begreiflich geworden, wie der Mensch dahin geraten kann,
daß er das Beste, was wir haben, das edle freie Leben des Geistes, zu
morden strebt in dem Wesen, woran sein Herz hängt. Es geht mir
durch die Seele, wenn ich mir die guten Kinder denke, die sich das
Mein! und Dein! so unbedingt, mit solcher Entzückung sagen. Der
Mißverstand ist so leicht. Und weh ihnen, wenn sie sich miß-
verstehn!

Solang ich bei ihr war und ihr begeisterndes Wesen mich emporhub über alle Armut der Menschen, vergaß ich oft auch die Sorgen

und Wünsche meines dürftigen Herzens. Aber das dauerte nicht lange. Sowie ich zu mir selbst kam, begann auch wieder meine Not, und je höher und heller ihr Geist über mir leuchtete, um so brennender fühlt' ich meinen Jammer. Aber tief in mein Innerstes begrub ich ihn. Es ging mir, wie den Menschen, denen die Flamme ihre Kammern verzehrt, und die nicht um Hilfe rufen mögen, aus Scham und Scheue vor andern. Keine Stelle war mir sicher genug, um mich der Klage meines Herzens zu entlasten. Ich erinnere mich nicht eines Worts, das ich über meinen Gram gesprochen hätte. Ich sah auch nicht, was es mir fruchten könnte, irgend ein Wesen um Hilfe anzusprechen; ich hatte ja schon einmal Trost in der Welt gesucht und war ärmer zurückgekommen.

Ich verzehrte mich in verworrenem gewaltsamem Ringen nach ihr, und mein Wesen mattete sich um so schrecklicher ab, je mehr ich meine glühenden Wünsche verbarg.

So kam ich eines Tags zu Diotima. Ich war nicht lange da, so fing sie an: es hätte jemand einen Dank von ihr zu fordern, es wär' ihr gestern eingefallen, daß sie ihrer Harfe so ganz vergäße, sie hätte sie hervorgeholt, ihren Mißklang so gut sie könnte zu mildern und sie ganz wohllautend gefunden.

Der Himmel weiß, wieviel ich mir unter dem versprochenen Danke dachte.

Ich hätte sie gestimmt, rief ich, und wußte mir kaum zu helfen in meiner Freude, ich hätte nichts Besseres zu tun gewußt für meine Freundin, solange sie verreist gewesen wäre. Auch fiele mir eben ein, daß ich damals einiges für sie abgeschrieben hätte; ich wüßte nicht, wie es gekommen wäre, daß ich nicht eher daran gedacht hätte — ich lief sogleich fort, die Papiere zu holen; ich konnte kaum sie finden in meiner freudigen Eile: „O, einen Dank von dir, herrliches Wesen!" rief ich, und segnete mit Tränen meine Schmerzenstage, um meiner neuen Hoffnung willen!

Sie bat mich, wie ich zurück war, ihr das Geschriebne vorzulesen, freute sich innig über die goldnen Stellen und sprach darüber ungewöhnlich heiter und lebendig. Anfangs, solange noch die süße Erwartung sich in mir regte stimmt' ich mit allem Feuer des seligen Herzens in ihre frohen Töne ein, doch wie sie endlich so lange mit dem Danke zögerte, da verstummt' ich freilich; es war etwas in meiner Betrübnis, wovon bisher keine Spur in mir erschienen war; ich möchte fast sagen, es sei Bitterkeit gewesen.

Mit einer sonderbaren Gelassenheit schied ich, als ich endlich zu gehen genötigt war. Ich hörte kaum darauf, als sie mir nachrief: „Ich danke dir, Hyperion!"

Ich kam nun immer seltner hin; blieb endlich ganz weg. Eine
Totenstille, die ich kaum an mir begreife, war allmählich über mich
gekommen. Ich lebte so hin, mit halbem Bewußtsein, ich suchte
nichts mehr, ich half mir fort von einem Tage zum andern, so gut
5 ich konnte; ich achtete nichts, war mir selbst nichts mehr, trachtete
auch nicht, andern etwas zu sein.

Um diese Zeit begegnete mir, da ich so in meiner Finsternis
draußen herumirrte, Notara mit seiner Mutter und einigen andern.
Er beschwerte sich über meine Eingezogenheit; ich sagt' ihm, daß ich
10 sein Haus nicht hätte mit der bösen Laune plagen mögen, die mich
seit einiger Zeit heimgesucht hätte, und wagt' es, zu fragen, wo
dann Diotima wäre? — Sie sei zu Hause, rief die Mutter, die fromme
Tochter schreibe an ihren Vater.

Es war traurig, wie die unschuldigen Worte mich aus meiner
15 Dumpfheit weckten. Jetzt mußt du hin! rief es augenblicklich in mir,
und Feuer und Schrecken wechselten in meinem verwilderten Herzen.
Zitternd, gedankenlos ging ich vorüber an ihrem Fenster — nein!
nein! du gehst nicht hinauf, dacht' ich, und taumelte fort nach Hause
und schloß die Türe ab. Aber wo ich hinsah, war ihr Bild; und alle
20 die freundlichen Worte, die ich einst gehört hatte von ihr, umtönten
mich. — Was willst du von mir? rief ich vor mich hin, was störst
du meine Ruhe? — Ich war wie ein zürnender Geist, den die Stimme
des Beschwörers aus seinem Grabe zwang. Verzeih es mir die Gute!
Ich fluchte der Stunde, wo ich sie fand, und rast' im Geiste gegen
25 das himmlische Geschöpf, daß es mich nur darum ins Leben geweckt
hätte, um mich wieder niederzudrücken mit seinem Stolze. Wie eine
lange entsetzliche Wüste lag die Vergangenheit da vor mir, und
wütend vertilgt' ich jeden Rest von dem, was einst mein Herz geliebt
hatte und erhoben. Ich muß dir danken, dacht' ich, ich bettelte vor
30 deiner Türe, und du nährtest mich mit Brosamen. Wer will es dir
verargen, daß du das Beste für dich behieltst? Was solltest du auch
dich an ein Geschöpf verschwenden, das kaum des Rettens wert war?
Nein! du hast keine Schuld auf dir. Ich war zu zertrümmert, zer=
treten von den andern, eh' ich zu dir kam. Da war nichts mehr zu
35 verderben, nichts mehr gutzumachen! Aber es ist doch wahrlich
auch ein grausames Erbarmen, das Wesen, das der langen Ruhe
schon nah ist, mit einer Balsamtropfe zu wecken, daß es zwiefach
stirbt! — Ich danke nun dafür; ich wollte, du hättest dich nie bemüht.
Nein! sie hat nicht gut an mir gehandelt. Sie ist wie alle. Die andern
40 begannen, und sie hats vollendet — meisterlich! — Ich erschrak endlich
doch über meine Lästerungen. Die reinen Melodien ihres Herzens,
die sie mir oft auf Augenblicke mitgeteilt hatte durch Red' und Miene,
daß mir's ward, als wandelt' ich wieder im verlassenen Paradiese der

Kindheit, ihre fromme Scheue, nichts zu entweihen durch über=
mütigen Scherz oder Ernst, wenn es nur fern verwandt war mit
Schönem und Gutem, ihre absichtlose Güte, ihr Geist mit seinen
hohen Idealen, woran ihre stille Liebe so einzig hing, daß sie nichts
suchte und nichts fürchtete in der Welt, alle die lieben seelenvollen
Abende, die ich zugebracht hatte mit ihr, jeder Reiz ihrer Bewegung,
die, wo sie stand und ging, nur sie — das edle, unbefangne stille
Gemüt — bezeichnete, das alles und mehr, ihr ganzes himmlisches
Wesen, ging wieder auf mir, wie der Bogen des Friedens nach Ge=
wittern. — Und dieser Einzigen zürnst du? sagt' ich mir; und warum?
Weil sie nicht berarmt ist wie du, weil sie den Himmel noch im
Herzen trägt, nicht eines andern Wesens, nicht fremden Reichtums
bedarf, um die verödete Stelle auszufüllen, weil sie nicht unterzu=
gehen fürchten kann wie du, um sich mit dieser Todesangst an ein
andres zu hängen; ach! gerade das Göttlichste an ihr, diese Ruhe,
diese himmlische Genügsamkeit hast du gelästert, die Unschuld hast
du um ihr Paradies beneidet; und mit einem so zerrütteten Ge=
schöpfe sollte sie sich befassen! muß sie dich nicht fliehen? o warnt,
ihr guten Geister! warnt sie vor diesem Gefallenen!

Ich hätte nun gerne alle Last des Lebens über mich genommen,
um mein Unrecht gut zu machen. Nun war es mir nicht mehr um
mich zu tun. Ich hätte nun keinen Dank begehrt für die Tugend
eines Halbgotts! Ich wollte nun ganz werden wie sie, um ihret=
willen! um ihr mit tausendfacher Freude zu vergüten, was ich ihr
zuleide getan!

Ich wollte mich überhaupt einmal herausarbeiten aus meiner
Nichtigkeit. Ich sah mit Begeisterung hinaus auf mein künftig Leben.
Es war mir, als hätte schon jetzt ein heilig Feuer mich geläutert und
meine Schlacken weggetilgt auf ewig. „O Diotima! Diotima!" rief
ich, „wenn ich einst vor dir stehe, wie ein neuer Mensch, im Siegs=
gefühle, wenn es da ist, was ich einst als Knabe träumte — und es
muß kommen, es muß, — so wahr ein göttlich Wesen des Menschen
Brust bewegt! — wenn du dann in deiner reinen Freude mich be=
grüßest und denkst, es hätte doch ein guter Funke geschlummert in
dem ärmlichen Geschöpfe — dann will ich dir ganz bekennen, wie
klein, wie arm ich war, und du wirst nicht zürnen, daß der Schmerz
zum Manne mich schmiedete.

Ich glaubte nun endlich auf dem rechten Wege zu sein. Ich war
es nicht. Indes brachte mich doch dieser neue Stoß wieder ins Leben.
Ich war doch aus der trägen Resignation heraus, wo man nichts
mehr will und nichts mehr achtet, aus der Totenruhe, die bei allem
Scheine von Weisheit, womit sie von den Feigen geprediget wird,
gewiß das Nichtswürdigste ist, worein der Mensch geraten kann.

Entſchuldige ſich keiner, ihn habe die Welt gemordet! Er ſelbſt iſt's, der ſich mordete! in jedem Falle! —

Nun erſt fiel mir Diotimas Vater wieder ein. Ich ſchrieb ihm: Du haſt meiner gedacht, edler Geiſt! ich denke deiner, jetzt, — —

III.

Vorstufen zum Ich=Roman:
Hyperions Jugend.

Die Profaische Fassung.

Unschuldigerweise hatte mich die Schule des Schicksals und der Weisen ungerecht und tyrannisch gegen die Natur gemacht. Der gänzliche Unglaube, den ich gegen alles hegte, was ich aus ihren Händen empfing, ließ keine Liebe in mir gedeihen. Der reine freie Geist, glaubt' ich, könne sich nie mit den Sinnen und ihrer Welt ver= söhnen, und es gebe keine Freuden, als die des Siegs; ich freute mich oft des Kampfs, den die Vernunft mit dem Unvernünftigen kämpft, weil es mir ingeheim mehr darum zu tun war, das Gefühl der Überlegenheit zu erringen, als den gesetzlosen Kräften, die des Menschen Brust bewegen, die schöne Einigkeit mitzuteilen. Ich ach= tete der Hilfe nicht, womit die Natur dem großen Geschäfte der Bil= dung entgegenkömmt, denn ich wollte allein arbeiten, ich nahm die Bereitwilligkeit, womit sie der Vernunft die Hände bietet, nicht an, denn ich wollte sie beherrschen. Unangenehmes achtet' ich wenig. Gefahr war mir fast willkommen. Ich beurteilte die andern strenge, wie mich selbst.

Für die stillen Melodien des menschlichen Lebens, für das Häus= liche und Kindliche hatt' ich den Sinn beinahe ganz verloren.

Unbegreiflich war's mir, wie mir ehmals Homer hätte gefallen können. Ich reiste und wünschte oft ewig zu reisen.

Eben auf dieser Reise war es, daß ich in W., wo ich mich länger als sonstwo aufhielt, auf einen Fremden aufmerksam gemacht wurde, der seit einiger Zeit ein benachbartes Landhaus bewohnte, und die Gemüter dieser Menschen beschäftigte. Im Grunde beschäftigte er auch die meisten nur, weil er fremd war. Nur wenige schienen ihn zu verstehen und zu ahnden. Ich ging hinaus, ihn zu besuchen. Ich

traf ihn in seinem Pappelwalde, mit einem holden Knaben, er drückt'
ihm lächelnd die Locken aus der Stirne und schien mit tiefem Wohlgefallen das friedliche Geschöpf zu betrachten, das frei und zutrau-
lich an dem majestätischen Manne hinaufsah.

Jetzt sah er sich um und trat mir entgegen.

Ich widerstrebte dem ungewohnten Zauber, der mich umfing,
mit Gewalt, um die Freiheit meines Geistes zu behalten.

Seine Ruhe und Freundlichkeit half mir auch mehr, als ich selbst
konnte, zur Besonnenheit.

Er fragte mich, wie ich die Menschen auf meiner Reise gefunden
hätte.

„Mehr tierisch als göttlich", antwortete ich ihm.

„Das kömmt daher," sagte er, „daß so wenige menschlich sind."

Ich ahndete tiefen Sinn in seiner Rede und war um so begieriger, ihn darüber zu hören, weil ich in das, was ich ahndete, mit
meiner bisherigen Art zu leben und zu denken, meinem Gefühle
nach in ziemlichem Kontraste stand. Ich bat ihn, mir das Gesagte
zu entwickeln, und er fuhr fort:

„Daß wir das Göttliche dem Tierischen, das Heilige dem Gemeinen, die Vernunft den Sinnen entgegensetzen, ist notwendig,
und eine voreilige Vereinigung der beiden Gegenteile rächte sich
so gewiß, als die falsche Schonung, womit man, ohne sich gegenseitig zu erklären, die Zwiste beilegt. Man lächelt sich in's Angesicht,
glaubt es auch wohl herzlich zu meinen, und ingeheim wächst der
Unfrieden, bis eines das andere unterdrückt hat, oder die Feindschaft bitterer ausbricht. Wir sollen unsern Adel nicht verleugnen.
Wir sollen das Urbild alles Daseins in uns rein und heilig behalten.
Je grenzenloser der Maßstab ist, woran wir die Natur messen, je
mächtiger und reiner der Trieb, das Formlose zu bilden nach jenem
Urbilde, das wir in uns tragen, und die widerstrebende Materie dem
heiligen Gesetze der Einheit zu unterwerfen, desto bitterer ist freilich
der Schmerz im Kampfe mit ihr, desto größer die Gefahr, daß wir
die Götterwaffen von uns werfen, dem Schicksal und unsern Sinnen
uns gefangen geben, die Vernunft verleugnen und zu Tieren werden
— oder auch, daß wir erbittert über den Widerstand der Natur
gegen sie kämpfen, nicht um in ihr und so zwischen ihr und dem
Göttlichen in uns Frieden und Einigkeit zu stiften, sondern um sie
zu vernichten, daß wir gewaltsam jedes Bedürfnis zerstören, unserer
Seele Empfänglichkeit verleugnen und so das schöne Vereinigungs-
band, das uns mit andern Geistern zusammenhält, zerreißen, die
Welt um uns zu einer Wüste machen, und die Vergangenheit zum
Vorbild einer hoffnungslosen Zukunft."

Er hielt einen Augenblick inne; ich glaubte zu bemerken, daß

an den letzten Worten sein Gemüt mehr Anteil genommen hatte,
als zuvor.

„Wir können's nicht verleugnen," fuhr er erheitert fort, „es ist
etwas in uns, was selbst im Kampfe mit der Natur Hilfe von ihr
erwartet und hofft. Und sollten wir nicht? Begegnet nicht in allem,
was da ist, unserem Geiste ein freundlicher Geist? Birgt sich nicht,
indes er die Waffen gegen uns kehrt, ein guter Meister hinter dem
Schilde? Nenn' ihn, wie du willst! Er ist derselbe. Oft treten Erscheinungen vor unsere Sinne, wo es uns ist, als wäre das Göttlichste
in uns sichtbar geworden? Symbole des Heiligen, Unvergänglichen
in dir? Offenbart sich im Kleinsten das Größte? Das Urbild aller
Einigkeit, das wir im Geiste bewahren, es scheint uns wieder in den
friedlichen Bewegungen unsres Herzens? Stellt es sich nicht im Angesicht dieses Kindes dar? Und hörten wir nie die Melodien des
Schicksals rauschen? Seine Dissonanzen bedeuten dasselbe.

Denke nicht, ich spreche zu jugendlich, lieber Fremdling!

Ich weiß, daß nur das höchste Bedürfnis uns bringt, der Natur
eine Verwandtschaft mit dem Unsterblichen in uns zu geben und in
der Materie einen Geist zu glauben, aber ich weiß, daß dieses Bedürfnis uns dazu berechtigt. Ich weiß, daß wir da, wo die schönen
Formen der Natur uns die gegenwärtige Gottheit verkündigen, wir
selbst es sind, die die Welt mit unserer Seele·beseelen. Aber was
ist dann, das nicht durch uns so wäre, wie es ist?

Laß mich menschlich sprechen. Als unser ursprünglich unendliches Wesen zum ersten Male leidend ward, und die freie volle Kraft
die ersten Schranken empfand, als die Armut mit dem Überfluß sich
paarte, da ward die Liebe. Fragst du, wann das war? Plato sagt:
Am Tage, da Aphrodite geboren ward. Also da, als die schöne Welt
für uns anfing, da wir zum Bewußtsein kamen, da wurden wir endlich. Nun fühlen wir tief die Beschränkung unseres Wesens, und
die gesamte Kraft sträubt sich ungeduldig gegen ihre Fesseln, und
doch ist etwas in uns, das diese Fesseln gerne behält — denn würde
das Göttliche in uns von keinem Widerstande beschränkt, so müßten
wir von nichts außer uns und so auch von uns selbst nichts, und von
sich selbst nichts zu wissen, sich nicht zu fühlen und vernichtet sein, ist
für uns Eines.

Fessellos zu sein, ist göttlich, keine Fessel zu fühlen, ist tierisch.
Wir können den Trieb, uns zu befreien, zu veredeln, fortzuschreiten
ins Unendliche, nicht verleugnen, das wäre tierisch, wir können aber
auch den Trieb, bestimmt zu werden, zu empfangen, nicht verleugnen,
das wäre nicht menschlich. Wir müßten untergehen im Kampfe
dieser·widerstreitenden Triebe. Aber die Liebe vereinigt. Sie strebt
unendlich nach dem Höchsten und Besten, denn ihr Vater ist der

Überfluß, sie verleugnet aber auch ihre Mutter, die Dürftigkeit, nicht;
sie hofft auf Beistand. So zu lieben, ist menschlich. Jenes höchste
Bedürfnis unseres Wesens, das uns drängt, der Natur eine Verwandtschaft mit dem Unsterblichen in uns beizulegen und in der
5 Materie einen Geist zu glauben, ist diese Liebe. — — — —

Die Metrische Fassung.

Gestählt vom Schicksal und den Weisen, war
Durch meine Schuld mein jugendlicher Sinn
Tyrannisch gegen die Natur geworden.
10 Ungläubig nahm ich auf, was ich wie sonst
Aus ihrer mütterlichen Hand empfing,
So konnte keine Lieb' in mir gedeihen!
(Oft fordert' ich vom Schicksal, zürnend,
Die fesselfreie Geistigkeit zurück.)
15 Oft freut' ich mich des harten Kampfs, in dem
Das Licht die alte Finsternis bekämpft,
Doch kämpft' ich mehr, damit ich das Gefühl
Der Überlegenheit erbeutete,
Als um die Einigkeit und hohe Stille
20 Den Kräften mitzuteilen, die gesetzlos
Der Menschen Herz bewegen, achtet' auch
Der Hilfe nicht, womit uns die Natur
Entgegenkömmt in jeglichem Geschäfte
Des Bildens, nahm die Willigkeit nicht an,
25 Womit der Stoff dem Geiste sich erbietet,
Ich wollte zähmen, herrschen wollt' ich, richtete
Mit Argwohn und mit Strenge mich und andre;
Auch hört' ich nicht die zarten Melodien
Der Häuslichkeit, des reinen Kindersinns.
30 Einst hatte wohl der fromme Mäonide
Mein junges Herz gewonnen, auch von ihm
Und seinen Göttern war ich abgefallen. —
Ich wanderte durch fremdes Land und wünscht'
Im Herzen oft, ohn' Ende fortzuwandern.

35 Da hört' ich einst von einem weisen Mann,
Der nur seit kurzem erst ein nahes Landhaus
Bewohn' und unbekannt, doch aller Herzen,
Der kleinen wie der größern, mächtig sei,

Der meisten freilich, weil er fremd und schön
Und stille wäre, doch auch einiger,
Die seinen Geist verständen, ahndeten.
Ich ging hinaus, den seltnen Mann zu sprechen.
Ich traf ihn bald in seinem Pappelwalde.   5
Er saß an einer Statue; vor ihm
Ein Knabe; lächelnd streichelt' er die Locken
Mit sanfter Hand dem Knaben aus der Stirne
Und blickte stumm mit Schmerz und Wohlgefallen
Das holde Wesen an, das frei und freundlich   10
Dem königlichen Mann ins Auge sah.
Ich stand von fern und ruht' auf meinem Stab.
Doch da er um sich wandt' und sich erhub
Und mir entgegentrat, da widerstand ich
Dem neuen Zauber, der mich itzt umfing,   15
Mit Mühe kaum, daß ich den Geist mir frei
Erhielt, doch stärkte mich des Mannes Ruh'
Und Freundlichkeit auch wieder wunderbar.

Und wie ich wohl auf meinen Wanderungen
Die Menschen fände, fragt' er traulich mich   20
Nach einer Weile. „Tierisch mehr als göttlich",
Versetzt ich hart' und strenge, wie ich war.
„Sie wären's nicht," erwidert' er mit Geist
Und Liebe, „wenn ihr Sinn nur menschlich wäre".
Ich bat ihn, was er dächte, zu enthüllen.   25
„Das volle Maß," begann er nun, „woran
Des Menschen edler Geist die Dinge mißt,
Ist grenzenlos und soll es sein und bleiben;
Das Ideal von allem, was erscheint,
Wir sollen rein und heilig es bewahren.   30
Wir sollen unsern Adel nicht verleugnen,
Den Trieb in uns, das Ungebildete
Zu bilden nach dem Göttlichen in uns,
Die mächtig widerstrebende Natur
Dem Geist, der in uns herrscht, zu unterwerfen,   35
Soll nie auf halbem Wege sich begnügen.
Doch um so bitterer ist auch der Schmerz
Im Kampfe, desto größer die Gefahr,
Daß oft der blut'ge Streiter unmutsvoll
Die Götterwaffen ferne von sich wirft,   40
Der ehernen Notwendigkeit sich schmiegt,
Sich selbst verleugnet und zum Tiere wird —

Oft, daß er auch vom Widerstand erbittert
Nicht, wie er sollte, die Natur bekämpft,
Um Frieden ihr und Einigkeit zu geben,
Nur um die Widerspenstige zu foltern.
5 So töten wir das menschliche Bedürfnis,
Verleugnen die Empfänglichkeit in uns,
Die uns vereinigte mit andern Geistern,
So wird die Welt um uns zur Wüste
Und das Vergangene zum bösen Zauber.
10 Wir können's nicht verleugnen", fuhr er nun
Erheitert fort, „wir rechnen selbst im Kampfe
Mit der Natur auf ihre Willigkeit.
Und irren wir? Begegnet nicht in allem,
Was da ist, unserm Geist ein freundlicher
15 Verwandter Geist? Und birgt sich lächelnd nicht,
Indes er gegen uns die Waffen kehrt,
Ein guter Meister hinter seinem Schilde?
Benenn' ihn, wie du willst. Er ist derselbe.
Verborgnen Sinn enthält das Schöne! — Deute
20 Sein Lächeln dir! —Denn so erscheint vor uns
Das Heilige, das Unvergängliche.
Im Kleinsten offenbart das Größte sich.
Das hohe Urbild aller Einigkeit,
Es scheint uns wieder in den friedlichen
25 Bewegungen des Herzens, stellt sich hier
Im Angesichte dieses Kindes dar. —
Und rauschten nahe dir die Melodien
Des Schicksals nie? Vernahmst du sie? Dasselbe
Bedeuten seine Dissonanzen auch.
30 Du denkest wohl, ich spreche jugendlich?
Ich weiß, es ist Bedürfnis, was uns dringt,
Der ewig wechselnden Natur Verwandtschaft
Mit dem Unsterblichen in uns zu geben,
Doch dies Bedürfnis gibt das Recht uns auch.
35 Auch ist mir nicht verborgen, daß wir da,
Wo uns die schönen Formen der Natur
Die Gegenwart des Göttlichen verkünden,
Mit unsrem Geiste nur die Welt beseelen.
Doch, lieber Fremdling, sage mir, was ist,
40 Das nicht durch uns so wäre, wie es ist?"
Er schwieg und sah mich forschend an; ich sagte ihm:
Wohl mancher hätt am Ende des', was er
Mir da gesagt, ein kleines Ärgernis

Genommen, doch ich hätte, wenn ich anders
Sein Geheimnis durchgeschaut zu haben,
Nicht irrete, seinen Sinn gefaßt.
„So kann ich ja wohl mehr noch wagen", rief
Er traut und heiter, „doch erinnre mich   5
Zu rechter Zeit! — Als unser Geist", begann
Er lächelnd nun, „sich aus dem freien Fluge
Der Himmlischen verlor und erdwärts sich
Vom Äther neigt', und mit dem Überflusse
Sich so die Armut gattete, da ward   10
Die Liebe. Das geschah am Tage, da
Den Fluten Aphrodite sich entwand.
Wir wurden endlich, da die schöne Welt
Des Lebens und — — — — — —
Begann, begann für uns die Dürftigkeit.   15
Wir tauschten das Bewußtsein
Für unsere Reinigkeit und Freiheit ein.
Der leidensfreie reine Geist befaßt
Sich mit dem Stoffe nicht, ist aber auch
Sich keines Dings und seiner nicht bewußt,   20
Für ihn ist keine Welt, denn außer ihm
Ist nichts. — Doch was ich sag', ist nur Gedanke. —
Nun fühlen wir die Schranken unsres Wesens,
Und die gehemmte Kraft sträubt ungeduldig
Sich gegen ihre Fesseln, und es sehnt der Geist   25
Zum ungetrübten Äther sich zurück.
Doch ist in uns auch wieder etwas, das
Die Fesseln gern behält, denn würd' in uns
Das Göttliche von keinem Widerstande
Beschränkt — wir fühlten uns und andre nicht.   30
Sich aber nicht zu fühlen, ist der Tod,
Von nichts zu wissen und vernichtet sein,
Ist eins für uns. Wie könn'n wir unsern Trieb,
Unendlich fortzuschreiten, uns zu läutern,
Uns zu veredeln, zu befrein, verleugnen?   35
Das wäre tierisch. Doch können auch
Des Triebs, beschränkt zu werden, zu empfangen,
Nicht stolz uns überheben; denn es wäre
Nicht menschlich, und wir töteten uns selbst.
Den Widerstreit der Triebe, deren keiner   40
Entbehrlich ist, vereiniget die Liebe.
Dem Höchsten und dem Besten ringt unendlich
Die Liebe nach und wandelt löwenkühn und stolz

Durch Flammen und durch Fluten
Die ehernen Berge nieder, die sich ihr
Entgegenwälzen. Über ihre Wangen,
Wo seine tiefe Narben ihr das Schicksal schlug,
Thront doch ein hohes Auge, denn ihr Vater,
Der Überfluß, ist göttlichen Geschlechts.
Doch pflückt sie auch die Beere von den Dornen,
Und sammelt Ähren auf dem Stoppelfelde;
Wenn ihr ein freundlich Wesen einen Trank
Am schwülen Tage reicht, verschmäht sie nicht
Den irdnen Krug, denn ihre Mutter ist
Die Dürftigkeit. Groß und unbezwinglich sei
Des Menschen Geist in seinen Forderungen.
Er beuge nie sich der Naturgewalt,
Doch acht' er auch der Hilfe, wenn sie schon
Vom Sinnenlande kömmt, und schäme sich,
Was edel ist im sterblichen Gewande,
Der Stärkung, die die freundliche Natur
Ihm bietet, nicht.
Stimmt hie und da nach ihrer eignen Weise
In seine Töne die Natur, so schäm'
Er sich der freundlichen Gespielin nicht.
Dem Höchsten und dem Besten ringt unendlich
Die Liebe nach und wandelt kühn und stolz
Durch Flammen und durch Fluten ihre Bahn.
Sie wartet aber auch in fröhlichem
Vertrau'n.
Wenn deine Pflicht ein feurig Herz begleitet,
Verschmähe nicht den rüstigen Gefährten.
Und wenn dem Göttlichen in dir ein Zeichen
Der gute, starke Sinn erschafft, und goldne Wolken
Den Äther des Gedankenreichs umziehn,
Bestürme nicht die freudigen Gestalten!
Denn du bedarfst der Stärkung der Natur.
Dem Höchsten und dem Besten ringt unendlich
Die Liebe nach und wandelt kühn und frei
Durch Flammen und durch Fluten ihre Bahn.
Sie wartet aber auch in fröhlichem
Vertraun der Hilfe, die von außen kömmt,
Und überhebt sich ihrer Armut nicht.
Doch irret mannigfaltig auch die Liebe.

So reich sie ist, so dürftig fühlt sie sich,

14*

Je mächtiger in ihr das Göttliche
Sich regt — sie dünket nur sich um so schwächer.
Wie kann sie so den Reichtum, den sie tief
Im Innersten bewahrt, in sich erkennen?
Sie trägt der Armut schmerzliches Gefühl,   5
Und füllt den Himmel an mit ihrem Reichtum.
Mit ihrer eignen Herrlichkeit veredelt
Sie die Vergangenheit, wie ein Gestirn
Durchwandelt sie der Zukunft weite Nacht
Mit ihrem reinen Licht, und vergißt,   10
Daß nur von ihr die Dämmerung entspringt,
Die heilig ihr und hold entgegenkömmt.
In ihr ist nichts und außer ihr ist alles.
Sie hat den Adel ihres Vaters nun
Verloren, und der freie Sinn ist hin.   15

— — — — — — — — — — — —

— — — — — — — — — —

Oft sah und hört' ich freilich nur zur Hälfte,
Und sollt' ich rechtwärts gehn, so ging ich links,
Und sollt' ich eilig einen Becher bringen,   20
So bracht' ich einen Korb, und hatt' ich auch
Das Richtige gehört, so waren, ehe noch
Getan war, was ich sollte, meine Völker
Vor mich getreten, mich zum Rat, und Feinde,
Zu wiederholter Schlacht mich aufzufordern.   25
Und über dieser größern Sorg' entfiel mir dann
Die kleinre, die mir anbefohlen war.
Oft sollt' ich stracks in meine Schule wandern,
Doch ehe sich der Träumer es versah,
So hatt' er in den Garten sich verirrt   30
Und saß behaglich unter den Oliven
Und baute Flotten, schifft' ins hohe Meer.

Dies kostete mich tausend kleine Leiden.
Verzeihlich war es immer, wenn mich oft
Die Klügeren mit herzlichem Gelächter   35
Aus meiner seligen Ekstase schreckten;
Doch unaussprechlich wehe tat es mir,
Mir schien, als wäre nun mein Heldentum
Zum Spotte vor der argen Welt geworden,
Und was mit Recht dem Träumer galt, das nahm   40
Der Fürst der Heere für Entwürdigung.
Und lange drauf, als schon der Knabe sich

Für mündig hielt, ertappt' ich mich noch wohl einmal
Auf einer kindischen Erinnerung.
Als einst ich las, wie der Pelide tief
Gekränkt an seiner Ehre weinend sich
5   Der Herrliche,
Ans Meeresufer setzt und seiner Mutter,
Den bittern Kummer klagt — — —
— — — — — — — — — — — — — — —

Das beste Wort verwirrt den Menschen oft,
10 Wenn er den treuen Tadel nicht versteht.
Er soll sich reinigen von einer Schlacke,
Er möcht' es wohl und weiß nicht wie und wo?
Und fühlt sein Gutes un= und mißverstanden.
Besiegt er es, so fühlt er wohl, er tue
15 Nicht recht daran, und siegt die Meinung nicht,
Behält ihr Recht die bessere Natur.
So straft er sich doch auch, und zwiefach quält
Im Kampfe mit sich selbst der Arme sich.

Von lieben Phantasien sollte sich
20 Zu rechter Zeit der Knaben Sinn enthalten.
In seiner Folgsamkeit verwundete
Der Törige die Wurzel seines Wesens,
Den jungen Trieb zu wirken und zu siegen,
Und grämte sich in seiner schmerzlichen
25 Erniedrigung und wähnte doch sie nötig.

So ging ich einst vorüber an der Kirche,
Das Tor war offen und ich trat hinein.
Ich sahe keinen Menschen, und es war
So stille, daß mein Fußtritt widerhallte.
30 Von dem Altare, wo ich weilte, sah
Panagia mit Wehmut und mit Liebe
Zu mir herab. Ich beugte stumm vor ihr
Das Knie, und weint' und blickte lächelnd wieder
Hinauf zu ihr und konnte lange nicht
35 Das Auge von ihr wenden; bis ein Wagen,
Der rasselnd nah vorüberfuhr, mich schreckte.
Jetzt trat ich leise wieder an die Türe
Und sahe durch den Spalt und wartete
Des Augenblicks, wo leer die Straße war.
40 Da schlürft' ich schnell hinaus und flog davon
Und schloß mich sorgsam ein in meine Kammer. — —
— — — — — — — — — — — — — — —

Bruchstücke,

die als Glieder zwischen der endgültigen Fassung und
den früheren Fassungen zu betrachten sind.

1.

gemacht; du weißt, ich konnte sie nirgends lernen, die süßen Bitten
der Liebe, ihre freundlichen, mächtigen Töne; aber sieh in mein
Herz! gewiß, Hyperion, du findest kein Falsch in ihm! Und du ver=
lässest es, du wirfst es in den Kot?“

„Komme mit mir!“

„Bleibe, bleibe! Ein Wort, ein einzig Wort hat dich von uns
getrieben. Prüfe wenigstens! Was fürchtest du? Will einer dein
Verderben? Ich wollt’ ihn treffen! beim ewigen Gott! und wenn
er mein Bruder wäre, wollt’ ich ihn —“

„Laß das,“ fiel ich ein, „ich bleibe nun einmal nicht!“

„Du mußt!“

„Du wirst mir doch nicht Gewalt antun?“

„O, ich habe ein Recht dazu!“ rief er wütend, „ein herrlich Vor=
recht hab’ ich! Wer keine Hand hat, hilft sich mit den Zähnen. Ich
bin ja nicht gemacht, geliebt zu werden, o, ich seh’ es nun! das ist meine
Sache nicht; ich bin verstoßen aus der Reihe solcher Freuden — aber
zwingen kann ich! morden kann ich auch!“

„Wer weiß? Du könntest sogar den Auftrag haben.“

„Das wüßt’ ich nicht, mein Freund! Aber sieh! das weiß ich —“
Er hielt inne; wir standen am Rande eines Felsens, und neben uns
lag tief unten das Meer; einen schnellen fürchterlichen Blick warf
er hinab und wieder auf mich — „das weiß ich,“ rief er, „eher wan=
derst du da hinunter als nach Tina!“ und schlug die Arme um mich.

„Rasender!“ schrie ich, und stieß ihn von mir.

In eben dem Augenblicke erhub sich hinter uns Geschrei und

Getümmel. Es waren die Schiffer, mit denen mein Diener kam, nebst andern, die ihr Tagwerk zum Hafen trieb.

„Geh!" rief ich dem Adamas zu, „geh! meine Leute sind da! es wäre nicht gut, wenn ein Lärm aus der Sache entstünde."

„Du hast recht!" versetzt' er kalt, wandte mir den Rücken und verschwand in die benachbarten Wälder.

So schied ich von Smyrna, von allen meinen Wünschen und Hoffnungen.

Meines Frühlings Ende war gekommen, ehe er noch da war. Es war ein traurig Ende. Ich beweint' es nicht einmal, ich sahe der schwindenden Jugend nach, wie man der Leiche eines Kinderlosen nachsieht, und meine guten Sterne gingen unter, wie die Sterne des Himmels über verödeten Wüsten, wo kein Auge nach ihnen fragt.

Mit kaltem Herzen sagte ich allem, was ich gekannt hatte und geliebt, ein Lebewohl.

Adamas war mir nichts mehr; ich konnte nicht einen Augenblick an ihn denken.

So ging ich, sagte mir, ich hätte nichts verloren, und hatte doch alles verloren — meinen Glauben.

Vertraue dir, sagt' ich mir, erhalte dich dir! und laß das übrige seinen Gang gehen.

Das Schiff war segelfertig. Wir stiegen ein und in zwei Tagen waren wir in Tina. — — — — — — — — — — — —

2.

setzte sie gutmütig hinzu und wurde über und über rot.

Ich war sicher, daß das Kind keiner Seele wehe tun wollte, und doch ging das Wort mir durch die Seele wie ein Schwert. Aber ich zwang mich wieder und gab dann auch ein Gleichnis, das zum Lachen war. —

Ich fühlte mich abgemattet, wie ich mich schlafen legte, schlief auch bald. Aber des andern Tages mußt' ich büßen, was ich an mir gesündigt hatte.

Lieber! bewahre dich dein guter Geist vor solchen Tagen! Hast du nie einen Unglücklichen gesehn, dem die Flamme das Haus verwüstete, wie er dastand vor seinem Aschenhaufen und hinsah, als betrachtete er etwas, wo er doch nichts betrachtete? So brütet' ich jetzt über mir selber, so sah ich den Tod meines Herzens an.

Es gibt ein Vergessen alles Daseins, ein Verstummen unsers Wesens, wo uns ist, als hätten wir alles gefunden; es gibt aber auch ein Verstummen, ein Vergessen des Daseins, wo uns ist, als hätten wir alles verloren, eine Nacht unserer Seele, wo kein Schimmer eines Sterns, wo nicht einmal ein faules Holz uns leuchtet.

Der Ajax des Sophokles lag vor mir aufgeschlagen. Zufällig sah ich hinein, traf auf die Stelle, wo der Heroe Abschied nimmt von den Strömen und Grotten und Hainen am Meere — ihr habt mich lange behalten, sagt er, nun aber, nun atm' ich nimmer Lebens=odem unter euch! Ihr nachbarlichen Wasser des Skamander, die ihr so freundlich die Argiver empfingt, ihr werdet nimmer mich sehen! — Hier lieg' ich ruhmlos!

Ich schauderte; eine Träne fühlt' ich wohl auch im Auge; aber sie vertrocknete schnell, wie eine Tropfe auf glühendem Eisen.

Mein guter Diener trat herein; treuherzig sah er eine Weile mich an; „Ihr habt ein übel Gemüt in Smyrna geholt," rief er endlich bewegt.

„Meinst du, das komme von Smyrna?" fragte ich.

„Ja, das mein' ich. Weiß Gott, was Euch alles widerfahren sein mag! Freilich denk' ich auch manchmal, Ihr könntet wohl die Sachen etwas leichter nehmen."

Das „Leichtnehmen" war nun leider! meine Antipathie, be=sonders ließ ich mir's nicht gerne zumuten, und so sucht' ich, so sanft wie möglich, ihn von dieser Stelle wegzurücken.

Wie geht es dir? fragt' ich. „Gut," rief er, „mir ist so wohl, wie einem Vogel in der Luft, seit ich wieder hier bin." Hattest du unser Heimweh? fragte ich. „Das könnt' ich eben nicht sagen. Ich grämte mich nicht, wie ich weg war, aber doch gefällt mir's besser, daß ich da bin. Ein dummes Leben war's doch immer da drüben. Die Leute tun, als gehörten sie gar nicht zusammen. Hier hab' ich meinen Vater und meinen Bruder —" Wie lebten sie, seit du weg warst? „Wie es eben kömmt! Die Hungersnot hat freilich auch den Tinioten wehe getan?"

Das glaub' ich! rief ich. „Und seht, lieber Herr!" fuhr er fort, „das war's nicht allein, daß man wenig hatte, sondern das war's, daß kein Segen in dem war, was man noch hatte." Wie meinst du das? fragt' ich.

„Lieber Gott!" rief er, „da ißt man eben Bekümmernis und Sorge, und da hat man keinen Glauben mehr an Gottes Gabe, und da sättigt nichts, gar nichts, und wenn sonst alles genug dran hatte."

Er sah, daß ich betroffen war.

„Drum ist auch", fuhr er fort, „mein einfältig Gebet: Lieber Gott, erhalt' mich gutes Muts! In der Kirche komm' ich selten dazu; denn da betet man andere Dinge und gelehrter; aber wenn's zuweilen herbe Tage gibt, und es will mir werden, als gäb' es nicht auch gute, und wenn ich ein scheel Gesicht machen will zum Weizen wie zum

Unkraut und den Brunnen gar einschlagen, weil er nicht immer
Wasser gibt — seht! da bet' ichs, und da hab' ich schon oft erfahren,
wieviel einem das Wenige werden kann, das man mit Wohlgefallen
annimmt, wie es einen stärkt und einem das Herz dabei aufgeht —
o lieber Herr! sagt, was ihr wollt! Das Leben ist doch schön!"

"Geh, guter Stephan, rief ich, geh! ich kann dir jetzt nicht ant=
worten." Er ging. Der Mensch hatte mich wehmütig gemacht. Ach!
es war so leicht, mich zu entwaffnen, mit der Welt mich auszusöhnen.
Mein Herz hatte sich selbst genug gesträubt gegen den gewaltsamen
Zustand, den ich ihm aufgedrungen hatte. "Wer warst du denn", sagt'
ich mir, daß du so viel erwarten, wo siegst du denn, daß du so stolz
nach Beute fragen durftest? Wer hat, dem wird gegeben, und wer
nichts in sich ist, der helfe sich mit wenigem. O mein Bellarmin! was
tut der Mensch nicht, um lieben zu können? um lieben zu können,
setzte mein Herz sich selbst herunter, um an den Brosamen mich zu
freuen, sagt' ich mir, daß man den Kindern des Hauses nicht das
Brot nehme und gebe es den Knechten! O laß mich weinen! Denn
hier darf ich's. Dahin hatten mich die Menschen gebracht, das hatt'
ich ihnen zu danken, daß ich mich endlich beredete, ich sei wie sie, um
vorlieb mit ihnen zu nehmen, daß ich mich niederdrückte, weil ich sie
nicht erheben konnte! Sage mir nicht, ich spräche stolz! Ich sage
wenig genug, wenn ich sage: ich war besser, wie sie!"

Und so nahm ich denn einmal vorlieb, war nun wirklich gesellig,
lau, ohne Sinn und Seele, wie sie, legte oft fast einen Wert darein,
so zu sein; wie sollt' ich nicht? es hatte mich ja Überwindung, Auf=
opferung gekostet!

Meine Plane gab ich allmählich auch auf. "Du verkanntest deine
Bestimmung", sagt' ich mir, die sonderbaren Zufälle deiner frühern
Jahre trieben dich aus deinem Kreise heraus, und es ist Zeit, daß du
in deine Grenzen zurücktrittst.

Wollt' ich zuweilen auffahren, als wär' es Mißhandlung, die ich
an mir verübte, so schlug ich mich gewöhnlich mit der Frage nieder,
was bist du denn, um mehr zu fordern? Trauert' ich über das, was
jetzt mich beschäftigte, so sagt' ich mir, daß ich ja kaum dazu taugte, und
wirklich benahm ich mich dabei sehr schwerfällig. Oft konnt' es freilich
kommen, daß mich mitten unter den Fröhlichen ein Weh über=
fiel, daß ich forteilte und mich verbarg, wo ich doch nicht zu er=
röten brauchte, ach! da, wo das Seufzen, wo die Träne der entwür=
digten Natur nur die friedlichen Bäume des Waldes und die stillen
Pflanzen zu Zeugen hatte; aber gerade darüber demütigte ich mich
nur um so mehr, daran schämte ich mich am meisten. Der Tod des
Lebens, den ihr "gesetzt sein" nennt, der war mein edles Ideal ge=
worden; denn, sagt' ich äußerst weise, ein Wesen, das sich leicht

bewegt, kann leicht zur Unzeit leicht über die gemessene Grenze sich
bewegen, und wo viele Kräfte sind, da gibt's leicht Anarchie, da ist
die Ordnung wenigstens ein selten Beispiel; deswegen ist es besser,
wenn der Mensch nur eine kleine Dose Willen und noch weniger
Empfänglichkeit besitzt, — ach! und daran dacht' ich nimmer, daß nur
der Friede des Lebendigen, die Einigkeit der ungeschwächten Kräfte
Ordnung, Gottes Ordnung, und daß die heilige Flamme des Altars
kein fressend Feuer ist — o Bellarmin! Dein Freund war tief ge=
sunken! — Freilich wacht' ich oft auf und schalt mich einen Mörder,
einen Rasenden, der sich selbst verstümmle, aber das nahm ich dann
für böse Laune, nannt' es oft ein fieberhaft, unzeitig Gären und
mißtraute mir nur um so mehr.

Seit kurzem war der Sohn meines Pflegevaters aus Paros
herübergekommen, wo er noch nicht lange etabliert war. Er war
einige Jahre älter als ich, hatte die Welt gesehn und Erfahrungen
gemacht; er war etwas vielseitig, behandelte alles mit Schonung,
wußte jedem Dinge einen Wert zu geben, gegen mich besonders war
er äußerst duldsam und gefällig, ich nahm auch etwas mehr als ge=
wöhnliches Interesse an ihm, und wir hießen uns Freunde. Ich hatte
doch etwas an ihm, und wollt' ich mich ja ein wenig entfernen in
einem Anfall von Ungenügsamkeit, so zog er mich immer wieder an
sich. Ich lebte wirklich halb wieder auf in der Gegenwart dieses
Menschen, ich sagt' ihm auch oft, er verwöhne, verzärtle mich, man
überhebe sich so gern seiner Schwachheit. Nicht, daß er mich gerade
gehalten hätte, wie die wunderlichen Kranken, und zu allem ja! ge=
sagt; dazu war seine Gefälligkeit nicht schülermäßig genug, dazu war
ich ihm doch wohl auch zu gut; er tadelte mich, aber sein Tadel be=
rührte die Saite kaum; er widersetzte sich mir, aber nur, um mich
gegen mich selbst zu verteidigen; er war oft etwas karg mit sich, aber
nur, um sich gewinnen, verschlossen, aber nur, um sich aufschließen
zu lassen, und wenn ich ihm das vorhielt, so konnt' er mir sagen, es
könne niemand für sich selber, er sei eben so gemacht und möchte nicht
anders sein, denn darin bestehe der ganze Reiz des Lebens, daß man
zusammen Versteckens spiele. — Er bestritt mich oft gerade in meinen
entschiedensten Überzeugungen, aber mit Freundlichkeit und Bedacht
und, wie es schien, mehr um das Gespräch zu beleben, mehr zum
Versuche, was wohl aus dem Für und Wider sich ergeben möchte,
als in strengem Ernste, und ich verglich uns einmal in einer heitern
Stunde mit den jungen Lämmern, die sich scherzend einander an
die Stirne stießen, vielleicht um ineinander das Lebensgefühl zu
wecken. Er hingegen konnte mir darüber sagen, es wäre recht gut,
wenn meinesgleichen zuweilen einen fänden, der ihnen ein wenig
wehe tue, der sie im kleinen Kriege übe, denn wir möchten immer

gerne nur großen Krieg, wo Himmel und Hölle aneinander, oder
einen Frieden, der wie der Friede der Umarmung wäre, gänzliche
Vereinigung oder gänzliche Scheidung; und das Hälftige sei doch eben
einmal das, wofür wir Menschenkinder da wären. Setzt' ich ihm
5 entgegen, daß er sich in mir irre, daß er für Charakter nähme, was
doch nur ein Überrest zufälliger Verirrung wäre, so lacht' er herzlich
und sagte: daran könn' ich gerade erkennen, daß ich einer von denen
wäre, die den kleinen Krieg nicht leiden könnten, daß ich lieber mein
Eigenstes verleugne, um mich andern gleichzusetzen, als daß ich etwa
10 Widerwärtiges ertrage, an dem doch nicht die ganze Kraft sich messen
könnte. O ihr seid sonderbare Geschöpfe! rief er, verzärtelt, wie die
kranken Kinder, und heroisch, wie die Riesen; Nadelstiche könnten euch
zur Desperation bringen, und einer Megäre gegenüber wäre vielleicht
euch wohl. Ihr habt Vernunft, aber keinen Verstand, Mut, aber
15 keine Geduld; doch könnt ihr lernen, was ihr nicht habt, aber ihr lernt
sehr ungern, wenn ich nicht irre, und das kommt daher, weil euch zu
wohl ist bei dem, was sich nicht lernt.

———

3.

Im allgemeinen verstand ich das, aber anwenden konnt' ich es
nicht wohl.

20 Nach und nach wagt' ich mich wieder heraus aus der Gefangen=
schaft, der Unterdrückung, in der ich mich erhalten hatte, aber eine
geheime Scheue, etwas Ängstiges, das mir zuvor ganz fremd gewesen
war, konnt' ich mir nicht verbergen. Ach! einst hielt ich mein Herz so
offen und unbesorgt der Welt entgegen! — Auch war es nie so leicht
25 verwundbar gewesen, wie jetzt, aber auch nie so selig!

O es war ein himmlisches Ahnden, womit ich jetzt den kom=
menden Frühling wieder grüßte! wie ferner in schweigender Luft,
wenn alles schläft, das Saitenspiel der Geliebten, so umfingen mir
seine leisen Laute meine Brust, wie von Elysium herüber vernahm
30 ich seine Grüße, seine Zukunft, wenn die toten Zweige sich regten
und ein lindes Wehen meine Wange berührte. — O Himmel meines
Joniens! so war ich nie an dir gehangen, aber so ähnlich war dir auch
nie mein Herz gewesen, wie jetzt in seinen heitern zärtlichen Spielen!

Aber auch dies ging vorüber.

35 Einst saß ich mit dem Freunde von Paros und mit einigen andern
zusammen. Es war ein alter Bekannter von einer langen Fahrt zu=
rückgekommen, und wir feierten das fröhliche Wiedersehn. Alle waren
inniger wie sonst, auch ich wurde warm und sprach ungewöhnlich viel.
Die Freude jugendlicher Verbrüderung füllte mich so ganz. O man
40 lebt doch nicht umsonst, ihr Lieben! rief ich in meines Herzens

Trunkenheit und streckte die Hand aus über dem Tische, und jeder bot
die seinige dar. Wir erinnerten uns an manche liebe kindische Geschichte,
und wie wir unsere frühern Jahre unter Streit und Freundschaft ge=
nossen hätten, wie man sich ändern könne und doch immer noch die
alte Anhänglichkeit aneinander behalte — die Freundschaft sei ein wun=
derbar Geschenk der Natur — man könne wohl ihr Leben in Be=
griffen aufbewahren und von ihren Pflichten sprechen, aber ihr
Eigenstes lasse sich doch nicht machen, sondern müsse sich geben, sei
wie ein Kind des guten Schicksals, gediegen Gold und nicht erarbeitet
— so sprachen wir lange fort; schwiegen endlich; es war ein erfreulich
Schweigen. „Öffne geschwind die Fenster“, rief ich einem, der gegen
mir über saß, jetzt zu. „Was hast du, Hyperion?“ fragt' ein anderer.
„Dort gehn die Dioskuren am Meer herauf!“ rief ich freudig. Zufällig
sah ich einen Augenblick drauf in den Spiegel; ich glaubte drin ein
zweideutig Lächeln an Notara zu bemerken. Betroffen blickt' ich um
mich, und es war mir, als fänden sich auch auf andern Gesichtern
solche Spuren. Das war mir ein Dolch ins Herz. Ich glaubte mein
Heiligstes verunehrt, meine beste Freude verlacht, von meinem
letzten Freunde mein Innerstes verspottet. Ich sprang auf und eilte
fort.

    Wunderst du dich, mein Bellarmin, daß ich eine ungewisse Miene
so tief empfand? Was wirst du denken, wenn ich dir sage, daß es nicht
nur eine böse Stunde war, ein vorübergehender Unmut, eine Er=
schütterung, die meinetwegen oft gesund sein kann — wollte Gott!
es wäre dabei geblieben! — Aber sieh! es war auch nicht diese Miene
allein. All die Täuschungen, die mir das Herz zerrissen, all die
Schlechtigkeiten, die mich empört, seit ich unter die Menschen getreten
war mit meinen Hoffnungen, alle Beleidigungen meiner Liebe, ach!
jeder elende Scherz, womit man sich an meinen kleinen Unaufmerk=
samkeiten gerächt, jede gemeine Mißdeutung, womit man meine
unbefangenen innigen Äußerungen lächerlich gemacht, jede Falsch=
heit, womit man mein Verlangen, mein Vertrauen nachgeäfft hatte,
— alle die knechtische Tücke, womit man sich schadlos hält für seine
Demut, alle die bäurischen Anmaßungen, womit man der anspruchs=
losen friedlichen Seele sich aufbringt, aller Schmutz der Gesellschaft,
alles, was ich verziehen hatte und nicht verziehen — sieh! das alles
brach, wie eine Diebesbande, aus seinem Hinterhalt und wütete auf
mich los! Freilich erschienen mir die Menschen, von denen ich eben
herkam, auch nicht freundlich; ich dachte mir einen um den andern,
wie er mir wohl seine bittern Bemerkungen nachschicken werde; der
rauhe Seemann stand lebendig vor mir mit seinem Ärger und Notara
daneben mit seinen hämischen Entschuldigungen.
    Jetzt kam ich an dem Hause vorüber, wo einst mein alter herr=

licher Freund gelebt hatte, und das Andenken jener Tage brach mir
vollends das Herz. Ach! er würde dich nicht mehr kennen, sagt' ich
mir, keine Spur seiner Hoffnungen würd' er in dir finden. Er warnte
dich; du solltest dich nicht befassen mit diesem Geschlechte, sagt' er
5 dir; aber das achtetest du nicht! armer Mensch, das Wort war dir zu
groß! — Sei nun zufrieden! Du hast's an ihm verschuldet! — Du
sollst zugrunde gehn, du mußt! für dich ist keine Rettung! was du
warst, das wirst du nie mehr.

Mein Zustand war wirklich trauriger, als je. Gerne hätt' ich mich
10 zurückgeflüchtet in mich selbst, mich umgeben, wie ich mich einst um=
gab, mit den Blüten und Früchten meines Herzens, hätte gelebt wie
die Glücklichen, die der Sturm von ihrem Markte hinweg auf eine
freundliche Insel warf, aber ich hatte mich ja selbst nicht mehr, ach!
ich hatte mich ja verloren, hatte mich um ein paar taube Nüsse ver=
15 kauft — nun erst war ich arm! ganz arm! Ich hatte vor den Türen
gebettelt, und sie hatten mich weggewiesen, fortgestoßen, und nun
kehrt' er heim, der Bettler, und sperrte sich ein und betrachtete sein
Elend zwischen seinen finstern, ärmlichen Wänden. Je länger ich
über mir brütete in meiner Einsamkeit, um so öder ward es in mir. —
20 Es ist ein Schmerz ohnegleichen, ein fortdauerndes Gefühl der Zer=
nichtung, wenn das Dasein so ganz seine Bedeutung verloren hat.
Eine unbeschreibliche Mutlosigkeit drückte mich. Ich wagte oft das
Auge nicht aufzuschlagen vor den Leuten. Ich hatte Stunden, wo
ich das Lachen der Menschen fürchtete wie den Tod. Dabei war ich
25 sehr still und geduldig; hatte oft auch einen wunderbaren Aberglauben
an die Heilkraft mancher Dinge; oft konnt' ich ingeheim von einem
kleinen erkauften Besitztum, von einer Kahnfahrt, von einem Tale,
das mir ein Berg verbarg, Trost erwarten.

Mit dem Mute schwanden auch sichtbar die Kräfte. Ich glaubte
30 wirklich unterzugehn.

Ich hatte Mühe, die Trümmer ehemals gedachter Gedanken
zusammenzulesen; der rege Geist war entschlummert; ich fühlte, wie
sein himmlisches Licht, das mir kaum erst aufgegangen war, sich
mächlich verdunkelte. —

35 Freilich, wenn es einmal, wie ich dachte, den letzten Rest meiner
verlorenen Existenz galt, wenn mein Stolz sich regte, dann war ich
lauter Wirksamkeit, und die Allmacht eines Verzweifelten war in
mir, oder wenn sie von einem Tropfen Freude getränkt war, die
welke, dürftige Natur, dann drang ich mit Gewalt unter die Menschen,
40 sprach wie ein Begeisterter und fühlte wohl manchmal auch die Träne
der Seligen im Auge, oder wenn einmal wieder ein Gedanke oder das
Bild eines Helden in die Nacht meiner Seele strahlte, dann staunt'
ich und freute mich, als kehrte ein Gott ein in dem verarmten Gebiete,

dann war mir, als sollte sich eine Welt bilden in mir; aber je heftiger die schlummernden Kräfte sich aufgerafft hatten, um so müder sanken sie hin: versuche nur nichts mehr, sagt' ich mir dann, es ist doch aus mit dir!

Oft saß ich stundenlang, versuchte zu schreiben, was in mir vorging — armes Wesen! als wäre der Jammer weg aus dir, wenn er einmal auf dem Papiere stände! — Ich trage sie noch bei mir, diese traurigen Blätter. Ein sonderbar Mitleiden hielt mich immer ab, sie zu zernichten. Lieber! Du hast's ja einmal über dich genommen, mit mir zu trauern, du magst auch dies lesen. Ich weiß, du ärgerst dich nicht daran. Auch sind's nur wenig abgerißne Töne. — Ach! hätte doch mein Herz sich ausgeschüttet, sich verblutet, sich begraben in den armen vergänglichen Worten!

Da ich ein Kind war, heißt es, da streckt' ich meine Arme aus nach Freude und Sättigung, und die Erde bot ihre Blumen und Beeren mir dar, und die mächtige Natur gab lächelnd sich dem Kinde zum Spiele.

Da das Meer mich ausstieß, und ich hilflos unter den Trümmern lag, da hub ein Mensch mich auf, und wie ich erwachte, sah' ein erbarmend Auge mich an.

War das nicht Liebe? nicht sie, die die Pflanzen mit Regen und Tau erquickt, die das Licht des Himmels über die Blumen gießt, daß ihr Herz sich öffnet und sie hervorgehn zur Freude? Auch mein Herz öffnete sich, auch ich bin hervorgegangen zur Freude. — Warum bin ich denn nun verlassen? verlassen!

Zwar hab' ich nichts mehr, was ein Herz zur Hilfe bewegen könnte; die Toten danken ja nicht.

Ja! laßt mich, laßt mich nur! —

Was wollt' ich dann? was ist mir fehlgeschlagen?

Was wird man antworten, wenn du dahin bist und die Leute fragen: was hat ihm gefehlt?

Ach! man wird nicht fragen und nicht antworten.

Aber was wollt' ich dann? —

Daß ich sah, was ein sterblich Auge nicht sieht, daß einst die Liebe mir erschien in einem seligen Traume — sollte das töten?

Die Fabel sagt von Menschen, sie hätte die gegenwärtige Gottheit getötet. — Ja! nun versteh' ich's. Die Fabel ist Wahrheit.

Aber sag' es nicht aus! Sie glauben dir nicht und glauben sie dir, so ist's ihr Tod — ein stiller, langsamer Tod! O spottet, wenn ich hin bin, spottet und sagt: er starb, weil ihm ein Traum sich nicht erfüllte.

Alſo ein Traum war's, da mir die Liebe erſchien? Und man
fände beim Erwachen keine Spur von ihm? Spuren mag man finden,
wenn man eifrig genug herumſucht und lange genug hinſieht. O!
davon kann ich reden. Hab' ich doch herumgeſucht, bis ich hinſank,
5 hab' ich mich doch blind geſehn an dieſen Spuren, daß nun Nacht
vor mir iſt, Nacht, wie im Grabe! — Ach! beredte mich doch einer, — —

4.

ſich unter Zelten zum lieblichen Mahle und pries und freute ſich hoch,
10 daß keiner ſich verirrt hätte in den Labyrinthen des Ronneca=
tanzes.

Ich konnte mich ſelbſt nicht ſehen, wie ich ſo daſtand unter den
lieblichen Spielen, als könnt' ich die Freude nicht leiden; mein Herz
gönnte ſie ihnen ſo gerne; nur teilen konnt' es ſie nicht, ach! es mußte
15 ſo viel finden, wie ihm geholfen werden ſollte.

Ich ging, aber nach Hauſe konnt' ich noch nicht.

An den Hügeln, worauf wir wohnten, lag ein Wald von herr=
lichen Ulmen. Ich hatte ſie den Morgen vom Fenſter aus liebge=
wonnen, hatte mir manche Ruheſtunde geweisſagt, manchen fried=
20 lichen Traum in den ſtillen ſicheren Schatten.

Mir war jetzt, als wandl' ich in einem Heiligtum unter den hohen,
freundlichen Bäumen. Ich ſah zurück auf die vergangenen Tage,
auf den heutigen, ich rief die abgeſchiednen Stunden aus ihrem Grabe
und befragte ſie über die Zukunft. Es war, als antworteten ſie; aber
25 geheimnisvoll, und ich wußt' es nicht zu deuten, wußte nicht, ob ſie
mich nach Elyſium wieſen oder ſonſt wohin.

Ach! rief ich, daß der Menſch um Mittag fragen muß, wie es
ihm ſein wird um den Abend; und wie ich wieder aufblickte, und mein
Auge durch die dunkeln Zweige drang — o Himmel! was ſah ich?
30 wo war ich? —

Ich möchte ſprechen können, mein Bellarmin! möchte gerne
mit Ruhe dir ſchreiben, aber es iſt umſonſt! —

Zwar konnt' ich doch lange genug davon ſchweigen, konnte oft
mich halten, wenn unter den andern Erinnerungen dieſe mich ergriff;
35 ſiehe nur hin! Du wirſt tobende Tränen finden auf mancher unbe=
deutenden Seite; ſie gehören hierher; ich trocknete ſie und ſchrieb
von andern Dingen — das konnt' ich; ſo ſollt' ich auch ſprechen können
— ſprechen? o ich bin ein Laie in der Freude! ich will ſprechen! —

Wohnt doch die Stille im Lande der Seligen. Ja! über den Sternen
vergißt das Herz seine Not und seine Sprache. ——

Daß mir noch einmal werden sollte, wie damals! O jetzt, jetzt
war mir so! ——

Es ist vorüber. Ich bin nun wieder ein Kind der Zeit. Ich weiß
es und sage mit Weinen: es gibt eine Vergangenheit!

Ach! noch jetzt ist sie vor mir, wie damals, die Einzige, Herrliche;
heilig und hold, wie eine Priesterin der Liebe schwebt sie vor mir
noch jetzt; sie saß; ein Buch lag vor ihr aufgeschlagen; über ihr bebten
die Zweige, wiegten sich in der Luft, wo ihr Odem sich regte, berührten
leise ihre Locken und wie Wölkchen ums Morgenlicht, wallt' im Frühlingswinde der dunkle Schleier um ihre Stirne. Ruhig und selig
lächelte sie herab zu den Blumen, die um sie versammelt waren, aber
über dem Lächeln thronte, mit eines Gottes Majestät, ein Auge —
ich bitte dich, denke, ich habe dir nichts von ihr gesagt! ich bitte dich,
frage dich nicht, wie war sie? versuch' es nicht, dir ein Bild von ihr
zu machen! —— — Doch gibt es ja Stunden, wo dem trunknen Geiste
das Beste und Schönste wie in Wolken gegenwärtig ist und die Liebe
frohlockend in dem Schoß der Vollendung sich begräbt; da, da denke
dieses Wesens, da beuge die Knie mit mir und denke meiner Seligkeit,
aber vergiß nicht, daß ich hatte, was du ahndest, daß ich mit diesen
Augen sah, was dir nur wie in Wolken erscheint.

Lieber! Teurer! Treuer! ich möchte dir's gerne gönnen, möchte
so gerne dir mitteilen, was in mir ist, aber ich fühle, mir sind die Hände
gebunden. Ich trage den Himmel in mir; aber er ist verschlossen für
die andern.

Daß die Menschen so oft sich einbilden können, sie freuen sich!
O glaubt, ihr habt von Freude noch nichts geahndet, euch ist der
Schatten ihres Schattens nicht erschienen! O geht und sprecht
vom blauen Äther nicht, ihr Blinden!

Ja! wenn euch der Otem süßer Blüten umfängt, und ihr selig
und trunken hinschlummert unter den Sträuchen, wenn um euch ein
himmlisches Saitenspiel rauscht, wie ein Regen, wenn ihm das Herz
der Erde sich öffnet, wenn die goldne Flut des Morgenrots euch über-
schwemmt, und ihr euch verliert, untergehet in den Wogen des Himmels,
da könnt ihr sagen, daß ihr den Schatten habt, den Nachhall meiner
Freude.

Daß man werden kann wie die Kinder, daß noch die goldne
Zeit der Unschuld wiederkehrt, die Zeit des Friedens und der Freiheit, daß doch Eine Freude ist, eine Ruhestätte auf Erden! — Ist der
Mensch nicht veraltert, verwelkt, ist er nicht wie ein abgefallen Blatt,
das seinen Stamm nicht wiederfindet und umhergescheucht wird von
den Winden, bis es der Sand begräbt? Und dennoch kehrt sein Früh-

ling wieder! — O weint nicht, wenn das Trefflichſte verblüht! bald wird es auferſtehen! Trauert nicht, wenn eures Herzens Melodie verſtummt! bald findet eine Hand ſich wieder, es zu ſtimmen. — —

5.

Ende des erſten Buchs.

5 Ich ſcheide heute von Salamis. Ich will nach Kalaurea hinüber, will auch nach Tina. Es iſt ſonderbar, aber ich muß dahin. Wir können das nicht laſſen, unſre Begegniſſe uns vors Auge zu halten; der Gefangene taſtet zur Kurzweil im Dunkel umher und ſieht, wie weit ſein Kerker iſt, das Kind ſpielt mit der Wunde, die es ſich ſtieß, der Kranke
10 unterhält ſich mit ſeiner Krankengeſchichte, der Schiffbrüchige mit dem Sturme, worin er geſcheitert, und ich bin kaum auf feſteren Füßen, ſo muß ich fort und ſehen mit eignen Augen, was mir widerfahren iſt, ſeitdem ich weg bin. Wofür? Ich werd' es nicht aushalten, ich werde meine gewonnene Ruhe mutwillig zerreißen;
15 und tue es doch? O es iſt ein Meer von Übermut in uns! Übermut? Verzeih' Gott den ſchalen Gedanken! Liebe iſt's, mein Bellarmin! Wir ſind zu innig verknüpft mit allem, was um unſer Herz ſich regt, wir trinken an den Brüſten des Schickſals, auch wenn ſie mit Wermut überzogen, um uns von ihnen zu entwöhnen.

20 Es kömmt mich ſchwer an, dieſe Inſel zu verlaſſen. Ich habe ſie ſehr lieb gewonnen. Ich möcht' ihr einen Namen geben. Inſel der Ruhe möcht' ich ſie nennen. Doch kann ich wenig dir von ihr erzählen. Ich ging ſo, Tag für Tag, herum auf ihren graſigen Pfaden und ſah, ob dies und jenes Feld gedeihe, das ich in Schutz ge-
25 nommen, als wär' es mein, ob da und dort die ſauren Pflaumen und die kleinen Pfirſiche milder würden und größer, zählte die Trauben am Stocke und pflückte mir Beeren an den Hecken und wilde Pflanzen am Wege. Derlei Geſchäfte trieb ich meiſt den Sommer über.

30 Aber meine Gedanken ſind wunderbar unter dieſen Spielen gereift, und meine Seele iſt im Müßiggange größer geworden.

Es kommt mich ſchwer an, dieſe Inſel zu verlaſſen.

Ich ſehe mit wehmütiger Freude das unſchuldige Leben dieſer Tale und Hügel. Es iſt, als ſollt' ich noch mein Abſchiedsmahl ge-
35 nießen.

Reifer grünt die verbrannte Wieſe noch einmal auf im kühlen Regen des Spätjahrs, und die Zeitloſen blühen im dunkeln und ſchönen

Grase und auf den Stoppeläckern weiden die Schafe, und die Zug=
vögel versammeln sich lärmend in dem abgeernteten Weinberg, schreien
und schicken zur Reise sich an. Lieblich mild sind itzt die Spiele der
Wolken, und die Sonne lächelt in ihrer ewigen Ruh' dazwischen, und
die Menschen sitzen vergnügt freudig in der verschlossenen Hütte
und — wie die Bienen des gesammelten Honigs — freuen sich der
Früchte des Jahrs. Nur der Jäger streift noch mit schönen Hunden
den Wald. Auch die Schiffe kommen nach Hause, und die Masten ruhen
im Hafen.

Ich frage nicht, ob ich nicht anderswo dies all so gut gefunden
hätt', wie in Salamis. Es ist unverzeihlich altklug, wenn ein Freund
uns Ruhe gibt mit seinem stillen Gespräche, und dann noch hinterher
zu sagen, derlei könne man überall haben. Und ich weiß nicht, Sa=
lamis hat doch eigene Reize, und die Gefährten des Ajax hatten recht,
im Vaterlandsweh auf der fernen Küste zu rufen:

„Voll Ruhms, voll guten Geistes, o Salamis!
Draußen schwimmst du, von Meereswogen umrauscht!"

Hölderlins Werke

in vier Teilen

Herausgegeben

mit Einleitungen und Anmerkungen versehen

von

Marie Joachimi-Dege

Berlin — Leipzig — Wien — Stuttgart
Deutsches Verlagshaus Bong & Co.

Hölderlins Werke

Dritter Teil

Empedokles

Herausgegeben

von

Marie Joachimi=Dege

———

Berlin — Leipzig — Wien — Stuttgart
Deutsches Verlagshaus Bong & Co.

Spamersche Buchdruckerei in Leipzig

Inhalt des 3. Teiles.

Einleitung des Herausgebers.

***

Der Tod des Empedokles.

Immer mehr drängte es Hölderlin in der letzten Frankfurter Zeit, den „Hyperion" zum Abschluß zu bringen, denn ein großartigerer Plan hatte sich seiner bemächtigt. Was in der rhythmischen Prosa und der erzählenden Form seines Romans nur unvollkommen ausgesprochen werden konnte, die ganze Fülle und Tragik und Musik seiner seherisch erleuchteten Seele, wollte er in unmittelbarer Weise, in der ihm einzig entsprechenden Form — in einem Trauerspiele — Ausdruck verleihen. Hölderlin wollte sein Leben in einem Werke vollenden! Müde und krank, wie er war, bangte ihm, daß ihm dieses Letzte und Höchste versagt werden, daß der Tod es vereiteln möchte:

> „Nur einen Sommer gönnt, ihr Gewaltigen!
> Und einen Herbst zu reifem Gesange mir,
> Daß williger mein Herz, vom süßen
> Spiele gesättiget, dann mir sterbe!
>
> Die Seele, der im Leben ihr göttlich Recht
> Nicht ward, sie ruht auch drunten im Orkus nicht;
> Doch ist mir einst das Heil'ge, das am
> Herzen mir liegt, das Gedicht gelungen:
>
> Willkommen dann, o Stille der Schattenwelt!
> Zufrieden bin ich, wenn auch mein Saitenspiel
> Mich nicht hinabgeleitet; einmal
> Lebt' ich, wie Götter, und mehr bedarf's nicht."

Die Parzen haben sein Gebet nicht erhört. Ehe er den „Empedokles" vollenden konnte, riefen sie ihn zurück aus der dichterischen Stille und Muße in den Wirbel des Alltags, in dem sein Saitenspiel zerbrach.

Der erste Plan zum „Empedokles“ entstammt der späteren Frankfurter Zeit. Hölderlins Absicht, ein Trauerspiel zu schreiben, war aber viel älter. Schon in Waltershausen wollte er damit anfangen. Damals beschäftigte ihn der „Tod des Sokrates“, ohne daß ihn der Stoff unmittelbar zu dichterischer Schaffensfreude entflammt hätte. Erst in der Fülle der Frankfurter Zeit fiel ihm „der große Sizilianer ein, der einst, das Stundenzählen satt, vertraut mit der Seele der Welt, in seiner kühnen Lebenslust sich hinabwarf in die herrlichen Flammen“ des Ätna. Und dieser Stoff reißt den Dichter hin. In Empedokles’ Seele meint er sich selbst zu sehen, in Empedokles’ Schicksal kann er sein ganzes Leben, Sehnen, Fühlen und Schauen hineinlegen. Hier war „ein großartiges Symbol für alles, was er zu sagen hatte“, gegeben. — Hölderlin geht sofort an die Gliederung des Stoffes. Er berichtet im Juli oder August 1797 dem Bruder: „Ich habe den ganzen detaillierten Plan zu einem Trauerspiele gemacht, dessen Stoff mich hinreißt.“ Dieser Plan ist uns erhalten. Von der eigentlichen Ausarbeitung des Dramas weicht er in Wesentlichem ab. Mit dieser ist Hölderlin während des letzten Jahres in Frankfurt und dann während seines ganzen Aufenthaltes in Homburg beschäftigt: „Sie soll mein letzter Versuch sein, auf eigenem Wege mir einen Wert zu geben.“

Der Empedokles der Geschichte, den Hölderlin als „Stoff“ seines Dramas vorfand, ist ein suchender Denker, ein spekulierender Philosoph und Priester; dabei auch Staatsmann und Reformator; eine überragende Persönlichkeit, die die Menschen ihrer Umgebung zu Liebe oder Haß hinreißt, die sich berufen fühlt, zu lehren, zu lenken, zu helfen, zu trösten, die sich aber zugleich mit lebendiger Kritik dem Bestehenden zuwendet und eine neue, reine Lehre von den Göttern, eine neue Lebensweisheit, eine neue Philosophie predigt. Die Philosophie dieses Empedokles ist die Lehre vom seligen Welt-Sphairos, dem Gotte des vollendeten Urzustandes, der alles Werden und Vergehen in vollkommener Mischung in sich trägt, bis die bewegenden Kräfte der Liebe und des Hasses ihn in sich selbst so verteilen und bewegen, daß sich vier Elemente in ihm sondern und trennen, und nun in dem ewigen Wechsel ihrer Vereinigung und Trennung unsere bewegt wogende Welt entsteht und fortlebt. Diese Philosophie war trotz ihrer Naivität dem tiefsinnigen Pantheismus Hölderlins nahe verwandt. — Eine Erlösernatur wie Hölderlin, nur viel kräftiger, selbstsicherer und eitler erscheint Empedokles uns in seinen Schriften und in der Überlieferung. „Ich aber

wandle", singt er in einem seiner Sühnlieder, „als unsterb=
licher Gott, nicht mehr als Sterblicher vor euch; man ehrt
mich als solchen allenthalben, wie es sich für mich gebührt,
indem man mir Binden ums Haupt flicht und blühende Kränze.
Sobald ich mit diesen, Männern wie Frauen, die blühenden
Städte betrete, betet man mich an, und Tausende folgen mir
nach, um zu erkunden, wo der Pfad zum Heile führe." Von
der Volksgunst verlassen, verscholl Empedokles schließlich in der
Verbannung. Man erzählte, er habe sich in den Ätna gestürzt,
und dieser habe seine Sandalen wieder ausgespien.

Für Hölderlin wurde Empedokles ganz das, was er selbst
war, ein Dichter und Seher von der Götter Gnaden, in dem
sich die Harmonie des All=Einen spiegelt, der an den Einseitig=
keiten, dem Bedingt=Werden und den Unvollkommenheiten des
Einzeldaseins leidet, und der schließlich sein Einzelleben für die
Lösung der Dissonanzen des geteilten Menschenlebens aufopfert:

> „Das Leben suchst du, suchst, und es quillt und glänzt
> Ein göttlich Feuer tief aus der Erde dir,
> Und du in schauderndem Verlangen
> Wirfst dich hinab in des Ätna Flammen.
>
> So schmelzt' im Weine Perlen der Übermut
> Der Königin; und mochte sie! Hättest du
> Nur deinen Reichtum nicht, o Dichter,
> Hin in den gärenden Kelch geopfert!
>
> Doch heilig bist du mir, wie der Erde Macht,
> Die dich hinwegnahm, kühner Getöteter!
> Und folgen möcht' ich in die Tiefe,
> Hielte die Liebe mich nicht, dem Helden."

Hölderlins Trauerspiel „Der Tod des Empedokles" war bis
auf den letzten Akt im wesentlichen fertig, als Hölderlin im Juni
1799 Homburg verließ. Dieser fehlende Schlußakt, auf den das
ganze Drama nur Vorbereitung war, hätte sich zu großartiger
Höhe erheben und in einem gewaltigen Finale Himmel und Erde
und Mensch in wundervoller Tragik verbinden sollen, — in einer
Tragik, die, frei von aller Qual und Pein, im Untergange des
Helden, im Tode, nur die Wonne der gewaltigen Sphären=
harmonie und die Ewigkeit des Lebensrhythmus spiegeln sollte,
und die die Unvollkommenheit und Beschränktheit des Einzel=
bewußtseins in der Vollkommenheit und Freiheit des All=
bewußtseins auflösen sollte.

Alles ist in unübertrefflichster Weise im Drama auf einen solchen Moment höchster Tragik, die sich in ihrer reinsten Form zur höchsten menschlichen Freiheit auflöst, vorbereitet. Das Geräusch der Menge, die Unruhe der persönlichen Schmerzen verstummt von Szene zu Szene mehr und mehr; die Furcht vor dem Untergang, das Sichsträuben gegen den Tod, als sei er etwas unserer Natur Widersprechendes, sänftigt sich allmählich — erst in Empedokles, dann in Pausanias und dem Volk und schließlich auch im Zuschauer. Eine tiefe Stille umgibt uns, wir warten wie in einem heiligen Haine auf ein großes Ereignis, das etwas nie Erfahrenes uns offenbaren soll. — Es ist nach Sonnenuntergang. Empedokles steht allein auf dem freien Gipfel des Berges. Die Welt unter ihm liegt im Schatten. Groß und ruhevoll hebt sich seine Gestalt vom weiten Himmel ab; es ist, als vernähmen wir in der tiefen Stille den hohen Schlag seines all-liebenden Herzens. — Bald wird es dunkle Nacht sein, dann wird der Ätna in heißer Lebendigkeit leuchtende Flammen emporschießen; der Mond wird über dunklen Wolkenmassen heraufsteigen, das geheimnisvoll anschwellende Wehen des Äthers wird den Einsamen umfangen — und dann wird es geschehen, das Gewaltige: — Empedokles wird reden; — in Worten wird sein Geist dem Allgeist liebend sich vermählen, und im Gewitter wird der Geist ihm antworten mit seinem Munde, in der machtvollen Sprache seiner Natur, die nur der Gottgeweihte versteht. Dann — voll Entzücken — fliegt Empedokles dem Ewig-Lebenden ans Herz.

„Im Tode find' ich den Lebendigen."

Es ist, als habe Hölderlin seine ganze Dichterkraft für diesen Schluß und Höhepunkt seines Dramas sammeln wollen. Er sparte seine Kraft dafür, bis es zu spät war.

Aber auch ohne das große Finale sind die zwei Akte dieses Trauerspiels eines der größten Meisterwerke der deutschen Kunst. Freilich muß man, wie Dilthey betont, „wenn man an die Bruchstücke dieser Tragödie herantritt, jede Erinnerung an die in äußerer Fülle sich ausbreitende Handlung Shakespeares fallen lassen, jede Erinnerung an Regeln und Kunstform Lessings und Schillers und an die Urteile, die nach solchen Maßstäben Hölderlins Drama undramatisch finden". Mehr noch als in seinem „Hyperion" und seinen „Gedichten" steht Hölderlin in seinem Trauerspiel groß und einsam in unserer Literatur. Nicht über und nicht unter die bekannten und anerkannten sogenannten klassischen Dramen, sondern neben sie, aber weit ab von ihnen tritt der „Empedokles" als etwas ganz Neues, Eigenes, Persönliches.

Mit diesem Persönlichen aber verbindet sich eine weit über das Persönliche hinausragende künstlerische Absicht: die religiöse Tragödie soll im Sinne der antiken griechischen erneuert werden. Hölderlin unternimmt es, das im Laufe der grübelnden Jahrhunderte unendlich vertiefte und verinnerlichte Verhältnis zwischen Gott und Mensch und Welt, das in seiner Dissonanz die tiefste Quelle aller Tragik im Menschenleben ist, aus der stummen Tiefe der Menschenbrust zu dramatischem Dasein emporzurufen. Diese Tragödie soll der höchsten und letzten Anschauung des Lebens Bildlichkeit geben; sie soll das tiefste, wortelose Kämpfen und Ringen der Menschenbrust in geisterfüllten Worten, bewegter Handlung und dichterischer Schönheit gestalten. Sie soll nicht nur ein Menschenschicksal aus dem Ganzen herausgreifen, sondern sie soll das gewaltige Schicksal des Menschengeistes selbst im großen Symbol lebendig veranschaulichen und seine schweigende, quälende Gewalt in hohe, einfache Rhythmen und tiefernste, heilige Melodien auflösen und dem Gefühle der fühlenden Seelen versöhnen.

Unerreicht, vielleicht unerreichbar ist, was Hölderlin geschaffen. Die vollständige Reinheit, Schlankheit und Durchsichtigkeit der Form, die tiefe unirdische Musik der Verse, die wunderbare Einfachheit und Klarheit der Worte und die geheimnisvolle, farbensatte Schönheit des landschaftlichen Hintergrundes — sie entsprechen in vollendetem Maße der Größe und Tiefe des Stoffes und Grundgedankens; der Wahrheit, Sicherheit und Schönheit der Dichterseele, die sich hier in ihrem tiefsten Anschauen und Erleben verkörpert. Hier erhält die Tragik des Mensch-Seins ihren reinsten, empfundensten und vollkommensten Ausdruck.

Vergleichen wir den ursprünglichen Plan des „Empedokles" mit der Ausführung des Themas, wie es uns im „Tod des Empedokles" gegeben ist, so sehen wir, wie Hölderlin von dem Gebräuchlichen, Traditionellen, von einer reichgegliederten, bunt bewegten, komplizierten Handlung immer mehr zu der ihm eigentümlichen Einfachheit sich durchringt, und wie dieser Vereinfachung der Handlung die Vertiefung und Veredlung des Stoffes und des Grundgedankens entspricht. „Die hohe Schicklichkeit", die Hölderlin an den Werken der Griechen pries, wir können sie hier in seinem „Empedokles" wiederfinden: — Gott und Mensch ist das Thema des Trauerspiels; die Welt sein Hintergrund. Der Boden von Agrigent hat typische Bedeutung. Die tiefe

Innerlichkeit des dramatischen Konfliktes und seine allgemein=
gültige Bedeutung wären durch eine Menge redender Personen
und eine Fülle durcheinanderklingender Töne nur verdeckt
worden. So schreitet Hölderlins Schaffen fort, indem es die äußer=
liche Fülle und Kompliziertheit mehr und mehr verschwinden, die
Grundlinien immer bestimmter hervortreten läßt, sie immer
rhythmischer zusammenstimmt, bis zuletzt das erreicht ist, was
die Romantiker als das Merkmal des wahren Kunstwerks
preisen, wenn sie sagen, daß dieses „überall scharf begrenzt, inner=
halb der Grenzen aber grenzenlos und unerschöpflich“ sei. —
Freilich handelt es sich bei dieser Vereinfachung nicht allein um
ein mit Genialität durchgeführtes Kunstprinzip; Hölderlins
Dichterindividualität widerstrebte es überhaupt, in bunten Bildern
das abwechslungsreich Interessante zu gestalten; seine ganze Wesen=
heit drängte nach dem einfachen Rhythmus, „dem Einklang, der
aus dem Busen dringt und in sein Herz die Welt zurücke schlingt“.
Selbst wenn er gewollt hätte, so vermochte er nicht wie Shake=
speare oder Goethe, das Leben wie in einem Guckkasten freudig
staunend zu betrachten. Die unharmonische Fülle störte, das
wilde Durcheinander beängstigte ihn, und sein musikalisches Emp=
finden wie sein künstlerischer Trieb wiesen ihn darauf, erst
innerlich die Fülle zu mäßigen und harmonisch zu gliedern,
das Durcheinander zu klären, ehe er zur dichterischen Aussprache
der ihm gewordenen Eindrücke fortging. Erst wenn das Ge=
schaute und Empfundene in die höchste Einheit, die sein Bewußt=
sein ahnte, eingestimmt war, erst wenn es aus der tiefsten Ein=
heit seines Selbst wieder emporquellen konnte, bequemte es sich
seiner gestaltenden Muse. Ganz töricht aber ist es, in dieser
Eigentümlichkeit Hölderlins einen Mangel sehen zu wollen,
so töricht, als wolle man dem Turme seine Höhe, dem Schlosse
seine Größe, dem Steine seine Schwere, dem Kristall seine
Regelmäßigkeit zum Vorwurf machen. Wann werden wir end=
lich lernen, die Kritik auf dem Verstehen aufzubauen? Wie
unsagbar ist an Hölderlins Geist gesündigt, weil man ihn nicht
nach seiner dichterischen Eigenart, sondern in seinem Unterschiede
von Schiller, Goethe — und schlimmer! von der Person des
Kritisierenden — betrachtete! Man tut damit in Hölderlins
Falle um so mehr unrecht, da es kaum je einen Künstler gab, der
so wie er in den geheiligten Schranken seiner ihm eigentümlichen
Offenbarung blieb, und der so selbstsicher den Stoff seiner künst=
lerischen Begabung gemäß wählte und formte.

Im „Empedokles“ handelt es sich — wie schon gesagt —
um ein rein geistiges Problem: um das Verhältnis Mensch und

Gott, Teilexiſtenz und Geſamtleben. Die Beziehungen zwiſchen Menſch und Menſch ſind dieſem höchſten Verhältnis unterge= ordnet. Deshalb hat Hölderlin ſeinen Helden auch nicht, wie er urſprünglich plante, mit Familienbanden und =pflichten in die Menſchheit hineingebunden. Empedokles iſt das große Symbol für den reingeiſtig gerichteten Menſchen; auch die Beziehungen zu den andern Weſen ſeiner Gattung ſind rein geiſtiger Art: er iſt ihr Lehrer, Freund, Wohltäter. Im übrigen ſteht er frei von Menſchenpflichten vor ſeinen Göttern, durch ein tieferes Pflicht= und Lebensbewußtſein ihnen verbunden, als denen, die ſeinesgleichen ſind oder ſcheinen.

Aus dieſem tieferen Pflicht=, Glücks= und Lebensbewußtſein entſpringt der große Konflikt ſeines Daſeins. Der Freund der Götter, der doch ganz Menſch in ſeinem Fühlen iſt, findet nur, wenn er dieſes ſein beſchränktes Menſchtum vergißt und ſich in höchſter Liebe der allbelebenden Gottheit hingibt, die höchſte Befriedigung ſeines Sehnens und die tiefſte Bejahung ſeiner innerſten Weſenheit. Aber dieſe gänzliche Hingabe im Gefühl an das all=eine göttliche Leben kann — den Geſetzen des menſch= lichen Teillebens gemäß — nicht von fortwährender Dauer ſein. Es folgen — wie Hölderlin in ſeinem Grund zum „Empedokles“ ausführlich entwickelt — mit Notwendigkeit auf die höchſten Momente der glückſeligen Selbſtvergeſſenheit und des göttlichen Allgefühls ſolche der Erſchöpfung und der grübelnden Selbſt= betrachtung. So findet Empedokles, deſſen expanſive Geiſtes= kraft und inniges Gefühlsleben ſich voll Begeiſterung und Entzücken im Höchſten, Letzten und Ganzen verliert, in ſich ſelbſt den Feind: ſein ſterbliches und an die Geſetze der Iſoliert= heit und des Teilſeins gebundenes Selbſtbewußtſein, ſeine ihn in engſte Schranken zurückweiſende und ſich ſelbſt gar niedrig wertende Selbſterkenntnis ſind die Gegner ſeiner großen Seele, die ſich zum Ganzen erweitern möchte und nur im Höchſten zu ruhen vermag, ſie ſind der Feind ſeines angeborenen, hoch= fliegenden Strebens, das nach großem Erkennen, großem Fühlen, großen Leiſtungen zielt, das die Gottheit ſehnend fühlt und ſucht, und das ſich ſelbſt für die Erfüllung des Willens der Götter auf Erden verantwortlich macht. — Das iſt der innere Konflikt der Tragödie im Weſen des Empedokles. Er wird verſchärft durch den äußeren Konflikt.

Als äußerer Feind und Widerſacher tritt dem Empedokles der Prieſter entgegen. Er iſt die Verkörperung jener Menſchennatur, die dem Weſen des Empedokles diametral entgegengeſetzt iſt und daher auch im entgegengeſetzten Sinne ſtets wirkſam iſt. Sie

sucht nicht Befreiung vom engen Selbst und beschränkten Ich-
bewußtsein in der Ruhe des Ewigen, Ganzen, im Gefühl des
Gottes, sondern sie strebt mit Scharfsinn und Klugheit nach
bewußtem Selbstgenuß, nach Befestigung des Ichgefühls; sie
sucht nicht Hingabe an das All, sondern persönliche Macht, und
sie nutzt die enge Bedingtheit des menschlichen Lebens und den
eigenen Scharfsinn, um sich auf Kosten der andern und des
Ganzen zu behaupten. Wenn ein solcher Mensch als Priester
und als Stellvertreter des Ganzen und des Gottes berufen wird,
so nutzt er seine Stellung, indem er sich selbst zum Empfänger
der Ehren macht, die der alltragenden und allumfassenden
Weltseele gelten und gebühren. Was in der Seele des Empedokles höchste Qual bedeutet, das enge, auf sich selbst konzen-
trierte Ich-Bewußtsein, tritt in runder Abgeschlossenheit und
Selbstgenugsamkeit ihm in der Gestalt des Priesters auch äußerlich feindlich entgegen. Empedokles' ungeduldig über sich hinaus-
fliegender Geist muß dem selbstbeherrschten, machtfreudigen
Priestergeist standhalten und sich mit ihm messen.

Zwei Parteien der Menschheit treten in diesem Kampfe einander gegenüber. Auf seiten des Empedokles, der „des Gottes
voll", steht die Jugend und die Zukunft in Gestalt des Pausanias und steht das Ewig-Weibliche in den Verkörperungen der
Panthea, der verstehenden, liebenden, sich immer gleich bleibenden reinen Jungfrau, und der Delia, dem freundlich-offenen,
empfänglichen Mädchen. Zum klugen Priester gesellen sich
das wirre Volk und der beängstigte Machthaber, der Chor derer,
die das Ihre suchen — die Gegenwart.

Denken wir daran, daß Hölderlin sein Drama schrieb, als
Schiller auf den großen Gegensatz zwischen dem Idealisten und
dem Realisten in Kunst und Leben hingewiesen hatte! Hölderlins
Sympathien und sein Verständnis stehen auf der Seite des
Idealisten.

Doch der „Empedokles" reicht weit über die praktisch nüchterne
Klassifizierung von Realismus und Idealismus hinaus. In
den feindlichen Mächten und Parteien spielt sich äußerlich ab,
was den Grundkonflikt des Innersten alles Menschendaseins
ausmacht: der Kampf zwischen dem unendlichen Streben und dem
endlichen Sichbehaupten, dem großen Wollen und dem kleinen
Erreichen, dem begeisternden All-Bewußtsein und dem unent-
rinnbaren Menschengefühl und der Menschenbedürftigkeit.

Dieser Konflikt beginnt in der Brust des Empedokles, gewinnt Gestalt und dramatische Bewegung, als sich dem innern
Feinde in Empedokles' Brust die äußeren Feinde gesellen.

Empedokles und die Seinen, die unauflöslich gebunden sind an ihnen eigentümliche Gesetze der Schönheit, Liebe und Wahrheit, müssen in diesem Kampfe gegen die rücksichtslos draufgehende, Macht dürstende, Fluch aussendende Gewalt weichen. Der Konflikt erschöpft und vollendet sich äußerlich im Fluche des Priesters mit der Niederlage des Empedokles! Er hat aber damit nicht sein wahres Ende erreicht. In der Brust des Empedokles dauert er fort. Hier hat er durch die äußere Unterwerfung unter das Priestergesetz nur eine widernatürliche Verschärfung erfahren. Hier findet er aber schließlich auch seine wirkliche und endgültige Lösung: das hochfliegende geistige Leben feiert seinen höchsten Triumph und Sieg über die menschliche Bedürftigkeit, Schwachheit, Isoliertheit und Ehrliebe in der gänzlichen, vollkommenen, selbstgewollten und selbstvollbrachten Hingabe des Bedingten, Zeitlichen, Gebundenen — des menschlichen Einzellebens — an das unendliche, ewige, freie All-Leben, an das Ganze, an die göttliche Natur. In diesem innern Sieg, der sich bei Empedokles im Entschluß, freiwillig zu sterben, offenbart, wächst dieser über sich selbst hinaus zur Höhe eines übermenschlichen, überpersönlichen, schicksalslosen, göttlichen Wesens. So tritt er dann von neuem dem ihn suchenden Volke entgegen.

Das ist der Kernpunkt des zweiten Aktes. Er ist eine Wiederholung des Kampfes der beiden Parteien auf höherer Grundlage. Nicht der Priester, sondern das Volk, das in seinem dunkeln Drange schließlich mächtiger ist als der Priester in seiner selbstbewußten Klugheit, ist im zweiten Akt der Gegenspieler des Empedokles.

Galt es im ersten Akt den Kampf mit der zielbewußten Feindschaft eines einzelnen Widersachers, der sich die verworrene Masse unterworfen hatte, so gilt es jetzt den schwereren Kampf mit der bestrickenden Liebe der Masse, der freiwilligen Huldigung des Volkes, das in der ungezähmten Kraft seiner unkontrollierbaren Gefühlsausbrüche den Priester sich dienstbar gemacht hat. Dieser neuerwachten Liebe des Volkes möchte sich wohl leicht ein Parteigenosse in Empedokles' eigener Brust gesellen. Denn seine Liebe zum Volk und des Volkes dankbare Gegenliebe war es ja, die ihn bewogen hatte, die Fülle seines Herzens und den Reichtum seines Geistes vor ihm auszuschütten, bis er sich aus Mangel an Widerhall selbst leer und unbedeutend vorgekommen war. Wenn diese Liebe in ihrer Maßlosigkeit wieder von ihm Besitz ergriffe, vermöchte sie es dann nicht, sein schon dem Höchsten geweihtes Einzelleben von der Hingabe an das

Ganze, die Gottheit wieder abzulenken? Vermöchte sie nicht
die schon im großen Entschluß befreite Seele wieder zum ver-
worrenen und verwirrenden Einzelsein hinabzuziehen? — Empedokles bleibt Sieger. Er ist innerlich schon zu frei und zu hoch
geflogen, als daß das Irdische wieder Macht über ihn gewinnen
könnte. Anstatt zur Menge des Volkes sich herabzulassen, hebt er
die Geister der Vielen auf seinen groß tönenden Worten zu sich
empor; sie fühlen und ahnen eine neue, größere Welt, und sie
beugen sich instinktiv vor dem unverstandenen, unfaßbaren Willen
und Worte des Empedokles, wie sich das Kleine vor dem Großen,
das Zeitliche vor dem Ewigen beugt und sich ihm fügt.

Nur ein Dichter von der tiefen Innerlichkeit eines Hölderlin
und von so überragender Gestaltungskraft und Phantasie, nur
ein Auge, das so tief und klar und scharf und dabei doch so
voll Eindrucksfähigkeit für die leiseste Abtönung der Farben,
den zartesten Ausdruck der Linien war, konnte diese unirdischen
Wahrheiten in irdischer Sprache und Schönheit dramatisch und
bühnenmöglich gestalten. Daß man in einem solchen Drama,
das ganz und ausschließlich auf das tiefste Allgemeinmenschliche
abzielt, nicht interessante Individualitäten und feine Charakter-
studien an Einzelfiguren erwarten darf, sondern typische Vertreter
des ganzen Geschlechts, ist selbstverständlich.

Mit einem leisen, zarten Akkord beginnt das Drama:
„Dies ist sein Garten. Dort im geheimen Dunkel, wo die
Quelle springt, dort stand er jüngst, als ich vorüberging —
Du hast ihn nie gesehn?" In den Worten der begeistert
liebenden, innigen Panthea steigt zuerst vor uns das gewaltige
Bild des Empedokles im Schimmer aller Herrlichkeit und
Schönheit auf.

Zugleich aber kommt auch schon die erste, leichte Kunde von
einem „eigen tiefen Leid", das ihn bedrückt, als erstes Anzeichen, daß der Konflikt der Tragödie schon begonnen.

Hat sich Pantheas' verstehender Liebe die ganze Tiefe und
Schönheit und gewaltige Bedeutung des großen Mannes erschlossen, so versteht der Priester seine Schwäche zu beurteilen
und zu nutzen. Nicht als Verkündiger der höchsten göttlichen
Wahrheiten, sondern als ihr Behüter und Verschweiger, als
der kluge, geizige Schatzwächter, der den Reichtum der Erkennt-
nisse und Geistesgüter ängstlich verbirgt, steht er da und sieht
mit Zorn und Ungeduld auf Empedokles, den Verschwender,
der aus übervollem Herzen und Geiste vor der Menge ausgießt,
was er, der Berufene, der Diener Gottes, nur verhüllt und
von ferne dem angstvoll staunenden Volke als Reiz-, Zucht-

und Beschwichtigungsmittel zu zeigen für gut hält. Das Volk aber fürchtet den Priester; es liebt und betet Empedokles an.

Empedokles aber geht allein. Er ist in jenem Gemütszustande, zu dem Hölderlin uns selbst im „Grund zum Empedokles" durch eine ausführliche philosophische Analyse den Schlüssel gegeben hat. Seine Seele, die sich an die Allheit der Gottheit verloren hatte, die sich dem „Objektiven" bis zur völligen Selbstvergessenheit im erhebenden Gefühl der Vollendung hingegeben hatte, ist nach dem natürlichen, organischen Gesetz auf sich selbst zurückgeworfen. Aus der seligen gefühlvollen Selbstvergessenheit, in der sie das vollkommene harmonische Leben des All-Einen mitgelebt hat, sieht sie sich auf einmal mit Schaudern in die Leere der beschränkten Selbsttätigkeit seines organisch gebundenen Ichs zurückversetzt, und in der Reaktion auf die großen Augenblicke reinen Fühlens ist dieses Ichbewußtsein so stark, so konzentriert, daß vor ihm das Bewußtsein des Teilhabens an der Gottheit und das damit verbunden gewesene Gefühl der Vollendung ganz verlischt, ja als Vermessenheit und Schuld erscheint. Das Göttliche, Ganze, Eine, das dem Gefühl bis zur vollständigen Identifizierung mit ihm gegenwärtig war, tritt zu dieser heftigen Tätigkeit des Ichbewußtseins in stärksten Gegensatz, es schnellt vor ihm ins „Unbegreifliche" zurück. In der Hingabe an das Ganze, an die Gottheit lebte die unendliche Kraft des All-Einen in Empedokles; in der scharfen Selbsttätigkeit, in der intensiven Bewußtseinsarbeit seines Ichs lebt die Ohnmacht des sich vom Ganzen isoliert betrachtenden, an und für sich wertlosen Teils. Nur noch in der Erinnerung erlebt Empedokles die Seligkeit der gefühlten Götternähe, er erlebt sie aber so nur, um dadurch die Gottverlassenheit und Trostlosigkeit seiner Gegenwart um so stärker zu empfinden. Das Bewußtsein der Kleinheit seines Ichs, seiner vollständigen Nichtigkeit, Gottunähnlichkeit und Bedürftigkeit wirft ihn ganz danieder, und klagend vermeint er in diesem Zustand die Strafe der Götter für Selbstüberschätzung und Vermessenheit zu empfangen. Zwei Stimmungen bekämpfen und zerreißen ihn: die Erinnerung an eine selbstvergessene, nur gefühlte Seligkeit in der Teilhaftigkeit am Göttlichen und die zermalmende Erkenntnis seiner menschlichen und persönlichen Nichtigkeit und Gottunähnlichkeit. Aus dem allmählichen Ausgleich und der Versöhnung dieser beiden gegensätzlichen Stimmungen, vermöge der fortschreitenden eigenen geistigen Kraft und inneren Selbsttätigkeit des menschlichen Bewußtseins, sieht Hölderlin im „Grund zum Empedokles" den Grund alles geistigen Fortschritts, aller Kunst und der höchsten

Lebensmomente der Menschheit. Durch eigene tätige Geistig=
keit — so erklärt er — gelangt der Mensch dazu, in seinem
Bewußtsein wiederherzustellen, was er für verloren hielt, weil
er es zuerst nur gefühlsmäßig erlangt hatte: die Harmonie
mit dem Unendlichen, Einen, Göttlichen. In dem Maße, wie
er mit sehnendem Streben unermüdlich fortschreitet, sein Be=
wußtsein zu dem Bewußtsein der All=Einheit erweitert, schwindet
das furchtbare Nichtigkeitsgefühl mehr und mehr, bis er schließ=
lich denselben Zustand höchster Begeisterung und Seligkeit, den
er für ewig verloren hielt, in seinem Bewußtsein wieder erreicht
hat. Jetzt erlebt er das Höchste „was der Mensch erfahren kann,
denn die jetzige Harmonie mahnt ihn an das vormalige umge=
kehrte reine Verhältnis, und er fühlt sich und die Natur zwiefach;
und die Verbindung ist unendlicher". („Grund zum Empedokles.")
Und diese neue beseligende Harmonie seines Teillebens mit dem
All=Leben kann ihm nicht wieder verloren gehen, weil sie nicht mehr
auf rein passivem Empfangen und Fühlen beruht, sondern eine
Erwerbung seiner Eigenkraft in mühevoller Wesenserweiterung
bedeutet. Er hat sich die Schönheit des All als Wahrheit und
Erkenntnis errungen; er hat sich dem Ganzen mit Bewußtsein
harmonisch eingepaßt und kann nun aus sich die Wahrheit und
Schönheit des All=Seins sprechen lassen und in Werken ge=
stalten: er ist ein Künstler. Für Empedokles aber ist dieser
höchste Moment zugleich die Erfüllung und Erklärung seines
ganzen Strebens und Wesens. Wie die Stunde qualvollen
Ringens, künstlerischen Gebärens vorüber ist, da ist sein Leben
vollendet, und er gebiert sein höchstes Kunstwerk: seinen Tod.

Der Ausgleich dieses Gegensatzes in Empedokles' Brust und
äußerem Leben ist der Inhalt des eigentlichen Dramas, soweit es
fertig geworden ist.

Nachdem wir Empedokles mit Pantheas und mit des Prie=
sters Augen gesehen haben, erscheint er selbst vor uns, gebeugt
von der Gewalt seines inneren Schicksals. Wie ein Fremdling,
der aus fremden, unendlichen Höhen auf die Erde hinabgestürzt
ist, hat er bis jetzt in seiner „Halle Dunkel" gelegen, gottverlassen
und von qualvoller Nacht umgeben, bis der anbrechende Tag ihn
ins Freie rief. Wie einer, der von vorn zu lernen hat, sieht er
und grüßt er die bekannten Bäume, das Licht, die Quellen;
wie ein sich allmählich Erinnernder die ganze ihm von Jugend
an vertraute Natur. Und eine Fremdheit bleibt:

„Weh einsam! einsam! einsam!"
Als unbegreifliche tiefe Schuld stehen seine eigenen Worte, die
der Mund im Übermaß der Götterseligkeit sprach, aus seiner

Erinnerung vor ihm auf und klagen ihn an. Hat er, Empe=
dokles, geglaubt, daß Götter in ihm wohnten? Hat er geglaubt,
die Gottheit brächte sich dem Sterblichen dar? Hat er Gottes=
geist und Menschengeist verwechselt? Wie hat er toll vermessen
ihrer Größe und seiner Kleinheit vergessen! Und jetzt ist dieses
vernichtende Gefühl der Ohnmacht, diese Qual der Selbsterkennt=
nis die von den Göttern gesandte Strafe! Wo aber fände er
die Sühne? Es gibt keine, denn keine scheint groß genug, den
Frevel auszulöschen! Und so voll innerer Zerknirschung und
Selbstvernichtung ist Empedokles bereit, den Fluch über sich
selbst auszusprechen.

> „Und es reißt
> Die delphische Krone mir kein Besserer,
> Denn ich, vom Haupte und nimmt die Locken hinweg
> Wie es dem kahlen Seher gebührt, — o Götter!"

Auf der Höhe der Verzweiflung erscheint dem Empedokles
der Freund und Schüler. Pausanias' unerschütterlicher Glaube
an den gottgeweihten Seher und seine hingebungsvolle Liebe
zu dem Lehrer und Freund ruft in diesem von neuem die Er=
innerung an seine verflossene Seligkeit, seine Größe, seine
frühere Vertrautheit mit allem Göttlichen und seine inneren
Beziehungen zu den Geheimnissen der allwebenden Natur zurück.
Was als Schuld erscheint, war — so erkennt Empedokles jetzt
— zugleich Schicksal.

> „Menschen hatten mich
> Es nicht gelehrt, mich trieb unsterblich liebend
> Mein heilig Herz Unsterblichen entgegen!"

Im Gespräch mit Pausanias heben und senken sich die
Wogen des innern seelischen Kampfes im heftigen Wechselspiel,
um zuletzt in gänzlicher Mutlosigkeit zusammenzusinken. „O
glaub' es mir, ich wäre lieber nicht geboren." Dies ist der Augen=
blick der größten Schwäche.

Und diesen Augenblick weiß der Priester zu nutzen. Er
erscheint mit dem Archon und dem Volke. Was Empedokles sich
selbst in qualvoller Selbstanklage als unermeßliche Schuld vor die
Augen stellte, das wird im Munde des Priesters zu alltäglicher
scheußlicher Sünde. Die tiefe Herzensschuld wird im Spiegel
der Gesinnung des Volkes und des Priesters zum gemeinen Ver=
brechen, dem als Strafe der Fluch des Priesters und die Ver=
bannung gebühren. Damit ist der Augenblick tiefster Erniedrigung

erreicht. Im Innern des Empedokles beginnt jetzt schon — von ihm selbst kaum klar geahnt — der Aufstieg. Im Wortgefecht mit der feindlichen Macht wird sich Empedokles wieder seiner überragenden Größe bewußt, und in diesem neu erwachenden Glauben an sich selbst unterwirft er sich dem Spruch des Priesters. Segnend und sorgend für die, die ihm angehören, für Panthea und für seine Sklaven, geht Empedokles in die Verbannung. Mit ihm geht Pausanias, der sein Schicksal nur in Empedokles finden will. Unberührt aber von Priesters Segen oder Fluch, sucht Panthea den Geliebten, und ihre reine Liebe wird zur Flamme, die in dem verführten Volk die alte Liebe zu Empedokles wieder entzündet.

Der zweite Akt zeigt Empedokles auf dem Ätna. Er sollte zunächst das Bild der menschlichen Dürftigkeit an dem größten Sohne seiner Zeit vollenden. Die Wirkungen des Fluches, die Ferne der Menschen, körperliche Leiden und Entbehrungen, seelische Mißhandlung durch rohe Bauern sollten den Empedokles in einer christähnlichen Leidensgestalt zeigen. Nur eine kurze Szene ist hiervon skizzenhaft ausgeführt. — Über all diesen Leiden aber hat sich Empedokles' Geist immer mehr erweitert, sich immer mehr frei gerungen von menschlichen Schwächen und Leiden, hat sich aus den Schranken der menschlichen Daseinsformen allmählich gehoben und sich mit Bewußtsein den größeren, freieren und schmerzverachtenden Lebensformen der ewigen Natur anheimgegeben. Und da, auf einmal, bei einem Trunke aus einer tiefen, reinen Quelle des mütterlichen Bodens fühlt er in sich wieder die ganze Seligkeit des Einsseins mit der göttlichen Natur, fühlt er in seliger Vermählung wieder den Geist der Welt in sich; seine Seele ist wieder in die Ruhe der Gottheit aufgenommen. Furcht und Hoffen, menschliches Leiden und menschliches Erstreben verschwinden vor ihm; sein Leben ist vollendet und kehrt, sein kleines, bedingtes Ich vergessend, zur Gottheit zurück. Es bleibt nur noch eins zu tun übrig, um die neue selige Verbrüderung ewig unauflöslich zu machen. Empedokles beschließt sein begrenztes Selbstbewußtsein, sein zerstörbares Ichleben im freiwilligen Tode dem Allbewußtsein und göttlichen All-Leben liebend dahinzugeben. — Von diesem Augenblicke an steht Empedokles über allem Einzelsein und über allem Bedingten, in selbstgenugsamer Größe.

Plötzlich erscheint im Drama die Genesung, wie auch die vorhergehende Verirrung der freien großfühlenden Seele ins dunkle Ich plötzlich erschien. Hätte Hölderlin noch weiter an seinem Drama schaffen können, so wäre die Erscheinung des

großen Momentes vielleicht weniger jäh. Aber katastrophenhaft
sollte sie wohl auf alle Fälle erscheinen. Im Gegensatz zu den
äußeren Leiden hat Empedokles' Geist in stolzer Arbeit seines
Bewußtseins sich immer höher emporgerungen; jetzt, da der
Gipfel erreicht ist, liegt mit einem Male die ganze Welt in
voller Fernsicht zu seinen Füßen.

Die folgenden Szenen mit Pausanias, mit dem reuigen
Volk und dem bezwungenen, aber nicht reuigen Priester ver=
längern nicht mehr den dramatischen Konflikt — für Empe=
dokles ist dieser mit seiner innern Befreiung im großen Ent=
schluß gelöst —, sondern sie bereiten die große Lösung des Kon=
fliktes durch die äußere Tat vor. Sie erst zeigen uns den Empe=
dokles, den Panthea zu Anfang des Dramas verkündigt hat.
Sie zeigen den „Unbedürftigen", der „in leiser Götterruhe geht",
„in seiner eigenen Welt", der diese Welt den Blicken der andern auf
Augenblicke erschließt, und sie so zwingt, ihn hinfort unangetastet
zu lassen von Liebe und Haß; der ihre Königskrone lächelnd zurück
in ihre Hände gibt, als Gegengabe aber ihnen die heilige Wahr=
heit seines Geisteslebens, seine hohe Freiheitslehre, zurückläßt:

> „So wagt's! was ihr geerbt, was ihr erworben,
> Was euch der Väter Mund erzählt, gelehrt,
> Gesetz' und Bräuch', der alten Götter Namen,
> Vergeßt es kühn und hebt, wie Neugeborne,
> Die Augen auf zur göttlichen Natur!"

Der Priester, der sein Leben liebte, hat es verloren. Das starke
Ichgefühl zerbricht an dem Selbstgefühl der andern und der
Größe der sich entwickelnden Idee. Empedokles, der sein Ich=
leben dem All zum Opfer bringt, gewinnt im All=Leben, das stets
so mächtig treibend in ihm wohnte, seine freudig gegrüßte Ewigkeit.

In freiwilliger Einsamkeit steht er, nachdem er Freund
und Feind von sich weggesandt, groß und einig mit sich und
der All=Einheit auf dem Gipfel des Berges. Was sonst in ihm
dunkles Fühlen war, ist jetzt ihm zugleich tiefstes Verstehen. Das
Weltgeheimnis und das Geheimnis seiner eigenen Existenz ent=
schleiern sich ihm. Kein Gefühl von Schuld oder von Sühne hat
noch Macht über ihn. Solche Begriffe menschlicher Art lösen
sich ihm in einer viel tieferen Offenbarung:

> „Wie ist mir? Staunen muß ich noch, als fing'
> Ich erst zu leben an, denn all ist's anders,
> Und jetzt erst bin ich, bin — Und darum war's, . . .
> . . . daß du des Überwinders Freuden
> In einer vollen Tat am Ende fändest!"

Es folgen die großen Abschiedsworte des Empedokles an das Licht und das Leben; und innig und liebend, wie zarter Nach= klang tönt der Panthea verständnisvolles Lebewohl hinein:

> „O heilig All
> Lebendiges! inniges! Dir zum Dank,
> Und daß er zeuge von dir, du Totenloses! —"

Das Fragment bricht ab. Die große Schlußszene wurde, wie zu Anfang gesagt, nie geschrieben.

Das Trauerspiel „Der Tod des Empedokles" war bei Hölderlins Tode in ungeordneten Mengen von Manuskripten vor= handen. Die Herausgeber hatten also zunächst die Aufgabe, aus den vielen vorhandenen Bruchstücken ein Ganzes nach dem Geiste und dem bekannten Plane des Dichters herzustellen. Diesem Grundsatz sind Schwab und Litzmann gefolgt, während Böhme den chronologischen Gesichtspunkt so sehr betonte, daß sich ihm aus dem Drama, in Analogie zum „Hyperion", mehrere verschiedene Fassungen ergaben. Hölderlin hat aber m. E. nur an einem Drama und Grundplan gearbeitet, auch wenn er die Ausarbeitung der einzelnen Szenen zu verschiedenen Zeiten wiederholt vornahm und auf verschiedene Weise versuchte. Hätte er vollendet, was er begonnen, so hätte er selbst die Wahl getroffen, welche der verschiedenen Ausarbeitungen die end= gültige Fassung der Szenen bedeuten sollte. Da er dies nicht konnte, so muß der Herausgeber nach bestem Wissen dies für ihn tun. Ich bin daher dem Prinzip der Einheit streng gefolgt. Denken wir uns, daß Goethe seinen „Faust" in ungeordneten Manuskripten und vielen Parallelszenen hinterlassen hätte, wir hätten schließlich doch ein Drama vom Herausgeber erwarten müssen, obgleich der „Faust" offenkundig sich in weit ausein= anderliegende Abfassungsperioden trennt. Der „Empedokles" aber ist im Unterschiede vom „Hyperion" in verhältnismäßig kurzer Zeit entstanden. Seit der ersten Nachricht von dem Plane (Sommer 1797) sind kaum zwei Jahre verflossen, als Hölderlin mitteilt, er habe das Trauerspiel bis auf den letzten Akt fertig (1799). Damals sollten die beiden Akte in dem von Hölderlin ge= planten Journal erscheinen. Das vorliegende Material läßt sich ohne jede Vergewaltigung auch an der Hand der sich entwickelnden Motive zu einem Ganzen einheitlich zusammenfügen. Nicht leicht einfügen läßt sich nur eine tiefsinnige Bearbeitung zweier Szenen des zweiten Aktes. Es ist also geboten, diese vom Ganzen gesondert zu betrachten. Im übrigen haben wir nur gleiche Szenen in verschiedenen Fassungen. Litzmann hat aus diesen Fassungen immer die, die er für die letzte hielt, zur Veröffentlichung gewählt. Es lag im allgemeinen kein Grund vor, die von ihm zusammengestellten Szenen gegen die in Einzelheiten davon abweichenden Parallelszenen, die Böhme mitteilt, auszutauschen. Aber die letzte Szene zwischen Pausanias und Empedokles hat in Böhmes Ausgabe die bestimmtere Motivierung für die folgende Szene für sich. Ich habe sie deshalb mit der von Litzmann gewählten vertauscht.

Am Text ist selbstverständlich nicht geändert. Nur das erste Wort der Litzmannschen Ausgabe habe ich nach Böhme in meiner Ausgabe verbessert: anstatt „das ist sein Garten", setzte ich: „dies ist sein Garten"; denn es ist augenscheinlich, daß Delia und Panthea in dem Garten sich befinden sollen. An der Interpunktion habe ich nur Änderungen vorgenommen, wo es unbedingt notwendig war. Rechenschaft darüber, wo diese geboten schien, gebe ich in den Anmerkungen.

Im allgemeinen bin ich dem Prinzip der Vereinheitlichung noch stärker gefolgt als Litzmann. Dieser brachte die zweite Szene des ersten Aktes, das Gespräch zwischen Hermokrates und Kritias in doppelter Fassung nacheinander. Ich habe die kürzere Fassung in den Anhang gestellt. Ferner habe ich die Vereinheitlichung auf die Namen ausgedehnt. Der Archon heißt bei Litzmann einmal Kritias und einmal Mekades; Delia wird auch Rhea genannt. Ich habe Kritias und Delia in der Namengebung durchgeführt. Die Bezeichnung „zwei Priesterinnen der Vesta" für Panthea und Delia ist weggefallen, da Hölderlin alle Anspielungen auf das Priestertum der Panthea später tilgte und ausdrücklich dem Vater rät, in Athen den Gatten für sie zu wählen. In Klammer eingefügt hat Litzmann eine Stelle (S. 59, V. 6 ff., siehe Anm.), die Hölderlin im Manuskript gestrichen hat. Da mir das Streichen sehr berechtigt schien und außerdem die Verse später an anderer, passenderer Stelle wiederkehren, so habe ich sie weggelassen. Eingefügt hat Litzmann in der Schlußszene — einer Randbemerkung des Dichters folgend — eine Stelle, die er als losen Zettel bei dem Manuskripte fand. Es ist möglich, daß Hölderlin später sie in den Haupttext verarbeitet hätte. So wie sie jetzt dazwischentritt, stört sie den Fortschritt und verwirrt die Motivierung. Es sind Abschiedsworte an Pausanias, die diesen auf die Wanderschaft nach Italien weisen, während in den folgenden Szenen Pausanias ausdrücklich erzählt, daß Empedokles ihm versprochen habe, ihn noch einmal zu sehen, um Abschied zu nehmen. Auch diese Stelle findet sich später (im Fragment) wiederholt.

———

Das Fragment: Empedokles auf dem Ätna.

Die Umwandlung, die mit Empedokles auf dem Ätna vor sich geht, seine Rückkehr zu den Göttern, seine erlangte Einigkeit mit den Kräften der Natur, war beim ersten Abschluß des Dramas nur knapp behandelt und skizziert. Es ist möglich, daß gerade an dieser Stelle Hölderlin die weitere Ausführung einer späteren Zeit vorbehielt und daß das Bruchstück: „Empedokles auf dem Ätna" der Anfang zu dieser erweiterten Darstellung ist. In der Tragödie war dem leidenden Empedokles ein breiter Raum eingeräumt, der eigentliche Götterfreund Empedokles, der Vertraute aller Genien der Natur trat dagegen sehr zurück. Das Bruchstück zeigt in breiterer Ausmalung Empedokles als Sieger und Überwinder. Und damit er sich in voller Klarheit und Geisteshöhe dem Auge darstelle, ist ihm der Greis aus Ägypten, ein großer, dunkler Magier, zur Seite gestellt, der in früheren Jahren dem jungen Empedokles bei seinem Aufenthalt in Ägypten ein Lehrer und Berater gewesen ist. —

Die Anschauung, nach der das Fragment eine spätere Ausführung Hölderlins ist, wird von Böhme und Dilthey vertreten. B. Litzmann sieht darin eine Fassung, die den ausgeführten zwei Akten voranging. Ich war zuerst geneigt, Böhme und Diltheys Meinung zu der meinigen zu machen, über der Arbeit aber erschien mir die Litzmannsche Hypothese immer mehr als die wahrscheinlichere. Jedenfalls vermute auch ich, daß dieses Fragment in engster Beziehung zu dem vom Haupttext abweichenden Szenarium (Nachlese IV und V) und dem (dem Fragment vorgestellten) Personenverzeichnis steht.

Von allen Menschenbanden losgelöst, genießt Empedokles, ein Suchender, der nach Hause fand, sein neues Heimatglück in der Stille des Ätna.

„Mit Adlern sing' ich hier Naturgesang."

Pausanias allein ist ihm geblieben. Jetzt muß auch er weichen, denn seine emporblühende Menschenjugend fordert ein eigenes Schicksal; der Schüler darf nicht die Pfade des Überwinders gehen. Nicht leicht aber läßt der sich hinwegsenden. Und über seinem Zögern kommt Empedokles für einen Augenblick der Wunsch, ihn mitzunehmen, und so der Vermählung mit der All-Einheit zugleich das Bild der höchsten Einigkeit zwischen Mensch und Mensch in einer Freundschaft, die den Tod überwindet, hinzuzufügen. Doch nur einen Augenblick trübt dieser menschliche Wunsch seinen Blick. Dann sendet er den Jüngling zurück ins reiche, bunte Menschenleben, wohin er gehört.

"Doch besser ist's, es gehe seinen Pfad
Ein jeder, wie der Gott es ihm beschieden."

Pausanias erhält den Auftrag, nach Italien zu wandern. Die Worte, mit denen Empedokles ihn hinwegsendet, hat Litzmann auch in die letzte Szene des Grundtextes interpoliert.

Ausführlicher noch als im Drama spricht hier Empedokles von der Erleuchtung, die ihm über sein eigenes Wesen und Leben aufgegangen ist: Sein Verhältnis zu den Menschen war maßlos; mit elementarer Gewalt hat er die Menschheit geliebt und sich ihr hingegeben, und so geschah es, daß sie ihn, wie sie es mit den Elementen der Naturgewalten tut, bald liebte, bald verachtete, immer benutzte, bald ihn aussperrte und bald ihn herbeisehnte. Wie eine Sünde gegen seine hochfliegende freie Seele scheint ihm jetzt seine blinde Selbstvergeudung den Menschen gegenüber.

"Denn viel hab' ich von Jugend auf gesündigt,
Geliebt die Menschen ohne Maß —"

Der Greis aus der Ägypter Land erscheint. In ihm tritt die alte vererbte Menschenweisheit mit ihren dunkeln Sprüchen und nur halb lebendigen Erkenntnissen dem von eigenem Geist erleuchteten und befreiten Empedokles entgegen. Auch der Greis ist ein Seher und ein Gottverkündiger; aber sein Wissen und Weissagen ist Stückwerk und dunkel. Er hat schon vor Jahren dem Empedokles seinen frühen Untergang vorausgesagt, aber nur als Strafe für ein Anderssein als die andern, für sein Eigensein. Die tiefe Bedeutung dieses Todes ist ihm verschlossen. — Bei Empedokles' hohen Worten und stolzer Abwehr aber erschließt sich auch ihm eine tiefere Ahnung von dem, was Empedokles' Seele bedeutet. Ihm fällt dabei die alte Verheißung ein: von einem, der da kommen soll und alle Zwietracht tilgen auf Erden, vom Versöhner zwischen Gott und Mensch, der sich im Opfertode dem törichten Volke entzieht, um nicht der "Abgott seiner Zeit" zu werden. Und wie Johannes den Christus, so fragt er den Empedokles:

"Bist du der Mann? derselbe? bist du der?" —
"O sage wer du bist! und wer bin ich?"

Empedokles aber faßt solche Verheißung und solche Deutung als eine Versuchung und ein Ärgernis. Schlicht erzählt er, wie er, vom Geiste getrieben, sein Leben geführt, und was es ihm geoffenbart. Schon in seiner Jugend haben die großen Gestalten der Vergangenheit und die stumme Sprache der Natur ihm den

Geist erweckt, und oft hat sich ihm in Wort und Bild des Lebens
Rätsel dann erschlossen:

> „Da ward in mir Gesang, und helle ward
> Mein dämmernd Herz in dichtendem Gebet.“

Mit den Jahren aber ging er immer tiefer hinein in das
Gewühl der Menschen. Er sah ihr Verzweifeln aneinander und
Kämpfen miteinander. Da faßte ihn „die Deutung schaudernd
an“: Der Gott des Volkes flieht von seinem Volke! Ihn zu
versühnen, lebte er sein Leben der Menschenliebe. Und fast schien
es, als wollte sich das Göttliche von ihm halten lassen, als
könne er dem Volke seinen fliehenden Genius zurückgeben. Aber
dann sah er, diese Hoffnung war ein Traum. Nicht zu er=
lösen, wurde er geboren, sein Ziel war nur, ein Schwanenlied
zu singen.

> „Denn wo ein Land ersterben soll, da wählt
> Der Geist noch einen sich am End’, durch den
> Sein Schwanensang, das letzte Leben tönet.“

Und dann ergeht an den Greis die Frage, ob er bereit ist, mit=
zukommen „zur Einheit der dunklen Mutter“, zurückzukehren in
die Feuerarme des Äthers —

> „Doch wenn du lieber ferne bleibst, für dich:
> Was gönnst du mir es nicht?“

Mit der Verheißung, ihm noch viel, noch das letzte anver=
trauen zu wollen, wenn er zurückkommt, geht Empedokles von
dem Alten hinweg.
Damit ist das Bruchstück zu Ende.

Der Tod des Empedokles

Eine Tragödie

Perſonen:

Empedokles.

Pauſanias, ſein Schüler.

Hermokrates, Oberprieſter von Agrigent.

Kritias, Archon von Agrigent.

Panthea, deſſen Tochter.

Delia, ihre Gefährtin.

Agrigentiner. Drei Sklaven des Empedokles. Ein Bauer.

Ort: 1. Akt = Agrigent; 2. Akt = der Ätna.

———

Erster Akt.

1.

Panthea. Delia.

Panthea. Dies ist sein Garten! Dort im geheimen Dunkel, wo die Quelle springt, dort stand er jüngst, als ich vorüberging — du hast ihn nie gesehn?

Delia. O Panthea! Bin ich doch erst seit gestern mit dem Vater in Sizilien. Doch ehmals, da ich noch ein Kind war, sah ich ihn auf einem Kämpferwagen bei den Spielen in Olympia. Sie sprachen damals viel von ihm, und immer ist sein Name mir geblieben.

Panthea. Du mußt ihn jetzt sehn, jetzt! Man sagt, die Pflanzen merkten auf ihn, wo er wandre, und die Wasser der Erde strebten herauf, da wo sein Stab den Boden berühre, und wenn er bei Gewittern in den Himmel blicke, teile die Wolke sich, und hervor schimmre der heitere Tag. — Das all mag wahr sein! Doch was sagt's? Du mußt ihn selbst sehen! einen Augenblick! und dann hinweg! ich meid' ihn selbst, ein furchtbar, allverwandelnd Wesen ist er.

Delia. Wie lebt er denn mit andern? Ich begreife nichts von diesem Manne. Sage, hat er, wie wir, auch seine leeren Tage, wo man sich alt und unbedeutend dünkt? Und gibt es auch ein menschlich Leid für ihn?

Panthea. Ach! da ich ihn zum letzten Male dort
Im Schatten seiner Bäume sah, da hatt' er wohl
Sein eigen tiefes Leid — der Göttliche.
Mit wunderbarem Sehnen, traurigforschend,
Wie wenn er viel verloren, blickt' er bald
Zur Erd' hinab, bald durch die Dämmerung
Des Hains hinauf, als wär' ins ferne Blau
Das Leben ihm entflogen, und die Demut
Des königlichen Angesichts ergriff
Mein ringend Herz: — auch du mußt untergehn,

Du schöner Stern — und lange währet's nicht mehr!
Das ahnte mir.
  Delia.   Hast du mit ihm auch schon
Gesprochen, Panthea?
  Panthea. O, daß du daran mich erinnerst! Es ist nicht
lange, daß ich todeskrank darniederlag. Schon dämmerte der
Tag vor mir, und um die Sonne wankte, wie ein seellos Schatten=
bild, die Welt. Da rief mein Vater, wenn er schon ein arger
Feind des hohen Mannes ist, am hoffnungslosen Tage den Ver=
trauten der Natur; und als der Herrliche den Heiltrank mir
gereicht, da schmolz in zauberischer Versöhnung mir mein kämp=
fend Leben ineinander und wie zurückgekehrt in süße, sinnenfreie
Kindheit schlief ich wachend viele Tage fort und kaum bedurft'
ich eines Atemzugs. Wie nun in frischer Luft mein Wesen sich
zum ersten Male wieder der lang entbehrten Welt entfaltete,
mein Auge sich in jugendlicher Neugier dem Tag erschloß, da
stand Empedokles! o wie göttlich und wie gegenwärtig mir!
Am Lächeln seiner Augen blühte mir das Leben wieder auf! Ach,
wie ein Morgenwölkchen floß mein Herz dem hohen süßen Licht
entgegen, und ich war der zarte Widerschein von ihm.

  Delia. O Panthea!

  Panthea. Der Ton aus seiner Brust! in jeder Silbe klangen
alle Melodien! und der Geist in seinem Wort! — Zu seinem
Füßen möcht' ich sitzen, stundenlang, als seine Schülerin, sein
Kind, in seinen Äther schaun und auf zu ihm frohlocken, bis
in seinen Himmelshöhen sich mein Sinn verlöre droben.

  Delia. Was würd' er sagen, Liebe, wenn er's wüßte!

  Panthea. Er weiß es nicht, der Unbedürft'ge wandelt
In seiner eignen Welt; in leiser Götterruhe geht
Er unter seinen Blumen, und es scheun
Die Lüfte sich, den Glücklichen zu stören;
Ihm schweigt die Welt, und aus sich selber wächst
In steigendem Vergnügen die Begeisterung
Ihm auf, bis aus der Nacht des schöpfrischen
Entzückens wie ein Funke der Gedanke springt,
Und heiter sich die Geister künft'ger Taten
In seine Seele drängen, und die Welt,
Der Menschen gärend Leben und die stillere
Natur um ihn erscheint — hier fühlt er, wie ein Gott,
In seinen Elementen sich und seine Lust
Ist himmlischer Gesang. Und dann tritt er
Heraus ins Volk an Tagen, wo die Menge

Sich überbrauſt, und eines Mächtigern
Der unentſchloſſene Tumult bedarf,
Da herrſcht er dann, der herrliche Pilot,
Und hilft hinaus; und wenn ſie dann erſt recht
5 Ihn ſehn, des immerfremden Mannes ſich
Gewöhnen möchten, ehe ſie's gewahren,
Iſt er hinweg — ihn zieht in ihre Schatten
Die ſtille Pflanzenwelt, wo er ſich ſchöner findet,
Und ihr geheimnisvolles Leben, das vor ihm
10 In ſeinen Kräften allen gegenwärtig iſt.
Delia. O Sprecherin! wie weißt du denn das alles?
Panthea. Ich ſinn' ihm nach — wieviel iſt über ihn
Mir noch zu ſinnen? ach! und hab' ich ihn
Gefaßt, was iſt's? Er ſelbſt zu ſein, das iſt
15 Das Leben, und wir andern ſind der Traum davon.
Sein Freund Pauſanias hat auch von ihm
Schon manches mir erzählt — der Jüngling ſieht
Ihn Tag vor Tag, und Jovis Adler iſt
Nicht ſtolzer, denn Pauſanias, ich glaub' es!
20 **Delia.** Ich kann nicht tadeln, Liebe, was du ſagſt,
Doch trauert meine Seele wunderbar
Darüber, und ich möchte ſein wie du,
Und möcht' es wieder nicht. Seid ihr denn all
Auf dieſer Inſel ſo? Wir haben auch
25 An großen Männern unſre Luſt, und einer
Iſt jetzt die Sonne der Athenerinnen,
Sophokles! dem von allen Sterblichen
Zuerſt der Jungfraun herrlichſte Natur
Erſchien und ſich zu reinem Angedenken
30 In ſeine Seele gab —
Und jede wünſcht ſich, ein Gedanke
Des Herrlichen zu ſein und möchte gern
Die immerſchöne Jugend, eh' ſie welkt,
Hinüber in des Dichters Seele retten
35 Und frägt und ſinnet, welche von den Jungfraun
Der Stadt die zärtlichernſte Heroide ſei,
Die ſeiner Seele vorgeſchwebt, die er
Antigone genannt; und helle wird's
Um unſre Stirne, wenn der Götterfreund
40 Am heitern Feſttag ins Theater tritt,
Doch kummerlos iſt unſer Wohlgefallen,
Und nie verliert das liebe Herz ſich ſo
In ſchmerzlich fortgerißner Huldigung. —

Du opferst dich — ich glaub' es wohl, er ist
Zu übergroß, um ruhig dich zu lassen,
Den Unbegrenzten liebst du unbegrenzt,
Was hilft es ihm? Dir selbst, dir ahndete
Sein Untergang, du gutes Kind, und du
Sollst untergehn mit ihm?

Panthea.   O mache mich
Nicht stolz, und fürchte, wie für ihn, für mich nicht!
Ich bin nicht er, und wenn er untergeht,
So kann sein Untergang der meinige
Nicht sein, denn groß ist auch der Tod der Großen. —
Und will der Waffenträger mit dem Helden
Durch eine Schicksalsflamme gehn, so muß
Der eine wie der andere dazu
Berufen sein; — was diesem Manne widerfährt,
Das, glaube mir, das widerfährt nur ihm,
Und hätt' er gegen alle Götter sich
Versündiget und ihren Zorn auf sich
Geladen, und ich wollte sündigen,
Wie er, um gleiches Los mit ihm zu leiden,
So wär's, wie wenn ein Fremder in den Streit
Der Liebenden sich mischt. — „Was willst du?" sprächen
Die Götter mir, „du Törin, kannst uns nicht
Beleidigen, wie er —"

Delia.   Du bist vielleicht
Ihm gleicher, als du denkst, wie fändst du sonst
An ihm ein Wohlgefallen.

Panthea.   Liebes Herz!
Ich weiß es selber nicht, warum ich ihm
Gehöre; sähst du ihn! — Ich dacht', er käme
Vielleicht heraus, um diese Stunde geht
Der Ewigjugendliche gern im Haine,
Wenn einen Augenblick der frische Tag
Ihm gleicht; du hättest dann im Weggehn ihn
Gesehn; es war ein Wunsch! nicht wahr? ich sollte
Der Wünsche mich entwöhnen, denn es scheint,
Als liebten unser ungeduldiges
Gebet die Götter nicht; sie haben recht!
Ich will auch nimmer — aber hoffen muß
Ich doch, ihr guten Götter, und ich weiß
Nicht anderes denn ihn, — ich wollte gern,
Ich bäte, gleich den übrigen, von euch
Nur Sonnenlicht und Regen, — könnt' ich nur!

O ewiges Geheimnis! was wir sind
Und suchen, können wir nicht finden, was
Wir finden, sind wir nicht. — Wieviel ist wohl
Die Stunde? —
5 **Delia.**   Dort kommt dein Vater,
Ich weiß nicht, bleiben oder gehen wir?
Panthea. Wie sagtest du? Mein Vater? Komm! hinweg!

2.

Chor der Agrigentiner in der Ferne. **Kritias. Hermokrates.**

Kritias. Hörst du das trunkne Volk?
Hermokrates. Sie suchen ihn.
10 **Kritias.** Der Geist des Manns
Ist mächtig unter ihnen.
Hermokrates. Ich weiß, wie dürres Gras
Entzünden sich die Menschen.
Kritias. Daß einer so die Menge bewegt, mir ist's,
15 Als wie wenn Jovis Blitz den Wald
Ergreift und furchtbarer.
Hermokrates. Drum binden wir den Menschen auch
Das Band ums Auge, daß sie nicht
Zu kräftig sich am Lichte nähren.
20 Nicht gegenwärtig werden
Darf Göttliches vor ihnen,
Es darf ihr Herz
Lebendiges nicht finden.
Kennst du die Alten nicht,
25 Die Lieblinge des Himmels man nennt?
Sie nährten die Brust
An Kräften der Welt
Und den Hellaufblickenden war
Unsterbliches nahe,
30 Drum beugten die Stolzen
Das Haupt auch nicht,
Und vor den Gewaltigen konnt'
Ein anderes nicht bestehn,
Es ward verwandelt vor ihnen.
35 **Kritias.** Und er?
Hermokrates. Das hat zu mächtig ihn
Gemacht, daß er vertraut
Mit Göttern worden ist.

Es tönt sein Wort dem Volk,
Als käm' es vom Olymp;
Sie danken's ihm,
Daß er vom Himmel raubt'
Die Lebensflamm' und sie
Verrät den Sterblichen.
Kritias. Sie wissen nichts denn ihn,
Er soll ihr Gott,
Er soll ihr König sein.
Sie sagen, es hab' Apoll
Die Stadt gebaut den Trojern,
Doch besser sei, es helf'
Ein hoher Mann durchs Leben.
Noch sprechen sie viel Unverständiges
Von ihm und achten kein Gesetz
Und keine Not und keine Sitte.
Ein Irrgestirn ist unser Volk
Geworden, und ich fürcht',
Es deute dieses Zeichen
Zukünft'ges noch, das er
Im stillen Sinne brütet.
Hermokrates. Sei ruhig, Kritias!
Er wird nicht.
Kritias. Bist du denn mächtiger?
Hermokrates. Der sie versteht,
Ist stärker, denn die Starken,
Und wohlbekannt ist dieser Seltne mir.
Zu glücklich wuchs er auf;
Ihm ist von Anbeginn
Der eigne Sinn verwöhnt, daß ihn
Geringes irrt! er wird es büßen,
Daß er zu sehr geliebt die Sterblichen.
Kritias. Mir ahndet selbst,
Es wird mit ihm nicht lange dauern,
Doch ist es lang genug,
So er erst fällt, wenn's ihm gelungen ist.
Hermokrates. Und schon ist er gefallen.
Kritias. Was sagst du?
Hermokrates. Siehst du denn nicht? es haben
Den hohen Geist die Geistesarmen
Geirrt, die Blinden den Verführer.
Die Seele warf er vor das Volk, verriet
Der Götter Gunst gutmütig den Gemeinen,

Doch rächend äffte leeren Widerhalls
Genug denn auch aus toter Brust den Toren.
Und eine Zeit ertrug er's, grämte sich
Gebuldig, wußte nicht,
5 Wo es gebrach; indessen wuchs
Die Trunkenheit dem Volke; schaudernd
Vernahmen sie's, wenn ihm vom eignen Wort
Der Busen bebt', und sprachen:
So hören wir nicht die Götter!
10 Und Namen, so ich dir nicht nenne, gaben
Die Knechte dann dem stolzen Trauernden.
Und endlich nimmt der Durstige das Gift,
Der Arme, der mit seinem Sinne nicht
Zu bleiben weiß und ähnliches nicht findet,
15 Er tröstet mit der rasenden
Anbetung sich, verblindet, wird wie sie,
Die seelenlosen Abergläubigen;
Die Kraft ist ihm entwichen,
Er geht in einer Nacht, und weiß sich nicht
20 Herauszuhelfen, und wir helfen ihm.
Kritias. Des bist du so gewiß?
Hermokrates. Ich kenn' ihn.
Kritias. Ein übermütiges Gerede fällt
Mir bei, das er gemacht, da er zuletzt
25 Auf der Agore war. Ich weiß es nicht,
Was ihm das Volk zuvor gesagt; ich kam
Nur eben, stand von fern. „Ihr ehret mich",
Antwortet' er, „und tuet recht daran;
Denn stumm ist die Natur,
30 Es leben Sonn' und Luft und Erd' und ihre Kinder
Fremd umeinander,
Die Einsamen, als gehörten sie sich nicht.
Wohl wandeln immerkräftig
Im Göttergeiste die freien
35 Unsterblichen Mächte der Welt
Rings um der andern
Vergänglich Leben,
Doch wilde Pflanzen
Auf wilden Grund
40 Sind in den Schoß der Götter
Die Sterblichen alle gesäet,
Die Kärglichgenährten, und tot
Erschiene der Boden, wenn einer nicht

3*

Des wartete, lebenerweckend —
Und mein ist das Feld. Mir tauschen
Die Kraft und Seele zu einem
Die Sterblichen und die Götter.
Und wärmer umfangen die ewigen Mächte
Das strebende Herz, und kräft'ger gedeihn
Vom Geiste der Freien die fühlenden Menschen,
Und wach ist's! denn ich
Geselle das Fremde,
Das Unbekannte nennet mein Wort,
Und die Liebe der Lebenden trag'
Ich auf und nieder; was einem gebricht,
Ich bring' es vom andern, und binde
Beseelend und wandle
Verjüngend die zögernde Welt
Und gleiche keinem und allen",
So sprach der übermütige.
Hermokrates. Das ist noch wenig. Ärgers schläft in ihm.
Ich kenn' ihn, kenne sie, die überglücklichen
Verwöhnten Söhne des Himmels,
Die anders nicht, denn ihre Seele, fühlen.
Stört einmal sie der Augenblick heraus —
Und leicht zerstörbar sind die Zärtlichen —
Dann stillet nichts sie wieder, brennend
Treibt eine Wunde sie, unheilbar gärt
Die Brust. Auch er! so still er scheint,
So glüht ihm doch, seit ihm das Volk mißfällt,
Im Busen die thrannische Begierde.
Er oder wir! Und Schaden ist es nicht,
So wir ihn opfern. Untergehen muß
Er doch!
Kritias.   O reiz' ihn nicht! und laß
Sie sich ersticken, die verschloßne Flamme.
Laß ihn, gib ihm nicht Anstoß, findet den
Zu frecher Tat der übermüt'ge nicht,
Und kann er nur im Worte sündigen,
So stirbt er als ein Tor und schadet uns
Nicht viel. Das macht ihn furchtbar,
Ein kräft'ger Gegner; glaub' es mir, dann erst,
Dann fühlt er seine Macht.
Hermokrates. Du fürchtest ihn und alles, armer Mann!
Kritias. Die Reue nur mag ich mir gerne sparen, —
Mag gerne schonen, was zu schonen ist.

Die Nemesis zu ehren, lehrte mich
Mein Leben und mein Sinn; das braucht
Der Priester nicht, der alles weiß,
Der Heil'ge, der sich alles heiliget.

5 **Hermokrates.** Begreife mich, Unmündiger! eh' du
Mich lästerst. Fallen muß der Mann; ich sag'
Es dir, und glaube mir, wär' er zu schonen,
Ich würd' es mehr wie du. Denn näher bin
Ich ihm, wie du. Doch lerne das:
10 Verderblicher, denn Schwert und Feuer ist
Der Menschengeist, der götterähnliche,
Wenn er nicht schweigen kann und sein Geheimnis
Unaufgedeckt bewahren. Bleibt er still
In seiner Tiefe ruhn und gibt, was not ist,
15 Wohltätig ist er dann; ein fressend Feuer,
Wenn er aus seiner Fessel bricht.
Hinweg mit ihm, der seine Seele bloß
Und ihre Götter gibt, verwegen
Aussprechen will Unauszusprechendes
20 Und sein gefährlich Gut, als wär' es Wasser,
Verschüttet und vergeudet; schlimmer ist's,
Wie Mord, und du, du redst für diesen?
Beschwätzen möchtest du Notwendiges?
Sein Schicksal ist's. Er hat es sich
25 Gemacht, und leben soll,
Wie er, und vergehn, wie er, in Weh
Und Torheit jeder, der wie er
Das Göttliche verrät und allverkehrend
Verborgenherrschendes
30 In Menschenhände liefert!
Er muß hinab!

Kritias. So teuer büßen muß er's, der sein Bestes
Aus voller Seele Sterblichen vertraut?

Hermokrates. Er mag es, doch es bleibt die Nemesis
35 Nicht aus, mag große Worte sagen, mag
Entwürdigen das keusch verschwiegne Leben,
Ans Tageslicht das Gold der Tiefe ziehn,
Er mag es brauchen, was zum Brauche nicht
Den Sterblichen gegeben ist, ihn wird's
40 Zuerst zugrunde richten.
Hat's ihm den Sinn nicht schon verwirrt? Ist
Bei seinem Volke denn die volle Seele,

Die zärtliche, nicht schon genug verwildert?
Wie ist er nun ein Eigenmächtiger
Geworden, dieser Allmitteilende!
Der güt'ge Mann, wie ist er so verwandelt
Zum Frechen, der wie seiner Hände Spiel   5
Die Götter und die Menschen achtet!
Kritias. Du redest schrecklich, Priester, und es dünkt
Dein dunkel Wort mir wahr. Es sei!
Du hast zum Werke mich, nur weiß ich nicht,
Wo er zu fassen ist; es sei der Mann   10
So groß er will, zu richten ist nicht schwer;
Doch mächtig sein des Übermächtigen,
Der, wie ein Zauberer, die Menge leitet,
Es dünkt ein andres mir, Hermokrates.
Hermokrates. Gebrechlich ist sein Zauber, Kind, und leichter, 15
Denn nötig ist, hat er es uns bereitet,
Es wandte zur gelegnen Stunde sich
Sein Unmut um, der still empörte Sinn
Befeindet nun sich selber, hätt' er auch
Die Macht, er achtet's nicht, er trauert nur   20
Und siehet seinen Fall, er sucht
Rückkehrend das verlorne Leben,
Den Gott, den er aus sich hinweggeschwätzt.
Versammle mir das Volk, ich klag' ihn an,
Ruf' über ihn den Fluch, erschrecken sollen sie   25
Vor ihrem Abgott, sollen ihn
Hinaus verstoßen in die Wildnis,
Und nimmer wiederkehrend soll er dort
Mir's büßen, daß er mehr, wie sich gebührt,
Den Sterblichen verkündiget.   30
Kritias. Doch wes beschuldigest du ihn?
Hermokrates. Die Worte, so du mir genannt,
Sie sind genug.
Kritias. Mit dieser schwachen Klage
Willst du das Volk ihm von der Seele ziehn?   35
Hermokrates. Zu rechter Zeit hat jede Klage Kraft
Und nicht gering ist diese.
Kritias. Und klagtest du des Mords ihn an vor ihnen,
Es rührte nichts die Abergläubigen.
Hermokrates. Dies eben ist's, die offenbare Tat   40
Vergeben sie, die Abergläubigen,
Unsichtbar muß es sein, ins Auge muß es
Sie treffen, das bewegt die Blöden.

Kritias. Es hängt ihr Herz an ihm, das bändigest,
Das lenkst du nicht so leicht; sie lieben ihn.
Hermokrates. Sie lieben ihn? jawohl, solang er blüht'
Und glänzt' — — —
5	— — — naschen sie;
Was sollen sie mit ihm, nun er
Verdüstert ist, verödet? Da ist nichts,
Was nützen könnt' und ihre lange Zeit
Verkürzen, abgeerntet ist das Feld,
10	Verlassen liegt's, und nach Gefallen gehn
Der Sturm und unsre Pfade drüber hin.
Kritias. Empör' ihn nur! empör' ihn! siehe zu!
Hermokrates. Ich hoff', er ist geduldig.
Kritias. So wird sie der Geduldige gewinnen!
15 **Hermokrates.** Nichts weniger!
Kritias. Du achtest nichts, du wirst dich
Und mich und ihn und alles noch verderben.
Hermokrates. Das Träumen und das Schäumen
Der Sterblichen, ich acht' es wahrlich nicht!
20	Sie möchten Götter sein und huldigen
Wie Göttern sich, und eine Weile dauert's!
Sorgst du, es möchte sie der Leidende
Gewinnen, der Geduldige?
Empören wird er gegen sich die Toren,
25	An seinem Leide werden sie den teuern
Betrug erkennen, werden unbarmherzig
Ihm's danken, daß der Angebetete
Doch auch ein Schwacher ist und ihm
Geschiehet recht, warum bemengt er sich
30	Mit ihnen.
Kritias. Ich wollt' ich wär' aus dieser Sache, Priester!
Hermokrates. Vertraue mir und scheue nicht, was not ist.
Kritias. Dort kömmt er. Suche nur dich selbst,
Du irrer Geist, indes verlierst du alles.
35 **Hermokrates.** Laß ihn! hinweg!

3.

Empedokles. In meine Stille kamst du leisewandelnd,
Fandst drinnen in der Halle Dunkel mich aus,
Du Freundlicher, du kamst nicht unverhofft,
Und fernher wirkend über der Erde vernahm

Ich wohl dein Wiederkehren, schöner Tag!
Und meine Vertrauten, euch, ihr schnellgeschäft'gen
Kräfte der Höh'! und nahe seid auch ihr
Mir wieder, seid wie sonst, ihr Glücklichen,
Ihr irrelosen Bäume meines Hains!   5
Ihr ruhetet und wuchst und täglich tränkte
Des Himmels Quelle die bescheidenen
Mit Licht; und Lebensfunken sätest du
Befruchtend auf die blühenden aus, du Äther!
O innige Natur! ich habe dich   10
Vor Augen, kennest du den Freund noch,
Den Hochgeliebten, kennest du mich nimmer?
Den Priester, der lebendigen Gesang
Wie frohvergoßnes Opferblut dir brachte.

        O bei den heil'gen Bäumen,   15
Wo Wasser aus den Adern der Erde
Sich sammeln und am heißen Tage
Die Dürstenden erfrischen,
Auch mir, ihr Quellen des Lebens, strömtet
Aus Tiefen der Welt ihr einst   20
Zusammen, und es kamen
Die Dürstenden zu mir; — wie ist's denn nun
Verträumt? bin ich ganz allein?
Und ist es Nacht hier außen auch am Tage?
Der höher, denn ein sterblich Auge, sah,   25
Der Blindgeschlagne tastet nun umher —
Wo seid ihr, meine Götter?
Weh! laßt ihr nun
Wie einen Bettler mich?
Und diese Brust, die liebend euch geahndet,   30
Was stoßt ihr sie hinab
Und schloßt sie mir in schmählich enge Bande,
Die freigeborne? Und leben soll
Er nun so fort, der Langverwöhnte,
Der selig oft mit allen Lebenden   35
Ihr Leben, — ach! in heilig schöner Zeit
Sich wie das Herz gefühlt von einer Welt
Und ihren Götterkräften, —
Verdammt in seiner Seele soll er so
Dahingehn, ausgestoßen, freundlos, er,   40
Der Götterfreund, an seinem Nichts
Und seiner Nacht sich weiden immerdar,

Unduldbares duldend, gleich den Schwächlingen, die
Ans Tagewerk im scheuen Tartarus
Geschmiedet sind? Was, daherab bin ich
Gekommen? Um nichts? ha! Eines,
5 Eins mußtet ihr mir lassen! Tor, bist du
Derselbe doch und träumst, als wärest du
Ein Schwacher. Einmal noch! noch einmal
Soll mir's lebendig werden und ich will's!
Fluch oder Segen! Täusche nur die Kraft,
10 Demütiger, dir nimmer aus dem Busen!
Weit will ich's um mich machen, tagen soll's
Von eigner Flamme mir, du sollst
Zufrieden werden, armer Geist,
Gefangener, frei, groß und reich
15 In eigner Welt dich fühlen — —
Weh! einsam! einsam! einsam!
Und nimmer find' ich
Euch, meine Götter,
Und nimmer kehr' ich
20 Zu deinem Leben, Natur!
Dein Geächteter! weh! Hab' ich doch auch
Dein nicht geachtet, dein
Mich überhoben, hast du nicht
Umfangend mit den warmen Fittichen,
25 Du Zärtliche, mich vom Schlafe gerettet?
Den Törichten schmeichelnd zu deinem Nektar
Gelockt, damit er trank und wuchs
Und blüht' und mächtig geworden und trunken
Deiner ungestraft höhnt? O Geist,
30 Geist, der mich groß gemacht, du hast
Dir einen Helden, hast, alter Saturn,
Dir einen neuen Jupiter
Gezogen, einen schwächern nur und frechern.
Denn schmähen kann die böse Zunge dich nur.
35 Es ist vorbei! Verbirg dir's nicht! du hast
Es selbst verschuldet, armer Tantalus,
Das Heiligtum hast du geschändet, hast
Mit frechem Stolz den schönen Bund entzweit.
Elender! als die Genien der Welt
40 Voll Liebe sich in dir vergaßen, dachtest du
An dich, und wähntest, karger Tor, an dich
Die Gütigen verkauft, daß sie dir,
Die Himmlischen, wie blöde Knechte dienten.

Ist nirgends ein Rächer, und muß ich denn allein
Den Hohn und Fluch in meine Seele sagen?
Muß einsam sein? auch so? Und es reißt
Die delphische Krone mir kein Besserer,
Denn ich, vom Haupt und nimmt die Locken hinweg,
Wie es dem kahlen Seher gebührt, — o Götter!

4.

Empedokles. Pausanias.

Pausanias.   O all
  Ihr himmlischen Mächte, was ist das?
Empedokles.   Hinweg!
  Wer hat dich hergesandt? willst du das Werk
  Verrichten an mir? Ich will dir alles sagen,
  Wenn du's nicht weißt; dann richte, was du tust,
  Danach. — Pausanias! o suche nicht
  Den Mann, an dem dein Herz gehangen, denn
  Er ist nicht mehr, und gehe, guter Jüngling!
  Dein Angesicht entzündet mir den Sinn,
  Und sei es Segen oder Fluch, von dir
  Ist beides mir zu viel. Doch wie du willst!
Pausanias. Was ist geschehn? Ich habe lange dein
  Geharrt und dankte, da ich jetzt von ferne
  Dich sah, dem Tageslicht, da find' ich so,
  Du hoher Mann, ach, wie den Blitzgetroffnen,
  Vom Haupte bis zur Sohle dich zerschmettert.
  Warst du allein? Die Worte hört' ich nicht,
  Doch schallt mir noch der fremde Todeston.
Empedokles. Es war des Mannes Stimme, der sich mehr,
  Denn Sterbliche, gerühmt, weil ihn zu viel
  Beglückt die gütige Natur.
Pausanias.   Wie du
  Vertraut zu sein mit allen Göttlichen
  Der Welt ist nie zu viel.
Empedokles.   So sagt' ich auch,
  Du Guter, da der heil'ge Zauber noch
  Aus meinem Geiste nicht gewichen war,
  Und da sie mich, den Innigliebenden,
  Noch liebten, sie, die Genien der Welt.
  O jene Zeit!
  Ihr Liebeswonnen, da die Seele mir
  Von Göttern, wie Endymion, geweckt,

Die kindlich schlummernde, sich öffnete,
Lebendig sie, die Immerjugendlichen,
Des Lebens große Genien, empfand.
Schöne Sonne! Menschen hatten mich
5 Es nicht gelehrt, mich trieb unsterblich liebend
Mein heilig Herz Unsterblichen entgegen.
Entgegen dir! — ich konnte Göttlichers
Nicht finden — stilles Licht! und so wie du
Das Leben nicht an deinem Tage sparst
10 Und sorgenfrei und froh der goldnen Fülle dich
Entledigest, so gönnt' auch ich, der Deine,
Den Sterblichen die beste Seele gern,
Und furchtlos offen gab
Mein Herz, wie du, der ernsten Erde sich,
15 Der schicksalvollen, auch ihr treu,
Ein Jüngling ihr zu bleiben bis zuletzt;
Ich sagt' ihr's oft in trauter Stunde zu,
Band so den teuern Todesbund mit ihr.
Dann rauscht' es anders, denn zuvor, im Hain,
20 Und zärtlich tönten ihrer Berge Quellen —
Und ihrer Liebe Blume gab sie mir;
Mit ihren Zweigen
Umschlang sie mir das Haupt.
Pausanias. Ach solche Jugend! Vom Gedenken glänzt
25 Das Auge dem Trauernden noch auf.
Empedokles. All deine Freuden Erde! wahr wie sie,
Und warm und voll, aus Müh' und Liebe reifend,
Sie alle gabst du mir. Und wenn ich oft
Auf stiller Bergeshöhe saß und staunend
30 Der Menschen wechselnd Irrsal übersann,
Zu tief von deinen Wandlungen ergriffen,
Und nah mein eignes Welken ahndete,
Dann atmete der Äther, so wie dir,
Mir heilend um die liebeswunde Brust
35 Und, wie Gewölk der Flamme, lösten
Gereiniget die Sorgen mir sich auf,
Im hohen Blau.
Pausanias.   O Sohn des Himmels!
Empedokles. Ich war es, ja! und möcht' es nun erzählen,
40 Ich Armer! möcht' es einmal noch
Mir in die Seele rufen,
Das Wirken deiner Geniuskräfte,
Der herrlichen, deren Genoß ich war, o Natur!

Daß mir die stumme, todesöde Brust
Von deinen Tönen allen widerklänge!
Bin ich es noch? o Leben! und rauschten sie
All deine geflügelten Melodien und hört'
Ich deinen alten Einklang, große Natur?
Ach! ich, der Einsame, lebt' ich nicht
Mit dieser heil'gen Erd' und diesem Licht
Und dir, von dem die Seele nimmer läßt,
O Vater Äther, und mit allen Lebenden,
Der Götterfreund, im gegenwärtigen
Olymp? Ich bin hinausgeworfen, bin
Ganz einsam, und das Weh ist nun
Mein Tagsgefährt' und Schlafgenosse mir.
Bei mir ist nicht der Segen, — geh!
Geh! frage nicht! denkst du, ich träum'?
O sieh mich an, und wundre des dich nicht,
Du Guter, daß ich daherab
Gekommen bin; des Himmels Söhnen ist,
Wenn überglücklich sie geworden sind,
Ein eigner Fluch beschieden.

Pausanias.   Ich duld' es nicht
Weh! solche Reden! Du? ich duld' es nicht,
Du solltest so die Seele dir und mir
Nicht ängstigen. Ein böses Zeichen ist's,
Wenn so der Geist, der immerfrohe, sich
Der Mächtigen umwölket.

Empedokles. Fühlst du's? Es deutet, daß er bald
Zur Erd' hinab im Ungewitter muß.

Pausanias. O laß den Unmut, Lieber!
Was tat er Euch, o dieser Reine,
Daß ihm die Seele so verfinstert ist,
Ihr Todesgötter! haben die Sterblichen denn
Kein Eignes nirgendswo, und reicht das Furchtbare
Denn ihnen bis ans Herz, und herrscht
Es in der Brust der Stärkeren denn auch,
Das ewige Schicksal? Bändige den Gram,
Und übe deine Macht; bist du es doch,
Der mehr vermag, denn andere, o sieh
An meiner Liebe, wer du bist,
Und denke dein und lebe!

Empedokles. Du kennest mich und dich und Tod und Leben nicht.

Pausanias. Den Tod, ich kenn' ihn wenig nur,
Denn wenig dacht' ich seiner.

Empedokles. Allein zu sein und ohne Götter, dies,
  Dies ist er! ist der Tod!
Pausanias. Laß ihn, ich kenne dich; an deinen Taten
  Erkannt' ich dich, in seiner Macht
5 Erfuhr ich deinen Geist und seine Welt;
  Wenn oft ein Wort von dir
  Im heil'gen Augenblick
  Das Leben vieler Jahre mir erschuf,
  Daß eine neue große Zeit von da
10 Dem Jünglinge begann. Wie zahmen Hirschen,
  Wenn ferne rauscht der Wald, und sie
  Der Heimat denken, schlug das Herz mir oft,
  Wenn du vom Glück der alten Urwelt sprachst,
  Der reinen Tage kundig, und dir lag
15 Das ganze Schicksal offen; zeichnetest
  Du nicht der Zukunft große Linien
  Mir vor das Auge, sichern Blicks, wie Künstler
  Ein fehlend Glied zum ganzen Bilde reihn?
  Und kennst du nicht die Kräfte der Natur,
20 Daß du vertraulich, wie kein Sterblicher,
  Sie, wie du willst, in stiller Herrschaft lenkst?
Empedokles. Recht! Alles weiß ich, alles kann ich meistern;
  Wie meiner Hände Werk, erkenn' ich es
  Durchaus und lenke, wie ich will,
25 Ein Herr der Geister, das Lebendige.
  Mein ist die Welt und untertan und dienstbar
  Sind alle Kräfte mir, — — —
  — — — — zur Magd ist mir
  Die herrnbedürftige Natur geworden,
30 Und hat sie Ehre noch, so ist's von mir.
  Was wäre denn der Himmel und das Meer
  Und Inseln und Gestirn, und was vor Augen
  Den Menschen alles liegt, was wär' es noch,
  Dies tote Saitenspiel, gäb' ich ihm Ton
35 Und Sprach' und Seele nicht? was sind
  Die Götter und ihr Geist, wenn ich sie nicht
  Verkündige? Ha! wer bin ich?
Pausanias. Verhöhne nur im Unmut dich und alles,
  Was Menschen herrlich macht, ihr Wirken und
40 Ihr Wort, verleide mir
  Den Mut im Busen, schrecke mich zum Kinde,
  O sprich es nur heraus! Du hassest dich,
  Und was dich liebt, und was dir gleichen möcht';

Ein andres willst du, denn du bist, genügst dir
In deiner Ehre nicht, du willst nicht bleiben.
Willst zugrunde gehen!
Empedokles. Unschuldiger!
Pausanias. Und dich verklagst du?
Was ist es denn? o mache mir dein Leiden
Zum Rätsel länger nicht, mich peiniget's.
Empedokles. O ehre, was du nicht verstehst!
Pausanias. Warum
Verbirgst du mir's und machst dein Leiden mir
Zum Rätsel? Glaube, schmerzlicher ist nichts!
Empedokles. Und nichts ist schmerzlicher, Pausanias,
Denn Leiden zu enträtseln. Siehest du,
Pausanias, denn nicht?
Ach, lieber wäre mir's, du wüßtest nicht
Von mir und aller meiner Trauer.
Ich sollt' es nicht aussprechen! heil'ge Natur,
Jungfräuliche, die dem rohen Sinn entflieht!
Verachtet hab' ich dich — und mich allein
Zum Herrn gesetzt, ein übermütiger
Barbar! ich kannt' es ja,
Das Leben der Natur, die Götter waren
Mir dienstbar nun geworden, ich allein
War Gott und sprach's im frechen Stolz heraus —
O glaub' es mir, ich wäre lieber nicht
Geboren! Nun geh und tröste nimmer —
Was ist's? Was siehest du?
Pausanias. Was? um eines Wortes willen?
Wie kannst du so verzagen, kühner Mann?
Empedokles. Um eines Wortes willen? ja. Und mögen
Die Götter mich zernichten, wie sie mich
Geliebt.
Pausanias. So sprachen andre nicht, wie du.
Empedokles. Die andern! wie vermöchten sie's?
Pausanias. Jawohl,
Du wunderbarer Mann, so innig liebt'
Und sah kein anderer die ew'ge Welt
Und ihre Genien und Kräfte nie,
Wie du; und darum sprachst das kühne Wort
Auch du allein, und darum fühlst du auch
So sehr, wie du mit einer stolzen Silbe
Vom Herzen aller Götter dich gerissen,

Und opferst liebend ihnen dich dahin.
O Empedokles!
Empedokles.   Siehe, was ist das?
Hermokrates, der Priester, und mit ihm
5 Ein Haufe Volks und Kritias, der Archon,
Was suchen sie bei mir?
Pausanias.   Sie haben lang
Geforschet, wo du wärst.

5.

Empedokles. Pausanias. Hermokrates. Kritias. Agrigentiner.

Hermokrates. Hier ist der Mann, von dem ihr sagt, er sei
10 Lebendig zum Olymp emporgegangen.
Kritias. Und traurig sieht er, gleich den Sterblichen.
Empedokles. Ihr armen Spötter! Ist's erfreulich euch,
Wenn einer leidet, der euch groß geschienen?
Und achtet ihr, wie leicht verwehten Staub
15 Den Starken, wenn er schwach geworden ist?
Euch reizt die Frucht, die reif zur Erde fällt,
Doch glaubt es mir, nicht alles reift für euch.
Ein Agrigentiner. Was hat er da gesagt?
Empedokles.   Ich bitt' euch, geht,
20 Besorgt, was euer ist, und menget euch
Ins Meinige nicht ein.
Hermokrates.   Doch hat ein Wort
Der Priester dir dabei zu sagen?
Empedokles.   Weh!
25 Ihr reinen Götter, ihr lebendigen!
Muß dieser Heuchler meine Trauer mir
Vergiften? geh! ich schonte ja dich oft,
So ist es billig, daß du meiner schonst,
Du weißt es ja, ich hab' es dir bedeutet,
30 Ich kenne dich und deine schlimme Zunft,
Und lange war's ein Rätsel mir, wie euch
In ihrem Runde duldet die Natur.
Und als ich noch ein Knabe war, da mied
Euch Allverderber schon mein frommes Herz,
35 Das unbestechbar innig liebend hing
An Sonn' und Äther und den Boten allen
Der großen ferngeahndeten Natur;
Denn wohl hab' ich's gefühlt in meiner Furcht,

Daß ihr des Herzens freie Götterliebe
Bereden möchtet zu gemeinem Dienst,
Und daß ich's treiben sollte, so wie ihr.
Hinweg! ich kann vor mir den Mann nicht sehn,
Der Göttliches wie ein Gewerbe treibt,   5
Sein Angesicht ist falsch und kalt und tot,
Wie seine Götter sind. Was stehet ihr
Betroffen? Gehet nun!
Kritias.   Nicht eher, bis
Der heil'ge Fluch die Stirne dir gezeichnet,   10
Schamloser Lästerer!
Hermokrates.   Sei ruhig, Freund!
Ich hab' es dir gesagt, es würde wohl
Der Unmut ihn ergreifen. — Mich verschmäht
Der Mann, das hörtet ihr wohl, ihr Bürger   15
Von Agrigent, und harte Worte mag
Ich nicht mit ihm in wildem Zanke wechseln,
Es ziemt dem Greise nicht, ihr möget nur
Ihn selber fragen, wer er sei?
Empedokles.   O laßt!   20
Ihr seht es ja, es frommet keinem,
Ein blutend Herz zu reizen. Gönnet mir's,
Den Pfad, worauf ich wandle, still zu gehn.
Ihr spannt das Opfertier vom Pfluge los,
Und nimmer trifft's der Stachel seines Treibers,   25
So schonet meiner auch: entwürdiget
Mein Leiden mir mit böser Rede nicht,
Denn heilig ist's; und laßt die Brust mir frei
Von eurer Not! ihr Schmerz gehört den Göttern.
Erster Agrigentiner. Was ist es denn, Hermokrates, warum   30
Der Mann die wunderlichen Worte spricht?
Zweiter Agrigentiner. Er heißt uns gehn, als scheut' er sich
                                            vor uns.
Hermokrates. Was dünket euch? der Sinn ist ihm verfinstert,
Weil er zum Gott sich selbst vor euch gemacht,   35
Doch weil ihr nimmer meiner Rede glaubt,
So fragt nur ihn darum, er soll es sagen.
Dritter Agrigentiner. Wir glauben dir es wohl.
Pausanias.   Ihr glaubt es wohl,
Ihr Unverschämten! — Euer Jupiter   40
Gefällt euch heute nicht, er siehet trüb,
Der Abgott ist euch unbequem geworden,
Und darum glaubt ihr's wohl? Da stehet er

Und trauert und verschweigt den Geist, wonach
In heldenarmer Zeit die Jünglinge
Sich sehnen werden, wenn er nimmer ist,
Und ihr, ihr kriecht und zischet um ihn her?
5   Ihr dürft es? und ihr seid so sinnenlos,
Daß euch das Auge dieses Manns nicht warnt?
Und weil er sanft ist, wagen sich an ihn
Die Feigen — heilige Natur, wie duldest
Du auch in deinem Runde dies Gewürm?
10   Nun sehet ihr mich an und wisset nicht,
Was zu beginnen ist mit mir, ihr müßt
Den Priester fragen, ihn, der alles weiß.
   Hermokrates.   Ihr hört, wie euch und mich ins Angesicht
Der freche Knabe schilt.   Er darf's, solang
15   Sein Meister euretwegen alles kann.
Wer sich das Volk gewonnen, redet, was
Er will; das weiß ich wohl und strebe nicht
Aus eignem Sinn entgegen, weil es noch
Die Götter dulden.   Vieles dulden sie
20   Und schweigen, bis ans Äußerste gerät
Der wilde Mut, dann aber muß der Frevler
Rücklings hinab ins bodenlose Dunkel.
   Dritter Agrigentiner. Ihr Bürger, ich mag nichts mit diesen zween
   Ins künftige zu schaffen haben.
25 Erster Agrigentiner.   Sagt,
   Wie kam es denn, daß dieser uns betörte?
Zweiter Agrigentiner. Sie müssen fort, der Jünger und der Meister.
Hermokrates. So ist es Zeit! — Euch fleh' ich an, ihr Furchtbarn!
   Ihr Rachegötter! — Wolken lenket Zeus
30   Und Wasserwogen zähmt Poseidaon,
Doch euch, ihr Leisewandelnden, euch ist
Zur Herrschaft das Verborgene gegeben,
Und wo ein Eigenmächtiger der Wieg'
Entsprossen ist, da seid ihr auch und geht,
35   Indes er unbesorgt zum Frevel wächst,
Stillsinnend fort mit ihm und lauscht hinab
In seine Brust, wo euch den Götterfeind
Die unbesorgt geschwätzige verrät.
Auch den, ihr kanntet ihn! den heimlichen
40   Verführer, der die Sinne nahm dem Volk
Und mit dem Vaterlandsgesetze spielt'
Und sie, die alten Götter Agrigents,
Und ihre Priester niemals achtete.

Hölderlin III.   4

Und nicht verborgen war vor euch, solang
Er schwieg, der ungeheure Sinn.
Er hat's vollbracht! Verruchter, wähnteft du,
Sie müßten's nachfrohlocken, da du jüngst
Vor ihnen einen Gott dich selbst genannt? 5
Dann hätteft du geherrscht in Agrigent,
Ein einziger, allmächtiger Thrann,
Und dein gewesen wäre, dein allein
Das gute Volk und dieses schöne Land.
Sie schwiegen nur; erschrocken standen sie; 10
Und du erblaßteft, und es lähmte dich
Der böse Grimm in deiner dunkeln Halle,
Wo du hinab dem Tageslicht entflohft.
Und kömmft du nun und gießeft über mich
Den Unmut aus und läfterft unfre Götter? 15
Erfter Agrigentiner. Nun ift es klar; er muß gerichtet werden.
Kritias. Ich hab' es euch gesagt, ich traute nie
Dem Träumer.
Empedokles. O ihr Rasenden!
Hermokrates. Und sprichft 20
Du noch und ahndeft nicht, du haft mit uns
Nichts mehr gemein, ein Fremdling bift du worden
Und unerkannt bei allen Lebenden;
Die Quelle, die uns tränkt, gebührt dir nicht
Und nicht die Feuerflamme, die uns frommt, 25
Und was den Sterblichen das Herz erfreut,
Das nehmen die heil'gen Rachegötter von dir,
Für dich ift nicht das heitre Licht hier oben,
Nicht diefer Erde Grün und ihre Frucht,
Und ihren Segen gibt die Luft dir nicht, 30
Wenn deine Bruft nach Kühlung seufzt und dürftet.
Es ift umsonft, du kehreft nicht zurück
Zu dem, was unfer ift. Denn du gehörft
Den Rächenden, den heil'gen Todesgöttern.
Und wehe dem von nun an, wer ein Wort 35
Von dir in feine Seele freundlich nimmt,
Wer dich begrüßt und feine Hand dir beut,
Wer einen Trunk am Mittag dir gewährt,
Und wer an feinem Tische dich erduldet,
Und, wenn du nachts an feine Türe kömmft, 40
Dir Schlummer unter feinem Dache schenkt
Und, wenn du ftirbft, die Grabesflamme dir
Bereitet, wehe dem, wie dir! — Hinaus!

Es dulden die Vaterlandsgötter länger nicht,
  Wo ihre Tempel sind, den Gottverächter.
Agrigentiner. Hinaus, damit sein Fluch uns nicht beflecke!
Pausanias. O komm, du gehest nicht allein, es ehrt
5 Noch einer dich, wenn's schon verboten ist,
  Du Lieber! und du weißt, des Freundes Segen
  Ist kräftiger, denn dieses Priesters Fluch.
  O komm in fernes Land! wir finden dort
  Das Licht des Himmels auch, und bitten will ich,
10 Daß freundlich dir's in deine Seele scheine
  Im heiterfreien Griechenlande drüben;
  Da grünen Hügel auch, und Schatten gönnt
  Der Ahorn dir, und milde Lüfte kühlen
  Den Wanderern die Brust; und wenn du müd
15 Vom heißen Tag an fernem Pfade sitzest,
  Mit diesen Händen schöpf' ich dann den Trunk
  Aus frischer Quelle dir und sammle Speise,
  Und Zweige wölb' ich über deinem Haupt,
  Und Moos und Blätter breit' ich dir zum Lager,
20 Und wenn du schlummerst, so bewach' ich dich,
  Und muß es sein, bereit' ich dir auch wohl
  Die Grabesflamme, die sie dir verwehren,
  Die Schändlichen!
Empedokles.   Du treues Herz! — Für mich,
25 Ihr Bürger, bitt' ich nichts; es sei geschehn!
  Ich bitt' euch nur um dieses Jünglings willen.
  O wendet nicht das Angesicht von mir!
  Bin ich es nicht, um den ihr liebend sonst
  Euch sammeltet? ihr selber reichtet da
30 Mir auch die Hände, nicht unziemlich dünkt'
  Es euch, zum Freund euch wild heranzudrängen,
  Und auf den Schultern brachtet ihr die Kleinen
  Und hubt mit euren Armen sie empor;
  Bin ich es nicht, und kennt ihr nicht den Mann,
35 Dem ihr gesagt, ihr könntet, wenn er's wollte,
  Von Land zu Land mit ihm wie Bettler gehn,
  Und, wenn es möglich wäre, folgtet ihr
  Ihm auch hinunter in den Tartarus?
  Ihr Kinder! Alles wolltet ihr mir schenken
40 Und zwangt mich töricht oft, von euch zu nehmen,
  Was euch das Leben heitert' und erhielt;
  Dann gab ich euch's vom meinigen zurück,
  Und mehr denn eures, achtetet ihr dies.

Nun geh' ich fort von euch; versagt mir nicht
Die eine Bitte: schonet dieses Jünglings!
Er tat euch nichts zuleid'; er liebt mich nur, —
Wie ihr mich auch geliebt, und saget selbst,
Ob er nicht edel ist und schön? und wohl   5
Bedürft ihr künftig seiner, glaubt es mir!
Oft sagt' ich euch's: es würde Nacht und kalt
Auf Erden, und in Not verzehrte sich
Die Seele, sendeten zuzeiten nicht
Die guten Götter solche Jünglinge,   10
Der Menschen welkend Leben zu erfrischen;
Und heilig halten, sagt' ich, solltet ihr
Die heitern Genien — o schonet sein,
Und rufet nicht das Weh! versprecht es mir!

Dritter Agrigentiner. Hinweg! wir hören nichts von allem, was   15
Du sagst.

Hermokrates. Dem Knaben muß geschehn, wie er's
Gewollt. Er mag den frechen Mutwill büßen,
Er geht mit dir, und dein Fluch ist der seine.

Empedokles. Du schweigest, Kritias! verbirg es nicht,   20
Dich trifft es auch; du kanntest ihn, nicht wahr,
Die Sünde löschten Ströme nicht von Blut?
Ich bitte Tiere; sag' es ihnen, Lieber!
Sie sind wie trunken, sprich ein ruhig Wort,
Damit der Sinn den Armen wiederkehre!   25

Zweiter Agrigentiner. Noch schilt er uns? Gedenke deines Fluchs
Und rede nicht, geh du! wir möchten sonst
An dich die Hände legen.

Kritias.   Wohl gesagt,
Ihr Bürger!   30

Empedokles.   So! — und möchtet ihr an mich
Die Hände legen? was? gelüstet schon
Bei meinem Leben euch, ihr hungernden
Harpyien, und könnt ihr's nicht erwarten, wenn erst
Der Geist entflohn ist mir, die Leiche zu schänden?   35
Heran! zerfleischt und teilet die Beut', und es segne
Der Priester euch den Genuß, und seine Vertrauten,
Die Rachegötter, lad' er zum Mahl! — Dir bangt,
Heilloser? Was? Der schlaue Jäger traf
Ja doch sein Wild, warum frohlockt er nicht?   40
Und zittert? kennst du mich? und soll ich dir

Den bösen Scherz verderben, den du treibst?
Bei deinem grauen Haare, Mann! du solltest
Zu Erde werden, denn du bist sogar
Zum Knecht der Furien zu schlecht. O sieh!
5 So schändlich stehst du da und durftest doch
An mir zum Meister werden? Freilich ist's
Ein ärmlich Werk, ein blutend Wild zu jagen!
Ich trauerte, das wußt' er wohl, da wuchs
Der Mut dem Feigen; da erhascht' er mich
10 Und hetzt' des Pöbels Zähne mir aufs Herz.
O, wer, wer heilt den Geschändeten nun? wer nimmt
Ihn auf, der heimatlos der Fremden Häuser
Mit Narben seiner Schmach umirrt, die Götter
Des Hains fleht, ihn zu bergen? — komme, Sohn!
15 Sie haben wehe mir getan, doch hätt'
Ich's wohl vergessen, aber dich? — Ha, geht
Nun immerhin zugrund', ihr Namenlosen!
Sterbt langsamen Tods, und euch geleite
Des Priesters Rabengesang! und weil sich Wölfe
20 Versammeln da, wo Leichname sind, so finde sich
Dann einer auch für euch; der sättige
Von eurem Blute sich; der reinige
Sizilien von euch! Es stehet dürr
Das Land, wo sonst die Purpurtraube gern
25 Dem bessern Volke wuchs und goldne Frucht
Im dunkeln Hain und edles Korn, und fragen
Wird einst der Fremde, wenn er auf den Schutt
Von euern Tempeln tritt, ob da die Stadt
Gestanden.[1)] Gehet nun! Ihr findet mich
30 In einer Stunde nimmer.

(Indem sie abgehn.)

Kritias!

Dir möcht' ich wohl ein Wort noch sagen.

Pausanias (nachdem Kritias zurück ist).   Laß
Indessen mich zum alten Vater gehn
35 Und Abschied nehmen.

[1)] Diesen Fluch beabsichtigte Hölderlin, wie aus einer Randbemerkung in der Handschrift hervorgeht, zu streichen: „Keinen Fluch! Er muß lieben bis ans Unendliche hin. Dann stirbt er, um nicht ohne Liebe zu leben und ohne den Genius. Er muß den Rest von Versöhnungskraft, der ihm vielleicht ohne das hätte wieder in sein voriges heilig heitres Leben zurückgeholfen, gleichsam aufzehren.“ Tatsächlich ist auch der Fluch, wenigstens zum Teil, in der Handschrift gestrichen.   (Litzmann).

Empedokles.   O warum? was tat
Der Jüngling euch, ihr Götter! gehe denn,
Du Armer! draußen wart' ich auf dem Wege
Nach Syrakus, dann wandern wir zusammen.

(Pausanias geht auf der andern Seite ab.)

6.

Empedokles. Kritias.

Kritias. Was ist's? Was hast du mir zu sagen?   5
Empedokles. Auch du verfolgest mich?
Kritias.   Was soll
   Mir das?
Empedokles. Ich weiß es wohl, du möchtest gern
Mich hassen, dennoch hassest du mich nicht: 10
Du fürchtest nur; du hattest nichts zu fürchten.
Kritias. Es ist vorbei. Was willst du noch?
Empedokles.   Du hättest
   Es selber nie gedacht, der Priester zog
   In seinen Willen dich; du klage dich   15
   Darum nicht an, o hättst du nur ein treues Wort
   Für ihn gesprochen, doch du scheuetest
   Das Volk.
Kritias.   Sonst hattest du mir nichts
   Zu sagen? Überflüssiges Geschwätz   20
   Hast du von je geliebt.
Empedokles.   O rede sanft,
   Ich habe deine Tochter dir gerettet.
Kritias. Das hast du wohl.
Empedokles.   Du sträubst und schämest dich   25
   Mit dem zu reden, dem das Vaterland
   Geflucht; ach! unverdienter Fluch, ich will
   Es gerne glauben, schändet auch, wenn ihn
   Die Unsrigen gesprochen. — Denke dir,
   Es rede nun mein Schatte, der versöhnt   30
   Vom heitern Friedenslande wiederkehre.
Kritias. Ich wäre nicht gekommen, da du riefst,
   Wenn nicht das Volk zu wissen wünschte, was
   Du noch zu sagen hättest.
Empedokles.   Was ich dir   35
   Zu sagen habe, geht das Volk nichts an.

Kritias. Was ist es denn?
Empedokles. Du mußt hinweg aus diesem Land'; ich sag'
    Es dir um deiner Tochter willen, denk' an dich
    Und sorge nicht für anders! kennest du
5   Sie nicht und ist dir's unbewußt, wieviel
    Es besser ist, daß eine Stadt voll Toren
    Versinkt, denn ein Vortreffliches?
Kritias.   Was kann
    In diesem Land ihr fehlen? denkest du
10 Weil du nicht mehr im Lande,
    So könne Gutes nicht darin bestehn?
Empedokles.   Kennest du sie nicht?
    Und tastest wie ein Blinder an, was dir
    Die Götter gaben? und es leuchtet dir
15 In deinem Haus umsonst das holde Licht?
    Ich sag' es dir, in diesem Lande findet
    Das fromme Leben seine Ruhe nicht,
    Und einsam bleibt es dir, so schön es ist,
    Und stirbt dir freudelos, denn nie begibt
20 Die zärtlichernste Göttertochter sich,
    Barbaren an das Herz zu nehmen, glaub'
    Es mir! Es reden wahr die Scheidenden.
    Und wundere des Rats dich nicht!
Kritias.   Was soll
25 Ich nun dir sagen?
Empedokles.   Gehe hin mit ihr
    In heil'ges Land, nach Elis oder Delos,
    Wo jene wohnen, die sie liebend sucht,
    Wo stillvereint die Bilder der Heroen
30 Im Lorbeerwalde stehn. Dort wird sie ruhn,
    Dort bei den schweigenden Idolen wird
    Der schöne Sinn, der zartgenügsame,
    Sich stillen, bei den edeln Schatten wird
    Das Leid entschlummern, das geheim sie hegt
35 In frommer Brust. Wenn dann am heitern Festtag
    Sich Hellas' schöne Jugend dort versammelt,
    Und um sie her die Fremdlinge sich grüßen,
    Und hoffnungsfrohes Leben überall,
    Wie goldenes Gewölk, das stille Herz
40 Umglänzt, dann weckt dies Morgenrot
    Zur Lust wohl auch die fromme Träumerin,
    Und von den Besten einen, die Gesang
    Und Kranz in edlem Kampf gewonnen, wählt

Sie sich, daß er den Schatten sie entführe,
Zu denen sie zu frühe sich gesellt.
Kritias. Hast du der goldnen Worte noch so viel
In deinem Elend übrig?
Empedokles.   Spotte nicht!
Die Scheidenden verjüngen alle sich
Noch einmal gern. Der Sterbeblick ist's nur
Des Lichts, das freudig einst in seiner Kraft
Geleuchtet unter euch. Es lösche freundlich,
Und hab' ich euch geflucht, so mag dein Kind
Den Segen haben, wenn ich segnen kann.
Kritias. O laß! und mache mich zum Knaben nicht.
Empedokles. Versprich es mir und tue, was ich riet,
Und geh aus diesem Land; verweigerst du's,
So mag die Einsame den Adler bitten,
Daß er hinweg von diesen Knechten sie
Zum Äther rette! Bessers weiß ich nicht.
Kritias. O sage, haben wir nicht recht an dir
Getan?
Empedokles. Was fragst du nun? Ich habe dir
Vergeben. Aber folgst du mir?
Kritias.   Ich kann
So schnell nicht wählen.
Empedokles.   Wähle gut,
Sie soll nicht bleiben, wo sie untergeht,
Und sag' es ihr, sie soll des Mannes denken,
Den einst die Götter liebten. Willst du das?
Kritias. Wie bittest du? Ich will es tun. Und geh
Du deines Weges nun, du Armer! (Geht ab.)
Empedokles.   Ja!
Ich gehe meines Weges, Kritias,
Und weiß wohin, und schämen muß ich mich,
Daß ich gezögert bis zum Äußersten.
Wie oft, wie oft hat dich's gemahnt! da wär'
Es schön gewesen. Aber nun ist's not!
O stille! gute Götter! immer eilt
Den Sterblichen das ungeduld'ge Wort
Voraus und läßt die Stunde des Gelingens
Nicht unbetastet reifen. Manches ist
Vorbei; und leichter wird es schon. Es hängt
An allem fest, der alte Tor! und, da
Er einst gedankenlos ein stiller Knab'
Auf seiner grünen Erde spielte, war

Er freier, denn er ist; o scheiden! — selbst
Die Hütte, die mich hegte, lassen sie
Mir nicht, was mußt' ich auch so lange warten,
Bis Glück und Geist und Jugend ferne war,
5 Und nichts wie Torheit überblieb und Elend.

7.

Drei Sklaven des Empedokles.

Erster Sklave. Du gehest, Herr?
Empedokles.   Ich gehe freilich, Guter,
Und hole mir das Reis'gerät, soviel
Ich selber tragen kann, und bring' es noch
10 Mir auf die Straße dort hinaus — es ist
Dein letzter Dienst!
Zweiter Sklave.   O Götter!
Empedokles.   Immer seid
Ihr gern um mich gewesen, denn ihr wart's
15 Gewohnt von lieber Jugend her, wo wir
Zusammen auf in diesem Hause wuchsen,
Das meinem Vater war und mir, und fremd
Ist meiner Brust das herrisch kalte Wort.
Ihr habt der Knechtschaft Schicksal nie gefühlt.
20 Ich glaub' es euch, ihr folgtet gerne mir,
Wohin ich muß. Doch kann ich es nicht dulden,
Daß euch der Fluch des Priesters ängstige,
Der jedem, so sich irgend mir gesellt,
Verkündet ist. Ihr wißt ihn schon:
25 Die Welt ist aufgetan für euch und mich,
Ihr Lieben, und es sucht nun jeder sich
Sein eigen Glück!
Dritter Sklave.   O nein!
Wir lassen nicht von dir, wir können's nicht.
30 **Zweiter Sklave.** Was weiß der Priester, wie du lieb uns bist.
Verbiet' er's andern! uns verbeut er's nicht.
Erster Sklave. Gehören wir zu dir, so laß uns auch
Bei dir! Ist's doch von gestern nicht, daß wir
Mit dir zusammen sind, du sagst es selber.
35 **Empedokles.** O Götter! bin ich kinderlos und leb'
Allein mit diesen drein, und dennoch häng'
Ich hingebannt an diese Ruhestätte
Gleich Schlafenden und ringe, wie im Traum,

Hinweg? Es kann nicht anders sein, ihr Guten!
O sagt nichts mehr davon, ich bitt' euch das,
Und laßt uns tun, als wären wir es nimmer.
Ich gönn's dem frommen Manne nicht, daß er
Mir alles noch verfluche, was mich liebt — 5
Ihr gehet nicht mit mir, ich sag' es euch.
Hinein und nehmt das Beste, was ihr findet
Und zaudert nicht und flieht; es möchten sonst
Die neuen Herrn des Hauses euch erhaschen,
Und eines Feigen Knechte würdet ihr. 10
Zweiter Sklave. Mit harter Rede schickest du uns weg?
Empedokles. Ich tu' es dir und mir — ihr Freigelaßnen
 Ergreift mit Manneskraft das Leben, laßt
 Die Götter euch mit Ehre trösten, ihr
 Beginnt nun erst. Es gehen Menschen auf 15
 Und nieder. Weilet nun nicht länger. Tut,
 Was ich gesagt.
Erster Sklave. Herr meines Herzens! leb',
 Und geh nicht unter!
Dritter Sklave.   Sage, werden wir 20
 Dich nimmer sehn?
Empedokles.   O fraget nicht, es ist
 Umsonst.
Zweiter Sklave (im Abgehen). Er bleibt es doch!
 Ach! wie ein Bettler soll er nun das Land 25
 Durchirren und des Lebens nirgend sicher sein?
Empedokles (sieht ihnen schweigend nach). Lebt wohl, ich hab'
 Euch schnöd' hinweggeschickt, lebt wohl, ihr Treuen,
 Und du, mein väterliches Haus, wo ich erwuchs
 Und blüht'! — ihr lieben Bäume! vom Freudengesang 30
 Des Götterfreunds geheiligt, ruhige
 Vertraute meiner Ruh'! o sterbt und gebt
 Den Lüften zurück das Leben, denn es scherzt
 Das rohe Volk in eurem Schatten nun,
 Und wo ich selig ging, da spotten sie meiner. 35
 Weh! ausgestoßen, ihr Götter? und ahmte,
 Was ihr mir tut, ihr Himmlischen, der Priester,
 Der Unberufene, seellos nach? ihr ließt
 Mich einsam, mich, der euch geschmäht, ihr Lieben!
 Und dieser wirft zur Heimat mich hinaus, 40
 Und der Fluch hallt, den ich selber mir gesprochen,
 Mir ärmlich aus des Pöbels Munde wieder?
 Ach! der innig mit euch, ihr Seligen, einst

Gelebt und sein die Welt genannt aus Freude,
Hat nun nicht, wo er seinen Schlummer find',
Und in sich selber kann er auch nicht ruhn.
Wohin denn nun, ihr Pfade der Sterblichen? viel
5   Sind eurer, wo ist der meine? der kürzeste wo?
Der schnellste? denn zu zögern ist Schmach. (Geht ab.)

8.

Panthea. Delia.

Delia.   Stille, liebes Kind!
Und halt' den Jammer, daß uns niemand höre.
Ich will hinein ins Haus. Vielleicht er ist
10   Noch drinnen, und du siehst noch einmal ihn.
Nur bleibe still indessen — kann ich wohl
Hinein?
Panthea.   O tu es, liebe Delia!
Ich bitt' indes um Ruhe, daß mir nicht
15   Das Herz vergeht, wenn ich den hohen Mann
In dieser bittern Schicksalsstunde sehe.
Delia. O Panthea!
Panthea (allein nach einigem Stillschweigen). Ich kann nicht — ach, es wär'
Auch Sünde, da gelassener zu sein!
20   Verflucht? ich faß' es nicht; und wirst auch wohl
Die Sinne mir zerreißen, schwarzes Rätsel!
Wie wird es sein?
                (Pause. Erschrocken zu Delia, die wieder zurückkommt.)
                    Wie ist's?
Delia.   Ach! alles tot!
25   Und öde!
Panthea.   Fort?
Delia.   Ich fürcht' es. Offen sind
Die Türen; aber niemand ist zu sehn.
Ich rief, da hört' ich nur den Widerhall
30   Im Hause; länger bleiben mocht' ich nicht —
Ach! stumm und blaß ist sie und siehet fremd
Mich an, die Arme. Kennest du mich nimmer?
Ich will es mit dir dulden, liebes Herz!
Panthea. Nun! komme nur!
35 **Delia.**   Wohin?
Panthea.   Wohin? ach das,
Das weiß ich freilich nicht, ihr guten Götter!
Weh! keine Hoffnung! und du leuchtest mir

Umsonst, du Tageslicht dort oben, fort
Ist er, wie soll die Einsame denn wissen,
Warum ihr noch die Augen helle sind.
Es ist nicht möglich, nein! zu frech
Ist diese Tat, zu ungeheuer, und ihr habt
Es doch getan, und leben muß ich noch
Und stille sein bei diesen? weh und weinen,
Nur weinen kann ich über alles das!
Delia. O weine nur! du Liebe, besser ist's,
Denn schweigen oder reden.
Panthea.   Delia!
Da ging er sonst, und dieser Garten war
Um seinetwillen mir so wert. Ach oft
Wenn mir das Leben nicht genügt', und ich,
Die Ungesellige, betrübt mit andern
Um unsre Hügel irrte, sah ich her
Nach dieser Bäume Gipfeln, dachte, dort
Ist einer doch! Und meine Seele richtet'
An ihm sich auf. Ach! grausam haben sie's
Zerschlagen, auf die Straße ausgeworfen,
Mein Heldenbild, ich hätt' es nie gedacht,
So schmählich! o verblühet nun, ihr Blumen
Des Himmels, schöne Sterne. Glänzte doch
Auch er vom Äther, doch es muß hinab,
Was sterblich ist.
Delia. Es ist ein großer Mann gefallen.
Panthea. Ach! hundertjähr'gen Frühling wünscht ich oft,
Ich Törichte, für ihn und seine Gärten!
Delia. O konntet ihr die zarte Freude nicht
Ihr lassen, gute Götter!
Panthea.   Klage nicht
Um mich, du Gute! Blüten fallen viel,
Wie meine sind. Gedenk' an ihn! der Mann,
Wie eine neue Sonne kam er uns
Und strahlt' und zog das ungereifte Leben
An goldnen Seilen freundlich zu sich auf;
Und lange hatt' auf ihn Sizilien
Gewartet. Niemals herrscht' auf dieser Insel
Ein Sterblicher, wie er, sie fühlten's wohl,
Er lebe mit den Genien der Welt
Im Bunde. Seelenvoller! und du nahmst
Sie all ans Herz, vertrautest ihnen dich!
Großmütiger, weh! mußt du nun dafür

Geschändet fort von Land zu Lande ziehn,
Das Gift im Busen, das sie mitgegeben.
O ihr Blumen
Des Himmels! schöne Sterne, werdet ihr
5   Denn auch verblühn? und wird es Nacht alsdann
In deiner Seele werden, Vater Äther,
Wenn deine Jünglinge, die glänzenden,
Erloschen sind vor dir? Ich weiß, es muß,
Was göttlich ist, hinab. Zur Seherin
10 Bin ich geworden über seinen Fall,
Und wo mir noch ein schöner Genius
Begegnet, nenn' er Mensch sich oder Gott,
Ich weiß die Stunde, die ihm nicht gefällt! —
Das habt ihr getan. O laßt nicht mich,
15 Ihr weisen Richter, ungestraft entkommen,
Ich ehr' ihn ja, und wenn ihr es nicht wißt,
So will ich es ins Angesicht euch sagen.
Dann stoßt auch mich zu eurer Stadt hinaus.
Und hat er ihm geflucht, der Rasende,
20 Mein Vater, ha! so fluch' er nun auch mir!
 Delia.   O Panthea, mich schreckt es, wenn du so
Dich deiner Klagen überhebst. Ist er
Denn auch wie du, daß er den stolzen Geist
Am Schmerze nährt und heft'ger wird im Leiden,
25 Ich mag's nicht glauben, denn ich fürchte das.
Was müßt' er auch beschließen?
 Panthea.   Ängstigest
Du mich? was hab' ich denn gesagt? Ich will
Auch nimmer — ja geduldig will ich sein,
30 Ihr Götter! will vergebens nun nicht mehr
Erstreben, was ihr ferne mir gerückt,
Und was ihr geben mögt, das will ich nehmen.
Und find' ich nirgends dich, du Heiliger,
So kann ich doch mich freuen, daß du da
35 Gewesen. Ruhig will ich sein, es möcht'
Aus wildem Sinne mir das edle Bild
Entfliehn, und daß mir nur der Tageslärm
Den brüderlichen Schatten nicht verscheuche,
Der, wenn ich leise wandle, mich geleitet.
40 Delia.   Du liebe Träumerin! er lebt ja noch.
 Panthea.   Er lebt? ja, wohl! er lebt! er geht
Im weiten Felde Nacht und Tag. Sein Dach
Sind Wetterwolken, und der harte Boden ist

Sein Lager, Winde krausen ihm das Haar —
Und Regen träuft mit seinen Tränen ihm
Vom Angesicht, und seine Kleider trocknet
Am heißen Mittag ihm die Sonne wieder,
Wenn er im schattenlosen Sande geht;
Gewohnte Pfade sucht er nicht: im Fels
Bei denen, die von Beute sich ernähren,
Die fremd, wie er, und allverdächtig sind,
Da kehrt er ein, die wissen nichts vom Fluch,
Die reichen ihm von ihrer rohen Speise,
Daß er zur Wanderung die Glieder stärkt,
So lebt er! weh! und das ist nicht gewiß.
Delia. Ja, es ist schrecklich, Panthea!
Panthea.   Ist's schrecklich?
Du arme Trösterin! und sieh, es währt
Nicht lange mehr, so kommen sie und sagen
Einander sich's, wenn es die Rede gibt,
Daß er erschlagen auf dem Wege liege.
Es dulden's wohl die Götter, haben sie
Doch auch geschwiegen, da man ihn mit Schmach
Ins Elend fort aus seiner Heimat warf.
O du! — wie wirst du enden? müde ringst
Du schon am Boden fort, du stolzer Adler!
Und zeichnest deinen Pfad mit Blut und bald
Erhascht der feigen Jäger einer dich,
Zerschlägt am Felsen dir dein sterbend Haupt.
Und Jovis Liebling nanntet ihr ihn doch?
Delia. Ach! lieber, schöner Geist! nur so nicht!
Nur solche Worte nicht! Wenn du es wüßtest,
Wie mich die Sorg' um dich ergreift! Ich will
Auf meinen Knien dich bitten, wenn es hilft.
Besänftige dich nur. Wir wollen fort.
Es kann noch viel sich ändern, Panthea.
Vielleicht bereut es bald das Volk, du weißt
Es ja, wie sie ihn liebten. Komm! ich wend'
An deinen Vater mich, und helfen sollst
Du mir. Wir können ihn vielleicht gewinnen.
Panthea. O wir, wir sollten das, ihr Götter!

Zweiter Akt¹).

(Gegend am Ätna. Bauerhütte.)

1.

Empedokles. Pausanias.

Empedokles. Wie ist's mit dir?
Pausanias.   O das ist gut,
  Daß du ein Wort doch wieder redest, Lieber!
  Denkst du es auch? hier oben waltet wohl
5 Der Fluch nicht mehr, und unser Land ist ferne;
  Mir atmet frei die Brust auf diesen Höhen,
  Und auf zum Tage darf das Auge doch
  Nun wieder blicken, und die Sorge wehrt
  Den Schlaf uns nicht, es reichen
10 Gewohnte Kost uns Menschenhände wieder.
  Du brauchst der Pflege, Lieber! und es nimmt
  Der heil'ge Berg, der väterliche, wohl
  In seine Ruh' die umgetriebnen Gäste.
  Willst du, so bleiben wir auf eine Zeit
15 In dieser Hütte — darf ich rufen, ob
  Sie uns vielleicht den Aufenthalt vergönnen?
Empedokles. Versuch' es nur, sie kommen schon heraus.

––––––––

2.

Bauer. Was wollt ihr? dort hinunter geht
  Die Straße.
20 **Pausanias.**   Gönn' uns Aufenthalt bei dir
  Und scheue nicht das Aussehn, guter Mann.
  Denn schwer ist unser Weg und öfters scheint
  Der Leidende verdächtig, doch mögen dir's
  Die Götter sagen, welcher Art wir sind.
25 **Bauer.** Es stand wohl besser einst mit euch denn jetzt.
  Ich will es gerne glauben, doch es liegt
  Die Stadt nicht fern; ihr solltet doch daselbst

––––––––

¹) Hölderlin bemerkt hierzu am Rande der Handschrift: „Hier müssen die aus-
geftandenen Leiden und Schmähungen so dargestellt werden, daß auch seine Versöhnung
mit den Agrigentinern sich als die höchste Großmut darstellt; daß es für ihn zur Unmöglichkeit wird, je wieder umzukehren und sein Entschluß, zu den Göttern zu gehen,
mehr abgedrungen als willkürlich erscheint.“   (Litzmann.)

Auch einen Gastfreund haben. Besser wär's,
Zu dem zu kommen, denn zu Fremden.
Pausanias.   Ach!
Es schämte leicht der Gastfreund unser sich,
Wenn wir zu ihm in unserm Unglück kämen.
Und gibt uns doch der Fremde nicht umsonst
Das wenige, warum wir ihn gebeten.
Bauer. Wo kommt ihr her?
Pausanias.   Was nützt es, das zu wissen?
Wir geben Gold, und du bewirtest uns.
Bauer. Ich habe keinen Raum für euch
In meinem Hause.
Pausanias.   Was ist das? so reich'
Uns Brot und Wein und fordre, was du willst.
Bauer. Das findet ihr an anderm Orte besser.
Pausanias. O, das ist hart! doch gibst du mir vielleicht
Ein wenig Leinen, daß ich's diesem Mann
Um seine Füße winde, die ihm noch
Vom Felsenpfade blutig sind — sieh nur
Ihn an! Der gute Geist Siziliens ist's
Und mehr, denn eure Fürsten! und er steht
Vor deiner Türe kummerbleich und bettelt
Um deiner Hütte Schatten und um Brot,
Und du versagst es ihm, und todesmüd
Und dürstend lässest du ihn draußen stehn
An diesem Tage, wo das harte Wild
Zur Höhle sich vorm Sonnenbrande flüchtet?
Bauer. Ich kenn' euch. Wehe! das ist der Verfluchte
Von Agrigent. Es ahndete mir gleich.
Hinweg!
Pausanias. Beim Donnerer! nicht hinweg! — er soll
Für dich mir bürgen, lieber Heiliger!
Indes ich geh' und Nahrung suche. Ruh'
An diesem Baum
                        und höre du! wenn ihm
Ein Leid geschieht, es sei, von wem es wolle,
So komm' ich über Nacht und brenne dir,
Eh' du es denkst, dein strohern Haus zusammen!
Erwäge das!   (Bauer geht ab.)

3.

Empedokles. Pausanias.

Empedokles.   Sei ohne Sorge! Sohn!
Pausanias. Wie sprichst du so? Ist doch dein Leben mir
  Der lieben Sorge wert, und diese meinen,
  Es wäre nichts am Manne zu verderben,
5 Dem solch ein Wort gesprochen ward wie dir,
  Und leicht gelüstet sie's, und wär' es nur
  Um seines Mantels wegen, ihn zu töten;
  Denn ungereimt ist's ihnen, daß er noch
  Gleich Lebenden umhergeht; weißt du es
10 Denn nicht?
Empedokles.   O ja, ich weiß es.
Pausanias.   Lächelnd sagst
  Du das, o Empedokles?
Empedokles.   Treues Herz,
15 Ich habe wehe dir getan, ich wollt'
  Es nicht.
Pausanias.   Ach! ungeduldig bin ich nur.
Empedokles. Sei ruhig meinetwegen, Lieber, bald
  Ist dies vorbei.
20 **Pausanias.**   Wie sagst du das?
Empedokles.   Du wirst
  Es sehn.
Pausanias.   Wie ist dir? soll ich nun ins Feld
  Nach Speise gehn? wenn du es nicht bedarfst,
25 So bleib' ich lieber, oder besser ist's,
  Wir gehn und suchen einen Ort zuvor
  Für uns im Berge.
Empedokles.   Siehe! nahe blinkt
  Ein Wiesenquell; der ist auch unser. Nimm
30 Dein Trinkgefäß, die hohle Kürbis, daß der Trank
  Die Seele mir erfrische.
Pausanias (an der Quelle).   Klar und kühl
  Und rege sproßt's aus dunkler Erde, Vater!
Empedokles. Erst trinke du. Dann schöpf' und bring' es mir.
35 **Pausanias** (indem er ihm es reicht). Die Götter segnen dir's.
Empedokles[1]).   Ich trink' es euch,
  Ihr alten Freundlichen! ihr meine Götter!

---

[1]) In der Handschrift am Rande hierzu die Bemerkung: „Von hier an muß er wie
ein höheres Wesen erscheinen, ganz in seiner vorigen Liebe und Macht." Zu den ersten
Worten des Empedokles die Randbemerkung: „Womöglich noch lyrischer." (Litzmann.)

Und meiner Wiederkehr, Natur! schon ist
Es anders, o ihr Gütigen, ihr geht
Voraus, und eh' ich komme, seid ihr da.
Und blühen soll
Es, eh' es reift! — sei ruhig, Sohn! und höre,   5
Wir sprechen vom Geschehenen nicht mehr.
Pausanias. Du bist verwandelt und dein Auge glänzt
Wie eines Siegenden; ich fass' es nicht.
Empedokles. Wir wollen noch, wie Jünglinge, den Tag
Zusammen sein und vieles reden. Findet   10
Doch leicht ein heimatlicher Schatte sich,
Wo unbesorgt die treuen Langvertrauten
Beisammen sind in liebendem Gespräch.
Mein Liebling! haben wir, wie gute Knaben
An einer Traub', am schönen Augenblick   15
Das liebe Herz so oft gesättiget,
Und mußtest du bis hier mich hergeleiten,
Daß unsrer Feierstunden keine sich verlör',
Wohl kauftest du um schwere Mühe sie;
Doch geben was umsonst die Götter?   20
Pausanias. O mache mir es klar, daß ich wie du
Mich freue!
Empedokles.   Siehest du denn nicht? Es kehrt
Die schöne Zeit von meinem Leben heute
Noch einmal wieder; und das Größre steht   25
Bevor. Hinauf, o Sohn, zum Gipfel
Des alten heil'gen Ätna!
Denn gegenwärt'ger sind auf Höhn die Götter.
Da will ich heute noch mit diesen Augen
Die Ströme sehn und Inseln und das Meer.   30
Da, zögernd über goldenen Gewässern,
Auch das Sonnenlicht beim Scheiden,
Das jugendliche, das ich einst
Zuerst geliebt. Dann glänzt um uns
Das ewige Gestirn, indes herauf   35
Der Erde Glut aus Bergestiefen quillt,
Und zärtlich rührt der Allbewegende,
Der Geist, uns an! o dann —
Pausanias.   Du schreckst
Mich nur, denn unbegreiflich bist du mir.   40
Du siehest heiter aus und redest herrlich,
Doch lieber wär' es mir, du trauertest.
Ach, brennt dir doch die Schmach im Busen, die

Du litteſt, und achteſt ſelber dich für nichts,
So viel du biſt.
Empedokles.   O Götter, läßt auch der
Zuletzt die Ruh' mir nicht und regt den Sinn
5   Mir auf mit roher Rede; willſt du das,
So geh! Bei Tod und Leben! Nicht iſt dies
Die Stunde mehr, viel Worte noch davon
Zu machen, was ich leid' und bin.
Beſorgt iſt das; ich will es nimmer wiſſen.
10   Ich hab's verdient. Ich kann dir's wohl verzeihn,
Daß du zur Unzeit mich gemahnt. Es iſt
Der Prieſter dir vor Augen und es gellt
Im Ohre dir des Pöbels Hohngeſchrei,
Die brüderliche Nänie, die uns
15   Zur lieben Stadt hinausgeleitet.
Ha! mir! bei allen Göttern, die mich ſchufen,
Sie hätten's nicht getan, wär' ich
Der Alte noch geweſen. Was? ſchändlich
Verriet ein Tag von meinen Tagen mich
20   An dieſe Feigen — ſtill! hinunter ſoll's!
Begraben will ich es, ſo tief, wie noch
Kein Grab für Sterbliches gegraben iſt.

Pauſanias. Ach! häßlich ſtört' ich ihm die hohe Seele,
Die herrliche, und bänger denn zuvor
25   Iſt jetzt die Sorge.

Empedokles. Getroſt! es iſt geholfen. Laß die Klage!
Und ſtöre mich nicht wieder. Mit der Zeit
Iſt alles gut. Mit Sterblichen und Göttern
Bin ich nun bald verſöhnt, ich bin es ſchon.

30 **Pauſanias.** Iſt's möglich? und geheilt
Iſt dir der furchtbar trübe Sinn, und wähneſt du
Dich nun nicht mehr allein, und ruhig kehrt
Dein Herz wie ſonſt ans Herz der Erde wieder?
Und freundlich ahndend ſieht dein Auge
35   Zum väterlichen Äther wieder auf?
Du Lieber! und es dünkt der Menſchen Tun
Unſchuldig wie die Herdesflamme dir?
So ſprachſt du ſonſt; iſt's wieder wahr geworden?
O ſieh! dann ſegn' ich den klaren Quell,
40   An dem das neue Leben dir begann.
Und fröhlich wandern morgen wir hinab
Ans Meer, das uns an ſichres Ufer bringt.

Was achten wir der Reise Not und Mühe!
Ist heiter doch der Geist!
Empedokles. O Kind! Pausanias, hast du dies vergessen:
Umsonst wird nichts den Sterblichen gewährt.
Und eines hilft. — Nein, heldenmüt'ger Jüngling,   5
Erblasse nicht! Sieh! was mein altes Glück
Mir wieder bringt, und leise kaum gedacht,
Das Unersinnbare mir wieder gibt,
Mit Götterjugend mir, dem Welkenden,
Die Wange rötet, kann nicht übel sein.   10
Geh, Sohn! Ich möchte meinen Sinn
Und meine Lust nicht gerne ganz verraten.
Für dich ist's nicht. Und höre, liebes Herz,
Wenn du's erfährst, so mache dir's nicht eigen,
Und lasse mir's, ich lasse deines dir.   15
Was ist's?
Pausanias.   Ein Haufe Volks, dort kommen sie
Herauf.
Empedokles. Erkennst du sie?
Pausanias.   Ich traue nicht   20
Den Augen.
Empedokles.   Was? soll ich zum Rasenden
Noch werden, was? in sinnenlosem Weh
Und Grimm hinab, wohin ich friedlich wollte?
Agrigentiner sind's!   25
Pausanias.   Unmöglich!
Empedokles.   Träum'
Ich denn? Mein edler Gegner ist's, der Priester
Und sein Gefolge — pfui! so heillos ist,
In dem ich Wunden sammelte, der Kampf,   30
Und würdigere Kräfte gab es nicht
Zum Streite gegen mich? o schrecklich ist's,
Zu hadern mit Verächtlichen! und weh!
In dieser heil'gen Stunde noch, wo schon
Zum Tone sich der allverzeihenden   35
Natur die Seele vorbereitend stimmt',
Da fällt die Rotte mich noch einmal an
Und mischt ihr wütend sinnenlos Geschrei
In meinen Schwanensang. Heran! es sei,
Ich will es euch verleiden! schont' ich doch   40
Von je zu viel des schlechten Volks und nahm
An Kindesstatt der falschen Bettler g'nug.
Habt ihr es mir noch immer nicht vergeben,

Daß ich euch wohlgetan? Ich will es nun
Auch nicht. O kommt, Elende! muß es sein,
So kann ich auch im Zorne zu den Göttern.
Pausanias. Wie wird das endigen?

4.

Die Vorigen. Hermokrates. Kritias. Volk.

5 **Hermokrates.**   Befürchte nichts!
Und laß der Männer Stimme dich nicht schrecken,
Die dich vertrieben. Sie verzeihen dir.
Empedokles. Ihr Unverschämten! Anders wißt ihr nicht?
O tut die Augen auf und seht, wie schlecht
10 Ihr seid, daß euch das Weh die närrische,
Verruchte Zunge lähme; könnt ihr nicht
Erröten? o ihr Armen! schamlos läßt
Den schlechten Mann mitleidig die Natur,
Daß ihn das Größre nicht zu Tode schrecke.
15 Wie könnt' er sonst vor Größerem bestehn?
Hermokrates. Was du verbrochen, büßtest du, genug
Von Elend ist dein Angesicht gezeichnet.
Genes' und kehre nun zurück; dich nimmt
Das gute Volk in seine Heimat wieder.
20 **Empedokles.** Wahrhaftig, großes Glück verkündet mir
Der fromme Friedensbote: Tag für Tag
Den schauerlichen Tanz mit anzusehn,
Wo ihr euch jagt und äfft, wo ruhelos
Und irr' und bang, wie unbegrabne Schatten,
25 Ihr umeinander rennt, ein ärmliches Gemeng',
In eurer Not, ihr Gottverlaßnen!
Und eure lächerlichen Bettlerkünste,
Die nah zu haben, ist der Ehre wert!
Ha! wüßt' ich Beßers nicht, ich lebte lieber
30 Sprachlos und fremde mit des Berges Wild
In Regen und in Sonnenbrand und teilte
Die Nahrung mit dem Tier, als daß ich noch
In euer blindes Elend wiederkehrte.
Hermokrates. So dankst du uns?
35 **Empedokles.**   O sprich es einmal noch
Und siehe, wenn du kannst, zu diesem Licht,
Dem allesschauenden empor! doch freilich
Sind Helios' Strahlen immer Blitze dem Heuchler!

. . . . warum bliebst
Du auch nicht fern und kamst mir frech vors Auge,
Und nötigest das letzte Wort mir ab,
Damit es dich zum Acheron geleite?
Weißt du, was du getan? Was tat ich dir?   5
Es warnte dich! und lange fesselte
Die Furcht die Hände dir, und lange grämt'
In seinen Banden sich dein Grimm; ihn hielt
Mein Geist gefangen; freilich, mehr
Wie Durst und Hunger quält das Edlere   10
Den Schlechten; konntest du nicht ruhn und mußtest
Dich an mich wagen, Ungestalt, und wähntest,
Ich würde dir gleich, wenn mit deiner Schmach du
Das Angesicht mir übertünchtest?
Das war ein alberner Gedanke, Mann!   15
Und könntest du dein eigen Gift im Tranke
Mir reichen, dennoch paarte sich mit dir
Mein lieber Genius nicht und schüttete
Mit diesem Blut, das du entweiht, dich aus.
Es ist umsonst; wir gehn verschiedne Wege,   20
Stirb du gemeinen Tods, wie sich's gebührt,
Am seelenlosen Knechtgefühl! Mir ist
Ein ander Los beschieden, andern Weg
Weissagtet einst, da ich geboren ward,
Ihr Götter, mir, die gegenwärtig waren.   25
Was wundert sich der allerfahrne Mann?
Sein Werk ist aus, und seine Ränke reichen
An meine Freude nicht. Begreifest du das auch?
Hermokrates. Den Rasenden begreif' ich freilich nicht.
Kritias. Genug ist's nun, Hermokrates! du reizest   30
Zum Zorne nur den Schwerbeleidigten.
Pausanias. Was nehmt ihr auch den kalten Priester mit,
Ihr Toren, wenn um Gutes euch zu tun ist,
Und wählet zum Versöhner
Den Gottverlaßnen, der nicht lieben kann!   35
Zu Zwist und Tod ist der und seinesgleichen
Ins Leben ausgesät, zum Frieden nicht!
Jetzt seht ihr's ein, o hättet ihr's vor Jahren!
Es wäre manches nicht in Agrigent
Geschehen. Viel hast du getan, Hermokrates,   40
Solang du lebst, hast manche liebe Lust
Den Sterblichen hinweggeängstiget,
Hast manches Heldenkind in seiner Wieg'

Erstickt; und gleich der Blumenwiese fiel
Und starb die jugendkräftige Natur
Vor deiner Sense. Manches sah ich selbst,
Und manches hört' ich. — Soll ein Volk vergehn,
5 So schicken nur die Furien einen,
Der, täuschend überall, der Missetat
Die lebensreichen Menschen überführe!
Zuletzt, der Kunst erfahren, machte sich
An einen Mann der heiligschlaue Würger,
10 Und herzempörend glückt' es ihm, damit
Das Göttergleiche durchs Gemeinste falle.
Mein Empedokles! — gehe du des Wegs,
Den du erwählt, ich kann's nicht hindern, brennt
Das Blut in meinen Adern gleich,
15 Doch diesen, der das Leben dir genommen,
Den Allverderber, such' ich auf, wenn ich
Allein gelassen bin von dir, und flöhe
Er zum Altar, es hilft ihm nichts, ich nehm' ihn
Und an ein stehend Wasser führ' ich ihn
20 Mit mir, ich weiß sein elend Element,
Zum toten Sumpfe schlepp' ich ihn, und wenn
Er flehend wimmert, so erbarm' ich mich
Des grauen Haars, wie er der andern sich
Erbarmt; hinab! hörst du? ich halte Wort.
25 **Erster.** Es braucht des Wartens nicht, Pausanias!
Hermokrates. Ihr Bürger!
Zweiter.   Regst du noch die Zunge? Du,
Du hast uns schlecht gemacht, hast allen Sinn
Uns weggeschwatzt; hast uns des Halbgotts Liebe
30 Gestohlen, du! er ist's nicht mehr. Er kennt
Uns nicht; ach! ehmals sah mit sanften Augen
Auf uns der königliche Mann; nun kehrt
Sein Blick das Herz mir um.
Dritter.   Weh! waren wir
35 Doch gleich den Alten zu Saturnus' Zeit,
Da freundlich unter uns der Hohe lebt',
Und jeder hatt' in seinem Hause Freude,
Und alles war genug. Was ludest du
Den Fluch auf uns, den unvergeßlichen,
40 Den er gesprochen? Ach! er mußte wohl,
Und sagen werden unsre Söhne, wenn
Sie groß geworden sind, ihr habt den Mann,
Den uns die Götter sandten, uns gemordet.

Zweiter. Er weint! — O größer noch und lieber,
  Denn vormals, dünkt er mir. Und sträubst
  Du noch dich gegen ihn und stehest da,
  Als sähst du nicht, und brechen dir vor ihm
  Die Kniee nicht? Zu Boden, Mensch!   5
Erster.   Und spielst
  Du noch den Götzen? Was? Und möchtest gern
  So fort es treiben? Nieder mußt du mir!
  Und auf den Nacken setz' ich dir den Fuß,
  Bis du mir sagst, du habest endlich dich   10
  Bis in den Tartarus hinabgelogen.
Dritter. Weißt du, was du getan? Dir wär' es besser,
  Du hättest Tempelraub begangen, ha!
  Wir beteten ihn an, und billig war's;
  Wir wären götterfrei mit ihm geworden,   15
  Da wandelt' unverhofft, wie eine Pest,
  Dein böser Geist uns an, und uns verging
  Das Herz und Wort und alle Freude, die
  Er uns geschenkt, in widerwärt'gem Taumel.
  O Schande! Schande! Wie die Rasenden   20
  Frohlockten wir, da du zum Tode schmähtest
  Den hochgeliebten Mann. Unheilbar ist's,
  Und stürbst du siebenmal, du könntest doch
  Was du an ihm und uns getan, nicht ändern.
Empedokles. Die Sonne neigt zum Untergange sich   25
  Und weiter muß ich diese Nacht, ihr Kinder.
  Laßt ab von ihm! Es ist zu lange schon,
  Daß wir gestritten. Was geschehen ist,
  Vergehet all, und künftig lassen wir
  In Ruh' einander. —   30
Pausanias.   Gilt denn alles gleich?
Dritter. O lieb' uns wieder!
Zweiter.   Komm und leb'
  In Agrigent; es hat's ein Römer mir
  Gesagt, durch ihren Numa wären sie   35
  So groß geworden. Komme, Göttlicher!
  Sei unser Numa! Lange dachten wir's,
  Du solltest König sein. O sei es! sei es!
  Ich grüße dich zuerst, und alle wollen's.
Empedokles. Dies ist die Zeit der Könige nicht mehr. 40
Die Bürger (erschrocken). Wer bist du, Mann?
Pausanias.   So lehnt man Kronen ab,
  Ihr Bürger.

Erster.   Unbegreiflich ist das Wort,
So du gesprochen, Empedokles.
Empedokles.   Hegt
    Im Neste denn die Jungen immerdar
 5 Der Adler? Für die blinden sorgt er wohl,
    Und unter seinen Flügeln schlummern süß
    Die ungefiederten ihr dämmernd Leben.
    Doch haben sie das Sonnenlicht erblickt
    Und sind die Schwingen ihnen reif geworden,
10 So wirft er aus der Wiege sie, damit
    Sie eignen Flug beginnen. Schämet euch,
    Daß ihr noch einen König wollt; ihr seid
    Zu alt; zu eurer Väter Zeiten wär's
    Ein anderes gewesen. Euch ist nicht
15 Zu helfen, wenn ihr selber euch nicht helft.
Kritias. Vergib! bei allem Himmlischen! du bist
    Ein großer Mann, Verratener!
Empedokles.   Es war
    Ein böser Tag, der uns geschieden, Archon.
20 **Zweiter.** Vergib und komm mit uns! Dir scheinet doch
    Die heimatliche Sonne freundlicher,
    Denn anderswo, und willst du schon die Macht,
    Die dir gebührte, nicht, so haben wir
    Der Ehrengaben manche noch für dich,
25 Für Kränze grünes Laub, und schöne Namen,
    Und für die Säule nimmer alternd Erz.
    O komm! Es sollen unsre Jünglinge,
    Die reinen, die dich nie beleidiget,
    Dir dienen — wohnst du nahe nur, so ist's
30 Genug, und dulden müssen wir's, wenn du
    Uns meidst und einsam bleibst in deinen Gärten,
    Bis du vergessen hast, was dir geschehn.
Empedokles. O einmal noch! Du heimatliches Licht,
    Das mich erzog, ihr Gärten meiner Jugend
35 Und meines Glücks, noch soll ich eurer denken,
    Ihr Tage meiner Ehre, wo ich rein
    Und ungekränkt mit diesem Volke war.
    Wir sind versöhnt, ihr Guten! — Laßt mich nun,
    O schonet mein! vergebens ist es! still!
40 Und besser ist's, ihr seht das Angesicht,
    Das ihr geschmäht, nicht mehr; so denkt ihr lieber
    Des Manns, den ihr geliebt, und irre wird
    Dann nicht an ihm der leichtgetrübte Sinn;

In ew'ger Jugend lebt mit euch mein Bild,
Und schöner tönen, wenn ich ferne bin,
Die Freudensänge, so ihr mir versprochen.
O laßt uns scheiden, ehe Torheit uns
Und Alter scheidet, sind wir doch gewarnt;   5
Und eines bleiben, die zu rechter Zeit
Aus eigner Kraft die Trennungsstunde wählten.
Dritter. So ratlos lässest du uns stehn?
Empedokles.   Ihr botet
Mir eine Kron', ihr Männer, nehmt von mir   10
Dafür mein Heiligtum. Ich spart' es lang.
In heitern Nächten oft, wenn über mir
Die Welt sich öffnet', und die heil'ge Luft
Mit ihren Sternen allen als ein Geist
Voll freudiger Gedanken mich umfing,   15
Da wurd' es oft lebendiger in mir;
Und freudig ungeduldig rief ich schon
Vom Orient die goldne Morgenwolke
Zum neuen Fest, an dem mein einsam Lied
Mit euch zum Freudenchore würd', herauf.   20
Mit Tagesanbruch dacht' ich euch das Wort,
Das ernste, langverhaltene, zu sagen.
Doch immer schloß mein Herz sich wieder, hofft'
Auf seine Zeit und reifen sollte mir's.
Heut ist mein Herbsttag, und es fällt die Frucht   25
Von selbst.
Pausanias.   O hätt' er früher nur gesprochen,
Vielleicht dies alles wär' ihm nicht geschehn.
Empedokles. Nicht ratlos stehen lass' ich euch,
Ihr Lieben! aber fürchtet nichts! Es scheun   30
Die Erdenkinder meist das Neu' und Fremde.
Daheim in sich zu bleiben, strebet nur
Der Pflanze Leben und das frohe Tier.
Beschränkt im Eigentume sorgen sie,
Wie sie bestehn, und weiter reicht ihr Sinn   35
Im Leben nicht; doch müssen sie zuletzt,
Die Ängstigen, hinaus, und sterbend kehret
Ins Element ein jedes, daß es da
Zu neuer Jugend, wie im Bade, sich
Erfrische. Menschen ist die große Lust   40
Gegeben, daß sie selber sich verjüngen;
Und aus dem reinigenden Tode, den
Sie selber sich zur rechten Zeit gewählt,

Erstehn, wie aus dem Styx Achill, die Völker
Unüberwindlich . . .
O gebt euch der Natur, eh' sie euch nimmt! —
Ihr dürstet längst nach Ungewöhnlichem,
Und wie aus krankem Körper sehnt der Geist
Von Agrigent sich aus dem alten Gleise.
So wagt's! was ihr geerbt, was ihr erworben,
Was euch der Väter Mund erzählt, gelehrt,
Gesetz' und Bräuch', der alten Götter Namen,
Vergeßt es kühn und hebt, wie Neugeborne,
Die Augen auf zur göttlichen Natur!
Wenn dann der Geist sich an des Himmels Licht
Entzündet, süßer Lebensodem euch
Den Busen, wie zum ersten Male tränkt,
Und goldner Früchte voll die Wälder rauschen,
Und Quellen aus dem Fels, wenn euch das Leben
Der Welt ergreift, ihr Friedensgeist, und euch's
Wie heil'ger Wiegensang die Seele stillet;
Dann aus der Wonne schöner Dämmerung
Der Erde Grün von neuem euch erglänzt,
Und Berg und Meer und Wolken und Gestirn,
Die edeln Kräfte, Heldenbrüdern gleich,
Vor euer Auge kommen, daß die Brust,
Wie Waffenträgern, euch nach Taten klopft
Und eigner schöner Welt: dann reicht die Hände
Euch wieder, gebt das Wort und teilt das Gut,
O dann, ihr Lieben! teilet Tat und Ruhm,
Wie treue Dioskuren; jeder sei,
Wie alle, — wie auf schlanken Säulen ruh'
Auf richt'gen Ordnungen das neue Leben
Und euern Bund befest'ge das Gesetz.
Dann, o ihr Genien der wandelnden
Natur! dann ladet euch, ihr heiteren,
Das freie Volk zu seinen Festen ein,
Gastfreundlich! fromm! denn liebend gibt
Der Sterbliche vom Besten, schließt und engt
Den Busen ihm die Sorg' und Knechtschaft nicht.
Von Herzen nennt man, Erde, dann dich wieder,
Und, wie die Blum' aus deinem Dunkel sproßt,
Blüht Wangenrot der Dankenden für dich
Aus lebensreicher Brust und selig Lächeln.
Beschenkt mit Liebeskränzen rauschet dann
Der Quell hinab, wächst unter Segnungen

Zum Strom, und mit dem Echo der Gestade
Tönt deiner wert, o Vater Ozean,
Der Lobgesang aus reicher Wonne wieder.
Es fühlt sich neu in himmlischer Verwandtschaft,
O Sonnengott, der Menschengenius   5
Mit dir; und dein wie sein ist, was er bildet.
Aus Lust und Mut und Lebensfülle gehen
Die Taten leicht, wie deine Strahlen, ihm,
Und Schönes stirbt in traurigstummer Brust
Nicht mehr. Wie edles Samenkorn ist oft   10
Das Herz der Sterblichen in toter Schale,
Bis ihre Zeit gekommen ist; es atmet
Der Äther liebend immerdar um sie,
Und mit den Adlern trinkt
Ihr Auge Morgenlicht; doch Segen gibt   15
Es nicht den Träumenden, und kärglich nährt
Vom Nektar, den die Götter der Natur
Alltäglich reichen, sich ihr schlummernd Wesen;
Bis sie des engen Treibens müde sind,
Und sich die Brust in ihrer kalten Fremde,   20
Wie Niobe, gefangen, und der Geist
Sich kräftiger denn seine Ruhe, fühlt;
Und, seines Ursprungs eingedenk, das Leben
Lebend'ge Schöne sucht und gerne sich
Entfaltet an der Gegenwart des Reinen.   25
Dann glänzt ein neuer Tag herauf und staunend,
Unglaubig, wie nach hoffnungsloser Zeit
Beim heil'gen Wiedersehn Geliebtes hängt
Am totgeglaubten Lieben, hängt das Herz
An   30
              Sie sind's!
Die langentbehrten, die lebendigen,
Die guten Götter! —
Lebt wohl! es war das Wort des Sterblichen,
Der diese Stunde liebend zwischen euch   35
Und seinen Göttern zögert, die ihn rufen.
Am Scheidetage weissagt unser Geist
Und Wahres reden, die nicht wiederkehren.
Kritias. Wohin? o beim lebendigen Olymp,
Den du mir alten Manne noch zuletzt,   40
Mir Blinden aufgeschlossen, scheide nicht.
Nur wenn du nahe bist, gedeiht im Volk
Und wächst in Zweig und Frucht die neue Seele.

Empedokles. Es sprechen, wenn ich ferne bin, statt meiner
Des Himmels Blumen, blühendes Gestirn,
Und die der Erde tausendfach entkeimen.
Die göttlichgegenwärtige Natur
5 Bedarf der Rede nicht; und nimmer läßt
Sie einsam euch, wenn einmal sie genaht,
Denn unauslöschlich ist der Augenblick
Von ihr, und siegend wirkt durch alle Zeiten
Beseligend hinab sein himmlisch Feuer.
10 Wenn dann die glücklichen Saturnustage,
Die neuen, männlichern gekommen sind,
Dann denkt vergangner Zeit, dann leb', erwärmt
Am Genius, der Väter Sage wieder!
Zum Feste komme, wie vom Frühlingslicht
15 Emporgesungen, die vergessene
Heroenwelt vom Schattenreich herauf,
Und mit der goldnen Trauerwolke lagre,
Ihr Freudigen, Erinnrung sich um euch!
Pausanias. Und du? und du? Ach! Nennen will ich's nicht
20 Vor diesen Glücklichen,
Daß sie nicht ahnden, was geschehen wird,
Nein, o nein! Du kannst es nicht!
Empedokles. O Wünsche! Kinder seid ihr, und doch wollt
Ihr wissen, was begreiflich ist und recht;
25 Du irrest! sprecht ihr Törichten zur Macht,
Die mächt'ger ist, denn ihr; doch hilft es nicht,
Und, wie die Sterne, geht unaufgehalten
Das Leben im Vollendungsgange weiter.
Kennt ihr der Götter Stimme nicht? Noch eh'
30 Als ich der Eltern Sprache lauschend lernt',
Im ersten Odemzug, im ersten Blick
Vernahm ich jene schon, und immer hab'
Ich höher sie, denn Menschenwort, geachtet.
Hinauf! sie riefen mich und jedes Lüftchen
35 Regt mächtiger die bange Sehnsucht auf,
Und wollt' ich hier noch länger weilen, wär's,
Wie wenn der Jüngling unbeholfen sich
Am Spiele seiner Kinderjahre letzte.
Ha! seellos, wie die Knechte, wandelt' ich
40 In Nacht und Schmach vor euch und meinen Göttern.
Gelebt hab' ich! wie aus der Bäume Wipfel
Die Blüte regnet und die goldne Frucht,
Und Blum' und Korn aus dunklem Boden quillt,

So kam aus Müh' und Not die Freude mir,
Und freundlich stiegen Himmelskräfte nieder;
Es sammeln in der Tiefe sich, Natur,
Die Quellen deiner Höhn, und deine Freuden,
Sie kamen all, in meiner Brust zu ruhn,   5
Sie waren eine Wonne; wenn ich dann
Das schöne Leben übersann, da bat
Ich herzlich oft um eines nur die Götter:
Sobald ich einst mein heilig Glück nicht mehr
In Jugendstärke taumellos ertrüg',   10
Und wie des Himmels alten Lieblingen
Zur Torheit mir des Geistes Fülle würde,
Dann mich zu nehmen, dann nur schnell ins Herz
Ein unerwartet Schicksal mir zu senden,
Zum Zeichen, daß die Zeit der Läuterung   15
Gekommen sei, damit bei guter Stund'
Ich fort zu neuer Jugend noch mich rettet',
Und unter Menschen nicht der Götterfreund
Zum Spiel und Spott und Ärgernisse würde.
Sie haben mir's gehalten; mächtig warnt'   20
Es mich zwar einmal nur, doch einmal ist's
Dem freien Geiste g'nug!
Und so ich's nicht verstände, wär' ich gleich
Gemeinem Rosse, das den Sporn nicht ehrt
Und noch der nötigenden Geißel wartet.   25
Drum fordert nicht die Wiederkehr des Manns,
Der euch geliebt, doch wie ein Fremder war
Mit euch und nur für kurze Zeit geboren;
O fordert nicht, daß er an Sterbliche
Sein Heiliges und seine Seele wage!   30
Ward doch ein schöner Abschied uns gewährt,
Und konnt' ich noch mein Liebstes euch zuletzt,
Mein Herz hinweg aus meinem Herzen geben.
Drum vollends nicht! Was sollt' ich noch bei euch?
Erster. Wir brauchen deines Rats.   35
Empedokles. Fragt diesen Jüngling! schämet des euch nicht.
Aus frischem Geiste kommt das Weiseste,
Wenn ihr um Großes ihn im Ernste fraget.
Aus junger Quelle nahm die Priesterin,
Die alte Pythia, die Göttersprüche,   40
Und Jünglinge sind selber eure Götter. —
Mein Liebling! Gerne weich' ich, lebe du
Nach mir; ich war die Morgenwolke nur,

Geschäftslos und vergänglich! und es schlief,
Indes ich einsam blühte, noch die Welt,
Doch du, du bist zum klaren Tag geboren.
Pausanias. O! schweigen muß ich.
5 **Kritias.** Überrede dich
Nicht, bester Mann! und uns mit dir. Mir selbst
Ist's vor dem Auge dunkel, und ich kann
Nicht sehn, was du beginnst, und kann nicht sagen: bleibe!
Verschieb' es einen Tag. Der Augenblick
10 Faßt wunderbar uns oft, so gehen wir,
Die Flücht'gen mit den Flüchtigen, dahin.
Oft dünkt das Wohlgefallen einer Stund'
Uns lange vorbedacht und doch ist's nur
Die Stunde, die uns blendet, daß wir sie
15 Nur sehen in Vergangenem. Vergib!
Ich will den Geist des Mächtigern nicht schmähn,
Nicht diesen Tag; ich seh' es wohl, ich muß
Dich lassen, kann nur zusehn, wenn es schon
Mich in der Seele kümmert —
20 **Dritter.** Nein! o nein!
Er gehet zu den Fremden nicht, nicht übers Meer,
Nach Hellas' Ufern oder nach Ägyptos
Zu seinen Brüdern, die ihn lange nicht
Gesehn, den Hohen, Weisen — bittet ihn,
25 O bittet, daß er bleib', es ahndet mir,
Und Schauer gehn von diesem stillen Mann,
Dem heiligfurchtbaren, mir durch das Leben,
Und heller wird's in mir und finstrer auch,
Denn in der vor'gen Zeit — (Sich an Empedokles wendend) Wohl
30 trägst und siehst
Ein eigen großes Schicksal du in dir
Und trägst es gern, und was du denkst, ist herrlich.
Doch denke derer, die dich lieben, auch,
Der Reinen, und der andern, die gefehlt,
35 Der Reuigen. Du Gütiger! Du hast
Uns viel gegeben, was ist's ohne dich?
Und möchtest du uns nicht, dich selber auch
Noch eine Weile gönnen, Gütiger!
Empedokles. O lieber Undank! gab ich doch genug,
40 Wovon ihr leben möget. Ihr dürft leben,
Solang ihr Odem habt; ich nicht. Es muß
Beizeiten weg, durch wen der Geist geredet.
Es offenbart die göttliche Natur

Sich göttlich oft durch Menschen, so erkennt
Das vielversuchende Geschlecht sie wieder,
Doch hat der Sterbliche, dem sie das Herz
Mit ihrer Wonne füllten, sie verkündet,
O laßt sie dann zerbrechen das Gefäß,　　　　　　　5
Damit es nicht zu anderm Brauche dien'
Und Göttliches zum Menschenwerke werde.
Laßt diese Glücklichen doch sterben, laßt,
Eh' sie in Eigenmacht und Tand und Schmach
Vergehn, die Freien, sich bei guter Zeit　　　　　　10
Den Göttern liebend opfern. Mein ist dies
Und wohlbewußt ist mir mein Los; und längst
Am jugendlichen Tage hab' ich mir's
Geweissagt; ehret mir's! Und wenn ihr morgen
Mich nimmer findet, sprecht: veralten sollt'　　　　15
Er nicht und Tage zählen, dienen nicht
Der Sorge Krankheit, ungesehen ging
Er weg, und keines Menschen Hand begrub ihn,
Und keines Auge weiß von seiner Asche;
Denn anders ziemt es nicht für ihn, vor dem　　　　20
In todesfroher Stund' am heil'gen Tage
Das Göttliche den Schleier abgeworfen,
Den Licht und Erde liebten, dem der Geist,
Der Geist der Welt, den eignen Geist erweckte,
In dem sie sind, zu dem ich sterbend kehre.　　　　25

Kritias. Weh! unerbittlich ist er, und es schämt vor ihm
Das Herz sich selbst, ein Wort noch ihm zu sagen.

Empedokles. Komm, reiche mir die Hände, Kritias!
Und ihr, ihr all! — (Zu Pausanias) Du bleibest, Liebster, noch
Beim Freunde bis zum Abend,　　　　　　　　　30
Du immertreuer, guter Jüngling! — Trauert nicht!
Denn heilig ist mein End' und schön, — o Luft,
Luft, die den Neugeborenen umfängt,
Wenn droben er die neuen Pfade wandelt,
Dich ahnd' ich, wie der Schiffer, wenn er nah　　　35
Dem Blütenwald der Mutterinsel kommt,
Schon atmet liebender die Brust. Und sein
Gealtert Angesicht verklärt Erinnerung
Der ersten goldnen Jugendwonne wieder!
Und o Vergessenheit! Versöhnerin! —　　　　　　40
Voll Segens ist die Seele mir, ihr Lieben!
Geht nur und grüßt die heimatliche Stadt
Und ihr Gefild! am schönen Tage, wenn,

Den Göttern der Natur ein Fest zu bringen,
Ihr einst heraus zum heil'gen Haine geht,
Und wie mit freundlichen Gesängen euch's
Empfängt aus heitern Höhn: dann wehet wohl
5   Ein Ton von mir im Liede;
Des Freundes Wort, verhüllt ins Liebeschor
Der schönen Welt, vernehmt ihr liebend wieder, —
Und herrlicher ist's so! Was ich gesagt,
Dieweil ich hie noch weile, wenig ist's,
10   Doch nimmt's der goldne Strom des Lichts vielleicht zu
Der stillen Quelle, die euch segnen möchte,
Durch dämmerndes Gewölke mit hinab.
Und ihr gedenket meiner!

Kritias.   Heiliger!
15   Du hast mich überwunden, heil'ger Mann!
Ich will es ehren, was mit dir geschieht,
Und einen Namen will ich ihm nicht geben.
O mußt' es sein? es ist so eilend all
Geworden. Da du noch in Agrigent
20   Stillherrschend lebtest, achteten wir's nicht,
Nun bist du uns genommen, eh' wir's denken;
Es kommt und geht die Freude, doch gehört
Sie Sterblichen nicht eigen, und der Geist
Geht ungefragt auf seinem Pfade weiter.
25   Ach, können wir denn sagen, daß du da
Gewesen?

. . . .

5.

Empedokles.   Pausanias.

Pausanias.   Es ist geschehen, schicke nun auch mich
Hinweg! Dir wird es leicht!
30 **Empedokles.**   O raste!
Pausanias. Ich weiß es wohl, ich sollte so nicht reden
Zum heil'gen Fremdlinge. Doch will ich nicht
Das Herz im Busen bändigen. Du hast's
Verwöhnt, du hast es selber dir erzogen —
35   Und meinesgleichen dünkte mir, da noch
Ein roher Knab' ich war, der Herrliche,
Wenn er mit Wohlgefallen sich zu mir
Im freundlichen Gespräche neigt' und mir

Hölderlin III.   6

Wie längst bekannt des Mannes Worte waren.
Das ist vorbei! vorbei! O Empedokles!
Noch nenn' ich dich mit Namen, halte noch
Bei seiner treuen Hand den Fliehenden,
Und sieh! noch immer ist es mir   5
Als könntst du mich nicht lassen, Liebender!
Geist glücklicherer Jugend! hast du mich
Umsonst umfangen, hab' ich dir umsonst
Entfaltet dieses Herz in Wagelust
Und großen Hoffnungen? Ich kenne dich   10
Nicht mehr. Es ist ein Traum. Ich glaub' es nicht.
Empedokles. Verstandest du es nicht?
Pausanias.   Mein Herz versteh' ich,
Das treu und stolz für deines zürnt und schlägt.
Empedokles. So gönn' ihm seine Ehre, doch dem meinen —   15
Pausanias. Ist Ehre nur im Tod?
Empedokles.   Du hast's gehört,
Und deine Seele zeugt es mir, für mich
Gibt's andre nicht.
Pausanias.   Ach! ist's denn wahr?   20
Empedokles (heimlich).   Wofür
Erkennst du mich?
Pausanias (innig).   O Sohn Uraniens!
Wie kannst du fragen?
Empedokles.   Dennoch soll ich wie ein Knecht   25
Den Tag der Unehr' überleben?
Pausanias.   Nein!
Bei deinem Zaubergeiste, Mann, ich will nicht,
Will nicht dich schmähn, geböt' es auch die Not
Der Liebe mir, du Lieber! Stirb denn nur   30
Und zeuge so von dir, wenn's sein muß.
Empedokles.   Hab'
Ich's doch gewußt, daß du nicht ohne Freude
Mich gehen ließest, Heldenmütiger!
Pausanias. Wo ist das Leid? umwallt das Haupt   35
Dir doch ein Morgenrot, und einmal schenkt
Dein Auge noch mir seine kräft'gen Strahlen.
Empedokles. Und ich, ich küsse dir Verheißungen
Auf deine Lippen, größer wirst du sein
Denn ich! Wirst leuchten, jugendliche Flamme, mächtig wirst   40
Was sterblich ist, in Seel' und Flamme wandeln,
Daß es mit dir zum heil'gen Äther steigt.
Ja! Liebster! nicht umsonst hab' ich mit dir

Gelebt und unter mildem Himmel ist
Viel einzig Freudiges vom ersten goldnen
Gelungnen Augenblick uns aufgegangen,
Und oft wird dessen dich mein stiller Hain
5 Und meine Halle mahnen, wenn du dort
Vorüberkömmst des Frühlings, und der Geist,
Der zwischen mir und dir gewesen, dich
Umwaltet; dank' ihm dann und dank' ihm jetzt!
O Sohn! Sohn meiner Seele!
10 Pausanias.   Vater! danken
Will ich, wenn wieder erst das Bitterste
Von mir genommen ist.
Empedokles.   Doch, Lieber, schön
Ist auch der Dank, solange noch die Freude,
15 Die Scheidende, bei Scheidenden verzögert.
Pausanias. O muß sie denn vergehn? ich faß' es nicht,
Und du? was hülf' es dir?
Empedokles. Bin ich durch Sterbliche doch nicht bezwungen
Und geh' in meiner Kraft furchtlos hinab
20 Den selbst erkornen Pfad; mein Glück ist dies,
Mein Vorrecht ist's.
Pausanias.   Laß, o laß! und sprich nicht so
Das Schreckliche mir aus! Noch atmest du,
Noch hörst du Freundeswort und rege quillt
25 Das teure Lebensblut von Herzen dir,
Du stehst und blickst und hell ist rings die Welt,
Und klar ist dir dein Auge vor den Göttern,
Der Himmel ruht auf freier Stirne dir,
Und freundlich überglänzt,
30 Du Herrlicher! dein Genius die Erd' —
Und alles soll vergehn!
Empedokles.   Vergehn? ist doch
Das Bleiben gleich dem Strome, den der Frost
Gefesselt. Töricht Wesen! schläft und hält
35 Der heil'ge Lebensgeist denn irgendwo,
Daß du ihn binden möchtest, du, den Reinen?
Es ängstiget der Immerfreudige
Dir niemals in Gefängnissen sich ab
Und zaudert hoffnungslos auf seiner Stelle!
40 Frägst du, wohin? die Wonnen einer Welt
Muß er durchwandern und er endet nicht. —
. . . . Gehe nun hinein,
Bereit' ein Mahl, daß ich des Halmes Frucht

Noch einmal koste und die Kraft der Rebe
Und dankesfroh mein Abschied sei, und wir
Den Musen auch, den Holden, die mich liebten,
Den Lobgesang noch singen — tu es, Sohn!

Pausanias. Mich meistert wunderbar dein Wort, ich muß
    Dir, muß gehorchen, will's und will
    Es nicht. (Er geht.)

Empedokles. Ha! Jupiter, Befreier! näher tritt
Und näher meine Stund' und vom Geklüfte
Kommt schon der traute Bote meiner Nacht,
Der Abendwind zu mir, der Liebesbote.
Es wird! gereift ist's! o nun schlage, Herz,
Und rege deine Wellen, ist der Geist
Doch über dir, wie leuchtendes Gestirn,
Indes des Himmels heimatlos Gewölk,
Das immerflüchtige, vorüberwandelt.
Wie ist mir? staunen muß ich noch, als fing'
Ich erst zu leben an, denn all ist's anders,
Und jetzt erst bin ich, bin — und darum war's,
Daß in der frommen Ruhe dich so oft,
Du Müßiger, ein Sehnen überfiel?
O darum ward ein wirksam Leben dir
Versagt, daß du des Überwinders Freuden all
In einer vollen Tat am Ende fändest?
Ich komme. Sterben? nur ins Dunkel ist's
Ein Schritt und sehen möchtst du doch, mein Auge!
Du hast nun ausgedient, dienstfertiges!
Es muß die Nacht jetzt eine Weile mir
Das Haupt umschatten. Aber freudig quillt
Aus mut'ger Brust die Flamme. Schauderndes
Verlangen! Was? am Tod entzündet mir
Das Leben sich zuletzt, und reichest du
Den Schreckensbecher mir, den gärenden,
Natur! damit dein Priester noch aus ihm
Die letzte der Begeisterungen trinke!
Zufrieden bin ich, suche nun nichts mehr
Denn meine Opferstätte. Wohl ist mir.
O Iris Bogen! über stürzenden
Gewässern, wenn die Wog' in Silberwolken
Auffliegt, wie du bist, so ist meine Freude!

6.

Panthea. Delia.

Panthea. Nein! mich wundert nicht,
Daß er sich fort zu seinen Göttern sehnt.
Was gaben ihm die Sterblichen! hat ihm
Sein töricht Volk gereift den hohen Sinn?
5 Ihr unbedeutend Leben, hat ihm dies
Das Herz verwöhnt?
Nimm ihn, du gabst ihm alles, gabst
Ihn uns — O nimm ihn nur hinweg, Natur.
Vergänglicher sind deine Lieblinge,
10 Ich weiß es wohl!
Sie kommen und werden groß, und keiner weiß,
Wie sie's geworden; so entschwinden sie auch,
Die Glücklichen, wieder, es hält sie nichts —
Ach! und laßt sie doch!
15 **Delia.** Ist's denn nicht schön,
Bei Menschen wohnen? sieh! es weiß
Mein Herz von anderm nicht.
Vor meinem Auge steht das Ende
Des Unbegreiflichen, und du heißest ihn auch
20 Hinweggehn, Panthea?
Panthea. Ich muß. Wer will ihn binden?
Ihm sagen, mein bist du,
Ist doch sein eigen der Lebendige
Und nur sein Geist ihm Gesetz,
25 Und soll er die Ehre der Sterblichen
Zu retten, die ihn geschmäht,
Verweilen, wenn
Der Vater die Arme,
Der Äther, öffnet?
30 **Delia.** Sieh! herrlich auch
Und freundlich ist die Erde.
Panthea. Ja, herrlich, und herrlicher jetzt.
Es darf nicht unbeschenkt
Von ihr ein Kühner scheiden.
35 Noch weilt er wohl
Auf deiner grünen Höhen einer,
Du Wechselnde!
Und sieht über die wogenden Hügel
Hinab ins freie Meer! und nimmt
40 Die letzte Freude sich. Vielleicht wir sehn

Ihn nimmer. Gutes Kind!
Mich trifft es freilich, und gerne möcht'
Ich's anders, doch ich schäme dessen mich.
Tut er es ja. Ist's so nicht heilig?
Delia. Wer ist der Jüngling, der
  Vom Berge dort herabkömmt?
Panthea. Pausanias. Ach! müssen wir so
  Uns wiederfinden, Vaterloser?

Pausanias. Panthea. Delia.

Pausanias. Wo ist er? o Panthea!
  Du ehrst ihn, suchest ihn auch,
  Willst einmal noch ihn sehn,
  Den ernsten Wanderer, ihn, dem allein
  Beschieden, den Pfad zu gehen mit Ruhm,
  Den ohne Fluch betritt kein anderer.
Panthea. Ist's fromm von ihm und groß,
  Das Allgefürchtete? Wo ist er?
Pausanias. Er sandte mich hinweg, indessen sah
  Ich ihn nicht wieder. Droben rief
  Ich im Gebirg' ihn, doch ich fand ihn nicht.
  Er kehrt gewiß. Bis in die Nacht
  Versprach er freundlich mir zu bleiben.
  O käm' er! Es flieht geschwinder wie Pfeile
  Die liebste Stunde vorüber,
  Denn freuen werden wir uns noch mit ihm,
  Du wirst es, Panthea, und sie,
  Die edle Fremdlingin, die ihn
  Nur einmal sieht, ein herrlich Meteor.
  Von seinem Tode habt ihr gehört,
  Ihr Trauernden? o sehet ihn
  In seiner Blüte, den Hohen,
  Ob Trauriges nicht,
  Und was den Sterblichen schrecklich dünkt,
  Zerrinne vor seligem Auge.
Delia. Wie liebst du ihn? und batest umsonst
  Den Ernsten? mächtiger ist, denn er,
  Die Bitte, Jüngling! und ein schöner Sieg
  Wär's dir gewesen!
Pausanias. Wie konnt' ich? trifft
  Er doch die Seele mir, wenn er
  Antwortet, was sein Will' ist.
  Denn Freude nur gibt sein Versagen,
  Und es tönt, je mehr auf Seinem

Der Wunderbare besteht,
Nur tiefer das Herz ihm wieder. Es ist
Nicht eitel Überredung, glaub' es mir,
Wenn er des Lebens sich
5   Bemächtiget.
Oft wenn er stille war
In seiner Welt,
Der Hochgenügsame, sah ich ihn
Nur dunkelahnend, rege war
10   Und voll die Seele mir, doch konnt' ich nicht
Sie fühlen, und es ängstigte mich fast
Die Gegenwart des Unberührbaren.
Doch kam entscheidend von seiner Lippe das Wort,
Dann tönt' ein Freudenhimmel nach in ihm
15   Und mir, und ohne Widerred'
Ergriff es mich, doch fühlt' ich nur mich freier.
Ach! könnt' er irren, inniger
Erkennt' ich daran den unerschöpflich Wahren,
Und stirbt er, so flammt aus seiner Asche nur heller
20   Der Genius mir empor.
  Delia.   Dich entzündet, große Seele! der Tod
Des Großen, aber es sonnen
Die Herzen der Sterblichen auch
An mildem Lichte sich gern und heften
25   Die Augen an Bleibendes. O sage, was soll
Noch leben und dauern? Die Stillsten reißt
Das Schicksal doch hinaus, und haben
Sie ahnend sich gewagt, verstößt
Sie bald die Mutter wieder, und es stirbt
30   An ihren Hoffnungen die Jugend.
In seiner Blüte bleibt
Kein Lebendes — ach! und die Besten
Noch treten zur Seite der tilgenden
Todesgötter, auch sie, und gehen dahin
35   Mit Lust und machen zur Schmach es uns,
Bei Sterblichen zu weilen.
  Pausanias.   O bei den Seligen! verdamme nicht
Den Herrlichen, dem seine Ehre so
Zum Unglück ward, der sterben muß, weil er
40   Zu schön gelebt.
Denn wird ein anderer, denn er, geschmäht,
So ist's zu tilgen, aber er,
Was kann der Göttersohn?

Unendlich trifft es den Unendlichen.
Ach! niemals ward ein edler Angesicht
Empörender beleidiget! Ich mußt'
Es sehn.
Delia. O warum lässest du
Zu sterben deinen Helden
So leicht es werden, Natur?
Zu gern nur, Empedokles,
Zu gerne opferst du dich.
Die Schwachen wirft das Schicksal um, die andern,
Die Starken achten es gleich, zu fallen, zu stehn,
Und werden wie die Gebrechlichen.
Wohl bist du versucht, du Herrlicher!
Und ärmer denn die andern Bettler,
Durchwandertest du das Land.
Ja! nicht die Verworfensten
Sind elend, wie eure Lieben, wenn einmal
Schmähung sie berührt! ihr Götter!
Pausanias. So gönn' es ihnen, finden sie auch
Sich leichter heraus denn andre.
Panthea. O nicht wahr?
Wie sollt' er auch nicht?
Muß immer und immer doch,
Was übermächtig ist,
Der Genius überleben — gedachtet ihr,
Es halte der Stachel ihn auf?
Es beschleunigten ihm
Die Schmerzen den Flug,
Und wie der Wagenlenker,
Wenn ihm in der Bahn
Das Rad zu rauchen beginnt, eilt
Der Gefährdete nur schneller zum Kranze!
Delia. So freudig bist du, Panthea?
Panthea. Nicht in der Blüt' und Purpurtraub'
Ist heilige Kraft allein, es nährt
Das Leben vom Leide sich, Schwester!
Und trinkt, wie mein Held, doch auch
Am Todeskelche sich glücklich!
Delia. Weh! mußt du so
Dich trösten, Kind?
Panthea. O nicht! es freuet mich nur,
Daß heilig, wenn es geschehen muß,
Das Gefürchtete, daß es herrlich geschieht.

Sind nicht, wie er, auch
Der Heroen einige zu den Göttern gegangen?
Erschrocken kam, lautweinend
Vom Berge das Volk, ich sah
5   Nicht einen, der's ihm hätte gelästert,
Denn nicht, wie die Verzweifelnden,
Entfliehet er heimlich, sie hörten es all,
Und ihnen glänzt' im Leide das Angesicht
Vom Worte, das er gesprochen!
10 Pausanias. So gehest du festlich hinab,
Du, das Gestirn! und trunken
Von deinem Lichte glänzen die Täler.
    Panthea. Wohl geht er festlich hinab —
Warum denn traur' ich? leuchtet,
15 Dämmernde Seele! doch auch
Der Untergehende dir,
Der Ernste, dein Liebster, Natur!
Dein Treuer, dein Opfer!
O, die Todesfürchtigen lieben dich nicht,
20 Täuschend fesselt ihnen die Sorge
Das Aug'; an deinem Herzen
Schlägt nicht mehr ihr Herz, sie veralten,
Gerissen von dir — o heilig All!
Lebendiges! inniges! Dir zum Dank
25 Und daß er zeuge von dir, du Todesloses!
Wirft lächelnd seine Perlen ins Meer,
Aus dem sie kamen, der Kühne.
So will es der Geist
Und die reifende Zeit,
30 Denn einmal bedurften
Wir Blinden des Wunders.

Nachlese

zum

Empedokles

———

I.

Für die 2. Szene des 1. Aktes liegt doppelte Fassung vor. Die unterdrückte lautet:

Kritias, Archon. Hermokrates, Priester.

Hermokrates.   Wer geht dort?
Archon.   Meine Tochter, wie mir dünkt,
Und des Gastfreunds Tochter, der
In meinem Hause gestern eingekehrt ist.
5 Hermokrates.   Ist's Zufall? oder suchen sie ihn auch
Und glauben, wie das Volk, er sei entschwunden?
Archon.   Die wunderbare Sage kam bis jetzt wohl nicht
Vor meiner Tochter Ohren.   Doch sie hängt an ihm,
Wie all. Wär' er hinweg
10 In Wälder oder Wüsten, oder übers Meer
Hinüber oder in die Erde hinab, wohin
Der unbegrenzte Sinn ihn treiben mag!
Hermokrates.   Mit nichten!   Denn sie müssen noch ihn sehn,
Damit der wilde Wahn von ihnen weicht.
15 Archon.   Wo ist er wohl?
Hermokrates.   Nicht weit von hier.   Da sitzt
Er seelenlos im Dunkel.   Denn es haben
Die Götter seine Kraft von ihm genommen
Seit jenem Tage, da der trunkne Mann
20 Vor allem Volk sich einen Gott genannt.
Archon.   Das Volk ist trunken, wie er selber ist.
Sie hören kein Gesetz und keine Not
Und keinen Richter; die Gebräuche sind
Den friedlichen Gestaden überschwätzt
25 Von unverständlichen Gebrauchs Gebot.
Ein wildes Fest sind alle Tage worden,
Und die der Götter haben sich
In Eins verloren.   Allverdunkelnd hüllt
Der Zauberer den Himmel und die Erd'
30 Ins Ungewitter, das er uns gemacht.

Und siehet zu und freut sich seines Glücks
Und seiner stillen Halle.
Hermokrates.   Mächtig war
Die Seele dieses Mannes unter euch.
Kritias. Ich sage dir, sie wissen nichts denn ihn,
Und wünschen alles nur von ihm zu haben.
Er soll ihr Gott, er soll ihr König sein.
Ich selber stand in tiefer Scham vor ihm,
Da er vom Tode mir mein Kind gerettet.
Wofür erkennst du ihn, Hermokrates?
Hermokrates. Es haben ihn die Götter sehr geliebt,
Doch nicht ist er der erste, den sie drauf
Hinab in sinnenlose Nacht verstoßen
Vom Gipfel ihres gütigen Vertrauns.
Weil er des Unterschieds zu sehr vergaß
Im übergroßen Glück, und sich allein
Nur fühlte; so erging es ihm, er ist
Mit grenzenloser Öde nun gestraft.
Doch ist die letzte Stunde noch für ihn
Nicht da. Denn noch erträgt der Langverwöhnte
Die Schmach in seiner Seele nicht, sorg' ich,
Und sein entschlafner Geist
Entzündet neu an seiner Rache sich,
Und halb erwacht, ein fürchterlicher Träumer, spricht
Er gleich den alten Übermütigen,
Die mit dem Schilfrohr Asien durchwandern,
Durch sein Wort sein die Götter einst geworden.
Dann steht die weite lebensreiche Welt
Wie sein verlornes Eigentum vor ihm,
Und ungeheure Wünsche regen sich
In seiner Brust, und wo sie hin sich wirft,
Die Flamme, macht sie eine freie Bahn.
Und was vor ihm die gute Zeit gereift,
Gesetz und Kunst und Sitt' und heil'ge Sage,
Das stößt er um, und Lust und Frieden kann
Er nimmer dulden bei den Lebenden.
Wie alles sich verlor, so wird
Er alles wieder nehmen, und den Wilden hält
Kein Sterblicher in seinem Toben auf.
Kritias. O Greis! du siehest namenlose Dinge!
Dein Wort ist wahr, und wenn es sich erfüllt,
Dann wehe dir, Sizilien, so schön
Du bist mit deinen Hainen, deinen Tempeln.

Hermokrates. Der Spruch der Götter trifft ihn, eh' sein Werk
  Beginnt. Versammle nur das Volk, damit ich
  Das Angesicht des Mannes ihnen zeige,
  Von dem sie sagen, daß er aufgeflohn
5 Zum Äther sei. Sie sollen Zeugen sein
  Des Fluches, den ich ihm verkündige,
  Und ihn verstoßen in die öde Wildnis,
  Damit er nimmer wiederkehrend dort
  Die böse Stunde büße, da er sich
10 Zum Gott gemacht.
  Kritias.   Doch wenn des schwachen Volks
  Der Kühne sich bemeistert, fürchtest du
  Für mich und dich und deine Götter nicht?
  Hermokrates. Das Wort des Priesters bricht den kühnen Sinn.
15 Kritias. Und werden sie den Langverwöhnten dann,
  Wenn schmählich er vom Fluche leidet,
  Aus seinen Gärten, wo er gerne lebt,
  Und aus der heimatlichen Stadt vertreiben?
  Hermokrates. Wer darf den Sterblichen im Lande dulden,
20 Den so der wohlverdiente Fluch gezeichnet?
  Kritias. Doch wenn du wie ein Lästerer erscheinst
  Vor denen, die als einen Gott ihn achten?
  Hermokrates. Der Taumel wird sich ändern, wenn sie erst
  Mit Augen wieder sehen, den sie jetzt
25 Entschwunden in die Götterhöhe wähnen!
  Sie haben schon zum Bessern sich gewandt,
  Denn trauernd irrten gestern sie hinaus,
  Und gingen hier umher und sprachen viel
  Von ihm, da ich desselben Weges kam.
30 Drauf sagt' ich ihnen, daß ich heute sie
  Zu ihm geleiten wollt'; indessen soll'
  In seinem Hause jeder ruhig weilen.
  Und darum bat ich dich, mit mir heraus
  Zu kommen, daß wir sähen, ob sie mir
35 Gehorcht. Du findest keinen hier. Nun komm!
  Kritias. Hermokrates!
  Hermokrates.   Was ist's?
  Kritias.   Dort seh' ich ihn.
    Wahrhaftig.
40 Hermokrates.   Laß uns gehen, Kritias!
  Daß er in seine Rede uns nicht zieht.

II.

Der ursprüngliche Plan.

Empedokles[1].

Ein Trauerspiel in fünf Akten.

Erster Akt.

Empedokles, durch sein Gemüt und seine Philosophie schon
längst sehr zu Kulturhaß gestimmt, zu Verachtung alles bestimmten Geschäfts, alles nach verschiedenen Gegenständen gerichteten
Interesses, ein Todfeind aller einseitigen Existenz und deswegen
auch in wirklich schönen Verhältnissen unbefriedigt, unstät, lei- 5
bend, bloß weil sie besondere Verhältnisse sind und nur im
großen Akkord mit allem Lebendigen empfunden, ganz ihn erfüllen; bloß weil er nicht mit allgegenwärtigem Herzen innig
wie ein Gott, und frei ausgebreitet wie ein Gott, in ihnen
leben und lieben kann, bloß weil er, sobald sein Herz und sein 10
Gedanke das Vorhandene umfaßt, ans Gesetz der Sukzession gebunden ist, — Empedokles nimmt ein besonderes Ärgernis an
einem Feste der Agrigentiner, wird darüber von seinem Weibe,
die von dem Einfluß dieses viel gehofft und gutmütig ihn über-
redet hatte, daran teilzunehmen, etwas empfindlich und sarkastisch 15
getadelt, und nimmt von jenem Ärgernis und diesem häuslichen
Zwist Veranlassung, seinem geheimen Hange zu folgen, aus der
Stadt und seinem Hause zu gehen und sich in eine einsame Gegend des Ätna zu begeben.

Erster Auftritt.

Einige Schüler des Empedokles mit einigen vom Volk. Jene 20
wollen diese bewegen, auch in Empedokles' Schule zu treten.
Einer der Schüler des Empedokles, sein Liebling, kommt dazu.
„Geht!“ ruft er den andern zu, indem er hereintritt, und ver-
weist ihnen die Proselytenmacherei und heißt sie weggehen, weil
der Meister um diese Zeit allein in seinem Garten seiner An- 25
dacht pflege. Monolog des Empedokles. Gebet an die Natur.

---

[1] K. ö. Bibliothek in Stuttgart. Cod. poet. et phil. Fol. 63, Fasc. III, No. 10.

Zweiter Auftritt.

Empedokles mit Weib und Kindern. Eines der Kleinen ruft vom Hause herunter: „Vater! Vater! hörst du denn nicht?" Darauf kömmt die Mutter herab, ihn zum Frühstück zu bitten, und es entspinnt sich das Gespräch. Zärtliche Klage des Weibes über Empedokles' Mißmut. Herzliche Entschuldigungen des Empedokles. Bitte des Weibes, bei dem großen Feste mit zu sein und da sich vielleicht zu erheitern.

Dritter Auftritt.

Fest der Agrigentiner. Ein Kaufmann, ein Arzt, ein Priester, ein Feldherr, ein junger Herr, ein altes Weib.

Vierter Auftritt.

Häuslicher Zwist. Abschied des Empedokles, ohne zu sagen, was seine Absicht ist, wohin er geht. Er sagt, daß er sein Weib und seine Kinder mit sich nehme, daß er sie am Herzen trage, nur, meint er, können sie nicht ihn behalten. Der Horizont sei ihm zu enge, meint er, er müsse fort, um höher sich zu stellen, um aus der Ferne sie mit allem, was da lebt, zu umfahen, anzulächeln, anzublicken.

Zweiter Akt.

Empedokles wird von seinen Schülern auf dem Ätna besucht, zuerst von seinem Liebling, der ihn wirklich bewegt und fast aus seiner Herzenseinsamkeit zurückzieht, dann auch von den übrigen, die ihn von neuem mit Entrüstung gegen menschliche Dürftigkeit erfüllen, so daß er sie alle feierlich verabschiedet und am Ende auch noch seinem Liebling ratet, ihn zu verlassen.

Erster Auftritt.[1]

Empedokles auf dem Ätna. Entschiedenere Devotion des Empedokles gegen die Natur.

Zweiter Auftritt.

Empedokles und sein Liebling.

---

[1] Ursprünglich als fünfter Auftritt des ersten Aktes gedacht. (Litzmann.)

Dritter Auftritt.
Empedokles und seine Schüler.

Vierter Auftritt.
Empedokles und der Liebling.

Dritter Akt.

Empedokles wird auf dem Ätna von seinem Weib und seinen Kindern besucht. Ihren zärtlichen Bitten setzt das Weib die Nachricht hinzu, daß an demselben Tage die Agrigentiner ihm eine Statue errichten. Ehre und Liebe, die einzigen Bande, die ihn ans Wirkliche knüpfen, führen ihn zurück. Seine Schüler kommen voll Freude in sein Haus, der Liebling stürzt ihm an den Hals. Er sieht seine Statue errichtet, dankt öffentlich dem Volke, das ihm Beifall zuruft.

Vierter Akt.

Seine Neider erfahren von einigen seiner Schüler die harten Reden, die er auf dem Ätna vor diesen gegen das Volk ausgestoßen, benützen es, um das Volk gegen ihn aufzuhetzen, das auch wirklich seine Statue umwirft und ihn aus der Stadt jagt. Nun reift sein Entschluß, der schon längst in ihm dämmerte, durch freiwilligen Tod sich mit der unendlichen Natur zu vereinigen. Er nimmt in diesem Vorsatz den zweiten tieferen, schmerzlicheren Abschied von Weib und Kindern und geht wieder auf den Ätna. Seinem jungen Freunde weicht er aus, weil er diesem zutraut, daß er sich nicht werde täuschen lassen mit den Tröstungen, mit denen er sein Weib besänftigt, und daß dieser sein eigentliches Vorhaben ahnen möchte.

Fünfter Akt.

Empedokles bereitet sich zu seinem Tode vor. Die zufälligen Veranlassungen zu seinem Entschlusse fallen nun ganz für ihn weg, und er betrachtet ihn als eine Notwendigkeit, die aus seinem innersten Wesen folge. In den kleinen Szenen, die er noch bis da mit den Bewohnern der Gegend hat, findet er überall

Bestätigung seiner Denkart, seines Entschlusses. Sein Liebling
kommt noch, hat das Wahre geahndet, wird aber von dem Geist
und von den großen Bewegungen in dem Gemüte seines Meisters
so sehr überwältigt, daß er dem Befehle desselben blindlings ge=
horcht und geht. Bald darauf stürzt sich Empedokles in den
lodernden Ätna. Sein Liebling, der unruhig und bekümmert in
dieser Gegend umherirrt, findet bald darauf die eisernen Schuhe
des Meisters, die der Feuerauswurf aus dem Abgrund geschleudert
hatte, erkennt sie, zeigt sie der Familie des Empedokles, seinen
Anhängern im Volke und versammelt sich mit diesen um den
Vulkan, um Leid zu tragen und den Tod des großen Mannes zu
feiern.

III.

Empedokles auf dem Ätna.

(Ein Fragment.)

Personen:

Empedokles.
Pausanias, sein Freund.
Manes, ein Ägyptier.
Strato, Herr von Agrigent, Bruder des Empedokles.
Panthea, seine Schwester.
Gefolge.
Chor der Agrigentiner.

Empedokles (vom Schlaf erwachend). Euch ruf' ich über das Gefild'
herein
Vom langsamen Gewölk, ihr heißen Strahlen
Des Mittags, ihr gereiftesten, daß ich
An euch den neuen Lebenstag erkenne.

Denn anders ist's, wie sonst! vorbei, vorbei
Das menschliche Bekümmernis! Als wüchsen
Mir Schwingen an, so ist mir wohl und leicht
Hier oben, hier, und reich genug und froh
Und herrlich wohn' ich, wo den Feuerkelch, 5
Mit Geist gefüllt bis an den Rand, bekränzt
Mit Blumen, die er selber sich erzog,
Gastfreundlich mir der Vater Ätna beut.
Und wenn das unterirdische Gewitter,
Jetzt festlich auferwacht, zum Wolkensitz 10
Des nah verwandten Donners fliegt hinauf
Und zu den Sternen tönt, da wächst das Herz mir auch.
Mit Adlern sing' ich hier Naturgesang.
Das dacht' er nicht, daß in der Fremde mir
Ein andres Leben blühte, da er mich 15
Mit Schmach hinweg aus unsrer Stadt verwies,
Mein königlicher Bruder. Ach! er weiß es nicht,
Der Kluge, welchen Segen er bereitete,
Da er von Menschenbande los, da er mich frei
Erklärte, frei wie Fittiche des Himmels. 20
Drum galt es auch! drum waffnete das Volk,
Das mein war, gegen meine Seele sich
Mit Hohn und Fluch
Und stieß mich aus; und nicht vergebens gellt
Im Ohre mir das hundertstimmige 25
Gelächter, da der fromme Träumer,
Der närrische, des Weges weinend ging.
Beim Totenrichter! wohl hab' ich's verdient!
Und heilsam war's; die Kranken heilt das Gift,
Und eine Sünde straft die anderen, 30
Denn viel hab' ich von Jugend auf gesündiget,
Geliebt die Menschen ohne Maß, gedient
Wie Wasser nur und Feuer blinder dient.
Darum begegneten auch menschlich sie
Mir nicht, o darum schändeten sie mir 35
Mein Angesicht, und hielten mich, wie dich,
Allduldende Natur! Du hast mich nun,
Du hast mich, und es dämmert zwischen dir
Und mir die alte Liebe wieder auf.
Du rufst, du ziehst mich nah und näher an, 40
Und hier ist kein Bedenken mehr. Es ruft
Der Gott —

(Da er den Pausanias gewahr wird:)

und diesen Allzutreuen muß
Ich auch befrein, mein Pfad ist seiner nicht.

Pausanias. Empedokles.

Pausanias. Du scheinest freudig auferwacht, mein Wandrer!
Empedokles. Schon hab' ich, Lieber, und vergebens nicht,
5 Mich in der neuen Heimat umgesehn.
Die Wildnis ist mir hold, ich bin es wieder.
Pausanias. Sie haben uns verbannt, sie haben dich,
Du Gütiger! geschmäht, und glaub' es mir,
Unleidlich warst du ihnen längst und innig.
10 In ihre Trümmer schien, in ihre Nacht,
Zu helle den Verzweifelten das Licht.
Empedokles. Nun mögen sie vollenden ungestört!
Vergessenheit! o, wie ein glücklich Segel
Bin ich vom Ufer los, indes den Stern
15 Die Wolke birgt; des Lebens Wellen treiben.
Und wenn die Wogenwüste ihren Arm,
Die Mutter, um mich breitet, was möcht'
Ich auch, was möcht' ich fürchten? Andre mag
Es freilich schrecken, denn es ist ihr Tod.
20 **Pausanias.** Das wußt' ich wohl, du Göttlicher! an dir
Zerbricht der Pfeil, der andre niederwirft.
Und ohne Schaden, wie am Zauberstab
Die zahme Schlange, spielt um dich nun
Die ungetreue Menge, die du zogst.
25 Nun! laß sie nur! sie mögen ungestalt,
Lichtscheu am Boden taumeln, der sie trägt,
Und allbegehrend, allgeängstiget,
Sich müde rennen. Brennen mag der Brand,
Bis er erlischt; wir wohnen ruhig hier!
30 **Empedokles.** Ja! ruhig wohnen wir! es öffnen groß
Sich hier vor uns die heil'gen Elemente.
Die Mühelosen regen immergleich
In ihrer Kraft sich freudig hier um uns.
An seinen festen Ufern wallt und ruht
35 Das alte Meer: und das Gebirge steigt
Mit seiner Ströme Klang; es wogt und rauscht
Sein grüner Wald von Tal zu Tal hinunter,
Und oben weilt das Licht, der Äther stählt
Den Tapfern das geheimere Verlangen.
40 **Pausanias.** So bleibst du wohl und lebst in deiner Welt.
Doch hab' ich schon ein wenig vorgesorgt,
Ich diene dir und sehe, was uns not ist.

Empedokles. Nur weniges ist not und selber mag
 Ich gerne dies von jetzt an mir besorgen.
Pausanias. Doch, Lieber, hab' ich schon für einiges,
 Das du zuerst bedarfst, zuvor gesorgt.
 Indes du gut auf kahler Erde hier
 In heißer Sonne schliefst, gedacht' ich doch,
 Ein weicher Boden und die kühle Nacht
 In einer sichern Halle wäre besser.
 Auch sind wir hier, die Allverdächtigen,
 Den Wohnungen der andern fast zu nah,
 Nicht lange wollt' ich ferne sein von dir
 Und eilt' hinauf und glücklich fand ich bald,
 Für dich und mich gebaut, ein ruhig Haus,
 Ein tiefer Fels von Eichen dicht umschirmt,
 Dort in der dunkeln Seite des Gebirgs,
 Und nah entspringt ein Quell, es grünt umher
 Die Fülle guter Pflanzen, und zum Bett
 Ist Überfluß von Laub und Gras bereitet.
 Da lassen sie dich ungeschmäht, und tief und still
 Ist's, wenn du sinnst, und wenn du schläfst, um dich.
 Ein Heiligtum ist mir mit dir die Grotte.
 Komm, siehe selbst, und sage nicht, ich tauge
 Dir künftig nicht, wem taugt' ich anders denn?

Empedokles. Du taugst zu gut.

Pausanias. Wie könnt' ich dies?

Empedokles.   Auch du
 Bist allzutreu, du bist ein töricht Kind.

Pausanias. Das sagst du wohl, doch Klügers weiß ich nicht,
 Wie des zu sein, dem ich geboren bin.

Empedokles. Wie bist du sicher?

Pausanias.   Und ich sollte nicht?
 Wofür denn hättest du mir einst, da ich,
 Der Waise gleich, am heldenarmen Ufer
 Mir einen Schutzgott sucht' und traurig irrte,
 Du Gütiger, die Hände mir gereicht?
 Wofür mit deinem Auge wärest du
 Auf deiner stillen Bahn, du edles Licht,
 In meiner Dämmerung mir aufgegangen?
 Seitdem bin ich ein anderer,
 Und näher dir und einsamer mit dir,
 Wächst froher nur die Seele mir und freier.
Empedokles. O still davon!

Pausanias.   Was ist's? Warum? Wie kann
  Ein freundlich Wort dich irren, teurer Mann?

Empedokles. Geh. Folge mir, und schweig und schone mich,
  Und rege du nicht auch das Herz mir auf,
5 Erzähle, was dir wohl gefällt, dir selbst,
  Für mich ist, was vorüber ist, nicht mehr.

Pausanias. Ich weiß es nicht, was dir vorüber ist,
  Doch du und ich, wir sind uns ja geblieben!

Empedokles. Sprich lieber mir von anderem, mein Sohn!
10 Habt ihr zum Dolche die Erinnerung
  Nicht mir gemacht? — Nun wundern sie sich noch,
  Und treten vor das Auge mir und fragen —
  Nein! du bist ohne Schuld, — nur kann ich, Sohn!
  Was mir zu nahe kömmt, nicht wohl ertragen.

15 **Pausanias.** Und mich, mich stößest du von dir? o denk' an dich,
  Sei, der du bist, und siehe mich und gib,
  Was ich nun weniger entbehren kann
  Und was du sonst aus reicher Seele gabst,
  Ein gutes Wort aus reicher Brust mir wieder.

20 **Empedokles.** Verstehest du mich auch? Hinweg. Ich hab'
  Es dir gesagt: es ist nicht schön, daß du
  So ungefragt mir an die Seele bringest,
  An meine Seite stets, als wüßtest du
  Nichts andres mehr, mit armer Angst dich hängst.

25 Du mußt es wissen: dir gehör' ich nicht,
  Und du nicht mir, und deine Pfade sind
  Die meinen nicht; mir blüht es anderswo,
  Und was ich mein', es ist von heute nicht;
  Da ich geboren wurde, war's beschlossen.

30 Sieh auf und wag's! Was eines ist, zerbricht,
  Die Liebe stirbt in ihrer Knospe nicht,
  Und überall in freier Freude teilt
  Des Lebens luft'ger Baum sich auseinander.
  Kein zeitlich Bündnis bleibet, wie es ist;

35 Wir müssen scheiden, Kind! und halte nur
  Mein Schicksal mir nicht auf, und zaudre nicht.
  O sieh! es glänzt der Erde trunknes Bild,
  Das göttliche, dir gegenwärtig, Jüngling!
  Es rauscht und regt durch alle Lande sich

40 Und wechselt, jung und leicht, mit frommem Ernst
  Den luft'gen Reigentanz, womit den Geist
  Die Sterblichen, den alten Vater, feiern.

Da gehe du, und wandle taumellos
Und menschlich mit, und denk' am Abend mein.
Mir aber ziemt die stille Halle, mir
Die hochgelegene, geräumige,
Denn Ruhe brauch' ich wohl, zu träge sind   5
Zum schnellgeschäft'gen Wirken Sterblicher
Die Glieder mir, und hab' ich sonst dabei
Ein feiernd Lied in Jugendlust gesungen,
Zerschlagen ist das zarte Saitenspiel.
O Melodien über mir, es war   10
Ein Scherz, ihr Fühlenden, mit euch,
Und kindisch wagt' ich sonst euch nachzuahmen.
Ein leichtes Echo fühllos tönte
Und unverständlich nach in mir, —
Nun hör' ich ernster euch, ihr Götterstimmen!   15

Pausanias.   Wo bist du?

Ich kenne nimmer dich; wie traurig ist
Mir, was du sagst, doch alles ist ein Rätsel.
Was hab' ich auch, was hab' ich dir getan,
Daß du mich so, wie dir's gefällt, beleidigst,   20
Und namenlos dein Herz des einen noch,
Des letzten, los zu sein sich freut und müht?
Das hofft' ich nicht, da wir Geächteten
Den Wohnungen der Menschen scheu vorüber
Zusammen wandelten. Und darum war   25
Ich nicht dabei, wenn mit den Tränen dir
Vom Angesichte troff des Himmels Regen,
Und sah es gern, wenn lächelnd du
Das rauhe Sklavenkleid
Mittags an heißer Sonne trocknetest   30
Auf schattenlosem Sand, wenn du die Spuren
Wohl manche Stunde, wie ein wundes Wild,
Mit deinem Blute zeichnetest, das auf
Den Felsenpfad von nackter Sohle rann.
Ach! darum ließ ich nicht mein Haus, und lud   35
Des Volkes und des Vaters Fluch mir auf:
Daß du mich, wo du wohnen willst und ruhn,
Wie ein verbraucht Gefäß, beiseite werfest!
Und willst du weit hinweg? wohin? wohin?
Ich wandre mit; zwar steh' ich nicht, wie du,   40
Mit Kräften der Natur in trautem Bunde,
Mir steht, wie dir, Zukünftiges nicht offen,
Doch freudig in der Götter Nacht hinaus

Schwingt seine Fittiche mein Geist und fürchtet
Noch immer nicht die ungeduld'gen Blicke;
Ja wär' ich auch ein Schwacher, dennoch wär'
Ich, weil ich so dich liebe, stark, wie du.
5 Beim göttlichen Herakles! stiegst du auch,
Um die Gewaltigen, die drunten sind,
Versöhnend, die Titanen heimzusuchen,
Ins bodenlose Tal, vom Gipfel dort
Und wagtest dich ins Heiligtum des Abgrunds,
10 Wo duldend vor dem Tage sich das Herz
Der Erde birgt, und ihre Schmerzen dir
Die dunkle Mutter sagt — o du der Nacht,
Des Äthers Sohn! ich folgte dir hinunter!
Empedokles. So bleib!
15 Pausanias.   Wie meinst du dies?
Empedokles.   Du gibst
Dich mir, bist mein: so frage nicht!
Pausanias.   Es sei!
Empedokles. Und sagst du mir's noch einmal, Sohn? und gibst
20 Dein Blut und deine Seele mir für immer?
Pausanias. Als hätt' ich so ein loses Wort gesagt,
Und zwischen Schlaf und Wachen dir's versprochen.
Ungläubiger! ich sag's und wiederhol' es.
Auch dies, auch dies — es ist von heute nicht:
25 Da ich geboren wurde, war's beschlossen.
Empedokles. Ich bin nicht, der ich bin, Pausanias,
Und meines Bleibens ist auf Jahre nicht.
Ein Schimmer nur, der bald vorüber muß,
Im Saitenspiel ein Ton —
30 Pausanias.   So tönen sie,
So schwinden sie zusammen in die Luft!
Und freundlich spricht der Widerhall von ihnen.
Versuche nun mich länger nicht, und laß
Und gönne du die Ehre mir, die mein ist.
35 Hab' ich nicht Leid genug, wie du, in mir?
Wie möchtest du mich noch beleidigen?
Empedokles. O alles opfernd Herz! und dieser gibt
Schon mir zulieb' die goldne Jugend weg.
Noch bist du nah, indes die Stunde flieht,
40 Und blühest mir, du Freude meiner Augen!
Noch ist's wie sonst, ich halt' im Arme dich,
Und mich betört der holde Traum noch einmal.

Ja! herrlich wär's, wenn in die Grabesflamme
So Arm in Arm statt eines Einsamen
Ein festlich Paar am Tagesende ging',
Und gerne nähm' ich, was ich hier geliebt,
Wie seine Quellen all ein edler Strom, 5
Der heil'gen Nacht zum Opfertrank hinunter.
Doch besser ist's, es gehe seinen Pfad
Ein jeder, wie der Gott es ihm beschieden.
Unschuldiger ist dies und schadet nicht,
Und billig ist's und recht, daß überall 10
Des Menschen Sinn sich eigen angehöre,
Und leichter trägt der Mann die eigne Bürde.
So wachsen ja des Waldes Eichen auch,
Und keines kennt, so alt sie sind, das andre.

Pausanias. Du sagst es mir, und wahr ist's wohl, und lieb 15
 Ist billig mir dies letzte Wort von dir.
 So geh' ich denn! ich störe deine Ruhe
 Dir künftig nicht, auch meinest du es gut,
 Daß meinem Sinne nicht die Stille tauge.

Empedokles. Doch, Lieber! zürnst du nicht? 20

Pausanias.   Mit dir? mit dir?

Empedokles. Was ist es denn? Ja! weißt du nun, wohin?

Pausanias. Gebiete du es mir!

Empedokles.   Es war mein letzt Gebot,
 Pausanias! die Herrschaft ist am Ende. 25

Pausanias. Mein Vater! rate mir!

Empedokles.   Wohl manches sollt'
 Ich sagen, doch verschweig' ich dir's,
 Es will zu sterblichem Gespräche mir
 Und eitlem Wort die Zunge nimmer dienen. 30
 Sieh! Liebster! anders ist's mir schon, und leichter
 Und freier atm' ich auf, und wie der Schnee
 Des hohen Ätna dort am Sonnenlichte
 Erwarmt und schimmert und vom Gipfel wogt,
 Und über den entstürzenden Gewässern 35
 Sich blühend Iris' stiller Bogen schwingt:
 So rinnt und wogt vom Herzen mir sich los,
 So rauscht es weg, was mir die Zeit gehäuft,
 Und freier blüht das Leben mir darüber.
 Nun! wandre mutig, Sohn! ich küsse dir 40
 Verheißungen auf deine lichte Stirne;
 Es dämmert dort Italiens Gebirg';

Das Römerland, das tatenreiche, winkt;
Dort wirst du wohl gedeihn, dort, wo sich froh
Die Männer in der Kämpferbahn begegnen.
O Heldenstädte dort, und du Tarent!
5 Ihr brüderlichen Hallen, wo ich oft
Frohsinnend einst mit meinem Plato ging,
Und immer neu uns Jünglingen das Jahr
Und jeder Tag erschien in heil'ger Schule.
Besuch' ihn auch, o Sohn! und grüß' ihn mir,
10 Den alten Freund, an seiner Heimat Strom,
Am blumigen Ilissus, wo er wohnt;
Und will die Seele dir nicht ruhn, so geh
Und frage sie, die Brüder in Ägyptos.
Dort hörest du das ernste Saitenspiel
15 Uraniens und seiner Töne Wandel.
Dort öffnen sie das Buch des Schicksals dir.
Geh! fürchte nichts! es kehret alles wieder
Und was geschehen soll, ist schon vollendet.

Empedokles. Der Greis (Manes).

Der Greis.   Nun säume nicht! bedenke dich nicht länger.
20 Vergeh! Vergeh! damit es ruhig bald
Und helle werde, Trugbild!
Empedokles.   Was? woher?
Wer bist du, Mann?
Greis.   Ein Sterblicher, wie du.
25 Zu rechter Zeit gesandt, dir, der du dich
Des Himmels Liebling dünkst, des Himmels Zorn,
Des Gottes, der nicht müßig ist, zu sagen.
Empedokles. Ha! kennst du den?
Greis.   Ich habe manches dir
30 Am fernen Nil gesagt.
Empedokles.   Und du? du hier?
Kein Wunder ist's? Seit ich den Lebenden
Gestorben, stehen mir die Toten auf!
Greis. Die Toten reden nicht, wo du sie fragst.
35 Doch, wenn du eines Worts bedarfst, vernimm!
Empedokles. Die Stimme, die mich ruft, vernehm' ich selbst.
Greis. So weit kam es mit dir? — o Fluch!
Empedokles.   Was soll die Rede, Fremder?
Greis. Ja! fremde bin ich hier und unter Kindern!
40 Das seid ihr Griechen all! Ich hab' es oft

Vormals gesagt. Doch wolltest du mir nicht,
Wie dir's erging bei deinem Volke, sagen?
Empedokles. Was mahnst du mich, was rufst mir noch einmal —
Mir ging es, wie es soll.
Greis.   Ich wußt' es auch
Schon längst voraus, ich hab' es dir geweissagt.
Empedokles. Nun denn! was hältst du es noch auf? was drohst
Du mit der Flamme mir des Gottes, den
Ich kenne, dem ich gern zum Spiele dien';
Und richtest mir mein heilig Recht, du Blinder!
Greis. Was dir begegnen muß, ich ändr' es nicht.
Empedokles. So kamst du her, zu sehen, wie es wird?
Greis. O scherze nicht, und ehre doch dein Fest,
Umkränze dir dein Haupt, und schmück' es aus,
Das Opfertier, das nicht vergebens fällt.
Der Tod, der jähe, er ist ja von Anbeginn,
Das weißt du wohl, den Unverständigen,
Die deinesgleichen sind, zuvor beschieden.
Du willst es, und so sei's, doch sollst du mir
Nicht unbesonnen, wie du bist, hinab,
Ich hab' ein Wort, und dies bedenke, Trunkner!
Nur einem ist es recht in dieser Zeit, nur einem,
Nur einen adelt sie, die schwarze Sünde,
Ein Größrer ist's, denn ich! denn wie die Rebe
Von Erd' und Himmel zeugt, wenn sie getränkt,
Von hoher Sonn' aus dunklem Boden steigt,
So wächst er auf, aus Licht und Nacht geboren:
Es gärt um ihn die Welt, was irgend nur
Beweglich und verderbend ist im Busen
Der Sterblichen, ist aufgeregt von Grund aus;
Der Herr der Zeit, um seine Herrschaft bang,
Thront finster blickend über der Empörung,
Sein Tag erlischt, und seine Blitze rauchen.
Doch was von oben flammt, entzündet nur,
Und was von unten strebt, die wilde Zwietracht.
Der eine doch, der neue Retter, faßt
Des Himmels Strahlen ruhig auf, und liebend
Nimmt er, was sterblich ist, an seinen Busen,
Und milde wird in ihm der Streit der Welt,
Die Menschen und die Götter söhnt er aus,
Und näher wieder leben sie wie vormals.
Und daß, wenn er erschienen ist, der Sohn
Nicht größer denn die Eltern sei, und nicht

Der heil'ge Lebensgeist gefesselt bleibe,
Vergessen über ihm, dem einzigen:
So lenkt er aus, der Abgott seiner Zeit,
Zerbricht, er selbst, damit durch reine Hand
5 Dem Reinen das Notwendige geschehe,
Sein eigen Glück, das ihm zu glücklich ist,
Und gibt, was er besaß, dem Element.
Das ihn verherrlichte, geläutert wieder. —
Bist du der Mann? derselbe? bist du der?
10 **Empedokles.** Ich kenne dich im finstern Wort, und du,
Du alles Wissender! erkennst mich auch.
Greis. O sage, wer du bist! und wer bin ich?
Empedokles. Versuchst du noch, noch immer mich und kömmst,
Mein böser Geist, zu mir in solcher Stunde,
15 Was läßt du mich nicht stille gehen, Mann?
Was wagst du dich an mich und reizest mich,
Daß ich im Zorn die heil'gen Pfade wandle?
Ein Knabe war ich, wußte nicht, was mir
Ums Auge fremd am Tage sich bewegt',
20 Und wunderbar umfingen mir die großen
Gestalten dieser Welt, die freudigen,
Mein unerfahren schlummernd Herz im Busen.
Und staunend hört' ich oft die Wasser gehn
Und sah die Sonne blühn und sich an ihr
25 Den Jugendtag der stillen Erd' entzünden.
Da ward in mir Gesang, und helle ward
Mein dämmernd Herz im dichtenden Gebet, —
Wenn ich die Fremdlinge, die gegenwärt'gen,
Die Götter der Natur, mit Namen nannt',
30 Und mir der Geist im Wort, im Bilde sich,
Im seligen, des Lebens Rätsel löste.
So wuchs ich still herauf, und anderes
War schon bereitet. Denn gewaltsamer
Wie Wasser schlug die wilde Menschenwelle
35 Mir an die Brust, und aus dem Irrsal kam
Des armen Volkes Stimme mir zum Ohre.
Und wenn, indes ich in der Halle schwieg,
Um Mitternacht der Aufruhr wehellagt'
Und durchs Gefilde stürzt' und lebensmüd'
40 Mit eigner Hand sein eignes Haus zerbrach,
Wenn sich die Brüder flohn, und sich die Liebsten
Vorüber eilten, und der Vater nicht
Den Sohn erkannt', und Menschenwort nicht mehr

Verständlich war und menschliches Gesetz:
Da faßte mich die Deutung schaudernd an,
Es war der scheidende Gott meines Volks!
Den hört' ich, und zum schweigenden Gestirn
Sah ich hinauf, wo er herabgekommen.
Und ihn zu sühnen ging ich hin. Noch wurden uns
Der schönen Tage viel. Noch schien es sich
Am Ende zu verjüngen; und es wich —
Der goldnen Zeit, der allvertrauenden,
Des hellen, kräft'gen Morgens eingedenk —
Der Unmut mir, der furchtbare, vom Volke,
Und freie, feste Bande knüpften wir.
Doch oft, wenn mich des Volkes Dank bekränzte,
Wenn näher immer mir, und mir allein,
Des Volkes Seele kam, befiel es mich.
Denn wo ein Land ersterben soll, da wählt
Der Geist noch einen sich am End', durch den
Sein Schwanensang, das letzte Leben tönet.
Wohl ahndet' ich's; doch dient' ich willig ihm.
　　　　Es ist geschehn, den Sterblichen gehör' ich
Nun nimmer an.
　　　　　　　　O Ende meiner Zeit!
O Geist, der uns erzog, der du geheim
Am hellen Tag und in der Wolke waltest,
Und du, o Luft! und du, du Mutter Erde!
Hier bin ich ruhig, denn es wartet mein
Die längst bereitete, die neue Stunde,
Nun nicht im Bilde mehr, und nicht, wie sonst,
Bei Sterblichen, im kurzen Glück, — ich find',
Im Tode find' ich den Lebendigen,
Und heute noch begegn' ich ihm; denn heute
Bereitet er, der Herr der Zeit, zur Feier,
Zum Zeichen ein Gewitter mir und sich.
Kennst du die Stille rings? kennst du das Schweigen
Des schlummerlosen Gotts? erwart' ihn hier!
Um Mitternacht wird er es uns vollenden.
Und wenn du, wie du sagst, des Donnerers
Vertrauter bist, und, eines Sinns mit ihm,
Dein Geist mit ihm, der Pfade kundig, wandelt,
So komm mit mir; wenn jetzt, zu einsam sich,
Das Herz der Erde klagt und, eingedenk
Der alten Einigkeit, die dunkle Mutter
Zum Äther aus die Feuerarme breitet,

Und jetzt der Herrscher kömmt in seinem Strahl:
Dann folgen wir, zum Zeichen, daß wir ihm
Verwandte sind, hinab in heil'ge Flammen.
Doch wenn du lieber ferne bleibst, für dich:
5 Was gönnst du mir es nicht? wenn dir es nicht
Beschieden ist zum Eigentum, was nimmst
Und störst du mir's! O euch, ihr Genien!
Die ihr, da ich begann, mir nahe waret,
Ihr fern-entfernenden! euch dank' ich, daß ihr mir's
10 Gegeben habt, die lange Zahl der Leiden
Zu enden hier, befreit von andrer Pflicht,
In freiem Tod, nach göttlichem Gesetze!
Dir ist's verbotne Frucht! drum laß und geh,
Und kannst du mir nicht nach, so richte nicht!
15 **Manes.** Dir hat der Schmerz den Geist entzündet, Armer!
Empedokles. Was heilst du denn, Unmächtiger, ihn nicht?
Manes. Wie ist's mit uns? siehst du es so gewiß?
Empedokles. Das sage du mir, der du alles siehst!
Manes. Laß still uns sein, o Sohn! und immer lernen.
20 **Empedokles.** Du lehrtest mich; heut lerne du von mir.
Manes. Hast du nicht alles mir gesagt?
Empedokles.   O nein!
Manes. So gehst du nun?
Empedokles.   Noch geh' ich nicht, o Alter!
25 Von dieser grünen, guten Erde soll
Mein Auge mir nicht ohne Freude scheiden,
Und denken möcht' ich noch vergangner Zeit,
Der Freunde meiner Jugend noch, der teuern,
Die fern in Hèllas' frohen Städten sind,
30 Des Bruders auch, der mir geflucht — so mußt'
Es werden. — Laß mich jetzt; wenn dort der Tag
Hinunter ist, so siehest du mich wieder.

IV.

Szenarium.

(Erster Akt fehlt.)

Chor. Zukunft.

Zweiter Akt.

Erste Szene.

Pausanias. Panthea.

Zweite Szene.
Strato. Gefolge.

Dritte Szene.
Strato (allein).
Chor?

Dritter Akt.
Empedokles. Pausanias. Panthea. Strato.
Manes.
Gefolge des Strato.
Chor?

Vierter Akt.
Erste Szene.
Empedokles. Pausanias. Panthea.

Zweite Szene.
Empedokles.

Dritte Szene.
Manes. Empedokles.

Vierte Szene.
Empedokles.

Fünfter Akt.
Manes. Pausanias. Panthea. Gefolge des Strato.
Agr[igentiner].

V.
Ausführende Anmerkungen zum Szenarium.

1.
Empedokles.

2.
Empedokles. Pausanias.

3.
Empedokles. Der Weise [urspr. Greis].
Erzählung seiner Geschichte.

Weiser. Ich fürchte den Mann, der Göttern?
Was zürnest du der Zeit, die euch gebar
Und dem Element, das euch erzog.

Empedokles.

Wenn sie verstehn die Pfade, so werden

Pausanias.   Der Archon.

Dieser ist vorzüglich, um einen Anfang seiner Versuche zu
5 haben und durch die Unentschiedenheit der Lage nach dem Zerfall
des Volks mit Empedokles, freilich auch durch den Haß seiner
Superiorität zu dem übertriebenen Schritte verleitet worden, das
Volk zu seiner Verbannung zu bereden; nun da ihn das Volk zu
vermissen scheint und ihm selbst sein größtes Objekt fehlt, das er
10 gern als inferiores bei sich hätte, auch das geheime Band, das
ihn und Empedokles bindet, das Gefühl der ursprünglichen, un=
gewöhnlichen Anlagen und einer beiderseitigen tragischen Be=
stimmung ließ es ihn wirklich bereuen; er macht also bei dem
ersten Laut der Unzufrieden[heit], den das Volk über Empedokles'
15 Verbannung äußert, selber den Vorschlag, ihn wieder zurückzu=
rufen: Es dürfe nichts für immer geschehen bleiben, sagt, es sei
nicht immer Tag und auch nicht Nacht. Nachdem der stolze
Mann das Los Sterblicher versucht, so mag er wieder leben.
Pauf.

20   Der Greis.   Der König.

Greis reflekt[iert] ide[alisch].
König heroisch refl[ektierend].
Bote.

Greis:

25   Den König bittet sein Bruder usw.
König, überwältiget, berät es.
        Aber will es nicht mehr beraten sehen.   Will keinen
Mittler zwischen sich und seinem Bruder haben, und der Alte
soll hinweg:
30   Nun geh, ich brauche keinen Mittler.
Dieser geht dann auch.
        Monolog des K[önigs] Begeisterung des Schicksalsohns.
        Empedokles und K[önig].

Empedokles.

35   Mein ist diese Region usw.
Laßt den Rasenden usw.
        Kluger Mann [?]

Empedokles.

Doch hat eine Mutter uns gesäugt.

K[önig].
Wie lang ist's schon?

Empedokles.
Wer mag die Jahre zählen — aber

———

Übergang vom Subjektiven zum Objektiven. Da der K[önig] abgehen will, begegnet ihm ein Bote, der das herannahende Volk verkündigt. In seiner Erschütterung spricht er den Glück=seligkeitsgesang, geht dann in Entrüstung über . . . . . befiehlt, daß die Bewaffneten sich verbergen sollten, um aufs erste Zeichen, das er geben werde usw. Am Ende wird ihm noch die Ankunft der Schwester und des Pausanias verkündiget.

Die Schwester. Pausanias.
Schwester naiv ide[alisch].
Sie sucht Empedokles.
Pausanias.

Empedokles.
Schwester fragt den K[önig], will beide versöhnen, spricht vom Volk: bittet Empedokles zurückzukehren. Wunden. Vergessenheit.

Empedokles heroisch idea[lisch].
Vergeben ist alles.
Pausanias sieht die Abgesandte des Volks nahn. Schwester fürchtet den Ausgang. Die zweideutige Menge, der Zwist des Empedokles mit dieser und des andern Br[uders] mit ihr, der Zwist, der nun erst zwischen beiden Brüdern ganz zu beginnen scheint. Empedokles bleibt ruhig, tröstet sie. Friedlich, sagt er, soll dieser Abend sein, kühle Lüfte wehn, die Liebesboten, und freundlich von den Himmelshöhn herabgestiegen singt der Son=nenjüngling dort sein Abendlied auf seiner Leier und goldner Töne voll.

Abgesandte des Volks.
Sie begegnen ihm in ihrer wahrsten Gestalt, so wie er sie selber sah, wie sie in ihm sich spiegelten (in ihnen er, als Söhne der Natur) ganz, um ihn, dessen Tod seine Liebe, seine Innigkeit ist, so fest an sich zu ketten, wie er es sonst war. Aber je näher sie ihm mit ihrem Geiste kommen, je mehr er sich selbst in ihnen sieht, um so mehr wird er in dem Sinne, der nun schon herrschend in ihm geworden ist, bestärkt.

———

Manes, der Allerfahrne, der Seher, erstaunt über den Reden
des Empedokles in seinem Geiste, sagt, er sei von den Berufenen,
der töte und belebe, in dem und durch den eine Welt sich in
sich auflöse und erneue. Auch der Mensch, der seines Landes
5 Untergang so tödlich fühlte, könnte so sein neues Leben ahnen.
Des Tags darauf, am Saturnusfest will er ihnen verkünden,
was der letzte Wille des Empedokles war.

———

Hölderlins Werke

in vier Teilen

Herausgegeben

mit Einleitungen und Anmerkungen versehen

von

Marie Joachimi-Dege

Berlin — Leipzig — Wien — Stuttgart
Deutsches Verlagshaus Bong & Co.

Hölderlins Werke

Vierter Teil

Übersetzungen — Theoretische Schriften

Herausgegeben

von

Marie Joachimi-Dege

———

Berlin — Leipzig — Wien — Stuttgart
Deutsches Verlagshaus Bong & Co.

Spamersche Buchdruckerei in Leipzig

Inhalt des 4. Teiles.

Einleitung des Herausgebers.

Die Trauerspiele des Sophokles.

Hölderlins Übersetzungen sophokleischer Dramen, des „Ödipus" und der „Antigonä", haben seit ihrem Erscheinen die wider-
sprechendsten Kritiken erfahren. Man hat sie als wahre Offenbarungen der Übersetzungs- und Einfühlungskunst gepriesen, man
hat sie als das unzulängliche Machwerk eines Wahnsinnigen
gebrandmarkt. Litzmann schloß sie aus seiner Ausgabe der
sämtlichen Werke aus; Böhme nahm sie in seine Ausgabe auf,
obgleich diese weniger als Litzmanns Ausgabe den Anspruch
auf Vollständigkeit macht. — Böhme hatte recht! „Hölderlin als
Übersetzer des Sophokles" — das Bild darf nicht fehlen, wenn
Hölderlins Geist in seinen Werken dargestellt werden soll. Ob
diese Übersetzungen vom philologischen Standpunkt aus emp-
fehlenswert sind oder nicht, ob sie, rein als Übersetzungen betrachtet, das Prädikat „gut" oder „mangelhaft" verdienen, ist
demgegenüber eine ganz untergeordnete Betrachtung. Das Wichtige ist: Hier zeigt sich der zarte, innerlich schon gebrochene Geist
Hölderlins in engster Berührung und inniger Verschmelzung mit
dem gewaltigen, krafterfüllten, hellblickenden Geist des Sophokles,
und eine Fülle wunderbarer Schönheiten entquellen der eigenartigen Verbindung. Diese Übersetzungen sind ein ganz besonderes
Werk; ein Werk von doppelter Tragik: aus und hinter den Tragödien des gemarterten Ödipus und der „zarternsten" sterbenden Antigonä, die Sophokles' gewaltige Kunst gestaltet hat, klingt
eine andere große Tragödie von ergreifender Gegenwärtigkeit
und Wirklichkeit — die Lebenstragödie des Dichters Hölderlin,
der müde mit dem Höchsten ringt, zu unterliegen glaubt und doch
immer wieder mit dem Rest seiner Kraft am Geiste des Sophokles
die Stütze sucht, an der er sich aufrichten möchte zu neuem Kampf
mit dem Endlichen, zu neuer Hingabe an das Unendliche. — Der
Geist des Schicksals weht in diesen Blättern; immer stärker und
immer eindringlicher wird sein Wehen in den müd-kämpfenden

Worten des verzweifelten Dichters, und wie er erschöpft schweigt,
da erscheint sie selbst vor uns, die gewaltige Göttin des Ver-
hängnisses, die hohe Anagke, in furchtbarer Lebendigkeit; sie
ist dieselbe heute wie vor Jahrtausenden, mit denselben herben,
festgeschlossenen, unerbittlichen Lippen, den geraden Hüften und
den sicher schreitenden Füßen geht sie über die am Boden
hilflos Rufenden, die sich in weicher Menschenform flehend
an ihre Knie drängen, hinweg — — ins Ungemessene, Weite.

Die Tiefe des „Wehtums" und seine „Heiligkeit" ergriff in
den Übersetzungen bald nach dem Erscheinen des Ödipus ein
anderes, leidenschaftliches, junges Dichtergemüt und riß es hin,
im Geiste dem Ödipus und dem Hölderlin zu folgen, im Reiche
der Poesie sich den Einsamen zu gesellen und in zärtlich-
innigem Weibtum die Fülle eines genialen Frauenherzens als
Totenopfer zu ihren Füßen auszugießen. Es ist Bettine Brentano, die — den Blick nach Homburg gewandt, wo ihre Sehnsucht
den kranken Hölderlin sucht — in jugendlich stürmender Genialität
von dem überwältigenden Eindruck, den auf sie der Ödipus
gemacht hat, in einem schmerzhaft begeisterten Bekenntnis sich
erholt.

„St. Clair", so erzählt Bettine (St. Clair ist der Name,
den sie Hölderlins Freund Sinclair gegeben hat), „gab mir den
Ödipus, den Hölderlin aus dem Griechischen übersetzt hat, er sagte,
man könne ihn so wenig verstehen oder wolle ihn so übel verstehen, daß man die Sprache für Spuren von Verrücktheit erklärt,
so wenig verstehen die Deutschen, was ihre Sprache Herrliches
hat. — Ich hab nun auf seine Veranlassung diesen Ödipus
studiert; ich sag dir, gewiß, auf Spuren hat er mich geleitet, nicht
der Sprache, die schreitet so tönend, so alles Leiden, jeden Ge-
waltausbruck in ihr Organ aufnehmend, sie und sie allein bewegt
die Seele, daß wir mit dem Ödipus klagen müssen, tief, tief. —
Ja es geht mir durch die Seele, sie muß mittönen, wie die
Sprache tönt. Aber wie mir das Schmerzliche im Leben zu
kränkend auf die Seele fällt, daß ich fühl', wie meine Natur
schwach ist, so fühl ich in diesem Miterleiden eines Vergangenen,
Verlebten, was erst im griechischen Dichter in seinen schärfsten
Regungen durch den Geist zum Licht trat, und jetzt durch
diesen schmerzlichen Übersetzer zum zweitenmal in die Muttersprache getragen, mit Schmerzen hineingetragen — dies Heiligtum des Wehtums, — über den Dornenpfad trug er es schmerzlich
durchdrungen. Geweihtes Blut tränkt die Spur der verletzten
Seele, und stark als Held trug er es herüber. — Und das nährt
mich, stärkt mich; wenn ich abends schlafen gehe, dann schlag ich's

auf und lese es, lese hier, dem Päan gesungen, den Klaggesang, den sing ich abends auf dem Dache vom Taubenschlag aus dem Stegreif, und da weiß ich, daß auch ich von der Muse berührt bin, und daß sie mich tröstet, selbst tröstet. O was frag ich nach den Menschen, ob die den Mangel an historischem Sinn und der Logik an mir rügen, ich weiß den Teufel, was Logik ist ... — Lese hier den Klaggesang, dem Päan geweiht, ob's Dir nicht durch die Seele weint:

> „Weh! weh! weh! weh!
> Ach! wohin auf Erden?
> Jo! Dämon! wo reißest du hin?
>
> Jo! Nachtwolke mein! du furchtbare,
> Umwogend, unbezähmt, unüberwältigt!
> O mir! wie fährt in mich
> Mit diesen Stacheln
> Ein Treiben der Übel!
>
> Apollon war's, Apollon, o ihr Lieben,
> Der das Wehe vollbracht,
> Hier meine, meine Leiden.
> Ich Leidender,
> Was sollt ich sehn,
> Dem zu schauen nichts süß war.
>
> Was hab ich noch zu sehen und zu lieben,
> Was Freundliches zu hören? — ihr Lieben!
> Führt aus dem Orte geschwind mich,
> Führt, o ihr Lieben! den ganz Elenden,
> Den Verfluchtesten und auch
> Den Göttern verhaßt am meisten unter den Menschen,"

so hab ich mir die Zeilen zusammengerückt, sie zu singen, diese Leidensprache, und sie fesselt mich an seine Ferse, der sich Frevler nennt.

> „Wirf aus dem Lande mich, so schnell du kannst,
> Wo ich mit Menschen ins Gespräch nicht komme."

In die Ferne sehend, nach dem Taunus, still getränkt im Abendschein, der die Nebel durchlichtet, die flüchtenden, die ihn umschweifen, — da denk ich mir das Grabmal selber ihm erkoren von Vater und Mutter, sein Kythäron. Da sing ich meinen Gesang hinüber, und der Wind spielt mich an, und gewiß, er bringt mein Lied hinüber zum Grab; mir ist's eins, ob der Zeiten Last sich drüber gewälzt, doch dringt die Trän' hinab, das

Grab zu netzen, drang doch sein Weh herauf zu mir; und heute
nur stieg's auf mir im Herzen, als ich die Laute dem Gott —
die jammernden, der ganzen Welt geschrien — zaghaft in Musik
verwandelte. — Und dort wohnt auch Er, der die noch lebens=
warme Brust voll Wehe und gesäet voll der Keime des Dichter=
gottes, jetzt zermalmt im Busen die Saat, — in aufseufzenden
Tönen herübertrug ins Mutterland und wärmte — das Jammer=
geschick des Zwillingsbruders — in der Liebe, die aus der Ver=
zweiflung Abgrund ihn mit heißer Begierde heraufrief, das
müde, jammervolle Haupt sanft zu lehnen, zusammen mit dem
Geschick, das ausgeblutet hat. Ja, wer mit Gräbern sich ver=
mählt, der kann leicht wahnsinnig werden den Lebenden, — denn
er träumt nur hier am Tag, wie wir träumen in der Nacht,
aber drunten im Schlaf wacht er und geht mit jenen mitleidsvoll
Hand in Hand, die längst verschollen der geschäftigen Eile des
Tages sind. Dort fällt der Tau auf die Seele ihm, die hier nicht
Feuchtung in der Kehle mehr hatte zum Seufzen. Dort grünen
die Saaten und blühen, die hier der Dummheit Pflug — die
Wurzel umstürzend wie Unkraut — der Luft preisgab und die
tauvolle Blüte, rein vom Staube, stürzt' in der Erde Grab. —
Denn irgendwie muß die Saat der Götter lebendig werden, sie
können Ewiges nicht verdorren lassen. Seine Seele wächst, die
hier unten schläft und verwirrte Träume hat, hinauf als himm=
lisches Grün, die schwebende Ferse der Götterjünglinge um=
spielend, wie der frische Rasen hier seine tanzenden Blumen an
meinem flüchtigen Lauf hinbewegt. — Ach Poesie! heilig Grab=
mal, das still den Staub des Geistes sammelt und ihn birgt vor
Verletzung. — O du läßt ihn auferstehen wieder, laß mich hinab=
steigen zu ihm und die Hand ihm reichen im Traum, daß er
mit heiligem Finger die goldenen Saatkörner mir auf die offne
Lippe streue und mich anblase mit dem Odem, den er nach dem
Willen der Götter aus ihrem Busen trinkt. Denn ich begehr sehn=
süchtig, mitzutragen gemeinsam Weh des Tags und gemeinsam
Tröstung zu empfangen in den Träumen der Nacht . . .

Sei nicht bang um mich, ich bin nicht alle Tage so, aber ich
komm eben vom Taubenschlag, wo die Sonne mir die blauen
Berge anglänzte, wo Hölderlin schläft über dem Grabe des
Ödipus, und hab ihnen den Gesang gesungen, mit Tönen un=
zurechnungsfähig der Kunst, auffassend, was sie vermochten
an scharfem Wehe und es besänftigend mit dem Schmelz der
Liebe, den ich durch die Stimme hinzugoß aus dem Herzen, daß
der durch die Wolken dringe, — hinab zum Horizont, hinauf,
— wo die gewaltigen Geschicke immer auch weilen — und sich

mische mit ihren bitteren, salzigen Fluten. Was wären doch
die Dichter, wären sie es nicht, die das Schauervolle ins Gött=
liche verwandeln." —

So Bettine! Ihre Worte mögen hier als die beste und
genialste Einführung in diese eigenartigen Übersetzungen stehen.
Sicher liegt in ihnen die überschwenglichkeit einer dichterisch
nachempfindenden, liebeglühenden Mädchenjugend, aber sie treffen
den Kern der Sache. Bettine spricht mit dem vollen Verständnis
einer Dichterseele für die Dichterseele Hölderlins, und so ver=
steht sie ihn auch da, wo es nicht vielen gegeben ist, ihn zu ver=
stehen; so fühlt sie die Schönheit seines Genius auch da, wo
andere nur die Mängel sehen, und so vergißt sie über dem Ver=
stehen das Kritisieren.

Sicher aber ist, daß Hölderlin in diesen Übersetzungen nur
unvollkommen erreicht hat, was er sich selbst vorgenommen
hatte. Diese Übersetzungen sollten mehr sein als Wiedergabe
der Worte des Sophokles. Er wollte in ihnen seine neue Grie=
chenauffassung, die nicht mehr ausschließlich Begeisterung war,
sondern zugleich Erkenntnis des innersten Kunstprinzips der
Alten, zum Ausdruck bringen. Seit er in den südlichen Fran=
zosen überreste der antiken Menschen, und seit er antike Kunst=
werke mit Augen gesehen hatte, hatte sein rastloser Geist,
über die Antike hinausfliegend, eine neue Zukunftskunst erblickt.
Das tatsächlich Griechische war ihm klar und greifbar geworden,
und so trennt sich dies jetzt in seiner Erfahrungs= und An=
schauungsweise von dem, was bei ihm erträumtes Zukunftsideal
unter dem Namen „Griechenland" gewesen war.

Ruhig und objektiv will er jetzt über die Griechen lehren.
Seine hohe Begeisterung aber und sein erneutes Streben gilt
der Zukunftskunst, die eigentümlich und national sein soll
(siehe oben Einleitung in die Gedichte S. 8f.).

In diesem Sinne schreibt Hölderlin an seinen Verleger
Wilmans (20. Sept. 1803): „Ich hoffe die griechische Kunst,
die uns fremd ist durch Nationalkonvenienz und Fehler, mit
denen sie sich immer herumbeholfen hat, dadurch lebendiger als
gewöhnlich dem Publikum darzustellen, daß ich das Orientalische,
das sie verleugnet hat, mehr heraushebe, und ihren Kunstfehler,
wo er vorkommt, verbessere." Und am 2. April 1804: „Ich
glaube durchaus gegen die exzentrische Begeisterung geschrieben
zu haben und so die griechische Einfalt erreicht; ich hoffe auch
ferner auf diesem Prinzipium zu bleiben, auch wenn ich das,
was dem Dichter verboten ist, kühner exponieren sollte gegen
die exzentrische Begeisterung."

Wie klein ihm aber diese Übersetzungsarbeit schien, die doch schon zu groß und schwer für seine gebrochene Kraft geworden war, und wie viel Größeres und Schöneres seine Geistesaugen in der Zukunft aller Möglichkeiten erblickten, das zeigt ein Satz, den er während des Korrekturenlesens dem Verleger schrieb: (Dez. 1803.) „Es ist eine Freude, sich dem Leser zu opfern, und sich mit ihm in die engen Schranken unserer noch kinderähnlichen Kultur zu begeben."

Theoretische Schriften. ·

Das kleine „Achilles"-Fragment entstammt der Homburger Zeit, in der Hölderlin die Herausgabe einer Zeitschrift plante. Es sollte wohl zu einem längeren Aufsatz ausgearbeitet werden und dort erscheinen.

Der „Grund zum Empedokles" war ursprünglich als Einleitung zum Empedokles-Drama gedacht und erschließt uns die tiefsten Intentionen der Tragödie vom Tode des Empedokles. Dieses Fragment ist das wichtigste und bedeutsamste Prosafragment, das Hölderlin hinterlassen hat. Es entstammt der späteren Reifezeit. In ihm offenbart sich — allerdings in dem nicht für jeden leicht durchsichtigen Gewande der philosophischen Schulsprache — Hölderlins eigenste ästhetische Weltanschauung. Sie geht über Kant und Schiller hinaus[1]), dringt in das tiefste Innere der Kunst ein und entdeckt hier zugleich auch die Quelle alles Lebens, aller Gesetzmäßigkeit, aller Harmonie und aller Wahrheit. Trotzdem aber verfällt Hölderlin nicht in einen einseitigen Ästhetizismus. Denn so hoch er auch diese Quelle menschlichen Geisteslebens und -wirkens schätzt, dem Ganzen, Einen, Göttlichen der großen All-Natur gegenüber ist sie doch nur „ein mächtiges Triebrad" in einer „unendlichen Organisation". Sie ist ein Teil des Teils, ein Teil der nach Auflösung und zugleich nach Selbstbehauptung im Ganzen ringenden Menschheit. Es wäre wohl der Mühe wert, den ästhetischen Gehalt, der in diesem Fragmente steckt, auszuschöpfen und für die Geschichte und Erkenntnis der Ästhetik zu nutzen. —

[1]) Schon in Waltershausen hat er sich, seiner Richtung klar bewußt, gegen Neuffer geäußert: „Vielleicht kann ich Dir einen Aufsatz über die ästhetischen Ideen schicken ... Im Grunde soll er eine Analyse des Schönen und Erhabenen enthalten, nach welcher die Kantische vereinfacht und von der andern Seite vielseitiger wird, wie es schon Schiller zum Teil in seiner Schrift über Anmut und Würde getan hat, der aber doch auch einen Schritt weniger über die Kantische Grenzlinie gewagt hat, als er nach meiner Meinung hätte wagen sollen. Lächle nicht! Ich kann irren; aber ich habe geprüft, und lange mit Anstrengung geprüft." (24. Aug. 1794).

Gleichzeitig enthält dieses Fragment auch die Außenlinien von Hölderlins Sprachphilosophie: Jene philosophischen Spekulationen, die Hölderlins Geist während seiner Reifezeit unablässig beschäftigten, die ihn in die letzten Gründe und bis an die äußersten Grenzen menschlicher Erkenntnis führten und denen er auch noch, als schon die Krankheit seinen Geist gebrochen hatte, irrend und Licht suchend, nachging.

Ist das Fragment vom „Grund zum Empedokles" ein Zeugnis für Hölderlins spekulativen Tiefsinn, so kann dies nicht mehr von den „Anmerkungen zum Ödipus" und „zur Antigonä" gesagt werden. Von ihnen gilt, was auch von den Übersetzungen gilt: die Hoheit, Reinheit, Tiefe und die anmutige Bescheidenheit des Hölderlinschen Genius spiegelt sich wohl noch darin, gleichzeitig aber auch schon die ganze Mattigkeit eines Menschen, der — vom Leben überwunden — die Kraft und Herrschaft über seine Gedankenordnung und Sprache verloren hat. Daß diesen „Anmerkungen" eine ursprünglich tiefe Erkenntnis des Wesens der Dichtung und ihrer menschlichen Äußerungsweise als Rhythmus, Zäsur, Versmaß und Technik zugrunde liegt, ist unzweifelhaft; ebenso unzweifelhaft aber ist es, daß der, der diese Gedanken einst klar gedacht hatte, jetzt die Kraft nicht mehr besaß, sie in den Worten des täglichen Lebens und der menschlichen Logik auszudrücken. Nur lange, peinlich gewissenhafte, liebevolle und vorurteilsfreie Versenkung in die Anmerkungen und Vergleichung derselben mit den Gedanken der Briefe Hölderlins aus seiner gesunden Zeit macht es möglich, in dem verwirrten Gestammel die Spuren lichter und großer Gedanken und so die Deutung für diese „Anmerkungen" zu finden.

Unrecht aber tut man den „Anmerkungen", wenn man sie von vornherein als aller Prüfung unwert verwirft, wenn man schon darin, daß Hölderlin von dem „kalkulablen Gesetz" in der griechischen Dichtung zu sprechen wagte, einen Beweis seines Wahnsinns sehen will. Schon lange vor seiner Krankheit hat Hölderlin in seinen Briefen von der Gesetzmäßigkeit aller Dichtung und besonders der berechenbaren Gesetzmäßigkeit der Griechen viel und sehr überzeugend gesprochen.

Daß er aber unter dieser Gesetzmäßigkeit nicht kleinliches Regelgeben versteht, sondern in ihr die höchsten Prinzipien der Harmonie wiederfindet, dieselben Prinzipien, die wir — nur unter anderen Namen — als höchste Naturgewalten und Geistesgesetze verehren oder zu begreifen streben, hat er überall ausgesprochen: im „Grund zum Empedokles", in seinen Briefen und auch noch in den Anmerkungen.

Ebenſo klar und oft hat Hölderlin auch über das Entſtehen des Kunſtwerkes geſprochen und dabei immer betont, wie er, der ſubjektivſte Lyriker, den die deutſche Literatur kennt, niemals in blinder Begeiſterung Kunſtwerke hervorbringe. Er hat es Neuffer gegenüber ausdrücklich abgelehnt, die Poeſie als etwas von dem theoretiſchen Verſtand durchaus Unabhängiges betrachtet zu wiſſen. Ebenſo ſtark als durch die unmittelbare Begeiſterung fühlt er ſich als Dichter durch die Gewalt Geſetze gebender höherer Kunſtbegriffe zum Dichten befähigt. Und nach Hölder= lins tiefgreifender Anſchauung iſt der Dichter erſt dann ein freier Künſtler, wenn er dieſe höheren überperſönlichen und ſupranationalen Kunſtgeſetze erkennt und ſie als bindendes Geſetz auch für ſich anerkennt. In dieſer Auffaſſung berührt er ſich aufs engſte mit den großen Klaſſikern.

Die Trauerspiele

des

Sophokles

———

Der Prinzessin
Auguste von Homburg

Sie haben mich vor Jahren mit einer gütigen Zuschrift er=
muntert, und ich bin Ihnen indessen das Wort schuldig geblieben.
Jetzt hab' ich, da ein Dichter bei uns auch sonst etwas zum Nöti=
gen oder zum Angenehmen tun muß, dies Geschäft gewählt, weil
es zwar in fremden, aber festen und historischen Gesetzen gebunden
ist. Sonst will ich, wenn es die Zeit gibt, die Eltern unsrer
Fürsten und ihre Sitze und die Engel des heiligen Vaterlands
singen.

Hölderlin.

Ödipus der Tyrann

Personen des Drama:

Ödipus.
Ein Priester.
Kreon.
Tiresias.
Jokasta.
Ein Bote.
Ein Diener des Polybos.
Ein anderer Bote.
Chor von Thebanischen Alten.

———————

Erster Akt.

Erste Szene.

Ödipus. Ein Priester.

Ödipus. O ihr des alten Kadmos Kinder, neu Geschlecht,
In welcher Stellung hier bestürmt ihr mich,
Ringsum gekränzt mit bittenden Gezweigen?
Auch ist die Stadt mit Opfern angefüllt,
5   Vom Päan und von seufzendem Gebet;
Das wollt' ich nicht von andern Boten, Kinder,
Vernehmen, selber komm' ich hierher, ich,
Mit Ruhm von allen Ödipus genannt.
Doch, Alter, rede! denn du bist geschickt,
10   Für die zu sprechen; welcher Weise steht
In Furcht ihr oder leidet schon? Ich will
Für alles helfen. Fühllos wär' ich ja,
Hätt' ich vor solcher Stellung nicht Erbarmen.
Der Priester. O Herrscher meines Landes, Ödipus!
15   Du siehest uns, wie viele niederliegen
An deinem Altar, diese, weit noch nicht
Zu fliegen stark; die anderen, die Priester,
Von Alter schwer. Ich bin des Zeus! Aus Jünglingen
Erwählt sind die. Das andere Gezweig'
20   Häuft sich bekränzt auf Plätzen, bei der Pallas
Zweifachem Tempel und des Ismenos
Weissagender Asche. Denn die Stadt, die du siehst,
Sehr wankt sie schon, und heben kann das Haupt
Vom Abgrund sie nicht mehr und roter Welle.
25   Sie merkt den Tod im Kot der fruchtbarn Erd',
In Herden und in ungeborener Geburt
Des Weibs; und Feuer bringt von innen
Der Gott der Pest und leert des Kadmos Haus;
Von Seufzern reich und Jammer wird die Hölle.
30   Nun acht' ich zwar den Göttern dich nicht gleich,

Noch auch die Kinder hier, am Altar liegend,
Doch als den ersten in Begegnissen
Der Welt und auch in Einigkeit der Geister.
Du kamst und lösetest des Kadmos Stadt
35 Vom Zolle, welchen wir der Sängerin,
Der Grausamen, gebracht; und das, von uns
Nichts weiter wissend, noch belehrt; durch Gottes Ruf
Sagt man und denkt, du habst uns aufgerichtet.
Jetzt aber auch, o Haupt des Ödipus!
40 Stark über alle, flehen wir dich an,
Demütig, einen Schutz uns zu erfinden,
Habst du gehört von Göttern eine Stimme,
Habst du's von einem Manne, denn ich weiß,
Daß auch Verhängnisse sogar am meisten
45 Sich durch den Rat Erfahrener beleben.
Wohlan, der Menschen Bester! richte wieder auf
Die Stadt, wohlan sei klug! Es nennt das Land
Den Retter dich vom alten wilden Sinne;
Zu wenig denkt man aber deiner Herrschaft,
50 Sind wir zurecht gestellt und fallen wieder.
Mit Festigkeit errichte diese Stadt!
Denn herrschest du im Lande, wie du Kraft hast,
Ist schöner es von Männern voll, als leer.
Denn nichts ist weder Turm noch Schiff allein,
55 Wenn Männer drinnen nicht zusammen wohnen.
Ödipus. O Kinder arm, Bekanntes, unbekannt nicht,
Kommt ihr begehrend. Denn ich weiß es wohl,
All seid ihr krank, und so, daß euer keiner
Krank ist wie ich. Denn euer Leiden kommt
60 Auf einen, der allein ist bei ihm selber,
Auf keinen andern nicht. Und meine Seele
Beklagt die Stadt zugleich und mich und dich,
Und nicht vom Schlafe weckt ihr schlafend mich;
Ihr wisset aber, daß ich viel geweint,
65 Viel Sorgenweg' auf Irren bin gekommen.
Was aber wohl erforschend ich erfand,
Ich hab' es ausgeführt, das eine Mittel.
Den Sohn Menökeus', Kreon, meinen Schwager,
Sandt' ich zu Phöbus' Häusern, zu den Pythischen,
70 Damit er schauen möge, was ich tun,
Was sagen soll, um diese Stadt zu retten.
Und schon macht Sorge mir, durchmessen von der Zeit,
Der Tag, was er wohl tut. Denn mehr als schicklich

Bleibt aus er über die gewohnte Zeit.
75 Doch wenn er kommt, dann wär' ich böse, tät' ich
Nicht alles, was uns offenbart der Gott.
Der Priester. Zum Schönen sprachest du, und eben sagen
Des Kreons Ankunft diese da mir an.
Ödipus. O König Apollon! trifft er nämlich hier ein,
80 Mag glänzend er mit Rettersauge kommen.
Der Priester. Er scheint jedoch vergnügt; er käme sonst nicht
So vollgekrönt vom Baum der Bäume, dem Lorbeer.

Zweite Szene.
Ödipus. Der Priester. Kreon.

Ödipus. Gleich wissen wir's. Nah ist er, daß man hört.
O König, meine Sorge, Sohn Menökeus',
85 Welch eine Stimme bringst du von dem Gotte?
Kreon. Die rechte. Denn ich sag', auch Schlimmes, wenn
Es recht hinausgeht, überall ist's glücklich.
Ödipus. Was für ein Wort ist's aber. Weder kühn,
Noch auch vorsichtig macht mich diese Rede.
90 Kreon. Willst du es hören hier, wo die umherstehn?
Bereit bin ich, zu reden oder mitzugehn.
Ödipus. Vor allen sag' es, denn für diese trag'
Ich mehr die Last, als meiner Seele wegen.
Kreon. Mög' ich denn sagen, was vom Gott ich hörte.
95 Geboten hat uns Phöbos klar, der König,
Man soll des Landes Schmach, auf diesem Grund genährt,
Verfolgen, nicht Unheilbares ernähren.
Ödipus. Durch welche Reinigung? welch Unglück ist's?
Kreon. Verbannen sollen, oder Mord mit Mord
100 Ausrichten wir, solch Blut reg' auf die Stadt.
Ödipus. Und welchem Mann bedeutet er dies Schicksal?
Kreon. Uns war, o König! Lajos vormals Herr
In diesem Land, eh' du die Stadt gelenket.
Ödipus. Ich weiß es, hab's gehört, nicht wohl gesehn.
105 Kreon. Da der gestorben, will er deutlich nun,
Daß man mit Händen strafe jene Mörder.
Ödipus. Doch wo zu Land sind die? wo findet man
Die zeichenlose Spur der alten Schuld?
Kreon. In diesem Lande, sagt er. Was gesuchet wird,
110 Das fängt man. Es entflieht, was übersehn wird.
Ödipus. Fällt in den Häusern oder draußen Lajos?
Fällt er in fremdem Land in diesem Morde?

Kreon. Gott anzuschauen, ging er aus, so hieß es,
Nicht kehrt' er in das Haus, wie er gesandt war.
115 **Ödipus.** Sah's nicht ein Bote oder ein Begleiter,
Von dem es einer hört' und forschete?
Kreon. Tot sind sie, einer nur, der floh aus Furcht,
Wußt' eins von dem zu sagen, was er wußte.
Ödipus. Und was? denn eins gibt vieles, zu erfahren,
120 Wenn kleinen Anfang es empfängt von Hoffnung.
Kreon. Ihn hätten Räuber angefallen, sagt' er,
Nicht eine Kraft, zu töten, viele Hände.
Ödipus. Wie konnt' er nun, wenn es um Silber nicht
Der Räuber tat, in solche Frechheit eingehn?
125 **Kreon.** Wohl, dennoch war, als Lajos umgekommen,
Nicht einer, der zu helfen kam im Übel.
Ödipus. Welch Übel hindert' es, da so die Herrschaft
Gefallen war, und wehrte nachzuforschen?
Kreon. Uns trieb die sängereiche Sphinx, da wir's gehört,
130 Das Dunkle, was zu lösen war, zu forschen.
Ödipus. Von Anbeginn will aber ich's beleuchten.
Denn treffend hat Apollo, treffend du
Bestimmet diese Rache dem Gestorbnen;
Daß offenbar als Waffenbruder ihr
135 Auch mich sehn werdet, Rächer dieses Lands,
Des Gottes auch. Nicht fremder Lieben wegen,
Selbst, mir zulieb', vertreib' ich solchen Abscheu.
Denn welcher jene tötete, wohl möcht' er
Auch mich ermorden mit derselben Hand.
140 Indem ich jenem diene, nütz' ich mir.
Doch, Kinder, schnell steht von den Stufen auf,
Und nehmet hier die bittenden Gezweige.
Ein andrer sammle Kadmos' Volk hieher;
Denn alles werd' ich tun. Entweder glücklich
145 Erscheinen mit dem Gott wir oder stürzen.
Die Priester. O Kinder! stehn wir auf. Denn darum kamen
Wir hieher auch, weswegen dies gesagt ward.
Und der gesandt die Prophezeiungen,
Als Retter komm' und Arzt der Krankheit, Phöbos.

(Sie gehen ab.)

150 **Chor der Thebanischen Alten.** O du von Zeus hold redendes Wort,
was bist du für uns wohl
Von der goldereichen Pytho
Zu der glänzenden gekommen, zu Thebe?
Weit bin ich gespannt im furchtsamen Sinne,

Von Ängsten taumelnd.
155 Klagender, delischer Päan,
Ringsum dich fürchtend,
Wirst du ein neues, oder, wiederkehrend
Nach rollenden Stunden, mir vollenden ein Verhängnis?
Sag's mir, der goldenen, Kind
160 Der Hoffnung, du, unsterbliche Sage!

Zuerst dich nennend komm' ich,
Zeus' Tochter, unsterbliche Athene,
Und den Erdumfassenden, und
Die Schwester Artemis, die
165 Den kreisenden, der Agora Thron,
Den rühmlichen besitzet,
Und den Phöbos fernhin treffend. Jo! Jo!
Ihr drei Todwehrenden! Erscheint mir!
Wenn vormals auch, in vergangener Irre,
170 Die hergestürzt war über die Stadt,
Vertrieben ihr die Flamme des Übels,
So kommet auch jetzt, ihr Götter!

Unzählig nämlich trag' ich Übel,
Und krank ist mir das ganze Volk.
175 Nicht einem blieb der Sorge Speer,
Von welchem einer beschützt wird. Nicht erwachsen
Die Sprossen des rühmlichen Lands,
Noch halten für die Geburt
Die kläglichen Mühen aus
180 Die Weiber. Einen aber über
Den andern kannst du sehn,
Wie wohlgeflügelte Vögel
Und stärker denn unaufhaltsames Feuer,
Sich erheben zum Ufer des abendlichen
185 Gottes, wodurch zahllos die Stadt
Vergeht. Die armen aber, die Kinder,
Am Felde, tödlich, liegen
Sie unbetrauert. Aber drin die grauen
Fraun und die Mütter
190 Das Ufer des Altars, anderswoher
Andre, die grausamen Mühn
Abbüßend umseufzen,
Und der Päan glänzt und die seufzende Stimme
Mitwohnend.

Darum, o goldene

195　Tochter Zeus', gutblickende, sende
　　　Stärke. Und den Ares, den reißenden, der
　　　Jetzt, ohne ehernen Schild
　　　Mir brennend, der Verrufne, begegnet,
　　　Das rückgängige Wesen treibe zurück
200　Vom Vaterlande, ohne Feuer, entweder ins große
　　　Bett Amphitrites oder
　　　In den unwirtlichen Hafen,
　　　In die thrazische Welle.
　　　Am Ende nämlich, wenn die Nacht gehet,
205　Herein ein solcher Tag kommt.
　　　Ihn dann, o der du richtest von zündenden Wetterstrahlen
　　　Die Kräfte, Jupiter! Vater! unter deinem,
　　　Verderb ihn, unter dem Blitz!
　　　Lyzischer König, die deinen auch, vom heiligfalschen
210　Bogen möcht' ich die Pfeile,
　　　Die ungebundensten, austeilen,
　　　Wie Gesellen, zugeordnet!
　　　Und den zündenden, ihn, der Artemis Schein,
　　　Womit sie springt durch lyzische Berge!
215　Auch ihn nenn' ich, benannt nach diesem Lande
　　　Den berauschten Bacchus, den Evier,
　　　Mit Mänaden vereinsamt; dieser komme,
　　　Mit der glänzend scheinenden Fackel brennend,
　　　Auf ihn, der ehrlos ist vor Göttern, den Gott!

Zweiter Akt.

Erste Szene.

Ödipus. Der Chor.

220　**Ödipus.** Du bittest, wie du bittest, willst von mir du
　　　Zum Ohr die Worte nehmen und der Krankheit weichen.
　　　Kraft sollst du haben und Erleichterung
　　　Des Übels. Forschen will ich, bin ich gleich
　　　Fremd in der Sache, fremder noch im Vorgang.
225　Nicht weil hätt' ich geforscht, hätt' ich kein Zeichen.
　　　Nun aber komm', ein später Bürger, ich
　　　Den Bürgern, ruf' auch, allen Kadmiern,
　　　Wer unter euch den Sohn des Labdakos,

Lajos gekannt, durch wen er umgekommen,
230 Dem sag' ich, daß er's all anzeige mir,
Und wenn die Klag' er fürchtet, gibt er's selbst an,
So wird unsanft er anders nicht erleiden:
Vom Lande geht er unbeschädiget.
Wenn aber einen andern einer weiß,
235 Von andrem Land, er schweige nicht den Täter;
Denn den Gewinn vollbring' ich, und der Dank
Wird auch dabei sein; wenn ihr aber schweigt,
Und fürchtend für den Lieben oder sich
Es einer wegschiebt, was ich darin tue,
240 Das hört von mir: Um dieses Mannes willen,
Von dem die Kraft und Thronen ich verwalte,
Fluch' ich (wer er auch sei im Lande hier),
Nicht laden soll man, noch ansprechen ihn
Zu göttlichen Gelübden nicht, und nicht
245 Ihn nehmen zu den Opfern, noch die Hände waschen,
Soll überall vom Haus ihn treiben, denn es ist
Ein Schandfleck solches uns. Es zeiget dies
Der Götterspruch, der Pythische mir deutlich.
So bin ich nun mit diesem Dämon und
250 Dem toten Mann ein Waffenbruder worden.
Ich wünsche, der's getan, sei's einer nur
Verborgen, sei's mit mehreren, er soll
Abnützen schlimm ein schlimm unschicklich Leben;
Wünsch' auch, wenn der von meinem eignen Haus
255 Ein Tischgenoß er ist, und ich weiß darum,
Zu leiden, was ich diesem hier geflucht.
Doch euch befehl' ich dieses all zu tun
Von meinet= und des Gotts und Landes wegen,
Das fruchtlos so und götterlos vergehet.
260 Nicht, wär' auch nicht von Gott bestimmt die Rache,
Wär' billig es, so unrein euch zu lassen,
Da umgekommen ist der beste Mann, der Fürst,
Hingegen zu erforschen. Aber jetzt hab' ich
Erlangt die Herrschaft, die zuvor er hatt',
265 Erlangt das Bett, und das gemeinsame
Gemahl und Kinder auch, wenn das Geschlecht
Ihm nicht verunglückt wäre, wären uns
Gemein; doch traf das Schicksal jenes Haupt.
Für das, als wär's mein Vater, will ich streiten,
270 Auf alles kommen, greif' ich einst den Mörder,
Zulieb' des Labdakos und Polydoros Sohn

Und alten Kadmos, der vormals regiert.
Und die dies nicht tun, über diese bet' ich,
Zu Göttern, daß sie nicht ein Land, zu pflügen,
275 Noch Kinder ihnen gönnen von den Weibern,
Daß sie vergehn durch solch Geschick und schlimmers.
Doch uns, den andern Kadmieren, denen dies
Gefället, die im Falle Waffenbrüder,
Allzeit sein wohl mit euch die Götter alle.
280 **Chor.** Da du im Fluche mich anfassest, König, red'
Ich so: nicht mordet' ich, nein! nicht kann ich
Den Mörder zeigen. Sucht man aber nach,
Muß Phöbos' Botschaft sagen, wer's getan hat.
Odipus. Recht sprachest du. Doch nötigen die Götter;
285 Wo sie nicht wollen, kann nicht ein Mann, auch nicht einer.
Chor. Das zweite möcht' ich sagen, das mir dünkt.
Odipus. Ein drittes auch, versäum's nicht, daß du schwiegest.
Chor. Am wenigsten weiß hiervon, König, Phöbos,
Tiresias, der König, wenn den einer fragt',
290 Am deutlichsten, o König! könnt' er's hören.
Odipus. Nicht hab' ich dies, wie träge, dies auch nicht
Versucht. Ich sandt', auf Kreons Rat, zwei Boten,
Und lang schon wundert man sich, daß er ausbleibt.
Chor. Auch sind die andern längst umsonst, die Worte.
295 **Odipus.** Wie sind sie dies? denn alle Worte späh' ich.
Chor. Man sagt, er sei von Wanderern getötet.
Odipus. Ich hört' es auch, doch den sieht niemand, der's gesehn.
Chor. Doch wenn von Furcht er mit sich einen Teil hat,
Und deinen hört, er hält nicht solchen Fluch aus.
300 **Odipus.** Der, wenn er's tut, nicht Scheu hat, scheut das Wort
nicht.

Chor. Doch einer ist, der prüft ihn. Diese bringen
Den göttlichen, den Seher, schon daher,
Der Wahrheit innehat allein von Menschen.

Zweite Szene.
Odipus. Der Chor. Tiresias.
Odipus. O der du alles bedenkst, Tiresias!
305 Gesagtes, Ungesagtes, Himmlisches und was
Auf Erden wandelt. Siehst du auch die Stadt nicht,
So weißt du doch, in welcher Krankheit sie
Begriffen ist. Von ihr als ersten Retter,
O König, finden wir allein dich aus.
310 Denn Phöbos, wenn du gleich nicht hörst die Boten,

Entgegnete die Botschaft unsrer Botschaft:
Es kommt allein von dieser Krankheit Rettung,
Wenn wir die Mörder Lajos', wohl erforschend,
Umbrächten oder landesflüchtig machten.
315 Du aber neide nun die Sage nicht von Vögeln,
Zu lösen dich, die Stadt, auch mich zu lösen,
Zu lösen auch die ganze Schmach des Toten.
Dein nämlich sind wir. Und daß nütz' ein Mann,
So viel er hat und kann, ist schönste Mühe.
320 Tiresias. Ach! ach! wie schwer ist Wissen, wo es unnütz
Dem Wissenden. Denn weil ich wohl weiß,
Bin ich verloren; nicht wär' ich gekommen!
Ödipus. Was ist's, daß du so mutlos aufgetreten?
Tiresias. Laß mich nach Haus. Am besten wirst du deines,
325 Ich meines treiben, bis du mir gefolgt.
Ödipus. Nicht recht hast du geredt, noch Liebes für die Stadt,
Die dich genährt, entziehend diese Sage.
Tiresias. Ich sehe nämlich zu, wie dir auch, was du sagst,
Nicht recht geht, um nicht Gleiches zu erfahren.
330 Chor. Bei Göttern nicht! sei's mit Bedacht auch! kehre
Nicht um! denn all knien flehend wir vor dir.
Tiresias Denn alle seid ihr sinnlos. Aber daß ich nicht
Das meine sage, nicht dein Übel künde!
Ödipus. Was sagst du, sprichst du nicht, wenn du es weißt,
335 Willst du verraten uns, die Stadt verderben?
Tiresias. Ich sorg' um mich, nicht dich; du kannst im Grund
Nicht tadeln dies. Du folgest mir ja doch nicht!
Ödipus. Sprichst du der Schlimmen Schlimmster (denn du bist
Nach Felsenart gemacht) einmal heraus?
340 Erscheinst so farblos du, so unerbittlich?
Tiresias. Den Zorn hast du getadelt mir. Den deinen,
Der beiwohnt, siehst du nicht, mich aber schiltst du.
Ödipus. Wer sollte denn nicht solchem Worte zürnen,
Mit welchem du entehrest diese Stadt?
345 Tiresias. Es kommet doch, geh' ich auch weg mit Schweigen.
Ödipus. Mit nichten kommt es! sagen mußt du's mir!
Tiresias. Nicht weiter red' ich. Zürne, wenn du willst,
Darob mit Zorn, der nur am wildsten ist.
Ödipus. O ja! ich werde nichts, wie auch der Zorn sein mag,
350 Weglassen, was ich weiß. Verdächtig bist du mir,
Mit angelegt das Werk zu haben und gewirkt,
Nur nicht mit Händen mordend; wärst du sehend,
Das Werk auch, sagt' ich, sei von dir allein.

Tiresias. In Wahrheit! Ich bestätig' es, du bleibst
355 Im Tone, wo du anfingst, redest noch
Auf diesen Tag zu diesen nicht, zu mir nicht,
Du sprichst mit dem, der unsrem Land ein Fleck ist.
Odipus. So schamlos wirfst du dieses Wort heraus?
Und glaubest wohl, nun wieder dich zu sichern?
360 Tiresias. Gesichert bin ich, nähr' ein Kräftigwahres.
Odipus. Von wem belehrt? denn nicht aus deiner Kunst ist's.
Tiresias. Von dir. Du zwangst mich wider Willn zu reden.
Odipus. Und welch Wort? wiederhol's, daß ich es besser weiß.
Tiresias. Weißt du's nicht längst? und reden zu Versuch wir?
365 Odipus. Nichts, was man längst weiß, wiederhol's!
Tiresias. Des Manns Mord, den du suchst, ich sag', auf dich da
fällt er.
Odipus. Mit Lust jedoch nicht, zweifach mißlich sprichst du.
Tiresias. Sag' ich noch anders nun, damit du mehr zürnst.
Odipus. Wieviel du willst! vergebens wird's gesagt sein!
370 Tiresias. Ganz schändlich, sag' ich, lebst du mit den Liebsten
Geheim, weißt nicht, woran du bist im Unglück.
Odipus. Glaubst du allzeit frohlockend dies zu sagen?
Tiresias. Wenn irgend etwas nur der Wahrheit Macht gilt.
Odipus. Sie gilt, bei dir nicht, dir gehört dies nicht,
375 Blind bist an Ohren du, an Mut und Augen.
Tiresias. Elend bist aber du, du schiltst, da keiner,
Der bald nicht so wird schelten gegen dich.
Odipus. Der letzten Nacht genährt bist du, mich nimmer,
Nicht einen andern siehst du, der das Licht sieht.
380 Tiresias. Vor dir zu fallen, ist mein Schicksal nicht,
Apollo bürgt, der dies zu enden denket.
Odipus. Sind Kreons oder sind von dir die Worte?
Tiresias. Kreon ist dir kein Schade, sondern du bist's.
Odipus. O Reichtum, Herrschaft, Kunst, die Kunst
385 Im eiferreichen Leben übertreffend!
Wie groß ist nicht der Neid, den ihr bewachet!
Wenn dieser Herrschaft wegen, die die Stadt mir
Gegeben, ungefordert anvertraut hat,
Kreon von der, der treue, lieb von je,
390 Geheim anfallend, mich zu treiben strebet?
Bestellend diesen list'gen Zauberer,
Den trügerischen, bettelhaften, der Gewinn
Nur ansieht, aber blind an Kunst geboren.
Denn siehe, sag', ob du ein Seher weise bist?
395 Was sangst du nicht, als hier die Sängerin war,

Die hündische, ein Löselied den Bürgern?
Obgleich das Rätsel nicht für jeden Mann
Zu lösen war und Seherkunst bedurfte,
Die weder du von Vögeln als Geschenk
400 Herabgebracht, noch von der Götter einem.
    Doch ich, der ungelehrte Ödipus,
    Da ich dazu gekommen, schweigte sie,
    Mit dem Verstand es treffend, nicht gelehrt
    Von Vögeln. Auszustoßen denkst du
405 Den, meinest nah an Kreons Thron zu kommen.
    Mit Tränen wirst du, wie mir dünkt, und der's
    Zusammenspann, es büßen. Wärst du alt nicht,
    Du würdest leidend fühlen, wie du denkst.
  Chor. Es scheinen uns zugleich von dem die Worte
410 Im Zorn gesagt und deine, Ödipus.
    Doch dies bedarf's nicht, wie des Gottes Spruch
    Am besten sei zu lösen, ist zu sehn.
  Tiresias. Bist du noch eigenmächtig, muß ein gleiches
    Ich dir erwidern. Hierin hab' ich auch Macht.
415 Nicht dir leb' ich ein Knecht, dem Loxias,
    Nicht unter Kreon werd' ich eingeschrieben.
    Ich sage aber, da mich Blinden du auch schaltst,
    Gesehen hast auch du, siehst nicht, woran du bist,
    Im Übel, wo du wohnst, womit du hausest.
420 Weißt du, woher du bist? du bist geheim
    Verhaßt den Deinen, die hier unten sind,
    Und oben auf der Erd', und ringsum treffend
    Vertreibet von der Mutter und vom Vater
    Dich aus dem Land der Fluch gewaltig wandelnd,
425 Jetzt sehend wohl, hernach in Finsternis;
    Und deines Geschreies, welcher Hafen wird
    Nicht voll sein, welcher Kithäron nicht mitrufen bald?
    Fühlst du die Hochzeit, wie du landetest
    Auf guter Schiffahrt an der Uferlosen?
430 Der andern Übel Menge fühlst du auch nicht,
    Die dich zugleich und deine Kinder treffen.
    Nun schimpfe noch auf Kreon und auch mir
    Ins Angesicht, denn schlimmer ist, als du,
    Kein Sterblicher, der jemals wird gezeugt sein.
435 Ödipus. Ist wohl von dem zu hören dies erduldbar?
    Gehst du zugrund' nicht plötzlich? wendest nicht
    Den Rücken hier dem Haus und kehrst und gehest?
  Tiresias. Nicht wär' ich hergekommen, riefst du nicht.

Ödipus. Wohl wußt' ich nicht, du würdest Tolles reden.
440 Sonst hätt' ich nicht dich her ins Haus geholt.
Tiresias. Wir sind also geboren, wie du meinst,
  Toll, eines Sinns, den Eltern, die dich zeugten.
Ödipus. Und welchen? Bleib! wer zeugt' mich unter Menschen?
Tiresias. Der Tag, der! wird dich zeugen und verderben.
445 **Ödipus.** Wie sagst du alles rätselhaft und dunkel!
Tiresias. Dennoch glückt dir nicht sehr, derlei zu lösen.
Ödipus. Schilt das, worin du mich wirst groß erfinden.
Tiresias. Es hat dich freilich dies Geschick veredelt.
Ödipus. Doch rettet' ich die Stadt, so acht' ich's nicht.
450 **Tiresias.** Ich geh' also, du Knabe, führe mich!
Ödipus. Er mag dich führen, wenn du so dabei bist,
  Du möchtest vollends noch das Elend häufen.
Tiresias. Ich hab's gesagt, ich geh', um des, warum ich kam,
  Dein Angesicht nicht fürchtend. Nichts ist, wo du mich
455 Verderbest. Sage aber dir, der Mann, den längst
  Du suchest, drohend und verkündigend den Mord
  Des Lajos, der ist hier, als Fremder nach der Rede
  Wohnt er mit uns, doch bald als Eingeborner,
  Kund wird er, als Thebaner, sein, und nicht
460 Sich freun am Unfall. Blind aus Sehendem,
  Und arm statt reich, wird er in fremdes Land
  Vordeutend mit dem Zepter wandern müssen.
  Kund wird er aber sein, bei seinen Kindern wohnend
  Als Bruder und als Vater und vom Weib, das ihn
465 Gebar, Sohn und Gemahl, in einem Bette mit
  Dem Vater und sein Mörder; geh hinein! bedenk's!
  Und findest du als Lügner mich, so sage,
  Daß ich die Seherkunst jetzt sinnlos treibe.

(Sie gehen ab.)

Chor der Thebanischen Alten. Wer ist's, von welchem prophezeiend
470 Gesprochen hat der delphische Fels,
  Als hab' Unsäglichstes
  Vollendet er mit blutigen Händen?
  Es kommet die Stunde, da kräftiger er,
  Denn sturmgleich wandelnde Rosse, muß
475 Zu der Flucht die Füße bewegen.
  Denn gewaffnet auf ihn stürzt
  Mit Feuer und Wetterstrahl
  Zeus' Sohn, und gewaltig kommen zugleich
  Die unerbittlichen Parzen.

480 Geglänzt hat nämlich vom
    Schneeweißen, eben erschienen
    Ist von Parnassos die Sage,
    Der verborgene Mann sei überall zu erforschen.
    Denn er irret unter wildem Wald
485 In Höhlen und Felsen, dem Stier gleich,
    Der Unglückliche mit Unglücksfüßen, verwaist,
    Die Prophezeiungen flieht er,
    Die, aus der Mitte der Erd',
    Allzeit lebendig fliegen umher.

490 Gewaltiges regt, Gewaltiges, auf
    Der weise Vogeldeuter;
    Das weder klar ist, noch sich leugnet,
    Und was ich sagen soll, ich weiß nicht,
    Flieg' aber in Hoffnungen auf,
495 Nicht hierher schauend, noch rückwärts.
    Denn was ein Streit ist zwischen
    Den Labdakiden und Polybos' Sohn,
    Nicht vormals hab' ich's
    Gewußt, noch weiß ich jetzt auch,
500 In welcher Prüfung
    Ich begegne
    Der fremden Sage von Ödipus,
    Den Labdakiden ein Helfer
    Im verborgenen Tode?
505 Zeus aber und Apollon
    Sind weis' und kennen die Sterblichen.
    Daß aber unter Männern
    Ein Seher mehr ist geachtet, denn ich,
    Ist nicht ein wahres Urteil.
510 Mit Weisheit die Weisheit
    Erwidre der Mann.
    Nicht möcht' ich aber jemals, eh' ich säh'
    Ein gerades Wort, mich unter
    Den Tadelnden zeigen. Denn offenbar
515 Kam über ihn die geflügelte Jungfrau
    Vormals, und weise erschien sie,
    In der Prüfung aber freundlich der Stadt. Darum
    Nach meinem Sinne niemals
    Wird er es büßen, das Schlimme.

Dritter Akt.

Erſte Szene.

Kreon. Der Chor.

520 **Kreon.** Ihr Männer! Bürger! harte Wort' erfahr' ich,
Daß mich beſchuldigt Ödipus, der Herr.
Deswegen komm' ich, leidend. Wenn er nämlich denkt,
Daß er von mir in dieſem Fall erfahren
Mit Worten oder Werken Schädliches,
525 Hab' ich vom weiten Leben keine Freude,
Wenn ich die Schmach erdulde. Nämlich einfach
Trifft nicht von dieſem Worte mich die Strafe,
Aufs höchſte bin ich ſchlimm in dieſer Stadt,
Schlimm gegen dich geheißen und die Lieben.
530 **Chor.** Doch iſt gekommen dieſer Schimpf, vielleicht
Aus Zorn erzwungen mehr, als Rat der Sinne.
Kreon. Woraus erwies es ſich, daß meinem Rat
Der Seher folgend Lügenworte ſpreche?
Chor. Man ſagt's. Ich weiß es nicht, in welcher Stimmung?
535 **Kreon.** Iſt aus geraden Augen, rechten Sinnen
Verkündet worden über mich die Klage?
Chor. Ich weiß es nicht. Was Große tun, ich ſeh'
Es nicht. Doch ſelber kommt er aus dem Hauſe.

Zweite Szene.

Ödipus. Kreon. Der Chor.

Ödipus. Du! der! wie kommſt du her? haſt du ſo frech
540 Ein Angeſicht, daß in mein Haus du kommſt,
Der Mörder unſer eines offenbar,
Und Räuber, wie es klar iſt, meiner Herrſchaft?
Geh, ſage bei den Göttern, haſt du Feigheit
An mir geſehen oder Narrheit, daß du dies
545 Zu tun gedacht, und daß ich dies dein Werk
Im Truge ſchleichend nicht erkennte, nicht
Abwehrte, wenn ich es erkannt? Dein Unternehmen,
Iſt's drum nicht, ohne Volk und Freunde nach dem Thron
Zu jagen, der durch Volk erobert wird und Geld?
550 **Kreon.** Weißt du, was du beginnſt? vernimm ein gleiches
Für dein Wort, richte, wenn du es erkannt!
Ödipus. Im Reden biſt du ſtark, ich ſchlimm, wenn ich von dir
Muß lernen. Falſchgeſinnt und ſchwierig find' ich dich.

Kreon.   Darüber eben hör' erst, was ich sage.
555 Ödipus.   Das eben sage nicht, du seist nicht böse.
Kreon.   Wenn du gedenkst, ein Gut sei ohne Mut
    Der Eigensinn, so denkst du nicht richtig.
Ödipus.   Wenn du gedenkst, man könne den Verwandten
    Mißhandeln, ungestraft, so denkst du gut nicht.
560 Kreon.   Ich stimme bei, daß dieses recht gesagt ist,
    Doch sage mir das Leiden, das du leidest.
Ödipus.   Hast du geraten oder nicht, daß not sei,
    Zum heiligen Seher einen Mann zu schicken?
Kreon.   Auch jetzt noch bin ich gleich in der Gesinnung.
565 Ödipus.   Wie lange Zeit nun ist es schon, daß Lajos ---
Kreon.   Getan was für ein Werk? ich weiß es nicht.
Ödipus.   Unsichtbar ward er durch ein tödlich Übel.
Kreon.   Weit ist und lang gemessen schon die Zeit.
Ödipus.   War damals so der Seher in der Kunst?
570 Kreon.   Zugleich auch weis und billig wohl geachtet.
Ödipus. Gedacht' er meiner wohl in jener Zeit?
Kreon.   Nicht, daß ich jemals nah dabei gestanden.
Ödipus.   Doch habt ihr nicht dem Toten nachgeforscht?
Kreon.   Wir haben es. Wie nicht? und nichts gehört.
575 Ödipus.   Warum sprach damals nicht, wie jetzt, der Weise?
Kreon.   Ich weiß es nicht, versteh' ich's nicht, so schweig' ich.
Ödipus.   So vieles weißt du. Sag' es gut gesinnt.
Kreon.   Was wohl? weiß ich es, leugn' ich nicht.
Ödipus.   Das, daß er, hätt' er nicht mir dir gehalten,
580   Nicht ausgesagt von mir des Lajos Mord.
Kreon.   Ob er das aussagt, weißt du selbst. Ich aber
    Will hören das von dir, was du von mir willst.
Ödipus.   Hör' es, denn nicht, als Mörder, werd' ich treffen.
Kreon.   Was denn? bist du vermählt mit meiner Schwester?
585 Ödipus.   Nicht ist zu leugnen das, was du gesagt.
Kreon.   Du herrschest so, wie sie, des Bodens waltend.
Ödipus.   Was sie begehrt, wird all von mir besorgt.
Kreon.   Bin ich der dritte nicht, gesellt euch zweien?
Ödipus.   Hierin erscheinst du nun ein arger Freund.
590 Kreon.   Nicht magst du Rechenschaft, wie ich, dir geben.
    Betrachte aber allererst dies, ob du glaubst,
    Daß einer lieber Herrschaft wünscht' in Furcht,
    Als sanft zu schlafen, wenn er gleiche Macht hat.
    Ich bin nun nicht gemacht, daß mehr ich wünscht'
595   Ein Herr zu sein, als Herrliches zu tun,
    Und jeder so, der sich zu zähmen weiß.

Jetzt hab' ich alles ohne Furcht von dir,
Regiert' ich selbst, viel müßt' ich ungern tun.
Wie sollte nun die Herrschaft lieblicher
600 Als Ehre kummerlos und Macht mir sein?
Noch nicht so töricht bin ich, zu verlangen
Ein anderes, als Schönes mit Gewinn.
Nun freut mich alles, nun begrüßt mich jedes,
Nun rufen die mich an, die dein bedürfen.
605 Denn darin liegt's, daß ihnen alles glückt.
Wie sollt' ich lassen dies, nach jenem greifen?
Schlimm nicht wird ein Gemüt sein, welches schön denkt.
Nun bin ich nicht von solchem Sinn, und nie,
Tät' es ein andrer, wagt' ich es mit ihm.
610 Nimm deinen Vorwurf, geh damit nach Pytho,
Frag', ob den Spruch ich deutlich dir verkündet.
Und findest du, daß ich mit dem Zeichendeuter
Zusammenflog, auf ein Wort sollst du mich
Zweifach verdammt, von dir und mir, mich töten.
615 Verklage nur aus dunkler Meinung mich nicht!
Denn nicht ist's recht, die Schlimmen eitlerweise
Für trefflich halten, Treffliche für schlimm.
Denn wenn ein Edler einen Freund verwirft,
Ist mir, als wär's am eignen liebsten Leben.
620 Doch mit der Zeit erfährst du dieses sicher.
Es zeigt die Zeit den rechten Mann allein,
An einem Tage kennest du den schlimmen.

Chor. Schön sprach er, daß daraus ein Glück mag kommen,
Denn schnell zu denken, König! ist nicht sicher.
625 Ödipus. Will einer schnell, der Schlingen legt, entwischen,
Muß ich auch schnell mir raten, meinerseits.
Bin ich bequem, und warte sein, so bringt
Er Seins hinaus, und Meines ist verfehlet.
Kreon. Was willst du denn, als mich vom Lande treiben?
630 Ödipus. Nein! sterben sollst du oder fliehen, das will ich.
Kreon. Wenn du mir zeigest, was es um den Neid ist.
Ödipus. Sprichst du nachgiebig mir und gläubig nicht?
Kreon. Such' ich Besinnung! —
Ödipus. Meine Sache nun! —
635 Kreon. Auch meine heißt sie.
Ödipus. Ja! wenn du nicht schlimm wärst!
Kreon. Wenn aber du nicht weißt!
Ödipus. Man muß doch herrschen.
Kreon. Ja! aber nicht die schlimmen Herrn.

640 **Ödipus.** O Stadt! Stadt!
Kreon. Auch mich geht an die Stadt, nicht dich allein.
Chor. Hört auf, ihr Herrn! Die Frau seh' ich zu euch
    Hier aus dem Hause kommen, Jokasta,
    Mit dieser ist der Streit hier auszurichten.

Dritte Szene.

Jokasta. Ödipus. Kreon. Der Chor.

645 **Jokasta.** Warum habt ihr ratlosen Zungenkrieg
    Erregt, ihr Armen! schämt euch nicht, da so
    Erkrankt das Land, zu wecken eigen Unheil?
    Gehst in die Burg, und Kreon du ins Haus nicht,
    Damit ihr kleine Last nicht macht zu großer?
650 **Kreon.** O Schwester! viel denkt Ödipus, dein Mann,
    Mir anzutun, und wählet zwei der Übel:
    Vom Land mich treiben will er oder töten.
Ödipus. Das sag' ich auch. Schlimm handelnd fand, o Weib!
    An meinem Leib ich ihn mit schlimmen Künsten.
655 **Kreon.** Nicht möcht' ich Vorteil ziehen jetzt, doch soll ich
    Verflucht vergehen, tat ich, wes du mich
    Beschuldigest, daß ich getan es habe.
Jokasta. O bei den Göttern! glaub es, Ödipus!
    Und ehre hoch der Götter Eid vor allen,
660   Auch mich und diese, die zugegen sind.
Chor. Vertraue, woll es, denk es,
    Ich bitte, König!
Ödipus. Wie willst du, daß ich weiche dir?
Chor. Den, der nie vormals töricht war,
665   Und nur im Eide groß,
    Ehr' ihn!
Ödipus. Weißt du, was du verlangst?
Chor. Ich weiß es.
Ödipus. Sag', was du meinst!
670 **Chor.** Du sollst den heilig lieben,
    Niemals in Schuld
    Mit ungewissem Wort
    Ehrlos vertreiben.
Ödipus. Wiss' einmal, wenn du dieses suchest, suchst
675   Du mein Verderben oder Landesflucht.
Chor. Das nicht! bei aller Götter
    Vorläufer Helios!
    Denn gottlos, freundlos

Im äußersten will ich untergehn,
680 Wenn solchen Gedanken ich habe.
Mir Unglücklichem aber ermattet
Vom welkenden Lande die Seele,
Wenn die auch kommen, zu übeln die übel,
Zu den alten die neuern.
685 **Ödipus.** So mag er gehn, muß ich durchaus gleich sterben,
Ehrlos verbannt vom Lande mit Gewalt.
Von dir, von diesem nicht erbarmet mich
Der Jammermund. Der sei durchaus mir Abscheu!
Kreon. Feig bist du, wenn du traurig weichst, und wenn du
690 Schwer über deinen Mund springst. Solche Seelen,
Unwillig tragen sie mit Recht sich selbst.
Ödipus. Läßt du mich nicht und gehst hinaus?
Kreon. Ich gehe,
Von dir mißkannt, doch gleichgesinnt mit diesen.
(Kreon geht ab.)
695 **Chor.** Weib! willst du diesen
Ins Haus hinein nicht bringen?
Jokasta. Weiß ich erst, was es ist.
Chor. Ein Schein ist unbekannt in die Worte
Gekommen, aber es sticht:
700 Auch Ungerechtes.
Jokasta. Von ihnen beiden.
Chor. Gewiß.
Jokasta. Und welches war das Wort?
Chor. Da mir genug, genug das Land schon müd' ist,
705 So dürft' es wohl so bleiben, wie es steht.
Ödipus. Sieh, wo du hinkommst, mit der guten Meinung,
Wenn du das Meine lässest und das Herz umkehrst.
Chor. Ich hab' es gesagt, o König!
Nicht einmal nur, du weißt es aber,
710 Gedankenlos, ausschweifend
Im Weisen, erschien' ich,
Wenn ich von dir mich trennte.
Du! der mein Land, das liebe
In Ruhe umirrend,
715 Recht hat geführt mit günstigem Winde,
Auch jetzt noch fahre glücklich, wenn du kannst.
Jokasta. Bei Göttern! sage mir es auch, o König!
Weshalb du solchen Zorn hast angestiftet.
Ödipus. Ich sag' es, denn ich ehre dich am meisten
720 Von diesen hier, was Kreon mir bereitet.

Jokasta. Sag's, wenn du deutlich Klage führst im Streit.
Ödipus. Der Mörder Lajos' sei ich, sagen sie.
Jokasta. Weißt du es selbst, erfuhrest du's von andern?
Ödipus. Den Seher sandt' er her, den Unheilstifter,
725 Weil er, soviel er kann, die Zungen alle löst.
Jokasta. Laß du das Deine nun, wovon du sprichst,
Gehorche mir, und lerne das: es gibt
Nichts Sterbliches, das Seherkunst besäße.
Ich zeige dir von dem ein treffend Zeichen.
730 Ein Spruch kam Lajos einst, ich will nicht sagen,
Von Phöbos selbst, doch von des Gottes Dienern,
Daß sein das Schicksal warte, von dem Sohne
Zu sterben, der von jenem käm' und mir.
Es töteten doch aber ihn, so spricht die Sage,
735 Einst fremde Mörder auf dreifachem Heerweg,
Jedoch als ihm geboren war das Kind,
Es standen nicht drei Tag' an, band er ihm
Der Füße Glieder und, mit fremden Händen
Warf er's ins unzugangbare Gebirg'.
740 Und nicht erfüllte dort Apollon, daß er sei
Des Vaters Mörder, daß, der das Gewaltige
Gefürchtet, von dem Sohne, Lajos, sterbe.
So haben sich erklärt der Seher Sagen.
Und kehre dran dich nicht! denn, was ein Gott
745 Notwendig sieht, leicht offenbart er selbst es.
Ödipus. Wie fasset, da ich eben höre, Weib!
Verwirrung mir die Seel', Aufruhr die Sinne.
Jokasta. Von welcher Sage sagst du dies empört?
Ödipus. Mir scheint, gehört von dir zu haben, Lajos
750 Sei umgekommen auf dreifachem Heerweg.
Jokasta. Man sagte das, noch ist es nicht geendet.
Ödipus. Wo ist der Ort, da sich dies Schicksal zutrug?
Jokasta. Phocis nennt man das Land. Ein Scheideweg
Von Delphi führt und Daulia hierherzu.
755 **Ödipus.** Und welche Zeit ist über dies gegangen?
Jokasta. Beinahe vorher, eh' du von dem Lande
Die Herrschaft nahmst, ward es der Stadt verkündet.
Ödipus. O Zeus! was willst du, daß von mir geschehe?
Jokasta. Wie ist dir dies, o Ödipus, im Sinne?
760 **Ödipus.** Frag' mich nicht, doch von Lajos sage nur,
Wie war der Mann, auf welches Alters Höhe?
Jokasta. Groß, wollig schon um sein weißblühend Haupt,
Und der Gestalt von dir war er nicht ungleich.

Ödipus. Ich Armer. Wohl hab' ich, da ich in Flüche
765   Gewaltig ausbrach eben, nichts gewußt!
   Jokasta. Was sagst? mich ängstet's, seh' ich so dich, König!
   Ödipus. Gewaltig fürcht' ich, daß nicht sehend sei der Seher,
    Du wirst es mir aufklären, sagst du eins noch.
   Jokasta. Mich ängstet's. Fragst du noch, so sag' ich, was ich weiß.
770 **Ödipus.** Ging er allein aus, oder hatt' er viele
    Streitbare Männer, wie's bei Oberherrn ist?
   Jokasta. Fünf waren all. Ein Herold war mit ihnen,
    Ein Maultierwagen führte Lajos nur.
   Ödipus. Weh! Weh! nun ist es offenbar. Wer war
775   Es einst, der angesagt die Worte hat, o Weib!
   Jokasta. Ein Diener, der entflohen war allein.
   Ödipus. Ist in den Häusern er auch jetzt noch da?
   Jokasta. Nein! nicht! seit dort er herkam und erfuhr,
    Du habst die Macht, und Lajos sei getötet,
780   Bat er mich sehr, die Hände mir berührend,
    Aufs Land zu senden ihn, zu Schafeweiden,
    Wo er die Stadt vom Angesicht am meisten.
    Auch sandt' ich ihn, denn wert war dieser Mann,
    Der Knecht, zu haben größre Gnad' als diese.
785 **Ödipus.** Wie käm' er nun zu uns geschwind zurück?
   Jokasta. Er ist zugegen, warum willst du dies?
   Ödipus. Ich fürchte vor mir selbst mich, Weib, daß ich
    Zu viel gesagt, warum ihn sehn ich will.
   Jokasta. Er kommet, doch zu hören würdig bin
790   Auch ich wohl, was dir Schlimmes ist, o König!
   Ödipus. Erniedrige dich nur jetzt allzusehr nicht
    Drob, wie ich bin; auch Größeren, als du bist,
    Sagt' ich, wie solch ein Los mir zugeteilt ist.
    Mein Vater Polybos war von Korinth,
795   Die Mutter Merope von Doris. Dort
    Ward ich geschätzt der größte von den Städtern,
    Eh' dies Geschick kam über mich, und wert
    Zu wundern ist's, doch meines Eifers nicht.
    Ein Mann beim Mahle, voll von Trunkenheit,
800   Sagt' mir beim Wein, ich sei unecht dem Vater,
    Und ich, erzürnt, den gegenwärtigen Tag
    Kaum aushielt; doch am andern ging ich hin
    Zur Mutter und zum Vater, fragte drüber.
    Unwillig trugen die den Schimpf von dem,
805   Dem dieses Wort entgangen. Das erfreute
    An ihnen mich. Doch stach mich dieses immer.

Denn vieles war dahinter. Und geheim
    Vor Vater und vor Mutter reis' ich weg
    Nach Pytho. Mir verachtet Phöbos das,
810 Warum ich kam, und schickt mich weg, und anders
    Mühsame, Große, Unglückliche zeigt
    Er mir und sagt, ich müßte mit der Mutter
    Vermischet sein, und, Menschen unerträglich
    Zu schauen, ein Geschlecht erzeugen; auch der Mörder
815 Des Vaters sein, der mich gepflanzet hätte.
    Da ich's gehört, durchmessend unter Sternen
    Zuletzt den Boden von Korinth, entfloh ich,
    Damit ich nie daselbst von meiner bösen
    Orakelsprache schauete die Schande.
820 Gewandert aber komm' ich in die Gegend
    Wo umgebracht der Herr ist, wie du sagst.
    Auch dir o Weib! und Wahres sag' ich, daß
    Ich nahe wandelt' auf dem Dreiweg, wo
    Der Herold und auf einem Füllenwagen
825 Ein Mann herfahrend, wie du mir berichtet, mir
    Begegneten, und aus dem Wege mich
    Der Führer und der Alte mit Gewalt trieb.
    Ich schlage, wie heran er lenkt, den Fuhrmann
    Im Zorn, und wie mich stehen an dem Wagen
830 Der Alte siehet, zielt' er mitten mir
    Aufs Haupt und schlug mich mit dem Doppelstachel.
    Ungleich hat er's gebüßt. Denn schnell getroffen
    Vom Stabe dieser Hände, rücklings wird
    Heraus vom Wagen plötzlich er gewälzt.
835 Ich tötet' alle. Wenn der Fremde aber
    Mit Lajos, jener irgend was gemein hat,
    Wer ist unseliger, als unser einer?
    Und welcher Mann den Geistern mehr verhaßt?
    Den in der Fremde keiner und kein Städter darf
840 Einladen in das Haus, ansprechen keiner,
    Den man vom Hause treiben muß? und diesen Fluch
    Hat keiner sonst, als ich mir selbst gestiftet.
    Das Ehbett auch des Toten mit den Händen
    Befleck' ich es, durch die er umkam. Bin ich bös?
845 Bin ich nicht ganz unrein? und wenn ich fliehn muß,
    Darf auf der Flucht die Meinen ich nicht sehn,
    Noch gehn zur Heimat? oder soll ich sein
    Zusammen mit der Mutter gejocht zur Hochzeit,
    Soll ich den Vater ermorden, Polybos,

850 Der mich gezeuget und mich aufgenährt?
Würd' einer, der von unser einem urteilt,
Die Sache nicht von rohem Geist erklären?
Nein, nicht, o du der Götter heilig Licht!
Mag diesen Tag ich sehen, sondern lieber
855 Schwind' ich von Menschen, eh' ich sehe,
Wie solch ein Schimpf des Zufalls mir begegnet.
Chor. Uns, König, ist es furchtbar, aber bis du's
Von Gegenwärtigem erfährest, hoffe.
Ödipus. Nun aber bleibt so viel von Hoffnung mir
860 Allein, den Mann, den Hirten zu erwarten.
Jokasta. Wenn er erscheinet, was ist dein Verlangen?
Ödipus. Ich will dir's sagen. Findet sich, daß er
Dir jenes sagt, so mag ich fliehn das Leiden.
Jokasta. Welch Wort vornehmlich hörtest du von mir?
865 Ödipus. Von räuberischen Männern sprech' er, sagst du,
Sie haben ihn getötet. Wenn er nun noch
Dieselbe Zahl aussagt, hab' ich ihn nicht
Getötet. Nicht mag einer vielen gleich sein.
Wenn einen Mann, gefährtenlos, er nennt,
870 Kommt deutlich diese Tat jetzt über mich.
Jokasta. Wiss' aber, daß so offenbar das Wort ist,
Und nicht umwerfen darf er dieses wieder.
Die Stadt hat es gehört, nicht ich allein.
Wenn nun etwas vom alten Wort er abweicht,
875 Nicht wohl, o König! macht des Lajos Mord
Er kund, recht und gerad' wie Loxias
Ihn aussprach, daß von meinem Kind er sterbe.
Auch hat ihn ja das Unglückselige nicht
Getötet, damals, selbst kam es zuvor um.
880 Und so mag in den Prophezeiungen
Ich jetzt nichts sehn, und auch das erstemal nicht.
Ödipus. Schön meinest du es. Sende aber doch
Zum Landmann einen Boten, laß es nicht!
Jokasta. Schnell will ich senden, doch laß uns hineingehn,
885 Nicht möcht' ich nämlich tun, was du nicht liebtest.
(Sie gehen ab.)
Chor der Thebanischen Alten. Hätt' ich mit mir das Teil,
Zu haben Heiligkeit in Worten genau,
In den Werken allen, deren Gesetze
Vor Augen sind, hochwandelnd, durch den himmlischen
890 Äther geboren, von denen
Der Olymp ist Vater allein; den hat nicht sterbliche

Natur von Männern gezeugt,
Noch jemals in Vergessenheit er einschläft.
Groß ist in jenem der Gott,
895 Nicht altert er.

Frechheit pflanzt Tyrannen. Frechheit,
Wenn eitel sie von vielem überfüllt ist,
Was zeitig nicht und nicht zuträglich,
Zur höchsten steigt sie, sie stürzt
900 In die schroffe Notwendigkeit,
Da sie die Füße nicht recht braucht.
Das Wohlanständige aber in der Stadt, das Altertum,
Daß nie es löse der Gott, bitt' ich.
Gott will ich niemals lassen, als
905 Vorsteher ihn halten.
Wenn aber überschauend einer mit Händen wandelt, oder
Mit Worten, und fürchtet das Recht nicht, und
Die Thronen nicht, der Dämonen verehrt,
Den hab' ein böses Schicksal,
910 Unschicklichen Prangens wegen,
Wenn nicht Gewinn er gewinnet recht,
Und Offenbares verschleußt,
Und Unberührbares angreift albern.
Wer mag noch wohl hiebei, ein Mann,
915 Im Gemüte die Pfeile verschließen, und nicht
Die Seele verteidigen? Sind
Denn solche Handlungen ehrsam?
Was soll ich singen?
Nicht mehr zum Unberührbaren geh' ich,
920 Zu der Erde Nabel mit Ehrfurcht,
Noch zu dem Tempel in Abä,
Wenn dies nicht offenbar
Den Sterblichen allen recht ist.
O Mächtiger aber, wenn du
925 Aufrichtiges hörst, Zeus, allbeherrschend,
Verborgen sei es dir und deiner
Unsterblich währenden Herrschaft nicht!
Zuschanden nämlich werden die alten
Von Lajos die Göttersprüche schon, und nimmer
930 In Ehren Apollon offenbar ist.
Unglücklich aber gehet das Göttliche.

Vierter Akt.

Erste Szene.
Jokasta. Ein Bote. Der Chor. Odipus.

Jokasta. Ihr Könige des Landes, der Gedanke kam mir,
Zu gehn in der Dämonen Tempel, hier
Zu nehmen Kronen in die Hand und Rauchwerk.
935 Denn aufwärts bieget Odipus den Mut
In mannigfacher Qual, nicht, wie ein Mann
Besonnen, deutet er aus Altem Neues.
Sein Wort ist aber, mag er Furcht aussprechen,
Daß ich, zum Ende, weiter nichts mehr tun,
940 Zu dir, o lyzischer Apollon, aber,
Denn sehr nah bist du, kniend kommen soll
Mit diesen Huldigungen, daß du uns
Ein eiligrettend Mittel senden mögest.
Denn all jetzt fürchten wir, betroffen ihn
945 Erblickend, gleich dem Steuermann des Schiffes.
Ein Bote. Kann ich von euch, ihr Fremden, hören, wo
Des Herren Häuser sind, des Odipus?
Am besten könnt ihr sagen, wo er wohnet.
Chor. Das Haus ist hier und drinnen ist er, Fremder,
950 Und diese Frau ist Mutter seiner Kinder.
Bote. Reich soll sie sein, mit Reichen immerhin,
Und immerdar von jenem die Gemahlin!
Jokasta. So du auch, Fremder; würdig bist du es,
Des guten Wortes wegen. Aber sage,
955 Mit welcher Bitte kommst du, welcher Nachricht?
Bote. Mit guter in das Haus und zum Gemahl, Frau!
Jokasta. Was ist es? und von wem bist du gekommen?
Bote. Ich komme von Korinth. Es freut vielleicht
Mein Wort. Wie nicht? Es kann dich auch betrüben.
960 **Jokasta.** Was ist es, das so zweifach eine Kraft hat?
Bote. Zum Herren wollen ihn die Eingebornen
Des Isthmos, daß daselbst er throne.
Jokasta. Wie? herrscht der alte Polybos nicht mehr?
Bote. Nicht mehr, seitdem der Tod ihn hält im Grabe.
965 **Jokasta.** Was sagst du, ist gestorben Polybos?
Bote. Sag' ich die Wahrheit nicht, so will ich sterben.
Jokasta. O Magd, willst du nicht gleich zum Herren gehn,
Es sagen? o ihr Prophezeiungen

        Der Götter, wo seid ihr? lang hat Ödipus
970 Den Mann geflohen, daß er nicht ihn töte.
        Jetzt stirbt er weg, zufällig, nicht durch jenen.
   Ödipus. O liebstes, du, des Weibs, Jokastas Haupt!
        Was riefest du heraus mich von den Häusern?
   Jokasta. Hör' diesen Mann, und forsch' und höre, wo
975 Die hohen sind, des Gottes Sehersprüche.
   Ödipus. Doch wer ist dieser, und was sagt er mir?
   Jokasta. Er kommet von Korinth, sagt, Polybos,
        Dein Vater, sei nicht mehr, er seie tot.
   Ödipus. Was sagst du, Fremder? kläre du mich selbst auf!
980 Bote. Wenn dies zuerst ich deutlich künden muß,
        So wisse, daß mit Tod er abgegangen.
   Ödipus. Starb heimlich er, zog er sich Krankheit zu?
   Bote. Ein kleiner Fall macht still die alten Körper.
   Ödipus. An Krankheit welkte, wie es scheint, der Alte.
985 Bote. Und an der großen Zeit genug gemessen.
   Ödipus. Wohlan! Wer sollte nun, o Weib, noch einmal
        Den prophezeienden Herd befragen, oder
        Von oben schreiend die Vögel? deren Sinn nach
        Ich töten sollte meinen Vater, der
990 Gestorben schlummert unter der Erd'; hier aber
        Bin ich, und rein ist meine Lanze, wenn er anders
        Im Traume nicht umkam von mir. So mag er
        Gestorben sein von mir; zugleich nahm er auch
        Die heutigen Sehersprüche mit und liegt nun
995 Im Hades, Polybos, nicht weiter gültig.
   Jokasta. Hab' ich dir dies nicht längst vorausgesagt?
   Ödipus. Du hast's gesagt. Ich ward von Furcht verführt.
   Jokasta. Nimm nun nichts mehr von jenem dir zu Herzen.
   Ödipus. Was? auch der Mutter Bett soll ich nicht fürchten?
1000 Jokasta. Was fürchtet denn der Mensch, der mit dem Glück
        Es hält? Von nichts gibt's eine Ahnung deutlich.
        Dahin zu leben, so wie einer kann,
        Das ist das beste. Fürchte du die Hochzeit
        Mit deiner Mutter nicht! denn öfters hat
1005 Ein Sterblicher der eignen Mutter schon
        Im Traume beigewohnt: doch wem wie nichts
        Dies gilt, er trägt am leichtesten das Leben.
   Ödipus. Schön wär' all dies von dir gesagt, wo nicht
        Die Mutter lebte, doch solang sie lebt,
1010 Ist's hohe Not, so schön du sprichst, zu fürchten.
   Jokasta. Jedoch ein groß Licht ist des Vaters Grab dir.

Ödipus. Ein großes. Recht! die Lebende fürcht' ich nur.
Bote. Um welches Weibes willen fürchtest du?
Ödipus. Meropes, Greis, der Frau des Polybos.
1015 Bote. Was ist es, das euch fürchten macht vor jener?
Ödipus. Göttlich bereiteter Prophezeiung Kraft, o Fremder!
Bote. Darf oder darf es nicht ein andrer wissen?
Ödipus. Gar wohl. Es sagt' einst Loxias mir nämlich,
     Ich müßte mit der Mutter mich vermischen,
1020   Entreißen mit der Hand sein Blut dem Vater.
     Deswegen bin ich lange von Korinth
     Und weit hinweg geflohn, mit Glück, doch ist
     Es lieblich auch, zu schaun der Eltern Augen.
Bote. Bist du aus Furcht davor von da entfremdet?
1025 Ödipus. Des Vaters Mörder nicht zu sein, o Alter!
Bote. Hab' ich dich nicht aus dieser deiner Furcht,
     Als wohlgemut ich kam, befreit, o König!
Ödipus. Auch einen Dank, der meiner wert, empfängst du.
Bote. Auch bin ich meist darum hieher gekommen,
1030   Daß, wenn du heimkehrst, mir es wohl ergehe.
Ödipus. Nun komm' ich nahe denen, die mich pflegten.
Bote. Wohl zeigst du, Kind! du wissest, was du tust, nicht.
Ödipus. Wie, bei den Göttlichen, Alter, sprich etwas!
Bote. Willst wegen jenen du nach Haus nicht gehn?
1035 Ödipus. Ich fürchte, daß nicht klar mir Phöbos komme.
Bote. Daß keine Schmach von Eltern du empfangst?
Ödipus. Das eben, Alter, dieses schreckt mich immer.
Bote. Weißt du es denn, daß du mit Unrecht fürchtest?
Ödipus. Wie? bin ich denn das Kind nicht jener Mutter?
1040 Bote. Nein. Polybos war nicht von deinem Stamme.
Ödipus. Was sagst du? Pflanzte Polybos mich nicht?
Bote. Beinahe so etwas, wie unser einer.
Ödipus. Wie das? ein Vater, der dem Niemand gleich ist?
Bote. Ein Vater eben, Polybos nicht, nicht ich.
1045 Ödipus. Wofür denn aber nennt der mich das Kind?
Bote. Von meiner Hand empfing er als Geschenk dich.
Ödipus. Warum aus andrer Hand liebt' er mich so?
Bote. Die Kinderlosigkeit hatt' ihn bewogen.
Ödipus. Hattst du gekauft mich, gabst du mich als Vater?
1050 Bote. Ich fand dich in Kithärons grüner Schlucht.
Ödipus. Ziehst du zu etwas um in diesen Orten?
Bote. Ich hütete daselbst des Argos Vieh.
Ödipus. Als Hirte, oder irrtest du im Taglohn.
Bote. Ich war dein Retter, Kind, in dieser Zeit.

1055 **Ödipus.** Was hatt' ich, daß zu Armen du mich zähltest?
Bote. Der Füße Glieder zeigen es an dir.
Ödipus. O mir, was nennest du dies alte Übel.
Bote. Ich löse dich, da dir die Zehn genäht sind.
Ödipus. Gewalt'gen Schimpf bracht' aus den Windeln ich.
1060 **Bote.** So daß genannt du bist nach diesem Dinge.
Ödipus. Das, Götter! das, bei Mutter, Vater! rede.
Bote. Ich weiß es nicht, der's gab, er weiß es besser.
Ödipus. Empfingst du mich von andern, fandst du selbst mich?
Bote. Nein! denn es gab dich mir ein andrer Hirte.
1065 **Ödipus.** Wer ist der, kannst du deutlich mir es nennen?
Bote. Er nannte wohl von Lajos' Leuten sich.
Ödipus. Der vormals Herr gewesen dieses Lands?
Bote. Am meisten war er dieses Mannes Hirte.
Ödipus. Ist er noch lebend, daß ich sehn ihn kann?
1070 **Bote.** Ihr wißt am besten das, die Eingebornen.
Ödipus. Ist euer einer, die zugegen sind,
Der nennet diesen Hirten, den ihr nennet,
Daß er gesehn ihn auf den Äckern oder hier?
Zeigt es mir an, Zeit ist es, dies zu finden.
1075 **Chor.** Ich weiß sonst keinen, als den auf dem Lande,
Den du zuvor zu sehen schon verlangt,
Am besten doch möcht' es Jokasta sagen.
Ödipus. Meinst du nicht, Weib! derselbe, dem wir eben
Gesandt den Boten, sei gemeint von diesem?
1080 **Jokasta.** Wer sprach, von welchem? kehr' dich nicht daran!
Und was man sagt, bedenke nicht zu viel es.
Ödipus. Das seie ferne, daß, bei solchen Zeichen,
Ich nicht entdecken sollte mein Geschlecht!
Jokasta. Bei Göttern, nein! bist du besorgt ums Leben,
1085 So suche nicht. Genug erkrankt bin ich.
Ödipus. Sei gutes Muts! käm' ich von dreien Müttern
Dreifach ein Knecht, es machte dich nicht schlimmer.
Jokasta. Doch, folge mir, ich bitte, tu es nicht!
Ödipus. Ich kann nicht, muß genau es noch erfahren.
1090 **Jokasta.** Ich mein' es gut und sage dir das Beste.
Ödipus. Dies Beste doch, es quälet mich schon lange.
Jokasta. O Armer, wüßtest nie du, wer du bist!
Ödipus. Wird einer gehn und mir den Hirten bringen?
Laßt diese sich am reichen Stamm erfreun!
1095 **Jokasta.** Weh! weh! Unglücklicher! dies eine kann ich
Zu dir noch sagen, andres nun und nimmer! (Sie geht ab.)
Chor. Warum ging die Frau des Ödipus,

Von wilder Qual aufspringend? ich fürchte, daß
Aus dieser Stille nicht ein Unheil breche!
1100 Odipus. Was soll, das breche. Mein Geschlecht will ich,
Sei's auch gering, doch will ich es erfahren.
Mit Recht ist sie, denn Weiber denken groß,
Ob meiner niedrigen Geburt beschämt.
Ich aber will, als Sohn des Glücks mich haltend,
1105 Des wohlbegabten, nicht verunehrt werden;
Denn dies ist meine Mutter. Und klein und groß
Umfingen mich die mitgebornen Monde.
Und so erzeugt, will ich nicht ausgehn, so,
So daß ich nicht, ganz, wes ich bin, ausforschte.
1110 Chor der Thebanischen Alten. Wenn ich Wahrsager bin,
Und kundig der Meinung,
Wirst, beim Olympos! du
Nicht allzuspröde, Kithäron!
Am morgenden Vollmond sein,
1115 Daß man nicht dürst', als Landesverwandte
Des Odipus, und als Nährerin und
Als Mutter erheben dich und sagen von dir,
Daß Liebenswürdiges du
Gebracht habst unseren Fürsten, aber dir
1120 Sei, dunkler Phöbos, dies gefällig.

Wer hat dich, Kind, wer hat gezeugt
Von den Seligen dich? hat eine sich
Dem Pan genaht, dem Bergumschweifer, oder hat
Gebracht dich eine Tochter des Loxias?
1125 Dem lieb sind all die
Ebnen des Landes: oder Kyllanas'
König, oder der Bacchische Gott,
Der wohnt auf hohen Gebirgen,
Hat er als Fund dich bekommen von einer der Nymphen,
1130 Der Helikoniaden, mit denen er öfters spielte?

Zweite Szene.

Odipus. Der Chor. Der Bote. Ein Diener.

Odipus. Darf ich auch, da ich nicht zugegen war,
Ihr Alten, etwas sagen? jenen Hirten
Glaub' ich zu sehn, den lange wir gesucht.
Denn dieser sieht wie langes Alter aus,

1135 Gleich auch meine Diener kenn' ich,
     Die Führer, doch mit deiner Kunde magst du
     Mir helfen, sahst vielleicht sonst schon den Hirten.
   Chor. Ich kenn' ihn wohl, damit du's weißt. War einer
     Bei Lajos treu, so war's der Mann, der Hirte.
1140 Ödipus. Dich frag' ich erst, den Fremden von Korinth,
     Meinst diesen du?
   Bote. Denselben, den du anblickst.
   Ödipus. Du Alter hier, sieh hieher, sage mir,
     Was ich dich frage; warst du einst des Lajos?
1145 Diener. Sein Diener, nicht gekauft, im Haus erzogen.
   Ödipus. Was für ein Werk besorgend, welches Leben?
   Diener. Bei Herden bracht' ich meist das Leben zu.
   Ödipus. In welcher Gegend wohntest du am meisten?
   Diener. Kithäron war es und das Land umher.
1150 Ödipus. Den Mann hier, weißt du nicht, wo du ihn fandest?
   Diener. Was war sein Tun? von welchem Manne sprichst du?
   Ödipus. Von dem, der da ist. Warst du einst mit ihm?
   Diener. Nicht, um es schnell besonnen dir zu sagen.
   Bote. Kein Wunder ist's, doch ich erinnere
1155 Mich wohl des Unbekannten, weiß auch wohl,
     Daß er es weiß, wie in Kithärons Gegend
     Mit zweien Herden er, und ich mit einer
     Zusammenkam mit ihm, vom Frühling an
     Bis zum Arktur, die Zeit drei ganzer Monde.
1160 Im Winter nun trieb ich in meine Ställe
     Hinweg, und er zurück zu Lajos' Höfen.
     Sag' oder sag' ich nicht von dem Wahren?
   Diener. Du redest wahr, wiewohl aus langer Zeit.
   Bote. Geh, sage nun, weißt du, du gabest mir
1165 Ein Kind, daß ich zur Pflege mir's erzöge.
   Diener. Was ist's, wofür sagst du von der Geschichte?
   Bote. Der ist's, o jener, der noch jung war damals.
   Diener. Gehst du zugrunde nicht? willst du nicht schweigen?
   Ödipus. O table den nicht. Alter! deine Worte
1170 Verdienen Tadel mehr, als die von dem.
   Diener. Hab' ich gefehlt in etwas, bester Herr?
   Ödipus. Nenn' du dies Kind, wovon er redet, der hier.
   Diener. Er spricht gedankenlos, der hier ist anderswo.
   Ödipus. Du redest nicht zu Dank und redest weinend.
1175 Diener. Nicht, bei den Göttern, geißle drum mich Alten.
   Ödipus. Wirst du nicht gleich die Hände binden dem?
   Diener. Unglücklicher, wofür, was willst du wissen?

Ödipus. Gabst diesem du das Kind, wovon er spricht?
Diener. Ich gab's. Wär' ich vergangen jenes Tages!
1180 Ödipus. Das wird dir auch, sagst du das Rechte nicht.
Diener. Noch viel mehr, wenn ich rede, bin ich hin.
Ödipus. Der Mann, so scheint es, treibet es zum Aufschub?
Diener. Nicht so; ich sagte längst, daß ich es tat.
Ödipus. Wo nahmst du's her? war's eigen oder andern?
1185 Diener. Mein war es nicht, empfing ich es von einem.
Ödipus. Von welchem Bürger das, aus welchem Hause?
Diener. Nicht, bei den Göttern, frage weiter, Herr!
Ödipus. Du bist verloren, frag' ich dies noch einmal!
Diener. Von Lajos' Hause also war es einer.
1190 Ödipus. Ein Diener oder jenem anverwandt?
Diener. O ende! das Schreckliche selbst zu sagen, bin ich dran.
Ödipus. Und ich zu hören. Dennoch hören muß ich.
Diener. Von jenem ward er Sohn genannt, doch drinnen
Mag dir am besten deine Frau es sagen.
1195 Ödipus. Gab diese denn es dir?
Diener. Jawohl, mein König.
Ödipus. Was mit zu tun?
Diener. Damit ich es vertilgte.
Ödipus. Weil sie unglücklich gebar?
1200 Diener. Aus Furcht vor bösen Sprüchen.
Ödipus. Und welchen?
Diener. Es töte die Eltern, war das Wort.
Ödipus. Wo kamst du denn zusammen mit dem Greise?
Diener. Er wohnte, Herr, als wollt' in andres Land
1205 Er ferne ziehn, daselbst. Er rettet' aber
Zu größten Dingen dich; denn bist du der,
Den dieser nennt, so bist du unglückselig.
Ödipus. Ju! Ju! das Ganze kommt heraus!
O Licht! zum letztenmal seh' ich dich nun!
1210 Man sagt, ich sei gezeugt, wovon ich nicht
Gesollt, und wohne bei, wo ich nicht sollt', und da,
Wo ich es nicht gedurft, hab' ich getötet. (Er geht ab.)

Chor der Thebanischen Alten. Jo! ihr Geschlechter der Sterblichen!
Wie zähl' ich gleich und wie nichts
1215 Euch Lebenden.
Denn welcher, welcher Mann
Trägt mehr von Glück,
Als so weit, denn ihm scheint,
Und der im Schein lebt, abfällt.

1220 Da ich dein Beispiel hab'
      Und deinen Dämon, o Armer!
      Preis' ich der Sterblichen keinen glücklich.

      Getroffen hattest du es über die Maß,
      Und gewonnen durchaus glücklichen Reichtum,
1225 O Zeus, und verderbest sie, mit krummem Nagel,
      Die wahrsagende Jungfrau,
      Aufstehend in den Toten meines Landes ein Turm,
      Woher du auch mir König genannt bist.
      Und geehrt am höchsten,
1230 Im großen Thebe regierend.
      Wo höret man aber jetzt von einem, der
      Mühseliger wär' im Wechsel des Lebens,
      In Arbeit wohnend, in Qualen wild?

      Jo! des Ödipus erlauchtes Haupt!
1235 Dem groß genug ein Hafen war,
      Als Sohn in ihm mit dem Vater,
      Dem hochzeitlichen, zu fahren,
      Wie konnten einst, wie konnten
      Die väterlichen Spuren, o Armer!
1240 Stillschweigend dich bringen hieher?
      Unwillig hat dich gefunden
      Die allesschauende Zeit,
      Und richtet die Eh' ehlos
      Von alters her, weil sie
1245 Sich mit sich selber gegattet.
      Jo! des Lajos Kind!
      Hätt' ich dich, hätt' ich nie dich gesehn,
      Ich jammre nämlich, da überhin
      Ich jauchze aus dem Munde.
1250 Das Rechte aber zu sagen, atmet' aus dir auf,
      Und eingeschläfert hab' ich mein Auge.

Fünfter Akt.

Erste Szene.
Ein Bote. Der Chor.

Bote. O ihr, die ihr allzeit im Lande hier
      Geehrt am meisten seid, was werdet ihr
      Für Werke hören, sehn, und welchen Jammer

1255 Erheben, wenn, wie Eingeborne, nah
Den Häusern Labdakos' ihr Sorge gönnet?
Ich meine, nicht der Ister, Phasis nicht
Wird reinwaschen dieses Haus, so viel
Es birgt. Bald aber kommt ans Licht das Schlimme,
1260 Unschuldig oder schuldig. Doch von Übeln
Am meisten schmerzt, was selbst erwählt sich zeiget.
Chor. Noch übrig ist, daß jenes, was wir wissen,
Zum Seufzen nicht mehr sei, was weißt du noch?
Bote. Es ist das schnellste Wort, zu sagen und
1265 Zu hören, tot ist es, Jokastas göttlich Haupt.
Chor. Unglückliche! um welcher Sache willen?
Bote. Sie selber durch sich selbst. Doch ist von dem
Das Traurigste entfernt. Der Anblick fehlet.
Doch sollst, soviel auch mir Gedächtnis blieb,
1270 Das Leiden du der Kämpfenden erfahren.
Denn da im Zorne stürzend sie gekommen
Ins Innere des Hofs, lief sie zum Brautbett schnell
Und riß das Haar sich aus mit Fingerspitzen.
Als sie die Türe hinter sich geschlossen,
1275 Ruft sie den Lajos, der schon lange tot ist,
Des alten Samens eingedenk, worüber
Er tot sei und die Mutter übrig lasse,
Die kinderlos nach ihm die Kinder zeuge,
Und jammert um ihr Bett, wo sie unglücklich
1280 Zwei Männer aus dem Mann und Kinder bring' aus Kindern;
Und wie sie drauf umkam, das weiß ich nimmer.
Denn schreiend stürzte Ödipus herein,
Vor dem man nicht ihr Unglück sehen konnte.
Auf ihn, wie er umherging, sahen wir.
1285 Er irrt und will, daß einen Speer wir reichen,
Daß er sein Weib, sein Weib nicht, und das Feld,
Das mütterliche find' und seiner Kinder.
Dem Wütenden wies es von Dämonen einer,
Kein Mann von denen, die zugegen waren.
1290 Gewaltig stürzt' als unter einem Treiber
Und trat auf beide Türen er und sprengte
Die hohlen Schlösser aus dem Grund und stürzt'
In das Gemach, wo hängend wir die Frau sahn
In Stricken; hättst du sie verstrickt gesehn!
1295 Wie er sie sieht, lautbrüllend, der Arme, löst
Das hängende Seil, und auf die Erde fiel er,
Der Leidende. Drauf war's ein Anblick schrecklich.

Die goldnen Nadeln riß er vom Gewand,
Mit denen sie geschmückt war, tat es auf,
1300 Und stach ins Helle seiner Augen sich und sprach,
So ungefähr, es sei, damit er sie nicht säh'
Und was er leid', und was er schlimm getan,
Damit in Finsternis er anderer in Zukunft,
Die er nicht sehen dürft', ansichtig werden mög',
1305 Und denen er bekannt sei, unbekannt.
Und so frohlockend stieß er öfters, einmal nicht
Die Wimpern haltend, und die blutigen
Augäpfel färbten ihm den Bart, und Tropfen nicht,
Als wie von Mord vergossen, rieselten, sondern schwarz
1310 Vergossen ward das Blut, ein Hagelregen.
Aus einem Paare kam's, kein einzeln Übel,
Ein Übel zusammen erzeugt von Mann und Weib.
Ihr alter Reichtum, wahrhaft war's von diesem
Ein Reichtum. Aber jetzt, an diesem Tage,
1315 Geseufz' und Irr' und Tod und Schmach, so viel
Von allen Übeln Namen sind, es fehlet keins.
Chor. Wie ruhet er im Übel jetzt, der Arme?
Bote. Er schreit, man soll die Riegel öffnen, daß
Man jenen offenbare allen Kadmiern,
1320 Den Vatermörder und der Mutter, spricht
Unheiliges, was ich nicht sagen darf.
Sich selbst verbannen woll' er aus dem Lande,
Verflucht, wie er geflucht, im Haus nicht bleiben.
Der Stärke nun und eines, der ihn leitet,
1325 Bedarf er, denn zu groß ist, daß er sie
Ertrage, seine Krankheit, doch er zeigt es dir.
Die Riegel dieses Tores öffnen sich;
Und einen Anblick wirst du sehn vielleicht,
So daß ein Kind auch seiner sich erbarmte.

Zweite Szene.
Der Chor. Ödipus. Kreon.
1330 **Chor.** O schrecklich zu sehen ein Schmerz für Menschen,
O schrecklichster von allen, so viel
Ich getroffen schon. Was ist, o Armer!
Dir gekommen ein Wahnsinn? welcher Dämon
Geleitete, den Größesten, dich
1335 Zu deinem töblichen Schicksal?
Ach! ach! du Armer, aber ansehn kann
Ich nicht dich, vieles will ich sagen,

     Viel raten, viel betrachten,
     Solch einen Schauder machest du mir.
1340 **Ödipus.**   Weh! Weh! Weh! Weh!
     Ach! ich Unglücklicher! Wohin auf Erden
     Werd' ich getragen, ich Leidender?
     Wo breitet sich um und bringt mich die Stimme?
     Jo! Dämon! wo reißest du hin?
1345 **Chor.**   In Gewaltiges, unerhört, unsichtbar.
     Ödipus.   Jo! Nachtwolke mein! Du furchtbare,
     Umwogend, unaussprechlich, unbezähmt,
     Unüberwältiget! o mir! o mir!
     Wie fährt in mich zugleich
1350   Mit diesen Stacheln
     Ein Treiben und Erinnerung der Übel!
     Chor.   Ein Wunder ist's in solchem Unglück nicht,
     Daß zweifach du aufjammerst, zweifach Übel trägst!
     Ödipus.   Jo, Lieber, der du mich
1355   Geleitest, nah mir bleibend!
     Denn jetzt noch duldest du mich,
     Den Blinden besorgend. Ach! Ach!
     Denn nicht verborgen mir bist du und wohl,
     Obgleich im Dunkeln, kenn' ich deine Stimme.
1360 **Chor.**   O der du tatst Gewaltiges! wie konntest du
     Dein Auge so beflecken, welcher Dämon trieb dich?
     Ödipus.   Apollon war's, Apollon, o ihr Lieben,
     Der solch Unglück vollbracht,
     Hier meine, meine Leiden.
1365   Es äffet kein Selbstmörder ihn,
     Ich Leidender aber,
     Was sollt' ich sein,
     Dem, sehend, nichts zu schauen süß war.
     Chor.   Es war so, wie auch du sprichst.
1370 **Ödipus.**   Was hab' ich noch zu sehen und zu lieben,
     Was Freundliches zu hören? ihr Lieben!
     Führt aus dem Orte geschwind mich,
     Führt, o ihr Lieben! den ganz Nichtswürdigen,
     Den Verfluchtesten und auch
1375   Den Göttern verhaßt am meisten unter den Menschen.
     Chor.   Kleinmütiger und eins mit dem Begegnis,
     Wie wünsch' ich, daß ich niemals dich gekannt.
     Ödipus.   Zugrunde gehe, wer es war,
     Der von der wilden
1380   Bewanderten Heide die Füße

Erlöst' und von dem Mord
Errettet' und erhielt, zu Dank
Nichts tat er. Denn damals gestorben,
Wär' ich den Lieben nicht, nicht mir ein solcher Kummer.
1385 **Chor.** Nach Wunsche mir auch wäre dieses.
 Ödipus. Wohl wär' ich nicht des Vaters Mörder
Gekommen, noch der Bräutigam genannt,
Von denen ich erzeugt ward,
Mühselig bin ich nun. Der Sohn Unheiliger,
1390 Und eines Geschlechts mit denen, wo ich selbst
Herstammt', ich Armer. Gibt's ein uralt Übel,
Empfing es Ödipus.
 Chor. Ich kann nicht sagen, daß du gut geraten,
Denn besser wär's, du lebtest nicht, als blind.
1395 **Ödipus.** Da dieses nun zum besten nicht getan ist,
So unterweise nicht, und rate mir nichts an.
Ich wußte nämlich nicht, mit welchen Augen ich
Den Vater angesehn, zum Hades wandelnd,
Und auch die arme Mutter. Welchen beiden
1400 Ich Mühn vollbracht, die größer sind, als Qualen.
Da war der Kinder Angesicht, wuchs täglich auf,
So wie aufwuchsen, anzuschauen mir
Nun nimmermehr! und meinen alten Augen
Nicht Stadt und Turm, die Bilder nicht der Geister,
1405 Die heiligen, worum ich Ärmlichster,
So gut, ein einziger Mann, gehalten und in Thebe,
Ich selber mich gebracht. Denn selber sagt' ich,
Daß alle hassen ihn, den götterlosen,
Der als Unheiliger geoffenbaret
1410 Durch Götter sei und das Geschlecht des Lajos.
Da meinen Schimpf ich also kundgetan,
Sollt' ich mit graden Augen diese sehn?
Mit nichten. Sondern wäre für den Quell,
Der in dem Ohre tönt, ein Schloß, ich hielt' es nicht,
1415 Ich schlösse meinen mühesel'gen Leib,
Daß blind ich wär' und taub. Denn süß ist es,
Wo der Gedanke wohnt, entfernt von Übeln.
Jo! Kithäron! warum nahmest du mich auf?
Und tötetest, empfangend, mich nicht gleich,
1420 Damit ich Menschen nie verräte, wer ich wäre?
O Polybos und Korinth, ihr väterlichen,
Ihr altgerühmten Häuser, wie so schön
Erzogt ihr mich, vor Übeln wohlverborgen?

Jetzt werd' ich schlecht, der Schlechten Sohn gefunden.
1425 O ihr drei Wege! du verborgner Hain,
Du Wald und Winkel auf dem Dreiweg, wo
Von meinen Händen ihr mein Blut, des Vaters Blut,
Getrunken, denkt ihr mein? was ich für Werke
Getan bei euch und dann, als ich hieher kam.
1430 Was ich dann wieder tat? o Ehe, Ehe!
Du pflanztest mich. Und da du mich gepflanzt,
So sandtest du denselben Samen aus,
Und zeigtest Väter, Brüder, Kinder, ein
Verwandtes Blut, und Jungfraun, Weiber, Mütter,
1435 Und was nur Schändlichstes entstehet unter Menschen!
Doch niemals sagt man, was zu tun nicht schön ist.
So schnell als möglich, bei den Göttern, begrabt
Mich draußen irgend, tötet oder werft
Ins Meer mich, wo ihr nimmermehr mich seht.
1440 Geht! haltet es der Mühe wert, den Mann,
Mühselig, anzurühren. Folget mir!
Habt keine Furcht! So nämlich ist mein Übel,
Daß vor mir nie kein Mensch es tragen mochte.
  Chor. Für deinen Wunsch ist eben Kreon da,
1445 Zu handeln und zu raten. Denn er ist
Allein statt dir, des Landes Wächter übrig.
  Ödipus. O mir! was ist zu diesem Wort zu sagen?
Welch Zeichen ward von rechter Treue mir?
Denn längst bin ich vor ihm ganz schlimm befunden.
1450 Kreon. Nicht als ein Spötter komm' ich, Ödipus,
Noch von den alten Übeln eins zu schelten.
Allein, wenn ihr vor sterblichen Geschlechtern
Nicht Scheue habt, so ehret doch die Flamme,
Die alles weidende des Königs Helios!
1455 Nicht darf man unbedeckt ein solches Unheil
Aufzeigen, das die Erde nicht, und nicht
Der heil'ge Regen und das Licht anspricht.
Geschwinde tragt hinein ihn in das Haus,
Denn denen im Geschlecht vornehmlich steht es an
1460 Zu sehn, zu hören eingeboren Übel.
  Ödipus. Bei Göttern! da du mir das Streben aufhieltst,
Der Trefflichste, zum Schlechtesten gekommen,
Gehorche mir. Zu dir, zu mir nicht red' ich.
  Kreon. Was zu gewinnen, bittest du so sehr?
1465 Ödipus. Wirf aus dem Lande mich, so schnell du kannst,
Wo ich mit Menschen ins Gespräch nicht komme.

Kreon. Schon wär's geschehn, das wisse, wollt' ich nicht
 Zuerst von Gott erfahren, was zu tun sei.
Ödipus. Doch schon ist ganz von ihm gesagt, die Sage,
1470 Daß man verderbe mich gottlosen Vatermörder.
Kreon. So ward gesagt, doch, wo wir stehn im Falle,
 Ist's besser noch, zu hören, was zu tun sei.
Ödipus. So um den Mann, mühselig, wollt ihr fragen?
Kreon. Du magst auch jetzt dem Gotte gläubig sein.
1475 **Ödipus.** Auch schreib' ich es dir vor und heiße dich's.
 Ihn setze in den Häusern, wie du willst,
 Den Hügel, denn du tust den Deinen es mit Recht.
 Meinwegen halt es nicht der Mühe wert,
 Daß mich die väterliche Stadt lebendig
1480 Zum Mitbewohner habe. Sondern laß
 Mich wohnen auf den Bergen, wo berühmt ist
 Hier mein Kithäron, den, noch lebend, Mutter
 Und Vater mir zum Grabmal auserkoren,
 Daß ich durch jene sterbe, welche mich verderbt,
1485 Wiewohl ich dieses weiß, mich konnte Krankheit nicht,
 Nichts sonst zerstören; nicht bin ich vom Tod
 Errettet, denn zu diesem großen Übel.
 Doch dies mein Schicksal geh', wohin es will.
 Für sie, die Kinder, für die männlichen,
1490 Für mich nicht sorge, Kreon. Sie sind Männer,
 Daß Mangel nie sie haben werden, wo
 Sie sind im Leben. Meine mühesel'gen
 Erbarmungswerten Jungfraun aber, denen
 Nie leer von Speis' und ohne unser einen
1495 Mein Tisch war, die, was ich berührte, teilten,
 Allzeit in allem, nehme der dich an.
 Auch wohl erlaubst du, zu berühren sie
 Mit Händen und das Unglück zu beweinen.
 Geh, o mein König!
1500 Geh du aus edlem Stamm! berühr' ich sie,
 Wird's sein, als hielt' ich sie, da ich gesehn.
 Was sag' ich?
 Hör' ich, bei Göttern, nicht die Lieben, wie
 Sie um mich weinen? und erbarmend schickt
1505 Sie Kreon mir, die liebsten meiner Kinder.
 Hab' ich nicht recht?
Kreon. Das hast du, eben bring' ich sie zu dir.
 Ich weiß, von je war dieses deine Freude.
Ödipus. Gesegnet seiest du, und dieses Wegs

1510 Mag besser dich, als mich ein Geist geleiten.
O Kinder, wo seid ihr wohl? kommt hieher, kommt,
Zu meinen brüderlichen Händen, ihr,
Die ihr, da er die Pflanzen zog, dem Vater
Gewidmet habt die vormals hellen Augen,
1515 Mir Kinder, der unwissend, unerfahren,
Ist Vater worden, wo er selbst gepflügt ward.
Beweinen muß ich euch, kann euch nicht ansehn,
Wenn ich den Rest des trüben Lebens denk',
Und wie Gewalt ihr leiden müßt von Menschen.
1520 Wo in Versammlungen der Städter mögt ihr gehn?
Zu welcher Feier, wo ihr weinend nicht
Nach Hause geht, statt mit dem Festtagsreihen?
Doch wenn ihr nun zum Gipfel kommt der Hochzeit,
Wer wird es sein? wer wirft hinweg die Kinder,
1525 Nimmt an den Schimpf und so, wie meinen Eltern
Und euch sie kommen, die Beleidigungen?
Denn welches Übel fehlt nicht? Euren Vater
Ermordete der Vater, die Gebärerin
Hat er gepflügt, von der er selbst gesäet ward,
1580 Und von denselben zeugt' er euch, von denen
Er selbst gekommen. So seid ihr beschimpft.
Und so, wer mag euch freien? keiner wird's,
Ihr Kinder, sondern sicher ist es, dürre
Vergehen müsset ihr und ohne Hochzeit.
1585 O Sohn Menökeus'! aber, da allein du
Als Vater ihnen übrig bist, denn wir,
Die sie gezeugt, ein Paar, sind untergangen,
Verachte nicht die armen männerlosen
Verwandten Irrenden; du wirst sie nicht
1540 Gleich stellen diesen meinen Übeln, wirst dich
Erbarmen ihrer, dies ihr Alter schauend.
Verlassen sind sie ganz. Bei dir steht es.
Versprich es, Edler! reiche deine Hand mir!
Euch, Kinder, wenn ihr schon die Sinne hättet,
1545 Möcht' ich noch vieles mahnen. Jetzt gelobt mir,
Was immer leben muß, und daß ihr leichter
Wollt leben, als, der euch gezeugt, der Vater.
Kreon.   Genug, wohin gerätst du weinend?
Gehe nun hinein ins Haus?
1550 Odipus.   Folgen muß man, freut es gleich nicht.
Kreon.   Alles ist zu rechter Zeit schön.
Odipus.   Weißt du, was ich nun will?

Kreon. Sag' es. Ich weiß es, hör' ich es.
Ödipus. Aus der Heimat sende fort mich.
1555 **Kreon.** Was der Gott gibt, bittst du mich.
Ödipus. Doch verhasset Göttern komm' ich.
Kreon. Darum erhältst du's bald.
Ödipus. Sagst du's nun?
Kreon. Was ich nicht denke, sag' ich zweimal nicht.
1560 **Ödipus.** Führe du mich jetzt von hinnen.
Kreon. Gehe! laß die Kinder nur!
Ödipus. Keineswegs nimmst du die mir.
Kreon. Alles maße dir nicht an.
Auch was eigen dir gewesen, folgt dir nicht im Leben nach.
1565 **Chor.** Ihr, im Lande Thebe Bürger, sehet diesen Ödipus,
Der berühmte Rätsel löste, der vor allen war ein Mann.
Der nicht auf der Bürger Eifer, nicht gesehen auf das Glück,
Wie ins Wetter eines großen Schicksals er gekommen ist,
Darum schauet hin auf jenen, der zuletzt erscheint, den Tag,
1570 Wer da sterblich ist, und preiset glücklich keinen, eh' denn er
An des Lebens Ziel gedrungen, Elend nicht erfahren hat.

Antigonä

Perſonen des Drama:

Antigonä
Ismene
Chor von Thebaniſchen Alten
Kreon
Ein Wächter
Hämon
Tireſias
Ein Bote
Eurydice
Hausgenoß

Erster Akt.

Erste Szene.

Antigonä. Ismene. Der Chor.

Antigonä. Gemeinſamſchweſterliches! o Ismenes Haupt!
  Weißt du etwas, das nicht der Erde Vater
  Erfuhr, mit uns, die wir bis hieher leben,
  Ein Nennbares, ſeit Ödipus gehaſcht ward?
5 Nicht eine traur'ge Arbeit, auch kein Irrſal,
  Und ſchändlich iſt und ehrlos nirgend eines,
  Das ich in deinem, meinem Unglück nicht geſehn.
  Jetzt aber, ahneſt du das, was der Feldherr
  Uns kundgetan, in offner Stadt, ſoeben?
10 Haſt du gehört es? oder weißt du nicht,
  Wie auf die Lieben kommet Feindesübel?
Ismene. Nicht kam ein Wort zu mir, Antigonä, von Lieben,
  Kein liebliches und auch kein trauriges, ſeitdem
  Die beiden Brüder beide wir verloren;
15 Die ſtarben, einen Tag, von zweien Händen;
  Seit aber fort das Heer von Argos iſt,
  Vergangne Nacht, weiß ich nichts weiter mehr,
  Und bin nicht glücklicher und nicht betrübter.
Antigonä. Das dacht' ich wohl und rief aus dem Hoftor
20 Darum, daß du's beſonders hören könnteſt.
Ismene. Was iſt's, du ſcheinſt ein rotes Wort zu färben?
Antigonä. Hat mit der letzten Ehre denn nicht unſre Brüder
  Kreon gekränzt, beſchimpft, wechſelsweiſe?
  Eteokles zwar, ſagt man, behandelt er
25 Mit rechtem Recht, geſetzgemäß, und birgt
  Ihn in die Erd', ehrſam den Toten drunten.
  Vom andern aber, der geſtorben iſt armſelig,
  Von Polynikes' Leibe ſagen ſie, man hab'
  Es in der Stadt verkündet, daß man ihn
30 Mit keinem Grabe berg' und nicht betraure.

Man soll ihn lassen unbeweint und grablos,
Süß Mahl den Vögeln, die auf Fraßes Lust sehn.
So etwas, sagt man, hat der gute Kreon dir
Und mir, denn mich auch mein' ich, kundgetan,
35 Und hieher kommt er, dies Unwissenden
Deutlich zu melden. Und die Sache sei
Nicht, wie für nichts. Wer etwas tut dabei,
Dem wird der Tod des Steinigens im Orte.
So steht es dir. Und gleich wirst du beweisen,
40 Ob gutgeboren, ob die Böse du der Guten?
  Ismene. Was aber, o du Arme, wenn es so steht?
Soll ich es lassen oder doch zu Grab' gehn?
  Antigonä. Ob mittun du, mithelfen wollest, forsche!
  Ismene. Das ist vermessen. Wie bist du daran?
45 Antigonä. Ob du den Toten mit der Hand hier tragest?
  Ismene. Dem willst zu Grabe du gehn, dem die Stadt entsagt hat?
  Antigonä. Von dir und mir mein' ich, auch wenn du nicht es willst,
Den Bruder. Denn treulos fängt man mich nicht.
  Ismene. Verwilderte! wenn Kreon es verbietet?
50 Antigonä. Mit diesem hat das Meine nichts zu tun.
  Ismene. O mir! bedenke, Schwester, wie der Vater
Von uns, verhaßt und ruhmlos untergangen
Nach selbst verschuldeten Verirrungen,
Da er sein Augenpaar mit eigner Hand zerstochen.
55 Und dann die Mutter, Ehefrau zugleich,
Ein doppelt Leiden, mit gewundnen Stricken
Verstümmelte das Leben sie. Zum dritten
Die beiden Brüder, die an einem Tage
Verwandten Tod mit Gegnershand bewirket.
60 Und nun wir zwei, die wir allein geblieben.
Sieh, wie am schlimmsten wir vergingen, wenn
Gewaltsam wir des Herrn Befehl und Kraft
Verfehlten. Dies auch denke, Weiber sind wir,
Und dürfen so nicht gegen Männer streiten,
65 Und dann auch, weil von Stärkern wir beherrscht sind,
So müssen wir dies hören; Härters noch!
Ich also bitte sie, die drunten sind,
Mir zu verzeihen, daß mir dies geschieht,
Und laß sie walten, die da ferne gehen,
70 Denn überflüssiges zu tun, ist sinnlos.
  Antigonä. Befehlen will ich's nicht, und wolltest du's nun
Noch tun, es wär' in deiner Hilfe Lust nicht.
Nein! denke du, wie dir's gefällt; doch ihn

Begrab' ich. Schön ist es hernach, zu sterben.
75 Lieb werd' ich bei ihm liegen, bei dem Lieben,
Wenn Heiligs ich vollbracht. Und dann ist's mehr Zeit,
Daß denen drunten ich gefall' als hier.
Dort wohn' ich ja für immer einst. Doch du,
Beliebt es, halt ehrlos vor Göttern Ehrsams.
80 **Ismene.** Für ehrlos halt' ich's nicht. Zum Schritt allein, den
             Bürger
Im Aufstand tun, bin linkisch ich geboren.
Antigonä. Nimm nun zum Vorwand dies. Ich aber gehe,
Ein Grab dem liebsten Bruder aufzuwerfen.
Ismene. Ich Arme! o! wie fürcht' ich für dich!
85 **Antigonä.** Mir rate nicht! komm aus mit deinem Leben!
Ismene. Meinwegen. Laß die Tat nur niemand hören!
Halt dich jetzt still! So kann ich mit dabei sein.
Antigonä. O mir! schrei laut es aus! Ich hasse nur noch mehr
             dich,
Schweigst du und sagst nicht dieses aus vor allen.
90 **Ismene.** Warm für die Kalten leidet deine Seele.
Antigonä. Ich weiß, wem ich gefallen muß am meisten.
Ismene. Könntst du es, doch Untunliches versuchst du.
Antigonä. Gewiß! kann ich es nicht, so muß ich's lassen.
Ismene. Gleich anfangs muß niemand Untunlichs jagen.
95 **Antigonä.** Magst du so etwas sagen, hass' ich dich,
Haßt auch dich der Gestorbene mit Recht.
Laß mich und meinen irren Rat
Das Gewaltige leiden. Ich bin überall nicht so
Empfindsam, daß ich sollt' unschönen Todes sterben.
100 **Ismene.** Wenn dir es dünkt, so geh. Wiss' aber dies,
Sinnlos, doch lieb in liebem Tone sprichst du.

Chor der Thebanischen Alten. O Blick der Sonne, du schönster, der
Dem siebentorigen Thebe
Seit langem scheint, bist einmal du
105 Erschienen, o Licht, bist du,
O Augenblick des goldenen Tages,
Gegangen über die Dircäischen Bäche,
Und den Wagenschild, ihn von Argos,
Den Mann, gekommen in Waffenrüstung,
110 Den hinstürzenden Flüchtling
Bewegst du mit der Schärfe des Zaums, ihn,
Mit welchem über unser Land
Sich geschwungen Polynikes

Aus zweideutigem Zank und scharf, wie ein Adler,
115 Schrie er und flog,
Schneeweiß sein Flügel,
Furchtbar, mit Waffen viel
Und Helmen, geschmückt mit dem Roßschweif.

Und über Palästen stand er und wies,
120 Voll blutiger Spieße, rings
Das siebentorige Maul;
Doch ging er davon,
Noch ehe von unsrem
Blut er die Backen
125 Gefüllt, und ehe
Die Krone der Türme
Die Fackel des Hephästos genommen.
So über dem Rücken ist Getümmel
Des Mars dem Feind ein Hindernis,
130 Dem Drachen, geworden.
Denn sehr haßt Zeus das Prangen
Der großen Zung', und wo er,
Wenn sie langschreitend kommen,
Ins Goldene ihnen sieht, ins eitle Hinaussehn,
135 Mit geschwungenem Feuer stürzet er sie, wo einer
Von steilen Treppen schon
Den Sieg anhebet zu jauchzen.

Auf harten Boden aber fällt er, hinuntertaumelnd,
Liebestrunken, der mit rasender Schar
140 Hinschnob, bacchantisch
Im Wurf ungünstiger Winde;
Fand aber anders;
Anderes andrem
Bescheidet der Schlachtgeist, wenn der hart
145 Anregend einen mit dem Rechten die Hand erschüttert.
Sieben Fürsten, vor sieben Toren
Geordnet, gleiche zu gleichen, ließen
Dem Zeus, dem triumphierenden, die ehernen Waffen,
Außer den Abscheulichen, die von einem Vater
150 Und einer Mutter gezeuget, gegeneinander
Die doppelten Speere gerichtet und empfangen
Des gemeinsamen Todes Teil, die beiden.
Der großnamige Sieg ist aber gekommen,
Der wagenreichen günstig, der Thebe,
155 Und nach dem Kriege hier,

Macht die Vergessenheit aus!
Zu allen Göttertempeln,
Mit Chören, die Nacht durch,
Kommt her! und, Thebe
160 Erschütternd, herrsche der Bacchusreigen!
Doch er, der König der Gegend,
Kreon, Menökeus' Sohn, neu nach
Der Götter neuen Verhängnissen,
Kommt wohl, um einen Rat
165 Zu sagen, da er zusammenberufen
Und verordnet hier der Alten Versammlung,
Und öffentliche Botschaft gesendet.

Zweite Szene.
Kreon. Der Chor.

Kreon. Ihr Männer, wär's die Stadt allein, die haben,
Nachdem in großer Flut sie die geschüttert,
170 Nun wiederum gestaltet unsre Götter.
Euch aber rief aus zwei Ursachen ich
Aus den Gesamten, einmal, weil ich weiß,
Ihr achtet überhaupt von Lajos' Thron die Herrschaft,
Dann auch, als Ödipus die Stadt errichtet
175 Und nachher unterging, seid treugesinnt
Geblieben ihr den Kindern jener Eltern.
Da nun aus doppeltem Verhängnis diese
An einem Tag umkamen, schlagend und
Geschlagen in der eigenhänd'gen Schande,
180 Hab' ich die Kraft also und Thron durchaus
Aus Folge des Geschlechts von den Gestorbnen.
Doch nur mit solchen, die Recht und Befehl gewohnt sind,
Kann einer in der Seel' und Sinnesart und Meinungen
Verstehn sich allenfalls, mit andern schwerlich.
185 Mir nämlich neu scheint, wenn einer vornehm ist
Und nicht sich hält im höchsten Sinn, hingegen
In einer Furcht verschloßne Zunge führet,
Ein schlechtes Leben das, jetzt und von jeher.
Und wenn für größer als sein Vaterland
190 Das Liebste jemand hält, der gilt mir ganz nichts.
Ich nämlich, weiß es Zeus, der alles schauet, allzeit,
Ich werd' es nicht verschweigen, seh' ich Irrung
Den Städtern gehen gegen ihre Wohlfahrt, nicht,
Wenn auf dem Grund hier ein Verdroßner ist,

195 Den mir zum Freunde machen, denn ich weiß,
Der hält zusammen, und so wir auf diesem
Recht fahren, mögen Freunde wir gewinnen.
Nach solcher Satzung will die Stadt ich fördern.
Dermalen aber hab' ich Ähnliches verkündet
200 Den Städtern wegen Ödipus' Geschlecht.
Eteokles wohl, der kämpfend für die Stadt ist
Gestorben, all anordnend mit dem Speer,
Ihn decket mit dem Grab und fertiget,
Was nur gehört den besten Toten drunten.
205 Doch jenem, der sein Blutsverwandter ist,
Polynikes, der das väterliche Land,
Der Heimat Götter, kommend von der Flucht,
Vom Gipfel an mit Feuer wollte stürzen,
Sich weiden an verwandtem Blut und diese
210 Wegführen in Gefangenschaft, von diesem
Sag' ich, und in der Stadt ist's ausgerufen,
Daß keiner ihn begrabe, keiner traure,
Daß unbegraben er gelassen sei, zu schaun
Ein Mahl, zerfleischt von Vögeln und von Hunden.
215 Dies ist mein Sinn, und niemals werden mir
Die Schlimmen mehr geehrt sein, als die Guten.
Doch wer es gut meint mit der Stadt, tot oder
Lebendig, immer sei er gleich von mir geschätzet.
Chor.   Dir dünket dies, o Sohn Menökeus', Kreon,
220 Des Feindes wegen und des Freunds der Stadt.
Und das Gesetz gebrauchst du überall,
Der Toten wegen und der Lebenden.
Kreon.   Tragt ihr die Aufsicht nun in dem Besagten!
Chor.   Besetze du mit Jungen derlei Posten!
225 Kreon. Nicht das. Die Wach' ist schon für den Entleibten draußen.
Chor.   Du nehmest aber auch noch in die Pflicht uns andre.
Kreon.   Ja. Weil's gewisse gibt, bei denen dieses mißfällt.
Chor.   Hier ist kein solcher Tor, der gerne stirbet.
Kreon.   Dies ist der Lohn. Doch hat mit Hoffnungen
230 Oft der Gewinn den Mann zugrund' gerichtet.

Dritte Szene.

Kreon. Der Chor. Ein Bote.

Bote.   Mein König, diesmal plaudr' ich nicht, wie mich
Die odemlose Schnelle bring', und wie
Sich leicht gehoben mir der Fuß. Denn öfters

Hielt mich die Sorg' und wendet auf dem Wege
235	Mich um zur Rückkehr. Denn die Seele sang
	Mir träumend viel. Wo gehst du hin, du Armer!
	Wohin gelangt, gibst du die Rechenschaft?
	Bleibst du zurück, Unglücklicher? so aber
	Wird Kreon es von einem andern hören.
240	Wie kümmerst du deswegen denn dich nicht?
	Derlei bedenkend, ging ich müßig langsam,
	Und so wird auch ein kurzer Weg zum weiten.
	Zuletzt hat freilich dies gesiegt, ich soll
	Hierher, und wenn mein Sorgen auch für nichts ist,
245	So sprech' ich doch. Denn in der Hoffnung komm' ich
	Es folge nur, dem was ich tat, was not ist.
Kreon. Was gibt's, warum du so kleinmütig kommest?
Bote. Ich will dir alles nennen, was an mir ist,
	Denn nicht getan hab' ich's; weiß auch nicht, wer es tat.
250	Und nicht mit Recht würd' ich in Strafe fallen.
Kreon. Du siehst dich wohl für. Hüllest ringsherum
	Die Tat, und scheinst zu deuten auf ein Neues.
Bote. Gewaltiges macht nämlich auch viel Mühe.
Kreon. So sag' es jetzt, und gehe wieder weiter!
255 **Bote.** Ich sag' es dir. Es hat den Toten eben
	Begraben eines, das entkam, die Haut zweimal
	Mit Staub bestreut, und, wie's geziemt, gefeiert.
Kreon. Was meinst du? wer hat dies sich unterfangen?
Bote. Undenklich. Nirgend war von einem Karst
260	Ein Schlag; und nicht der Stoß von einer Schaufel,
	Und dicht das Land; der Boden ungegraben;
	Von Rädern nicht befahren. Zeichenlos war
	Der Meister, und wie das der erste Tagesblick
	Anzeigte, kam's unhold uns all an, wie ein Wunder,
265	Nichts Feierlichs. Es war kein Grabmal nicht.
	Nur zarter Staub, wie wenn man das Verbot
	Gescheut. Und auch des Wilds Fußtritte nirgend nicht,
	Noch eines Hundes, der gekommen und zerrissen.
	Und schlimme Worte fuhren durcheinander.
270	Ein Wächter klagt den andern an; und fast
	Gekommen wär's zu Streichen. Niemand war,
	Der abgewehrt. Denn jeder schien, als hätt'
	Er es getan, doch keiner offenbar,
	Und jeder wußt' etwas für sich zu sagen.
275	Wir waren aber bereit, mit Händen glühend Eisen
	Zu nehmen und durch Feuer zu gehn und bei den Göttern

Zu schwören, daß wir nichts getan, und daß wir
Von dem nichts wußten, welcher das Geschehne
Beratschlagt oder ausgeführt. Zuletzt,
280 Als weiter nichts zu forschen war, spricht einer,
Der alle dahin brachte, daß das Haupt
Zu Boden ihnen sank, aus Furcht, denn nichts
Dagegen wußten wir, noch auch, wie wir
Es schön vollbrächten, und es hieß, man müsse
285 Die Tat anzeigen, dir es nicht verbergen.
Und dieses siegt', und mich den Geisterlosen
Erliest das Los, daß die Gewissenhaftigkeit
Ich hab' und bin zugegen, wider Willen;
Ich weiß, ich bin es vor Unwilligen,
290 Denn niemand liebt den Boten schlimmer Worte.
   Chor.   Mein König, lange rät, es möchte göttlich
Getrieben sein das Werk, mir das Gewissen.
   Kreon.   Laß das! damit du nicht zum Zorngericht auch mich noch
Beredest, und ein Narr erfunden seist und Alter.
295 Denn allzuschwer fällt dieses, daß du sagst,
Die Geister aus jenseitigem Lande können
Nachdenklich sein um dieses Toten willen.
So zärtlich ehren sollten sie, umschatten einen,
Der doch die Gruppen ihrer Tempelsäulen
300 Und Opfer zu verbrennen kam, ihr Land
Und ihr Gesetz zu sprengen; oder siehest du,
Daß Schlimme von den Himmlischen sind geehrt?
Mit nichten. Doch es nehmen einige
Von sonst her mir dies übel in der Stadt
305 Und murren, ingeheim die Häupter schüttelnd,
Und im Geschirre biegen diese mir
Den Nacken so nicht ein, daß Menschlichs kommen könnte.
Von diesen sind Geschenke worden diesen,
Das weiß ich wohl, daß sie derlei gestiftet.
310 Denn unter allem, was gestempelt ist,
Ist schlimm nichts, wie das Silber. Ganze Städte
Verführet dies, reizt Männer aus den Häusern.
Verbilden und verwandeln kann's aufrichtige Sinne,
Daß sie der Sterblichen ihr schändlich Werk erkennen.
315 Und viel Geschäft den Menschen weist es an,
Und jeder Tat Gottlosigkeit zu wissen.
So viele dies getan, durch Lohn bewegt,
Sie taten's in der Zeit, zu Rechenschaft.
Wenn aber Leben hat der Erde Herr in mir auch,

So weiß ich dies, und dargestellt zum Eide,
Sag' ich dir dies: den Täter müßt ihr liefern,
Der hackt die Toten, den vors Auge müßt ihr
Mir schaffen, oder lebend erst, ans Kreuz gehängt,
Das üppige Beginnen mir verraten,
Dann könnet ihr gefaßt sein auf die Hölle.
Da schaut ihr dann, woher man den Gewinn holt,
Vermacht die Plünderung einander, und erfahrt,
Daß alles nicht gemacht ist zum Erwerbe.
Das weißt du gut, durch schlimmen Vorteil sind
Betrogen mehrere, denn wohlbehalten.
Bote. Gibst du was auszurichten, oder kehr' ich so?
Kreon. Weißt du, wie eine Qual jetzt ist in deinen Worten?
Bote. Sticht es im Ohre, sticht's im Innern dir?
Kreon. Was rechnest du, wo sich mein Kummer finde?
Bote. Der Täter plagt den Sinn, die Ohren ich.
Kreon. O mir! welch furchtbarer Sprechart bist du geboren?
Bote. So ist's, weil ich nicht in der Sache mit bin.
Kreon. Du bist's! um Geld verratend deine Seele!
Bote. Ach! furchtbar ist Gewissen ohne Wahrheit!
Kreon. So mal' die Satzung aus! Wenn aber ihr
Nicht anzeigt, die's getan, so mögt ihr sagen,
Gewaltiges Gewinnen gebe Schaden.

(Kreon geht ab.)

Bote. Dem kann denn doch wohl nachgespüret werden.
Ob's aber treffen auch sich läßt? So etwas
Geht nämlich, wie es zustößt eben; nun scheint's nicht,
Als sähest du mich wieder hieher kommen.
Denn unverhofft und gegen meine Meinung
Erhalten, sag' ich jetzt viel Dank den Göttern.

(Er gehet ab.)

Zweiter Akt.

Chor der Thebanischen Alten. Ungeheuer ist viel. Doch nichts
Ungeheurer als der Mensch.
Denn der, über die Nacht
Des Meers, wenn gegen den Winter wehet
Der Südwind, fähret er aus
In geflügelten sausenden Häusern.

355 Und der Himmlischen erhabene Erde
Die unverderbliche, unermüdete,
Reibet er auf mit dem strebenden Pfluge.
Von Jahr zu Jahr
Treibt sein Verkehr er mit dem Roßgeschlecht
360 Und leichtträumender Vögel Welt
Bestrickt er und jagt sie
Und wilder Tiere Zug
Und des Pontos salzbelebte Natur
Mit gesponnenen Netzen,
365 Der kundige Mann,
Und fängt mit Künsten das Wild,
Das auf Bergen übernachtet und schweift.
Und dem rauhmähnigen Rosse wirft er um
Den Nacken das Joch, und dem Berge
370 Bewandelnden unbezähmten Stier.

Und die Red' und den luftigen
Gedanken und städtebeherrschenden Stolz
Hat erlernet er, und übelwohnender
Hügel feuchte Lüfte, und
375 Die unglücklichen zu fliehen, die Pfeile. Allbewandert,
Unbewandert. Zu nichts kommt er.
Der Toten künftigen Ort nur
Zu fliehen weiß er nicht,
Und die Flucht unbehaltener Seuchen
380 Zu überdenken.
Von Weisem etwas, und das Geschickte der Kunst
Mehr, als er hoffen kann, besitzend,
Kommt einmal er auf Schlimmes, das andre zu Gutem.
Die Gesetze kränkt er, der Erd' und Naturgewalt'ger
385 Beschwornes Gewissen;
Hochstädtisch kommt, unstädtisch
Zu nichts er, wo das Schöne
Mit ihm ist und mit Frechheit.
Nicht sei am Herde mit mir,
390 Noch gleichgesinnet,
Wer solches tut.
Wie Gottesversuchung aber stehet es vor mir,
Daß ich sie seh' und sagen doch soll,
Das Kind sei's nicht, Antigonä.
395 O Unglückliche, vom unglücklichen
Vater Ödipus, was führt über dir und wohin,

Als Ungehorsam dich
Den königlichen Gesetzen,
In Unvernunft dich ergreifend?

Erste Szene.

Antigonä. Der Bote. Der Chor. Kreon.

400 **Bote.**   Die ist's. Die hat's getan. Die griffen wir,
Da sie das Grab gemacht, doch wo ist Kreon?
Chor.   Er kommet eben da zurück vom Hause.
Kreon.   Was ist es? welch gemeßner Fall geht vor?
Bote.   Mein König, Menschen müssen nichts verschwören.
405 Bildung lacht aus die Meinung. Was ich sag';
Ich dachte nicht so leicht hieher zurückzukommen,
Der Drohung nach, die mich zuvor herumgestürmet.
Dem überraschen einer Freude gleicht jedoch
In keinem Grab ein anderes Vergnügen.
410 Beschworen komm' ich, ob ich gleich es abschwur,
Die Jungfrau bringend hier; die ward erfunden,
Wie sie das Grab geschmückt. Da ward kein Los
Geschwungen. Sondern dieser Fund ist mein.
Und keines andern; nimm, o König, nun
415 Sie selber, wie du willst, und richt' und strafe!
Ich bin mit Recht befreit von diesem Unglück.
Kreon.   Wie bringst du diese her? wo griffst du sie?
Bote.   Die hat den Mann begraben. Alles weißt du.
Kreon.   Weißt du und sagst auch recht, was du geredet?
420 **Bote.**   Begraben sah ich die den Toten, wo du es
Verboten. Hinterbring' ich Klares, Deutlichs?
Kreon.   Und wie ward sie gesehn und schuldig funden?
Bote.   So war die Sache. Wie wir weggegangen
Von dir, als du Gewaltiges gedrohet,
425 So wischten allen Staub wir ab, der um
Den Toten, wohl den nassen Leib entblößend;
Und setzten uns auf hohen Hügel, an die Luft,
Daß er Geruch nicht von sich gebe, fürchtend.
Es regt' ein Mann den andern auf und drohte,
430 Wenn einer nicht die Arbeit achten würde.
Und lange blieb es so, bis auseinander brechend
Der Sonne Kreis sich bückte grad' herab
Vom Äther, und der Brand erglühte. Plötzlich hub
Vom Boden dann ein warmer Sturm den Wirbel,

435 Der Himmlisches betrübt, das Feld und reißt
Die Haare rings vom Wald des Tals, und voll ward
Davon der große Äther; wir verschlossen
Die Augen, hatten göttlich Weh, und als
Wir frei davon in guter Zeit hernach,
440 So wird das Kind gesehn und weinet auf
Mit scharfer Stimme, wie ein Vogel trauert,
Wenn in dem leeren Nest verwaist von Jungen er
Das Lager sieht. So sie, da sie entblößt
Erblickt den Toten, jammerte sie laut auf,
445 Und fluchte böse Flüche, wer's getan,
Und bringet Staub mit beiden Händen, schnell,
Und aus dem wohlgeschlagnen Eisenkruge kränzt
Sie dreimal mit Ergießungen den Toten.
Wir, dies gesehen, kamen, haschten sie,
450 Die nicht betroffen war, und klagten sie
Des Jetzigen und Schongeschehnen an.
Sie leugnet' aber nichts mir ab, und war
Lieblich zugleich und auch betrübt, vor mir.
Denn, daß man selbst entflieht aus Übeln, ist
455 Das Angenehmste. Doch ins Unglück Freunde
Zu bringen, ist betrübt. Doch dieses alles
Ist kleiner, als mein eignes Heil zu nehmen.
Kreon. Du also, die zur Erde neigt das Haupt,
Sagst oder leugnest du, daß du's getan hab'st.
460 Antigonä. Ich sage, daß ich's tat und leugn' es nicht.
Kreon. Du, gehe du, wohin du willst, hinaus,
Von schwerer Schuld befreit; sag' aber du mir,
Nicht lange, aber kurz, ist dir bekannt,
Wie ausgerufen ward, daß solches nicht zu tun ist?
465 Antigonä. Ich wußte das. Wie nicht? Es war ja deutlich.
Kreon. Was wagtest du, ein solch Gesetz zu brechen?
Antigonä. Darum. Mein Zeus berichtete mir's nicht;
Noch hier im Haus das Recht der Todesgötter,
Die unter Menschen das Gesetz begrenzet;
470 Auch dacht' ich nicht, es sei dein Ausgebot so sehr viel,
Daß eins, der sterben muß, die ungeschriebnen drüber,
Die festen Satzungen im Himmel, brechen sollte.
Nicht heut und gestern nur, die leben immer,
Und niemand weiß, woher sie sind gekommen.
475 Drum wollt' ich unter Himmlischen nicht, aus Furcht
Vor eines Manns Gedanken, Strafe wagen.
Ich wußte aber, daß ich sterben müßte.

Warum nicht? hätt'st du's auch nicht kund getan.
Wenn aber vor der Zeit ich sterbe, sag' ich, daß es
480 Sogar Gewinn ist. Wer, wie ich, viel lebt mit Übeln,
Bekommt doch wohl im Tod ein wenig Vorteil?
So ist es mir, auf solch Schicksal zu treffen,
Betrübnis nicht; wenn meiner Mutter Toten,
Als er gestorben, ich grablos gelassen hätte,
485 Das würde mich betrüben. Aber das
Betrübt mich gar nicht. Bin ich aber dir,
Wie ich es tat, nun auf die Närrin kommen,
War ich dem Narren fast an Narrheit ein wenig schuldig.
    Chor. Man sieht das rauh Geschlecht vom rauhen Vater
490 Am Kind! Allein beiseit' im Übel kann's nicht.
    Kreon. Doch weißt du wohl, daß allzuspröde Sprach'
Am liebsten fällt. Und auch dem stärksten Eisen
Bricht und vergeht das Störrige, gekocht
Im Ofen. Alle Tage kannst du dies sehn.
495 Und kaum mit einem Zaume weiß ich, daß gestellt
Die grausamweitgestreckten Rosse werden.
Nicht seine Sach' ist's, groß zu denken, dem,
Der Diener derer ist, die ihn umgeben.
Die aber findet eine Lust aus, damit,
500 Daß sie die vorgeschriebenen Gesetze trüb macht.
Und das ist noch die zweite Frechheit, da
Sie es getan, daß dessen sie sich rühmt und lacht,
Daß sie's getan. Nein! nun bin ich kein Mann,
Sie ein Mann aber, wenn ihr solche Kraft
505 Zukommet ungestraft. Doch wenn sie schon
Von meiner Schwester und Verwandtesten,
Vom ganzen Gotte meines Herdes da ist,
Dem allen ungeachtet meidet sie
Den schlimmen Tod nicht. Auch die Base nicht. Zu teuerst,
510 Auch diese klag' ich an, wie diese da,
Daß sie gesorget, des Verscharrens wegen.
Ruft sie heraus. Denn eben sah ich drinnen,
Sie wüten, nicht der Sinne mächtig. Gleich
Will ein geheimer Mut gefangen sein,
515 Wenn etwas nicht ist recht getan im Dunkeln.
Gewiß, das laß' ich, ist auf Schlimmem einer
Ertappt, wenn er daraus noch Schönes machen möchte.
    Antigonä. Willst du denn mehr, da du mich hast, als töten?
    Kreon. Nichts will ich. Hab' ich dies, so hab' ich alles.
520 Antigonä. Was soll's also? Von deinen Worten keins

Ist mir gefällig, kann niemals gefällig werden,
Drum sind die meinigen auch dir mißfällig,
Obwohl, woher hätt' ich wohllautenderen Ruhm,
Als wenn ich in das Grab den Bruder lege,
525 Denn, daß es wohlgefall' all diesen da,
Gestände, sperrete die Zunge nur die Furcht nicht.
Das Königstum ist aber überall
Geistreich und tut und sagt, was ihm beliebet.
Kreon. Siehst du allein dies von den Kadmiern?
530 **Antigonä.** Auch diese sehn's, doch halten sie das Maul, die.
Kreon. Schämst du dich nicht, die ungefragt zu deuten?
Antigonä. Man ehrt doch wohl die Menschen eines Fleisches.
Kreon. Und eines Bluts noch auch ist, der fürs Land gestorben.
Antigonä. Eins Blutes. Kind eins einigen Geschlechtes.
535 **Kreon.** Und du bringst doch Gottlosen einen Dank?
Antigonä. Das läßt gewiß nicht gelten der Entschlafne.
Kreon. Freilich. Wenn dir als Eins Gottloses gilt und anders.
Antigonä. Nicht in des Knechtes Werk, ein Bruder ist er weiter.
Kreon. Verderbt hat der das Land; der ist dafür gestanden.
540 **Antigonä.** Dennoch hat solch Gesetz die Totenwelt gern.
Kreon. Doch, Guten gleich sind Schlimme nicht zu nehmen.
Antigonä. Wer weiß, da kann doch drunt ein andrer Brauch sein.
Kreon. Nie ist der Feind, auch wenn er tot ist, Freund.
Antigonä. Aber gewiß. Zum Hasse nicht, zur Liebe bin ich.
545 **Kreon.** So geh hinunter, wenn du lieben willst,
Und liebe dort! mir herrscht kein Weib im Leben.

Zweite Szene.

Der Chor. Kreon. Antigonä. Ismene.

Chor. Aber jetzt kommt aus dem Tor Ismene,
Friedlich, schwesterliche Tränen vergießend.
Ein Geist über den Augenbraunen das blutige
550 Gesicht deckt,
Waschet rege von den Schläfen die Wangen.
Kreon. Ja! du! die du drin hockst, daheim, wie Schlangen,
Geborgen und mich aussaugst! hat nicht einer mir
Berichtet, daß ich zwei Einbildungen hab' an mir
555 Und Feinde des Throns? geh, sage, hast du mitgemacht
Am Grabe, oder hast du's mit der Unschuld?
Ismene. Getan das Werk hab' ich, wenn die mit einstimmt,
Und nehme teil. Die Schuld nehm' ich auf mich.

Antigonä. Das wird das Recht ja aber nicht erlauben.
560 Du wolltest nicht. Ich nahm dich nicht dazu mit.
Ismene. Ich schäme mich an deinem Unglück nicht,
     Und mache zur Gefährtin mich im Leiden.
Antigonä. Bei denen, die durchgängiger Weise sind,
     Und die Gespräche halten miteinander, drunten,
565 Die mit den Worten liebt, die mag ich nicht.
Ismene. Bring' so mich in Verdacht nicht, Schwester, wie als
                                                    könnt'
     Ich sterben nie mit dir; des Grabs Unschick vergüten.
Antigonä. Stirb du nicht allgemein. Was dich nicht angeht,
     Das mache dein nicht. Mein Tod wird genug sein.
570 **Ismene.** Hab' ich denn, wenn du weg, noch eine Lieb' im Leben?
Antigonä. Den Kreon, liebe den. Dem weisest du den Weg ja.
Ismene. Was plagest du mich ohne Nutzen so?
Antigonä. Anfechtung ist es, wenn ich dich verlache.
Ismene. Was aber kann ich nützen dir, auch jetzt noch?
575 **Antigonä.** Nütz' dir. Das gönn' ich dir, daß du mit hingehst.
Ismene. Ich Arme! weh! hab' ich schuld, daß du stirbst?
Antigonä. Dein Teil ist ja das Leben, meines Tod.
Ismene. Doch was ich sprach zu dir, ist auch dabei doch.
Antigonä. Das war auch schön. Doch so wollt' ich gesinnt sein.
580 **Ismene.** Allein der Fehl ist für uns beide gleich.
Antigonä. Sei gutes Muts! du lebst, doch meine Seele,
     Längst ist die tot, so daß ich Toten diene.
Kreon. Von diesem Weibe da, sag' ich, wird eben da
     Sinnlos die ein', einheimisch ist's die andre.
585 **Ismene.** Es bleibt kein Herz, auch nicht das heimatliche
     Im Übelstand, mein König, sondern außer sich gerät es.
Kreon. Dir, weil du schlimm mit Schlimmen dich gestellt.
Ismene. Mir lebt nichts, wo allein ich bin, nicht die auch.
Kreon. Die Red' ist nicht von dieser. Die ist nimmer.
590 **Ismene.** Du aber tötest deines Sohnes Braut.
Kreon. Von anderen gefallen auch die Weiber.
Ismene. Es schickte keine sich, wie er und sie.
Kreon. Vor bösen Weibern warn' ich meine Söhne.
Antigonä. O liebster Hämon! Wie entehrt er dich!
595 **Kreon.** Gar lustig bist du auch, du und dein Bette.
Ismene. Dem nimmst du sie, der deines Lebens Teil ist.
Kreon. Die Höll' ist da, derlei Zuwachs zu scheiden.
Ismene. Beschlossen scheint es, daß sie sterben soll.
Kreon. Für dich und mich! Umstände nimmer! bringt
600 Hinein, ihr Mägde, sie! Von nun an not ist,

Daß diese Weiber sein nicht freigelassen.
Denn Flucht ist auch der Starken Art, wenn ihnen
Der Hölle Reich aufgeht am Rand des Lebens.

(Antigonä und Ismene werden weggeführt).

Dritter Akt.

Chor der Thebanischen Alten. Glückselige solcher Zeit, da man
                      nicht schmecket das Übel;
Denn, wenn sich reget von Himmlischen
605 Einmal ein Haus, fehlt's dem an Wahnsinn nicht,
In der Folge, wenn es
Sich mehrt. Denn gleich, wenn unten
Auf Pontischer See, bei übelwehenden
Thrazischen Winden, die Nacht unter dem Salze
610 Eine Hütte befallen;
Von Grund aus wälzt sie das dunkle
Gestad' um, das zerzauste,
Und vom Gestöhne rauschen die geschlagnen Ufer.

Alternd von Labdakos' Häusern,
615 Den untergegangenen, seh' ich Ruin fallen
Auf Ruin; noch löset ab ein Geschlecht
Das andre, sondern es schlägt
Ein Gott es nieder. Und nicht Erlösung hat er.
Denn jetzt ist über die letzte
620 Wurzel gerichtet das Licht
In Ödipus' Häusern.
Und der tödliche, der Staub
Der Todesgötter zehret sie aus,
Und ungehaltnes Wort und der Sinne Wüten.

625 Unter der Erde, Zeus, deine Macht,
Von Männern wer mag die mit übertreiben erreichen?
Die nimmt der Schlaf, dem alles versinket, nicht
Und die stürmischen, die Monde der Geister
In alterloser Zeit; ein Reicher,
630 Behältst des Olympos
Marmornen Glanz du,
Und das Nächste und Künftige
Und Vergangne besorgst du.

Doch wohl auch Wahnsinn kostet
635 Bei Sterblichen im Leben
Solch ein gesetztes Denken.

Die Hoffnung lebet, ruhlos irrend,
Und vielen Männern hilft sie,
Täuscht vieler leichte Sinne.
640 Bleibt, bis dem, der an nichts denkt,
Die Sohle brennet von heißem Feuer.
Aus eines Mannes Weisheit ist
Ein rühmlich Wort gekommen;
Das Schlimme schein' oft trefflich
645 Vor einem, sobald ein Gott
Zu Wahn den Sinn hintreibet.
Er treibet's aber die wenigste Zeit
Gescheuet, ohne Wahnsinn.
Hämon kommt hier, von deinen Söhnen
650 Der Jüngstgeborne, bekümmert ist der,
Daß untergehen soll Antigonä,
Die junge Frau, die hochzeitliche,
Vom tückischen Bett erkranket.

Erste Szene.

Kreon. Hämon. Der Chor.

Kreon. Bald haben wohl, o Sohn, mehr als die Seher
655 Wir endliche Entscheidung. Schließest du dein Ohr mir,
Der jungen Frau zulieb' und kommst mit Wut zum Vater?
Sag' oder bleibst du mir in allem meinem Handeln?
Hämon. Vater, dein bin ich. Milde Denkart hast du,
Richtest mir recht. Da mag ich gern dir folgen.
660 Denn soviel schätz' ich keine Hochzeit nicht,
Daß sie mir lieber, als dein Glück im Herrschen.
Kreon. Wohl Sohn. So auch muß in der Brust es sein,
Daß väterlicher Meinung alles nachgeht.
Darum auch wünschete zuerst der Mann
665 Ein fromm Geschlecht und häuslich zu gewohnen.
Daß es mit Schaden fern hält einen Feind,
Den Freund hingegen ehrt, so wie den Vater.
Wenn aber untaugliche Kinder einer zeugt,
Von dem sprichst du auch wohl nichts anderes,

670 Als daß er Mühe nur sich selbst und viel
Gelächter für die Feinde sich gezeuget.
Wirf darum jetzt, o Sohn, des Weibes wegen nicht
Aus Lust die Sinne weg und denke, daß
Das eine frostige Umarmung wird,
675 Ein böses Weib beiwohnend in den Häusern
Auf Erden, was schlägt mißlichere Beulen,
Als schlimme Freund'? Acht' aber du das gleich
Gottlosen! laß das Mädchen einen frein
Beim Höllengott! denn offenbar hab' ich
680 Getroffen sie, daß von der ganzen Stadt
Sie untreu war allein; und darf jetzt nicht als Lügner
Bestehen vor der Stadt, und muß sie töten.
Mag dann sie das wegsingen bei dem Bruder.
Verdirbt das Eingeborne, nähr' ich fremd Geschlecht.
685 Denn wer im Angehörigen nur gut ist,
Erscheint auch in der Stadt als ein Gerechter.
Wer aber übertretend den Gesetzen
Gewalt will antun, oder Herrscher meistern,
Von mir kann dem nicht wohl ein Lob zufallen.
690 Wen aber eine Stadt hat eingesetzt,
Dem soll man Kleines, Rechtes, Ungereimtes hören.
Und dieser Mann, ich glaube das, er wird
Wohl herrschen, wird auch gute Herrschaft wollen,
Und in der Speere Stürmen angestellt,
695 Wird ein gerechter Helfer der und trefflich bleiben.
Denn herrnlos sein, kein größer Übel gibt es.
Denn das verderbet Städte, das empört
Die Häuser, das reißt Lücken im Speergefecht.
Die aber recht gerichtet sind, bei denen
700 Erhält die Obrigkeit die vielen Körper.
So sichre du, die eine Welt dir bilden,
Und weiche nie dem Weib, in keinem Dinge.
Denn mehr gilt's, muß es sein, mit einem Mann zu fallen,
Daß nimmer wir genannt sein hinter Weibern!
705 **Chor.** Uns, wenn uns nicht im Finstern hält die Zeit,
Scheint das mit Sinn gesagt, wovon du redest.
Hämon. Als wie von Gott, himmlisch, kommt die Besinnung,
Mein Vater, die auch ist von allem Gut das beste!
Mein eigen Leben aber kann es nicht,
710 Weiß auch nicht, ob du recht geredt, zu sagen.
Mag andern zu das Schöne ziehn von nun an,
Für dich war ich am Leben, zu beschauen,

Was einer sagt und tut und tadelt, alles.
Von dir das Auge wäre für das Volk,
715 Für Worte, die du gern nicht hörst, zu furchtbar?
Mir aber ward, zu hören das Vertrauen,
Und wie die Stadt voll ist von Trauer um die Jungfrau.
„Die soll, die unschuldigste von den Weibern,
So schlecht vergehn ob dem, was sehr ruhmvoll getan war.
720 Die ihren Bruder, der in Mord gefallen,
Vom unbarmherz'gen Hunde grablos wollte
Nicht fressen lassen, noch der Vögel einem,
Soll eine solche goldnen Ruhms nicht wert sein?"
So finster ingeheim kommt das Gerücht uns.
725 Wenn dir es aber wohl von statten geht,
Mein Vater, drüber geht kein Eigentum mir.
Wenn ja der Vater blüht, was steht dann Kindern
Von gutem Rufe gottesähnlicher,
Als kindliches Betragen vor dem Vater?
730 Und hege nur in dir jetzt keine eigne Sitte,
Und sage nicht, du habest recht, kein andrer.
Denn wer allein hält von sich selbst, er habe
Gedanken nicht und Sprach' und Seele, wie ein andrer,
Wenn aufgeschlossen würd' ein solcher Mensch,
735 Erschien' er leer. An einem Manne aber,
Wenn irgendwo ein Weiser ist, ist's keine Schande,
Viel lernen, und nichts gar zu weit zu treiben.
Sieh, wie am Regenbache, der vorbeistürzt,
Die Bäume all ausweichen; alle denen
740 Erwärmet ihr Gezweig'; die aber gegenstreben,
Sind gleich hin; sonst auch, wenn ein habhaft Schiff
Sich breit macht, und nicht weichen will in etwas,
Rücklings hinunter von den Ruderbänken
Muß das zuletzt den Weg und gehet scheitern.
745 Gib nach, da wo der Geist ist, schenk' uns Ändrung,
Und wenn im Wort hier aus mir selber auch
Dabei ist eine jugendliche Meinung,
Ist alten Geists ein Mann, voll in vollkommnem Wissen;
Ist dieser nicht dabei, denn selten will es so gehn,
750 So ist von Worten auch, die gut sind, gut zu lernen.
Chor. Mein König, billig ist es, wenn er an der Zeit spricht,
Zu lernen, aber du von dem auch. Denn
Mit zweien Stimmen wurde recht gesprochen.
Kreon. Da ich so alt bin, will ich meinetwegen
755 Auch lernen denken in der Art von dem hier.

Hämon. Niemals beleidigen. Bin ich ein junger Mensch,
Muß man nicht auf die Zeit mehr, als die Tat sehn.
Kreon. Ist's Tat, dem huldigen, was gegen eine Welt ist?
Hämon. Mein Rat ist's nicht, an Bösen Frömmigkeit zu üben.
760 Kreon. Ist nicht die hier in solcher Krankheit troffen?
Hämon. So nicht spricht dies genachbarte Volk Thebes.
Kreon. Der Ort sagt mir wohl, was ich ordnen muß.
Hämon. O sieh nun auf, allda, wie das verwegen jung klingt.
Kreon. Und wohl ein anderer soll Herr sein in dem Lande.
765 Hämon. Es ist kein rechter Ort nicht auch, der eines Manns ist.
Kreon. Wird nicht gesagt, es sei die Stadt des Herrschers?
Hämon. Ein rechter Herrscher wärst allein du in der Wildnis.
Kreon. Der, scheint's, ist von dem Weib ein Waffenbruder.
Hämon. Wenn du das Weib bist. Deinetwillen sorg' ich.
770 Kreon. O schlecht! schlecht! ins Gericht gehn mit dem Vater.
Hämon. Weil ich nicht seh', wie du das Recht anlügest.
Kreon. Wenn meinem Uranfang ich treu beistehe, lüg' ich?
Hämon. Das bist du nicht, hältst du nicht heilig Gottes Namen.
Kreon. O schamlos Wesen, schlechter, als das Weib.
775 Hämon. Nicht wirst du wohl mich finden hinter Schlechtem.
Kreon. Und so bis hieher setzest du dich ihr zulieb' aus?
Hämon. Ihr, dir und mir zulieb', und Todesgöttern.
Kreon. Schon ist es nicht mehr Zeit, daß du sie nehmest, lebend.
Hämon. So sterbe sie, verderbe sterbend einen.
780 Kreon. Ist es heraus? wie frech noch nach der Zornlust!
Hämon. Das ist für einen leeren Sinn sie freilich.
Kreon. Wein' und besinne dich; leersinnig kannst auch du sein.
Hämon. Wärst du es selbst nicht, hielt ich dich für treulos.
Kreon. Schöntun, des Weibes Werk, betöre mich nicht!
785 Hämon. Du möchtest etwas sagen, hören nichts.
Kreon. So ist es. Doch beim Himmel meiner Väter!
So nach Gelust sollst du nicht kränken mich mit Tadel.
Schafft weg die Brut, vor Augen soll sie, gleich,
In Gegenwart, hart an dem Bräutigam, sterben.
790 Hämon. Nicht wahrlich mir. Das lasse nie dir dünken.
Nicht untergehn wird diese, nahe mir.
Und nimmer sollst du sehn mein Haupt vor Augen,
Damit du ungestört mit denen bleibst, die dein sind.
(Hämon geht ab.)
Chor. Der Mann, mein König, ging im Zorne schnell,
795 Ein solch Gemüt ist aber schwer im Leiden.
Kreon. Er tu' es! denke größer, als ein Mann!
Doch rettet er vom Tode nicht die Mädchen.

Chor.   Denkst du sogar zu töten diese beiden?
Kreon.   Nicht die, die's nicht berührt; da hast du recht.
800 **Chor.**   Und denkst du über jene nach; wie willst du töten?
Kreon.   Sie führen, wo einsam der Menschen Spur ist,
Lebendig in dem Felsengrunde wahren,
So viele Nahrung reichen, als sich schikt,
Daß nicht die Stadt zuschanden werde, vollends.
805 Dort wird sie wohl zum Todesgotte beten,
Und werden kann ihr's, daß sie nimmer stirbt.
Den sie allein von allen Göttern ehrt,
So wird sie einsehn, aber geisterweise;
Es sei doch überfluß nur, Totes ehren.

(Kreon geht hinein.)

Zweite Szene.

Der Chor. Antigonä.

810 **Chor.**   Geist der Liebe, dennoch Sieger
Immer im Streit! Du Friedensgeist, der über
Gewerb' einnicket, und über zärtlicher Wange bei
Der Jungfrau übernachtet,
Und schwebet über Wassern,
815 Und Häusern, in dem Freien.
Fast auch Unsterblicher Herz zerbricht
Dir und entschlafender Menschen, und es ist,
Wer's an sich hat, nicht bei sich. Denn
Du machest scheu der Gerechten
820 Unrechtere Sinne, daß in die Schmach weg
Sie flüchten, hältst dich hier auf, im Männerzank,
Im blutsverwandten, und wirfst es untereinander.
Und nie zuschanden wird es,
Das Mächtigbittende,
825 Am Augenlide der hochzeitlichen
Jungfrau, im Anbeginne dem Werden großer
Verständigungen gesellet. Unkriegerisch spielt nämlich
Die göttliche Schönheit mit.
Jetzt aber komm' ich eben selber aus
830 Dem Gesetze. Denn ansehn muß ich dies, und halten kann ich
Nicht mehr die Quelle der Tränen,
Da in das alles schweigende Bett
Ich seh' Antigonä wandeln.
Antigonä.   Seht, ihr des Vaterlandes Bürger,

835 Den letzten Weg gehn mich,
Und das letzte Licht
Anschauen der Sonne.
Und nie das wieder? Der alles schweigende Todesgott,
Lebendig führt er mich
840 Zu des Acherons Ufer, und nicht zu Hymenäen
Berufen bin ich, noch ein bräutlicher singt
Mich, irgend ein Lobgesang, dagegen
Dem Acheron bin ich vermählt.
Chor. Gehst du bekannt doch und geleitet mit Lob
845 Hinweg in diese Kammer der Toten.
Verderbend trifft dich Krankheit nicht,
Nicht für das Schwert empfängst du Handlohn.
Dein eigen Leben lebend unter
Den Sterblichen einzig,
850 Gehst du hinab in die Welt der Toten.
Antigonä. Ich habe gehört, der Wüste gleich sei worden
Die Lebensreiche, Phrygische,
Von Tantalos im Schoße gezogen an Sipylos' Gipfel;
Höckricht sei worden die, und wie eins Efeuketten
855 Antut, in langsamen Fels
Zusammengezogen; und immerhin bei ihr,
Wie Männer sagen, bleibt der Winter;
Und waschet den Hals ihr unter
Schneehellen Tränen der Wimpern. Recht der gleich,
860 Bringt mich ein Geist zu Bette.
Chor. Doch heilig gesprochen, heilig gezeuget
Ist die, wir aber Erd' und irdisch gezeuget.
Vergehst du gleich, doch ist ein Großes, zu hören,
Du habst, Gotten gleichen gleich, empfangen ein Los,
865 Lebendig und dann gestorben.
Antigonä. Weh! Närrisch machen sie mich. Warum
Bei Vaterlandsschutzgeistern überhebest du
Dich mein, die noch nicht untergegangen,
Die noch am Tag ist.
870 O Stadt, o aus der Stadt
Ihr vielbegüterten Männer!
Jo, ihr Dirzäischen Quellen!
Um Thebe rings, wo die Wagen
Hochziehen, o ihr Wälder! Doch, doch müßt
875 Ihr mir bezeugen einst, wie unbeweinet
Von Lieben, und nach was für
Gesetzen in die gegrabene Kluft ich,

Ins unerhörte Grab muß.
Jo, ich Arme!
880 Nicht unter Sterblichen, nicht unter Toten.
  Chor. Mitwohnend Lebenden nicht und nicht Gestorbnen,
    Forttreibend bis zur Scheide der Kühnheit,
    Bis auf die Höhe des Rechts,
    Bist du, o Kind, wohl tief gefallen,
885 Stirbst aber väterlichen Kampf.
  Antigonä. Die zornigste hast du angereget
    Der lieben Sorgen,
    Die vielfache Weheklage des Vaters
    Und alles
890 Unseres Schicksals,
    Uns rühmlichen Labdakiden.
    Jo! du mütterlicher Wahn
    In den Betten, ihr Umarmungen, selbst gebärend,
    Mit meinem Vater, von unglücklicher Mutter,
895 Von denen einmal ich Trübsinnige kam,
    Zu denen ich im Fluche,
    Mannlos zu wohnen, komme.
    Jo! Jo! mein Bruder!
    In gefährlicher Hochzeit gefallen!
900 Mich auch, die nur noch da war,
    Ziehst sterbend du mit hinab.
  Chor. Zu ehren ist von Gottesfurcht
    Etwas. Macht aber, wo es die gilt,
    Die weichet nicht. Dich hat verderbt
905 Das zornige Selbsterkennen.
  Antigonä. Unbeweinet und ohne Freund und ehlos
    Werd' ich Trübsinnige geführet
    Diesen bereiteten Weg. Mir ist's nicht
    Gebrauch mehr, dieser Leuchte heiliges Auge,
910 Zu sehn, mir Armen. Und dies
    Mein Geschick, das tränenlose,
    Betrauert, liebet niemand.

———

Dritte Szene.

Kreon. Antigonä. Der Chor.

Kreon. Ihr wisset, keines läßt das Singen und das Heulen
    In Todesnot, solang man hin und her spricht.
915 Führt sie gleich weg, und mit der Gruft, der dunklen,

6*

Umschattet ihr sie, wie gesagt, dort laßt sie ruhn
Einsam allein; mag sie nun sterben müssen,
Mag lebend unter solchem Dache zehren.
Denn wir sind rein, was dieses Mädchen angeht,
920 Die Häuslichkeit hier oben aber fehlt ihr.
Antigonä. O Grab! o Brautbett! unterirdische
Behausung, immerwach! Da werd' ich reisen
Den Meinen zu, von denen zu den Toten
Die meiste Zahl, nachdem sie weiter gangen,
925 Zornigmitleidig dort ein Licht begrüßt hat;
Von denen ich, die Letzte, nun am schlimmsten
In weiter Welt vergehen muß, ehe mir
Des Lebens Grenze kommt. Doch komm' ich an,
So nähr' ich das mit Hoffnungen gar sehr,
930 Daß lieb ich kommen werde für den Vater,
Auch dir lieb, meine Mutter! lieb auch dir,
Du brüderliches Haupt! Denn als ihr starbt,
Hab' ich genommen euch mit eigner Hand,
Und ausgeschmückt, und über eurem Grabe
935 Trankopfer euch gebracht. Nun, Polynikes,
Indem ich decke deinen Leib, erlang' ich dies,
Obgleich ich dich geehrt, vor Wohlgesinnten.
Nie nämlich, weder, wenn ich Mutter
Von Kindern wäre, oder ein Gemahl
940 Im Tode sich verzehret, hätt' ich mit Gewalt,
Als wollt' ich einen Aufstand, dies errungen.
Und welchem Gesetze sag' ich dies zu Dank?
Wär' ein Gemahl gestorben, gäb' es andre,
Und auch ein Kind von einem andern Manne,
945 Wenn diesen ich umarmt. Wenn aber Mutter
Und Vater schläft, im Ort der Toten beides,
Steht's nicht, als wüchs' ein andrer Bruder wieder.
Nach solchem Gesetze hab' ich dich geehrt,
Dem Kreon aber schien es eine Sünde,
950 Und sehr gewagt, o brüderliches Haupt!
Und jetzt führt er mich weg, mit Händen so mich greifend,
Mich ohne Bett und Hochzeit; noch der Ehe Teil
Hab' ich empfangen, noch ein Kind zu nähren.
Doch einsam so von Lieben, unglückselig,
955 Lebendig in die Wildnis der Gestorbnen
Komm' ich herab. Welch Recht der Geister übertretend?
Was soll ich Arme noch zu himmlischen
Gewalten schaun? Wen singen der Waffengenossen?

Da ich Gottlosigkeit aus Frömmigkeit empfangen.
960 Doch wenn nun dieses schön ist vor den Göttern,
So leiden wir und bitten ab, was wir
Gesündiget.   Wenn aber diese fehlen,
So mögen sie nicht größer Unglück leiden,
Als sie bewirken offenbar an mir.
965 **Chor.**   Noch an denselben Stürmen hat
Sie noch dieselben Stöße in der Seele.
Kreon.   Deswegen werden denen, die sie führen,
Tränen kommen, des Aufschubs wegen.
Antigonä.   O mir! grab' vor dem Tode
970 Ist dies das Wort.
Kreon.   Ich rate, nichts zu wagen,
Nichts derlei dieser zuzusprechen.

(Kreon geht ab.)

Vierter Akt.

Erste Szene.

Antigonä. Chor.

Antigonä.   O des Landes Thebes väterliche Stadt,
Ihr guten Geister alle, den Vätern geworden,
975 Also werd' ich geführt und weile nicht mehr?
Seht übrig von den anderen allen
Die Königin, Thebes Herrn! welch eine
Gebühr ich leide von gebührigen Männern,
Die ich gefangen in Gottesfurcht bin.
980 **Chor.**   Der Leib auch Danaes mußte,
Statt himmlischen Lichts, in Geduld
Das eiserne Gitter haben.
Im Dunkel lag sie
In der Totenkammer, in Fesseln;
985 Obgleich von Geschlechtadel, o Kind!
Sie zählete dem Vater der Zeit
Die Stundenschläge, die goldnen.

Aber des Schicksals ist furchtbar die Kraft.
Der Regen nicht, der Schlachtgeist
990 Und der Turm nicht, und die meerumrauschten
Fliehn sie, die schwarzen Schiffe.

Und gehascht ward zornig behend Dryas' Sohn,
Der Edonen König, in begeistertem Schimpf
Von Dionysos, von den stürzenden
995   Steinhaufen gedecket.

Den Wahnsinn weint' er so fast aus,
Und den blühenden Zorn. Und kennen lernt' er,
Im Wahnsinn tastend, den Gott mit schimpfender Zunge;
Denn stocken macht' er die Weiber,
1000   Des Gottes voll, und das evische Feuer
Und die Flötenliebenden
Reizt er, die Musen.

Bei himmelblauen Felsen aber, wo
An beiden Enden Meer ist,
1005   Dort sind des Bosporus Ufer
Und der Busen Salmidessos,
Der Thraziern gehöret; daselbst sah, nahe
Der Stadt, der Schlachtgeist zu, als beiden
Phineiden ward die Wunde der Blindheit
1010   Vom wilden Weibe gestoßen,
Und finster war's in den mutwill'gen Augenzirkeln,
Vom Speerenstiche. Unter
Blutigen Händen und Nadelspitzen.

Und verschmachtend, die Armen weinten
1015   Das arme Leiden der Mutter; sie hatten
Ehlosen Ursprung; jene aber war
Vom Samen der altentsprungenen
Erechtheiden.
In fernewandelnden Grotten
1020   Ernährt ward sie, in Stürmen des Vaters, die Boreade
Zu Rosen gesellt, auf gradem Hügel,
Der Götter Kind. Doch auch auf jener
Das große Schicksal ruhte, Kind!

(Antigonä wird weggeführt.)

Zweite Szene.

Tiresias. Kreon.

Tiresias (von einem Knaben geführt). Ihr Fürsten Thebes! miteinander kommen
1025   Des Weges wir, durch einen beide sehend.
Wir Blinden gehen mit Wegweisern so des Weges.

Kreon. Was gibt es Neues, Greis Tiresias!

Tiresias. Ich will es sagen, höre du den Seher.

Kreon. Auch war ich sonst von deinem Sinn nicht ferne.

1030 **Tiresias.** Drum steuerst du gerad' auch mit der Stadt.

Kreon. Erfahren hab' ich Nützliches und zeug' es.

Tiresias. Auch jetzt im zarten Augenblicke denke.

Kreon. Was ist es denn? Furchtbar ist dieser Mund mir.

Tiresias. Du weißt es; hörst die Zeichen meiner Kunst.

1035 Denn auf dem alten Stuhle, Vögel schauend,

Saß ich, wo vor mir war ein Hafen aller Vögel,

Da hört' ich unbekannt von denen ein Geschrei,

Mit üblem Wüten schrien sie und wild,

Und zerrten mit den Klauen sich einander,

1040 In Mord, das merkt' ich, denn nicht unverständlich war

Der Flügel Sausen. Schnell befürchtet' ich

Und kostete die Flamm' auf allentzündeten

Altären. Aber aus den Opfern leuchtet

Hephästos nicht. Hingegen aus der Asche

1045 Der nasse Geruch verzehrte die Hüften

Und raucht' und wälzte sich, und hoher Zorn ward

Umhergesäet, und die benetzten Hüften

Sahn offen aus dem Fett, das sie bedeckte.

Das hab' ich von dem Knaben hier erfahren,

1050 Der zeichenlosen Orgien tödliche Erklärung.

Denn dieser ist mir Führer, andern ich.

Und dies. Nach deinem Sinn erkrankt die Stadt.

Denn die Altäre sind und Feuerstellen

Voll von dem Fraß der Vögel und des Hunds

1055 Vom unschicklich gefallnen Sohn des Ödipus.

Und nicht mehr nehmen auf beim Opfer das Gebet

Von uns die Götter, noch der Hüften Flamme;

Noch rauscht der Vögel wohlbedeutendes

Geschrei her, denn es hat von totem Menschenblut

1060 Das Fett gegessen. Das bedenke nun, o Kind!

Denn allen Menschen ist's gemein, zu fehlen.

Wenn aber einer fehlt, der Mann ist eben

Nicht ungescheut und nicht ein Unglücksel'ger,

Wenn er, gefallen in ein Übel, heilen

1065 Sich lässet und nicht unbeweglich bleibet.

Denn Eigendünkel zeiget Grobheit an.

Weich du dem Toten und verfolge nicht

Den, der dahin ist. Welche Kraft ist das,

Zu töten Tote? Gut für dich gesinnt,

1070 Sag' ich es gut. Zu lernen ist erfreulich,
Spricht einer gut, und nützet, was er saget.
Kreon. O Alter! alle, wie auf eines Schützen Ziel,
Zielt ihr auf unsereinen. Ungeschult nicht bin
Von eurer Art ich in der Seherkunst nicht;
1075 Verkauft bin ich seit langem und betrogen.
Gewinnet! Kauft von Sardes das Elektrum,
Wenn ihr es wollt, und Gold von Indien,
Doch in dem Grabe berget ihr nicht jenen,
Nicht, wenn der Donnervogel zuckend ihn
1080 Vor Gottes Thron als Speise tragen wollte.
Des ungeachtet lass' ich, der Krankheiten nicht
Des Himmels fürchtet, nicht ein Grab dem Manne.
Gott regt kein Mensch an, dieses weiß ich.
Es fallen aber, Greis Tiresias,
1085 Von Sterblichen auch sehr Gewaltige
Sehr wüsten Fall, wenn solche Worte sie,
Die wüst sind, schön aussprechen, Vorteils wegen.
Tiresias. Ach! weiß es jemand? ist's gesprochen irgend?
Kreon. Was gibt's? was sagst du dieses Allgemeine?
1090 **Tiresias.** Um wie viel gilt itzt mehr Gutmütigkeit, als Wohlsein?
Kreon. So viel, denk' ich, nicht denken, viel Verlust ist.
Tiresias. Von dieser Krankheit aber bist du voll.
Kreon. Ich will dem Seher schlimm nicht widersprechen.
Tiresias. So sprichst du, da du sagst, ich prophezeie fälschlich.
1095 **Kreon.** Die Seherart liebt nämlich all das Silber.
Tiresias. Tyrannenart liebt schändlichen Gewinn.
Kreon. Weißt du, daß Feldherrn sind, wozu du redest?
Tiresias. Das weiß ich. Denn durch mich erhieltest diese Stadt du.
Kreon. Ein weiser Seher bist du, liebest dennoch Unrecht.
1100 **Tiresias.** Aufregen wirst du mich, das, was noch unerschüttert
Von meinen Gedanken ist, herauszusagen.
Kreon. Erschüttr' es! Nur sprich Vorteils wegen nicht!
Tiresias. Schein' ich so sehr dein Teil zu sein auch itzt noch?
Kreon. Du wirst nicht täuschen meinen Sinn, das wisse!
1105 **Tiresias.** Wiss' aber du, nicht lange Zeit mehr brütest
In eifersücht'ger Sonne du von nun an;
Denn bald aus deinem Eingeweide zahlst
Du selber einen Toten für die Toten,
Für die, die du von oben warfst hinunter,
1110 Und deren Seele schmählich du im Grabe
Zu wohnen hast gesandt. Von unten hast
Auch oben einen du, den schicksallosen,

Den unbegrabenen, unheiligen Toten
Des Todesgotts, der weder dich, noch obre Götter
1115 Angehet, aber du brauchst so Gewalt.
Und darum lauern wunderlich verderblich
Im Jenseits dir die Spötter und die Richterinnen
Der Götter, also, daß da in denselben übeln
Du troffen werdest, und betrachte das,
1120 Ob ich das dumm von Silber spreche. Denn es kommt,
Nicht lange Zeit mehr ist's, von Männern, Weibern
In deinen Häusern eine Weheklage.
In Mißverstand muß aber jede Stadt
Vergehen, deren Leichname zur Ruhe
1125 Die Hund' und wilden Tiere bringen, oder wenn
Mit Fittichen ein Vogel mit unheiligem
Geruche zum gesetzten Herd der Stadt kommt.
So steht's mit dir. Verdrossen bist du freilich;
Als wie ein Schütze sandt' ich aus dem Mute
1130 Des Herzens Pfeile fest. Und ihrer Wärme
Entgehst du nicht! O Kind! Du aber führ' uns
Hinweg ins Haus, daß dieser seinen Mut
Auslasse gegen Jüngere. Und lernen
Mag er, die Zunge stiller zu gewöhnen,
1135 Und besser sein Gemüt gesinnt, denn's jetzt ist.
(Tiresias geht ab.)

Dritte Szene.

Der Chor. Kreon.

Chor. Der Mann, mein König, ging viel prophezeiend,
Wir wissen aber, seit wir mit dem weißen
Das schwarze Haar vertauschet, wie du siehst,
Daß nie er Lügen in der Stadt gebrauchet.
1140 **Kreon.** Ich weiß es selbst, und bin verwirrt im Sinn;
Denn weichen ist ein Großes. Doch wenn einer
Mit Wahn mir auf den Mut tritt, wird das schwierig.
Chor. Es brauchet guten Rat, Kreon, Menökeus' Sohn!
Kreon. Was ist zu tun? Sag es, ich will dir folgen.
1145 **Chor.** Komm, laß die Jungfrau aus dem Felsenhause,
Und schaff' ein Grab, dem, welcher draußen liegt.
Kreon. Du lobest dies und scheinst es gutzuheißen.
Chor. So schnell, mein König, als es möglich ist,
Denn in die Kürze faßt den Schlimmgesinnten
1150 Die schnellgefüßte Züchtigung der Götter.

Kreon. O mir. Kaum mag ich, denn mir fehlt das Herz
  Dazu, doch mit der Not ist nicht zu streiten.
Chor. Tu nun dies. Komm. Komm nun nicht mehr auf anders.
Kreon. So wie ich bin, will ich hinweggehn. Diener!
1155 Abwesend, gegenwärtig! nehmt zur Hand
  Die Beil' und eilt zum Orte, den ihr sehet.
  Ich aber, weil für die sich kehrt die Meinung,
  Und ich sie selbst band, will auch selbst die lösen.
  Ich fürcht', es ist am besten, zu erhalten
1160 Bestehendes Gesetz und so zu enden.

Fünfter Akt.

Chor der Thebanischen Alten. Namensschöpfer, der du von den
                    Wassern, welche Kadmos
  Geliebet, der Stolz bist, und des, der im Echo donnert,
  Ein Teil, des Vaters der Erd',
  Und Italia in Wachstum weit umschweifst,
1165 Die allbekannt ist. Allen gemein
  Ist aber Undurchdringliches; denn auch waltest
  Im Schoße du, zu Eleusis.
  Hier aber, Freudengott,
  In der Mutterstadt, der bacchantischen,
1170 In Thebe wohnest du, an Ismenos' kaltem Bach,
  An den Zäunen, wo den Odem
  Das Maul des Drachen haschet.
  Der Opferrauch, der wohlgestalt ist über
  Des Felses Schultern, hat dich gesehen; am
1175 Kozytus, wo die Wasser
  Bacchantisch fallen, und
  Kastalias Wald auch.
  Und unter Nyssäischen Bergen regen
  Fernhorchend Brunnen dich auf,
1180 Und grün Gestad',
  Voll Trauben hängend,
  Nach Thebes
  Unsterblichen Worten zu gehn,
  In die Gassen, da sie frohlockten.
1185 Denn die ehrst du vor allen
  Als höchste der Städte
  Mit der blitzgetroffenen Mutter.

Jetzt aber, da von gewaltiger
Krankheit die ganze Stadt
1190 Ist befangen, müssen wir
Der Buße Schritte gehen über
Den Parnassischen Hügel oder
Die seufzende Furt.
Jo! du! in Feuer wandelnd!
1195 Chorführer der Gestirn’ und geheimer
Reden Bewahrer!
Sohn, Zeus’ Geburt!
Werd’ offenbar! mit den naxischen
Zugleich, den wachenden
1200 Thyaden, die wahnsinnig
Dir Chor singen, dem jauchzenden Herrn.

Erste Szene.

Ein Bote. Der Chor. Eurydice.

Bote. O ihr des Kadmos Nachbarn und Amphions,
Es steht nicht so, daß ich des Menschen Leben,
Wie’s auch verfaßt sei, loben möcht’ und tadeln.
1205 Undenklichs hebt, Undenklichs stürzet nämlich
Allzeit den Glücklichen und den Unglücklichen.
Kein Sehergeist erreicht nicht das, was da ist.
So war sonst Kreon mir beneidenswert,
Da er von Feinden rettete das Land
1210 Des Kadmos und allein Herrschaft gewann
In dieser Gegend und regiert und blüht
In wohlgeborner Saat von Kindern. Nun
Geht alles hin. Das Angenehme nämlich,
Das untreu wird, halt’ ich des Mannes unwert.
1215 Reich, wenn du willst, ist er im Hause sehr,
Und lebet in tyrannischer Gestalt.
Doch wenn von dem weggeht die Freude, möcht’
Um eines Rauches Schatten ich das andre nicht
Als angenehm für einen Mann verkaufen.
1220 **Chor.** Wie kommt dir denn vom Fürsten diese Klage?
Bote. Gestorben sind sie. Schuldig sind, die leben.
Chor. Und welcher tötet? welcher liegt? sag’ an!
Bote. Hämon ist hin, von eignen Händen blutend.
Chor. Was? von des Vaters oder eigner Hand?
1225 **Bote.** Er selbst. Dem Vater zürnt’ in seinem Mord’ er.
Chor. Wie führtest du ein richtig Wort, o Seher!

Bote. So steht es. Anderes ist zu bedenken.
Chor. Ich seh', Eurydice, die unglückliche,
Die Frau des Kreon eben. Ob im Hause sie's
1230 Gehört hat, oder da aus Zufall ist.
Eurydice. O all ihr Bürger! eine Rede merkt' ich,
Da ich zur Pforte ging der Göttin Pallas,
Damit ich käm' und mit Gebet anspräche.
Da tu' ich eben auf des Tores Riegel;
1235 Es öffnet sich, und eine Stimme trifft
Von Unglück in dem Hause mich durchs Ohr.
Rücklings fall' ich in Furcht auf meine Mägde,
In Unmacht. Aber welch Gerücht es war,
Sagt es noch einmal mir. Ich werde nicht
1240 In Übeln unerfahren es vernehmen.
Bote. Ich, liebe Frau, sag' es, als Augenzeuge,
Kein Wort der Wahrheit laß ich ungesagt,
Was sollt' ich nämlich dich besänftigen,
Wenn ich nachher als Lügner dir erschiene?
1245 Gerad' ist immerhin die Wahrheit. Ich
Bin als Gefährte deinem Herrn gefolgt,
Zum hohen Felde, wo, vom Hund zerfleischt,
Der arme Leichnam lag des Polynikes.
Enodia, die Göttin, bitten wir,
1250 Und Pluto, wohlgesinnten Zorn zu halten,
Bereiten heilig Bad, und legen ihn
In frische Zweige, soviel übrig war,
Und einen Hügel mit geradem Haupt
Erbauten wir von heimatlicher Erde.
1255 Und gingen dann zum hohlen, steinerbauten,
Nach Toter Art, vermählten Bett der Jungfrau.
Es höret aber einer eine Stimme
Und laute Klage rufen in der Kammer,
Und nahet sich und deutet Kreon sie
1260 Dem Herrn an. Und wie der ging, umgab
Ihn merkbarer die dunkle, mühsel'ge Stimme,
Dann schrie er auf, nah dran, und übel klagend
Sprach er das Wort, das ärmlich klagende:
Bin ich Wahrsager mir? geh' ich den unglücklichsten
1265 Wirklich der Wege, welche kommen können?
Mich rührt des Kindes Stimme. Doch ihr Diener
Geht schnell hinzu, zum Grab und seht genau
Den Riegel an, der aus der Mauer ist gerissen,
Geht in die Türe selbst hinein, und sehet,

1270 Ob ich des Hämons Stimme höre, oder
      Göttlich getäuscht bin. Des geängsteten
      Herrn Wort nach forschen wir. Darauf
      Zu hinterst in den Gräbern sehen wir
      Am Nacken hängend, sie, am Gürtelbande
1275 Des Leinenkleids herab; und ihn, rundum
      Um sie bestrickt, dahingestreckt, und jammernd
      Ums Brautbett, und den Abgrund drunten, und
      Des Vaters Werk und unglückliche Lager.
      Er, wie er dieses sieht, schreit greulich auf,
1280 Und geht hinein zu ihm und weheklagt und rufet:
      O Arme, was hast du getan? was hattest
      Im Sinne du? Durch welch Verhängnis starbst du?
      O komm heraus, mein Kind, fußfällig bitt' ich.
      Schnöd' blickend, nichts entgegensagend, starrt
1285 Mit wilden Augen gegen ihn der Sohn;
      Und zieht das Schwert, zweischneidig, gegen ihn erst.
      Und da der Vater, aufgeschreckt, zur Flucht
      Sich wandte, fehlt' er. Grimmig dann im Geiste,
      Der Unglückliche stieß, so wie er ausgestreckt stand,
1290 Die Spitze mitten sich in seine Seite.
      Den feuchten Arm, bei Sinnen noch, küßt er
      Der Jungfrau. Schnaubend stößt auf weißer Wange
      Er scharfen Hauch von blut'gen Tropfen aus.
      Das Tote liegt beim Toten, bräutliche
1295 Erfüllung trifft es schüchtern in den Häusern
      Der Totenwelt und zeigt der Menschen ratlos Wesen,
      Und wie als größtes Übel dies der Mann hat.
                    (Eurydice geht ab.)
  Chor. Wie nimmst du dies? Die Frau ging wieder weg,
        Eh' sie gut oder schlimm ein Wort gesagt.
1300 Bote. Mich wundert's auch, doch nähr' ich mich mit Hoffnung,
        Daß auf des Kindes Unglück sie das Jammern
        Anständig nicht gehalten vor der Stadt,
        Und in den Zimmern drin den Mägden sage,
        Daß sie des Hauses Klage klagen. Denn
1305 So ohne Rat ist sie nicht, daß sie fehlte.
  Chor. Ich weiß nicht. Doch das allzugroße Schweigen
        Scheint bei vergebnem Schreien mir bedeutend.
  Bote. Laß sehen uns, ob nicht Verhaltenes
        Geheim verberg' ihr schwellend Herz; hinein
1310 Ins Haus gehn. Denn du redest wohl, es ist
      Bedeutend auch das allzugroße Schweigen.

Chor. Allein der König kommet selbst.
Ein großes Angedenken in Händen trägt er.
Wenn's recht ist, es zu sagen, aus fremdem
1315 Irrsal nicht, sondern selber hat er gefehlt.

Zweite Szene.

Der Chor. Kreon.

Kreon. Jo! unsinnige Sinne!
Harte Fehle!
Tödliche! O tötend und
Getötet sehn wir
1320 Blutsfreunde.
Jo! mir! über meinen armen
Ratschlägen.
Jo! Kind! Frühzeitig gestorben!
Weh! Weh! Weh!
1325 Gestorben bist du, geschieden,
Durch meine, nicht deine Torheit.
Chor. O mir, wie mußtest du so spät erst sehn das Rechte.
Kreon. Ich hab's gelernet in Furcht. An meinem Haupt aber
Ein Gott dort, dort mich
1330 Mit großer Schwere gefaßt
Und geschlagen hat, und geschüttelt auf wilden Wegen,
Ach! ach!
Jo! ihr Mühen der Menschen! ihr Mühsamen!

Dritte Szene.

Der Bote. Kreon. Der Chor.

Bote. O, Herr! wie hast du schon, und wie empfängst du,
1335 Das in den Händen trägst du, das. Und das im Haus,
Auch das Unglück zu sehen mußt du kommen.
Kreon. Was ist denn schlimmer noch, als das, was schlimm ist?
Bote. Die Frau ist tot; ganz Mutter dieser Toten.
Noch krümmt sie sich von neugeschlagnen Schlägen.
1340 **Kreon.** Jo! Jo! du schmutziger Hafen
Der Unterwelt! was? mich nur? was? verderbest du mich?
Jo! der übelberichtet mir
Hersandte das Unglück, führest solch Geschrei du?
Weh! Weh! du hast zugrunde den Mann gerichtet.
1345 Was sprichst du, Kind? was bringest du mir Neues?

Weh! Weh! Weh!
Geschlachtet an dem Boden liege
Des Weibs Teil über allgemeinem Zerfalle?
Bote. Du kannst es sehn. Noch ist sie im Gemach nicht.
1350 **Kreon.** O mir!
Auch das Unglück, das zweite, seh' ich Armer?
Was nun noch? was erwartet mich ein Schicksal?
Ich hab' in Händen eben da das Kind,
Ich Armer; sehe vor mir hier den Toten.
1355 Ach! ach! mühselige Mutter! ach mein Kind!
Chor. Wie ist sie scharfgetroffen, wie geschlachtet rings!
Kreon. Sie schlägt die schwarzen Augen auf. Was klagt sie?
Bote. Des ehgestorbnen Megareus rühmlich Bett.
Dann hat geklaget sie um den, zuletzt lobpries sie
1360 Die schlechten Taten dir, dem Kindermörder.
Kreon. Weh! Weh! Weh! Weh!
Mich beflügelt die Furcht. Warum
Hat nicht mich einer erschlagen
Mit entgegengestelltem Schwert?
1365 Ich Feiger! ach! ach!
In feiger Not gemenget.
Bote. Da du die Schuld von dem und jenem trägst,
So gib Befehl auch wegen der Gestorbnen.
Kreon. Was Art in Mord ward aber jen' entbunden?
1370 **Bote.** Sich selber auf die Leber schlug sie, da
Des Kindes Leiden lautgeklagt an sie kam.
Kreon. O mir! mir! das gehöret keinem andern
Der Menschen an. Mein ist die Schuld in diesem.
Ich habe dich getötet, ich. Jo! ihr Diener!
1375 Führt eilig mich hinweg! führt Schritt vor Schritt,
Mich, der nun nichts mehr anders ist, als niemand.
Chor. Ist Vorteil noch im Unglück, triffst du Vorteil;
Denn kurz ist vor den Füßen großes Übel.
Kreon. O komm! o komm!
1380 Erscheine, meiner Verhängnisse schönstes,
Den endlichen Tag mir bringend,
Den letzten. Komm! o komme!
Daß ich nicht mehr den Tag schaun muß!
Bote. Dies kommt. Was aber tun in dem, was da ist?
1385 Denn solches lieget uns ob, das uns angeht.
Kreon. Was ich gesaget, eben das hab' ich gewünschet.
Bote. Du mußt nichts wünschen. Vom zuvorgesetzten
Verhängnis hat kein Sterblicher Befreiung.

Kreon. Führt Schritt vor Schritt den eiteln Mann. Der ich
1390 Dich, Kind, doch gerne nicht, getötet, sie auch, sie;
Ich Armer weiß nicht, wen ich ansehn soll,
Und nicht, wohin ich gehe.
Denn alles Schiefe hat
Hier in den Händen und hier mir auf das Haupt
1395 Ein wüst Schicksal gehäufet.
Chor. Um vieles ist das Denken mehr, denn
Glückseligkeit. Man muß, was himmlisch ist, nicht
Entheiligen. Große Blicke aber
Große Streiche der hohen Schultern
1400 Vergeltend,
Sie haben im Alter gelehrt, zu denken.

Theoretische Schriften

I.

Der Homerische Achill.

Mich freut es, daß du vom Achill sprachst. Er ist mein Lieb=
ling unter den Helden, so stark und zart, die gelungenste und ver=
gänglichste Blüte der Heroenwelt, so „für kurze Zeit geboren"
nach Homer, eben weil er so schön ist. Ich möchte auch fast
benken, der alte Poet lass' ihn nur darum so wenig in Handlung
erscheinen und lasse die andern lärmen, indes sein Held im Zelte
sitzt, um ihn so wenig wie möglich unter dem Getümmel vor
Troja zu profanieren. Von Ulysses konnte er Sachen genug be=
schreiben. Dieser ist ein Sack voll Scheidemünze, wo man lange
zu zählen hat, mit dem Golde ist man viel bälder fertig.

II.

Grund zum Empedokles.

Fragment.

Natur und Kunst sind sich im reinen Leben nur harmonisch
entgegengesetzt, die Kunst ist die Blüte, die Vollendung der
Natur, Natur wird erst göttlich durch die Verbindung mit der
verschiedenartigen, aber harmonischen Kunst, wenn jedes ganz ist,
was es sein kann, und eines verbindet sich mit dem andern, er=
setzt den Mangel des andern, den es notwendig haben muß, um
ganz das zu sein, was es als Besonderes sein kann, dann ist die
Vollendung da, und das Göttliche ist in der Mitte von beiden.
Der organischere, künstlichere Mensch ist die Blüte der Natur;
die aorgischere Natur, wenn sie rein gefühlt wird, vom rein orga=
nisierten, rein in seiner Art gebildeten Menschen, gibt ihm das
Gefühl der Vollendung. Aber dieses Leben ist nur im Gefühle
und nicht für die Erkenntnis vorhanden. Soll es erkennbar sein,

7*

so muß es sich dadurch darstellen, daß es im übermaße der
Innigkeit sich trennt, wo sich die Entgegengesetzten verwechseln,
daß das Organische, das sich zu sehr der Natur überließ und sein
Wesen, Bewußtsein vergaß, in das Extrem der Selbsttätigkeit
und Kunst und Reflexion, die Natur hingegen wenigstens in ihren
Wirkungen auf den reflektierenden Menschen in das Extrem des
Aorgischen, des Unbegreiflichen übergeht, bis durch den Fortgang der entgegengesetzten Wechselwirkungen die beiden ursprünglich Einigen sich wie anfangs begegnen, nur daß die Natur organischer durch den bildenden, kultivierenden Menschen, überhaupt
durch die Bildungstriebe und Bildungskräfte, hingegen der Mensch
aorgischer, allgemeiner, unendlicher geworden ist. Dies Gefühl
gehört vielleicht zum Höchsten, was gefühlt werden kann, wenn
beide entgegengesetzte, der verallgemeinerte und geistig lebendige,
künstlich rein aorgische Mensch und die Wohlgestalt der Natur
sich begegnen. Dies Gefühl gehört vielleicht zum Höchsten, was
der Mensch erfahren kann, denn die jetzige Harmonie mahnt ihn
an das vormalige umgekehrte reine Verhältnis und er fühlt sich
und die Natur zwiefach, und die Verbindung ist unendlicher.

In der Mitte liegt der Kampf und der Tod des Einzelnen,
nämlich derjenige Moment, wo das Organische seine Ichheit,
sein besonderes Dasein, das zum Extreme geworden war, das
Aorgische seine Allgemeinheit, nicht, wie zu Anfang in idealer
Vermischung, sondern in realem, höchstem Kampf, ablegt, indem
das Besondere auf seinem Extrem gegen das Extrem des Aorgischen sich tätig immer mehr verallgemeinern, immer von seinem
Mittelpunkte sich reißen muß, das Aorgische gegen das Extrem des
Besonderen sich immer mehr konzentrieren, immer mehr einen
Mittelpunkt gewinnen und zum Besondersten werden muß; wo
dann das aorgisch gewordene Organische sich selber wie-
derzufinden und zu sich selber zurückzukehren scheint,
indem es in demselben Moment, wo es Individualität
annimmt, auch zugleich das Organische auf dem höchsten Extrem des Aorgischen findet, so daß in diesem
Moment, in dieser Geburt der höchsten Feindseligkeit
die höchste Versöhnung wirklich zu sein scheint. Aber
die Individualität dieses Moments ist nur ein Erzeug-
nis des höchsten Streits; sowie also die Versöhnung dazusein
scheint, und das Organische nun wieder auf seine Art, das Aorgische auf die seinige auf diesen Moment hinwirkt, so wird auf
die Eindrücke des Organischen die in dem Moment enthaltene
aorgisch entsprungene Individualität wieder aorgischer, auf die
Eindrücke des Aorgischen wird die in dem Moment enthaltene

organisch entsprungene Allgemeinheit wieder besondere, so daß
der vereinende Moment wie ein Trugbild sich immer mehr auflöst,
sich dadurch, daß er aorgisch gegen das Organische reagiert, immer
mehr von diesem sich entfernt, dadurch aber und durch seinen Tod
die kämpfenden Extreme, aus denen er hervorging, schöner ver=
söhnt und vereiniget, als in seinem Leben, indem Vereinigung nun
nicht in einem Einzelnen und deswegen zu innig ist, indem das
Göttliche mehr sinnlich erscheint, indem der glückliche Betrug
der Vereinigung in eben dem Grade aufhört, als er zu innig und
einzig war, so daß die beiden Extreme, wovon das eine, das
organische, durch den vergehenden Moment zurückgeschreckt und
dadurch in eine reinere Allgemeinheit erhoben, das aorgische,
indem es zu diesem übergeht, für das organische ein Gegenstand
der ruhigeren Betrachtung werden muß, und die Innigkeit des
vergangenen Moments nun allgemeiner, gehaltener, unterschei=
bender, klarer hervorgeht.

So ist Empedokles ein Sohn seines Himmels und seiner Pe=
riode, seines Vaterlandes, ein Sohn der gewaltigen Entgegenset=
zungen von Natur und Kunst, in denen die Welt vor seinen Augen
erschien. Ein Mensch, in dem sich jene Gegensätze so innig ver=
einigen, daß sie zu Einem in ihm geworden, daß sie ihre ur=
sprüngliche, unterscheidende Form ablegen, umkehren, daß das,
was in seiner Welt für subjektiver gilt und mehr in Besonderheit
vorhanden ist, das Unterscheiden, das Denken, das Vergleichen,
das Bilden, das Organisieren und Organisiertsein, in ihm selber
objektiver ist, so daß er, um es so stark wie möglich zu benennen,
unterscheidender, denkender, vergleichender, bildender, organisie=
render und organisierter ist, wenn er weniger bei sich selber
ist und insofern er sich weniger bewußt ist, daß bei ihm
und für ihn das Sprachlose Sprache und bei ihm und für ihn das
Allgemeine, das Unbewußtere die Form des Bewußtseins und der
Besonderheit gewinnt. Daß hingegen dasjenige, was bei ande=
ren in seiner Welt für objektiver gilt und in allgemeinerer Form
vorhanden ist, das weniger Unterscheidende und Unterscheidbare,
das Gedankenlosere, Unvergleichbare, Unbildliche, Unorganisier=
tere, Desorganisierende bei ihm und für ihn subjektiver ist, so
daß er unterschiedener und unterscheidender, gedankenloser in der
Wirkung, unvergleichbarer, unbildlicher, aorgischer und desorga=
nischer ist, wenn er mehr bei sich selber ist und insofern sich mehr
bewußt, daß bei ihm und für ihn das Sprechen des Unaus=
sprechlichen oder Unauszusprechenden, daß bei ihm und für ihn
das Besondere und Bewußte die Form des Unbewußten und
Allgemeinen annimmt, daß also jene beiden Gegensätze in ihm

zu Einem werden, weil sie in ihm ihre unterscheidende Form
umkehren und sich insoweit vereinigen, als sie im ursprüng=
lichen Gefühle verschieden sind, — ein solcher Mensch kann
nur aus der höchsten Entgegensetzung von Natur und Kunst
erwachsen, und sowie (ideal) das Übermaß der Innigkeit aus
Innigkeit hervorgeht, so geht dieses reale Übermaß der
Innigkeit aus Feindseligkeit und höchstem Zwist hervor, wo das
Aorgische nur deswegen die bescheidene Gestalt des Besonderen an=
nimmt und sich zu versöhnen scheint mit dem überaorgischen, über=
lebendigen, weil beide sich auf den höchsten Extremen am tiefsten
durchdringen und berühren und hiemit in ihrer äußeren Form
die Gestalt, den Schein des Entgegengesetzten annehmen müssen.

So ist Empedokles, wie gesagt, das Resultat seiner Periode,
und sein Charakter weist auf diese zurück, sowie er aus dieser her=
vorging. Sein Schicksal stellt sich ihm dar als in einer augenblick=
lichen Vereinigung, die aber sich auflösen muß, um mehr zu wer=
den. (Das Objektive in ihm wurde früh durch die hyperpolitischen,
immerrechtenden und berechnenden Agrigentiner aus seiner stillen
Unbefangenheit getrieben, sowie hingegen sein Kunstsinn, die
Kraft zu ordnen und zu organisieren, in einer eigentümlichen
und angemessenen Sphäre zu schaffen und zu bilden, zum Refor=
mationsgeiste verallgemeinert und aorgischer wurde durch die
anarchische Wildheit, die sich um ihn bewegte.)

Er scheint nach allem zum Dichter geboren, scheint also in
in seiner subjektiven tätigen Natur schon jene ungewöhnliche
Tendenz zur Allgemeinheit zu haben, die unter anderen Umstän=
den oder durch Einsicht und Vermeidung ihres starken Einflusses
zu jener ruhigen Betrachtung, zu jener Vollständigkeit durchgän=
giger Bestimmtheit des Bewußtseins wird, womit der Dichter auf
ein Ganzes blickt, ebenso scheint in seiner objektiven Natur, in
seiner Passivität jene glückliche Gabe zu liegen, die auch ohne
geflissentliches und wissentliches Ordnen und Denken und Bilden
zum Ordnen und Denken und Bilden geneigt ist, jene Bildsam=
keit der Sinne und des Gemüts, die alles solche leicht und schnell
in seiner Ganzheit lebendig aufnimmt und die der künstlichen
Tätigkeit mehr zu sprechen, als zu tun gibt. Aber diese Anlage
sollte nicht in ihrer eigentümlichen Sphäre wirken und bleiben,
er sollte nicht in seiner Art und seinem Maß, in seiner eigentüm=
lichen Beschränktheit und Reinheit wirken und diese Stimmung
durch den freien Ausdruck derselben zur allgemeineren Stimmung,
die zugleich die Bestimmung seines Volkes war, werden lassen,
das Schicksal seiner Zeit, die gewaltigen Extreme, in welchen er
erwuchs, forderten nicht Gesang, wo das Reine in einer idealischen

Darstellung, die zwischen der Gestalt des Schicksals und des Ur=
sprünglichen liegt, noch leichter wieder aufgefaßt wird, wenn sich
die Zeit noch nicht zu sehr davon entfernt hat; das Schicksal
seiner Zeit forderte auch nicht eigentliche Tat, die zwar unmittel=
bar wirkt und hilft, aber auch einseitiger, je weniger sie den
ganzen Menschen exponiert, es erfordert ein Opfer, wo der
ganze Mensch das Wirkliche und Sichtbare wird, worein das
Schicksal seiner Zeit sich aufzulösen scheint, wo die Extreme sich
in Einem wirklich und sichtbar zu vereinigen scheinen, aber eben
deswegen zu innig vereiniget sind und in einer idealischen Tat
das Individuum deswegen untergeht und untergehen muß, weil
an ihm sich die vorzeitige, aus Not und Zwist hervorgegangene,
sinnliche Vereinigung zeigte, welche das Problem des Schicksals
auflöste, das sich aber niemals sichtbar und individuell auflösen
kann, weil sonst das Allgemeine im Individuum sich verlöre und
(was noch schlimmer als alle großen Bewegungen des Schicksals,
allein unmöglich ist) das Leben einer Welt in einem Einzelnen
abstürbe, dahingegen, wenn diese Einzelheit als vorzeitiges Re=
sultat des Schicksals sich auflöst, weil es zu innig und wirklich
und sichtbar war, das Problem des Schicksals zwar materialiter
sich auf dieselbe Art auflöst, aber formaliter anders, indem eben
dies Übermaß von Innigkeit, das aus Glück, ursprünglich aber
nur ideal und als Versuch hervorgegangen war, nun durch den
höchsten Zwist wirklich geworden, sich insofern eben darum und
in den Graden, Kräften und Werkzeugen wirklich aufhebt, in wel=
chen das ursprüngliche Übermaß der Innigkeit, die Ursache alles
Zwistes, sich aufhob, so daß die Kraft des innigen Übermaßes sich
wirklich verliert und eine reifere, wahrhafte, allgemeine Innig=
keit übrig bleibt.

So sollte also Empedokles ein Opfer seiner Zeit werden, die
Probleme des Schicksals, in dem er erwuchs, sollten in
ihm sich scheinbar lösen und diese Lösung sollte sich als
eine scheinbare, temporäre zeigen, wie mehr oder we=
niger bei allen tragischen Personen, die alle in ihren
Charakteren und Äußerungen mehr oder weniger Versuche sind,
die Probleme des Schicksals zu lösen, und alle sich insofern und
in dem Grade aufheben, in welchem sie nicht allgemein gültig
sind, wenn nicht anders ihre Rolle, ihr Charakter und seine
Äußerungen sich von selbst als etwas Vorübergehendes und Augen=
blickliches darstellen, so daß also derjenige, der scheinbar das
Schicksal am vollständigsten löst, auch sich am meisten in seiner
Vergänglichkeit und im Fortschritte seiner Versuche am auf=
fallendsten als Opfer darstellt.

Wie ist nun dies bei Empedokles der Fall?

1. Je mächtiger das Schicksal, die Gegensätze von Kunst und Natur waren, um so mehr lag es in ihnen, sich immer mehr zu individualisieren, einen festen Punkt, einen Halt zu gewinnen, und eine solche Zeit ergreift alle Individuen so lange, fordert sie zur Lösung auf, bis sie eines findet, in dem sich ihr unbekanntes Bedürfnis und ihre geheime Tendenz sichtbar und erreicht darstellt, von dem aus dann erst die gefundene Auflösung ins Allgemeine übergehen muß.

So individualisiert sich seine Zeit in Empedokles und je mehr sie sich in ihm individualisiert, je glänzender und wirklicher und sichtbarer in ihm das Rätsel aufgelöst erscheint, um so notwendiger wird sein Untergang. Schon der lebhafte, alles versuchende Kunstgeist seines Volks überhaupt mußte in ihm sich energischer, kühner, unbegrenzter erfinderisch wiederholen, sowie von der anderen Seite der glühende Himmelsstrich und die üppige sizilianische Natur gefühlter, sprechender für ihn und in ihm sich darstellen mußte, und wenn er einmal ergriffen war, so mußte immer die eine Seite, die tätigere Kraft seines Wesens die andere als Gegenwirkung verstärken, sowie sich vom empfindenden Teile seines Gemütes der Kunstgeist nähren und weiter treiben mußte.

2. Unter seinen hyperpolitischen, immer rechtenden und berechnenden Agrigentinern, bei den fortstrebenden, immer sich erneuernden gesellschaftlichen Formen seiner Stadt mußte ein Geist, wie der seinige war, der immer nach Erfindung eines vollständigen Ganzen strebte, nur zu sehr zum Reformatorsgeiste werden, sowie die anarchische Ungebundenheit, wo jeder seiner Originalität folgte, ohne sich um die Eigentümlichkeit der andern zu kümmern, ihn mehr als andere bei seiner reichen selbstgenügsamen Natur und Lebensfülle ungeselliger, einsamer, stolzer und eigener machen mußte.

3. Eine freigeisterische Kühnheit, die sich dem Unbekannten, außerhalb des menschlichen Bewußtseins und Handelns Liegenden immer mehr entgegensetzt, je inniger ursprünglich die Menschen sich im Gefühle mit jenem vereiniget fanden und durch einen natürlichen Instinkt getrieben wurden, sich gegen den zu mächtigen, zu tiefen, freundlichen Einfluß des Elements vor Selbstvergessenheit und gänzlicher Entäußerung zu verwahren, die freigeisterische Kühnheit, dieses negative Räsonnieren, Nichtbenken des Unbekannten, das bei einem übermütigen Volke so natürlich ist, mußte bei Empedokles, der in keinem Falle zur Negation gemacht war, um einen Schritt weiter gehen, er mußte sich

feiner verfichern wollen, fein Geift mußte der Dienftbarkeit fo
fehr entgegenftreben, daß er die überwältigende Natur zu um=
faffen, durch und durch zu verftehen und ihrer bewußt zu wer=
den fuchen mußte, wie er feiner felbft bewußt und gewiß fein
konnte, er mußte nach Identität mit ihr ringen, fo mußte alfo
fein Geift im höchften Sinne aorgifche Geftalt annehmen, von
fich felbft und feinem Mittelpunkte fich reißen, immer fein Objekt
fo übermäßig penetrieren, daß er in ihm, wie in einem Abgrund
fich verlor, wo dann hingegen das ganze Leben des Gegenftandes
das verlaffene, durch die grenzenlofe Tätigkeit des Geiftes nur
unendlicher empfänglich gewordene Gemüt ergreifen und bei ihm
zur Individualität werden mußte, ihm feine Befonderheit geben
und diefe in ebendem Grade durchgängiger nach fich ftimmen
mußte, als er fich geiftigtätig dem Objekte hingegeben hatte; und
fo erfchien das Objekt in ihm in fubjektiver Geftalt, wie er die
objektive Geftalt des Objekts angenommen hatte. Er war das
Allgemeine, das Unbekannte, das Objekt, das Befondere. Und fo
fchien der Widerftreit der Kunft, des Denkens, des Ordnens des
bildenden Menfchencharakters und der bewußtlofen Natur gelöft,
in höchften Extremen zu Einem und bis zum Taufchen der gegen=
feitigen unterfcheidenden Form vereiniget. Dies war der Zauber,
womit Empedokles in feiner Welt erfchien. Die Natur, welche
feine freigeifterifchen Zeitgenoffen mit ihrer Macht und ihrem
Reize nur um fo gewaltiger beherrfchte, je unerkenntlicher fie
von ihr abftrahierten, fie erfchien mit allen ihren Melodien im
Geifte und Munde diefes Mannes und fo innig und warm und
perfönlich, wie wenn fein Herz das ihre wäre und der Geift des
Elementes in menfchlicher Geftalt unter den Sterblichen wohnte.
Dies gab ihm feine Anmut, feine Furchtbarkeit, feine Gött=
lichkeit, und alle Herzen, die der Sturm des Schickfals bewegte,
und Geifter, die in der rätfelhaften Nacht der Zeit unftet und
ohne Leiter hin und wieder irrten, flogen ihm zu, und je menfch=
licher, näher ihrem eigenen Wefen er fich ihnen zugefellte, je
mehr er mit diefer Seele, ihre Sache zu feiner machte und,
nachdem fie einmal in feiner Göttergeftalt erfchienen war, nun
wieder in ihrer eigenen Weife ihnen wiedergegeben wurde, um
fo mehr war er der Angebetete. Diefer Grundton feines Charak=
ters zeigt fich alfo in allen feinen Verhältniffen. Sie nahmen
ihn alle an. So lebte er in feiner höchften Unabhängigkeit, in
dem Verhältniffe, das ihm, auch ohne die objektiveren und ge=
fchichtlichern, feinen Gang vorzeichnete, fo daß die äußeren Um=
ftände, die ihn denfelben Weg führten, fo wefentlich und unent=
behrlich fie find, um das zum Vorfchein und zur Handlung zu

bringen, was vielleicht nur Gedanke bei ihm geblieben wäre, den=
noch, trotz alles Widerstreits, in dem er in der Folge mit ihnen
zu stehen scheint, doch seiner freisten Stimmung und Seele be=
gegnen, was denn auch kein Wunder ist, da eben diese Stimmung
auch der innerste Geist der Umstände ist, da alle Extreme in
diesen Umständen von eben diesem Geiste aus und wieder auf ihn
zurückgingen. In seinem unabhängigsten Verhältnis löst sich
das Schicksal seiner Zeit in seinem ersten und letzten Problem
auf; so wie diese scheinbare Lösung von hier aus wieder sich
aufzuheben anfängt und damit endet.

In diesem unabhängigen Verhältnisse lebt er, in jener höch=
sten Innigkeit, die den Grundton seines Charakters macht mit
den Elementen, indes die Welt um ihn hierin gerade im höchsten
Gegensatze lebt, in jenem freigeisterigen Nichtdenken, nicht An=
erkennen des Lebendigen von der einen Seite, von der andern
in der höchsten Dienstbarkeit gegen die Einflüsse der Natur. In
diesem Verhältnisse lebt er erstens überhaupt als fühlender Mensch,
zweitens als Philosoph und Dichter, drittens als ein Einsamer,
der seinen Garten pflegt. Aber so wäre er noch keine dramatische
Person, also muß er das Schicksal nicht bloß in allgemeinen
Verhältnissen und durch seinen unabhängigen Charakter, er muß
es in besondern Verhältnissen und in der besondersten Veran=
lassung und Aufgabe lösen. Aber in so innigem Verhältnisse,
wie er mit dem Lebendigen der Elemente steht, stehet er auch
mit seinem Volke. Er war des negativen, gewaltsamen Neuerungs=
geistes, der gegen das trotzige, anarchische Leben, das keinen Ein=
fluß, keine Kunst dulden will, nur durch Gegensatz anstrebt, nicht
fähig, er mußte um einen Schritt weitergehen, er mußte, um
das Lebendige zu ordnen, es mit seinem Wesen im Innersten zu
ergreifen streben, er mußte mit seinem Geiste des menschlichen
Elements und aller Neigungen und Triebe, er mußte des Un=
begreiflichen, des Unbewußten, des Unwillkürlichen in ihnen mäch=
tig zu werden suchen, eben dadurch mußte sein Wille, sein Be=
wußtsein, sein Geist, indem er über die gewöhnliche und mensch=
liche Grenze des Wissens und Wirkens ging, sich selber verlieren
und objektiv werden, und was er geben wollte, das mußte er
finden, dahingegen das Objektive desto reiner, tiefer in ihm
widerklang, je offener sein Gemüt eben dadurch stand, daß der
geistigtätige Mensch sich hingegeben hatte, und dies im beson=
deren, wie im allgemeinen.

So verhielt er sich als religiöser Reformator, als politischer
Mensch und in allen Handlungen, denn um ihrer willen tat er
gegen sie mit dieser stolzen, schwärmerischen Ergebenheit und

löste sich dem Scheine nach, schon durch den Ausdruck dieser Ver-
tauschung des Objekts und Subjekts, alles Schicksal auf. Aber
worin soll dieser Ausdruck bestehen? und welches ist derjenige,
der in einem solchen Verhältnisse demjenigen Teile genügt, der
zuerst der ungläubige ist? und an diesem Ausdruck liegt alles,
denn darum muß das Einigende untergehen, weil es zu sichtbar
und sinnlich erschien, und dies kann es nur dadurch, daß es in
irgend einem bestimmtesten Punkte und Falle sich ausdrückt.
Sie müssen das Einige, das zwischen ihnen und dem Manne ist,
sehen, wie können sie das? Dadurch, daß er ihnen bis ins
äußerste gehorcht. Aber worin? in einem Punkte, wo sie über
die Vereinigung der Extreme, in denen sie leben, am zweifel-
haftesten sind. Bestehen nun diese Extreme aber im Zwiste von
Kunst und Natur, so muß er die Natur gerade darin, wo sie der
Kunst am unerreichbarsten sind, vor ihren Augen mit der Kunst
versöhnen. — Von hier aus entspinnt sich die Fabel. Er legt
seine Probe ab, nun glauben sie alles vollendet. Er erkennt sie
daran, die Täuschung, in der er lebte, als wäre er Eines mit
ihnen, hört nun auf. Er zieht sich zurück und sie erkalten gegen
ihn. Sein Gegner benutzt dies, bewirkt die Verbannung. Sein
Gegner, groß in natürlichen Anlagen, wie Empedokles, sucht die
Probleme der Zeit auf andere, auf negativere Art zu lösen. Zum
Helden geboren, ist er nicht sowohl geneigt, die Extreme zu vereinigen, als sie zu bändigen und ihre Wechselwirkung an ein
Bleibendes und Festes zu knüpfen, das zwischen sie gestellt ist
und jedes in seiner Grenze hält, indem es jedes sich zu
eigen macht, denn die Furcht, positiv zu werden, muß seine
größte natürlicherweise sein aus dem Gefühle, daß er, je wirklicher er das Innige ausdrückt, desto sicherer untergeht. Seine
Tugend ist der Verstand, seine Göttin die Notwendigkeit. Es
ist das Schicksal selber, nur mit dem Unterschiede, daß die streitenden Kräfte in ihm an ein Bewußtsein, an einen Scheidepunkt
geknüpft sind, der sie klar und sicher gegenüberhält, der sie an
eine (negative) Identität befestiget und ihnen eine Richtung gibt.
Wie sich Kunst und Natur bei Empedokles im Extreme des Widerstreits dadurch vereinigen, daß das Tätige im Übermaß objektiv
wird, und die verlorene Subjektivität durch die tiefe Einwirkung
des Objekts ersetzt wird, so vereinigen sich Kunst und Natur in
seinem Gegner dadurch, daß ein Übermaß von Objektivität und
Außersichsein und Realität (in solchem Klima, in solchem Getümmel von Leidenschaften und Wechsel der Originalität, in solcher
herrischer Furcht des Unbekannten) bei einem mutig offenen Gemüte die Stelle des Tätigen und Bildenden vertreten; dahingegen

das Subjektive mehr die passive Gestalt des Duldens, des Aus=
bauerns, der Festigkeit, der Sicherheit gewinnt, und wenn die
Extreme entweder durch die Fertigkeit im Ausbauern derselben
oder auch von außen die Gestalt der Ruhe und des Organischen
annehmen, so muß das Subjektivtätige nun das Organisierende,
es muß zum Elemente werden, so auch hier das Subjektive und
Objektive ihre Gestalt verwechseln und eines werden in einem ...

III.

Anmerkungen zum Ödipus.

1.

Es wird gut sein, um den Dichtern auch bei uns eine
bürgerliche Existenz zu sichern, wenn man die Poesie, auch bei uns,
den Unterschied der Zeiten und Verfassungen abgerechnet, zur
μηχανη der Alten erhebt.

Auch an den Kunstwerken fehlt, mit den griechischen ver=
glichen, die Zuverlässigkeit; wenigstens sind sie bis itzt mehr nach
Eindrücken beurteilt worden, die sie machen, als nach ihrem ge=
setzlichen Kalkul und sonstiger Verfahrungsart, wodurch das
Schöne hervorgebracht wird. Der modernen Poesie fehlt es aber
besonders an der Schule und am Handwerksmäßigen, daß nämlich
ihre Verfahrungsart berechnet und gelehrt, und wenn sie gelernt
ist, in der Ausübung immer zuverlässig wiederholt werden kann.
Man hat, unter Menschen, bei jedem Dinge, vor allem darauf
zu sehen, daß es etwas ist, d. h. daß es in dem Mittel (moyen)
seiner Erscheinung erkennbar ist, daß die Art, wie es bedingt ist,
bestimmt und gelehret werden kann. Deswegen und aus höheren
Gründen bedarf die Poesie besonders sicherer und charakteristischer
Prinzipien und Schranken.

Dahin gehört einmal eben jener gesetzliche Kalkul.

Dann hat man darauf zu sehen, wie der Inhalt sich von
diesem unterscheidet, durch welche Verfahrungsart, und wie im
unendlichen aber durchgängig bestimmten Zusammenhange der
besondere Inhalt sich zum allgemeinen Kalkul verhält, und der
Gang und das Festzusetzende, der lebendige Sinn, der nicht
berechnet werden kann, mit dem kalkulablen Gesetze in Beziehung
gebracht wird.

Das Geſetz, der Kalkul, die Art, wie ein Empfindungsſyſtem, der ganze Menſch, als unter dem Einfluſſe des Elements ſich entwickelt, und Vorſtellung und Empfindung und Räſonnement, in verſchiedenen Sukzeſſionen, aber immer nach einer ſicheren Regel nacheinander hervorgehen, iſt im Tragiſchen mehr Gleich=gewicht als reine Aufeinanderfolge.

Der tragiſche Transport iſt nämlich eigentlich leer und der ungebundenſte.

Dadurch wird in der rhythmiſchen Aufeinanderfolge der Vorſtellungen, worin der Transport ſich darſtellt, das, was man im Silbenmaße Zäſur heißt, das reine Wort, die gegen=rhythmiſche Unterbrechung notwendig, um nämlich dem reißen=den Wechſel der Vorſtellungen auf ſeinem Summum ſo zu be=gegnen, daß alsdann nicht mehr der Wechſel der Vorſtellung, ſon=dern die Vorſtellung ſelber erſcheint.

Dadurch wird die Aufeinanderfolge des Kalkuls und der Rhythmus geteilt und bezieht ſich in ſeinen zwei Hälften ſo aufeinander, daß ſie als gleichwiegend erſcheinen.

Iſt nun der Rhythmus der Vorſtellungen ſo beſchaffen, daß in exzentriſcher Rapidität die erſten mehr durch die fol=genden hingeriſſen ſind, ſo muß die Zäſur oder die gegenrhyth=miſche Unterbrechung von vorne liegen, ſo daß die erſte Hälfte gleichſam gegen die zweite geſchützt iſt, und das Gleichgewicht wird, eben weil die zweite Hälfte urſprünglich rapider iſt und ſchwerer zu wiegen ſcheint, der entgegenwirkenden Zäſur wegen, mehr ſich von hinten her gegen den Anfang neigen.

Iſt der Rhythmus der Vorſtellungen ſo beſchaffen, daß die folgenden mehr gedrungen ſind von den anfänglichen, ſo wird die Zäſur mehr gegen das Ende liegen, weil es das Ende iſt, was gegen den Anfang gleichſam geſchützt werden muß, und das Gleichgewicht wird folglich ſich mehr gegen das Ende neigen, weil die erſte Hälfte ſich länger dehnt, das Gleichgewicht folglich ſpäter vorkommt. So viel vom kalkulablen Geſetze.

Das erſte nun der hier angedeuteten tragiſchen Geſetze iſt das des Ödipus.

Die „Antigonä" gehet nach dem zweiten hier berührten.

In beiden Stücken machen die Zäſur die Reden des Tireſias aus.

Er tritt ein in den Gang des Schickſals als Aufſeher über die Naturmacht, die tragiſch den Menſchen ſeiner Lebensſphäre, dem Mittelpunkte ſeines innern Lebens in eine andere Welt ent=rückt und in die exzentriſche Sphäre der Toten zeigt.

2.

Die Verständlichkeit des Ganzen beruht vorzüglich darauf,
daß man die Szene ins Auge faßt, wo Ödipus den Orakel=
spruch zu unendlich deutet, zum nefas versucht wird.

Nämlich der Orakelspruch heißt:

„Geboten hat uns Phöbos klar, der König,
Man soll des Landes Schmach, auf diesem Grund genährt,
Verfolgen, nicht Unheilbares ernähren.“

Das konnte heißen: Richtet, allgemein, ein streng und rein
Gericht, haltet gute, bürgerliche Ordnung. Ödipus aber spricht
gleich darauf priesterlich:

„Durch welche Reinigung usw.“

und gehet ins Besondere:

„Und welchem Mann bedeutet er dies Schicksal?“

und bringt so die Gedanken des Kreon auf das furchtbare Wort:

„Uns war, o König, Lajos vormals Herr
In diesem Land, eh’ du die Stadt gelenket.“

So wird der Orakelspruch und die nicht notwendig darunter
gehörige Geschichte von Lajos’ Tode zusammengebracht. In der
gleich darauf folgenden Szene spricht aber, in zorniger Ahnung,
der Geist des Ödipus, alles wissend, das nefas eigentlich aus,
indem er das allgemeine Gebot argwöhnisch ins Besondere deutet
und auf einen Mörder des Lajos anwendet, und dann auch die
Sünde als unendlich nimmt.

„Wer unter euch den Sohn des Labdakos,
Lajos, gekannt, durch wen er umgekommen,
Dem sag’ ich, daß er’s all anzeige mir usw.

       Um dieses Mannes Willen
Von dem die Kraft und Thronen ich verwalte,
Fluch’ ich, wer er auch sei, im Lande hier,
Nicht laden soll man noch ansprechen ihn;
Zu göttlichen Gelübden nicht und nicht zu Opfern
Ihn nehmen.

       Es zeigt dies
Der Götterspruch, der Pythische, mir deutlich, usw.“

Daher im nachfolgenden Gespräch mit Tiresias die wunder=
bare zornige Neugier, weil das Wissen, wenn es seine Schranke
durchrissen hat, wie trunken in seiner herrlichen Form, die doch

bleiben kann, vorerst sich selbst reizt, mehr zu wissen, als es
tragen oder fassen kann.

Daher in der Szene mit Kreon nachher der Argwohn, weil
der unbändige und von traurigen Geheimnissen beladene Gedanke
unsicher wird, und der treue gewisse Geist im zornigen Unmaß
leidet, das, zerstörungsfroh, der reißenden Zeit nur folgt.

Daher in der Mitte des Stücks in den Reden mit Jokasta
die traurige Ruhe, das Blöde, der mitleidswerte naive Irrtum
des gewaltigen Mannes, wo er Jokasten vom vermeintlichen Ge=
burtsort und von Polybos erzählt, den er umzubringen fürchtet,
weil er sein Vater sei, und Meropen, die er fliehen will, um
nicht sie, die seine Mutter sei, zu heiraten, den Worten des
Tiresias nach, da dieser doch ihm sagte, er sei des Lajos Mörder
und dieser sei sein Vater. Tiresias sagt nämlich im schon be=
rührten Streite zwischen Ödipus und ihm:

„Kund wird er aber sein, bei seinen Kindern wohnend,
Als Bruder und als Vater, und vom Weib, das ihn
Gebar, Sohn und Gemahl.

                              Der Mann, den längst
Du suchest, drohend und verkündigend den Mord
Des Lajos, der ist hier; als Fremder, nach der Rede,
Wohnt er mit uns, doch bald, als Eingeborner,
Kund wird er, als Thebaner sein und nicht
Sich freun am Unfall.

Kund wird er sein, bei seinen Eltern wohnend,
Als Bruder und als Vater, und vom Weib, das ihn
Gebar, Sohn und Gemahl, in einem Bette mit
Dem Vater und sein Mörder.“

Daher dann im Anfange der zweiten Hälfte, in der Szene
mit dem korinthischen Boten, da er zum Leben wieder versucht
wird, das verzweifelnde Ringen, zu sich selbst zu kommen, das
niedertretende, fast schamlose Streben, seiner mächtig zu werden,
das närrisch=wilde Nachsuchen nach einem Bewußtsein.

Jokasta. Denn aufwärts bieget Ödipus den Mut
In mannigfacher Qual, nicht, wie ein Mann,
Besonnen, deutet er aus Altem Neues.
Ödipus. O liebstes, du, des Weibs Jokastas Haupt!
Was riefest du heraus mich aus den Häusern?
Ödipus. An Krankheit welkte, wie es scheint, der Alte.
Bote. Und an der großen Zeit genug gemessen.

Es ist wohl zu bemerken, wie sich Ödipus' Geist hier an dem guten Spruche erhebt; so können die folgenden Reden aus edlerem Motiv erscheinen. Hier wirft er, der jetzt gerade nicht mit herkulischen Schultern trägt, in hoher Schwäche, seiner mächtig zu werden, die königlichen Sorgen weg: 5

> „Wohlan! wer sollte nun, o Weib, noch einmal
> Den prophezeienden Herd befragen, oder
> Von oben schreiend die Vögel? deren Sinn nach
> Ich töten sollte meinen Vater, der
> Gestorben schlummert unter der Erd'; hier aber   10
> Bin ich und rein ist meine Lanze, wenn er anders
> Im Traume nicht umkam von mir; so mag er
> Gestorben sein, von mir; zugleich nahm er auch
> Die heutigen Sehersprüche mit, und liegt nun
> Im Hades, Polybos, nicht weiter gültig."   15

Zuletzt herrscht in den Reden vorzüglich das geisteskranke Fragen nach einem Bewußtsein.

Bote. Wohl zeigst du, Kind, du wissest, was du tust, nicht.

Ödipus. Wie, bei dem Göttlichen, Alter, sprich etwas!

Ödipus. Was sagst du? Pflanzte Polybos mich nicht!   20

Bote. Beinahe so etwas, wie unsereiner.

Ödipus. Wie das? ein Vater, der dem Niemand gleich ist?

Bote. Ein Vater eben. Polybos nicht; nicht ich.

Ödipus. Wofür denn aber nennt der mich das Kind?

Bote. Ich löse dich, da dir die Zehn vernäht sind.   25

Ödipus. Gewaltigen Schimpf bracht' aus den Windeln ich.

Bote. So daß genannt du bist nach diesem Dinge.

Ödipus. Das, Götter! das, bei Mutter, Vater, rede.

Jokasta. Bei Göttern, nein! bist du besorgt ums Leben,
> So suche nicht. Genug erkrankt bin ich.   30

Ödipus. Sei gutes Muts! käm' ich von dreien Müttern
> Dreifach ein Knecht, es machte dich nicht schlimmer.

Ödipus. Was soll, das breche. Mein Geschlecht will ich,
> Sei's auch gering, doch will ich es erfahren.
> Mit Recht ist sie, denn Weiber denken groß,   35
> Ob meiner niedrigen Geburt beschämt.
> Ich aber will, als Sohn des Glücks mich haltend,
> Des wohlbegabten, nicht verunehrt werden.
> Denn dies ist meine Mutter. Und klein und groß
> Umfingen mich die mitgebornen Monde.   40

Und so erzeugt, will ich nicht ausgehn, so,
So daß ich nicht ganz, was ich bin, erforschte.

Eben dieses Allessuchende, Allesdeutende ist's auch, daß sein Geist am Ende der rohen und einfältigen Sprache seiner Diener unterliegt.

Weil solche Menschen in gewaltsamen Verhältnissen stehn, spricht auch ihre Sprache, beinahe nach Furienart, in gewalt=samerem Zusammenhange.

3.

Die Darstellung des Tragischen beruht vorzüglich darauf, daß das Ungeheure, wie der Gott und Mensch sich paart, und grenzenlos die Naturmacht und des Menschen Innerstes im Zorn eins wird, dadurch sich begreift, daß das grenzenlose Eines=werden durch grenzenloses Scheiden sich reinigt. *Της φυσεως γραμματευς ην τον καλαμον αποβρεχων ευνουν.*

Darum der immer widerstreitende Dialog, darum der Chor als Gegensatz gegen diesen. Darum das allzukeusche, allzumecha=nische und faktisch endigende Ineinandergreifen zwischen den ver=schiedenen Teilen: im Dialog und zwischen dem Chor und Dialog und den großen Partien oder Dramaten, welche aus Chor und Dialog bestehen. Alles ist Rede gegen Rede, die sich gegenseitig aufhebt.

So in den Chören des Ödipus das Jammernde und Fried=liche und Religiöse, die fromme Lüge („Wenn ich Wahrsager bin usw.") und das Mitleid bis zur gänzlichen Erschöpfung gegen einen Dialog, der die Seele eben dieser Hörer zerreißen will, in seiner zornigen Empfindlichkeit; in den Auftritten die schrecklich=feierlichen Formen des Dramas wie eines Ketzergerichtes, als Sprache für eine Welt, wo unter Pest und Sinnesverwirrung und allgemein entzündetem Wahrsagergeist, in müßiger Zeit, der Gott und der Mensch, damit der Weltlauf keine Lücke hat und das Gedächtnis der Himmlischen nicht ausgeht, in der allvergessenden Form der Untreue sich mitteilt, denn göttliche Untreue ist am besten zu behalten.

In solchem Momente vergißt der Mensch sich und den Gott und kehret, freilich heiligerweise, wie ein Verräter sich um. — In der äußersten Grenze des Leidens besteht nämlich nichts mehr als die Bedingungen der Zeit oder des Raums.

In dieser vergißt sich der Mensch, weil er ganz im Moment ist; der Gott, weil er nichts als Zeit ist; und beides ist untreu,

die Zeit, weil sie in solchem Momente sich kategorisch wendet und
Anfang und Ende sich in ihr schlechterdings nicht reimen läßt;
der Mensch, weil er in diesem Momente der kategorischen Um=
kehr folgen muß, hiermit im folgenden schlechterdings nicht dem
Anfänglichen gleichen kann.

So steht Hämon in der Antigonä.   So Ödipus selbst in
der Mitte der Tragödie von Ödipus.

IV.

Anmerkungen zur Antigonä.

1.

Die Regel, das kalkulable Gesetz der Antigonä verhält sich
zu dem des „Ödipus" wie ⟋ zu ⟍, so daß sich das
Gleichgewicht mehr vom Anfang gegen das Ende, als vom Ende
gegen den Anfang zuneigt.

Sie ist eine der verschiedenen Sukzessionen, in denen sich Vor=
stellung und Empfindung und Räsonnement nach poetischer Logik
entwickelt. So wie nämlich immer die Philosophie nur ein Ver=
mögen der Seele behandelt so, daß die Darstellung dieses einen
Vermögens ein Ganzes macht, und das bloße Zusammenhängen
der Glieder dieses einen Vermögens Logik genannt wird; so
behandelt die Poesie die verschiedenen Vermögen des Men=
schen so, daß die Darstellung dieser verschiedenen Vermögen
ein Ganzes macht, und das Zusammenhängen der selbständigeren
Teile der verschiedenen Vermögen der Rhythmus im höhern
Sinne oder das kalkulable Gesetz genannt werden kann.

Ist aber dieser Rhythmus der Vorstellungen so beschaffen,
daß in der Rapidität der Begeisterung die ersten mehr durch
die folgenden hingerissen sind, so muß die Zäsur (a) dann oder
die gegenrhythmische Unterbrechung von vorne liegen,
so daß die erste Hälfte gleichsam gegen die zweite geschützt ist und
das Gleichgewicht, eben weil die zweite Hälfte ursprünglich rapider
ist und schwerer zu wiegen scheint, der entgegenwirkenden Zäsur
wegen, mehr von hinten her (b) sich gegen den Anfang (c) neigt

a

c⟍b.

Ist der Rhythmus der Vorstellungen aber so beschaffen, daß
die folgenden mehr gedrungen sind von den anfänglichen, so wird

die Zäsur (a) mehr gegen das Ende liegen, weil es das Ende ist,
was gegen den Anfang gleichsam geschützt werden muß, und das
Gleichgewicht wird folglich mehr sich gegen das Ende (b) neigen,
weil die erste Hälfte (c) sich länger dehnt, das Gleichgewicht aber
⁵ später vorkommt

$$c \angle b \quad a$$

2.

Was wagtest du, ein solch Gesetz zu brechen?
    Darum, mein Zeus berichtete mir's nicht,
    Noch hier im Haus das Recht der Todesgötter usw.

Der kühnste Moment eines Taglaufs oder Kunstwerks ist,
¹⁰ wo der Geist der Zeit und Natur, das Himmlische, was den
Menschen ergreift, und der Gegenstand, für welchen er sich inter=
essiert, am wildesten gegeneinander stehen, weil der sinnliche
Gegenstand nur eine Hälfte weit reicht, der Geist aber am mäch=
tigsten erwacht da, wo die zweite Hälfte angehet. In diesem
¹⁵ Momente muß der Mensch sich am meisten festhalten, deswegen
steht er auch da am offensten in seinem Charakter.

Das tragischmäßige Zeitmatte, dessen Objekt dem Herzen
doch nicht eigentlich interessant ist, folgt dem reißenden Zeitgeist
am unmäßigsten, und dieser erscheint dann wild, nicht, daß er
²⁰ die Menschen schonte, wie ein Geist am Tage, sondern er ist scho=
nungslos, als Geist der ewig lebenden ungeschriebenen Wildnis
und der Totenwelt.

Kreon. Doch, Guten gleich, sind Schlimme nicht zu nehmen.
Antigonä. Wer weiß, da kann doch drunt ein andrer
²⁵ Brauch sein.

Das Liebenswürdige, Verständige im Unglück. Das Träu=
merischnaive. Eigentliche Sprache des Sophokles, da Äschylus
und Euripides mehr das Leiden und den Zorn, weniger aber des
Menschen Verstand als unter Undenkbarem wandelnd, zu objek=
³⁰ tivieren wissen.

Kreon. Wenn meinen Uranfang ich treu bestehe, lüg' ich?
Hämon. Das bist du nicht, hältst du nicht heilig Gottes
Namen,

statt: trittst du der Götter Ehre. Es war wohl nötig, hier den
³⁵ heiligen Ausdruck zu ändern, da er in der Mitte bedeutend ist,
als Ernst und selbständiges Wort, an dem sich alles übrige objek=
tivieret und verklärt.

Wohl die Art, wie in der Mitte sich die Zeit wendet, ist nicht wohl veränderlich, so auch nicht wohl, wie ein Charakter der kategorischen Zeit kategorisch folget, und wie es vom Grie= chischen zum Hesperischen gehet, hingegen der heilige Namen, unter welchem das Höchste gefühlt wird oder geschiehet. Die Rede bezieht sich auf den Schwur des Kreon.

> „Nicht lang mehr brütest
> In eifersücht'ger Sonne du."

Auf der Erde, unter Menschen, kann die Sonne, wie sie relativ physisch wird, auch wirklich relativ im Moralischen werden.

> „Ich habe gehört, der Wüste gleich sei worden usw."

Wohl der höchste Zug an der Antigonä. Der erhabene Spott, sofern heiliger Wahnsinn höchste menschliche Erscheinung und hier mehr Seele als Sprache ist, übertrifft alle ihre übrigen Äußerungen; und es ist auch nötig, so im Superlative von der Schönheit zu sprechen, weil die Haltung unter anderem auch auf dem Superlative von menschlichem Geist und heroischer Virtuo= sität beruht.

Es ist ein großer Behelf der geheim arbeitenden Seele, daß sie auf dem höchsten Bewußtsein dem Bewußtsein ausweicht, und ehe sie wirklich der gegenwärtige Gott ergreift, mit kühnem, oft sogar blasphemischem Worte diesem begegnet und so die heilige lebende Möglichkeit des Geistes erhält.

In hohem Bewußtsein vergleicht sie sich dann immer mit Gegenständen, die kein Bewußtsein haben, aber in ihrem Schicksal des Bewußtseins Form annehmen. So einer ist ein wüst ge= wordenes Land, das in ursprünglicher üppiger Fruchtbarkeit die Wirkungen des Sonnenlichts zu sehr verstärkt und darum dürre wird. Schicksal der Phrygischen Niobe; wie überall Schicksal der unschuldigen Natur, die überall in ihrer Virtuosität in ebendem Grade ins Allzuorganische geht, wie der Mensch sich dem Aor= gischen nähert, in heroischeren Verhältnissen und Gemütsbewe= gungen. Und Niobe ist dann auch recht eigentlich das Bild des frühen Genies.

> „Sie zählete dem Vater der Zeit
> Die Stundenschläge, die goldnen,"

statt: verwaltete dem Zeus das goldenströmende Werden; um es unsrer Vorstellungsart mehr zu nähern! Im Bestimmteren oder Unbestimmteren muß wohl Zeus gesagt werden. Im Ernste lieber: Vater der Zeit oder Vater der Erde, weil sein Charakter ist, der ewigen Tendenz entgegen, das Streben aus dieser Welt

in die andre zu kehren zu einem Streben aus einer andern Welt
in diese. Wir müssen die Mythe nämlich überall beweisbarer
darstellen. Das goldenströmende Werden bedeutet wohl die
Strahlen des Lichts, die auch dem Zeus gehören, insofern die
Zeit, die bezeichnet wird, durch solche Strahlen berechenbarer ist.
Das ist sie aber immer, wenn die Zeit im Leiden gezählt wird,
weil dann das Gemüt viel mehr dem Wandel der Zeit mitfühlend
folgt und so den einfachen Stundengang begreift, nicht aber der
Verstand von Gegenwart auf die Zukunft schließt.

Weil aber dieses festeste Bleiben vor der wandelnden Zeit,
dies heroische Eremitenleben das höchste Bewußtsein wirklich ist,
motiviert sich dadurch der folgende Chor als reinste Allgemeinheit
und als eigentlicher Gesichtspunkt, wo das Ganze angefaßt wer=
den muß.

Nämlich dieser enthält, als Gegensatz gegen das Allzuinnige
dieser vorhergegangenen Stelle, die höchste Unparteilichkeit der
zwei entgegengesetzten Charaktere, aus welchen die verschiedenen
Personen des Dramas handeln.°

Einmal das, was den Antitheos charakterisiert, wo einer in
Gottes Sinne wie gegen Gott sich verhält und den Geist des
Höchsten gesetzlos erkennt. Dann die fromme Furcht vor dem
Schicksal, hiemit das Ehren Gottes als eines Gesetzten. Dies
ist der Geist der beiden unparteiisch gegeneinander gestellten
Gegensätze im Chore. Im ersten Sinne mehr Antigonä handelnd,
im zweiten Kreon. Beide, insofern sie entgegengesetzt sind, nicht
wie Nationelles und Antinationelles, hiemit Gebildetes, wie
Ajax und Ulyß, auch nicht, wie Ödipus gegen die griechischen Land=
leute und die antike Originalnatur, als Freigeist gegen getreue
Einfalt, sondern gleich gegeneinander abgewogen und nur der
Zeit nach verschieden, so daß das eine vorzüglich darum verlieret,
weil es anfängt, das andere gewinnet, weil es nachfolgt. Inso=
fern passet der sonderbare Chor, von dem hier eben die Rede ist,
aufs geschickteste zum Ganzen, und seine kalte Unparteilichkeit
ist Wärme, eben weil sie so eigentümlich schicklich ist.

Die tragische Darstellung beruht, wie in den „Anmerkungen
zum Ödipus" angedeutet ist, darauf, daß der unmittelbare Gott,
ganz eines mit dem Menschen (denn der Gott des Apostels ist
mittelbarer, ist höchster Verstand in höchstem Geiste), daß die un=
endliche Begeisterung unendlich, d. h. in Gegensätzen im Be=
wußtsein, welches das Bewußtsein aufhebt, heilig sich scheidend,
sich faßt, und der Gott, in der Gestalt des Todes, gegenwärtig ist.

Deswegen, wie schon in den „Anmerkungen zum Ödipus"
berührt ist, die dialogische Form, und der Chor im Gegensatze mit

dieser, deswegen die gefährliche Form, in den Auftritten, die, nach griechischer Art, notwendig faktisch in dem Sinne ausgehet, daß das Wort mittelbarer faktisch wird, indem es den sinn= licheren Körper ergreift; nach unserer Zeit und Vorstellungsart unmittelbarer, indem es den geistigeren Körper ergreift. Das griechisch=tragische Wort ist tödlich faktisch, weil der Leib, den es ergreifet, wirklich tötet. Für uns, da wir unter dem eigentlicheren Zeus stehen, der nicht nur zwischen dieser Erde und der wilden Welt der Toten innehält, sondern den ewig menschenfeindlicheren Naturgang auf seinem Wege in die andre Welt entschiedener zur Erde zwinget, und da dies die wesentlichen und vaterländischen Vorstellungen groß ändert und unsere Dichtkunst vaterländisch sein muß, so daß ihre Stoffe nach unserer Weltansicht gewählt sind und ihre Vorstellungen vater= ländisch, verändern sich die griechischen Vorstellungen insofern, als ihre Haupttendenz ist, sich fassen zu können, weil darin ihre Schwäche lag, dahingegen die Haupttendenz in den Vorstellungs= arten unserer Zeit ist, etwas treffen zu können, Geschick zu haben, da das Schicksallose, das δυσμορον, unsere Schwäche ist. Des= wegen hat der Grieche auch mehr Geschick und Athletentugend und muß dies, so paradox uns die Helden der „Iliade" erscheinen mögen, als eigentlichen Vorzug und als ernstliche Tugend haben. Bei uns ist dies mehr der Schicklichkeit subordiniert. Und so auch sind die griechischen Vorstellungsarten und poetischen For= men mehr den vaterländischen subordiniert.

Und so ist wohl das Tödlichfaktische, der wirkliche Mord aus Worten, mehr als eigentümlich griechische und einer vaterländischeren Kunstform subordinierte Kunst= form zu betrachten. Eine vaterländische mag, wie wohl beweislich ist, mehr tötendfaktisches als töblichfaktisches Wort sein; nicht eigentlich mit Mord oder Tod endigen, weil doch hier= an das Tragische muß gefaßt werden, sondern mehr im Ge= schmacke des Ödipus auf Kolonos, so daß das Wort aus begei= stertem Munde schrecklich ist und tötet, nicht griechisch faßlich in athletischem und plastischem Geiste, wo das Wort den Körper ergreift, daß dieser tötet.

So beruht griechischer oder hesperischer die tragische Darstel= lung auf gewaltsamerem oder unaufhaltsamerem Dialog und Chö= ren, haltend oder deutend für den Dialog, die dem unendlichen Streite die Richtung oder die Kraft geben, als leidende Organe des göttlichringenden Körpers, die nicht wohl fehlen können, weil auch in tragischunendlicher Gestalt der Gott dem Körper sich nicht absolut unmittelbar mitteilen kann, sondern verständlich ge=

faßt oder lebendig zugeeignet werden muß; vorzüglich aber be=
stehet die tragische Darstellung in dem faktischen Worte, das,
mehr Zusammenhang als ausgesprochen, schicksalsweise vom An=
fang bis zu Ende gehet; in der Art des Hergangs, in der Gruppie=
rung der Personen gegeneinander und in der Vernunftform, die
sich in der furchtbaren Muse einer tragischen Zeit bildet, und so
wie sie in Gegensätzen sich darstellte in ihrer wilden Entstehung,
nachher in humaner Zeit als feste aus göttlichem Schicksal gebo=
rene Meinung gilt.

Die Art des Hergangs in der „Antigonä" ist die bei einem
Aufruhr, wo es, sofern es vaterländische Sache ist, darauf an=
kommt, daß jedes, als von unendlicher Umkehr ergriffen und er=
schüttert, in unendlicher Form sich fühlt, in der es erschüttert ist.
Denn vaterländische Umkehr ist die Umkehr aller Vorstellungs=
arten und Formen. Eine gänzliche Umkehr in diesen ist aber,
sowie überhaupt gänzliche Umkehr, ohne allen Halt, dem Men=
schen als erkennendem Wesen unerlaubt. Und in vaterländischer
Umkehr, wo die ganze Gestalt der Dinge sich ändert und die Natur
und Notwendigkeit, die immer bleibt, zu einer andern Gestalt sich
neiget, sie gehe in Wildnis über oder in neue Gestalt, in einer
solchen Veränderung ist alles bloß Notwendige parteiisch für die
Veränderung, deswegen kann, in Möglichkeit solcher Veränderung
auch der Neutrale — nicht nur der, der gegen die vaterländische
Form ergriffen ist — von einer Geistesgewalt der Zeit, gezwungen
werden, patriotisch gegenwärtig zu sein, in unendlicher Form,
der religiösen, politischen und moralischen seines Vaterlandes
(προφάνηθι θεός). Es sind auch solche ernstliche Bemerkungen
notwendig zum Verständnisse der griechischen wie aller echten
Kunstwerke. Die eigentliche Verfahrungsart nun bei einem Auf=
ruhr (die freilich nur eine Art vaterländischer Umkehr ist und
noch bestimmteren Charakter hat) ist eben angedeutet.

Ist ein solches Phänomen tragisch, so gehet es durch Reak=
tion, und das Unförmliche entzündet sich an Allzuförmlichem. Das
Charakteristische dabei ist deswegen das, daß die in solchem Schick=
sal begriffenen Personen nicht, wie im „Ödipus", in Ideengestalt
als streitend um die Wahrheit stehen und wie eines, das sich des
Verstandes wehret, auch nicht wie eines, das sich des Lebens
oder Eigentums oder der Ehre wehret, wie die Personen im
„Ajax", sondern, daß sie als Personen im engeren Sinne, als
Standespersonen, gegeneinander stehen, daß sie sich formali=
sieren.

Die Gruppierung solcher Personen ist, wie in der Antigonä,
mit einem Kampfspiele von Läufern zu vergleichen, wo der, wel=

cher zuerst schwer Odem holt und sich am Gegner stößt, verloren
hat, da man das Ringen im „Ödipus“ mit einem Faustkampf,
das im „Ajax“ mit einem Fechterspiele vergleichen kann.

Die Vernunftform, die hier tragisch sich bildet, ist politisch,
und zwar republikanisch, weil zwischen Kreon und Antigonä, 5
Förmlichem und Gegenförmlichem, das Gleichgewicht zu gleich
gehalten ist. Besonders zeigt sich dies am Ende, wo Kreon von
seinen Knechten fast gemißhandelt wird.

Sophokles hat recht. Es ist dies Schicksal seiner Zeit und
Form seines Vaterlandes. Man kann wohl idealisieren, z. B. 10
den besten Moment wählen, aber die vaterländischen Vorstellungs=
arten dürfen, wenigstens der Unterordnung nach, vom Dichter,
der die Welt im verringerten Maßstab darstellt, nicht verändert
werden. Für uns ist eine solche Form gerade tauglich, weil das
Unendliche, wie der Geist der Staaten und der Welt, ohnehin 15
nicht anders als aus linkischem Gesichtspunkt kann gefaßt werden.
Die vaterländischen Formen unserer Dichter, wo solche sind,
sind aber dennoch vorzuziehen, weil solche nicht bloß da sind, um
den Geist der Zeit verstehen zu lernen, sondern ihn festzuhalten
und zu fühlen, wenn er einmal begriffen und gelernt ist.   20

Anmerkungen

Anmerkungen zu Teil 1.

Gedichte.

Hölderlin hat nie selbst eine Sammlung und Herausgabe seiner Gedichte veranstaltet. Die erste Sammlung erschien aber noch zu seinen Lebzeiten; sie war von Uhland und Schwab hergestellt (1826). Es folgten die Ausgaben von Schwab (in den „sämtlichen Werken") 1846; von Jäger (Reclam) 1873; von Köstlin („Schriften") 1884; von B. Litzmann („gesammelte Dichtungen") 1895; von Paul Ernst (in der Ausgabe der „gesammelten Werke", hsg. von Böhme). In neuster Zeit sind auch kleinere „Auswahlen" in verschiedenen Sammelpublikationen herausgegeben. — Die vollständigste der bisher veröffentlichten Ausgaben war die Litzmannsche. Die vorliegende Ausgabe vereinigt zum ersten Male sämtliche erschienenen Gedichte.

Ich habe die Interpunktion stillschweigend verbessert und vervollständigt. Nur wo mir ein Zweifel an der Richtigkeit meiner Verbesserung möglich schien, lege ich Rechenschaft davon ab.

Über die Gruppierung siehe Einleitung.

Motto:

An die Parzen (S. 13). V. 8. das Gedicht = der „Empedokles", an dem Hölderlin damals arbeitete.

Des Dichters Kindheit.

Jugend (S. 17). Dem Metrum nach zu schließen, stammt es aus der späteren Reifezeit des Dichters. — V. 13. Vater Helios = der Sonnengott. Von Hölderlin vielfach als Vater bezeichnet; d. h. nicht als der Vater der Götter, sondern als Vater des Lebens auf der Erde. — V. 13—15. Anspielung auf den Mythus, nach dem Luna (Selene), die Göttin des Mondes, Schwester des Helios, sich in Endymion, den Jäger, verliebte und ihn in Schlaf versenkte, um ihn ungestört küssen zu können.

Die Stille (S. 18), geschrieben in Maulbronn, später eingetragen in das „Bundesbuch" in Tübingen. — V. 24. dreigefüßten Roß am Hochgericht = der Galgen. — V. 54. Offian = keltischer Sagenheld. Eine Anzahl keltischer Bardengesänge war 1760 von Macpherson unter dem Namen „Offian" herausgegeben und hatte den größten Erfolg gehabt. Wieweit diese schwermütigen Heldengesänge wirklich alte, echte gälische (die Gälen sind die Kelten des schottischen Hochlandes) Lieder waren, wieweit sie Dichtungen Macphersons waren, ist noch heute nicht ganz festgestellt. — V. 55. Seraphen = Engel (Cherubim und Seraphim besonders durch Klopstocks Messiade Hölderlin nahe gebracht).

Einst und jetzt (S. 20). V. 29. Anspielung auf das Tübinger Stift, das sich in einem Kloster befand, und in dem die früheren Zellen der Mönche zu Schlafzimmern für die Studenten eingerichtet waren.

Aus Hyperions Jugendgeschichte (S. 21) ist ein Teil der metrischen Fassung des Hyperionfragmentes (siehe hinten II, S. 31 und 207). — V. 32—65 hält Zinkernagel für den ersten Teil des Gedichtes; V. 1—31 für den zweiten Teil. Ich behielt die von Litzmann gewählte Folge, weil mir das mit V. 32 beginnende Räsonnement im Lichte des Vorangegangenen deutlicher erscheint. — V. 28. Anspielung auf die Erzählung in der Ilias von Achilles, dem man die Geliebte Briseïs genommen hat, um sie dem Agamemnon zu geben. Achilles wird am Meeresufer von seiner Mutter, der Nymphe Thetis, getröstet und er= hält den von Hephaistos geschmiedeten kunstvollen Schild. — V. 36—41. Hölderlin spricht von einem Konflikt seines Lebens, den er auch in seinen Briefen und Werken immer wieder berührt: Der Dichter verläßt seine Muse und das phantasievolle Spiel seines Geistes, das sein Glück ausmacht, um es denen, die es nicht verstehen und eine Gefahr darin für ihn erblicken, recht zu machen. Er gerät dadurch in Verwirrung, weil er seine eigene Welt und Wesenheit nicht aufgeben und eben= sowenig der Meinung der andern in verständiger Weise folgen kann. Beim Tadel fühlt er „sein Gutes", d. i. seine dichterischen Phantasien, „un= und mißverstanden"; zwingt er sich, darauf zu verzichten, so fühlt er sich unglücklich; und „siegt die Meinung [der andern!] nicht", „be= hält ihr Recht die" [eigene, dichterische] „bessere Natur", so macht er sich Selbstvorwürfe darüber, daß er den andern wehe tue. — V. 39. Ich setzte Komma anstatt Punkt hinter Natur. — V. 42—43 würden als Sentenz im Widerspruch mit dem Vorhergehenden und Folgenden stehen, wenn wir sie uns nicht mit leicht bitterer Fronie gesprochen oder als Frage oder im Munde der tadelnden „Andern" denken. — V. 44—46 drückt nochmals Bedauern aus darüber, daß fremder Tadel den Dichter aus seiner eigensten Natur schreckte, „erniedrigte". (Das Gedicht ist meistens gerade im entgegengesetzten Sinne zitiert, als habe der Dichter darin aussprechen wollen, er sähe ein, wieviel an seiner Erziehung durch zu weichliches Gewährenlassen vernachlässigt wäre.) — V. 53. weilte = verweilte. — V. 54. Panagia = Madonna der griechischen Kirche.

Die Jugendzeit.
Gedichte verschiedenen Inhalts.

Mein Vorsatz (S. 27). V. 10. Hekatombenlohn = überschwenglich hoher Lohn. Hekatombe war ein besonders großes Opfer, gewöhnlich Dankopfer. Es bestand ursprünglich aus 100 Stieren.

An meinen Bilfinger (S. 28). B. war Hölderlins Kamerad und

Stubengenosse in Maulbronn. — V. 9. Amalie = Luise Nast, Hölderlins Jugendgeliebte und Braut.

Die Teck (S. 30). Die Teck ist ein dem Schwäbischen Jura vorgelagerter, langgestreckter Berg (774 m hoch) mit der Ruine des Stammschlosses der Herzöge von Teck. — V. 58. Suevia = Schwaben.

Kanton Schwyz (S. 32). Mit seinen Studiengenossen Hiller und Memminger hatte Hölderlin im Sommer 1791 eine Reise in die Schweiz gemacht und dort besonders die Urkantone und den Vierwaldstätter See bereist. — V. 16. Zürch = Zürich. — V. 21. Kloster = Maria-Einsiedeln. — V. 23. Füglich = brauchbar. — V. 27. Hacken = gewaltiges Felsmassiv in der Nähe von Schwyz. — V. 33. Es tagte die Nacht = der Mond ging auf. — V. 34. Heldengeister am Lego = Anspielung auf die Sagenwelt des Ossian (s. o. Die Stille V. 54); Lego = ein sagenhafter See der schottischen Bergwelt. — V. 39. Mythen = große Felspyramide auf der Spitze des Hackenberges. — V. 44. Hirte in Mamres Hain = Abraham; Mamre = die durch ihre Eichen (Terebinthen) bekannte biblische Wohnstätte Abrahams. — Tochter von Laban = Rebekka, das Weib des Isaak. — V. 50. See = Vierwaldstätter See. — V. 69 ff. Stätte des Schwurs = die Rütliwiese, wo sich die Vertreter der Urkantone gegen den kaiserlichen Landvogt verschworen. Anspielung auf die Tellsage. — V. 74. Gebirg' = Morgarten. Anspielung auf die Schlacht bei Morgarten. — V. 78. Walter = Walter Fürst, einer der Verschworenen.

Kepler (S. 35). V. 8. hoch herab = Anspielung auf Walhalla, den germanischen Himmel der Helden. — V. 9. Denker in Albion = Newton, der seine Entdeckungen auf Keplers Gesetzen aufbaut. Albion ist der (aus dem Irischen stammende) poetische Name für England. — V. 27. Anspielung auf Keplers Entdeckung der Gesetze der Planetenbewegungen. — V. 29. Hekla (oder Heklufjall) = der berühmteste Vulkan Islands. — V. 34. Äonen = Weltalter.

An die Unerkannte (S. 38). Die Unerkannte = die Poesie. — V. 11. Nach dem Orient der Schiffer blickt = nach dem Sonnenaufgang, um sich an der Sonnenbahn betreffs der einzuschlagenden Richtung zu orientieren. — V. 22 ff. = Anspielung auf eine Episode in Odysseus' Irrfahrten: Odysseus landet schiffbrüchig auf der Insel der Phaiaken, deren König Alkinous ist. Dessen Tochter Nausikaa bringt Odysseus zu ihrem Vater. Hochgefeiert und reich beschenkt verläßt Odysseus auf neuen Schiffen die Insel.

Lied der Liebe (S. 39), von Hölderlin selbst ins Bundesbuch eingetragen. — V. 46—47. Zwischen beiden Versen ergänze: dann werden.

Lied der Freundschaft (S. 40), gleichfalls fürs Bundesbuch gedichtet. — S. 41. V. 23. Lyäus = Beiname für Dionysos.

An Hiller (S. 42). Hiller = Kamerad Hölderlins in Tübingen. — V. 24. Helvetia = Schweiz (römisch). Anspielung auf die gemeinsame Schweizerreise. — V. 47. „die Scheidestunde" und das Folgende bezieht sich auf Hillers damaligen Plan, nach Amerika auszuwandern. — V. 55. Pepromene = das Schicksal als personifizierte Macht (u. a.

so bei Sophokles und Demosthenes). — B. 58. Philadelphier Gestaden
= auf amerikanischen Boden. Philadelphia war wohl als das Reise-
ziel gedacht.

Selbstquälerei (S. 44). B. 3. Ich verbesserte „ist's" aus „ist".

Der Lorbeer (S. 45). B. 21. Mana = Stifter eines orientalisch-
persischen Religionssystems (um 215 geb.).

An Leo von Seckendorf (S. 45): Zuerst von C. C. Th. Litzmann
als selbständiges Gedicht zitiert; dann von B. Litzmann und allen folgenden Herausgebern in die Gedichte aufgenommen. In Wirklichkeit aber
war dieser Stammbuchvers nur ein Zitat aus der „Hymne an die
Menschheit" Str. 2, B. 9—16. Auch ich entdeckte das Versehen zu spät,
um den Vers aus der Ausgabe zu entfernen. Leo v. Seckendorf war
ein jüngerer Studiengenosse Hölderlins. In dem von ihm später
herausgegebenen Musenalmanach veröffentlichte H. seine letzten Gedichte.

Lebensgenuß, an Neuffer (S. 46). N. ist Hölderlins bester
Freund und Vertrauter in Tübingen.

Freundeswunsch an Rosine Stäublin (S. 46). R. St.
= die Braut Neuffers und Schwester des mit Hölderlin und Neuffer
befreundeten Advokaten und Herausgebers St. in Stuttgart.

An eine Rose (S. 47), gleichfalls an Rosine Stäublin.

Der Gott der Jugend (S. 48). B. 3. Für selige Gesichte
= vor seligen Gesichten. — B. 5. Manen = eigentlich die Geister der
Abgeschiedenen, denen nach römischem Brauche Totenopfer dargebracht
wurden; hier: die Geister der Abwesenden; ihnen wird „froher" Opferwein gebracht. — B. 25. Tibur = das heutige Tivoli; Wohnort Horaz'
und viel von ihm besungen. — B. 32. Anio = der Fluß, an dessen
linkem Ufer Tivoli liegt. — B. 39. Cephissus = Fluß bei Athen.

An Neuffer. Nach dem Tode seiner Braut (S. 49). Neuffers Braut, Rosine Stäublin, starb 1795 im Mai. — B. 4. Anspielung
auf Neuffers dichterische Betätigung. (S. auch Nachlese S. 284 und
Anm. dazu.)

Die Hymnen an die Ideale der Menschheit.

[Die erste Hymne entstammt der Schülerzeit (Maulbronn 1788).
Die andern der Studentenzeit in Tübingen (1790—1792).]

An die Vollendung (S. 51). B. 6. Heerschar = die Schar der
Helden der Vorzeit, die die Vollendung erreicht haben.

Hymne an den Genius Griechenlands (S. 52). B. 4. Kronos'
Halle = hier Olymp. Kronos und Zeus sind hier noch nicht scharf
geschieden, stehen für den obersten Gott. — B. 4—9. Anspielung auf
die Stammessage der Griechen, wonach der Stammvater der Griechen,
Hellen, ein Sohn des Zeus und der Dorippe war. — B. 11—13. = Mit
dem Genius Griechenlands kann sich der Nationalgeist keines anderen
Volkes messen oder vergleichen. — B. 19—20. Ich verbesserte Schläfen
aus Schläfe, weil das Verb im Plural gebraucht ist. — B. 29. „Liebe" und
„Zärtlichkeit" erklärt Hölderlin vielfach als Grundzug des griechischen
Nationalgeistes. — B. 35 ff. Anspielung auf die Sage von Orpheus,
die erzählt, daß Orpheus seiner toten Gattin Eurydice in die Unter-

welt (Acheron = der Fluß der Unterwelt) nachfolgte und dort durch seinen Gesang Hades, den Beherrscher des Totenreiches, erweichte, so daß ihm erlaubt wurde, die Geliebte wieder in die Oberwelt zurückzuführen. — V. 40. Mäonide = Beiname für Homer; d. i. Mäons Sohn oder aus Mäonien (Lydien) stammend. — V. 51. Ilion = Troja.

Hymne an die Muse (S. 54). V. 3. Pieride = Beiname der Muse nach dem Musensitze Pierien, am Fuße des Olymp. — V. 7. Der Bund = der Bund zwischen der Muse der Dichtkunst und dem Dichter. — V. 19. Deines Reiches Grenze zu erschwingen = dein Reich bis zu den Grenzen zu durchfliegen. — V. 25—28. Die dichterische Muse zeigt Größeres und Kühneres als selbst die Wissenschaft und die Hoffnung, denn sie schafft Lust und Leben. — V. 29—30. Ihr gehören die schönsten Wahrheiten. — V. 31—32. Durch sie wird blinde Liebe weise. — V. 34. Was der Enkel eitle Ware deckt = was über dem modernen kaufmännischen Treiben vergessen worden ist. — V. 58. Wo die Blüten das Gesetz erzwingt = wo das Gesetz das Emporblühen des Volkes erzwingen will. — V. 69—70. Die Zeit scheint vor dir stille zu stehen; du bist über den Wechsel der Zeiten erhaben. — V. 90. Deine Priester = die Dichter. — V. 91. Ägide = der von Hephaistos geschmiedete Schild, den bei Homer regelmäßig Zeus, außer ihm gelegentlich Athene und ausnahmsweise auch Apollon führt. Hölderlin läßt hier die Muse — wohl in Übertragung der Apollonmythe — die Ägide tragen. — V. 114—115 = Was der mit der Ewigkeit vertraute Geist des Dichters begreift und erschaut, das kann nie der gewöhnliche Mensch, der nur „die Spanne" mißt, erfassen.

Hymne an die Freiheit (S. 57), geschrieben 1790 unter den Eindrücken der ersten Nachrichten von der Französischen Revolution. — V. 9. ihr = die Freiheit als Göttin vorgestellt. — V. 10. ihr = für sie. — V. 17—64. Worte, die der Göttin der Freiheit in den Mund gelegt sind. — V. 24. meiner Kinder = der Menschen. — stilles Paradies = die Erde, solange die Liebe unter den Menschen wohnte. — V. 29—32. Anspielung auf die vielen Sagen, die erzählen, wie die Götter in Liebe zu den Frauen der Menschen entbrannten und in verschiedenen Gestalten zu ihnen niederstiegen. — V. 34. meinen Lieblingen = den Menschen. — V. 40—48 erzählen, wie durch die Geburt des Übermuts die Liebe, die Freiheit und die Unschuld von der Erde vertrieben wurden. — V. 50 = die Liebe schuf Harmonie und schöne Ordnung; dasselbe versucht das Gesetz zu tun. — V. 51—56. Es versucht dies vergebens. — V. 58—59. Anspielung auf die Französische Revolution: Liebe und Freiheit kehren zur Erde zurück. — V. 64. Herrscher der Natur = Menschen. — V. 67—72 bezieht sich auf die Revolution. — V. 73—80 spricht nicht von Frankreich, sondern von Deutschland und prophezeit ein geeinigtes Deutschland für das kommende Jahrhundert. — V. 85. Götter in brüderlicher Hülle = Götter in Menschengestalt, d. i. Dichter. — V. 95. alle Bande = alle Gesetzesbande, die das Volk knechten.

Hymne an die Göttin der Harmonie (S. 60), hieß ursprünglich Hymne an die Wahrheit. Entstand als Frucht der Leibniz-Lektüre.

„Leibniz und mein Hymnus an die Wahrheit hausen seit einigen Tagen in meinem Capitolium,“ schreibt Hölderlin an Neuffer 1790, „jener hat Einfluß auf diesen.“ — Motto = aus „Ardinghello oder die glückseligen Inseln“, ein damals berühmter Künstlerroman von Heinse, der 1787 erschienen war. — Urania = hier Aphrodite (Tochter des Uranus). Aphrodite Urania wurde in Athen auch als Göttin des Himmelsgewölbes verehrt. — B. 16. Urania Aphrodite ist zugleich Göttin der Liebe und der Sphärenharmonie. So ist auch für Hölderlin die Kraft der Liebe, die die Menschen eint und verbindet, identisch mit der Kraft, die die Welten eint und harmonisch zusammenbindet. — B. 25—58 sieht in dem Newtonschen Gesetz der Anziehung, dem Grundgesetz des Weltenzusammenhanges, nur eine andere Form der Liebe (dasselbe bei Schiller und den Romantikern). — B. 49 ff. behandeln die Erschaffung des Menschen. Er ist der Sohn und das Ebenbild der Urania Aphrodite.

Hymne an die Menschheit (S. 63) = Hymnus an die große Zukunft der Menschheit. Motto aus Rousseau: „Die Grenzen des Möglichen sind in den geistigen Dingen weniger eng, als wir denken.“ Rousseau war in seinen Schriften der Vorläufer der Französischen Revolution durch seine Verkündigung des Menschheitsgedankens und der Forderung der Rückkehr zur Natur. „Ich habe“, schreibt Hölderlin über den Hymnus an seinen Bruder (28. Nov. 1791), „vom großen Jean Jacques mich ein wenig über Menschenrecht belehren lassen.“ Der Hymnus entstand gleichfalls aus der Begeisterung für die Französische Revolution. — B. 4. Hesperidenwonne = Paradieseswonne. Hesperiden sind in der griechischen Sage die unsterblichen Jungfrauen, die an der westlichen Grenze der Erde auf einem Eiland im Meere in einem Paradiesesgarten Heras goldene Äpfel, die dort wachsen, hüten. — B. 17 ff. = Schon sind Schönheit und Harmonie wieder in den Dichtern erwacht. — Dies ist die Strophe, die Hölderlin Seckendorf ins Album schrieb. Danach verbesserte ich B. 15 „von“ statt „vor“. — Die Liebe ist als Weltkraft erkannt und eint die Menschheit wieder. — B. 25 ff. Die Freiheit ist erwacht; direkte Anspielung auf die Französische Revolution. — B. 34. Elysens Blüte = Elysiums Blüte. Elysium, ähnlich wie der Garten der Hesperiden, ein paradiesisches Gefilde am Ende der Erde, wo die Seligen ein freudiges, kummerloses Leben führen. Im Elysium reifen alle Blüten zur Vollendung. — B. 36. Orellana scheint mir fraglich. Sollte der Gefährte Pizarros Orelhana, der als erster Europäer den Amazonenstrom befuhr, gemeint sein, und Sturze bezöge sich dann auf die Fälle des Amazonenstroms? — oder auf irgendeine damals bekannte Anekdote des O.? — B. 41 ff. = Die Gegenwart muß für die glänzendere Zukunft sterben. — B. 49 ff. = Das glänzende Zukunftsbild. — B. 51. Zu gleichen Meisterzügen = wie die Dichtkunst nur lieblich und melodisch ist, so ist auch die Tugend nicht mehr finster, sondern nur anmutig. — Ihr winkt die Grazie der göttlichen Natur = die wahre Natürlichkeit ist göttlich und anmutig; in der goldenen Zukunft ist die Tugend nur der Ausdruck dieser göttlichen Natürlichkeit. — B. 53. Lesbische Gebilde = Lesbos war Hauptsitz der Pflege der lyrischen, der meli-

schen Poesie und der mit dieser eng verbundenen Musik. Lesbische Ge=
bilde = lyrische Melodien, rhythmischer Wohllaut, anmutsvoll duftige
Phantasiegestalten. — B. 59. Tyndariden (oder Dioskuren) = Kastor
und Pollux. Sie waren Brüder und Freunde bis in den Tod; als Halb=
götter unter die Sterne versetzt. Gelten als Symbole höchster Freund=
schaft.

Hymne an die Schönheit (S. 66). B. 11. Orionen: Orion
= Sternbild; heißt hier: über den Sternen. — B. 12. Wo der Pole
Klang verhallt = die Gestirne als tönende Welten gedacht. Der Pole Klang
= Sphärenharmonie. — B. 13. Dämon = hier: Genius. Vollendeter D.
= abgeschiedener Dichterseelen. — B. 65. Antiphile = hier wohl nur
ein fingierter Name für die Geliebte. — B. 74. Priester = Dichter. —
B. 75. Söhne = Dichter oder Künstler. — B. 78. Kost' ich eurer Gött=
lichkeit = beginne ich mich als Dichter zu fühlen. — B. 79. Söhne der
Begeisterungen = Dichter. — B. 81—90 bezieht sich auf die Dichter.
— B. 85. Elysium = Paradies (s. o. Hymne an die Menschheit, B. 34).
— B. 91—100 stellt sich Hölderlin selbst unter die Dichter. — B. 111 ff.
Rede der Göttin der Schönheit über Dichter und Dichtkunst. Genieße
= Genießen (?). — B. 112 verbesserte ich „im" Innern anstatt
„am" Innern. — B. 116. Wem des Bildes Adel das Herz verschönt
= in wessen Seele sich die Welt zum schönen Bilde (Kunstwerk) verklärt.
— B. 128. Meiner Gottheit großer Sohn = der Dichter.

Hymne an die Freundschaft. An Neuffer und Magenau
(S. 69). Neuffer und Magenau sind Hölderlins Freunde in Tübingen.
— Die Hymne ist zur Verherrlichung einer nächtlichen Bundesfeier ge=
dichtet. — B. 4. Anspielung auf den mit den Freunden geschlossenen
Bund. — B. 13. Tyndariden (siehe oben: Hymne an die Menschheit
B. 59) = Anspielung auf die helle Sternennacht. — B. 22 ff. in An=
rede an Harmonia, die Göttin der Freundschaft und aller menschlichen
geselligen Vereinigungen. — B. 27. Nach thebanischer Sage ist Har=
monia die Tochter des Kriegsgottes Ares und der Aphrodite. Aphro=
dite ist hier „Cytherea" genannt nach der Insel Cythera (Kythära), die
ihr geweiht war. — B. 29—32. „Der Erde Sohn" ist Subjekt. Er
sieht staunend in der Nähe die neugeborene Göttin, „die Heldin ohne
Tadel", die stolz und edel wie der Vater Ares und anmutig wie die
Mutter Aphrodite ist (der Gürtel ist das Zeichen der Anmut). — B. 83.
Minos = einer der Totenrichter in der Unterwelt. — B. 84. Der stille
Genius = Charon, der Fährmann, der nach griechischer Sage die Schat=
ten über den Styx nach der Unterwelt fuhr. — B. 87. hier = in
unserer Brust.

An den Genius der Jugend (S. 72). Nach Minor müßte es
heißen „An den Genius der Tugend". Da Litzmann trotz Minors
Einwand „Jugend" festhielt, so nehme ich an, daß er wichtige
Gründe dafür hatte, und folge auch hier seiner Ausgabe. Bestätigt
schien mir „Jugend" durch die Anspielung auf den Tithonmythus.
— B. 38. Tellus = Erdgöttin. — B. 58. Lesbische Gestalt = siehe
oben: Hymne an die Menschheit B. 53. — B. 61. oft gerungen = ge=
rungen, mich zur Weisheit und Ruhe des Alters herabzustimmen. —

V. 68. Bis in Plutons Hallen = bis zum Tode (Pluton ist Gott der Unterwelt). — V. 69. Meiner Sorgen schönste = die Sorge um seine Dichterlaufbahn. — V. 73—80 = Den Dichter trägt seine Phantasie in den Olymp unter die Götter. — V. 79. Von dir entbunden = von dir, Göttin der Jugend, aller Erdenschwere entlastet; d. h. der jugendliche Dichter fühlt sich kraft seines jugendlichen Herzens so leicht und frei, daß er sich bis zu den Göttern emporschwingen kann. — V. 81 ff. Anrede an den Genius der Jugend, der hier als Gott der ewigen Verjüngung der Welt (unter dem Bilde der ewigen Jugend der Götter) aufgefaßt ist. — V. 89. Eos (Aurora) = Göttin der Morgenröte. — V. 91. Tithon = ihr Gemahl, ein Jäger. Eos raubte ihn sich um seiner Schönheit willen, erbat von Zeus Unsterblichkeit für ihn, vergaß aber auch ewige Jugend zu erbitten. Als er alterte, sperrte sie ihn deshalb in ein Gemach oder — nach anderer Sage — verwandelte sie ihn in eine Zikade. — V. 95. Phoebus, Beiname für Apollon als Sonnengott. Sein Attribut ist Pfeil und Bogen. Die abgeschnellten Pfeile versinnbildlichen die Sonnenstrahlen. Er „trauert um die Pfeile" = um die verlorne Kraft, mit der er die Pfeile abzuschnellen pflegte. — V. 102. Donnergott = Zeus.

Hymne an die Freiheit (S. 75). V. 1. Orkus = Unterwelt. — V. 7. Elysens Haine = Elysium, die Gefilde der Seligen. — V. 15. Boreas = Nordwind. Boreas ist eigentlich eine mythologische Gestalt, ein bärtiger Mann mit großen, wild schlagenden Flügeln, der nicht in der Mehrzahl vorkommt. Hölderlin meint hier wohl die „Boreaden", die Söhne des Boreas und der Oreithyia, die in der griechischen Mythologie ungefähr die Rolle spielen, wie in der unsern der wilde Jäger und die wilde Jagd. Sie versinnbildlichen den Kampf der Orkane miteinander. — V. 20. ihr = ihr zu! — V. 26. Ewan = Evoe, Beinamen für Dionysos. Eigentlich der Jubelruf bei seinen Festen. — V. 50. Orion = nach der Odyssee ein berühmter Jäger, der unter die Sterne versetzt war. Hier Anspielung auf die harmonisch gesetzmäßige Bewegung der Sternbilder. — V. 51. Tyndariden = das Sternbild der Zwillinge. — V. 52. Sternbild des Löwen. — V. 54. Helios = der Sonnengott. — V. 75. Die der Schande keimen = die zur Schande geboren werden. — V. 92. Urania = Urania Aphrodite, s. o. Hymne an die Göttin der Harmonie. — V. 94. Hyperion = der Sonnengott. — V. 97. „Zu Minos' ernsten Hallen" = in das Reich der Toten, wo Minos, der Totenrichter, gerechtes Urteil spricht. — V. 101. Der Katone Manen = die abgeschiedenen Seelen der beiden Cato: Marcus Porcius Cato mit dem Beinamen Censorius und Marcus Porcius Cato Uticensis = römische Helden und Staatsmänner, die sich beide durch unerschrockenen Gerechtigkeitssinn auszeichneten. — V. 107. Ceres (Demeter) = Göttin der schöpferischen Naturkraft, der Fruchtbarkeit des Bodens.

Dem Genius der Kühnheit (S. 78). V. 4. Plutons dunkles Haus = Unterwelt. Pluton = der Gott der Unterwelt. — V. 5. Ortygia = ein Hain bei Ephesus. — V. 7. Anspielung auf die Dionysossage. Dionysos hat in seinem Gefolge die Mänaden, weibliche Wesen, die, bis zur Raserei begeistert, ihn umtanzen. — V. 27. Das Heldenvolk

= die Griechen. — V. 29. Laren = die Schutzgeister der Familie und des Hauses, der Gassen und aller Wohnsitze der Menschen. — V. 34. Mäons Sohn = Homer. — V. 40. Die namenlose Königin = die geheimnisvolle Natur. — V. 44. Labyrinth, wo keiner wiederkehrt = das problematische Leben nach dem Tode. — V. 45f.: Die Früchte der Hesperiden waren goldene Äpfel, die von den H. im Paradiesgarten (Elysium) gehütet wurden. — V. 58. „Ist Toge richtig, so hätten wir uns den Gott der Kühnheit als Gottheit togatus im Gegensatz zu seiner Tätigkeit als sagatus zu denken", bemerkt Wirth. Sicher ist Toge richtig, da V. 29—48 ausdrücklich auch die großen Künstler als Diener des Gottes der Kühnheit gefeiert werden und diese doch sicher nichts mit dem Schwerte zu tun haben, wohl aber ihnen die Toga zukommt. — V. 59. Sardanapal = bekannter assyrischer König und Eroberer, gilt als ein allen Lüsten ergebener weichlicher Charakter. — V. 61f. Die alte Finsternis = das Subjekt des Satzes.

Elegien.

Griechenland (S. 81). Gotthold Stäudlin, der um 12 Jahre ältere Freund Hölderlins; Stuttgarter; Advokat und Herausgeber einer Schwäbischen Blumenlese. Dieselbe Sehnsucht nach der Freiheit und Freudigkeit der Athener spricht Hölderlin damals in ganz ähnlichen Worten in einem Briefe an St. aus. — V. 2. Ilissus = Hauptfluß Athens. — V. 5. Aspasia = eine wegen ihres Geistes und ihrer Anmut berühmte Frau des Altertums; die Freundin des Sokrates und später die Gemahlin des Perikles. — V. 7. Agora = der Marktplatz, auf dem sich das Leben der freien Bürger in Griechenland zum größten Teil abspielte. — V. 8. Im Garten der von ihm gegründeten Akademie lehrte Plato einer begeisterten Schülerzahl seine poesiedurchhauchte Philosophie. — V. 9. Anspielung auf die Frühlingsfeste zu Ehren des Dionysos. — V. 11. Minervens heiliger Berg = die Akropolis mit dem Tempel der stadtschützenden Athene oder Minerva. — V. 18. Marathon = berühmt durch den Sieg der Athener unter Miltiades über die Perser. — V. 29. Vesta = die Göttin des Herdfeuers. Zu ihrem Kult wurde von den Vestalinnen eine ewig brennende Lampe unterhalten. — V. 38. Chiertraube = Wein aus Chios; ein im Altertum sehr berühmter Wein. — V. 44 ist Relativnebensatz zu Volk. — V. 49. Attika = die Landschaft, die der Stadt Athen zugehörte. — V. 58. Alcäus = griechischer Dichter am Ende des 7. und Anfang des 6. Jahrhunderts v. Chr. Der größte Vertreter der äolischen Poesie. Seine Oden in den sogennanten alcäischen Strophen singen die Begeisterung zur Schlacht, den Preis der Tapferkeit usw. — Anakreon = griechischer Lyriker (533 v. Chr.), feiert den heitern Lebensgenuß. — V. 60. die Heiligen von Marathon = die gefallenen Helden von Marathon. — V. 63. Anspielung auf die bekannte Sage, nach der die Parze den Lebensfaden des Menschen mit der Schere abschneidet.

Das Schicksal (S. 83), begonnen im Herbst 1792; vollendet in Waltershausen Frühjahr 1794. Das erste Gedicht, das Hölderlin an Schiller sandte. — Motto = „Die das Schicksal ehren, die sind weise nur." —

9*

B. 1 ff. Zugrunde liegt der Gedanke, den Schiller in seiner Abhandlung „Über naive und sentimentalische Dichtung" klar ausführt, der aber
alle Ästhetiker der damaligen Zeit bewegt: der Mensch war ursprünglich einig und eins mit der Natur und somit schön und in seiner
Art vollkommen (goldenes Zeitalter); dann begann das Streben nach
selbständiger Bildung im Menschen, und dadurch entzweite er sich mit
der Natur: Das goldene Zeitalter verschwindet, und der Kampf, die
Herrschaft des „Schicksals" und der „Not", beginnt für ihn. — B. 9 ff. =
Erst durch die selbsterworbene und vollendete sittliche Bildung kehrt er
schließlich zu einer höheren Einheit mit der Natur zurück. Den Weg
zu dieser neuen Vollendung weist ihm die Stimme des Gewissens und
die Begeisterung für das Ideal. — B. 9. die Wiege der Mutter = die
Abhängigkeit von der Natur. — B. 15 f. Anspielung auf den Herkulesmythus oder aber, in allgemeinerer Versinnbildlichung, auf den Kampf
des Urmenschen mit der Wildnis des Pflanzen- und Tierreiches. — B. 19.
nur in seinem Blute = nur durch Wunden. — B. 21—24. Auf die Zeit
der verlorenen Unschuld („Paradiese") folgt das Zeitalter der Heroen.
Ergänze ein „aber" zwischen B. 21—22. — B. 32. Cypria = Aphrodite; sogenannt nach der Insel Cypern, die als die Heimatstätte der
meerentstiegenen Gottheit galt. — B. 33—35 = die Not, die die
Dioskuren Kastor und Pollux einte, war der Streit mit den Aphariden
um die Töchter des Leukippos. — B. 39—40 = Die Dioskuren fielen
im Kampfe; da bat Pollux, der unsterblich war, Zeus, die Hälfte seiner
Unsterblichkeit an Kastor abgeben zu dürfen. So weilen sie abwechselnd
je einen Tag bei den Göttern und den andern in der Unterwelt. —
B. 57. Kolossen = übergroße, machtvolle Persönlichkeiten. — B. 58 zürnende Natur = in der uns quälenden Not spricht zu uns die Stimme der
erzürnten Natur, die irgendwie verletzt wurde. — B. 61. Arkadien = hier:
das goldene Zeitalter. — B. 65—73. Stellt das goldene Zeitalter der
Menschheit mit der Jugendzeit des Dichters gleich. — B. 66. Pepromene
= ist das Schicksal als personifizierte Macht. — B. 81—84 wurde von
Hölderlins Bruder als Grabschrift für den Dichter gewählt. — B. 81. im
heiligsten der Stürme = im Kampf um die heiligsten Güter der Menschheit. — B. 82. Kerkerwand = K. des Geistes: der Leib.

An die Natur (S. 85). Entstand in der traurigen Nürtinger Zeit
(1795, s. Einl.), von Schiller zurückgewiesen. „Daß er aber das Gedicht
an die Natur nicht aufnahm, daran hat er, meines Bedünkens, nicht recht
getan", schreibt Hölderlin an Neuffer, März 1796. — B. 27. Titanensang = das gewaltige Rauschen. Titanen, die gewaltigen Naturgottheiten der vorgeschichtlichen Griechen. — B. 48. Arkadien = hier: das
wirkliche Arkadien, die Landschaft des Peloponnes, die sehr fruchtbar war.
— B. 62. die Heimat = die Heimat des Geistes.

Lebenswende.
Diotima.

Die Lebenswende beginnt mit Hölderlins Aufenthalt in Frankfurt a. M.

Diotima (S. 91). Vgl. die I. Fassung S. 285. Die Umarbei

tung wurde auf Veranlassung Schillers vorgenommen, aber auch diese
von Schiller abgelehnt. Darauf sandte Hölderlin nie wieder ein Diotima=
gedicht, noch irgendein anderes rein lyrisches an Schiller. — V. 46—48 =
Wunschsatz. — V. 55. Sie zu fassen = ihr Wesen zu ergründen. —
V. 57. Unzufrieden mit dem, was ich durch die Anstrengung, sie zu er=
gründen, erreiche. — V. 79. Steigend an des Himmels Bogen = das
Meer verschmilzt mit dem blauen Horizont in der Ferne, scheint auf=
steigend in das Himmelsgewölbe überzugehen.

An Diotima (S. 93). Die Landschaft erinnert an die Gegend
bei Driburg am Teutoburger Wald, die Hölderlin im Sommer 1796
besuchte (s. Einl.).

Die Liebe (S. 95). V. 2. Dankbaren = ironisch zu verstehen! —
V. 7 und 8. = darum hat uns auch der Gott verlassen, sind wir so
nüchtern und alltäglich geworden. — V. 17. verbessert Wirth „nah“ in
„noch“. Doch soll es wohl „nah“ heißen: trotzdem die Liebe Gottes
Tochter ist, bleibt sie dem Boden der Erde „genügsam nah“. Es ist
derselbe Gedanke, der im Fragment des Ich=Romans: „Hyperions
Jugend“ ausgeführt ist. — V. 21—23. . . . Nektars Kräfte dich nähren
und der schöpfrische Strahl dich reift = von zarten, süßen Entzückungen
(Nektar) nährt sich die junge Liebe, bis sie in der heißen Leidenschaft=
lichkeit zur schaffenden Macht reif wird. — V. 25 ff. = Möge durch die
Liebe, die alle Gefühle der Menschen durchgeistigt, eine neue Welt ent=
stehen, ein neues Volk emporblühen.

Lebenslauf (S. 96). Variation. Hölderlin will sich zum Ab=
schied Mut machen. Er will gehen, woher er kam. Siehe die 2 letzten
Verse und vgl. damit Goethe, den letzten Vers von Lillys Park. — V. 4.
Unser Bogen = die gebogene Bahn unseres Lebens; zugrunde liegt der
Vergleich mit dem Lauf der Sonne. — V. 7. Orkus = Reich der
Schatten. — V. 9. Sterblichen Meistern gleich = wie dies unsere irdischen
Lehrer tun.

Der Abschied (S 97). V. 2. Da wir's taten = da wir uns
trennen wollten; es handelt sich nicht um die vollzogene Trennung, son=
dern um den Versuch, sich trennen zu wollen: siehe auch V. 8. — V. 15.
sühnen = versöhnen. — V. 21 f. die Schale mit dem rettenden Gifte
= die Schale mit dem Trank der Vergessenheit. Anspielung auf den
Mythus der griechischen Totensage, wonach die Toten, ehe sie in die
Unterwelt eingehen, Vergessenheit aus dem Strome Lethe trinken. —
V. 25. Hingehn = in das Reich der Toten. — V. 25 ff. träumen
von einer Begegnung mit Diotima im Totenreich. — V. 30. Der An=
blick der Abschiedsstelle ruft trotz des Lethetranks die Erinnerung zurück.

Diotima (S. 98). V. 4. die Deinen = Hölderlin denkt hier
wie in dem Folgenden an die alten Athener. Eine Griechin nannte er
Diotima gegen Neuffer. — V. 8 = eines Himmels, der nicht so häufig
sich hinter Wolken verbirgt. — Tartarus = Unterwelt. Anspielung auf
die heitere Mythologie der Griechen, die selbst in die Sagen von den
Toten freundliche Züge mischte. — V. 18 ff. Hölderlins Hoffnung auf
eine hereinbrechende neue, größere und bessere Zeit. — V. 21. „Eh'
unser Hügel sinkt“ = eh' wir unter dem Hügel begraben werden.

An Diotima (S. 99). V. 4. „An ihm", Verbesserung des Hrsg.
für „An ihr". — V. 7 ff. Hier wohl Anruf an die Urania Aphrodite, der Hölderlin schon seine „Hymne an die Göttin der Harmonie"
widmete (S. 60). S. Anm. dort. — V. 6. Phidias = griechischer Bild-
hauer (um 500 v. Chr.). Seine höchste Blütezeit fällt in das Zeitalter
des Perikles und damit in das goldene Zeitalter der Griechen überhaupt.

Abschied (S. 100). V. 3. Genius' Feinden = Hölderlin betrachtete
die Menschen der Frankfurter Gesellschaft als die Feinde aller Genialität
und als die Zerstörer seines Genius.

Nachruf (S. 101). V. 10. von mir = Verbesserung des Hrsg.
für „vor mir". — V. 19—20. Anspielung auf die Spaziergänge Hölderlins zu jenem Hügel, von dem aus er in der Ferne Frankfurt erblicken
konnte.

Achill (S. 101). V. 1. Dem Achilles war die Geliebte, Briseïs, genommen, damit diese dem Heerführer Agamemnon zur Entschädigung für
die den Trojanern wieder ausgelieferte Chryseïs diene. — Thetis, die
Nymphe, ist die Mutter des Achilles.

Menons Klage um Diotima (S. 102). Vgl. die erste Fassung
des Gedichtes S. 291. — V. 15. Todesgötter = hier: das Schicksal,
das der Liebe und der Hoffnung des Dichters und somit seinem Leben
und Genius überhaupt den Tod geschworen zu haben scheint. — V. 19—20.
Im furchtsamen Banne zu wohnen usw. = sich mit Furcht und
bescheidener Lebenszähigkeit ins Unabänderliche, trostlos Alltägliche
(„nüchterne Lied") zu fügen. — V. 73. Götterlosen = die von den
Göttern Verlassenen, die Leblosen. Nach Hölderlins Pantheismus ist
alles Leben die Gottheit in uns. — V. 75. übersättiget bald = in
früher Jugend dahingerafft. — V. 77—84. Eine poetisch-pantheistische
Phantasie über eine Auferstehung und Wiederkunft der Toten. — V. 85
bis 110. Anrede an Diotima, die ihm im Bilde erscheint. — V. 86.
Versank = verschwand. — V. 93. „Dessen die Seele sich schämt" bezieht
sich auf „weinen und klagen", nicht auf das vorhergehende „denkend
edlerer Zeit". — V. 101. Vater = hier: nicht Zeus, der Göttervater,
sondern Helios, der Vater des Lichts und der Gesänge. — V. 110. Ein
goldner Tag täglich am Ende = ein goldener Sonnenuntergang. —
V. 114. Innen vom Tempel = eine heilige Stimme in der Brust. —
V. 116. Von silbernen Bergen Apollons, Anspielung auf die schnee-
bedeckten Gipfel des Parnasses, die Wohnung Apollons. — V. 121.
Weihestunden = Stunden der Erinnerung. — V. 126—128 = ein Jenseits, das nach dem griechischen Olymp gedacht ist. — V. 129. = Hölderlins
Hoffnung, daß ein goldenes Zeitalter nahe ist, und daß er es noch
erleben wird. — V. 131. Länger = wieder. — V. 132. „Ein Jahr
unserer Seele beginnt", vgl. V. 15 ff., wo von den Todesgöttern, die
die Seele des Dichters töten, die Rede ist. Hier der Traum von einem
Wiederaufleben der Seele in der irdischen Zeit.

An Diotima (S. 106). Diotima war schon tot, als Hölderlin diese
Zeilen schrieb.

Vermischte Gedichte der Frankfurter Zeit.

An den Frühling (S. 107). V. 11—12 = Der Strom zerriß die Fesseln (Eisdecke) und tönt (singt) die Feiergesänge. — V. 17. aus Elysium = aus paradiesischen Gefilden. — V. 25. Vor diesem Vers fehlt ein großer Teil des Gedichtes, den Hölderlin wohl der späteren Ausführung vorbehielt. Dieser sollte augenscheinlich den weiteren freudigen Verlauf des Frühlingstages schildern. — V. 25 beginnt dann mit der Nacht. — V. 26. Helios = der Sonnengott. Der Sage nach fährt er den Sonnenwagen mit glühenden Rossen bespannt über den Himmelsbogen von Sonnenaufgang bis Sonnenuntergang. — V. 30. Perseus und Herkules = die nach den griechischen Helden genannten Sternbilder.

Der Wanderer (S. 108). Vgl. die zweite Fassung des Gedichtes S. 288. Ich wählte diese Fassung für den Text, hauptsächlich weil es diejenige ist, an die sich ein Gedankenaustausch von Schiller und Goethe über Hölderlins Poesie knüpft. Ich habe deshalb auch, Wirths Bericht folgend, den Text nach der Handschrift gegeben, was einige kleine Abänderungen des von Litzmann gebotenen Textes bedeutet. (S. Einleitung.) — V. 2. Olymp = Himmel. — V. 5. der „quellende" Wald hieß es in der ursprünglichen Fassung. Goethe beanstandete das Wort, und Hölderlin verbesserte dann „schattende". — D. Hsg. setzte hier die ursprüngliche Form auch deshalb ein, weil sie augenscheinlich den Gegensatz zu „dürr" und „hager" besonders kräftig gestalten sollte, und weil das Verb „sprang" für „schattende Wald" unschön wirkt, während es sich mit „quellende Wald" zum lebendigen Bilde gestaltet. — V. 24. Pygmalion = König von Kypros; er faßte eine glühende Leidenschaft für das elfenbeinerne Bild der Aphrodite, das er selbst gefertigt hatte, und das Aphrodite ihm dann auf seinen Wunsch belebte. Er nahm die so geschaffene Jungfrau zur Gemahlin. Das Bild der Umarmung bedeutet die Erwärmung der Erde durch die Sonne. — V. 45. Tithon = der Geliebte der Aurora, den sie sich seiner Schönheit willen geraubt hatte. Schluß, V. 45—49, ist nach Wirths Angabe verbessert. Litzmann bringt als Schluß:

> Dennoch genügt ihm nicht, denn der tiefere Ozean reizt uns,
> Wo die leichtere Welle sich regt — o wer dort an jene
> Goldene Küsten das wandernde Schiff zu treiben vermöchte!
> Aber indes ich hinauf, in die dämmernde Ferne mich sehne,
> Wo du fremde Gestad' umfängst mit der bläulichen Woge...

Die Eichbäume (S. 110). V. 4. Titanen = das alte, mächtige, düstere Göttergeschlecht der Naturreligion, das von den jüngeren, lichteren Gottheiten des griechischen Olymps vertrieben worden war.

Der Jüngling an die klugen Ratgeber (S. 112). V. 3. Am Grabe = hier symbolisch, wie aus dem Folgenden hervorgeht. Ein Grab für den Genius des Dichters wäre es, sich in das Leben und Treiben der gewöhnlichen Menschen zu schicken. — V. 10. Hesperiens beglückter Garten = der paradiesische Garten der Seligen. — V. 22—23 = Der

Genius verweilt wohl für kürzere Zeiten bei den freundlichen Gestalten und Erfahrungen des Lebens (bei der „Najade"), aber dauernd läßt er sich nicht fesseln. Es treibt ihn vorwärts („in des Jahrhunderts Strom"). Najade = Nymphe, See- oder Stromjungfrau. — V. 38. Not = Dürftigkeit. — V. 41. Dürre Zeit = die Gegenwart.

Sonnenuntergang (S. 113). V. 7 und 8. = Anspielung auf die Erzählung Homers, nach der die Götter zu frommen und gerechten Völkern auf Opferschmäuse sich begeben.

Dem Sonnengott (Variation). (S. 113.) V. 14. „mit" uns = verbessert nach Wirths Angabe für „um" uns. Nur „mit" uns entspricht dem gebrauchten Bilde: Wie die Winde flüstern „im" Saitenspiele und des Meisters Finger „ihm" den Ton entlockt, so spielen „Träume mit uns".

Dichterberuf (S. 114). (Variation); entstammt der späteren Zeit in Nürtingen (1801). — V. 5. Des Tages Engel = der Dichter. — V. 19. Der eingeschobene Nebensatz reicht bis V. 24. Er gehört zu „Höhen". — V. 20. Du = Apollon. — die Locken ergriffen = zum Dienst des Apollon, d. i. zum Dichter, auserwählt. — V. 25 und 26, weitere Apposition zu „ihr Himmlischen all". — Schicksalstage vom Gotte gelenkt = Tage der höchsten poetischen Begeisterung. — V. 30 = Wenn uns das stille stete Leben der Natur entzückt. — Das „dennoch" in V. 17 und die rhetorischen Fragen V. 29—39 erklären sich am besten, wenn wir sie an „die klugen Ratgeber", die der Dichter schon im Gedicht „Der Jüngling an die klugen Ratgeber" bekämpft hat, gerichtet denken. — V. 37. Den Geist zu Diensten brauchst = die Kunst darf keinem andern Zwecke als der Schönheit und Gottheit dienen. — V. 38. Die Gegenwart des Guten übereilest in Spott = Bild des Wettlaufs zwischen dem Guten, das die Gegenwart erreichen will, und dem Spott, der früher als das Gute in der Gegenwart ankommt. — V. 39. und den Albernen verleugnest = du verleugnest vor den Albernen, daß eine Gegenwart des Guten möglich ist. — V. 40. Feil, wie gefangenes Wild, ihn treibest = der dichterische Geist ist dir feil, und du stellst ihn zur Schau wie ein gefangenes Wild. — V. 41. der = der Geist. — V. 43—45. = Wenn aus dem dichterischen Geist ein Meister geboren wird, so müssen vor ihm die feilen minderwertigen Dichter verstummen. — V. 46—48. = Ein schlaues Geschlecht verbraucht für sich und seine kleine Lust die himmlischen Kräfte der Dichter und bildet sich ein, sie zu verstehen. — V. 49. Wenn ihnen der Erhabne den Acker baut (vgl. Schillers Gedicht: „Pegasus im Joche") = wenn der Dichter sich ihren Bedürfnissen bequemt. — V. 50—52. Das Volk der Gegenwart vermeint, „Tagslicht und Donnerer", d. i. die großen unerklärlichen Naturphänomene, zu verstehen, wenn es sie wissenschaftlich beobachtet, ihnen Namen gibt, sie zählt. — V. 53—54. Gott läßt die Dichter unerkannt, damit sie in ihrer Abgesondertheit ihr eigenstes Wesen behalten; die Augen = die Augen der Menge. — V. 55—56. Doch = und. Mit Gewalt läßt sich der Himmel des Dichters, d. i. die Schönheit, die er schaut und verkündet, nicht erwerben. — V. 60. Zu andern = zu andern Dichtern. — V. 64. Fehl = vielleicht Druckfehler für Pfeil?

An die jungen Dichter (S. 116). Wenn der Meister euch
ängstigt = wenn das große Beispiel euch den Glauben an eure eigne
Kraft rauben will; euch Regeln geben will, die nicht für euch passen.

Sokrates und Alkibiades (S. 116). Alkibiades, der junge,
schöne und feurige Neffe des Perikles, wurde von Sokrates unterrichtet,
und dieser gewann einen vorübergehenden Einfluß auf ihn.

Vanini (S. 117) = bedeutender neapolitanischer Gelehrter des Mit=
telalters (1584—1619) mit ketzerischer Richtung. Sein Buch De admi-
randis naturae, reginae deaeque mortalium, arcanis wurde 1617 von
der Sorbonne approbiert, zog ihm aber Anklage wegen Atheismus zu.
1619 ist er in Toulouse erdrosselt und dann verbrannt worden.

Xenien. Advocatus diaboli (S. 117) = Anwalt des Teufels
sind die Dichter, welche sich mit Herren und Pfaffen gemein machen. —
V. 9 hieß ursprünglich „den Troß der Tyrannen".

Die beschreibende Poesie (S. 118). V. 11. Apoll ist der Gott
der Zeitungsschreiber geworden = die Poesie wird zur Befriedigung der
bloßen Neugier benutzt.

Wurzel alles Übels (S. 118). Wurzel alles Übels ist die In=
toleranz, die keine Einigkeit des Mannigfaltigen kennt, sondern nur
Vernichtung dessen, was nicht mit dem Einen, das sie vertritt, über=
einstimmt.

Sömmerings Seelenorgan und das Publikum (S. 118).
Sömmering war ein der Familie Gontard befreundeter Arzt, Anatom und
Physiologe. Er veröffentlichte 1796 ein Werk, betitelt „Das Organ der
Seele", das er Kant widmete. In seinem Handexemplar sind beide
Distichen von Hölderlins eigener Hand eingeschrieben.

Der Mensch (S. 118). V. 9. Immerhin = immerzu ohne Unter=
brechung. — V. 14. Vater Helios = der Sonnengott ist Vater des
Lebens und hier auch des Menschen. — V. 19. Dir = der Mutter
Erde.

Die Heimat (S. 120). Das erste Gedicht entstand in der letzten
Frankfurter Zeit; die Variation bei Hölderlins Rückkehr aus Homburg
nach Nürtingen. — V. 15. in Banden = in Verbänden. Die Wunden
heilen, als seien sie verbunden worden. — V. 24. „Bin ich", so in
der früheren Ausgaben. Litzmann verbesserte „schein' ich", weil in
einem Konzept „schein'" über „bin" von Hölderlins Hand geschrieben ist.

Zeit der Reife.

Götter und Menschen.

Hyperions Schicksalslied (S. 125). Ursprünglich für den Ro=
man Hyperion gedichtet. Siehe dort S. 141.

Der Zeitgeist (S. 126). Hölderlin will sich mit dem Zeitgeist, der
ihn quält, versöhnen. Noch in dem Gedichte: „Der Jüngling an die klugen
Ratgeber" hieß es: „Und mein Jahrhundert ist mir Züchtigung". —
V. 10—12 = Ich bin ja selbst ein Kind des Zeitgeistes. — V. 13.
Aus jungen Reben keimt heil'ge Kraft = die Jugend, die kommenden

Geschlechter bringen heil'ge Kraft. — B. 14—17. Obgleich in der Stille
und im milden Beharren göttliches Leben sich verbirgt, so ist doch die
junge Kraft, die der Zeitgeist vorwärts treibt, mächtiger. — B. 17
bis 18. = Auch die älteren Geschlechter müssen von dem Zeitgeist Neues
lernen.

Natur und Kunst — Saturn und Jupiter (S. 126). Die
Natur ist durch Saturn, die Kunst durch Jupiter verkörpert, eine Gegenüberstellung, die der damaligen Zeit sehr nahe lag. (Vgl. Rousseau
und Schillers naive und sentimentale Dichtung.) Saturn ist die Verkörperung der frei waltenden großen Naturmacht; Jupiter, sein Sohn,
die der schaffenden, gestaltenden, Gesetze gebenden Herrschergewalt. Nach
der Sage stieß er seinen Vater vom Thron in den Abgrund. Hölderlins Standpunkt ist, im Unterschiede zu Schiller und in Annäherung
an Rousseau, der: die Kunst geht nicht über die Natur hinaus einem
neuen Ziele entgegen, sondern sie ist nur ein Teil, ein Triebrad in
der Natur! Saturn (die ganze Natur) ist ewig größer als Jupiter
(Kunst, Teil der Natur), der sich die höchste Götterwürde nur anmaßt. —
B. 8. „Wo die Wilden mit Recht sind" = das Verworrene, Maßlose
gehört in den Abgrund. — B. 9. Schuldlos der Gott der goldenen
Zeit = Saturn, der freie, große, ungebundene Geist, gehört nicht in
die Tiefe. — B. 13—19. Herab denn! = Herab vom Thron. Saturn
oder die Natur ist älter und größer als Zeus und als die schaffende
Tätigkeit irgendeines menschlich lebendigen Geschlechts. — B. 19—20.
Aus Saturnus' Frieden ist jegliche Macht gewachsen = aus dem Einklang
mit der ursprünglichen Naturgewalt ist ... usw. — B. 21—24 beschreibt
den großen Augenblick dichterischer Hingerissenheit (vgl. Grund zum Empe-
dokles). — B. 21. Im Herzen empfindet der Dichter die lebendige
Natur (Saturn). — B. 22. Und dämmert, was du gestaltetest = eine
Ahnung von der großen Kraft, die das Lebendige ordnend gestaltet,
geht dem Dichter auf; (du = Anrede an Jupiter). — B. 23—24.
In diesem wonnevollen Augenblick fühlt der Dichter die Ewigkeit. —
B. 25. Er erkennt Kronion, die ewige Naturgewalt, und erkennt auch
Jupiter („den weisen Meister"), d. i. die Kunst, die Gesetze für das Schaf-
fen in der Zeit gibt und auszusprechen lehrt, was der Menschengeist nur
dunkel in „heiliger Dämmerung" als das Wesen der Natur ahnt.

Die scheinheiligen Dichter (S. 127). Gegen die Dichter, die
die Anspielungen auf die Gestalten aus der alten Mythologie nur als
äußeres Beiwerk und Schmuck zu ihren Gedichten hinzufügen. — B. 4.
Tot ist die Erde = für euch ist die Erde tot. Ihr fühlt nicht, wieviel
Dank ihr ihr schuldet.

Empedokles (S. 128). Siehe unten: Einleitung zum Empedokles-Drama. — B. 5. Anspielung auf die Tat der Kleopatra, die in
dem Wein, den sie Cäsar vorsetzte, Perlen auflöste.

Volk und Vaterland.

An die Deutschen. Variation (S. 129—130). B. 14. In
des bildenden Geists werdender Werkstatt = hier: in dem sich entwickelnden deutschen Volke. Der bildende Geist = der Genius des deut-

ſchen Volkes. — V. 15. Nur was blühet = nur was wirklich da iſt; die Gegenwart. — V. 16. Was er ſinnet = wohinaus der Volksgeiſt will; die Zukunft. — V. 22 hinter „voller Seele“ verſtehe: bringt. — V. 37—38. Pindos, Helikon und Parnaſſos = berühmte griechiſche Gebirge, den Göttern und den Muſen heilig. — V. 48. Sie = die Jahre der Völker, die Zukunft des deutſchen Volkes.

Geſang des Deutſchen (S. 131). V. 10 f. = Wenn ich gleich der deine bin, ſo zürnt’ ich doch. — V. 13. Manche Schöne nicht bergen = manche Schönheiten nicht vor mir verbergen. — V. 22. Wo der Fleiß in der Werkſtatt ſchweigt = der ſtille Fleiß; die Werkſtatt verſchweigt, verbirgt den Fleiß vor den Augen der Menge. — V. 23 ergänze „und“ vor: wo. — V. 25. Minervens Volk = die Athener. — V. 33—36. = Ein doppeltes Bild. Der Blitzſtrahl des zürnenden Gottes läßt die Stadt in Flammen aufgehen, die Flammen des Geiſtes, die die Stadt beleben, ſteigen, durch den Tod befreit, zum Äther. — V. 52. Urania hier als Göttin der Geſchichte des Volkes gedacht. — V. 57. Olympia = die Stätte der großen Wettſpiele, Apollo und den Muſen geweiht. In Delos = Heiligtum und Kultſtätte des Apollo und der Muſen. — V. 59—60 = Der Gedanke, daß — unerkannt von Menſchen — das Schickſal der Völker vorherbeſtimmt iſt.

Stimme des Volks (S. 132). V. 2. Ergänze: obgleich ich dich nicht mehr verſtehen kann, obgleich du mir töricht erſcheinſt. — V. 3. „Meine Weisheit unbekümmert“ uſw. = ich verſtehe das Rauſchen des Waſſers ja auch nicht.

Stimme des Volks. (Variation.) (S. 133.) Entſtand 1802, kurz vor Ausbruch der Krankheit. — V. 26. Jene Unnachahmbaren = die alten Griechen. — V. 28. Die Hohen zu ehren uſw. = zur Ehre der unwandelbaren Götter ſtellt ſich der Menſch in ſeiner Kunſt dar, zu ihrer Ehre zerbricht er — an ſeiner Kraft verzweifelnd — dieſe Kunſtwerke, wenn er ſie mit den Werken der Götter vergleicht. — V. 31—32. Ein Gedanke, der bei Hölderlin oft wiederkehrt (Empedokles!) und im Einklang mit den erſten Strophen ſteht. Je größer und freier der Geiſt, deſto ſchneller beendet er die Bahn zur Gottheit, d. i. zum Tode. Die Hemmniſſe, die ſich unſerm geiſtigen Streben, im Unendlichen aufzugehen, entgegenſtellen, geben uns erſt das eigentliche menſchliche Lebensgefühl. — V. 33—40 beſchäftigen ſich mit denen, die ſchneller reif zum Tode wurden. — V. 41 ff. geben ein Beiſpiel der Stimme des Volkes, ein Beiſpiel der Todesluſt, die ganze Städte ergreifen kann, daß ſie ihr Werk zu Ehren der Gottheit zerbrechen (ſ. V. 18—28). — V. 41. Die Stadt Xanthos am Fluſſe Xanthos (weſtl. Südküſte von Kleinaſien) wurde 43 v. Chr. im römiſchen Bürgerkrieg durch Brutus zerſtört. — V. 45 ergänze „ſondern“. — V. 49—50. Brutus wollte die Stadt erretten, als ſie zu brennen anfing, aber die Einwohner zogen ſämtlich den Tod der Errettung durch den Feind vor. — V. 60. Der = jener. — V. 61 ff. erzählen die Belagerung von Xanthos durch die Perſer unter Harpagus (545 v. Chr.). — V. 65. Rohr = verbeſſert vom Hrsg. aus Rohre, was in den Rhythmus und Sinn nicht paßt. Rohr = Strombett. Ergreifend des Stromes Rohr = ſie warfen ſich in den Strom (er ſtrömt in seinem Bett wie in einer Röhre) und schwammen, seinem Lauf folgend, aus der Stadt. — V. 68. = Viele kamen auch in den Flammen um. — V. 70f. Ein Gedächtnis sind dem Höchsten sie = sie halten das Höchste im Gedächtnis der Menschen fest.

Der Tod fürs Vaterland (S. 135), hieß ursprünglich: „Die Schlacht", wurde vermutlich begonnen während der Zeit der Begeisterung für die Revolution; dann in Homburg umgedichtet und vollendet. — V. 11—12. „Leb'" verbessert nach Wirth. Litzmann hat: „lieb'". Wirth weist mit Recht auf V. 15 u. 16.

Der Frieden (S. 136). Gemeint ist der Frieden von Lüneville zwischen dem deutschen Reich und der französischen Republik (9. Febr. 1801). — V. 1. Die alten Wasser = die Sintflut. — V. 10. Du = Nemesis (vgl. V. 18). — V. 12. Zur Ruhe = zum Tode. — V. 17—18. Nemesis, gedacht als antike Rosselenkerin auf dem Kampfwagen. — V. 19—20. = Anspielung auf die Schlachten, die Napoleon in Italien siegreich geschlagen hatte. — V. 22. Die müßigen Hirten = Anspielung auf Napoleons Zug durch die Alpenländer und Tirol. — V. 46. Irrt = verwirrt. Helios = der Sonnengott, die Sonne.

Persönliches.

An eine Verlobte (S. 139), deren Verlobter im Felde abwesend war, von der aber sonst nichts Näheres bekannt ist. — V. 13. Ich setzte Doppelpunkt hinter „denk'".

An die Prinzessin Auguste von Hessen-Homburg = Tochter des Landgrafen von Hessen-Homburg; nachmalige Großherzogin von Mecklenburg. Sie war 22 Jahre alt, als Hölderlin sie am Hofe ihres Vaters, wo Sinclair ihn eingeführt hatte, kennen lernte. — V. 5 = Dein Name verherrlicht mein Lied. — Dein Fest = dein Geburtstagsfest.

An dieselbe (S. 140). V. 2. Hesperische Milde = Anspielung auf den ewig grünenden Garten der Hesperiden. — V. 10. Die festlichere Zeit = die Weihnachtszeit. — V. 11 = Die Blumen des Sommers sind verschwunden (vgl. V. 6f.), aber auch die Unruhe seiner Gewitter. — V. 15. Das Herz der Freigebornen = das Herz der Dichter.

An Eduard (S. 141) = an Eduard von Sinclair, Hölderlins Freund und Beschützer in Homburg. — V. 12. Ins Ende der Tapfern = in die Unterwelt, den Hades. — V. 14—16. Erst im Tode für den Freund oder im gemeinsamen Tode mit ihm tut sich die Liebe genug. — V. 17—20. In dem Leben des Alltags vermag sie sich nicht ganz auszudrücken: In Worten kann sie nie ihre tiefste Kraft — wie sie möchte — dem Freund offenbaren. — V. 21—24: aber im Heldenkampfe, da findet die freundschaftliche Liebe einen Ausdruck. Hölderlin schweben hier, wie immer, wenn er von der Männerfreundschaft redet, die Heldenfreundschaften der griechischen Sage und Geschichte vor. — V. 28. Spräche mein Freund = bei Litzmann: richtet mein Feind. Ich verbesserte nach der Kösterschen Ausgabe, weil mir nur so der Sinn klar schien. — V. 34. Das „heilig' Dunkel" der Weisheit = während wir uns mit den Lehren der Weisheit beschäftigen, verschwindet vor unsern Blicken die

Gegenwart ins Dunkle. — V. 37. Anspielung auf Sinclairs Beruf, der ihn in enge Beziehungen zum Leben seiner Zeit setzte. — V. 39 bis 40 = Trage mich dem Zeitengotte, d. i. dem Leben, als Beute entgegen. Nicht, wie öfters gedeutet wird, nimm mich mit dir in den Tod. Hölderlin will sich von Sinclair mit dem Leben wieder versöhnen lassen, ein Wunsch, den er damals in vielen Gedichten ausspricht (vgl. „Der Zeitgeist").

An Landauer (S. 142). Zu seinem Geburtstage. Freund Hölderlins in Stuttgart. — V. 3. Ward eine Seele dir = deine Seele ist tief und treu. — V. 7. Ist verschieden = wechselt zwischen Licht und Nacht. — V. 15. Ihr Seligen = vielleicht die früher verstorbenen Freunde und Angehörigen der Familie Landauers; oder (wie Hölderlin öfter sagt): die seligen Kräfte der göttlichen Natur; oder: die Helden und Göttergestalten des griechischen Altertums, wenn Landauer die Begeisterung für dieselben mit Hölderlin geteilt hätte.

An die Erbprinzessin Amalie von Anhalt-Dessau (S. 143), geborne Prinzessin von Hessen-Homburg. Hölderlin lernte sie bei seinem letzten Aufenthalt in Homburg kennen, als sie dort zum Besuch weilte. — V. 5. Anspielung auf die großen Parkanlagen von Schloß Wörlitz und Luisium in der Nähe von Dessau, die Hölderlin von Jena aus besucht hatte.

Stille Gesänge.

Die Launischen (S. 144). V. 14. Irret = beirret, irritiert.

Der Main (S. 146). V. 9. Sunium = das Vorgebirge der Südspitze von Attika. — V. 10. Olympion = der Zeustempel auf der Akropolis. — V. 11. Nordsturm = wohl auch im bildlichen Sinne zu verstehen: die Plünderung Athens durch die nordischen Völker (vgl. Hyperion S. 97). — V. 16. Jonien = der südwestl. Teil Griechenlands: Attika und die Inseln des Ägäischen Meeres. — V. 21. Limonenwald = Zitronenwald. — V. 23. Zithar = cithara, die alte Form der Zither. — V. 24. Labyrinthisch = vielverschlungen. — V. 26. Ein heimatloser Sänger = der Dichter selbst. — V. 32—36. = Erinnerung an Diotima.

Der Neckar (S. 147). V. 15. Paktol = goldführender Strom Kleinasiens, entspringt auf dem Tmolusgebirge. Ilion = Troja. — V. 16, 17, 24 u. 32. Siehe oben: der Main. — V. 30. Mastixbaum = eine Pistazienart, die viel in Griechenland wegen ihres wohlriechenden Harzes kultiviert wird.

Rückkehr in die Heimat (S. 149). V. 1. Boten Italiens = Südwinde aus Italien.

Mein Eigentum (S. 150). V. 18. Das fromme Leben = die frühe Jugendzeit. „Ach, und innig fromm liebt ich dich, heiliges Licht", singt Hölderlin von der Jugendzeit. — V. 52. Die Parze = hier die Todesgöttin.

Ermunterung (S. 152). V. 1. = Anrede an das eigene Herz. — V. 10. Wie ein kahl Gefild' = das Herz des Dichters; bezieht sich auf

„dich" (V. 9), nicht auf „Atem der Natur". — V. 14. Ergänze hinter allein: sondern auch der Dichter. — V. 17 = Dann bildet sich liebender i. V. usw. — V. 18 = Dann entfaltet sich usw. — V. 21. Und unsere Tage sind wie Blumen. — V. 22. Wo = in denen (in deren Farben). — V. 22—24. Die Farben der Blumen sind von dem Sonnenlicht geschaffen. Es hat sich in ihnen in seine Regenbogenfarben verteilt („sich ausgeteilt im stillen Wechsel") und findet sich so in den frohen Blumen, die es bescheint, froh wieder. — V. 25ff. = Dann spricht er, nämlich der Gott und Weltgeist, im Menschenwort sich aus. — V. 28. Kommenden Jahren = in kommenden Jahren.

Dichtermut (S. 152). V. 20. Blauende Halle = unter dem blauen Himmelsgewölbe. — V. 24. = Im Gesang der Vögel erkennt die Jungfrau die gleichen Töne wieder, die der Dichter in Worten sang. Hierin spricht Hölderlins Pantheismus, für den die Kunst des Menschen nur Teil der großen poetischen Sprache der Natur ist.

Palinodie (S. 153), eigentlich poetischer Widerruf eines kränkenden Gedichtes. Hier nur Widerruf von dem, was der Dichter in den vorhergehenden Gesängen von sich und seiner innigen Anteilnahme an den göttlichen Kräften des Lebens und der Erde gesagt hat. — V. 10. über dem Alternden = im Gegensatz zu der früheren Jugendzeit, wo die Götterkräfte in ihm lebten und mit ihm blühten.

Der Winter (S. 154). V. 1. Phantasus, in der Mythologie der Griechen und Römer ein Sohn des Schlafs, der die Traumbilder der Menschen dadurch hervorzaubert, daß er verschiedene Gestalten annimmt. — V. 9. Boreas = der Nordwind. — V. 27—28. Die ungelehr'gen Geniuskräfte = die wilden Naturgewalten.

Der gefesselte Strom (S. 155). V. 4. Des Titanenfreundes = der Ozean (nach der griechischen Mythologie ein mächtiger, unbegrenzter Strom, der die Erde umgibt, und aus dem alles entstanden ist, selbst die Götter), beherbergte die von Zeus verfolgten Titanen. — V. 7. Das Wort von oben = die Sonnenstrahlen.

Unter den Alpen gesungen (S. 156). V. 19. Eilt sie zum Ort, vor ihnen ein stetes Auge zu haben = sie, die Unschuld, eilt zu dem Ort der Himmlischen, um unter ihren Augen weiterzuleben; oder: wenn sie, die flüchtige Zeit, zum Ort der Himmlischen eilt (d. h. aufhört, „Zeit" zu sein und „Ewigkeit" wird), dann wünscht sich der Dichter, der in die Ewigkeit eingegangen ist, vor den Himmlischen „ein stetes Auge zu haben", d. i. sich an der Betrachtung der Himmlischen in ewigem, ruhigem Entzücken zu genügen.

Der blinde Sänger (S. 156). Hölderlins innerstes Lebensschicksal in symbolischer Darstellung. Motto: Vom Auge nahm des Grames Dunkel Ares uns. — V. 1—24. Das Bild des Sängers, der sein Augenlicht, d. i. sein Liebesglück und damit seine Freude und Teilnahme an dem Leben, das ihn umgibt, verloren hat; und der nun nur noch in den Gedanken an die Gestalten der Vergangenheit („Gestalten aus Lieb' und Leid") lebt. Vgl. Elegie (S. 292), V. 51—54:

„Ach, wo bist du, Liebende, nun? Sie haben mein Auge
Mir genommen, mein Herz hab' ich verloren mit ihr.
Darum irr' ich umher, und wohl wie die Schatten, so muß ich
Leben ...“

V. 25—32. Die Vision der Befreiung durch den Kriegsgott, der im
Donner kommt, „tötend“ und somit vom irdischen Leben erlösend, indem er den Dichter zum neuen, fessellosen Leben ruft. (Ein Lieblings-
gedanke Hölderlins. Siehe Schluß der Elegie S. 292; Schluß von
„Menons Klage um Diotima“, S. 106, V. 125—132.) — V. 33—40.
Der Dichter fühlt sich in der Erwartung des „tötenden“ Gottes plötzlich
von der hohen dichterischen Begeisterung, der seherischen Dichterkraft ergriffen. Er sieht sich erhoben ins Gefolge des donnernden Gottes, von
aller Schwere und Dunkelheit befreit, ungebunden wie eine schaffende
Naturkraft frei durch den Äther fliegen, dem „Orient“, der Sonne, d. i.
der höchsten Erkenntnis, entgegen. — V. 40ff. „Und o wie wird mir“
(V. 40), damit besinnt sich der Dichter wieder auf sich selbst. Der große
Moment, den er in der dichterischen Vision erlebte, ist vorüber, aber
er hat dem Dichter die Augen wieder geöffnet. Das Dunkel, das ihn
umfing, ist von ihm gewichen, und damit seine Teilnahmlosigkeit. Das
dichterische Auge sieht wieder, und die Lebensquelle, die versiegt schien,
sprudelt wieder, und wie ein Verjüngter grüßt er wieder den grünen
Boden, das Haus der Väter und alle Lieben, die ihm begegnen. (Vgl.
Empedokles' Rückkehr ins Leben aus der Dumpfheit auf dem Ätna; und
Faust: „die Erde hat mich wieder“.) — Dies ist meine Interpretation des
vielgedeuteten und vielumstrittenen Gedichtes. Auf eine Diskussion der
anderen Anschauungen kann ich hier selbstverständlich nicht eingehen.

An die Hoffnung (S. 158). Die Schlußverse hießen in den
ersten Drucken:

Ein Geist der Erde kommen, schreck' o
Schrecke mit andern nur das Herz mir.

Hier ist (nach Wirths Angabe) der Text nach der ersten Handschrift
verbessert. — V. 20. nur = immerhin.

Idyllisches und Elegisches.

Emilie vor ihrem Brauttage (S. 160). V. 44. Des Äthers
Blumen = die Sterne. — V. 83. Paoli = ein korsischer Patriot und
Heerführer; er hatte sich nach einem wechselvollen kriegerischen und
politischen Leben auf Korsika (1793) mit England verbündet, um die
Franzosen von der Insel Korsika zu vertreiben. Er war erfolgreich. —
V. 124. Saturnus' Sohn = Zeus. — V. 125f. Da er die goldne Zeit
mit Erze mischte = da erst durch Krieg der herrliche Boden gewonnen
werden kann. — V. 190. Ins Land des Varustals = Teutoburger
Wald. Hölderlin kannte die Gegend seit seinem Aufenthalt in Driburg.
— V. 208. Braga = in der nordischen Mythologie der Gott der Dichtkunst. — Hertha = Göttin des Wachstums und der Fruchtbarkeit. —
V. 209. Walhalla = der nordische Olymp, Himmel. — V. 313. die
andre Mutter = die Jugend.

Das Ahnenbild (S. 177). V. 17. Doch es wandte sich bald = im Konzept: „das Blatt wandte sich".

Die Herbstfeier. An Siegfried Schmid (S. 178). Ich habe für dieses Gedicht die Fassung, die Schwab und Köstlin brachten, und nicht die Litzmannsche gewählt, weil die letztere wohl eine spätere Redaktion des Dichters wiedergibt, aber viel dunkler ist als der ursprüngliche Text. — Siegfried Schmid war ein dilettantischer Dichter aus Friedberg. Hölderlin lernte ihn in Frankfurt kennen. Schiller protegierte ihn, bis Goethe seine persönliche Bekanntschaft machte. (S. Briefwechsel zwischen Schiller und Goethe, August 1797.) — V. 3. Saal = die offene Flur. — V. 5. Gebundene Fittiche = im Nest zurückgehaltene Vögel. — V. 6. Reich des Gesangs = die Luft. — V. 12. Sie = die Anmut. — V. 15 f. Der Fichte Schatten = Fichtenzweige. — V. 29. Ich setzte Doppelpunkt und Ausrufungszeichen. — V. 30. = Jeder vergißt beim Fest sein eigenes Interesse über den Gedanken an das Ganze, an das Vaterland. — V. 31. Der gemeinsame Gott = der Gott der Gemeinsamkeit. — V. 32. Eigenen Sinn = partikularistischen Sinn. — V. 39. Er kommt entgegen bis nach Lauffen a. Neckar (siehe Lebensbild). — V. 50. Christoph = Christoph Herzog zu Württemberg (1550—68), arbeitet gegen die katholische Reaktion, führt die Reformation durch, stellt politische und kirchliche Ordnung her und ist der Stifter vieler segensreicher Einrichtungen. Als Stifter des Tübinger Stiftes wurde er dort Hölderlin wohl besonders nahe gebracht. — V. 51. Konradin von Schwaben = der letzte Hohenstaufe, wurde nach verschiedenen siegreichen Kämpfen mit Karl von Anjou um die Herrschaft von Sizilien in der Schlacht bei Tagliacozzo geschlagen und auf dem Markte von Neapel hingerichtet. — V. 52. bacchantisches Laub = die üppige Fülle des Laubes. — V. 55. Gedenk = eingedenk. — V. 59. Dort von den äußersten Bergen = das schwäbische Oberland, der schwäbische Jura. — V. 63. Der Meister = der Neckar. — V. 65. Das Mittelländische Meer. — V. 68 f. Das schwäbische Unterland, das Neckarland, ist ein weit fruchtbareres Land als das Oberland. — V. 70. Keiner an Bergen dort = im verbesserten Text: „keiner im Oberland". — V. 77. = Stuttgart, an Weinbergen und Tannenwäldern gelegen. — V. 82 f. Der Mühn süße Vergessenheit bei gegenwärtigem Geist = das Lied bringt den Mühen Vergessenheit, aber nicht wie der Schlaf, in dem der Geist entschlummert, sondern indem es den Geist ermuntert. — V. 84. Den Sängern = Hölderlin und Schmid. — V. 85. Ihr Größeren = ihr göttlichen Kräfte des geistigen Lebens. — V. 89—90. = An dem Beispiel der großen Heroen der Vergangenheit Besonnenheit lernen. — V. 91. Engel des Vaterlands = die großen Heroen. — V. 103. Da ist es rein = nämlich unter den trefflichen Freunden in Stuttgart. — Und des Gottes usw. = Nur des Gottes freundliche Gaben, nichts anderes, ist zwischen uns.

Heimkunft (S. 181). Behandelt Hölderlins Heimkunft aus der Schweiz 1801. — V. 1 ff. = Die Nacht über den Alpenschluchten; vielleicht hat Hölderlin das Bild der Aarschlucht bei Meiringen, die er kannte, vorgeschwebt. Jedenfalls paßt die Beschreibung genau: Auf der Höhe

der Schlucht das „gähnende Tal", in das vom hohen Felsen „der Strahl",
ein Wasserfall, hineinfällt; dann im Tal die ruhige Breite der sich der
Schlucht nähernden Aare („langsam eilt") und dann der tosende Sturz
der Wassermassen in die enge Schlucht („das freudig schauernde Chaos").
— V. 6. Es feiert liebenden Streit unter den Felsen = die Strudel der
Wasser unter den ausgewaschenen Felsen. — V. 8. Die seltsame Morgen-
stimmung, die, da die Schlucht nach Osten offen ist, schon sehr früh mit
Lichtreflexen auf den feuchten Felsenwänden und im unruhigen Wasser
beginnt. — V. 9. Unendlicher dort das Jahr = im ewigen gleichmäßigen
Fluß und Spiel der Wassermassen liegt das Bild der Unendlichkeit. —
V. 20. Voll mit Rosen = die rötliche Färbung des Schnees bei Sonnenaufgang. — V. 21—34. Der Gott des Äthers = symbolisch für das Himmelsgewölbe. — V. 35. Gegenwärtiger Geist = ein Geist, der Freude an
der Gegenwart hat. — V. 38. Ihm = der Äther. — V. 42. Denen
der heilige Dank lächelnd die Flüchtlinge bringt = entweder der Dank
bringt die Flüchtlinge, d. i. den Dichter selbst, der von Hause geflohen war, zurück; oder der Dank bringt das Gedicht „an die Verwandten", das vor dem Dichter herfließt. — V. 44. Der See = der
Bodensee. — V. 46. Unter den Segeln = der Dichter sieht unter den
Segeln hindurch auf das ihm gegenüber auftauchende Land. — V. 60—65.
Von Lindau führt eine Straße über den Gotthard nach Italien, zunächst
an den Comosee. — V. 66. Eine Straße nach dem Orient durch
Tirol. — V. 79. Der Fund usw. = das Glück, das aus innerm Frieden
quillt. —

An Landauer (S. 184). Es handelt sich augenscheinlich um eine
Aufforderung, einen vorher geplanten Ausflug in die Berge trotz des
trüben Wetters zu unternehmen. — V. 17. = Der Himmel wird zu
blauen beginnen. — V. 18. Der Leuchtende = die leuchtende Sonne
(personifiziert als „Helios", Sonnengott, gedacht). — V. 19—20. Nichts
Mächtiges ist's, was wir wollen = der Ausflug ist nichts Mächtiges usw.
— V. 21—22. Wiederholt im Bilde, was V. 13—18 ausspricht. Die
hellen Worte und Wünsche sollen wie Schwalben vor der Helligkeit
des Tages voranfliegen. — Welcher Gedankengang sich zwischen V. 22
und 23 einschob, ist nicht ersichtlich.

Der Archipelagus (S. 185) = die griechische Inselwelt des Ägäischen Meeres. — V. 5. Jonien = die Inseln des Ägäischen Meeres
und Attika. — V. 14. Zur Stunde des Aufgangs = beim Sonnenaufgang. — V. 17. Cypriertrank = Wein von Cypern. — V. 20—23. =
Wenn durch vulkanische Ausbrüche eine Insel zerstört wurde. — V. 32.
Sie = die Sterne. — V. 32 f. Wie die Sterne wandeln, wechselt das
Wasser = Anspielung auf Ebbe und Flut und das ewig wechselnde Bild
des Meeres. — V. 33. Der Brüder droben (Vgl. V. 25: „die Himmlischen, die Kräfte der Höhe") = Winde, Wolken und alle andern Natur-
erscheinungen. — V. 39. Dir, dem trauernden Gotte = dem Okeanos
(siehe oben: Der gefesselte Strom, V. 4). — V. 44. Dem Strahl aus
der Höhe = der Regen. — V. 47. Mit dir = mit deinen Wassern, die
du als Wolken über Land sandtest. — V. 48. Mäander = der bedeutendste
Fluß der Westküste Kleinasiens, entspringt in Phrygien, durchströmt in

Hölderlin IV.   10

zahllosen Krümmungen Karien in westlicher Richtung und mündet im
Norden des alten Milet ins Ägäische Meer. — V. 49. Kayster = Fluß
im westlichen Kleinasien, durchströmt ein langes, schönes Tal und mündet
unweit Ephesus. — V. 53. Die offenen Arme = Anspielung auf das
Nildelta. — V. 55. Die Weheklage = das Rauschen des Meeres gegen
die Felsen. — V. 70., Agora = Marktplatz. — V. 76. Cypros = die
Insel Cypern, südlich von Kleinasien. Im Altertum Handelsplatz für
Wein, Getreide, Edelsteine, Kupfer, Teppiche. — Tyros = die berühmteste
unter den Seestädten Phöniziens, die in regen Handelsbeziehungen zu
Griechenland stand. — V. 77. Kolchis = Landschaft Kleinasiens mit An-
siedlung der Milesier. — V. 80. Herkules' Säulen = Straße von Gibral-
tar. — V. 82. Ein einsamer Jüngling = Themistokles, der Erretter der
Griechen vom Joch der Perser; unter ihm Athen wieder erbaut. —
V. 89. Sie deuchten dem Herrscher ein Spiel = es deuchte ihm leichtes
Spiel, sie zu besiegen. — Wie ein Traum war ihm das Volk = er
konnte sich keine klare Vorstellung von dem Volke machen. — V. 96.
Ekbatana = Hauptstadt des alten medisch-persischen Reiches. — V. 97.
Athene = die Stadt Athen. Im ersten Perserkriege verbrannt. —
V. 100. Der Söhne = der Söhne der Stadt (nicht der Söhne der Greise!).
— V. 104. Salamis = die Attika vorgelagerte Insel. Dahin hatten
sich vor der Zerstörung Athens die Athener geflüchtet. Dort kommt es
zur entscheidenden Seeschlacht. — V. 114. Denken des beschiedenen Glücks
= sehen, daß der Sieg ihrer ist. — V. 117. Das Wild der Wüste = die
Perser. — V. 126. Der König = Xerxes. — V. 135. = Obgleich sehr
gerüstet, war Xerxes doch ein Schwacher. — V. 136. Der einsame Strom
= der Ilyssus, an dem die Stadt Athen lag, die nun verbrannt, verschwunden, war. — V. 146. Ihren Hainen = den heiligen Hainen der
Götter. — V. 153. Portikus = der auf Säulen ruhende Eingang des
Hauses. — Die göttlichen Bilder = die Götterbilder. — V. 160. In
der griechischen Familie standen die Bilder der Laren, unter denen man
sich die Geister der verstorbenen Vorväter dachte, am häuslichen Herde. —
S. 170. Lüfte der Jugend = dieselben Lüfte, die einst das jugendliche
Hellenenvolk umwehten. — V. 185. Pentele = Gebirgsrücken mit welt-
berühmtem Marmorbruch. — V. 186. „Lebend" bezieht sich auf den
Marmor; „er" = der Genius des Künstlers. — V. 187. = Anlage von
Wasserleitungen und Wasserreservoirs. — V. 192. Prytanen = die re-
gierende Behörde. Pr. Gemach = das Rathaus, war zugleich religiösen
Zwecken gewidmet. — Gymnasien = die Turnschulen. — V. 194. Das
Olympion = Tempel des Olympischen Zeus. — V. 196. Die Tempel
der Athene und des Poseidon („Gott der Wogen", V. 198) wurden
prächtiger wieder aufgebaut. — V. 202. Drüben am Lethestrom = drunten in der Unterwelt am Strome der Vergessenheit. — V. 210. Parnassos
= Gebirge, nordwestlich von Athen, dem Apollo und den Musen heilig.
— V. 211. Kastalia = die Nymphe des Quelles Kastalia, die Apollo
geweiht war. Sie entsprang unmittelbar vor dem Eingang in das Heiligtum des Apollo zu Delphi: auf einem Plateau des Parnassus. — V. 215.
Tempe = eine Talschlucht im nordöstlichen Thessalien; berühmt wegen
ihrer großartigen Wildnis; der Peneios durchströmt sie. — V. 221. Der

Geweihtere = der durch den Umgang mit euch geweihtere Dichter. — B. 227. In Dodona war ein heiliger Hain, deffen Eichen weisfagen follten. — B. 228. Der delphifche Gott = Apollo. Sein Orakel zu Delphi ift verftummt. — B. 242. Aus eigene Treiben find fie gefchmiedet = es fühlt fich jeder ifoliert; fie können fich nicht als Einheit mit dem Ganzen fühlen. — B. 246. Furien = wilde Rachegöttinnen, die ewig unvermählt blieben, da ihr Anblick jeden verfteinerte. — B. 275. Erhalte das Feft auch euch = dann feien euch zum Andenken auch Fefte gefeiert. — B. 280. = Die Trauer um den Untergang des alten Griechenlandes. — B. 282. Marathon = Sieg der Athener unter Miltiades über die Perfer (490). — B. 283. = bei Chäronea unterlagen die Athener den mazedonifchen Heeren, damit hört die eigentliche Selbftändigkeit Griechenlands auf. — B. 286. Oeta = Gebirgszug in Mittelgriechenland. Auf feiner höchften Spitze foll fich Herkules felbft verbrannt haben. — B. 292. = Das Wech= feln und Werden ift die Sprache der Götter. — B. 296. In deiner Tiefe = in der Tiefe des Meeres.

Brot und Wein. An Heinfe (S. 193). Heinfe war ein berühm= ter Schriftfteller feiner Zeit; hatte vor allem durch feinen Künftlerroman „Ardinghello“ feinen Ruhm erworben. Hölderlin war mit ihm auf der Reife in Kaffel bekannt geworden (f. Lebensbild). — Von diefem Ge= dichte erfchien 1807 nur die erfte der Elegien, betitelt „Die Nacht“. Clemens Brentano, der fie fchon vorher gekannt haben muß (vielleicht durch Ver= mittlung Sinclairs), fchickte fie Arnim mit der Bemerkung: „Es ift dies eine von den wenigen Dichtungen, an welchen mir das Wefen eines Kunftwerks durchaus klar geworden ift. Es ift fo einfach, daß es alles fagt: Das ganze Leben, der Menfch, feine Sehnfucht nach einer verlorenen Vollkommenheit und die bewußtlofe Herrlichkeit der Natur ift darin.“ Erft fpäter dichtete H. die acht anderen Elegien. Sie zeigen fchon nicht mehr die Klarheit und Rundung der erften. — Der Titel des ganzen Gedichtes lautete im Konzept „Der Weingott“. — Zur Erklärung des Titels fiehe Elegie 8.

Elegie 1. B. 14. Schattenbild = das urfprünglich von Hölder= lin gebrauchte Wort. In der Reinfchrift fchrieb er „Ebenbild“ (was alle übrigen Ausgaben bringen) als Variante darüber, ohne „Schattenbild“ auszuftreichen. Schattenbild wird der Mond genannt, weil er den Schat= ten der Erde trägt.

Elegie 3. B. 38. Halten = halten zurück. — B. 42. Ein Eigenes = Etwas, in dem wir Ruhe finden; vgl. Mein Eigentum und Abend= phantafie. — So weit = fo weit entfernt. — B. 43. Mittag = Süden. — B. 44. Mitternacht = Nordpol. — B. 44f. Ein Maß = ein allgemeines Gefetz. — B. 45. Ein eigenes = ein eigenes Maß, Gefetz. — B. 46. Wo= hin er es kann = wohin er feiner innerften Natur nach gelangen kann. — B. 47f. Anfpielung auf ein damals fehr beliebtes Zitat aus Shakefpeare: „Des Dichters Aug’ in fchönem Wahnfinn rollend“. — B. 49. Ifthmos = Landenge zwifchen Griechenland und dem Peloponnes; vgl. Hyperion 1. Brief. — B. 50. Parnaß = das hohe, dem Apollo heilige Gebirge nordöftlich vom Ifthmus; auf einem Plateau dort Delphi. — B. 51. Olymp = Gebirgszug Mittelgriechenlands, der Sage nach Sitz der Götter.

— Cythäron = kahler Gebirgszug der Landschaft Böotien. — V. 53.
Thebe = Theben. — Es rauscht = der Lärm der Stadt oder das Geräusch
ihrer Wälder. — Ismenos = Fluß bei Theben. — Quelle der Dirce =
Quelle in der Nähe von Theben. Dirce war eine böse Königin von Theben
(ihr Gemahl Lykos). Sie peinigte die Antiope und wurde deshalb von
Dionysos zur Strafe in eine Quelle verwandelt. — V. 54: Der Gott
= der Genius aller Entwicklung der Völker. Sie beginnt mit griechischer Kultur und hat ihr Ziel in einem der griechischen harmonischen Kultur
verwandten, aber durchgeistigten Kulturzustand.

Elegie 4. V. 60. Vor „Göttern" ergänze: wo. — V. 61. Die
Sprüche = Orakelsprüche. — V. 63. Das schnelle = das schnelle Geschick. — V. 65. Vater Äther! = hier wohl der Gruß an die aufgehende
Sonne. Der Äther verkündet die Gewalt des Göttlichen an Stelle der
alten Orakel. Das Folgende ist ein Hymnus auf die Macht des Äthers
und Lichtes.

Elegie 5. Personifikation des allmählichen Sonnenaufgangs bis
zur strahlenden Sonnenhöhe und Ausdeutung des großen Phänomens im
pantheistischen Sinne. Es bedeutet auch ein immer tieferes Erleuchtetwer-
den der Menschen, eine immer heller werdende Erkenntnis der Alleinheit
und Göttlichkeit der Welt. — V. 75. Der Halbgott = der Mensch, der die
hohe Schönheit, Vollkommenheit und Göttlichkeit der Welt schon sah, als
es für die andern noch dunkel war: nämlich der Dichter. — V. 79 f. = Er
weiß von dem Reichtum seiner Offenbarung oft nicht den rechten Gebrauch zu machen; verschwendet ihn, wo die unheilige Menge nichts damit anzufangen weiß. — V. 81. = Was einst nur als Schönheit von
einzelnen gefühlt ist, wird zuletzt als Wahrheit von allen erkannt. —
V. 82. = Dann erst werden die Menschen das Glück der Erkenntnis ertragen („des Glücks und des Tags"). — V. 83 ff. Die Offenbaren, die
längst eines und alles genannt usw. bis beglückt = die Dichter, denen
alles offenbar war, und die von der Menge verkannt waren. — V. 86.
Alles Verlangen = alles Verlangen nach höchstem Schauen und Erkennen. — V. 87. Das Gut und die Gabe von Gott gesandt = der
Dichter. — V. 88. Sieht er es nicht = er kann das Göttliche der Dichtung nicht sehen. — V. 89. Fragen muß er zuvor = er muß selbst erst
schmerzlich von dem quälenden Erkenntnisstreben berührt worden sein,
dann erst kann er in Worten „wie Blumen" (d. i. in Worten der Dichtung)
seine teuerste Empfindung („sein Liebstes") aussprechen.

Elegie 6. V. 94. Mäßigversuchendes = Dilettantisches. — V. 99.
Hier bricht das leuchtende Traumbild plötzlich ab in der jähen Erinne-
rung an die Gegenwart. — Die bekannten = die verwandten Seelen, die
dichterisch Sehenden. — V. 101. Olympia = die Stadt der berühmten
Wettspiele. — V. 102. Korinth = die berühmte reiche Handelsstadt am
Isthmus.

Elegie 7. V. 115 f. Das Irrsal hilft wie Schlummer. Ich erinnere
an Goethes: mit holdem Irr'n zum Ziele hinzuschweifen. — V. 116—118.
Vgl. „An den Genius der Kühnheit" und „Das Schicksal". — V. 119. Sie
= die Götter. Wenn die Menschen groß und stark genug geworden sind,
das Göttliche zu ertragen, dann kehren die Götter zurück.

Elegie 8 und 9. V. 125—128. Flucht der Götter aus der Welt der Menschen. — V. 129—130. Betrachtet wohl Christus als den letzten Götterboten; damit stimmt die zurückgelassene Gabe: Brot und Wein (Abendmahlssymbole). — V. 134. Freude mit Geist = die Freude an dem Geistigen; im Gegensatz zu der Freude an dem Irdischen (Brot und Wein). — V. 135. Die Starken, die für die höchsten Freuden Kraft haben = die zukünftigen Geschlechter (Nietzsche, der Schüler Hölderlins, predigt „den Übermenschen"). — V. 136. Es lebt stille noch einiger Dank = einige denken noch geistig und danken für das geistige Genießen. — V. 137—142 ist pantheistisch-mythologische Ausdeutung der Abendmahlszeichen von Brot und Wein. — V. 138—148 häufen die Eigenschaften und Attribute von Zeus, Apollo, Dionys auf einen „Weingott", der wie Orpheus und Christus in die Unterwelt steigt. — V. 149—152 spricht von der Gotteskindschaft der Menschen im christlichen Sinne und deutet die griechische Mythologie von den Früchten Hesperiens in diesem Sinne: der Mensch ist die Frucht des Paradieses. — V. 153—154. = Wir werden uns dessen erst bewußt sein, wenn wir die Gottheit in den Naturkräften erkennen („herzlos", „bis unser Vater Äther, erkannt, jedem und allen gehört"). — V. 155—156. Eine Zwischenstufe und Vorstufe hierzu ist das Christentum („als Fackelschwinger des Höchsten" kommt der „Sohn der Syrier" herab). — V. 156 ff. = Die Wirkung des Christentums: Freudigkeit in der Gefangenschaft („Lächeln aus der gefangenen Seele"), Ahnung des göttlichen Lichtes („dem Licht tauet ihr Auge noch auf"), Beruhigung der wilden, tierischen Natur im Menschen („Sanfter träumt der Titan", selbst „Cerberus schläft" ein). — V. 159. Titan = hier: Verkörperung der Naturkraft. — V. 160. Cerberus = der Höllenhund; hier: das Tierische im Menschen.

Aus der Zeit der beginnenden Umnachtung.

Nachtgesänge.

Ich gebe die Anmerkungen hier nur, soweit es sich um die klaren Teile der Gedichte handelt; da, wo Hölderlin augenscheinlich den Faden verloren hat, verzichte ich auf Interpretation, selbst wenn einzelne Gedanken sich klar herausheben ließen.

Andenken (S. 201). V. 26. dunkles Licht = dunkelroter Wein. — V. 31. Seellos = anteilnamlos. — V. 37—59 ist dunkel!

Die Wanderung (S. 202). V. 1. Suevien = Schwaben. — V. 3. Lombarda drüben = lombardische Tiefebene jenseits der Alpen. — V. 7 und 8. Herd des Hauses = das Alpengebirge; so genannt, weil von hier aus Europa mit den größten Strömen gespeist wird. — V. 10. Silberne Opferschalen = die Gletscher. — V. 21. Württemberg grenzt im Süden mit einem Zipfel an den Bodensee. — V. 25 ff. Ein erdichteter Besuch des Dichters in Griechenland. — V. 31—75 behandelt eine Sage, die in den alten Hellenen ein Mischvolk aus einer kaukasischen und einer germanischen Rasse sieht. — V. 40 und 41. Eine Schar der Kaukasier nach der andern kam neugierig hinzu, die Fremden zu sehen. — V. 53. Die lieben Güter des Hauses = Geschenke von häuslichen Gegenständen

aller Art. — B. 54 = lernten einer des andern Sprache. — B. 55 f. =
Alle Wünsche der Eltern für die Neuvermählten gingen in Erfüllung. —
B. 65. Kaystros = Fluß Kleinasiens. — B. 71. Tayget = Taygetos, der
höchste Gebirgszug des Peloponnes. — Hymettos = berühmter Bergrücken
südöstl. von Athen. — B. 73. Parnassos' Quell = die Quelle Kastalia,
welche am Eingang zum Heiligtum des Apollo in Delphi entsprang. —
Tmolos = Gebirge im mittleren Kleinasien. — B. 74. Goldglänzende
Bäche = der Paktolus, der auf dem Tmolus entspringt, führt Gold mit.
— B. 89. Hallen der Thetis = Grotten am Meer. (Thetis, die Gemahlin
des Meergottes.) — B. 90. Ida = Gebirge in der Nähe des alten Troja.
— B. 93. Die Mutter = Schwaben. — B. 95. Der Rhein, der den Schwäbischen Jura durchbrechen will, bildet den Bodensee und wird dann vom
Jura nach Westen „in die Ferne" abgelenkt. — B. 98—109. Einladung
an die Grazien Griechenlands, auch in Deutschland einzukehren. — B. 109.
Charitinnen = die griechischen Grazien, die Göttinnen der Anmut. —
B. 110—117 bringt ein nicht mehr in dem poetischen Ton des Vorhergehenden gehaltenes Räsonnement darüber, daß die Charitinnen sich nicht
mit Gewalt herbefehlen lassen, sondern höchstens ungerufen erscheinen.

Der Rhein (S. 205). Hölderlin wollte augenscheinlich den Lauf
des Rheins in tiefer symbolischer Ausbeutung auf das Leben der
Welt und der Menschheit besingen. — B. 7. Nach alter Meinung =
aus sagenhafter Überlieferung. — B. 8. Geheim noch, manches entschieden = obgleich dunkel, doch in bestimmter Bedeutung. — B. 11.
Denn = als. — B. 15. Morea, die im Süden der Balkanhalbinsel durch
den Isthmus mit dieser verbundene Halbinsel (Peloponnes). — B. 22.
Bild des Rheinfalls. — B. 27. Erbarmend die Eltern = um Erbarmen die
Eltern oder zum Erbarmen der Eltern. — B. 35. Tessin entspringt, wie
der Rhein, auf dem St. Gotthard. — Rhodanus = die Rhone entspringt
gleichfalls dort. — B. 37. Der Rhein fließt zuerst nach Osten. — B. 40.
Die Blindesten = die reinen Naturdinge, hier der Rheinstrom; beabsichtigt ist wohl die Parallele mit dem vom Genius getriebenen Dichter,
der auch, ein Göttersohn, ruhelos, ohne zu wissen wohin, durchs Leben
wandert. — B. 43. Fehl = Mangel. — B. 46. Reinentsprungenes = ein
reines Naturphänomen oder — was bei Hölderlin dasselbe sagt — ein
reiner Geist, der des Gottes voll ist. — B. 47—60. = Unser innerstes
Wesen ist uns durch die Geburt und das Klima („Lichtstrahl") schon angeboren. — Alle Not und Erziehung vermögen daran nichts zu ändern.
Aber sie machen uns unfrei. Glücklich und frei ist der Rhein. — B. 61
bis 75 = wieder ein Bild des Rheins: Er durchbricht alle Schranken und
Fesseln der Alpen, die sich ihm entgegenstemmen, und stürzt tosend in die
Tiefe (siehe Anfang des Gedichts B. 16—31). — B. 80. Wie jener = wie
der Rhein. — B. 89. = Nimmer vergißt er seinen Läuterungsprozeß zwischen
den Bergen. — B. 91. Zum Unbild werden = ins Nichts verschwinden.

Von B. 95 scheint ein ganz neues Gedicht zu beginnen. Es kontra-
stiert (B. 95—119) die verwegenen, strebenden Menschen, die Empedokles-
Naturen, die nicht das ungleiche und unharmonische Leben dulden können (B. 119), mit denen, die sich fromm bescheiden „am sichern Gestade"
(B. 120—133). — B. 134—178 spricht von den großen Heroen, den

Halbgöttern, denen großes Gelingen und große Freude gegeben ist.
Rousseau ist gleichsam die Illustration. — Diese Glücklichen empfangen
„mühlos alles" (V. 151). — So groß ist die geistige Freude dieser Göttlichen, daß Rousseau sich zu schwach fühlt, sie voll auszukosten und vor
ihr in die reine Natur „am Bielersee" flüchtet. — V. 165. = Der Dichter
sieht Rousseau am Abend. — V. 169. Der die Berge gebaut usw. = der
Tag als Gott und Schöpfer gedacht. — V. 179—193 = ein Bild der alles
erquickenden und versöhnenden Dämmerstunde. — V. 194—208 ist unklar. — V. 209 ff. sind ein selbständiges Widmungsgedicht an Sinclair,
das in keiner Beziehung zu dem Vorhergehenden steht. — V. 216—217.
Wenn er, fieberhaft und angekettet, das Lebendige scheinet = wenn Gott,
der All-Eine, in der Form der unruhigen, unharmonischen („fieberhaft")
und eng miteinander verketteten und durcheinander behinderten Einzel-
wesen („das Lebendige") erscheinet.

Der Einzige (S. 211). V. 19. Elis = westliche Küstenlandschaft
des Peloponnes. Olympia = Stadt in Elis, berühmt wegen der dort
stattfindenden Festspiele. — V. 20. Parnaß = das dem Apollo heilige
Gebirge Griechenlands. — V. 21. Isthmus = die Landenge zwischen
Griechenland und dem Peloponnes. — V. 23—24. Smyrna und Ephesus
= griechische Kolonien an der Westküste Kleinasiens. — V. 43—49. = Bekenntnis, daß es ihm nicht gelungen ist, die christlichen Anschauungen
seiner Jugend mit seinem eigenen pantheistischen Griechentum zu versöhnen. — V. 49—50. = Er empfindet aber auch hier, daß diese christlichen Anschauungen nicht das sind, was seiner eigensten Natur entspricht. — V. 51. Wiewohl Herakles' Bruder = wiewohl ich mich den
Griechenhelden näher und verwandter fühle. — V. 52 ff. = Versuch, auch
Christus als im Geiste einig mit den alten Helden zu fassen, denn:
Ein Gott zeugte alle Götter und Helden (V. 63—64). — V. 53. Erier
= Dionysos, der Gott des Weins. — V. 68 ff. unklar.

Germanien (S. 213). Erste Elegie. V. 14—15. = Ich fürchte mich,
mir euer schönes Angesicht wie sonst zu vergegenwärtigen.

Elegie 2. V. 17—18. = Ihr Wahrhaftigen, die ihr damals gegenwärtig waret. — V. 18. Ihr hattet eure Zeiten = ihr seid nicht mehr. —
V. 21. erst = zuerst. — V. 22. Seine Sitte = die Gebräuche des Tempels.

Elegie 3. Vision der neuen Naturreligion und der neuen, bessern
Zeit, die Hölderlin kommen sieht. — V. 42. Der Adler = das Symbol
der neuen, kommenden, schöneren Kultur und Lebensfreiheit. Aus Indien
kommt er, über Griechenland weilt er zuerst, und dann fliegt er über
die Alpen nach Germanien und nach den andern Ländern des nördlichen
Europas. Hölderlin versinnbildlicht unter dem Bilde des Adlers den
Weg, den die Kultur der Menschheit genommen hat.

Elegie 4. V. 1. Die Priesterin = Germanien.

Elegie 5. Die Elegie gibt ein Bild des jugendlichen Germaniens,
das, noch ohne seine eigene Kraft zu kennen, unberührt von den großen
Bewegungen der Zeit, still vor sich hinträumt. — Der Genius der neuen
Zeit küßt die Schlafende, sie beginnt zunächst zu reden. Dies ist Anspielung auf Hölderlins eigene Zeit, in der Dichtkunst und Philosophie
blühten. — V. 73. Blume des Mundes = Kuß. — V. 74—75. Wie die

Ströme das Land mit Wasser, so versorgen die Dichter das Volk mit Worten geistiger Nahrung. Das Bild bedeutet: die in die Ferne reisenden Ströme führen die Worte der Wahrheit mit sich und tragen sie in alle Welt. — B. 75—77. Die „Heilige", „die Verborgene", „die Mutter von allem" = die lebendige Erde.

Elegie 6. B. 82. Bis daß du offen bist = bis daß du ganz wach bist. — B. 88. Und = vielleicht richtiger „Doch". Dann gäbe der Sinn: Zwar geziemet den Sterblichen die Scham (d. i. die Zurückhaltung), doch so zu reden von Göttern, ist weise auch. — B. 90—93 = das Bild der Gegenwart, das auf die kommende wahrere und bessere Zeit deutet; — das Gold = die Reden der Dichter. — Zorn des Himmels = die schwere kriegerische Zeit. — B. 94. = Sprich es immer wieder aus. — B. 95 f. = Auch ungesprochen bleibt es, was es ist.

Elegie 7. Eine Anzahl echt Hölderlinscher Gedanken, die aber nur locker untereinander und fast gar nicht mit dem Vorhergehenden zusammenhängen.

Patmos (S. 216). B. 11—16. Augenscheinlich symbolische Ausdeutung des vorhergehenden Bildes der Alpen. Die Zeitgenossen („die Liebsten", die „nahe wohnen", B. 12) sind getrennt voneinander, leben nebeneinander jeder für sich, wie auf einsamen Gipfeln. — B. 14. Gib unschuldig Wasser usw. = ist wohl in Analogie des vorhergehenden Bildes so zu verstehen: gib, daß wir „auf leichtgebauten Brücken über den Abgrund", der uns voneinander trennt, schreiten. — B. 30. Mit Schritten der Sonne = der Dichter fährt mit der Sonne über die Lande, d. h. er umläuft den Erdkreis in 24 Stunden. — B. 33. Eins, das ich kannte = nach etwas Bekanntem. — B. 35. Tmolus = Gebirge Kleinasiens. — B. 36. Paktol = Strom, der dort entspringt. — B. 37. Taurus = das südliche Randgebirge des Hochlandes von Kleinasien. — B. 39. Ein stilles Feuer = gebraucht an Stelle des Verbes: glüht. — B. 41. Zeug' = Zeuge. — B. 69—73. = Kinder der Insel sind die leisen Laute: erstens die Stimme des heißen Haines und dann der Laut des flachen Landes, den die leise sich verschiebenden Sandkörner während des stillen Keimens, das den Boden spaltet, verursachen. Diese Stimmen sind also „unhörbar" dem Menschen und sollen die eigentümliche Stille und Menschenfremdheit der Insel noch klarer veranschaulichen. — Von B. 73 ab poetische Erzählung der letzten Lebenstage Christi. — B. 89. Drauf starb er = das bekräftigte er mit seinem Tode. — Das Gedicht verliert sich dann in unzusammenhängende Visionen und Reflexionen.

Aus der Zeit der Umnachtung.

Hälfte des Lebens (S. 225), auch „Die Schwäne" genannt. Der Titel bedeutet „Mitte des Lebens". Vgl. Hyperion: „Wir sind emporgewachsen über die Mitte des Lebens, wo es grünt und warm ist."

Sapphos Schwanengesang (S. 225), hieß auch „Tränen".

Fragment (S. 227). „Die Schönheit . . .", Bruchstück einer Elegie auf den Tod eines Kindes.

Fragment (S. 227). „Die Linien des Lebens . . ." schrieb Hölderlin für seinen Pflegevater Zimmern spontan auf ein Brett.

An Zimmern (S. 231). Zimmern war Hölderlins Pflegevater, ein Schreiner. Daher die Anspielung auf Dädalus, den ersten Holzbildner nach griechischer Sage.

Der Sonntag (S. 232). Dieses Gedicht, wie das vorhergehende, sandte 1838 Eduard Mörike an Hermann Kurz. „Ich habe dieser Tage einen Rummel Hölderlinscher Gedichte erhalten, meist unlesbares, äußerst mattes Zeug. Ein kurzes, seltsames Fragment christlichen Inhalts muß ich Dir aber doch als einem neuerdings mit pastoralibus wieder vertraut Gewordenen mitteilen. [Es folgt das Fragment.] Was sagst Du zu der Schilderung? Das von der Kinderlehre klingt beinahe diabolisch naiv, so rührend es gemeint sein mag.

Höhere Menschheit (S. 234) schrieb Hölderlin für Schwab in einen Band seiner (H.s) Gedichte.

Dem Allgenannten (S. 234) = Napoleon.

Nachlese.

Nachlese zu den Jugendgedichten.

M. B. (S. 240) = Bilfinger, ein Kamerad Hölderlins in Maulbronn.

Die Meinigen (S. 243). Hölderlin überschrieb das Gedicht: „Die Meinige“. Ich habe hier wie überall, wo es sich um den auf schwäbischem Dialekt beruhenden Sprachfehler der Auslassung des „n“ im Plural handelt, dieses „n“ ersetzt.

Männerjubel (S. 253). V. 13—14. Wer wagt's, zu türmen Riesengebirge sich, zu schaun den Anfang eurer Erhabenheit = wer es wagt, den Anfang eurer Erhabenheit schauen zu wollen, vor dessen Blick türmen sich unabsehbar hohe Riesengebirge auf; d. h. die Erhabenheit ist höher, als das Auge des Menschen reicht. — V. 18. Uranus = das Sternbild. — V. 19. Orion = das Sternbild. — V. 36. Syrias Abenddüfte = die gefährlichen Nachtnebel der syrischen Wüste. — V. 39. Neuerern = Ketzern.

Die Demut (S. 254). V. 2. Dominiksgesicht = Mönchsgesicht. Der Dominikanerorden war der Orden, der vorzüglich mit der Ketzerverbrennung betraut war. — V. 12. Hermann oder Arminius = Nationalheld der Germanen, Befreier vom Römerjoche.

Am Tage der Freundschaftsfeier (S. 260). V. 22. Suezia = Schweden. — V. 23. Pultawa = Hauptstadt des gleichnamigen Gouvernements im Süden Rußlands. Hier die Schlacht zwischen Karl XII. von Schweden und Peter dem Großen. Die Schweden unterlagen. — V. 41. Gustavs Schwertschlag = Gustav Adolfs von Schweden Schlachten. — V. 42. Eugenius = Prinz Eugen (von Savoyen), genannt der edle Ritter, tat sich in vielen Kriegen, zuerst gegen die Türken bei deren Ansturm auf Wien (1683), hervor. — V. 44—45. Du und du = Anrede an die Freunde Neuffer und Magenau. — V. 50. Laren = Hausgötter. — V. 51. Schatten = Schattenriß. — V. 123. Teutonssöhne = Teutonen; ihr sagenhafter Stammvater war Teuton. — V. 139f. = Mag es jetzt noch mehr Toren auf der Welt geben, ich tröste mich, denn ...

Die Bücher der Zeiten (S. 264). V. 7—8. Sirius und Uranus = Sterne. — V. 36. Zernichtend gehört zu Feuer (V. 32). — V. 49. Um ein Linsengericht = um einer Nichtigkeit willen (mit Anspielung auf die Geschichte Jakobs). — V. 78—84. Der Wanderer ist das Subjekt des Satzes. — V. 137. Im Felsen = im Felsengrab im Garten Josephs von Arimathia. — V. 153—155 = Ozeanschiffe. — V. 162. Leviathan = sagenhaftes Seeungeheuer des Alten Testamentes.

Gustav Adolf (S. 269), König von Schweden, Held des 30jährigen Krieges. — V. 10. Sieger bei Lipsia = Sieger in der Schlacht bei Leipzig über Tilly, 17. Sept. 1631. — V. 11. Sieger am Lechus = Sieger auf dem Lechfelde, wo Tilly fällt (April 1632). — V. 12. Sieger im Todestal = in der Schlacht bei Lützen (16. November 1632, wo er fiel).

Der Lorbeer (S. 270). V. 13. Young = englischer Dichter des 18. Jahrhunderts, Verfasser der damals auch in Deutschland sehr berühmten „Nachtgedanken", eines Elegienzyklus, der den Tod seiner Verwandten schwermütig besingt.

An Thills Grab (S. 270). V. 13. Suevia = Schwaben.

An die Ruhe (S. 271). V. 8. Geschmettert = zerschmettert. — V. 11. Dominiksgesichtern = Mönchsgesichtern, die nach Ketzern spähen. — V. 28. Des längern Schlummers = des Todes.

Melodie an Lyda (S. 272). Lyda = Elise Lebret (siehe Einleitung). — V. 36. „Ihr" bezieht sich auf Natur im Worte Naturgesang. — V. 40. = Wenn das Herz den brüderlichen Laut, d. h. Freundschaft, findet.

Hymne auf Christoph Herzog zu Württemberg (S. 274). Christoph, tatkräftiger Herrscher während der Reformationszeit (1550—68), Stifter des Tübinger Stifts. Das Gedicht war vielleicht für die jährliche Geburtstagsfeier Christophs bestimmt. — V. 4. Die Söhne von Teck = die Württemberger. Die Burg und Landschaft von Teck ist das Stammland der Herrscher. — V. 5. Königin des Tags = die Sonne. — V. 7. Den schimmernden Prunk = an dem schimmernden Prunk. — V. 10—14. = Anspielung auf die Zwistigkeiten mit den katholischen Kaisern Karl V. und Ferdinand I., die Christoph in der ersten Zeit seiner Regierung auszufechten hatte. — V. 17. Lykurgus = Gesetzgeber Spartas. — V. 19. = Das Gesetz baute auf der alten Sitte auf. Christoph führte ein allgemeines Landrecht ein. — V. 23—25 behandeln die Einführung und Ausbildung der landständischen Verfassung. — V. 26—28. Das Gesetz soll etwaigem Übermut der Nachfolger des Herrschers („dem Enkel") steuern. Wehe, wenn sie es nicht respektieren („wenn sein Zahn es malmt", d. i. zermalmt)! — V. 29 = heiratete seine Jugendfreundin. — V. 32—33. = Auf Ferdinand I. folgte Maximilian, der Protestanten und Katholiken gleiche Freiheit gab. — V. 35. Mana = Mani, ein persischer Weiser und Religionsstifter; sein Name hier für Maximilian, den Weisen und Gerechten, gebraucht. — V. 36. = Des Weisesten Rede entschied an Stelle des Schwertes. — V. 37. = Anspielung auf die Kämpfe der Fürsten untereinander.

An die Ehre (S. 275). V. 13. Stürzt' ... hin = stürzte vorwärts. — V. 15. „Bemerkbar kaum" gehört zu „Schritte". — V. 19. Mana = persischer Weiser, siehe das vorhergehende Gedicht.

Fragment eines Gedichtes auf Gustav Adolf (S. 276). V. 25. Irrenden = Umherirrenden.

Weisheit des Trauerrs (S. 277). V. 6. Ersilia = die sagenhafte Frau des Romulus, später als Göttin verehrt.

An die Stille (S. 278). V. 1. Hades = die Unterwelt. — V. 4. Orion = Sternbild.

Burg Tübingen (S. 281). V. 43. Bardenehre = Dichterruhm. — V. 60. Thuiskon = sagenhafter Vorfahre der alten Deutschen. — V. 72. Walhalla = der Himmel und das Jenseits der alten Deutschen.

Abweichende Fassungen.

Hymne an die Liebe (S. 283), vgl. S. 39. — V. 21. Orione = hier so viel als Sonnen, Fixsterne.

Einladung an Neuffer (S. 284). Vgl. S. 49. Wohl eine der poetischen Episteln, die Hölderlin während der Studentenferien an Neuffer sandte. Nach Litzmann ist das Gedicht „An Neuffer. Beim Tode seiner Braut" die Umarbeitung dieses Gedichtes; während eine dritte, von Schwab veröffentlichte Fassung auf willkürlichen Abänderungen Neuffers beruhe.

Diotima (S. 285). Vgl. zweite Fassung S. 91. — V. 62. Urania = die Göttin des Himmelsgewölbes, der Astronomie, also der höheren Gesetzmäßigkeit im Universum. — V. 105. Stern der Thndariden = Sternbild der Zwillinge.

Der Wanderer (S. 288). Vgl. S. 108 nebst Anmerkungen dazu. — V. 77. „Die freiere Laube" ist das Bild für den Wald.

Elegie (S. 291), vgl. Menons Klage um Diotima S. 102 nebst Anmerkungen.

Dichtermut (S. 294), vgl. zweite Fassung S. 152.

Blödigkeit (S. 295), letzte Fassung von „Dichtermut".

Chiron (S. 295), vgl. „Der blinde Sänger", erste Fassung S. 156. Chiron = einer der Kentauren, der gütigste und gerechteste. Er starb an einem vergifteten Pfeil und verzichtete zugunsten des Prometheus auf die Unsterblichkeit.

Ganymed (S. 296). Vgl. S. 155: „Der gefesselte Strom", erste Fassung. Ganymed = Mundschenk und Geliebter des Zeus.

Anmerkungen zu Teil 2.

Hyperion oder der Eremit in Griechenland.

Der erste Band erschien bei Cotta Ostern 1797, der zweite 1799.

Motto: Sich durch das Größte nicht niederzwingen lassen, in dem Geringsten Genüge finden ist göttlich.

Vorrede. S. 33. Z. 3. fabula docet = um des Grundgedankens, der Weltanschauung, des moralischen Resultates willen.

Z. 4. zu leicht = nur als Roman und Unterhaltungslektüre.

Erstes Buch. S. 35. Z. 4. den Meeren = den beiden Meerbusen, zwischen denen Korinth gelegen ist: den Golf von Korinth und den Golf von Ägina.

Z. 5. glühende Berge = von der Sonne erhitzte (nicht vulkanische) Berge.

Z. 9. Helikon und Parnaß = zwei Kalkgebirgsmassive nördlich vom Golf von Korinth. Im Altertum dort Heiligtümer der Musen, des Apollo und des Zeus.

Z. 11. Ebene von Sikyon = schmaler Küstenstreifen am Korinthischen Meerbusen, dort die alte Stadt Sikyon.

Z. 12 = Anspielung auf den lebhaften Handelsverkehr des alten Korinths.

S. 38. Z. 4. Feld des Fluchs = in die Vorbereitung auf die Berufsarbeit. Anspielung auf den Fluch im Paradiese.

Z. 31 ff. Den alten Jünglingen usw. = Sternbild des Kastor und Pollux und den übrigen der Sage nach unter die Sterne versetzten griechischen Helden.

Z. 40 f. = die Welt ist zu schön, um eines außerweltlichen Gottes zu bedürfen. Die entschuldigende Anmerkung ist von Hölderlin.

S. 39. Z. 1 ff. = Wenn die Welt aus Gott ist, so ist Gott in ihr; so ist ihr Innerstes göttlich.

Z. 8. Platos Stella = sein Jugendfreund, mit dem er Astronomie treibt, und auf den er das Epigramm dichtete:

„Nach den Sternen blickſt du, mein Stern; o wär' ich der Himmel,
Daß viel Augen ich hätt', auf dich, Geliebter, zu ſchaun.“

S. 39. Z. 24. Der Name Abamas iſt homeriſch (Ilias XIII 560,
759, 771).

Z. 27—37. Du = Anrede an Abamas, der ferne weilt.

Z. 34. verhärtete = zu Eis erſtarrte.

Z. 39. Du = Anrede an Bellarmin.

S. 40. Z. 21. Wiederholten ſich nicht in mir die Melodien uſw.

Z. 21 f. Was ich ſah, ward ich = ich bildete mich nach
ſeinem Vorbild.

Z. 35. Plutarch = griech. Schriftſteller (46 n. Chr. geb.),
ſchrieb „Vitae parallelae“, d. i. 46 vergleichende Lebensbeſchreibungen
berühmter Griechen und Römer.

Z. 37. Arithmetiſche und geometriſche Studien.

Z. 41. Der menſchliche Geiſt bereichert und ſtärkt ſich, indem
er das, was außer ihm iſt, als Erkenntnis in ſich aufnimmt, und indem
er auch ſich ſelbſt und ſein Weſen durch die Erkenntnis der Welt beſſer
verſtehen lernt, wird er zum Kampfe mit dem Daſein und den großen
Problemen des Lebens ausgerüſtet.

S. 41. Z. 1. Manen = die Geiſter der Verſtorbenen.

Z. 3. Athos = eine 47 km lange und bis 11 km breite
Gebirgsmaſſe, die als öſtlichſte der drei Halbinſeln der Chalcidice in das
Agäiſche Meer vorspringt.

Z. 4. Hellespont = Straße der Dardanellen, Eingang zum
Marmarameer vom Agäiſchen Meer. — Hinab = an der Küſte von Klein-
aſien hinab bis Rhodus. — Rhodus = Inſel im ſüdöſtlichen Teil des
Agäiſchen Meeres, etwa 20 km von der Küſte von Kleinaſien gelegen.

Z. 5. Tänarum = mittlere Spitze der 3 ſüdlichen Halbinſeln des Peloponnes, von einem aus ſchwarzem Marmor beſtehenden
Vorgebirge gebildet. — Die ſtillen Inſeln = die Inſeln des Archipelagus.

Z. 7. Eurotas = der bedeutendſte Fluß der peloponneſi-
ſchen Landſchaft Lakonien.

Z. 8. Elis = weſtliche Küſtenlandſchaft des Peloponnes.
Die Hauptſtadt Elis war reich an Tempeln und öffentlichen Anlagen, beſonders berühmt das umfangreiche Gymnaſium. — Nemea = ein Seiten-
tal der öſtlichen Landſchaft Argolis im Peloponnes, berühmt durch einen
von Zypreſſenhainen umgebenen Tempel des Zeus. — Olympia = Schauplatz der berühmten olympiſchen Spiele, iſt ein Tal der Landſchaft Elis,
19 km vom Meere entfernt. Es ſtanden da, auf einem kleinen Raume zu-
ſammengedrängt, Tempel, Altäre, Schatzhäuſer, Statuen der Sieger in
den Wettſpielen, Weihgeſchenke aus Erz und Marmor und ſonſtige Schätze
der griechiſchen Kunſt.

Z. 10. = Das Flußbett des waſſerreichen Alphäus.

Z. 18. Architrav = im antiken Bauſtil die aus mächtigen
Steinblöcken gebildete wagerechte Längenverbindung, welche die Säulen-
reihe abſchließt und das Gebälke des Daches trägt; meiſt mit gemalten
Ornamenten, zuweilen auch mit Reliefdarſtellungen verſehen.

S. 41. Z. 22. Lazerte = Eidechse.

Z. 24. Nestor = der älteste der Führer im Trojanischen Kriege; bekannt wegen seiner Beredsamkeit, aber auch Umständlichkeit der Erzählungsweise. Bei wichtigen Streitfragen gab er durch sein Ansehn den Ausschlag.

Z. 27. Delos = kleine, aus Granit bestehende Felseninsel des Ägäischen Meeres. Im Altertum berühmt als die älteste und heiligste Stätte des Kultus des Apollo, der hier geboren sein sollte.

Z. 28. Der mir graute = der mir dämmerte, im Morgengrauen aufging.

Z. 29. Cynthus = ein in der Mitte der Insel sich erhebender Berg, nach dem Apollo und Artemis Cynthios und Cynthia genannt werden. Ein Tempel des Apollo und der Athene krönte ihn.

Z. 30. himmlischen Festen = unter der Feste des Himmels (Sprache der Bibel).

Z. 32 f. = Anspielung auf die Sage, nach der Achilles von seiner Mutter Thetis in den Styx getaucht wurde, um unsterblich gemacht zu werden, wobei aber die Ferse, bei der sie ihn hielt, verwundbar blieb.

Z. 34. Halbgott = Achilles (nach seinem Tode als Halbgott verehrt). Seine Mutter war eine Nymphe, also ein den Göttern ähnliches Wesen.

Z. 43. Hier Anspielung auf die Hyperionsage, nach der Hyperion, der Sonnengott, ursprünglich ein Titan und Vater des Apollo oder Helios war. (Siehe Einleitung.)

S. 42. Z. 32. Irrstern = Komet.

Z. 41. Nios = das alte Jos. Eine der Inseln der Zykladen, südl. von Naxos.

S. 43. Z. 4. Auf der Insel Nios zeigte man das Grab des Homer.

Z. 10. = Wandte seine Stirne den Sternen zu.

Z. 21. Acheron = der Fluß, auf dem die Abgeschiedenen zur Unterwelt hinabfuhren.

Z. 26. Der Titan des Ätna = Anspielung auf die Sage des Hephästus, des griechischen Gottes des Feuers, dessen Schmiede nach späterer Sage in die Vulkane verlegt wurde, und dem man als Gesellen die Zyklopen beigab.

S. 44. Z. 6 f. Olympiaden = ein Zeitraum von vier Jahren, d. i. von einer Feier der Olympischen Spiele zur andern. Die gezählten Olympiaden beginnen 776 v. Chr., seit welcher Zeit man die Namen der Sieger aufzeichnete.

Z. 34. „seiner Liebe" bezieht sich auf „meinem Herzen". Die Phantome, die durch die Liebe zu den Heroen in der Phantasie erwachen, spielen mit dem liebenden Herzen.

S. 45. Z. 2. Tina = Tenos, eine der Inseln der Zykladen; im Altertum mit einer Stadt gleichen Namens; dort ein Tempel des Poseidon.

Z. 3. Smyrna an der Westküste Kleinasiens; jetzt die bedeutendste Stadt dort.

Z. 18. Meles = Fluß bei Smyrna, an dessen Quelle die Höhle lag, in der Homer gedichtet haben sollte.

S. 45. Z. 28. Ebene von Sardes = die weite Flußebene des Flusses Hermos, von Smyrna nach dem Innern von Kleinasien zu gelegen.

Z. 29. Das Tmolusgebirge schließt die Ebene von Sardes auf der Längsseite nach Süden ab.

Z. 31. Ladanstrauch (Pflanzengattung der Zistazeen) = Halbstrauch mit roten, lila oder weißen, auch zweifarbigen Blüten. Schwitzt ein wohlriechendes Harz aus, das getrocknet zum Räuchern verwandt wird.

Z. 32. Paktolus, Nebenfluß des Hermos, entspringt auf dem Tmolusgebirge, führt Goldsand.

Z. 33. Cybele = urspr. phrygische Göttin. Personifikation der mütterlichen Natur, besonders des üppigen Naturlebens der Wälder; hauptsächlich in Kleinasien verehrt.

S. 46. Z. 14. Sipylus = Gebirgszug in Lydien.

Z. 19. Kayster = schwanenreicher Fluß, kommt vom Tmolus und fließt bei Ephesus ins Ägäische Meer.

Z. 24. Messogis = Gebirgszug in Lydien.

S. 47. Z. 28. redende Bilderkasten = Vorführungen, wie man sie noch auf Märkten sah, bei denen auf Leinwand gemalte Bilder gezeigt und dazu erzählende Lieder abgesungen werden.

Z. 41. Ausruf- anstatt Fragezeichen verbessert!

S. 48. Z. 2. setzte ich ein Apostroph nach „sucht“, weil hier — wie das „doch“ andeutet — der Konjunktiv stehen soll mit der Bedeutung: „es würde sie doch suchen!“

S. 49. Z. 4. Mimas = Vorgebirge der Smyrna vorgelagerten Halbinsel; Chios gegenüber.

Z. 43. Khan = große feste Gebäude des Orients, in denen reisende Kaufleute Aufnahme und Geschäftslokale für ihren Großhandel finden.

S. 50. Z. 36f. Wie einst, da wir noch Kinder waren = einig mit der Natur.

S. 52. Z. 15. = das Bild des Waldes, der urbar gemacht werden soll.

S. 53. Z. 22. Chios = Insel an der Westküste Kleinasiens, bis zum Erdbeben 1881 eine der schönsten und fruchtbarsten Inseln des Ägäischen Meeres.

S. 54. Z. 4. Megära = eine der Erinnyen, furienhaftes Weib.

Z. 19. Arkadien = die mittelste Landschaft des Peloponnes. Seine Bewohner blieben meist unberührt von der aufblühenden Kultur Griechenlands, waren Hirten und galten für besonders sittenrein, fromm und gastlich. Zur Zeit der Spätrenaissance beginnt man das Land als ein Land paradiesischer Unschuld zu preisen.

Z. 39. dort = jenseits der Sterne, im Jenseits.

S. 55. Z. 4. Krankenhäusern = die kranke, ungesunde Gegenwart.

Z. 20. Affekt = Leidenschaft.

S. 57. Z. 39. Dioskuren = Sternbild der D., Kastor und Pollux oder Zwillinge.

S. 58. Z. 1. = Anspielung darauf, daß nach der Sage nur Pollux unsterblich war und erst auf seine Bitte Zeus die Erlaubnis gab, daß er

zugunsten des Kastor auf die Hälfte seines Aufenthalts im Olymp verzichtete; so daß die Zwillinge je einen Tag im Olymp und einen Tag in
ihrem Grabe in Therapnä zubrachten.

S. 58. Z. 3. Ida = hier: das der Kybele geweihte Gebirge in der
Landschaft Troas im westlichen Kleinasien. (Ein anderes Idagebirge
in Kreta.)

Z. 6. Das Freundespaar Achilles und Patroklus. Patroklus
fiel im Kampfe vor Troja und wurde von Achilles gerächt. Nach einigen
Sagen fällt später auch Achilles vor Troja, von Paris an der Ferse verwundet. Beide Freunde könnten also am Idagebirge begraben liegen.

Z. 21. Die Akropolis von Smyrna = Smyrna ist amphi-
theatralisch um einen steilen unbewaldeten Berg gelegen, auf dessen Höhe
sich ein Bergschloß (Akropolis) erhebt.

S. 60. Z. 2. Ephesus liegt südwestlich vom Tmolus am Meer, wie
Smyrna nordwestlich.

Z. 3. Teos zwischen Smyrna und Ephesus an der Küste
von Kleinasien. — Dort auch Milet, südlich von Ephesus. Dort auch
Troas, das alte Troja, in der Nähe des Hellespont.

Z. 31. Orpheus beherrschte alle lebendigen und leblosen Wesen (selbst den Herrscher der Unterwelt) durch die Macht seines Gesanges.

Z. 36. Trident = der Dreizack, das Attribut des Meeres-
gottes.

S. 62. Z. 5. und eine = und daß eine.

S. 63. Z. 3. = Anspielung auf die Danaidensage, wonach die 50
Töchter des Danaos zur Strafe für ihre Sünden in der Unterwelt Wasser
in ein durchlöchertes Faß schöpfen mußten.

Z. 24. Jonien = der von den Joniern bewohnte Teil Griechenlands; zu ihm gehört Tina. Die Jonier waren ein griechischer Stamm,
der, vom Norden kommend, in Attika, Euböa und den Inseln des Agäischen Meeres ansässig war.

S. 64. Z. 35. Themistokles = der Retter Griechenlands vom Joch
der Perser, der seine weitsichtigen Pläne gegen die Engherzigkeit seiner
Landsleute durchsetzte, ein bedeutender Feldherr und Staatsmann, unter
dessen Herrschaft Athen herrlich emporblühte.

Z. 36. Scipionen = berühmte römische Patrizierfamilie,
Konsuln und Feldherren während Roms Blütezeit. Publius Cornelius
Scipio war der Sieger über Hannibal.

S. 65. Z. 3. Herling = Herkömmling, Fremdling (oder Druckfehler für Herrling, einer der sich unberechtigterweise als Herr aufspielt).

Z. 20. finstern Brüder = Anrede an die, die das Leben
finster ansehn.

Z. 33. Titan = Anspielung auf den Namen Hyperion (siehe
Einleitung). — Pelion und Ossa, zwei zusammenhängende Gebirgszüge
in Thessalien. Auf dem höchsten Gipfel des Pelion ein Tempel des Zeus.

Z. 39. = Was kümmert's dich, zu sehen, was über andere
waltet.

Zweites Buch. S. 67. Z. 1. Ajax = Sohn des Königs Telamon von Salamis; der größte, schönste und tapferste Held nach Achilles

vor Troja; der „Turm der Achäer" genannt. — Salamis = eine Insel,
westlich den Häfen von Athen vorgelagert.

S. 67. Z. 5. Mastix = strauchartige, immergrüne Pistazienart, die
ein wohlriechendes Harz ausschwitzt.

Z. 9. Attika = Landschaft der Stadt Athen.

Z. 13. Schlacht bei Salamis 480 v. Chr. Themistokles, an
der Spitze der griechischen Flotte, vernichtete die Seemacht der Perser.

Z. 16. Anspielung auf später zu Erzählendes.

Z. 24. Unendlich = so weit das Auge sieht.

S. 68. Z. 4. Der Adler des Jupiter = der beständige Begleiter
und Bote des Gottes.

Z. 7. Parzen oder Moiren = die drei griechischen Schicksals-
göttinnen. Klotho spinnt den Lebensfaden. Lachesis ist die Zuteilerin
des Lebensloses an die Menschen, und Atropos, die den Faden abschneidet,
ist die „Unabwendbare" (d. i. die Notwendigkeit des Schicksals, besonders des Todes).

Z. 13. Kalaurea = jetzt Poros, felsige, von Kiefernwald bedeckte Insel an der Nordostküste der griechischen Halbinsel Argolis.

Z. 16. Limonienhaine = Zitronenhaine.

Z. 33. Charons Nachen = das Boot, in dem Ch. die Schatten der Gestorbenen in die Unterwelt fuhr.

S. 69. Z. 22. = was nicht fliegen kann.

S. 70. Z. 12. Palladium = ursprünglich ein aus Holz geschnitz-
tes Bild der Pallas Athene, das als Unterpfand der öffentlichen Wohlfahrt gehütet wurde. Im übertragenen Sinne jede heilig gehaltene Sache,
der man eine schützende Wirkung zuschreibt.

S. 72. Z. 3. Diotima, der Name stammt aus Platons Symposion. Sokrates führt seine Rede über die Liebe auf eine weise, aus Man-
tinea stammende Frau, Diotima, zurück.

Z. 39 ff. Vielleicht Anspielung auf den alten Mythos, nach
dem die Gäa erst den Uranus aus sich selbst gebar und dann erst sich mit
ihm vermählte.

S. 73. Z. 20. Ganymed wurde seiner Schönheit wegen von Zeus
in der Gestalt eines Adlers geraubt; wird im Olymp der Mundschenk des
Zeus.

Z. 38. Schwelle = Leiter, Treppe.

S. 76. Z. 4. Die Inseln der Seligen = Inseln am Westrande
der Erde im Ozean, wo die auserwählten Lieblinge der Götter, dem Tode
entrückt, in Wonne und Seligkeit lebten.

Z. 15. unsere Hefe gesunken = unser irdisches Leben vollbracht.

Z. 20. Urania = Göttin des Himmels und der Gestirne.

S. 77. Z. 34. Palliativen = Linderungsmittel, die das Grund-
übel nicht heben.

S. 79. Z. 10. Notara (in den Fragmenten Gorgonda Notara) ist
ein Name, den Hölderlin Richard Chandlers „Reisen in Griechenland" entnommen hat. G. N. war in Wirklichkeit ein gastlicher Bürger
Korinths.

S. 79. Z. 17. Harmodius und Aristogiton = zwei durch innige Freundschaft verbundene athenische Jünglinge, die den Tyrannen Hipparchus gemeinsam erdolchten.

S. 80. Z. 6. Es ist eines in ihnen = ein und dasselbe göttliche Grundelement ist in ihnen.

S. 82. Z. 13. Vulkan oder Hephästus, Sohn des Zeus und der Hera, wird von Zeus auf die Erde geschleudert, weil er in einem Streite der Eltern der Mutter beistand. Seither ist Vulkan lahm.

Z. 21 f. Arethusa, eine Nymphe, flieht, vom Flußgott Alpheus verfolgt, durch das Meer und kommt nach Sizilien, wo sie zur Quelle wird.

S. 83. Z. 12. Die Wildnis unter den Sternen = die Erde.

S. 85. Z. 16. Poetischer Glaube an eine Voreristenz und überirdische Verwandtschaft derer, die sich hienieden in Liebe zueinander hingezogen fühlen.

Z. 25. Sirius = Fixstern 1. Größe. — Arktur = Fixstern 1. Größe.

S. 86. Z. 12. eine Gewalt = ein Schaudern. Anspielung auf die Sage, nach der Diana den Attäon tötete, weil er sie in ihren Wäldern beim Baden gesehen. Sie verwandelte ihn in einen Hirsch, und seine Hunde, die ihn nicht erkannten, zerrissen ihn und fraßen ihn auf.

Z. 20. Der Gipfel des Baumes = Gleichnis für den Geist; die untern Zweige für den Körper.

Z. 33. ätherisch = hier nicht zart, durchsichtig, sondern ätherblau.

S. 90. Z. 15. Demosthenes = berühmter Redner. Als politischer Volksredner agitiert er für die Unabhängigkeit Athens gegen die mazedonischen Einigungsbestrebungen. Muß vor den mazedonischen Herrschern (Alexander, Antipater) fliehen. Tötet sich im Poseidontempel zu Kalaurea durch Gift, um der Verhaftung zu entgehen.

Z. 22. Phantom = hier die leichten verschleierten Umrisse. Olympion = Tempel des olympischen Zeus, südöstlich von der Burg von Athen. Erst durch Hadrian vollendet.

S. 91. Z. 16. Pisistratus = Tyrann von Athen um 605. Hipparch ist der Sohn des Pisistratus; teilt sich mit seinem Bruder in die Herrschaft nach des Vaters Tode 527.

Z. 23. Lazedämon = griechische Landschaft im Peloponnes mit der Hauptstadt Sparta.

Z. 25. Lykurg = Gesetzgeber der Spartaner und Schöpfer einer Verfassung.

S. 92. Z. 4. Theseus = der eigentliche Nationalheld der Jonier.

Z. 15. so von ihm euch unterscheide = sich in Gegensatz zu euch setze.

S. 93. Z. 27. Drako = gibt Athen Gesetze, deren Härte sprichwörtlich geworden.

Z. 37. Anspielung auf die Geburt der Minerva aus dem Haupte ihres Vaters Zeus, der seine erste Gemahlin Metis, als sie noch mit der M. schwanger war, verschlungen hatte. Hephästus spaltet das

Haupt des Gottes, und mit Schlachtruf und in voller Rüstung entspringt die neugeborne Göttin dem Haupte.

S. 94. Z. 16. Heraklit = griechischer Philosoph. Sein Werk „über die Natur" war auch wegen seiner Schwerverständlichkeit berühmt.

Z. 42. Isis, „ein schauerhaft Rätsel" = ägyptische Göttin der Fruchtbarkeit; dargestellt mit Kuhhörnern und einer Hieroglyphe auf dem Kopfe. Ihr Kult bestand in der Feier der Isismysterien.

S. 95. Z. 7ff. Der Gegensatz von Verstand und Vernunft ist hier ganz im Sinne der Kantischen Philosophie zu verstehen. Der Verstand ist die reine schematische Denktätigkeit, Logik; die Vernunft ist das Vermögen, über diese an Empfindungen gebundene Denktätigkeit hinaus höchste Begriffe (Gott, Welt, Seele) aufzustellen.

S. 96. Z. 8. Lykabettus = schön geformter, steiler Felshügel, unmittelbar vor Athen (vom Meere kommend), mit prächtiger Aussicht über die Attische Ebene.

Z. 16. Parthenon = der bedeutendste, der Athena geweihte Tempel auf der Akropolis (Oberstadt, Feste, Burg) von Athen.

Z. 17. Reich des Neptun = das Meer.

Z. 18. Die Akropolis umfaßte außer dem Athene-Tempel auch die Kapelle des Poseidon und andere Heiligtümer.

Z. 19. Die beredte Agora = der Marktplatz, auf dem das öffentliche Leben der sehr redefreudigen und redegewandten Athener sich abspielte. — Garten des Akademos = ein nach einem alten Nationalheros Akademos benannter Platz, 2 km nordwestlich von Athen, der von Hipparch (s. Anm. zu S. 91. Z. 16) mit einer Mauer umgeben und zu einem Gymnasium (Platz für gymnastische Zwecke) bestimmt war. Später durch Anlagen verschönert und mit vielen Altären und Heiligtümern der Athene geschmückt. Lieblingsaufenthalt des Plato. Dieser kaufte dann einen Garten in der Nähe, auf den der Name Akademie überging.

Z. 26. Hymettus = ein schon im Altertum wegen seines blaugrauen Marmors berühmter Bergrücken nordöstl. von Athen. — Pentele = Pentelikon, ein einziger langgestreckter Gebirgsrücken nordöstlich von Athen. Der an der Südseite gebrochene „pentelische" Marmor, im Altertum wie noch heute berühmt.

Z. 28. Anspielung auf den Reichtum und die Vollkommenheit der plastischen Kunst in Athen.

Z. 38. Sunium = Vorgebirge der Südspitze von Attika mit einem Tempel der Athene.

Z. 40. Stadium = die Rennbahn, in welcher die Wettläufe und sonstigen gymnastischen Wettkämpfe bei öffentlichen Festspielen veranstaltet wurden.

S. 97. Z. 12. Die Schnitter = die Eroberer und die Sammler.

Z. 31. Das alte Bacchustheater = das Theater von Athen im heiligen Bezirk des Dionysos am südöstlichen Fuße der Burg.

Z. 31. Der Theseustempel = ein herrlicher Tempelbau auf einer Anhöhe oberhalb der Agora, noch jetzt gut erhalten. Fälschlich früher als ein Heiligtum des Theseus betrachtet; wahrscheinlich wurden hier Hephästus und Athene gemeinsam verehrt.

S. 97. Z. 33. das alte Tor = das alte Athen bedeckte nur die obere Fläche des steilen Felsenhügels, der dann als Akropolis ausgebaut und berühmt wurde; erst allmählich siedelte die Bevölkerung sich am Fuße des Berges an. Hier der älteste Markt, gerade dem Burgtor gegenüber.

S. 98. Z. 3. Anekdotenhafte Erzählung von der Kleopatra, der bekannten ägyptischen Königin, die zuerst Cäsars, dann Antonius' Geliebte war und sich durch den Biß einer Natter tötete, um Oktavians Rache zu entgehen.

Z. 10f. Die große Plünderung des Parthenon durch Lord Elgin fand erst nach dem Erscheinen des Hyperion statt.

Z. 23. Angele = eine kleine Ortschaft vor Athen, die als Vorstadt betrachtet wird.

S. 99. Z. 32. Albaner = ein Volksstamm in der europ. Türkei, Griechenland und Süditalien. Erscheinen schon im Altertum als Bewohner des Berglandes von Illyrien.

Drittes Buch (S. 102).

Motto: Nie geboren zu werden, ist weit das Beste. Doch wenn du lebst,
Ist das Zweite, dich schnell dahin wieder zu wenden, woher du
kamst.

S. 103. Z. 20f. Im Jahre 1770.

Z. 21. Archipelagus = die zu Griechenland gehörigen Inselgruppen zwischen Griechenland und Kleinasien.

Z. 23. Euphrat = der bedeutendste Strom Vorderasiens; mit seinem Bruderstrom, dem Tigris, umschließt er das Grenzgebiet des türkischen Reiches gegen Persien.

Z. 25. = mir war jeder Tag verleidet.

Z. 28. Koron = bis zu den griechischen Freiheitskriegen stark befestigt; heute verfallen. Liegt an der Stelle des altgriechischen Asine auf einem Vorgebirge des Golfs von Messenien. — Misitra = Schloß mit Stadt in der Nähe des alten Sparta.

S. 104. Z. 14. Harmodius (siehe oben Anm. zu S. 79. Z. 17) verbarg sein Schwert unter Myrtenreisern, als er sich anschickte, den Tyrannen zu erstechen.

Z. 27. einen Atlas = das Atlasgebirge. Nach der Sage trug Herkules für den Riesen Atlas das Atlasgebirge, auf dem die Welt ruhte.

Z. 34. Der Olymp = die Wohnung der Götter.

Z. 38. Nur in Übereinstimmung mit seiner pantheistischen Weltanschauung ist es, daß Hölderlin die Herrschaft des Schönen als die „Gottesherrschaft", „Theokratie", bezeichnet.

S. 105. Z. 19. Siegesbote von Marathon = berühmte Gestalt der griechischen Geschichte und Kunst; bringt die Botschaft des Sieges nach Athen und bricht dann tot zusammen.

S. 106. Z. 29. Die Rosse des Phöbus = Phöbus, der Sonnengott, fuhr der griechischen Mythologie zufolge den Sonnenwagen mit feurigen Rossen über das Himmelsgewölbe.

S. 107. Z. 24. „uns" ihrer = verbessert aus „sich" ihrer.

S. 107. Z. 26. Agis = Agis II., edler König von Sparta, wollte die Lykurgsche Verfassung wiederherstellen, wurde aber 211 v. Chr. von den Volksvertretern ins Gefängnis geworfen und mit seiner Mutter und Großmutter getötet. — Kleomenes = Kleomenes III., der Nachfolger des Agis, führte dessen Plan aus, wurde nach glänzender Regierung von den Mazedoniern vertrieben, gab sich schließlich im Gefängnis selbst den Tod. Die Erinnerung an das Schicksal dieser Könige ist bedeutsam in dem Augenblick, wo Hölderlin auf eine ähnlich groß gedachte Mission der Volksbeglückung, die an der Unreife des Volkes scheitern soll, ausgeht.

Z. 28. Prometheus, der das Geschlecht der Menschen vor dem Untergange rettet und ihnen vom Himmel das Feuer bringt. Zur Strafe wird er an einen Felsen geschmiedet und von einem Adler, der seine stets nachwachsende Leber zerfleischt, gepeinigt. Auch dieser Hinweis ist bedeutsam.

S. 108. Z. 41. Der Abschied zerreißt mit Gewalt die lebendigen Beziehungen zwischen den Freunden, daher Gefühl des Todes.

S. 110. Z. 7. Siehe zur Ergänzung unten S. 225, Z. 5 ff.

Z. 25. Epidaurische Berge = die gebirgige Halbinsel des Peloponnes, Kalaurea gegenüber am Saronischen Meerbusen.

Z. 27. mein Stadium = die Rennbahn, d. h. der Süden der Halbinsel des Peloponnes, wo der Krieg sich voraussichtlich abspielen sollte.

Z. 28. Alpheus und Eurotas = die bedeutendsten Flüsse des Peloponnes.

S. 111. Z. 9. Dodonas Hain = der älteste Sitz des pelasgischen Zeuskultus mit einem hochberühmten Orakel, welches von einem heiligen Eichbaum ausging, in dessen Rauschen man die Stimme des Gottes selbst zu vernehmen glaubte.

Z. 13. Pelopidas = Thebaner; befreite seine Vaterstadt mit großer Tapferkeit unter der größten Lebensgefahr von der Gewaltherrschaft der von den Spartanern unterstützten Oligarchen. Siegte unter Epaminondas, der sein Freund war, in offenen Schlachten und erwarb Theben später als Feldherr eine hohe Machtstellung im Peloponnes. Er fiel in der Schlacht bei Kynoskephalä 364.

S. 113. Z. 22. dem Nordpol = den Russen.

S. 114. Z. 4. Wettlauf zu Nemea = in Nemea feierte man alle vier Jahre eines der großen Nationalfeste der Hellenen.

Z. 7. Pantheon = das Hochheilige. Das P. in Rom ist ein von Agrippa erbauter Kultraum, in dessen sieben Nischen Götterbilder standen.

S. 116. Z. 1. Phöbusauge = Sonnenauge; groß glänzendes Auge.

Z. 4. lockt' = lockt, anstatt sofort Besitz zu ergreifen.

S. 117. Z. 1. Modon = starke Festung bis zu ihrer Zerstörung im griechischen Freiheitskriege; liegt auf einem Vorgebirge der südwestl. Küste des Peloponnes in Messenien.

S. 118. Z. 19. Panazee = Panacea, d. i. die Allesheilende. Eine Personifikation der Heilkunst. Heilmittel für alle Krankheiten.

S. 119. Z. 25. Marathon, Thermopylä, Platea = berühmte Siege der Griechen gegen die Perser. — In dem Engpaß von Thermopylä (480) leistete Leonidas den Persern mit einer kleinen Schar Griechen heldenhaften Widerstand. — Die Schlacht von Platää endete den ersten Perserkrieg (479) mit der vollständigen Niederlage der Perser.

S. 121. Z. 5. Lazedämon = griechische Landschaft mit der Hauptstadt Sparta.

Z. 35. Tripolissa = Hauptstadt von Arkadien auf der Ebene von Matinea und Tegea. Lebhaftester Markt des binnenländischen Peloponnes.

S. 124. Z. 38. Polyxena, die Tochter des Priamos und der Hekabe, wurde von Achilles geliebt und später auf seinem Grabe geopfert, als den zur Rückkehr sich anschickenden Hellenen Achilles' Geist erschien und Polyxena forderte.

Viertes Buch. S. 126. Z. 9. Tschesme = richtig Tscheschme, Hafenplatz an der Westküste von Kleinasien, der Insel Chios gegenüber. — In der Seeschlacht von Tsch. im Jahre 1770 (24. Juni) errangen die Russen unter Alexej Orlow einen glänzenden Sieg; zwei Tage später gelang es ihnen, die ganze türkische Flotte, die sich in die enge, seichte Bucht von Tsch. zurückgezogen hatte, in Brand zu stecken und zu vernichten.

Z. 29. Paros = eine der bedeutendsten Inseln der Gruppe der Zykladen.

S. 130. Z. 32. So im kleinsten Punkt = in so konzentriertester Weise.

S. 131. Z. 22. noch — noch = weder — noch.

S. 136. Z. 36. Kaperschiff = ursprünglich holländische Schiffe, die zum „Kap" fuhren, um gegen Spanien zu freibeutern. Zu Hölderlins Zeiten Privatschiffe, die sich in den Dienst einer kriegführenden Macht stellten, um den feindlichen Seehandel zu schädigen und unerlaubten Seehandelsbetrieb neutraler Mächte mit dem Feinde zu verhindern.

S. 144. Z. 7. Ich setzte das erste „in" ein, welches in allen Ausgaben fehlt, was aber doch wohl auf das übernehmen eines Druckfehlers zurückgeht.

Z. 24. Ich verbesserte ebenso das „dein" aus „mein" der vorhergehenden Ausgaben.

S. 145. Z. 4. = über das Stückwerk erhoben.

S. 147. Z. 20. = Anspielung auf die Sage von Adonis, dem schönen Liebling der Aphrodite, der, auf der Jagd von einem Eber getötet, von der Göttin schmerzlich beweint wurde, und dem sie schließlich in die Unterwelt folgte, wo sie vom Gott der Schatten seine zeitweilige Rückkehr in die Oberwelt erlangte.

Z. 27. Prokrustes = eine Figur der Theseussage. Beiname für den Räuber Polypemon in Attika, der kleine Leute in ein großes Bett legte und sie ausreckte, bis sie in das Bett paßten, und mit großen Leuten in der von Hyperion beschriebenen Weise verfuhr. Theseus bringt ihn auf dieselbe Weise um, wie er seine Opfer getötet hat.

S. 149. Z. 8. Odipus hat, ohne seine Eltern zu kennen, seinen

Vater erschlagen und seine Mutter geheiratet. Als er seine Taten in ihrer wahren Gestalt sieht, sticht er sich aus Verzweiflung die Augen aus und irrt ruhelos, von seiner Tochter Antigone begleitet, in Attika umher, bis er schließlich im Haine der Eumeniden Ruhe findet und von dort auf geheimnisvolle Weise dem Erdkreis entrückt wird.

Z. 13. = zu verdorben, um das Glück eines künstlerisch-heiteren Lebens je zu genießen.

S. 150. Z. 27. = in den früheren Ausgaben für das erste „sie" doch wohl versehentlich „sich" gesetzt.

S. 151. Z. 10. wehe dem! = wer sie versteht, der hat Ähnliches auch in sich erlebt und ist wie sie unglücklich.

Z. 11. Proteus war — nach Homer — ein der Weis-sagung kundiger Meergreis, der die Gabe hatte, sich in alle Gestalten zu verwandeln. Proteuskünste = die Kunst des Dichters, seine Seele unter den verschiedensten Kunstformen und Kunstwerken zum Ausdruck zu bringen.

S. 152. Z. 15 ff. = die Neckargegend.

S. 154. Z. 10. = Die Tränen um dich sind unverständig. Sie müßten versiegen vor dieser Erkenntnis.

Z. 11. reißt = zerreißt.

Nachlese zum Hyperion.

I. Das Thalia-Fragment.

S. 157. Z. 1—5 = der Zustand natürlicher Zufriedenheit. Der Mensch kennt kein Bedürfnis, das die ihn umgebende Natur und er selbst nicht sofort zu befriedigen vermöchten. Seine Kräfte sind weder über-mäßig angespannt noch müßig, sondern in einfacher, befriedigender Tätig-keit. Dies ist der Zustand der Kindheit. Einen derartigen Zustand hielten die großen Führer der Deutschen im Anfange des vorigen Jahrhunderts aber fast allgemein zugleich auch für den Urzustand der Menschen, und man glaubte die höchste Vollendung dieser natürlichen Harmonie in dem Leben der alten Griechen zu erblicken.

Z. 6—8 ist der auf die Kindheit folgende Zustand des Men-schen. Die innere Entwicklung der geistigen Kräfte und Bedürfnisse ist so weit fortgeschritten, daß die einfältige Natur nicht mehr zur Befriedi-gung und zur Betätigung genügt. Ein höheres Ziel der Harmonie er-scheint jetzt vor dem Auge des Menschen als Ideal. Dieses würde erreicht sein, wenn der Mensch alle in ihm lebenden und treibenden Kräfte so weit entwickelt hätte, daß sie untereinander ein vollständig harmonisches, vollkommenes Ganzes ausmachen würden, so daß den gesteigerten geistigen Bedürfnissen durchaus die gesteigerte geistige Kraft entsprechen würde, und somit vollständige Befriedigung des Menschen durch sich selbst er-reicht wäre. Nach diesem Ziel ringt, ohne es zu erreichen, der sich ent-wickelnde Mensch. Es ist dies aber auch zugleich das Ziel, nach dem das ganze Geschlecht ringt. Es ist das Ziel der menschlichen Bildung.

S. 157. Z. 8—12. Der Weg zwischen den beiden Ruhepunkten alles menschlichen Lebens, der kindlichen, einfältigen Harmonie und der durch die höchste Bildung erlangten vollendeten idealen Harmonie, ist im wesentlichen sowohl für den einzelnen wie für das ganze Geschlecht der gleiche, obgleich die Bahn an und für sich reich ist an außerordentlichen („exzentrischen") Steigungen und Senkungen, und obgleich jeder einzelne sich zu diesem „Wesentlichen" in verschiedene Beziehung bringt.

Z. 13—14. Einige von diesen verschiedenen Richtungen, die nach dem Wesentlichen (harmonischer Ausbildung des ganzen Menschen) zielen, soll der Roman „Hyperion" darstellen und in ihrem Wert und ihrer Bedeutung beleuchten.

Z. 15—16. Der Mensch möchte gern genießend sich alles aneignen („in allem sein"); er möchte auch alles denkend überblicken („über allem sein").

Z. 16. Loyola = Gründer des Jesuitenordens.

S. 158. Vor Z. 1. Zante = Hauptstadt der Insel Zante an der Ostküste von Griechenland.

Z. 4. Anspielung auf den Mythus, den Pindar zuerst überliefert (Pyth. 2, 21—89): Ixion war in Liebe zu Hera entbrannt. Zeus führt ihm ihre Gestalt im Trugbild entgegen. Ixion, der Hera zu umarmen gedenkt, umarmt Wolken.

Z. 5. „Mittelbinge von Etwas und Nichts" = ein Wort ist ein Hauch, ein Nichts, aber es bedeutet „Etwas".

S. 160. Z. 5. Chierwein = der im Altertum schon berühmte Wein der Insel Chios.

Z. 8. = Das konnte die in ihm lebendig strebenden geistigen Kräfte nicht vom Untergang (aus Mangel an Gelegenheit zur Betätigung) retten.

Z. 25. Äonen = Zeitalter, Lebensalter, auch Ewigkeiten; — unsers Pflanzenlebens = eines Lebens, in dem nur der vegetierende, und nicht der geistige Mensch, zu seinem Rechte kommt.

Z. 27. = seine Verwandtschaft mit allen Lebenden und seinen göttlichen Ursprung.

Z. 29. Reliquie = Ruine; — aus himmlischer Phantasie hervorgegangen = von großen Künstlern geschaffen.

Z. 31. Das meiste verblaßte in der Erinnerung.

S. 161. Z. 22 f. Paktol und Tmolus = Paktol ist ein Fluß, der auf dem Tmolusgebirge in Kleinasien entspringt.

Z. 33. Sappho = griechische Dichterin, von den Griechen als „10. Muse" gefeiert. Von den griechischen Komikern verspottet, von Alcäus besungen. Sage ist die Geschichte ihres Todes, wonach sie sich aus unglücklicher Liebe zu Phaon vom Leukadischen Felsen ins Meer gestürzt habe. — Alcäus und Anakreon = griechische Dichter.

Z. 34. Homers Grab zu Nio.

Z. 41. Dädalus = mythischer Repräsentant der ältesten griechischen Kunst, besonders der Holzschnitzerei. Homer verlegt seine Tätigkeit nach Kreta. Altertümliche Holzbilder galten in ganz Griechenland als Werke des Dädalus.

S. 162. Z. 1. Pausanias = griechischer Schriftsteller; schrieb zwischen 160—180 einen Bericht über seine Reisen in Griechenland, in dem er die Kunstwerke, die er gesehen oder von denen er gehört hat, besonders nach Alter und mythologischen Beziehungen berücksichtigt.

Z. 8. Phalanx der Sparter = eine bevorzugte Schlachtordnung der Spartaner: eine Aufstellung in länglichem Viereck (besonders des schweren Fußvolkes).

Z. 37. Vor dem ersten „und" ist wohl ein „vor" ausgelassen.

S. 163. Vor Z. 23. Pyrgo = Hauptstadt von Achaia.

Z. 32—34. = Darum komme ich nicht zur inneren Ruhe, weil ich mich bestimmt fühle, mit meinem endlichen, beschränkten Geist das unendliche All erkennend und liebend zu umfassen.

S. 164. Z. 27. Ergänze hinter Heilige „ihrer Gedanken und Worte".

Z. 39 f. = Einöde des Korax.

S. 165. Z. 9. Ajax Mastigophorus = Tragödie des Sophokles, die das Ende des Ajax behandelt: Ajax tötete sich selbst im Wahnsinn darüber, daß in seinem Streite mit Odysseus um die Waffen des Achilles diesem die Waffen zufielen.

S. 168. Z. 2. Tinioten = Einwohner der Insel Tina (f. o. Anm. zu S. 45. Z. 2). In den späteren Fassungen des Romans ist Hyperion selbst ein Tiniote.

Z. 6. die äolische Küste = der nördliche Teil der Westküste von Kleinasien.

Z. 24. Mäonide = Homer, Sohn des Mäon oder aus Mäonien (Lydien) gebürtig.

S. 169. Z. 8. Rhapsodien = das von einem Rhapsoden (berufsmäßig Vortragenden) vorgetragene Gedicht. In der Ilias und Odyssee werden die einzelnen Bücher als Rh. bezeichnet.

Z. 10. Nänie = Trauerlied oder Klagegesang.

Z. 24. Das Opfern der Locken = war ein Totenopfer bei den Griechen.

S. 170. Z. 22. Skamander = Hauptfluß der Ebene von Troja, jetzt Menderes genannt, spielt eine Rolle in der Homerischen Ilias.

Z. 23. Ida = das Gebirge im südlichen Teil der Landschaft Troas.

Z. 34. Priesterin zu Dodona = in Dodona, dem berühmten Heiligtum des Zeus, weissagten Frauen aus dem Rauschen der Wipfel des heiligen Eichbaumes und eines unter demselben entspringenden Quells.

S. 171. Vor Z. 38. Kastri = Burg, häufiger Ortsname in Griechenland.

S. 172. Z. 1. Antilochus = der jüngste, aber einer der tapfersten unter den Helden vor Troja. Sohn des Nestor. — Ajax Telamon = Sohn des Telamon, f. Anm. zu S. 67. Z. 1 und zu S. 165. Z. 9.

Z. 16. sigäische Vorgebirge = Vorgebirge am südlichen Eingang des Hellespont mit gleichnamiger Stadt.

Z. 17. Tenedos und Lesbos = zwei Inseln an der ätolischen Küste von Kleinasien.

S. 172. Z. 20. = die nach den griechischen Helden benannten Sternbilder.

Z. 26. Pagus = der die Stadt beherrschende Berg mit der Akropolis, der verfallenen Burg von Smyrna.

Z. 31. der Inbat (nicht Jubat, wie es fälschlich hieß, bis Wirth, Ztschr. für den deutschen Unterricht IX, 375, die richtige Benennung feststellte) = imbatto, ein Seewind, der die Glut des griechischen Sommers mildert.

S. 174. Vor Z. 1. Cithäron = rauher, einförmiger Gebirgszug im Süden der griechischen Landschaft Böotien. Sein höchster Gipfel ist dem Zeus geheiligt.

II. Der Ich-Roman: Hyperions Jugend.

S. 175—182 ist zuerst veröffentlicht von A. Sauer. Archiv für Lit. u. Gesch. XIII, 380ff., aus dem Nachlaß der Stuttg. Bibliothek. S. 182. Z. 7 bis S. 203 ist die sogenannte „erste Diotimafassung“, die B. Litzmann zuerst in seiner Ausgabe der „Werke“ veröffentlichte. Das Manuskript besteht von S. 182. Z. 7 bis S. 191. Z. 2 in zwei ineinandergelegten Quartdoppelblättern aus dem Hamelschen Nachlaß; von S. 191. Z. 3 bis S. 192. Z. 12 (Abend) in einem Quartblatt der Stuttgarter Bibliothek. Von S. 192. Z. 12 (Leer) bis S. 193. Z. 18 in einem Quartblatt im Besitze Erich Schmidts. Von da bis S. 203 in zwei Quartdoppelblättern des Hamelschen Nachlasses.

S. 175. Z. 8—10. Kampf gegen die Sinnenwelt um des Kampfes und Sieges willen ist die Lehre der Kantschen rigoristischen Ethik.

Z. 11f. Kampf, „um den regellosen Kräften, die des Menschen Brust bewegen, die schöne Einigkeit mitzuteilen“, ist Schillers ästhetische Ethik, die im Begriff der „schönen Seele“ gipfelt. Die „schöne Seele“ ist das Ideal, das Hölderlin in den Einführungsworten zum Thaliafragment aufstellt. Eine schöne Seele hat der Mensch, in dem Sinnen- und Geisteskräfte so durchaus gebildet sind, daß sie ein harmonisches Ganzes darstellen, der Kampf also von selbst in der Erfüllung seines Zweckes aufhört.

Z. 12—15. = Wäre die Natur so etwas durchaus anderes als der Geist, so könnte sie sich nicht durch den Geist bilden lassen; so könnte der Geist nicht sich durch die Natur offenbaren. (Im Wort, das bewegte Luft ist, im Kunstwerk, das geformter Stein ist, usw.)

S. 176. Z. 21—36. „Das Maß ist grenzenlos, woran der Geist des Menschen die Dinge mißt, und so soll es sein! wir sollen es rein und heilig bewahren, das Ideal von allem“ usw. = Der Geist des Menschen will überall bis in die Unendlichkeit vordringen und fordert von allen Dingen ideale Vollkommenheit. Dies ist berechtigt, nur darf er bei diesem Vordringen und Fordern nicht die Ruhe und Geduld verlieren. Er muß sich mit seinen Erfolgen, die sich dem Ziele nur nähern, ohne es zu erreichen, begnügen und darf nicht mißmutig stehen bleiben. Er darf auch nicht blind auf das Ziel losstürmen und darüber das Einzelne, Endliche in seinem Wert unterschätzen und die Natur, die ihm Mittel zum Zweck ist, verachten und vernichten wollen.

S. 176. Z. 38—42. (Derselbe Gedanke wie S. 175. Z. 12—15). Der Geist ist nichts grundsätzlich Verschiedenes von der Natur.

S. 177. Z. 7—9. Es ist uns Bedürfnis, der Natur eine Seele, die der unseren verwandt ist, unterzulegen.

Z. 10—12. In dem Gefühl, daß wir nur ein Teil des Alls sind und nur einen Teil des Ganzen verstehen, liegt schon der Glaube an ein größeres Ganzes, als wir selbst sind. Deshalb fängt aller Glaube an mit dem Gefühl der persönlichen Endlichkeit und Beschränktheit.

Z. 16 nach „Zeit" = zu ergänzen: falls ich zu lange reden sollte.

Z. 16—21. Das Entstehen der Liebe in poetisch-mythischer Darstellung. Ausdrücklich weist Hölderlin in den „Vorstufen zum Ich-Roman" dabei auf Platons Mythos vom Eros hin, der hier in wundervoller Vertiefung mit der neuen Philosophie des modernen Idealismus verschmolzen wird: Die Liebe ist die Tochter des Himmels und der Erde. Sie entsteht am Anfang der Welt in dem Augenblick, wo der unendliche, göttliche Geist sich in die Menschenform verkörpert. Der platonische Mythus vom Eros findet sich im Symposion. Er lautet: „Als nämlich Aphrodite geboren war, schmauseten die Götter und unter den übrigen auch Poros, der Sohn der Metis. [Poros ist die Verkörperung des Überflusses.] Als sie nun abgespeist, kam, um sich was zu erbetteln, da es doch festlich herging, auch Penia und stand an der Tür. Poros, berauscht vom Nektar, denn Wein gab es noch nicht, ging in den Garten des Zeus hinaus, und schwer und müde, wie er war, schlief er ein. Penia aber, die ihrer Dürftigkeit wegen den Anschlag faßte, ein Kind mit Poros zu erzeugen, legte sich zu ihm und empfing den Eros. Deshalb ist auch Eros der Aphrodite Begleiter und Diener geworden wegen seiner Empfängnis an ihrem Geburtsfest, und weil er von Natur ein Liebhaber des Schönen ist. Als des Poros und der Penia Sohn aber befindet sich Eros in solcherlei Umständen. Zuerst ist er immer arm und bei weitem nicht schön, wie die meisten glauben, vielmehr rauh, unansehnlich, unbeschuht, ohne Behausung, auf dem Boden immer umherliegend, und unbedeckt schläft er vor den Türen und auf den Straßen im Freien und ist, der Natur seiner Mutter gemäß, immer der Dürftigkeit Genosse. Und nach seinem Vater wiederum stellt er dem Guten und Schönen nach, ist tapfer, keck und rüstig, ein gewaltiger Jäger, allezeit irgend Ränke schmiedend, nach Einsicht strebend, sinnreich, sein ganzes Leben lang philosophierend, ein arger Zauberer, Giftmischer und Sophist, und weder wie ein Sterblicher noch wie ein Unsterblicher geartet, bald an demselben Tage blühend und gedeihend, wenn es ihm gut geht, bald auch hinsterbend, doch aber wieder auflebend nach seines Vaters Natur. Was er sich aber schafft, geht ihm immer wieder fort, so daß Eros nie weder arm ist noch reich und auch zwischen Weisheit und Unverstand immer in der Mitte steht." (Schleiermachers Übersetzung des Symposion 203 B.) (Den Nachweis der Stelle verdanke ich Zinkernagel.)

Z. 21—41. Fortsetzung und Ausführung des Gedankens von der Mensch- und Weltwerdung des Geistes im Sinne der Fichteschen Philosophie. Der unendliche Geist (das Ich) schafft sich aus sich selbst

den Widerstand, die Welt, um sich an ihm seinem aktiven Wesen gemäß
zu betätigen.

S. 178. Z. 1—6. Der Mensch ist also zugleich freier Geist und in
sich selbst beschränkter Geist. Als freier Geist strebt er über alle Schranken,
unbedürftig und überreich; als beschränkter Geist bedarf er allenthalben
der Ergänzung durch andere und durch die Natur. Zwischen diesen beiden
Trieben im Menschen schafft die Liebe das Gleichgewicht.

Z. 7—18. (Wiederaufgreifen des Gedankens von S. 175.
Z. 12 ff. Im Dienst des hohen, freien Geistes steht die Pflichterfüllung,
aber durch die Liebe zur Natur kann auch diese dem höheren Streben dienstbar gemacht werden; denn auch sie ist Geist in beschränkter Form. Das
warme Gefühl und Temperament („feurig Herz"), die Phantasie, die
Schönheit sind solche Hilfsmittel, die zwar aus der begrenzten Menschlichkeit geboren, doch auch im Dienst der Wahrheit und Pflicht stehen. —
Z. 15. bestürme nicht = verjage nicht.

S. 179. Z. 19. hinter „erscheinen" ergänze: weil er selbst nur ein
Teil ist und also auch nur einen Teil fassen und begreifen kann.

Z. 23. Das Mangellose = das Vollkommene.

Z. 24. hinter „aufzunehmen" ergänze: weil unser Bewußtsein nur ein beschränktes Teilbewußtsein ist.

Z. 25 f. = Was bliebe, wenn wir die Natur in ihrer ganzen
Vollkommenheit als reinen Geist erkannt hätten?

Z. 34—39. Wer sich seinen natürlichen Trieben schwach
überläßt.

S. 180. Z. 8—10. Unser menschliches Schicksal ist gegeben durch die
uns beschränkende oder beglückende Natur. Aber richten wir uns nur nach
ihren Lockungen und Versagungen, ohne in geistiger Freiheit nach geistigen Zwecken unser Leben zu gestalten, so kann von einem „Schicksal"
im höheren Sinne nicht mehr die Rede sein; die Natur spielt dann mit
uns, und wir sind willenloses Spielzeug.

Z. 9. Sirene = mythologische, singende Wesen, die den
Wanderer erst mit ihrem Gesange anlocken und dann töten.

S. 181. Z. 28. Zugrunde liegt der Gedanke, daß häufiges Erzählen
eines schönen Erlebnisses dieses allmählich für die Erinnerung trivialisiert; daß man sich leer spricht, indem man seine Empfindungen, in
Worte gefaßt, den andern mitteilt. — Mutterpfennige der Natur = die
Erlebnisse, von denen wir (wie von dem Gelde der Mutter auf einer Reise)
leben und zehren sollen während der ganzen Lebensreise, die uns für die
Not des Lebens entschädigen sollen. — Sie sind in ungangbarer Prägung
= sie lassen sich nicht mit den Worten des Alltags ausdrücken, damit wir
sie nicht wie kleine Münze im täglichen Gebrauch ausgeben, d. h. so viel
davon reden, daß ihre Erinnerung uns nicht mehr kräftig in den Stürmen
des Lebens trösten kann.

Z. 31. Bogen des Friedens = Regenbogen.

S. 182. Z. 9. Hier beginnt der II. Teil des Fragments, der als
Diotimafassung von Litzmann bezeichnet war. — Aristides = einer der
zehn Anführer in der Schlacht bei Marathon, bestimmte die Heerführer,
Miltiades den Oberbefehl anzuvertraun.

S. 182. Z. 27. Xerxes ließ den Hellespont peitschen, weil ihm die Brücke, die er darüber hatte schlagen lassen, vom Sturme zerbrochen worden war. Hyperion ist hier mit dem Ozean verglichen, die kleinen Tadler mit dem armen Perser.

S. 184. Z. 6. Plutarch = griechischer Schriftsteller.

S. 186. Z. 24. Die kleine Wunde ist mit dem schwächsten Kinde verglichen; der Stärkere, der vorgearbeitet hat, sind die eigenen Gedanken und das unbefriedigte Sehnen des Hyperion.

S. 187. Z. 31. Hinter „vollendet sein" ergänze: sondern es kann nur in ewigem Fortschritt annähernd erreicht werden.

S. 188. Z. 5. San Nicolo = kleiner Ort auf der Insel Tina (Tenos).

Z. 24. zephirlichen = vielleicht zephirleichten; = leicht und anmutig wie die Zephirwinde.

Z. 26. Ronnecatanz = bei Litzmann Konnekatanz. Dies verbessert von Zinkernagel nach der Handschrift. „Gemeint ist zweifellos der neugriechische Nationaltanz, die ‚Romaica‘" (Zinkernagel).

S. 189. Z. 11. Der entfesselte Geist wird zum Gott = dies ein Grundgedanke von Hölderlins Leben und Wirken; der Gedanke, auf den der Empedokles aufbaut. Fessellos und unbeschränkt ist der Mensch in den Augenblicken der dichterischen Begeisterung, wenn ihn das „Gefühl der Vollendung" über alle Schranken seiner an den endlichen Körper gebundenen Existenz hebt. Siehe: Grund zum Empedokles.

Z. 20. = Wo nicht die Furcht vor dem Kriege Mauern um das offene Land bauen läßt.

Z. 26. = Unmut, dessen Grund man nicht nennen kann.

Z. 32. Hölderlin denkt hier an Schillers Worte in „Die Künstler":

„Was erst, nachdem Jahrtausende verflossen,
Die alternde Vernunft erfand,
Lag im Symbol des Schönen und des Großen,
Vorausgeoffenbart dem kindischen Verstand.

— — — — — — — — — — — — —

Was wir als Schönheit hier empfunden,
Wird einst als Wahrheit uns entgegengehn."

Im Bilde der Geliebten empfindet Hölderlin die Gewalt der Schönheit. Und die Schönheit zeigt ihm im Bilde die Harmonie und Einheit des Alls, die wir in der Erkenntnis als Wahrheit zu fassen uns bemühen.

S. 190. Z. 27. Fest der Panagia = das Fest der griechischen Madonna. Auf der Insel Tenos (Tina) ist eine Kirche der Panagia Evangelistria mit einem wundertätigen Marienbild.

S. 191. Z. 10. Kohorte der Thebaner = In der Schlacht bei den Thermopylen schlug das kleine Häuflein der Thebaner die Perser.

Z. 11. Phalanx der Sparter: besondere Schlachtordnung der Spartaner: Aufstellung im Viereck. — Dion = Freund und Schüler des Plato, der durch Platos Lehren den Thyrann von Syrakus zur Ver-

besserung seines Staatswesens führen wollte; mußte fliehen, kehrte an
der Spitze eines Heeres zurück, war siegreich; fiel aber durch die Hand
eines verräterischen Freundes.

S. 191. Z. 41. Ägide = der von Hephästus geschmiedete Schild.
Zeichen der Obhut der Götter. Die Münze soll wohl bedeuten: kämpfe
mit den Waffen deines Geistes (Athene, die Lanze werfend), die Gottheit wird dich schützen (Ägide); und Segen und Gedeihen sollen dein
Lohn sein (Palmbaum).

S. 192. Z. 2f. Die Anspielung auf Delos und Cynthus mag sich
auf die am Schlusse des III. Kapitels erzählte Begebenheit beziehen. Delos
liegt Tenos (Tina) gegenüber: Siehe S. 183 „Wir fuhren zurück nach
Tina." Der Berg Cynthus mit dem Tempel des Apollo erhebt sich in
der Mitte der Insel. In der endgültigen Fassung (S. 41) wird ausführlich eine Begebenheit erzählt, die noch mehr den Apollokopf als Symbol
und Zeichen der Erinnerung rechtfertigt, als dies im Fragment geschieht.

S. 196. Z. 20. Die Ältesten = die Presbyter der griechisch-römi-
schen Kirche. Priester, welche die zwei ersten Weihen empfangen haben.
        Z. 43. Korsar = Seeräuber.

S. 198. Z. 2. Schweigte = zum Schweigen brachte.

S. 199. Z. 36. Das Mein! und Dein! bei einem Verlöbnis.

III. Vorstufen zum Ich-Roman.

(Für textliche Erklärung f. Anm. zum Ich-Roman.)

Zuerst veröffentlicht von Zinkernagel nach einem Foliodoppelblatt der
Stuttgarter Landesbibliothek: Cod. poet. et phil., fol. 63, fasc. 3,
Nr. 11a. Es ist ein stark durchkorrigiertes Konzeptblatt; die metrische
Fassung steht rechts; die prosaische links. Zinkernagel druckt den Text
in diplomatisch getreuem Abbruck mit sämtlichen Strichen und Korrek-
turen. Ich habe die sich aus den Korrekturen ergebende letzte Fassung des
Fragmentes zum Abbruck gebracht.

Die prosaische Fassung: Hierzu auf die andere Seite hinüber-
geschrieben der Zusatz: „Zürnend fordert' ich oft von dem Schicksal die
ursprüngliche Freiheit unseres Wesens zurück."

S. 205. Z. 1. Das „er" ist (wohl aus Versehen!) im Manuskript
gestrichen.
        Z. 28. „Je grenzenloser" gleichfalls.
        Z. 38. „unserer" gleichfalls.

Die metrische Fassung.

S. 210. Z. 2—3. „zu haben" = im Manuskript nicht am Schluß
von Zeile 2, sondern 3.

S. 211. Z. 5. „Vater" im Manuskript wohl versehentlich gestrichen.

        Z. 18. = im Manuskript gestrichen und hinter Z. 19
stehend. Des Sinnes wegen konnte ich diese notwendigen Worte, obgleich
sie gestrichen sind, nicht im Text auslassen.

IV. Bruchstücke,

die als Glieder zwischen der endgültigen Fassung und den früheren
Fassungen zu betrachten sind (S. 214 f.).

1. Mitgeteilt zum erstenmal nach den Manuskripten (Reinschrift) der
Homburger Stadtbibliothek von Litzmann.

2. (Reinschrift) mitgeteilt von Zinkernagel. Stuttgarter Landesbibliothek (Cod. poet. et phil., fol. 63, fasc. 3).

3. Von Zinkernagel nach dem Manuskript der Homburger Stadtbibliothek.

4. Von Zinkernagel nach dem Manuskript der Stuttgarter Landesbibliothek (Cod. poet. et phil., fol. 63, fasc. 3, Nr. 1).

5. Mitgeteilt von Zinkernagel aus Seite 29—31 eines Quarthefts
der Homburger Stadtbibliothek.

Bruchstück 1. = eine Parallelszene zu Alabandas Zerwürfnis mit
Hyperion. Al. heißt hier Adamas. Vgl. S. 58 f.

S. 216. Z. 3. Ajax des Sophokles = Trauerspiel des Sophokles.
S. Anm. zu S. 165. Z. 9.

Z. 8. Argiver = die Bewohner von Argolis; ihr Name
wird wegen der bedeutenden Rolle, die sie unter ihrem Könige Agamemnon im Trojanischen Kriege spielen, bei Homer öfter zur Bezeichnung
der Griechen überhaupt gebraucht. — Skamander = Fluß von Troja.

S. 219, Nr. 3, siehe Anmerk. für Seite 185 ff.

Z. 14. Der Gegensatz von Vernunft und Verstand ist auch
hier im Kantschen Sinne zu verstehen. Die Vernunft ist die Fähigkeit,
höchste Einheitsbegriffe (Gott, Welt, Unsterblichkeit, Seele) zu bilden;
der Verstand ist die Fähigkeit zur logischen Konstruktion.

S. 222. Z. 18. Es scheint, als habe in dieser Fassung Hyperion
vorher von einem Schiffbruch berichtet. Vielleicht, daß der Mensch, der
ihn aufhob, dann Alabanda — Adamas — war, der ihn nun verlassen hat. Allerdings könnte die Stelle auch symbolisch gemeint sein.

Z. 27. Die Toten = Hyperion fühlt sich geistig tot.

Z. 36. In der Liebe erschien dem Hyperion die Gottheit
und entflammte sein Herz so, daß es nun ohne die Gegenwart der
Liebe nicht mehr zu existieren vermag.

S. 224. Z. 5. Zugrunde liegt wieder der Gedanke Hölderlins, daß
der Mensch in den Augenblicken der Begeisterung zeitlos, ewig, göttlich ist.

S. 225. Z. 19. Anstatt überzogen im Manuskript „übe" (gestrichen!), „nimmt".

Anmerkungen zu Teil 3.

Der Tod des Empedokles.

Die erste Szene des I. Aktes ist im Manuskript nur im Bleistift-Brouillon vorhanden. Unmittelbar daran schließt sich die hier unter-drückte Parallelszene zu Akt I, 2 (siehe Nachlese I). Ich vermute, daß diese zwei Szenen späteren Datums sind; daß Hölderlins Drama ursprüng-lich mit Akt I, Szene 2 begann; dafür spricht auch die Tatsache, daß in der Reinschrift diese Szene: Erster Akt; erster Auftritt überschrieben ist. Eine eingehende philologische Untersuchung und Datierung, die auch auf Böhmes neuere Anordnung des Empedokles-Fragmentes näher einginge, kann ich an dieser Stelle wegen Mangel an Raum nicht bringen.

S. 29. Z. 6. Spiele in Olympia = die berühmten Wettspiele der Griechen.

S. 30. Z. 6. Schon dämmerte der Tag vor mir = schon ent-schwand mir mein Lebenslicht.

Z. 7—8. = ein Bild des krankhaften Dämmerzustandes.

Z. 11—12. kämpfend Leben = die Krankheit begriffen als ein gegenseitiger Kampf der Einzelkräfte des menschlichen Organismus.

S. 31. Z. 7. ihre Schatten = bei Litzmann „seine" Schatten.

Z. 8. wo er sich schöner findet = Empedokles' Seele, die das All umfaßt, findet ein schöneres Abbild ihrer selbst in dem stillen Leben der Pflanzen, als in dem geräuschvollen Leben der Menschen.

Z. 18. Jovis = Zeus, Jupiter.

Z. 29. Angedenken = Anschauung im Denken, im Geist; künstlerische Anschauung.

Z. 36 ff. = Wer das Modell zu der Antigone in der Tragödie des Sophokles gewesen sein könnte.

S. 32. Z. 33 f. = Der Tag gleicht ihm in der frischesten Morgen-stunde.

S. 33. Z. 1. Die Erkenntnis unseres Selbst suchen wir vergeb-lich. Was wir erkennen und finden (d. i. Empedokles, den Panthea er-kannt hat), ist von uns verschieden.

S. 33. Z. 28—31. Sie sahen sich mit allem anderen in eine göttliche Einheit verwandelt und, weil sie in sich selbst das Unsterbliche erkannten, beugten sie nicht mehr demütig das Haupt.

S. 34. Z. 2. Olymp = Himmel.

Z. 4—5. Anspielung auf die Prometheus-Sage.

Z. 17. Irrgestirn = Komet.

Z. 31. irrt = irritiert, irreführt.

S. 35. Z. 9. Er spricht besser als die Götter durch Priestermund.

Z. 25. Agore = Marktplatz.

S. 36. Z. 2—4. In mir, in meiner Kraft und Seele, vereinigt sich Sterbliches und Göttliches.

Z. 5. Hinter „umfangen" ist zu verstehen „seit ich lehre".

Z. 8. „wach ist's" = es wird hell in ihrem Geiste.

S. 38. Z. 42. Ins Auge muß es sie treffen = es muß sie treffen, wie ein Schlag ins Auge, der sie blind macht; d. i. sie dürfen überhaupt nicht klar sehen, um was es sich handelt.

S. 39. Z. 25—26. Den teuern Betrug = den Irrtum einsehen, der ihnen so teuer ist, nämlich den Glauben, daß Empedokles mehr als ein bloßer Sterblicher sei.

Z. 34. irrer Geist = Geist, der an sich selbst irre geworden ist.

S. 40. Z. 37. „Sich" = verbessert v. Hsg. für „Sie" in den früheren Ausgaben, das keinen Sinn gibt und auch dem Gedankengange nicht entspricht: Empedokles hat das Leben der andern mitgefühlt und ist dabei sich selbst wie das Herz einer Welt vorgekommen.

S. 41. Z. 2. im scheuen Tartarus = in der lichtlosen Unterwelt.

Z. 3—5. Eins = seine eigene Menschen- und Dichterkraft. Ich erinnere für diese ganze Seite an die Einleitung, die an der Hand des „Grund zum Empedokles" diese Stimmung des Empedokles ausführlich erklärt: Die Eigentätigkeit des begrenzten Ich setzt stark ein, das große Ganze „Objektive" schnellt davor bis zur Unbegreiflichkeit zurück. Vgl. auch die Stelle aus dem Thalia-Fragment des Hyperion: „wie ein Lebendigbegrabener sträubt sich mein Geist gegen die Finsternis, worin er gefesselt ist".

Z. 31. Anspielung auf die Sage von Saturn und Jupiter, nach der Jupiter und sein Geschlecht seinen Vater Saturn mit seiner alten Götterschar vom Throne stößt und sich selbst zum höchsten Gotte macht.

Z. 35. Die Anrede ist nicht mehr an Saturn, sondern an Empedokles' eigene Brust gerichtet.

S. 42. Z. 4. die delphische Krone = die Abzeichen des gotterfüllten Sehers.

Z. 6. Der kahle Seher = der Seher, der aller Offenbarung bar ist.

Z. 39. Endymion wurde von der Luna, der Göttin des Mondes, die ihn liebte, mit Küssen geweckt.

S. 45. Z. 14. Der reinen Tage kundig = in Erkenntnis des unschuldigen reinen Lebens der jugendlichen Menschheit.

S. 45. Z. 15. Und dir lag das ganze Schicksal offen = du erkanntest aus dem Vergangenen und Gegenwärtigen das Schicksal der Menschheit.

Z. 18. reihn = einfügen.

Z. 22—37. = bittere Selbstverhöhnung.

S. 47. Z. 16—17. Wie reife Früchte genosset ihr, was ich aus dem Reichtum meines Geistes euch mitteilte. Doch hat mein Geist auch Gebiete, von denen er euch nichts mitteilen will und kann („nicht alles reift für euch“).

S. 48. Z. 2. In meiner kindlichen Furcht vor den Priestern lag die Ahnung, daß sie den freien göttlichen Geist in Fesseln, Dogmen, in einen schematischen Gottesdienst zwängen wollen: („Bereden möchtet zu gemeinem Dienst“.)

Z. 29. eurer Not = von den dürftigen Angelegenheiten, die euch bewegen.

S. 49. Z. 1. den Geist = seinen Geist.

Z. 30. Poseidaon = Poseidon, der Meeresgott.

S. 52. Z. 13. Die heitern Genien = die vom Genius erleuchteten, heiteren Jünglinge.

Z. 22. Die Sünde löschten usw. („die“ betont) = die Sünde, den jungen Pausanias mit Fluch in die Verbannung zu senden.

Z. 34. Harpyien = mythische Wesen von räuberhafter Natur, mit geflügeltem Frauenrumpf und Geierkrallen.

S. 53. Z. 14. = indem er sich zu Pausanias wendet: „komme, Sohn“, usw.

Z. 16. Wieder zum Volk.

Z. 17. Ihr Namenlosen = Ihr, ohne Ruhm.

Z. 18. langsamen Tods = Empedokles versteht darunter ein Leben des Alltags ohne lebendige Gemeinschaft mit dem Göttlichen.

Z. 21. einer = ein Wolf, d. i. ein beutegieriger Eroberer.

Z. 23. Es stehet dürr das Land = vielleicht: es „stehe“, oder man muß sich Empedokles als plötzlich erfüllt von einer Vision denken; er sieht die Zukunft Agrigents vor sich.

S. 54. Z. 17. für ihn = für Pausanias.

Z. 30. Zu verstehn ist: ich sei gestorben, und es rede usw.

S. 55. Z. 4. Kennest du sie nicht = verstehst du ihr Wesen nicht, weißt du ihren Wert nicht zu schätzen.

Z. 19. begibt = bequemt, versteht sich dazu.

Z. 21. die Barbaren = die Söhne Agrigents.

Z. 27. Elis = Hauptstadt der gleichnamigen Provinz, eine der vier Städte, in denen die berühmten griechischen Wettspiele stattfanden. Delos = Insel des Agäischen Meeres mit einem Heiligtum des Apollo.

Z. 29f. Die Haine von Elis wie die von Delos waren angefüllt mit Götterbildern, den Statuen der Heroen und der Sieger im Wettspiel.

S. 56. Z. 1. Daß er den Schatten sie entführe = ihrem Traumleben, in dem die Schatten der toten Heroen ihre Gesellschaft ausmachen.

Z. 28. Wie bittest du = Selbstverständlich!

S. 56. Z. 41. Der alte Tor = so schilt Empedokles sich selbst.

S. 57. Z. 1. denn er ist = als er jetzt ist.

S. 58. Z. 1—5. Vor „Hinweg“ steht bei Litzmann ein Punkt. Ich setzte dort ein Komma ein, weil der ganze Satz Fragekonstruktion hat, und weil es wohl „hinwegringen“ heißen muß, wenn — wie mir richtig scheint — Empedokles seinen Zustand mit jenem Traumzustand vergleicht, in dem wir uns von einer Stelle fortbewegen wollen und unsere Glieder bei aller Anstrengung uns den Dienst zu versagen scheinen.

Z. 3. als wären wir es nimmer = als kennten wir uns nicht, als sei jeder von uns ein anderer, Unbekannter geworden.

Z. 24. Er bleibt es doch = Er bleibt doch er selbst, unverändert, trotz des Fluches.

Am Schluß der 7. Szene folgen bei Litzmann in Parenthese die Worte, die Hölderlin in der Handschrift gestrichen hat:

> Ach meine Götter! im Stadium lenkt’ ich den Wagen
> Einst unbekümmert auf rauchendem Rad und gewann’s.
> So möcht’ ich bald zu euch zurück, ist gleich
> Die Eile gefährlich.

S. 60. Z. 35 f. Und zog das ungereifte Leben An goldnen Seilen freundlich zu sich auf = Anspielung auf Empedokles’ Bestrebungen, das unreife Volk zu höheren Erkenntnissen zu führen.

S. 61. Z. 13. = Ich weiß, daß er vor seinem Untergang steht.

S. 62. Z. 8. allverdächtig = allen verdächtig.

Z. 27. Jovis = Zeus.

Zweiter Akt. S. 63. Z. 4 = Denkst du auch, daß

S. 64. Z. 26. harte = abgehärtete.

S. 66. Z. 1 f. Schon ist es anders = ich fühle mich verwandelt.

Z. 2. Ihr Gütigen = Anrede, gerichtet an die Genien der Natur, d. i. an die wunderbaren, heilenden Kräfte, die Empedokles plötzlich wieder in sich und um sich fühlt.

Z. 2—3. Ihr geht voraus, und eh’ ich komme, seid ihr da = ich fühle eure Einheitlichkeit mit dem All. Ihr wirkt schon jetzt segnend im innigen Einklang mit der Natur. In diesen Einklang werde auch ich kommen durch den in mir beschlossenen freiwilligen Tod.

Z. 4 u. 5. Und blühen soll es, eh’ es reift = ehe ich mich im Tode dahingebe, will ich erst noch einmal in voller Begeisterung von der großen Einheit der menschlichen Seele mit der alleinigen Gottheit reden: Es ist der vielfach von Hölderlin ausgesprochene Gedanke, daß in den Worten der Menschen der allbeseelende Geist der Welt seine Blüten treibt.

Z. 11. ein heimatlicher Schatte = eine liebe Erinnerung zum freundlichen Gesprächsthema.

Z. 15 u. 16. am schönen Augenblick das liebe Herz so oft gesättigt = so manchen schönen Augenblick miteinander genossen.

S. 67. Z. 10. Ich hab’s verdient = ironisch gesprochen; siehe Fragment S. 100. Z. 31.

S. 67. B. 14. Nänie = Trauerlied, Klagegesang. Empedokles spricht ironisch.

B. 18 u. 19. schändlich verriet ein Tag von meinen Tagen mich = die vorübergehende Stimmung eines Tages hat mich an mir selbst und der hohen Bestimmung meines Lebens irre werden lassen.

B. 20. hinunter soll's = ich will es vergessen.

B. 28. ist = wird.

S. 68. B. 5. Und eines hilft = Nur eines hilft für alles, das ist: der Tod.

B. 14. so mache dir's nicht eigen = versuche nicht, dieses mein Schicksal zu dem deinen zu machen.

S. 69. B. 21. Ich setzte das Kolon für ein Komma. Hinter Tag für Tag ist „sollte ich" zu supponieren.

B. 24. Unbegrabne Schatten = Anspielung auf den griechischen Totenglauben, wonach die Schatten oder Seelen ruhelos auf Erden umherirren, bis der Leichnam begraben ist.

S. 70. B. 4. Damit es dich zum Acheron geleite = womit ich dich in die Hölle, die Unterwelt verdamme. (Acheron der Strom der Unterwelt.)

B. 13—14. Mit deiner Schmach das Angesicht mir übertünchtest = Selbstüberschätzung und Gotteslästerung sind die schmachvollen Fehler des Priesters, dieser Sünden hatte er Empedokles beschuldigt und deshalb ihm geflucht.

B. 18 u. 19. schüttete mit diesem Blut dich aus = ich befreite mich davon durch den Tod.

B. 9. „Mann" hier als Gegenbild zu „Heldenkind", vgl. S. 70, V. 43.

B. 35. Ein beliebtes Bild Hölderlins, für den die Zeit der alten Götterwelt, des Saturnus und der Titanen, die goldene Zeit der Freiheit und der Natur war, während die neue Welt unter Zeus' Herrschaft die des Gesetzes und der Kunst ist. Vgl. das Gedicht „Saturn und Jupiter — Natur und Kunst". I, S. 126.

B. 36. der Hohe = Empedokles.

S. 72. B. 11. Tartarus = Unterwelt.

B. 15. götterfrei = frei wie Götter; frei und göttlich (nicht: frei von Göttern!).

B. 17. uns verging = wir vergaßen.

B. 31. Gilt denn alles gleich = kann nichts dich umstimmen?

B. 35. Numa = Numa Pompilius; in der sagenhaften Urgeschichte Roms dessen zweiter König. Er wurde aus dem Sabinerlande, wo er als Privatmann lebte, nach Rom zur Herrschaft berufen. Sein Werk ist die friedliche Befestigung des Staates durch Ordnung des Staatswesens und des Kultus.

S. 74. B. 6. eines bleiben = einig bleiben.

B. 34. Beschränkt im Eigentume = beschränkt in ihrer und auf ihre Eigentümlichkeit.

S. 74. Z. 37. hinaus = aus ihrer Eigentümlichkeit heraus, d. i. aus ihrem Leben heraus.

Z. 38. ins Element = in das Grundelement, den Urstoff oder Urzustand.

S. 75. Z. 3. „gebt euch der Natur“ heißt hier nicht: sterbt wie die Pflanze, sondern im Gegenteil: kehrt mit eurem Bewußtsein zur Natur zurück, verjüngt euch wieder, indem ihr alles Gekünstelte von euch abtut. — „eh’ sie euch nimmt“ = ehe ihr sterbt.

Z. 24. Waffenträgern = Kriegern vor der Schlacht.

Z. 25. eigner schöner Welt = eine Welt, die ihr nicht mehr durch die Brille der Traditionen und veralteten Lehren schaut.

Z. 26. gebt das Wort = schließt einen neuen Gesellschaftsvertrag; — teilt das Gut = richtet neue Eigentumsgesetze ein.

Z. 28. Dioskuren = Brüder Kastor und Pollux, die, innigst durch Freundschaft verbunden, alles, sogar ihre Unsterblichkeit, miteinander teilten.

Z. 28 u. 29. jeder sei wie alle = gleiches Recht für alle.

Z. 31. das Gesetz = das neue natürliche Gesetz.

Z. 38. von Herzen nennt = von Herzen liebt man, Erde, dann dich wieder. (Die Liebe verrät sich in der Weise, wie man deinen Namen nennt, Erde.)

S. 76. Z. 5—7. = Ein vielfach bei Hölderlin ausgesprochener Gedanke: alles Tun der Menschen ist ein Geschenk der Sonne.

Z. 10—34. Empedokles beschreibt seinen eigenen Zustand der Unempfänglichkeit und inneren Leere bis zu seiner Heilung und Reife.

Z. 18. Nektar = Götterspeise. Hier die natürlichen Gaben der Erde: Schlaf, Luft, Sonne usw.

Z. 20. Die Brust in ihrer kalten Freude = die Seele, die sich bloß an der Natur erquickt, ist in der Fremde, denn sie verlangt Seelisches. — Niobe = der Sage nach vor Schmerz über den Verlust ihrer Kinder zu Stein erstarrt.

Z. 21—22. der Geist sich kräftiger, denn seine Ruhe fühlt = das erwachende Kraftgefühl des Geistes die Lethargie abschüttelt.

Z. 30. dem Sinne nach wohl zu ergänzen: an dem neuen, wiedererwachten Leben.

S. 77. Z. 3. Und die der Erde tausendfach entkeimen = die Blumen der Erde im Gegensatz zu den Blumen des Himmels. Hinter „entkeimen“ setzte ich Punkt statt Komma.

Z. 7 u. 8. der Augenblick von ihr = der Augenblick, in dem sie sich ganz gegenwärtig gezeigt und der Mensch sich in ihrer Einheit aufgehen fühlte.

Z. 10. Saturnustage = abermals die Betonung der Freiheit und Natur in der alten Götterwelt, der Vergangenheit.

S. 78. Z. 40. Pythia = Priesterin des delphischen Orakels. Am Eingange zum Orakel war eine heilige Quelle.

Z. 41. Die Griechen stellten die meisten Götter als Jünglinge dar.

S. 78. B. 42. Richtet sich an Pausanias.

S. 79. B. 10 u. 11. So gehen wir, die Flücht'gen mit den Flüchtigen, dahin = wir lassen uns durch die Wünsche und Gedanken eines flüchtigen Augenblicks bestimmen, und dadurch werden wir, wie der Augenblick selbst, der Vergänglichkeit preisgegeben.

B. 12—15. Ist das Gegenteil von dem Vorhergehenden: Oft scheint die ganze Vergangenheit einem schöngedachten und wohldurchgeführten Plane zu entsprechen, nur weil die letzte Stunde, in der wir leben, uns so schön dünkt, daß alles andere im Lichte dieser Stunde wie die Vorbereitung auf sie uns vorkommt.

S. 80. B. 4. Empedokles hat zuerst von der göttlichen Natur gesprochen. Das „sie" von B. 4 ab bezieht sich aber auf eine göttliche Mehrzahl; Hölderlin denkt dabei an Götter der Natur.

B. 24. Ich setzte ein Komma nach „Welt".

B. 25. (In dem sie sind) „sie" = Licht und Erde (V. 23) oder die Götter der Natur, von denen oben mit „sie" gesprochen wurde; „dem" bezieht sich auf „Geist der Welt".

S. 81. B. 5. im Liede = in dem Liede der Natur, den Tönen der Natur, in die Empedokles sich auflösen will.

B. 10—12. dem Sinne nach: die Worte fliehen ins Unendliche; auch die gesprochenen Worte sind unvergänglich, denn die Schallwellen geben den Anstoß zu neuen Schwingungen im All, und so mag es sein, daß auch einige der Schwingungen, die durch diese jetzt von Empedokles gesprochenen Worte erregt werden, wiederum einen Regentropfen in seiner Bahn beeinflussen und das Volk dann in dem Murmeln der Quelle, in die dieser fällt, einen Hauch von dem Segen, den Empedokles jetzt spricht, wieder hört. Ihr werdet es nicht wissen, sagt Empedokles, aber ahnend mag euch dann ein stilles Meingedenken die Brust bewegen, denn unendlich und unergründlich mannigfaltig sind die Weisen, in denen die all-eine Natur zu unserm Fühlen spricht.

B. 25. = gehörte denn dein Geist überhaupt unter uns Sterbliche?

S. 82. B. 23. O Sohn Uraniens! = du Sohn des Allgeistes. Urania ist die Personifikation der Harmonie des Weltalls.

B. 41. Flamme = zündende Begeisterung.

S. 83. B. 17. Was hülf' es dir = was für Gutes soll denn für dich in deinem Tode liegen.

B. 32—34. Es gibt kein Vergehen, denn alles ist ein beständiger Fluß, das Sichverändern von einer Form zur andern ist das Natürliche. Das Beharrende allein ist unnatürliche Fesselung der Kräfte.

B. 36. Daß du ihn binden möchtest — daß du versuchen willst, ihn in dieser meiner Menschenform festzuhalten.

B. 38. diese Form, die er ausgewachsen, ist jetzt nur ein Gefängnis für ihn.

S. 85. B. 32. herrlicher jetzt = herrlicher, als sie gewöhnlich ist, erscheint sie jetzt, wo ich Empedokles wieder nahe bin und mir die Schönheit seines Lebens und Sterbens die Freude an der Erde wiedergibt.

S. 86. Z. 13. den Pfad = den Pfad des Selbstmordes.

Z. 42. auf Seinem = auf seiner Eigenart und seinem Entschluß.

S. 88. Z. 12. werden wie die Gebrechlichen = gehen zugrunde an
ihrer Kraft, wie die Gebrechlichen an ihrer Ohnmacht.

Z. 29—31. sind fast wörtlich die Verse, die Litzmann am
Schluß der 7. Szene, Akt 1, als Worte des Empedokles abdruckt, obgleich
sie Hölderlin dort gestrichen hatte.

Nachlese zum Empedokles.

I.

S. 93. Z. 22. Not = Notwendigkeit.

Z. 23—25. Soll wohl heißen: den alten Gebräuchen wird
ein neuer fremder Sinn untergeschoben.

Z. 28. in Eins verloren: alle Tage werden als Fest der
Götter betrachtet, so daß das ganze Leben ein Gottesfest scheint.

Z. 28—30. = Durch die seltsamen dunkeln Reden wird er
ein Unwetter, d. i. eine Volksempörung, über uns herbeiführen.

S. 94. Z. 13. sinnenlose = wo keiner der fünf Sinne Nahrung
findet.

Z. 32. die Flamme = sein heißes Wünschen; — macht sie
freie Bahn = wirft das heiße Wünschen das Alte um und strebt nach einer
neuen Welt.

Z. 37. Wie alles sich verlor = wie alles Alte, Hergebrachte
ein Nichts vor seinem Geiste schien.

Z. 38. so wird er alles wiedernehmen = so will er alles
umschaffen und in neue Formen, die seinem Geiste entsprechen, gießen.

III.

S. 100. Z. 9—12 bezieht sich auf die Tätigkeit des Ätnas mit Rauch-
wolken, Flammen und Donnern.

S. 101. Z. 9. und innig = und das von Grund aus.

S. 102. Z. 30. Wie bist du sicher = wie kannst du dessen sicher
sein.

S. 103. Z. 2. irren = irritieren.

Z. 30—34. Wie die enggeschlossene Knospe aufbricht und
sich aus der knospenhaften Einheit viele Blätter, Staubfäden usw. entwickeln, wie überall das Leben sich entfaltet, indem aus einfachen Formen kompliziertere, reichere werden, so muß auch jedes engeknüpfte
Band zwischen Mensch und Mensch gesprengt werden, um den einzelnen
zu freierer, eigentümlicherer Entwicklung gelangen zu lassen.

Z. 39. Es rauscht usw. = die geheimnisvollen Kräfte des
Universums.

Z. 40. = der ewige Wechsel des Werdens und Vergehens
in der Natur und Menschheit.

S. 103.   B. 41.   den Geist = den Weltgeist.

B. 42.   den alten Vater = Apposition zu Geist.

S. 104.   B. 10—15.   Mein Dichten und Singen war im Vergleich mit euch, ihr großen Harmonien des Weltalls, ein Scherz, ein kindischer Nachahmungsversuch.

S. 105.   B. 7—9.   Heiligtum des Abgrunds usw. = der Tatarus. Die Titanen leben hier nach der griechischen Mythologie in Ketten geschmiedet und bewacht.

B. 12—13.   der Nacht und des Äthers Sohn = du, der du mit den hellsten und dunkelsten Kräften der Natur vertraut bist.

S. 106.   B. 36.   Iris' stiller Bogen = der Regenbogen. Iris = die Personifikation des Regenbogens, eine jungfräuliche Göttin und Botin des Zeus und der Hera.

S. 107.   B. 4.   Tarent = Hauptstadt in Apulien. Im Altertum eine der bedeutendsten altgriechischen Kolonien Unteritaliens.

B. 6.   Dies ein Anachronismus! Plato lebte von 427 bis 347 v. Chr. und ging 388 nach Unteritalien. Empedokles lebte von 495 (oder 490) bis 435 (oder 430); war also gestorben, als Plato geboren wurde.

B. 11.   Ilissus = der Fluß von Athen.

B. 15.   Urania = die Verkörperung des Himmelsgewölbes. Anspielung auf die astronomischen Kenntnisse der alten Ägypter. — „Saitenspiel" und „Töne", gebraucht, um die rhythmische Harmonie der Bewegungen der Gestirne zu bezeichnen.

B. 19.   der Greis = augenscheinlich ein totgeglaubter ägyptischer Lehrer des Empedokles. Sein Erscheinen wird vorbereitet durch die letzten Worte über Ägypten, die Empedokles an Pausanias richtet.

B. 21.   Trugbild = Betrüger.

B. 36.   Lehnt Empedokles den angebotenen guten Rat des Manes von vornherein ab: Ich habe meine innere Stimme, die mich leitet, sagt er.

B. 39—40.   Ja fremde bin ich hier und unter Kindern. Das seid ihr Griechen all! = eine Anspielung auf die Worte Platos (Timäus 22 B).

S. 108.   B. 10.   Richtest mir mein heilig Recht = behandelst das, was mein Recht ist, als sei es eine Schuld.

B. 13 bis S. 109. B. 9.   Wir verstehen diese Stelle wohl am besten, wenn wir dabei das Verhältnis Johannes des Täufers zu Christus ins Auge fassen. Johannes der Täufer, der den Messias, den Erlöser prophezeit, zweifelt doch an ihm im Gefängnis und läßt Christus fragen: Bist du, der da kommen soll? Manes wiederholt auch hier eine alte, von ihm längst gesprochene Prophezeiung eines Erlösers und schließt mit der zweifelnden Frage an Empedokles: „Bist du der Mann?"

B. 27.   „aus Licht und Nacht geboren" = S. 105. B. 12 u. 13 hatte Pausanias Empedokles „der Nacht und des Äthers Sohn" genannt.

B. 28—35.   Charakterisiert das Zeitalter des Empedokles.

S. 108. Z. 31. Der Herr der Zeit = der Zeitgeist. Vgl. das Gedicht „Der Zeitgeist" Teil I, S. 126.

S. 109. Z. 1. Der heil'ge Lebensgeist gefesselt bleibe = der Allgeist (Gott) nur in den alten traditionellen Formen erkannt werde.

Z. 2—8. Vergessen über ihm usw. = daß man über dem
Erlöser den Gott der Welt vergißt. Im Gegensatz zu der Lehre des
Christentums wird der von dem Ägypter geweissagte Erlöser nicht getötet, sondern er zerbricht sich selbst, damit durch reine Hand der Reine
seinen notwendigen Tod empfängt.

Z. 13—15. Empedokles lehnt es ab, zum mystisch = dunkeln Messias sich gestempelt zu sehen.

Z. 18 bis S. 110. Z. 19. Er erzählt sein Leben und seines
Geistes Streben; er ist nicht ein dunkler, göttlicher Messias, sondern ein
lichtschauender, menschlich=offener und empfänglicher Dichter und Volks-
beglücker.

Z. 18—19. Wußte nicht usw. = Ich sah kaum, was um mich
her vorging.

Z. 21. die großen Gestalten dieser Welt = die großen,
majestätischen Vorgänge in der Natur.

Z. 30. der Geist [löst sich] im Wort = das, was der dichtende Knabe fühlend erschaut, die große Schönheit des Allgeistes, der
Weltseele, wird in ihm zum Worte, zum Gedicht.

Z. 30 f. Im Bilde sich, im seligen, des Lebens Rätsel löste
= das, was ihn als Lebens Rätsel quälte, weil es unaussprechlich ist,
wird seiner Phantasie im Bilde klar. Seine Worte versagen, es direkt
auszudrücken, aber in Bildern kann er davon reden.

S. 110. Z. 9. der goldenen Zeit = der besseren Vergangenheit.

Z. 10. des hellen, kräft'gen Morgens eingedenk = der besseren Zukunft hoffend.

Z. 42. die dunkle Mutter = die Erde.

S. 111. Z. 1. der Herrscher = der Äther, pantheistisch als Allgeist gedacht.

Z. 8. da ich begann = da ich geboren ward.

Z. 9. Ihr fern=entwerfenden = die ihr schon von Anfang mir mein Endschicksal bestimmt hattet.

Anmerkungen zu Teil 4.

Die Trauerspiele des Sophokles.

Anmerkungen zu den Übersetzungen zu geben, ist überflüssig. Der beste Kommentar ist ein genaues Vergleichen derselben mit irgendeiner anderen Übersetzung des Sophokles, wobei sowohl die große Schönheit und Eigenart, als auch die Schwächen und Ungenauigkeiten von Hölderlins Übersetzung unmittelbar klar werden.

Als Druckfehler des Originaltextes betrachtete ich und verbesserte:

Ödipus, der Thrann.

V. 10. „welcher Weise" aus „welcher Weiser".
V. 251. „sei's" aus „sei".
V. 362. „wider Willn" aus „wider Willen".
V. 409. „zugleich" aus „sogleich".
V. 793. „solch ein Los mir" aus „mir solch ein Los".
V. 1059. „gewalt'gen Schimpf" aus „gewaltigen Schimpf".
V. 1185. das Komma hinter „nicht", anstatt vor „nicht".
V. 1195. „Gab" aus „Gibt".

Antigonä.

V. 323. „lebend" aus „leben".
V. 979. „die" aus „der".
V. 1155. „nehmt" aus „nimmt".
V. 1281. „Arme" aus „Armer".

Theoretische Schriften.

Ich verbesserte:

„Anmerkungen zum Ödipus".

S. 108. Z. 12. „an den" aus „andern".
S. 113. Z. 27. „des Dramas" aus „das Drama".

Auch die theoretischen Schriften lasse ich ohne Anmerkungen, weil solche einen größeren Umfang benötigen würden, als im Rahmen dieser Ausgabe statthaft ist. Der „Grund zum Empedokles" würde zufriedenstellend nur in einer größeren Abhandlung über Hölderlins Philosophie interpretiert werden können. Zu den „Anmerkungen zum Ödipus" und zur „Antigonä" wären, infolge der schon darin sehr bemerkbaren geistigen Verwirrung, genaue Untersuchungen und Diskussionen notwendig. Anmerkungen von Zeile zu Zeile würden zum großen Teil nur Konjekturen bieten können.

Ich gebe deshalb an Stelle solcher Anmerkungen Teile aus Hölderlins Briefen, in welchen er sich I. über seine Kunstauffassung ausführlich ausspricht; II. ähnliche oder gleiche Gedankengänge wie die in den Anmerkungen verfolgt, ehe noch die Krankheit seine Ausdrucksweise verwirrte; III. eine Stelle aus Bettine von Arnims Roman: „Die Günderode", die sowohl für die Erläuterung der sprach-philosophischen Gedanken im „Grund zum Empedokles" als für die „Anmerkungen zum Ödipus" und zur „Antigonä" wichtig ist. Bettine benutzte für diese Stelle Aufzeichnungen Sinclairs über seine Gespräche mit Hölderlin.

Briefe.

Am 1. Januar 1799 schreibt Hölderlin an seinen Bruder:

„Man hat schon so viel gesagt über den Einfluß der schönen Künste auf die Bildung der Menschen, aber es kam immer heraus, als wär' es keinem Ernst damit, und das war natürlich, denn sie dachten nicht, was die Kunst, und besonders die Poesie, ihrer Natur nach ist. Man hielt sich bloß an ihre anspruchslose Außenseite, die freilich von ihrem Wesen unzertrennlich ist, aber nichts weniger als den ganzen Charakter derselben ausmacht; man nahm sie für Spiel, weil sie in der bescheidenen Gestalt des Spiels erscheint, und so konnte sich auch vernünftigerweise keine andre Wirkung von ihr ergeben, als die des Spiels, nämlich Zerstreuung, beinahe gerade das Gegenteil von dem, was sie wirket, wo sie in ihrer wahren Natur vorhanden ist. Denn alsdann sammelt sich der Mensch bei ihr, und sie gibt ihm Ruhe, nicht die leere, sondern die lebendige Ruhe, wo alle Kräfte regsam sind und nur wegen ihrer innigen Harmonie nicht als tätig erkannt werden. Sie nähert die Menschen und bringt sie zusammen, nicht wie das Spiel, wo sie nur dadurch vereiniget sind, daß jeder sich vergißt und die lebendige Eigentümlichkeit von keinem zum Vorschein kommt." —

„Ich will nun sehen," schreibt er nach ein paar Tagen weiter, „ob ich noch etwas von dem, was ich Dir neulich über Poesie sagen wollte, herausbringen kann. Nicht wie das Spiel vereinige die Poesie die Menschen, sagt' ich; sie vereinigt sie nämlich, wenn sie echt ist und echt wirkt, mit all dem mannigfachen Leid und Glück und Streben und Hoffen und Fürchten, mit all ihren Meinungen und Fehlern, all ihren Tugenden und Ideen, mit allem Großen und Kleinen, das unter ihnen ist, immer mehr zu einem lebendigen tausendfach gegliederten innigen Ganzen, denn eben dies soll die Poesie selber sein, und wie die Ursache, so die Wirkung. Nicht wahr, Lieber, so eine Panazee könnten

die Deutschen wohl brauchen, auch nach der politischen philosophischen
Kur; denn alles andre abgerechnet, so hat die philosophisch-politische Bildung schon in sich selbst die Inkonvenienz, daß sie zwar die Menschen zu
den wesentlichen, unumgänglich notwendigen Verhältnissen, zu Pflicht
und Recht, zusammenknüpft, aber wie viel ist dann zur Menschenharmonie
noch übrig? Der nach optischen Regeln gezeichnete Vor- und Hintergrund
ist noch lange nicht die Landschaft, die sich neben das lebendige Werk der
Natur allenfalls stellen möchte. Aber die besten unter den Deutschen
meinen meist noch immer, wenn nur erst die Welt hübsch symmetrisch
wäre, so wäre alles geschehen. O Griechenland, mit deiner Genialität
und deiner Frömmigkeit, wo bist du hingekommen? Auch ich, mit allem
guten Willen, tappe mit meinem Tun und Denken diesen einzigen Menschen in der Welt nur nach und bin in dem, was ich treibe und sage, oft
nur um so ungeschickter und ungereimter, weil ich wie die Gänse mit
platten Füßen im modernen Wasser stehe und unmächtig zum griechischen
Himmel emporflügle. Nimm mir das Gleichnis nicht übel."

Am 4. Juni an den Bruder:

„Du siehest, Lieber, daß ich Dir das Paradoxon aufgestellt habe, daß
der Kunst- und Bildungstrieb mit allen seinen Modifikationen und Ab-
arten ein eigentlicher Dienst sei, den die Menschen der Natur erweisen.
Aber wir sind schon lange darin einig, daß alle die irrenden Ströme der
menschlichen Tätigkeit in den Ozean der Natur laufen, so wie sie von ihm
ausgehen. Und eben diesen Weg, den die Menschen größtenteils blindlings, oft mit Unmut und Widerwillen und nur zu oft auf gemeine unedle
Art gehen, diesen Weg ihnen zu zeigen, daß sie ihn mit offenen Augen und
mit Freudigkeit und Adel gehen, das ist das Geschäft der Philosophie, der
schönen Kunst, der Religion, die selbst auch aus jenem Triebe hervorgehen.
Die Philosophie bringt jenen Trieb zum Bewußtsein, zeigt ihm sein
unendliches Objekt im Ideal und stärkt und läutert ihn durch dieses.
Die schöne Kunst stellt jenem Triebe sein unendliches Objekt
in einem lebendigen Bilde, in einer dargestellten, höheren
Welt dar. Und die Religion lehrt ihn jene höhere Welt gerade da,
wo er sie sucht und schaffen will, d. h. in der Natur, in seiner eigenen und
in der rings umgebenden Welt, wie eine verborgene Anlage, wie einen
Geist, der entfaltet sein will, ahnden und glauben.

Philosophie und schöne Kunst und Religion, diese Priesterinnen der
Natur, wirken demnach zunächst auf den Menschen, sind zunächst für
diesen da, und nur, indem sie seiner reellen Tätigkeit, die unmittelbar auf
die Natur wirkt, die edle Richtung und Kraft und Freude geben, wirken
auch jene auf die Natur und wirken mittelbar auf sie reell. Auch dieses
wirken jene drei, besonders die Religion, daß sich der Mensch, dem die
Natur zum Stoffe seiner Tätigkeit sich hingibt, den sie als ein mächtig
Triebrad in ihrer unendlichen Organisation enthält, daß er sich nicht
als Meister und Herr derselben dünke und sich in aller seiner Kunst und
Tätigkeit bescheiden und fromm vor dem Geiste der Natur beuge, den
er in sich trägt, den er um sich hat, und der ihm Stoff und Kräfte gibt;
denn die Kunst und Tätigkeit der Menschen, soviel sie schon getan hat und
tun kann, kann doch Lebendiges nicht hervorbringen, den Urstoff, den sie

umwandelt, bearbeitet, nicht selbst erschaffen, sie kann die schaffende Kraft entwickeln, aber die Kraft selbst ist ewig und nicht der Menschenhände Werk."

An Neuffer den 3. Juli 1799.

„Ich will Dir bei Gelegenheit, wenn es Dich interessieren sollte, einiges über die Methode und Manier sagen, in der ich die „Emilie" geschrieben habe.

Es ist mir gar nicht um den Schein des Neuen dabei zu tun; aber ich fühle und sehe immer mehr, wie wir zwischen den beiden Extremen, der Regellosigkeit — und der blinden Unterwerfung unter alte Formen und der damit verbundenen Gezwungenheit und falschen Anwendung, schwanken. Glaube deswegen nicht, Lieber! daß ich willkürlich mir eine eigene Form vorsetze und ausklügle: ich prüfe mein Gefühl, das mich auf dieses oder jenes führt, und frage mich wohl, ob eine Form, die ich wähle, dem Ideal und besonders dem Stoffe, den sie behandelt, nicht widerspreche. Freilich kann ich dann im allgemeinen recht haben, aber in der Ausführung um so leichter in Mißtritte geraten, weil ich nur mir selber folge und mich an kein sinnlich Muster halten kann. Aber es ist eben keine andere Wahl; so wie wir irgendeinen Stoff behandeln, der nur ein wenig modern ist, so müssen wir, nach meiner Überzeugung, die alten klassischen Formen verlassen, die so innig ihrem Stoff angepaßt sind, daß sie für keinen andern taugen. Wir sind es nun freilich gewohnt, daß z. B. eine Liebesgeschichte, die nichts weiter ist als dies, in der Form des Trauerspiels vorgetragen wird, die doch bei den Alten ihrem innern Ganzen nach und in ihrem heroischen Dialog zu einer eigentlichen Liebesgeschichte gar nicht paßt. Behält man den heroischen Dialog bei, so ist es immer, als ob die Liebenden zankten. Verläßt man ihn, so widerspricht der Ton der eigentlichen Form des Trauerspiels, die dann auch freilich überhaupt nicht strenge beibehalten wird, aber deswegen auch ihren eigentümlichen poetischen Wert und ihre Bedeutung bei uns verloren hat. Man will aber auch nur rührende, erschütternde Stellen und Situationen, um die Bedeutung und den Eindruck des Ganzen bekümmern sich die Verfasser und das Publikum selten. Und so ist die strengste aller poetischen Formen, die ganz dahin eingerichtet ist, um ohne irgendeinen Schmuck fast in lauter großen Tönen, wo jeder ein eignes Ganze ist, harmonisch wechselnd fortzuschreiten, und in dieser stolzen Verleugnung des Akzidentellen das Ideal eines lebendigen Ganzen so kurz und zugleich so vollständig und gehaltreich wie möglich, deswegen deutlicher, aber auch ernster, als alle andren bekannten poetischen Formen darstellt — die ehrwürdige tragische Form ist zum Mittel herabgewürdigt worden, um gelegenheitlich etwas Glänzendes oder Zärtliches zu sagen. Was könnte man aber auch mit ihr anfangen, wenn man den Stoff nicht wählte, zu dem sie paßte, und mit welchem gepaart sie Sinn und Leben allein behielt. Sie war tot geworden, wie alle andren Formen, wenn sie die lebendige Seele verloren, der sie wie ein organischer Gliederbau dienten, aus der sie sich ursprünglich hervorbildeten, wie z. B. die republikanische Form in unseren Reichsstädten tot und sinnlos geworden ist, weil die Menschen nicht so sind, daß sie ihrer bedürften, um wenig zu sagen.

So wie nun die tragischen Stoffe gemacht sind, um in lauter großen, selbständigen Tönen harmonisch fortzuschreiten und mit möglichster Ersparnis des Akzidentellen ein Ganzes voll kräftiger, bedeutender Teile darzustellen, so sind die sentimentalen Stoffe z. B. die Liebe ganz dazu geeignet, zwar nicht in großen und stolzen, festen Tönen und mit entscheidender Verleugnung des Akzidentellen, aber mit dieser zarten Scheue des Akzidentellen und in tiefen, vollen, elegisch bedeutenden und — durch das Sehnen und Hoffen, das sie ausdrücken — vielsagenden Tönen harmonisch wechselnd fortzuschreiten und das Ideal eines lebendigen Ganzen, zwar nicht mit dieser angestrengten Kraft der Teile und diesem hinreißenden Fortgang, mit dieser schnellen Kürze, aber geflügelt, wie ihre Psyche und Amor ist, und mit inniger Kürze darzustellen, und nun fragt sich nur, in welcher Form sich dieses am leichtesten und natürlichsten und eigentlichsten bewerkstelligen läßt, so daß der schöne Geist der Liebe seine eigene poetische Gestalt und Weise hat."

An Neuffer 4. Dez. 1799:

„Denn, im Vertrauen gesagt, ich finde immer mehr, wie vorteilhaft und wie erleichternd die wahre Erkenntnis der poetischen Formen für die Äußerung des poetischen Geistes und Lebens ist, und ich muß erstaunen, wie wir so umherirren mögen, wenn ich den sichern, durch und durch bestimmten und überdachten Gang der alten Kunstwerke ansehe. Ich will Dir's auch nur gestehen, daß ich ein wenig mit Dir gezürnt habe, über die ziemlich leichten Äußerungen, die Du mich diesen Sommer einmal (bei Gelegenheit der „Emilie") hören ließest in betreff der Poesie! ... Es war nicht wegen der „Emilie" ... es war um der Kunst willen, die Du mir schaltst. Halte mich für einen kalten Theoristen, wenn Du willst. Ich weiß, was ich meine, und bin gänzlich mit Dir einig, wenn Du unsre faden, aus einseitigen Begriffen zusammengeflickten, ästhetischen Kompendien ins Feuer haben willst. Gäbe mir nur ein Gott so viel gute Stimmung und Zeit, daß ich ausrichten könnte, was ich einsehe und fühle."

„Und darum ehr' ich den freien, vorurteilslosen, gründlichen Kunstverstand immer mehr, weil ich ihn für die heilige Ägide halte, die den Genius vor der Vergänglichkeit bewahrt", heißt es in einem Briefe (ohne Datum) an Magenau.

An Schiller 2. Juni 1801:

„Ich habe mich seit Jahren fast ununterbrochen mit der griechischen Literatur beschäftigt. Da ich einmal daran gekommen war, so war es mir nicht möglich, dieses Studium abzubrechen, bis es mir die Freiheit, die es zu Anfang so leicht nimmt, wiedergegeben hatte, und ich glaube imstande zu sein, Jüngern, die sich dafür interessieren, besonders damit nützlich zu werden, daß ich sie vom Dienste des griechischen Buchstabens befreie und ihnen die große Bestimmtheit dieser Schriftsteller als eine Folge ihrer Geistesfülle zu verstehen gebe.

Auch bin ich veranlaßt worden, besonders über die notwendige Gleichheit notwendig verschiedener höchster Prinzipien und reiner Methoden

manches zu denken, was, im ganzen Zusammenhange und mit den rechten
Grenzlinien dargestellt, wohl auch einiges Licht über den Bildungskreis
und die von ihm ausgeschlossenen Gebiete verbreiten könnte."

An einen Ungenannten (Brief ohne Datum):

„Wollen Sie mir eine Stelle bestimmen bei der Beurteilung poetischer Werke, so glaube ich für diese vielleicht zu taugen, da seit einigen
Jahren mein Nachdenken und mein Beobachten fast ausschließlich dahin
gerichtet war.

Das innigere Studium der Griechen hat mir dabei geholfen und mir
statt Freundesumgang gedient, in der Einsamkeit meiner Betrachtungen
nicht zu sicher, noch zu ungewiß zu werden. Übrigens sind die Resultate dieses Studiums, die ich gewonnen habe, ziemlich von andern,
die ich kenne, verschieden. Man hat, wie Ihnen bekannt ist, die
Strenge, womit die hohen Alten die verschiedenen Arten ihrer Dichtung unterschieden, häufig ganz und gar mißkannt oder doch nur an
das Äußerliche derselben sich gehalten, überhaupt ihre Kunst vielmehr für
wohlberechtigtes Vergnügen gehalten als für eine heilige Schicklichkeit, womit sie in göttlichen Dingen verfahren mußten. Das Geistigste mußte
ihnen zugleich das höchste C h a r a k t e r i s t i s c h e sein. So auch die D a r -
s t e l l u n g desselben. Daher die Strenge und Schärfe der F o r m in
ihren Dichtungen, daher die e d l e Gewaltsamkeit, womit sie diese Strenge
beobachteten bei untergeordneten Dichtungsarten, daher die Zartheit, womit sie das Hauptcharakteristische vermieden bei höheren Dichtungsarten,
eben weil das Höchstcharakteristische nichts Fremdes, Außerwesentliches,
darum keine Spur von Zwang in sich enthält. So stellten sie das Göttliche menschlich dar, doch immer mit Vermeidung des eigentlichen Men-
schenmaßes, natürlicherweise, weil die Dichtkunst, die in ihrem ganzen
Wesen, in ihrem Enthusiasmus wie in ihrer Bescheidenheit und Nüch-
ternheit, ein heiterer Gottesdienst ist, niemals die Menschen zu Göttern
oder die Götter zu Menschen m a c h e n, niemals unlautre Idolatrie
begehen, sondern nur die Götter und die Menschen gegenseitig näher
bringen durfte. Das Trauerspiel zeigt dieses bei contrarium. Der Gott
und Mensch scheint Eins, darauf ein Schicksal, das alle Demut und
allen Stolz des Menschen erregt und am Ende Verehrung den Himmlischen
einerseits und andrerseits ein gereinigtes Gemüt als Menscheneigentum
zurückläßt."

Aus Bettine von Arnim: „Die Günderode" (Ausg. 1840. I, 242 ff).

„Gewiß ist mir doch bei diesem Hölderlin, als müsse eine göttliche
Gewalt wie mit Fluten ihn überströmt haben, und zwar die Sprache,
in übergewaltigem raschen Sturz seine Sinne überflutend und diese
darin ertränkend; und als die Strömungen verlaufen sich hatten, da
waren die Sinne geschwächt und die Gewalt des Geistes überwältigt und
ertötet. — Und St.=Clair sagt: ja so ist's — und er sagt noch: aber ihm
zuhören, sei grade, als wenn man es dem Tosen des Windes vergleiche,
denn er brause immer in Hymnen dahin, die abbrechen, wie wenn der
Wind sich dreht, und dann ergreife ihn wie ein tieferes Wissen, wobei
einem die Idee, daß er wahnsinnig sei, ganz verschwinde, und daß sich

anhöre, was er über die Verse und über die Sprache sage, wie wenn er nah daran sei, das göttliche Geheimnis der Sprache zu erleuchten, und dann verschwinde ihm wieder alles im Dunkel, und dann ermatte er in der Verwirrung und meine, es werde ihm nicht gelingen begreiflich sich zu machen; und die Sprache bilde alles Denken, denn sie sei größer als der Menschengeist, der sei ein Sklave nur der Sprache, und so lange sei der Geist im Menschen noch nicht der vollkommene, als die Sprache ihn nicht alleinig hervorrufe. Die Gesetze des Geistes aber seien metrisch, das fühle sich in der Sprache, sie werfe das Netz über den Geist, in dem gefangen, er das Göttliche aussprechen müsse; und solange der Dichter noch den Versakzent suche und nicht vom Rhythmus fortgerissen werde, so lange habe seine Poesie noch keine Wahrheit, denn Poesie sei nicht das alberne, sinnlose Reimen, an dem kein tieferer Geist Gefallen haben könne, sondern das sei Poesie: daß eben der Geist nur sich rhythmisch ausdrücken könne, daß nur im Rhythmus seine Sprache liege, während das Poesielose auch geistlos, mithin unrhythmisch sei — und ob es dann der Mühe lohne, mit so sprachgeistarmen Worten Gefühle in Reime zwingen zu wollen, wo nichts mehr übrig bleibe, als das mühselig gesuchte Kunststück zu reimen, das dem Geist die Kehle zuschnüre. Nur der Geist sei Poesie, der das Geheimnis eines ihm eingeborenen Rhythmus in sich trage, und nur mit diesem Rhythmus könne er lebendig und sichtbar werden, denn dieser sei seine Seele, aber die Gedichte seien lauter Schemen, keine Geister mit Seelen. —

Es gebe höhere Gesetze für die Poesie, jede Gefühlsregung entwickle sich neuen Gesetzen, die sich nicht anwenden lassen auf andre, denn alles Wahre sei prophetisch und überströme seine Zeit mit Licht, und der Poesie allein sei anheimgegeben dies Licht zu verbreiten, drum müsse der Geist und könne nur durch sie hervorgehen. Geist gehe nur durch Begeistrung hervor. — Nur allein Dem füge sich der Rhythmus, in dem der Geist lebendig werde! — wieder: —

Wer erzogen werde zur Poesie in göttlichem Sinn, der müsse den Geist des Höchsten für gesetzlos anerkennen über sich und müsse das Gesetz ihm preisgeben. Nicht wie ich will, sondern wie du willst! — und so müsse er sich kein Gesetz bauen, denn die Poesie werde sich nimmer einzwängen lassen, sondern der Versbau werde ewig ein leeres Haus bleiben, in dem nur Poltergeister sich aufhalten. Weil aber der Mensch der Begeisterung nie vertraue, könne er die Poesie als Gott nicht fassen. — Gesetz sei in der Poesie Ideengestalt, der Geist müsse sich in dieser bewegen und nicht ihr in den Weg treten, Gesetz was der Mensch dem Göttlichen anbilden wolle, ertöte die Ideengestalt, und so könne das Göttliche sich nicht durch den Menschengeist in seinen Leib bilden. Der Leib sei die Poesie, die Ideengestalt, und dieser, sei er ergriffen vom Tragischen, werde töblich faktisch, denn das Göttliche ströme den Mord aus Worten, die Ideengestalt, die der Leib sei der Poesie, die morde, — so sei aber ein Tragisches, was Leben ausströme, in der Ideengestalt (Poesie), — denn alles sei Tragisch. — Denn das Leben im Wort (im Leib) sei Auferstehung (lebendig, faktisch), die bloß aus dem Gemordeten hervorgehe. — Der Tod sei der Ursprung des Lebendigen. —

Die Poesie gefangen nehmen wollen im Gesetz, das sei nur damit der Geist sich schaukle an zwei Seiten sich haltend, und gebe die Anschauung, als ob er fliege. Aber ein Adler, der seinen Flug nicht abmesse — obschon die eifersüchtige Sonne ihn niederdrücke — mit geheim arbeitender Seele im höchsten Bewußtsein dem Bewußtsein ausweiche, und so die heilige, lebende Möglichkeit des Geistes erhalte, in dem brüte der Geist sich selber aus, und fliege — vom heiligen Rhythmus hingerissen oft, dann getragen, dann geschwungen sich auf und ab im heiligen Wahnsinn, dem Göttlichen hingegeben, denn innerlich sei dies Eine nur: die Bewegung zur Sonne, die halte am Rhythmus sich fest." —

Inhaltsverzeichnis zu allen vier Teilen.